KB261068

휠 오브 타임

세계의 눈

THE WHEEL OF TIME BOOK 1: THE EYE OF THE WORLD

Maps by Ellisa Mitchell
Interior illustrations by Matthew C. Nielsen and Ellisa Mitchell

THE WHEEL OF TIME

세계의 눈
THE EYE OF THE WORLD

로버트 조던 장편소설

ROBERT JORDAN

강동혁 옮김

arte

영원토록
내 심장의 심장이자
내 삶의 빛일
해리엇에게

차례

일러두기

1. 외국 인명·지명·독음 등은 외래어표기법을 따르되, '휠 오브 타임' 시리즈 세계관과 관련된 용어의 경우 고유명사임을 나타내기 위해 의도적으로 띄어쓰기 없이 표기하였다.
2. 거리 단위는 '휠 오브 타임' 시리즈 세계관의 공식 위키(wot.fandom.com/wiki/Measurement)를 기준으로 계산하였으며, 독자의 이해를 돕기 위해 국내에 통용되는 미터법으로 환산한 후 표기하였다.
3. 책 제목은 『 』로, 노래는 〈 〉로, 이야기, 신화, 전설은 ' '로 묶어 표기하였다.
4. '용어 해설'의 경우 번역 후 국내 독자의 편의를 위해 가나다 순으로 옮겼다.
5. 원서에서 이탤릭체로 표기된 부분은 볼드체로 구분하여 표기하였다.

드래건마운트산

땅이 기억 속에서 우르릉대는 동안에도 궁전은 이따금 흔들리며 이미 일어난 일을 부정하려는 듯 신음했다. 벽의 균열을 통해 들어온 기다란 햇살은 아직 공기 중에 떠 있는 먼지를 비추었다. 그을린 자국이 벽과 바닥, 천장을 망쳐 놓았다. 한때는 선명했으나 지금은 물집 잡히듯 울어 버린 벽화의 페인트와 도금을 널찍하고 검게 무언가를 문댄 자국이 가로질렀고, 광기가 찾아들기 전에 걷고자 했던 것처럼 보이는 인간과 동물 들의 부스러져 가는 조각상을 재가 뒤덮었다. 사방에 죽은 자들이 누워 있었다. 남자, 여자, 아이들. 그들은 도망을 치려다가 복도 전체에 번쩍이던 벼락에 맞거나, 그들을 따라온 불길에 사로잡히거나, 궁전의 돌 더미 속에 묻혀 버렸다. 돌이 물처럼 흐르며 살아 있는 것처럼 그들을 쫓았고, 그런 다음에야 고요함이 다시 찾아들었다. 알록달록한 태피스트리와 그림 들, 그 모든 걸작은 주위 풍경과 묘한 대조를 이루며 망가지지 않고 걸려 있었다. 불룩해진 벽 때문에 옆으로 밀려났을 뿐이다. 바닥이 물결치며 넘어뜨렸다는 점만 빼면 정교하게 세공하고 상아와 금으로 상감한 가구들 또한 아무 피해 없이 서 있었다. 마인드 트위스트는 주변적인 것들을 무시한 채 핵심만을 공격했다.

루스 세린 텔라몬은 민첩하게 균형을 잡으며 궁전을 헤매고 다녔다. 그때 땅이 들썩였다. "일리에나! 내 사랑, 어디 있소?" 그가 어떤 여자의 시신을 넘어가자 연회색 망토 자락이 피 웅덩이에 끌렸다. 금발의 그 여인은 끔찍했던 마지막 순간으로 인해 아름다운 모습이 망가져 있었으며, 아직도 뜨고 있는 눈은 믿을 수 없다는 듯 얼어붙어 있었다. "나의 아내여, 어디 있소? 다들 어디에 숨어 있는 거지?"

루스 세린의 시선이 거품처럼 부풀어 오른 대리석 벽에 비스듬하게 걸린 거울 속 자기 모습에 닿았다. 회색과 진홍색, 금색으로 이루어진 그의 옷은 한때 위엄 있었다. 세계해世界海 건너의 상인들이 가져온, 아름답게 짠 그 천은 지금 찢어지고 더러워졌으며, 그의 머리카락과 살갗을 뒤덮은 바로 그 먼지가 거기에 두껍게 끼어 있었다. 루스 세린은 잠시 자기 망토에 새겨진 기호를 손가락으로 만져 보았다. 그 기호는 반은 흰색, 반은 검은색으로 이루어진 원으로, 두 색깔이 물결 모양의 선으로 나뉘어 있었다. 무슨 의미가 있는 기호임이 틀림없었다. 그러나 수놓인 원은 루스 세린의 관심을 오래 잡아 두지 못했다. 그는 무척 놀라워하며 자기 모습을 바라보았다. 이제 막 중년이 되었으며, 한때는 잘생겼지만 지금은 갈색보다 흰색이 더 많아진 머리카락에 긴장과 걱정으로 주름진 얼굴, 너무 많은 것을 본 사람의 검은 눈동자를 가진 키 큰 남자. 루스 세린은 킥킥 웃기 시작하더니 고개를 뒤로 젖혔다. 그의 웃음소리가 생기 없는 홀에 메아리쳤다.

"일리에나, 내 사랑! 내게로 오시오, 아내여. 당신도 이걸 봐야 하겠소."

루스 세린의 등 뒤에서 공기가 물결치고 아른거리더니 굳어져 한 남자가 되었다. 그는 잠시 역겹다는 듯 입을 비죽대며 주위를 둘러보았다. 그는 루스 세린만큼 키가 크지 않았으며, 온통 검은 옷을 입고 있었다. 목 부분의 눈처럼 흰 레이스와 허벅지까지 올라오는 장화 윗부분을 접어 내렸기에 보이는 은세공품만이 예외였다. 그는 죽은 자들에게 스치지 않게 하려고 망토를 세심히 다루며 조심스레 걸어왔다. 여진으로 바닥이 흔들렸지만, 그의 관심은 거울을 들여다보며 웃는 남자에게 고정되어 있었다.

"아침의 군주여." 그가 말했다. "내가 왔다."

웃음이 전에 없이 뚝 끊겼다. 루스 세린은 놀라지 않은 표정으로 돌아보았다. "아, 손님이로군. 낯선 이여, 그대에게는 목소리가 있소? 곧 노래의 시간이니, 이곳에서는 모두의 참여를 반깁니다. 일리에나, 내 사랑. 손님이 왔구려. 일리에나, 어디 있소?"

검은 옷을 입은 남자는 눈을 휘둥그레 뜨고 금발 여자의 시신을 홱 돌아본 다음 다시 루스 세린을 보았다. "샤이탄에게 잡혀갈 일이로군. 그 얼룩의 손아귀에 벌써 이렇게까지 넘어갔단 말인가?"

"그 이름. 샤이……." 루스 세린은 몸을 떨더니 뭔가를 쫓으려는 듯 한 손을 들었다. "그 이름은 말하면 안 되오. 위험하오."

"최소한 그 정도는 기억나는 모양이군. 어리석은 자여, 그대에게나 위험하지 내게는 그렇지 않다. 또 무엇이 기억나지? 기억하라, 빛에 눈이 먼 멍청이 같으니! 그대가 무지에 단단히 감싸인 채 모든 일이 끝나도록 놔두지는 않을 것이다! 기억해라!"

루스 세린은 잠시 치켜든 자기 손을 보았다. 손에 묻은 때의 무늬에 매료되는 것 같았다. 그러더니 그는 손보다도 더러운 코트에 손을 닦더니 다른 남자에게로 다시 관심을 돌렸다. "그대는 누구시오? 무얼 원하시오?"

검은 옷을 입은 남자는 오만하게 몸을 부풀렸다. "나는 한때 엘란 모린 테드로나이라고 불렸으나, 지금은……."

"희망의 배신자로군." 루스 세린이 속삭였다. 기억 속에서 무언가 움찔거렸지만 루스 세린은 그것을 피해 고개를 돌렸다.

"그러니까 기억나는 게 있긴 있나 보군. 그래, 내가 희망의 배신자다. 인간들은 그대를 드래건이라 불렀듯 내게도 그런 이름을 붙였지. 그러나 그대와 달리 나는 그 이름을 받아들인다. 인간들은 나를 매도하려고 그 이름을 붙였으나, 나는 그들이 무릎을 꿇고 그 이름을 숭배하도록 하겠다. 그대는 그대의 이름으로 무엇을 할 것인가? 오늘이 지나면 인간들이 그대를 동족살해자라고 부를 것이다. 그대는 어쩔 셈이지?"

루스 세린은 엉망이 된 홀을 바라보며 눈을 찌푸렸다. "손님을 맞이하려면 일리에나가 여기 있어야 하는데." 그는 멍하니 중얼거리더니 목소리를 높였다. "일리에나, 어디 있소?" 바닥이 흔들렸다. 금발 여자의 몸이 그의 부름에 답하기라도 하듯 움직였다. 루스 세린의 눈은 그녀를 보지 못했다.

엘란 모린이 인상을 썼다. "그대의 꼴을 좀 보아라." 그가 비웃듯 말했다. "한때 그대는 봉사자들 가운데 첫 번째였지. 한때는 태멀린의 반지를 끼고 권좌에 앉았다. 한때는 지배의 아홉 막대를 소환했지. 그런데 지금 그대의 꼴을 보란 말이다! 딱하게 망가진 한심한 놈 같으니. 그러나 이걸로는 부족하다. 그대는 봉사자의 전당에서 내게 모욕을 주었다. 파아란 디젠의 관문에서 나를 패배시켰다. 하지만 나는 이제 더욱 위대해졌다. 그대가 그 사실을 모른 채 죽도록 놔두지는 않겠다. 죽을 때 그대가 하게 될 마지막 생각은 그대의 패배에 대한 완전한 인식, 그 패배의 완전함과 절대성에 관한 인식이 될 것이다. 그것도 내가 그대를 죽게 놔둘 때의 일이겠지만."

"대체 일리에나가 왜 오지 않는지 모르겠군. 손님이 왔는데 내가 알리지 않았다고 생각하면 나한테 거친 소리를 해 댈 텐데. 그대가 대화를 즐겼으면 좋겠소, 일리에나는 대화를 좋아하니까. 경고하오만 일리에나가 너무 많은 질문을 던져서 결국 그대가 아는 모든 것을 일리에나에게 알려 주게 될 거라오."

엘란 모린은 검은 망토를 뒤로 휙 젖히며 두 손을 쫙 펼쳤다. 그가 생각에 잠겨 말했다. "그대의 자매 중 누구도 이 자리에 없다니 안됐군. 나는 치유 마법에 능하지 않은 데다, 지금은 다른 힘을 추종하니. 그러나 그대의 자매조차 그대의 정신을 밝힐 수 있는 것은 잠깐뿐일 것이다. 그대가 그녀를 먼저 망가뜨리지 않았다면 말이지만. 내가 할 수 있는 일만으로도 내 목적은 이룰 수 있지." 그가 갑자기 지은 미소는 잔인해 보였다. "다만 샤이탄의 치유 마법은 그대가 아는 것과는 다르리라는 게 걱정이군. 치유되어라, 루스 세린!" 엘란 모린이 두 손을 뻗자 태양에 그림자가 드리워진 것처럼 빛이 어두워졌다.

루스 세린의 몸속에서 고통이 불타올랐다. 그가 비명을 질렀다. 깊은 곳에서 나오는, 그가 막을 수 없는 비명이었다. 불이 그의 골수를 지졌다. 산酸이 그의 혈관을 타고 솟구쳤다. 루스 세린은 비틀거리며 뒤로 물러나다가 대리석 바닥에 쓰러졌다. 그의 머리가 돌에 부딪혀 튕겼다. 루스 세린의 심장은 가슴을 뚫고 나가려는 듯 쿵쿵댔고, 한 번 맥박이 뛸 때마다 몸속에 새로운 불길이 밀려들었다. 루스 세린은 무력하게 발작하고 몸부림쳤다. 두개골이 터져 나가기 직전의 순수한 고통만으로 이루어진 구체가 된 것 같았다. 목쉰 비명이 궁전 전체에 메아리쳤다.

느리게, 너무도 느리게 고통이 잦아들었다. 고통이 빠져나가는 데는 천 년이 걸리는 것만 같았고, 그 이후에 루스 세린은 쉰 목으로 공기를 간신히 빨아들이며 약하게 움찔거렸다. 다시 천 년처럼 느껴지는 시간이 지난 뒤에야 루스 세린은 간신히 몸을 일으킬 수 있었다. 근육이 해파리처럼 느껴졌다. 그는 떨면서 두 손과 무릎으로 바닥을 짚었다. 그의 시선이 금발 여자에게 닿았다. 루스 세린에게서 찢겨 나온 듯한 비명은 그가 앞서 냈던 모든 소리를 아무것도 아니게 만들었다. 그는 비틀거리며, 거의 쓰러질 듯이 바닥을 휘청휘청 가로질러 그녀에게 갔다. 여자를 일으켜 품에 안느라 그는 마지막 남은 힘까지 끌어내야 했다. 멀거니 바라보는 여자의 얼굴에서 머리카락을 쓸어 넘기는 그의 두 손이 떨렸다.

"일리에나! 빛이여, 저를 도우소서, 일리에나!" 루스 세린이 일리에나를 지키려는 듯 그녀의 몸 위에 웅크렸다. 그의 흐느낌은 살 목적을 잃은 남자가 목청이 터지도록 내지르는 절규였다. "일리에나, 안 돼! **안 돼!**"

"그녀를 되찾을 수도 있다, 동족살해자여. 위대한 어둠의 군주께서 그녀를 다시 살게 하실 것이다. 그대가 그분을 모시기로 하면, 나를 모시기로 한다면."

루스 세린은 고개를 들었다. 검은 옷을 입은 남자는 그 시선에 자기도 모르게 물러났다. "10년이다, 배신자여." 루스 세린이 조용히 말했다. 칼을 뽑을 때 나는 듯한 나직한 소리. "그대의 더러운 주인은 10년간 이 세상을 파괴해 왔다. 그런데 이제는 이런 짓을 저질렀구나. 내가……."

"10년이라고! 이 딱한 멍청이 같으니! 이 전쟁은 10년이 아니라 시간이 시작된 이후로 지속되어 왔다. 그대와 나는 물레가 돌아가는 대로 수천 번 싸웠다. 수천 번의 천 번을 싸웠다. 시간이 저물고 그림자가 승리를 거둘 때까지 싸울 테고!" 엘란 모린은 주먹을 쳐든 채 그렇게 소리치며 말을 맺었다. 이제는 루스 세린이 물러날 차례였다. 배신자의 눈이 빛나는 것을 보자 숨이 턱 막혔다.

루스 세린은 일리에나를 조심스럽게 내려놓고, 손가락으로 가만히 그녀의 머리카락을 쓸어 넘겼다. 일어서는 그의 눈이 눈물로 흐려졌다. 그러나 목소리는 얼어붙은 무쇠와 같았다. "배신자여, 그대가 저지른 다른 짓도 결코 용서받을 수 없겠으나 일리에나의 죽음에 대해서는 그대의 주인이 되돌릴 수 없을 정도로 그대를 파괴하겠다. 각오하고……."

"기억하라, 어리석은 자여! 위대한 어둠의 군주에게 했던 그대의 쓸모없는 공격을 기억하라! 그분의 반격을 기억하라! 기억하란 말이다! 지금 이 순간에도 100인의 동행은 세상을 망가뜨리고 있으며, 매일 100명의 남자들이 그들에게 가담하고 있다. 일리에나 선헤어를 벤 손은 누구의 것인가, 동족살해자여? 내 손은 아니다. 내 손이 아니지. 그대의 피를 한 방울이라도 지닌 모든 생명을, 그대를 사랑하고 그대가 사랑했던 자를 모조리 친 손은 누구의 손인가? 내 손이 아니다, 동족살해자여. 내 손이 아니다. 기억하라, 그리고 샤이탄을 거역한 대가를 알아라!"

갑자기 흐른 땀이 흙과 먼지를 뚫고 루스 세린의 얼굴에 길을 냈다. 그는 기억했다. 꿈속의 꿈처럼 흐릿한 기억이었지만, 루스 세린은 그 기억이 사실이라는 것을 알았다.

루스 세린의 울부짖음이 벽을 후려쳤다. 자신의 영혼이 다른 것이 아닌 자기 손으로 저주받았다는 사실을 알게 된 남자의 울부짖음이었다. 그는 자기가 저지른 짓을 더 이상 보이지 않게 뜯어내려는 것처럼 자기 얼굴을 할퀴었다. 어디를 봐도 시신이 보였다. 찢겨 나가거나 망가지거나 불타 버리거나 돌 더미에 반쯤 파묻힌 시신들. 어디를 봐도 루스 세린이 아는 자들의 생기 없는 얼굴이, 그가 사랑하는 사람들의 얼굴이 보였다. 오랜 하인들과 어린 시절의 친구들, 전투가 이어지던 기나긴 세월의 충실한 동반자들. 그의 아이들. 다른 누구도 아닌 그의 아들과 딸 들이 망가진 인형처럼 사지를 뻗은 채 영원토록 움직이지 않는 시늉을 하고 있었다. 모두 그의 손으로 벤 것이다. 아이들의 얼굴이 그를 비난했다. 멍한 눈이 이유를 물었다. 루스 세린의 눈물은 그 물음에 대한 답이 되지 못했다. 배신자의 웃음이 채찍처럼 그를 내리쳤고, 루스 세린의 울부짖음을 눌렀다. 루스 세린은 그 얼굴들을, 그 고통을 견딜 수 없었다. 더 이상 견디고 남아 있을 수가 없었다. 그는 절망적으로 진정한 근원에, 더러워진 **사이딘**에 손을 뻗고 이동했다.

주변의 땅은 평평하고 비어 있었다. 근처에서 강이 흘렀다. 곧고 넓은 강이었다. 하지만 루스 세린은 732킬로미터 내에 사람이 한 명도 없다는 것을 느낄 수 있었다. 그는 혼자였다. 살아 있는 사람 중 그 누구보다도 혼자였다. 그러나 여전히 기억에서 도망칠 수는 없었다. 그들의 눈은 머릿속 무한한 공간을 뚫고 루스 세린을 쫓아 왔다. 숨을 수 없었다. 아이들의 눈. 일리에나의 눈. 루스 세린이 하늘로 얼굴을 돌리자 두 뺨에서 눈물이 번들거렸다.

"빛이여, 용서하소서!" 루스 세린은 용서받을 수 있을 것이라고 생각하지 않았다. 그런 짓을 저질렀으니까. 하지만 어쨌든 하늘을 향해 외치며, 가능하지 않을 것이라고 생각하면서도 용서를 간청했다. "빛이여, 저를 용서하소서!"

그는 여전히 **사이딘**에, 우주를 움직이고 시간의 물레를 돌리는 힘의 남성적 속성 절반에 손을 대고 있었으며 기름진 얼룩이 그 표면을 더럽히는 것을 느낄 수 있었다. 그림자가 하는 반격의 얼룩, 세상을 파멸로 몰아가는 얼룩이었다. 루스 세린의 탓이었다. 그가 오만하게도 인간이 창조주에게 필적할 수 있으리라고, 창조주가 만들었으며 그들이 망가뜨린 것을 그가 감히 고칠 수 있으리라고 생각했기에. 루스 세린은 오만했기에 그렇게 믿었다.

그는 진정한 근원을 깊이, 더 깊이 빨아들였다. 갈증으로 죽어 가는 사람처럼. 그는 도움을 받지 않고 채널링할 수 있는 것 이상으로 많은 일원력을 빠르게 빨아들였다. 살갗에 불이 붙은 것만 같았다. 루스 세린은 긴장하며 억지로 더 큰 일원력을 끌어들였다. 모든 일원력을 빨아들이려 했다.

"빛이여, 용서하소서! 일리에나!"

공기가 불로, 불은 액화된 빛으로 변했다. 하늘에서 내리친 벼락은 잠깐이라도 그 빛을 본 모든 자의 눈을 지지고 멀게 할 만했다. 그 벼락은 하늘에서 내려와 루스 세린 텔라몬의 몸을 관통해 타오르며 땅속을 파고들었다.

그 벼락이 닿은 곳에서는 돌이 증기로 변했다. 땅이 고통스러워하는 생명체처럼 몸부림치며 떨렸다. 그 빛나는 광선이 땅과 하늘을 연결하며 존재했던 순간은 찰나였지만, 그 광선이 사라진 뒤에도 땅은 폭풍우가 몰아치는 바다처럼 들썩였다. 녹은 바위가 공중으로 152미터는 솟구쳤고, 신음하는 땅은 솟아올라 불타는 분무를 더 위로, 더 높이 밀어 올렸다. 북쪽과 남쪽에서, 동쪽과 서쪽에서 바람이 울부짖으며 불어쳐 나무들을 잔가지처럼 꺾었다. 자라나는 산들을 하늘 쪽으로, 하늘 쪽으로 더 높이 솟게 하려는 듯 비명을 지르며 불어 댔다.

마침내 바람이 잦아들었고, 땅은 떨리는 웅성거림을 멈추었다. 루스 세린 텔라몬에게는 어떤 흔적도 남지 않았다. 그가 서 있던 자리에는 이제 하늘 쪽으로 수 킬로미터는 솟아오른 산이 서 있었다. 녹은 용암이 그 망가진 봉우리에서 여전히 솟구쳤다. 드넓고 곧았던 강은 산 때문에 구불구불하게 물러났으며, 가운데가 갈라져 길쭉한 섬이 생겨났다. 산의 그림자가 거의 그 섬에까지 이르렀다. 그 그림자는 예언 속 불길한 손처럼 땅을 가로지르며 어둡게 놓여 있었다. 한동안은 땅에서 나는, 항의하는 듯 둔하게 우르릉거리는 소리만이 들려왔다.

섬에서 공기가 아른거리더니 응결되었다. 검은 옷을 입은 남자가 평원에서 솟아난 불타는 산을 바라보고 섰다. 분노와 경멸로 뒤틀린 얼굴이었다.
"그렇게 쉽게 도망칠 수는 없다, 드래건. 우리 둘의 일은 끝나지 않았어. 시간이 끝날 때까지 끝나지 않을 것이다."

그러더니 그는 사라졌고, 산과 섬만이 그 자리에 서 있었다. 기다리면서.

그렇게 그림자가 땅에 내렸고, 세계는 돌 하나하나까지 찢겼다. 대양은 도망쳤고 산맥은 삼켜졌으며 민족들은 세계의 여덟 구석으로 흩어졌다. 달은 피 같았고 해는 재 같았다. 바다는 끓어올랐고 산 자들이 죽은 자들을 부러워했다. 모든 것이 산산이 조각났고, 기억을 제외한 모든 것은 사라졌다. 그중에서도 가장 중요한 기억은 그림자와 세계의 파괴를 가져온 남자에 대한 기억이었다. 사람들은 그 남자를 드래건이라 불렀다.

—『알레스 닌 타에린 알타 카모라, 세계의 파괴』 중, 작자 미상, 제4시대

그전에도 그랬고 앞으로도 그럴 것이듯, 그 시절에도 어둠이 땅에 묵직하게 내려앉아 인간의 마음을 짓누르고 푸르른 것은 스러지며 희망은 죽어 버리는 때가 찾아왔다. 인간들은 창조자를 부르며 이렇게 부르짖었다. 아 하늘의 빛이여, 세상의 빛이여, 예언에 따라 지나간 시절에도 있었으며 다가올 시절에도 있을 약속된 자가 산에서 태어나게 하소서. 아침의 대공이 땅을 향해 노래를 불러 푸르른 것이 자라나고, 계곡에서는 새끼 양들이 태어나게 하소서. 새벽의 군주의 팔이 우리를 어둠으로부터 지키도록 하시고, 위대한 정의의 칼이 우리를 지키게 하소서. 시간의 바람을 타고 드래건이 다시 날아오르게 하소서.

—『카랄 드리아난 테 칼라몬, 드래건의 주기』 중, 작자 미상, 제4시대

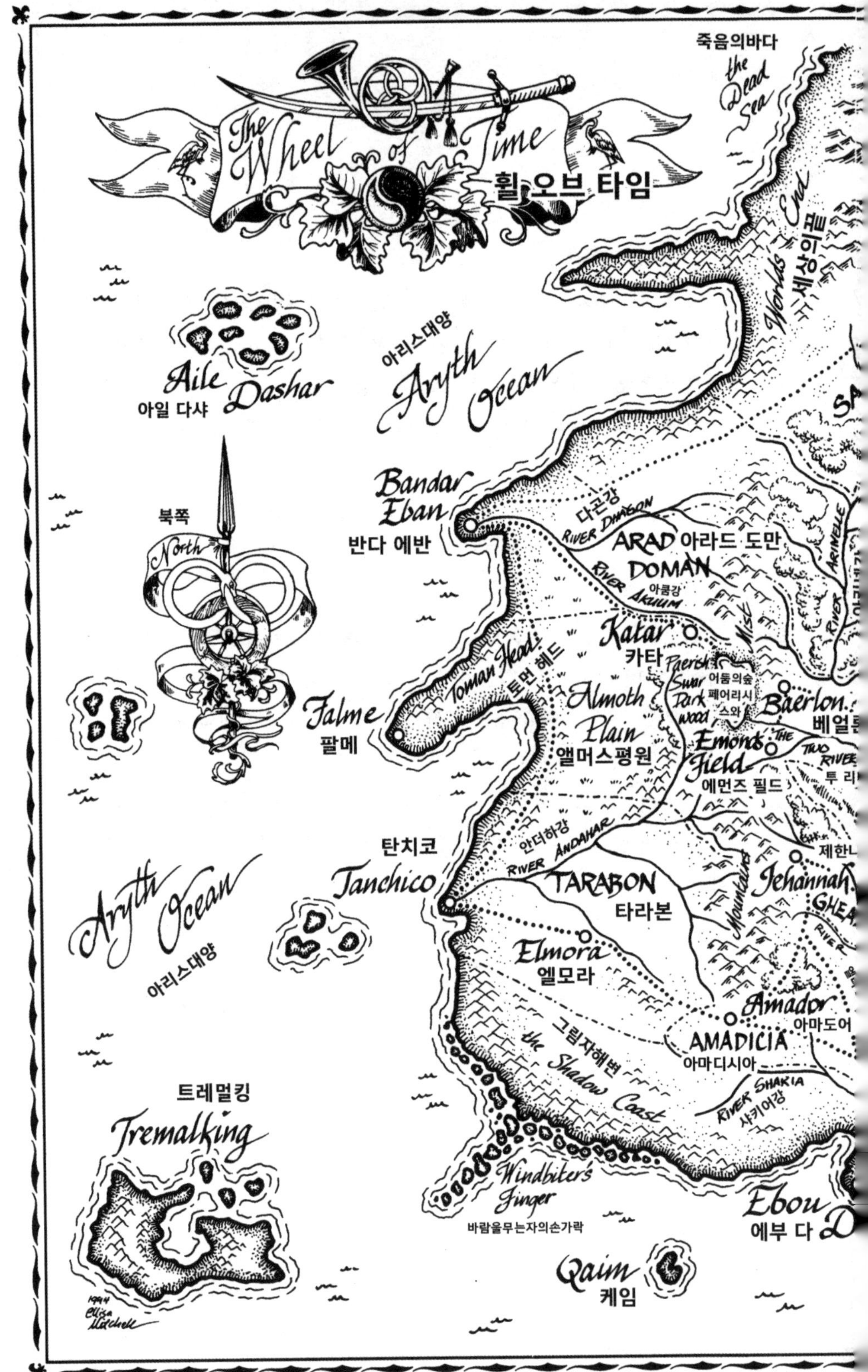
The Wheel of Time
휠 오브 타임
죽음의바다
the Dead Sea
World's End
세상의끝
Aile Dashar
아일 다샤
아리스대양
Aryth Ocean
Bandar Eban
반다 에반
북쪽
North
다곤강
River Dhagon
ARAD DOMAN
아라드 도만
River Akuum
아쿰강
Katar
카타
Toman Head
토먼 헤드
Falme
팔메
Almoth Plain
앨머스평원
Paerish Swar
Dark wood
어둠의숲
페어리시스와
Baerlon
Emond's Field
에먼즈 필드
The Two Rivers
안더하강
River Andahar
탄치코
Tanchico
TARABON
타라본
Arinelle
Mountains of Mist
Jehannah
Aryth Ocean
아리스대양
Elmora
엘모라
Amador
아마도어
AMADICIA
아마디시아
그림자해변
the Shadow Coast
River Shakia
샤키아강
트레멀킹
Tremalking
Windbiter's Finger
바람을무는자의손가락
Ebou
에부 다
Qaim
케임
1994
Ellisa Mitchell

샤이올 굴
Shayol Ghul
말라버린땅
the Blasted Lands
the Blight
오염
파멸의산맥
Mountains of Dhoom
타윈의틈새
Tarwins Gap
마라돈
aradon
마창의평원
Plain of Lances
Chachin
Shol Arbela
케예리엔 숄 아벨라
팔 다라
Fal Dara
Fal Moran
팔 모란
Niamh Passes
니암 통행로
KANDOR
칸도르
ARAFEL
아라펠
SHIENAR
샤이나
EA
알데이아
아이일황무지
Aiel Waste
the Black Hills
검은언덕
동족살해자의단검
Kinslayer's Dagger
Tar Valon
타 발론
이보강
RIVER IVO
Dragonmount
드래건마운트산
게일린강
RIVER GAELIN
Jangai Pass
탄가이 통행로
to Rhuidean
루이딘 방향
헤이빈강
RIVER HAEVIN
Caralain Grass
카랄레인초원
Cairhien
케예리엔
브라임숲
Braem Wood
CAIRHIEN
케예리엔
안도어
ANDOR
케임린
Caemlyn
네명의왕
Four Kings
Whitebridge
화이트브리지
Aringill
아린길
세계의등뼈
Spine of the World
스톤강
RIVER STORN
루가드
Lugard
이레엘렐강
RIVER IRALEL
RIVER MANETHERENDRELLE
마네세렌드렐강
카타라언덕
Hills of Kintara
Far Madding
파 매딩
MURANDY
머랜디
Haddon Mirk
하돈의어둠
스테딩 샹타이
Stedding Shangtai
살리다
alidar
Plains of Maredo
모레도평원
티어
TEAR
ALTARA
알타라
Tear
티어
ILLIAN
일리안
Godan
고던
익사한땅
the Drowned Lands
the Fingers of the Dragon
드래건의손가락
일리안
Illian
Mayene
메이엔
to the Isles of the Sea Folk
바다민족의 섬 방향
Sea of Storms
폭풍의 바다
Cindaking
신더킹

Eldrene's Veil
엘드렌의 베일
to Baerlon 베얼론 방향
Taren Ferry
타렌 페리
the River Taren
타렌강
the Two Rivers
투 리버스
the North Road
북쪽 대로
the Sand Hills
모래의언덕
the West Wood
서쪽숲
Watch Hill
파수꾼의 언덕
the Waterwood
워터우드
the Winespring
와인스프링강
Quarry Road
채석장 길
Emond's Field
에먼즈 필드
Water
the Old Road
옛 대로
Deven Ride
데번 라이드
the White River
흰강
the Mire
마이어
Forest of Shadows
그림자의 숲
Mountains of Mist
안개의산맥

1장 비어 있는 길

시간의 물레가 돌면 시대가 다가오고 또 지나가며 전설이 되는 기억을 남긴다. 전설은 희미해져 신화가 되고, 그 신화를 낳은 시대가 올 때면 신화조차 잊힌 지 오래가 된다. 제3시대라고 불리기도 하는 어느 시대에, 아직 다가오지 않은 시대이자 이미 오래전에 지나간 그 시대에 안개의산맥에서 바람이 불었다. 그 바람이 유일한 시작은 아니었다. 시간의 물레가 돌아가는 데는 시작도 끝도 없다. 그러나 그 바람이 **하나의** 시작이기는 했다.

봉우리가 언제나 구름으로 덮여 있어 안개의산맥이라는 이름을 얻게 된 그 산 아래에서 시작된 바람은 동쪽으로 불어, 세계의 파괴 전에는 한때 거대한 바다의 해안이었던 모래의언덕을 가로질렀다. 그곳에서부터 바람은 투 리버스로 휘몰아쳐, 웨스트우드라고 불리는 빽빽한 숲으로 들어갔다가 채석장 길이라고 불리는, 바위가 흩어져 있는 길을 따라 수레와 말을 끌고 걸어가는 두 남자를 후려쳤다. 봄이 족히 한 달 전에는 왔어야 하지만, 바람은 차라리 눈을 실어 오고 싶다는 듯 얼음장 같은 한기를 실어 날랐다.

돌풍에 랜드 알소르의 망토는 등에 달라붙었다. 바람이 그가 다리에 감고 있는 흙색의 모직 천을 채찍처럼 후려친 뒤, 그 천을 등 뒤로 흘렸다. 랜드는 코트가 더 묵직하거나 셔츠를 한 장 더 입으면 좋겠다고 생각했다. 망토를 다시 돌려놓으려고 하면 열에 다섯 번은 엉덩이쯤에서 흔들리고 있는 화살통에 걸렸다. 어쨌든 한 손으로 망토를 잡고 있으려고 해 봐야 별 소용이 없었다. 다른 손에는 화살을 메겨 활시위를 당길 준비를 한 채로 활을 들고 있었으니 말이다.

유달리 강한 바람이 손에 쥔 망토를 잡아당기자 랜드는 갈기가 북슬북슬한 갈색 암말의 등 너머로 아버지를 힐끗 보았다. 아버지 탬이 아직 그 자리에 있다는 것을 확인하고 싶은 마음이 약간 바보같이 느껴졌지만, 그런 날이었다. 바람은 솟구칠 때마다 울부짖었지만, 그 소리를 제외하면 땅에는 정적이 묵직하게 깔려 있었다. 바퀴 축이 돌아가는 나지막한 삐걱삐걱 소리가 비교적 크게 들릴 정도였다. 숲에서는 새 한 마리 울지 않았고, 나뭇가지에 앉아 찍찍대는 다람쥐도 없었다. 랜드라고 해서 이런 봄에 그런 걸 기대한 것은 아니지만.

겨우내 잎사귀나 침엽을 간직한 나무들만이 푸른빛을 띠고 있었다. 작년에 돋은 검은딸기가 잔뜩 뒤엉켜 나무 밑으로 튀어나온 돌 위를 갈색 그물처럼 덮고 있었다. 듬성듬성한 잡초 사이에 가장 많은 것은 쐐기풀이었다. 나머지는 날카로운 가시가 달린 종류이거나, 조심성 없이 밟으면 장화에 고약한 냄새를 남기는 악취풀이었다. 나무들이 빽빽하게 몰려 있어 그늘이 짙은 곳 여기저기에는 흰 눈이 얼룩덜룩하게 깔려 있었다. 햇빛이 닿는 곳에도 힘이나 온기는 없었다. 창백한 태양은 동쪽 나무들 위에 자리 잡고 있었으나 그 빛은 그림자와 섞이기라도 한 것처럼 싸늘하고 어두웠다. 불쾌한 생각이 절로 떠오르는 불편한 아침이었다.

랜드는 별생각 없이 화살의 오늬(활줄에 화살을 거는 부분-옮긴이)를 만졌다. 랜드는 단 한 번의 매끄러운 움직임으로 그 화살을 뺨으로 당길 준비가 되어 있었다. 탬이 가르친 방법이었다. 농장의 겨울은 가혹했다. 가장 나이 많은 사람들이 기억하는 것보다도 나빴다. 하지만 산의 상황은 그보다도 처참했다. 투 리버스까지 밀려 내려간 늑대들의 수가 그 점을 알려 주는 한 가지 지표였다. 늑대들은 양 우리를 습격하고, 이빨로 헛간을 뜯고 들어가 소 떼와 말들을 공격했다. 곰들도 양을 노렸다. 곰이 나타난 것은 몇 년 만에 처음이었다. 날이 어두워진 다음 밖에 나오는 것은 더 이상 안전하지 않았다. 인간도 양처럼 자주 사냥감이 되었다. 태양이 꼭 져야만 그런 것도 아니었다.

그들의 말인 벨라를 사이에 두고 탬은 창을 지팡이 삼아 꾸준히 걸음을 떼고 있었다. 그는 갈색 망토를 현수막처럼 휘날리게 하는 바람을 무시했다. 이따금 탬은 암말의 옆구리를 가볍게 어루만져 녀석에게 계속 움직여야 한다는 것을 일깨워 주었다. 두꺼운 흉곽에 넓적한 얼굴을 가진 그는 그날 아침의 현실성을 알리는 기둥, 흘러가는 꿈결 속의 바위 같았다. 햇볕에 거칠어진 그의 두 뺨은 주름져 있고, 머리카락은 다 하얘져 검은 머리카락이 간간이 보일 뿐이었으나, 그에게는 홍수가 몰아쳐도 그를 뽑아 올리지 못할 것만 같은 어떤 단호함이 있었다. 지금 그는 무감정하게 길을 밟아 가고 있었다. 늑대든 곰이든 괜찮다는 태도가 느껴졌다. 양을 치는 사람이야 그런 짐승들을 염두에 두어야 하겠지만, 에먼즈 필드에 가려는 탬 알소르를 막아서지 않는 편이 녀석들에게도 좋을 것이다.

랜드는 죄책감에 움찔하며 다시 자기가 있는 쪽 길을 주시했다. 탬의 태연한 태도를 보니 자기가 맡은 임무가 생각났다. 랜드는 아버지보다 머리 하나쯤 키가 컸다. 실은 이 구역의 그 누구보다도 키가 컸다. 어깨가 넓다는 점을 빼면 탬과 신체적으로 닮은 점은 거의 없었다. 회색 눈과 머리에 감도는 붉은 기운은, 탬의 말에 따르면 랜드의 어머니에게서 물려받은 것이었다. 어머니는 이방인이었고, 랜드는 미소 짓는 얼굴을 빼면 어머니가 거의 기억나지 않았다. 매년 봄, 벨 타인 시기와 여름에 있는 태양일에 어머니의 무덤에 꽃을 가져가기는 했지만 말이다.

덜컹거리는 수레에는 탬의 사과 브랜디가 담긴 작은 통 두 개와 겨울에 묵혀서 도수가 약한 사과술이 들어 있는 그보다 큰 통 여덟 개가 실려 있었다. 탬은 매년 벨 타인에 쓸 수 있도록 같은 양의 술을 와인스프링 여관에 배달했고, 이번 봄에도 자신을 막으려면 늑대나 차가운 바람만으로는 부족할 것이라고 공공연히 말해 왔다. 그럼에도 두 사람은 몇 주 동안 마을에 찾아가지 못했다. 탬조차도 요즘은 자주 이동하지 않았다. 그러나 탬은 축제 전날까지 배달을 미루어야 하기는 했어도 브랜디와 사과술을 가져다주겠다는 말을 지켰다. 탬에게는 뱉은 말을 지키는 것이 중요한 일이었다. 랜드는 그저 농장에서 벗어날 수 있어 기뻤다. 벨 타인이 다가온다는 것만큼이나.

랜드는 자기 쪽 길을 주시하면서 누군가 자신을 감시하고 있다는 느낌이 강해지는 것을 느꼈다. 한동안은 아무렇지 않게 그 느낌을 떨치려 했다. 나무 사이에서 움직이거나 소리를 내는 것은 바람뿐이었다. 그러나 그 느낌은 그냥 이어지는 것이 아니라 더욱 강해졌다. 팔에 난 털이 곤두섰다. 안쪽이 가렵기라도 한 것처럼 살갗이 따끔거렸다.

랜드는 팔을 긁느라 짜증스럽게 활을 옮기고, 괜한 상상에 휩쓸리지 말라고 자신을 타일렀다. 랜드 쪽 길가의 숲에는 아무것도 없었다. 탬 쪽에 뭔가 있었다면 탬이 말했을 테고. 랜드는 어깨 너머를 보고…… 눈을 깜빡였다. 길을 따라 기껏 37미터쯤 떨어져 있는 곳에서 말을 타고 망토를 입은 사람이 그들을 따라오고 있었다. 말과 기수는 둘 다 검게 보였다. 칙칙하고 전혀 빛나지 않았다.

지켜보면서도 수레에서 뒤처져 그쪽으로 걸어가지 않은 것은 그저 관성 때문이었다.

기수의 망토는 장화 위까지 내려왔고, 망토에 달린 고깔은 몸이 전혀 보이지 않을 정도로 앞으로 당겨져 있었다. 랜드는 어렴풋이 그 기수에게 뭔가 이상한 점이 있다고 생각했으나, 무엇보다 랜드의 시선을 사로잡은 것은 후드가 젖혀진 부분의 그늘진 틈새였다. 아주 어렴풋하게 얼굴 윤곽이 보였을 뿐이지만, 랜드는 자기가 기수의 눈을 똑바로 바라보았다는 느낌을 받았다. 그런데 시선을 돌릴 수가 없었다. 배 속에서 메스꺼움이 느껴졌다. 후드 안에서 보이는 것은 그림자밖에 없었지만, 랜드는 노려보는 얼굴을 보았을 때처럼 날카로운 증오를, 살아 있는 모든 것을 향한 증오를 느꼈다. 가장 심한 것은 랜드에 대한 증오였다. 그는 다른 무엇보다도 랜드를 증오했다.

랜드는 갑자기 발꿈치에 돌이 걸려 비틀거리는 바람에 검은 기수에게서 눈을 뗐다. 활이 길에 떨어졌다. 손을 뻗어 벨라의 굴레를 잡은 덕분에 간신히 뒤로 나동그라지지 않을 수 있었다. 벨라는 놀라서 코를 불어 대며 멈추더니 고개를 돌려 무엇이 자기를 잡았는지 보았다.

탬이 벨라의 등 너머로 랜드에게 인상을 썼다. "괜찮으냐?"

"말을 탄 사람이 있어요." 랜드는 숨을 헐떡이면서 몸을 똑바로 세우고 말했다. "낯선 사람이 우리를 따라오고 있어요."

"어디에?" 탬은 날이 넓은 창을 들어 올리고 경계하는 눈으로 뒤를 보았다.

"저기, 저쪽에……." 랜드는 손가락으로 가리키려고 몸을 돌렸다가 말을 흐렸다. 등 뒤의 도로는 비어 있었다. 랜드는 믿을 수가 없어서 길 양옆의 숲을 들여다보았다. 잎이 다 떨어진 나무 뒤에는 숨을 만한 곳이 없었다. 그런데도 말이나 기수는 낌새조차 보이지 않았다. 랜드는 아버지의 의문스러운 시선을 마주 보았다. "저기 있었어요. 검은 망토를 입은 남자가 검은 말을 타고 있었어요."

"네 말을 의심하지는 않겠다만, 어디로 갔다는 거냐?"

"모르겠어요. 하지만 정말로 있었어요." 랜드는 떨어진 활과 화살을 집어 들고, 화살 깃을 확인한 뒤 다시 화살을 잰 다음 반쯤 활시위를 당겼다가 힘을 풀었다. 겨눌 것이 없었다. "정말로요."

탬은 희끗희끗한 머리를 저었다. "네가 그렇게 말한다면 그런 것이겠지. 그럼 보자꾸나. 땅이 아무리 이래도 말이라면 발굽 자국을 남겼을 거다." 탬은 바람에 망토를 휘날리며 수레 뒤쪽으로 갔다. "그자를 찾으면 그자가 정말 있었다는 것을 확실히 알게 되겠지. 그게 아니라면……. 글쎄, 요즘은 뭔가 보인다고 생각하게 되는 시기다."

랜드는 문득 기수가 그곳에 나타났다는 것 말고도 이상한 점을 깨달았다. 탬과 랜드를 후려치는 바람은 그 검은 망토의 주름 하나 움직이지 못했다. 랜드는 갑자기 입이 바짝 말랐다. 랜드가 상상한 게 틀림없었다. 아버지 말이 맞았다. 오늘 같은 아침은 사람의 상상력을 자극하기 마련이었다. 하지만 도저히 그 말이 믿어지지는 않았다. 그저 허공으로 사라진 것만 같은 남자가 바람의 영향을 받지 않는 망토를 걸치고 있다는 말을 아버지에게 어떻게 해야 할지 알 수 없었을 뿐이다.

랜드는 걱정스러운 마음에 인상을 쓰며 주변의 숲을 들여다보았다. 전과는 전혀 달라 보였다. 랜드는 걸음마를 막 시작한 나이부터 이 숲을 마음대로 뛰어다녔다. 에먼즈 필드 동쪽 끝자락에 있는 농장 너머, 워터우드에 있는 연못과 개울이 랜드가 수영하는 법을 배운 곳이었다. 랜드는 모래의언덕을 쏘다녔고 한번은 안개의산맥 바로 아래까지 간 적도 있었다. 투 리버스의 많은 사람들이 이런 행동은 불운을 가져온다고 했지만 말이다. 가장 가까운 친구인 맷 코손과 페린 아이바라도 함께였다. 그 정도면 에먼즈 필드 사람 대부분보다 훨씬 멀리까지 가 본 셈이었다. 에먼즈 필드 사람 대부분에게는 위쪽에 있는 파수꾼의언덕이나 아래쪽에 있는 데번 라이드 등 옆 마을까지 가는 것도 큰 사건이었다. 랜드는 그동안 한 번도 겁나는 장소를 만나 본 적이 없었다. 그러나 오늘은 웨스트우드가 그의 기억과는 달랐다. 그렇게 갑자기 없어질 수 있는 사람이라면 똑같이 갑작스럽게 다시 나타날 수도 있었다. 심지어 바로 옆에 나타날 수도 있는 일이고.

"아뇨, 아버지. 그럴 필요는 없을 것 같아요." 탬이 놀라서 우뚝 서자 랜드는 망토 후드를 당겨 붉어진 얼굴을 감추었다. "아버지 생각이 맞는 것 같아요. 있지도 않은 것을 찾아볼 필요는 없죠. 그 시간에 마을로 가서 이 바람을 피하면 되는데요."

"파이프나 한 대 피웠으면 좋겠구나." 탬이 느릿느릿 말했다. "따뜻한 데서 맥주도 한잔 마셨으면 좋겠고." 그는 갑자기 씩 웃었다. "너도 에그웨인을 볼 일이 무척 기대될 테지."

랜드는 간신히 미소 지었다. 그 순간 랜드가 생각하고 싶은 것 중 시장의 딸 에그웨인은 순위가 한참 아래였다. 더 혼란을 느끼고 싶지는 않았다. 지난 한 해 동안 에그웨인은 랜드와 함께할 때마다 그를 더욱 초조하게 만들었다. 게다가 자신은 그 사실을 인식하지도 못하는 듯했다. 정말이지 생각할 거리에 에그웨인까지 더하고 싶지는 않았다.

랜드는 자신이 겁을 내고 있다는 사실을 아버지가 알아채지 못하기를 바랐다. 그때 탬이 말했다. "불길을 기억하거라. 공허도."

그건 탬이 랜드에게 가르쳐 준 이상한 교훈이었다. 단 하나의 불길에 집중해 머리가 텅 빌 때까지 그 불로 두려움, 증오, 분노 등 모든 정념을 사르라는 것이다. 탬은 그 공허와 하나가 되면 무엇이든 할 수 있다고 말했다. 에먼즈 필드에서 그런 식으로 말하는 사람은 탬뿐이었다. 그러나 탬은 그 불길과 공허로 벨 타인 궁술 시합에서 매년 승리를 거두었다. 랜드는 그 공허를 붙잡을 수만 있다면 올해는 자기도 시합에 이름을 올릴 기회가 있을지 모르겠다고 생각했다. 지금 탬이 그 말을 꺼냈다는 것은 랜드가 두려워한다는 사실을 **알아챘다는** 뜻이었지만, 탬은 그 이상 아무 말도 하지 않았다.

탬은 쯧쯧 소리를 내 다시 벨라를 움직이게 했고, 그들은 다시 길을 떠났다. 탬은 이상한 일은 아무것도 일어나지 않았고, 그런 일이 일어날 수도 없다는 듯 터벅터벅 걸어갔다. 랜드는 자기도 탬을 따라 할 수 있으면 좋겠다고 생각했다. 머릿속에 텅 빈 곳을 만들어 보려 했지만, 텅 빈 곳은 자꾸 검은 망토를 입은 기수의 모습이 되었다.

랜드는 탬의 말이 맞다고, 기수는 단지 자신의 상상일 뿐이라고 믿고 싶었으나 그 증오의 느낌이 너무도 선명하게 떠올랐다. 누군가 **틀림없이** 있었다. 그 누군가가 랜드를 해치려 했다. 랜드는 에먼즈 필드의 뾰족하고 이엉을 얹은 지붕들이 주위를 둘러쌀 때까지 계속해서 뒤를 돌아보았다.

마을은 웨스트우드와 가까운 곳에 있었다. 숲이 점점 듬성듬성해지다가, 마지막에는 나무 몇 그루가 사실상 커다란 목조 가옥 사이에 서 있었다. 땅은 동쪽으로 완만한 경사를 이루며 낮아졌다. 군데군데 숲이 없는 것은 아니었으나, 마을을 지나서는 워터우드나 그 안에 얽혀 있는 개울과 연못들까지 이어지는 넓은 지역에 농장과 산울타리를 친 들판이며 목장이 땅을 조각보처럼 채우고 있었다. 서쪽 땅도 마찬가지로 비옥했다. 그곳의 목초지는 대부분의 해에 무성하게 자랐으나, 웨스트우드 안에서는 농장을 겨우 몇 군데밖에 찾을 수 없었다. 그 몇 안 되는 농장조차 안개의산맥은커녕 모래의 언덕 근처에만 가도 완전히 없어졌다. 웨스트우드의 숲 위쪽으로 불쑥 솟아 있는 안개의산맥은 멀리 있었지만, 에먼즈 필드에서도 잘 보였다. 어떤 사람들은 투 리버스도 바위 천지라는 것을 모르는 양 그곳 땅에 바위가 너무 많아서 그렇다고 했고, 어떤 사람들은 그곳이 불운한 땅이라고 했다. 꼭 가야만 하는 것도 아닌데 산 근처에 가는 것은 의미 없는 일이라고 투덜거리는 사람들도 몇 명 있었다. 이유가 무엇이든 웨스트우드에서 농사를 짓는 것은 가장 거친 사람들뿐이었다.

늘어선 집들의 첫 줄을 지나자 어린아이들과 개들이 환성을 지르며 수레 주위로 몰려들었다. 벨라는 술래잡기와 굴렁쇠 굴리기를 한답시고 코 밑으로 굴러 들어와 소리를 질러 대는 아이들을 무시하며 참을성 있게 걸어갔다. 최근 몇 달 동안은 아이들이 놀고 웃는 경우가 별로 없었다. 밖으로 나와도 될 만큼 날씨가 풀어진 다음에도 늑대가 나타날지 모른다는 두려움에 아이들이 안에 갇혀 있었던 것이다. 아이들은 벨 타인이 다가오면서 노는 방법을 다시 배운 것만 같았다.

축제는 어른들에게도 영향을 미쳤다. 넓은 문은 젖혀지고, 대부분 집에서는 안주인들이 창가에 서서 앞치마를 두른 채 길게 땋은 머리를 손수건으로 싸매고 이불을 털거나 창틀 위에 매트리스를 걸어 놓고 있었다. 나무에 잎이 돋든 말든 봄 대청소를 끝내기 전에 벨 타인을 맞이할 여자는 아무도 없었다. 마당마다 빨랫줄에는 러그가 걸려 있었고, 거리로 도망칠 만큼 재빠르지 않았던 아이들은 가지로 카펫을 두드리며 답답한 마음을 대신 풀었다. 맞닿아 이어진 지붕마다 가장들이 올라가 겨울에 생긴 피해로 이엉꾼 센 부이를 불러야 하는지 확인했다.

탬은 몇 차례 멈추어 이 사람 저 사람과 짧게 대화를 나누었다. 탬과 랜드가 몇 주 동안 농장을 떠나지 않았기에 다들 그쪽 상황은 어떤지 소식을 듣고 싶어 했다. 웨스트우드 남자 중에 밖에 나와 있지 않은 사람은 거의 없었다. 탬은 한번 불어올 때마다 점점 심해지는 것만 같던 겨울 폭풍 때문에 입은 피해에 대해서나 죽은 채 태어난 새끼 양들에 대해서, 곡식이 싹트고 목초지는 푸르러져야 하는데 갈색으로 남아 있는 들판과 몇 년 전에는 울새들이 날아왔던 곳에 모여드는 갈까마귀들에 대해서 말했다. 사방에서 벨 타인 준비가 이루어지는 가운데 우울한 이야기가 오갔고, 많은 사람들이 고개를 절레절레 저었다. 어디서든 마찬가지였다.

대부분의 남자들은 어깨를 돌리며 말했다. "뭐, 살아남겠지. 빛의 가호가 있을 테니." 몇몇은 씩 웃으며 이렇게 덧붙였다. "빛의 가호가 없어도 살아남을 테고."

투 리버스 사람 대부분이 그런 식이었다. 싸락눈에 작물이 망가지고 늑대들이 새끼 양을 빼앗아 가는 모습을 몇 년이든 지켜보고 다시 시작해야만 했던 사람들은 쉽게 포기하지 않았다. 쉽게 포기하는 사람들 대부분은 이미 오래전에 사라졌다.

위트 콩가가 거리에 나와 있어서 잠시 멈추거나 벨라로 하여금 그를 쳐 버려야 했던 게 아니라면 탬은 그와 굳이 이야기를 나누지 않았을 것이다. 콩가 가족은 파수꾼의언덕에서 데벨 라이드까지, 어쩌면 저 멀리 타렌 페리까지 불평꾼이자 말썽꾼으로 널리 알려져 있었다. 코플린 가족도 마찬가지였는데 이 두 가문은 서로 결혼을 너무 여러 번 해서 어느 집안이 어디에서 끝나고 시작하는지 제대로 아는 사람이 없었다.

"난 이걸 브랜 알비어에게 가져다줘야 하네, 위트." 탬은 수레에 실린 나무통을 고갯짓하며 말했지만, 깡마른 위트는 퉁명스러운 표정을 지은 채 비키지 않았다. 지붕에 이엉꾼 부이의 관심이 심히 필요해 보였는데도 위트는 지붕 위가 아니라 집 앞 계단에 늘어져 있었다. 그는 다시 시작하거나 자기가 처음 시작한 일을 마무리할 준비가 된 것처럼 보인 적이 한 번도 없었다. 대부분의 코플린과 콩가 가족 사람들이 그런 식이었다. 그나마 나은 사람들이 그랬다.

"나이니브를 어떻게 해야 할지 모르겠군, 알소르." 위트 콩가가 물었다. "에먼즈 필드에 그런 현자를 둘 수는 없지."

탬은 무겁게 한숨을 쉬었다. "우리가 알 바 아니지, 위트. 현자는 여자들이 하는 일이잖나."

"글쎄, 뭐라도 해야 할 것 같은데, 알소르. 나이니브는 겨울이 괜찮을 거라고 했어. 수확도 많을 거라고 했고. 지금 와서 나이니브한테 바람에서 무슨 소리가 들리는지 물어보면 그냥 눈깔을 부라리면서 쿵쿵거리고 가 버린다네."

"위트 자네가 평소 말투로 물어봤다면," 탬이 인내심 있게 말했다. "나이니브가 늘 들고 다니는 그 막대기로 자네를 후려치지 않은 게 다행일세. 자, 괜찮으면 난 브랜디를……."

"나이니브 알미라는 현자가 되기에는 너무 어려, 알소르. 여성 서클이 뭔가 하지 않는다면 마을 위원회라도 나서야지."

"위트 콩가, 현자가 당신하고 무슨 상관이야?" 한 여자가 외쳤다. 위트는 자기 아내가 집에서 성큼성큼 나오자 움찔했다. 데이즈 콩가는 위트보다 덩치가 두 배는 컸고, 몸에 지방이라고는 하나도 없이 거친 얼굴의 소유자였다. 그녀는 엉덩이에 주먹을 얹은 채 위트 콩가를 노려보았다. "여성 서클 일에 끼어들고 싶다면 직접 요리해서 먹는 것은 어떨지 생각해 봐. 내 부엌에서는 요리하지 못하겠지만. 또 네 옷도 직접 빨고 이불도 직접 정리해. 그것도 내 집에서는 못하겠지."

"하지만, 데이즈." 위트가 징징댔다. "난 그냥……."

"실례 좀 하겠소, 데이즈." 탬이 말했다. "위트. 빛이 자네 부부를 비추기를." 탬은 다시 벨라를 움직이게 하면서 깡마른 위트를 돌아갔다. 지금이야 데이즈가 남편에게 집중하고 있었지만, 언제든 위트가 누구와 이야기하고 있었는지 알아차릴 수 있었다.

랜드와 탬이 잠깐 와서 뭘 좀 먹으라거나 뜨거운 것을 마시라는 권유를 받아들이지 않은 것도 그래서였다. 탬을 보면 에먼즈 필드의 안주인들은 토끼를 발견한 사냥개처럼 덤벼들었다. 그중 괜찮은 농장을 가진 홀아비에게 딱 맞는 아내를 모르는 사람은 한 명도 없었다. 농장이 웨스트우드에 있는데도 말이다.

랜드는 탬만큼 빠르게 걸었다. 어쩌면 더 빠르게 걸었을지도 모른다. 탬이 곁에 없을 때면 랜드는 가끔 구석에 몰리곤 했고, 무례한 상황에서 빠져나갈 수가 없었다. 여자들은 랜드를 부엌 난롯가의 의자로 몰고 가 패스트리나 벌꿀 케이크, 고기 파이 같은 것을 먹였다. 그러는 내내 안주인들의 눈은 상인이 저울과 줄자로 재듯 랜드를 이리저리 달아보고 재 보며, 랜드가 먹는 음식은 남편을 잃은 자기 자매나 둘째 사촌의 요리 솜씨에 훨씬 못 미친다고 말했다. 그들은 탬이 젊어질 일은 없지 않으냐고 했다. 탬이 아내를 그토록 사랑했다는 것은 좋은 일이지만—탬이 살면서 만날 다음 여자에게는 그게 좋은 징조였다—그만하면 충분히 슬퍼했다는 것이었다. 탬에게는 좋은 여자가 필요했다. 그런 안주인들은 돌봐 주고 말썽을 피우지 않게 해 줄 여자가 없는 한 남자는 살아갈 수 없다는 것이 그야말로 진실, 혹은 진실과 매우 가까운 것이라고 말했다. 그중 최악은, 이쯤에서 생각에 잠긴 채 잠시 말을 멈추고 태연한 척하며 **랜드는** 지금 정확히 몇 살이냐고 묻는 사람들이었다.

대부분의 투 리버스 사람들이 그렇듯 랜드에게도 강하고 고집스러운 부분이 있었다. 외부인들은 그게 투 리버스 사람들의 가장 두드러진 특징이라 그곳 사람들이 노새에게도 한 수 가르쳐주고 돌도 가르칠 수 있을 것이라고 말하기도 했다. 안주인들은 대체로 친절하고 좋은 사람들이었지만, 랜드는 어떤 식으로든 압박당하는 것이 싫었고 그들을 만나면 막대기로 쿡쿡 쑤셔지는 느낌이 들었다. 그래서 랜드는 걸음을 빨리하며, 탬이 벨라를 서둘러 끌고 가기를 바랐다.

머잖아 거리가 탁 트이고 그린이 보였다. 그린은 마을 한가운데에 있는 넓은 공간이었다. 보통 무성한 풀로 덮여 있는 그린이지만, 올봄에는 시든 풀의 누런 갈색과 드러난 땅의 검은색 사이에 신선한 풀이 듬성듬성 나 있을 뿐이었다. 스무 마리 남짓 되는 거위들이 뒤뚱뒤뚱 걸어 다니며, 초롱초롱한 눈으로 땅을 살폈지만 쫄 만한 것은 하나도 찾지 못했다. 누가 듬성듬성한 풀을 뜯으라고 젖소를 매어 두기도 했다.

그린 서쪽 끝에서는 와인스프링강이 그때까지 한 번도 끊긴 적 없는 물줄기를 이루며, 낮게 튀어나온 돌에서 뿜어져 나왔다. 물줄기가 얼마나 센지 사람을 쓰러뜨릴 수 있을 정도였으며, 물맛은 또 어찌나 단지 '와인의 샘'이라는 이름을 수십 번 붙여도 아깝지 않았다. 그렇게 솟아난 와인스프링강은 금세 넓어져 동쪽으로 빠르게 흘러갔다. 테인 씨의 방앗간까지 이어지는 강둑에는 드문드문 버드나무가 자랐고, 이어 강은 수십 갈래로 갈라져 워터우드 깊은 곳의 늪지대로 이어졌다. 그린에서는 두 개의 낮고 난간이 달린 다리가 맑은 시내를 가로질렀고, 그중 한 다리는 다른 다리보다 넓었으며 수레가 지나가도 될 만큼 튼튼했다. 수레 다리는 타렌 페리와 파수꾼의언덕을 지나 내려오는 북쪽 대로가 데번 라이드로 이어지는 옛 대로가 되는 지점에 있었다. 외부인들은 한 도로의 북쪽 이름과 남쪽 이름이 다르다는 것을 우습게 생각했지만, 에먼즈 필드 사람들이 아는 한 늘 그래 왔으니 상관없었다. 투 리버스 사람들에게는 그것이 충분한 이유였다.

다리 건너에서는 벨 타인 모닥불을 지피기 위한 장작더미가 이미 마련되어 있었다. 거의 집만큼 커다란 통나무 더미가 세 개나 조심스럽게 쌓여 있었던 것이다. 물론 그린이 아무리 듬성듬성해졌다 해도 장작은 그린이 아니라 아무것도 없는 흙밭에 있어야 했다. 축제 중 불가에서 이루어지지 않는 행사는 그린에서 벌어질 것이다.

와인스프링 근처에서는 스무 명 남짓 되는 나이 든 여자들이 봄 숫대를 세우며 조용히 노래했다. 가지를 모두 쳐낸 전나무의 곧고 늘씬한 기둥은 여자들이 그 기둥을 세우느라 판 구덩이에 들어 있었는데도 높이가 3미터는 됐다. 머리를 땋기에는 너무 어린 소녀들 한 무리가 책상다리를 하고 앉아 그 모습을 부러운 듯 지켜보며 이따금 여자들이 부르는 노래를 찔끔찔끔 따라 불렀다.

탬은 걸음을 서두르라는 듯 벨라에게 혀를 찼지만, 벨라는 그 소리를 무시했다. 랜드는 여자들이 하는 일을 보지 않으려고 열심히 시선을 돌렸다. 아침에는 남자들이 숫대를 보고 놀란 시늉을 할 테고, 정오에는 결혼하지 않은 남자들이 노래를 부르는 가운데 결혼하지 않은 여자들이 숫대 주변에서 춤을 추며 숫대를 길고 알록달록한 리본으로 감을 것이다. 이런 풍습 역시 늘 그래 왔던 일 중 하나였기에 언제, 왜 시작됐는지 아는 사람은 아무도 없었지만 숫대 핑계를 대고 노래를 부르며 춤을 출 수 있었다. 투 리버스 사람이라면 누구나 그런 핑계 없이도 노래하고 춤을 출 수 있었지만 말이다.

벨 타인 때는 하루 종일 노래하고 춤추고 잔치를 벌였으며, 그 사이사이에 달리기를 비롯해 거의 모든 것의 대회를 열었다. 상품은 궁술 대회만이 아니라, 새총과 육척봉(양 끝에 쇠를 맨 막대기로, 농민들이 무기로 썼다-옮긴이) 대회 우승자에게도 주었다. 수수께끼와 퍼즐 풀기 대회, 줄다리기 대회, 무거운 것 들어서 던지기 대회도 있었고, 노래를 가장 잘 부르는 사람과 춤을 가장 잘 추는 사람, 현악기를 가장 잘 연주하는 사람, 양털을 가장 빠르게 깎는 사람, 심지어 볼링과 다트 던지기를 가장 잘하는 사람에게도 상을 주었다.

벨 타인은 첫 번째 새끼 양이 태어나고 첫 번째 곡식이 싹을 틔웠을 때, 그러니까 봄이 정말이지 제대로 찾아왔을 때 다가오기 마련이었다. 그러나 찬 기운이 남아 있다고 해서 벨 타인을 미룰 생각은 아무도 하지 않았다. 모두에게 노래와 춤이 조금은 필요했다. 가장 중요한 건, 소문이 사실이라면, 그린에서 웅장한 불꽃놀이가 열릴 예정이라는 점이다. 물론 올해의 첫 행상인이 제때 나타나야겠지만 말이다. 그 일로 상당히 많은 이야기가 나왔다. 그런 불꽃놀이는 10년 전에 마지막으로 선보였는데, 사람들은 아직도 그때 이야기를 했다.

와인스프링 여관은 그린 동쪽 끝, 수레 다리 바로 옆에 있었다. 여관 1층은 강의 돌로 만들어져 있었다. 비록 여관의 토대는, 어떤 사람들 말로는 산에서 가져왔다는 더 오래된 돌로 이루어져 있었지만 말이다. 희게 칠한 2층은 1층을 덮고 사방으로 더 튀어나와 있었는데, 지난 20년간 여관의 주인이자 에즈먼 필드의 시장이었던 브랜들린 알비어가 아내와 딸들과 함께 2층 뒷방에 살았다. 마을에서 유일한 빨간색 기와지붕은 약한 햇빛을 받아 빛났고, 여관에 달린 열두 개의 높은 굴뚝 중 세 곳에서 연기가 흘러나왔다.

개울과 떨어져 있는 여관 남쪽 끝에는 여관보다 훨씬 큰 돌 토대가 뻗어 있었다. 한때는 그 토대도 여관의 일부였다. 어쨌든 사람들 말로는 그랬다. 지금은 그 한복판에서 거대한 떡갈나무가 자라고 있었다. 그 둥치를 한 바퀴 돌려면 27미터는 걸어야 했고, 뻗어 나간 나뭇가지는 사람 몸통만큼 굵었다. 여름이면 브랜 알비어는 그 나무 아래에 테이블과 벤치를 두었다. 그러면 나뭇잎이 그늘을 드리웠고, 사람들은 이야기를 나누거나 돌멩이 게임판을 펼쳐 놓고 술 한잔이나 서늘한 바람을 즐길 수 있었다.

"다 왔다, 랜드." 탬은 벨라의 굴레로 손을 뻗었으나, 벨라는 탬의 손이 가죽에 닿기도 전에 여관 앞에 멈추어 섰다. "나보다 길을 잘 알아." 탬이 씩 웃었다.

바퀴에서 난 마지막 삐걱삐걱 소리가 희미해져 갈 때쯤 브랜 알비어가 여관에서 나왔다. 늘 그렇듯 마을 사람 누구와 비교해도 거의 두 배는 될 배 둘레를 가진 사람치고는 지나치게 가벼운 발걸음이었다. 듬성듬성한 흰 머리카락이 얹힌 둥근 얼굴에 미소가 떠올랐다. 날씨가 추운데도 여관 주인은 셔츠 바람이었으며, 얼룩 하나 없는 흰 앞치마를 두르고 있었다. 양팔 저울처럼 생긴 은색 메달이 그의 가슴에 걸려 있었다.

그 메달은 베얼론에서 양털이나 타박을 사러 오는 상인들의 돈 무게를 달 때 쓰는 실물 크기의 저울과 함께 시장이라는 관직을 상징했다. 브랜은 상인들과 거래할 때나 축제 때, 혹은 결혼식 때만 그 메달을 걸었다. 오늘은 하루 전부터 걸고 있었지만, 그날 밤은 벨 타인 전날인 겨울의 밤으로, 모두가 거의 밤새 서로의 집을 찾아다니며 작은 선물을 주고받고, 뭔가를 조금씩 먹고 마시는 시간이었다. 랜드는 **겨울을 겪었으니 브랜도 겨울의 밤이라면 내일까지 기다리지 않아도 될 핑계라고 여길 것이라** 생각했다.

"탬." 시장은 서둘러 다가오며 소리쳤다. "빛의 가호가 있기를, 이제야 자네를 보게 되다니. 너도 반갑구나, 랜드. 잘 지내느냐?"

"네, 알비어 씨." 랜드가 말했다. "잘 지내시죠?" 하지만 브랜은 이미 탬에게 관심을 돌린 뒤였다.

"하마터면 올해는 자네가 브랜디를 가져오지 않으려나 보다 하고 생각할 뻔했네. 전에는 이렇게 늦은 적이 없잖나."

"요즘은 농장을 별로 떠나고 싶지 않아서 말이지, 브랜." 탬이 대답했다. "늑대들이 저 모양이니. 날씨도 그렇고."

브랜이 헛기침을 했다. "날씨 말고 딴 얘기를 하고 싶어 하는 사람이 있으면 좋겠군. 다들 날씨 불평이야. 바보도 아닌 사람들이 내가 날씨를 바로잡아 주기를 기대하지. 나는 방금 황새들을 어찌할 수 없다는 얘기를 알도넬 부인한테 20분이나 설명해 주었다네. 단지 알도넬 부인이 나한테 기대하는 건……." 브랜은 고개를 저었다.

"나쁜 징조야." 쉰 목소리가 들려왔다. "벨 타인인데 지붕에 둥지를 튼 황새가 한 마리도 없다니." 센 부이였다. 그는 오래된 뿌리처럼 울퉁불퉁하고 피부색이 검은 남자로, 탬과 브랜에게 다가오더니 거의 자기 키만큼 길고 울퉁불퉁한 지팡이에 기댔다. 그는 초롱초롱한 눈으로 두 사람을 동시에 보려 했다. "지금보다 나쁜 일이 일어날 거라고. 내 말 명심하게."

"이제 점쟁이가 된 건가? 나쁜 징조를 해석하게." 탬이 무미건조하게 물었다. "아니면 현자처럼 바람 소리라도 듣는 건가? 바람이야 확실히 많이 부는데. 여기서 멀지 않은 곳에서 시작된 바람도 있고."

"비웃을 테면 비웃어." 센이 투덜거렸다. "하지만 곡식이 싹을 틔울 만큼 따뜻한 날씨가 금방 찾아오지 않으면 추수 전에 비어 버릴 지하 창고가 여럿 생길 걸세. 다음 겨울에는 투 리버스에 살아남은 게 늑대와 갈까마귀뿐일 거야. 다음 겨울까지 버틴다면 말이지. 이번 겨울일 수도 있다고."

"대체 무슨 뜻으로 하는 얘긴가?" 브랜이 날카롭게 물었다.

센은 퉁명스러운 표정으로 그를 보았다. "나는 나이니브 알미라에 대해서 별로 좋은 말을 하고 싶지가 않아. 그건 자네도 알지. 일단 나이니브는 너무 어려서……. 됐네. 여성 서클은 마을 위원회에서 자기들 일에 관해 이야기하는 것조차 반대하는 모양이니. 자기들은 원할 때마다, 그러니까 거의 매번 우리 일에 간섭하는데도 말이야. 적어도 내가 보기엔……."

"센." 탬이 끼어들었다. "이런 말에 요점이 있나?"

"이게 요점이야, 알소르. 현자에게 언제 겨울이 끝나느냐고 물으면 현자는 그냥 떠나 버린다네. 어쩌면 바람에서 들리는 소리를 우리에게 말해 주고 싶지 않은 걸지도 몰라. 어쩌면 현자가 듣는 소리는 겨울이 끝나지 않으리라는 것인지도 모르네. 어쩌면 바퀴가 돌고 이 시대가 끝날 때까지 계속 겨울일지도 모르지. 그게 요점이야."

"그런 식이면 양들이 날아다닐지도 모르겠군." 탬이 응수하자 브랜이 두 손을 번쩍 들었다.

"빛이여, 바보들에게서 저를 보호하소서. 센, 자네는 마을 위원회에서 한자리 차지하고 있으면서 코플린이나 할 말을 퍼뜨리고 다니는군. 자, 내 말 듣게. 그런 소리를 하지 않아도 우린 문제가 많……."

누군가 랜드의 소매를 빠르게 당기며 그에게만 들릴 정도로 낮은 목소리로 말을 거는 바람에 랜드는 나이 든 남자들의 이야기에서 정신을 빼앗겼다. "이리 와, 랜드. 저 사람들은 싸우게 놔두고. 계속 그러고 있다가는 너한테 일을 시킬걸."

랜드는 아래를 힐끗 보았다가 참지 못하고 씩 웃었다. 맷 코손이 탬과 브랜, 센은 볼 수 없도록 수레 옆에 웅크리고 있었다. 깡말랐지만 탄탄한 그의 몸이 몸을 반으로 접으려는 황새처럼 뒤틀려 있었다.

맷의 갈색 눈은 평소처럼 장난기로 반짝였다. "대브랑 내가 큰 오소리를 잡았어. 굴에서 끌어냈더니 아주 심술이야. 그 녀석을 그린에 풀어놓고 여자애들이 도망치는 것을 구경하려고."

랜드가 더욱 활짝 미소 지었다. 랜드에게는 그 장난이 한두 해 전처럼 재미있게 느껴지지 않았으나, 맷은 절대 자라지 않는 것만 같았다. 랜드는 아버지를 힐끗 보고—남자들은 여전히 머리를 한데 모으고 셋이 동시에 말하고 있었다—목소리를 낮추었다. "사과술을 내려 드리기로 약속했는데. 이따가는 만날 수 있어."

맷은 하늘을 보며 눈알을 굴려 댔다. "술통 나르기라니! 타 죽을, 차라리 우리 집 꼬맹이 여동생이랑 돌멩이 게임을 하겠다. 뭐, 오소리보다 나은 것도 있어. 투 리버스에 낯선 사람들이 왔거든. 어제 저녁에……."

랜드는 잠시 숨이 멎었다. "말을 탄 남자야?" 랜드가 열을 올리며 물었다. "검은 망토를 입고 검은 말을 탄 남자? 바람에도 흔들리지 않는 망토 말이야."

맷의 미소가 지워졌다. 그가 목소리를 더 낮추어 속삭였다. "너도 봤어? 나는 나만 본 줄 알았는데. 웃을지도 모르겠지만 랜드, 난 그 사람이 무서웠어."

"안 웃어. 나도 무섭던데. 그 사람이 나를 증오하는 게, 나를 죽이고 싶어 하는 게 확실했어." 랜드는 몸을 떨었다. 그날이 오기 전까지만 해도 랜드는 누군가 자기를 죽이고 싶어 할 거라는, 진짜로 죽이고 싶어 할 거라는 생각을 해 본 적이 없었다. 투 리버스에서 그런 일은 그냥 일어나지 않았다. 주먹다짐은 있을 수 있었고, 몸싸움이 벌어질 수도 있었지만 살인은 아니었다.

"증오는 모르겠지만, 랜드. 아무튼 무서웠어. 그 사람이 한 일이라고는 말을 타고서 나를 바라보는 것뿐이었어. 마을 바로 바깥에서 말이지. 하지만 살면서 그렇게 겁이 난 적은 없어. 그게, 내가 아주 잠깐 눈을 돌렸는데—말해두지만, 쉬운 일은 아니었어—돌아보니까 사라지고 없더라고. 피와 재를 걸고! 그게 사흘 전인데, 그 사람 생각을 지우기가 힘들어. 계속 어깨 너머를 돌아보게 된다니까." 맷은 웃으려 했지만 쉰 소리만 나왔다. "겁먹으면 사람이 어떻게 되는지 우습다니까. 이상한 생각을 하게 돼. 정말이지, 난, 아주 잠깐이지만, 그게 어둠의 존재일지도 모른다고 생각했어." 맷은 다시 웃으려 했지만 이번에는 아예 아무 소리도 나지 않았다.

랜드가 깊이 숨을 들이쉬었다. 다른 이유보다도 다시 한번 떠올리겠다는 이유에서 그는 외운 대로 말했다. "어둠의 존재와 버려진 자 모두는 샤이올 굴에, 거대한오염 너머에 묶여 있어. 창조의 순간에 창조주가 시간이 끝날 때까지 묶어 두셨어. 창조주의 손이 세상을 지키시고, 빛이 우리 모두를 비추고 있어." 랜드는 다시 한번 숨을 들이쉬고 말을 이었다. "게다가 어둠의 존재가 풀려났다면 밤의 양치기가 투 리버스에서 농부 소년이나 지켜보고 있겠어?"

"모르겠다. 하지만 그 기수가……. 사악했다는 것은 알아. 웃지 마. 난 맹세라도 할 수 있어. 그게 드래건이었을지도 몰라."

"너 진짜 신나는 생각만 하는구나." 랜드가 투덜댔다. "센보다 나쁜 얘기를 하네."

"우리 어머니는 늘 내가 태도를 고쳐먹지 않으면 버려진 자들이 나를 잡으러 올 거랬어. 내가 이샤마엘이나 아지노어처럼 생긴 자를 본 적이 있다면 바로 그 기수였어."

"어느 엄마든 버려진 자 얘기로 자식한테 겁을 줘." 랜드가 딱딱하게 말했다. "하지만 대부분은 자라면서 그런 얘기에 더 이상 겁을 먹지 않게 된다고. 그런 식이면 차라리 그림자 인간이 나타났다고 하지 그래?"

맷이 랜드를 노려보았다. "내가 마지막으로 이렇게까지 겁먹은 건……. 아니다, 난 이렇게 겁먹은 적이 한 번도 없어. 기꺼이 인정할게."

"나도 그렇긴 해. 아버지는 내가 숲에서 그림자를 보고 놀랐다고 생각하셔."

맷은 침울하게 고개를 끄덕이더니 수레바퀴에 기댔다. "우리 아빠도. 난 대브랑 엘람 다우트리한테도 말했어. 그 이후로 걔네들이 매의 눈으로 지켜보고 있지만, 아무것도 못 봤대. 이제 엘람은 내가 자기를 속이려 한 줄 알아. 대브는 그 사람이 타렌 페리에서 온 사람일 거래. 양 도둑이나 닭 도둑이라는 거야. 닭 도둑이라니!" 맷은 분한 듯 조용해졌다.

"어쨌든, 다 바보 같은 일일 거야." 랜드가 마침내 말했다. "그냥 양 도둑일지도 몰라." 랜드는 그 사람을 양 도둑이라고 상상해 보려 했지만, 그것은 마치 쥐구멍 앞에 고양이 대신 앉아 있는 늑대를 생각하는 것이나 다름없었다.

"아무튼 난 그 사람이 날 쳐다보던 눈초리가 마음에 안 들었어. 너도 그럴걸. 네가 내 말에 바로 반응한 것을 보면 말이야. 누군가에겐 말해야 해."

"이미 말했잖아, 맷. 우리 둘 다 말했어. 그런데 사람들이 우리 말을 믿지 않은 거야. 알비어 씨한테 그 사람이 있다고 설득하는 것을 상상해 봐. 알비어 씨가 그 사람을 보지도 못했는데 말이야. 그는 우릴 나이니브한테 보내서 아픈지 확인해 보라고 할걸."

"이제 그 사람을 본 게 우리 둘이잖아. 우리 둘이 같은 것을 상상했다고 생각할 리는 없지."

랜드는 세차게 정수리를 문지르며 무슨 말을 해야 할지 생각했다. 맷은 마을에서 일종의 웃음거리였다. 맷의 장난을 피해 간 사람이 거의 없었다. 빨랫줄이 떨어져 빨랫감이 흙밭에 나뒹굴거나, 안장이 헐거워져 있어서 농부가 길을 가다가 떨어질 때면 늘 맷의 이름이 나왔다. 맷이 근처에 없을 때조차 말이다. 맷의 도움은 차라리 도움을 못 받는 것만 못했다.

잠시 후 랜드가 말했다. "너희 아버지는 네가 나를 꼬드겨서 그런 말을 하게 했다고 생각하실 테고, 우리 아버지는……." 랜드는 탬과 브랜과 센이 이야기를 나누고 있는 수레 너머를 보았다가 우연히 아버지와 눈을 마주쳤다. 시장은 여전히 센에게 훈계하는 중이었고, 센은 시무룩하고 조용하게 그 말을 듣고 있었다.

"좋은 아침이다, 매트림." 탬이 맷에게 밝게 말하며 브랜디 통 하나를 수레 한쪽으로 들어 옮겼다. "랜드가 사과술 내리는 것을 도와주러 왔나 보구나. 착한 녀석."

맷은 그 말을 듣자마자 벌떡 일어나 뒷걸음질 치기 시작했다. "좋은 아침이에요, 알소르 씨. 알비어 씨도요. 부이 씨도. 빛이 여러분을 비추시길. 전 아빠 심부름으로……."

"당연히 그러셨겠지." 탬이 말했다. "또 너는 심부름을 그때그때 처리하는 녀석이니 그 일도 이미 마무리했을 게 틀림없다. 자, 알비어 씨의 지하실에 사과술을 빨리 나를수록 방랑 시인도 빨리 보게 될 거다."

"방랑 시인이라고요!" 맷은 뒷걸음질 치다 말고 소리쳤다. 동시에 랜드도 물었다. "언제 온대요?"

랜드 평생에 투 리버스에 온 방랑 시인은 단 두 명밖에 기억나지 않았다. 그중 한 명이 왔을 때는 랜드가 탬의 목말을 타고 구경할 정도로 어렸다. 실제 벨 타인 기간에 방랑 시인이 하프에, 플루트에, 이야기까지 그 모든 것을 가지고 온다니……. 불꽃놀이가 없더라도 에먼즈 필드는 이 축제에 대해 10년 동안 이야기하게 될 것이다.

"바보 같은 짓이야." 센은 투덜거렸지만, 시장이라는 자리의 무게가 잔뜩 들어간 브랜의 눈길에 조용해졌다.

탬은 수레 옆에 기대며 브랜디 통에 팔을 걸쳤다. "그래, 방랑 시인 말이야. 이미 와 있어. 알비어 씨 말에 따르면 지금 여관방에 있다는구나."

"한밤중에 도착했지." 여관 주인은 못마땅하다는 듯 고개를 저었다. "가족이 전부 깰 때까지 현관을 두드려 대더구나. 축제만 아니었으면 방랑 시인이고 자시고 말을 마구간에 집어넣고 함께 거기서 지내라고 했을 텐데. 한밤중에 그런 식으로 온다니, 생각해 봐라."

랜드는 의아한 마음에 눈이 동그래졌다. 요즘은 밤에 마을을 벗어나 이동하는 사람이 없었다. 혼자서 이동하는 경우는 확실히 없었고 말이다. 이엉꾼이 다시 낮은 목소리로 뭐라고 투덜거렸다. 이번에는 너무 낮은 소리라 랜드는 한두 마디밖에 알아듣지 못했다. "미친놈"과 "자연스럽지 않아"라는 말이었다.

"검은 망토를 입은 것은 아니죠?" 맷이 불쑥 물었다.

브랜은 뱃살이 떨리도록 웃었다. "검은색이라고! 그자의 망토는 내가 본 여느 방랑 시인의 망토와 다르지 않았단다. 망토라기보다는 여기저기 기워 붙인 천 조각이었지. 네가 생각할 수 있는 것 이상으로 알록달록했다."

랜드는 자기도 모르게 큰 소리로 웃는 바람에 놀라고 말았다. 순전한 안도의 웃음이었다. 위협적인 검은 옷의 기수가 방랑 시인이라니, 터무니없는 생각이었지만……. 랜드는 당황해 입을 손으로 막았다.

"그게 말이네, 탬." 브랜이 말했다. "겨울이 온 이후로 이 마을에는 웃음이 부족했어. 이제는 방랑 시인의 망토 얘기만으로도 웃음이 나오는군. 그것만으로도 베얼론에서부터 여기까지 방랑 시인을 불러온 값을 하지."

"뭐라고 말하든 좋은데," 센이 불쑥 말했다. "난 지금도 그게 멍청한 돈 낭비였다고 생각하네. 자네들 모두가 굳이 해야겠다던 불꽃놀이도 그렇고."

"그럼 불꽃놀이를 정말 하는 거네요." 맷이 말했지만 센이 곧바로 말을 이었다.

"불꽃놀이라면 1년 중 첫 행상인과 함께 한 달 전에 도착했어야 하지만 행상인이 없었지. 안 그러냐? 내일까지 오지 않으면 뒤늦게 불꽃놀이를 가져온다 한들 뭘 하게? 그냥 불꽃놀이를 하겠다는 이유로 축제를 한 번 더 열어? 물론 그것도 행상인이 불꽃놀이를 가져올 때의 얘기다만."

"센." 탬이 한숨을 쉬었다. "자네, 이제 보니 타렌 페리 사람처럼 믿음이 깊군그래."

"그래서 행상인이 어디 있느냐고? 어디 말해 보게, 알소르."

"왜 말 안 해 주셨어요?" 맷은 억울한 듯 물었다. "온 마을 사람들이 방랑 시인을 기다리듯이 불꽃놀이를 기다리며 무척 즐거워했을 텐데요. 어쨌든 거의 비슷하게 즐거워했을걸요. 불꽃놀이를 한다는 소문만으로도 다들 어땠는지 아시잖아요."

"알지." 브랜은 이엉꾼을 흘겨보며 대답했다. "그 소문이 어떻게 시작됐는지 확실히 알 수만 있다면……. 그러니까, 예를 들어서 어떤 사람이 비밀로 하기로 한 일을 두고 누가 들을 때마다 뭐가 얼마나 비싸네 어쩌네 불평을 해 댔구나 싶다면 말이지……."

센이 목을 가다듬었다. "이 바람을 쐬고 있자니 늙어서 뼈마디가 쑤시는

군. 괜찮다면 나는 추위를 떨치러 알비어 부인한테 멀드 와인이나 좀 만들어 달라고 하겠네. 다음에 보지. 시장님, 알소르." 그는 말을 마치기 전에 이미 여관으로 들어가고 있었다. 여관 문이 홱 닫히자 브랜이 한숨을 쉬었다.

"가끔은 한 가지에 대해서만은 나이니브의 말이 맞지 않았나 싶……. 뭐, 지금은 그게 중요한 게 아니니. 너희 젊은 녀석들도 잠깐 생각해 보거라. 다들 불꽃놀이 때문에 신나 있는 것은 사실이지. 소문만 듣고도 말이야. 이렇게 기대했는데 행상인이 제때 도착하지 못하면 다들 어떻게 나올지 한 번 생각해 봐. 날씨를 보면 행상인이 언제 올지 누가 알겠니? 다들 방랑 시인에 대해서 흥분한 것보다 50배는 흥분할 거야."

"행상인이 오지 않으면 50배는 기분이 나빠할 테고요." 랜드가 천천히 말했다. "그렇게 되면 아무리 벨 타인이라도 사람들의 기분이 별로 좋아지지 않겠네요."

"머리를 쓰려고 할 땐 제대로 쓰는구나." 브랜이 말했다. "언젠가는 저 녀석이 마을 위원회에서 자네 자리를 이어받겠군, 탬. 내 말 명심하게. 지금 바로 앉혀도 내가 아는 누구보다 딱히 못하지는 않을 거야."

"이런 얘기를 백날 해 봐야 수레에서 짐을 부릴 수 있는 것은 아니지." 탬이 첫 번째 브랜디 통을 시장에게 건네며 힘차게 말했다. "따뜻한 불과 파이프, 자네의 맛 좋은 맥주가 있었으면 하네." 탬은 두 번째 브랜디 통을 어깨에 얹었다. "랜드가 도와줘서 고맙다고 할 거다, 매트림. 기억해라, 사과술을 지하실에 일찍 넣을수록……."

탬과 브랜이 여관으로 사라지자 랜드는 친구를 보았다. "도와줄 필요 없어. 대브가 오소리를 오래 잡아 두지는 않을 테니까."

"뭐, 안 될 것은 뭐야?" 맷이 포기했다는 듯 말했다. "너희 아빠가 말했듯이 지하실에 빨리 집어넣을수록……." 두 팔로 사과술 통을 안아 들며 맷은 반쯤 종종걸음치듯 여관으로 서둘러 갔다. "에그웨인이 와 있을지도 몰라. 뒤통수를 한 대 맞은 황소처럼 에그웨인을 쳐다보는 널 구경하는 게 오소리 구경보다 재미있겠지."

랜드는 활과 화살통을 수레 뒷자리에 싣다 말고 멈췄다. 그는 정말로 에그웨인을 머릿속에서 잊고 있었는데, 그 자체로 특이한 일이었다. 하지만 에그웨인은 여관 어딘가에 있을 가능성이 컸다. 랜드가 에그웨인을 피할 수 있을 가능성은 별로 크지 않았다. 물론 마지막으로 에그웨인을 본 게 몇 주 전이었지만.

"뭐야?" 맷이 여관 앞에서 소리쳤다. "나 혼자서 하겠다고는 안 했어. 넌 아직 마을 위원회에 들어간 게 아니라고."

랜드는 깜짝 놀라 술통을 집어 들고 따라갔다. 어쨌든 에그웨인이 안에 없을 수도 있었다. 이상한 일이지만 그런 가능성을 생각해도 기분은 전혀 나아지지 않았다.

2장 낯선 사람들

랜드와 맷이 첫 번째 술통을 가지고 휴게실을 가로질렀을 때, 알비어 씨는 이미 자기가 직접 만든 최고의 브라운 에일을 벽에 기대어 쌓아 놓은 술통 하나에서 머그잔 두 개에 따르고 있었다. 여관의 노란 고양이 스크래치가 눈을 감고 꼬리로 발을 감은 채 술통 위에 웅크리고 있었다. 탬은 강의 바위로 만든 커다란 난로 앞에 서서 여관 주인이 늘 돌난로 위에 보관하는 윤 나는 통에서 꺼낸 타박으로 긴 파이프를 채우고 있었다. 벽난로는 큰 정사각형 방의 절반 길이를 차지하고 있었고, 위쪽 가로대는 성인 남자의 어깨 높이까지 올라왔다. 타닥거리는 불길이 바깥의 한기를 좇았다.

랜드는 축제 전 바쁜 날, 이 시간에는 휴게실에 브랜과 아버지, 고양이밖에 없을 것이라고 생각했다. 그러나 센을 포함한 마을 위원회의 위원 네 명이 불가 앞에 등받이가 높은 의자를 놓고 앉아 있었다. 그들은 손에 머그잔을 들고 있었으며, 푸르스름한 타박 연기가 그들의 머리를 휘감았다. 이번만큼은 돌멩이 게임판이 하나도 쓰이지 않았고, 브랜의 책도 모두 벽난로 맞은편 선반에 가만히 놓여 있었다. 남자들은 심지어 이야기도 하지 않고, 자기 술잔만 조용히 들여다보거나 조바심이 나는 듯 파이프를 치아로 딱딱거리며 탬과 브랜이 함께 앉기만을 기다렸다.

요즘 에먼즈 필드 마을 위원회 사람들이 걱정하는 것은 그리 특이한 일이 아니었다. 파수꾼의언덕이나 데번 라이드도 마찬가지일 가능성이 컸다. 타렌 페리조차도. 타렌 페리 사람들이 무엇에 대해서든 무슨 생각을 하는지는 도무지 알 수 없는 일이지만.

불 앞에 앉은 남자 중 랜드와 맷이 들어왔을 때 눈길이라도 준 사람은 대장장이 하랄 루한과 방앗간 주인 존 테인뿐이었다. 다만 루한 씨는 힐끗 본 데서 그치지 않았다. 대장장이의 두 팔은 대부분 사람들의 다리만큼 굵었고, 묵직한 근육이 붙어 있었다. 그는 용광로에서 작업하다 말고 서둘러 회의를 하러 온 사람처럼 여전히 긴 가죽 앞치마를 걸친 채였다. 그는 인상을 쓰며 두 소년을 보더니 일부러 의자에서 허리를 펴고 다시 관심을 돌려 지나치게 열중한 태도로 파이프에 넣은 타박을 두꺼운 엄지로 꾹꾹 눌렀다.

랜드는 궁금한 마음에 속도를 늦추었다가 맷이 발목을 걷어차는 바람에 소리를 지를 뻔한 것을 간신히 참았다. 맷은 고집스럽게 휴게실 뒤쪽 문을 고갯짓하더니 기다리지 않고 서둘러 움직였다. 랜드는 약간 다리를 절며, 맷보다는 덜 빠르게 그를 따라갔다.

"왜 그런 거야?" 랜드는 부엌으로 이어지는 복도에 들어가자마자 물었다. "하마터면 다리가 부……."

"루한 때문이야." 맷이 랜드의 어깨 너머로 휴게실을 들여다보며 말했다. "저 사람이 날 의심하는 것 같아. 내가……." 알비어 부인이 부산스럽게 부엌에서 나오자 맷이 뚝 입을 다물었다. 막 구운 빵의 향기가 알비어 부인보다 앞서 흘러나왔다.

알비어 부인이 두 손으로 들고 있는 쟁반에는 에먼즈 필드에서 유명한 부인만의 겉이 딱딱한 빵, 그리고 피클과 치즈가 담긴 접시가 있었다. 그 음식을 보니 랜드는 문득 그날 아침 농장을 나서기 전에 빵 꽁다리밖에 먹지 않았다는 생각이 들었다. 창피하게도 배에서 꼬르륵 소리가 났다.

날씬하고 두껍게 땋은 흰머리를 한쪽 어깨 너머에 걸치고 있던 알비어 부인은 두 사람을 보며 엄마처럼 미소 지었다. "부엌에 더 있단다, 혹시 배가 고프다면 말이야. 하기야 배가 고프지 않은 남자애들은 본 적이 없지. 그렇게 따지면 남자들은 나이와 상관없이 항상 배가 고픈 것 같더구나. 오늘 아침에 벌꿀 케이크를 구웠는데, 그걸 더 좋아할지도 모르겠네."

알비어 부인은 결혼했으면서도 탬에게 중매를 서 주려 하지 않는, 이 지역에서 몇 안 되는 여자였다. 랜드에 대해서라면 알비어 부인의 모성은 랜드가 여관을 지나갈 때마다 따뜻한 미소를 지으며 간단한 간식을 주는 정도로까지 이어졌으나, 그런 태도는 이 지역의 모든 젊은 남자에게도 마찬가지였다. 가끔 그 이상의 뭔가를 하고 싶다는 눈으로 랜드를 보기는 했지만, 최소한 눈길 이상으로 나아가는 적은 없었다. 랜드는 그 점이 무척 고마웠다.

알비어 부인은 대답을 기다리지 않고 휴게실로 휙 들어갔다. 즉시 남자들이 일어나면서 의자가 바닥에 긁히는 소리가 나더니 빵 냄새에 환호하는 소리도 들려왔다. 알비어 부인은 누가 뭐래도 에먼즈 필드 최고의 요리사였고, 알비어 부인의 식탁에 앉을 기회가 생겼을 때 덤벼들지 않는 남자는 인근 수 킬로미터 내에 한 명도 없었다.

"벌꿀 케이크라." 맷이 입맛을 다시며 말했다.

"나중에." 랜드가 단호하게 말했다. "이러다가는 일이 안 끝나겠다."

지하실 계단 위, 부엌문 바로 옆에 등불이 하나 걸려 있었고 또 다른 등불은 여관 밑, 벽이 돌로 만들어진 지하실에 밝게 고여 어둠을 가장 먼 구석에 아주 조금만 남겨 놓고 모두 쫓아 버렸다. 벽을 따라서, 또 바닥을 가로지르며 놓인 나무 선반에는 브랜디와 사과술 통이 채워져 있었고, 에일과 와인이 들어 있는 더 큰 통 일부에는 술 따르는 꼭지가 달려 있었다. 와인 통 중에는 브랜 알비어가 직접 분필로 표시해 놓은 것들이 많았는데, 그런 표시를 보면 와인을 구매한 날짜와 그것을 가져온 행상인의 이름, 와인이 만들어진 도시를 알 수 있었다. 하지만 에일과 브랜디는 전부 투 리버스의 농부들이나 브랜이 직접 만든 것이었다. 행상인들은 물론 큰 상인들까지도 이따금 외부에서 브랜디와 에일을 들여왔으나, 그런 술은 투 리버스의 술처럼 좋지도 않았고 값도 엄청나게 비쌌다. 그런 술을 한 번 이상 마시는 사람은 아무도 없었다.

"이제 말해 봐." 선반에 술통을 내려놓은 랜드가 말했다. "뭘 했길래 루한 씨를 피해야 하는 거야?"

맷은 어깨를 으쓱했다. "진짜 별거 안 했어. 에이든 알카르랑, 걔네 코흘리개 친구들, 그러니까 에윈 핀가르랑 대그 코플린한테 어떤 농부들이 불을 뿜으며 숲을 뛰어다니는 유령 개들을 봤다고 말해 줬지. 엉긴 크림 떠먹듯이 그 말을 덥석 믿어 버리더라고."

"그런 이유로 루한 씨가 너한테 화가 났단 말이야?" 랜드가 의심스럽다는 듯 말했다.

"딱히 그런 것은 아니고." 맷은 잠시 말을 멈추더니 고개를 저었다. "그게, 내가 루한 씨의 개 두 마리한테 밀가루를 덮어씌웠어. 전부 하얘지게 말이야. 그런 다음 그 개들을 대그네 집 근처에 풀어놨지. 그 녀석들이 곧장 집으로 달려갈지 내가 어떻게 알았겠어? 진짜 내 잘못은 아니라고. 루한 부인이 문을 열어 두지만 않았으면 그 개들이 안에 들어가지도 못했을 거야. 내가 일부러 루한 부인네 집 전체에 밀가루를 뿌린 게 아니잖아." 맷은 한바탕 웃어 댔다. "루한 부인이 빗자루를 휘두르며 루한 씨랑 개들까지 셋을 다 집 밖으로 쫓아내는 소리가 들렸어."

랜드는 움찔하는 동시에 웃었다. "내가 너였으면, 루한 씨보다는 앨스벳 루한 부인이 더 걱정됐을 거야. 힘은 둘이 비슷한데 루한 부인의 성질이 훨씬 더 못됐잖아. 아무튼 괜찮아. 네가 빨리 걷기만 하면 루한 씨는 아마 널 못 알아볼 거야." 맷의 표정을 보니 랜드가 한 말이 전혀 웃기지 않은 듯했다.

하지만 다시 휴게실로 돌아갔을 때는 맷이 서두를 필요가 없었다. 여섯 남자는 난로 앞에 의자를 두고 가까이 붙어 있었다. 탬이 불가를 등진 채 낮은 목소리로 말하고 있었으며, 다른 사람들은 몸을 숙이고 듣고 있었다. 탬의 말에 너무 집중하고 있어서 누가 양 떼를 몰고 지나간다 해도 눈치채지 못할 것 같았다. 랜드는 더 가까이 가서 그들이 하는 말을 듣고 싶었지만 맷이 소매를 잡아당기며 괴롭다는 듯 쳐다보았다. 랜드는 한숨을 쉬며 맷을 따라 수레 있는 곳으로 나갔다.

복도로 돌아오던 중 둘은 계단 맨 위에 놓인 쟁반을 발견했다. 쟁반에는 따뜻한 벌꿀 케이크가 놓여 있어 복도를 달콤한 향으로 가득 채웠다. 머그잔 두 개와 김이 나는 데운 사과술 주전자도 하나 있었다. 나중에 먹자고 맷을 훈계했지만, 랜드는 마지막으로 두 번 수레와 지하실을 오갈 때는 자기도 모르는 사이에 술통과 김 나는 벌꿀 케이크 한 조각을 위태위태하게 들고 있었다.

마지막 술통을 선반에 내려놓은 랜드는 맷이 짐을 내리는 동안 입에 묻은 빵 부스러기를 닦고 말했다. "이제 방랑 시……."

계단에서 우당탕 발소리가 나더니 에윈 핀가르가 서두르다가 지하실로 반쯤 굴러떨어졌다. 포동포동한 녀석의 얼굴이 소식을 전하고 싶은 마음에 안달이 나서 반짝였다. "마을에 낯선 사람들이 왔어." 그는 숨을 고르고 맷에게 얼굴을 찡그려 보였다. "유령 사냥개는 못 봤지만, 누가 루한 씨의 개들에게 밀가루를 부었다는 말은 들었어. 루한 부인이 누구 짓인지 알 것 같다고 하던걸."

랜드와 맷은 겨우 열네 살인 에윈보다 나이가 많았고, 보통 에윈이 무슨 말을 하든 대수롭지 않게 여겼다. 그러나 이번에는 둘이 놀란 눈짓을 주고받은 다음 동시에 입을 열었다.

"마을에?" 랜드가 물었다. "숲이 아니고?"

랜드가 말을 마치자마자 맷이 덧붙였다. "그 사람 망토가 검은색이었어? 얼굴은 봤고?"

에윈은 무슨 일인지 모르겠다는 듯 둘을 번갈아 보더니 맷이 위협적으로 다가오자 재빨리 말했다. "당연히 얼굴을 봤지. 망토는 초록색이었어. 회색이었을지도 몰라. 색이 변하던걸. 그 사람이 서 있는 곳이 어디든 그 색깔에 맞게 색이 흐려지는 것 같았어. 어떨 때는 그 사람을 똑바로 보고 있는데도 그 사람이 움직일 때까지는 안 보이더라니까. 여자가 입은 망토는 파란색이었고. 하늘이랑 똑같은 색인데, 내가 본 어느 축제용 옷보다도 열 배는 화려했어. 내가 본 어떤 사람보다도 열 배는 예뻤고. 신분이 높은 사람이야. 이야기에 나오는 것처럼. 틀림없어."

"여자?" 랜드가 말했다. "누구 얘기야?" 랜드가 맷을 보니 맷은 두 손을 머리에 얹은 채 눈을 꽉 감고 있었다.

"내가 너한테 얘기하려고 했던 사람들이야." 맷이 투덜댔다. "내가 말하려고 했을 때 네가……." 맷은 말을 끊고 눈을 뜨더니 에윈을 째려보았다. "그 사람들은 어제 저녁에 도착했어." 맷은 잠시 후에 말을 이었다. "여기 여관에 방을 잡았고. 그 사람들이 말 타고 오는 것을 내가 봤어. 그 사람들 말 말이야, 랜드. 그렇게 키가 크고 매끈한 말은 본 적이 없어. 영원히 달려도 끄떡없겠더라. 내 생각엔 남자가 여자 밑에서 일하는 것 같아."

"봉사하는 거지." 에윈이 끼어들었다. "이야기에서는 그걸 봉사한다고 말해."

맷은 에윈이 아무 말도 하지 않았다는 듯 말을 이었다. "아무튼 남자는 여자한테 결정을 맡기고 여자가 시키는 대로 해. 단지 고용된 사람 같지는 않아. 군인일 수도 있겠다. 칼을 들고 다니는 게 꼭 칼이 자기 몸의 일부라도 된 것 같다니까. 손이라든지, 발이라든지. 그 사람을 보면 상인들의 호위병은 똥개 같아. 그리고 그 여자 말이야, 랜드. 난 그런 여자는 상상조차 해본 적이 없어. 방랑 시인의 이야기에나 나오는 사람 같아. 뭐랄까……. 뭐랄까……." 맷은 잠시 말을 멈추고, 불쾌하다는 듯 에윈을 보았다. "……신분이 높은 사람 같아." 맷은 한숨으로 말을 맺었다.

"그래서 누군데?" 랜드가 물었다. 1년에 한 번씩 타박과 모직 천을 사러 오는 상인들이나 행상인들을 빼면 외부인들은 투 리버스에 오지 않았다. 아예 오지 않는 것이나 마찬가지였다. 타렌 페리까지는 갈지 몰라도 이렇게까지 남쪽으로는 오지 않았다. 상인과 행상인도 대부분 몇 년째 투 리버스에 드나드는 사람이었으므로 사실 낯선 사람이라고 하기는 어려웠다. 그저 외부인일 뿐이었다. 진짜 낯선 사람이 에먼즈 필드에 나타난 것은 족히 5년 전 일이었고, 그 사람은 베얼론에서 마을 사람 누구도 이해할 수 없는 무슨 말썽을 일으키고 숨으려는 사람이었다. 그는 오래 머물지 않았다. "뭘 원하는 거지?"

"뭘 원하는 거냐고?" 맷이 소리쳤다. "난 그 사람들이 뭘 원하든 상관없어. 낯선 사람이라고, 랜드. 네가 꿈조차 꿔 보지 못한 낯선 사람들. 생각해 봐!"

랜드는 입을 열었다가 아무 말 없이 다시 다물었다. 검은 망토를 입은 기수 때문에 개에게 쫓기는 고양이처럼 신경이 곤두섰다. 마을에 낯선 사람 세 명이 동시에 찾아오다니 끔찍한 우연처럼 보였다. 그러니까 색깔이 바뀌는 망토를 입은 자의 망토가 검은색으로 바뀌지 않는다면 세 사람이었다.

"여자 이름은 모레인이야." 잠시 조용해지자 에윈이 말했다. "남자가 말하는 소리를 들었어. 모레인, 그렇게 부르던데. 모레인 아가씨라고. 남자 이름은 란이래. 현자는 모레인을 싫어할지 몰라도 난 마음에 들어."

"왜 나이니브가 그 여자를 싫어할 거라고 생각하는데?" 랜드가 말했다.

"오늘 아침에 그 여자가 현자한테 길을 물었거든." 에윈이 말했다. "현자를 '아이야'라고 부르면서." 랜드와 맷은 둘 다 잇새로 조용히 휘파람을 불었다. 에윈은 서둘러 말을 하려다 혀가 꼬였다. "모레인 아가씨는 나이니브가 현자라는 것을 몰랐어. 알고 나서는 사과했고. 진짜야. 그러면서 약초에 대해서나, 에먼즈 필드 사람은 누가 누군지 같은 것을 물어봤어. 마을의 여느 여자만큼 정중하게 말이야. 어떤 사람보다 오히려 더 정중하게 물어봤고. 모레인 아가씨는 늘 질문을 하고 다녀. 사람들 나이가 어떻게 되는지, 지금 사는 곳에는 얼마나 살았는지, 그리고……. 아, 다는 모르겠다. 아무튼 나이니브는 덜 익은 딸기라도 씹은 것처럼 대답했어. 그러다가 모레인 아가씨가 떠나니까 나이니브가 그 뒷모습을 쳐다보는데, 뭐랄까, 그러니까……. 친절하지는 않았어, 그건 확실해."

"그게 다야?" 랜드가 말했다. "너도 나이니브의 성질을 알잖아. 작년에 센 부이가 나이니브를 아이라고 불렀을 때는 나이니브가 막대기로 센 부이의 머리를 후려쳤다고. 센 부이는 마을 위원회에 속해 있고, 나이니브의 할아버지뻘인데도 말이야. 나이니브는 작은 일에도 성질을 내. 돌아서면 금방 풀리지만."

"그게 무슨 금방이야." 에윈이 투덜댔다.

"난 나이니브가 누굴 후려치든 상관없는데." 맷이 키득댔다. "나를 때리는 것만 아니면. 그 어느 때보다도 훌륭한 벨 타인이 되겠다. 방랑 시인에, 귀부인에……. 더 바랄 게 뭐야? 불꽃놀이 따위야 누가 상관하겠어?"

"방랑 시인이라고?" 에윈이 말했다. 급격히 목소리가 높아졌다.

"가자, 랜드." 맷은 어린 소년을 무시한 채 말을 이었다. "여기 일은 끝났잖아. 그 녀석을 봐야지."

맷은 계단을 뛰어 올라갔다. 에윈이 허둥지둥 그를 따라가며 소리쳤다. "진짜 방랑 시인이 있어, 맷? 이것도 유령 사냥개 같은 얘기 아니지? 아니면 개구리라든가?"

랜드는 등불을 끈 다음에야 서둘러 그들을 따라갔다.

휴게실에서는 로완 험과 사멜 크로가 불가에 앉은 사람들과 합류한 터였다. 이로써 마을 위원회 전원이 모였다. 지금은 브랜 알비어가 말하고 있었다. 보통은 화통한 그의 목소리가 잔뜩 낮아져 있어서 가까이 모여 있는 의자들 너머로는 오직 웅얼대는 소리만이 전해졌다. 시장은 두꺼운 검지로 다른 손 손바닥을 내리치며 자기 말을 강조했고, 모든 사람을 번갈아 바라보았다. 다들 그의 말에 동의한다는 뜻으로 고개를 끄덕였지만, 센만은 다른 사람들과 달리 마지못해 그러는 듯했다.

남자들이 가까이 모여 있는 모습 자체가 색칠한 간판보다도 많은 말을 전해 주었다. 무슨 이야기를 하는지는 몰라도 그 이야기는 마을 위원회 사람들만 알아야 하는 것이었다. 최소한 지금은 그랬다. 랜드가 엿들으려고 하면 반기지 않을 것이다. 랜드는 마지못해 물러났다. 그래도 방랑 시인이 있었다. 낯선 사람들도 있고.

나와 보니 벨라와 수레는 사라지고 없었다. 여관의 마구간지기인 휴나 태드가 데려간 것이다. 맷과 에윈이 여관 앞문에서 몇 미터 떨어진 곳에 서서 서로를 노려보고 있었다. 그들의 망토가 바람에 휘날렸다.

"마지막으로 말하는 건데," 맷이 호통쳤다. "장난치는 거 **아니야**. 방랑 시인이 진짜로 **왔어**. 이제 가. 랜드, 머릿속에 양털만 들어 있는 이 멍청이한테 내가 하는 말이 사실이라고 좀 얘기해 줄래? 그래야 날 가만 놔두지."

랜드는 맷의 편을 들어주려고 망토를 여미며 다가갔지만, 목 뒤의 머리털이 쭈뼛 서는 바람에 말이 나오지 않았다. 누군가가 다시 그를 지켜보고 있었다. 후드를 쓴 기수에게서 느낀 것과는 전혀 다른 느낌이었지만 그렇다고 기분이 좋지도 않았다. 기수와 만난 지 얼마 되지 않았기에 더욱 그랬다.

그린을 재빨리 둘러보았지만 전에 본 모습만이 눈에 들어왔다. 놀고 있는 아이들, 축제를 준비하는 사람들. 랜드가 있는 쪽을 지켜보는 사람은 없었다. 이제는 봄 솟대가 홀로 서서 기다리고 있었다. 부산스러운 소리와 아이들의 외침이 골목을 채웠다. 모든 것이 있어야 하는 모습 그대로였다. 누군가 랜드를 지켜본다는 점만 빼면.

그때 랜드는 뭔가에 이끌려 뒤를 돌아보며 고개를 들었다. 여관의 기와지붕 가장자리에 커다란 갈까마귀가 앉아서 산에서 불어오는 돌풍에 조금씩 흔들리고 있었다. 녀석의 머리는 한쪽으로 기울어져 있었으며, 검게 빛나는 작고 둥근 눈은…… 랜드에게 고정되어 있었다. 그렇다는 생각이 들었다. 랜드는 침을 삼켰다. 갑자기 분노가 마음속에서 뜨겁고 날카롭게 솟구쳤다.

"시체나 뜯어먹는 더러운 새 같으니." 랜드가 중얼거렸다.

"누가 쳐다보는 게 질린다." 맷이 끙 소리를 냈다. 랜드는 친구도 옆으로 다가와 갈까마귀를 보며 인상을 찌푸리고 있었다는 것을 알았다.

둘은 눈짓을 주고받았다. 하나라도 된듯 둘의 손이 돌을 찾아 빠르게 움직였다.

돌멩이 두 개가 제대로 날아들었고…… 갈까마귀는 옆걸음질 쳤다. 돌멩이는 휙 하며 갈까마귀가 있던 공간에 날아들었다. 갈까마귀는 한 차례 날개를 부풀리더니 다시 고개를 기울이고, 죽은 듯 검은 눈으로 그들을 가만히 바라보았다. 겁을 먹지도 않았고, 무슨 일이 일어났다는 티도 내지 않았다.

랜드는 놀라서 그 새를 바라보았다. "갈까마귀가 저러는 거 본 적 있어?" 랜드가 조용히 물었다.

맷은 갈까마귀에게서 시선을 떼지 않고 고개를 저었다. "못 봤어. 다른 새가 저러는 것도 못 봤고."

"지독한 새야." 뒤에서 여자 목소리가 들렸다. 혐오감이 어려 있었는데도 노랫소리 같았다. "좋은 시절에도 믿어서는 안 되지."

갈까마귀는 날카롭게 울며 날아올랐다. 너무도 격한 기세로 날아올라 검은 깃털 두 개가 지붕 가장자리에서 흩날리며 떨어졌다.

놀란 랜드와 맷은 고개를 틀며 빠르게 날아가는 새를 눈으로 좇았다. 새는 그린을 지나더니 웨스트우드 너머에 우뚝 서 있는, 구름으로 뒤덮인 안개의산맥 쪽으로 향했다. 그러더니 서쪽 하늘의 작은 얼룩이 되었다가 보이지 않게 사라졌다.

랜드의 시선은 입을 연 여자에게로 향했다. 그 여자도 갈까마귀가 날아가는 모습을 지켜보고 있었으나, 지금은 고개를 돌려 랜드와 눈을 맞추었다. 랜드는 그저 바라볼 수밖에 없었다. 이 사람이 모레인 아가씨가 틀림없었다. 맷과 에윈이 말한 그대로, 아니 그 이상이었다.

모레인이 나이니브를 아이라고 불렀다는 이야기를 들었을 때, 랜드는 그녀가 나이 든 사람일 거라고 생각했지만 아니었다. 최소한 랜드는 그녀의 나이를 가늠할 수 없었다. 처음에는 모레인이 나이니브만큼 어리다고 생각했으나 보면 볼수록 그보다는 나이가 많을 것 같았다. 모레인의 크고 검은 눈에는 어떤 성숙함이 깃들어 있었다. 어린 시절에는 누구도 알 수 없는 무언가를 아는 듯한 기색이었다. 잠시 랜드는 그 눈이 자신을 삼키기 일보 직전인 깊은 웅덩이라고 생각했다. 맷과 에윈이 모레인을 방랑 시인의 이야기에 나오는 귀부인이라고 했던 이유도 분명해졌다. 모레인에게는 어떤 우아함과 위엄이 있어서 랜드는 저절로 어색하고 서툴어졌다. 키는 랜드의 가슴에 간신히 미쳤지만, 존재감이 너무 강해서 그런 키가 적절한 것이고 랜드의 큰 키는 보기 흉한 것처럼 느껴졌다.

전체적으로 모레인은 랜드가 본 그 어떤 사람과도 달랐다. 망토에 달린 넓은 후드가 모레인의 얼굴과 짙은 색 머리카락을 감싸고 있었다. 머리카락은 부드러운 곱슬머리였다. 랜드는 성인 여자가 머리를 땋지 않은 모습을 처음 보았다. 투 리버스의 모든 소녀는 마을의 여성 서클에서 머리를 땋아도 좋을 만큼 나이가 들었다고 말해 주기만을 열렬히 기다렸으니 말이다. 모레인의 옷도 마찬가지로 낯설었다. 모레인의 망토는 하늘색 벨벳으로, 가장자리 전체에 잎사귀와 덩굴과 꽃이 은색으로 두껍게 수놓여 있었다. 드레스는 모레인이 움직일 때마다 희미하게 빛났다. 망토보다 짙은 푸른색이었으며 크림색 슬릿이 들어가 있었다. 묵직한 황금 고리로 이루어진 목걸이가 목에 걸려 있는 한편, 섬세하게 머리카락에 엮어 넣은 또 다른 황금 체인에는 모레인의 이마 한가운데에 있는 작고 빛나는 푸른 보석이 걸려 있었다. 황금색으로 짠 넓은 허리띠가 허리를 감고 있었고, 왼손 검지에는 자기 꼬리를 물고 있는 뱀 모양의 황금 반지가 끼워져 있었다. 랜드는 확실히 그런 반지를 본 적이 없었다. 단 거대한 뱀은 알아보았다. 그건 영원을 의미하는, 시간의 물레보다도 오래된 상징이었다.

에윈은 모레인의 옷이 그 어떤 축제용 옷보다도 화려하다고 했는데, 그 말이 맞았다. 투 리버스에서는 아무도 그런 옷을 입지 않았다. 절대로.

"안녕하세요, 모레인 부……. 어……. 모레인 아가씨." 랜드가 말했다. 말을 더듬는 바람에 얼굴이 뜨거워졌다.

"안녕하세요, 모레인 아가씨." 맷이 더 매끄럽게 따라 했지만 조금일 뿐이었다.

모레인은 미소 지었고, 랜드는 자기도 모르게 모레인에게 해 줄 수 있는 일, 모레인 곁에 머물 핑계가 될 만한 일이 있을지 궁금해졌다. 랜드는 모레인이 모두에게 미소 짓는다는 것을 알았지만, 꼭 랜드에게만 웃어 주는 것처럼 보였다. 정말이지 방랑 시인의 이야기가 현실이 된 것만 같았다. 맷은 바보같이 웃고 있었다.

"내 이름을 아는구나." 모레인은 기쁜 듯 말했다. 아무리 잠깐이라도 모레인이 나타난 사건은 이 마을에서 1년쯤 이야깃거리가 될 텐데 말이다! "하지만 모레인 아가씨가 아니라 모레인이라고 불러야 해. 너희 이름은 뭐지?"

다른 두 사람이 입을 열 겨를도 없이 에윈이 앞으로 뛰어나왔다. "제 이름은 에윈 핀가르입니다, 아가씨. 제가 저 두 사람에게 아가씨의 이름을 말해 줬어요. 그래서 아는 거예요. 란이 말하는 소리를 들었거든요. 그렇다고 엿들은 것은 아니고요. 아가씨 같은 사람이 에먼즈 필드에 온 적은 없거든요. 마을에는 벨 타인 때문에 방랑 시인도 와 있어요. 오늘 밤은 겨울의 밤이고요. 저희 집에 오실래요? 엄마한테 사과 케이크가 있는데요."

"꼭 봐야겠는걸." 모레인은 에윈의 어깨에 손을 얹으며 대답했다. 달리 티를 내지는 않았지만 그녀의 눈은 즐거운 듯 반짝였다. "내가 방랑 시인에게 상대가 될 수 있을지는 모르겠어, 에윈. 하지만 모두 나를 모레인이라고 불러야 해." 모레인은 기대감에 찬 눈으로 랜드와 맷을 보았다.

"저는 매트림 코손이에요, 모레인 아가……. 모레인." 맷이 말했다. 그는 딱딱하게 끊기는 동작으로 허리를 숙였다. 허리를 폈을 때는 얼굴이 붉어져 있었다.

랜드는 자기도 그 비슷한 행동을 해야 하는지 궁금했다. 이야기에 나오는 남자들은 그렇게 했으니 말이다. 하지만 맷의 본보기를 보았기에 그냥 이름만 말했다. 최소한 이번에는 혀가 꼬이지 않았다.

모레인은 그와 맷을 번갈아 보았다. 랜드는 모레인이 미소 짓는다고 생각했다. 입가가 살짝 휘어졌다. 에그웨인도 비밀이 있을 때 그런 표정을 지었다. "에먼즈 필드에 머무는 동안 이따금 소소한 일들을 해야 할 것 같은데." 모레인이 말했다. "혹시 나를 도와줄 수 있을까?" 셋이 서로 돕겠다고 나서자 모레인이 웃었다. "여기." 모레인이 말했다. 랜드는 모레인이 자기 손에 동전을 밀어 넣고 두 손으로 그 손을 꼭 감싸자 놀랐다.

"안 주셔도 괜찮아요." 랜드가 말하려 했지만, 모레인은 에윈에게도 동전을 주고 맷의 손도 랜드에게 했던 것과 똑같은 방식으로 감싸며 랜드의 반대를 뿌리쳤다.

"당연히 줘야지." 모레인이 말했다. "아무 대가 없이 일할 수는 없어. 이걸 징표라고 생각하고 간직하렴. 내가 부를 때 함께 가기로 했다는 것을 떠올리도록 말이야. 이제 우리 사이에는 연결이 생겼어."

"절대 잊지 않을게요." 에윈이 새된 목소리로 말했다.

"나중에 꼭 이야기하자." 모레인이 말했다. "너희 자신에 대해서 뭐든지 말해 줘야 해."

"아가씨……. 아니지, 모레인?" 랜드는 돌아서는 모레인에게 머뭇거리며 물었다. 모레인은 잠시 멈춰 서서 뒤를 돌아보았다. 랜드는 침을 꿀꺽 삼키고서야 말을 이을 수 있었다. "에먼즈 필드에는 왜 오신 거예요?" 모레인의 표정은 바뀌지 않았지만, 랜드는 문득 물어보지 말 것을 그랬다는 생각이 들었다. 그 이유는 알 수 없었지만 말이다. 어쨌든 랜드는 서둘러 설명했다.

"무례하게 굴려는 것은 아니에요. 죄송합니다. 그냥, 눈이 깊이 쌓이지 않아서 베얼론에서 내려올 수 있을 때 상인들과 행상인들이 찾아오는 것을 빼면 투 리버스에는 아무도 오지 않으니까요. 거의 아무도 안 와요. 당신 같은 분은 확실히 안 오고요. 상인의 호위병들은 여기는 영원의 뒷부분이라고 말하기도 하거든요. 바깥 사람들한테는 틀림없이 그렇게 보일 것 같고요. 그냥 궁금했어요."

그러자 모레인의 미소가 천천히 희미해졌다. 무언가 떠오른 듯했다. 모레인은 잠시 랜드를 바라보기만 했다. "나는 역사를 연구한단다." 마침내 모레인이 말했다. "옛이야기를 수집하지. 네가 투 리버스라고 부르는 이곳은 늘 내게 흥미로운 곳이었어. 때로 나는 여기에서 오래전에 일어난 일에 관한 이야기를 연구한단다. 여기서든, 다른 곳에서든."

"이야기요?" 랜드가 물었다. "대체 투 리버스에서 일어난 어떤 일이 당신 같은……. 그러니까 여기서 대체 무슨 일이 있었겠어요?"

"그리고 여길 투 리버스가 아니면 뭐라고 부르는데요?" 맷이 덧붙였다. "여긴 옛날부터 투 리버스라고 불렸는걸요."

"시간의 물레가 돌아가면," 모레인이 말했다. 반은 혼잣말이었고, 눈은 먼 곳을 보는 듯했다. "장소에는 수많은 이름이 붙지. 인간도 여러 가지 이름과 여러 가지 얼굴을 띤단다. 얼굴은 달라져도 사람은 늘 같아. 그런데도 물레가 짜내는 거대한 패턴을 알아보는 사람은 아무도 없어. 한 시대의 패턴조차도 알 수가 없지. 우리는 그저 지켜보며 연구하고 희망을 품을 수 있을 뿐이야."

랜드는 아무 말도 할 수 없어 모레인을 빤히 바라보았다. 모레인이 한 말이 무슨 의미인지 물을 수 없었다. 다른 둘도 혀가 풀리지 않는 것 같았다. 에윈은 입을 쩍 벌리고 있었다.

모레인은 다시 그들에게 시선을 두었고, 세 사람 모두 잠에서 깨듯 몸을 떨었다. "나중에 이야기하게 될 거야." 모레인이 말했다. 누구도 말하지 않았다. "나중에." 모레인은 수레 다리 쪽으로 갔다. 걷는다기보다는 땅 위를 미끄러지는 것 같았다. 망토가 날개처럼 모레인의 몸 양옆으로 펼쳐졌다.

모레인이 떠나자 랜드는 있는 줄도 몰랐던 키 큰 남자가 여관 앞에서 물러나 그녀를 따라갔다. 그는 한 손을 칼의 긴 손잡이에 두고 있었다. 그의 옷은 색이 흐려져 나뭇잎이나 그림자와 뒤섞일 법한 짙은 잿빛과 녹색이었고, 망토는 바람에 흔들릴 때마다 여러 색조의 회색과 초록색, 갈색으로 소용돌이쳤다. 그 망토는 때로 사라지는 것처럼 보였다. 망토 너머에 있는 것이 무엇이든 그 안에 섞여 드는 것 같았다. 남자는 머리카락이 길었으며 관자놀이 부분이 희었고, 머리카락이 얼굴에 내려오지 못하도록 가느다란 가죽 머리띠를 차고 있었다. 그 얼굴은 돌처럼 평평하고 각져 있었으며, 풍파에 시달린 것 같으면서도 머리가 희어진 것을 빼면 주름 하나 없었다. 그가 움직이자 랜드는 오직 늑대만이 생각났다.

남자는 어린 세 사람을 지나가며 눈으로 그들을 훑었다. 그 눈은 한겨울 새벽처럼 차갑고 파랬다. 남자는 머릿속으로 그들을 가늠해 보는 것 같았으나, 그의 얼굴에서는 저울의 눈금이 무엇을 가리켰는지 알려 줄 만한 기색이 전혀 드러나지 않았다. 그는 발걸음을 서둘러 모레인을 따라잡더니 속도를 늦추어 모레인과 나란히 걸으며 허리를 숙여 그녀에게 말을 걸었다. 랜드는 참고 있었는지도 몰랐던 숨을 내쉬었다.

"저 사람이 란이야." 에윈이 목쉰 소리로 말했다. 에윈도 숨을 참고 있었던 모양이었다. 그래야만 할 것 같은 시선이었다. "장담하는데, 수호자일걸."

"바보냐?" 맷이 웃었지만, 웃음소리가 떨려 나왔다. "수호자는 이야기 속에서만 나와. 아무튼 수호자들은 칼을 차고 다니고 금과 보석으로 뒤덮인 갑옷을 입고 다녀. 저 위 북쪽에 거대한오염에서 악마들이랑, 트롤록들이랑, 그런 것들이랑 싸우면서 시간을 보낸다고."

"수호자가 **맞을 수도** 있지." 에윈이 고집을 부렸다.

"저 사람한테서 황금이나 보석 봤어?" 맷이 코웃음 쳤다. "투 리버스에 트롤록이 있냐? 우리한텐 양밖에 없어. 대체 이런 데서 저런 사람의 관심을 끌 만한 일이 일어날 수 있나 모르겠네."

"무슨 일이 일어났을 수도 있지." 랜드가 천천히 대답했다. "사람들 말로는 여관이 여기에 천 년 동안 있었다잖아. 그보다 오래됐을지도 모르고."

"양이나 천 년 키웠으면 모를까." 맷이 말했다.

"은화다!" 에윈이 불쑥 말했다. "은화 한 개를 통째로 줬어! 행상인이 왔을 때 이걸로 뭘 살 수 있을지 생각해 봐."

랜드는 손을 펼쳐 모레인이 주고 간 동전을 보고는 놀라서 떨어뜨릴 뻔했다. 랜드는 손바닥에 단 하나의 불꽃을 띄우고 있는 여자가 돋을새김된 묵직한 은화를 알아보지 못했지만, 브랜 알비어가 십여 군데에서 상인들이 가져온 동전들의 무게를 재는 것을 지켜본 적은 있었기에 그 가치를 잘 알았다. 이렇게 많은 은이라면 투 리버스 어느 곳에서든 괜찮은 말을 한 필 사고도 돈이 남을 터였다.

랜드는 맷을 보았다. 맷도 랜드의 얼굴에도 떠올랐을 것이 분명한 충격받은 표정을 짓고 있었다. 랜드는 에윈에게는 보이지 않지만 맷에게는 보이도록 은화를 쥔 손을 기울이며 질문하듯 눈썹을 치켜올렸다. 맷은 고개를 끄덕였다. 잠시 그들은 혼란스럽고도 놀란 마음에 서로를 바라보았다.

"대체 무슨 심부름을 시키려는 거지?" 랜드가 마침내 물었다.

"몰라." 맷이 딱 잘라 말했다. "그리고 상관없어. 난 이 돈을 쓰지도 않을 거야. 행상인이 올 때도." 그 말을 끝으로 맷은 은화를 코트 주머니에 집어넣었다.

랜드는 고개를 끄덕이며 자기 은화도 천천히 집어넣었다. 이유는 확실히 알 수 없었지만, 맷이 한 말이 왠지 맞는 것 같았다. 은화를 쓰면 안 된다. 모레인이 준 은화는 돈으로 쓸 게 아니면 은이 무슨 소용이 있는지 생각나지는 않았지만…….

"나도 내 것을 간직해야 할까?" 에윈의 얼굴에는 괴로운 듯 망설이는 기색이 어려 있었다.

"너 하고 싶은 대로 하면 되지." 맷이 말했다.

"너한테는 쓰라고 준 것 같아." 랜드가 말했다.

에윈은 자기 은화를 보더니 고개를 젓고 주머니에 집어넣었다. "나도 간직할 거야." 에윈이 슬픈 듯 말했다.

"그래도 방랑 시인이 있잖아." 랜드가 말하자 어린 소년이 밝아졌다.

"깨야 말이지." 맷이 덧붙였다.

"랜드." 에윈이 물었다. "방랑 시인이 **진짜로** 있어?"

"보면 알아." 랜드는 웃으며 대답했다. 방랑 시인을 직접 보기 전까지 에윈이 그의 말을 믿지 않으리라는 것은 분명했다. "방랑 시인이 빨리 내려와야겠네."

수레 다리 건너편에서 뭐라고 외치는 소리가 들렸다. 소리치는 이유가 뭔지 보려고 그쪽을 본 랜드는 온 마음으로 웃게 됐다. 머리가 흰 어르신들부터 간신히 걸어 다니는 어린애들까지, 밀려든 마을 사람들이 높다란 수레를 에워싸고 다리 쪽으로 가고 있었다. 말 여덟 마리가 끄는 거대한 그 수레는 캔버스 천으로 둥글게 덮여 있었고, 그 덮개 바깥쪽에는 이런저런 꾸러미가 포도송이처럼 주렁주렁 달려 있었다. 마침내 행상인이 왔다. 낯선 사람들과 방랑 시인, 불꽃놀이에 행상인까지. 최고의 벨 타인이 될 것이다.

3장 행상인

행상인의 수레가 수레 다리의 무거운 목재 위를 굴러오자 모아 놓은 냄비들이 땡그랑거리며 부딪혔다. 그때까지도 구름처럼 몰려든 마을 사람들과 축제를 즐기러 온 농부들에게 둘러싸여 있던 행상인은 여관 앞에서 말의 고삐를 당겨 멈추었다. 사방에서 사람들이 쏟아져 들어와 커다란 수레 주변에 모인 인파의 수를 늘렸다. 수레의 바퀴는 그 위의 좌석에 앉은 행상인에게서 눈을 떼지 못하는 그 어떤 사람보다도 높았다.

수레를 탄 사람은 파단 페인으로, 창백하고 깡말랐으며 두 팔은 야위었고 코는 커다란 새 부리처럼 보이는 사람이었다. 아무도 모르는 농담을 안다는 듯 늘 미소 짓고 웃는 페인은 자기 수레와 말들을 이끌고 매년 봄 에먼즈 필드에 찾아왔다. 랜드가 기억하는 한 늘 그랬다.

말들이 굴레를 덜그럭거리며 멈추어 서자 여관 문이 홱 열리며 마을 위원회 사람들이 나타났다. 알비어 씨와 탬이 가장 앞에 서 있었다. 센 부이까지 포함한 그들은 핀이나 레이스나 책 등 십여 가지 물건들을 사겠다고 흥분해 외치는 사람들 사이로 천천히 걸어왔다. 군중은 마지못해 길을 비키고 그들이 앞으로 나설 수 있게 해 주었고, 그들이 지나간 다음에는 모두가 재빨리 다시 밀려들어 멈추지 않고 행상인을 불러 댔다. 마을 사람들이 그 무엇보다도 바란 것은 소식이었다.

마을 사람들이 보기에 바늘과 차茶 같은 것은 행상인의 수레에 실려 있는 화물의 절반밖에 되지 않았다. 그만큼 중요한 것이 바깥세상의 소식, 투 리버스를 넘어선 세상의 소식이었다. 어떤 행상인들은 그냥 자기가 아는 것만을 전해 주었다. 그런 소식을 무더기로, 굳이 신경 쓰지 않아도 되는 쓰레기 더미처럼 쏟아 놓은 것이다. 또 다른 행상인들한테서는 소식 한마디 한마디를 끄집어내야 했다. 그들은 마지못해 억지로 입을 열었다. 그러나 페인은 가끔 안달 나게 하기는 해도 거리낌 없이 이야기해 주었으며, 이야기를 엮어 내 방랑 시인에 필적할 만한 구경거리를 제공해 주었다. 그는 관심의 중심이 되기를 즐겼으며, 크기가 작은 수탉이라도 되는 것처럼 모두가 바라보는 가운데 뽐내고 걸어 다녔다. 랜드는 페인이 에먼즈 필드에서 진짜 방랑 시인을 보고 별로 좋아하지 않을 것이라는 생각이 들었다.

행상인은 말에게서 고삐를 풀겠다고 야단법석을 떨면서 마을 위원회 사람들이나 일반 주민들에게 정확히 똑같은 관심을 주었는데, 그것은 거의 관심을 두지 않았다는 뜻이다. 그는 딱히 누구에게라고 할 것도 없이 무심코 고개를 끄덕였다. 말하지 않은 채 미소 지었으며, 특히 친하게 지내는 사람들에게는 별생각 없이 손을 흔들었다. 그런 사람들에게조차 페인의 친근함은 늘 이상할 만큼 소원하게 느껴졌다. 친한 척 등을 탁 치기는 하되 절대 가까워지지는 않는 느낌이었다.

페인에게 이야기를 해 달라고 요구하는 목소리는 점점 커졌지만, 페인은 운전석에서 소소한 일거리를 만지작거리며 사람들의 수나 기대감이 원하는 만큼 커지기를 기다렸다. 마을 위원회만이 침묵을 지켰다. 그들은 자기 위치에 걸맞은 위엄을 유지했으나, 머리 위로 피어오르는 타박 연기 구름이 늘어나는 것을 보면 그러기까지 상당한 노력이 필요하다는 것을 알 수 있었다.

랜드와 맷은 조금씩 인파에 섞여 들어 최대한 수레에 가까이 갔다. 랜드는 반쯤 가다 멈출 생각이었으나 맷이 밀치는 사람들을 뚫고 꿈질꿈질 나아가며 랜드를 끌고 갔다. 결국 그들은 마을 위원회 바로 뒤에 서게 되었다.

"축제 기간 내내 농장에서 지내는 줄 알았는데." 페린 아이바라가 소란스러운 소리를 누르고 랜드에게 소리쳤다. 랜드보다 머리 반 개쯤 작은 키에 곱슬머리인 페린은 대장장이의 도제로서, 남들의 한 배 반은 될 정도로 체격이 다부졌으며, 팔과 어깨가 하도 굵어 스승인 루한 씨와 맞먹었다. 페린이라면 몰려든 사람들을 쉽게 떠밀고 나올 수 있었겠지만 그것은 페린의 방식이 아니었다. 그는 조심스럽게 길을 고르고, 행상인에게 정신이 팔려 그 밖의 무엇도 거의 눈치채지 못하는 사람들에게 사과했다. 페린은 그들이 듣든 말든 사과했으며, 랜드와 맷이 있는 곳까지 인파를 헤치고 나오는 동안 누구도 떠밀지 않으려고 애썼다. "생각해 봐." 마침내 두 사람이 있는 곳에 이른 페린이 말했다. "벨 타인과 행상인이 동시에 찾아오다니. 정말로 불꽃놀이를 하려나 본데."

"네가 아는 것은 진실의 4분의 1도 안 돼." 맷이 웃었다.

페린은 의심스럽다는 듯 그를 보더니 랜드에게 눈으로 질문을 던졌다.

"사실이야." 랜드는 그렇게 외친 다음 점점 늘어나 저마다 떠들어 대는 사람들에게 손짓했다. "나중에. 나중에 설명할게. 나중에 한다고!"

그 순간 파단 페인이 수레 운전석 위에 올라섰고, 사람들은 순식간에 조용해졌다. 랜드의 마지막 말이 그 절대적인 고요 속으로 터져 나가, 한쪽 팔을 과장되게 들고 입을 열었던 행상인의 관심을 끌었다. 모두가 고개를 돌려 랜드를 보았다. 수레 위의 깡마르고 작은 남자는 모두가 자신의 첫마디에 매달리게 할 준비를 하고 있던 터라 랜드를 날카롭게 탐색하듯 살펴보았다.

랜드는 얼굴이 붉어졌다. 에윈 정도로 덩치가 작아져서 이렇게까지 눈에 띄지 않았으면 좋겠다는 생각이 들었다. 친구들도 불편한 듯 움찔거렸다. 페인이 처음으로 그들을 알아보고 남자로 인정해 준 것이 겨우 작년이었다. 페인은 너무 어려 자기 수레에서 많은 물건을 살 수 없는 사람들에게는 보통 시간을 내주지 않았다. 랜드는 행상인이 보기에 자기가 다시 어린아이로 떨어진 것이 아니기를 바랐다.

페인은 크게 헛기침하며 묵직한 망토를 잡아당겼다. "아니, 나중이 아니지." 행상인이 연극배우처럼 말하며, 다시 한번 한 손을 거창하게 들어 올렸다. "지금 말씀드리겠소." 페인은 말을 하면서 크게 손동작을 곁들여 군중에게 단어를 드리우다시피 했다. "여러분은 투 리버스의 처지가 곤란하다고 생각하시오? 글쎄, 거대한오염 남쪽에서 폭풍의바다까지, 서쪽으로는 아리스대양에서 동쪽으로는 아이일황무지까지 온 세상이 곤란에 빠져 있소. 그 너머도 마찬가지요. 이번 겨울이 그간 보았던 여느 겨울보다 가혹했다고, 피가 굳고 뼈가 갈라질 정도로 추웠다고 생각하시오? 아아! 어디서든 겨울은 춥고 가혹했소. 변방에서는 여러분의 겨울을 봄이라 부를 것이오. 그러나 여러분은 봄이 오지 않았다고 말할 테지. 늑대들이 여러분의 양을 죽였다고 말이오. 심지어 늑대가 인간을 공격하기도 했다고. 세상일이 다 이런 거냐고. 자아, 자. 어디에서든 봄이 늦습니다. 사방에 늑대들이 있고, 그 모두가 이빨을 박을 수 있는 살코기라면 양이든 소든 인간이든 잡아먹으려고 굶주려 있소. 그러나 늑대나 겨울보다 나쁜 것들도 있지요. 여러분의 사소한 문제만 있다면 다행이라고 생각할 만한 사람들이 있소." 그는 사람들의 반응을 기다리며 말을 멈추었다.

"늑대가 양과 사람을 죽이는 것보다 나쁜 일이 뭐요?" 센 부이가 물었다. 다른 사람들이 같은 의견이라는 뜻으로 웅성거렸다.

"인간을 죽이는 인간이지요." 거들먹거리는 행상인의 대답에 사람들이 놀라 수군댔다. 행상인이 말을 이어가면서 그 소리는 점점 커졌다. "전쟁을 말하는 겁니다. 기알단에 전쟁이 났소. 전쟁과 광기가 벌어졌소. 달린숲의 눈은 인간의 피로 붉게 물들었소이다. 갈까마귀와 그들의 울음소리가 하늘을 가득 채우고 있소. 군대가 기알단으로 행군해 갑니다. 여러 민족과 위대한 가문들, 위대한 사람들이 병사들을 보내 싸우도록 하고 있소."

"전쟁이라니?" 알비어 씨의 입은 낯선 단어를 어색하게 감쌌다. 투 리버스에 사는 그 누구도 전쟁과는 아무 관련이 없었다. "왜 전쟁을 하는 거요?"

페인은 씩 웃었다. 랜드는 그가 세상과 동떨어져 있는 마을 사람들과 그들의 무지를 비웃는다고 느꼈다. 행상인은 시장에게 비밀이라도 말해 줄 것처럼 몸을 앞으로 숙였으나, 다 들리라고 하는 귀엣말은 실제로 모두에게 들렸다. "드래건이 깃발을 올렸고, 사람들이 그에게 반기를 들고자 모여들었소. 그를 지지하기 위해서도."

한 차례 모두가 길게 헛숨을 들이켰다. 랜드는 그러고 싶지 않았으나 몸을 떨었다.

"드래건이라고!" 누군가 신음했다. "어둠의 존재가 기알단에서 날뛰고 있다니!"

"어둠의 존재가 아니야." 하랄 루한이 으르렁거리듯 말했다. "드래건은 어둠의 존재가 아니라고. 어쨌든 이 녀석은 가짜 드래건일 테고."

"페인 씨가 할 말을 들어 봅시다." 시장이 말했지만 그렇게 쉽게 조용해질 사람은 아무도 없었다. 사람들이 사방에서 소리를 질렀다. 남자거나 여자거나 서로의 목소리를 누르느라 고함을 쳐 댔다.

"어둠의 존재만큼 나쁜 거지!"

"드래건이 세상을 파괴하지 않았어?"

"그자가 시작한 거야! 그자가 광기의 시대를 열었어!"

"예언을 아시잖아요! 드래건이 다시 태어나면 가장 끔찍한 악몽이 가장 달콤한 꿈처럼 보이게 될 거라던데요!"

"그냥 가짜 드래건이 하나 더 나타난 거야. 틀림없어!"

"그렇다고 뭐가 달라져? 지난번 가짜 드래건 기억하지? 그자도 전쟁을 시작했어. 수천 명이 죽었지. 안 그래요, 페인? 그자가 일리안을 포위했잖아요."

"악의 시대야! 20년 동안 자기가 드래건의 환생이라고 주장한 사람이 한 명도 없었는데, 지난 5년 동안에만 세 명이 나타나다니. 악한 시대라고! 날씨 좀 봐!"

랜드는 맷과 페린과 눈짓을 주고받았다. 맷의 눈은 신나서 반짝였지만, 페린은 걱정스러운 듯 인상을 찌푸리고 있었다. 랜드는 드래건의 환생을 자처한 남자들에 관해 들었던 이야기를 모두 떠올릴 수 있었다. 그들 모두는 죽거나 예언을 실현하지 못한 채 사라지는 것으로 가짜 드래건이었음을 스스로 드러냈지만, 그들이 저지른 짓도 그 자체로 끔찍했다. 모든 나라가 전쟁으로 찢겨 나갔고, 도시와 마을 들은 불탔다. 죽은 자들이 가을 낙엽처럼 쓰러졌으며, 피난민들은 우리 속 양 떼처럼 도로를 가득 메웠다. 행상인들도, 거상들도 그렇게 말했고 투 리버스에서 조금이라도 상식이 있는 사람들은 그 말을 의심하지 않았다. 어떤 사람들은 진짜 드래건이 다시 태어나면 세상이 종말을 맞이할 것이라고 말했다.

"그만!" 시장이 소리쳤다. "조용히 하시오! 여러분 각자의 상상으로 잔뜩 일을 부풀리지 말란 말이오. 페인 씨가 이번 가짜 드래건에 대해 말해 주게 놔두시오." 사람들은 조용해지기 시작했지만, 센 부이는 입을 다물지 않으려 들었다.

"가짜 드래건이긴 **한가?**" 이영꾼이 퉁명스럽게 물었다.

알비어 씨는 기습이라도 당한 듯 눈을 깜빡이더니 쏘아붙였다. "늙은 바보처럼 굴지 말게, 센!" 하지만 센은 이미 사람들에게 다시 불을 붙인 뒤였다.

"드래건의 환생일 리는 없어! 빛이여, 저희를 도우소서. 절대 안 돼!"

"늙은 머저리 같으니, 부이! 자네는 불운을 **바라는** 모양이군?"

"다음에는 어둠의 존재를 이름으로 부르겠군! 자넨 드래건에게 사로잡힌 모양일세, 센 부이! 우리 모두에게 해를 끼치려 하다니!"

센은 반항하듯 주위를 둘러보며 자리를 노려보는 사람들을 눈빛으로 찍어 누르려 하더니 목소리를 높였다. "난 페인한테서 이번 사람이 가짜 드래건이라는 말을 못 들었는데. 자네들은 들었나? 눈이 있으면 보라고! 무릎 높이 이상으로 자랐어야 할 곡식은 다 어디 있나? 한 달 전에 봄이 왔어야 하는데 왜 아직 겨울이지?" 사람들은 화가 나서 센에게 입을 다물라고 소리쳤다. "난 입을 다물지 않을 걸세! 난 이런 식의 이야기도 좋아하지 않지만, 타렌 페리 사람이 와서 내 목을 벨 때까지 얼굴에 양동이나 뒤집어쓰고 숨어 있지는 않을 거야. 페인의 여흥에도 매달리지 않을 걸세. 이번만큼은 아니야. 똑바로 말하게, 행상인 양반. 무슨 이야기를 들었나? 응? 그자가 가짜 드래건인가?"

페인은 자기가 가져온 소식이나 자기가 일으킨 불쾌감에 동요했는지 몰라도 겉으로는 그런 기색을 드러내지 않았다. 그는 단지 어깨만 으쓱하고 깡마른 손가락을 코 옆에 댔다. "글쎄. 그 문제에 대해서야 모든 일이 다 끝나기 전까지는 누가 알 수 있겠소?" 페인은 비밀스러운 미소를 지으며 잠시 말을 멈추고 사람들의 반응을 상상하자 우습다는 듯 눈으로 군중을 훑었다.

"내가 분명히 아는 건," 그는 지나치게 태평한 태도로 말했다. "그자가 일원력을 휘두를 수 있다는 거요. 다른 자들은 그렇게 하지 못했지. 하지만 이 자는 채널링을 할 수 있소. 그자는 적들의 발밑에서 땅을 갈라지게 하고, 고함으로 강한 성벽을 무너지게 만듭니다. 그가 부르면 번개가 치고 그가 가리키는 곳에 벼락이 떨어지지요. 그 얘기는 분명히 들었소, 내가 신뢰하는 사람들한테서."

사람들은 놀라서 조용해졌다. 랜드는 친구들을 보았다. 페린은 마음에 들지 않는 것을 보는 듯한 표정이었으나 맷은 **여전히** 신나 보였다.

표정이 평소보다 약간 흐트러진 탬이 시장을 가까이 끌어당겼으나, 그가 입을 열 겨를도 없이 에윈 핀가르가 불쑥 말했다.

"미쳐서 죽을걸요! 이야기에서는 일원력을 채널링한 남자들은 늘 미친 다음 기운이 빠져서 죽어 버려요. 일원력에 손댈 수 있는 것은 여자들뿐이라고요. 그걸 모른대요?" 에윈은 몸을 숙여 자기를 때리려던 부이 씨를 피했다.

"네놈 이야기는 그만하면 됐다, 꼬마야." 센은 에윈의 눈앞에 울퉁불퉁한 주먹을 휘둘렀다. "제대로 예의를 차리지 않으려거든 이 일은 어른들에게 맡겨라. 꺼져!"

"진정하게, 센." 탬이 으르렁거리듯 말했다. "그 아이는 그저 궁금해하는 것뿐이야. 자네가 이처럼 어리석게 굴 필요는 없네."

"나이에 맞게 행동해야지." 브랜이 덧붙였다. "이번 한 번만이라도 자네가 마을 위원회의 위원이라는 것을 기억하게."

센은 탬과 시장이 한마디 할 때마다 얼굴이 점점 붉어지더니 거의 푸르죽죽하게 변했다. "저 애가 말하는 여자가 어떤 여자인지는 자네들도 알지 않나. 인상 펴게, 루한. 자네도 마찬가지야, 크로. 여기는 선량한 사람들이 사는 선량한 마을일세. 드래건한테 미친 바보 같은 꼬마가 아이즈 세다이 이야기를 덧붙이지 않아도, 페인이 여기 와서 가짜 드래건이 일원력을 쓴다는 얘기를 하는 것만으로도 나쁜 일이라고. 세상에는 이야기해서는 안 되는 일도 있어. 자네들이 그 멍청한 방랑 시인한테 아무 이야기나 마음대로 떠들어 대게 놔둔대도 난 상관없네. 이건 옳은 일도 아니고, 온당한 일도 아니야."

"이야기해서는 안 되는 일이라니, 나는 본 적도, 들은 적도, 냄새를 맡아 본 적도 없는데." 탬이 말했다. 그러나 페인은 아직 말을 끝낸 게 아니었다.

"아이즈 세다이가 이미 개입하고 있소." 행상인이 목소리를 높였다. "그 일부가 남쪽 타 발론에서부터 말을 타고 왔다오. 그자가 일원력을 쓸 수 있기에 아무리 여러 번 싸운다 한들 오직 아이즈 세다이만이 그자를 패퇴시킬 수 있소. 그자를 패퇴시킨 뒤에 처리할 수 있는 것도 아이즈 세다이뿐이고. 물론 그자가 패배한다면 말이지만."

군중 가운데 누군가가 큰 소리로 신음했고, 탬과 브랜조차 불편한 듯 얼굴을 찌푸리며 서로를 보았다. 마을 사람들이 몇 명씩 가까이 모여들었고, 실제로는 바람이 잦아들었으나 그중 일부는 망토를 여몄다.

"당연히 그자가 패배하겠죠." 누군가 소리쳤다.

"결국은 그자들이, 가짜 드래건들이 늘 패배합니다."

"패배해야 마땅하지, 안 그래?"

"그자를 물리치지 못하면?"

탬은 그제야 시장의 귀에 조용히 속삭일 수 있었고, 브랜은 주위의 소란을 무시한 채 때로 고개를 끄덕이면서 탬이 말을 마칠 때까지 기다리다가 목소리를 높였다.

"다들 들으시오. 조용히 하고 들어요!" 고함이 다시 수군대는 소리로 잦아들었다. "이건 단순한 바깥세상 소식이 아니오. 마을 위원회에서 토의해야 합니다. 페인 씨, 여관 안에서 우리와 함께해 주면 좋겠소. 물어볼 것이 있으니."

"뜨거운 멀드 와인 한 잔이면 당장 아쉽지는 않겠소." 행상인이 씩 웃으며 대답했다. 그는 수레에서 뛰어내려 코트에 두 손을 털더니 기분 좋은 듯 망토를 바로잡았다. "제 말들을 좀 돌봐 주시겠습니까?"

"페인이 하려는 말을 듣고 싶은데요!" 한 명 이상이 항의하는 뜻으로 목소리를 높였다.

"이렇게 데려가시면 안 되죠! 마누라가 핀을 사 오라고 했단 말이에요!"

그 말을 한 사람은 위트 콩가였다. 그는 다른 사람들의 눈초리에 어깨를 움츠렸지만 물러서지는 않았다.

"우리한테도 질문할 권리가 있다고." 모여 있는 사람들 뒤쪽에서 누군가가 외쳤다. "난……."

"조용!" 시장이 고함을 지르자 놀란 사람들이 조용해졌다. "마을 위원회에서 질문을 하고 나면 페인 씨가 돌아와 여러분에게도 모든 소식을 전해 줄 거요. 가져온 냄비와 핀도 팔 테고. 휴! 태드! 페인 씨의 말들을 마구간으로 데려가게."

탬과 브랜이 행상인을 사이에 두고 서자 나머지 마을 위원회 사람들은 그들 뒤에 모여들었다. 그들 모두가 함께 와인스프링 여관으로 들어가, 그들을 따라서 몰려들려던 사람들의 눈앞에서 단호히 문을 닫았다. 누군가 문을 두드려 보았지만 시장이 외마디 소리를 지를 뿐이었다.

"집에 가시오!"

사람들은 여관 앞에 밀려들어 행상인이 한 말과 그 말의 의미에 관해, 마을 위원회에서 어떤 질문을 하고 있을지에 관해, 그리고 왜 그들만이 페인 씨의 이야기를 듣고 자기들만의 질문을 던질 수 있는지에 관해 숙덕거렸다. 몇몇 사람들은 여관 앞쪽 창문을 들여다보았고, 일부는 휴와 태드에게 질문을 던지기도 했다. 그 둘이 뭘 안다고 생각하는 것인지는 전혀 알 수 없었지만 말이다. 무신경한 두 마구간지기는 대답 대신 끙 소리만 내고, 말들의 굴레를 벗기는 작업만 꼼꼼히 계속했다. 그들은 페인의 말들을 한 마리씩 데려갔고, 마지막 말까지 데려가고 나서 돌아오지 않았다.

랜드는 사람들에게 관심을 두지 않고 오래된 돌 토대 가장자리에 앉아 망토를 여미며 여관 문을 바라보았다. 기알단. 타 발론. 이름만으로도 낯설고 가슴이 두근거렸다. 그곳은 랜드가 행상인의 소식이나 거상들의 호위병이 전한 이야기를 통해서만 아는 곳이었다. 아이즈 세다이와 전쟁과 가짜 드래건이라니. 벽난로 앞에서 밤늦게 하는 이야기에나 나올 법한 것이었다. 양초 하나가 벽에 기묘한 형상을 만들고, 닫힌 문에 대고 바람이 울부짖을 때 말이다. 전체적으로는 랜드도 눈보라와 늑대가 낫다고 생각했다. 하지만 바깥세상은, 투 리버스 너머의 세상은 다를 게 틀림없었다. 꼭 방랑 시인의 이야기 한가운데에서 살아가는 것 같을 것이다. 모험. 기나긴 모험. 평생에 걸친 모험.

마을 사람들은 계속 숙덕거리고 고개를 저으며 천천히 흩어졌다. 위트 콩가는 안에 숨어 있는 다른 행상인이라도 찾게 될 것처럼 잠시 멈추어 이제는 주인 없이 방치된 수레를 들여다보았다. 결국은 나이가 어린 사람들만이 남았다. 맷과 페린은 랜드가 앉아 있는 곳으로 다가왔다.

"방랑 시인이 어떻게 이걸 이길지 모르겠네." 맷이 신나서 말했다. "우리가 이 가짜 드래건을 보게 될까?"

페린은 덥수룩한 머리를 저었다. "난 보고 싶지 않아. 다른 데서라면 몰라도 투 리버스에서는 싫어. 그자가 의미하는 게 전쟁이라면 말이야."

"아이즈 세다이가 여기 온다는 뜻이라도 마찬가지고." 랜드가 덧붙였다. "누구 때문에 세계의 파괴가 일어났는지 잊은 거야? 시작은 드래건이 했을지 모르지만, 실제로 세상을 파괴한 것은 아이즈 세다이였어."

"나도 들은 얘기가 있는데." 맷이 천천히 말했다. "모직물을 사러 온 상인의 호위병이 해 준 얘기야. 그 사람 말로는 인류가 가장 궁핍한 시간에 드래건이 다시 태어날 거래. 다시 태어나서 우리 모두를 구원한다는 거야."

"뭐, 그 소리를 믿었다면 그 호위병이 바보인 거지." 페린이 단호히 말했다. "그 얘기에 귀 기울인 너도 바보고." 페린은 화난 목소리가 아니었다. 그는 거의 화를 내지 않았다. 하지만 가끔은 맷의 변덕스러운 공상에 짜증스러워했다. 지금 페린의 목소리에도 그런 기색이 깃들어 있었다. "그런 다음에는 우리 모두가 새로운 전설의 시대에 살게 된다는 얘기도 했을 것 같은데."

"나도 믿는다고는 안 했어." 맷이 반발했다. "그냥 들었다고. 나이니브도 들었는걸. 난 걔가 나랑 그 호위병이랑, 둘 다 가죽을 벗겨 버리려는 줄 알았어. 그 사람이, 그러니까 그 호위병이 하는 말로는 많은 사람들이 그 얘기를 믿는대. 그냥 겁이 나서, 아이즈 세다이나 빛의 아이들이 무서워서 인정하지 못하는 것뿐이라는 거야. 나이니브가 비난을 퍼부은 다음에는 그 호위병이 더 이상 말하지 않으려 했지만. 나이니브가 상인한테 말했더니 상인은 그 여행을 끝으로 그 호위병과는 함께하지 않겠다고 했어."

"잘했네." 페린이 말했다. "드래건이 우리를 구원한다고? 내가 듣기에는 코플린이나 할 얘기 같아."

"드래건이 구원해 주기를 바라게 될 정도라니 도대체 어떤 궁핍을 겪게 된다는 거야?" 랜드가 생각에 잠겨 말했다. "차라리 어둠의 존재한테 도와달라고 하게 된다니."

"그 사람은 얘기 안 해 줬어." 맷이 불편한 듯 대답했다. "새로운 전설의 시대 얘기도 하지 않았고. 그 사람은 드래건이 오면 세상이 찢겨 나갈 거라고 했어."

"그러면 확실히 구원받겠네." 페린이 무미건조하게 말했다. "한 번 더 세계의 파괴가 일어나다니."

"날 태워 죽여라!" 맷이 짓씹어 뱉었다. "난 그냥 호위병이 해 준 말을 전하는 것뿐이잖아."

페린은 고개를 저었다. "난 그냥 아이즈 세다이랑, 가짜든 진짜든 이 드래건이라는 자가 지금 있는 곳을 떠나지 않기를 바랄 뿐이야. 그러면 투 리버스는 시련을 겪지 않아도 되겠지."

"넌 그 사람들이 정말 어둠의 친구라고 생각해?" 맷은 생각에 잠겨 인상을 썼다.

"누구?" 랜드가 물었다.

"아이즈 세다이."

랜드는 페린을 힐끗 보았고, 페린은 어깨를 으쓱했다. "이야기에 따르면," 랜드가 천천히 입을 열었으나 맷이 말을 잘랐다.

"모든 이야기에서 아이즈 세다이가 어둠의 존재를 따랐다고 하는 것은 아니야, 랜드."

"아, 빛이여. 맷." 랜드가 말했다. "그 사람들 때문에 세계의 파괴가 일어났어. 더 뭐가 필요한데?"

"모르겠다." 맷은 한숨을 쉬었지만 다음 순간에는 다시 미소 짓고 있었다. "빌리 콩가는 그 사람들이 존재하지 않는대. 아이즈 세다이 말이야. 어둠의 친구들. 그냥 이야기일 뿐이라는 거야. 빌리 콩가는 어둠의 존재도 믿지 않는다더라."

페린이 코웃음 쳤다. "콩가 사람이 코플린식 얘기를 했다니 알 만하네."

"빌리는 어둠의 존재를 이름으로 불렀어. 그건 너도 몰랐을걸."

"세상에, 빛이여!" 랜드가 헛숨을 들이켰다.

맷이 더욱 활짝 미소 지었다. "지난 봄이었어. 그러고 나서 하필 빌리의 밭에만 야도충이 생겼지. 빌리네 집안사람들 모두가 황안열에 걸렸고. 빌리가 하는 말을 내가 들었어. 지금도 빌리는 어둠의 존재를 믿지 않는다고 하지만, 내가 어둠의 존재를 이름으로 불러 보라고 하면 뭘 집어던져."

"그런 짓을 할 정도로 멍청하단 말이야, 매트림 코손?" 나이니브 알미라가 모여 있던 그들 사이로 걸어왔다. 어깨 너머로 넘긴 검은색 땋은 머리가 분노에 곤두서는 듯했다. 랜드는 허둥지둥 일어났다. 현자 나이니브는 날씬했고 키가 맷의 어깨에 간신히 미쳤지만, 이 순간만큼은 그들 중 누구보다도 커 보였다. 나이니브가 젊고 예쁘다는 사실은 아무 상관도 없었다. "당시에도 빌리 콩가가 그 비슷한 짓을 저질렀을 거라고 생각했지만, 최소한 네가 빌리 콩가를 약 올려서 그런 짓을 하게 할 만큼 미치지는 않았을 줄 알았는데. 넌 결혼할 나이가 됐어, 매트림 코손. 그런데 실제로는 네 어머니 앞치마 자락을 벗어나면 안 되겠구나. 다음에는 네가 직접 어둠의 존재를 이름으로 부르게 생겼으니."

"아뇨, 현자님." 맷이 항의했다. 여기만 아니면 어디로든 사라지고 싶다는 표정이었다. "빌리 그 늙은이가……. 그러니까, 콩가 씨가 한 짓이지 제가 그런 게 아니라니까요! 피와 재를 걸고, 저는……."

"말조심해라, 매트림!"

나이니브가 노려보는 사람이 자기가 아니었는데도 랜드는 허리를 똑바로 세웠다. 페린도 똑같이 겸연쩍은 표정이었다. 나중에는 둘 중 한 명이 나이가 몇 살 많지도 않은 여자한테 꾸지람을 들었다며 불평하게 될 게 거의 확실했다. 나이니브가 꾸지람을 한 다음에는 누군가가 꼭 불평을 했다. 나이니브가 듣는 데서 그러는 일은 없었지만 말이다. 그러나 나이니브와 얼굴을 맞들고 있을 때는 늘 나이 차이가 실제보다 크게 느껴졌다. 나이니브가 화를 낼 때는 더더욱. 나이니브가 들고 다니는 막대는 한쪽이 두껍고 다른 쪽은 가느다란 회초리처럼 생겼는데, 나이니브는 바보 같은 짓을 한다고 생각되는 사람이 있으면 누구나 그 막대로 후려치곤 했다. 머리든, 손이든, 다리든 말이다. 상대의 나이나 지위는 상관없었다.

현자한테 너무 관심을 빼앗겨서 랜드는 처음에 나이니브가 혼자가 아니라는 것을 알아차리지 못했다. 이런 실수를 깨달았을 때, 나이니브가 나중에 무슨 말이나 행동을 하든 간에 이 자리에서 벗어나야겠다는 생각뿐이었다.

에그웨인이 현자보다 몇 미터 뒤에 서서 골똘히 이 광경을 지켜보고 있었다. 나이니브와 비슷한 키에, 똑같이 어두운색 피부를 가진 그녀는 가슴 아래로 팔짱을 끼고 못마땅하다는 듯 입을 꽉 다물고 있어서 나이니브가 그 순간에 느끼는 기분을 나타내는 그림자처럼 보였다. 부드러운 회색 망토에 달린 후드로 얼굴에 그림자가 져 있었고, 큰 갈색 눈에는 지금 웃음기가 전혀 없었다.

세상이 조금이라도 공정한 곳이라면 에그웨인보다 두 살 많은 만큼 어느 정도 이점이 있어야 한다는 것이 랜드의 생각이었다. 하지만 그렇지 않았다. 사정이 괜찮을 때도 랜드는 페린과 달리 마을 소녀들과 이야기할 때 혓바닥이 제대로 돌아가지 않았다. 그러나 에그웨인이 지금처럼 눈을 최대한 크게 뜨고 골똘히 바라볼 때면, 꼭 에그웨인이 모든 관심을 랜드 자신에게 두고 있는 것처럼 보일 때면 그야말로 자기가 하는 말이 원하는 곳에 이르도록 할 수 없을 것만 같았다. 어쩌면 나이니브가 말을 마치자마자 자리를 떠날 수 있을지도 몰랐다. 하지만 랜드는 자기가 결국 그런 행동을 하지 않으리라는 것을 알고 있었다. 이유는 모르겠지만.

"정신 나간 새끼 양처럼 빤히 쳐다보지만 말고, 랜드 알소르." 나이니브가 말했다. "너희 셋처럼 대단한 얼간이조차 입에 담아서는 안 된다는 것을 알 만한 얘기를 하고 있던 이유를 말해 줬으면 하는데."

랜드는 깜짝 놀라 에그웨인에게서 시선을 돌렸다. 나이니브가 입을 열자 에그웨인은 당황스럽게도 미소를 짓기 시작한 터였다. 나이니브의 목소리는 톡 쏘는 듯했지만, 그녀의 얼굴에도 다 안다는 미소가 어리기 시작했다. 맷이 큰 소리로 웃기 전까지는 말이다. 현자의 미소가 사라졌고, 맷은 그녀의 눈초리에 웃다 말고 목이 졸린 듯 컥컥댔다.

"그래서, 랜드?" 나이니브가 말했다.

랜드는 곁눈으로 에그웨인이 여전히 미소 짓는 것을 보았다. **뭐가 저렇게 웃기다는 거야?** "자연스럽게 나온 얘기였습니다, 현자님." 랜드가 서둘러 말했다. "행상인이……. 파단 페인이……. 어……. 페인 씨가 기알단에 가짜 드래건이 나타났다는 소식을 전해 줬어요. 또 전쟁이랑, 아이즈 세다이 얘기도요. 마을 위원회에서는 그게 페인 씨와 따로 이야기를 나눠야 할 만큼 중요한 일이라고 생각했고요. 그런데 무슨 딴 얘기를 하겠어요?"

나이니브가 고개를 저었다. "그래서 행상인의 수레가 주인도 없이 방치된 거군. 사람들이 수레를 맞이하겠다고 달려 나가는 소리는 들었지만, 아일린 부인의 열이 떨어질 때까지는 자리를 비울 수 없었어. 그러니까 마을 위원회에서 행상인에게 기알단에서 무슨 일이 일어났는지 묻고 있다는 거지? 내가 아는 마을 위원회라면 엉뚱한 질문만 잔뜩 던지고 제대로 된 질문은 하나도 하지 못할 텐데. 쓸모 있는 정보를 조금이라도 알아내려면 여성 서클이 개입해야 해." 나이니브는 어깨에 망토를 단단히 걸치더니 여관으로 들어갔다.

에그웨인은 현자를 따라가지 않았다. 나이니브가 들어가고 나서 여관 문이 닫히자 에그웨인은 랜드 앞으로 다가와 섰다. 찌푸린 표정은 사라졌지만, 깜빡이지도 않고 바라보는 그 눈길에 랜드는 불안해졌다. 랜드는 친구들을 보았지만 그들은 랜드를 버려두고 가면서 활짝 웃었다.

"맷한테 걸려서 바보 같은 짓을 함께하면 안 되지, 랜드." 에그웨인이 말했다. 현자 자신처럼 엄숙한 태도였다. 그러더니 그녀는 갑자기 키득거렸다. "네가 열 살 때, 맷이랑 같이 센 부이의 사과나무에 올라갔다가 걸린 이후로 그런 표정은 처음 봤어."

랜드는 발을 바꾸어 짚으며 친구들을 힐끗 보았다. 그들은 그리 멀지 않은 곳에 서 있었다. 맷은 뭐라고 이야기하며 신나게 손짓을 해 댔다.

“내일 나랑 같이 춤출래?” 랜드가 하려던 말은 그것이 아니었다. 에그웨인과 함께 춤을 추고 싶기는 했지만, 동시에 에그웨인과 함께 있는 동안 느껴질 것이 분명한 불편한 기분은 조금도 느끼고 싶지 않았다. 지금도 그런 기분이었지만.

에그웨인이 입꼬리를 살짝 올리며 작게 미소 지었다. “오후에는 괜찮아.” 에그웨인이 말했다. “아침에는 바쁠 테니까.”

다른 녀석들 중 페린이 소리쳤다. “방랑 시인이다!”

에그웨인이 그쪽을 돌아보았지만 랜드가 에그웨인의 팔에 손을 얹었다. “바쁘다니? 어째서?”

날이 추웠는데도 에그웨인은 눈에 띄게 태평한 태도로 망토에 달린 후드를 젖히더니 어깨 앞쪽으로 머리카락을 내렸다. 랜드가 마지막으로 보았을 때 에그웨인의 검고 물결치는 듯한 머리카락은 어깨 아래로 내려와 있었다. 머리카락이 얼굴로 흘러내리지 못하게 잡아 두는 것은 빨간 리본뿐이었다. 지금 에그웨인은 그 머리를 길게 땋고 있었다.

랜드는 땋은 머리를 독사라도 되는 것처럼 바라보다가 봄 솟대를 힐끗 보았다. 지금 봄 솟대는 내일을 기다리며 그린에 홀로 서 있었다. 아침에는 결혼할 나이가 되었지만 결혼하지 않은 여자들이 솟대를 돌며 춤을 출 것이다. 랜드는 꿀꺽 침을 삼켰다. 어째서인지 랜드는 자기와 같은 나이에 에그웨인도 결혼할 수 있는 나이가 된다는 생각을 한 번도 해 보지 못했다.

“결혼할 나이가 됐다는 이유만으로,” 랜드가 웅얼거렸다. “꼭 결혼해야 하는 것은 아니야. 당장은 아니라고.”

“당연하지. 그렇게 따지면 아예 결혼하지 않아도 되고.”

랜드가 눈을 깜빡였다. “아예?”

“현자가 결혼하는 일은 거의 없잖아. 그게, 나이니브가 나를 가르쳐 주고 있어. 나한테 재능이 있대. 배우면 바람의 소리를 들을 수 있을 거라더라. 나이니브 말로는 모든 현자가 다 바람의 소리를 들을 수 있는 것은 아니래. 말로는 다들 들을 수 있다고 하지만.”

“현자라고!” 랜드가 콧방귀를 뀌었다. 그는 에그웨인의 눈이 위험하게 반짝이는 것을 보지 못했다. "여기 현자는 앞으로 최소 50년 동안 나이니브가 맡을걸. 그 이상일지도 모르고. 남은 평생을 나이니브의 도제로 살겠다는 거야?"

"다른 마을도 있어." 에그웨인이 열을 내며 대꾸했다. "나이니브 말로는 타렌 북쪽의 마을에서는 언제나 먼 곳에서 온 현자를 선택한대. 그래야 현자가 마을 사람 중 누군가를 편애하지 않는다고 생각해."

즐거움은 처음 느꼈을 때만큼 빠르게 녹아내렸다. "투 리버스를 떠난다는 거야? 그럼 내가 다시는 널 못 볼 텐데."

"싫어? 최근에는 이러든 저러든 상관없다는 태도였잖아."

"투 리버스에서는 아무도 못 나가." 랜드가 말을 이었다. "타렌 페리 출신은 떠날 수 있을지 모르지만 그 사람들이야 어쨌든 다 이상한 사람들이고. 아예 투 리버스 사람이라고 하기도 힘든 사람들이니까."

에그웨인은 짜증스럽다는 듯 한숨을 쉬었다. "그래, 나도 이상한 사람인가 보지. 난 이야기로 들은 곳들을 보고 싶은 것 같아. 그런 생각 해 봤어?"

"당연히 해 봤지. 나도 가끔은 공상을 해. 하지만 난 공상과 현실의 차이를 알아."

"난 모르고?" 에그웨인이 격분해 말하더니 순식간에 랜드에게 등을 돌렸다.

"그런 뜻이 아니라. 난 그냥 내 얘기를 한 거야. 에그웨인?"

에그웨인은 망토를 홱 걸쳤다. 랜드를 막는 성벽과도 같았다. 그러더니 그녀는 딱딱하게 몇 미터 걸어 갔다. 랜드는 답답해서 머리를 문질렀다. 어떻게 설명한다? 랜드로서는 자기 말에 담겨 있는 줄도 몰랐던 의미를 에그웨인이 짜낸 것은 이번이 처음이 아니었다. 지금처럼 에그웨인의 기분이 나쁠 때는 한 걸음만 잘못 디뎌도 사태가 나빠질 뿐이었다. 랜드는 자기가 할 만한 거의 모든 말이 실수일 것이라고 확신했다.

그때 맷과 페린이 돌아왔다. 에그웨인은 모르는 척했다. 그들은 머뭇거리며 에그웨인을 보더니 랜드에게 다가왔다.

"모레인이 페린한테도 은화를 줬어." 맷이 말했다. "우리 거랑 똑같아."

맷은 잠깐 말을 멈추었다가 덧붙였다. “페린도 그 기수를 봤대.”

“어디서?” 랜드가 물었다. “언제? 딴 사람도 봤대? 넌 누구한테 말했어?”

페린은 천천히 하라는 뜻으로 널찍한 두 손을 들어 올렸다. “한 번에 한 가지만 물어봐. 그 사람을 본 것은 마을 가장자리에서야. 대장간을 지켜보고 있더라. 어제 해가 막 떨어질 때 말이야. 소름이 끼치던데. 루한 스승님한테 말씀드렸는데, 스승님이 봤을 때는 아무도 없었어. 내가 그림자를 봤을 거라고 하시더라. 하지만 용광로 불을 높이고 공구를 올려놓을 때는 제일 큰 망치를 가져오셨어. 전에는 한 번도 그러신 적이 없었는데.”

“그럼 네 말을 믿은 거네.” 랜드가 말했지만 페린은 어깨를 으쓱했다.

“몰라. 내가 본 게 그냥 그림자라면 망치는 왜 가져오셨느냐고 물었는데, 스승님은 늑대들이 마을에 들어올 만큼 대담해졌다나 뭐라나 하시더라고. 내가 본 게 그런 늑대라고 생각하셨는지도 몰라. 하지만 내가 늑대랑 말 탄 사람을 구분할 수 있다는 것은 아실 텐데. 아무리 날이 저물었어도 말이지. 난 내가 뭘 봤는지 알아. 누가 뭐라든 그 생각은 바뀌지 않을 테고.”

“난 네 말 믿어.” 랜드가 말했다. “기억하지? 나도 그 사람을 봤다고.” 페린은 만족스럽다는 듯 끙 소리를 냈다. 지금까지는 그 말을 믿지 못했다는 것처럼 말이다.

“**대체** 무슨 얘기를 하는 거야?” 갑자기 에그웨인이 물었다.

랜드는 문득 좀 더 조용하게 말할 것을 그랬다는 생각이 들었다. 에그웨인이 듣는 줄 알았으면 목소리를 낮추었을 것이다. 맷과 페린은 바보처럼 씩 웃으며 기를 쓰고 에그웨인에게 검은 망토를 입은 기수와 만났다는 이야기를 해 주었다. 그러나 랜드는 침묵을 지켰다. 둘이 이야기를 마치면 에그웨인이 무슨 말을 할지 확실히 알았으니까.

“나이니브 말이 맞았네.” 두 젊은이가 조용해지자 에그웨인이 하늘을 보며 말했다. “너희 중 걸음마를 뗄 준비가 된 사람은 아무도 없어. 알지 모르겠는데 사람들은 말을 타고 다녀. 그렇다고 그 사람들이 방랑 시인의 이야기에서 나온 괴물이 되는 것은 아니야.” 랜드는 혼자 고개를 끄덕였다. 랜드가 생각했던 것도 바로 그것이었다. 에그웨인이 그를 돌아보았다. “근데 넌 이런 이야기를 퍼뜨리고 다녔구나. 가끔 넌 아무 생각이 없는 것 같아, 랜드 알소르. 네가 아이들을 겁주고 다니지 않아도 겨울은 충분히 무시무시했어."

랜드는 시큰둥하게 얼굴을 찡그렸다. "난 아무 말도 안 퍼뜨렸어, 에그웨인. 하지만 본 건 본 거야. 그건 길 잃은 소를 찾아 나온 농부가 아니었어."

에그웨인은 깊이 숨을 들이쉬더니 입을 열었으나, 뭔지는 몰라도 그녀가 하려 했던 말은 여관 문이 열리고 덥수룩한 흰 머리의 남자가 누구에게 쫓기기라도 하듯 서둘러 나오자 사라지고 말았다.

4장 방랑 시인

흰 머리 남자가 나온 뒤 여관 문은 쾅 닫혔다. 그는 휙 돌아서 그 문을 노려보았다. 여윈 체격의 그 남자는 어깨가 굽지만 않았어도 키가 컸을 것이다. 하지만 그는 겉으로 보이는 나이와 달리 활기차게 움직였다. 그의 망토는 특이한 형태와 크기의 온갖 천을 때운 것처럼 보였고, 바람이 조금이라도 불면 펄럭거렸다. 기운 천의 색깔도 100가지는 되었다. 랜드가 보니 알비어 씨가 했던 말과는 달리 망토의 실제 두께는 꽤 두꺼웠다. 천 조각은 그저 장식으로 기워 넣은 것 같았다.

"방랑 시인이네!" 에그웨인이 신나서 속삭였다.

흰 머리 남자는 망토를 휘날리며 휙 돌아섰다. 그의 긴 코트에는 특이하고 넉넉한 소매와 큰 주머니 여러 개가 달려 있었다. 머리털과 같이 눈처럼 흰 두툼한 콧수염이 그의 입가에서 흔들렸다. 그의 얼굴은 시련을 겪은 나무처럼 울퉁불퉁했다. 그는 정교한 조각이 들어간 긴 파이프로 랜드 일행을 오만하게 가리켰다. 파이프에서 가느다란 연기가 피어올랐다. 푸른 눈이 덥수룩한 흰 눈썹 아래에서 그들을 바라보았다. 그가 보는 것은 무엇이든 꿰뚫을 듯한 눈이었다.

랜드는 방랑 시인의 다른 모습보다도 그의 두 눈을 빤히 바라보았다. 투 리버스의 모든 사람은 검은 눈을 가지고 있었으며, 대부분의 상인과 호위병, 랜드가 본 다른 모든 사람도 마찬가지였다. 콩가와 코플린 가족 사람들은 랜드의 눈이 회색이라고 놀렸다. 결국 랜드가 이월 코플린의 코를 후려치기 전까지 말이다. 현자는 당연히 이 일로 랜드를 나무랐다. 랜드는 누구의 눈도 검지 않은 곳이 있을지 궁금했다. **어쩌면 란도 그곳에서 왔을지 몰라.**

"뭔 동네가 이래?" 방랑 시인은 왠지 평범한 사람보다 훨씬 크게 들리는 낮은 목소리로 물었다. 탁 트인 곳에서도 그 목소리는 넓은 방을 채우고 벽에 울리는 것처럼 들렸다. "언덕 위 그 마을의 촌뜨기들은 나더러 밤이 되기 전에 여기 도착할 수 있을 거라더군. 그러려면 정오가 되기 한참 전에 떠나야 한다는 얘기는 빼놓고 말이야. 뼛속까지 한기가 들어서 따뜻한 잠자리에 들 마음으로 간신히 도착하니까 너희 마을 여관 주인은 내가 떠돌이 돼지치기라도 되는 것처럼 시간이 몇 시인 줄 아느냐고 투덜거렸고, 너희 마을 위원회에서는 축제에서 내 예술을 펼쳐 보여 달라고 부탁하지도 않았어. 여관 주인은 자기가 시장이라는 얘기도 하지 않았고." 그는 잠시 말을 늦추고 호흡을 고르며 모두를 노려보았으나 즉시 다시 이야기를 이었다. "벽난로 앞에서 타박을 피우고 에일이나 한잔 마시려고 아래층에 내려오니까 휴게실에 있던 모든 사람이 날 돈 꾸러 온 꼴 보기 싫은 처남이라도 되는 것처럼 쳐다보질 않나. 웬 할아버지는 무슨 얘기를 해라 마라 호통을 쳐 대고. 그런 다음에는 어린 여자애가 나가라고 소리를 지르더니 나더러 굼뜨다면서 커다란 곤봉으로 날 위협하던데. 방랑 시인을 이런 식으로 취급하다니, 들어 본 적이나 있느냔 말이야."

에그웨인의 얼굴은 볼 만했다. 실물로 방랑 시인을 보고 놀라 눈이 휘둥그레졌으나, 한편으로는 나이니브 편을 들고 싶은 마음에 어쩔 줄 모르는 듯했다.

"죄송해요, 방랑 시인님." 랜드가 말했다. 랜드는 자기가 바보같이 웃고 있다는 것을 알았다. "그 사람은 우리 마을 현자이고……."

"그 예쁘장한 여자애가?" 방랑 시인이 소리쳤다. "마을의 현자라고? 이런, 그 나이면 날씨를 예보하고 환자들을 돌보는 대신 젊은 남자들이랑 연

애나 하는 게 좋을 텐데."

랜드는 불편하게 몸을 꼬아 댔다. 나이니브가 이 남자의 의견을 절대 엿듣지 못했으면 좋겠다는 생각이 들었다. 최소한 방랑 시인이 공연을 마치기 전까지는 말이다. 페린도 방랑 시인의 말에 움찔했고, 맷은 소리 없이 휘파람을 불었다. 둘 다 랜드와 같은 생각인 듯했다.

"그분들은 마을 위원회 사람들이고요." 랜드가 말을 이었다. "무례하게 굴 생각은 없으셨을 거예요. 그게, 저희는 방금 기알단에 전쟁이 벌어졌다는 것을 알게 됐거든요. 자기가 드래건의 환생이라고 주장하는 남자가 있다는 것도 알게 됐고요. 가짜 드래건이겠죠. 아이즈 세다이가 타 발론에서부터 기알단까지 갔다던데요. 마을 위원회에서는 우리도 위험한 것은 아닌지 알아보려는 중이에요."

"그건 오래된 소식인데, 베얼론 기준으로도." 방랑 시인은 대수롭지 않다는 듯 말했다. "베얼론은 무슨 소식이든 세상에서 가장 마지막에 들려오는 곳이라고." 방랑 시인은 잠시 말을 멈추고 마을을 둘러보더니 무미건조하게 덧붙였다. "거의 마지막에." 그의 눈길이 여관 앞에 세워져 있는 수레로 향했다. 지금 수레는 자루가 땅에 닿은 채 홀로 서 있었다. "아무튼. 저 안에서 파단 페인을 본 것 같은데." 방랑 시인의 목소리는 여전히 낮았지만 울림은 사라지고 비웃음으로 바뀌었다. "페인은 늘 나쁜 소식을 재빨리 전하고 다니지. 나쁜 소식일수록 더 빨리 전해. 인간보다는 갈까마귀 같은 놈이야."

"페인 씨는 에먼즈 필드에 자주 오셨어요, 방랑 시인님." 에그웨인이 말했다. 이제야 못마땅하다는 기색이 즐거워하는 기색을 뚫고 나왔다. "늘 웃음으로 가득한 분이시죠. 나쁜 소식보다는 좋은 소식을 훨씬 더 많이 가져다주시고요."

방랑 시인은 잠시 에그웨인을 눈여겨보더니 활짝 미소 지었다. "이런, 사랑스러운 아가씨로군. 머리에 장미 송이를 꽂고 다녀야 할 것 같은데. 안타깝지만 난 허공에서 장미를 끄집어낼 수 없어. 올해는 안 돼. 하지만 내일 공연할 때 내 옆에 서 있어 주겠나? 내가 필요하다고 할 때 플루트를 건네주면 돼. 다른 소품도 그렇고. 나는 눈에 띄는 가장 아름다운 소녀를 늘 조수로 선택하거든."

페린이 히죽거렸고, 이미 히죽거리던 맷은 큰 소리로 웃었다. 랜드는 놀라서 눈을 깜빡였다. 에그웨인이 방랑 시인을 노려보았지만, 방랑 시인은 미소조차 짓지 않았다. 에그웨인은 자세를 바로잡더니 지나치게 침착한 목소리로 말했다.

"감사합니다, 방랑 시인님. 도와드리게 돼서 기쁘네요."

"톰 머릴린이야." 방랑 시인이 말했다. 그들은 방랑 시인을 빤히 보았다. "내 이름은 방랑 시인님이 아니라 톰 머릴린이라고." 그는 알록달록한 망토를 어깨 위로 끌어당겼다. 갑자기 그의 목소리가 한 번 더 커다란 강당에 메아리치듯이 들렸다. "한때 왕궁의 음유시인이었던 내가, 이제는 정말이지 높디높은 방랑 시인님의 자리에 올랐군. 하지만 내 이름은 그냥 톰 머릴린이고, 방랑 시인이라는 것은 그저 내가 영광스럽게 여기는 작위일 뿐이지." 그는 망토를 펄럭이며 매우 정성스럽게 허리를 숙이며 인사했다. 맷이 박수를 치고 에그웨인이 감탄해서 뭐라고 중얼거릴 정도였다.

"저기……. 어……. 머릴린 씨." 맷이 말했다. 톰 머릴린이라는 이름에서 정확히 어떤 부분을 끄집어내 호칭으로 써야 할지 확신이 서지 않는다는 투였다. "기알단에서는 **대체** 무슨 일이 일어나는 거죠? 그 가짜 드래건이라는 자에 대해서 뭔가 아세요? 아이즈 세다이에 대해서라든지요."

"내가 행상인처럼 보이냐, 이 녀석아?" 방랑 시인은 툴툴대며 손바닥 아랫부분으로 파이프를 꾹꾹 눌러 담았다. 그는 망토나 코트 안 어딘가로 파이프를 사라지게 했다. 랜드는 파이프가 어디로, 어떻게 사라졌는지 알 수 없었다. "나는 소문이나 퍼뜨리는 떠버리가 아니라 방랑 시인이야. 아이즈 세다이에 대해서는 아무것도 모른다는 것을 신조로 삼고 있지. 그래야 훨씬 안전하니까."

"하지만 전쟁은……." 맷이 열띠게 입을 열었지만 머릴린 씨가 그의 말을 잘랐다.

"이 녀석아, 전쟁에서는 바보들이 바보 같은 이유로 다른 바보들을 죽이는 거다. 알아야 할 것은 그것뿐이야. 나는 예술을 하러 여기에 온 거고." 갑자기 그가 랜드를 손가락으로 쿡 가리켰다. "거기, 총각. 키가 큰데. 아직 다 큰 게 아닌 모양인데도 이 지역에서는 자네만큼 키가 큰 남자가 없을 것 같군. 장담하는데 그런 눈 색깔을 가진 사람도 이 마을에는 별로 없을 거야. 요점은 자네가 어깨는 도낏자루만큼 넓고 아이일 사람처럼 키가 크다는 거야. 이름이 뭔가?"

랜드는 머뭇거리며 이름을 말했다. 방랑 시인이 자기를 놀리는 것인지 알 수 없었다. 그러나 방랑 시인은 이미 페린에게로 관심을 돌린 터였다. "그리고 자네는 덩치가 거의 오기어만 하군. 거의 비슷해. 자넨 뭐라고 불리나?"

"오기어만큼 커지려면 제가 제 어깨를 밟고 올라서야 할 텐데요." 페린이 웃었다. "아쉽지만 랜드랑 저는 그냥 평범한 사람들입니다, 머릴린 씨. 당신 이야기에 나오는 상상 속 생명체가 아니고요. 저는 페린 아이바라라고 합니다."

톰 머릴린은 콧수염 한 가닥을 잡아당겼다. "흠, 그렇단 말이지. 내 이야기에 나오는 상상 속 생명체라. 정말 그럴까? 자네들 말하는 것만 들으면 멀리까지 여행해 본 것 같은데."

랜드는 입을 다물고 있었다. 이제는 자신들이 그저 농담거리가 됐다는 확신이 들어서다. 하지만 페린이 목소리를 높였다.

"저희 셋 다 파수꾼의언덕과 데번 라이드까지 가 봤어요. 이 동네 사람 중 그렇게 멀리 가 본 사람은 많지 않죠." 페린은 자랑하는 것이 아니었다. 그는 별로 자랑하는 일이 없었다. 그냥 사실을 말하는 것이었다.

"셋 다 마이어도 봤고요." 맷이 덧붙였다. 맷은 자랑하는 것처럼 들렸다. "워터우드 저쪽 끝에 있는 습지 말이죠. 거기 가는 사람은 우리 말고 아무도 없어요. 유사流沙랑 늪으로 가득하니까. 안개의산맥에 가는 사람도 아무도 없지만 우리는 한번 가 봤죠. 아무튼 산 밑자락까지는 가 봤어요."

"그렇게 멀리?" 방랑 시인은 이제 계속해서 콧수염을 쓰다듬으며 툴툴댔다. 랜드는 그가 미소를 감추고 있다고 생각했고, 페린이 인상을 찌푸리는 것을 보았다.

"그 산맥에 들어가면 운이 나빠진다던데요." 맷이 말했다. 그 이상 가지 못한 이유를 변명해야 하는 것처럼 말이다. "다들 아는 얘긴데."

“그건 그냥 바보 같은 소리야, 매트림 코손.” 에그웨인이 화를 내며 끼어들었다. “나이니브 말로는…….” 에그웨인은 두 뺨을 붉히며 말을 멈추었다. 그녀가 톰 머릴린을 보는 눈길은 전과 달리 친절하지 않았다. “그건 올바른 일이 아니라고 했어……. 그러니까…….” 에그웨인은 얼굴이 더 붉어지더니 조용해졌다. 맷은 무슨 일이 벌어지는 것인지 이제야 추측이 된다는 듯 눈을 깜빡였다.

“네 말이 옳다, 아이야.” 방랑 시인이 후회스럽다는 듯 말했다. “겸손하게 사과하도록 하지. 나는 사람들을 즐겁게 해 주려고 여기 온 거야. 아아, 늘 혀가 말썽이더라니.”

“당신만큼 멀리 여행하지는 않았겠죠.” 페린이 딱 잘라 말했다. “하지만 랜드 키가 무슨 상관입니까?”

“이 정도로 하지. 잠시 후 내가 자네들에게 날 들어 올려 보라고 하겠지만, 자네들은 내 발을 땅에서 떼어 놓을 수 없을 걸세. 자네도 그렇고, 저기 있는 키 큰 친구도 그렇고. 랜드라고 했던가? 다른 누구라도 마찬가지야. 자, 어떻게 생각하나?”

페린은 코웃음 쳤다. “지금 당장이라도 들어 올릴 수 있을 것 같은데요.” 하지만 페린이 앞으로 나서자 톰 머릴린은 그에게 물러서라고 손짓했다.

“나중에 하지, 총각. 나중에. 구경하는 사람이 더 많아지면 말이야. 예술가에게는 관객이 필요하거든.”

방랑 시인이 여관에서 나온 이후로 그린에는 젊은 남녀부터 나이 든 구경꾼들 뒤에서 눈을 휘둥그렇게 뜨고 조용히 지켜보는 아이들까지 사람이 스무 명 정도 몰려들었다. 다들 방랑 시인이 기적적인 무언가를 보여 주기를 기대하는 듯한 표정이었다. 흰 머리의 남자는 그들 쪽을 보고 사람들의 수를 헤아리는 듯하다가 고개를 살짝 젓고 한숨을 쉬었다.

“차라리 여러분에게 조그만 맛보기 공연을 보여 주는 게 낫겠군요. 여러분이 달려가서 다른 사람들한테 말할 수 있도록 말입니다. 안 그래요? 그냥, 여러분이 내일 축제에서 보게 될 것을 조금만 맛보시죠.”

그는 한 걸음 물러나더니 갑자기 공중으로 뛰어올라 몸을 꼬고 공중제비를 돌아서 오래된 돌 토대 위에 내려서며 사람들을 마주 보았다. 게다가 그가 땅에 내려서는 순간부터 빨간색, 흰색, 검은색의 공 세 개가 그의 두 손 사이를 현란하게 오갔다.

구경꾼들이 조용히 탄성을 내질렀다. 반은 놀란 듯했고 반은 만족스러운 듯했다. 랜드조차 짜증스러운 감정을 잊었다. 그는 에그웨인에게 씩 웃어 보였고, 에그웨인도 재미있어하며 마주 웃어 주었다. 그런 다음에는 둘 다 고개를 돌려 노골적으로 방랑 시인을 바라보았다.

"이야기를 듣고 싶은가요?" 머릴린이 연극배우처럼 말했다. "내게 이야기가 있으니 들려 드리지요. 여러분 앞에서 그 이야기가 살아 숨 쉬게 만들겠습니다." 파란색 공 하나가 어디선가 튀어나와 다른 공에 뒤섞였다. 그다음에는 초록색 공, 그다음에는 노란색 공이었다. "위대한 전쟁과 위대한 영웅들의 이야기는 남자들과 소년들을 위한 것이요, 여자들과 소녀들을 위해서는 '아프타리진 사이클' 전체를 들려 드리겠습니다. 아터 페인드래그 탄리알, 아터 호크윙, 높은왕 아터의 이야기도 들려 드리지요. 한때 그는 아이일황무지에서 아리스대양까지 모든 땅을 통치했습니다. 이상한 사람들과 이상한 땅에 대한 놀라운 이야기, 그린맨과 수호자들과 트롤록과 오기어와 아이일에 대한 이야기도 들려 드리지요. '현명한 조언자 안라의 천 가지 이야기', '거인 살해자 잼 이야기', '수사는 제인 파스트라이더를 어떻게 길들였는가', '마라와 세 명의 어리석은 왕 이야기'도 들려 드리겠습니다."

"렌 얘기를 해 주세요." 에그웨인이 외쳤다. "렌이 불로 만들어진 독수리의 배에 들어가 달로 날아간 이야기요. 렌이 딸 살야가 별 사이를 걷는 이야기를 해 주세요."

랜드는 곁눈으로 에그웨인을 보았지만 에그웨인은 방랑 시인에게 몰입한 듯했다. 에그웨인은 모험이나 긴 여행 이야기를 좋아한 적이 없었다. 에그웨인의 취향은 늘 웃긴 이야기나, 다른 모든 사람보다 똑똑하다고 여겨지던 사람들을 재치로 능가한 여자들의 이야기였다. 랜드는 에그웨인이 렌과 살야 이야기를 해 달라고 한 것이 자기를 불편하게 하기 위해서라고 생각했다. 당연히 그녀도 바깥세상은 투 리버스 사람들을 위한 곳이 아니라는 것을 알 수 있었을 것이다. 모험담을 듣거나 모험을 꿈꾸는 것은 그렇다 치지만, 그런 일이 주변에 일어나도록 놔두는 것은 다른 문제였다.

"그건 오래된 이야기인데." 톰 머릴린이 말했다. 그는 갑자기 두 손으로 각기 세 가지 색깔의 공을 던져 대고 있었다. "어떤 사람들은 전설의 시대보다도 전 시대의 이야기라고 하지요. 아마 그보다도 오래됐을 테지만. 잘 알아 두세요. 내게는 **모든** 이야기가 있습니다. 지나간 시대와 다가올 시대의 모든 이야기가 말이지요. 인간이 하늘과 별들을 다스리던 시대의 이야기와 인간이 짐승의 형제가 되어 떠돌아다니던 시대의 이야기가. 기적의 시대와 공포의 시대 이야기. 하늘에서 비처럼 내리는 불로 끝장난 시대의 이야기와 땅과 바다를 뒤덮은 눈과 얼음으로 파멸을 맞이한 시대의 이야기. 내게는 모든 이야기가 있고, 나는 그 모든 이야기를 말하겠습니다. 거인 모스크의 이야기도 있지요. 세상을 한 바퀴 돌 수 있을 만큼 길었던 그자의 창과 그가 모든 이의 여왕인 엘스벳과 벌였던 전쟁에 관한 이야기입니다. 놀라운 인드의 어머니인 치유사 매터레스의 이야기도 있고요."

이제 공들은 서로 얽힌 두 개의 원이 되어 톰의 두 손을 오갔다. 그의 목소리는 거의 주문을 외는 것처럼 들렸다. 그는 자기가 불러일으킨 효과를 가늠해 보려는 듯 구경꾼들을 훑어보며 말을 하는 동시에 천천히 돌았다. "전설의 시대가 끝난 이야기, 드래건과 그가 어둠의 존재를 인간들의 세상에 풀어놓으려 했던 이야기도 해 드리겠습니다. 아이즈 세다이가 세상을 산산조각 낸 광기의 시대 이야기와, 인간이 이 땅의 통치권을 놓고 트롤록들과 싸웠던 트롤록 전쟁 이야기도 해 드리지요. 인간이 인간과 맞서 싸웠으며 우리 시대의 나라들이 생겨난 100년 전쟁 이야기도 해 드리겠습니다. 남자와 여자, 부자와 빈자, 위대한 자와 미소한 자, 오만한 자와 겸손한 자의 모험담을 말하지요. '하늘 기둥 포위담'도, '안주인 카릴이 남편의 코골이를 고친 이야기', '다리스 왕과 몰락한 가문 이야기'……."

갑자기 흘러나오던 말과 저글링이 동시에 멈추었다. 톰은 그냥 허공에서 공들을 잡아채고 말을 멈추었다. 랜드는 눈치채지 못했지만, 모레인이 구경꾼 사이에 섞여 들어 있었다. 란이 모레인 옆에 서 있었다. 자세히 살펴봐야 그가 있다는 것을 알 수 있었지만 말이다. 톰은 잠시 곁눈으로 모레인을 살펴보았다. 공을 널찍한 코트 소매로 사라지게 했을 뿐 얼굴도 몸도 움직이지 않았다. 그러더니 그는 망토를 활짝 펼치며 모레인에게 절했다. "실례지만 이 지역 사람이 아니시지요?"

"아가씨!" 에윈이 흥분해 식식댔다. "모레인 아가씨예요."

톰은 눈을 깜빡이더니 다시 절했다. 이번에는 허리를 더욱 깊이 숙였다. "다시 실례하겠습니다, 음………. 아가씨. 무례하게 굴 생각은 없으니까요."

모레인은 아무렇지 않다는 듯 작게 손을 내저었다. "전혀 무례하지 않아요, 음유시인님. 그리고 제 이름은 그냥 모레인입니다. 여기에 처음 온 것은 사실이에요. 당신과 똑같은 여행자입니다. 집에서 멀리 떠나왔고, 혼자이지요. 낯선 곳에 오면 세상은 위험한 곳이 될 수 있답니다."

"모레인 아가씨는 이야기를 수집한대요." 에윈이 끼어들었다. "투 리버스에서 일어난 일에 관한 이야기요. 여기에서 이야기가 될 만한 일이 일어났는지는 모르겠지만요."

"당신도 제 이야기를 좋아하실 거라고 믿습니다……. 모레인." 톰은 경계하는 빛을 드러내며 모레인을 지켜보았다. 여기서 모레인을 보게 된 것이 그리 기쁘지 않은 듯했다. 문득 랜드는 베얼론이나 케임린 같은 도시에서 모레인 같은 고귀한 아가씨에게 어떤 여흥을 제공할지 궁금해졌다. 당연히 방랑 시인의 공연보다 나은 여흥일 리는 없는데.

"그야 취향의 문제이지요, 음유시인님." 모레인이 대답했다. "좋아하는 이야기도 있고, 별로 좋아하지 않는 이야기도 있답니다."

톰은 그 어느 때보다도 깊이 허리를 숙였다. 그의 기다란 몸이 거의 땅과 평평하게 수그러졌다. "장담하지만 제 이야기 중 마음에 들지 않는 것은 없을 겁니다. 모든 이야기가 재미있고 즐거울 테지요. 그건 그렇고 저를 지나치게 정중하게 대하시는군요. 저는 그저 방랑 시인일 뿐입니다. 그저 그뿐입니다."

모레인은 우아하게 고개를 끄덕이는 것으로 톰의 절에 화답했다. 잠깐 그녀는 에윈이 말한 것 같은 귀족 아가씨에 더 어울리는 모습으로 보였다. 꼭 백성이 바치는 공물을 받아들이는 듯했다. 그러더니 모레인은 뒤돌아 떠났고, 란이 그 뒤를 따랐다. 미끄러지듯 움직이는 백조를 늑대가 따라가는 듯했다. 톰은 두 사람이 그린에 거의 다가갈 때까지 덥수룩한 눈썹을 내려뜨린 채 그들의 뒷모습을 바라보며 손마디로 긴 콧수염을 매만졌다. **전혀 좋아하지 않는걸.** 랜드는 생각했다.

"이제 저글링을 좀 더 보여 주실 건가요?" 에윈이 물었다.

"불을 먹어 보세요." 맷이 소리쳤다. "불 먹는 거 보고 싶은데."

"하프요!" 군중 가운데 누군가가 소리쳤다. "하프를 연주해요!" 다른 사람은 플루트를 불라고 했다.

그 순간 여관 문이 열리고 마을 위원회 사람들이 터덜터덜 걸어 나왔다. 그중에 나이니브도 섞여 있었다. 랜드가 보니 파단 페인은 없었다. 행상인은 멀드 와인을 마시며 따뜻한 휴게실에 남아 있기로 한 모양이었다.

톰 머릴린은 "독한 브랜디 한잔"을 달라고 웅얼거리며 오래된 토대에서 뛰어내렸다. 그는 구경꾼들이 외치는 소리를 못 들은 체하며, 마을 위원회 사람들이 문에서 나오기 한참 전부터 그들을 밀치고 들어갔다.

"저게 방랑 시인인가, 왕인가?" 센 부이가 짜증스러운 듯 물었다. "돈 한번 제대로 낭비한 것 같은데, 내 생각엔."

브랜 알비어는 방랑 시인의 뒷모습을 힐끗 돌아보더니 고개를 저었다. "돈값을 하기보다는 말썽이나 일으킬 것 같군."

망토를 여미느라 바쁘던 나이니브가 큰 소리로 코웃음 쳤다. "방랑 시인 걱정을 하고 싶다면 얼마든지 하시오, 브랜들린 알비어. 최소한 저 사람은 에먼즈 필드에 와 있고, 가짜 드래건에 대해서라면 그 정도 얘기도 할 수 없으니. 하지만 굳이 걱정을 하겠다면, 당신이 걱정해야 **마땅한** 다른 사람들도 많이 있소."

"부탁드립니다만, 현자님." 브랜이 딱딱하게 말했다. "누구를 걱정할지는 제가 결정하도록 해 주시면 고맙겠습니다. 모레인 님과 란 씨는 제 여관의 손님이고, 감히 말씀드리지만 품위 있고 존경할 만한 사람들입니다. **그분들은** 마을 위원회 전원 앞에서 저를 바보 취급을 하지 않았습니다. **그분들은**

마을 위원회 사람들 중 머리가 있는 사람은 한 명도 없다는 얘기도 하지 않았고요."

"아무래도 내 평가가 너무 높았나 봅니다." 나이니브가 쏘아붙였다. 그녀는 대답할 말을 찾느라 입을 움찔거리는 브랜을 놔둔 채 뒤 한 번 돌아보지 않고 성큼성큼 멀어져 갔다.

에그웨인은 무슨 말을 할 것처럼 랜드를 보더니 대신 현자를 빠르게 따라갔다. 랜드는 에그웨인이 투 리버스를 떠나지 못하게 할 방법이 틀림없이 있을 거라고 확신했지만, 그가 생각할 수 있는 유일한 방법을 쓸 각오는 되어 있지 않았다. 설령 에그웨인이 기꺼이 그 방법에 따라 주더라도 말이다. 게다가 에그웨인은 그럴 생각이 전혀 없다는 말을 한 것이나 마찬가지였고, 그래서 랜드는 더욱 기분이 나빴다.

"저 아가씨한테는 남편이 있어야 해." 센 부이가 까치발을 들고 쿵쿵 뛰며 투덜댔다. 가뜩이나 푸르죽죽한 얼굴이 점점 더 검어지고 있었다. "적당히 공경할 줄을 몰라. 우린 마을 위원회지, 저 아가씨 마당에서 낙엽이나 쓰는 어린애들이 아닌데……."

시장은 코로 세차게 숨을 내쉬더니 갑자기 늙은 이엉꾼을 돌아보았다. "조용히 하게, 센! 검은 베일을 쓴 아이일 사람처럼 구는 짓은 그만두란 말이야!" 깡마른 센 부이는 놀라서 까치발을 든 채 우뚝 멈추어 섰다. 시장은 한 번도 성질을 터뜨린 적이 없었다. 브랜이 그를 노려보았다. "차라리 날 태워 죽이게나. 우리한테는 이렇게 멍청한 짓 말고도 할 일이 많지 않나? 아니면 나이니브 말이 옳다는 것을 증명할 셈인가?" 그 말을 끝으로 브랜은 쿵쾅거리며 여관으로 돌아가 문을 쾅 닫았다.

마을 위원회 사람들은 센을 힐끗 보더니 각자 다른 방향으로 흩어졌다. 오직 하랄 루한만이 돌처럼 굳은 얼굴의 이엉꾼과 함께 가며 조용히 말을 건넸다. 대장장이 하랄 루한은 센을 설득할 수 있는 유일한 사람이었다.

랜드는 아버지를 만나러 갔고, 친구들이 그를 따라왔다.

"알비어 씨가 저렇게까지 화를 내는 것은 처음 봤어요." 랜드가 가장 먼저 한 말에 맷이 어처구니없다는 듯 랜드를 보았다.

"시장님과 현자님은 의견이 같은 적이 거의 없지." 탬이 말했다. "오늘은 평소보다도 뜻이 다르더구나. 그게 다야. 어느 마을이나 똑같다."

"가짜 드래건은요?" 맷이 묻자 페린이 열을 올리며 웅얼웅얼 덧붙였다. "아이즈 세다이는?"

탬은 천천히 고개를 저었다. "페인 씨는 이미 한 이야기 말고 별로 아는 게 없더구나. 최소한 우리가 관심을 가질 만한 얘기는 거의 없었다. 어떤 전투에서 이기고 졌다는 얘기, 도시를 빼앗기고 되찾았다는 얘기였지. 빛에게 감사할 일이지만 그 모든 일은 기알단에서만 일어났다. 전쟁은 아직 번지지 않았어. 최소한 페인 씨가 아는 한에서는 말이다."

"저는 전투에 관심이 가는데요." 맷이 말하자 페린이 덧붙였다. "전투에 대해서는 뭐라고 하던가요?"

"나는 전투에 관심이 없다, 매트림." 탬이 말했다. "하지만 분명 페인 씨라면 나중에 기꺼이 전투 얘기를 모두 해 줄 것 같구나. 내가 관심을 두는 건, 마을 위원회가 알 수 있는 한은 여기서까지 전쟁 걱정을 할 필요는 없다는 거야. 아이즈 세다이가 남쪽으로 내려오는 길에 여기를 지나갈 이유는 없는 것 같다. 돌아갈 때도 그림자의숲을 가로지르거나 흰강을 헤엄쳐 건너고 싶어 하지는 않을 테고."

랜드 일행은 그 말을 듣고 키득거렸다. 북쪽에서부터 타렌 페리를 지나올 때를 제외하면 아무도 투 리버스에 오지 않는 데는 세 가지 이유가 있었다. 물론 서쪽에 있는 안개의산맥이 첫 번째 이유였고, 동쪽은 마이어가 똑같이 효과적으로 막고 있었다. 남쪽에는 흰강이 있었는데, 그 강에 그런 이름이 붙은 이유는 바위와 돌멩이가 그 강의 빠른 물결을 휘저어 거품을 일으키기 때문이었다. 게다가 흰강 너머에는 그림자의숲이 있었다. 흰강을 건넌 투 리버스 사람은 거의 없었고, 설령 있다고 해도 돌아온 사람은 더 적었다. 그러나 그림자의숲이 남쪽으로 183킬로미터 이상 뻗어 있으며, 그 안에는 길과 마을이 하나도 없고 늑대와 곰만 많다는 이야기는 대체로 동의하는 바였다.

"그럼 우린 이걸로 끝이네요." 맷이 말했다. 아무래도 조금은 실망한 듯했다.

"그건 아니지." 탬이 말했다. "내일모레 데번 라이드와 파수꾼의언덕으로 사람을 보낼 생각이다. 타렌 페리로도 보낼 거야. 계속 경계하기 위해서 말이다. 흰강과 타렌 페리 양쪽을 따라서 기수들이 망을 보도록 하고, 그 사이 지역도 순찰할 거다. 오늘 당장 해야 하는 일이지만, 시장이 내 의견에 동의해야겠지. 나머지 사람들은 그 누구에게도 벨 타인 기간에 투 리버스를 왔다 갔다 하라고 부탁할 수는 없다고 생각하니까."

"걱정할 필요 없다고 하신 줄 알았는데요." 페린이 말하자 탬은 고개를 저었다.

"걱정하지 말아야 한다고 했지, 걱정할 필요가 없다고 한 것은 아니다. 나는 일어나서는 안 되는 일이니까 일어나지 않을 것이라고 믿었던 사람들이 바로 그 이유로 죽어 가는 것을 봤다. 게다가 싸움이 벌어지면 온갖 사람들이 동요하기 마련이야. 대부분은 그냥 안전한 곳을 찾으려 하겠지만, 혼란에서 이익을 챙기려는 사람들도 있을 거다. 전자에 속하는 사람이라면 누구에게나 도움의 손길을 내밀겠지만, 두 번째 사람들은 그냥 떠나보낼 준비가 되어 있어야지."

맷이 불쑥 말했다. "저도 참여해도 돼요? 아무튼 그러고 싶은데요. 아시겠지만 저는 이 마을 사람 누구보다도 말을 잘 타요."

"몇 주 동안 춥고 지루하게 지내며 한뎃잠을 자고 싶은 거냐?" 탬이 씩 웃었다. "그것 말고 다른 일이 벌어질 것 같지는 않은데. 난 다른 일이 벌어지지 않았으면 좋겠다. 우리 마을은 피난민들이 찾기에도 멀리 떨어져 있어. 하지만 이미 결심이 섰다면 알비어 씨에게 말해 보거라. 랜드, 우리는 농장으로 돌아가 봐야겠구나."

랜드는 놀라서 눈을 깜빡였다. "남아서 겨울의 밤을 보내는 줄 알았는데요."

"농장에서 돌봐야 할 일이 있어. 네가 필요하다."

"그렇더라도 몇 시간 뒤에 떠나면 되잖아요. 저도 순찰대에 자원하고 싶고요."

"우린 지금 떠난다." 아버지는 말대꾸를 허용하지 않는 말투로 대답했다. 그는 목소리를 누그러뜨리고 덧붙였다. "내일 네가 시장님과 이야기할 수 있는 충분한 시간을 두고 돌아오마. 축제도 얼마든지 즐길 수 있을 테고. 지금은 5분 줄 테니 마구간에서 만나자."

"너도 나랑 랜드랑 같이 경비대에 들어갈래?" 탬이 떠나자 맷이 페린에게 물었다. "장담하는데, 투 리버스에 이런 일은 한 번도 없었을걸. 타렌 페리까지 가면 군인들도 볼 수 있을지 몰라. 또 누가 알겠어? 팅커스도 볼 수 있을지."

"나도 갈 것 같아." 페린이 느릿느릿 말했다. "루한 스승님한테 내가 필요하지 않다면 말이지."

"전쟁은 기알단에서 났어." 랜드가 쏘아붙였다. 그는 애써 목소리를 낮추었다. "전쟁은 기알단에서 났고, 아이즈 세다이가 어디 있을지는 빛이나 알 일이지만 여기랑은 상관없는 일이야. 하지만 검은 망토를 입은 남자는 여기 있어. 너흰 벌써 잊은 거야?" 다른 두 사람은 당황한 듯 눈짓을 주고받았다.

"미안, 랜드." 맷이 웅얼거렸다. "하지만 우리 아빠가 키우는 소들의 젖을 짜는 것 말고 뭔가 할 기회는 자주 오는 게 아니잖아." 맷은 두 사람의 놀란 눈을 보며 허리를 폈다. "그래, 내가 짠다. 그것도 매일."

"검은 기수 말이야." 랜드가 다시 말했다. "그 사람이 누군가를 해치면 어쩌지?"

"피난민인지도 몰라." 페린이 미심쩍다는 듯 말했다.

"뭐든 간에." 맷이 말했다. "경비대가 찾아내겠지."

"그럴지도." 랜드가 말했다. "하지만 그 사람은 원하는 대로 몸을 감출 수 있는 것 같아. 경비대한테 그 사람을 찾아야 한다고 알려 주는 게 나을지도 몰라."

"순찰대에 지원할 때 알비어 씨한테 얘기하자." 맷이 말했다. "알비어 씨가 마을 위원회에 말하면 마을 위원회가 경비대에 전해 주겠지."

"마을 위원회라고!" 페린이 터무니없다는 듯 말했다. "시장님이 큰 소리로 웃지나 않으면 다행이야. 루한 스승님이랑 랜드 아버지는 이미 우리 둘이 그림자를 보고 깜짝깜짝 놀란다고 생각하잖아."

랜드가 한숨을 쉬었다. "기왕 말할 거면 지금 하는 게 낫지. 내일보다 오늘 더 크게 웃지는 않을 거 아냐."

"아마 그렇겠지." 페린은 곁눈으로 맷을 보며 말했다. "그 기수를 본 다른 사람을 찾아봐야겠어. 오늘 밤에 마을 사람 모두에게 물어보자." 맷은 더 심하게 노려볼 뿐 아무 말도 하지 않았다. 다들 페린의 말은 맷보다 믿을 만한 목격자를 찾아야 한다는 뜻이라는 것을 알고 있었다. "내일 더 크게 웃지도 않을 테니까." 랜드가 머뭇거리자 페린이 덧붙였다. "시장님을 만나러 갈 때 다른 사람이 같이 가면 좋겠어. 난 마을 사람 절반을 데려가도 괜찮을 것 같아."

랜드는 천천히 고개를 끄덕였다. 벌써 알비어 씨의 웃음소리가 들리는 듯했다. 목격자가 더 많아진다면 당연히 나쁠 것은 없었다. 그들 셋이 그자를 보았다면 다른 사람들도 보았을 게 틀림없었다. 그럴 수밖에 없었다. "그럼 내일 가자. 너희는 오늘 밤에 최대한 사람을 찾아봐. 내일 같이 시장님한테 가는 거야. 그다음에는……." 두 사람은 조용히 랜드를 바라보았다. 누구도 검은 망토를 입은 남자를 본 사람을 찾지 못하면 어떻게 되느냐는 질문은 하지 않았다. 하지만 둘의 눈에는 질문이 너무 또렷하게 깃들어 있었고, 랜드에게는 그 질문에 대한 답이 없었다. 랜드는 무겁게 한숨을 쉬었다. "난 이제 가 봐야겠어. 아버지가 내가 구멍에라도 빠졌나 보다고 생각하시겠다."

친구들과 작별 인사를 나눈 뒤, 랜드는 종종걸음으로 마구간으로 향했다. 마구간 앞뜰에는 큰 바퀴가 달린 수레가 자루에 받혀져 서 있었다.

마구간은 길고 좁은 건물로, 끝이 뾰족하고 이엉을 얹은 지붕이 덮여 있었다. 지푸라기로 바닥이 덮인 여러 칸이 어둑한 마구간 안쪽 양옆에 죽 늘어서 있었다. 빛은 양쪽 끝에 있는 이중문을 통해서만 들어왔다. 행상인의 말들이 여덟 칸에서 귀리를 우적거렸고, 알비어 씨의 거대한 듀란 말들이 여섯 칸을 더 채우고 있었다. 농부들이 자기 말로 화물을 끌 수 없을 때 알비어 씨가 빌려주곤 하는 말들이었다. 하지만 그 외에 차 있는 칸은 세 칸뿐이었다. 키가 크고 가슴팍이 두꺼운 검은 수말이 세차게 고개를 쳐들었다. 그 말은 란의 말이 틀림없었다. 목이 호선을 그리고 있는 늘씬한 흰 암말은 마구간에 있으면서도 소녀가 춤을 추듯 우아하고 빠르게 걸었는데, 모레인의 것일 수밖에 없었다. 그리고 처음 보는 말이 한 마리 더 있었다. 다리가 길고 옆구리가 길며 먼지가 낀 듯한 갈색의 거세한 말은 톰 머릴린과 완벽하게 어울렸다.

탬은 마구간 뒤쪽에 서서 벨라의 고삐를 쥐고 휴와 태드에게 조용히 말을 건네고 있었다. 랜드가 마구간으로 두 걸음도 들어가기 전에 아버지는 마구간지기들에게 고개를 끄덕이더니 벨라를 데리고 나와 아무 말 없이 랜드가 따라오도록 했다.

두 사람은 조용히 갈기가 덥수룩한 암말에게 굴레를 씌웠다. 탬이 너무 깊은 생각에 잠긴 것처럼 보여서 랜드는 입을 다물었다. 정말이지 시장은커녕 아버지를 상대로도 검은 망토를 입은 기수에 관해 설득하는 일은 전혀 기대되지 않았다. 내일 말해도 충분할 것이다. 그때는 맷과 페린이 그 남자를 본 다른 사람들을 찾았을 테고. 그야 찾아낸다면 말이지만.

수레가 덜컹하며 움직이기 시작하자 랜드는 뒷자리에서 활과 화살통을 챙겨 수레를 따라 반쯤 달려가면서 어색하게 그것을 허리에 찼다. 마을에 늘어선 마지막 집들에 이르렀을 때, 랜드는 화살을 잰 뒤 활시위를 살짝 당기며 활을 반쯤 들어 올렸다. 잎사귀가 거의 떨어진 나무들 말고는 볼 것이 아무것도 없었지만 어깨에 힘이 바짝 들어갔다. 검은 기수는 탬과 랜드가 둘 다 눈치채지 못하는 사이에 덤벼들 수 있었다. 반쯤 활을 당기고 있지 않으면 그것을 당길 시간이 없을지도 몰랐다.

랜드는 활시위의 긴장을 계속 유지할 수 없다는 것을 알고 있었다. 그 활은 랜드가 직접 만든 것이었다. 이 지역에는 뺨까지 활시위를 당기는 것 자체가 가능한 사람이 탬을 포함해 몇 명밖에 없었다. 랜드는 검은 기수 생각을 잠시 잊게 해 줄 뭔가가 있는지 주위를 둘러보았다. 바람에 망토를 휘날리며 숲속에 있자니 그러기가 쉽지 않았다.

"아버지." 결국 랜드가 말했다. "마을 위원회에서 굳이 파단 페인에게 질문해야 했던 이유를 모르겠어요." 랜드는 애써 숲에서 눈을 돌려 벨라 너머의 탬을 바라보았다. "제가 보기에 마을 위원회가 내린 결정은 그 자리에서 당장 내릴 수도 있었던 것 같아서요. 시장님이 아이즈 세다이와 가짜 드래건이 여기 투 리버스까지 왔다는 얘기를 하는 바람에 다들 정신이 나갈 만큼 겁을 먹었잖아요."

"사람들은 웃기는 존재다, 랜드. 가장 뛰어난 사람들이 그래. 하랄 루한을 생각해 봐라. 루한 씨는 강하고 용감한 사람이지만, 도축 장면을 도저히 못 본다. 종잇장처럼 얼굴이 희어지지."

"그게 무슨 상관이에요? 루한 씨가 피를 보지 못한다는 것은 다들 아는 얘기잖아요. 코플린과 콩가 가족을 빼면 그걸 뭐라고 하는 사람도 없고요."

"그냥, 사람들이 꼭 네 예상대로 생각하거나 행동하지는 않는다는 얘기다. 아까 그 사람들은……. 폭풍이 몰아쳐 작물이 흙탕물에 나뒹굴고, 바람에 이 지역 모든 지붕이 날아가고, 늑대들이 가축 절반을 죽여 버려도 그 사람들은 소매를 걷어붙이고 맨땅에서 다시 시작할 거다. 투덜거리기는 하겠지만 그러느라 시간을 낭비하지는 않을 거야. 하지만 아이즈 세다이와 기알단에 나타난 가짜 드래건 생각만 하게 해도 그 사람들은 머지 않아 그림자의숲 건너편에 있는 기알단이 그리 멀지 않으며 타 발론에서 기알단으로 이어지는 직선거리가 우리 마을 동쪽으로 그리 멀리 떨어지지 않은 곳을 지난다는 생각을 할 거다. 아이즈 세다이가 케임린과 루가드를 지나는 길을 놔두고 온 땅을 가로지르기라도 할 것처럼 말이지! 내일 아침이 되면 마을 사람 절반이 금방이라도 마을에 전쟁이 닥칠 거라고 믿겠지. 그런 믿음을 되돌리는 데는 몇 주가 걸린다. 그렇게 되면 벨 타인이 퍽이나 즐겁겠지. 그래서 브랜은 사람들이 제멋대로 생각할 겨를을 주지 않고 자기가 직접 생각할 거리를 던져준 거야.

사람들은 마을 위원회에서 그 문제를 고려하는 것을 봤고, 지금쯤은 우리가 결정한 내용을 들었을 거다. 사람들이 우리를 마을 위원회로 뽑은 건, 우리가 모두에게 가장 좋은 방식으로 문제를 처리할 수 있을 거라고 믿기 때문이다. 우리 의견을 신뢰하는 거지. 심지어 센의 의견조차 믿는 거야. 그걸 보면 나머지 우리도 딱히 대단한 것은 아니겠다만. 아무튼 사람들은 아무것도 걱정하지 않아도 된다는 말을 들을 테고 그 말을 믿을 거다. 물론 사람들도 같은 결론에 이를 수 있고, 결국은 같은 결론을 내리겠지만 이런 방법을 쓰면 축제를 망치지 않을 수 있고 일어날 가능성도 별로 없는 일을 걱정하느라 몇 주나 고민할 사람도 없어지지. 확률이 아주 낮지만 그런 일이 실제로 벌어진다면……. 뭐, 순찰대가 우리한테 뭐든 할 수 있는 일을 하도록 경고해 줄 거다. 나는 정말이지 그런 일은 일어나지 않을 거라고 생각한다만."

랜드는 두 뺨을 훅 부풀렸다. 이제 보니 마을 위원회에 들어간다는 것은 랜드가 생각했던 것보다 더 복잡한 일인 듯했다. 채석장 길을 따라가는 수레가 덜컥거렸다.

"페린 말고도 이상한 기수를 본 사람이 있느냐?" 탬이 물었다.

"맷이 보긴 했지만……." 랜드는 눈을 깜빡이며 벨라의 등 너머로 아버지를 보았다. "제 말을 믿으세요? 돌아가야겠어요. 애들한테 말해 줘야 해요." 랜드는 마을로 다시 뛰어가려고 돌아서다가 탬의 고함에 멈췄다.

"기다려라, 이 녀석아. 기다려! 내가 아무 이유 없이 이렇게 오래 기다렸다가 말하는 줄 아느냐?"

랜드는 마지못해 수레 옆에 남았다. 수레는 인내심 많은 벨라를 따라가며 계속 삐걱거렸다. "왜 생각이 바뀌셨어요? 왜 다른 애들한테 말하면 안 되는데요?"

"그 아이들도 곧 알게 될 거다. 최소한 페린은 알게 되겠지. 맷은 잘 모르겠구나. 농장에도 최대한 소식을 전해야겠지. 하지만 한 시간 뒤면 에먼즈 필드에서 열여섯 살 이상 먹은 사람 중 최소한 자기 말에 책임을 질 수 있는 사람 가운데는 낯선 자가 숨어서 돌아다니고 있고, 그자가 축제에 초대할 만한 자는 아닐 가능성이 크다는 사실을 모르는 사람은 없게 될 거다. 어린 애들에게 겁을 줄 이런 일이 없이도 겨울은 가혹했다."

"축제라뇨?" 랜드가 말했다. "아버지가 그 사람을 보셨으면 그 사람이 18킬로미터 안에 접근하는 것도 싫어하셨을 거예요. 183킬로미터나."

"아마 그렇겠지." 탬이 차분하게 말했다. "그자는 단지 기알단에서 발생한 문제를 피해 도망친 피난민일 거다. 그보다는 베얼론이나 타렌 페리보다는 여기에서 도둑질하는 게 쉬울 거라고 생각하는 도둑일 가능성이 크겠다만. 그렇더라도 이 동네에는 가진 것을 도둑맞아도 될 만큼 여유 있는 사람이 없다. 그 사람이 전쟁을 피하려는 거라면……. 글쎄, 그것도 사람들을 겁주는 핑계는 못 되지. 경비대가 활동을 시작하면 바로 놈을 찾아내거나 겁줘서 쫓아버릴 거다."

"겁줘서 쫓아 버리면 좋겠네요. 근데 오늘 아침에는 제 말을 믿지 않으셨으면서 지금은 왜 믿으시는 거예요?"

"그때는 내 눈을 믿을 수밖에 없었다. 아무것도 보이지 않았고." 탬은 희끗희끗한 머리를 저었다. "보아하니 젊은이들만 그자를 보는 듯하더구나. 하지만 하랄 루한이 페린이 그림자를 보고 놀랐다는 얘기를 하자 모든 이야기가 나왔다. 존 테인의 맏아들도 그자를 봤다는구나. 사멜 크로의 아들 밴드리도 그렇고. 글쎄, 모두 멀쩡한 청년인 너희 넷이 뭔가를 봤다고 하니 우리 눈에 보이든 말든 뭔가 있을지 모른다는 생각이 들더구나. 물론 센은 생각이 달랐지만. 아무튼 우리가 집으로 돌아가는 이유도 그래서다. 우리 둘 다 떠나 있으면 그 낯선 자가 마을에서 뭐든 말썽을 꾸밀 수 있을 거다. 축제만 아니었으면 난 내일도 돌아오지 않았을 거야. 하지만 그 녀석이 어딘가에 숨어 있다는 이유만으로 우리 집에 갇혀 있을 수는 없지."

"밴이나 렘도 봤을 줄은 몰랐네요." 랜드가 말했다. "저희는 내일 시장님을 만나러 갈 생각이었어요. 시장님도 우리 말을 믿지 않을까 봐 걱정했지만요."

"머리가 희어졌다고 뇌까지 얼어붙었다는 뜻은 아니다." 탬이 무미건조하게 말했다. "그러니 눈을 똑바로 뜨고 있거라. 혹시 그놈이 다시 나타나면 나도 볼 수 있을지 모른다."

랜드는 아버지의 말대로 하기로 마음먹었다. 발걸음이 가벼워진 듯해서 놀라웠다. 뭉쳐 있던 어깨가 풀리는 것 같았다. 여전히 겁이 났지만 전처럼 심하지는 않았다. 탬과 랜드는 그날 아침에 그랬듯 채석장 길을 단둘이 걸어가고 있었지만, 어째서인지 마을 전체가 함께하는 기분이 들었다. 다른 사람들이 이 사실을 알고 있으며 믿어 준다니 모든 것이 달라졌다. 에먼즈 필드의 사람들이 힘을 합쳐도 처리하지 못할 일을 검은 망토의 기수가 저지를 수는 없었다.

5장 겨울의 밤

수레가 농가에 도착했을 때 태양은 정오의 정점에서 반쯤 내려와 있었다. 큰 집은 아니었다. 동쪽으로 뻗어 있는 몇몇 농가들에는 비할 바도 못 됐다. 그런 집들은 몇 년 사이에 점점 규모가 커져 한 집안 전체가 살 정도의 크기가 되었다. 투 리버스에서 그 말은 한 지붕 아래 이모와 고모, 숙모, 삼촌, 사촌, 조카 등을 포함해 서너 세대가 같이 산다는 뜻인 경우가 많았다. 탬과 랜드는 웨스트우드에서 농사를 짓는다는 이유 말고도 남자 둘이서만 같이 산다는 점에서 특이하게 여겨졌다.

둘의 집에는 대부분의 방이 1층에 있었다. 깔끔한 직사각형으로 이루어진 그 공간에는 딸린 건물이나 덧붙인 공간도 없었다. 침실 두 개에, 급경사를 이루는 이엉 지붕 아래에 만들어 놓은 창고로 쓰는 다락방이 있을 뿐이었다. 겨울 폭풍을 맞은 탓에 튼튼한 나무 벽에서는 흰 칠이 벗겨졌지만, 집은 여전히 깔끔하게 보수되고 있었다. 이엉도 꽁꽁 매어 두었고, 문과 덧문은 경첩이 헐겁지도 않았으며 문틀에 아늑하게 맞았다.

집과 헛간, 돌로 된 양 우리가 농장 안 마당을 둘러싸고 삼각형의 세 점을 이루고 있었고, 마당에서는 용기를 내 밖으로 나온 닭 몇 마리가 차가운 땅을 긁고 있었다. 양털을 깎기 위해 만들어 둔 탁 트인 오두막과 돌로 만든 구유기 양 우리 옆에 서 있었다. 마당과 나무들 사이의 공간에 바짝 붙어서 우뚝 서 있는 것은 촘촘한 벽으로 둘러싸여 있는 원뿔 모양의 저장고였다. 투리버스의 농부들 중 상인들이 왔을 때 양털과 타박을 모두 팔지 않고도 살 수 있는 사람은 별로 없었다.

랜드가 돌로 된 양 우리를 들여다보았을 때는 묵직한 뿔이 달린 숫양이 그를 마주 보았을 뿐, 얼굴이 검은 대부분의 양 떼는 누워 있던 곳에 그대로 얌전히 누워 있거나, 여물통에 고개를 처박은 채 서 있었다. 녀석들의 털이 두껍고 곱슬곱슬하게 자라 있었지만, 아직 털을 깎기에는 너무 추웠다.

"검은 망토를 입은 사람이 여기 온 것 같지는 않아요." 랜드가 아버지에게 소리쳤다. 탬은 언제라도 쓸 수 있도록 창을 들고 천천히 농가를 돌아보며 땅을 살피고 있었다. "그 사람이 근처에 왔다면 양들이 이렇게 차분하지 않았을 테니까요."

탬은 고개를 끄덕였지만 멈추지는 않았다. 그는 집을 한 바퀴 완전히 돌아본 뒤, 헛간과 양 우리도 똑같이 살펴보며 계속 땅을 살폈다. 심지어 훈제실과 저장고도 살펴보았다. 그는 우물에서 물을 한 동이 길어 올리더니 손을 오그리고 물을 담아 냄새를 맡아 보고서 조심스럽게 혀끝을 댔다. 갑자기 그는 웃음을 터뜨리더니 빠르게 꿀꺽 그 물을 삼켰다.

"그런 것 같구나." 탬이 손을 코트 앞섶에 문질러 닦으며 랜드에게 말했다. "나는 듣지도 보지도 못한다는 사람과 말에 관한 얘기를 하도 많이 듣다 보니 모든 것을 의심스럽게 보게 돼." 탬은 우물물을 다른 양동이에 비워 내고 집으로 향했다. 한 손에는 양동이를 들고, 다른 손에는 창을 든 채였다. "저녁으로 먹을 스튜를 끓이마. 여기에 있는 동안 몇 가지 잡일을 처리하는 게 좋겠다."

랜드는 인상을 찡그렸다. 에먼즈 필드에서 보낼 겨울의 밤이 아쉬웠다. 하지만 탬의 말이 맞았다. 농장 일이란 끝나는 법이 없었다. 한 가지를 끝내면 늘 두 가지를 더 해야 했다. 랜드는 잠시 망설였지만 활과 화살통을 가까이에 두기로 했다. 어둠의 기수가 정말로 나타난다면 괭이만 들고서 그자를 마주하고 싶지는 않았다.

가장 먼저 해야 할 일은 벨라를 마구간에 두는 것이었다. 랜드는 벨라의 굴레를 풀고 녀석을 헛간의 암소 옆 칸에 넣은 다음, 망토를 벗어 내려놓고 한 줌의 건초로 암말의 몸을 문질러 닦은 뒤 솔 두 개로 녀석을 빗질했다. 그런 뒤 다락으로 올라가는 좁은 사다리를 올라 벨라에게 줄 건초 더미를 가지고 내려왔다. 남은 것이 별로 없고, 날씨가 곧 따뜻해지지 않는다면 한참 동안은 맛보지 못하게 될 테지만 귀리도 한 줌 가져왔다. 암소 젖은 첫 햇살이 들기 전, 그날 아침에 짜 두었다. 양이 평소의 4분의 1밖에 되지 않았다. 겨울이 길어지면서 소젖도 말라붙어 가는 듯했다.

양들에게 먹일 먹이는 이틀분이 남아 있었다. 평소라면 지금쯤 목초지에 나가 있어야 했지만, 목초지라고 부를 만한 곳이 더 이상 남아 있지 않았다. 그래도 물은 새로 더 채워 주었다. 닭들이 낳은 달걀도 모아야 했다. 세 개밖에 없었다. 암탉들이 달걀 숨기는 솜씨가 늘어 가는 모양이었다.

랜드가 괭이를 들고 집 뒤의 텃밭으로 가려는데, 탬이 나와서 헛간 앞 벤치에 앉아 창을 옆에 기대 놓고 굴레를 고치기 시작했다. 그것을 보니 랜드는 자기가 서 있는 곳에서 한 걸음밖에 떨어지지 않은 곳에 활을 놔둔 것이 더 좋게 느껴졌다.

땅을 뚫고 올라온 잡초는 거의 없었지만 잡초가 아닌 다른 것들은 더 없었다. 양배추는 크지 못했고, 강낭콩과 완두콩의 싹은 거의 보이지 않았으며, 사탕무는 흔적조차 보이지 않았다. 물론 모든 것을 심은 것은 아니었다. 지하 저장고가 비어 버리기 전에 추위가 가시고 무슨 작물이라도 생기기를 기대하며 일부는 보관해 두었다. 괭이질을 하는 데는 오랜 시간이 걸리지 않았다. 지난 몇 년 동안이라면 랜드는 이런 상황이 마음에 들었을 것이다. 하지만 지금은 올해에 아무것도 자라지 않는다면 뭘 어떻게 해야 할지 고민스러웠다. 기분 좋은 생각은 아니었다. 게다가 장작도 패야 했다.

장작을 패지 **않아도** 되던 시절이 몇 년 전처럼 느껴졌다. 하지만 불평한다고 집이 따뜻해지는 것은 아니었으므로 랜드는 도끼를 가져와 활과 화살통을 장작 패는 대에 기대 놓고 작업을 시작했다. 빠르고 뜨거운 불길을 일으키는 소나무와 불이 오래 타게 하는 데 쓰는 떡갈나무. 오래지 않아 랜드는 코트를 벗어야 할 정도로 더워졌다. 팬 장작더미가 충분히 커지자 랜드는 그것들을 집 옆면에 기대 쌓아 놓았다. 그렇게 쌓아 올린 장작 옆에 이미 다른 장작들도 여러 무더기 쌓여 있었다. 대부분의 장작더미는 그 높이가 처마에 이르렀다. 보통 이 시기에는 장작더미의 높이도 낮고 수도 적었지만 올해는 달랐다. 패고, 쌓고. 패고, 쌓고. 랜드는 도끼의 리듬과 나무를 쌓는 움직임에 몰입했다. 그는 탬의 손이 어깨에 닿는 바람에 정신을 차렸고, 잠깐은 놀라서 눈을 깜빡였다.

랜드가 일하는 동안 어느새 잿빛 땅거미가 져 있었다. 이미 그 빛마저 빠르게 시들어 밤으로 변해 가는 중이었다. 보름달이 나무들 위 높이 떠서 창백하게 빛났다. 두 사람의 머리 위로 떨어지기라도 할 것처럼 불거진 모습이었다. 랜드가 모르는 사이에 바람도 차가워졌다. 누더기 같은 구름이 어두워져 가는 하늘을 질주했다.

"씻고 저녁 먹자. 자기 전에 뜨거운 물로 목욕할 수 있게 이미 물을 길어다 놨다."

"뭐든 뜨겁다니 좋네요." 랜드는 그렇게 말하며 망토를 집어 들어 어깨에 걸쳤다. 땀에 셔츠가 젖어 있었다. 도끼를 휘두르느라 열이 올라 잊었던 바람이 랜드가 일을 멈춘 지금에는 그 셔츠를 얼리려는 듯했다. 랜드는 하품을 눌러 참고 나머지 소지품을 챙기며 몸을 떨었다. "자는 것도 그렇고요. 지금부터 축제가 끝날 때까지 쭉 잘 수 있을 것 같아요."

"내기할 수 있겠느냐?" 탬은 미소 지었고, 랜드도 그를 마주 보며 자기도 모르게 씩 웃었다. 1주일 동안 잠을 자지 못했다 해도 벨 타인은 놓치지 않을 것이다. 그럴 사람은 아무도 없었다.

탬은 초를 넉넉히 밝혀 두었고, 커다란 돌난로 안에서는 불길이 타닥타닥 타오르고 있었다. 덕분에 거실에서는 따뜻하고도 쾌적한 느낌이 났다. 벽난로를 빼면 널찍한 떡갈나무 식탁이 이 방에서 가장 두드러졌다. 식탁은 열두 명 이상도 앉을 수 있을 만큼 길었다. 랜드의 어머니가 세상을 떠난 이후로 그토록 많은 사람이 앉은 적은 없었지만 말이다. 대부분 탬이 직접 솜씨 좋게 만든 서랍장과 나무함 몇 개가 벽을 따라 놓여 있었고, 등받이가 높은 의자들이 식탁 주변에 자리 잡고 있었다. 탬이 독서용 의자라고 부르는, 쿠션이 들어간 의자가 난로 앞에 삐딱하게 놓여 있었다. 랜드는 벽난로 앞 깔개에 드러누워서 책을 읽는 편을 더 좋아했다. 문 옆에 있는 책장은 와인스프링 여관의 책상에 비하면 턱없이 작았다. 책은 구하기 어려운 물건이었다. 책을 대여섯 권 이상 가지고 다니는 행상인이 거의 없었던 데다, 그 책들은 읽고 싶어 하는 모든 사람들이 나누어 가져야 했다.

그 방은 대부분의 농장 부인들이 집을 관리하는 것처럼 티 한 점 없이 방금 문질러 닦은 티가 나지는 않았다. 탬의 파이프 걸이와 『제인 파스트라이더의 여행』이 탁자에 놓여 있는 한편, 나무로 장정한 다른 책 한 권이 그의 독서용 의자 쿠션에 놓여 있었다. 수리해야 하는 굴레 일부가 난로 옆 벤치에 놓여 있었고, 꿰매야 할 셔츠 몇 벌도 의자 위에 쌓여 있었다. 비록 완벽하지는 않았지만 충분히 깨끗하게 정돈되어 있었고, 무엇보다 사람 사는 냄새가 나서 난로만큼이나 따뜻하고 편안한 느낌을 주었다. 이곳에서는 집 밖의 추위를 잊을 수 있었다. 이곳에는 가짜 드래건이 없었다. 전쟁도 아이즈 세다이도 없었고, 검은 망토를 입은 남자들도 없었다. 난로에 걸어 둔 스튜 냄비에서 흘러나온 냄새가 방에 번지며 랜드를 게걸스러운 허기로 채웠다.

아버지는 손잡이가 긴 나무 숟가락으로 스튜 냄비를 저은 뒤 맛을 보았다. "좀 더 끓여야겠구나."

랜드는 서둘러 세수했다. 문 옆의 세면대에는 주전자와 대야가 놓여 있었다. 랜드는 뜨거운 물에 목욕하고 싶었다. 땀을 씻어 내고, 물에 몸을 푹 담가 한기를 쫓고 싶었다. 하지만 그럴 기회는 뒷방에 있는 큰 주전자를 데울 시간이 있을 때 생길 것이다.

탬은 서랍장 안을 뒤지더니 자기 손만큼 긴 열쇠를 꺼냈다. 그는 문에 달린 커다란 무쇠 자물쇠에 그 열쇠를 꽂고 돌렸다. 랜드의 의아한 눈을 본 그가 말했다. "안전하게 하는 게 낫지. 내가 괜한 생각을 하는 것일 수도 있고, 날씨 때문에 기분이 어두워지는 것일 수도 있겠지만……." 탬은 한숨을 쉬더니 손바닥에 올려놓은 열쇠를 두어 번 던졌다 받았다. "뒷문을 살펴보마." 탬은 그렇게 말하더니 집 뒤쪽으로 사라졌다.

두 문 중 하나라도 잠겨 있었던 기억은 나지 않았다. 투 리버스에 사는 사람들은 아무도 문을 잠그지 않았다. 그럴 필요가 없었다. 최소한 지금까지는 그랬다.

머리 위 탬의 침실에서 뭔가를 바닥에 끌고 가는 것처럼 긁히는 소리가 났다. 랜드는 인상을 썼다. 갑자기 가구를 옮기기로 한 게 아니라면 탬이 할 만한 일은 침대 밑에 보관하는 낡은 나무함을 꺼내는 것뿐이었다. 그 역시 랜드가 기억하는 한 한 번도 없었던 일이었다.

랜드는 차를 끓이려고 작은 주전자를 물로 채운 뒤, 주전자를 고리에 걸어 불 위에 얹어 두고서 식탁을 차렸다. 그릇과 숟가락은 랜드가 직접 깎은 것이었다. 앞쪽 덧문은 아직 닫혀 있지 않았다. 랜드는 이따금 밖을 내다보았지만 밤이 완연해져 보이는 것이라고는 달빛이 드리운 그림자뿐이었다. 저 밖 어딘가에는 얼마든지 어둠의 기수가 있을 수 있었다. 랜드는 그 생각을 하지 않으려 애썼다.

탬이 돌아오자 랜드는 놀라서 그를 바라보았다. 탬의 허리에 두꺼운 벨트가 비스듬하게 걸쳐져 있었고, 그 벨트에는 칼 한 자루가 걸려 있었다. 검은 칼집과 긴 손잡이에 각기 청동으로 만든 왜가리가 붙어 있는 칼이었다. 랜드가 본 사람 중 칼을 차고 다니는 사람은 상인의 호위병들뿐이었다. 물론 란도 있었지만. 아버지한테 칼이 있을지도 모른다는 생각은 한 번도 해 보지 못했다. 왜가리만 빼면 그 칼은 란의 칼과 무척 비슷해 보였다.

"그건 어디서 난 거예요?" 랜드가 물었다. "행상인한테 사셨어요? 얼마예요?"

탬은 천천히 칼을 뽑았다. 반짝이는 긴 칼날을 따라 벽난로 불빛이 춤추었다. 랜드가 보았던, 상인의 호위병들이 들고 있던 평범하고 거친 칼날과는 전혀 달랐다. 보석이나 금으로 장식된 것은 아니었으나 어쨌든 화려해 보였다. 아주 살짝 구부러져 있으며, 날이 한쪽밖에 없는 칼날에 왜가리 한 마리가 더 새겨져 있었다. 땋은 머리처럼 보이도록 만들어진 짧은 날밑(칼날과 칼자루 사이에 끼워서 손을 보호하는 테-옮긴이)이 손잡이 양옆에 붙어 있었다. 상인의 호위병들이 가지고 다니는 칼에 비하면 거의 약하게 보일 정도였다.

그 호위병들의 칼은 대부분 날이 양쪽에 있었고, 나무도 팰 수 있을 만큼 두꺼웠다.

"오래전에 얻었다." 탬이 말했다. "여기서 멀리 떨어진 곳에서. 그야말로 너무 큰 값을 치렀지. 이런 칼 한 자루를 사는 데는 동화 두 닢도 너무 많잖느냐. 네 어머니는 마음에 들어 하지 않았어. 늘 나보다 현명했으니까. 하지만 당시에 나는 젊었고, 그때는 값이 적당해 보였다. 네 어머니는 늘 내가 이 칼을 없애 버리기를 바랐고, 나는 네 어머니 말이 옳다는 생각을 여러 번 해 왔다. 그냥 이 칼을 치워 버려야겠다고 말이야."

난로의 불길이 반사되어 칼은 꼭 타오르는 것만 같았다. 랜드는 놀랐다. 랜드는 칼을 가지고 싶다는 공상을 자주 해 왔다. "치워 버린다고요? 어떻게 그런 칼을 치워 버려요?"

탬은 코웃음 쳤다. "양을 치는 데는 별 쓸모가 없잖느냐? 이걸로 밭을 갈거나 추수를 할 수 있는 것도 아니고." 탬은 오래도록 칼을 내려다보았다. 자기가 이런 물건을 가지고 대체 뭘 하고 있는 건지 모르겠다는 표정이었다. 결국 그는 묵직하게 한숨을 쉬었다. "하지만 내가 그냥 암울한 공상에 사로잡힌 게 아니라면, 우리한테 운이 따라 주지 않는다면 앞으로 며칠 동안은 내가 이 칼을 치워 버리지 않고 낡은 나무함에 처박아 둔 게 다행스러울 거다." 탬은 칼을 다시 매끄럽게 칼집에 집어넣더니 인상을 쓰며 셔츠에 손을 닦았다. "스튜가 다 됐겠구나. 네가 차를 끓이는 동안 내가 스튜를 떠 놓으마."

랜드는 고개를 끄덕이고 찻잎을 담아 놓은 통을 가져갔지만 궁금한 게 많았다. 탬은 왜 칼을 샀을까? 상상조차 되지 않았다. 게다가 탬이 어디서 그런 칼을 얻었을까? 얼마나 먼 곳에서? 투 리버스를 떠나는 사람은 아무도 없었다. 최소한 극히 드물었다. 랜드는 옛날부터 어렴풋하게나마 아버지가 바깥세상에 가 본 적이 있을 거라고 생각했다. 어머니가 이방인이었으니 말이다. 하지만 칼이라니……? 식탁에 앉으면 물어볼 게 많았다.

찻물이 세차게 끓고 있었다. 랜드는 고리에 걸려 있는 주전자를 들어 올리느라 손잡이를 헝겊으로 감싸야 했다. 열기가 즉시 전달되었다. 랜드가 벽난로에서 허리를 편 그 순간, 문을 묵직하게 쾅 두드리는 소리가 나며 자물쇠가 흔들렸다. 칼이나 손에 들고 있는 뜨거운 주전자에 관한 생각은 모조리 날아갔다.

"이웃일 거예요." 랜드는 확신하지 못하면서도 그렇게 말했다. "도트리 씨가 뭘 빌리러……." 하지만 랜드의 농장과 가장 가까운 도트리 집안의 농장은 낮에 가도 한 시간 거리에 있었다. 게다가 아무리 뻔뻔하게 물건을 빌려가는 사람이라지만, 오렌 도트리가 어두울 때 집을 떠날 가능성은 적었다.

탬은 스튜로 가득한 그릇들을 조용히 식탁에 내려놓았다. 그는 천천히 식탁에서 물러났다. 그의 두 손이 모두 칼 손잡이에 닿아 있었다. "내 생각은 다르……." 탬이 입을 열었을 때 문이 홱 열리며 무쇠 자물쇠가 부서져 바닥을 빙글빙글 돌았다.

어떤 사람이 문 앞을 꽉 채우고 있었다. 랜드가 본 그 어떤 사람보다도 컸다. 그가 입은 검은 쇠사슬 갑옷은 무릎까지 내려왔으며 손목과 팔꿈치, 어깨에 가시가 돋쳐 있었다. 한 손이 무겁고 낫처럼 생긴 칼을 쥐고 있었다. 다른 손은 빛으로부터 보호하려는 것처럼 휙 들려 그의 눈을 가렸다.

랜드는 이상한 안도감이 찾아오는 것을 느꼈다. 누군지는 몰라도 상대는 검은 망토를 입은 기수가 아니었다. 그러다가 랜드는 문틀 위쪽에 스치는 머리에 숫양의 구부러진 뿔이 달려 있는 것을 보았다. 게다가 입과 코가 있어야 할 곳에는 털투성이 주둥이가 달려 있었다. 랜드는 겁에 질려 비명을 지르며 숨 한 번 깊이 내쉴 동안에 그 모든 모습을 보았다. 그리고 딱히 생각할 것도 없이 뜨거운 주전자를 반만 인간인 그 존재의 머리에 집어 던졌다.

끓는 물이 얼굴에 끼얹어지자 그 생명체가 울부짖었다. 고통의 비명과 동물의 으르렁거림이 뒤섞인 비명이었다. 주전자가 부딪히는 그 짧은 순간에 탬의 칼이 번뜩였다. 울부짖음은 갑자기 꾸르륵대는 소리로 바뀌었고, 거대한 형체는 비틀거리며 뒤로 물러났다. 놈이 다 쓰러지기도 전에 다른 한 마리가 놈을 끌어내고 들어오려 했다. 가시처럼 생긴 뿔이 솟아 있는 기형적인 머리가 언뜻 보이나 싶더니 탬이 다시 칼을 휘둘렀다. 거대한 시체 두 구가 문을 막았다. 랜드는 아버지가 자기에게 소리치고 있다는 것을 깨달았다.

"도망쳐라! 숲속에 숨어!" 바깥의 다른 놈들이 끄집어내 치우려 하는 바람에 문에 낀 시체들이 들썩거렸다. 탬은 거대한 식탁 아래로 한쪽 어깨를 밀어 넣더니 끙 소리를 내며 얽혀 있는 시체들 위에 그 식탁을 엎어 놓았다. "막아야 할 놈들이 너무 많아! 뒤로 나가라! 가! 가라! 나도 따라가마!"

뒤로 돌아서는 그 순간에도 랜드는 너무 빠르게 아버지의 말에 따랐다는 수치심을 느꼈다. 방법은 도저히 모르겠지만 그는 남아서 아버지를 돕고 싶었다. 그러나 두려움이 목구멍 끝까지 차올랐고 두 다리가 알아서 움직였다. 랜드는 거실에서 달려 나가 집 뒤쪽으로 향했다. 살면서 그렇게 빨리 뛴 것은 처음이었다. 앞문에서 들려오는 우당탕 소리와 고함이 그를 좇아왔다.

뒷문 빗장에 두 손을 얹었을 때, 랜드의 시선이 무쇠 자물쇠에 닿았다. 자물쇠는 잠겨 있지 않았다. 탬이 그날 밤에 분명히 잠갔는데도. 빗장을 그대로 놔둔 채 랜드는 옆 창문으로 쏜살같이 달려가 새시를 위로 젖히고 덧문을 홱 열었다. 노을이 있던 자리를 밤이 완전히 차지했다. 보름달과 흘러가는 구름 때문에 농장 안 마당 전체에서 얼룩덜룩한 그림자들이 서로를 쫓고 있었다.

그림자야. 랜드는 혼잣말을 했다. 그림자뿐이었다. 바깥에 있는 누군가, 혹은 무언가가 열려고 밀자 뒷문이 삐걱거렸다. 랜드는 입이 말랐다. 쾅 하는 소리에 문틀에 달려 있던 문이 흔들렸다. 랜드는 그 바람에 동작이 빨라졌다. 그는 땅굴로 도망치는 토끼처럼 창밖으로 슬쩍 나가 집 옆면에 기대 몸을 웅크렸다. 집 안에서 나무 쪼개지는 소리가 천둥처럼 들렸다.

랜드는 억지로 땅을 짚고 반쯤 일어나 안을 들여다보았다. 한쪽 눈으로만, 창문 가장자리로만. 어두워서 많은 것이 보이지는 않았다. 하지만 그것만으로도 정말이지 보고 싶지 않은 광경이었다. 문이 비스듬하게 걸려 있었고, 어두운 형체들이 조심스럽게 방 안으로 들어갔다. 그들은 낮고 으르렁거리는 듯한 목소리로 말했다. 랜드는 그들이 하는 말을 한마디도 알아들을 수 없었다. 그들의 언어는 거칠고 인간의 혀에는 어울리지 않는 것처럼 들렸다. 도끼와 창과 가시 돋친 것들이 길 잃은 달빛의 아른거리는 빛을 탁하게 반사했다. 장화가 바닥에 끌렸고, 발굽 소리처럼 율동적인 달그락 소리도 들렸다.

랜드는 다시 입을 축이려고 애썼다. 그는 깊게, 고르지 않은 숨을 들이쉬며 최대한 크게 소리쳤다. "뒤쪽으로 들어가고 있어요!" 쉰 목소리이긴 했지만, 어쨌든 말이 나오기는 했다. "저는 밖에 있어요! 도망치세요, 아버지!" 랜드는 마지막 한 마디를 끝으로 농가에서 전속력으로 달려갔다.

낯선 언어를 말하는 쉰 목소리가 뒷방에서 사납게 들려왔다. 유리가 박살났다. 시끄럽고 날카롭게. 뭔가가 랜드 뒤쪽 땅에 묵직하게 쿵 내려섰다. 랜드는 놈들 중 하나가 열린 틈을 비집고 나오는 대신 창문을 부수어 버렸으리라고 생각했으나 자기 생각이 맞는지 확인하겠다고 뒤를 돌아보지는 않았다. 사냥개들을 피해 도망치는 여우처럼, 그는 마치 숲으로 가는 것처럼 달이 드리운 가장 가까운 그림자 속으로 쏜살같이 달려간 다음 배를 깔고 납작 엎드려 헛간의 더 크고 짙은 그림자 속으로 살금살금 기어갔다. 뭔가가 랜드의 양쪽 어깨에 떨어졌다. 랜드는 자기가 싸우려는 건지, 도망치려는 건지 알지 못한 채 팔다리를 휘둘러 대다가 탬이 만들고 있던 새 괭이 손잡이와 씨름하고 있는 자신을 발견했다.

멍청이! 잠시 랜드는 그 자리에 가만히 엎드린 채 애써 호흡을 골랐다. **코플린 집안에나 어울릴 바보 머저리!** 결국 그는 괭이 손잡이를 끌고 헛간 뒤쪽을 따라 기어갔다. 별건 아니었지만 아무것도 없는 것보다는 나았다. 랜드는 조심스럽게 농장 안 마당 모퉁이 너머의 집을 바라보았다.

랜드를 따라 뛰쳐나왔던 생명체는 흔적이 보이지 않았다. 어디에든 있을 수 있었다. 랜드를 쫓고 있다는 것만은 분명했다. 지금 이 순간에도 살금살금 랜드에게 다가오고 있을지 몰랐다.

왼쪽의 양 우리는 겁에 질린 매애 소리로 가득했다. 양 떼는 탈출구를 찾으려는 듯 한곳에 모여 있었다. 집 앞쪽, 불이 밝혀진 창문에서 그림자 형체들이 일렁거렸고 쇠와 쇠가 맞부딪히는 소리가 어둠 속에 메아리쳤다. 갑자기 창문 하나가 유리와 나무 조각을 비처럼 뿌리며 바깥으로 터져 나왔다. 탬이 그 창문에서 뛰쳐나왔다. 아직 손에 칼을 들고 있었다. 그는 두 발을 딛고 내려섰지만 집에서 먼 쪽으로 도망치는 대신 뒤쪽으로 달려갔다. 깨진 창문과 문을 지나 허둥지둥 그를 쫓아오는 괴물 같은 놈들은 무시한 채로.

랜드는 믿을 수 없어서 그 모습을 지켜보았다. 왜 도망치지 않는 거지? 그때, 랜드는 알아차렸다. 탬이 마지막으로 랜드의 목소리를 들은 곳이 집 뒤쪽이었다. "아버지!" 랜드가 소리쳤다. "저 여기 있어요!"

탬은 달리다 말고 빙글 돌아 랜드 쪽이 아니라 랜드와 먼 방향으로 달려갔다. "도망쳐라!" 탬이 외치며 눈앞에 있는 누군가를 가리키듯 칼을 휘둘렀다. "숨어!" 10여 개의 거대한 형체가 탬을 줄줄이 따라갔다. 거친 고함과 날카로운 울부짖음에 공기가 진동했다.

랜드는 헛간 뒤쪽의 그림자 속으로 다시 물러났다. 혹시 놈들이 아직 안에 있더라도 집에서는 그 자리가 보이지 않았다. 랜드는 안전했다. 최소한 그 순간만큼은. 그러나 탬은 아니었다. 랜드에게서 먼 쪽으로 그것들을 유인하려는 탬은. 랜드는 두 손으로 괭이 손잡이를 꽉 움켜쥐었다. 갑자기 터지려는 웃음을 참느라 이를 꽉 다물어야 했다. 괭이 손잡이라니. 괭이 손잡이를 들고 저놈들 중 하나와 맞서는 것은 페린을 상대로 육척봉을 가지고 노는 것과는 전혀 다른 일이 될 것이다. 하지만 탬이 그를 쫓는 놈들과 홀로 맞서도록 놔둘 수는 없었다.

"토끼를 쫓을 때처럼 움직이면," 랜드는 자신을 나직하게 타일렀다. "절대 내 소리를 듣지 못할 거야. 날 보지도 못할 테고." 소름 끼치는 울부짖음이 어둠 속에 울려 퍼졌다. 랜드는 침을 삼키려고 애썼다. "저놈들은 토끼보다 굶주린 늑대 떼 같지만." 랜드는 소리 없이 헛간에서 벗어나 숲 쪽으로 향했다. 괭이 손잡이를 너무 세게 쥐고 있어서 손이 아팠다.

처음에 랜드는 나무들로 둘러싸인 곳에 들어오자 마음이 놓였다. 농장을 공격한 짐승들이 뭔지는 몰라도 나무가 있으면 몸을 감추는 데 도움이 될 터였다. 하지만 숲속을 가로질러 살금살금 나아가자 달이 드리운 그림자가 이리저리 흔들렸고, 꼭 숲의 어둠도 형태를 바꾸며 움직이는 것처럼 느껴졌다. 우뚝 솟은 나무들이 악의적으로 보였다. 나뭇가지가 랜드 쪽으로 손을 뻗듯 온몸을 비틀어 댔다. 하지만 정말 그냥 나뭇가지인 것일까? 랜드는 놈들이 자기를 기다리며 목 끝까지 차오르는 걸걸하게 웃는 소리가 들리는 것만 같았다. 탬을 쫓는 자들의 울부짖음은 더 이상 밤하늘을 채우지 못했으나, 그 소리를 대신한 적막 속에서 랜드는 바람이 나뭇가지 하나에 스칠 때마다 움찔했다. 그는 점점 더 낮게 몸을 웅크리고 점점 더 느리게 움직였다. 누가 자기 소리를 들을까 봐 감히 숨도 쉬기 어려웠다.

갑자기 누군가의 손이 뒤에서 튀어나와 랜드의 입을 막았다. 무쇠 같은 손이 그의 손목을 쥐었다. 랜드는 잡히지 않은 손으로 미친 듯이 어깨 너머를 할퀴며 공격자를 잡으려 했다.

"그러다 목 부러지겠다, 이 녀석아." 탬이 속삭이는 소리가 들렸다.

안도감이 흘러넘쳤다. 근육이 녹아 물이 될 것만 같았다. 아버지가 놓아주자 랜드는 그대로 넘어져 두 손과 무릎으로 땅을 짚은 채 몇 킬로미터나 달려온 사람처럼 숨을 헐떡였다. 탬도 랜드 옆에 털썩 주저앉아 한쪽 팔꿈치를 괴었다.

"네가 지난 몇 년 동안 이렇게 많이 자란 줄 알았다면 방금 같은 일은 시도도 안 했을 거다." 탬이 조용히 말했다. 말을 하는 동안에도 탬은 계속해서 눈을 움직이며 어둠 속을 예리하게 주시했다. "하지만 네가 소리를 지르지 않도록 해야 했다. 트롤록 중에는 개처럼 귀가 밝은 놈들도 있으니까. 개보다 나을 수도 있고."

"하지만 트롤록은 그냥……." 랜드는 말을 흐렸다. 트롤록은 그냥 이야기 속에 나오는 존재들이 아니었다. 오늘 밤을 겪은 이후에는 그랬다. 랜드가 아는 한 놈들은 트롤록일 수도, 어둠의 존재일 수도 있었다. "정말이에요?" 랜드가 속삭였다. "그러니까……. 트롤록이라뇨?"

"확실하다. 다만 무엇 때문에 놈들이 투 리버스에 왔는지는……. 오늘 밤이 오기 전에는 나도 트롤록을 본 적이 없다. 하지만 놈들을 본 사람과 이야기해 본 적이 있어서 약간은 알지. 어쩌면 그 정도로도 우리 둘 다 살아남기에는 충분할지 모른다. 잘 들어라. 트롤록은 어두울 때 인간보다 더 잘 볼 수 있지만, 밝은 빛에는 눈이 먼다. 최소한 잠깐은 말이야. 놈들이 그렇게 많았는데도 우리가 탈출할 수 있었던 건 단지 그 이유 때문이었을 거다. 어떤 트롤록은 냄새나 소리를 듣고 사냥감을 추적할 수 있지만 그런 놈들은 게으르다고 하더구나. 오랫동안 놈들에게 잡히지 않으면 놈들이 포기할 거다."

그렇다고 랜드의 기분이 많이 나아지지는 않았다. "이야기에서는 트롤록들이 인간을 증오하면서 어둠의 군주를 따르던데요."

"밤의 양치기가 부리는 양 떼에 속한 존재가 있다면 그게 바로 트롤록이다. 놈들은 죽이는 게 재미있어서 살육을 저지르지. 나는 그렇다고 들었다. 하지만 내가 아는 것은 그게 전부야. 트롤록을 두려워하게 할 수 없다면 믿을 수도 없다는 것 말고는. 물론 그때도 깊이 믿어서는 안 되겠지만."

랜드는 몸을 떨었다. 트롤록이 두려워하는 자라니, 만나고 싶지 않았다. "지금도 우릴 쫓고 있을까요?"

"그럴 수도 있고 아닐 수도 있다. 그리 똑똑해 보이지는 않더구나. 숲에 들어오자마자 나는 나를 쫓던 놈들을 별로 어렵지 않게 산 쪽으로 보내 버릴 수 있었다." 탬은 오른쪽 옆구리 근처를 더듬더니 손을 얼굴 가까이로 들어 올렸다. "하지만 놈들이 우릴 쫓고 있다면 움직이는 게 낫겠지."

"다치셨군요."

"목소리 낮추거라. 그냥 긁힌 거야. 어쨌든 지금 상처를 어떻게 할 수 있는 것도 아니고. 최소한 날씨는 따뜻해지는 것 같구나." 탬은 무겁게 한숨을 쉬며 누웠다. "밖에서 밤을 지새우는 것도 그리 나쁘지 않겠다."

안 그래도 랜드는 머릿속에서 코트와 망토를 생각하던 참이었다. 나무 덕분에 어느 정도는 바람을 막을 수 있었지만, 그 너머로 불어 들어오는 바람은 여전히 얼어붙은 칼날처럼 살을 저몄다. 랜드는 머뭇거리며 탬의 얼굴을 만져 보았다가 움찔했다. "아버지 몸이 불덩이 같아요. 나이니브한테 모셔다드릴게요."

"조금 있다가."

"낭비할 시간이 없어요. 어두울 때는 먼 길이라고요." 랜드는 재빨리 일어나 아버지를 일으켜 세우려 했다. 탬이 이를 악물고도 신음을 거의 참지 못하자 랜드는 서둘러 다시 그를 내려놓을 수밖에 없었다.

"좀 쉬게 해 다오, 아들아. 피곤하구나."

랜드는 허벅지를 주먹으로 내리쳤다. 난롯불과 이불, 충분한 물과 버드나무 껍질 차가 있는 아늑한 농가였다면 랜드도 기꺼이 날이 밝기를 기다렸다가 벨라를 끌고 와서 탬을 마을로 데려갔을 것이다. 하지만 그 모든 것은 집에 남아 있었다. 탬을 그리로 데려갈 수 없다면 최소한 그중 일부라도 탬에게 가져올 수 있을 것이다. 트롤록들이 사라졌다면. 놈들은 곧 떠날 수밖에 없었다.

랜드는 괭이 손잡이를 보다가 툭 떨어뜨렸다. 대신 그는 탬의 칼을 뽑아 들었다. 칼날이 창백한 달빛에 탁하게 빛났다. 손에 쥔 긴 손잡이가 어색하게 느껴졌다. 그 무게감이 낯설었다. 랜드는 몇 차례 눈앞의 허공을 긋다가 한숨을 쉬며 멈추었다. 허공을 베는 것이야 쉬운 일이었다. 상대가 트롤록이라면 분명 칼을 휘두르는 대신 도망칠 가능성이 컸다. 아니면 몸이 굳어 움직이지도 못하다가 트롤록이 그 이상한 칼을 휘둘러……. **그만해! 도움이 안 되잖아!**

랜드가 일어서려고 하니 탬이 그의 팔을 붙잡았다. "어디로 가느냐?"

"수레가 필요해요." 랜드가 조용히 말했다. "담요도요." 랜드는 소매를 붙든 아버지의 손을 너무 쉽게 떼어 낼 수 있어서 놀랐다. "쉬세요. 돌아올게요."

"조심해라." 탬이 나직하게 말했다.

달빛으로 탬의 얼굴을 볼 수는 없었지만 랜드는 그의 시선이 자신에게 향해 있다는 것을 알 수 있었다. "조심할게요." **매 둥지를 살펴보는 쥐처럼요.** 랜드는 생각했다.

랜드는 또 하나의 그림자가 된 것처럼 조용히 어둠 속으로 향했다. 어렸을 때 친구들과 함께 숲속에서 숨바꼭질을 했던 그 모든 시간을 떠올렸다. 그들은 서로를 쫓았고, 랜드는 기척을 내지 않고 있다가 누군가의 어깨에 손을 얹었다. 왠지 이번 일은 도저히 그 숨바꼭질처럼 생각되지 않았다.

랜드는 이 나무에서 저 나무로 살금살금 움직이며 계획을 세워 보려 했으나, 숲 가장자리에 이르렀을 때는 열 가지 계획을 이미 포기한 뒤였다. 모든 것이 트롤록들이 아직도 농가에 있느냐에 달려 있었다. 놈들이 사라졌다면 그냥 집으로 걸어가 필요한 물건을 챙기면 됐다. 놈들이 아직 있다면…….

그 경우에는 탬에게 돌아가는 수밖에 없었다. 마음에 들지는 않았지만, 랜드가 죽는다고 탬한테 도움이 되는 것은 아니었다.

랜드는 농장 건물들을 바라보았다. 달빛으로 보이는 헛간과 양 우리는 그저 어두운 형체일 뿐이었다. 하지만 집의 앞쪽 창문과 열린 문에서는 빛이 흘러나왔다. **그냥 아버지가 켜둔 촛불일까? 아니면 트롤록들이 기다리고 있는 것일까?**

랜드는 쏙독새의 높은 울음소리에 발작하듯 움찔했다가 떨면서 나무에 몸을 축 기댔다. 이래 봤자 달라질 것은 없었다. 랜드는 배를 깔고 엎드려 기기 시작했다. 칼은 어색하게 눈앞에 들고 있었다. 랜드는 양 우리 뒤쪽에 이르는 내내 흙 속에 턱을 처박고 있었다.

랜드는 돌벽에 기대 웅크리고 귀 기울였다. 밤을 흩뜨리는 소리 하나 들리지 않았다. 랜드는 조심스럽게 힘을 풀고 벽 너머를 보았다. 농장 안 마당에서 움직이는 것은 아무것도 없었다. 집 창문이나 문에서 새어 나온 빛에 일렁거리는 것도 없었다. **벨라랑 수레를 먼저 챙기는 거야. 아니면 담요 같은 물건들을.** 랜드가 결정을 내린 것은 빛 때문이었다. 헛간은 어두웠다. 그 안에는 뭐든 기다리고 있을 수 있었고, 랜드는 너무 늦기 전까지 알아차릴 방도가 없었다. 최소한 집 안에서는 뭐가 있는지 볼 수 있을 것이다.

랜드는 다시 자세를 낮추려다 말고 우뚝 멈추었다. 소리가 **전혀** 들리지 않았다. 가능성이 별로 없기는 했지만 양들 대부분이 다시 얌전해져 잠든 것일지도 몰랐다. 그러나 한밤중에도 꼭 몇 마리는 깨어서 부스럭거리며 돌아다니거나 때때로 매애 하고 울었다. 랜드는 땅 위에 쌓인, 어둑한 양들의 더미를 간신히 알아보았다. 한 마리는 거의 랜드의 발밑에 쓰러져 있었다.

랜드는 아무 소리도 내지 않으려고 애쓰며 벽에 기댄 채 그 어슴푸레한 형체로 손을 뻗을 수 있을 만큼 몸을 일으켰다. 손가락이 곱슬곱슬한 털에 닿더니 이어 축축해졌다. 양은 움직이지 않았다. 랜드는 헉하며 숨을 내쉬었다. 그는 뒤로 물러나다가 양 우리 바깥의 땅에 주저앉으며 칼을 떨어뜨릴 뻔했다. **살육을 즐기는 거야.** 랜드는 덜덜 떨며 축축한 손을 흙에 문질렀다.

랜드는 아무것도 바뀐 것은 없다고 자신을 사납게 타일렀다. 트롤록들은 양들을 도륙하고 떠났다고. 머릿속으로 그 말을 곱씹으며 랜드는 최대한 자세를 낮추되 사방을 지켜보려고 애쓰며 농장 안 마당을 기어서 가로질렀다. 지렁이가 부러워질 줄은 몰랐다.

집 앞에 이른 랜드는 깨진 창문 아래 벽에 바싹 붙어 귀를 기울였다. 귓속에서 둔탁하게 울리는 맥박 소리가 들리는 소리 중 가장 컸다. 랜드는 천천히 몸을 일으켜 안을 들여다보았다.

난로 위 잿더미 속에 스튜 냄비가 뒤집혀 있었다. 쪼개지고 부러진 나무가 방 여기저기에 흩어져 있었다. 온전하게 남아 있는 가구는 단 하나도 없었다. 심지어 식탁도 다리 두 개가 거친 밑동만 남겨 놓고 부러져 비스듬하게 서 있었다. 서랍은 전부 끄집어져 나와 박살 났다. 찬장과 수납장은 전부 열려 있었고, 그 문 중에는 경첩에 비스듬하게만 걸려 있는 것이 많았다. 그 내용물은 폐허에 잔뜩 흩어져 있었으며, 모든 것에 뿌옇게 먼지가 앉아 있었다. 난로 옆에 내팽개쳐진, 찢어진 자루를 보니 밀가루와 소금인 듯했다. 남은 가구들 사이에 네 구의 뒤틀린 시체가 얽혀 있었다. 트롤록들이었다.

랜드는 숫양의 뿔을 보고 그중 한 놈을 알아보았다. 나머지도 차이는 있었지만 거의 비슷한 모습이었다. 주둥이와 뿔, 깃털, 털가죽 등으로 왜곡된 인간 얼굴의 역겨운 혼합물. 거의 인간의 손과 비슷하게 생긴 그들의 손은 놈들을 더 끔찍하게 보이게 만들 뿐이었다. 두 마리는 장화를 신고 있었고, 다른 둘에게는 발굽이 달려 있었다. 랜드는 눈이 시큰거릴 때까지 눈을 깜빡이지도 않고 그 모습을 바라보았다. 트롤록들은 움직이지 않았다. 죽은 게 틀림없었다. 게디가 탬도 기다리고 있었다.

랜드는 앞문으로 달려들어 갔다가 악취에 숨이 막혀 우뚝 섰다. 몇 달 동안 똥을 치우지 않은 마구간 냄새나 되어야 이 냄새에 조금이라도 비교할 수 있을 것 같았다. 고약하게 문대진 자국이 벽을 더럽혔다. 랜드는 입으로 숨을 쉬려 애쓰며 서둘러 엉망진창이 된 바닥을 헤집기 시작했다. 어느 찬장에 물주머니가 있었는데.

뒤쪽에서 들려온 긁는 듯한 소리에 랜드는 뼛속까지 한기가 스미는 것 같았다. 그는 휙 돌아보다가 하마터면 식탁의 잔해에 걸려 넘어질 뻔했다. 랜드는 자세를 가다듬고 신음했다. 턱이 아플 정도로 악물지 않았다면 이가 딱딱 부딪혔을 것이다.

트롤록 한 마리가 일어서고 있었다. 늑대 주둥이가 푹 꺼진 눈 밑으로 튀어나와 있었다. 생기도 감정도 없는 그 눈은 너무도 인간을 닮아 있었다. 털이 북슬북슬하고 뾰족한 귀가 끊임없이 움찔거렸다. 놈은 죽은 동지들 중 하나를 뾰족한 염소 발굽으로 밟고 넘었다. 다른 놈들이 입고 있는 것과 같은 검은 쇠사슬 갑옷이 가죽 바지에 스쳐 부스럭거렸다. 거대하고 낫처럼 휘어진 칼 한 자루가 놈의 옆에 매달려 있었다.

놈은 으르렁거리는 듯하면서도 날카로운 소리로 뭐라 중얼거리더니 말했다. “다른 놈들은 간다. 나그는 남는다. 나그는 똑똑하다.” 인간의 언어를 말해서는 안 될 입에서 나오는 단어는 뒤틀려 있었고 이해하기 어려웠다. 놈은 랜드를 달래는 말투를 쓰려는 모양이었으나, 랜드로서는 얼룩진 놈의 이빨에서 눈을 뗄 수가 없었다. 길고 날카로운 그 이빨은 짐승이 입을 열 때마다 번뜩였다. “나그는 안다. 가끔 몇 명 돌아온다. 나그 기다린다. 칼 필요 없다. 칼 내려놔라.”

트롤록이 말을 걸기 전까지 랜드는 자신이 떨리는 두 손으로 탬의 칼을 쥐고서 앞으로 내밀고 있다는 것을 몰랐다. 칼끝이 거대한 짐승을 겨누고 있었다. 놈은 랜드보다 머리와 어깨 하나는 더 있을 만큼 컸고, 가슴과 두 팔은 루한 씨를 난쟁이처럼 보이게 만들 정도로 굵었다.

“나그는 해치지 않는다.” 놈은 한 걸음 다가오며 손짓했다. “칼 내려놔라.” 놈의 손등에 난 검은 털은 짐승의 털가죽처럼 빽빽했다.

“물러서.” 랜드는 더 침착한 목소리가 났으면 좋겠다고 생각하며 말했다. “왜 이런 짓을 한 거야? 왜?”

“블자 대그 로그다!” 으르렁거리는 소리는 빠르게 이빨을 잔뜩 드러내는 미소로 바뀌었다. “칼 내려놔라. 나그는 해치지 않는다. 머드랄이 너와 이야기 원한다.” 놈의 일그러진 얼굴에 잠깐 감정이 스쳤다. 두려움이었다. “다른 자들 돌아온다. 너 머드랄과 말한다.” 놈은 한 걸음 더 다가왔다. 커다란 손이 놈의 칼자루에 닿으려 했다. “칼 내려놔라.”

랜드는 입술을 핥았다. 머드랄이라니! 오늘 밤에는 최악의 이야기가 살아나서 돌아다녔다. 희미한 자가 오고 있다면 트롤록은 비교적 문제도 아니었다. 떠나야 했다. 하지만 트롤록이 저 거대한 칼을 뽑는다면 랜드에게는 아무 기회가 없을 터였다. 랜드는 떨면서 억지로 미소 지었다. "알았어." 칼자루를 더욱 세게 쥐면서 랜드는 양손을 옆구리로 내렸다. "얘기할게."

늑대의 미소가 으르렁거림으로 변하더니 트롤록이 랜드에게 돌진했다. 랜드는 그렇게 큰 놈이 그렇게까지 빠르게 움직일 수 있으리라고는 생각하지 못했다. 랜드는 간절한 마음으로 칼을 들었다. 괴물의 몸통이 랜드를 들이받아 벽에 쾅 내팽개쳤다. 랜드는 한 번 헛숨을 내쉬고서는 다시 숨을 들이쉴 수 없었다. 트롤록과 함께 바닥으로 쓰러지며 랜드는 공기를 빨아들이려 애썼다. 트롤록이 랜드 위에 있었다. 랜드는 몸을 뭉개 오는 놈의 무게에 깔린 채 미친 듯이 몸부림치며 자기를 더듬어 오는 두툼한 두 손과 딱딱거리는 주둥이를 피하려 애썼다.

갑자기 트롤록이 경련하더니 조용해졌다. 얻어맞고 멍든 데다가, 몸을 눌러 오는 덩치에 반쯤 질식한 상태로 랜드는 잠시 믿을 수 없는 마음에 그 자리에 누워 있을 수밖에 없었다. 그러나 그는 빠르게 정신을 차렸다. 최소한 꿈틀대며 놈의 시체 밑에서 빠져나올 만큼은 말이다. 놈은 정말 시체가 되어 있었다. 피로 물든 탬의 칼날이 트롤록의 등 한복판을 뚫고 나왔다. 결국 랜드가 늦지 않게 칼을 들었던 것이다. 랜드의 두 손도 피범벅이었다. 손을 셔츠에 닦자 문지른 자국이 거무죽죽하게 남았다. 랜드는 속이 뒤틀렸다. 토하지 않으려고 침을 세게 삼켰다. 랜드는 최악의 두려움을 경험하듯 몸을 떨었으나, 이번만큼은 아직 살아 있다는 안도감에 그러는 것이었다.

다른 놈들이 돌아온다. 트롤록이 그렇게 말했다. 다른 트롤록들이 농가로 돌아올 것이다. 머드랄, 희미한 자까지도. 이야기에 따르면 희미한 자들은 키가 6미터에, 눈은 불꽃과 같으며 말 대신 그림자를 타고 다녔다. 희미한 자는 몸을 옆으로 돌려 사라질 수 있었으며, 그 어떤 벽으로도 놈들을 막을 수 없었다. 랜드는 이곳에 온 목적을 이루고 빠르게 빠져나가야 했다.

랜드는 낑낑대며 트롤록의 시체를 뒤집어 칼을 되찾았고, 그 과정에서 뜬 눈이 그를 빤히 바라보자 도망칠 뻔했다. 랜드는 잠시 후에야 그 눈이 죽음으로 뿌예진 장막 너머에서 자신을 바라볼 뿐이라는 것을 알았다.

랜드는 오늘 아침만 해도 탬의 셔츠였지만 이제는 너덜너덜해진 넝마에 두 손을 닦았다. 그리고 칼날을 뽑아내 닦은 뒤 탐탁지 않은 마음으로 그 걸레를 바닥에 떨어뜨렸다. 깔끔한 체할 시간은 없었다. 랜드는 그렇게 생각했다가 터져 나오는 웃음을 이를 악다물며 간신히 참았다. 다시 들어가 살 수 있을 정도로 집을 치울 방법이 도저히 생각나지 않았다. 끔찍한 악취가 아마 이미 목재에 스며들었을 것이다. 하지만 그런 생각을 할 시간은 없었다. **깔끔한 체할 시간은 없어. 어쩌면 아무것도 할 시간이 없을지 몰라.**

분명 랜드는 필요한 것을 터무니없이 여러 개 잊고 있을 터였다. 하지만 탬이 기다리고 있었고, 트롤록들이 돌아오는 중이었다. 랜드는 이리저리 뛰어다니며 생각나는 대로 물건을 챙겼다. 위층 침실에서는 담요와 탬의 상처에 붕대로 쓸 깨끗한 헝겊을 챙겼다. 망토와 코트도. 양 떼를 목초지로 데려갈 때 가져가는 물주머니도. 깨끗한 셔츠도. 언제 옷 갈아입을 시간이 생길지는 모르겠지만, 기회가 생기는 대로 피투성이 셔츠를 벗어 버리고 싶었다. 버드나무 껍질을 비롯한 다른 약재가 들어 있는 작은 주머니들은 랜드가 감히 건드릴 엄두도 낼 수 없는, 시커먼 진창처럼 보이는 더미에 섞여 있을 터였다.

탬이 가져온 물 양동이 하나가 벽난로 옆에 아직 서 있었다. 기적적으로 엎어지지도 않았고, 누가 건드리지도 않았다. 랜드는 양동이에 들어 있던 물로 물주머니를 채우고, 남은 물에 두 손을 서둘러 씻은 뒤 혹시 잊은 것이 있는지 다시 한번 빠르게 주위를 살폈다. 폐허 속에 활을 찾아냈다. 가장 두꺼운 부분이 깨끗하게 둘로 부러져 있었다. 랜드는 몸을 떨며 활을 떨어뜨렸다. 그는 이미 챙긴 것만으로 버텨야겠다고 생각했다. 그는 재빠르게 모든 것을 문 앞에 쌓았다.

집을 떠나기 전에 랜드는 마지막으로 엉망진창이 된 바닥에서 박살 난 등불을 챙겼다. 아직 기름이 들어 있었다. 랜드는 양초로 등불에 불을 옮겨 붙이며 덧문을 닫았다. 바람을 막으려는 뜻도 있었으나 그보다는 관심을 끌지 않기 위해서였다. 그리고 한 손에는 등불을, 한 손에는 칼을 들고 서둘러 밖으로 나갔다. 헛간에서 무엇을 보게 될지는 알 수 없었다. 양 우리를 보았으니 너무 큰 기대는 생기지 않았다. 하지만 탬을 에먼즈 필드로 데려가려면 수레가 필요했고, 그 수레를 끌려면 벨라가 필요했다. 필요 때문에 조금은 기대가 생겼다.

헛간 문은 열려 있었다. 한쪽 문은 경첩에 매달린 채 바람이 불 때마다 삐걱거리며 흔들렸다. 처음 봤을 때는 헛간 안이 평소와 다를 것 없이 보였다. 그러다가 랜드의 시선이 비어 있는 칸에 닿았다. 가축을 넣어 두는 칸의 문이 뜯겨 나가고 없었다. 벨라와 암소는 사라졌다. 랜드는 재빨리 헛간 뒤쪽으로 갔다. 수레가 옆으로 엎어져 있었고, 바큇살이 절반쯤 부러져 바퀴에서 빠져나와 있었다. 수레 손잡이 하나는 한 팔 길이 정도만 남고 부러진 채였다.

간신히 눌러놓았던 절망감이 랜드의 마음을 가득 채웠다. 랜드는 마을까지 탬을 데려갈 수 있을지 자신이 없었다. 설령 아버지가 그런 식의 이동을 견딜 수 있다고 해도. 그런 이동이 주는 고통은 열병보다도 빠르게 탬을 죽일 수 있었다. 그러나 남은 가능성은 그것 하나뿐이었다. 랜드는 이곳에서 할 수 있는 모든 일을 했다. 돌아서서 떠나려던 랜드의 눈이 지푸라기가 깔린 바닥에 나뒹굴고 있는 부러진 수레 손잡이에 머물렀다. 문득 미소가 떠올랐다.

그는 서둘러 등불과 칼을 지푸라기로 뒤덮인 바닥에 내려놓았다. 다음 순간, 그는 안간힘을 쓰며 수레를 뒤집어 다시 세웠다. 그 바람에 바큇살이 부러졌다. 그런 다음, 랜드는 어깨를 수레 안쪽으로 밀어 넣고 힘을 주어 반대쪽으로 쓰러뜨렸다. 망가지지 않은 손잡이가 곧게 튀어나와 있었다. 랜드는 칼을 쥐고서 잘 마른 물푸레나무를 찍어 댔다. 놀랍지만 기쁘게도 랜드가 내리칠 때마다 커다란 나뭇조각이 떨어져 나갔다. 그는 괜찮은 도끼를 썼을 때만큼 빠르게 손잡이를 잘라 낼 수 있었다.

손잡이가 떨어지자 랜드는 감탄하며 칼날을 바라보았다. 잔뜩 날을 세운 도끼도 그렇게 단단하고 오래된 목재를 찍다 보면 무뎌지겠지만, 칼은 여전히 날카롭게 번뜩였다. 랜드는 엄지로 칼날을 건드렸다가 서둘러 손가락을 빨았다. 날은 여전히 면도칼처럼 날카로웠다.

하지만 경탄하고 있을 시간은 없었다. 이 모든 일에 더해 헛간까지 불태울 필요는 없었기에, 랜드는 등불을 불어 끄고 손잡이를 챙긴 뒤 집에 놔둔 물건들을 가지러 다시 달려갔다.

다 들고 가자니 어색한 짐이 되었다. 무겁지는 않았지만 균형을 잡고 관리하기가 힘들었다. 랜드가 비틀거리며 이랑 진 밭을 지나가는 동안 수레 손잡이가 그의 품에서 이리저리 움직이고 뒤틀렸다. 숲으로 돌아오고 나자 상황은 더 나빠져 손잡이가 나무에 걸리고 발에 걸려 하마터면 넘어질 뻔했다. 끌고 가면 더 쉬웠겠지만 그러면 지나간 자리가 선명하게 남을 터였다. 랜드는 그런 짓은 되도록 피하고 싶었다.

탬은 랜드가 놔두고 간 자리에 그대로 있었다. 잠든 것처럼 보였다. 잠든 것이기를 바랐다. 갑자기 두려움을 느낀 랜드는 짐을 떨어뜨리고 아버지의 얼굴을 손으로 짚었다. 탬은 아직 숨을 쉬고 있었으나 열이 더 심해져 있었다.

랜드의 손길에 탬이 깨어났다. 하지만 어질어질한 채로 간신히 정신이 들었을 뿐이었다. "너냐, 아들아?" 탬이 나직이 말했다. "걱정했다. 지나간 날에 대한 꿈이었어. 악몽." 탬은 조용히 중얼거리다가 다시 잠결에 빠졌다.

"걱정하지 마세요." 랜드가 말했다. 그는 탬에게 코트와 망토를 덮어 바람을 막아 주었다. "최대한 빨리 나이니브한테 모셔다 드릴게요." 랜드는 탬만큼이나 자신을 안심시키기 위해 이런 말을 이어 가며 피로 얼룩진 셔츠를 벗어던졌다. 얼른 옷을 벗어 버리고 싶어 추위는 거의 느껴지지도 않았다. 그런 다음 랜드는 서둘러 깨끗한 옷을 입었다. 먼젓번 셔츠를 던져 버리자 방금 목욕이라도 하고 나온 기분이 들었다. "금방 마을에 가서 안전해질 거예요. 현자가 모든 것을 바로잡을 테고요. 아버지도 아시죠. 모든 게 괜찮아질 거예요."

코트를 꿰어 입고 허리를 숙여 탬의 상처를 돌보는 동안 그 생각은 랜드에게 등대의 불빛과도 같았다. 마을에 도착하기만 하면 안전해질 것이고, 나이니브가 탬을 치료해 줄 것이다. 랜드는 그저 탬을 마을로 데려가기만 하면 됐다.

6장 웨스트우드

달빛만으로는 사실 자기가 뭘 하는지도 잘 보이지 않았다. 그러나 랜드의 눈에 탬의 상처는 그저 갈비뼈 사이에 얕게 찢어진 상처로만 보였다. 길이도 랜드의 손바닥 아랫부분을 넘지 않았다. 랜드는 믿을 수 없어 고개를 저었다. 랜드는 아버지가 그보다 심한 상처를 입고도 그저 환부를 씻어 냈을 뿐, 일조차 멈추지 않는 것을 본 적이 있었다. 지금처럼 열이 나게 할 만큼 심한 상처를 찾아 탬의 몸을 머리끝부터 발끝까지 살펴보았지만, 랜드가 찾을 수 있는 것은 그 상처 하나뿐이었다.

크기는 작아도 그 하나의 상처는 매우 심각했다. 상처 주변의 살을 만져보니 타는 것만 같았다. 탬의 몸 나머지 부분보다도 뜨거웠다. 나머지 부분도 랜드가 이를 악물 만큼 뜨거웠는데 말이다. 손이 델 정도로 뜨거운 이런 열은 사람을 죽이거나 껍데기만 남기고 태워 버릴 수 있었다. 랜드는 물주머니의 물로 헝겊을 적신 뒤 탬의 이마에 얹었다.

랜드는 아버지의 갈비뼈에 난 베인 상처를 닦고 살살 붕대를 감으려고 노력했다. 그런데도 탬이 나지막하게 중얼거리는 소리는 조용한 신음으로 간혹 끊겼다. 헐벗은 나뭇가지가 주변에 높이 솟아서 바람에 따라 흔들리며 위협해 왔다. 트롤록들은 탬과 랜드를 찾지 못하면, 농가에 돌아왔는데도 그곳이 여전히 비어 있으면 떠날 것이다. 분명 그럴 것이다. 랜드는 그 말을 믿어 보려 했지만 악의적으로 망가진 집과 그런 파괴 행위의 분별없음을 생각하면 이런 식의 믿음을 품기가 어려웠다. 놈들이 눈에 띄는 모든 사람과 생명체를 죽여 버리지 않고 포기하리라고 생각하는 것은 위험한 일이었다. 랜드로서는 도저히 감수할 수 없는 바보 같은 가능성.

트롤록이라뇨. 하늘의 빛이여, 트롤록이라뇨! 방랑 시인의 이야기에 나오는 생명체들이 한밤중에 나타나 문을 부수고 들어왔습니다. 게다가 희미한 자까지. 빛이여, 저를 비추소서. 희미한 자라니!

문득 랜드는 자기가 손을 움직이지 않은 채, 묶지 않은 붕대 끝을 쥐고 있다는 것을 깨달았다. **매의 그림자를 본 토끼처럼 얼어붙은 거야.** 랜드는 속으로 자신을 비웃었다. 그는 화가 나서 머리를 저으며 탬의 가슴에 붕대를 마저 감았다.

랜드는 자신이 무엇을 해야 하는지도 알았고, 심지어 그 일을 하고 있었지만 겁이 나는 것은 어쩔 수 없었다. 트롤록들이 돌아오면 자신들에게서 도망친 사람들의 흔적을 찾아 농장 주위의 숲을 수색하기 시작할 것이 분명했다. 랜드가 죽인 놈의 시체를 보면 놈들은 그 사람들이 멀지 않은 곳에 있다는 것을 알아챌 것이다. 희미한 자가 무슨 짓을 할지, 또 할 수 있을지 누가 알겠는가? 게다가 아버지가 트롤록의 청각에 대해 한 말은 방금 전에 한 것처럼 랜드의 머릿속에 메아리치고 있었다. 랜드는 탬의 입을 막고 싶다는 충동, 그의 신음과 중얼거림을 잠재우고 싶다는 충동을 자기도 모르게 억누르고 있었다. **냄새로 추적하는 놈들도 있다고 했는데. 그건 어쩌지? 아무 방법도 없잖아.** 랜드에게는 아무래도 해결할 수 없는 문제를 놓고 고민하며 낭비할 시간이 없었다.

"조용히 하셔야 해요." 랜드가 아버지의 귀에 속삭였다. "트롤록들이 돌아올 거예요."

탬은 잔뜩 낮춘 목쉰 소리로 말했다. "여전히 아름답군, 카리. 지금도 소녀처럼 아름다워."

랜드는 인상을 썼다. 어머니는 15년 전에 죽었다. 탬이 지금도 그녀가 살아 있다고 믿는다면 열병이 랜드의 생각보다 심한 것이었다. 어떻게 탬의 말을 막을 수 있을까? 침묵이 곧 생명인 이 시점에 말이다.

"어머니가 조용히 하시래요." 랜드가 속삭였다. 그는 잠시 말을 멈추고 갑자기 목구멍이 꽉 조여 오는 바람에 목을 가다듬었다. 어머니는 손길이 부드러웠다. 그것만은 기억났다. "카리가 조용히 하시래요. 여기요. 드세요."

탬은 목이 타는 듯 물주머니에 든 물을 꿀꺽꿀꺽 마셨지만, 몇 모금을 삼킨 뒤에는 고개를 옆으로 돌리고 다시 조용히 중얼거리기 시작했다. 너무 낮은 목소리라 랜드는 잘 들리지 않았다. 그들을 쫓는 트롤록한테도 들리지 않을 만큼 낮은 소리였으면 좋겠는데.

랜드는 서둘러 필요한 일을 계속했다. 그는 담요 세 장으로 수레에서 잘라낸 자루 두 개를 감싸고 그 사이에 천이 오도록 해 임시로 들것을 만들었다. 랜드는 오직 한쪽만을 끌고 다른 쪽은 땅에 끌리게 놔둬야 했지만 그것으로 만족할 수밖에 없었다. 랜드는 허리에 찬 짧은 칼로 마지막 남은 담요에서 긴 천 조각을 잘라 낸 다음, 그 끈의 양쪽을 자루 두 개에 각기 묶었다.

랜드는 최대한 살살 탬을 들것에 올려놓았다. 탬이 신음할 때마다 몸이 움츠러들었다. 아버지는 옛날부터 도저히 쓰러지지 않을 사람처럼 보였다. 아버지를 해칠 수 있는 것은 아무것도 없었다. 아버지를 막거나 심지어 지체시킬 수 있는 것조차 없었다. 아버지가 이런 상황에 처하고 보니 랜드는 간신히 끌어모았던 용기마저 사라지는 것 같았다. 하지만 포기할 수 없었다. 랜드가 계속 움직인 것은 단지 그 이유 때문이었다. 그럴 수밖에 없어서.

탬이 마침내 들것에 눕자 랜드는 망설이다가 아버지가 허리에 차고 있던, 칼을 매다는 벨트를 풀었다. 랜드는 그 벨트를 자기 몸에 감았다. 랜드에게 감겨 있으니 벨트가 이상하게 느껴졌다. 벨트를 찬 기분이 이상했다. 벨트와 칼집과 칼은 다 합쳐서 겨우 몇백 그램밖에 되지 않았지만, 랜드가 칼을 칼집에서 꺼내려 하니 칼이 엄청난 무게로 그를 잡아당기는 것만 같았다.

랜드는 화를 내며 자신을 나무랐다. 바보 같은 공상에 빠질 시간도 장소도 아니었다. 이것은 그저 커다란 칼일 뿐이었다. 칼을 차고 모험을 떠나는 공상을 얼마나 많이 했던가? 이 칼로 트롤록 한 마리를 죽일 수 있었으니 당연히 다른 녀석들도 물리칠 수 있을 터였다. 단지 랜드는 농가에서 일어난 일이 순전히 운이었다는 것을 너무도 잘 알고 있었다. 게다가 그가 했던 공상 속의 모험에는 이가 딱딱 부딪히는 일이나, 밤에 목숨을 걸고 도망치는 일, 아버지가 사경을 헤매는 일 따위는 포함되지 않았다.

랜드는 서둘러 마지막 담요로 탬의 몸을 감싼 뒤 물주머니와 남은 옷가지를 아버지 옆 들것에 실었다. 그는 심호흡하며 수레 자루 두 개 사이에 무릎을 꿇고, 담요로 만든 끈을 머리 위로 넘겼다. 끈은 랜드의 어깨를 지나 양쪽 겨드랑이에 끼워졌다. 랜드가 수레 자루를 잡고 허리를 펴자 대부분의 무게가 어깨에 실렸다. 대단한 무게는 아닌 것 같았다. 랜드는 발걸음을 일정하게 하려고 노력하며 에먼즈 필드로 출발했다. 들것이 뒤에서 질질 끌려왔다.

랜드는 이미 채석장 길로 가서 마을까지 그 길을 따라가기로 마음먹었다. 길을 따라가면 당연히 위험도 더 커지겠지만, 랜드가 어두운 숲에서 길을 잃고 헤매면 탬이 전혀 도움을 받지 못할 수도 있었다.

랜드는 미처 알아차리기도 전에 채석장 길로 나설 뻔했다. 자기가 어디에 있는지 알아차리자 랜드의 목구멍은 주먹을 쥐듯 꽉 조여 왔다. 그는 서둘러 들것의 방향을 돌려 숲속으로 다시 조금 끌고 들어간 다음 멈추어 서서 숨을 고르고 두근거리는 심장을 진정시켰다. 그리고 아직 숨이 가쁜 채로 에먼즈 필드가 있는 동쪽으로 방향을 틀었다.

숲을 지나 이동하는 것은 길을 따라 탬을 끌고 가는 것보다 어려운 일이었다. 시간이 밤이라는 것도 도움이 되지 않았다. 하지만 도로로 올라가 버리는 것은 미친 짓이었다. 랜드는 트롤록을 한 마리도 만나지 **않고** 마을에 갈 생각이었다. 원하는 대로 할 수 있다면, 아예 놈들을 볼 일도 없었으면 했다. 랜드는 트롤록들이 여전히 그들을 쫓고 있다고 생각할 수밖에 없었다. 머잖아 놈들은 두 사람이 마을로 떠났다는 것을 알게 될 것이다. 둘이 가장 갈 만한 곳이 마을이었으니까. 그리고 채석장 길은 둘이 택할 가능성이 가장 큰 경로였다. 사실 랜드는 자기도 모르는 사이에 마음에 들지 않을 정도로 도로와 가까워져 있었다. 도로를 따라 이동하는 자들로부터 숨기에는 밤도, 나무의 그림자도 끔찍할 만큼 엉성한 엄폐물로 느껴졌다.

헐벗은 가지 사이로 들어오는 달빛은 랜드의 눈에 발밑에 있는 것이 보인다는 착각을 일으킬 만큼만 밝았다. 발걸음을 내디딜 때마다 뿌리에 걸려 넘어질 것 같았고, 오래된 검은딸기 덤불이 다리를 잡아당겼다. 땅이 갑자기 꺼지거나 솟아오를 때면 단단한 흙을 밟게 되리라 생각했던 자리에 그저 허공이 있을 뿐이라 휘청거리거나 계속 움직이려던 중에 발부리가 흙에 걸려 비틀거렸다. 수레 자루가 너무 빠르게 뿌리나 돌부리에 걸릴 때마다 탬의 중얼거리는 소리가 날카로운 신음으로 갈라졌다.

랜드는 불안함에 눈이 시큰거릴 때까지 어둠 속을 들여다보며 전에 없이 열심히 귀를 기울였다. 나뭇가지가 서로 스칠 때마다, 소나무의 뾰족한 잎사귀가 부스럭거릴 때마다 랜드는 그 소리에 멈추어 서서 귀를 쫑긋 세웠다. 경고가 될 만한 소리를 듣지 못할까 봐, 또 그런 소리를 듣게 될까 봐 두려워 감히 숨도 쉬기 힘들었다. 랜드는 자기가 들은 소리가 그저 바람 소리라는 것을 확인된 다음에야 다시 움직였다.

랜드의 팔다리에 천천히 피로가 스며들었다. 그의 망토와 코트를 비웃는 밤바람이 몰고 온 피로였다. 처음에는 별것 아니게 느껴지던 들것의 무게가 이제는 랜드를 땅으로 끌어당기는 듯했다. 전에는 휘청거릴 뿐이었다면 더 이상 넘어지지 않고 버티기 힘들었다. 넘어지지 않으려고 매번 치는 몸부림이 들것을 끌고 가는 실제 노력만큼이나 기운 빠졌다. 랜드는 농장 일을 하려고 새벽이 되기 전에 일어났으며, 에먼즈 필드에 가는 것만으로도 하루에 할 수 있는 일은 거의 다 한 셈이었다. 평범한 밤이었다면 그는 난로 앞에서 쉬며 탬이 모아 둔 몇 권 안 되는 책을 읽고 나서 잠자리에 들었을 것이다. 날카로운 한기가 뼈에 스몄고, 배 속은 알비어 부인의 벌꿀 케이크를 먹은 뒤로 아무것도 먹지 못했다는 것을 떠올리게 했다.

랜드는 농장에서 음식을 좀 챙겨 오지 않은 자신에게 화가 나 투덜거렸다. 몇 분 더 지체한다고 달라질 것은 없었는데. 그 몇 분 동안 빵과 치즈를 찾아볼 수 있었는데. 겨우 몇 분 더 머문다고 트롤록들이 돌아오지는 않았을 것이다. 아니면 빵만 한 개 챙겼어도. 물론 여관에 도착하기만 하면 알비어 부인이 한사코 랜드 앞에 따뜻한 음식을 차려 줄 것이다. 아마 김이 펄펄

나는 걸쭉한 양고기 스튜 한 접시일 것이다. 알비어 부인이 굽고 있던 그 빵도 조금 줄 테고. 뜨거운 차도 많이 주겠지.

"놈들은 드래건 장벽을 홍수처럼 넘어왔소." 탬이 갑자기 말했다. 강하고 화가 난 목소리였다. "그리고 피로 땅을 물들였소. 라만의 죄악으로 대체 몇 사람이 죽은 거요?"

랜드는 놀라서 넘어질 뻔했다. 그는 지쳐서 들것을 내려놓고 끈을 벗었다. 담요로 만든 끈은 랜드의 어깨에 타는 듯이 뜨거운, 움푹 파인 자국을 남겼다. 어깨를 움찔거려 매듭을 벗은 랜드는 탬 옆에 무릎을 꿇고 앉았다. 물주머니를 더듬거려 찾은 다음 나무 사이를 보았다. 어슴푸레한 달빛으로는 어림도 없는 일이었으나 도로 이쪽저쪽을 살피려 했다. 18미터 떨어진 곳도 보이지 않았다. 그곳에서 움직이는 존재는 그림자밖에 없었다. 오직 그림자뿐이었다.

"홍수처럼 밀어닥치는 트롤록 같은 것은 없어요, 아버지. 아무튼, 지금은요. 곧 에먼즈 필드에 가면 안전해질 거예요. 물을 좀 드세요."

탬은 팔로 물주머니를 쳐 냈다. 힘이 다 돌아온 것만 같았다. 그가 랜드의 옷깃을 쥐고 가까이 끌어당겼다. 아버지의 열기가 랜드의 뺨에 느껴질 정도였다. "그들을 야만인이라고 부르더군." 탬이 다급하게 말했다. "그 바보들이, 그 사람들을 쓰레기처럼 쓸어버릴 수 있을 거라고 하더이다. 얼마나 많은 전투에서 지고, 얼마나 많은 도시가 불타올라야 그자들이 진실을 마주할 수 있었겠소? 언제가 되어야 민족들이 서로 힘을 합쳐 그들에게 맞설 수 있었겠소?" 탬은 랜드를 놓아주었다. 그의 목소리가 슬픔으로 가득 찼다. "마라스평원은 죽은 자들로 뒤덮였고, 오직 갈까마귀 우는 소리와 파리가 윙윙대는 소리만이 들려왔소. 케에리엔의 지붕 없는 탑들은 밤이 되자 횃불처럼 타올랐지. 그들은 빛나는 장벽까지 이어지는 그 넓은 지역을 불태우고 살육을 저지른 뒤에야 돌아섰다오. 그 넓은 지역의 끝은……."

랜드는 아버지의 입을 틀어막았다. 다시 소리가 들려왔다. 율동적인 쿵쿵 소리였다. 숲에서 듣기에는 방향을 가늠할 수 없는 그 소리가 희미해졌다가 풍향이 바뀌자 다시 커졌다. 랜드는 인상을 쓰며 천천히 고개를 돌려 어디서 나는 소리인지 알아보려 했다. 아주 작은 움직임이 곁눈에 걸렸다. 랜드는 순식간에 탬을 끌어안고 웅크렸다. 그는 손에 칼자루가 꽉 쥐어져 있는 느낌에 놀랐지만, 대체로는 온 세상에서 현실적인 것이라고는 그 길밖에 없다는 듯 채석장 길에 집중하고 있었다.

동쪽에서 흔들리는 그림자들이 천천히 모습을 드러냈다. 말을 탄 기수가 길을 따라 다가왔다. 그 옆에는 키가 크고 몸집이 거대한 형체들이 말과 속도를 맞추느라 종종걸음 치고 있었다. 달의 창백한 빛이 창날과 도끼날에 반짝였다. 그들이 도와주러 온 마을 사람들이라는 생각은 아예 들지도 않았다. 랜드는 그들의 정체를 알고 있었다. 느껴졌다. 뼈를 긁어 대는 모래알처럼. 달빛에 기수를 감싸고 있는 후드 달린 망토가, 바람에도 흔들리지 않고 늘어져 있는 그 망토가 드러날 만큼 놈들이 가까워지기 전부터. 밤에는 모든 형체가 검게 보였고, 그 말의 발굽은 다른 말의 발굽과 똑같은 소리를 냈지만, 랜드는 이 말을 분명히 구분할 수 있었다.

검은 기수 뒤에는 뿔과 주둥이와 부리가 달린 악몽 속 형상이 따라왔다. 두 줄로 늘어선 트롤록들이 모두 발맞추어 걸었다. 장화와 발굽이 단일한 정신에 복종하기라도 하는 듯 동시에 땅을 디뎠다. 달려가는 놈들을 헤아려 보니 스무 마리였다. 대체 어떤 사람이기에 그토록 많은 트롤록들에게 등을 보이는 것일까? 아니 설령 트롤록이 한 마리라도 말이다.

행렬은 빠르게 걸어 서쪽으로 사라졌다. 쿵쿵대는 발소리가 어둠 속으로 희미해졌다. 그러나 랜드는 자기 자리에서 가만히, 숨을 쉬는 데 필요한 근육 밀고는 아무 근육도 움직이지 않고 남아 있었다. 왠지 놈들이 떠났다는 것을 확인한 다음에, 틀림없이 확인한 다음에 움직여야 할 것 같았다. 한참이 지나서야 랜드는 심호흡을 하고 몸을 펴려 했다.

이번에는 그 말이 아무 소리도 내지 않았다. 검은 기수는 소름 끼치도록 조용하게 돌아왔다. 그의 그림자 말은 길을 천천히 되짚어 오며 몇 걸음에 한 번씩 멈추어 섰다. 바람이 높아져 나무 사이에서 신음했다. 그런데도 기수의 망토는 죽음처럼 고요하기만 했다. 말이 멈출 때마다 후드를 쓴 그자의 머리가 양옆으로 돌아갔다. 기수가 뭔가를 찾는 듯 숲속을 들여다보았으니까. 말은 정확히 랜드 맞은편에서 다시 멈추었고, 그림자가 드리워진 후드의 트인 부분이 랜드가 아버지를 감싸 안고 웅크린 쪽으로 돌아갔다.

랜드는 발작적으로 칼자루를 꽉 쥐었다. 놈의 시선이 느껴졌다. 그날 아침과 똑같았다. 이번에도 눈으로 확인한 것은 아니었지만 기수의 증오심에 몸이 떨렸다. 망토를 뒤집어쓴 그 남자는 모든 사람과 모든 것을, 살아 있는 모든 것을 증오했다. 찬 바람에도 랜드의 얼굴에는 땀이 맺혔다.

그런 뒤에 말은 다시 움직이기 시작했다. 몇 걸음 조용히 걷다가 멈추면서. 마침내 랜드는 밤의 도로 저 먼 곳에 있어 알아보기 어려운 흐릿한 형체만을 보게 되었다. 그것이 무엇인지는 모르지만 랜드는 단 한순간도 그 형체에서 눈을 떼지 않았다. 그것을 놓치면 다음으로 검은 망토의 기수를 보는 순간은 조용한 말이 그에게 덤벼드는 순간이 될까 봐 두려웠다.

갑자기 그림자가 휘몰아치듯 돌아와 조용히 질주하며 랜드를 지나쳤다. 기수는 앞만 보며 밤이 내린 서쪽으로, 안개의 산을 향해 빠르게 나아갔다. 농장이 있는 방향이었다.

랜드는 털썩 주저앉아 숨을 세차게 들이쉬고 소매로 얼굴에 맺힌 식은땀을 닦았다. 트롤록이 나타난 이유는 더 이상 궁금하지 않았다. 영영 그 이유를 알 수 없대도 이 모든 일이 끝난 것이기만 하다면 괜찮았다.

랜드는 몸을 떨며 자세를 바로잡고 아버지의 상태를 서둘러 확인했다. 탬은 여전히 중얼거리고 있었으나 소리가 너무 작아서 알아들을 수 없었다. 랜드는 아버지에게 물을 주려 했지만 물은 아버지의 턱으로 흘러내릴 뿐이었다. 탬은 기침을 하며 입 안으로 들어간 몇 방울에 숨이 막히는 듯한 소리를 내더니 누구도 방해한 적 없다는 듯 다시 중얼거리기 시작했다.

랜드는 탬의 이마에 얹은 헝겊에 물을 좀 더 뿌리고 물주머니를 다시 들것에 집어넣은 다음 허둥지둥 다시 수레 자루 사이에 자리 잡았다.

다시 출발했을 때는 하룻밤 잘 잔 것 같은 기분이 들었으나, 새로 찾은 힘은 그리 오래가지 않았다. 처음에는 두려움이 피로를 가리는 가면이 되었으나, 두려움은 그대로 남았는데도 가면은 빠르게 녹아내렸다. 머잖아 랜드는 다시 앞으로 휘청거리며, 허기와 근육통을 모른 체하려 애썼다. 그는 넘어지지 않고 한 발을 다른 발 앞으로 옮겨 놓는 데만 집중했다.

그는 머릿속으로 에먼즈 필드를 상상했다. 덧문은 열려 있고, 집들은 겨울의 밤을 맞아 환하게 밝혀져 있을 것이다. 사람들은 서로의 집을 오가며 큰 소리로 인사를 건네고 있을 테고, 현악기 소리가 〈어리석은 잼〉과 〈날개를 편 왜가리〉로 골목을 가득 채우겠지. 하랄 루한은 늘 하던 대로 브랜디를 너무 많이 마셔 황소개구리 같은 목소리로 〈보리밭의 바람〉을 부를 테고 결국 그의 아내가 어찌어찌 그의 입을 다물게 할 것이다. 센 부이는 지금도 예전처럼 춤을 잘 출 수 있다는 것을 증명하려 할 테고, 맷은 자기 생각대로 되지 않을 무슨 계획을 꾸미겠지. 아무도 증명할 수는 없겠지만 다들 그것이 맷의 짓이라는 것을 알아차릴 것이다. 그 일을 생각하자 랜드는 미소를 지을 수 있을 것만 같았다.

잠시 후 탬이 다시 입을 열었다.

"**아벤데소라**. 그 나무에는 씨앗이 맺히지 않는다고 하지만, 그들은 케에리엔으로 묘목을 가져왔소. 왕에게 줄 왕족의 놀라운 선물이었소." 탬은 화난 듯했지만 목소리는 랜드가 간신히 알아들을 수 있을 정도로 작았다. 그 소리를 들을 수 있다면 땅에 들것이 끌리는 소리도 들을 수 있을 터였다. 랜드는 반만 귀 기울이며 계속 움직였다. "그들은 절대 평화롭게 지내지 않소. 절대로. 그러나 평화의 징표로 묘목을 가져온 거요. 그 나무는 500년을 자랐소. 낯선 자들과는 평화롭게 지내지 않는 사람들과 500년을 평화롭게 지냈지. 왜 그 나무를 베었단 말이오? 대체 왜? **아벤도랄데라**를 죽인 대가는 피였소. 라민의 오만함에 대한 대가가 피였소이다." 탬의 목소리는 다시 잦아들어 웅얼거리는 소리로 바뀌었다.

랜드는 지친 채로 지금 탬이 열병 와중에 대체 무슨 꿈을 꾸는 건지 생각했다. **아벤데소라**. 생명의 나무라고도 하는 그 나무에는 온갖 기적적인 특징이 있다고 알려져 있었다. 그러나 어떤 이야기에도 그 나무의 묘목이나 '그들'에 대한 이야기는 나오지 않았다. 생명의 나무는 오직 한 그루였고, 그 나무의 주인은 그린맨이었다.

그날 아침만 해도 랜드는 그린맨과 생명의 나무에 대해 고심하는 것은 바보 같은 일이라고 생각했을 것이다. 그것은 그냥 이야기였다. **정말 그럴까? 오늘 아침에는 트롤록도 그냥 이야기였잖아.** 어쩌면 모든 이야기가 행상인이나 거상이 가져오는 소식이 그렇듯 진짜인 것일지도 몰랐다. 방랑 시인의 모든 이야기와 밤에 벽난로 앞에 앉아서 하는 모든 이야기가. 다음에는 실제로 그린맨이나 오기어 거인, 혹은 검은 베일을 걸친 야만적인 아이일 사람을 만나게 될지도 몰랐다.

랜드는 탬이 다시 말하고 있다는 것을 알아차렸다. 때로는 그저 웅얼거림이었고, 때로는 알아들을 수 있을 만큼 큰 소리였다. 탬은 이따금 숨을 고르려는 듯 말을 멈추었다가 그동안 내내 말하고 있었다는 듯 말을 이어 갔다.

"……전투는 늘 뜨겁소. 눈밭에서 벌어지는 전투라도. 땀으로 뜨겁고. 피로 뜨겁고. 차가운 것은 죽음뿐이오. 그 냄새에서……. 그 모습에서 벗어나야 하는데……. 아기 울음소리를 들었소. 그들의 세계에서는 여자도 남자와 함께 싸울 때가 있소. 하지만 왜 그 여자를 오게 했는지, 나는 도저히……. 거기에서 혼자 아이를 낳고, 부상으로 죽어 버려서……. 망토로 아기를 덮어 주었지만 바람이……. 망토는 날려 갔고……. 아이는 추위에 파랗게 얼어 있었소. 그 아이 역시 죽어도 이상하지 않았는데……. 울고 있더이다. 눈밭에서 울고 있었소. 아이를 그냥 놔둘 수는 없었소……. 우리는 아이가 없었으니까……. 예전부터 당신이 아이를 원한다는 것은 알고 있었소. 난 당신이 그 아이를 마음으로 받아들이리라는 것을 알았소, 카리. 그래요, 아가씨. 랜드라니 좋은 이름이구려. 좋은 이름이오."

갑자기 랜드의 다리에서 얼마 남지 않은 힘이 빠져나갔다. 그는 비틀거리다 무릎을 꿇고 주저앉았다. 덜컥하는 바람에 탬이 신음했고, 담요로 만든 끈이 랜드의 어깨를 파고들었다. 하지만 랜드는 둘 다 알아차리지 못했다. 그 순간 트롤록이 눈앞에 뛰어들었다 해도 그냥 빤히 쳐다보기만 했을 것이다. 랜드는 어깨 너머로 탬을 돌아보았다. 탬의 말은 다시 알아들을 수 없는 웅얼거림에 파묻혀 있었다. **열이 나서 꾸는 꿈이야.** 랜드는 멍하니 생각했다. 열이 나면 늘 나쁜 꿈을 꾸게 됐다. 그리고 오늘 밤은 열이 나지 않아도 악몽을 꿀 만한 밤이었다.

"아버지는 내 아버지예요." 랜드는 손을 뒤로 뻗어 탬을 건드리며 큰 소리로 말했다. "그리고 저는……." 열이 더 심해져 있었다. 훨씬 더.

랜드는 지독하게 다시 일어섰다. 탬이 뭐라 웅얼거렸으나 랜드는 더 이상 듣지 않기로 했다. 랜드는 대충 만든 굴레에 몸무게를 실으며, 납덩이 같은 발걸음을 차례차례 떼어 놓는 데에만, 안전한 에먼즈 필드로 가는 데에만 집중하려 애썼다. 그러나 머릿속 한구석에서 들려오는 메아리를 멈출 수는 없었다. **내 아버지야. 그냥 열이 나서 꾸는 꿈이야. 내 아버지야. 그냥 열이 나서 꾸는 꿈이야. 빛이여, 저는 누구인가요?**

7장 숲에서 나와

랜드가 여전히 숲속을 터덜터덜 걷고 있을 때 희끄무레한 첫 햇살이 비쳤다. 사실 처음에는 몰랐다. 마침내 알았을 때는 희미해져 가는 어둠을 놀라서 바라보았다. 눈이야 뭐라고 말하든 랜드는 자기가 밤새 농장에서 에먼즈 필드까지 이어지는 길을 걸어왔다는 것을 믿기가 어려웠다. 물론 해가 떴을 때 눈에 들어온 채석장 길은 바위도 있고 무엇도 있어서 밤에 본 숲과 전혀 달랐다. 한편으로는 길에서 검은 망토의 기수와 마주친 것이 며칠 전 일인 것만 같았다. 탬과 함께 저녁을 먹으러 집에 들어간 것은 몇 주 전 일이고. 어깨를 파고드는 끈은 더 이상 느껴지지 않았다. 하기야 그렇게 치면 어깨는 얼얼할 뿐 아무 느낌도 느껴지지 않았고, 발 역시 감각이 없기는 마찬가지였다. 어깨와 발 사이는 다른 문제였다. 버겁도록 헐떡거리며 쉬어지는 숨에 랜드의 목구멍과 폐는 오래전부터 타는 듯했고, 허기에 배 속이 뒤틀려 메스껍고 토할 것 같았다.

탬은 꽤 오래전에 조용해졌다. 중얼거림이 멈춘 뒤로 시간이 얼마나 흘렀는지는 확실하지 않았지만 감히 멈추어 서서 탬의 상태를 확인할 수는 없었다. 멈추면 다시는 억지로라도 길을 나설 수 없을 터였다. 그것도 그렇고 탬의 상태가 어떻든 간에 랜드로서는 지금 하는 일 이상의 무언가를 할 수도 없었다. 유일한 희망은 앞에, 마을에 있었다. 랜드는 지친 채로 속도를 끌어올리려 했으나, 나무처럼 굳은 두 다리는 계속 느리게 터벅터벅 걷기만 했다. 심지어 추위나 바람조차 거의 느껴지지 않았다.

어렴풋하게 나무 타는 냄새가 났다. 마을 굴뚝에서 나는 냄새가 풍긴다면 최소한 거의 도착한 셈이었다. 그러나 막 떠오른 지친 미소는 곧 찡그린 얼굴로 바뀌었다. 공기가 연기로 매캐했다. 지나치게. 날씨가 이런 만큼 마을의 모든 난로에서 불을 때고 있기는 하겠지만, 그렇더라도 연기가 너무 심했다. 랜드의 머릿속에 길에서 마주친 트롤록들이 다시 떠올랐다. 트롤록들은 동쪽에서, 에먼즈 필드 방향에서 오고 있었다. 랜드는 첫 번째 집들이 보이는지 앞을 살폈다. 누구라도 보이면 곧바로 소리를 지를 태세였다. 센 부이나, 코플린 가족 사람이라도. 머릿속 한구석에서 지금도 도움을 줄 수 있을 것이라는 기대를 품으라는 작은 목소리가 들려왔다.

갑자기 마지막 헐벗은 나무 너머로 집 한 채가 보였다. 랜드는 그 집에만 의지해 발을 계속 움직여야 했다. 희망이 날카로운 절망으로 바뀌는 순간, 그는 비틀거리며 마을에 들어섰다.

에먼즈 필드의 집들 절반이 서 있던 자리에는 그을린 돌무더기가 쌓여 있었다. 재로 뒤덮인 벽돌 굴뚝이 검게 탄 목재 더미에서 더러운 손가락처럼 올라와 있었다. 폐허에서는 지금도 가느다란 연기가 피어올랐다. 때가 낀 얼굴의 마을 사람들이 재를 헤집고 다니며, 여기서는 공짜 냄비를 건지고 저기서는 망연자실한 채 그냥 막대기로 폐허를 쿡쿡 찔러 대고 있었다. 그중 일부는 여전히 잠옷 차림이었다. 불길에서 건진 얼마 안 되는 물건들이 거리에 점점이 흩어져 있었다. 높은 거울과 윤을 낸 사이드보드, 긴 서랍장이 침구와 조리 도구, 형편없이 쌓여 있는 옷이나 개인 소지품에 파묻힌 의자와 식탁 사이 먼지 구덩이에 서 있었다.

파괴는 마을 전체에서 아무렇게나 산발적으로 일어난 듯했다. 아무 피해도 입지 않은 집 다섯 채가 한 줄로 늘어서 있는가 하면, 다른 곳에는 살아남은 유일한 건물이 폐허 속에 서 있었다.

와인스프링강 저편에서는 거대한 벨 타인 장작더미가 맹렬히 타오르고 있었다. 몇몇 사람들이 그 주변에 모여 불길을 돌봤다. 바람이 불어와 검고 매캐한 연기 기둥은 북쪽으로 방향을 틀었다. 부주의한 불똥이 그 연기에 점점이 박혔다. 알비어 씨의 듀란 종마 한 마리가 랜드로서는 알아볼 수 없는 뭔가를 끌고 수레 다리 너머 불길로 향했다.

랜드가 숲에서 완전히 벗어나기도 전에 얼굴이 재투성이가 된 하랄 루한이 서둘러 다가왔다. 손가락이 두꺼운 그는 한 손으로 나무꾼의 도끼를 들고 있었다. 건장한 대장장이의 재로 뒤덮인 잠옷이 그의 장화까지 늘어져 있었고, 가슴에는 화상을 입어 벌겋게 부은 자국이 들쭉날쭉하게 찢어진 틈으로 보였다. 그는 들것 옆에 한쪽 무릎을 꿇고 털썩 주저앉았다. 탬은 눈을 감고 있었으며, 호흡이 밭고 거칠었다.

"트롤록이냐?" 루한 씨는 연기 때문에 잔뜩 쉰 목소리로 물었다. "여기도 왔다. 여기도 왔어. 글쎄, 믿을지 모르겠다만 우리 정도면 주제넘게 운이 좋았던 것일지 모른다. 탬에게 현자가 필요하겠구나. 빛을 걸고, 대체 어디로 갔는지 모르겠다만. 에그웨인!"

이불을 찢어 만든 붕대를 한 아름 안고 뛰어가던 에그웨인은 걸음을 늦추지 않은 채 그들을 돌아보았다. 그녀의 눈은 저 멀리 무언가를 보는 듯했는데, 눈그늘이 생겨 실제보다 더 커 보인 탓이었다. 그러다가 에그웨인은 랜드를 보고 멈추어 서며 떨면서 숨을 들이쉬었다. "이럴 수가, 랜드. 설마 너희 아버지가? 혹시……? 이리 와, 나이니브한테 데려다줄게."

랜드는 너무 지치고 놀라서 말을 할 수가 없었다. 밤 내내 에먼즈 필드는 안식처, 랜드와 탬이 안전하게 지낼 수 있는 곳이었다. 그런데 지금 랜드가 할 수 있을 만한 것은 경악한 채 연기로 찌든 에그웨인의 치마를 바라보는 것뿐이었다. 이상한 세부 사항이 매우 중요한 것이라도 되는 양 눈에 띄었다. 에그웨인의 치마 뒤쪽에 달린 단추가 어긋나게 채워져 있었다. 게다가 에그웨인은 손이 깨끗했다. 양 뺨에는 재가 묻어 있는데 왜 손은 깨끗한 것인지 궁금했다.

루한 씨는 랜드가 무슨 생각에 사로잡혔는지 아는 듯했다. 그는 도끼를 수레 자루 두 개에 걸치도록 내려놓더니 들것 뒤쪽을 들고 살짝 밀며 에그웨인을 따라가라고 랜드를 재촉했다. 랜드는 몽유병에 걸린 사람처럼 비틀거리며 에그웨인을 따라갔다. 잠깐은 루한 씨가 그 생명체들이 트롤록이라는 것을 어떻게 알았는지 궁금했지만, 그냥 잠시 스쳐 가는 생각이었다. 탬이 놈들을 알아봤는데 하랄 루한이라고 못 알아볼 이유는 없었다.

"이야기가 전부 사실이에요." 랜드가 중얼거렸다.

"그렇게 보이는구나." 대장장이가 말했다. "그래 보여."

랜드는 반만 듣고 있었다. 그는 에그웨인의 날씬한 모습을 따라가는 데 집중했다. 에그웨인은 사실 두 사람이 짐을 들고 따라올 수 있도록 걷는 속도를 조정하고 있었지만, 랜드는 에그웨인이 서둘러 주었으면 좋겠다는 생각이 겨우 들 정도로 기운을 차렸다. 에그웨인은 그린을 반쯤 지나서 콜더 씨네 집이 있는 곳까지 그들을 데려갔다. 그 집은 이엉 끝부분이 까맣게 타 버렸고, 희게 칠한 벽에는 검댕이 얼룩져 있었다. 그 양옆에 있는 집들은 토대와 잿더미, 타 버린 목재만 남아 있었다. 하나는 방앗간 주인의 형제 중 한 사람인 베린 테인의 집이었고, 다른 집은 맷의 아버지인 아벨 코손의 집이었다. 굴뚝조차 무너졌다.

"여기서 기다려." 에그웨인은 그렇게 말하더니 대답을 기대하는 듯 두 사람을 바라보았다. 둘이 가만히 서 있기만 하자 에그웨인은 숨죽여 뭐라 중얼거리더니 서둘러 안으로 들어갔다.

"맷이요." 랜드가 말했다. "맷은……?"

"살아 있다." 대장장이가 말했다. 그는 들고 있던 들것을 내려놓고 천천히 허리를 폈다. "내가 아까 봤다. 우리 중에 살아 있는 사람이 있다는 게 기적이야. 놈들이 내 집과 용광로에 달려드는 꼴을 봤으면 내가 거기 금은보화라도 쌓아 놨나 싶었을 거다. 알스벳이 프라이팬으로 한 놈의 골통을 부숴 버렸어. 오늘 아침에는 우리 집이었던 잿더미를 한 번 보더니 타고 남은 대장간에서 건질 수 있었던 것 중 가장 큰 망치를 들고 마을로 놈들을 사냥하러 갔다. 혹시 도망치지 않고 숨어 있는 놈이 있을까 해서 말이야. 알스벳의 눈에 띈다면 거의 놈을 불쌍하게 여길 수 있을 것 같구나." 루한 씨는 콜더 가족의 집을 고갯짓했다. "콜더 부인을 비롯한 몇몇 사람들이 다친 사람들이나 집이 남아나지 않은 사람들 몇 명을 받아 줬다. 현자가 탬의 상태를 살피고 나면 우리가 침대를 찾아 주자꾸나. 아마 여관에 가면 되겠지. 시장이 이미 여관을 내놨거든. 하지만 나이니브가 다친 사람들이 너무 많이 모여 있으면 잘 낫지 않는다고 해서."

랜드는 털썩 무릎을 꿇었다. 어깨를 움츠려 담요로 만든 굴레를 벗고, 지친 채로 탬의 이불을 확인하느라 수선을 떨었다. 탬은 움직이지도, 소리를 내지도 않았다. 랜드가 나무처럼 굳어 버린 손으로 그를 떠밀었는데도. 하지만 최소한 숨은 붙어 있었다. **내 아버지야. 다른 건 그냥 열병이 나서 한 소리야.** "놈들이 돌아오면요?" 랜드가 멍하니 말했다.

"물레는 원하는 대로 실을 잣지." 루한 씨가 불편한 듯 말했다. "놈들이 돌아온다면……. 뭐, 지금은 떠났잖느냐. 그러니까 남은 조각들을 주워 모으고 무너진 것을 다시 세워야지." 그는 한숨을 쉬었다. 그는 허리 잘록한 부분을 손마디로 누르며 표정을 풀었다. 랜드는 처음으로 이 튼튼한 남자가 자기만큼, 아니 그 이상으로 지쳐 있다는 것을 알았다. 대장장이는 고개를 저으며 마을을 보았다. "오늘은 별로 벨 타인에 어울리지 않는구나. 하지만 우린 극복할 거다. 늘 그래 왔지." 그는 갑자기 도끼를 집어 들며 단호한 표정을 지었다. "할 일이 밀려 있구나. 넌 걱정하지 마라. 현자가 탬을 잘 보살펴 줄 테고, 빛도 우리를 잘 보살펴 주실 거다. 빛이 돌봐 주지 않는다면, 뭐, 우리가 우리를 돌보면 되지. 기억해라, 우린 투 리버스 사람이야."

랜드는 여전히 무릎을 꿇은 채로 떠나는 대장장이의 뒷모습을 따라 마을을 바라보았다. 마을을 정말로 눈에 담은 것은 그때가 처음이었다. 루한 씨의 말이 맞았다는 생각이 들었다. 그리고 눈에 들어오는 광경에 놀라지 않는 자신이 놀라웠다. 사람들은 지금도 자기 집 폐허를 파헤치고 있었지만, 랜드가 그곳에서 머문 짧은 시간에도 더 많은 사람이 목적의식을 가지고 움직이기 시작한 터였다. 그들의 의지가 점점 강해지는 것이 느껴질 정도였다. 하지만 랜드는 궁금했다. 저 사람들은 트롤록을 보았지만 검은 망토의 기수도 보았을까? 그자의 증오를 느꼈을까?

나이니브와 에그웨인이 콜더 씨 집에서 나왔다. 랜드는 벌떡 일어섰다.

아니 벌떡 일어서려 했다. 그보다는 비틀거리며 몸을 앞으로 내밀다가 흙바닥에 얼굴을 처박을 뻔했다고 해야 할 것이다.

현자는 랜드에게 눈길도 주지 않고 들것 옆에 털썩 무릎을 꿇었다. 그녀의 얼굴과 치마는 에그웨인보다도 더러웠고, 에그웨인과 똑같은 눈 그늘이 드리워져 있었다. 그러나 현자도 손은 깨끗했다. 그녀는 탬의 얼굴을 만져 보고 엄지로 그의 눈꺼풀을 들추었다. 인상을 찡그리더니 이불을 벗기고 붕대를 풀어 상처를 살폈다. 그녀는 랜드에게 붕대 밑을 볼 겨를도 주지 않고 뭉쳐 있던 헝겊을 갈더니 한숨을 쉬며 부드러운 손길로 담요와 망토를 다시 탬의 목까지 덮어 주었다. 밤에 아이를 잠자리에 누이듯이 말이다.

"내가 할 수 있는 것은 아무것도 없어." 나이니브가 말했다. 그녀는 두 손으로 무릎을 짚고서야 일어날 수 있었다. "미안하구나, 랜드."

나이니브가 다시 집으로 들어가려 했을 때, 랜드는 잠시 이해가 되지 않아 가만히 서 있다가 허둥지둥 그녀를 따라가 확 잡아당겨 자신을 마주 보게 했다. "아버지가 죽어 가요." 랜드가 소리쳤다.

"알아." 나이니브는 그렇게만 말했고, 랜드는 그 말의 건조함에 힘이 탁 풀렸다.

"뭔가 해 줘야죠. 해 줘야 해요. 현자잖아요."

나이니브는 고통스러운 듯 얼굴을 찌푸렸으나 잠깐뿐이었다. 그녀는 곧 공허하지만 결심으로 가득 찬 표정이 되었고, 목소리는 감정 없이 단호해졌다. "그래, 난 현자가 맞아. 나는 내가 의술로 뭘 할 수 있는지도 알고, 너무 늦었을 때는 너무 늦었다는 것도 알아. 내가 할 수 있는 일이 있는데도 안 했을 것 같니? 할 수 있는 일이 없는 거야. 난 못 해, 랜드. 그리고 내가 필요한 다른 사람들이 있어. 내가 도울 수 **있는** 사람들."

"저는 최대한 빨리 아버지를 당신에게 모셔 왔어요." 랜드가 중얼거렸다. 마을이 폐허가 되기는 했지만 그는 현자에게 희망을 걸었었다. 그 희망마저 사라지자 마음이 텅 비었다.

"알아." 나이니브가 부드럽게 말했다. 그녀는 손으로 랜드의 뺨을 어루만졌다. "네 잘못이 아니야. 너만큼 해낼 수 있는 사람은 없었어. 미안하구나,

랜드. 하지만 난 다른 사람들을 돌봐야 해. 유감이지만 우리 문제는 이제 겨우 시작이야."

랜드는 나이니브가 문을 닫고 집으로 들어갈 때까지 그 뒷모습을 멍하니 바라보았다. 나이니브가 도와주려 하지 않는다는 것 말고는 아무 생각도 떠오르지 않았다.

에그웨인이 달려와 두 팔로 끌어안는 바람에 랜드는 갑자기 뒤로 한 걸음 밀려났다. 에그웨인은, 다른 때였다면 랜드가 끙 소리를 냈을 만큼 세게 그를 끌어안았다. 그러나 지금 랜드는 그저 희망이 사라져 버린 문을 조용히 바라볼 뿐이었다.

"정말 미안해, 랜드." 에그웨인이 랜드의 가슴에 기댄 채 말했다. "빛이여, 내가 할 수 있는 일이 있었으면 좋겠어."

랜드는 멍하니 에그웨인을 끌어안았다. "알아. 난……. 난 뭔가 해야 해, 에그웨인. 뭘 해야 할지는 모르겠지만 아버지를 그냥……." 랜드의 목소리가 갈라졌다. 에그웨인은 그를 더욱 세게 끌어안았다.

"에그웨인!" 집에서 들려온 나이니브의 고함에 에그웨인이 펄쩍 뛰었다. "에그웨인, 네가 필요해! 손도 다시 씻고!"

에그웨인은 랜드를 밀치며 그의 품에서 빠져나갔다. "나이니브한테 내 도움이 필요해, 랜드."

"에그웨인!"

에그웨인이 몸을 돌려 멀어져 갈 때, 흐느끼는 소리가 들리는 것 같았다. 그렇게 그녀는 사라졌고, 랜드는 들것 옆에 홀로 남겨졌다. 그는 잠시 탬을 내려다보았다. 공허한 절망 말고는 아무것도 느껴지지 않았다. 갑자기 랜드의 얼굴이 굳어졌다. "시장님은 뭘 해야 할지 아실 거야." 랜드는 다시 한번 수레 자루를 들어 올리며 말했다. "시장님이라면 아실 거야." 브랜 알비어는 늘 무슨 일을 해야 할지 알았다. 랜드는 지쳤으나 고집스럽게 와인스프링 여관으로 향했다.

듀란 종마가 한 마리 더 랜드를 지나쳐 갔다. 녀석의 굴레 끈이 더러운 이불로 덮인 커다란 형체의 발목에 묶여 있었다. 거친 털로 뒤덮인 두 팔이 이

불 뒤쪽 흙밭에 끌렸고, 이불의 한쪽 귀퉁이가 위로 밀려 염소의 뿔을 드러냈다. 투 리버스는 이야기가 끔찍할 정도로 현실이 될 만한 곳이 아니었다. 트롤록이 나올 만한 곳이 있다면 그건 바깥세상이었다. 트롤록과 아이즈 세다이와 가짜 드래건, 그리고 오직 빛만이 아실 만한 존재들이 방랑 시인의 이야기에서 살아 나오는 그런 곳. 투 리버스는 아니었다. 에먼즈 필드는 아니었다.

사람들은 그린 쪽으로 가는 랜드를 소리쳐 불렀다. 그중에는 자기 집의 폐허에 서 있는 사람들도 있었다. 그들은 도와주겠다고 했다. 랜드에게는 그 소리가 배경의 웅성거림으로밖에 들리지 않았다. 그들이 랜드 곁을 꽤 오래 따라오며 말을 걸 때조차. 랜드는 별생각 없이 도움은 필요하지 않다고, 모든 것을 자기가 챙기고 있다는 말을 간신히 했다. 사람들이 걱정스러운 표정으로, 또 때로는 나이니브를 보내 주겠다는 말을 남기고 떠났을 때도 랜드는 별로 알아차리지 못했다. 랜드가 머릿속에 들어오도록 놔둘 수 있었던 것은 단단히 품은 목적의식 하나뿐이었다. 브랜 알비어가 탬을 어떻게든 도와줄 수 있을 것이다. 뭘 어떻게 도와줄 수 있을지에 관해 랜드는 생각하지 않으려고 애썼다. 그래도 시장은 뭔가를 해낼 수 있을 것이다. 뭐든 생각해 낼 것이다.

여관은 마을 절반을 휩쓴 파괴의 손길을 거의 완전히 피했다. 벽에 그을린 자국이 몇 남아 있기는 했지만, 빨간 기와지붕은 여느 때처럼 햇빛을 받아 반짝였다. 그러나 행상인의 수레는 땅에 나뒹굴고 있는 그을린 차체와 그 차체에 기대어 있는 검게 변한 무쇠 바퀴 테밖에 남지 않았다. 캐버스 덮개를 지탱하던 커다란 둥근 고리는 각기 다른 방향으로 말도 안 되게 기울어져 있었다.

톰 머릴린이 책상다리를 한 채 오래된 돌 토대에 앉아 작은 가위로 망토를 때운 천에서 타 버린 가장자리를 조심스럽게 잘라 내고 있었다. 랜드가 다가오자 그는 망토와 가위를 내려놓았다. 그는 랜드에게 도움이 필요한지 묻지 않고 토대에서 훌쩍 뛰어내려 들것 뒤쪽을 들었다.

"들어가나? 당연하겠지, 물론. 걱정하지 마라, 이 녀석아. 너희 마을 현자가 아버지를 돌봐 드릴 거다. 난 어젯밤부터 현자가 일하는 모습을 지켜봤어. 손도 빠르고 기술도 좋더구나. 상태가 훨씬 심각해질 수도 있었는데. 어젯밤에 몇 사람이 죽었다. 많이 죽은 것은 아닐지 모르지만 나한텐 한 명의 죽음조차 너무 많게 느껴져. 페인 녀석은 그냥 사라져 버렸어. 그게 가장 나쁜 일이지. 트롤록들은 뭐든 먹으니까. 네 아버지가 아직 여기에 계시고, 살아서 현자의 치료를 받으실 수 있다니 빛에 감사할 일이다."

랜드는 그가 한 말들을 지워 버리고 그의 목소리를 의미 없는 소리로 줄여 버렸다. **내 아버지가 맞아!** 파리가 윙윙거리는 소리로밖에 들리지 않았다. 사람들의 동정을, 그의 기운을 북돋으려는 시도를 더 이상 참을 수 없었다. 지금은. 브랜 알비어가 탬을 도울 방법을 알려 주기 전까지는.

문득 랜드는 여관 문에 뭔가 휘갈겨져 있는 것을 보았다. 그을린 막대기로 긁어 놓은 그 곡선은, 뾰족한 쪽으로 세워져 균형을 잡고 있는 숯 검댕 눈물방울이었다. 너무 많은 일이 벌어졌기에 랜드는 와인스프링 여관 문에 드래건의 송곳니가 새겨져 있는 것을 보고도 별로 놀라지 않았다. 대체 누가 여관 주인이나 그의 가족들이 사악한 존재라고 비난했는지, 혹은 여관에 불운을 가져다주려 했는지 랜드는 알 바 아니었으나 지난 밤 일로 한 가지만은 확실해졌다. 무슨 일이든 가능했다. 무슨 일이든.

방랑 시인이 한 차례 떠밀자 랜드는 빗장을 들어 올리고 여관으로 들어갔다.

휴게실은 브랜 알비어가 있을 뿐 비어 있었고 춥기도 했다. 누구에게도 불 피울 시간이 없었기 때문이었다. 시장은 한 식탁에 앉아 잉크병에 펜을 담그고 있었다. 집중하느라 인상을 찡그린 채 듬성듬성한 흰 머리를 수그리고 양피지를 들여다보는 중이었다. 서둘러 바지에 쑤셔 넣은 잠옷 윗도리가 그의 두둑한 허리 주위로 늘어져 있었다. 그는 멍하니 한쪽 발 발가락으로 다른 쪽 맨발을 긁었다. 추운 날씨에도 굳이 장화를 신지 않고 여러 번 바깥에 나갔던 듯 두 발이 더러웠다. "또 뭔가?" 시장은 고개를 들지 않고 물었다. "빨리 말하게. 지금 이 순간에 처리해야 할 일이 스물네 가지는 되고, 한 시간 전에 처리했어야 하는 일은 그보다 많으니까. 시간도, 인내심도 거의 없단 말이야. 그래서? 빨리 말해!"

"알비어 씨?" 랜드가 말했다. "아버지 때문이에요."

시장이 고개를 홱 쳐들었다. "랜드? 탬!" 그는 펜을 내팽개치며 의자를 넘어뜨리며 벌떡 일어섰다. "빛이 우리를 완전히 버리신 것은 아닌가 보군. 둘 다 죽은 줄 알았다. 트롤록들이 떠나고 한 시간 뒤에 벨라가 마을로 달려왔거든. 농장에서 여기까지 달려온 것처럼 거품을 물고 거칠게 숨을 쉬면서 말이다. 그래서 난……. 지금은 이런 얘기를 할 시간이 없지. 탬을 위층으로 데려가자꾸나." 시장은 어깨로 방랑 시인을 밀치고 들것 뒤쪽을 잡았다. "머릴린 씨, 당신은 가서 현자를 데려오시오. 내가 서두르라고 했다고, 빨리 못 올 거라면 이유를 말하라고 했다고도 전하고! 편히 쉬게, 탬. 곧 자네를 푹신한 침대에 눕힐 테니. 방랑 시인, 당신은 가시오! 가요!"

톰 머릴린은 랜드가 뭐라 말할 겨를도 없이 문을 나섰다. "나이니브는 아무것도 해 주지 않을 거예요. 자기는 아버지를 도울 수 없다고 했어요. 저는 시장님이 뭔가 생각해 내실 것을 알아서……. 그러니까, 그랬으면 좋겠다고 생각해서 온 거예요."

알비어 씨는 한층 날카로워진 눈으로 탬을 보더니 고개를 저었다. "두고 보자, 랜드. 두고 봐야지." 하지만 더는 자신감 없는 목소리였다. "침대에 눕히자꾸나. 최소한 편히 쉴 수는 있을 테니."

랜드는 자기 몸이 휴게실 뒤쪽 계단을 향해 쿡쿡 찔려 가도록 놔두었다. 탬이 어떻게든 괜찮아질 것이라는 확신을 지키려고 애썼지만 이제 보니 그 확신은 처음부터 가느다란 것이었고, 시장의 목소리에서 문득 느껴진 의구심에 마음이 흔들렸다.

여관 2층 앞쪽에는 그린을 내다보는 창문이 달린, 여섯 개의 아늑하고 잘 꾸며 놓은 방이 있었다. 대체로 행상인들이나 저 아래 파수꾼의언덕에서, 혹은 저 위 데번 라이드에서 온 사람들이 쓰는 방이었다. 그러나 매년 찾아오는 거상들도 이렇게 편안한 방이 있는 것을 알면 종종 놀랐다. 지금은 방 세 개가 차 있었고, 시장은 랜드를 비어 있는 한 방으로 서둘러 데려갔다.

넓은 침대에서 오리털 이불과 담요가 빠르게 벗겨지고, 탬은 두꺼운 깃털 매트리스로 옮겨졌다. 거위 털 베개가 얼른 그의 머리에 괴어졌다. 탬은 옮겨지는 내내 쌕쌕거리며 숨을 쉬었을 뿐 신음조차 내지 않았으나, 시장은 방에 온기가 돌도록 불을 때라며 랜드의 걱정을 털어 버렸다. 랜드가 난로 옆 나무 상자에서 장작과 불쏘시개를 꺼내는 동안 브랜은 창문에서 커튼을 걷어 아침 햇살이 들어오게 한 뒤 가만히 탬의 얼굴을 닦기 시작했다. 방랑 시인이 돌아왔을 때쯤에는 벽난로 열기가 방을 데우고 있었다.

"안 오겠답니다." 톰 머릴린이 방으로 성큼성큼 들어오며 말했다. 그는 랜드를 노려보았다. 덥수룩한 흰 눈썹이 가파르게 아래로 내려가 있었다. "현자가 이미 네 아버지를 봤다고는 말하지 않았잖느냐. 현자가 내 머리를 잘라 버릴 뻔했단 말이야."

"전……. 모르겠어요……. 혹시 시장님이 도와주실 수 있을지 몰라서, 시장님이 현자를 설득하실 수 있을까 봐……." 랜드는 불안해 주먹을 꽉 쥐고 벽난로에서 브랜에게로 시선을 돌렸다. "알비어 씨, 제가 할 수 있는 일이 없을까요?" 퉁퉁한 남자는 무력하게 고개를 저었다. 그는 새로 적신 헝겊을 탬의 이마에 얹어 놓으며 랜드의 시선을 피했다. "아버지가 돌아가시는 것을 그냥 지켜볼 수는 없어요, 알비어 씨. 전 뭐라도 해야 해요." 방랑 시인이 뭐라 말할 것처럼 움찔거렸다. 랜드는 간절하게 그를 돌아보았다. "무슨 생각이 있으세요? 뭐라도 해 볼게요."

"그냥 궁금했을 뿐이야." 톰은 긴 파이프에 엄지로 타박을 채워 넣으며 말했다. "시장님 문에 드래건의 송곳니를 휘갈겨 놓은 사람이 누군지 시장님도 아시나 싶어서." 그는 타박 채우는 부분을 들여다보더니 탬을 보며 불 붙지 않은 파이프를 이에 물고 한숨을 쉬었다. "누가 시장님한테 불만이 있는 것 같은데. 아니면 시장님의 손님들이 마음에 들지 않는 것이든지."

랜드는 방랑 시인에게 역겹다는 시선을 던지고 돌아서서 불길을 들여다보았다. 불꽃처럼 랜드의 생각도 춤을 추었다. 또 불꽃처럼 랜드의 생각도 한 가지에만 집중했다. 포기하지 않을 것이다. 그냥 가만히 서서 탬이 죽는 것을 지켜볼 수는 없었다. **내 아버지야.** 랜드는 강하게 생각했다. **내 아버지.** 열만 내리면 그 문제도 해결할 수 있을 것이다. 하지만 일단은 열을 내려야 했다. 하지만 어떻게?

랜드의 등을 바라보는 브랜 알비어가 입을 꽉 다물었다. 그가 방랑 시인을 바라보는 사나운 눈빛은 곰이라도 잠시 멈추어 세울 기세였다. 그러나 톰은 아무것도 모른다는 듯 알비어의 말을 기다리기만 했다.

"콩가 집안사람들 중 누군가가 한 짓일 것일세. 코플린 집안이나." 결국 시장이 말했다. "둘 중 어느 쪽일지는 빛만이 아시겠지만. 워낙 사람이 많은 집안인 데다, 누구에 대해서든 악담할 만한 일이 있으면 꼭 하는 자들이니까. 심지어 악담할 거리가 없어도 그러지. 그자들이 하는 말을 들으면 센 부이의 말은 꿀을 바른 것처럼 느껴질 정도라네."

"날이 밝기 직전에 수레에 잔뜩 타고 온 그 사람들 말입니까?" 방랑 시인이 물었다. "그 사람들은 트롤록 냄새도 못 맡아 본 것 같던데요. 그저 축제가 언제 시작하는지만 알고 싶어 했습니다. 마을 절반이 잿더미가 된 건 보이지도 않는 것처럼 말이죠."

알비어 씨가 침울하게 고개를 끄덕였다. "다 같은 일족이네. 그 집안사람 중에 딱히 다른 사람은 없어. 달 코플린이라는 그 멍청이는 지난밤 절반을 나한테 모레인 아가씨와 란 씨를 여관에서, 이 마을에서 내보내라고 요구하느라 보냈네. 그 둘이 없었으면 아예 마을이 남아 있지 않았을 텐데."

랜드는 대화에 절반만 귀 기울이고 있었으나 이 말에는 입을 열었다. "그 둘이 뭘 했는데요?"

"글쎄, 모레인 아가씨가 맑은 밤하늘에서 둥근 번개를 불러내더구나." 알비어 씨가 대답했다. "그걸 트롤록들한테 곧장 쏘아 보냈지. 너도 그 바람에 산산이 조각난 나무들을 봤을 거다. 트롤록들도 나을 것은 없었고."

"모레인이요?" 랜드는 믿을 수 없다는 듯 말했다. 시장이 고개를 끄덕였다.

"모레인 아가씨라고 해야지. 그리고 란 씨는 소용돌이라도 된 것처럼 그 칼을 휘둘러 대더구나. 아니, 칼이라고 해야 하나? 그 사람 자체가 무기더구나. 동시에 열 군데에서 놈들을 공격했지. 아무튼 그렇게 보였다. 날 태워 죽여도 상관없다만 이 집 밖으로 나가서 보지 못했다면 지금도 믿지 못했을 거다……." 그는 대머리를 한 손으로 문질렀다. "겨울의 밤이 되어 사람들이 막 서로의 집을 찾아가기 시작했을 때다. 양손은 선물과 벌꿀 케이크로 가득하고, 머리는 와인으로 꽉 차 있었지. 그때 개들이 으르렁거렸고, 갑자기 그 두 사람이 여관에서 뛰쳐나오더니 온 마을을 뛰어다니면서 트롤록이 나타났다고 외쳤다. 난 그들이 와인을 너무 많이 마셨다고 생각했다. 아니……. 트롤록이라니? 그러다가 무슨 일이 일어났는지 누가 알아차리기도 전에, 그……. 그것들이 우리가 있는 바로 그 거리에 나타나 칼로 사람들을 베고 집에 불을 지르고 우리 피를 얼려 버릴 것처럼 울부짖었다." 알비어 씨는 목구멍 깊숙한 곳에서 역겹다는 소리를 냈다. "우린 란 씨가 나타나서 어느 정도 배짱을 키워 주기 전까지 여우가 들어온 닭장 속 닭들처럼 뛰어다니기만 했어."

"그건 너무 박한 얘기죠." 톰이 말했다. "여러분은 할 만큼 했습니다. 저 밖에 나뒹구는 트롤록이 전부 그 두 사람을 만났던 것은 아니니까요."

"음……. 뭐, 그렇긴 하지." 알비어 씨는 몸을 떨었다. "아직도 믿기지 않아. 에먼즈 필드에 아이즈 세다이라니. 게다가 란 씨는 수호자라더구나."

"아이즈 세다이라고요?" 랜드가 낮게 말했다. "그럴 리가요. 제가 얘기해 봤는걸요. 모레인은 그런……. 모레인이 설마……."

"아이즈 세다이가 간판이라도 달고 다니는 줄 아느냐?" 시장이 인상을 찡그리며 말했다. "등에 '아이즈 세다이'라고 써 붙이고 다닐 줄 알아? 혹시 '위험, 물러서시오'라고도 쓰여 있을까?" 문득 그가 이마를 쳤다. "아이즈 세다이라니. 나도 늙어서 바보가 됐는지 총기가 떨어졌군. 기회가 있다, 랜드. 네가 그럴 생각이 있다면 말이야. 너한테 시킬 수도 없는 일이고, 나라도 감히 그런 일을 할 용기가 날지는 모르겠다만."

"기회가 있다고요?" 랜드가 말했다. "도움이 된다면 무슨 기회라도 잡을 거예요."

"아이즈 세다이에게는 치유력이 있다, 랜드. 태워 죽일, 너도 이야기를 들었으니 알겠지. 의학으로 어떻게 할 수 없는 병도 아이즈 세다이는 고친다. 방랑 시인, 그 점은 나보다 자네가 잘 알고 있을 텐데. 방랑 시인의 이야기에는 아이즈 세다이가 잔뜩 나오지 않나? 내가 헤매게 놔두지 말고 말하지 그랬나?"

"저야 이 마을 사람이 아니니까요." 톰은 그렇게 말하며, 너무 피우고 싶다는 듯 불붙지 않은 파이프를 바라보았다. "아이즈 세다이와 얽히고 싶지 않다는 사람이 굿먼 코플린뿐인 것도 아니고요. 시장님이 아이디어를 내는 게 제일 좋지요."

"아이즈 세다이라니." 랜드는 자기를 보고 미소 지었던 그 여자를 이야기 속 모습과 맞추어 보려고 애쓰며 중얼거렸다. 이야기에 따르면 아이즈 세다이의 도움은 독이 든 파이와도 같아서 때로 아무 도움을 받지 않는 것보다 못할 수 있고, 그들의 선물은 고기를 낚는 미끼처럼 늘 안에 낚싯바늘이 들어 있었다. 갑자기 주머니에 들어 있는 은화가, 모레인이 준 그 은화가 불붙인 석탄처럼 느껴졌다. 랜드로서는 코트에서 그 은화를 끄집어내 창밖으로 던져 버리고 싶은 마음을 참을 수밖에 없었지만.

"아이즈 세다이와 얽히고 싶어 하는 사람은 아무도 없다." 시장이 천천히 말했다. "내 생각에 기회는 그것뿐이다만, 쉽게 내릴 결정은 아니야. 내가 너 대신 결정을 내릴 수는 없지만 나는 모레인 아가씨에게서 오직 좋은 점밖에 보지 못했다. 아니, 모레인 세다이라고 불러야겠지. 때로는……." 시장이 의미심장한 눈길로 탬을 보았다. "형편없는 기회라도 잡아야 하는 법이다."

"때로 이야기는 어떤 식으로든 과장되지." 톰은 자기 뜻과는 달리 말이 저절로 나온다는 듯 덧붙였다. "그런 이야기도 있다는 거야. 게다가, 너한테 무슨 방법이 있다고?"

"없죠." 랜드는 한숨을 쉬었다. 탬은 지금도 꼼짝하지 못하고 있었다. 1주일은 앓은 사람처럼 두 눈이 푹 꺼져 있었다. "제가……. 제가 가서 그 사람을 찾아볼게요."

"다리 건너편에 있어." 방랑 시인이 말했다. "그러니까……. 죽은 트롤록들을 처리하는 곳에 말이야. 하지만 조심해라, 이 녀석아. 아이즈 세다이는 자기 나름의 이유로 행동하고, 그 이유가 꼭 다른 사람들이 생각하는 이유는 아니니까."

마지막 말은 이미 문을 나서는 랜드의 뒤에 대고 외치는 소리였다. 랜드는 달려가면서 칼집이 다리에 계속 부딪히지 않도록 칼자루를 잡고 있어야 했지만 칼을 벗겠다고 시간을 지체하고 싶지 않았다. 그는 덜그럭거리며 계단을 내려와 여관을 쏜살같이 빠져나갔다. 그 순간만큼은 피로도 잊었다. 아무리 작은 기회라지만, 탬에게 기회가 있다면 하룻밤 정도 잠을 자지 못한 것쯤은 이겨 낼 수 있었다. 최소한 당분간은. 그 기회가 아이즈 세다이한테서 오는 것이라는 점과 그 대가가 무엇일지 모른다는 점은 생각하고 싶지 않았다. 그리고 실제로 아이즈 세다이를 마주해야 한다는 문제는……. 랜드는 심호흡하고 애써 더 빨리 움직였다.

장작더미는 마지막으로 늘어선 집들 북쪽으로 한참 떨어진 곳에 있었다. 파수꾼의언덕으로 가는 웨스트우드 쪽 길이었다. 바람이 계속해서 기름기 가득한 검은 연기 기둥을 마을에서 먼 쪽으로 실어 날랐지만, 그런데도 역겹고도 들척지근한 악취가 공기를 가득 채웠다. 꼭 고기를 너무 오래 꼬치에 꿰어 구운 듯한 냄새였다. 랜드는 그 냄새에 숨이 막혔지만 냄새가 나는 곳이 어딘지 알자 억지로 침을 삼켰다. 벨 타인 장작으로 이런 일을 하게 되다니. 불을 돌보는 남자들은 천을 묶어 코와 입을 가리고 있었으나, 인상을 쓰는 것을 보니 헝겊에 적신 식초만으로는 충분하지 않은 것이 틀림없었다. 설령 식초가 악취를 없애 준다 해도 그들은 악취가 있다는 사실을 알고 있었으며, 자신들이 무엇을 하고 있는지도 잘 알았다.

남자 두 명이 커다란 듀란 말의 굴레 끈에서 트롤록의 발목을 풀어내고 있었다. 시체 옆에 쪼그리고 앉은 란이 담요를 젖혀 트롤록의 어깨와 염소 주둥이가 달린 머리를 드러냈다. 랜드가 종종걸음으로 다가갔을 때, 수호자는 트롤록의 검은 쇠사슬 갑옷 상의 중 가시가 돋친 어깨 부분 한쪽에서 금속 배지를 떼어 내는 중이었다. 피처럼 붉은 삼지창 문양이었다.

“코발입니다.” 그가 말했다. 그는 배지를 손바닥에 놓고 던져 올렸다가 허공에서 낚아채며 으르렁거리듯 중얼거렸다. “그럼 지금까지 일곱 개 부대인데.”

약간 떨어진 곳의 맨바닥에 책상다리를 하고 앉아 있던 모레인이 지친 듯 고개를 저었다. 이쪽 끝에서 저쪽 끝까지 덩굴과 꽃이 잔뜩 새겨져 있는 지팡이가 모레인의 양쪽 무릎에 걸쳐져 있었고, 그녀의 드레스는 너무 오래 입은 것처럼 구겨져 있었다. "일곱 개 부대라니. 일곱이나! 트롤록 전쟁 이후로 그렇게 많은 부대가 함께 활동한 적은 없어요. 설상가상이네요. 두려운걸요, 란. 난 우리가 진전을 이룬 줄 알았는데, 그 어느 때보다 뒤처져 있는 것일지도 모르겠어요."

랜드는 아무 말도 못 하고 빤히 모레인을 보았다. 아이즈 세다이라니. 랜드는 자신이 보고 있는 사람……. 아니, 존재의 정체를 안다고 해서 그 모습이 다르게 보이지는 않을 거라고 자신을 타일러 왔으나 그녀가 실제로 다르지 않게 보이자 놀라웠다. 모레인은 더 이상 아주 깨끗한 모습이 아니었다. 머리카락이 몇 올 빠져나와 사방으로 뻗쳐 있었고, 코에는 재가 묻은 긴 자국이 희미하게 남아 있었다. 그러나 사실 달라 보이지도 않았다. 당연히 아이즈 세다이에게는 그 정체를 표시할 만한 뭔가가 있어야 하는데. 한편으로 겉모습이 반드시 내면을 반영한다면, 또 아이즈 세다이에 관한 이야기가 사실이라면 모레인은 트롤록을 닮은 모습이어야 하지만 실제로는 흙밭에 앉아 있는데도 그 위엄이 조금도 상하지 않는, 아름다운 정도를 넘어선 여자였다. 게다가 그녀는 탬을 도울 수 있었다. 대가가 무엇이든, 그 점이 무엇보다 중요했다.

랜드는 깊이 숨을 들이쉬었다. "모레인 아가씨……. 그러니까, 모레인 세다이 님." 모레인과 란은 둘 다 고개를 돌려 랜드를 보았다. 랜드는 그들의 시선에 몸이 굳었다. 그린에서 보았던 차분하게 미소 짓는 시선이 아니었다. 모레인은 시친 표정이었으나 검은 눈은 마치 매와 같았다. 아이즈 세다이. 세계의 파괴자. 타 발론의 여인들만이 아는 계획에 따라 왕을 왕좌에 앉히고 나라를 만들어 내는, 끈 달린 인형을 부리는 자들.

"어둠 속에 빛이 조금 더 비치네." 아이즈 세다이는 나지막하게 말하더니 목소리를 높였다. "꿈은 좀 어때, 랜드 알소르?"

랜드는 그녀를 빤히 바라보았다. "꿈이요?"

"어제 같은 밤은 나쁜 꿈을 꾸게 한단다, 랜드. 악몽을 꾸면 반드시 내게 말해야 해. 가끔은 내가 나쁜 꿈을 해결해 줄 수 있거든."

"제 꿈에는 별로 잘못된 게……. 문제는 제 아버지예요. 다치셨어요. 그냥 긁힌 상처인데 열이 나서 몸이 불덩이 같으세요. 현자는 도와주려 하지 않아요. 자기는 못한대요. 하지만 이야기에 따르면……." 모레인이 한쪽 눈썹을 치켜올렸다. 랜드는 하던 말을 멈추고 세게 침을 삼켰다. **빛이여, 아이즈 세다이가 악당으로 나오지 않는 이야기가 있긴 있나이까?** 랜드는 수호자를 보았지만, 란은 랜드가 무슨 말을 하든 그보다는 죽은 트롤록에게 더 관심이 있는 듯했다. 랜드는 모레인의 시선에 어쩔 줄을 모르며 말을 이었다. "저는……. 어……. 사람들 말로 아이즈 세다이에게 치유력이 있다고 해서요. 당신이 아버지를 도와주실 수 있다면……. 뭐라도 해 주실 수 있다면……. 대가가 뭐든……. 그러니까……." 랜드는 깊이 숨을 들이쉬고 서둘러 말을 마쳤다. "아버지를 도와주시면 제 힘이 닿는 대로 어떤 대가든 치를게요. 어떤 대가든지요."

"어떤 대가든 치른다." 모레인은 반쯤 혼잣말로 생각에 잠긴 듯 말했다. "대가는 나중에 얘기하자, 랜드. 대가를 치르게 된대도 말이야. 약속은 못하겠어. 너희 현자는 자기 일을 잘 아는 사람이더구나. 내가 할 수 있는 일은 하겠지만, 물레가 도는 걸 막는 것은 내 능력을 벗어나는 일이야."

"이제든 저제든 모두 죽게 돼 있다." 수호자가 험악하게 말했다. "어둠의 존재에게 봉사하지 않는다면 말이야. 그 대가를 기꺼이 치르려는 건 바보들뿐이지."

모레인이 혀를 찼다. "그렇게 비관적인 소리는 하지 말아요, 란. 축하할 이유가 있잖아요. 대단한 이유는 아니지만, 그래도 말이에요." 모레인은 지팡이를 써서 땅을 짚고 일어섰다. "아버지한테 안내하렴, 랜드. 내 힘이 닿는 대로 아버지를 도와줄게. 여기에는 내가 아예 돕지 못하게 하는 사람이 너무 많아. 그 사람들도 이야기를 들었을 테니." 모레인은 건조하게 덧붙였다.

"여관에 계세요." 랜드가 말했다. "이쪽이에요. 그리고 감사합니다. 감사합니다!"

모레인과 란이 따라왔지만 랜드는 너무 빨리 걷는 바람에 금방 앞서게 되었다. 그는 조바심이 나서 둘이 따라잡을 때까지 걸음을 멈추었다가 다시 달려 나간 뒤 또 기다려야 했다.

"서둘러 주세요." 랜드는 탬에게 실제로 도움을 줄 수 있다는 생각에 사로잡혀 아이즈 세다이를 재촉하는 것이 얼마나 무모한 일인지도 잊은 채 둘을 보챘다. "아버지 몸이 불덩이 같아요."

란은 그를 노려보았다. "네 눈에는 모레인이 지친 것이 보이지 않느냐? **앙그리알**이 있어도 모레인이 어젯밤에 한 일은 등에 돌 자루를 지고 온 마을을 뛰어다니는 것과 마찬가지였다. 모레인이야 뭐라 말하든 나는 네게 그만한 가치가 있다고 생각하지 않는다, 양치기."

랜드는 눈을 깜빡이며 입을 다물었다.

"너무 뭐라 하지 말아요, 친구." 모레인이 말했다. 그녀는 걸음을 늦추지 않은 채 다가와 수호자의 어깨를 토닥였다. 란은 가까이 있는 것만으로도 모레인에게 힘을 줄 수 있다는 듯 그녀를 지키듯이 우뚝 서서 내려다보았다. "당신도 나를 돌보는 일만 생각하잖아요. 저 아이도 아버지에 대해 같은 생각을 하면 안 되는 이유가 있을까요?" 란은 노려보면서도 입을 다물었다. "랜드, 최대한 빨리 갈게. 약속해."

모레인의 눈빛에서 느껴지는 강렬함과 그녀의 목소리에서 느껴지는 침착함 중—모레인의 목소리가 딱히 부드러운 건 아니었다. 그보다는 단호한 통제력이 느껴졌다—랜드는 무엇을 믿어야 할지 알 수 없었다. 어쩌면 그 둘이 서로 다르지 않은 것일지도 몰랐다. 아이즈 세다이라니. 랜드는 이미 주사위를 던졌다. 그는 둘의 걸음에 속도를 맞추고, 나중에 그들과 이야기하게 될 대가가 무엇인지에 대해서는 애써 생각하지 않았다.

8장 안전한 곳

랜드는 문을 넘어서기 전부터 아버지에게 시선이 꽂혀 있었다. **누가** 무슨 말을 하든 탬은 그의 아버지였다. 탬은 조금도 움직이지 않고 있었다. 눈도 여전히 감겨 있었고, 호흡은 힘겹게 헐떡거렸으며 밭고 쌕쌕거렸다. 흰머리의 방랑 시인은 시장과 대화하다 말고 불편한 듯 모레인을 보았다. 시장은 다시 침대를 내려다보며 탬을 보살피고 있었다. 아이즈 세다이는 그를 못 본 척했다. 사실 그녀는 탬을 제외한 모두를 무시했다. 그러나 탬만큼은 집중하듯 인상을 찌푸리며 바라보았다.

톰은 불붙지 않은 파이프를 이 사이에 쑤셔 넣었다가 홱 뽑아내더니 그것을 보며 눈을 부라렸다. "마음 놓고 타박도 못 피운다니." 그가 투덜거렸다. "웬 농부가 내 망토를 훔쳐다가 자기 소한테 덮어 주지나 않는지 확인하러 가야겠군. 최소한 밖에 나가면 타박은 피울 수 있으니." 그는 서둘러 나갔다.

란은 그의 뒷모습을 지켜보았다. 란의 각진 얼굴은 바위처럼 무표정했다. "마음에 들지 않는 사람입니다. 왠지 믿음직스럽지 않아요. 어젯밤 저자의 털끝 하나도 보지 못했습니다."

"있긴 있었소." 브랜이 확신이 서지 않는다는 듯 모레인을 바라보며 말했다. "있었던 게 틀림없소이다. 난로 앞에 서 있다가 망토를 그을린 건 아니니까."

랜드는 방랑 시인이 밤새 마구간에 숨어 있었다 한들 아무 관심이 없었다. "아버지는요?" 그가 애원하듯 모레인에게 말했다.

브랜이 입을 열었지만 그가 뭐라 말할 사이도 없이 모레인이 말했다. "랜드를 데리고 나가세요, 알비어 씨. 나를 방해하는 것 말고 여러분이 할 수 있는 일은 아무것도 없습니다."

브랜은 잠시 망설였다. 자기 여관에서 누가 이래라저래라 하는 게 싫은 한편, 아이즈 세다이의 명령에 거역하기도 꺼림칙해서 갈팡질팡하는 것이었다. 결국 그는 허리를 펴고 랜드의 어깨를 꽉 잡았다. "가자. 모레인 세다이가 할 만한……. 어……. 그러니까……. 아래층에서 네가 도와줄 일이 많다. 눈 깜짝할 사이에 탬은 타박이랑 에일을 달라고 소리치게 될 거다."

"여기 있으면 안 돼요?" 랜드가 모레인에게 말했다. 모레인은 사실 탬이 아닌 그 누구도 생각하지 않는 것처럼 보였지만 말이다. 브랜이 손에 힘을 주었지만 랜드는 모른 척했다. "부탁드려요. 방해하지 않을게요. 제가 여기 있다는 것도 모르실 거예요. 제 아버지잖아요." 랜드가 너무 사납게 그 말을 덧붙이는 바람에 랜드 자신도 몰랐고 시장의 눈도 휘둥그레졌다. 랜드는 다른 사람들이 그 이유를 피로 탓으로, 아니면 아이즈 세다이를 상대할 때의 긴장감 탓으로 돌려 주기를 바랐다.

"그래, 알았어." 모레인이 조바심 내며 말했다. 그녀는 방에 딱 하나 있는 의자에 이미 망토와 지팡이를 무심히 내려놓았고, 지금은 가운 소매를 걷어붙이며 팔꿈치까지 팔을 드러내고 있었다. 말을 하면서도 모레인은 탬에게서 관심을 돌리지 않았다. "저쪽에 앉아요. 당신도, 란." 모레인은 벽에 기대어 있는 긴 벤치 쪽을 대강 가리켰다. 그녀의 시선이 탬의 발에서 그의 머리로 천천히 움직였지만, 랜드는 어떤 식으로든 그녀가 탬 **너머를** 보고 있다는 꺼림칙한 느낌을 받았다. "말하고 싶으면 해도 돼." 모레인은 멍하니 말했다. "하지만 조용히 말해야 해. 이제 당신은 나가세요, 알비어 씨. 여기는 병실이지 만남의 전당이 아닙니다. 아무도 나를 방해하지 못하게 하세요."

시장은 숨죽여 툴툴거렸다. 물론 모레인의 관심을 끌 만큼 큰 소리는 아니었지만 말이다. 그는 다시 한 번 랜드의 어깨를 꽉 잡더니 그리 내키지 않는 듯하면서도 고분고분하게 문을 닫고 나갔다.

아이즈 세다이는 혼자 뭐라 중얼거리며 침대 옆에 무릎을 꿇고 앉아 탬의 가슴에 두 손을 가볍게 얹었다. 그녀는 두 눈을 감은 채 오랫동안 움직이지도 않았고 소리를 내지도 않았다.

이야기 속에서 아이즈 세다이가 일으키는 기적은 언제나 번개와 천둥, 혹은 어마어마한 업적과 위대한 힘을 나타내는 다른 징표를 동반했다. **그** 힘, 시간의 물레를 돌리는 진정한 원천에서 나오는 일원력을 나타내는 징표를 랜드는 생각하고 싶지 않았다. 그 힘이 탬에게 쓰여야 하고, 랜드 자신도 힘이 쓰일지 모르는 방에 있었으니 말이다. 같은 마을에 있는 것만도 나쁜 일이었다. 하지만 랜드가 알 수 있는 한에서 모레인은 그냥 잠든 것처럼 보였다. 그러나 탬의 숨소리는 편해진 것 같았다. 모레인이 뭔가 하고 있는 것이 틀림없었다. 랜드는 너무 집중하고 있어서 란이 조용히 입을 열자 움찔하고 말았다.

"좋은 칼을 차고 있구나. 혹시 칼날에 왜가리도 있나?"

랜드는 잠시 수호자가 무슨 말을 하는지 이해하지 못하고 그를 바라보았다. 아이즈 세다이를 상대한다는 생각에 흥분해서 탬의 칼은 완전히 잊고 있었다. 칼은 더 이상 그리 무겁게 느껴지지 않았다. "네, 있어요. 모레인은 뭘 하는 거죠?"

"이런 곳에서 왜가리 표시가 있는 칼을 보게 될 줄은 몰랐는데." 란이 말했다.

"아버지 거예요." 랜드는 란의 망토 가장자리로 자루만 살짝 보이는 그의 칼을 힐끗 보았다. 둘의 칼은 정말이지 무척 닮아 있었다. 다만 수호자의 칼에는 왜가리가 보이지 않았다. 랜드는 침대로 얼른 시선을 돌렸다. 탬의 숨소리는 확실히 편해져 있었다. 쌕쌕거리는 소리가 사라졌다. 분명했다. "오래전에 사셨대요."

"양치기가 사기에는 이상한 물건인데."

랜드는 란을 곁눈질하고 싶었지만 참았다. 낯선 사람이 칼에 대해 궁금해하는 것은 지나친 간섭이었다. 하지만 궁금해하는 사람이 수호자라면야……. 그래도 랜드는 뭔가 말해야 할 것 같았다. "제가 아는 한 아버지가 칼을 쓰신 적은 없어요. **전엔** 아무 쓸모가 없었다고 말씀하셨어요. 어쨌든 어젯밤까지는요. 그전에는 아버지한테 이 칼이 있는 줄도 몰랐어요."

"쓸모없다고 했다고? 처음부터 그렇게 생각하지는 않았을 거다." 란은 랜드의 허리춤에 채워진 칼집을 한 손가락으로 잠깐 만져 보았다. "왜가리가 대검호의 상징인 곳들이 있다. 두 리버스의 양치기 손에 들어오기까지 그 칼은 이상한 길을 거쳐 왔을 게 분명하다."

랜드는 란의 말에 깃들어 있는 질문을 모른 체했다. 모레인은 여전히 움직이지 않았다. 아이즈 세다이가 뭔가 **하고 있기는** 한 것일까? 랜드는 몸을 떨며 두 팔을 문질렀다. 그녀가 하는 일이 뭔지 정말로 알고 싶다는 확신이 서지 않았다. 아이즈 세다이라니.

그때 랜드의 머릿속에도 한 가지 질문이 문득 떠올랐다. 묻고 싶지는 않았지만 답이 필요한 질문이었다. "시장님이……." 랜드는 목을 가다듬고 심호흡했다. "시장님 말로는 마을이 조금이나마 남아 있는 이유는 당신과 모레인 덕분이라고 하셨어요." 랜드는 용기를 내 수호자를 보았다. "숲속에 어떤 남자가 있다는 얘기를 들으셨다면……. 그냥 보는 것만으로도 겁이 나는 사람이 있다는 얘기를 들으셨다면……. 그게 어떤 경고가 됐을까요? 소리 없는 말을 타고 다니는 사람이었는데요. 바람이 불어도 망토가 날리지 않았고요. 그런 사람 얘기를 들으셨다면 앞으로 무슨 일이 일어날지 아셨을까요? 그 사람에 대해 알았다면, 당신과 모레인 세다이가 이번 일을 막을 수 있었을까요?"

"내 자매 여섯 명이 함께 있어야 했겠지." 모레인이 말했다. 랜드는 깜짝 놀랐다. 모레인은 여전히 침대 옆에 무릎을 꿇고 있었으나 탬에게서 손을 떼고 반쯤 몸을 돌려 벤치에 앉은 두 사람을 보고 있었다. 그녀는 한 번도 목소리를 높이지 않았지만 눈길만으로도 랜드를 벽에서 꼼짝 못 하게 했다. "타 발론을 떠날 때 여기에서 트롤록과 머드랄을 보게 될 줄 알았다면 내 자매 여섯 명을 데려왔을 거야. 목덜미를 잡아 끌고 와야 한다면 열두 명은 데려왔겠지. 나 혼자서는 한 달 전에 경고를 받았다 해도 달라질 게 거의 없었을 테고. 아예 아무것도 달라지지 않았을지도 몰라. 아무리 일원력에 호소한다 하더라도 한 사람이 할 수 있는 일에는 한계가 있단다. 게다가 어젯밤 이 지역에는 100마리가 훨씬 넘는 트롤록들이 흩어져 있었을 거야. 권단 하나가 통째로 말이지."

"그래도 알았으면 좋았을 겁니다." 란이 날카롭게 말했다. 그 날카로움은 랜드를 향한 것이었다. "정확히 언제 본 거냐? 어디서 봤지?"

"지금은 중요하지 않은 문제예요." 모레인이 말했다. "난 저 애가 실제로 잘못한 것도 없이 자기가 뭘 잘못했다고 생각하게 놔두지 않아요. 저 애만큼은 나도 잘못이 있는 걸요. 어제 본 그 저주받은 갈까마귀 말이에요. 그놈이 행동하는 모습을 보고 경계했어야 했어요. 당신도 그래요, 친구." 모레인이 화가 나는 듯 혀를 쯧 찼다. "내가 오만할 정도로 자신만만했던 거예요. 어둠의 존재가 이렇게 멀리까지 손을 뻗었을 줄은 몰랐어요. 그것도 이렇게까지 심각하게. 아직은 아닐 줄 알았는데. 너무 믿었어요."

랜드는 눈을 깜빡였다. "갈까마귀라뇨? 무슨 말씀인지 모르겠어요."

"시체를 먹는 놈들이지." 란의 입술이 역겹다는 듯 일그러졌다. "어둠의 존재를 따르는 자들은 죽음을 먹고 사는 생명체들을 종종 간첩으로 부린다. 대체로 갈까마귀와 까마귀지. 도시에서는 쥐를 쓰기도 한다만."

그 말을 듣자마자 랜드는 몸서리쳤다. 갈까마귀와 까마귀를 어둠의 존재가 간첩으로 쓴다고? 요즘은 갈까마귀와 까마귀가 사방에 있었다. 모레인은 어둠의 존재가 손을 뻗었다고 말했다. 어둠의 존재는 늘 존재했지만—랜드는 그 사실을 알고 있었다—빛과 함께 걸으려고 노력하면, 착하게 살려고 노력하고 그자를 이름으로 부르지 않으면 그자도 사람을 해칠 수 없었다. 다들 그렇게 믿고 있었다. 엄마 젖을 먹을 때부터 그렇게 배웠다. 하지만 모레인이 하는 말은 꼭…….

랜드의 시선이 탬에게 닿자 다른 모든 것은 즉시 머릿속에서 밀려났다. 아버지의 얼굴에서는 전에 비해 눈에 띄게 붉은 기가 가셨고, 숨소리도 거의 정상으로 들렸다. 란이 팔을 움켜쥐지 않았다면 랜드는 펄쩍 뛰어올랐을 것이다. "해내셨군요."

모레인은 고개를 저으며 한숨을 쉬었다. "아직은 아니야. 금세 다시 나빠지지 않았으면 좋겠는데. 트롤록의 무기는 사칸다라는 계곡의 대장간에서 만들어져. 다름 아닌 샤이올 굴의 산비탈에 있는 곳이야. 놈들이 쓰는 무기 중에는 금속 자체에 그곳의 해악이, 악의 얼룩이 묻어 있는 것들도 있어. 그런 더러운 칼날은 도움을 받지 않으면 아물지 않는 상처를 내거나 치명적인 열병을 일으키는 상처를 내지. 의학으로는 손댈 수 없는 이상한 병을 일으켜. 내가 너희 아버지의 고통을 덜어 주긴 했지만, 중요한 건 그 해악이 아직 아버지의 몸에 들어 있다는 거야. 가만히 놔두면 그 해악이 다시 커져서 아버지를 삼키고 말아."

"하지만 가만히 놔두지 않으실 거잖아요." 랜드의 말은 반은 간청이고 반은 명령이었다. 랜드는 자기가 아이즈 세다이한테 그런 식으로 말했다는 것을 알고 놀랐지만, 모레인은 랜드의 말투를 알아채지 못한 듯했다.

"그래." 그냥 랜드의 말에 동의할 뿐이었다. "무척 피곤하구나, 랜드. 어젯밤 이후로 쉴 기회가 없었어. 보통은 별문제가 되지 않겠지만 이런 식의 상처는……." 모레인은 주머니에서 작은 흰색 비단 꾸러미를 꺼냈다. "이건 **앙그리알**이야." 모레인은 랜드의 표정을 알아보았다. "그럼 **앙그리알**이 뭔지 아는구나. 잘됐네."

랜드는 자기도 모르게 몸을 뒤로 젖혔다. 모레인과 그녀가 들고 있는 물건에서 멀어지려는 것이었다. 몇몇 이야기에 **앙그리알**이 나왔다. **앙그리알**이란 아이즈 세다이가 가장 위대한 기적을 일으키기 위해 사용하는, 전설의 시대 유물이었다. 랜드는 모레인이 매끄러운 상아로 만들어진 작은 모형을 꾸러미에서 풀어내는 것을 보고 놀랐다. 모형은 세월 탓에 짙은 갈색으로 바뀌어 있었다. 모레인의 손 크기에 지나지 않는 그 모형은 휘날리는 망토를 입은 여자로, 긴 머리카락이 어깨까지 내려와 있었다.

"우린 이걸 만드는 방법을 잊어버렸어." 모레인이 말했다. "너무 많은 것이 잊혔지. 아마 다시는 알아낼 수 없을 거야. 남아 있는 앙그리알의 수도 너무 적어. 아멀린 권좌께서는 내가 이걸 가져가지 못하게 하려고 하셨어. 결국 허락해 주셨다는 게 에먼즈 필드를 위해서나 네 아버지를 위해서는 잘된 일이지. 하지만 너무 기대해서는 안 돼. 지금의 나는 앙그리알이 있어도 어제 앙그리알 없이 할 수 있었던 것 이상의 일을 하기가 어려운 데다, 해악이 강하거든. 해악이 무르익을 시간이 있었으니까."

"도와주실 수 있을 거예요." 랜드가 열을 내며 말했다. "제가 알아요."

모레인은 입술을 살짝만 말아 올리며 미소 지었다. "어디 봐야지." 그러더니 모레인은 탬을 돌아보았다. 그녀는 한 손으로 탬의 이마를 짚고, 오므린 다른 손에는 상아 모형을 올려놓았다. 눈을 감고 집중하는 표정이 되었다. 거의 숨도 쉬지 않는 듯했다.

"네가 말한 그 기수 말이다." 란이 조용히 말했다. "너를 겁에 질리게 했다는 그자. 그자는 머드랄이 틀림없다."

"머드랄이라고요!" 랜드가 소리쳤다. "하지만 희미한 자들은 키가 6미터에……." 수호자가 전혀 즐겁지 않은 듯 씩 웃자 랜드의 말이 저절로 흐려졌다.

"때로 이야기는 사물을 실제보다 크게 표현한다, 양치기. 분명히 말하지만 현실에서 반인半人은 그 이상 클 필요조차 없다. 반인, 도사린 자, 희미한 자, 그림자 인간……. 이름이야 지역에 따라 다르지만 모두 머드랄을 말하지. 희미한 자들은 트롤록의 새끼이지만, 공포의 군주들이 트롤록을 만들기 위해 썼던 인류의 모습으로 거의 돌아간 자들이다. 거의 말이야. 그러나 인간적 변형이 강하게 일어날수록 트롤록들을 왜곡시키는 해악도 강해진다. 반인들은 일종의 힘을 가지고 있다. 어둠의 존재에게서 유래하는 힘이지. 일대일로 희미한 자와 겨루지 못할 아이즈 세다이는 가장 약한 자밖에 없겠지만, 많은 선량하고 진실한 사람들이 그들에게 쓰러졌다. 전설의 시대를 끝낸 전쟁들이 벌어진 이래로, 버려진 자들이 묶인 이래로 놈들은 트롤록 권단에 어디를 공격해야 할지 알려 주는 수뇌가 되었다. 트롤록 전쟁 시대에 반인들은 공포의 군주들을 따르며 전장에서 트롤록들을 이끌었다."

"무서웠어요." 랜드가 힘없이 말했다. "놈은 그냥 저를 봤을 뿐인데……."

몸이 떨려 왔다.

"부끄러워할 필요 없다, 양치기. 나도 놈들에겐 겁이 나니까. 나는 평생 군인으로 살아왔던 자들이 반인을 만났을 때 뱀을 만난 새처럼 얼어붙는 걸 봐왔다. 북쪽, 거대한오염과 맞닿아 있는 변방에는 이런 말이 전해지지. 눈 없는 자의 시선은 두려움이라고."

"눈 없는 자요?" 랜드가 말하자 란은 고개를 끄덕였다.

"머드랄은 어두운 곳에서든 밝은 곳에서든 독수리처럼 잘 보지만 눈이 없다. 머드랄을 마주치는 것보다 더 위험한 일은 몇 가지 생각나지 않는구나. 모레인 세다이와 나는 둘 다 어젯밤 이곳에 온 머드랄을 죽이려 했지만 매번 실패했다. 반인들은 어둠의 존재만큼 운이 좋으니."

랜드는 침을 삼켰다. "어떤 트롤록이 저더러 머드랄이 저랑 이야기하고 싶어 한다고 했어요. 무슨 뜻인지는 모르겠지만요."

란이 홱 고개를 들었다. 그의 두 눈은 푸른 돌 같았다. "트롤록과 **대화를** 했다고?"

"정확히 말하면 대화를 한 것은 아니고요." 랜드가 말을 더듬었다. 수호자의 시선이 덫처럼 랜드를 가두었다. "트롤록이 저한테 말을 걸었어요. 저를 해치지 않겠다고, 머드랄이 저와 이야기하고 싶어 한다고요. 그러더니 절 죽이려 했죠." 랜드는 입술을 핥고 칼자루의 고급스러운 가죽에 손을 문질렀다. 그는 짧고 뚝뚝 끊어지는 문장으로 농가에 돌아갔던 일을 설명했다. "근데 제가 놈을 죽였어요." 그가 말을 마쳤다. "사실 실수였지만요. 놈이 저한테 덤벼들었는데, 그때 제가 손에 칼을 들고 있었어요."

란의 얼굴이 살짝 풀어졌다. 바위도 풀어질 수 있다면 말이지만. "그렇더라도 그건 꽤 얘깃거리가 되겠구나, 양치기. 어젯밤까지는 변방 이남에서 트롤록을 죽이기는커녕 봤다는 사람도 몇 명 없었으니까."

"혼자서 아무 도움도 받지 않고 트롤록을 죽인 사람은 더 적고." 모레인이 지친 듯 말했다. "다 됐어, 랜드. 란, 일어나게 도와줘."

수호자는 순식간에 모레인의 곁으로 다가갔지만 침대로 달려간 랜드보다는 빠르지 않았다. 탬의 살갗을 만져 보니 열이 내려 있었다. 얼굴은 너무 오랫동안 해를 못 본 사람처럼 창백하고 빛이 바랬지만 말이다. 탬은 여전히 눈을 감고 있었으나 정상적으로 잠을 잘 때처럼 깊이 숨을 쉬었다.

"이제 괜찮을까요?" 랜드가 불안해서 물었다.

"쉬면." 모레인이 말했다. "며칠 누워 있으면 평소처럼 건강해질 거야." 그녀는 란의 팔을 잡고 있었는데도 걸음이 불안정했다. 란은 모레인이 앉을 수 있도록 서둘러 의자 쿠션에서 망토와 지팡이를 치웠고, 모레인은 한숨을 쉬며 의자에 앉았다. 그녀는 천천히 공을 들여 가며 **앙그리알**을 다시 비단으로 싸서 주머니에 넣었다.

랜드는 어깨가 떨렸다. 웃음을 참으려고 입술을 깨물었다. 동시에, 눈물을 닦느라 손으로 두 눈을 문질러야 했다. "감사합니다."

"전설의 시대에는," 모레인이 말을 이었다. "아주 작은 불씨만 남아 있어도 그걸 부채질해 생명과 건강을 활활 타오르게 만들 수 있는 아이즈 세다이들이 있었어. 하지만 그 시절은 사라졌지. 아마 영원히 사라졌을 거야. 너무 많은 것이 잊혔어. **앙그리알** 만드는 방법만이 아니야. 우리로서는 기억이 난다 해도 감히 꿈조차 꿀 수 없지만, 그 시절에는 할 수 있었던 일이 너무 많아. 이제는 우리의 수도 훨씬 적어졌지. 어떤 재능은 그야말로 사라졌고, 수많은 재능은 약하게만 남아 있는 것으로 보여. 이제는 신체의 의지와 힘을 둘 다 끌어와야 해. 그러지 않으면 우리 중 강한 자들도 아무런 치유를 할 수 없어. 너희 아버지가 신체도 정신도 강인한 분이어서 다행이야. 사실 네 아버지는 살기 위한 싸움에서 힘을 많이 써 버렸어. 하지만 이제는 원기를 회복하기만 하면 돼. 시간은 걸리겠지만 해악은 사라졌어."

"이 은혜는 영영 못 갚을 거예요." 랜드는 탬에게서 눈을 떼지 않고 말했다. "하지만 제가 뭐든 해 드릴 수 있다면 할게요. 뭐든지요." 랜드는 대가에 관한 이야기를 떠올렸고, 그다음에는 자기가 한 약속을 기억했다. 탬 옆에 무릎을 꿇고 앉아서 하는 그 말에는 전보다도 큰 진심이 담겨 있었으나, 지금도 모레인을 보는 것은 쉽지 않았다. "뭐든지. 이 마을이나 제 친구들한테 해가 되는 일이 아니라면요."

모레인은 됐다는 듯 손을 들었다. "네가 꼭 그래야겠다고 생각한다면 그러렴. 어쨌든 난 너랑 이야기하고 싶었어. 분명 우리가 떠날 때 떠나게 될 테니 그때 길게 얘기하면 되겠구나."

"떠난다뇨!" 랜드는 허둥지둥 일어서며 소리쳤다. "정말 상황이 그렇게까지 나쁜가요? 제가 보기에는 다들 언제든 마을을 다시 세울 준비가 된 것 같던데요. 저희 투 리버스 사람들은 여기에 뿌리내리고 사는 사람들이에요. 아무도 떠나지 않아요."

"랜드……."

"그리고 가면 어디로 가겠어요? 파단 페인 말로는 다른 곳도 똑같이 날씨가 나쁘다던데요. 파단은……. 행상인이었어요……. 그러니까 살아 있을 때는요. 트롤록들이……." 랜드는 톰 머릴린이 트롤록들의 먹이에 관해 아무 말도 해 주지 않았으면 좋았겠다고 생각하며 침을 꿀꺽 삼켰다. "제가 확실히 할 수 있는 일은 우리가 속한 바로 이곳에, 투 리버스에 남아서 모든 걸 다시 세우는 거예요. 우린 땅에 곡식을 심어 놨어요. 금방 양털을 깎을 수 있을 만큼 날씨도 따뜻해질 테고요. 누가 떠난단 소리를 시작했는지 모르지만……. 당연히 코플린 가족 중 한 명이겠죠. 아무튼 누군지는 몰라도……."

"양치기." 란이 말을 잘랐다. "들어야 할 때 말을 하는구나."

랜드는 눈을 깜빡이며 두 사람을 보았다. 그는 자기도 모르는 사이에 헛소리를 떠들어 대고 있었다. 모레인이 뭔가 말하려고 하는데 꽤 오랫동안 횡설수설했다. 아이즈 세다이가 말하려는데. 랜드는 무슨 말을 해야 할지, 어떻게 사과해야 할지 고민했으나 랜드가 생각을 마치기도 전에 모레인이 미소 지었다.

"무슨 마음인지 알아, 랜드." 모레인이 말했다. 불편하게도 모레인이 정말 이해한다는 느낌이 들었다. "그 생각은 안 해도 돼." 모레인은 입을 꽉 다물고 고개를 저었다. "이제 보니 내가 일 처리를 엉망으로 했네. 일단 쉬어야겠다. 떠나는 사람은 너야, 랜드. 네 마을을 위해서라도 떠나야 해."

"저요?" 랜드는 목을 가다듬고 다시 말했다. "저요?" 이번에는 조금 나은 소리가 났다. "제가 왜 떠나야 하죠? 이해가 안 되는데요. 전 아무 데도 가기 싫어요."

모레인이 란을 보자 수호자가 팔짱을 풀었다. 그는 머리띠를 두른 채 랜드를 보았고, 랜드는 그가 자신을 보이지 않는 저울에 달아보는 듯한 느낌을 다시 받았다. 란이 불쑥 말했다. "모든 집이 공격당한 건 아니라는 거, 알았나?"

"마을 절반이 잿더미가 된 걸요." 랜드가 대꾸했지만 수호자는 손을 내저었다.

"몇몇 집은 그저 혼란을 일으키기 위해서 불태운 것이다. 트롤록들은 이후 그 집들을 건드리지 않았어. 그 집에서 도망친 사람들도 마찬가지고. 그 사람들이 진짜 공격 대상을 실제로 가로막지 않는 한 말이다. 마을 외곽의 농장에서 온 사람들은 대부분 트롤록의 털끝도 보지 못했다. 봤다고 해도 멀리서 봤고. 대부분은 마을을 보기 전까지 무슨 문제가 벌어졌다는 것도 몰랐다."

"달 코플린 얘기를 듣긴 했어요." 랜드가 천천히 말했다. "그냥 그땐 귀에 안 들어왔나 봐요."

"농장 두 곳이 공격당했다." 란이 말을 이었다. "너희 농장 말고 한 곳 더. 벨 타인 때문에 두 번째 농장에 살던 사람들은 모두 마을에 와 있었다. 많은 사람이 목숨을 건질 수 있었던 건 머드랄이 투 리버스의 관습을 몰랐기 때문이다. 축제와 겨울의 밤 때문에 놈의 임무는 애초에 불가능했지만, 놈은 그걸 몰랐지."

란은 의자에 기대 있는 모레인을 보았지만 모레인은 입술에 손가락을 댄 채 랜드를 지켜볼 뿐 아무 말도 하지 않았다. "저희 농장이랑, 또 누구네 농장이죠?" 결국 랜드가 물었다

"아이바라 농장이다." 란이 대답했다. "여기 에먼즈 필드에서는 놈들이 대장간과 대장장이의 집, 코손 씨의 집을 공격했다."

랜드는 갑자기 입이 말랐다. "말도 안 돼요." 랜드는 간신히 그 말을 했다가 모레인이 허리를 펴자 놀라 움찔했다.

"말도 안 될 건 없어, 랜드." 모레인이 말했다. "의도적인 거였으니까. 트롤록들은 우연히 에먼즈 필드에 온 게 아니야. 이런 짓을 벌인 것도, 비록 놈

들이 살육과 방화를 즐기긴 하지만 그 즐거움만을 위해서는 아니었어. 놈들은 자기들이 무엇을, 아니 누구를 쫓는지 알고 있었어. 트롤록들은 에먼즈 필드 근처에 사는 특정 나이의 젊은 남자들을 죽이거나 잡으러 온 거야."

"제 나이요?" 랜드는 목소리가 떨렸지만 상관하지 않았다. "빛이여! 맷은, 페린은요?"

"멀쩡히 살아 있어." 모레인이 랜드를 안심시켰다. "약간 재가 묻기는 했지만."

"밴 크로랑 렘 테인은요?"

"그들은 애초에 위험하지 않았다." 란이 말했다. "최소한 다른 사람들 이상으로는."

"하지만 걔들도 기수를, 희미한 자를 봤어요. 저랑 동갑이고요."

"크로 씨는 집도 피해를 입지 않았어." 모레인이 말했다. "방앗간 주인 가족은 공격이 벌어지는 동안 한참 자다가 소리에 깼고. 밴은 너보다 열 달 나이가 많고, 렘은 너보다 여덟 달 어리단다." 랜드가 놀라자 모레인이 무미건조하게 미소 지었다. "말했지만, 내가 이것저것 묻고 다녔거든. 그리고 **특정한** 나이의 젊은 남자들이라는 말도 했지. 너랑 두 친구는 서로 생일이 몇 주 밖에 차이 나지 않아. 머드랄이 쫓던 건 다른 사람이 아니라 너희 셋이었어."

랜드는 불안해서 움찔거렸다. 모레인이 그런 식으로, 마치 랜드의 뇌를 꿰뚫고 그 구석구석에 있는 생각을 모두 읽을 수 있다는 듯 바라보지 않았으면 했다. "놈들이 저희한테 뭘 원하겠어요? 저희는 그냥 농부, 양치기인데요."

"그 질문에 대한 답은 투 리버스에 없어." 모레인이 조용히 말했다. "하지만 중요한 답이긴 해. 거의 2000년 동안 나타나지 않던 곳에 트롤록이 나타난 걸 보면 그 정도는 알 수 있지."

"트롤록 습격에 대한 이야기는 아주 많잖아요." 랜드가 고집스럽게 말했다. "그냥 여기에 그런 일이 없었던 것뿐이죠. 수호자들은 늘 트롤록들과 싸우잖아요."

란이 코웃음 쳤다. "거대한오염 주변에서라면 모르지만 나도 거의 4392 킬로미터나 남쪽으로 내려온 여기서는 트롤록들과 싸우게 될 것이라고 생각하지 않아. 어젯밤 내가 본 습격은 샤이나 혹은 변방에서나 볼 만한 습격이었다."

"너희 중 한 명에게," 모레인이 말했다. "아니면 셋 모두에게 어둠의 존재가 두려워하는 뭔가가 있어."

"그건……. 그건 불가능해요." 랜드는 비틀거리며 창문으로 다가가 마을을, 폐허에서 작업하고 있는 사람들을 내려다보았다. "무슨 일이 일어났든 간에 그건 그냥 불가능한 소리예요." 그린의 뭔가가 랜드의 눈에 걸렸다. 랜드는 그쪽을 바라보다가 그게 봄 솟대의 타고 남은 밑둥이라는 걸 알았다. 행상인과 방랑 시인, 낯선 사람들까지 함께하는 멋진 벨 타인. 랜드는 몸을 떨며 세게 고개를 저었다. "아뇨. 아니에요. 저는 그냥 양치기라고요. 어둠의 존재가 저한테 관심을 둘 리 없어요."

란이 험악하게 말했다. "변방에서 케임린, 또 그 너머에 이르는 지역에서 아무런 고함이나 비명도 일으키지 않고 그토록 많은 트롤록을 데려오는 데는 엄청난 노력이 필요하다. 나도 대체 무슨 수로 그랬는지 알았으면 좋겠다. 정말로 놈들이 집이나 몇 채 불태우자고 그런 고생스러운 일을 했을 거라고 생각하나?"

"놈들은 돌아올 거야." 모레인이 덧붙였다.

랜드는 란에게 말대꾸하려고 입을 열었으나 모레인의 말에 입이 딱 다물어졌다. 그는 빙글 돌아 모레인을 마주 보았다. "돌아온다고요? 당신이 막을 수 없어요? 어젯밤에는 막았잖아요. 그것도 기습을 당한 상태에서요. 지금은 놈들이 여기 있다는 걸 알고요."

"막을 수도 있지." 모레인이 대답했다. "타 발론에 사람을 보내 자매들 몇 명을 보내 달라고 할 수도 있어. 우리한테 자매들이 필요해지는 순간이 오기 전에 자매들이 여기까지 올 시간이 있을 수도 있겠지. 머드랄도 **내가** 여기 있다는 것을 아니까, 더 많은 머드랄과 트롤록으로 이루어진 지원군이 오지 않는 한 공격하지는 않을 거야. 최소한 대놓고 쳐들어오지는 않겠지. 아이즈 세다이와 수호자의 수가 충분하다면 트롤록들을 물리칠 수도 있어. 몇 번이나 전투를 치러야 할지는 모르겠지만."

랜드의 머릿속에서 에먼즈 필드 전체가 잿더미가 된 모습이 떠올랐다. 모든 농장이 불탄 모습. 파수꾼의언덕과 데번 라이드, 타렌 페리까지 불탄 모습. 재와 피만 남은 모습. "안 돼요." 랜드는 그렇게 말하며 뭔가를 놓친 것처럼 배 속이 뒤틀리는 것을 느꼈다. "그래서 제가 떠나야 하는 거군요? 제가 여기 없다면 트롤록들도 돌아오지 않을 테니까." 랜드는 마지막 남은 고집에 한 마디를 덧붙였다. "놈들이 정말로 저를 쫓고 있다면요."

모레인은 랜드가 자기 말을 믿지 않는다는 것이 놀라운 듯 눈썹을 치켜올렸지만 란이 말했다. "그럴 가능성에 네 마을을 걸고 싶은 건가, 양치기? 투 리버스 전체를?"

랜드의 고집이 흐려졌다. "아뇨." 그는 다시 그렇게 말하며 배 속에서 또 공허감을 느꼈다. "그럼 페린이랑 맷도 가야겠군요?" 투 리버스를 떠난다. 집과 아버지를 떠난다. 최소한 탬은 나아질 것이다. 최소한 탬에게서 채석장 길에서 했던 모든 말이 헛소리라는 말은 들을 수 있을 것이다. "베얼론으로 갈 수 있겠네요. 케임린도 괜찮고요. 케임린에는 투 리버스 전체를 합친 것보다 많은 사람이 산다고 들었어요. 거기서라면 안전할 거예요." 랜드는 허무하게 들리는 웃음을 애써 터뜨렸다. "늘 케임린을 구경하는 공상을 했는데. 이런 식으로 그 꿈이 실현될 줄은 몰랐네요."

긴 침묵이 흐르고 나서 란이 말했다. "나라면 케임린에 내 안전을 맡기지 않을 거다. 머드랄이 너를 심하게 원한다면 뭐든 방법을 찾겠지. 성벽은 반인을 막기에는 형편없는 장애물이다. 그리고 놈들이 너를 정말로 심하게 원한다는 걸 믿지 않는다면 네가 바보인 거야."

랜드는 기분이 더 이상 가라앉을 수는 없다고 생각했지만 이 말을 듣자 더욱 깊은 곳으로 미끄러져 들어가는 것만 같았다.

"안전한 곳이 있어." 모레인이 조용히 말했다. 랜드는 귀를 쫑긋 세우고 들었다. "타 발론에 가면 너희가 아이즈 세다이와 수호자들 사이에 있게 돼. 트롤록 전쟁 때도 어둠의 존재가 거느린 군대는 빛나는 장벽을 공격하는 걸 두려워했어. 마지막 순간까지 놈들은 단 한 차례밖에 공격을 시도하지 않았고, 그게 놈들이 그 전쟁에서 맞이한 최악의 패배였어. 게다가 타 발론에는 우리 아이즈 세다이가 광기의 시대 이후로 모아 온 모든 지식이 있단다. 어떤 지식은 전설의 시대까지도 거슬러 올라가. 머드랄이, 거짓말의 아버지가 너희를 원하는 이유를 알 수 있는 곳이 있다면 거긴 타 발론이야. 그건 내가 장담할 수 있어."

그 머나먼 타 발론까지 가는 여행이라니 거의 상상도 할 수 없었다. 아이즈 세다이에게 둘러싸여 지내게 될 곳으로 여행을 떠나다니. 물론 모레인은 탬을 고쳐 주었지만—최소한 겉보기에는 그랬다— 많은 이야기가 있었다. 아이즈 세다이 한 명과 같은 방에 있는 것만으로도 불편했는데, 그들로 가득 찬 도시에 가다니……. 게다가 모레인은 아직 대가를 요구하지도 않았다. 이야기에 따르면 대가는 늘 있다고 했다.

"아버지는 얼마나 더 주무실까요?" 랜드가 마침내 물었다. "전……. 아버지한테는 말해야죠. 아버지가 눈을 떴을 때 제가 그냥 가 버리고 없으면 안 되잖아요." 랜드는 란이 안도의 한숨을 쉬는 소리를 들은 것 같았다. 랜드는 호기심에 수호자를 보았으나 란의 얼굴은 여느 때와 마찬가지로 무표정했다.

"우리가 떠나기 전에 깨어날 가능성은 거의 없어." 모레인이 말했다. "나는 완전히 어두워지자마자 떠날 생각이거든. 단 하루만 늦어도 치명적일 수 있어. 아버지한테 쪽지를 남기는 것이 최선일 거야."

"밤에요?" 랜드는 미심쩍다는 듯이 말했고, 란이 고개를 끄덕였다.

"반인은 우리가 그렇게 빨리 떠났다는 것을 모를 거다. 필요 이상으로 놈들의 일을 쉽게 만들어 줄 필요는 없지."

랜드는 아버지의 담요를 가지고 수선을 떨었다. 타 발론은 아주 먼 곳에 있었다. "그러면……. 그러면, 제가 가서 맷이랑 페린을 찾아볼게요."

"그건 내가 알아서 할게." 모레인이 빠르게 자리에서 일어나더니 갑자기 생기를 되찾았는지 망토를 걸쳤다. 모레인이 랜드의 어깨에 손을 얹었고, 랜드는 움찔거리지 않으려고 무진 애를 썼다. 모레인이 힘을 준 건 아니었지만 끝이 둘로 갈라진 나뭇가지로 뱀을 찍었을 때처럼 그 손길은 단단하게 랜드를 잡았다. "이 모든 일은 우리끼리만 아는 것으로 하는 게 좋겠어. 알겠니? 여관 문에 드래건의 송곳니를 새긴 그자들이 알면 골치 아파질 거야."

"알겠어요." 모레인이 손을 떼자 랜드는 마음이 놓여 숨을 들이쉬었다.

"알비어 부인한테 먹을 것을 가져다주라고 할게." 모레인은 랜드의 반응을 눈치채지 못한 것처럼 말을 이었다. "그런 다음에는 좀 자야 할 거야. 잘 쉬어도 오늘 밤 여행은 고될 테니까."

모레인과 란이 떠나고 문이 닫혔다. 랜드는 일어서서 탬을 내려다보았다. 탬에게 눈길을 두기는 했으나 사실 아무것도 보이지는 않았다. 바로 이 순간까지 랜드는 자신이 에먼즈 필드의 일부인 만큼 에먼즈 필드도 그의 일부라는 사실을 몰랐다. 지금 그 점을 깨닫게 된 건 바로 그 부분이 뜯겨 나간다는 것을 알았기 때문이었다. 이제 그는 마을과 떨어져 버렸다. 밤의 양치기가 그를 원했다. 랜드는 그저 농부일 뿐이었으니까 불가능한 이야기였지만 트롤록들이 왔고, 한 가지는 란의 말이 맞았다. 랜드는 모레인이 틀렸을 가능성에 이 마을을 걸 수 없었다. 심지어 누군가에게 말할 수도 없었다. 이런 일에 대해서라면 코플린 사람들이 정말로 골치 아픈 문제를 일으킬 테니까. 랜드는 아이즈 세다이를 믿어야 했다.

"지금 깨우지 말거라." 시장이 아내와 함께 들어와 문을 닫자 알비어 부인이 말했다. 알비어 부인이 들고 있는, 천으로 덮은 쟁반에서 맛있고 따뜻한 냄새가 풍겨 나왔다. 알비어 부인은 그 쟁반을 벽에 기대어 있는 서랍 위에 놓더니 단호한 손길로 랜드를 침대 쪽에서 떼어 놓았다.

"모레인 아가씨가 네 아버지한테 필요한 게 뭔지 알려 주더구나." 알비어 부인이 조용히 말했다. "네가 지쳐서 아버지 위에 쓰러져야 한다는 얘기는 없었어. 네가 먹을 것을 좀 가져왔다. 식기 전에 먹어."

"그렇게 부르지 말아요." 브랜이 짜증을 내며 말했다. "모레인 세다이라고 불러야지. 그런 식으로 부르다간 화를 낼지도 모르지 않소."

알비어 부인은 남편의 뺨을 톡 두드렸다. "그건 내가 알아서 걱정할게요. 난 그분이랑 오래 얘기했어요. 목소리도 낮추고. 당신 때문에 탬이 깨면 나는 **물론** 모레인 세다이한테도 설명을 해야 할 거예요." 알비어 부인은 브랜의 주장이 바보처럼 들리도록 모레인의 작위를 힘주어 말했다. "둘 다 비켜요." 알비어 부인은 남편에게 다정한 미소를 지으며 침대에 누워 있는 탬에게 고개를 돌렸다.

알비어 씨는 답답하다는 듯 랜드를 보았다. "모레인은 아이즈 세다이야. 이 마을 여자 절반은 모레인이 여성 서클에 속하기라도 한 것처럼 굴고, 나머지 절반은 모레인이 트롤록인 줄 안다. 그중에 아이즈 세다이가 주위에 있을 때는 신중해야 한다는 걸 아는 사람은 아무도 없는 것 같구나. 남자들도 계속 모레인을 곁눈질하기는 한다만 최소한 모레인의 성질을 돋울 만한 일은 하지 않아."

신중해야지. 랜드는 생각했다. 이제라도 신중하게 굴기에 늦지 않았다. "알비어 씨." 랜드가 천천히 말했다. "농장이 몇 군데나 공격당했는지 아세요?"

"내가 지금까지 듣기로는 너희 농장을 포함해 두 곳뿐이다." 시장은 인상을 쓰며 잠시 말을 멈추었다가 어깨를 으쓱했다. "여기서 일어난 것을 보면 둘로는 부족했을 것 같은데. 다행스러운 일이다만……. 글쎄, 오늘이 가기 전에 더 많은 농장이 공격당했다는 소식을 듣게 될 것 같구나."

랜드는 한숨을 쉬었다. 어느 농장인지 물을 필요는 없었다. "여기 마을에서는 놈들이……. 그러니까 놈들이 뭘 쫓고 있는지 알 만한 단서가 있었나요?"

"쫓는다고? 놈들이 뭘 쫓기는 했는지 모르겠구나. 그냥 우리 모두를 죽이려 했던 것 같은데. 그냥 내가 말한 그대로였다. 개들이 짖었고, 모레인 세다이와 란이 거리를 뛰어다녔어. 그러다가 누가 루한 씨의 집과 대장간에 불이 붙었다고 소리쳤다. 아벨 코손의 집도 불타올랐고……. 이상한 일이지. 그 집은 마을 거의 한복판에 있는데. 아무튼 그다음에는 트롤록들이 온통 우리 사이에 섞여 들었다. 아니 놈들이 뭔가를 **쫓았던** 것 같지는 않구나." 알비어 씨는 갑자기 껄껄 웃더니 경계하듯 아내를 보며 뚝 멈추었다. 알비어 부인은 탬을 살필 뿐 고개를 돌리지 않았다. "솔직히 말해서," 알비어 씨가 더 조용한 목소리로 말을 이었다. "놈들은 거의 우리만큼 혼란스러워하는 것 같았다. 여기에 아이즈 세다이가 있을 줄 몰랐겠지. 수호자나."

"그러게요." 랜드가 인상을 쓰며 말했다.

모레인이 그 점에 관해 진실을 말했다면 아마 나머지에 관해서도 진실을 말했을 것이다. 랜드는 잠시 시장의 조언을 구할까 생각해 보았으나, 알비어 씨도 마을의 다른 사람들보다 아이즈 세다이에 대해 많이 아는 것 같지는 않았다. 게다가 랜드는 시장에게조차도 무슨 일이 벌어지고 있는지, 그러니까 모레인 말에 따르면 무슨 일이 벌어지고 있는지 말하기가 꺼려졌다. 비웃음을 당하는 것과 시장이 자기 말을 믿는 것 중 어느 게 더 두려운지조차 확실하지 않았다. 랜드는 엄지를 탬의 칼자루에 문질렀다. 아버지는 세상으로 나간 적이 있었다. 틀림없이 아이즈 세다이에 관해 시장보다 잘 알 것이다. 그러나 탬이 정말로 투 리버스를 벗어난 적이 있다면 그가 웨스트우드에서 했던 말도……. 랜드는 두 손으로 머리를 벅벅 긁으며 그 생각을 흩어 버렸다.

"좀 자거라." 시장이 말했다.

"그래, 자야겠구나." 알비어 부인도 한마디 했다. "그렇게 서 있다가 쓰러지겠구나."

랜드는 놀라서 알비어 부인을 보며 눈을 깜빡였다. 알비어 부인이 아버지 곁을 떠난 줄도 몰랐다. 자야 했다. 그 생각만으로도 하품이 나왔다.

"옆 방 침대를 쓰면 된다." 시장이 말했다. "불도 피워 놨어."

랜드는 아버지를 보았다. 탬은 여전히 깊이 잠들어 있었고, 그 모습을 보자 다시 하품이 나왔다. "괜찮으시면 전 여기 있을게요. 아버지가 깨실 수도 있으니까요."

병실 문제는 알비어 부인의 소관이었기에 시장은 이번 일도 그녀에게 맡겼다. 알비어 부인은 잠깐 망설이더니 고개를 끄덕였다. "하지만 아버지가 일아서 깨실 때까지 가만히 있어야 해. 아버지가 주무시는 데 방해하면……." 랜드는 알비어 부인이 시키는 대로 하겠다고 말하려 했지만 또 한 번 하품이 나오는 바람에 발음이 꼬였다. 알비어 부인은 미소 지으며 고개를 저었다. "너도 순식간에 잠들겠구나. 꼭 여기 있어야겠다면 불가에서 자거라. 곯아떨어지기 전에 저 쇠고기 죽도 좀 마시고."

"그럴게요." 랜드가 말했다. 이 방에 있기 위해 필요한 거라면 뭐든 시키는 대로 할 생각이었다. "아버지를 깨우지도 않고요."

"꼭이야." 알비어 부인은 단호하게 말했지만 그렇다고 상냥하지 않은 말투는 아니었다. "베개와 담요를 가져다주마."

드디어 두 사람이 떠나고 문이 닫히자 랜드는 방에 딱 하나 있는 의자를 침대 옆으로 끌어다 놓고 탬을 지켜볼 수 있는 자리에 앉았다. 랜드가 하품을 눌러 참자 아래턱에서 뚝 소리가 났다. 알비어 부인이 아무리 자야 한다고 말해도 아직은 잘 수 없었다. 탬이 언제라도 깰 수 있었다. 게다가 아주 잠깐만 깨어 있을지도 몰랐다. 랜드는 탬이 깨기를 기다려야 했다.

그는 인상을 쓰며 의자에서 몸을 이리저리 비틀다가 자기도 모르게 칼자루를 가슴 옆쪽으로 움직였다. 지금도 누군가에게 모레인이 한 말을 전하는 것은 망설여졌지만, 어쨌든 이 사람은 탬이었다. 이 사람은……. 랜드는 자기도 모르게 입을 꽉 다물었다. **내 아버지야. 아버지한테는 뭐든 말할 수 있어.**

랜드는 의자에 앉은 채 몇 번 더 몸을 비틀다가 등받이에 머리를 기댔다. 탬은 그의 아버지였고, 그 누구도 랜드에게 아버지한테 무슨 말을 하라 마라 시킬 수 없었다. 그냥 탬이 눈을 뜰 때까지 기다리기만 하면 됐다. 랜드가 할 일은 그냥…….

9장 물레가 말해 주는 것

달려가자 가슴이 두근거렸다. 그는 경악하며 주위의 황폐한 언덕을 바라보았다. 이곳은 그냥 봄이 늦는 곳이 아니었다. 이곳은 한 번도 봄을 맞은 적이 없었고, 앞으로도 그럴 터였다. 장화 밑에서 으스러지는 차가운 흙에서는 아무것도 자라지 않았다. 이끼 하나도. 그는 자기 키의 두 배는 큰 바위들을 허둥지둥 지났다. 비 한 방울도 내린 적 없는 것처럼 먼지가 돌을 덮고 있었다. 태양은 핏빛으로 벌겋게 부풀어 오른 공이었다. 여름의 가장 뜨거운 날보다도 지글거렸고, 눈을 지져 버릴 만큼 밝았다. 그러나 그 태양은 검은색과 은색이 날카로운 대조를 이루는 구름이 사방의 지평선에서 피어오르며 끓고 있는, 납으로 만든 솥 같은 하늘에 사마하게 떠 있었다. 소용돌이치는 구름이 그렇게 많았는데도 산들바람 한 조각 땅을 흩뜨리지 않았고, 음침한 태양에도 공기는 깊은 겨울처럼 타는 듯 차가웠다.

랜드는 달려가며 자주 어깨 너머를 보았으나 추격자들은 보이지 않았다. 그저 황량한 언덕과 삐죽빼죽한 검은 산뿐이었다. 그중 여러 곳의 꼭대기에서는 높다란 검은 연기가 솟아올라 밀려드는 구름과 섞였다. 비록 추격자들이 보이지는 않았지만 그 소리는 들렸다. 놈들이 랜드의 뒤에서 울부짖고 있었다. 추격에 신이 나 고함을 질러 대는, 으르렁거리는 듯한 목소리. 다가

올 유혈 사태에 기뻐하는 울부짖음. 트롤록들이었다. 놈들이 가까워지고 있었는데 랜드는 거의 기운을 다 쓴 상태였다.

랜드는 절실한 마음에 서두르며 칼날 같은 산등성이 꼭대기로 재빨리 올라갔다가 털썩 무릎을 꿇으며 신음했다. 아래쪽에서 날카로운 바위 절벽이 무너져 내렸다. 305미터는 되는 벼랑이 거대한 협곡으로 곤두박질쳤다. 증기 같은 안개가 협곡 바닥을 뒤덮고 있었다. 짙은 회색의 수면이 험악하게 파도치며 일렁거렸고 랜드 아래의 절벽으로 밀려들었다가 부서졌다. 하지만 바다에 치는 그 어떤 파도보다도 그 속도가 느렸다. 아래쪽에서 갑자기 엄청난 화재가 일어나기라도 한 것처럼 한순간 안개 군데군데가 벌겋게 빛나더니 그 빛이 잦아들었다. 협곡 깊은 곳에서 천둥이 우르릉거렸다. 잿빛 너머로 번개가 작열하다가 이따금 솟아올라 하늘을 때렸다.

랜드의 힘을 빼 놓고 빈 곳에 무력감만 남겨 놓는 것은 계곡 자체가 아니었다. 맹렬한 증기 한가운데에서 산이 하나 불쑥 솟아올랐다. 랜드가 안개의산맥에서 본 그 어느 산보다도 높은 산, 모든 희망의 상실처럼 검은 산이었다. 그 황폐한 바위 첨탑이, 하늘을 찌르는 단검이 랜드가 느끼는 황량함의 근원이었다. 한 번도 본 적은 없었지만 랜드는 그 산을 알았다. 그 산에 대한 기억에 손을 뻗으려 하면 기억은 유사流沙처럼 빠르게 흘러내렸다. 하지만 기억이 있기는 했다. 랜드는 기억이 있다는 것을 알았다.

보이지 않는 손가락들이 랜드를 건드렸다. 랜드의 팔다리를 잡아당기며 그를 산으로 끌고 가려 했다. 랜드의 몸이 움찔했다. 그 손가락에 복종할 태세였다. 랜드가 손가락과 발가락을 바위에 박아 넣을 수 있겠다고 생각한 것처럼 그의 팔다리가 빳빳해졌다. 유령 같은 실이 랜드의 심장을 옭아매며 그를 첨탑 같은 산으로 끌어당기고 불러 댔다. 랜드의 얼굴에서 눈물이 흘러내렸다. 그는 땅에 축 늘어졌다. 구멍 난 양동이에서 물이 빠져나가듯 의지력이 사라지는 것을 느꼈다. 조금만 더 있으면 랜드는 자신을 부르는 곳으로 가게 될 것이다. 복종할 것이다. 시키는 대로 할 것이다. 갑자기 랜드는 다른 감정을 하나 발견했다. 분노였다. 밀어 보라지. 당겨 보라지. 랜드는 막대에 쿡쿡 찔려 우리로 들어가는 양이 아니었다. 분노가 저절로 꽉 뭉쳐져 하나의 단단한 매듭을 이루었고, 랜드는 홍수 때 뗏목을 만난 사람처럼 그 매듭에 매달렸다.

나를 섬겨라. 랜드의 머릿속 고요한 곳에서 어떤 목소리가 속삭였다. 익숙한 목소리였다. 열심히 들으면 어떤 목소리인지 분명 알 것 같았다. **나를 섬겨라.** 랜드는 그 목소리를 머릿속에서 쫓아내려고 고개를 저었다. **나를 섬겨라.** 그는 검을 손을 향해 주먹을 흔들었다. "빛이 너를 집어삼킬 것이다, 샤이탄!"

갑자기 죽음의 냄새가 주위에 짙게 깔렸다. 어떤 형체가 위압적으로 랜드를 내려다보았다. 말라붙은 피 색깔의 망토를 입은 자, 얼굴이 있는 자였다……. 랜드는 자신을 내려다보는 그 얼굴을 보고 싶지 않았다. 그 얼굴을 생각하고 싶지도 않았다. 그 얼굴을 생각하면 고통스러웠다. 머릿속이 불덩이가 되는 것 같았다. 어떤 손이 그에게 뻗어 나왔다. 랜드는 절벽 가장자리로 떨어지는 것도 신경 쓰지 않고 몸을 던졌다. 빠져나가야 했다. 멀리. 랜드는 허공에서 버둥거리며 떨어졌다. 비명을 지르고 싶었지만 비명을 지를 만큼 숨을 쉴 수가 없었다. 아예 숨을 쉴 수 없었다.

어느새 그가 있는 곳은 더 이상 황량한 땅이 아니었다. 더 이상 추락하고 있지도 않았다. 겨울이 되어 갈색으로 변한 풀이 그의 장화에 납작하게 밟혔다. 꽃 같았다. 그는 흩어져 있는 나무와 덤불을 보자 웃음이 나올 것만 같았다. 그 식물들은 잎이 다 떨어지기는 했어도 지금 그를 둘러싸고 펼쳐진 평원에 드문드문 박혀 있었다. 멀리서 산이 단 하나 보였다. 봉우리가 무너지고 갈라져 있었으니, 이 산은 공포나 절망을 일으키지 않았다. 다른 산이 없어 이상하게 이 장소와 어울리지 않기는 했지만 그냥 산이었다.

넓은 강이 산 옆으로 흘렀고, 그 강 한가운데의 섬에는 방랑 시인의 전설에 나올 듯한 도시가 있었다. 햇빛을 받아 흰색과 은색으로 빛나는 높은 성벽으로 둘러싸인 도시. 랜드는 안도감과 기쁨이 섞인 채 그 성벽을 향해, 왠지 그 성벽 너머에서 찾게 되리라고 확신할 수 있는 안전과 평온을 향해 걷기 시작했다.

가까이 가자 높은 탑들이 보였다. 그중 많은 수가 허공에 떠 있는 경이로운 통로로 연결되어 있었다. 높은 다리들이 양쪽 강둑에서 섬의 도시로 호선을 그리며 이어졌다. 멀리서도 다리 전체에 레이스 같은 돌 조각이 새겨져 있는 것이 보였다. 다리 아래로 빠르게 흘러가는 물결을 견디기에는 너무 섬세해 보였다. 그 다리 너머에 안전이 있었다. 그곳이 피난처였다.

갑자기 랜드의 뼛속에 한기가 스몄다. 얼음장같이 축축한 느낌이 피부에 내려앉았다. 주위의 공기가 악취 나는 축축한 느낌으로 변했다. 그는 뒤도 돌아보지 않고 달렸다. 얼어붙을 것 같은 손가락으로 랜드의 등을 스치며 그의 망토를 잡아당기는 추격자로부터, 빛을 잡아먹는 형체로부터. 그 형체의 얼굴은……. 랜드는 그 얼굴이 기억나지 않았다. 기억나는 것은 공포뿐. 그 얼굴을 기억하고 싶지 않았다. 그는 달렸고, 발밑으로 땅이 지나갔다. 굽이치는 언덕과 평탄한 평원……. 그러다가 랜드는 미친개처럼 짖고 싶어졌다. 도시가 눈앞에서 물러나고 있었다. 열심히 달릴수록 빛나는 흰 성벽과 안식처는 멀어져 갔다. 점점 작아지다가 끝내 지평선에는 희미한 점 하나만 남게 되었다. 추격자의 차가운 손이 목깃을 움켜쥐었다. 랜드는 그 손가락이 닿으면 자기가 미치리라는 것을 알았다. 그보다 나쁜 일이 벌어질 수도 있었다. 훨씬 더 나쁜 일이. 그렇게 확신하면서도 랜드는 발을 헛디뎌 넘어졌고…….

"안 돼!!!" 비명을 질렀다.

그러고는 포장도로의 돌에 부딪혀 잠시 숨을 쉬지 못했다. 그는 어리둥절해 일어났다. 강 위에 걸쳐져 있던, 아까 본 신기한 다리 중 하나가 코앞에 있었다. 미소 짓는 사람들이 그의 양옆으로 지나갔다. 그들이 너무 많은 색깔의 옷을 걸치고 있어 보고 있자니 들꽃이 생각났다. 그중 몇 사람이 말을 걸었으나 알아들을 수 없었다. 왠지 소리만 들으면 알아들어야 할 것 같은 단어였는데. 그러나 사람들의 표정은 친절했다. 그들은 계속 가라고, 정교한 조각이 새겨진 다리를 건너 은빛 줄무늬가 들어간 빛나는 성벽과 그 너머의 탑으로 가라고 손짓했다. 그곳에서 기다리고 있을 것이 분명한 안전을 향해서.

그는 다리 너머 높고 새것 같은 성벽에 박힌 거대한 대문으로 들어가는 사람들의 행렬에 끼어들었다. 그 안에는 가장 형편없는 건물조차도 궁전처럼 보이는 기적의 나라가 있었다. 그곳을 지은 사람들은 돌과 벽돌과 기와를 가져다가 보잘것없는 인간들이 숨을 쉬지 못할 정도로 아름다운 것을 만들어 내라는 명령을 받은 것 같았다. 단 하나의 건물도, 단 하나의 기념물도 눈을 휘둥그렇게 뜨고 쳐다보지 않을 수 없었다. 거리를 따라 음악이 울려 퍼졌다. 100가지의 서로 다른 노래였다. 그러나 그 모든 음악은 군중의 소란에 뒤섞여 하나의 웅장하고 즐거운 화음을 만들어 냈다. 달콤한 향수와 톡 쏘는 향신료의 냄새, 놀라운 음식과 수많은 꽃의 향기가 모두 공기에 떠다녔다. 세상의 모든 좋은 향을 그곳에 모아 둔 것만 같았다.

그가 도시로 들어온 거리는 매끄러운 잿빛 돌로 포장된 거리로서, 눈앞에서 도시 중앙까지 곧게 이어졌다. 길 끝에는 도시의 다른 어떤 탑보다도 크고 높은 탑이 우뚝 서 있었다. 막 내린 눈처럼 흰 탑. 그 탑이 바로 안전이 있는 곳, 그가 찾는 지식이 있는 곳이었다. 그러나 이 도시는 그가 보게 되리라고는 상상도 못한 곳이었다. 당연히 탑으로 가기 전에 잠깐 시간을 끌어도 괜찮겠지? 그는 좁은 골목으로 방향을 틀었다. 저글링 곡예사들이 처음 보는 과일들을 파는 행상인들과 함께 걸어 다니는 곳이었다.

거리 저편, 앞쪽에 눈처럼 흰 탑이 있었다. 똑같은 탑이었다. 조금만 있다가. 그는 그렇게 생각하며 모퉁이를 돌았다. 이 거리의 저쪽 끝에도 흰 탑이 있었다. 그는 고집스럽게 다른 모퉁이를 돌고 또 돌았으나 매번 설화 석고로 만든 듯한 그 탑이 눈에 닿았다. 그는 돌아서서 탑으로부터 도망치다가……. 미끄러지며 멈추었다. 눈앞에 흰 탑이 있었다. 두려워서 어깨 너머를 돌아볼 수 없었다. 어깨 너머에도 그 탑이 있을까 봐서.

주변 사람들의 얼굴은 여전히 친절했지만 이제는 그 안을 산산이 조각난 희망이 채우고 있었다. 그가 그들의 희망을 무너뜨렸다. 그런데도 사람들은 그에게 앞으로 나아가라고 애원하는 손짓을 했다. 탑으로 가라고. 그들의 눈이 간절한 욕구로 빛났다. 오직 그만이 이룰 수 있는 일이었다. 오직 그만이 그들을 구할 수 있었다.

알겠어. 랜드는 생각했다. 어쨌든 그 탑은 랜드가 가고 싶은 곳이기도 했다.

그가 첫발을 떼자마자 주변 사람들의 실망감은 희미해졌고, 모두의 얼굴에 미소가 떠올랐다. 그들이 랜드와 함께 움직였다. 작은 아이들은 그의 앞길에 꽃잎을 뿌렸다. 그는 혼란스러워 어깨 너머를 돌아보았다. 그 꽃이 누구를 위한 것인지 궁금했다. 하지만 뒤에는 그에게 계속 나아가라고 손짓하며 미소 짓는 사람들이 더 있을 뿐이었다. **나를 위한 게 틀림없어.** 랜드는 그렇게 생각하며 왜 갑자기 그것이 전혀 이상한 일이 아닌 것처럼 느껴지는지 궁금해했다. 그러나 궁금증은 아주 잠깐만 이어지다가 녹아내렸다. 모든 것이 제대로 되어 있었다.

첫 번째 사람이, 그리고 다음 사람이 노래를 부르기 시작하다가 모든 목소리가 높아지며 영광의 성가가 되었다. 여전히 가사는 알아들을 수 없었으나 10여 가지의 화음이 서로 어우러지며 기쁨과 구원을 외치는 듯했다. 음악가들이 계속해서 흘러가는 군중 사이를 뛰어다니며 플루트와 하프와 북소리로 찬가를 열 배는 부풀렸고, 전에 들려오던 모든 노래가 흠잡을 데 없이 섞여 들었다. 소녀들이 주변에서 춤을 추며 달콤한 냄새가 나는 꽃송이 화환을 그의 어깨에 얹고 목에 걸었다. 그를 보며 웃었다. 그가 한 걸음을 걸을 때마다 그들의 기쁨은 커졌다. 그는 마주 향해 미소 짓는 수밖에 없었다. 그들과 함께 춤추고 싶어 발이 근질거렸다. 그 생각을 하는 순간에도 그는 춤을 추고 있었다. 태어날 때부터 그 춤을 알았던 것처럼 발걸음이 어우러졌다. 그는 고개를 뒤로 젖히고 웃었다. 두 발이 그때보다 가벼웠다. 당시에 함께 춤을 추던……. 이름은 생각나지 않았지만 중요하지 않은 문제 같았다.

이것이 네 운명이다. 어떤 목소리가 머릿속에서 속삭였다. 그 속삭임은 찬가의 한 가닥이었다.

군중은 파도에 실린 잔가지처럼 그를 싣고서 도시 한가운데에 있는 커다란 광장으로 들어갔고, 그는 처음으로 흰 탑이 하얀 대리석으로 이루어진 거대한 궁전에서 솟아나 있는 것을 보았다. 궁전은 건축했다기보다는 조각한 것 같았다. 휘어진 성벽과 부풀어 오른 돔, 하늘을 건드리는 손가락처럼 섬세한 첨탑까지. 궁전 전체가 경탄하며 헛숨을 들이켜게 만들었다. 눈부시게 깨끗한 돌로 만들어진 넓은 계단이 광장에서 위로 이어져 있었고, 그 계단의 맨 아랫부분에 이르자 사람들이 멈추었다. 그러나 그들의 노랫소리는 어느 때보다도 높았다. 부풀어 오르는 목소리들이 그의 발을 띄웠다. **너의 운명이다.** 목소리가 속삭였다. 이제는 고집스럽게, 열정적으로 들렸다.

그는 더 이상 춤추지 않았지만 멈추지도 않았다. 그는 망설임 없이 계단을 올랐다. 이곳이 그가 있어야 할 곳이었다.

계단 꼭대기에 있는 거대한 문을 소용돌이무늬가 뒤덮고 있었다. 너무도 정교하고 섬세해 그런 것을 새길 수 있는 칼날이 생각나지 않을 법한 조각이었다. 관문이 홱 열리고 그는 안으로 들어갔다. 문은 천둥처럼 쾅 소리를 내며 닫혔다.

"기다리고 있었다." 머드랄이 쉿 소리를 냈다.

랜드는 벌떡 일어나 앉아 눈을 멍하니 뜬 채 숨을 헐떡이며 몸을 떨었다. 탬은 여전히 침대에 잠들어 있었다. 천천히 호흡이 진정됐다. 반쯤 탄 장작이 난로 주변의 쇠 장식을 따라 두툼하게 쌓여 있는 석탄과 함께 타고 있었다. 랜드가 자는 동안 누군가가 와서 불을 돌보았던 것이다. 발치에 담요가 놓여 있었다. 랜드가 깨어날 때 떨어진 듯했다. 임시방편으로 만든 들것도 사라졌다. 랜드와 탬의 망토는 문 옆에 걸려 있었다.

랜드는 아직도 떨리는 손으로 얼굴에서 식은땀을 닦아 내며, 꿈에서 어둠의 존재를 이름으로 부르는 것도 큰 소리로 그의 이름을 말하는 것만큼이나 그자의 관심을 끌 만한 일인지 생각했다.

땅거미가 져 창문이 어두웠다. 둥글게 꽉 찬 달이 제대로 떠 있었고, 저녁별이 안개의산맥 위에서 반짝였다. 낮 내내 잔 것이다. 랜드는 옆구리의 아픈 자리를 문질렀다. 칼자루가 갈비뼈를 찌르는 상태로 잔 모양이었다. 거기에 배도 비었지, 어젯밤의 일도 있었으니 악몽을 꾸는 것도 이상한 일은 아니었다.

배에서 꼬르륵 소리가 났다. 랜드는 뻣뻣한 몸을 일으켜 알비어 부인이 쟁반을 놔둔 탁자까지 억지로 발걸음을 뗐다. 흰 냅킨을 옆으로 치웠다. 오래 잤는데도 쇠고기 죽은 여전히 따뜻했다. 겉이 딱딱한 빵도 마찬가지였다. 알비어 부인의 손길이 닿은 게 분명했다. 쟁반을 새로 가져다준 것이다.

알비어 부인은 누군가에게 따뜻한 음식을 먹여야겠다고 작정하면 그 사람 배 속에 음식이 들어갈 때까지 포기하지 않았다.

랜드는 죽을 꿀꺽꿀꺽 삼킨 다음, 바로 빵 조각 두 개 사이에 고기와 치즈를 끼워 입에 쑤셔 넣었다. 그는 빵을 여러 번 큰 입으로 뜯어 먹은 다음 침대로 돌아갔다.

알비어 부인이 탬도 돌본 것이 분명했다. 탬은 옷을 벗고 있었으며, 벗겨진 옷은 이제 깨끗하고 깔끔하게 침대 옆 탁자에 개어져 있었다. 담요가 그의 목 아래까지 덮여 있었다. 랜드가 아버지의 이마를 짚자 탬이 눈을 떴다.

"거기 있구나. 마린은 네가 여기 있다고 했지만 일어나서 확인할 기운도 없었다. 마린은 네가 너무 지쳐 있어서 그냥 나한테 보여 주겠다는 이유만으로는 깨울 수 없다고 하더구나. 마린이 마음을 먹으면 브랜조차도 그 결심을 바꾸지 못하지."

탬은 목소리에 힘이 없었지만 눈빛만은 맑고 안정적이었다. **아이즈 세다이의 말이 맞았어.** 랜드는 생각했다. 쉬면 평소처럼 건강해질 거라더니.

"먹을 걸 가져다드릴까요? 알비어 부인이 쟁반을 가져다 놓았어요."

"먹을 거라면 알비어 부인이 이미 줬다. ……그걸 먹을 거라고 부를 수 있는지 모르겠다만. 죽밖에 못 먹게 하더구나. 배 속에 죽밖에 안 들어 있는데, 어떻게 악몽을 피하라는……." 탬은 이불 밑의 손으로 랜드가 허리에 찬 칼을 더듬거렸다. "그럼 꿈이 아니었구나. 마린이 나더러 아프다고 하기에, 나는 내가……. 하지만 네 말이 옳다. 중요한 건 그것뿐이지. 농장은 어떻게 됐느냐?"

랜드는 깊이 숨을 들이쉬었다. "트롤록들이 양들을 죽였어요. 소도 데려간 것 같아요. 집 대청소도 해야 할 것 같고요." 랜드는 간신히 힘없는 미소를 지었다. "그래도 우린 운이 좋았던 편이에요. 놈들이 마을을 절반이나 불태웠거든요."

랜드는 일어난 일을 전부, 아니 최소한 거의 다 말해 주었다. 탬이 귀 기울여 듣고 예리한 질문을 던지는 바람에 랜드는 어쩔 수 없이 숲에서 나와 농가로 돌아갔던 일을 말할 수밖에 없었고, 그 말을 하고 나니 자연히 트롤록을 죽여야만 했던 이야기가 따라 나왔다. 랜드는 현자가 아닌 아이즈 세다이가 탬을 돌봐 준 이유를 설명하기 위해 나이니브가 탬이 죽어 가고 있다고 말했다는 이야기를 해야만 했다. 그 말을 듣자 탬의 눈이 휘둥그레졌다. 에먼즈 필드에 아이즈 세다이가 왔다니. 하지만 랜드는 농장에서 마을까지의 여정과 자신의 두려움, 또 길에서 만났던 머드랄까지 모든 것을 되풀이할 필요는 없다고 생각했다. 침대 옆에서 잘 때 꾸었던 악몽은 물론이고. 특히 랜드는 열병을 앓고 있을 때 탬이 했던 횡설수설을 말할 이유를 느끼지 못했다. 아직은 아니었다. 하지만 모레인의 이야기는 전하지 않을 수 없었다.

"방랑 시인이라도 자랑스러워할 만한 이야기로구나." 랜드가 말을 마치자 탬이 툴툴댔다. "트롤록들이 너희 같은 애들한테 뭘 원한다는 거냐? 어둠의 존재는 또 뭘 원하고? 빛이 도우실 일이지."

"모레인이 거짓말을 했다고 생각하세요? 알비어 씨는 농장이 두 곳밖에 공격당하지 않았다는 말은 사실이라고 했어요. 루한 씨의 집과 코손 씨의 집에 대한 얘기도 사실이고요."

탬은 잠시 조용히 누워 있다가 말했다. "그 여자가 뭐라고 했는지 말해 보거라. 주의할 건 그 여자가 쓴 단어를 정확히 말해야 한다는 거다. 그 여자가 말한 그대로."

어려웠다. 자기가 들은 말을 **정확히** 기억하는 사람이 있나? 랜드는 입술을 씹고 머리를 긁다가 기억나는 대로 최대한 비슷하게 그 말을 조금씩 끌어냈다. "다른 것은 생각 안 나요." 랜드가 말을 마쳤다. "모레인이 약간 다르게 말했는지 어쨌는지 잘 모르는 부분도 있지만 아무튼 비슷해요."

"그 정도면 됐다. 그럴 수밖에 없잖느냐? 너도 알겠지만 아이즈 세다이는 농간을 부리는 자들이다. 거짓말을 하지는 않지. 노골적으로는 안 한다. 하지만 아이즈 세다이가 말하는 진실이 꼭 네가 생각하는 진실인 건 아니다. 그 여자 곁에서는 조심해라."

"저도 이야기를 들어서 알고 있어요." 랜드가 대꾸했다. "저도 어린애가 아니라고요."

"그럼, 그럼." 탬은 무겁게 한숨을 쉬더니 짜증스럽다는 듯 어깨를 으쓱했다. "그래도 내가 너희와 같이 가야겠다. 투 리버스 바깥의 세상은 에먼즈 필드와는 전혀 다르다."

이 말은 탬에게 바깥세상에 나갔던 일이나, 그 밖의 모든 이야기에 대해 물어볼 만한 실마리였다. 그러나 랜드는 그 기회를 잡지 않았다. 대신 입이 쩍 벌어졌다. "그게 다예요? 전 아버지가 절 말리려고 하실 줄 알았어요. 저한테 가면 안 되는 이유를 100가지는 대실 줄 알았어요." 랜드는 자신이 탬에게 그런 이유가, 그것도 그럴싸한 이유가 100가지 있기를 바라고 있었다는 것을 깨달았다.

"100가지는 아닐지 모르지." 탬이 코웃음 치며 말했다. "하지만 몇 가지 생각나기는 하는구나. 다만 그리 중요한 이유는 아니다. 트롤록들이 너를 쫓고 있다면 여기에 있는 것보다 타 발론으로 가는 게 훨씬 안전할 거다. 그냥 조심해야 한다는 것만 명심하거라. 아이즈 세다이는 자기 나름의 이유로 행동하고, 그 이유가 꼭 다른 사람들이 생각하는 이유는 아니니까."

"방랑 시인이 그 비슷한 얘기를 했어요." 랜드가 천천히 말했다.

"그럼 뭘 제대로 아는 사람인가 보구나. 예리하게 듣고, 깊이 생각하고, 말을 조심해라. 투 리버스 너머의 세상에서는 무슨 일을 하든 이 조언에 따르는 게 좋겠지만 아이즈 세다이를 상대할 때는 특히 그렇다. 수호자도 마찬가지고. 란에게 하는 얘기는 모레인에게 하는 것과 마찬가지다. 란이 수호자라면 오늘 아침에 태양이 뜬 것만큼 확실하게 모레인과 결속된 것이니까. 란은 모레인에게 많은 것을 숨기지 않을 거다. 아예 숨기지 않을 수도 있고."

랜드는 아이즈 세다이와 수호자의 결속에 대해 아는 것이 별로 없었다. 랜드가 들어본 모든 수호자 이야기에서 그런 결속이 중요한 부분을 차지하기는 했지만 말이다. 그 결속은 일원력과 관계되어 있었다. 수호자에게 주는 선물이거나, 일종의 거래인지도 몰랐다. 이야기에 따르면 수호자들은 그 결속을 통해 온갖 혜택을 얻었다. 다른 사람들보다 빨리 치유되었고, 먹고 마시거나 잠을 자지 않고 더 오래 버틸 수 있었다. 트롤록들이 가까운 곳에 있으면 그들의 존재도 느낄 수 있다고 했다. 그런 면에서는 어둠의 존재가 거느린 다른 생명체들에 대해서도 마찬가지였다. 그렇다면 공격이 이루어지기 전에 란과 모레인이 마을 사람들에게 경고하려 했던 것도 설명됐다. 이 결속에서 아이즈 세다이가 무엇을 얻는지에 관해서는 이야기에 전해지지 않았으나, 랜드는 아이즈 세다이가 아무것도 얻지 않으리라고는 믿을 수 없었다.

"조심할게요." 랜드가 말했다. "그냥 이유만 알았으면 좋겠어요. 말이 안 되잖아요. 왜 저예요? 왜 저희예요?"

"나도 알았으면 좋겠구나. 피와 재를 걸고, 나도 알았으면 좋겠다." 탬이 무겁게 한숨 쉬었다. "뭐, 이미 깨진 달걀을 다시 껍질 속에 넣으려 해 봐야 아무 소용없겠지. 얼마나 빨리 떠나야 하느냐? 하루 이틀 뒤면 나도 다시 걸어 다닐 수 있을 거다. 양 떼를 새로 치는 것도 생각해 볼 수 있겠고. 오렌 도트리한테 괜찮은 양이 몇 마리 있는데, 목초지가 모조리 사라졌으니 기꺼이 내줄지도 모르겠다. 존 테인도 마찬가지고."

"모레인은……. 그 아이즈 세다이는 아버지가 누워 계셔야 한다고 했어요. 몇 주는 걸린대요." 탬이 입을 열었지만 랜드가 말을 이었다. "알비어 부인한테도 그렇게 말했다는데요."

"아. 뭐, 마린이야 내가 설득할 수 있을지도 모른다." 하지만 탬도 그럴 가능성이 크다고 생각하지는 않는 듯했다. 그가 랜드에게 날카로운 시선을 던졌다. "답을 피하는 걸 보니 금방 떠나야 하는 모양이구나. 내일이냐? 오늘 밤이냐?"

"오늘 밤이요." 랜드가 조용히 말하자 탬은 슬프게 고개를 끄덕였다.

"그래. 뭐, 어차피 해야 할 일이라면 질질 끌지 않는 게 좋지. 하지만 내 치료에 '몇 주'가 걸린다는 얘기는 두고 보자꾸나." 탬은 힘보다는 짜증을 실어 담요를 쥐어뜯었다. "아무튼 내가 며칠 뒤에 따라갈 수 있을 거다. 도로에서 너희를 따라잡는 거지. 내가 일어나고 싶어 하는데도 마린이 나를 침대에 붙잡아 둘 수 있을지 두고 보자."

문 두드리는 소리가 나더니 란이 고개를 방 안으로 들이밀었다. "양치기, 인사는 적당히 하고 나와라. 문제가 생길지도 모르겠다."

"문제요?" 랜드가 말하자 수호자는 조바심 나는 듯 그를 보며 끙 소리를 냈다.

"그냥 서둘러!"

랜드는 서둘러 망토를 챙겼다. 칼이 달린 벨트를 풀려고 했지만 탬이 목소리를 높였다.

"가져가라. 나보다는 너한테 필요할 거다. 빛의 가호가 있어 너와 나 모두에게 그 칼이 필요하지 않았으면 좋겠다만. 조심해라. 알겠느냐?"

랜드는 란이 계속 꿍얼대는 소리를 못 들은 체하고 허리를 숙여 탬을 끌어안았다. "돌아올게요. 약속해요."

"당연히 돌아오겠지." 탬이 웃었다. 그는 약하게 랜드를 마주 끌어안고 그의 등을 토닥이는 것으로 인사를 마쳤다. "그것만은 분명해. 네가 돌아올 때는 돌볼 양이 두 배는 많아져 있을 거다. 이제 가라, 저러다 저 녀석이 자해라도 하겠구나."

랜드는 좀 더 시간을 끌어 보려 했다. 묻고 싶지 않은 질문을 전할 단어들을 찾아보았다. 하지만 란이 방에 들어와 랜드의 팔을 붙잡고 복도로 끌고 갔다. 수호자는 금속 미늘이 서로 겹쳐져 있는, 탁한 색깔의 회녹색 튜닉을 걸치고 있었다. 짜증에 그의 목소리가 거칠어져 있었다.

"서둘러야 한다. **문제**라는 단어가 무슨 뜻인지 모르는 건가?"

맷이 방 밖에서 기다리고 있었다. 망토에 코트를 걸치고 활까지 들고 있는 모습이었다. 허리춤에는 화살통이 달려 있었다. 그는 발꿈치를 딛고 불안하게 몸을 건들거리며 조바심과 두려움이 반씩 섞인 듯한 시선으로 계속 계단 쪽을 힐끔거렸다. "랜드, 이야기랑은 좀 다르지 않아?" 그가 쉰 목소리로 말했다.

"무슨 문제요?" 랜드가 물었지만 수호자는 대답 대신 앞장서 달려 나가더니 한 번에 두 단씩 계단을 내려갔다. 맷이 랜드에게 따라오라고 재빨리 손짓하며 그를 따라 뛰었다.

랜드는 몸을 움츠리고 망토를 입으며 아래층에서 둘을 따라잡았다. 휴게실은 약하게만 밝혀져 있었다. 양초 절반은 다 타서 꺼졌고, 나머지 대부분은 펄럭거리고 있었다. 랜드 일행 셋을 빼면 휴게실은 비어 있었다. 맷이 앞

창문 옆에 서서 남들에게 보이고 싶지 않은 듯 몰래 밖을 내다보았다. 란이 문을 살짝 열고 여관 마당을 내다보았다.

그들이 대체 뭘 보는 것인지 궁금해진 랜드도 그들에게 다가갔다. 수호자는 랜드에게 조심하라고 중얼거렸지만 랜드도 볼 수 있게 문을 약간 더 열어 주었다.

처음에 랜드는 자기가 보는 것이 무엇인지 잘 알 수 없었다. 서른대여섯 명쯤 되는 마을 남자들이 타고 남은 행상인의 수레 근처에 모여 있었다. 그중 일부가 들고 있는 횃불에 밤의 어둠이 밀려났다. 모레인은 여관을 등진 채 그들을 마주 보고서 겉보기에는 태연하게 지팡이를 짚고 서 있었다. 하리 코플린이 형제인 달과 빌리 콩가와 함께 군중 맨 앞에 서 있었다. 센 부이도 불편한 표정으로 그 자리에 있었다. 랜드는 하리가 모레인에게 주먹을 휘두르는 것을 보고 놀랐다.

"에먼즈 필드에서 나가!" 심술궂은 얼굴의 농부 하리가 소리쳤다. 군중 가운데서도 몇 사람이 그의 말을 따라 했지만 머뭇거리는 기색이 있었고, 앞으로 나서는 사람은 아무도 없었다. 떼를 지어 아이즈 세다이와 맞설 생각은 있어도 콕 찍히고 싶지는 않았으니까. 상대가 얼마든지 불쾌감을 느낄 이유가 있는 아이즈 세다이이니 더욱 그랬다.

"당신들이 그 괴물을 데려왔지!" 달이 소리쳤다. 그는 머리 위로 횃불을 흔들어 댔다. 그의 사촌 빌리의 유도에 따라 "당신들이 데려왔어!", "당신 잘못이야!" 하는 고함이 들려왔다.

하리가 센 부이를 팔꿈치로 쿡 찌르자 늙은 이엉꾼은 입을 꽉 다물고 그를 째려보았다. "그것들은……. 그 트롤록들은 당신들이 오기 전까지 나타나지 않았소." 센이 웅얼거렸다. 잘 안 들릴 정도로 작은 목소리였다. 그는 뚱한 표정으로 고개를 양옆으로 저었다. 어딘가 다른 곳에 가고 싶어서 그리로 갈 방법을 찾는 듯했다. "당신은 아이즈 세다이요. 우리는 당신 무리가 투 리버스에 오는 걸 바라지 않소. 아이즈 세다이는 등에 말썽을 지고 다니지. 당신들이 머문다면 더 많은 말썽이 생길 뿐이오."

센 부이의 연설에도 마을 사람들은 아무 반응을 보이지 않았고, 하리는 답답하다는 듯 그를 노려보았다. 그가 갑자기 달의 횃불을 낚아채더니 모레인 쪽으로 휘둘렀다. "나가!" 그가 외쳤다. "아니면 우리가 널 태워 버릴 테니까!"

쥐 죽은 듯한 침묵이 내렸다. 남자들이 물러나면서 발이 끌리는 소리가 날 뿐이었다. 투 리버스 사람들은 공격당할 때 맞서 싸울 줄은 알아도 폭력을 흔하게 쓰는 사람들이 아니었다. 가끔 주먹이나 휘둘렀지 그 이상 사람을 위협하는 것도 그들에게는 낯선 행동이었다. 센 부이와 빌리 콩가, 코플린 형제들만이 앞에 남았다. 빌리는 자기도 물러나고 싶다는 표정이었다.

하리는 자기를 지지하는 소리가 들려오지 않자 불안한 듯 움찔했지만 금세 기운을 차렸다. "나가!" 그가 다시 외쳤다. 달이 그 말을 따라 했고, 더 약한 목소리이기는 했지만 빌리도 그렇게 외쳤다. 하리는 다른 사람들을 노려보았다. 대부분의 군중은 그의 시선을 피했다.

갑자기 브랜 알비어와 하랄 루한이 어두운 곳에서 나와 아이즈 세다이와 군중에게서 모두 떨어진 곳에 멈추어 섰다. 시장은 한 손에 술통에 꼭지를 박아 넣을 때 쓰는 커다란 나무망치를 태연히 들고 있었다. "누가 내 여관을 태운다고 했나?" 그가 조용히 물었다.

코플린 형제 둘이 한 걸음 물러났고, 센 부이는 그들에게서 움찔움찔 멀어졌다. 빌리 콩가는 군중에게 달려가 섞였다. "그게 아니고요." 달이 재빨리 말했다. "그런 말은 안 했어요, 브랜……. 어, 시장님."

브랜이 고개를 끄덕였다. "그럼 내 여관의 손님들을 해치겠다고 위협하는 소리를 들은 모양이군."

"저 여자는 아이즈 세다이예요." 하리가 화를 내며 입을 열었지만 하랄 루한이 움직이자 말이 뚝 끊겼다.

대장장이는 두꺼운 두 팔을 머리 위로 뻗고 손마디에서 뚝 소리가 날 때까지 거대한 주먹을 꽉 쥐며 기지개를 켰을 뿐이지만, 하리는 누가 그 주먹을 자기 코앞에서 휘두르기라도 한 표정으로 건장한 남자를 바라보았다. 하랄은 팔짱을 꼈다. "미안하네, 하리. 자네 말을 자를 생각은 아니었는데. 뭐라고 했나?"

하지만 하리는 몸을 말고 사라지기라도 할 것처럼 어깨를 웅크렸다. 더 할 말은 없는 듯했다.

"여러분에게 놀랐소." 브랜이 우렁우렁한 목소리로 말했다. "페이트 알카, 어젯밤에 자네 아들 다리가 부러졌던데 오늘은 잘 걸어 다니더군. 이분 덕분이지. 에워드 캔드윈, 자네는 손질을 기다리는 물고기처럼 등에 베인 상처가 난 채 엎어져 있었네. 이분이 자네에게 손을 대기 전까지 말이야. 그런데 지금 보니 상처가 난지 한 달은 된 모양이군. 내가 잘못 본 게 아니라면 흉터조차 거의 보이지 않으니. 그리고 자네, 센." 이엉꾼은 군중 속으로 물러나려다가, 불편하게도 브랜의 시선에 걸려 우뚝 멈추었다. "여기서 마을 위원회 위원을 봤다면 그게 누구든 놀랐을 것 같네만, 자네를 보니 더더욱 놀랍군. 이분이 아니었다면 자네 팔은 지금도 화상과 멍이 가득한 덩어리가 되어 자네 옆구리에 쓸모없이 달랑거리고 있었을 텐데. 감사할 줄은 모른다 치지만, 부끄러움조차 모르는가?"

센은 오른손을 반쯤 들었다가 화난 듯 그 손에서 눈을 돌렸다. "저 여자가 해 준 일을 부정할 수는 없지." 그가 중얼거렸다. 확실히 부끄러워하는 목소리였다. "저 여자는 나도, 다른 사람들도 도와주었네." 그는 애원하듯 말을 이어갔다. "하지만 저 여자는 아이즈 세다이야, 브랜. 저 여자 때문에 온 게 아니라면 트롤록들이 왜 왔겠나? 우린 아이즈 세다이가 투 리버스에 들어오는 걸 전혀 원하지 않아. 저자들의 골칫거리를 우리에게서 떼어 놓으라고 하게."

그러자 군중에 섞여 안전해진 몇 사람이 소리쳤다. "우린 아이즈 세다이의 골칫거리를 원하지 않아요!" "보내 버리세요!" "쫓아내요!" "저 여자 때문이 아니라면 놈들이 왜 왔겠어요?"

브랜의 눈초리가 더욱 사나워졌지만 모레인은 그에게 말할 겨를도 주지 않고 갑자기 덩굴이 새겨진 지팡이를 머리 위로 들더니 두 손으로 빙글 돌렸다. 랜드는 마을 사람들을 따라 헛숨을 들이켰다. 지팡이 양쪽 끝에서 흰 불꽃이 쉭 솟아올랐던 것이다. 불길은 지팡이가 돌고 있었는데도 창날처럼 곧게 뻗어 나왔다. 브랜과 하랄까지도 모레인에게서 물러났다. 모레인은 팔을 휙 내려 몸 앞으로 곧게 뻗었고, 지팡이는 땅과 수평을 이루었다. 그러나 흰 불꽃은 여전히 뿜어져 나왔다. 횃불보다도 밝았다. 남자들이 물러나며 그 빛이 주는 고통에서 보호하려고 두 손으로 눈을 가렸다.

"에이몬의 혈통이 이렇게 되었단 말인가?" 아이즈 세다이의 목소리는 크지 않았으나 다른 모든 소리를 압도했다. "토끼처럼 숨을 권리를 놓고 티격태격 싸우는 소인배가 되었단 말인가? 너희는 너희가 누구인지, 무엇인지 잊었다. 하지만 나는 작은 부분이라도, 피와 뼈에 새겨진 작은 기억이라도 남아 있기를 바랐다. 다가오는 긴 밤에 대비해 너희를 강인하게 해 줄 작은 조각이라도 말이다."

아무도 입을 열지 않았다. 코플린 형제 둘은 다시는 입을 열고 싶지 않다는 표정이었다.

브랜이 말했다. "우리가 누군지 잊었다니요? 우리는 늘 이런 사람들이었습니다. 정직한 농부와 양치기, 대장장이들이요. 투 리버스 사람들 말입니다."

"남쪽에는," 모레인이 말했다. "너희가 흰강이라고 부르는 강이 흐른다. 하지만 여기서 동쪽으로 멀리 떨어진 지역에서는 사람들이 그 강을 정당한 이름으로 부르지. 마네세렌드렐이라고 말이다. 고어로는 산속 고향의 강이라는 뜻이다. 한때 용기와 아름다움의 땅을 가로지르며 흘렀던 반짝이는 강이지. 2000년 전, 마네세렌드렐은 오기어 석공들이 찾아와 감탄하며 쳐다볼 정도로 아름다웠던 산속 도시의 성벽 옆을 흘렀다. 이 지역 전체에 농장과 마을 들이 있었다. 너희가 그림자의숲이라고 부르는 곳과 그 너머까지 말이다. 그러나 그 사람들은 모두 자신을 산속 고향의 사람들, 마네세렌 사람들이라고 생각했다.

그들의 왕이 에이몬 알 카아 알 소린, 소린의 아들인 카아의 아들 에이몬이었다. 엘드렌 아이 엘란 아이 칼란이 왕비였지. 에이몬의 적들조차 용감한 사람에게 할 수 있는 가장 큰 칭찬은 에이몬의 심장을 가졌다는 말이라고 생각할 만큼 그는 두려움을 모르는 사람이었다. 엘드렌은 너무도 아름다워 꽃이 피는 것도 그녀를 미소 짓게 하기 위해서라는 말이 있었지. 그들에게는 용기와 아름다움과 지혜, 그리고 죽음으로도 떼어 놓을 수 없는 사랑이 있었다. 너희에게 가슴이 있다면 그들을 잃은 것에, 그들의 기억마저 잃은 것에 슬퍼하라. 그들의 혈통을 잃은 것에 슬퍼하라."

이후 모레인은 조용해졌지만 아무도 말을 하지 않았다. 랜드도 모레인이 건 마법에 다른 사람들처럼 꼼짝할 수 없었다. 다시 모레인이 입을 열었을 때, 랜드는 그녀가 하는 말을 그대로 들이켰다. 다른 사람들도 마찬가지였다.

"거의 200년 동안 트롤록 전쟁은 세상을 종횡으로 파괴했고, 격전이 벌어지는 곳에서는 늘 마네세렌의 붉은 독수리 깃발이 최전선에서 펄럭였다. 마네세렌 사람들은 어둠의 존재의 발을 찌르는 가시요, 그의 손을 얽는 덤불이었다. 마네세렌을 노래하라, 그들은 그림자에 영원히 무릎 꿇지 않을지니. 마네세렌을 노래하라, 그들의 칼은 결코 부러지지 않을지니.

트롤록 군단이 자신들의 고향을 향해 진격하고 있다는 소식이 전해졌을 때 마네세렌 사람들은 피의 들판이라 불리는 베카평원에 있었다. 고향 땅의 부고가 전해지기를 기다릴 수밖에 없는 먼 곳이었지. 어둠의 존재가 거느린 군대가 그들을 절멸시킬 작정이었으니 말이다. 뿌리를 잘라 거대한 떡갈나무를 쓰러뜨리겠다는 것이었다. 너무 멀어 애도하는 것 말고는 아무것도 할 수 없었다. 그러나 그들은 산속 고향의 사람들이었다.

망설이지도 않고, 지나야 하는 거리를 생각하지도 않고, 그들은 그때까지도 먼지와 땀과 피로 뒤덮여 있던 승리의 전장을 떠났다. 밤낮을 가리지 않고 행군했다. 그들은 트롤록 군대가 떠나간 자리에 어떤 끔찍한 광경이 남는지 보았고, 그런 위험이 마네세렌을 위협하는 동안 잠을 잘 수 있는 사람은 그들 중 한 명도 없었기 때문이다. 그들은 발에 날개가 달린 것처럼 움직였다. 친구들이 바라는 것보다도, 적들이 두려워하는 것보다도 더 멀리, 더 빠르게 행군했다. 다른 시절이었다면 그 행군만으로도 노래의 소재가 되었을 것이다. 어둠의 군대가 거느린 군대가 마네세렌 땅에 쳐들어왔을 때는 산속 고향의 사람들이 그 군대를 가로막고, 타렌드렐을 등지고 서 있었다."

마을 사람 몇 명이 그 말에 작게 환성을 질렀지만 모레인은 아무 소리도 듣지 못한 것처럼 말을 이었다. "마네세렌 사람들을 마주한 악의 군대는 가장 용감한 자조차도 기가 죽을 만한 존재였다. 갈까마귀들은 하늘을, 트롤록들은 땅을 새까맣게 물들였다. 트롤록에게는 인간 동맹도 함께였다. 트롤록과 어둠의 친구들이 수만, 수십만은 되었으며 공포의 군주들이 그들을 지휘했다. 밤이면 그들이 피워 놓은 모닥불이 별보다도 많았으며, 새벽이면 바알자몬의 선두에 늘어선 깃발이 드러났다. 어둠의 심장 바알자몬, 거짓말의 아버지를 일컫던 고어다. 어둠의 존재가 샤이올 굴의 감옥에서 풀려났을 리는 없었다. 만일 그가 풀려났다면 인류가 모든 힘을 합쳤더라도 그를 막을 수 없었을 것이기 때문이다. 하지만 그곳에는 힘이 있었다. 공포의 군주들, 그리고 빛을 파괴하는 그 깃발을 그야말로 정의롭게 보이도록 했던 악한들이 그 깃발을 마주 보는 인간들의 영혼을 싸늘하게 식혔다.

그러나 마네세렌 사람들은 무엇을 해야 하는지 알았다. 그들의 고향이 바로 강 건너에 있었다. 그들은 악의 군대와 그 군대가 가진 힘이 산속 고향에 들어가지 못하도록 막아야 했다. 에이몬은 전령들을 보냈다. 그들이 더도 말고 덜도 말고 딱 사흘만 타렌드렐을 지키면 도움을 주겠다는 약속이 전해졌다. 싸움이 시작되고 한 시간 만에 마네세렌 사람들을 압도해 버릴 어려운 싸움을 사흘 동안 버티라는 것이었다. 그러나 어째서인지 그들은 잔혹한 공격과 처절한 방어를 통해 첫 번째 시간을, 또 두 번째 시간과 세 번째 시간을 버텼다. 그들은 사흘 동안 싸웠고, 땅은 도살장이 되었으나 그들은 악의 군대가 타렌드렐을 한 뼘도 건너지 못하게 했다. 셋째 날 밤에도 원군은 오지 않았고, 전령도 오지 않았다. 그렇게 그들은 홀로 싸움을 이어갔다. 엿새. 아흐레. 그렇게 열 번째 날, 에이몬은 배신의 쓴맛을 알게 되었다. 도움은 오지 않을 터였고, 그들은 악의 군대가 강을 건너지 못하도록 더 이상 막을 수 없었다."

"그래서 어떻게 했는데요?" 하리가 물었다. 차가운 밤바람에 횃불이 일렁였지만 아무도 망토를 여미려 들지 않았다.

"에이몬은 타렌드렐을 건넜다." 모레인이 그들에게 말했다. "그런 다음 자기가 건너온 다리들을 파괴했다. 그리고 자기 땅의 모든 사람에게 도망치라는 소식을 전했다. 그는 트롤록 군대가 강을 건널 방법을 틀림없이 찾으리라는 것을 알았던 것이다. 그 소식이 전해지는 동안에도 트롤록들의 도

하는 시작됐고, 마네세렌의 병사들은 다시 싸움을 시작했다. 자신의 목숨을 바쳐 사람들이 탈출할 시간을 최대한 벌었던 것이다. 마네세렌 도시에서는 엘드렌이 자기가 거느린 백성들을 가장 깊은 숲과 가장 가파른 산속으로 도망치게 했다.

그러나 도망치지 않은 사람들도 있었다. 처음에는 물방울 몇 방울이던 것이 강으로, 이어 홍수로 변하여 사람들은 안전한 곳이 아니라 자신들의 땅을 지키기 위해 싸우는 군대에 몸담으러 갔다. 양치기들은 활을, 농부들은 쇠스랑을, 나무꾼들은 도끼를 들었다. 여자들도 찾을 수 있는 무기를 찾아 남자들과 나란히 짊어지고 떠났다. 다시는 돌아올 수 없으리라는 것을 모르고 그 여행을 떠난 사람은 없었다. 하지만 그곳은 그들의 땅이었다. 그들 아버지의 땅이었고, 그들의 아이들이 차지할 땅이었다. 그래서 그들은 땅의 값을 치르러 갔다. 피로 완전히 적셔질 때까지 한 발짝의 땅도 포기하지 않았으나 결국은 마네세렌 군대가 밀려났다. 여기까지, 지금 너희가 에먼즈 필드라고 부르는 이곳까지 말이다. 여기에서 트롤록들이 그들을 포위했다."

모레인의 목소리에는 차가운 눈물이 어려 있었다. "죽은 트롤록들과 변절한 인간들의 시신이 산더미처럼 쌓였으나, 그런 시체 더미 위로는 늘 끝나지 않을 죽음의 물결이 밀려들었다. 가능한 결말은 한 가지뿐이었다. 그날 새벽, 붉은 독수리 깃발 아래 섰던 남자와 여자 들 중 밤이 찾아왔을 때까지 살아남은 사람은 아무도 없었다. 부러질 수 없는 칼날이 산산이 조각나고 말았다.

안개의맥에서, 마네세렌의 비어 버린 도시에 혼자 있던 엘드렌은 에이몬이 죽은 것을 느꼈고, 그러자 그녀의 심장도 함께 죽어 버렸다. 엘드렌의 심장이 있던 자리에는 그 복수에 대한 갈증만이 남았다. 그녀의 사랑에 대한 복수, 그녀의 백성과 땅에 대한 복수 말이다. 그녀는 슬픔에 이끌려 진정한 근원으로 손을 뻗었고, 그렇게 끌어낸 일원력을 트롤록 군대에게 집어던졌다. 공포의 군주들은 비밀스러운 회의를 하고 있었든, 병사들을 훈계하고 있었든, 서 있던 곳마다 죽어 나갔다. 숨 한 번 내쉴 사이에 공포의 군주들과 어둠의 존재의 군대를 이끌던 장군들은 불타 버렸다. 불길이 그들의 몸뚱이를, 공포가 방금 승리를 거둔 군대를 삼켰다.

이제 그들은 산불이 난 숲의 짐승들처럼 도망쳤다. 그저 탈출할 생각밖에 없었다. 그들은 북으로, 남으로 달아났다. 수천이 공포의 군주들로부터 도움을 받지 않고 타렌드렐을 건너려다가 익사했다. 마네세렌드렐에서 그들은 자신들을 따라올지도 모르는 존재가 두려워 다리를 무너뜨렸다. 그들은 인간을 발견하는 대로 베어 죽이고 불태웠으나, 그들의 머릿속을 움켜쥐고 있었던 것은 도망쳐야겠다는 욕구였다. 결국 마네세렌 땅에는 놈들이 하나도 남지 않게 되었다. 그들은 소용돌이에 흩날리는 먼지처럼 흩어졌다. 최후의 복수는 비록 늦었으나 이루어졌다. 놈들이 다른 사람들에게, 다른 땅에 있던 다른 군대에 사냥당했으니 말이다. 에이몬의 평원에서 살인을 저지른 자들은 하나도 살아남지 못했다.

하지만 마네세렌은 비싼 값을 치렀다. 엘드렌은 그 어떤 인간도 다른 존재의 도움을 받지 않고서는 감히 휘두를 수 없을 만큼 많은 일원력에 자신을 내던진 것이었다. 적의 장군들이 죽었을 때 그녀도 죽음을 맞았고, 그녀를 삼킨 불길은 텅 빈 마네세렌 도시마저 그 석재 하나까지 삼켜 산의 살아있는 바위로 바꿔 놓았다. 그러나 사람들은 지켜졌다.

그들의 농장과 마을, 위대한 도시는 전혀 남지 않았다. 그들에게 남은 것은 아무것도 없다고, 다른 땅으로 도망쳐 그곳에서 새로 시작하는 수밖에 없다고 말하는 사람들도 있었다. 그러나 그들은 그렇게 말하지 않았다. 그들은 자신의 땅을 위해 전에 없이 비싼 값을 피와 희망으로 치렀기에, 이제는 강철보다 강한 연대로 땅과 맺어졌다. 이후 몇 년 동안 다른 전쟁이 그들을 파멸시켰고, 결국 그들이 살던 세계의 한구석은 잊혔다. 끝내 그들은 전쟁도, 전쟁의 방식도 잊고 말았다. 마네세렌은 다시 솟아오르지 못했다. 드높던 그 첨탑과 물을 뿜던 분수는 그곳 사람들의 머릿속에서 천천히 희미해져 가는 꿈이 되었다. 하지만 그들과 그들의 아이들, 그 아이들의 아이들은 자신들의 땅을 지켰다. 기나긴 수백 년의 세월이 기억 속에서 이유를 지운 다음에도 그들은 그 땅을 지켰다. 그렇게 그들은 오늘날 너희가 있게 될 때까지 그 땅을 지켰다. 마네세렌을 위해 슬퍼하라. 영원히 잊힌 것을 위해 슬펴하라.”

모레인의 지팡이에서 뿜어져 나왔던 불이 깜빡이며 꺼졌다. 모레인은 30킬로그램은 된다는 듯 그 지팡이를 옆으로 무겁게 내렸다. 오랫동안 들려오는 소리라고는 바람의 신음뿐이었다. 그때 페이트 알카가 코플린 형제를 어깨로 밀치고 나왔다.

“당신이 한 이야기는 잘 모릅니다.” 아래턱이 긴 농부가 말했다. “난 어둠의 존재의 발을 찌르는 가시도 아니고, 아마 앞으로도 그럴 일은 없겠지요. 하지만 내 아들 윌이 걸을 수 있게 된 건 당신 덕분이니 여기에 온 게 부끄럽습니다. 용서해 주실지 모르겠지만 당신이 용서하든 말든 저는 떠나겠습니다. 제 생각을 물으신다면 원하는 만큼 에먼즈 필드에 계셔도 됩니다.”

그는 빠르게 고개를 꾸벅였다. 거의 절하는 것처럼 보였다. 그러더니 그는 군중을 밀치고 다시 뒤로 빠졌다. 그러자 다른 사람들도 부끄러운 표정으로 웅얼웅얼 반성한다는 말을 하고, 하나둘 빠져나갔다. 코플린 형제들은 한 번 더 입을 삐죽이고 눈을 흘기며 주변 사람들의 얼굴을 바라보더니 아무 말 없이 어둠 속으로 사라졌다. 빌 콩가는 사촌들보다도 먼저 떠났다.

란이 랜드를 뒤로 잡아당기며 문을 닫았다. “가자.” 수호자는 여관 뒤쪽으로 향했다. “따라와라, 너희 둘 다. 빨리!”

랜드는 머뭇거리며 맷과 궁금하다는 눈길을 주고받았다. 모레인이 이야기를 하는 중이었다면 알비어 씨의 듀란 말로도 랜드를 끌어낼 수 없었을 것이다. 하지만 지금 랜드의 발을 붙드는 것은 다른 것이었다. 여관을 떠나 수호자를 따라서 어둠 속으로 향한다는 것……. 그것은 진짜 시작이었다. 랜드는 몸을 떨며 애써 결심을 다졌다. 가는 것 말고 다른 방법은 없었지만, 아무리 오랜 시간이 걸리더라도 그는 다시 에먼즈 필드로 돌아오기로 마음먹었다.

“뭘 기다리는 거냐?” 란이 휴게실 뒤쪽에 있는 문간에 서서 물었다. 맷은 움찔하며 서둘러 그에게 갔다.

랜드는 위대한 모험을 시작하려는 것이라며 자신을 타이르고, 그들을 따라 어두운 부엌을 가로질러 마구간 앞 마당으로 나갔다.

10장 작별

덮개를 반쯤 닫은 등불 하나가 마구간 기둥에 박힌 못에 걸려 어슴푸레한 빛을 드리우고 있었다. 랜드가 맷과 수호자를 따라 마구간 앞마당으로 통하는 문을 통해 들어오자 페린이 말 우리 문짝에 기대어 앉아 있다가 지푸라기를 부스럭거리며 벌떡 일어났다. 그는 두꺼운 망토로 몸을 감싸고 있었다.

란은 거의 멈추지도 않고 물었다. "내가 보라는 대로 살펴봤나, 대장장이?"

"살펴봤어요." 페린이 대답했다. "여기엔 우리밖에 없어요. 누가 여기 숨을 이유가 대체……."

"신중하면 장수하는 법이다, 대장장이." 수호자는 어두운 마구간과 머리 위 건초 다락의 더 짙은 어둠을 빠르게 훑어보더니 고개를 저었다. "시간이 없다." 그가 중얼거렸다. 반쯤은 혼잣말이었다. "서두르라고 하신다."

자기 말에 따르려는 듯 수호자는 말 다섯 마리가 묶여 있는 곳으로 빠르게 성큼성큼 다가갔다. 말들은 굴레와 안장이 채워진 채 둥글게 비치는 빛 바로 뒤에 서 있었다. 두 마리는 랜드가 앞서 보았던 검은 수말과 흰 암말이었다. 다른 말들은 그만큼 키가 크거나 늘씬하지는 않았으나 투 리버스에 있는 말 중 최고의 말이 확실해 보였다. 란은 서두르면서도 신중하게 뱃대끈을 살피고, 이어 안장에 다는 주머니와 물주머니, 안장 뒤에 실은 말린 담요를 묶어 둔 가죽끈도 살폈다.

랜드는 친구들과 떨리는 미소를 주고받으며 정말로 떠나고 싶다는 표정을 지으려고 애썼다.

맷은 이때 처음으로 랜드가 허리에 차고 있는 칼을 보고 손가락질했다. "수호자가 되려는 거야?" 맷이 웃더니 란을 힐끗 보고는 침을 삼켰다. 수호자는 못 들은 척했다. "최소한 상인의 호위병은 되겠어." 맷이 씩 웃으며 말을 이었다. 그는 미소를 짓는 게 그리 어렵지 않은 듯했다. 맷이 활을 들어 보였다. "정직한 사람의 무기로는 충분하지 않은가 보네."

랜드는 칼을 휘둘러 볼까 생각했지만 란이 그 자리에 있었기에 그만두었다. 수호자는 랜드 쪽으로 눈길도 주지 않았지만, 랜드는 그가 주위에서 벌어지는 모든 일을 인식하고 있을 것이라고 확신했다. 대신 랜드는 과장되게 태연한 말투로 말했다. "쓸 일이 있을지도 모르잖아." 칼을 차고 다니는 것은 그야말로 평범한 행동이라는 투였다.

페린이 뭔가를 망토 아래로 감추려고 움직였다. 랜드는 대장장이 도제의 허리를 감은 널찍한 가죽 벨트를 보았다. 벨트 고리에 도낏자루가 삐져나와 있었다.

"그건 뭐야?" 랜드가 물었다.

"이 녀석이야말로 상인의 호위병인데." 맷이 낄낄댔다.

머리가 덥수룩한 청년 페린은 농담은 그만하면 됐다는 뜻으로 맷에게 인상을 찡그리더니 깊이 한숨을 쉬고 망토를 뒤로 획 넘겨 도끼를 드러냈다. 평범한 나무꾼의 도끼가 아니었다. 도끼머리 한쪽에 달린 널찍한 반달 모양의 날과 반대쪽에 달린 구부러진 창 때문에 그 도끼는 랜드의 칼처럼 투 리버스에는 전혀 낯선 물건이 되었다. 하지만 도끼에 닿은 페린의 손길은 어느 정도 익숙하게 보였다.

"루한 스승님이 2년 전쯤에 양털을 사러 온 상인의 호위병한테 만들어 주신 거야. 근데 도끼가 완성되고 나니 그 녀석이 내기로 했던 값을 못 내겠다더라고. 루한 스승님은 그 밑으로 받을 생각이 없으셨고. 스승님이 나한테 이걸 주신 건…….” 페린은 목을 가다듬더니 인상을 찌푸리며 맷에게 던졌던 것과 똑같은 경고의 눈길을 랜드에게 쏘았다. “내가 이걸 들고 연습하는 것을 보셨을 때야. 스승님은 이 도끼가 자기한테는 아무 소용이 없으니 나더러 가져도 된다고 하셨어.”

“연습이라.” 맷이 히죽거리다가 페린이 고개를 들자 진정하라는 듯 두 손을 들었다. “얼마든지. 우리 중 한 명이라도 진짜 무기를 쓸 줄 알면 좋지.”

“그 활도 진짜 무기다.” 란이 갑자기 말했다. 그는 자신의 높고 검은 말안장에 한 팔을 걸치고 진지한 표정으로 그들을 보았다. “너희 마을 남자아이들이 들고 다니던 새총도 마찬가지고. 너희가 토끼를 사냥하거나 양 떼에게서 늑대를 쫓을 때만 그 무기를 쓴다고 해서 달라지는 것은 아무것도 없다. 들고 있는 남자나 여자에게 그럴 만한 용기와 의지만 있다면 뭐든 무기가 될 수 있다. 투 리버스를 떠나기 전에, 에먼즈 필드를 떠나기 전에 트롤록 말고도 이 점을 머릿속에 새겨 놓아야 살아서 타 발론에 도착할 수 있을 거다.”

죽음처럼 차갑고 대충 깎은 묘비처럼 단단한 그의 얼굴과 목소리는 소년들의 미소와 말을 막아 버리는 듯했다. 페린은 인상을 쓰며 망토로 도끼를 가렸다. 맷은 자기 발을 내려다보면서 발가락으로 마구간 바닥의 지푸라기를 쑤석였다. 수호자는 끙 소리를 내더니 다시 마구를 점검하기 시작했고, 침묵은 길어졌다.

“이야기랑은 다르네.” 결국 맷이 말했다.

“글쎄.” 페린이 뚱하게 말했다. “트롤록에 수호자, 아이즈 세다이까지. 또 뭐가 필요한데?”

“아이즈 세다이라.” 맷은 갑자기 추워진 듯한 목소리로 속삭였다.

“넌 그 여자를 믿어, 랜드?” 페린이 물었다. “아니, 트롤록들이 우리한테 무슨 볼일이 있다는 거야?”

그들은 동시에 수호자를 힐끔거렸다. 란은 암말의 안장 뱃대끈에 집중하고 있는 듯했지만, 셋은 란과 멀어져 마구간 문 쪽으로 물러났다. 그러고서 가까이 모여 조용히 말했다.

랜드가 고개를 저었다. “잘 모르겠지만 우리 농장만 공격당했다는 말은 맞았어. 게다가 여기 마을에서는 트롤록들이 루한 씨의 집과 대장간을 먼저 공격했대. 내가 시장님한테 물어봤어. 내가 생각하기엔 놈들이 우리를 쫓고 있다는 얘기도 말이 되는 것 같아." 문득 랜드는 두 사람이 자기를 빤히 바라보고 있다는 것을 알아챘다.

"시장님한테 물어봤다고?" 맷이 믿을 수 없다는 듯 말했다. "그 여자가 아무한테도 말하지 말랬잖아."

"물어본 이유는 말 안 했어." 랜드가 대꾸했다. "너희는 아무한테도 말 안 했다는 거야? 너희가 떠난다는 것을 아무한테도 안 알렸어?"

페린은 변명하듯 어깨를 으쓱했다. "모레인 세다이가 아무한테도 말하지 말랬으니까."

"우린 쪽지를 남겼어." 맷이 말했다. "가족한테. 아침에 보게 되겠지. 랜드, 우리 어머니는 타 발론이 샤이올 굴이나 마찬가지라고 생각하셔." 맷은 자기는 어머니와 의견이 다르다는 것을 보여 주느라 살짝 웃었다. 그리 설득력 있지는 않았다. "내가 타 발론에 갈 생각을 한다 싶기만 해도 날 지하실에 잡아 가두려고 하실걸."

"루한 스승님이야 바위처럼 고집이 센 분이고." 페린이 덧붙였다. "사모님은 더해. 너희도 사모님이 집의 잔해를 파헤치면서 트롤록들이 꼭 돌아와야 자기 손으로 처리할 수 있다고 하시는 것을 봤으면……."

"태워 죽일, 랜드." 맷이 말했다. "나도 그 여자가 아이즈 세다이이고 어쩌고 다 알아. 하지만 트롤록들은 정말 여기에 왔어. 그 여자는 아무한테도 말하지 말라고 했고. 아이즈 세다이가 이런 일을 처리할 방법을 모르면 누가 알겠어?"

"글쎄." 랜드는 이마를 문질렀다. 머리가 아팠다. 머릿속에서 어젯밤 꿈이 떠나지 않았다. "우리 아버지는 모레인을 믿으셔. 최소한 우리가 가야 한다는 데는 동의하셨어."

갑자기 모레인이 문 앞에 나타났다. "아버지한테 이 여행에 대해서 말했어?" 모레인은 머리끝에서 발끝까지 짙은 회색 옷을 걸치고 있었다. 치마는 말을 탈 수 있도록 가운데가 트여 있었고, 지금 착용한 금붙이는 뱀이 새겨진 그 반지뿐이었다.

랜드는 모레인의 지팡이를 눈여겨보았다. 아까 랜드가 본 불길에도 그을린 자국은 전혀 없었다. 재 한 톨도. "아버지한테 알리지 않고 떠날 수는 없었어요."

모레인은 입을 꽉 다물고 잠시 랜드를 보더니 다른 소년들을 돌아보았다. "너희도 쪽지로는 충분하지 않다고 생각했니?" 맷과 페린은 앞다투어 자기들은 모레인이 시키는 대로 쪽지만 남겼다고 그녀에게 확인해 주었다. 모레인은 고개를 끄덕이며 그들에게 조용히 하라고 손을 내젓더니 랜드를 날카롭게 바라보았다. "저지른 일은 이미 패턴으로 직조된 거야. 란?"

"말은 준비됐습니다." 수호자가 말했다. "베얼론에 도착할 때까지 먹고도 약간 남을 만큼의 보급품도 있습니다. 언제 출발해도 좋습니다. 저는 지금 출발했으면 합니다만."

"날 두고는 못 가요." 에그웨인이 마구간으로 슬쩍 들어왔다. 품에 숄로 감싼 꾸러미를 안고 있었다. 랜드는 뒤로 넘어갈 뻔했다.

란의 칼이 칼집에서 반쯤 나와 있었다. 그는 상대가 누군지 보고 칼을 다시 집어넣었다. 그의 눈빛에 문득 시시하다는 빛이 어렸다. 페린과 맷이 자기들은 에그웨인에게 떠난다는 이야기를 하지 않았다고 모레인을 설득하느라 횡설수설하기 시작했다. 아이즈 세다이는 그들을 무시했다. 그냥 에그웨인을 보며 생각에 잠긴 채 한 손가락으로 입술을 톡톡 두드렸다.

에그웨인이 짙은 갈색 망토 후드를 당겨 썼지만, 모레인을 마주 보는 도전적인 태도는 가려지지 않았다. "필요한 건 여기 전부 가져왔어요. 음식도요. 그리고 절 두고 가시면 안 돼요. 이번이 아니면 제가 투 리버스 바깥세상을 볼 기회는 다시 없을 테니까요."

"우린 워터우드로 소풍을 가는 게 아니야, 에그웨인." 맷이 꿍얼거리다가 에그웨인이 인상을 쓰며 바라보자 물러났다.

"고맙다, 맷. 내가 몰랐네. 바깥에 뭐가 있는지 보고 싶은 사람이 너희 셋뿐이라고 생각해? 나도 너희만큼 오랫동안 이날을 꿈꿔 왔어. 이번 기회를 놓치진 않을 거야."

"우리가 떠나는 것은 어떻게 알았어?" 랜드가 물었다. "어쨌든 넌 우리랑 같이 갈 수 없어. 우린 재미있어서 떠나는 게 아니야. 트롤록들이 우리를 쫓고 있다고." 에그웨인은 인내심을 발휘해 그를 보았고, 랜드는 화가 나 얼굴을 붉히며 표정을 굳혔다.

"처음에는," 에그웨인이 참을성 있게 말했다. "맷이 남들 눈에 띄지 않으려고 애쓰면서 살금살금 돌아다니는 것을 봤어. 그다음에는 페린이 저 이상한 큰 도끼를 망토 밑에 숨기려는 걸 봤고. 란이 말을 샀다는 것도 알고 있었지. 문득 왜 란한테 말이 한 마리 더 필요할까 싶더라. 한 마리를 살 수 있다면 여러 마리도 살 수 있었겠지. 이런 생각을 맷과 페린이 여우 노릇을 하려는 머저리들처럼 몰래 돌아다닌다는 점과 엮어 보니까……. 뭐, 답이 하나밖에 생각나지 않던걸. 너까지 여기 있는 것을 봐서 놀랐다고 해야 할지는 모르겠다. 공상이 어쩌고저쩌고 그렇게 떠들더니. 맷이랑 페린이 얽혀 있으니 너도 함께인 줄 알았어야겠지만."

"난 가야만 해서 가는 거야, 에그웨인." 랜드가 말했다. "우리 모두가 그래. 우리가 떠나지 않으면 트롤록들이 돌아올 테니까."

"트롤록이라고!" 에그웨인은 믿을 수 없다는 듯 웃었다. "랜드, 네가 세상 구경을 좀 하기로 마음먹었다면 뭐 잘됐는데, 부탁이니까 그런 말도 안 되는 얘기는 하지 말아 줄래?"

"진짜야." 페린이 말했고, 동시에 맷도 입을 열었다. "트롤록들이……."

"그만하면 됐어." 모레인이 말했다. 조용한 목소리였지만 그 말 한마디가 네 사람의 대화를 칼처럼 싹둑 잘라 버렸다. "이 모든 일을 알아챈 사람이 또 있니?" 모레인의 목소리는 조용했지만 에그웨인은 침을 꿀꺽 삼키며 자세를 가다듬은 뒤에야 대답했다.

"어젯밤 일이 있고 나서는 다들 마을을 다시 세울 생각이랑 비슷한 일이 또 일어나면 어떻게 해야 할지밖에 생각 안 해요. 누가 코 밑에 들이밀지 않으면 다른 건 아무것도 못 볼 거예요. 저는 제가 생각한 내용을 아무한테도 말하지 않았고요. 아무한테도."

"잘했다." 모레인이 잠시 후에 말했다. "같이 가도 돼."

란의 얼굴에 놀란 표정이 스쳤다. 그 표정은 순식간에 사라지며 겉보기에 침착함만을 남겼으나, 화난 말이 불쑥 튀어나왔다. “안 됩니다, 모레인!”

“이제는 이것도 패턴의 일부가 됐어요, 란.”

“터무니없습니다!” 그가 반박했다. “이 여자애가 따라올 이유는 전혀 없습니다. 따라오지 말아야 할 이유는 잔뜩 있고요.”

“이유는 **있어요.**” 모레인이 차분하게 말했다. “패턴의 일부예요, 란.” 수호자의 돌 같은 얼굴에서는 아무것도 드러나지 않았지만, 그는 천천히 고개를 끄덕였다.

“그래도, 에그웨인.” 랜드가 말했다. “트롤록들이 우리를 쫓아올 거야. 타 발론에 도착할 때까지는 안전하지 않아.”

“겁주려고 하지 마.” 에그웨인이 말했다. “난 갈 거야.”

랜드가 아는 목소리였다. 마지막으로 그 목소리를 들은 것은 에그웨인이 가장 높은 나무에 올라가는 것도 아이들이 할 만한 일이라고 생각했을 때였지만, 분명히 기억났다. “트롤록들한테 쫓기는 게 재미있을 거라고 생각하면,” 랜드가 뭐라 말하려 했지만 모레인이 끼어들었다.

“이럴 시간이 없어. 날이 밝을 때쯤에는 최대한 멀리 가 있어야 해. 랜드, 에그웨인을 남겨 두고 가면 우리가 2킬로미터도 가기 전에 에그웨인이 온 마을을 깨울 수도 있어. 그러면 머드랄이 당연히 경계할 테고.”

“안 그럴 건데요.” 에그웨인이 항의했다.

“에그웨인은 방랑 시인의 말을 타면 될 겁니다.” 수호자가 말했다. “방랑 시인에게는 다른 말을 살 만큼 충분한 돈을 남겨 두겠습니다.”

“그렇게는 안 되겠는데.” 톰 머릴린의 우렁우렁한 목소리가 건초 다락에서 들려왔다. 이번에는 란의 칼이 칼집을 떠났다. 방랑 시인을 올려다보면서도 란은 칼을 다시 집어넣지 않았다.

톰은 둘둘 말린 담요를 아래로 던지더니 케이스에 넣은 플루트와 하프를 등에 걸치고 안장에 다는 불룩한 자루를 어깨에 졌다. “이제 이 마을은 나한테 아무 소용이 없네. 한편으로 타 발론에서는 한 번도 공연해 본 적이 없지. 평소 혼자 여행을 다니긴 하지만 어젯밤 일도 있으니 일행과 함께 여행하는 것에도 아무 반대 의견이 없고."

수호자는 페린을 노려보았고, 페린은 불편한 듯 움찔거렸다. "다락을 살펴볼 생각은 못 했어요." 페린이 웅얼거렸다.

팔다리가 길쭉한 방랑 시인이 다락에서 사다리를 타고 재빠르게 내려오자 란이 딱딱하고 형식적인 태도로 말했다. "이것도 패턴의 일부입니까, 모레인 세다이?"

"모든 것이 패턴의 일부예요, 나의 오랜 친구여." 모레인이 조용히 대답했다. "우리가 고르고 선택할 수는 없어요. 하지만 두고 보지요."

톰은 마구간 바닥에 두 발을 내려놓고 사다리에서 고개를 돌리고 누더기 망토에서 지푸라기를 털어 냈다. "사실," 그가 비교적 평범한 목소리로 말했다. "무슨 일이 있어도 일행과 함께 여행하겠다고 하는 말이 맞을 겁니다. 나는 몇 시간에 걸쳐 에일 여러 잔을 마시며 내 생을 어떻게 마감할지 생각해 왔거든요. 트롤록의 냄비에 들어가야겠다는 생각은 들지 않더이다." 그는 수호자의 칼을 곁눈질했다. "그건 필요 없어요. 난 당신이 썰어야 할 치즈가 아니거든."

"머릴린 씨." 모레인이 말했다. "우린 빨리 이동해야만 합니다. 엄청난 위험에 빠질 게 거의 확실하고요. 트롤록들이 여전히 저 바깥에 있고, 우리는 밤에 이동합니다. 우리와 함께 가고 싶은 게 확실한가요?"

톰은 수수께끼 같은 미소를 지으며 그들 모두를 바라보았다. "저 여자애한테도 그리 위험하지 않다면 나한테도 그리 위험할 리 없지요. 게다가 타 발론에서 공연한다는데 어떤 방랑 시인이 약간 위험한 것도 못 견디겠습니까?"

모레인은 고개를 끄덕였고, 란은 칼을 집어넣었다. 랜드는 문득 톰이 생각을 바꿨다면, 또는 모레인이 고개를 끄덕이지 않았다면 무슨 일이 일어났을지 궁금해졌다. 방랑 시인은 그 비슷한 생각도 해 본 적 없다는 듯 말에 안장을 채우기 시작했지만, 랜드는 그가 란의 칼을 여러 번 힐끔거리는 것을 보았다.

"그럼," 모레인이 말했다. "에그웨인은 어떤 말을 타죠?"

"행상인의 말은 듀란 말처럼 형편없습니다." 수호자가 퉁명스럽게 대답했다. “힘은 세지만 속도가 느립니다.”

“벨라요.” 랜드는 그렇게 말했다가 란의 눈총을 받고 차라리 조용히 할 것을 그랬다고 생각했다. 하지만 랜드는 자기가 에그웨인의 결심을 꺾을 수 없다는 것을 알고 있었다. 남은 일은 돕는 것뿐이었다. “벨라는 다른 말처럼 빠르지는 않을지 몰라도 힘이 세요. 제가 가끔 타고 다녀요. 속도를 맞출 수 있을 거예요.”

란은 벨라가 있는 칸을 들여다보며 목소리를 낮추고 뭐라 투덜거렸다. “다른 말보다 약간 나을 수는 있겠구나.” 결국 그가 말했다. “다른 방법이 없을 것 같은데.”

“그럼 벨라로 만족해야겠군요.” 모레인이 말했다. “랜드, 벨라에게 채울 안장을 찾아와. 자, 빨리! 이미 너무 시간을 끌었어.”

랜드는 마구실에서 서둘러 안장과 담요를 고른 다음 벨라를 칸에서 끌어냈다. 랜드가 등에 안장을 얹자 암말은 졸음에 겨운 채 놀란 듯 그를 보았다. 랜드는 벨라를 탈 때 안장을 채우지 않았으므로 벨라는 안장에 익숙하지 않았다. 랜드는 뱃대끈을 조일 때도 벨라를 달래는 소리를 내지 않았으나 벨라는 갈기를 한 차례 흔들었을 뿐 이 이상한 일을 받아들였다.

에그웨인한테서 짐을 받아든 랜드는 그 짐을 안장 뒤에 묶었고, 에그웨인은 벨라에게 올라타 치마를 정리했다. 두 다리를 벌리고 앉을 수 있도록 앞이 트여 있는 치마가 아니었으므로 에그웨인의 모직 스타킹이 무릎까지 드러났다. 에그웨인은 다른 마을 소녀들과 똑같은 부드러운 가죽신을 신고 있었다. 타 발론은커녕 파수꾼의언덕까지 가는 데도 어울리지 않는 신발이었다.

“난 지금도 네가 가면 안 된다고 생각해.” 랜드가 말했다. “트롤록 얘기는 내가 지어낸 게 아니야. 하지만 널 돌봐 주겠다고 약속할게.”

“아마 내가 널 돌보게 될걸.” 에그웨인이 가볍게 대답했다. 랜드의 짜증스러운 표정에 그녀는 미소를 짓더니 허리를 숙여 랜드의 머리카락을 펴 주었다. “네가 날 돌봐 주리라는 거 알아, 랜드. 우리 서로 돌봐 주자. 하지만 지금은 네 말에 타는 일에나 신경을 쓰는 게 좋을 것 같아.”

이제 보니 다른 일행은 이미 말에 올라 랜드를 기다리고 있었다. 기수가 없는 유일한 말은 클라우드로, 녀석은 갈기와 꼬리가 검은색인 키가 큰 회색 말이었다. 녀석은 존 테인의 것이었다. 아니 전에는 그랬다. 랜드는 서둘러 안장에 올랐지만 등자에 발을 얹으면서 칼집이 다리에 걸리자 회색 말이 고개를 뒤로 젖히고 양옆으로 껑충거리는 바람에 쉽지는 않았다. 친구들이 클라우드를 고르지 않은 것은 우연이 아니었다. 테인 씨는 이 씩씩한 말을 종종 상인들의 말과 경주시켰고, 랜드가 아는 한 클라우드는 한 번도 진 적이 없었다. 그러나 클라우드가 다른 사람을 쉽게 태우는 것도 보지 못했다. 란은 큰돈을 주고서야 방앗간 주인에게 이 말을 팔도록 할 수 있었을 것이다. 랜드가 안장에 자리 잡자 클라우드는 더욱 난동을 부렸다. 달리고 싶어서 안달이 난 것 같았다. 랜드는 녀석의 고삐를 단단히 잡고 아무 문제도 없을 것이라고 애써 생각했다. 자신을 설득할 수 있다면 말도 설득할 수 있을 것 같았다.

바깥의 어둠 속에서 부엉이가 울었다. 마을 사람들은 깜짝 놀란 다음에야 그것이 부엉이라는 것을 알았다. 다들 신경질적으로 웃으며 부끄러운 듯 시선을 주고받았다.

"다음에는 들쥐만 나타나도 무서워서 나무에 올라가겠는걸." 에그웨인이 불안하게 웃으며 말했다.

란이 고개를 저었다. "늑대 소리였으면 좋았을 텐데."

"늑대라뇨!" 페린이 소리쳤다. 수호자는 시시하다는 눈으로 그를 바라보았다.

"늑대는 트롤록을 싫어한다, 대장장이. 트롤록도 늑대나 개를 싫어하고. 늑대 소리가 들리면 바깥에서 우리를 기다리는 트롤록이 없다고 확신할 수 있다." 그는 키가 큰 검은 말을 천천히 몰아 달빛이 비치는 밤공기 속으로 나아갔다.

모레인은 잠시도 망설이지 않고 그를 따라갔고, 에그웨인은 아이즈 세다이 옆에 바짝 붙었다. 랜드와 방랑 시인이 맷과 페린을 따라 가장 뒤에 자리 잡았다.

여관 뒤쪽은 어둡고 조용했으며, 달이 드리운 얼룩덜룩한 그림자가 마구간 앞뜰을 가득 채우고 있었다. 말발굽의 조용한 또각또각 소리는 밤공기에 삼켜져 빠르게 희미해졌다. 어둠 속에서는 수호자도 망토 때문에 그림자처럼 보였다. 일행이 그의 주위로 몰려들지 않은 것은 그저 그가 길을 안내하도록 해야 했기 때문이었다. 랜드는 대문에 가까워지면서 눈에 띄지 않고 마을에서 나가는 것은 쉽지 않은 일이 되리라고 생각했다. 최소한 마을 사람들의 눈에는 띌 것이다. 마을의 수많은 창문에서 옅은 노란색 불빛이 흘러나왔다. 지금 같은 밤에는 그런 빛이 아주 작게 보였지만, 그 안에서 움직이는 모습이 자주 보였다. 이 밤에 또 무슨 일이 다가올지 지켜보려는 마을 사람들의 모습이었다. 다시 기습당하고 싶어 하는 사람은 아무도 없었다.

마구간 앞뜰을 벗어나기 직전, 여관 옆의 짙은 그림자에서 란이 갑자기 멈추더니 조용히 하라고 홱 손짓했다.

수레 다리에서 장화가 절걱거리는 소리가 났다. 다리 이곳저곳에서 달빛이 금속에 반사되어 빛났다. 장화는 계속 소리를 내며 다리를 건너와 자갈을 으적으적 밟고서 여관으로 다가왔다. 그림자 속에 서 있는 사람들은 아무 소리도 내지 않았다. 랜드는 최소한 친구들만큼은 두려워 아무 소리도 내지 못하는 것이라고 생각했다. 랜드 자신이 그랬듯.

발걸음은 휴게실 창문에서 나오는 어슴푸레한 빛이 미치는 곳 바로 너머, 여관 앞 어두운 공간에 멈추어 섰다. 랜드가 그들의 정체를 알아본 것은 존 테인이 건장한 어깨에 창 한 자루를 걸치고, 가슴에 맨 강철 원반에는 오래된 조끼를 바느질해 붙인 채 앞으로 나선 다음이었다. 마을과 인근 농장의 남자 10여 명이 모두 창이나 나무꾼용 도끼, 녹슨 창을 가지고 나왔다. 일부는 다락방에 여러 세대에 걸쳐 보관해 두었던, 먼지로 뒤덮인 투구나 갑옷을 걸치고 있었다.

방앗간 주인은 휴게실 창문을 들여다보더니 짧게 "여기는 문제 없는 것 같군" 하고 말하며 돌아섰다. 다른 사람들은 테인 뒤로 들쭉날쭉하게 두 줄로 섰다. 그렇게 순찰대는 세 가지 서로 다른 북소리에 맞추어 움직이는 것처럼 어둠 속으로 행진해 갔다.

"다볼 트롤록 두 마리면 저 사람들을 모두 아침 식사로 먹을 수 있을 거다.” 그들의 장화 소리가 희미해지자 란이 중얼거렸다. “하지만 저 사람들한테도 눈과 귀는 있으니까.” 그는 수말을 뒤로 돌아서게 했다. “가자.”

수호자는 천천히, 조용히 다시 마구간 앞뜰을 가로질러 버드나무 숲의 강둑을 지나 와인스프링강 물속으로 그들을 이끌었다. 강물이 너무 가까워서 말의 다리 주변에서 소용돌이치며 반짝이는 차갑고 빠른 물살이 기수들의 장화 발바닥에 철썩일 정도였다.

반대쪽 강둑으로 나오자 줄지어 선 말들은 수호자의 능숙한 지시에 따라 마을의 어떤 집과도 거리를 두며 방향을 틀었다. 란은 때로 멈추어 모두에게 조용히 하라고 신호했다. 다른 사람은 아무것도 보거나 듣지 못했는데도 말이다. 하지만 란이 그렇게 할 때마다 마을 주민과 농부로 이루어진 또 다른 순찰대가 곧 지나갔다. 그들은 천천히 마을의 북쪽 가장자리로 이동했다.

랜드는 어둠 속에서 높이 솟은 집 지붕들을 바라보며 그 모습을 기억 속에 새기려 했다. **난 괜찮은 모험가야.** 랜드는 생각했다. 아직 마을도 벗어나지 못했지만 벌써 고향이 그리웠다. 그래도 마을에서 눈을 떼지는 않았다.

그들은 마을 외곽의 마지막 농가들을 지나 시골길에 접어들었다. 타렌 페리로 이어지는 북쪽 대로와 평행을 이루는 길이었다. 랜드는 다른 곳의 어느 밤하늘도 투 리버스의 하늘만큼 아름다울 리 없다고 생각했다. 티 한 점 없는 검은 하늘이 영원까지 이어지는 것 같았고, 수없이 많은 별이 수정에 흩뿌려진 빛 점처럼 반짝였다. 보름달에 아주 조금 못 미치는 달은 손을 뻗으면 닿을 것처럼 가까웠고…….

검은 형체가 은색 공처럼 보이는 달을 가로질러 천천히 날아갔다. 랜드는 자기도 모르게 고삐를 당기는 바람에 회색 말을 세우고 말았다. 박쥐일 거라고 랜드는 힘없이 생각했지만 아니라는 것을 알고 있었다. 박쥐는 저녁에 자주 볼 수 있는 동물이었다. 녀석들은 노을이 질 때 파리나 무는벌레를 쫓아 빠르게 날아다녔다. 저 생명체의 날개는 모양이 같을지 몰라도 맹금류처럼 느리고 강력하게 활공하듯 움직였다. 게다가 놈은 사냥하고 있었다. 앞뒤로 긴 호선을 그리며 날아다니는 모습을 보면 틀림없었다. 가장 나쁜 것은 놈의 크기였다. 달을 배경으로 박쥐가 저렇게 크게 보이려면 거의 팔이 닿을 만한 거리에 있어야 했다. 랜드는 머릿속으로 놈이 얼마나 멀리에 있으며 얼마나 클지 생각해 보았다. 놈의 몸통은 인간만큼이나 클 게 틀림없었고, 날개는……. 놈은 달 표면을 다시 가로지르며 갑자기 아래쪽으로 방향을 틀었다. 어둠이 놈을 삼켰다.

랜드는 수호자가 자기 팔을 잡고 나서야 그가 말 머리를 돌려 자기에게 왔다는 것을 알았다. "뭘 앉아서 쳐다보고 있는 건가? 계속 움직여야 한다." 다른 사람들이 란 뒤에서 기다리고 있었다.

랜드는 트롤록에 대한 두려움에 기가 질려 정신이 나갔다는 소리를 듣게 될 것이라고 예상하면서도 자기가 본 형체에 대해 말했다. 란이 그것을 박쥐라거나 랜드의 착각이라고 일축해 버리기를 바랐다.

란이 한 단어를 짓씹어 뱉었다. 그 단어가 입에 몹쓸 맛을 남겼다는 투였다. "그건 드락카다." 에그웨인을 비롯한 투 리버스 사람들은 긴장해 사방의 하늘을 올려다보았으나 방랑 시인은 조용히 신음했다.

"그래." 모레인이 말했다. "드락카가 아니기를 바라는 것은 지나친 기대야. 그리고 머드랄이 드락카를 부리고 있다면 우리 위치를 곧 알게 되겠지. 벌써 아는 게 아니라면 말이지만. 길이 없는 들판을 벗어나서 최대한 빠른 속도로 움직여야 해. 지금도 우리가 머드랄보다 먼저 타렌 페리에 도착할 가능성은 있어. 그러면 머드랄과 놈의 트롤록들은 우리만큼 쉽게 강을 건너지 못할 거야."

"드락카라뇨?" 에그웨인이 말했다. "그게 뭐예요?"

쉰 목소리로 에그웨인에게 대답한 사람은 톰 머릴린이었다. "전설의 시대를 끝장낸 전쟁 당시에 트롤록과 반인보다도 나쁜 존재들이 만들어졌다."

머릴린의 말에 모레인이 그를 홱 돌아보았다. 어둠조차도 모레인의 날카로운 시선을 감추지 못했다.

누군가가 방랑 시인에게 더 질문할 겨를도 주지 않고, 란이 지시하기 시작했다. "이제 북쪽 대로를 탄다. 살고 싶다면 나를 따라와라. 뒤처지지 말고 붙어서 간다."

그는 말 머리를 휙 돌렸고, 다른 사람들은 아무 말 없이 그를 따라 달렸다.

11장 타렌 페리로 가는 길

말들은 북쪽 대로의 잘 다져진 흙길 위에 길게 늘어섰다. 북쪽으로 달려가는 그들의 갈기와 꼬리가 달빛 속에서 흐르는 것처럼 보였다. 발굽이 일정한 박자를 밟았다. 란이 앞장섰다. 검은 말과 그림자를 걸친 기수는 차가운 밤의 어둠 속에서 전혀 보이지 않았다. 란의 수말과 걸음을 맞추며 달려가는 모레인의 흰 암말은 어둠을 가로질러 빠르게 쏘아져 나가는 희미한 화살처럼 보였다. 나머지는 한쪽 끝이 수호자의 손에 쥐어진 밧줄에 묶여 있는 것처럼 따닥따닥 붙어 한 줄로 그 뒤를 따랐다.

랜드가 행렬의 가장 뒤에 있었다. 톰 머릴린이 바로 앞에 있었고, 그 너머에 있는 다른 사람들은 그만큼 뚜렷하게 보이지 않았다. 방랑 시인은 그들이 도망치려는 대상이 아니라 도망쳐서 가려는 곳에만 시선을 두고 한 번도 고개를 돌리지 않았다. 뒤에 트롤록이나 소리 없는 말을 탄 희미한 자, 혹은 그 날아다니는 짐승 드락카가 나타난다면 랜드가 경고해야 했다.

랜드는 클라우드의 갈기와 고삐를 꽉 쥔 채 몇 분에 한 번씩 목을 쭉 빼고 뒤를 돌아보았다. 드락카는……. 톰은 놈들이 트롤록이나 희미한 자보다도 나쁘다고 했다. 하지만 하늘은 비어 있었고, 땅에서 랜드의 눈에 들어오는 것은 어둠과 그림자뿐이었다. 군대라도 숨길 수 있을 듯한 그림자.

회색 말은 마음껏 달릴 수 있게 되자 유령처럼 빠르게 밤을 가로질렀다. 녀석은 란의 수말과 쉽게 보조를 맞추었다. 게다가 클라우드는 더욱 빨리 달리고 싶어 했다. 녀석은 검은 말을 따라잡고 싶어 했다. 검은 말을 따라잡으려고 바짝 힘을 주었다. 랜드는 녀석이 앞서 나가지 않도록 고삐를 단단히 잡고 있어야 했다. 클라우드는 이게 경주라고 생각하는지, 한 걸음 내디딜 때마다 랜드의 통제에 저항하고 그의 제지를 물리치며 앞으로 뛰쳐나가려 했다. 랜드는 온 근육에 힘을 주고 안장과 고삐에 매달렸다. 랜드는 자신의 불안감을 말이 알아채지 못하기를 열망했다. 클라우드가 눈치를 챈다면 랜드는 아무리 위태롭다지만 단 하나 실질적으로 유지하고 있는 우위마저 잃을 터였다.

클라우드의 목에 납작하게 엎드린 채 랜드는 벨라와 벨라의 기수를 걱정스럽게 계속 바라보았다. 갈기가 덥수룩한 그 암말이 다른 말들과 보조를 맞출 수 있을 것이라고 했을 때는 달려가는 상황을 생각한 것이 아니었다. 지금 벨라는 랜드로서는 불가능하리라고 생각했던 달리기만으로 속도를 맞추고 있었다. 란은 에그웨인이 일행에 끼기를 바라지 않았다. 벨라가 처지기 시작하면 란이 속도를 늦추어 줄까? 아니면 벨라를 내버려 두고 가려고 할까? 아이즈 세다이와 수호자는 랜드와 친구들이 어떤 면에서 중요하다고 생각했지만, 모레인이 패턴에 대해 이런저런 이야기를 했는데도 수호자는 그 중요한 사람에 에그웨인은 포함되지 않는다고 생각하는 것 같았다.

벨라가 뒤로 처지면 모레인과 란이 뭐라고 말하든 랜드도 뒤로 처질 생각이었다. 희미한 자와 트롤록이 있는 곳으로. 드락카가 있는 곳으로. 랜드는 온 마음과 간절함을 담아 벨라에게 바람처럼 달리라고 조용히 소리쳤다. 조용히 벨라에게 힘을 불어넣어 주려고 애썼다. **달려!** 살갗이 따끔거렸고, 뼈는 얼어붙어 언제든지 쪼개질 것처럼 느껴졌다. 빛이여, **도와주소서. 달려!** 그렇게 벨라는 달렸다.

그들은 계속해서 속도를 올리며 북쪽의 어둠 속으로 향했다. 시간은 선명하지 않게 흐려졌다. 때로 농가의 불빛이 깜빡이며 눈에 들어왔다가 상상 속의 모습이었던 것처럼 빠르게 사라졌다. 개들이 날카롭게 덤벼드는 소리도 빠르게 멀어지거나, 개들이 일행을 쫓아냈다고 생각하면 뚝 끊겼다. 그들은 물처럼 흐린 달빛으로만 열어진 어둠을 가르며 달렸다. 그런 어둠 속에서는 길가의 나무들이 아무 경고 없이 위압적으로 나타났다가 사라졌다. 그 외에는 어두컴컴함이 그들을 감쌌고, 외롭고도 슬프게 들리는 밤새의 울음소리 단 한 번만이 규칙적인 말발굽 소리를 흩뜨렸다.

갑자기 란이 속도를 늦추더니 한 줄로 늘어선 말들을 멈추어 세웠다. 얼마나 오래 이동한 것인지 알 수 없었지만, 안장을 꽉 조이던 두 다리에서 살짝 통증이 느껴졌다. 눈앞 캄캄한 곳에서 빛이 반짝였다. 반딧불이 떼가 나무들 사이에 높이 솟아오르며 한 자리를 차지하고 있는 것만 같았다.

랜드는 인상을 쓰며 아리송한 얼굴로 그 빛을 보다가 문득 놀라서 헛숨을 들이켰다. 반딧불이는 창문이었다. 언덕 옆면과 꼭대기를 뒤덮은 집들의 창문이었다. 그곳이 파수꾼의언덕이었다. 이렇게 멀리까지 왔다니 믿기가 힘들었다. 아마 그들만큼 빠르게 이동해 본 사람은 아무도 없을 것이다. 랜드와 톰 머릴린은 란을 따라 말에서 내렸다. 클라우드는 고개를 숙이고 서 있었다. 녀석의 옆구리가 들썩였다. 말의 연기 색깔 옆구리와 쉽게 구분되지는 않았지만, 거품이 녀석의 목과 어깨에 얼룩져 있었다. 랜드는 그날 밤은 클라우드가 그 누구도 태우지 않으려 들 것이라고 생각했다.

"나도 이 모든 마을을 지나가고 싶은 마음이 굴뚝같지만," 톰이 말했다. "지금 당장은 몇 시간 쉰다 해도 나쁘지 않을 것 같은데. 당연히 그 정도는 앞서 있겠지요?"

랜드는 기지개를 켜고 허리의 오목한 부분을 손마디로 문질렀다. "밤새 파수꾼의언덕에 머물 거라면 올라가 보는 것도 좋겠어요."

떠돌이 돌풍이 마을에서 노래 한 조각과 음식 냄새를 실어 왔다. 그 냄새에 랜드는 침이 고였다. 파수꾼의언덕 사람들은 지금도 벨 타인을 기념하고 있었다. 그들의 벨 타인을 방해한 트롤록들은 없었으니까. 랜드는 에그웨인을 보았다. 에그웨인은 지쳐서 축 늘어진 채 벨라에게 기대 있었다. 다른 사람들도 말에서 내렸다. 잔뜩 한숨을 쉬고 아픈 근육을 푸느라 기지개를 켜면서 말이다. 수호자와 아이즈 세다이만이 피로한 기색을 드러내지 않았다.

“노래 괜찮겠다.” 맷이 지친 듯 말했다. “화이트 보어에서 뜨거운 양고기 파이를 먹어도 좋고.” 그는 잠시 말을 멈췄다가 덧붙였다. “난 파수꾼의언덕 너머로 가 본 적이 없어. 화이트 보어는 와인스프링 여관에 비하면 형편없고.”

“화이트 보어도 그렇게 나쁘진 않아.” 페린이 말했다. “나도 양고기 파이 먹어야지. 뼛속에 냉기가 드는 것 같으니 뜨거운 차를 아주 많이 마시는 것도 좋겠다.”

“타렌강을 건널 때까지는 멈출 수 없다.” 란이 날카롭게 말했다. “몇 분 이상은.”

“하지만 말들을 보세요.” 랜드가 항의했다. “오늘 밤에 이 이상 간다면 말들이 달리다 죽을 거예요. 모레인 세다이, 아무리 당신이라도…….”

랜드는 모레인이 말들 사이로 움직이고 있다는 것을 어렴풋이 눈치챘지만, 그녀가 하는 일에 정말로 관심을 기울이지는 않고 있었다. 지금 그녀는 랜드를 스쳐 지나가며 클라우드의 목에 두 손을 얹었다. 랜드는 조용해졌다. 갑자기 말이 나지막이 울며 고개를 뒤로 젖혔다. 하마터면 랜드의 손에서 고삐가 빠져나갈 뻔했다. 회색 말은 옆으로 한 걸음 춤추듯 움직였다. 마구간에서 한 주는 쉰 것처럼 안달이었다. 모레인은 한마디도 하지 않고 벨라에게 갔다.

“모레인이 저런 것을 할 수 있는 줄은 몰랐는데요.” 랜드는 두 뺨이 뜨겁게 달아오른 채 란에게 조용히 말했다.

“다른 사람도 아니고 너라면 추측했어야지.” 수호자가 대답했다. “모레인이 네 아버지를 치료하는 모습을 봤으니까. 모레인이 모든 피로를 씻어 낼 거다. 처음에는 말들한테서, 그다음에는 나머지 너희한테서.”

“나머지 우리라니, 당신은 아니고요?”

“난 아니다, 양치기. 나는 필요 없어. 아직은. 모레인도 마찬가지고. 모레인은 다른 사람들에게 해 줄 수 있는 일을 자신에게는 할 수 없다. 우리 중에 지친 채로 말을 달릴 사람은 한 명뿐이야. 우리가 타 발론에 도착하기 전에 모레인이 너무 지치지 않기를 바라는 게 좋을 거다.”

"너무 지친다니 무슨 뜻이에요?" 랜드가 수호자에게 물었다.

"벨라에 관해서는 네가 한 말이 맞았어, 랜드." 모레인이 암말 옆에 서 있다가 말했다. "심장이 튼튼하고, 너희 투 리버스 사람들만큼 고집이 세구나. 이상하게 보이겠지만 벨라가 가장 덜 지쳤어."

비명이 어둠을 찢어발겼다. 남자가 날카로운 칼에 맞아 죽어 가는 소리였다. 일행 위로 날개 달린 존재가 낮게 날아내렸다. 그들을 휩쓸고 지나가는 그림자에 밤의 어둠이 더욱 깊어졌다. 말들은 겁에 질려 소리 지르며 사납게 앞발을 들었다.

드락카의 날개가 일으킨 바람은 진흙이 닿는 듯한 느낌으로 랜드를 후려쳤다. 마치 악몽 속 축축한 어스름 속에서 추위에 떠는 것 같은 기분이었다. 랜드는 그 두려움을 느낄 시간도 없었다. 클라우드도 자기 나름대로 비명을 지르며 허공으로 펄쩍 뛰어오르더니 자신에게 붙어 있는 무언가를 떨쳐 버리려는 것처럼 처절하게 몸을 뒤틀어 댄 것이다. 랜드는 고삐를 붙든 채 확 당겨져 두 발이 떨어졌고, 그렇게 땅을 질질 끌려갔다. 클라우드는 커다란 회색 늑대들이 자기 무릎을 물어뜯기라도 하는 것처럼 소리를 질러 댔다.

어떻게 그랬는지 랜드는 고삐를 놓지 않았다. 그는 두 다리는 물론 다른 손까지 써서 허둥지둥 일어선 뒤 다시 말에게 끌려 쓰러지지 않으려고 펄쩍 펄쩍 뛰고 비틀거리며 발을 옮겼다. 그는 절망적으로 거친 숨을 헐떡였다. 클라우드가 도망치게 놔둘 수는 없었다. 그는 미친 듯이 한 손을 내뻗어 간신히 굴레를 잡았다. 클라우드는 앞발을 들었고 그 바람에 랜드도 허공에 떠 버렸다. 랜드는 무력하게 매달리며 별 가능성이 없다는 것을 알면서도 말이 진정하기를 바랐다.

랜드는 땅에 내려설 때의 충격으로 치아까지 흔들리는 것 같았지만, 회색 말은 갑자기 조용해졌다. 녀석은 콧구멍을 벌름거리고 눈알을 굴려 대며 다리가 뻣뻣해진 채 몸을 떨었다. 랜드도 떨면서 간신히 굴레만 잡고 있었다. **드락카가 준 정신적 충격이 바보 같은 이 동물도 놀라게 한 거야.** 랜드는 생각했다. 랜드는 세 번인가 네 번 깊이 떨리는 숨을 들이쉬었다. 그때서야 랜드는 주위를 둘러보고 다른 사람들이 무슨 일을 당했는지 알 수 있었다.

일행은 혼란에 빠져 있었다. 그들은 말들이 고개를 휙휙 젖혀 대는 가운데 고삐를 잡고, 한데 모여들어 앞발을 쳐들고 그들을 이리저리 끌고 다니는 말들을 진정시키려고 애쓰고 있었으나 별 소용이 없었다. 모레인은 안장에 똑바로 앉아 있었다. 흰 암말은 비정상적인 일은 전혀 일어나지 않았다는 듯 그 아수라장에서 세심히 물러나 있었다. 란은 말에서 내려서 하늘을 훑어보았다. 한 손에는 칼을, 다른 손에는 고삐를 잡은 채였다. 늘씬한 검은 수말은 랜 옆에 조용히 서 있었다.

파수꾼의언덕에서는 더 이상 노는 소리가 들리지 않았다. 마을 사람들도 비명을 들은 것이 틀림없었다. 랜드는 그들이 잠시 귀를 기울이며 그 비명이 들린 이유가 무엇인지 지켜보다가 다시 즐길 것을 즐기리라는 걸 알고 있었다. 그들은 곧 이 사건을 잊을 테고, 그 기억은 노래와 음식과 춤과 오락거리에 파묻힐 것이다. 에먼즈 필드에서 일어난 일에 관한 소식을 들으면 일부가 이날 일을 떠올리며 궁금해하겠지만. 현악기가 연주되기 시작했고, 잠시 후에는 플루트 소리가 끼어들었다. 마을은 벨 타인을 다시 기념하기 시작했다.

"타라!" 란이 무뚝뚝하게 명령했다. 그는 칼을 칼집에 집어넣고 수말에 뛰어올랐다. "우리 위치를 이미 머드랄에게 알린 게 아니라면 드락카는 모습을 드러내지 않았을 거다." 머리 위 먼 곳에서 또 한 번 귀에 거슬리는 비명이 들렸다. 먼젓번보다 희미한 소리였지만 그렇다고 덜 거칠게 들리는 것은 아니었다. 파수꾼의언덕의 음악 소리가 다시 한 번 불규칙하게 조용해졌다. "이제 드락카는 우리를 추적하고 있다. 반인한테 우리 위치를 알리는 거야. 멀리 가지 않을 거다."

겁에 질리기도 했지만 기운도 차린 말들은 올라타려는 사람들에게서 껑충껑충 물러났다. 톰 머릴린이 욕설을 하며 가장 먼저 안장에 앉았고, 다른 사람들도 곧이어 말에 올랐다. 한 사람만 빼고.

"서둘러, 랜드!" 에그웨인이 소리쳤다. 드락카가 다시 한번 날카롭게 소리 질렀고, 에그웨인은 벨라가 몇 걸음 달려간 뒤에야 고삐로 암말을 다스릴 수 있었다. "빨리!"

랜드는 흠칫하며 자기가 클라우드에 올라타는 대신 그 자리에 가만히 서서 하늘을 올려다보며 지독한 비명이 들려온 곳을 찾으려는 쓸모없는 노력을 하고 있었다는 것을 알았다. 게다가 전혀 모르는 사이에 랜드는 그 날아다니는 존재와 싸우기라도 할 것처럼 탬의 칼을 뽑아 들고 있었다.

랜드는 얼굴을 붉혔다. 밤이라 자기 모습이 잘 보이지 않아서 다행이었다. 고삐를 잡느라 한 손을 이미 쓰고 있던 랜드는 어색하게 칼을 다시 칼집에 집어넣으며 서둘러 다른 사람들을 보았다. 모레인과 란, 에그웨인이 모두 그를 바라보고 있었다. 다만 그들이 달빛으로 랜드를 얼마나 잘 볼 수 있을지는 확실하지 않았다. 나머지 사람들은 자기 말을 다스리는 데 정신이 팔려 랜드에게 전혀 신경 쓰지 못했다. 랜드는 안장 머리에 한 손을 얹고 한 번 훌쩍 뛰어올라 안장에 앉았다. 평생 이렇게 해 온 것만 같았다. 친구 중 누군가가 칼을 빼든 랜드의 모습을 보았다면 나중에 분명 그 이야기를 할 것이다. 그때는 그 걱정을 할 시간이 충분히 있을 것이다.

랜드가 안장에 자리 잡자마자 다들 다시 달리기 시작했다. 그들은 돔처럼 생긴 언덕 옆길을 따라 올라갔다. 마을에서 개들이 짖었다. 그러고 보면 그들의 통행을 아무도 눈치채지 못한 것은 아니었다. **아니면 개들이 트롤록 냄새를 맡은 것일지도 몰라.** 랜드는 생각했다. 짖는 소리도, 마을의 불빛도 등 뒤로 빠르게 사라졌다.

그들은 한데 얽혀 질주했다. 달려가는 내내 말들은 그야말로 밀치락달치락했다. 란은 그들에게 다시 흩어지라고 명령했지만, 밤에 조금이라도 홀로 떨어지고 싶은 사람은 아무도 없었다. 머리 위 높은 곳에서 비명이 들려왔다. 수호자는 포기하고 일행이 모여서 달리도록 놔두었다.

랜드는 모레인과 란을 바짝 따르고 있었다. 회색 말이 수호자의 검은 말과 아이즈 세다이의 날씬한 암말 사이에 끼어들려 안간힘을 썼다. 에그웨인과 방랑 시인이 랜드의 양옆에서 경쟁하듯 달렸고, 랜드의 친구들은 뒤에서 몰려왔다. 드락카의 비명에 한층 더 속도를 올린 클라우드는 랜드가 원했더라도 도저히 늦출 수 없을 만큼 빠르게 달렸다. 그럼에도 다른 두 말 사이에 한 발도 끼어들지 못했다.

드락카의 비명이 밤을 자극했다.

튼튼한 벨라는 목을 앞으로 내밀고, 달리면서 일어난 바람에 꼬리와 갈기를 흩날렸다. 녀석은 다른 더 큰 말들의 발걸음을 모조리 쫓아갔다. **아이즈세다이가 피로를 쫓아 주는 것 말고도 뭔가 해 준 게 틀림없어.**

달빛에 비친 에그웨인의 얼굴은 신나 기뻐하며 미소 짓고 있었다. 그녀의 땋은 머리가 말의 갈기처럼 뒤로 흩날렸다. 에그웨인의 눈빛은 그저 달빛만을 반사하는 것이 아니라고 랜드는 확신했다. 랜드는 놀라 입을 벌리고 있다가 무는벌레를 삼키는 바람에 한바탕 기침했다.

란이 무슨 질문을 했는지 모레인이 갑자기 바람 소리와 말발굽 소리를 누르고 말했다. "못 해요! 달리는 말에 탄 상태로는 특히 그렇고. 놈들은 눈에 보일 때조차 쉽게 죽일 수 없어요. 우리는 달려가며 희망을 거는 수밖에 없어요."

그들은 안개 조각을 가로지르며 달렸다. 안개는 옅었으며 말의 무릎까지밖에 올라오지 않았다. 클라우드는 두 달음에 그 안개를 빠르게 건넜고, 랜드는 자기가 안개를 상상한 것인가 싶어서 눈을 깜빡였다. 당연히 밤은 안개가 끼기에는 너무 추웠다. 한 번 더 들쭉날쭉한 잿빛이 일행의 한쪽을 휙 스치고 지나갔다. 처음 안개보다 더 컸다. 안개는 땅에서 습기가 스며 나오기라도 하는 것처럼 점점 커져 갔다. 머리 위에서 드락카가 분노의 비명을 질렀다. 안개가 잠시 기수들을 감싸더니 사라졌다가 다시 나타나 뒤쪽으로 사라졌다. 얼음처럼 차가운 습기가 랜드의 얼굴과 손을 서늘하고 축축하게 적셨다. 그러다가 옅은 회색의 장벽이 눈앞에 거대하게 나타났고, 그들은 갑자기 안개에 감싸였다. 안개가 너무 짙어 발굽 소리가 둔탁하게 잦아들었고, 머리 위의 비명은 벽 너머에서 들리는 것 같았다. 랜드는 양옆에 있는 에그웨인과 톰 머릴린을 형체만 간신히 알아볼 수 있었다.

란은 속도를 늦추지 않았다. "지금도 우리가 갈 만한 곳은 한 곳뿐입니다." 란이 소리쳤다. 그의 목소리가 텅 빈 것처럼 아무 방향이 없는 것처럼 들려왔다.

"머드랄은 교활해요." 모레인이 대답했다. "난 머드랄의 교활함으로 놈을 공격할 거예요." 그들은 조용히 계속 질주했다.

석판 같은 안개가 하늘과 땅을 모두 가렸다. 그림자로 변해 버린 기수들은 밤의 구름을 가르며 떠다니는 것처럼 보였다. 각자가 탄 말의 다리조차 사라진 것처럼 보였다.

랜드는 안장에서 자세를 바꾸며 얼음장 같은 안개를 피해 몸을 움츠렸다. 모레인이 이것저것 할 줄 안다는 것을 알고 심지어 그녀가 그런 일을 해내는 모습을 보는 것과, 그녀가 해낸 어떤 일이 피부를 축축하게 적신다는 것은 다른 일이었다. 랜드는 자신이 숨까지 참고 있다는 것을 알아채고, 멍청이를 뜻하는 아홉 가지 욕설을 자신에게 퍼부었다. 저 멀리 타렌 페리까지 숨을 쉬지 않고 갈 수는 없었다. 모레인은 이미 탬에게 일원력을 썼고, 탬은 멀쩡해 보였다. 그렇다고는 해도 랜드는 숨을 내쉬고 들이쉬기 위해 노력을 기울여야 했다. 공기는 묵직했지만 더 차갑다는 점만 빼면 다른 안개 낀 밤과 다르지 않았다. 랜드는 그런 말로 자신을 타일렀으나 진심으로 그 말을 믿지는 않았다.

란은 이제 그들에게 가까이 붙으라고, 그 축축하고 차가운 잿빛 안개 속에서도 서로의 윤곽이 보이는 곳에 머물라고 했다. 그러나 수호자는 여전히 전력 질주하는 수말의 속도를 늦추지 않았다. 란과 모레인은 나란히 앞장서며 앞에 가로놓인 것이 선명히 보인다는 듯 안개를 가로질렀다. 나머지는 그저 그들을 믿고 따르는 수밖에 없었다. 희망을 품는 수밖에.

그들이 달려가는 동안, 그들을 쫓던 날카로운 비명은 희미해지다가 사라졌다. 그렇다고 마음이 많이 놓이지는 않았다. 숲과 농가, 달과 길이 모두 안개로 둘러싸여 감추어져 있었다. 농가를 지나갈 때면 개들이 계속 짖었다. 회색 아지랑이 속에서는 그 소리가 공허하고 멀게 들렸다. 그러나 둔탁한 말발굽 소리를 빼면 다른 소리는 전혀 들리지 않았다. 아무 특징 없는 그 잿빛 안개 안에서는 아무것도 변하지 않았다. 허벅지와 허리가 점점 아파 왔을 뿐 시간이 흐른다는 실마리는 전혀 없었다.

랜드는 몇 시간은 지났을 것이라고 확신했다. 랜드는 놓을 수 없을지도 모르겠다는 생각이 들 때까지 두 손으로 고삐를 꽉 쥐고 있었으며, 다시 제대로 걸을 수 있을지도 의문이었다. 뒤를 돌아본 것은 한 번뿐이었다. 안개 속 그림자들이 등 뒤에서 달리고 있었지만, 그들의 숫자조차 확인할 수 없었다. 그들이 정말 친구들인지조차. 한기와 습기가 망토와 코트, 셔츠를 적셨다. 뼛속까지 스며드는 것 같았다. 그저 얼굴을 스쳐 가는 빠른 바람과 엉덩이 밑으로 느껴지는 말이 몸을 움츠리고 펴는 느낌이 아니었다면 아예 움직이고 있다는 것조차 몰랐을 것이다. 몇 시간이 지난 것이 틀림없었다.

"천천히." 란이 갑자기 소리쳤다. "고삐를 당겨라."

랜드는 너무 놀라 대여섯 걸음을 더 밀고 나간 뒤에야 커다란 회색 말을 멈추어 세우고 주위를 둘러볼 수 있었다. 그 바람에 클라우드가 어쩔 수 없이 란과 모레인 사이에 서게 되었다.

사방의 안개 속에 집들이 우뚝 솟아 있었다. 랜드가 보기에는 이상할 만큼 높은 집들이었다. 전에 본 적은 없는 장소였으나 이곳에 대한 설명은 자주 들어 보았다. 집들이 높은 것은 레드스톤으로 축대를 높이 쌓았기 때문이다. 봄에 안개의산맥이 녹으면서 타렌강이 강둑으로 범람할 경우에 대비한 것이었다. 타렌 페리에 도착했다.

란이 검은 군마를 타고 빠른 걸음으로 랜드를 지나쳐 갔다. "열정이 과하구나, 양치기."

당황한 랜드는 일행이 마을 깊숙한 곳으로 이동하는 동안 따로 설명하지 않고 자기 자리로 돌아갔다. 얼굴이 후끈거렸고, 그 순간만큼은 안개가 반가웠다.

차가운 안개 때문에 보이지 않는 개 한 마리가 그들을 향해 격렬하게 짖어 대더니 도망쳤다. 여기저기서 잠 없는 사람 몇 명이 깨기라도 한 듯 창문에 불이 켜졌다. 개 소리를 빼면 그들의 말발굽이 내는 둔탁한 또각또각 소리 말고는 밤의 마지막 시간을 흩뜨리는 소리가 전혀 나지 않았다.

랜드는 타렌 페리 사람을 별로 만나 본 적이 없었다. 그들에 대해 아는 몇 안 되는 정보를 떠올려 보았다. 타렌 페리 사람들은 자기들 말마따나 "낮은 마을들"로 내려오는 경우가 드물었고, 내려올 때도 무슨 고약한 냄새라도 나는 것처럼 코를 높이 쳐들고 있었다. 랜드가 만난 몇 안 되는 사람들은 이름이 힐톱이니, 스톤보트니 하는 식으로 이상했다. 타렌 페리 사람들은 모두가 교활하고 속임수를 잘 쓰는 것으로 알려져 있었다. 타렌 페리 사람과 악수를 하고 나면 손가락이 몇 개 남았는지 세어 봐야 한다는 것이었다.

란과 모레인은 마을의 다른 모든 집과 똑같아 보이는 높고 어두운 집 앞에 멈추어 섰다. 수호자가 안장에서 뛰어내려 앞문으로 이어지는 계단을 올라가는 동안, 안개가 연기처럼 그의 주위에 감겼다. 앞문은 거리에서 일행의 머리 높이만큼 위에 있었다. 계단 꼭대기에 오른 란은 주먹으로 문을 두드렸다.

"조용히 하라더니." 맷이 투덜거렸다.

란은 계속해서 문을 두드렸다. 옆집 창문에 불이 켜졌고, 누군가가 성이 나서 소리를 질렀다. 그러나 수호자는 계속 문 두드리기를 멈추지 않았다.

갑자기 문이 뒤로 확 열렸다. 문을 연 사람은 맨발 발목에서 펄럭거리는 잠옷을 입은 한 남자였다. 그가 한 손에 들고 있는 기름 등잔이 이목구비가 뾰족뾰족하게 생긴 좁다란 얼굴을 비추었다. 그는 화난 듯 입을 열었으나, 고개를 이리저리 돌리며 안개를 보더니 눈이 툭 불거진 채 벌어진 입을 다물지 못했다. "이게 뭐야?" 그가 말했다. "이게 뭐냐고?" 차가운 잿빛 덩굴이 문 쪽으로 말려 들어가자 그는 서둘러 물러났다.

"하이타워 씨." 란이 말했다. "바로 당신을 만나고 싶었소. 당신의 페리를 타고 강을 건너고 싶소."

"이름이 하이타워라니, 높은 탑은 본 적도 없을 것 같은데." 맷이 히죽거렸다. 랜드는 친구에게 조용히 하라고 손짓했다. 뾰족한 얼굴의 그 남자는 등불을 더 높이 들며 의심스럽다는 듯 일행을 내려다보았다.

잠시 후 하이타워 씨는 부루퉁하게 말했다. "페리는 낮에만 다녀. 밤엔 안 가. 절대로. 이렇게 안개가 심할 때도 마찬가지고. 해가 뜨고 안개가 사라지면 다시 오슈."

그가 돌아서려 했지만 란이 그의 손목을 잡았다. 도선업자는 화난 듯 입을 벌렸다. 수호자가 주화를 하나씩 세서 그의 손바닥에 놓아 주자 등불 빛에 금이 반짝였다. 하이타워는 금화 짤랑거리는 소리에 입술을 핥았다. 그의 머리가 손 쪽으로 조금씩 움직였다. 자기 눈을 못 믿는 모양이었다.

"이만큼 더 드리겠소." 란이 말했다. "강을 안전하게 건너간 다음에 말이오. 단, 지금 떠나야 하오."

"지금?" 도선업자는 아랫입술을 씹으며 발을 바꿔 짚더니 안개로 가득한 밤을 내다본 뒤 갑자기 고개를 끄덕였다. "그럼 지금 가지. 뭐, 손목이나 놓아주쇼. 배 끝 사람들을 깨워야 하니까. 내가 직접 페리를 끌고 강을 건널 거라고 생각하는 건 아니겠지?"

"페리에서 기다리겠소." 란이 딱 잘라 말했다. "오래 기다리지는 않겠지만." 그는 도선업자를 놓아주었다.

하이타워 씨는 금화 한 줌을 확 가슴 쪽으로 끌어당기더니 알겠다는 뜻으로 고개를 끄덕이고 서둘러 엉덩이로 문을 밀어 닫았다.

12장 타렌강을 건너

란은 계단을 내려와 일행에게 말에서 내린 다음 말을 끌고 자기를 따라 안개 속을 나아가라고 했다. 이번에도 그들은 수호자가 길을 잘 알기를 믿는 수밖에 없었다. 안개가 랜드의 무릎 주변에서 소용돌이치며 그의 두 발을 가렸다. 1미터 이상 떨어진 것은 모두 흐릿하게만 보였다. 안개는 마을 바깥에서처럼 심하지 않았으나, 랜드의 눈에는 일행이 거의 보이지 않았다.

그때도 일행을 제외하면 밤중에 움직이는 인간은 없었다. 창문 몇 군데에 불이 더 켜지기는 했지만 짙은 안개가 그중 대부분을 어슴푸레한 조각보로 흐려 놓았고, 대체로 눈에 들어오는 것이라고는 잿빛 속에 걸려 있는 그 아른아른한 빛뿐이었다. 약간 더 잘 보이는 다른 집들은 구름의 바다에 떠 있는 것처럼 보이거나, 이웃집들이 숨겨져 있는 가운데 안개에서 불쑥 솟아오르는 것처럼 보였다. 꼭 몇 킬로미터 안에 그 집만 서 있는 것 같았다.

랜드는 오랫동안 말을 타서 몸이 아팠기에 뻣뻣하게 걸었다. 타 발론까지 남은 길을 걸어갈 방법은 없을까 싶었다. 물론 이 순간 걷는 것이 말을 타는 것보다 훨씬 나은 방법은 아닐 것이다. 그렇더라도 지금 랜드의 몸에서 아프지 않은 부분은 거의 발이 유일했다. 최소한 걸어 다니는 것은 익숙했다.

랜드가 똑똑히 들을 수 있을 만큼 큰 소리로 누군가 말을 한 것은 한 번뿐이었다. "당신이 처리해야 해요." 모레인이 란의 들리지 않는 말에 대답했다. "너무 많은 것을 있는 그대로 기억할 텐데, 그건 도움이 안 되죠. 내가 그의 생각에서 두드러지면……."

랜드는 심술을 내며 이제 잔뜩 젖어 버린 망토를 어깨에서 움직이면서 다른 사람들과 가까이 붙었다. 맷과 페린이 혼잣말로 뭐라 툴툴거리다가 보이지 않는 무언가에 발가락을 찧을 때마다 비명을 지르다 말고 삼켰다. 톰 머릴린도 투덜댔다. 그가 하는 말 중 "따뜻한 음식," "불," "멀드 와인" 같은 단어가 랜드에게까지 들려왔지만, 수호자도 아이즈 세다이도 신경 쓰지 않았다. 에그웨인은 아무 말 없이 걸었다. 허리는 곧게 펴고 고개는 높이 들고 있었다. 에그웨인도 다른 친구들처럼 말타기에 익숙하지 않았으므로 그런 걸음 역시 어딘지 고통스럽고 머뭇거리는 것이었을 게 틀림없었다.

에그웨인이 모험 한번 제대로 한다고 랜드는 침울하게 생각했다. 모험이 이어지기만 한다면 에그웨인은 안개나 습기나 추위 같은 사소한 문제에는 신경 쓰지 않을 것 같았다. 모험을 찾아 나섰느냐, 아니면 강제로 모험을 할 수밖에 없었느냐에 따라 눈에 보이는 것에도 차이가 생기는 모양이었다. 이야기로 들었다면 드락카를 비롯해 빛만이 그 정체를 알 만한 존재들이 추격해 오는 가운데 차가운 안개를 뚫고 질주한 경험은 분명 짜릿하게 들릴 것이다. 에그웨인도 그 짜릿함을 느끼고 있을지 몰랐다. 그러나 랜드는 단지 추위와 축축함만을 느꼈고, 다시 마을에 들어가면 참 좋을 것 같았다. 그 마을이 타렌 페리라도 말이다.

문득 랜드는 어둠 속에 있던 크고 따뜻한 뭔가에 부딪혔다. 란의 수말이었다. 수호자와 모레인은 이미 멈추었고, 나머지 일행도 그들을 따라 멈추어 서며 말을 토닥여 주었다. 말도 말이지만 자기 마음도 달래기 위해서였다. 이곳은 안개가 약간 걷혀서 한동안 못 봤던 서로의 모습을 좀 더 또렷하게 볼 수 있었다. 그러나 그 이상 많은 것이 보이지는 않았다. 그들의 발은 여전히 잿빛 홍수 같은 낮은 너울에 가려져 있었다. 집들은 모두 삼켜진 것처럼 보였다.

랜드는 조심스럽게 클라우드를 조금 앞으로 끌고 가다가 자기 장화가 나무 널빤지에 긁히는 소리를 듣고 놀랐다. 페리 선착장이었다. 랜드는 조심스럽게 뒤로 물러나며 회색 말도 물러나도록 했다. 타렌 페리의 선착장에 대해서는 들어 본 적이 있었다. 그 선착장은 오직 페리로만 이어지는 다리였다. 타렌강은 아무리 힘이 센 사람이 헤엄치려 해도 끌어 내릴 수 있을 만큼 물살이 위험한, 넓고 깊은 강이라고 했다. 랜드가 알기로는 와인스프링강보다 훨씬 넓었다. 거기에 안개까지 있으니……. 다시 발에 흙이 닿자 마음이 놓였다.

거센 "쉬!" 소리가 란에게서 들려왔다. 안개만큼 날카로운 소리였다. 수호자는 페린 쪽으로 빠르게 움직이며 그들에게 손짓을 하더니 다부진 페린의 망토를 젖히고 커다란 도끼를 드러냈다. 무슨 일인지는 알 수 없었지만, 랜드는 고분고분하게 자기 망토를 어깨 너머로 넘기고 칼을 드러냈다. 란이 다시 자기 말로 빠르게 돌아갔을 때 등불이 깐닥거리며 안개 속에 나타났다. 둔탁한 발소리가 가까워졌다.

거친 옷을 입은 멍청한 얼굴의 남자 여섯 명이 하이타워 씨를 따라왔다. 그들이 들고 있는 횃불이 주위의 안개를 조금이나마 태워 없앴다. 그들이 멈추어 서자 에먼즈 필드에서 온 모든 일행의 모습이 완전히 드러났다. 그들은 반사되는 횃불 빛에 더 진하게 보이는 잿빛 장벽으로 둘러싸여 있었다. 도선업자는 좁다란 얼굴을 한쪽으로 기울여 그들을 자세히 살피며 함정이 있지는 않은지 바람 냄새를 맡아 보는 족제비처럼 코를 움찔거렸다.

란은 태연해 보이는 태도로 안장에 기댔지만 한 손은 기다란 칼자루에 허세를 부리듯 놓여 있었다. 그에게서는 눌러놓은, 언제라도 튀어 오를 수 있는 용수철의 느낌이 풍겼다.

랜드는 서둘러 수호자의 자세를 따라 했다. 최소한 칼에 손을 얹는 부분만이라도. 그렇게 치명적으로 보이도록 몸을 웅크릴 수는 없을 것 같았다. **내가 흉내를 내려고 하면 저놈들이 비웃을 거야.**

페린은 가죽 고리에서 도끼를 풀고 두 팔을 일부러 단단히 디뎠다. 맷은 화살통에 손을 댔다. 랜드로서는 이렇게 축축한 곳에 오래 내놓은 그의 활시위 상태가 어떨지 확신이 서지 않았지만 말이다. 톰 머릴린은 거창하게 앞으로 나서더니 빈손을 들어 올려 천천히 돌렸다. 갑자기 그가 화려한 손동작을 하자 손가락 사이에서 단검이 빙글 돌았다. 칼자루가 착 하며 그의 손바닥에 들어갔고, 톰은 갑자기 무신경한 태도로 손톱을 다듬기 시작했다.

즐거워하는 모레인의 낮은 웃음소리가 들려왔다. 에그웨인은 축제에서 공연을 보기라도 한 듯 손뼉을 치다가 당황한 표정으로 갈채를 멈추었다. 입술은 똑같이 움찔거리며 미소 짓고 있었지만 말이다.

하이타워는 전혀 재미없는 듯했다. 그는 톰을 보더니 큰소리로 목을 가다듬었다. "강을 건네주면 금화를 더 준다고 했는데." 그는 다시 그들을 둘러보았다. 퉁명스러우면서도 교활한 눈빛이었다. "당신이 아까 준 돈은 지금 안전한 곳에 있다, 이 말이야. 당신이 손댈 수 없는 곳에 있다고."

"나머지 금화는," 란이 그에게 말했다. "우리가 강 건너에 내렸을 때 당신 손에 들어갈 거요." 란이 살짝 흔들자 그의 허리에 매달려 있던 가죽 주머니에서 짤랑거리는 소리가 났다.

도선업자는 잠시 빠르게 눈을 움직였지만 결국 고개를 끄덕였다. "그럼 그렇게 하지." 그는 툴툴대더니 선착장으로 성큼성큼 나섰다. 도와줄 사람 여섯 명이 그 뒤를 따랐다. 그들이 움직이자 그들 주변의 안개가 타서 사라졌다. 그 뒤로 잿빛 덩굴들이 밀려들어 그들이 있던 자리를 빠르게 채웠다. 랜드는 서둘러 그들을 따라갔다.

페리 자체는 벽이 높고, 한쪽에는 들어 올려서 끝부분을 막을 수 있는 널빤지 경사로가 달린 나무배였다. 남자 손목 굵기의 밧줄이 배 양옆에 이어져 있었다. 선착장 끝에 있는 거대한 기둥에 묶여 강 건너 어둠 속으로 사라지는 밧줄이었다. 도선업자의 조수들은 페리 옆면의 무쇠 받침대에 횃불을 꽂고 모두가 말을 이끌고 배에 오르기를 기다린 다음 경사로를 끌어 올렸다. 말발굽과 사람들의 발걸음에 갑판이 삐걱거렸고, 페리는 무게가 실리는 대로 출렁거렸다.

하이타워는 반쯤 목소리를 낮추고 툴툴거리며 그들에게 말들을 진정시키고 가운데를 벗어나지 말라고 짓씹어 뱉었다. 배끌이들을 방해하지 말라는 것이었다. 그는 조수들에게 소리치며 페리로 강 건널 준비를 하는 그들을 닦달했다. 그러나 남자들은 하이타워가 뭐라고 말하든 마지못해 천천히 움직였으며, 하이타워 자신도 소리치다 말고 자주 말을 멈추고서 횃불을 높이 들고 안개를 들여다보는 것을 보면 뜨뜻미지근한 마음인 듯했다. 마침내 그는 아예 고함을 멈추고 뱃머리로 가더니 거기에 서서 강을 뒤덮은 안개를 들여다보았다. 그는 배끌이 중 한 명이 자기 팔을 건드릴 때까지 움직이지 않다가 펄쩍 뛰며 그를 노려보았다.

"뭐야? 아. 너였군. 준비됐어? 갈 때가 됐군. 자, 자. 뭘 기다리고 있어?" 그는 두 팔을 휘저었다. 횃불에도, 울음소리를 내며 물러서려는 말들에게도 별 신경을 쓰지 않고 말이다. "배를 풀어! 물러나! 움직여!" 조수는 그 말에 따라 축 처져 물러났고, 하이타워는 한 번 더 눈앞의 안개를 들여다보며 빈 손을 코트 앞섶에 불안한 듯 문질렀다.

배를 묶은 밧줄이 헐거워지고 강한 물살이 페리를 사로잡자 페리가 출렁였다. 그러다가 당김줄에 걸리자 한 번 더 출렁였다. 배 끄는 사람들은 한쪽에 세 명씩 자리 잡고, 페리 앞쪽에서 밧줄을 움켜쥔 채 힘을 쓰며 뒷걸음질 치기 시작했다. 그들은 잿빛 망토를 걸친 강으로 조금씩 다가가며 불안한 듯 투덜거렸다.

안개가 주위를 둘러싸면서 선착장은 사라졌다. 일렁이는 횃불 사이로 빈약한 물살이 페리를 가로지르며 흘러갔다. 바지선은 물살에 천천히 흔들렸다. 앞으로 걸어가 밧줄을 잡고, 다시 뒤로 돌아 줄을 당기는 배 끄는 사람들의 안정적인 발걸음 외에 다른 움직임은 전혀 보이지 않았다. 아무도 입을 열지 않았다. 투 리버스 사람들은 최대한 페리 중앙에 가까이 머물렀다. 그들은 자신들이 잘 아는 개울에 비해 타렌강이 훨씬 넓다는 이야기를 들었다. 안개 때문에 그들의 머릿속에서는 강이 무한히 넓게 느껴졌다.

잠시 후 랜드가 란에게 다가갔다. 물살을 헤치고 걸어갈 수도, 헤엄쳐 건널 수도 없고 건너편이 보이지도 않는 강은 워터우드의 연못보다 넓거나 깊은 것은 한 번도 보지 못한 사람에게 긴장감을 일으켰다. "정말 우리한테 강도질을 하려 했을까요?" 랜드가 조용히 물었다. "우리가 자기를 털까 봐 더 걱정하는 것 같던데요."

수호자는 도선업자와 그의 조수들을 눈여겨본 뒤 랜드처럼 조용한 목소리로 대답했다. 아무도 둘의 대화를 듣지 않는 듯했다. "저 사람들의 모습을 감춰 줄 안개가 있으니……. 글쎄, 자기가 하는 일이 가려질 때면 사람들은 가끔 다른 사람들이 보고 있었다면 하지 않았을 방식으로 낯선 이들을 대한다. 그리고 가장 먼저 낯선 사람을 해칠 만한 인간은 낯선 사람이 자기를 해칠 거라고 생각하는 자이지. 저자는……. 나는 저놈이 가격만 맞으면 자기 어머니도 트롤록에게 국거리 고기로 팔 놈이라고 생각한다. 네가 묻는 게 오히려 놀라운데. 에먼즈 필드 사람들이 타렌 페리 사람들에 대해 하는 말을 들은 적이 있어서."

"네, 그렇지만……. 뭐, 모두의 말대로라면 타렌 페리 사람은……. 하지만 저 사람들이 정말로 그럴 거라는 생각은……." 랜드는 자기 마을을 벗어난 곳의 사람들에 대해서 아무것도 모른다는 것을 인정하는 편이 낫겠다고 생각했다. "저 사람이 희미한 자에게 우리가 페리를 타고 강을 건넜다고 말할지도 몰라요." 결국 랜드가 말했다. "어쩌면 트롤록들을 데리고 우리를 쫓아올지도 몰라요."

란이 건조하게 씩 웃었다. "낯선 사람을 터는 것과 반인을 상대하는 건 또 다른 일이다. 아무리 많은 금화를 준다 한들 저자가 트롤록들을 배에 태워 건너는 모습을 정말로 상상할 수 있나? 특히 이런 안개 속에서 말이야. 기회가 생긴대도 저자가 머드랄과 이야기나 나누려 할까? 그런 생각만 해도 저 놈은 한 달 내내 도망칠걸. 타렌 페리에서 어둠의 친구들을 걱정할 필요는 별로 없을 거다. 여기서는 아니야. 우리는 안전하다. ……최소한 당분간은. 어쨌든 이 녀석들한테서는 말이야. 조심해라."

안개 속을 들여다보던 하이타워가 고개를 돌리고 있었다. 그는 뾰족한 얼굴을 앞으로 내밀고 횃불을 높이 든 채 두 사람을 처음으로 똑똑히 본다는 듯 란과 랜드를 빤히 쳐다보았다. 배 끄는 사람들의 발과 가끔 굴러 대는 말발굽에 갑판의 널빤지가 삐걱거렸다. 갑자기 도선업자는 그들을 지켜보는 자신을 그들도 지켜본다는 것을 깨닫고 움찔했다. 그는 흠칫하며 빙글 돌아서더니 다시 저쪽 강둑 아니면 안개 속에서 찾고 있는 다른 존재를 바라보았다.

“더는 말하지 마라.” 란이 말했다. 너무 나지막한 목소리라, 하마터면 못 알아들을 뻔했다. “요즘은 낯선 사람들이 듣는 가운데 트롤록이나 어둠의 친구들, 혹은 거짓말의 아버지에 관해 말할 만한 시기가 아니다. 그런 이야기를 하다간 문에 드래건의 송곳니가 그려지는 것보다 더 나쁜 일을 당할 수도 있다.”

랜드는 질문을 이어 나갈 마음이 없었다. 전보다도 심하게 우울함이 찾아들었다. 어둠의 친구들이라니! 희미한 자와 트롤록과 드락카로는 걱정거리가 충분하지 않다는 것일까? 최소한 트롤록은 눈으로 보면 알 수라도 있지.

갑자기 눈앞 안개 속에서 말뚝들이 어둑하게 모습을 드러냈다. 페리가 반대쪽 강둑에 쿵 부딪혔고, 이어 배 끄는 사람들이 서둘러 배를 단단히 묶은 다음 그쪽의 경사로를 쿵 하며 내렸다. 그러는 동안 맷과 페린은 타렌강의 넓이가 들은 것의 반도 안 된다고 시끄럽게 떠들어 댔다. 란은 수말을 데리고 경사로를 내려갔고, 모레인을 비롯한 일행이 그 뒤를 따랐다. 마지막으로 랜드가 클라우드를 데리고 벨라를 따라 내리자 하이타워 씨가 화를 내며 소리쳤다.

“어이, 이봐! 여기! 내 금화는?”

“대가는 치러야지.” 모레인의 목소리가 안개 속 어딘가에서 들려왔다. 랜드의 장화가 경사로에서 나무로 만든 선착장으로 쿵쿵거리며 움직였다. “조수들에게도 은화 한 닢씩을 주고.” 아이즈 세다이가 덧붙였다. “빠르게 건네주었으니까.”

도선업자는 위험한 냄새가 난다는 듯 얼굴을 앞으로 내밀고 망설였지만, 은화라는 소리를 듣자 배 끄는 사람들이 일어섰다. 횃불을 가져오려고 머뭇거리는 사람들도 있었지만, 다들 하이타워가 입을 열기도 전에 경사로를 쿵쿵거리며 내려왔다. 도선업자는 뚱하게 인상을 쓰며 부하들을 따라왔다.

랜드가 선착장을 따라 조심스럽게 이동하자 안개 속에서 클라우드의 발굽 소리가 공허하게 또각거렸다. 이곳의 잿빛 안개도 강 건너편만큼 짙었다. 수호자는 선착장을 다 내려온 곳에서 하이타워와 그 부하들이 들고 있는 횃불에 둘러싸인 채 동전을 나누어 주고 있었다. 모레인을 뺀 모두가 안달복달하며 모여 있는 그 무리와 거의 붙어 서서 기다렸다. 아이즈 세다이는 가만히 서서 강물을 바라보고 있었다. 랜드로서는 그녀가 무엇을 보는지 알 수 없었지만 말이다. 랜드는 몸을 떨며 축축해진 망토를 끌어 올렸다. 이제는 정말로 투 리버스를 벗어났다. 투 리버스가 강의 폭보다 훨씬 더 멀리 떨어져 있는 것처럼 느껴졌다.

"자." 란이 마지막 금화를 하이타워에게 건네주며 말했다. "약속은 지켰소." 란은 주머니를 집어넣지 않았고, 족제비 같은 얼굴의 남자는 탐욕스럽게 그 주머니를 눈여겨보았다.

시끄러운 삐걱 소리와 함께 선착장이 흔들렸다. 하이타워는 움찔하며 몸을 똑바로 세우고 고개를 안개에 가려진 페리 쪽으로 돌렸다. 갑판에 남아 있던 횃불들은 한 쌍의 어슴푸레하고 흐릿한 빛 점으로 보였다. 선착장이 신음하는 듯하더니 나무가 부러지는 천둥 같은 소리가 나며 두 개의 불빛이 출렁이다가 빙빙 돌기 시작했다. 에그웨인이 알아들을 수 없는 비명을 질렀고, 톰은 욕설을 했다.

"배가 풀렸잖아!" 하이타워가 소리 질렀다. 그는 배 끄는 사람들을 꽉 쥐고 선착장 끝으로 밀었다. "페리가 풀렸다고, 이 멍청이들아! 잡아! 잡아!"

배 끄는 사람들은 하이타워가 떠밀자 몇 걸음 비틀거리며 나아가다 멈추어 섰다. 페리의 희미한 빛은 더 빠르게, 점점 더 빠르게 돌았다. 그 위의 안개도 소용돌이치며 나선으로 빨려 들어갔다. 선착장이 흔들렸다. 페리가 부서지기 시작하며 나무가 갈라지고 쪼개지는 소리가 허공을 가득 채웠다.

"소용돌이야." 배 끄는 사람 중 한 명이 말했다. 목소리에 놀랍다는 기색이 가득했다.

"타렌강에는 소용돌이가 일어나지 않아." 하이타워의 목소리는 공허했다. "소용돌이가 한 번도 없었는데……."

"불행한 일이네요." 강에서 돌아서는 모레인의 모습을 그림자처럼 보이게 만드는 안개 속에서 그녀의 목소리도 공허하게 들렸다.

"불행한 일이오." 란도 단조로운 말투로 동의했다. "당분간은 다른 누구도 강 건너로 실어 나르지 못하겠는데. 우리 일을 하다가 장비를 잃었다니 안 됐군." 란은 손에 미리 들고 있던 지갑에 다시 손을 넣었다. "이거면 보상이 될 거요."

하이타워는 잠시 란의 손에 들린 채 횃불 빛을 받아 빛나는 금화를 바라보았다. 그러더니 그는 어깨를 웅크리며 자신이 강을 건네준 다른 사람들을 빠르게 훑어보았다. 안개에 가려져 잘 보이지 않는 에먼즈 필드 사람들은 조용히 서 있었다. 도선업자는 겁에 질려 불분명한 비명을 지르며 란에게서 금화를 낚아채더니 홱 돌아서서 안개 속으로 달려갔다. 배 끄는 사람들이 그를 겨우 반 발짝 뒤에서 쫓아갔다. 그들이 강 상류로 사라지면서 그들의 횃불도 빠르게 어둠에 삼켜졌다.

"여기에 더 이상 머물 이유는 없어." 아이즈 세다이는 일상적이지 않은 일은 전혀 일어나지 않았다는 듯 말했다. 그녀는 흰 암말을 이끌고 선착장을 떠나 강둑을 오르기 시작했다.

랜드는 보이지 않는 강을 쳐다보며 서 있었다. **우연일 수도 있어. 도선업자는 소용돌이가 일어나지 않는다고 했지만…….** 문득 랜드는 다른 모두가 사라졌다는 것을 깨달았다. 그는 서둘러 완만하게 경사진 강둑을 허둥지둥 올라갔다.

세 걸음을 나아가자 짙은 안개는 완전히 사라졌다. 랜드는 우뚝 멈추어 서서 뒤를 보았다. 강변을 따라 이어지는 긴 선을 사이로 한쪽에는 짙은 잿빛이 머물러 있었고, 반대쪽은 맑은 밤하늘처럼 밝았다. 아직 어둡기는 했지만 달빛이 신명한 것을 보니 새벽이 머지않은 시간이었다.

수호자와 아이즈 세다이는 안개의 경계선과 살짝 거리를 두고 각자의 말 옆에 서서 이야기를 나누고 있었다. 다른 사람들은 조금 떨어진 곳에 모여 있었다. 달빛이 비치는 어둠 속에서도 그들의 긴장감은 손으로 만져질 듯했다. 모두의 시선이 란과 모레인에게 향해 있었고, 오직 에그웨인만이 두 사람을 잃는 것과 둘에게 너무 가까워지는 것 사이에서 갈피를 잡지 못하는 듯 뒤로 상체를 뒤로 젖히고 있었다. 랜드는 클라우드를 이끌고 에그웨인 쪽으로 빠르게 걸어 마지막 몇 미터를 다가갔다. 에그웨인이 그를 보며 미소 지었다. 랜드는 에그웨인의 눈에 깃든 빛이 전부 달빛은 아니라고 생각했다.

“저 선은 펜으로 그린 것처럼 강을 따라가죠.” 모레인이 만족스럽다는 듯 말했다. “아무 도움도 받지 않고 저렇게 할 수 있는 여자는 타 발론에 열 명도 없어요. 달리는 말을 타고는 물론이고.”

“불평하려는 건 아닙니다, 모레인 세다이.” 톰이 말했다. 이상하게도 톰치고는 조금 자신 없어 하는 말투였다. “하지만 우리를 좀 더 오랫동안 가리는 편이 낫지 않았을까요? 예를 들면 베얼론까지 말입니다. 그 드락카가 강 이쪽을 살펴본다면 여태 얻은 모든 것을 잃게 됩니다.”

“드락카는 별로 똑똑하지 않답니다, 머릴린 씨.” 아이즈 세다이가 건조하게 말했다. “두렵고 치명적으로 위험하며 시력도 좋지만 지능은 떨어지죠. 놈은 머드랄에게 강 이쪽에는 아무것도 없지만, 강 자체는 양방향으로 수 킬로미터나 가려져 있다고 말할 겁니다. 머드랄은 그렇게 하려면 내가 얼마나 노력해야 하는지 알고 있어요. 우리가 강을 따라 탈출하고 있을지 모른다는 생각을 어쩔 수 없이 할 겁니다. 그러면 놈이 늦어지겠죠. 여러 방향으로 수색을 해야 하니까요. 놈으로서는 우리가 최소한 일부 구간을 배로 이동하지 않았다고 확신할 수 없을 만큼 안개가 오래 버텨 줄 거예요. 그 대신 베얼론 쪽으로 안개를 조금 더 연장할 수도 있었지만, 그렇게 하면 드락카가 몇 시간 만에 강을 수색할 수 있을 테죠. 머드랄은 우리가 어디로 가는지 정확히 알았을 테고요.”

톰은 흠 소리를 내더니 고개를 저었다. “죄송합니다, 아이즈 세다이. 제가 괜히 기분을 상하게 해 드린 게 아니었으면 좋겠군요.”

“아, 모레……. 어, 아이즈 세다이.” 맷은 잠시 말을 멈추고 다 들리게 침을 삼켰다. “그 페리 말인데요……. 어……. 혹시 당신이……. 그러니까 제 말은……. 이유를 잘 모르겠어서 그러는데…….” 맷은 힘없이 말을 흐렸다. 랜드에게 들리는 가장 큰 소리가 그 자신의 숨소리일 만큼 깊은 침묵이 이어졌다.

마침내 모레인이 입을 열었다. 그녀의 목소리가 텅 빈 침묵을 날카로움으로 채웠다. "다들 설명을 원하지만 내 모든 행동을 설명하려면 다른 일을 할 시간이 전혀 없을 거예요." 달빛 속에서 아이즈 세다이는 왠지 키가 더 커 보였다. 거의 그들을 내려다보는 것 같았다. "이것만 알아 두세요. 난 여러분을 타 발론으로 안전하게 데려가려 합니다. 여러분이 알아야 하는 건 그것뿐이에요."

"계속 여기에 서 있다가는," 란이 끼어들었다. "드락카가 강을 수색할 필요도 없을 겁니다. 제 기억이 맞는다면……." 그는 말을 이끌고 강둑으로 올라갔다.

랜드는 수호자의 움직임이 가슴에 맺힌 무언가를 풀어 주기라도 한 것처럼 깊이 숨을 들이쉬었다. 그는 다른 사람들도 똑같이 하는 소리를 들었다. 톰조차도 말이다. 오랜 속담이 생각났다. 아이즈 세다이의 성질을 거스르느니 차라리 늑대의 눈에 침을 뱉으라는 말. 그래도 긴장감이 줄어들긴 했다. 모레인은 아무도 내려다보고 있지 않았다. 그녀의 키는 랜드의 가슴에 간신히 닿았다.

"조금도 쉴 수 없겠죠?" 페린은 희망을 담아 말했다가 하품을 하며 말을 마쳤다. 벨라에게 축 늘어져 기대 있던 에그웨인은 지친 듯 한숨을 쉬었다.

랜드가 에그웨인한테서 불평과 조금이라도 비슷한 소리를 들은 건 그때가 처음이었다. **어쩌면 에그웨인도 지금은 이게 무슨 거창한 모험이 아니라는 걸 깨달은 것일지 몰라.** 그런 다음 랜드는 죄책감을 느끼며 자신과 달리 에그웨인은 낮 내내 자지 않았다는 것을 떠올렸다. "우린 확실히 쉬어야 해요, 모레인 세다이." 그가 말했다. "어쨌거나 밤새 달려왔으니까요."

"그럼, 란이 우리한테 주려는 게 뭔지 보기로 하자." 모레인이 말했다. "이리 와."

그녀는 일행을 이끌고 강둑을 올라가 강변 뒤쪽의 숲으로 들어갔다. 헐벗은 나뭇가지들이 얽혀 그림자가 더욱 짙어졌다. 타렌강에서 상당히 떨어진 지점에서 그들은 공터 옆에 있는 어둑한 흙무더기에 이르렀다. 오래전에 일어난 홍수로 진퍼리꽃나무 한 그루가 뿌리 뽑혀 넘어지면서 그 나무 전체가 물에 휩쓸려 두껍게 뒤엉킨 큰 덩어리가 되어 있었다. 겉보기에는 나무 둥치와 가지, 뿌리로 이루어진 단단한 덩어리였다. 모레인이 멈추어 섰을 때, 갑자기 땅과 가까운 낮은 곳에 빛이 나타났다. 나뭇더미 아래에서 흘러나오는 빛이었다.

란이 횃불을 앞으로 내민 채 그 무더기 아래에서 기어 나와 허리를 폈다. "불청객은 없습니다." 그가 모레인에게 말했다. "제가 남겨 둔 장작도 젖지 않았고요. 그래서 조그맣게 모닥불을 피워 두었습니다. 따뜻하게 쉴 수 있을 겁니다."

"여기서 쉬게 될 거라고 예상하신 거예요?" 에그웨인이 놀라서 말했다.

"그럴 수도 있을 것 같았다." 란이 대답했다. "나는 만일을 대비하는 편을 좋아해서."

모레인이 그에게서 횃불을 받아 들었다. "말들을 돌봐 주겠어요? 그 일을 다 끝내면 내가 할 수 있는 대로 모두의 피로를 풀어 줄게요. 지금은 에그웨인하고 이야기하고 싶은데. 에그웨인?"

랜드는 두 여자가 몸을 웅크리고 거대한 나무 둥치 아래로 사라지는 모습을 지켜보았다. 나무 아래쪽에 구멍이 나 있었다. 간신히 기어들어 갈 수 있는 크기였다. 횃불 빛이 사라졌다.

란은 사료 자루와 소량의 귀리를 보급품에 넣어 두었으나 다른 사람들이 안장을 풀지는 못하게 했다. 대신 마찬가지로 챙겨 온 밧줄을 꺼냈다. 말들의 다리를 묶어 두기 위한 것이었다. "말들은 안장이 없어야 더 잘 쉴 수 있겠지만, 빨리 떠나야 할 상황에는 안장을 새로 채울 시간이 없을 거다."

"제가 보기에 말들은 쉴 필요가 없을 것 같은데요." 페린은 자기가 탄 말의 주둥이에 사료 주머니를 걸어 주려 하며 말했다. 말은 고개를 젖혀 페린이 끈을 제대로 묶지 못하게 했다. 랜드도 클라우드를 다루는 데 어려움을 겪고 있었다. 세 번 시도하고 나서야 캔버스 천으로 된 사료 자루를 회색 말의 코 앞에 걸어줄 수 있었다.

"쉬어야 한다." 란이 말했다. 그는 자기 수말의 다리를 묶어 놓고 허리를 폈다. "아, 계속 달릴 수는 있지. 우리가 내버려 두면 이 말들은 느끼지도 않은 피로로 쓰러져 죽는 그 순간까지 최대한의 속도로 달릴 거다. 나도 모레인 세다이가 그런 일을 하지 않았으면 더 좋았을 거라고 생각하지만 필요한 일이었다." 그는 수말의 목을 쓰다듬었고, 말은 수호자의 손길을 알아본다는 듯 고개를 끄덕였다. "녀석들이 회복할 때까지 앞으로 며칠은 천천히 이동해야 한다. 나는 마음에 들지 않지만. 그래도 운이 따라 주면 그걸로 될 거다."

"혹시……?" 맷이 다 들리게 침을 삼켰다. "혹시 모레인이 한 말이 그런 뜻이었나요? 우리의 피로를 어떻게 해 준다면서요?"

랜드는 클라우드의 목을 어루만지며 멍하니 앞을 보았다. 모레인이 탬에게 해 준 일에도 불구하고 랜드는 아이즈 세다이가 자기에게 힘을 사용하는 것을 바라지 않았다. **빛이여, 모레인은 페리를 침몰시킨 것을 인정한 거나 마찬가지입니다.**

"그 비슷한 뜻이지." 란은 찡그리며 씩 웃었다. "하지만 너희는 죽을 때까지 달릴 걱정을 하지 않아도 된다. 지금보다 상황이 훨씬 나빠지지 않는다면 말이야. 그냥 하룻밤 더 자는 셈이라고 쳐라."

드락카의 날카로운 비명이 갑자기 안개로 뒤덮인 강 위쪽에 메아리쳤다. 말들조차 얼어붙었다. 그 소리는 한 번 더 들려왔다. 이번에는 더 가까워져 있었다. 그러더니 또 한 번 들렸다. 그 소리가 랜드의 머리를 바늘로 관통하는 것만 같았다. 그런 뒤에 비명은 희미해지다가 완전히 사라졌다.

"운이 좋았군." 란이 낮은 목소리로 말했다. "우리를 찾아 강을 뒤지고 있다." 그는 잠깐 어깨를 으쓱하더니 갑자기 딱딱하게 말했다. "들어가자. 뜨거운 차랑 배를 채울 것이 좀 있어도 좋을 것 같은데."

랜드가 가장 먼저 두 손과 무릎으로 기어 얽힌 나무의 구멍으로 들어가 짧은 통로를 내려갔다. 그는 통로 끝에 여전히 웅크린 채 멈추어 섰다. 앞에는 불규칙하게 생긴 공간이 있었다. 일행 모두가 쉽게 들어갈 수 있을 만큼 커다란 나무 동굴이었다. 나무 둥치와 가지로 이루어진 지붕은 너무 낮아 여자들만 서 있을 수 있었다. 강변의 돌멩이를 깔아 놓은 곳 위에 작은 모닥불이 피워져 있었고, 거기에서 피어오른 연기가 위로 지붕 너머까지 흘러갔다. 연기가 이 공간에 차지 않을 정도로 통풍이 잘되기는 했으나, 가지가 너무 빽빽하게 얽혀 있어서 밖에서 보면 불빛은 반짝임도 보이지 않았다. 모레인과 에그웨인이 망토를 벗어 놓고 책상다리를 하고서 모닥불 옆에 서로를 마주 보며 앉아 있었다.

"일원력은," 모레인이 말하고 있었다. "진정한 근원에서 나오고, 진정한 근원은 창조의 추진력이자 창조주께서 시간의 물레를 돌리기 위해서 만드신 힘이란다." 모레인은 두 손을 모아 서로 밀었다. "진정한 근원의 절반인 남성들을 의미하는 **사이딘**과, 다른 절반을 의미하는 **사이다**는 서로 역작용을 하는 동시에 협력하며 그 힘을 제공하지. **사이딘**은……." 모레인은 한 손을 들었다가 툭 떨어뜨렸다. "역한 기름층이 위에 얇게 떠 있는 물처럼 어둠의 존재가 뻗은 손길에 더럽혀진단다. 물은 여전히 깨끗하지만, 그 더러운 것을 만지지 않고서는 물도 만질 수 없지. 계속 사용해도 안전한 건 **사이다**뿐이야." 에그웨인은 랜드를 등지고 있었다. 랜드는 그녀의 얼굴을 볼 수 없었지만 그녀는 열중하며 앞으로 몸을 숙이고 있었다.

맷이 뒤에서 랜드를 쿡 찌르더니 뭐라고 중얼거렸다. 랜드는 나무 동굴 안으로 더 들어갔다. 모레인과 에그웨인은 랜드가 들어와도 모른 척했다. 다른 남자들이 랜드를 따라 몰려들며 축축한 망토를 젖히고 모닥불 주위에 앉아 온기를 얻으려고 손을 뻗었다. 마지막으로 들어온 란은 움푹 파인 벽에서 물주머니와 가죽 자루 여러 개, 그리고 주전자 하나를 꺼내더니 차를 끓이기 시작했다. 그는 여자들이 하는 말에 아무 관심을 두지 않았으나, 랜드의 친구들은 손을 데우는 것을 그만둔 채 대놓고 그들을 쳐다보았다. 톰은 오직 깊은 조각이 새겨진 파이프에 타박을 채우는 데에만 관심이 있는 것처럼 굴었으나, 여자들 쪽으로 몸을 숙이고 있는 것을 보면 그렇지 않다는 티가 났다. 모레인과 에그웨인은 이곳에 단둘이 있는 것처럼 행동했다.

"아니." 랜드가 듣지 못한 질문에 모레인이 대답했다. "진정한 근원을 다 써 버릴 수는 없어. 물레방아를 돌려서 강물을 다 써 버릴 수 없는 것과 마찬가지야. 진정한 근원이 강이고, 아이즈 세다이는 물레방아란다."

"정말로 제가 배울 수 있다고 생각하세요?" 에그웨인이 물었다. 그녀의 얼굴이 열정으로 빛났다. 랜드의 눈에 에그웨인이 그렇게 아름다워 보인 적은 없었다. 그토록 멀게. "제가 아이즈 세다이가 될 수 있을까요?"

랜드가 벌떡 일어나다가 통나무로 이루어진 낮은 지붕에 머리를 찧었다. 톰 머릴린이 그의 팔을 잡고 끌어 내렸다.

"바보같이 굴지 마라." 방랑 시인이 중얼거렸다. 그는 여자들을 눈여겨보았고 여자들은 눈치채지 못한 듯했다. 그가 랜드에게 던진 시선에는 연민이 어려 있었다. "이젠 네 손을 떠난 문제야."

"아이야." 모레인이 부드럽게 말했다. "진정한 근원과 접촉해 일원력을 쓸 수 있는 사람은 아주 적단다. 더 높은 수준으로 배울 수 있는 사람도 있고, 그만도 못한 사람도 있지. 너는 아예 배울 필요가 없는 극소수 사람 중 한 명이야. 최소한 근원과의 접촉은 네가 원하든 원치 않든 일어날 일이란다. 하지만 타 발론에서 받을 수 있는 교육을 받지 않으면 일원력을 온전히 채널링하는 방법을 배울 수는 없을 거야. 살아남지 못할 수도 있고. 타고난 **사이딘**과 접촉할 능력을 가진 남자들은 당연히 죽는단다. 적색의 아자가 그들을 찾아 순치하지 못하면 말이지……."

톰이 목구멍 깊은 곳에서 끙 소리를 냈고, 랜드는 불편해서 움찔거렸다. 랜드는 살면서 들어 본 사람 중에는 그런 사람이 세 명밖에 없었고, 빛에게 감사할 일이지만 그들은 투 리버스 사람들이 아니었다. 아이즈 세다이가 말한 것 같은 남자들은 드물었지만, 아이즈 세다이에게 발견되기 전에 그들이 끼치는 피해는 전쟁이나 도시를 망가뜨린 지진에 대한 소식이 그렇듯 늘 소식을 전달할 만한 수준이었다. 랜드는 아자들이 실제로 뭘 하는지 몰랐다. 이야기에 따르면 아자란 달리 무슨 일을 하기보다는 음모를 꾸미고 자기들끼리 티격태격하는 아이즈 세다이 내부의 조직이었다. 그러나 한 가지 점만은 여러 이야기가 분명히 밝히고 있었다. 적색의 아자가 띤 주요 임무는 세계가 다시 파괴되지 못하도록 막는 것이었고, 그들이 이 임무를 수행하는 방식은 일원력을 휘두르겠다는 꿈이라도 꾸는 모든 남자를 찾아 제거하는 것이었다. 맷과 페린은 문득 집에 있는 침대로 돌아가고 싶다는 표정을 지었다.

"……하지만 죽는 여자들도 있어. 안내자가 없이는 배우기 어렵단다. 우리가 찾아내지 못한 여자들 중에 살아남은 사람들은 종종……. 글쎄, 이쪽 세계에서는 그 여자들이 자기 마을의 현자가 되는 것 같더구나." 아이즈 세다이는 생각에 잠겨 말을 멈추었다. "에먼즈 필드에 흐르는 옛 혈통은 강력하단다. 그 오래된 혈통이 노래를 부르지. 나는 너를 본 순간 네 정체를 알아봤어. 채널링을 할 수 있거나 변화에 가까워진 여자 곁에 있으면서 그걸 느낄 수 없는 아이즈 세다이는 존재하지 않아." 모레인은 벨트에 달린 주머니를 뒤적거리더니 앞서 머리에 차고 있던 황금 체인이 달린 작은 파란색 보석을 꺼냈다. "너는 변화에, 첫 번째 접촉에 매우 가까워져 있어. 변화가 일어날 때 내가 안내한다면 더 좋을 거다. 그렇게 하면 네가……. 자기 나름대로 길을 찾아야만 하는 사람들에게 닥치는 불쾌한 영향을 피할 수 있어."

보석을 바라보는 에그웨인의 눈이 휘둥그레졌다. 그녀는 여러 차례 입술을 축였다. "그게……. 거기에 일원력이 들어 있는 건가요?"

"당연히 아니지." 모레인이 쏘아붙였다. "**물건**에는 일원력이 없단다, 얘야. **앙그리알**조차도 도구일 뿐이야. 이건 그냥 예쁜 파란색 돌이고. 하지만 빛을 뿜을 수 있지. 여기."

모레인이 자기 손가락 끝에 보석을 내려놓자 에그웨인은 손을 떨었다. 에그웨인은 손을 빼려 했으나 아이즈 세다이가 한 손으로 에그웨인의 두 손을 모두 잡고 다른 손으로는 에그웨인의 머리 옆쪽을 부드럽게 쓰다듬었다.

"보석을 보렴." 아이즈 세다이가 조용히 말했다. "혼자 서툴게 굴다 실수하는 것보다는 이편이 나아. 이 돌만 빼놓고는 머리를 깨끗하게 비워. 머리를 비우고, 너 자신이 흘러가게 놔두렴. 이 돌과 허무뿐이야. 내가 시작할게. 흘러가면서 내가 너를 이끌도록 하렴. 생각하지 마. 흘러가."

랜드의 손가락이 그의 무릎을 파고들었다. 아플 정도로 입이 꽉 다물렸다. **실패해야 해. 반드시.**

돌 안에서 빛이 피어났다. 딱 한 번 푸른빛이 번쩍이더니 사라졌다. 겨우 반딧불이 정도의 밝기였지만 랜드는 눈이 멀 것처럼 강한 빛을 본 듯 움찔했다. 에그웨인과 모레인은 텅 빈 얼굴로 돌을 들여다보았다. 또 한 번 빛이 번쩍이고, 또 번쩍인 끝에 하늘색 빛이 심장이 두근거리는 것처럼 맥동했다. **아이즈 세다이가 한 거야.** 랜드는 간절히 생각했다. **모레인이 한 거야. 에그**

웨인이 아니라.

마지막으로 한 번 약한 빛이 깜빡이더니 돌은 그저 시시한 물건이 되었다. 랜드는 숨을 참았다.

에그웨인은 잠시 작은 돌을 바라보다가 고개를 들어 모레인을 보았다. “저는……. 꼭 뭔가가…… 느껴진 것 같긴 해요. 하지만…… 저에 대해서는 오해하신 걸 거예요. 시간을 낭비하게 해서 죄송해요.”

“난 아무것도 낭비하지 않았어, 얘야.” 만족스러운 작은 미소가 모레인의 입가에 번졌다. “마지막 빛은 너 혼자서 낸 거야.”

“그래요?” 에그웨인은 그렇게 소리치더니 즉시 다시 침울해졌다. “하지만 거의 보이지도 않았는걸요.”

“이제는 촌구석의 바보 같은 여자애처럼 구는구나. 타 발론에 오는 사람 대부분은 여러 달 공부한 뒤에야 방금 네가 한 일을 할 수 있어. 너는 멀리까지 갈 수 있을 거야. 어쩌면 언젠가는 아멀린 권좌에 오를지도 모르지. 열심히 공부하고 노력한다면.”

“그 말씀은……?” 에그웨인은 기뻐 소리를 지르며 아이즈 세다이를 두 팔로 끌어안았다. “아, 감사합니다. 랜드, 들었어? 내가 아이즈 세다이가 된대!”

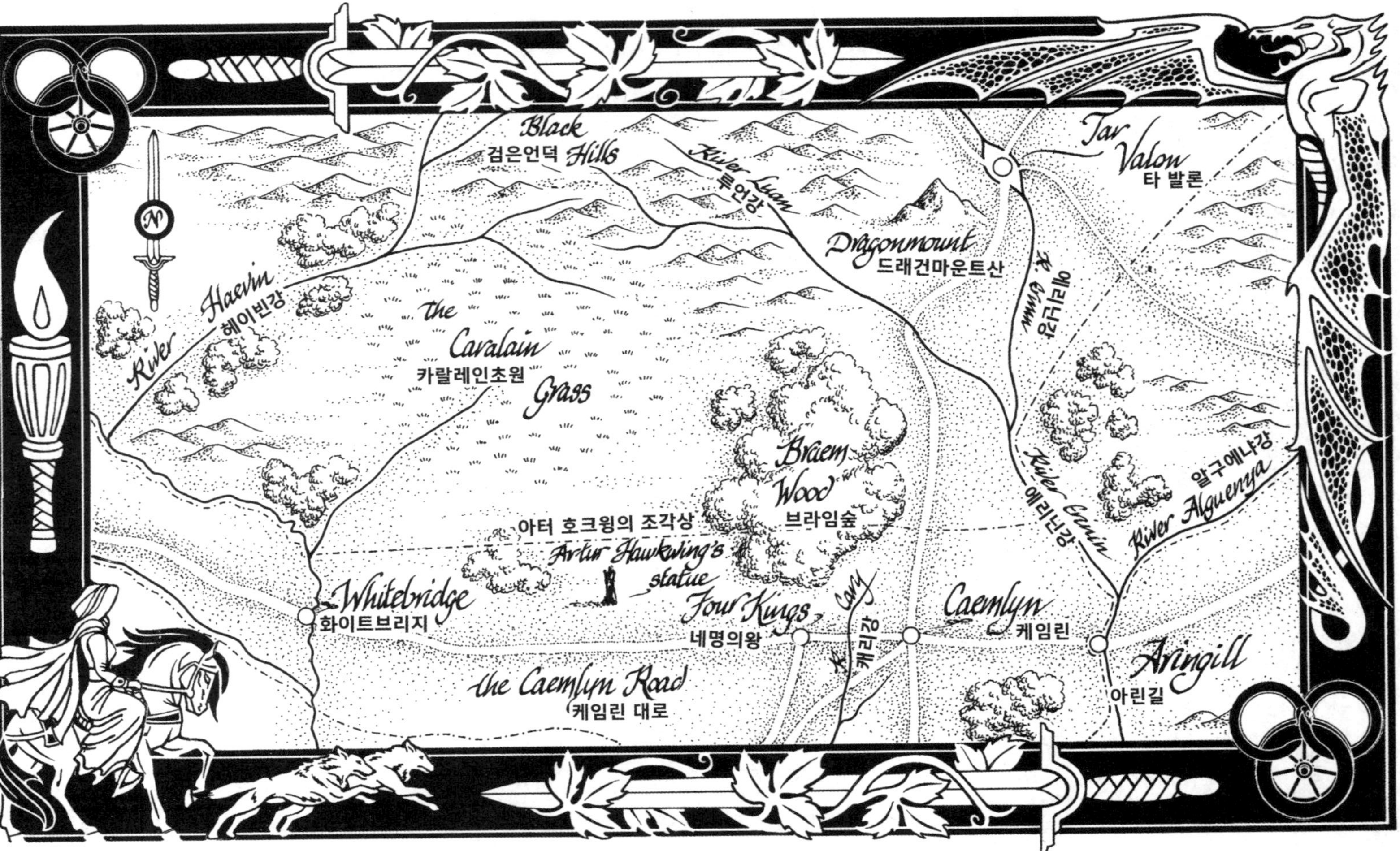

Black Hills
검은언덕
River Luan
루안강
Tar Valon
타 발론
Dragonmount
드래건마운트산
R. Erinin
에리닌강
River Haevin
헤이빈강
the Caralain Grass
카랄레인초원
Braem Wood
브라임숲
River Erinin
에리닌강
River Alguenya
알구에냐강
아터 호크윙의 조각상
Artur Hawkwing's statue
Whitebridge
화이트브리지
Four Kings
네명의왕
Cary
캐리강
Caemlyn
케임린
Aringill
아린길
the Caemlyn Road
케임린 대로

13장 선택

잠자리에 들기 전에 모레인은 각자의 옆에 차례로 무릎을 꿇고 앉아 그들의 머리에 손을 얹었다. 란은 자기한테는 그럴 필요가 없으니 모레인에게 힘을 낭비하지 말라고 했으나 굳이 막으려 하지는 않았다. 에그웨인은 그 경험을 하고 싶어 무척 신이 나 있었으며, 맷과 페린은 분명 겁에 질려 있으나 거절하는 것 역시 두려워했다. 톰은 흠칫하며 아이즈 세다이의 손을 피했지만, 모레인은 허튼짓을 절대 허용하지 않겠다는 눈길로 그의 희끗한 머리를 잡아 두었다. 방랑 시인은 그 일이 벌어지는 내내 도끼눈을 뜨고 있었다. 모레인은 손을 떼자마자 놀리듯 미소 지었다. 톰은 더욱 심하게 인상을 썼지만 분명 기운을 차린 것 같았다. 모두가 그랬다.

랜드는 사람들 눈에 띄지 않기를 바라며 울퉁불퉁한 벽 한쪽의 푹 파인 자리로 물러났다. 나뭇더미에 기대자마자 눈이 스르륵 감기려 했지만 랜드는 억지로 눈을 뜨고 지켜보았다. 하품을 삼키려고 주먹으로 입을 눌렀다. 조금이라도 한두 시간쯤 자고 나면 괜찮아질 것이다. 그러나 모레인은 그를 잊지 않았다.

랜드는 얼굴에 닿는 모레인의 서늘한 손길에 움찔하며 말했다. "전 별로……." 놀라서 눈이 크게 뜨였다. 언덕 아래로 흘러가는 물처럼 피로가 몸에서 빠져나갔다. 욱신거리고 쓰린 느낌도 줄어들어 흐릿한 기억이 되었다가 사라졌다. 그는 입을 벌린 채 모레인을 바라보았다. 모레인은 미소만 지으며 손을 뗐다.

"다 됐어." 모레인은 그렇게 말하더니 한숨을 쉬며 자리에서 일어났다. 그 한숨을 보자 랜드는 모레인이 자신에게는 똑같은 일을 해 줄 수 없다는 것을 떠올렸다. 사실 그녀는 차만 조금 마시고 란이 강권하던 빵과 치즈도 거부하더니 불가에 웅크렸다. 몸에 망토를 두르자마자 잠드는 것 같았다.

란을 제외한 다른 모든 사람은 몸을 뻗을 만한 곳이면 어디서든 쓰러져 잠들었지만, 랜드는 그 이유를 알 수 없었다. 그는 이미 좋은 침대에서 하룻밤을 통째로 잔 것 같은 기분이었다. 하지만 통나무 벽에 기대자마자 잠이 밀려들었다. 한 시간 뒤 란이 랜드를 쿡 찔러 깨웠을 때 랜드는 사흘은 쉰 것만 같았다.

수호자는 모레인을 제외한 모두를 깨우고, 모레인을 방해할 만한 모든 소리를 고집스럽게 막았다. 그러면서도 아늑한 나무 동굴에는 잠깐밖에 머무르지 못하게 했다. 지평선 위로 태양이 자기 높이의 두 배쯤 올라오기 전에 누군가가 이곳에 머물렀다는 모든 흔적은 치워졌고, 그들은 모두 말에 올라 베얼론이 있는 북쪽으로 움직이고 있었다. 말들을 아끼느라 속도는 느렸다. 아이즈 세다이는 눈 그늘이 져 있으면서도 똑바르고 안정적인 자세로 안장에 앉아 있었다.

등 뒤의 강에는 안개가 계속 짙게 깔려 있었다. 그 안개를 태워 버리려는 태양의 미약한 노력에 저항하는 잿빛 장벽이 되어 투 리버스를 가렸다. 랜드는 말을 타고 가며 어깨 너머를 돌아보면서 마지막으로 투 리버스를, 아니면 타렌 페리라도 한 번 볼 수 있으면 좋겠다고 생각했다. 그러다가 안개의 강둑이 보이지 않게 되었다.

"집을 이렇게 멀리까지 떠나올 줄은 몰랐는데." 마침내 나무들이 안개와 강을 둘 다 가려 버리자 그가 말했다. "파수꾼의언덕이 아주 먼 곳처럼 느껴지던 거 기억나?" **그게 이틀 전이었지. 엄청나게 오래전인 것 같지만.**

"한두 달만 있으면 돌아올 텐데, 뭐." 페린이 긴장한 목소리로 말했다. "그때 얼마나 많은 이야기를 해야 할지 생각해 봐."

"아무리 트롤록이라도 우리를 영원히 추격할 수는 없어." 맷이 말했다. "태워 죽일, 그렇게는 못하지." 그는 깊이 한숨을 쉬며 허리를 펴고 이리저리 몸을 돌리더니 방금 한 말을 한마디도 못 믿겠다는 듯 안장에 축 처졌다.

"남자들이란!" 에그웨인이 코웃음을 쳤다. "늘 모험을 하고 싶다고 구시렁대더니 벌써 집 얘기야?" 에그웨인은 고개를 높이 쳐들고 있었지만 랜드는 투 리버스가 더 이상 보이지 않게 된 지금 그녀의 목소리가 떨리는 것을 알아챘다.

모레인도 란도 그들을 안심시키려 하지 않았다. 당연히 돌아올 거라는 말은 한마디도 없었다. 랜드는 그게 무슨 의미일지 애써 생각하지 않았다. 쉬기는 했지만 랜드는 굳이 더 의심할 거리를 찾지 않아도 이미 의혹을 한가득 품고 있었다. 그는 안장에 앉아 어깨를 움츠린 채, 높고 무성하게 자란 풀과 봄의 아침을 노래하는 종달새들이 있는 목초지에서 탬 옆에 앉아 양들을 돌보는 공상을 시작했다. 에먼즈 필드로 향한 여행과 과거의 벨 타인, 스텝이 꼬일지 모른다는 것 말고는 아무 걱정도 없이 그린에서 춤을 추던 일. 랜드는 오랫동안 그런 생각에 자신을 잊을 수 있었다.

베얼론으로 가는 여행에는 거의 일주일이 걸렸다. 란은 속도가 느리다고 투덜댔지만, 그 속도를 설정하고 나머지 사람들에게 그 기준에 따르라고 강요하는 사람이 바로 란이었다. 란이 자신이나, 고어로 '칼날'이라는 뜻을 가진 자신의 수말 만다브의 수고를 아낀 것은 아니었다. 수호자는 일행보다 두 배는 긴 거리를 이동했다. 색깔이 변하는 망토를 바람에 휘날리며 앞의 상황을 정찰하려고 먼저 달려 나가거나, 뒤로 처져 그들이 지나온 길을 확인했던 것이다. 하지만 다른 사람들이 걷는 속도 이상으로 이동하려 하면, 말을 잘 돌보라는 톡 쏘는 말이나 트롤록들이 실제로 나타났을 때 말에서 내려 걸어가야만 하는 상황이 생기면 얼마나 잘 해낼지 두고 보겠다는 헐뜯는 말이 들려오기 마련이었다. 모레인조차 흰 암말이 속도를 높이게 놔두었다가는 란의 혀끝을 피하지 못했다. 암말의 이름은 알딥이었다. 고어로는 봄비를 가져오는 바람인 '서풍'이라는 뜻이었다.

수호자의 정찰로 추격이나 기습의 징조가 드러난 적은 없었다. 그는 모레인에게만 자신이 본 것에 대해 다른 사람들이 엿듣지 못하도록 조용히 말했고, 아이즈 세다이는 나머지 사람들이 알아야 한다고 생각되는 내용만을 알려 주었다. 처음에 랜드는 앞만큼이나 뒤를 자주 돌아보았다. 랜드만 그런 것도 아니었다. 처음에는 페린도 자주 도끼를 만지작거렸고, 맷은 활시위에 화살을 걸어 놓은 채 말을 탔다. 그러나 등 뒤의 땅에는 여전히 트롤록도, 검은 망토를 입은 사람도 없었고 하늘은 드락카 없이 비어 있었다. 천천히 랜드는 정말로 도망쳤다는 생각이 들기 시작했다.

숲에서 가장 빽빽한 지역에도 엄폐물은 딱히 없었다. 겨울은 투 리버스만큼 타렌 북쪽에도 심하게 달라붙었다. 소나무나 전나무, 진퍼리꽃나무가 서 있었고, 털조장나무와 월계수 몇 그루가 다른 면에서는 헐벗은 잿빛 나뭇가지들로 이루어진 숲 여기저기에 드문드문 서 있었다. 심지어 딱총나무에도 잎사귀가 없었다. 겨울에 내린 눈으로 납작해진 갈색 평원을 배경으로, 새로 난 식물의 초록색 잔가지만이 여기저기 흩어져 두드러졌다. 여기에서도 자라는 것은 따끔거리는 쐐기풀과 거친 엉겅퀴, 악취풀뿐이었다. 숲 바닥의 드러난 흙에는 그늘진 땅과 상록수의 낮은 가지 아래에 마지막까지 녹지 않은 눈이 여전히 남아 있었다. 모두가 망토를 바짝 여미고 있었다. 가느다란 햇살에는 아무 온기가 없었고, 밤의 한기는 깊이 찔러 왔으니 말이다. 이곳도 투 리버스보다 새가 많지는 않았다. 갈까마귀조차 없었다.

느리게 이동한다고 해도 전혀 한가롭지는 않았다. 북쪽 대로—랜드는 타렌이북의 이 지역에서는 그 길을 다른 이름으로 부르리라고 여기면서도, 계속 그 길을 북쪽 대로라고 생각했다—는 북쪽에 가까운 방향으로 이어졌지만, 란의 고집 때문에 단단한 흙길을 따라가는 만큼 그들이 가는 길은 숲을 지나며 이리저리 은밀히 이어지기도 했다. 마을이나 농장 등 인간과 문명이 많이 존재하지는 않았지만, 이런 것의 흔적이 조금이라도 보이면 그들은 수 킬로미터를 돌아 그곳을 피해 갔다. 첫날에 랜드는 하루 종일 숲속에 인간이 있다는 증거를 길 이외에 하나도 보지 못했다. 문득 안개의산맥 밑자락에 가 보기는 했어도 그날처럼 인간의 주거지에서 멀리 떨어진 적은 없었을 것이라는 생각이 들었다.

랜드가 처음으로 본 농장은 큰 목조 주택과 높은 이엉 지붕, 연기가 피어 나오는 돌 굴뚝이 달린 높다란 헛간이었는데 충격적이었다.

"우리 고향하고 전혀 다르지 않은데." 페린이 인상을 쓰고 나무 사이로 간신히 보이는 멀리 떨어진 건물들을 바라보며 말했다. 여행자들의 존재를 아직 알아차리지는 못했지만 농장 안뜰에서 사람들이 움직이고 있었다.

"퍽이나." 맷이 말했다. "그냥 거리가 멀어서 잘 안 보이는 거야."

"분명히 말하는데, 다르지 않아." 페린이 고집을 부렸다.

"다를 수밖에 없어. 어쨌거나 우리는 타렌강 북쪽에 있잖아."

"너희 둘, 조용히 해라." 란이 나직하게 말했다. "우린 다른 사람 눈에 띄는 걸 바라지 않는다. 기억나나? 이쪽이다." 그는 숲을 지나 농장을 우회하려고 서쪽으로 방향을 틀었다.

랜드는 뒤를 돌아보며 페린 말이 맞다고 생각했다. 농장은 에먼즈 필드 주변의 여느 농장과 비슷해 보였다. 우물에서 물을 길어 나르는 작은 남자아이가 있었고, 그보다 나이 든 소년들은 울타리 너머에서 양들을 돌보고 있었다. 심지어 타박 저장고도 있었다. 그러나 맷의 말도 맞았다. **우린 타렌강 북쪽에 있어. 다를 게 틀림없어.**

그들은 늘 아직 하늘에 빛이 남아 있을 때 멈추어, 방향을 바꿀 뿐 완전히 잦아드는 적은 거의 없는 바람을 피할 수 있고 물이 잘 빠질 수 있는 경사지를 찾았다. 불은 늘 작게 피웠고 겨우 몇 미터 떨어진 곳에서도 숨겨져 있었으며, 차를 끓이고 나면 물을 부어 불을 죽이고 숯을 묻었다.

해가 지기 전, 처음으로 멈추어 섰을 때 란은 소년들에게 각자가 들고 다니는 무기로 할 수 있는 일을 가르치기 시작했다. 활이 가장 먼저였다. 맷이 91미터 떨어진 곳에서 죽은 진퍼리꽃나무의 갈라진 둥치에 난 사람 머리 크기의 옹이에 화살 세 발을 맞히는 것을 지켜본 뒤, 란은 다른 소년들에게도 번갈아 활을 쏘라고 했다. 페린도 맷과 똑같은 성과를 보여 주었고, 랜드는 불길과 공백을, 활이 자신의 일부가 되거나 자신이 활의 일부가 되게 하는 텅 빈 침착함을 떠올리며 화살촉이 서로 닿을 정도로 세 발을 쏘았다. 맷이 축하한다는 듯 랜드의 어깨를 툭 쳤다.

"활은 쏠 줄 아는구나." 그들이 씩 미소 짓자 란이 건조하게 말했다. "트롤록들이 활을 쏠 수 없을 만큼 가까이 다가오지 않기로 한다면야……." 소년들의 미소가 문득 사라졌다. "놈들이 그렇게 가까이 다가올 때를 대비해서 내가 가르쳐 줄 만한 게 있는지 보자."

란은 페린에게 커다란 날이 달린 도끼를 사용하는 방법을 조금 알려 주었다. 무기를 들고 있는 누군가, 혹은 무언가를 상대로 도끼를 든다는 것은 장작을 패거나 이리저리 도끼를 휘두르며 흉내만 내는 것과는 전혀 달랐다. 란은 덩치 큰 대장장이의 도제에게 막고, 쳐 내고, 공격하는 일련의 동작을 시킨 뒤 랜드에게도 칼을 쓰는 법을 똑같이 가르쳐 주었다. 칼을 쓴다는 생각을 할 때마다 랜드가 떠올렸던, 거칠게 펄쩍펄쩍 뛰며 상대를 베는 동작이 아니라 거의 춤처럼 한 동작이 다른 동작으로 매끄럽게 이어지는 움직임이었다.

"날을 움직이는 것만으로는 안 된다." 란이 말했다. "그런 식으로 생각하는 사람들도 있지만 말이다. 정신력이 검술의 일부, 아니 대부분이다. 머리를 비워라, 양치기. 증오도, 두려움도. 모든 것을 비워라. 태워 버려라. 너희 다른 녀석들도 이 이야기는 잘 들어 둬라. 도끼나 활에도, 창에도, 육척봉은 물론 맨손에도 이 방법을 쓸 수 있다."

랜드는 그를 빤히 바라보았다. "불길과 공백이군요." 그가 놀라워하며 말했다. "그 얘기죠? 아버지가 가르쳐 주셨어요."

수호자는 읽기 어려운 표정으로 랜드를 마주 보았다. "내가 보여 준 대로 칼을 잡아라, 양치기. 발에 진흙이나 묻히고 다니는 촌놈을 한 시간 만에 검호로 만들 수는 없지만, 네가 네 발을 썰어 버리는 것은 막을 수 있을 거다."

랜드는 한숨을 쉬고 두 손으로 칼을 들었다. 모레인은 무표정하게 그 모습을 지켜보았지만 다음 날 저녁에는 란에게 수업을 계속하라고 말했다.

저녁 식사는 점심밥이나 아침밥과 같이 효모를 쓰지 않고 구운 빵에 치즈, 말린 고기로 이루어져 있었다. 다만 저녁에는 물 대신 뜨거운 차를 곁들여 마셨다. 톰은 저녁마다 그들을 즐겁게 해 주었다. 란은 시골길에 소란을 일으킬 필요는 없다며 방랑 시인이 하프나 플루트를 연주하지 못하게 했지만, 톰은 저글링을 하며 이야기를 해 주었다. '마라와 세 명의 바보왕'이나 '현명한 조언자 안라의 100가지 이야기' 중 한 편, 혹은 '위대한 뺄나팔 사냥대'처럼 영광과 모험으로 가득한 이야기였는데, 이런 이야기는 늘 행복한 결말과 즐거운 귀향으로 마무리되었다.

주위의 땅은 평화로워 보였다. 숲에 트롤록이 나타나지도 않았고, 구름 사이로 드락카가 모습을 드러내지도 않았다. 그러나 랜드가 보기에는 긴장이 풀리려 할 때마다 그들이 알아서 다시 긴장감을 높이는 것만 같았다.

어느 날 아침에는 에그웨인이 깨어나 땋은 머리를 풀기 시작했다. 랜드는 담요를 둘둘 말면서 곁눈으로 그녀를 지켜보았다. 매일 밤 불을 끌 때면 에그웨인과 아이즈 세다이를 뺀 모두가 담요를 덮고 누웠다. 두 여자는 늘 다른 사람들과 떨어져 한두 시간쯤 대화를 나누다가 모두가 잠들면 돌아왔다. 랜드가 클라우드에게 안장을 얹고, 안장주머니와 담요를 안장 뒤에 실어 묶는 동안 에그웨인은 머리를 빗었다. 랜드가 세어 보니 백 번은 빗는 것 같았다. 그런 다음 에그웨인은 빗을 치우고 어깨에 떨어진 빠진 머리카락을 떼어 낸 다음 망토 후드를 썼다.

랜드가 놀라서 물었다. "뭐 해?" 에그웨인은 대답 없이 랜드에게 눈을 흘겼다. 랜드는 타렌강 가의 통나무 은신처에서의 그날 밤 이후로 이틀 만에 에그웨인에게 처음으로 말을 걸었다는 것을 깨달았다. 그렇다고 말을 멈출 수는 없었다. "평생 머리를 땋을 날만 기다리더니 이젠 풀어 버리는 거야? 왜? 모레인이 머리를 땋지 않아서?"

"아이즈 세다이는 머리를 땋지 않아." 에그웨인이 간단히 말했다. "최소한, 자기가 원하지 않으면."

"넌 아이즈 세다이가 아니야. 너는 에먼즈 필드 출신의 에그웨인 알비어라고. 지금 네 모습을 보면 여성 서클에서 발작을 할걸."

"여성 서클 일은 네가 신경 쓸 바 아니야, 랜드 알소르. 그리고 난 아이즈 세다이가 **될** 거야. 타 발론에 도착하자마자."

랜드는 코웃음 쳤다. "타 발론에 도착하자마자라. 왜? 빛을 걸고 말해 봐.

넌 어둠의 친구가 아니잖아."

"넌 모레인 세다이가 어둠의 친구라고 생각해? 진짜로?" 에그웨인은 주먹을 쥔 채 돌아서서 랜드를 정면으로 마주 보았다. 랜드는 에그웨인이 자기를 때릴 것만 같다고 생각했다. "모레인 세다이가 마을을 구했는데. 너희 아버지까지?"

"모레인 세다이가 뭔지는 모르겠지만, 모레인의 정체가 뭐든 그걸로 다른 아이즈 세다이에 대해 알 수는 없어. 이야기에는……."

"철 좀 들어, 랜드! 이야기는 잊어버리고, 네 눈으로 직접 보란 말이야."

"내 눈은 모레인이 페리를 가라앉히는 걸 봤어! 어디 아니라고 해 봐! 넌 무슨 생각이 떠오르면, 다른 사람이 네가 하려는 일은 물 위에 서 있으려 하는 것이나 마찬가지라고 지적해도 꼼짝하지 않으려 들지. 네가 이렇게까지 빛에 눈먼 바보가 아니었다면 너도 알았을……!"

"바보라고? 내가? 나도 할 말이 있는데, 랜드 알소르! 너는 세상에서 제일 고집 세고, 양털로 머리가 가득 찬……!"

"너희 둘, 18킬로미터 안의 모든 사람을 깨울 생각인가?" 수호자가 물었다.

랜드는 뭔가 한마디 끼어들려고 입을 벌린 채 서 있다가 문득 자기가 고함을 지르고 있었다는 것을 깨달았다. 둘 다 그랬다.

에그웨인은 이마까지 얼굴이 빨개지더니 "남자들이란!" 하고 중얼거리며 홱 돌아섰다. 랜드는 물론 수호자에게도 하는 말 같았다.

랜드는 조심스럽게 야영지를 둘러보았다. 수호자만이 아니라 모두가 그를 바라보고 있었다. 맷과 페린은 얼굴이 하얗게 질려 있었다. 톰은 도망치든 싸우든 할 것처럼 긴장한 모습이었다. 그리고 모레인. 아이즈 세다이는 무표정했지만 그 시선이 랜드의 머릿속을 파고드는 것만 같았다. 랜드는 아이즈 세다이와 어둠의 친구들에 관해 자기가 한 말을 정확히 떠올리려고 처절하게 노력했다.

"갈 시간이야." 모레인이 말했다. 그녀는 알딥을 돌아보았고, 랜드는 덫에 걸렸다 빠져나온 것처럼 몸을 떨었다. 정말로 덫에 걸렸던 것은 아닌지 궁금했다.

이틀 후 밤, 모닥불이 낮게 타고 있을 때 맷이 손가락에 붙어 있던 마지막 치즈 부스러기를 핥아 먹더니 말했다. "있잖아, 그놈들을 완전히 따돌린 것 같아." 란은 마지막으로 주위를 둘러보겠다며 어둠 속으로 사라진 뒤였다. 모레인과 에그웨인도 둘만의 대화를 나누겠다고 자리를 비우고 없었다. 톰은 타박을 피우며 반쯤 졸고 있었고, 청년들만이 모닥불을 독차지하고 있었다.

페린은 한가롭게 막대기로 잉걸불을 찔러 대며 대답했다. "놈들을 따돌린 거면 란이 왜 계속 정찰하러 가겠어?" 랜드는 거의 잠든 채 몸을 굴려 모닥불을 등지고 누웠다.

"우린 타렌 페리에서 놈들을 따돌렸어." 맷은 손깍지를 껴서 머리 뒤에 대고 누워 달빛 가득한 하늘을 바라보았다. "놈들이 진짜로 우리를 쫓고 있었다면 말이지만."

"넌 그 드락카가 우리를 좋아해서 따라온 것 같냐?" 페린이 물었다.

"내 말은, 트롤록 같은 건 그만 걱정하라는 거야." 맷은 페린이 아무 말도 하지 않았다는 것처럼 이야기를 계속했다. "대신 세상 구경을 생각해 보라는 거지. 우리는 이야기의 배경이 되는 곳에 와 있잖아. 진짜 도시는 어떨까?"

"우리가 가는 곳은 베얼론이야." 랜드가 잠에 겨워 말했지만 맷은 코웃음 쳤다.

"베얼론도 나쁠 것 없지만 나는 알비어 씨가 가지고 있는 낡은 지도를 본 적이 있어. 케임린에 도착하자마자 남쪽으로 방향을 틀면 길이 일리안까지 쭉 이어져. 그 너머로도."

"일리안이 뭐가 그렇게 특별한데?" 페린이 하품하며 말했다.

"일단," 맷이 대답했다. "일리안에는 아이즈 세다이가 별로 없……."

침묵이 내렸고, 랜드는 갑자기 정신이 번쩍 들었다. 모레인이 일찍 돌아와 있었다. 에그웨인도 함께였지만, 그들의 관심을 끈 사람은 모닥불 불빛이 비치는 가장자리에 서 있는 아이즈 세다이였다. 맷은 입을 다물지 못한 채 누워서 그녀를 쳐다보았다. 모레인의 눈이 윤나는 검은 돌처럼 빛을 반사했다. 문득 랜드는 그녀가 얼마 동안 그 자리에 서 있었는지 궁금해졌다.

"애들은 그냥……." 톰이 입을 열었지만 모레인이 그의 목소리를 누르고 바로 말했다.

"며칠 쉬니 벌써 포기할 준비가 됐네." 그녀의 침착하고 차분한 목소리는 눈빛과 선명한 대조를 이루었다. "이틀 조용했더니 벌써 겨울의 밤을 잊고 있어."

"잊지 않았어요." 페린이 말했다. "그냥……." 아이즈 세다이는 목소리를 높이지 않은 채 방랑 시인을 대했던 것과 똑같은 방식으로 페린을 다루었다.

"너희 모두 그렇게 느끼니? 다들 일리안으로 도망쳐서 트롤록과 반인, 드락카에 대해서는 잊고 싶은 거야?" 모레인은 눈으로 그들을 훑었다. 일상적인 목소리와 대조를 이루는, 그 눈의 돌멩이 같은 반짝임에 랜드는 불안해졌다. 모레인은 누구에게도 말할 기회를 주지 않았다. "어둠의 존재는 너희를 쫓고 있어. 너희 중 한 명이든, 세 명 전부이든. 내가 너희가 원하는 곳으로 제멋대로 도망치도록 놔두면 그자가 너희를 잡을 거야. 어둠의 존재가 원하는 게 뭐든 난 반대해. 그러니 내 말 잘 듣고 명심해. 어둠의 존재가 너희를 차지하게 두느니 내가 너희를 내 손으로 없앨 거야."

랜드가 설득된 것은 너무도 냉정한 그녀의 목소리 때문이었다. 아이즈 세다이는 꼭 필요한 일이라고 생각되면 자기가 말한 행동을 그대로 할 것이다. 랜드는 그날 밤 쉽게 잠을 이루지 못했다. 랜드만이 아니었다. 방랑 시인조차 마지막 숯이 꺼진 뒤 한참이 지나서까지 코를 골지 않았다. 이번만큼은 모레인도 그들을 도와주지 않았다.

에그웨인과 아이즈 세다이가 밤마다 나누는 대화는 랜드에게 약점이었다. 사생활을 위해서가 아닌데도 그들이 어둠 속으로 사라질 때마다 랜드는 그들이 무슨 말을 하고 무슨 행동을 하는지 궁금해졌다. 아이즈 세다이가 에그웨인에게 무슨 짓을 하는 것일까?

어느 날 밤, 랜드는 다른 남자들이 모두 잠자리에 들고 톰이 떡갈나무 옹이라도 톱질하듯 코를 골 때까지 기다렸다. 그런 다음 망토를 꽉 여미고 몰래 빠져나갔다. 그는 토끼를 쫓으며 쌓은 모든 기술을 사용해 달이 드리운 그림자들과 함께 움직여 높은 진퍼리꽃나무 밑둥에 웅크렸다. 나무는 잎사귀가 거칠고 넓었으며, 모레인과 에그웨인이 작은 등불을 켜 놓고 앉아 있는 쓰러진 통나무와 가까워 그들이 하는 말을 들을 수 있었다.

"물어봐." 모레인이 그렇게 말하고 있었다. "지금 말할 수 있는 문제라면 말할게. 네가 아직 들을 준비가 되지 않은 문제가 많다는 건 알아 두고. 그런 문제는 더 많은 것을 배운 뒤에야 알 수 있고, 그 더 많은 것을 배우기 위해서는 더더욱 많은 것을 알아야 한단다. 하지만 원하는 대로 물어봐."

"다섯 권능이요." 에그웨인이 천천히 말했다. "땅, 바람, 불, 물, 그리고 영의 힘이죠. 땅과 불의 힘을 휘두르는 데 남자들이 더 강하다는 게 공평하지 않게 느껴져요. 왜 남자들이 가장 강한 힘을 써야 하는 거죠?"

모레인이 웃었다. "그렇게 생각하니, 얘야? 바람과 물이 침식할 수 없을 만큼 단단한 바위나, 물이나 바람으로 끌 수 없을 만큼 강한 불이 있을까?"

에그웨인은 숲의 바닥에 발가락을 박아 넣은 채 잠시 침묵을 지켰다. "그 사람들이……. 그 사람들이 그러니까……. 어둠의 존재와 버려진 자들을 풀어 주려 한 거죠? 남자 아이즈 세다이 말이에요." 에그웨인은 깊이 숨을 들이쉬더니 말을 빨리했다. "여자들은 그 일에 참여하지 않았잖아요. 미쳐서 세상을 파괴한 건 남자들이었어요."

"두려운가 보구나." 모레인이 침울하게 말했다. "에먼즈 필드에 남았더라면 넌 시간이 지나 현자가 되었겠지. 그게 나이니브의 계획 아니었니? 아니면 여성 서클에 들어가 에먼즈 필드의 일을 처리했을 거야. 마을 위원회에서는 자기들이 하는 일이라고 착각하게 놔두고 말이지. 하지만 넌 생각하기 어려운 일을 했어. 모험을 찾아 에먼즈 필드를, 투 리버스를 떠났지. 너는 모험을 하고 싶어 하는 동시에 모험을 두려워하고 있어. 그러면서도 두려움에 지지 않으려 끈질기게 버티고 있지. 그게 아니었다면 여자는 어떻게 아이즈 세다이가 되느냐는 질문을 내게 하지 않았을 거야. 그게 아니었다면 넌 관습과 전통을 내다 버리지 않았을 거야."

"아니에요." 에그웨인이 대꾸했다. "전 두려운 게 아니에요. 아이즈 세다이가 되고 싶은 건 확실해요."

"너만 생각하면 두려워하는 게 더 좋지만 그 결심을 지키길 바란다. 요즘에는 아이즈 세다이에 입회하고 싶어 하는 사람은커녕 그럴 만한 능력이 있는 여자들도 거의 없거든." 모레인의 목소리는 혼자 생각에 잠긴 것처럼 들렸다. "확실히 한 마을에 두 사람이 나온 적은 없었지. 투 리버스에는 여전히 옛 혈통이 강하게 흐르는 거야."

어둠 속에서 랜드는 움찔했다. 잔가지가 발밑에서 딱 부러졌다. 그는 순간 얼어붙어 땀을 흘리며 숨을 참았지만 여자들은 돌아보지 않았다.

"두 사람이요?" 에그웨인이 소리쳤다. "또 누구예요? 카리인가요? 카리테인? 아니면 라라 아옐렌?"

모레인은 못마땅하다는 듯 혀를 차더니 엄하게 말했다. "내가 그런 말을 했다는 것은 잊어야 해. 아쉽지만 그 사람의 길은 다른 쪽을 향하고 있거든. 네 상황에만 마음을 쓰렴. 네가 선택한 건 쉬운 길이 아니니까."

"그렇다고 포기하진 않을 거예요." 에그웨인이 말했다.

"그렇더라도 말이야. 그래도 넌 안심할 수 있기를 바라지. 난 널 안심시켜 줄 수 없어, 네가 원하는 방식으로는."

"무슨 말인지 모르겠어요."

"넌 아이즈 세다이가 선량하고 순수한 존재인지, 세계의 파괴를 일으킨 자들이 여자가 아니라 전설 속의 사악한 남자들인지 알고 싶어 하지. 글쎄, 세계의 파괴를 일으킨 게 남자들인 것은 맞아. 하지만 그들이라고 다른 남자들보다 더 사악한 건 아니었단다. 미친 거지 사악한 게 아니었어. 네가 타발론에서 보게 될 아이즈 세다이도 우리만의 독특한 능력을 가지고 있을 뿐 다른 여자들과 전혀 다르지 않단다. 용감한 사람도, 비겁한 사람도 있고, 강한 사람도, 약한 사람도 있지. 친절한 사람도, 잔인한 사람도 있고, 마음이 따뜻한 사람도, 냉정한 사람도 있어. 아이즈 세다이가 된다고 네 존재가 바뀌지는 않을 거야."

에그웨인은 깊이 숨을 들이쉬었다. "그게 두려웠나 봐요. 제가 일원력 때문에 변할까 봐. 그거랑, 트롤록도요. 희미한 자도. 그리고……. 모레인 세다이, 빛의 이름을 걸고 대체 트롤록들은 왜 에먼즈 필드에 왔을까요?"

아이즈 세다이는 고개를 휙 돌려 랜드가 숨어 있는 곳을 똑바로 보았다. 랜드는 목구멍에 숨이 턱 걸리는 기분이었다. 모레인 세다이의 눈은 그들을 위협했을 때만큼이나 냉정했고, 랜드는 그 시선이 진퍼리꽃나무의 두꺼운 나뭇가지를 관통할 수 있을 것 같다고 느꼈다. **빛이여, 내가 엿듣고 있다는 것을 알면 모레인은 어떻게 할까요?**

랜드는 더 깊은 그늘 속에 다시 녹아들려 애썼다. 그는 여자들에게서 시선을 떼지 않았다. 발이 나무뿌리에 걸려 있었다. 하마터면 죽은 덤불에 그대로 나뒹굴어 불꽃놀이를 할 때처럼 나뭇가지를 딱딱 부러뜨려 자기 위치를 알릴 뻔했다. 그는 허둥지둥 네발로 기어 그 자리를 떠났다. 딱히 무슨 일을 했다기보다는 운이 따라 줘서 소리를 내지 않을 수 있었다. 심장이 너무 세게 두근거려, 그 소리만으로도 위치를 들킬 것 같았다. **멍청아! 아이즈 세다이의 말을 엿듣다니!**

다른 사람들이 잠들어 있는 곳으로 돌아온 랜드는 간신히 그들 사이에서 조용히 잠들었다. 랜드가 털썩 자리에 누워 이불을 확 끌어당기자 란이 움직였지만 한숨을 한 번 쉬고는 다시 조용해졌다. 그냥 잠든 채로 몸을 굴린 것뿐이었다. 랜드는 길게, 조용히 숨을 내쉬었다.

잠시 후 모레인이 어둠 속에서 나와 잠든 사람들을 지켜볼 수 있는 곳에 멈추어 섰다. 달빛이 그녀의 주위에 둥근 빛을 드리웠다. 랜드는 눈을 감고 고르게 숨을 쉬며, 그러는 내내 다가오는 발소리에 열심히 귀 기울였다. 그런 소리는 나지 않았다. 랜드가 다시 눈을 떴을 때 모레인은 떠나고 없었다.

한참 만에 찾아온 잠은 선잠이었으며, 에먼즈 필드의 모든 남자가 자기가 드래건의 환생이라고 주장하고 모든 여자는 모레인 세다이처럼 머리카락에 푸른 보석을 끼우고 있는 식은땀 나는 꿈으로 가득했다. 랜드는 이후로 다시는 모레인과 에그웨인의 말을 엿들으려 하지 않았다.

느린 여행은 여섯째 날로 이어졌다. 온기 없는 태양은 천천히 나무 위를 향해 기울어졌고, 한 줌의 가느다란 구름은 북쪽으로 높이 흘러갔다. 잠시 바람이 더 높아졌고, 랜드는 다시 어깨에 망토를 여미며 혼자 투덜거렸다. 베얼론에 도착할 날이 올지 의문이었다. 강에서부터 여행해 온 거리가 이미 타렌 페리에서 흰강까지의 거리보다 멀었다. 그러나 란은 누가 물어볼 때마다 늘 조금만 더 가면 된다고, 여행이라 할 것도 없다고만 말했다. 그 말에 랜드는 길을 잃은 것 같은 기분이 들었다.

앞장서 가던 란이 숲속에서 나타났다. 정찰을 갔다가 돌아온 것이었다. 그는 고삐를 당겨 속도를 줄이며 모레인 쪽으로 고개를 숙이고 그녀의 옆에서 말을 몰았다.

랜드는 인상을 썼지만 아무것도 묻지 않았다. 란은 자기에게 하는 그 모든 질문을 그냥 못 들은 체했으니까.

일행 모두가 이런 상황에 너무 익숙해져 있어서 다른 사람 중 란이 돌아왔다는 것을 눈치라도 챈 사람은 에그웨인뿐인 것 같았다. 그나마 에그웨인도 말을 걸지는 않았다. 아이즈 세다이는 에그웨인이 에먼즈 필드 사람들의 총책임자인 것처럼 굴기 시작했지만, 그렇다고 수호자가 보고를 할 때까지 에그웨인에게 무슨 발언권이 생긴 것은 아니었다. 페린은 맷의 활을 든 채 생각에 잠겨 침묵을 지키고 있었다. 투 리버스에서 멀어질수록 그런 침묵이 일행 모두를 점점 더 심하게 붙잡는 것 같았다. 말의 느린 걸음에 맷은 톰 머릴린이 지켜보는 가운데 작은 돌 세 개로 저글링을 연습할 수 있었다. 란만이 아니라 방랑 시인도 매일 밤 수업을 해 주었다.

뭔지는 몰라도 란은 모레인에게 보고를 마쳤고, 모레인은 안장에 앉은 채 몸을 틀어 다른 사람들을 보았다. 랜드는 모레인의 시선이 닿을 때도 몸에 힘을 주지 않으려고 애썼다. 모레인의 시선이 다른 사람보다 랜드한테 조금이라도 더 오래 머물렀을까? 랜드는 모레인이 그날 밤 어둠 속에서 귀 기울이던 사람이 누구인지 알고 있다는 메스꺼운 느낌을 받았다.

"야, 랜드." 맷이 소리쳤다. "네 개도 저글링할 수 있어!" 랜드는 돌아보지 않고 대답 대신 손을 내저었다. "내가 너보다 먼저 네 개를 할 수 있을 거랬지. 난……. 봐!"

그들은 낮은 언덕 꼭대기에 올라와 있었다. 발밑, 헐벗은 숲과 저녁이 드리운 기다란 그림자 사이로 2킬로미터도 채 가지 못한 곳에 베얼론이 있었다. 랜드는 미소 짓는 동시에 입을 쩍 벌리려다가 헛숨을 들이켰다.

거의 6미터 높이의 통나무 장벽이 마을을 둘러싸고 있었으며, 장벽 전체에는 나무로 된 감시탑이 드문드문 자리 잡고 있었다. 장벽 안에서는 석판과 기와로 되어 있는 지붕이 가라앉는 태양 빛에 반짝였고, 깃털 같은 연기가 굴뚝에서 피어 나오고 있었다. 그런 굴뚝이 수백 개는 됐다. 이엉을 얹은 집은 하나도 보이지 않았다. 마을에서부터 동쪽으로, 또 서쪽으로 넓은 도로가 이어져 있었으며, 각각의 도로에는 최소 열두 대의 수레와 그 두 배는 되는 소달구지가 말뚝 울타리를 향해 터덜터덜 걸어가고 있었다. 마을 여기저기에 농장이 드문드문 자리 잡고 있었는데, 북쪽이 가장 밀도가 높았으며 남쪽에는 숲을 중간에 끊어 놓는 그런 농장이 몇 군데밖에 없었다. 하지만 랜드의 눈에는 그런 농장이 보이지도 않았다. **에먼즈 필드랑 파수꾼의언덕이랑 데번 라이드를 모두 합친 것보다도 크잖아! 타렌 페리까지 합쳐도 클지 모르겠는데.**

"그러니까 저게 도시구나." 맷이 말의 목덜미에 기대고 그 모습을 바라보며 나직하게 말했다.

페린은 고개를 저을 뿐이었다. "어떻게 저렇게 많은 사람이 한 곳에 살지?"

에그웨인은 뚫어지게 보기만 했다.

톰 머릴린이 맷을 힐끗 보더니 눈을 희번덕거리며 콧바람을 훅 불어 콧수염을 날렸다. "겨우 저 정도로 도시라니!" 그가 코웃음 쳤다.

"랜드, 너는?" 모레인이 말했다. "베얼론을 처음 본 느낌이 어떠니?"

"집을 멀리 떠나온 기분이에요." 랜드가 느릿느릿 말하자 맷이 짧게 웃음을 터뜨렸다.

"아직 갈 길이 멀어." 모레인이 말했다. "훨씬 멀지. 하지만 다른 선택지는 없어. 남은 평생 도망치다가 숨고 또 도망치는 것 말고는 말이야. 남은 평생이 별로 길지도 않겠지만. 여행이 힘들어지면 그 점을 기억해야 해. 너희에겐 선택의 여지가 없다는 것을."

랜드는 맷과 페린과 시선을 주고받았다. 표정을 보아하니 그들도 랜드와 같은 생각인 듯했다. 이미 그런 위협을 했던 모레인이 어떻게 그들에게 다른 선택지가 있는 것처럼 말할 수 있을까? **아이즈 세다이가 우리 대신 선택했잖아.**

모레인은 그들이 하고 있을 뻔한 생각을 모른다는 듯 말을 이었다. "여기서부터는 다시 위험해. 성벽 안에 들어가면 말조심하렴. 무엇보다 트롤록이나 반인 같은 얘기는 입에 담아서도 안 돼. 어둠의 존재를 생각해서도 안 되고. 베얼론에는 에먼즈 필드 사람들보다도 아이즈 세다이를 싫어하는 사람들이 있어. 어둠의 친구들까지 있을지도 몰라." 에그웨인이 헛숨을 들이켰고, 페린은 나지막하게 투덜거렸다. 맷은 얼굴이 창백해졌다. 그러나 모레인은 침착하게 말을 이었다. "최대한 관심을 끌지 말아야 해." 란은 회색과 초록색으로 색깔이 변하는 망토를 갈색 망토로 갈아입고 있었다. 만듦새가 좋기는 했지만 더 평범한 망토였다. 색이 변하는 망토를 집어넣자 란의 안장 주머니가 많이 불거져 나왔다. "여기서 우리는 우리 이름을 쓰지 않아." 모레인이 말을 이었다. "여기에서 나는 알리스로, 란은 안드라로 알려져 있어. 기억해 둬. 좋아, 밤이 우리를 따라잡기 전에 성안으로 들어가자. 베얼론의 성문은 일몰부터 일출까지 닫혀 있거든."

란이 앞장서서 언덕을 지나 통나무 장벽이 있는 곳까지 숲을 가로질렀다. 길가에는 대여섯 곳의 농장이 있었는데 길과 가까운 농장은 없었고, 일과를 마무리하는 사람들은 여행자들을 신경 쓰지 않는 듯했다. 각각의 농장 끝에는 검은 무쇠 띠로 감겨 있는 묵직한 대문이 자리 잡고 있었다. 아직 해가 지지 않았는데도 그 대문들은 단단히 잠겨 있었다.

란은 성벽 가까이 말을 몰아가더니 성문 옆에 늘어져 있는 해진 밧줄을 잡아당겼다. 성벽 반대편에서 종이 울렸다. 갑자기 너덜너덜한 천 모자를 쓴 주름진 얼굴이 성벽 위에서 의심스러운 얼굴로 아래를 내려다보았다. 끝을 뾰족하게 깎은 통나무 두 개 너머로 일행을 노려보았다. 일행 머리 위로 5미터쯤 떨어진 곳이었다.

"이게 다 무슨 일이야? 성문을 열기엔 시간이 너무 늦었다고. 너무 늦었다니까. 원한다면 화이트브리지 성문으로 돌아가서……." 모레인의 암말이 성벽 위 남자가 자신을 분명히 볼 수 있는 곳으로 움직였다. 갑자기 이 빠진 입으로 미소를 짓는 그의 얼굴이 더욱 쪼글쪼글해졌다. 그는 말을 하는 한편으로 맡은 일을 하느라 서두르는 듯했다. "당신이신 줄 몰랐습니다, 아가씨. 기다리세요. 바로 내려가겠습니다. 조금만 기다리세요. 갑니다. 가요."

머리가 푹 꺼져 보이지 않았지만 랜드는 곧 갈 테니 그 자리에 그대로 있어 달라며 벽 너머에서 소리치는 소리를 계속 들을 수 있었다. 대문 오른쪽이 오래 쓰지 않아서 시끄럽게 삐걱거리는 소리를 내며 바깥으로 젖혀졌다. 문은 한 번에 말 한 마리가 지나갈 수 있을 정도로 열리자 그대로 멈추었고, 문지기는 틈새로 머리를 내밀고는 이가 반밖에 없는 입으로 다시 그들을 보며 씩 웃더니 빠르게 자리를 비켰다. 모레인이 란을 따라 안으로 들어갔고, 에그웨인이 그 뒤를 바로 쫓았다.

벨라를 따라서 빠른 걸음으로 클라우드를 몰고 들어가 보니, 높은 나무 울타리와 창고 들이 양옆에 늘어서 있는 좁은 거리였다. 창고는 높이가 높고 창문이 없었으며, 넓은 문은 꽉 닫혀 있었다. 모레인과 란이 이미 말에서 내려 주름투성이 문지기와 이야기를 나누고 있었으므로 랜드도 말에서 내렸다.

여기저기 기우고 때운 망토와 코트를 입은 그 조그만 남자는 헝겊 모자를 한 손에 구겨 쥔 채 말을 할 때마다 굽신거렸다. 그는 란과 모레인을 따라 말에서 내리는 사람들을 보더니 고개를 저었다. "아랫동네 사람들이군." 그가 씩 웃었다. "아니, 알리스 아가씨. 머리카락에 지푸라기를 붙이고 다니는 아랫동네 녀석들을 모으는 취미라도 생기신 겁니까?" 그러더니 그는 톰 머릴린을 알아보았다. "형씨는 양치기가 아닌데. 며칠 전 형씨를 들여보냈던 게 기억나, 나고말고. 아랫동네에서는 형씨의 재주를 좋아하지 않았나 보지, 방랑 시인?"

"우리를 내보냈다는 것은 빼먹지 말고 잊어 주었으면 합니다, 아빈 씨." 란은 남자의 빈손에 동전을 한 닢 밀어 넣으며 말했다. "우리를 다시 들여보냈다는 것도요."

"이러실 필요 없습니다, 안드라 씨. 이러실 필요 없어요. 나가실 때 충분히 주셨잖습니까. 충분히 주셨어요." 그렇게 말하는 동시에 아빈은 방랑 시인이라도 된 것처럼 재빠르게 동전을 사라지게 했다. "아무한테도 얘기 안 했고, 앞으로도 안 할 겁니다. 특히 그 하얀 망토들한테는요." 아빈은 눈을 부라리며 말을 마쳤다. 그는 침을 뱉으려는 듯 입술을 모았다가 모레인을 힐끗 보고는 그냥 삼켰다.

랜드는 눈을 깜빡였지만 입은 다물고 있었다. 다른 일행도 마찬가지였다. 맷은 그러기가 좀 힘들어 보였지만 말이다. **빛의 아이들이라니.** 랜드는 놀라웠다. 행상인과 상인, 상인의 호위병 들이 빛의 아이들에 관해 해 준 이야기는 존경심에서 증오까지 다양한 감정을 담고 있었지만, 모두가 동의하는 것은 빛의 아이들이 어둠의 친구들만큼이나 아이즈 세다이를 싫어한다는 점이었다. 랜드는 벌써 문제가 심각해진 것은 아닌지 궁금했다.

"베얼론에 빛의 아이들이 있습니까?" 란이 물었다.

"그럼요." 문지기는 고개를 끄덕였다. "제 기억대로라면 두 분이 떠나신 그날에 왔습니다. 여기 사람 중에 놈들을 좋아하는 사람은 아무도 없어요. 물론 대부분 그런 티를 내지는 않지만요."

"왜 왔는지 말하던가요?" 모레인이 집중하며 물었다.

"왜 왔느냐고요, 아가씨?" 아빈은 너무 놀라 굽신거리는 것도 잊어버렸다. "당연히 온 이유야 말했……. 아아, 제가 잊었습니다. 아랫동네에 가 계셨지요. 양들이 우는 소리 말고는 아무것도 못 들으셨겠군요. 놈들은 여기에 온 이유가 기알단에서 벌어지는 일 때문이라고 합니다. 그, 드래건 말입니다. 뭐, 자기가 자기를 드래건이라고 하는 거지만요. 하얀 망토들은 그자가 악을 일깨우고 있다면서—그야 저도 그렇게 생각합니다만—악의 뿌리를 밟아 죽이러 여기 왔다고 하더군요. 가짜 드래건이야 여기가 아니라 기알단에 있는데도 말이지요. 그저 남의 일에 간섭할 핑계를 대는 거라는 게 제 생각입니다. 벌써 문에 드래건의 송곳니가 그려진 사람들도 있습니다." 이번에 아빈은 정말로 침을 뱉었다.

"그럼 하얀 망토들이 꽤 말썽을 일으켰나 보군요?" 란이 말했다. 아빈은 세게 고개를 저었다.

"놈들이야 그러고 싶겠지요. 단지 제가 놈들을 믿지 않는 만큼 총독님도 놈들을 믿지 않으시는 것뿐입니다. 총독님은 놈들을 한 번에 열 명 남짓밖에 성벽 안으로 들이지 않으세요. 그래서 놈들이 몹시 화가 났습니다. 나머지는 북쪽으로 좀 떨어진 곳에서 야영하고 있다고 들었어요. 분명 농부들을 시켜서 눈치를 살피고 있겠지요. 성안으로 들어온 놈들은 그놈의 흰 망토를 걸치고 의기양양하게 돌아다니면서 잘난 척하며 정직한 사람들을 내려다보고 있습니다. 빛 속에서 걸으라, 그렇게 말하면서요. 명령을 하는 거죠. 놈들은 수레꾼과 광부, 제련공 등등은 물론이고 베얼론 경비대와도 여러 번 부딪힐 뻔했습니다. 단지 총독님이 평화롭게 지내는 것을 원하셔서 지금껏 어찌어찌 지내고 있는 겁니다. 놈들이 악을 사냥하려는 거라면 왜 살데이아에 올라가지 않는답니까? 거긴 꽤 문제가 있다고 들었는데. 아니면 기알단으로 내려가든지요. 거기서 큰 전투가 벌어진다고 하잖습니까. 정말로 큰 전투 말이죠."

모레인이 조용히 숨을 들이쉬었다. "저는 아이즈 세다이가 기알단으로 간다고 들었어요."

"네, 아가씨. 맞습니다." 아빈은 다시 고개를 끄덕이기 시작했다. "아이즈 세다이는 기알단으로 갔어요. 맞습니다. 제가 듣기로는 지금 전투가 벌어진 것도 그래서라던데요. 사람들 말로는 아이즈 세다이가 몇 명 죽기도 했답니다. 어쩌면 다 죽었을지도 모르죠. 저도 아이즈 세다이를 싫어하는 사람들이 있다는 건 알지만, 아니 아이즈 세다이가 아니면 가짜 드래건은 누가 막는답니까? 예? 자기가 남자 아이즈 세다이 같은 게 될 수 있다고 생각하는 망할 멍청이들도 그렇고요. 그놈들은 누가 막아요? 물론 어떤 사람들은 이번의 그 녀석이 진짜 드래건의 환생일지도 모른다고 합니다. 분명히 말씀드리지만 하얀 망토들이나 제가 아니라 다른 사람들 말입니다. 아무튼 그 녀석이 이것저것 할 수 있다더군요. 일원력을 쓴다나. 놈을 따르는 자가 수천 명입니다."

"바보 같은 소리 하지 마시오." 란이 쏘아붙이자 아빈은 상처를 받은 듯 인상을 찌푸렸다.

"그냥 들은 얘기를 하는 것 아닙니까? 그냥 들은 얘기입니다, 안드라 씨. 사람들 말로는, 그러니까 일부가 하는 말로는 놈이 군대를 동쪽과 남쪽으로 티어를 향해 움직이고 있답니다." 아빈의 목소리가 의미심장해졌다. "놈이 그 군대를 드래건의 민족이라고 부른다더군요."

"이름엔 별 의미가 없어요." 모레인이 침착하게 말했다. 들은 내용에 마음이 흔들렸더라도 이제는 그런 내색을 전혀 하지 않았다. "원한다면 자기가 키우는 노새를 드래건의 민족이라고 부를 수도 있지요."

"그건 아니지요, 아가씨." 아빈이 킬킬거렸다. "근처에 하얀 망토들이 있으면 절대 안 됩니다. 다른 사람이라도 그런 이름을 좋게 생각할 리 없고요. 무슨 말씀이신 줄은 알겠지만……. 아이고, 안 되지요, 아가씨. **제** 노새는 안 됩니다."

"확실히 현명한 결정이네요." 모레인이 말했다. "이제 우린 가 봐야겠어요."

"걱정하지 마십시오, 아가씨." 아빈은 고개를 깊이 숙이며 말했다. "저는 아무도 못 봤습니다." 그는 성문으로 쏜살같이 달려가더니 몇 번 홱홱 당겨 닫기 시작했다. "아무도 못 봤습니다, 아무것도요." 성문이 쿵 닫히자 그는 밧줄로 잠금 막대를 내렸다. "실은 말이지요, 아가씨. 이 성문은 며칠째 열린 적이 없습니다."

"빛이 당신을 비추시길요, 아빈." 모레인이 말했다.

그녀는 일행을 이끌고 성문을 떠났다. 랜드는 한 차례 뒤를 돌아보았다. 아빈은 그때까지도 성문 앞에 서 있었다. 망토 자락으로 동전을 닦으며 히죽거리는 것 같았다.

길은 수레 두 대가 겨우 지나갈 만한 폭의 흙길로 이어졌다. 인적은 없었고, 길 양옆에는 창고와 가끔 나타나는 높은 나무 울타리가 늘어서 있었다. 랜드는 한동안 방랑 시인 옆에서 걸었다. "톰, 티어 얘기랑 드래건의 민족 얘기는 다 뭐예요? 티어는 저 아래, 폭풍의바다에 있는 도시 아니에요?"

"'카리아손 사이클'이다." 톰이 짧게 말했다.

랜드는 눈을 깜빡였다. '드래건의 예언'. "투 리버스에서는 아무도 그…… 그 이야기를 하지 않아요. 어쨌든 에먼즈 필드에서는요. 얘기하는 사람이 있으면 현자가 산 채로 가죽을 벗겨 버릴 테니까요."

"그건 그럴 것 같네." 톰이 무미건조하게 말했다. 그는 란과 함께 앞장서 가는 모레인을 힐끗 보고 그녀가 엿듣지 않으리라 생각하고서는 말을 이었다. "티어는 폭풍의바다에서 가장 큰 항구다. 티어의 바위가 그 항구를 지키는 요새이고. 티어의 바위는 세계의 파괴 이후 처음으로 세워진 요새라고들하지. 여러 군대가 시도해 봤지만 지금까지는 한 번도 함락된 적이 없고. 어느 예언에 따르면 드래건의 민족이 티어의 바위에 오기 전까지 그 요새는 무너지지 않을 거라고 한다. 또 다른 예언에서는 드래건의 손이 만질 수 없는 칼을 휘두르기 전까지라고 하고." 톰이 인상을 찡그렸다. "티어의 바위가 함락되면 드래건이 환생했다는 중요한 증거가 될 거다. 내가 먼지가 될 때까지 티어의 바위가 버텨 주길."

"만질 수 없는 칼은 뭐예요?"

"예언에 그렇게 나와. 그게 진짜 칼인지는 모르겠다. 뭐든 간에 그건 요새의 중심부 성채인 칼의 심장에 있어. 오직 티어의 대공들만이 거기에 들어갈 수 있다고 하지. 그 사람들은 안에 뭐가 있는지 절대 말하지 않고. 어쨌든 방랑 시인한테 말하지 않는 것은 확실해."

랜드는 인상을 썼다. "드래건이 칼을 휘두르기 전까지는 티어의 바위가 함락될 수 없는데, 바위가 이미 함락된 게 아니라면 어떻게 드래건이 그 칼을 휘두를 수 있어요? 드래건이 티어의 대공이라는 건가요?"

"그럴 가능성은 별로 없지." 방랑 시인이 건조하게 말했다. "티어는 일원력과 관계된 거라면 아마도어보다도 싫어한다. 아마도어는 빛의 아이들의 요새이고."

"그럼 예언이 어떻게 실현돼요?" 랜드가 물었다. "저야 드래건이 환생하지 않는다면 좋겠지만 실현될 수 없는 예언이라니 말이 안 되잖아요. 듣기에는 꼭 사람들한테 드래건이 다시 태어나는 일은 없을 거라고 생각하게 만들려는 이야기 같은데, 그런 거예요?"

"질문이 무진장 많구나." 톰이 말했다. "쉽게 실현될 예언이라면 별 가치가 없지 않을까?" 갑자기 그의 목소리가 밝아졌다. "뭐, 다 왔구나. 여기가 어딘지는 몰라도."

란은 여태 지나온 것과 다르지 않아 보이는, 머리 높이까지 올라오는 나무 울타리 앞에 멈추어 서 있었다. 그는 단검 날로 널빤지 두 개 사이를 후벼 댔다. 갑자기 그는 만족스럽다는 듯 신음하며 칼을 당겼다. 울타리 전체가 대문처럼 밖으로 휙 회전했다. 실은 반대편에서만 열게 되어 있을 뿐 이제 보니 대문이 맞았다. 란이 단검으로 들어 올린 금속 빗장을 보면 알 수 있었다.

모레인이 알딥을 데리고 즉시 들어갔다. 란은 다른 사람들에게도 따라가라고 손짓하고, 가장 뒤에 서서 문을 닫고 들어왔다.

울타리 반대편은 어느 여관의 마구간 앞뜰이었다. 건물 주방에서 부산스럽게 딸그랑거리는 소리가 시끄럽게 들려왔지만 랜드가 놀란 것은 그 크기 때문이었다. 이 여관은 와인스프링 여관의 두 배는 되는 부지를 차지하고 있었으며, 높이도 4층이나 됐다. 짙어져 가는 어둠 속에 창문 절반에 불이 들어와 있었다. 낯선 사람들이 이토록 많이 머물 수 있는 이 도시가 놀랍게 느껴졌다.

그들이 마구간 안뜰로 모두 들어오자마자 더러운 캔버스 앞치마를 걸친 남자 세 명이 커다란 마구간의 넓은 아치형 문 앞에 나타났다. 유일하게 거름용 쇠스랑을 들고 있지 않은 깡마른 남자가 두 팔을 흔들며 앞으로 나왔다.

"이쪽입니다! 이쪽이요! 그쪽으로 들어오면 안 돼요! 앞으로 돌아와야 합니다!"

란이 다시 지갑에 손을 넣으려 했지만 그 순간에도 뱃살이 알비어 씨만큼 두둑한 다른 남자가 여관에서 서둘러 나오고 있었다. 그는 귀 뒤에 보송보송하게 머리털이 나 있었으며, 눈부실 정도로 흰 앞치마는 그가 여관 주인이라는 것을 알려 주는 표시나 마찬가지였다.

"괜찮아, 머치." 여관 주인이 말했다. "괜찮아. 오기로 했던 손님들이야. 자, 이분들 말을 돌봐 주게. 잘 돌봐."

머치는 뚱하니 손마디로 이마를 문지르더니 동료 두 사람에게 도와 달라고 손짓했다. 랜드 일행은 서둘러 안장주머니와 담요를 내렸다. 그러는 동안 여관 주인은 모레인에게 돌아섰다. 그는 모레인에게 깊이 허리를 숙이더니 진심으로 미소 지었다.

"어서 오세요, 알리스 아가씨. 어서 오세요. 아가씨도 그렇고, 안드라 씨도 그렇고 두 분을 보게 되니 좋군요. 무척 반갑습니다. 두 분과의 멋진 대화가 그리웠어요. 네, 정말입니다. 두 분이 아랫동네로 가셔서 걱정했다는 얘기도 해야겠군요. 글쎄, 제 얘기는 시절이 시절이다 보니까요. 날씨도 제정신이 아니고, 밤에는 늑대들이 성벽 바로 앞까지 다가와 울부짖습니다." 그는 문득 두 손으로 둥근 배를 착 감싸더니 고개를 저었다. "안으로 모셔야 하는데 여기서 수다나 떨고 있군요. 들어오세요. 들어오세요. 뜨거운 음식과 따뜻한 잠자리, 아마 그게 필요하실 겁니다. 베얼론에서 그 두 가지를 얻기에 가장 좋은 곳이 여기고요. 여기가 최고지요."

"뜨거운 물로 목욕도 할 수 있겠지요, 피치 씨?" 모레인이 말하자 에그웨인이 격렬히 동의했다. "아, 정말이지."

"목욕이요?" 여관 주인이 말했다. "물론 베얼론에서 가장 좋은 뜨거운 목욕물이 준비돼 있습니다. 들어오세요. 수사슴과 사자에 오신 걸 환영합니다. 베얼론에 어서 오세요."

14장 수사슴과 사자

안에 들어가 보니 여관은 바깥에서 소리를 듣고 생각했던 것 이상으로 분주했다. 에먼즈 필드에서 온 일행은 피치 씨를 따라 뒷문을 지났고, 음식 접시와 음료가 담긴 쟁반을 높이 들고서 줄줄이 나오는 긴 앞치마 차림의 남녀들 사이를 비집고 지나갔다. 음식 나르는 사람들은 누군가의 길을 가로막게 되면 재빨리 미안하다고 웅얼거렸지만, 한 걸음도 속도를 늦추지 않았다. 한 남자는 피치 씨가 서둘러 내리는 명령을 듣더니 달려서 사라졌다.

"유감이지만 방이 거의 찼습니다." 여관 주인이 모레인에게 말했다. "거의 서까래까지 찼어요. 이 마을 여관이 다 마찬가지입니다. 방금 그런 겨울을 났으니……. 뭐, 사람들이 산에서 내려올 수 있을 만큼 날씨가 나아지자마자 광산에서 온 사람들과 제련공들이 밀려들더군요. 네, 밀려들었다는 말이 맞습니다. 다들 아주 끔찍한 얘기를 해 댔지요. 늑대에, 늑대보다 나쁜 소식도 있었고요. 겨우내 틀어박혀 있다 보면 하게 되는 그런 얘기죠. 저 위에 아직 남아 있는 사람이 있을 거라는 생각은 도저히 안 드네요. 그만큼 여기 와 있는 사람이 많아서. 그래도 걱정하지는 마십시오. 약간 붐빌 수는 있지만, 아가씨와 안드라 씨를 위해 최선을 다하겠습니다. 물론, 두 분의 친구들에게도 마찬가지고요." 그는 호기심 어린 시선으로 랜드 일행을 한두 번 힐끔거렸다. 톰을 빼면 나머지 사람들은 입고 있는 옷 때문에 촌사람으로 보였다. 게다가 톰은 입고 있는 방랑 시인 망토 때문에 '알리스 아가씨'나 '안드라 씨' 처럼 이상한 동행으로 보였다. "최선을 다할 테니, 마음 놓고 쉬십시오."

랜드는 부산스러운 주변을 둘러보며 발을 밟히지 않으려고 조심했다. 종업원 중 누구도 실제로 랜드의 발을 밟을 것처럼 보이지는 않았지만 말이다. 알비어 씨와 알비어 부인이 가끔 딸들로부터 약간 도움을 받을 뿐 단둘이서 와인스프링 여관을 운영하던 모습이 자꾸 떠올랐다.

맷과 페린은 흥미를 느꼈는지 목을 쭉 빼고 휴게실 쪽을 보았다. 복도 끝의 넓은 문이 홱 열릴 때마다 그곳에서 웃음소리와 노랫소리, 쾌활한 고함이 들려왔다. 수호자는 소식을 알아야 한다고 중얼거리더니 험악한 표정을 지은 채 휙 열린 그 문 너머로 사라져 즐거운 소리의 물결에 휩쓸렸다.

랜드는 그를 따라가고 싶었지만 목욕이 더 하고 싶었다. 지금 당장 사람들과 웃고 떠드는 것도 좋겠지만 몸이 깨끗해지면 휴게실 사람들도 랜드를 더 반겨 줄 터였다. 맷과 페린도 같은 기분인 듯했다. 맷은 몰래 몸을 긁고 있었다.

"피치 씨." 모레인이 말했다. "베얼론에 빛의 아이들이 있다고 하던데요. 문제가 생길 수도 있을까요?"

"아, 그건 걱정하지 마십시오, 알리스 아가씨. 그 사람들은 평소 하는 수작이나 부리고 있을 뿐입니다. 마을에 아이즈 세다이가 있다나요." 모레인이 한쪽 눈썹을 치켜올리자 여관 주인은 통통한 두 손을 쫙 폈다. "걱정하지 마세요. 전에도 써먹은 수법입니다. 베얼론에는 아이즈 세다이가 없고, 총독님도 그 사실을 잘 아십니다. 하얀 망토들은 아이즈 세다이를, 자기들이 아이즈 세다이라고 주장하는 웬 여자를 보여 주면 사람들이 자기들을 성안에 들어오게 해 줄 거라고 생각하지요. 글쎄, 그럴 사람도 있긴 할 겁니다. 있긴 있겠지요. 하지만 대부분의 사람들은 하얀 망토들이 무슨 짓을 꾸미는지 알고 있고, 총독님을 지지합니다. 빛의 아이들에게 광풍을 일으킬 핑계를 만들어 주겠다고 전혀 해롭지 않은 늙은 여자가 다치는 꼴을 보고 싶어 하는 사람은 아무도 없습니다."

"그렇다니 다행이네요." 모레인이 건조하게 말했다. 그녀는 여관 주인의 팔에 손을 얹었다. "민은 아직 여기 있나요? 있으면 얘기를 좀 하고 싶은데."

종업원들이 와 일행을 목욕탕으로 데려갔기에 랜드는 피치 씨의 답을 듣지 못했다. 모레인과 에그웨인은 수건을 한 아름 들고 방긋 웃는 통통한 여자를 따라 사라졌다. 방랑 시인과 랜드, 그의 친구들은 어느새 검은 머리의 덩치 작은 남자를 따라가고 있었다. 그의 이름은 아라라고 했다.

랜드는 아라에게 베얼론에 관해 물으려 했지만, 아라는 랜드의 억양이 우스꽝스럽다는 말을 할 때가 아니면 두 마디를 이어 말하는 법이 없었다. 그런 다음에는 목욕실을 보자마자 랜드의 머릿속에서 이야기를 하고 싶다는 모든 생각이 빠져나갔다. 타일이 깔린 바닥에 열두 개의 높은 구리 욕조가 원을 그리며 놓여 있었고, 바닥은 물이 빠질 수 있도록 벽이 석재로 되어 있는 목욕실 한가운데를 향해 경사져 있었다. 깔끔하게 갠 두꺼운 수건과 커다란 노란색 비누가 욕조 뒤마다 놓여 있었고, 한쪽 벽에는 불 위에 검은색 커다란 무쇠솥이 걸려 있어 물을 데우고 있었다. 맞은편 벽에는 깊숙이 들어간 벽난로에서 통나무가 타오르며 목욕실을 전반적으로 따뜻하게 해 주었다.

"거의 고향에 있는 와인스프링 여관만큼 좋은데." 페린이 진실에 충실하기보다는 의리를 지켜 그렇게 말했다.

톰이 껄껄 웃었고 맷은 히죽거렸다. "우리가 코플린을 데려왔는데 몰랐나 보네."

랜드는 몸을 움츠리며 망토를 벗고, 아라가 구리 욕조 네 개에 물을 채우는 동안 나머지 옷도 벗어 버렸다. 다른 사람들도 랜드보다 그리 늦지 않게 욕조를 골랐다. 그들이 모두 옷을 의자 위에 쌓아 놓자 아라가 뜨거운 물이 담긴 양동이와 바가지를 하나씩 가져다주었다. 그런 다음에는 문 옆에 있는 의자에 앉아 팔짱을 낀 채 벽에 기대고, 자기 나름의 생각에 빠졌다.

비누칠을 하고 김이 나는 물을 바가지로 끼얹어 가며 일주일째 쌓인 때를 벗겨 내는 동안 대화는 별로 오가지 않았다. 그런 다음에는 욕조에 오랫동안 몸을 담그고 있었다. 아라가 물을 충분히 덥혀 두었기에 그 물속에 들어

가는 것은 한숨이 절로 나오는 느긋한 과정이 되었다. 따뜻하던 목욕실 공기가 습하고 더워졌다. 뭉친 근육이 풀어지고 영원하게만 느껴지던 한기가 뼛속에서 빠져나가며 긴장이 풀려 이따금 한숨이 나올 뿐 오랫동안 아무 소리도 들리지 않았다.

"필요하신 거 있을까요?" 아라가 문득 물었다. 아라도 남의 억양에 대해 이렇다 저렇다 할 처지는 아니었다. 그와 피치 씨는 둘 다 옥수수 반죽을 입에 가득 물고 있는 것처럼 말했다. "수건이나 뜨거운 물을 더 드릴지요?"

"괜찮소." 톰이 우렁우렁한 목소리로 말했다. 그는 눈을 감은 채 게으르게 손을 저었다. "가서 즐거운 저녁 시간 보내시오. 나중에 당신이 해 준 서비스에 대해서는 충분한 것 이상으로 꼭 보상할 테니." 그는 물이 눈과 코만 빼고 온몸을 뒤덮도록 욕조에 깊숙이 들어갔다.

아라의 눈이 일행의 옷과 소지품이 쌓여 있는 욕조 뒤 의자로 향했다. 그는 활을 힐끗 보았지만 랜드의 칼과 페린의 도끼는 더 오래 쳐다보았다. "아랫동네에도 문제가 생겼어요?" 그가 불쑥 말했다. "리버스였던가, 이름이 뭐였더라?"

"투 리버스요." 맷이 단어를 하나하나 발음했다. "투 리버스예요. 문제라고 하면, 안 그래도……."

"아랫동네에'도'라니, 무슨 뜻이에요?" 랜드가 물었다. "여기 무슨 문제가 있었나요?"

페린은 목욕을 즐기며 "좋네! 좋아!"라고 웅얼거렸고, 톰은 약간 몸을 세우며 눈을 떴다.

"여기요?" 아라가 코웃음을 쳤다. "문제요? 해 뜨기 전부터 광부들이 길거리에서 주먹싸움을 해 대는 걸 문제라고 할 수는 없죠. 그게 아니면……." 그는 잠시 말을 멈추고 일행을 눈여겨보았다. "제 말은 기알단에서 벌어진 것 같은 문제 말이에요." 결국 그가 말했다. "뭐, 그런 문제는 없겠네요. 아랫동네에는 양밖에 없잖아요? 기분 나쁘게 듣지는 마시고요. 그냥 아래쪽은 꽤 조용하다는 거죠. 그래도 겨울이 이상하긴 했어요. 산에서도 이상한 일이 벌어졌고. 요전번에는 살데이아에 트롤록이 나타났다는 얘기를 들었어요. 하긴 거기는 변방이니까. 안 그래요?" 그는 말을 마치고도 입을 벌리고 있다가 너무 많은 말을 했다는 생각에 놀란 듯 딱 입을 닫았다.

랜드는 **트롤록**이라는 단어에 긴장했지만, 목욕 수건을 머리 위로 들어 올려 비틀어 짜면서 그런 기색을 애써 감추었다. 아라가 말을 이어 가자 긴장이 풀리기는 했으나 모두가 입을 다물고 있지는 않았다.

"트롤록이요?" 맷이 웃었다. 랜드는 그에게 물을 끼얹었지만 맷은 그냥 씩 웃으며 얼굴에서 물을 닦아 냈다. "트롤록 얘기라면 나도 할 말이 많은데."

욕조에 들어간 이후 처음으로 톰이 말했다. "안 하면 안 되나? 내가 해 준 얘기를 너한테서 다시 듣는 게 좀 질리는데."

"이분은 방랑 시인이거든요." 페린의 말에 아라는 그를 비웃듯이 바라보았다.

"망토 봤어요. 공연하실 건가요?"

"잠깐." 맷이 대꾸했다. "내가 톰이 해 준 얘기를 한다니 무슨 얘기야? 너희 모두……."

"그냥, 넌 톰만큼 얘기를 잘하지 못하잖아." 랜드가 서둘러 맷의 말을 잘랐고 페린도 끼어들었다. "계속 얘기를 부풀리면서 말이야. 그런다고 이야기가 더 나아지는 건 아니라니까."

"이 얘기 저 얘기 섞기도 하고." 랜드가 덧붙였다. "그냥 톰한테 맡겨."

다들 너무 빠른 속도로 말하자 아라가 입을 벌린 채 그들을 쳐다보았다. 다른 사람들이 모두 갑자기 미쳐 버렸다는 듯 맷도 그들을 바라보았다. 랜드는 맷에게 덤벼들지 않고도 그의 입을 다물게 할 방법을 고민했다.

문이 쾅 열리며 란이 들어왔다. 그는 어깨에 갈색 망토를 걸치고 있었다. 그가 들어올 때 함께 들어온 차가운 바람에 잠시 수증기가 옅어졌다.

"좋아." 수호자가 손을 비비며 말했다. "내가 기대했던 그대로군." 아라가 양동이를 집어 들었지만 란이 손을 내저어 뿌리쳤다. "아니, 직접 하겠소." 그는 의자에 망토를 내려놓은 다음, 종업원의 항의를 무시하고 그를 목욕실에서 내보낸 뒤 문을 꽉 닫았다. 그는 소리를 들으려고 고개를 기울인 채 잠시 그 자리에서 기다렸다. 다시 일행을 돌아보는 그의 목소리는 돌 같았다.

그가 시선으로 맷을 찔렀다. "내가 마침 돌아와서 다행이다, 농부 꼬마야. 아까 한 말을 못 들은 거냐?"

"난 아무것도 안 했어요." 맷이 항의했다. "그냥 트롤록 얘기를 해 주려던 것뿐인데요. 그냥……." 맷은 말을 멈추고 수호자의 눈을 피해 욕조 뒤쪽에 납작하게 기댔다.

"트롤록 얘기는 하지 마라." 란이 험악하게 말했다. "트롤록은 생각도 하지 마." 그는 화가 나서 코웃음을 치며 자기 욕조에 물을 받기 시작했다. "피와 재를 걸고, 어둠의 존재는 전혀 예상치 못한 곳에 눈과 귀를 두고 있다는 걸 기억해야 할 거다. 게다가 빛의 아이들의 귀에 트롤록이 너희를 쫓고 있다는 말이 들어가면 놈들이 너희를 손에 넣고 싶어 안달할 테고. 그자들에게 그 얘기는 너희가 어둠의 친구라는 얘기나 마찬가지다. 너희한테는 익숙하지 않을지 몰라도 우리가 가려는 곳에 도착할 때까지는 알리스 아가씨나 내가 다른 지시를 하기 전까지 최대한 사람을 믿지 말아라." 란이 모레인이 쓰는 가명을 강조해서 말하자 맷이 움찔했다.

"아까 그 사람이 우리한테 뭔가 숨기려 했어요." 랜드가 말했다. "무슨 문제가 생겼다고 생각하는 것 같았는데, 그게 뭔지는 말하지 않으려고 하더라고요."

"아마 빛의 아이들 얘기일 거다." 란은 자기 욕조에 뜨거운 물을 더 부으며 말했다. "사람들은 대부분 그자들을 골칫거리라고 여긴다. 하지만 아닌 사람도 있지. 아까 그 종업원은 너희가 어느 쪽인지 잘 몰라서 말을 아낀 거고. 그 친구가 이는 한에서는 너희가 하얀 망토들에게 달려가 이를 수도 있는 것이니까."

랜드는 고개를 저었다. 이곳이 벌써 타렌 페리와 비교도 할 수 없을 만큼 나쁘게 느껴졌다.

"그 사람 말로는 트롤록들이, 어……. 살데이아에 나타났다고 하던데요." 페린이 말했다.

란은 빈 양동이를 쾅 하며 바닥에 내던졌다. "계속 얘기할 거냐? 변방에는 늘 트롤록들이 있다, 대장장이. 우리는 들판의 쥐만큼이나 관심을 피해야 한다는 것만 명심해라. 그 점에 집중하란 말이다. 모레인은 너희 모두를 타 발론까지 살려서 데려가고 싶어 한다. 나도 할 수 있으면 그렇게 할 거다. 하지만 너희 때문에 모레인이 피해를 본다면……."

남은 목욕 시간과 이후의 옷 입는 시간은 내내 조용했다.

일행이 목욕실에서 나오니 모레인이 자기보다 별로 크지 않은 날씬한 소녀와 함께 복도 끝에 서 있었다. 최소한 랜드는 그 사람이 소녀라고 생각했다. 비록 소녀가 검은 머리를 짧게 자르고 남자의 셔츠와 바지를 입고 있었지만 말이다. 모레인이 뭐라고 말하자 소녀는 남자들을 홱 바라보더니 모레인에게 고개를 끄덕이고 서둘러 떠났다.

"자, 그럼." 일행이 다가오자 모레인이 말했다. "목욕을 한 만큼 식욕도 생겼겠지. 피치 씨가 우리한테 개별 식사 공간을 내주었어." 그녀는 돌아서서 앞장서며 그들이 묵을 방과 마을에 버글거리는 사람들에 관한 이야기, 톰이 휴게실에서 음악 몇 곡과 이야기 한두 편으로 사람들을 즐겁게 해 주기를 여관 주인이 바라고 있다는 이야기 등을 별 의미 없이 이어 갔다. 소녀가 맞는지는 모르겠지만, 그 소녀 이야기는 한마디도 하지 않았다.

개별 식사 공간에는 10여 개의 의자로 둘러싸여 있는, 윤기 나는 떡갈나무 식탁이 있었으며 바닥에는 두꺼운 깔개가 깔려 있었다. 일행이 들어서자 이제 막 감아서 반짝이는 머리카락을 빗어 어깨에 늘어뜨리고 있던 에그웨인이 난로에서 타닥거리던 불에 손을 쬐다 말고 돌아보았다. 랜드는 목욕실에서 오랫동안 조용히 목욕을 하며 생각할 시간이 충분히 있었다. 아무도 믿지 말라는 란의 지속적인 꾸지람과, 특히 아라가 두려워하며 그들을 믿지 못하던 모습에 랜드는 일행이 정말로 얼마나 고립되어 있는지 생각하게 되었다. 일행은 오직 자신들만을 믿을 수 있는 것 같았고, 랜드는 아직 모레인이나 란을 얼마나 믿을 수 있을지 확신할 수 없었다. 오직 그들 자신만을 믿어야 했다. 에그웨인은 여전히 에그웨인이었고. 모레인은 이런 일이, 일원력과의 접촉이 어떤 식으로든 에그웨인에게 일어났을 것이라고 말했다. 에그웨인이 어쩔 수 없는 일이었다. 그 말은 에그웨인의 잘못이 아니라는 뜻이었고. 에그웨인은 여전히 에그웨인이었다.

랜드는 사과하려고 입을 열었으나 에그웨인은 그에게 말할 기회도 주지 않고 뻣뻣하게 등을 돌렸다. 랜드는 시무룩하게 그녀의 등을 바라보며 하려던 말을 삼켰다. **그래, 그럼. 저렇게 나오겠다면 내가 할 수 있는 일은 없지.**

피치 씨가 수선을 떨며 들어왔다. 피치 씨만큼 긴 흰색 앞치마를 두른 여자 네 명도 그를 따라 들어왔다. 그는 구운 닭 세 마리가 담긴 커다란 접시를, 다른 사람들은 은 식기와 도자기 접시, 덮인 그릇을 들고 있었다. 여자들이 즉시 상을 차리기 시작했고, 여관 주인은 모레인에게 허리를 숙여 인사했다.

"이렇게 기다리시게 해서 죄송합니다, 알리스 아가씨. 하지만 여관에 사람이 너무 많아서 누구한테라도 음식이 나가는 게 놀라울 지경입니다. 음식도 성에 차지 않아 유감입니다. 그저 닭고기일 뿐이에요. 순무와 암탉콩을 곁들이고, 나중에 드실 치즈도 조금 준비했습니다. 아뇨, 정말 이런 음식을 대접해서는 안 되는 것인데요. 진심으로 사과드립니다."

"그 정도면 잔치 음식인걸요." 모레인이 미소 지었다. "요즘처럼 어려운 시절에는 그야말로 성찬이에요, 피치 씨."

여관 주인이 다시 허리를 숙였다. 그가 손으로 머리를 문지를 때마다 사방으로 뻗쳐 나오는 머리카락 때문에 절하는 모습이 우스꽝스럽게 보였지만, 그의 미소가 무척 유쾌해서 웃는 사람은 누구든 그를 비웃는 것이 아니라 그와 함께 웃게 되었다. "감사합니다, 알리스 아가씨. 감사합니다." 그는 허리를 펴며 인상을 찌푸리더니 앞치마 한쪽 구석으로 탁자에 있지도 않은 먼지를 닦아 냈다. "물론 1년 전이라면 아가씨 앞에 이런 음식을 늘어놓지 않았을 겁니다. 절대로요. 겨울 때문입니다. 네, 겨울 때문이죠. 지하 창고가 비어 가는 데다, 시장에도 나오는 물건이 없습니다. 농사짓는 사람들한테 누가 뭐랄 수 있겠습니까? 누가요? 그 사람들이 다른 작물을 언제 추수할지 알 수 있는 사람들이 한 명도 없는 게 확실한데요. 전혀 알 수가 없지요. 사람들의 식탁에 올라야 할 양고기와 쇠고기는 늑대들이 먹고 있는 데다……."

갑자기 그는 이런 이야기가 편안하게 식사를 즐길 수 있도록 손님들을 안심시키는 방법이라고 하기는 어렵다는 것을 깨달은 듯했다. "제 정신 좀 보세요. 늙어서 바람만 잔뜩 든 게 바로 저랍니다. 늙어서 바람만 들었죠. 마리, 신다. 이분들이 조용히 식사하실 수 있게 하세." 그는 여자들에게 나가라는 손짓을 하더니 그들이 서둘러 방에서 나가자 휙 돌아서서 모레인에게 다시 한번 허리를 숙였다. "식사 즐겁게 하시기 바랍니다, 알리스 아가씨. 달리 필요한 게 있으시면 말씀만 하세요. 가져다드리겠습니다. 말씀만 하십시오. 아가씨와 안드라 씨를 모시는 건 기쁜 일입니다. 기쁜 일이지요." 그는 한 차례 더 깊이 허리를 숙이더니 조용히 문을 닫고 나갔다.

란은 이 모든 일이 벌어지는 동안 반쯤 잠든 것처럼 벽에 기대 웅크리고 있다가 벌떡 일어나 두 번 성큼성큼 걸어 문으로 다가갔다. 그는 문에 귀를 바짝 대고 천천히 30을 세는 동안 골똘히 귀 기울이더니 문을 확 열고 복도로 고개를 내밀었다. "갔습니다." 란은 그제야 문을 닫으며 말했다. "이야기해도 됩니다."

"아무도 믿지 말라고 하신 건 알겠지만," 에그웨인이 말했다. "여관 주인이 의심스럽다면 왜 여기 묵는 것인가요?"

"난 여관 주인을 다른 사람보다 더 의심하는 게 아니다." 란이 대답했다. "하긴 타 발론에 도착하기 전까지는 누구든 의심하겠지. 거기서라면 절반만 의심하고."

랜드는 수호자가 농담을 한다는 생각에 미소 지으려다가 란의 얼굴에 웃음기가 전혀 없다는 것을 알아챘다. 란은 정말로 타 발론 사람들까지 의심하고 있었다. 안전한 곳이 있기는 할까?

"과장하는 거야." 모레인이 달래듯 말했다. "피치 씨는 착하고 정직하고 믿을 만한 사람이야. 하지만 이야기하는 것을 좋아하긴 하지. 아무런 나쁜 뜻이 없더라도 엉뚱한 사람 귀에 뭔가를 흘릴 수도 있어. 게다가 난 종업원 절반이 문 앞에서 손님들 대화를 엿듣지 않거나, 침대를 정리하기보다는 소문 이야기를 하면서 더 많은 시간을 보내지 않는 여관에는 가 본 적이 없단다. 가자, 음식이 식기 전에 앉자꾸나."

그들은 식탁 주위에 둘러앉았다. 모레인이 상석에, 란이 그 맞은편에 앉았다. 한동안 다들 각자의 접시에 음식을 더느라 바빠 아무 말도 하지 않았다. 잔치 음식은 아닐지 모르지만 효모를 넣지 않고 구운 빵과 육포만 거의 일주일 먹고 나니 잔치 음식처럼 느껴졌다.

얼마 후 모레인이 물었다. "휴게실에서 알아낸 게 있나요?" 나이프와 포크가 허공에 들린 채로 조용해졌다. 모두의 시선이 수호자에게로 향했다.

"좋은 소식은 별로 없습니다." 란이 대답했다. "아빈 말이 맞았습니다. 적어도 소문은 그렇더군요. 기알단에서 전투가 있었고, 로게인이 승리를 거두었습니다. 10여 가지 서로 다른 이야기가 떠돌고 있으나 모두 그 점에는 동의하고 있습니다."

로게인? 그가 가짜 드래건인 게 틀림없었다. 랜드는 이때 가짜 드래건에게 붙은 이름을 처음으로 들었다. 란은 거의 로게인을 아는 것처럼 말했다.

"아이즈 세다이는요?" 모레인이 조용히 묻자 란이 고개를 가로저었다.

"모르겠습니다. 아이즈 세다이가 전부 살해당했다는 사람도 있고, 아무도 죽지 않았다는 사람도 있습니다." 란이 코웃음 쳤다. "아이즈 세다이가 로게인한테 넘어갔다고 하는 자들도 있더군요. 믿을 만한 정보는 전혀 없었습니다. 저는 너무 관심을 보이는 티를 내고 싶지 않았고요."

"네." 모레인이 말했다. "좋은 소식은 별로 없네요." 그녀는 한숨을 쉬며 식탁으로 다시 관심을 돌렸다. "우리 상황은 어떻죠?"

"우리 상황은 좀 낫습니다. 이상한 사건도 없었고, 머드랄일 가능성이 있는 낯선 자가 나타나지도 않았습니다. 트롤록은 확실히 없고요. 또 하얀 망토들은 놈들에게 협조하지 않으려는 에이단 총독을 상대로 말썽을 일으키느라 바쁩니다. 우리가 광고하고 다니지만 않으면 놈들은 우리 존재를 눈치채지도 못할 겁니다."

"잘 됐군요." 모레인이 말했다. "목욕을 도와준 종업원도 그렇게 말했어요. 소문에도 의미가 있긴 있네요. 자." 모레인은 일행 모두에게 말했다. "아직 갈 길이 멀지만 지난주가 편안하지도 않았으니 오늘 밤과 내일 밤은 여기서 묵고 그다음 날 아침 일찍 떠나기로 해요." 젊은 일행 모두가 씩 웃었다. 난생처음 도시에 와 본 것이었으니까. 모레인은 미소 지으면서도 이렇게 말했다. "안드라 씨 의견은?"

란은 씩 웃고 있는 젊은이들을 단호한 눈으로 바라보았다. "저 녀석들이 이번만이라도 제 말에 따르겠다면 괜찮습니다."

톰이 콧수염이 날릴 만큼 코웃음을 쳤다. "이 촌놈들을, 그러니까……. 도시에 풀어놓는다니." 그는 다시 코웃음을 치더니 고개를 저었다.

여관에 사람이 많아 빈 방은 세 군데뿐이었다. 한 방은 모레인과 에그웨인이, 나머지 두 방을 남자들이 쓰기로 했다. 랜드는 어쩌다 보니 란, 톰과 같은 방을 쓰게 되었다. 4층 뒤쪽, 처마 아래에 바짝 붙어 있고 하나밖에 없는 작은 창문이 마구간 앞뜰을 내다보는 방이었다. 완전히 밤이 되자 여관에서 나온 불빛이 바깥쪽에 둥글게 비쳤다. 애초에 작은 방은 톰이 쓸 침대를 들이자 더 좁아졌다. 침대 세 개가 모두 작았는데도 그랬다. 랜드는 자기 침대에 몸을 던지며 침대가 딱딱하기까지 하다는 것을 알게 되었다. 확실히 가장 좋은 방은 아니었다.

톰은 방에 남아 플루트와 하프를 케이스에서 꺼내더니 벌써 거창한 자세를 연습하며 나갔다. 란이 그와 함께 갔다.

랜드는 침대에서 불편하게 뒤척거리며 이상한 일이라고 생각했다. 일주일 전만 해도 그는 방랑 시인의 공연을 볼 기회가 생기거나 그런 기회가 있다는 소문만 들어도 산에서 바위가 굴러떨어지듯 우당탕 아래층으로 내려갔을 것이다. 하지만 그는 일주일 내내 밤마다 톰이 하는 이야기를 들었다. 게다가 톰은 내일 밤에도, 그다음 날 밤에도 곁에 있을 터였다. 뜨거운 물로 목욕하자 영원히 뭉쳐 있을 것만 같던 근육이 풀어졌고, 일주일 만에 더운 음식을 먹자 나른함이 스며 나왔다. 그는 졸음에 겨운 채 란이 정말로 가짜 드래건 로게인을 아는지 궁금해졌다. 아래층에서 바닥 너머로 사람들이 외치는 소리가 들렸다. 휴게실에 도착한 톰을 맞아들이는 소리였다. 하지만 랜드는 이미 잠들어 있었다.

석재로 이루어진 복도는 어슴푸레하고 그림자로 가득했다. 그곳에 있는 사람은 랜드뿐이었다. 거의 비치지 않는 빛조차도 어디에서 나오는 것인지 알 수 없었다. 잿빛 벽에는 양초도 등불도 없었다. 그냥 그곳에 존재하는 것처럼 보이는 희미한 불빛을 설명할 만한 것은 아무것도 없었다. 공기는 고요하고 축축했으며, 멀리 떨어진 곳 어디에선가 물이 꾸준하게 공명음을 내며 똑똑 떨어졌다. 여기가 어딘지는 모르지만 여관이 아닌 것은 확실했다. 랜드는 인상을 쓰며 이마를 문질렀다. 여관이라니? 머리가 아팠다. 오래 생각하기가 힘들었다. 뭔가 이상한 점이 있었는데……. 여관이라고? 뭔지는 몰라도 그곳은 사라지고 없었다.

그는 입술을 핥으며 마실 것이 있으면 좋겠다고 생각했다. 끔찍하게 목이 말랐다. 풀풀 날리는 모래 먼지처럼. 그가 결정을 내린 건 똑똑 떨어지는 물소리 때문이었다. 갈증 말고 다른 선택의 기준이 없었기에 그는 꾸준히 이어지는 그 **똑, 똑, 똑** 소리를 향해 움직이기 시작했다.

복도는 계속 이어졌다. 교차하는 다른 통로도 없었고, 겉모습 또한 전혀 바뀌지 않았다. 유일한 특징은 일정한 간격을 두고 통로 양옆에 한 쌍씩 나타나는 보기 싫은 문밖에 없었다. 공기가 축축했는데도 그 문은 목재가 갈라져 있었으며 건조해 보였다. 그가 앞으로 나아가면 그림자는 똑같은 모습을 유지하며 뒤로 물러났다. 물 떨어지는 소리는 전혀 가까워지지 않았다. 그는 한참 뒤 문을 하나 열어 보기로 했다. 문은 쉽게 열렸다. 들어가 보니 으스스하고 벽이 돌로 이루어진 방이 나왔다.

한쪽 벽은 여러 개의 아치를 지나 잿빛 돌로 만들어진 발코니로 이어졌고, 발코니 너머에는 그가 한 번도 본 적 없는 하늘이 있었다. 검은색과 회색, 붉은색과 주황색 줄무늬로 이루어진 구름이 폭풍에 실려 온 것처럼 흘러가며 끝없이 서로 얽히고 뒤섞였다. 저런 하늘을 본 사람은 **아무도** 없을 터였다. 존재할 수 없는 하늘이었다.

그는 발코니에서 시선을 돌렸지만 방의 다른 부분도 나을 게 없었다. 꼭 바위가 우연히 녹아 생겨난 것처럼 방은 이상한 곡면과 특이한 각도로 이루어져 있었다. 기둥들은 잿빛 바닥에서 자라난 것만 같았다. 난로에서는 품질 나쁜 용광로에서처럼 불길이 솟구쳤지만 온기는 느껴지지 않았다. 난로를 이루고 있는 것은 이상한 타원형 돌이었다. 겉보기에는 그냥 돌처럼 보였지만 그가 똑바로 바라보자 불이 있는데도 축축해서 미끄러워 보였다. 그러나 곁눈질로 힐끔 보면 그것들은 돌이 아니라 얼굴처럼 보였다. 고통스러워 몸을 비틀어 대고 조용히 비명을 지르는 남자들과 여자들의 얼굴처럼. 방 한가운데에 있는 등받이 높은 의자들과 윤이 나는 탁자는 완벽하게 정상으로 보였으나, 그런 점 때문에 나머지 이상한 점이 더욱 두드러졌다. 벽에는 거울이 하나 걸려 있었으나 그 거울은 전혀 평범하지 않았다. 거울을 들여다보자 마땅히 비쳐야 할 그의 모습 대신 흐릿한 형상만이 보였다. 방의 다른 모든 것은 진실하게 보였지만 그는 아니었다.

난로 앞에 한 남자가 서 있었다. 처음 들어왔을 때는 그 남자가 있는 줄 몰랐다. 이런 일이 불가능한 줄 몰랐다면 그는 실제로 자기가 그 남자를 보기 전까지는 그 자리에 아무도 없었다고 말했을 것이다. 잘 만들어진 검은 옷을 입은 그 남자는 전성기에 이른 성숙한 모습이었으며, 랜드는 여자들이 그를 잘생겼다고 느낄 것이라고 생각했다.

"한 번 더 얼굴을 마주 보게 되는구나." 남자가 말했다. 아주 잠깐 그의 입과 눈은 불길로 가득한 끝없는 동굴로 들어가는 구멍처럼 보였다.

랜드는 고함을 지르며 방에서 뒤로 몸을 날렸다. 너무 세게 몸을 던지는 바람에 허둥거리다가 복도 맞은편 문에 부딪혔고, 그 탓에 문이 열렸다. 그는 바닥에 넘어지지 않으려고 몸을 비틀며 문손잡이를 잡았다가……. 눈을 휘둥그렇게 뜬 채 발코니로 이어지는 아치들 너머로 불가능한 하늘이 보이는 돌로 된 방과 난로를 보게 되었다…….

"나한테서 그렇게 쉽게 빠져나갈 수는 없지." 남자가 말했다.

랜드는 몸을 비틀며 허둥지둥 뒷걸음질 쳐 방에서 나갔다. 속도를 늦추지 않고 발을 다시 디디려 애썼다. 이번에는 복도가 없었다. 그는 윤이 나는 식탁에서 그리 멀지 않은 곳에 반쯤 웅크린 채 우뚝 멈춰 난로 옆의 남자를 바라보았다. 난로의 돌이나 하늘을 보는 것보다는 나았다.

"이건 꿈이야." 랜드는 허리를 펴며 말했다. 등 뒤에서 문이 닫히는 달칵 소리가 났다. "악몽 같은 거야." 랜드는 눈을 감고 깨어나는 생각을 했다. 어렸을 때, 현자는 악몽을 꾸면서 깨어나는 생각을 할 수 있다면 악몽이 사라질 것이라고 말했다. **현……자? 뭐라고?** 생각이 계속 미끄러져 사라지지만 않았어도. 머리가 계속 아프지만 않았어도. 그러면 똑바로 생각할 수 있을 텐데.

랜드는 다시 눈을 떴다. 방은 예전과 똑같았다. 발코니도 하늘도. 난로 옆의 남자도.

"이게 꿈이냐고?" 남자가 말했다. "그게 중요한가?" 잠깐이지만 이번에도 그의 입과 눈은 영원까지 이어지는 용광로를 들여다보는 구멍처럼 보였다. 그의 목소리는 변하지 않았다. 그는 이런 일이 일어나는 것을 아예 눈치채지 못하는 것처럼 보였다.

이번에 랜드는 살짝 움찔했지만 간신히 고함은 지르지 않을 수 있었다. **이건 꿈이야. 꿈일 수밖에 없어.** 그러거나 말거나 랜드는 불가의 남자에게서 시선을 떼지 않고 문이 있는 곳까지 쭉 뒷걸음질 쳐 문손잡이를 돌려 보았다. 꿈쩍하지 않았다. 문은 잠겨 있었다.

"목이 마른 듯한데." 불가의 남자가 말했다. "마셔라."

식탁 위에는 잔이 놓여 있었다. 금색으로 반짝이며 루비와 자수정으로 장식된 잔이었다. 전에는 그 자리에 없었다. 랜드는 움찔거리는 것을 멈출 수 있으면 좋겠다고 생각했다. 이것은 꿈일 뿐이었다. 입 속이 모래 먼지처럼 느껴졌다.

"목이 마르긴 해, 약간은." 그가 잔을 집어 들며 말했다. 남자는 열중하는 표정으로 몸을 앞으로 기울였다. 그는 한 손으로 의자 등받이를 짚고서 랜드를 지켜보았다. 향료주의 향기를 맡자 랜드는 자신이 얼마나 목이 말랐는지 실감 났다. 며칠 동안 아무것도 마시지 못한 것만 같았다. **그랬나?**

랜드는 술을 반쯤 입으로 가져갔다가 멈추었다. 남자의 손가락 사이로, 의자 등받이에서 가느다란 연기가 피어오르고 있었다. 게다가 남자의 눈이 랜드를 너무 날카롭게 지켜보고 있었다. 그 눈빛이 불길 사이로 빠르게 번뜩였다.

랜드는 입술을 핥으며 술을 맛보지 않은 채 다시 탁자에 내려놓았다. "생각했던 것만큼 목이 마르진 않네." 남자는 갑자기 몸을 세웠다. 무표정한 얼굴이었다. 욕을 했더라도 그만큼 실망감이 선명히 드러나지는 않았을 것이다. 랜드는 술에 뭐가 들어 있는지 궁금했다. 하지만 물론 그것은 어리석은 질문이었다. 이것은 전부 꿈이었으니까. **그럼 왜 깨지 않지?** "뭘 원하는 거야?" 랜드가 물었다. "당신 누구야?"

남자의 눈과 입에서 불길이 솟아올랐다. 랜드는 그 불길이 활활 타는 소리가 들릴 것만 같았다. "어떤 사람들은 나를 바알자몬이라고 부른다."

랜드는 어느새 문을 마주 보며 미친 듯이 문손잡이를 당기고 있었다. 꿈에 대한 모든 생각은 사라졌다. 어둠의 존재라니. 문손잡이는 꿈쩍도 하지 않았지만 랜드는 계속 돌려보았다.

"네가 그 존재이냐?" 바알자몬이 갑자기 말했다. "내게서 그 사실을 영원히 숨길 수는 없다. 가장 높은 산에서도, 가장 깊은 동굴에서도 너 자신조차 내게서 숨길 수 없다. 나는 가장 가느다란 머리카락 한 올까지 너를 안다."

랜드는 돌아서서 남자를, 바알자몬을 마주 보았다. 침을 꿀꺽 삼켰다. 악몽. 그는 뒤로 손을 뻗어 마지막으로 문손잡이를 당겨보고 허리를 더욱 꼿꼿이 세웠다.

"영광을 찾느냐?" 바알자몬이 말했다. "힘을 찾느냐? 그들이 네게 세계의 눈이 너를 섬기리라는 말을 해 주었느냐? 인형에게 무슨 영광이나 힘이 있겠느냐? 너를 움직이는 실은 수백 년 동안 짜여 왔다. 네 아버지는 밧줄에 매여 일터로 끌려가는 수말처럼 화이트 타워에 의해 선택되었다. 네 어머니는 그들이 세운 계획을 위해 새끼를 낳는 암말에 불과했다. 또한 그 계획은 너를 죽음으로 이끌어 갈 것이다."

랜드는 주먹을 말아 쥐었다. "내 아버지는 좋은 분이고, 내 어머니도 좋은 분이었어. 그분들에 대해서 말하지 마!"

불길이 웃었다. "어쨌거나 네 안에도 결기가 있긴 있다는 게로구나. 네가 그 존재가 **맞을** 수도 있겠다. 그렇다고 네게 좋을 일은 별로 없겠지만. 아멀린 권좌는 완전히 소진될 때까지 너를 이용할 것이다. 데비안과 유리안 스톤보우, 궤어 아말라신과 라올린 다크스베인을 이용했듯이 말이다. 로게인이 이용당하고 있듯이. 네가 전혀 남지 않을 때까지 이용당하겠지."

"무슨 말인지 난……." 랜드는 고개를 휘휘 저었다. 분노 때문에 생겨났던, 머리가 맑은 한순간은 사라져 버렸다. 다시 그런 상태가 되려고 더듬더듬 애써 보아도 애초에 어떻게 그런 상태에 이르렀는지 기억나지 않았다. 생각이 빙빙 돌았다. 그는 소용돌이에서 뗏목을 잡듯 한 가지 생각에 매달렸다. 억지로 말을 끌어냈다. 말을 이어 갈수록 목소리에 힘이 실렸다. "너는…… 샤이올 굴에…… 매여 있어. 너와 버려진 자들 모두가……. 시간의 끝까지 창조주에게 매여 있어."

"시간의 끝이라?" 바알자몬이 조롱했다. "너는 딱정벌레처럼 바위 밑에 살면서 네가 흘린 진액이 우주라고 생각하지. 시간의 죽음은 네가 꿈꿀 수도 없는 힘을 내게 가져다줄 것이다, 벌레여."

"너는 매여 있……."

"멍청하긴, 나는 한 번도 매이지 않았다!" 그의 얼굴에서 일어나는 불길이 너무도 뜨겁게 솟구쳐 랜드는 손으로 얼굴을 가리며 뒤로 물러섰다. 손바닥에 났던 땀이 열기에 말라 버렸다. "나는 동족살해자 루스 세린이 그런 이름을 갖게 된 행동을 했을 때, 그자의 곁에 서 있었다. 놈에게 아내와 자식들을, 혈족 모두와 그를 사랑했거나 그가 사랑한 모든 사람을 죽이라고 한 존재가 나다. 놈이 자기가 저지른 짓을 알도록 잠시 놈에게 정신을 차리도록 한 것이 나다. 벌레여, 너는 한 남자가 영혼이 사라질 때까지 지르는 비명을 들어 본 적이 있나? 놈은 그때 나를 공격할 수 있었다. 이길 수는 없었겠지만 시도해 볼 수는 있었다. 대신 놈은 그 소중한 일원력을 자신에게 불러들였다. 땅이 갈라지고, 드래건마운트산이 솟아나 놈의 무덤을 표시하게 될 정도로 많은 일원력이었지.

천 년이 지나 나는 트롤록들을 보내 남부를 노략질하게 했다. 놈들은 300년 동안 세상을 짓밟았지. 타 발론의 눈먼 바보들은 내가 최후에 패배했다고 말했지만, 두 번째 서약인 10개국 서약은 회복할 수 없을 만큼 산산이 조각났다. 그때 가서 내게 반대할 자로 누가 남아 있었겠느냐? 내가 아터 호크윙의 귀에 속삭이자 온 세상에서 아이즈 세다이가 죽어 갔다. 내가 다시 속삭이자 높은왕이 아리스대양 너머로, 세계의 바다 너머로 군대를 보내 두 번의 파멸을 종결지었다. 하나의 땅과 하나의 사람들에 대한 그의 꿈이 파멸했고, 하나의 파멸은 아직 닥치지 않았지. 그가 임종을 맞았을 때 내가 그 자리에 있었다. 당시에는 그의 조언자들이 오직 아이즈 세다이만 그의 목숨을 구할 수 있다고 말했지. 내가 입을 열자 그는 조언자들을 화형에 처하라고 명령했다. 내가 입을 열자 높은왕의 마지막 말은 타 발론을 파괴해야 한다는 일갈이 되었다.

이런 자들도 내게 저항할 수 없는데, 숲의 웅덩이 옆에 웅크리고 있는 두꺼비나 다름없는 네게 어떤 가망성이 있겠느냐? 너는 나를 섬기거나, 죽을 때까지 아이즈 세다이가 드리운 실에 매달려 춤을 추게 될 것이다. 그런 다음에는 내 차지가 **되겠지.** 죽은 자들은 나의 것이니까!"

"아니야." 랜드가 웅얼거렸다. "이건 꿈이야. 꿈이라고!"

"꿈속에서는 나로부터 안전하다고 생각하느냐? 봐라!" 바알자몬이 위압적으로 손가락질을 하자 머리가 저절로 그 손가락을 따라 돌아갔다. 랜드가 고개를 돌린 것이 아닌데도. 랜드는 고개를 돌리고 싶지 않았다.

탁자에 놓여 있던 잔은 사라졌다. 잔이 있던 자리에는 커다란 쥐가 웅크리고서 빛을 받아 눈을 깜빡이며 조심스럽게 킁킁거리고 있었다. 바알자몬이 손가락을 구부리자 쥐가 찍 소리를 내며 등이 뒤로 휘어졌다. 쥐는 뒷발을 딛고 이상한 자세로 균형을 잡으며 앞발을 허공으로 들어 올렸다. 손가락이 더 휘어지자 쥐는 뒤로 몸을 뒤집으며 미친 듯이 허둥거렸다. 허공을 긁어 대며 날카롭게 찍찍댔다. 등이 휘어지고, 휘어지고, 또 휘어졌다. 잔가지가 부러지는 듯한 날카로운 딱 소리와 함께 쥐는 격렬히 몸을 떨다가 고요해졌다. 거의 몸이 반으로 접힌 채 쓰러졌다.

랜드가 침을 삼켰다. "꿈속에서는 무슨 일이든 일어날 수 있어." 그가 웅얼거렸다. 그는 보지도 않은 채 다시 주먹을 뒤로 홱 돌려 문을 밀었다. 손이 아팠지만 여전히 꿈이 깨지 않았다.

"그렇다면 아이즈 세다이에게 가라. 화이트 타워로 가서 그들에게 말해라. 아멀린 권좌에게 이…… 꿈에 대해 말해라." 남자가 웃었다. 랜드의 얼굴에 불길의 열기가 느껴졌다. "그것이 아이즈 세다이에게서 도망치는 한 가지 방법이다. 그렇게 하면 아이즈 세다이는 너를 이용하지 않을 테니까. 내가 안다는 것을 아는 한은 말이야. 하지만 그들이 너를 살려 둘까? 자기들이 한 짓에 관한 이야기를 퍼뜨리라고? 너는 아이즈 세다이가 너를 살려 줄 거라고 믿을 만큼 바보이냐? 드래건마운트산 비탈에는 너 같은 수많은 자의 재가 흩뿌려져 있다."

"이건 꿈이야." 랜드가 헐떡이며 말했다. "이건 꿈이고 난 깨어날 거야."

"그럴까?" 랜드는 곁눈으로 남자의 손가락이 움직여 자신을 가리키는 것을 보았다. "정말로 그럴까?" 손가락이 굽어지자 랜드는 등이 뒤로 휘어지며 비명을 질렀다. 온몸의 근육이 억지로 더욱 몸을 휘어지게 했다. "다시 깨어나게 될까?"

랜드는 발작하듯 어둠 속에서 움찔하며 깨어났다. 그의 두 손이 웬 천을 꽉 움켜쥐고 있었다. 이불이었다. 창백한 달빛이 하나밖에 없는 창문으로 비쳐 들었다. 다른 침대 두 개가 그림자 형태로 보였다. 한 침대에서는 캔버스 천을 찢는 듯한 코 고는 소리가 들렸다. 톰 머릴린이었다. 난로에서는 재 사이로 숯 몇 개가 반짝였다.

그럼 꿈이었던 셈이다. 벨 타인 날 와인스프링 여관에서 꾸었던 악몽과 같은 꿈. 그가 듣고 한 모든 일이 오래된 이야기와 뜬금없는 헛소리에 뒤섞인 꿈. 랜드는 이불을 어깨까지 끌어올렸지만 몸이 떨리는 것은 추위 때문이 아니었다. 머리도 아팠다. 어쩌면 모레인이 이런 꿈을 멈추기 위해 뭔가 해 줄 수 있을지도 몰랐다. **악몽에 관해서라면 도움을 줄 수 있다고 했는데.**

랜드는 코웃음 치며 다시 누웠다. 정말 아이즈 세다이의 도움을 청해야 할 정도로 심한 악몽이었던가? 하긴 지금 와서 랜드가 무슨 짓을 하든 이보다 깊이 발을 담글 수 있을까? 랜드는 투 리버스를 떠났다. 아이즈 세다이와 함께 왔다. 하지만 물론 선택의 여지는 없었다. 그러면 모레인을 믿는 것 말고 다른 방법이 있을까? 아이즈 세다이를? 생각해 보니 그것도 꿈만큼이나 나쁜 일이었다. 랜드는 이불을 뒤집어쓰고 웅크린 채 탬이 가르쳐 준 공백의 평온함을 찾아보려 했지만 오랫동안 다시 잠들 수 없었다.

15장 낯선 사람들과 친구들

좁은 침대를 가로지르며 들어오는 햇빛에 결국 랜드는 깊지만 불안했던 잠에서 깨어났다. 그는 머리 위로 베개를 끌어당겼지만 그런다고 빛이 차단되지는 않았다. 정말로 다시 잠들고 싶은 것도 아니었다. 첫 번째 꿈 이후로도 여러 가지 꿈이 이어졌다. 기억나는 것은 첫 번째 꿈뿐이었지만, 더 이상 꿈을 꾸고 싶지 않다는 것은 확실했다.

랜드는 한숨을 쉬며 베개를 옆으로 팽개치고 일어나 앉아 기지개를 켜다가 움찔했다. 목욕하면서 빠져나갔다고 생각했던 근육통이 전부 돌아왔다. 머리도 아직 아팠다. 놀랍지는 않았다. 그런 꿈을 꾸면 누구라도 두통이 생길 테니까. 다른 꿈은 이미 희미해졌지만 그 꿈은 아니었다.

다른 침대는 비어 있었다. 창문을 통해 빛이 가파르게 쏟아져 들어왔다. 태양이 지평선 위 높은 곳에 떠 있었다. 농장에서라면 이 시간쯤 랜드는 이미 뭔가 먹을 것을 챙겨 먹고 한참 전에 일을 시작했을 것이다. 그는 허둥지둥 침대에서 빠져나오며 화가 나서 혼자 투덜거렸다. 도시를 보러 왔는데 아무도 그를 깨우지 않다니. 최소한 누군가가 주전자에 물이 채워져 있는지, 아직 따뜻한지 확인하기는 했다.

랜드는 재빨리 몸을 씻고 옷을 입은 뒤 탬의 칼을 가져갈지 잠깐 망설였다. 란과 톰은 당연하게도 안장주머니와 담요를 방에 남겨 두고 갔지만, 수호자의 칼은 보이지 않았다. 란은 문제가 생길 낌새조차 보이기 전 에먼즈 필드에서도 칼을 차고 다녔다. 랜드는 자기도 란을 따라 해야겠다고 생각했다. 랜드는 칼을 차고 진짜 도시의 거리를 걸어 다니는 공상을 해 왔기에 이러는 것은 아니라고 혼잣말을 하며, 칼을 허리에 차고 망토를 자루처럼 어깨에 걸쳤다.

그는 한 번에 두 단씩 서둘러 계단을 내려가 부엌으로 향했다. 그곳이 가장 빠르게 간단한 음식을 먹을 수 있는 곳이었고, 베얼론에서 보내는 단 하루를 이미 낭비한 것 이상으로 낭비하고 싶지는 않았다. **피와 재를 걸고 날 깨울 수도 있었잖아.**

피치 씨가 부엌에서 두 팔이 팔꿈치까지 밀가루에 뒤덮인 통통한 여자를 상대하고 있었다. 여자는 요리사가 틀림없었다. 아니 요리사가 피치 씨의 코 밑에서 손가락을 흔들어 대며 그를 상대하고 있었다고 해야 맞을 것 같았다. 음식 나르는 종업원들과 접시 닦이들, 심부름꾼과 오븐 지켜보는 소년들은 서둘러 할 일을 하며 눈앞에서 펼쳐지는 일을 애써 못 본 체했다.

"……내 시리는 착한 고양이예요." 요리사가 날카롭게 말하고 있었다. "다른 의견은 들을 생각도 없고. 알겠어요? 고양이가 일을 너무 잘한다고 불평한다니, 당신이 지금 하는 일이 그거잖아요. 내 생각은 그래요."

"나도 민원이 들어와서 그래요." 피치 씨가 간신히 끼어들었다. "민원이 들어왔다고요, 부인. 손님 절반이……."

"난 들을 생가 없어요. 그냥 안 듣겠다고. 내 고양이에 대해서 불평하겠다면 요리도 **직접** 하라고 하세요. 자기 일을 했을 뿐인 내 불쌍한 고양이랑 나는 우리한테 고마워하는 다른 곳으로 갈 테니까. 어디 두고 봐요." 요리사는 앞치마 끈을 풀러 머리 위로 벗어 버리려 했다.

"안 돼요!" 피치 씨는 소리를 지르고 펄쩍 뛰며 그녀를 막으려 했다. 요리사는 앞치마를 벗어 버리려 하고 여관 주인은 다시 입히려 하며 둘은 춤추듯 원을 그렸다. "안 돼요, 새라." 여관 주인이 헐떡였다. "이럴 필요 없어요. 이럴 필요 없다니까! 당신 없이 내가 뭘 할 수 있겠어요? 시리는 좋은 고양이에요. 훌륭한 고양이죠. 베얼론에서 가장 좋은 고양이에요. 또 누가 불평하면 고양이가 할 일을 하고 있으니 고마운 줄 알라고 할게요. 네, 고마운 줄 알라고요. 가면 안 돼요. 새라? 새라!"

요리사는 빙빙 돌던 것을 멈추고 어찌어찌 여관 주인에게서 앞치마를 낚아챘다. "좋아요, 그럼. 됐어요." 그녀는 두 손으로 앞치마를 움켜쥐었지만 아직 다시 끈을 매지는 않았다. "하지만 내가 점심 식사로 뭐든 만들기를 바란다면 여기서 나가서 내가 할 일을 하도록 두는 게 좋을 거예요. 여기가 당신 여관일지는 몰라도 이곳만큼은 내 주방이니까. 아니면 당신이 요리를 하려는 건가요?" 새라는 여관 주인에게 앞치마를 건네는 시늉을 했다.

피치 씨는 두 손을 쫙 펴고 물러섰다. 그는 입을 벌렸다가 멈추고 처음으로 주위를 둘러보았다. 주방 보조들은 지금도 애써 요리사와 여관 주인을 못 본 체하고 있었으며, 랜드는 코트 주머니를 꼼꼼히 뒤지기 시작했다. 동전 몇 개와 잡동사니 한 줌을 제외하면 모레인이 준 은화 말고는 아무것도 들어 있지 않았지만 말이다. 주머니칼과 숫돌. 예비용 활시위와 쓸모가 있을지도 모르겠다고 생각한 실 조금.

"분명히 말하지만, 새라." 피치 씨가 조심스럽게 말했다. "모든 것은 평소처럼 당신의 훌륭한 솜씨에 맡겨 둘게요." 그 말을 끝으로 피치 씨는 마지막으로 한번 주방 보조들을 의심스럽다는 듯 보더니 최대한 위엄 있는 모습으로 떠났다.

새라는 그가 떠나기를 기다렸다가 힘차게 앞치마 끈을 다시 조이더니 랜드를 뚫어지게 보았다. "먹을 게 필요한가 보지? 자, 들어오너라." 그녀가 랜드에게 잠시 씩 웃어 보였다. "안 물어. 너한테 못 볼 꼴을 보였는지는 몰라도 말이지. 시엘, 이 친구한테 빵이랑 치즈랑 우유를 좀 가져다주렴. 지금 있는 것은 그게 전부야. 어디 좀 앉으려무나. 네 친구들은 몸이 아프다는 한 녀석만 빼고 모두 나갔어. 너도 나가고 싶을 것 같은데."

랜드가 식탁 의자에 자리 잡고 앉자 음식 나르는 종업원 한 명이 쟁반을 들고 왔다. 랜드는 요리사가 다시 빵 반죽을 주무르는 동안 식사를 시작했다. 그러나 새라는 아직 할 말이 남은 듯했다.

"방금 본 일을 마음에 담아 두면 안 돼. 피치 씨는 좋은 사람이야. 그냥 사람들이 민원을 넣는 바람에 신경이 날카로워진 것뿐이지. 뭐라고 민원을 넣는 줄 아니? 죽은 쥐보다 산 쥐가 낫다는 것인지, 원. 시리가 자기 작품을 남겨 놓고 다닐 것 같지도 않지만. 게다가 열 마리가 넘는다니? 시리는 여관에 그렇게 많은 쥐가 들어오도록 놔두지도 않을 거야. 암. 이 여관이 깨끗한 곳이기도 하고. 그런 문제를 겪을 만한 데가 아니야. 게다가 쥐들이 전부 허리가 부러졌다니." 새라는 이 모든 일이 이상하다는 듯 고개를 저었다.

랜드는 물고 있던 빵과 치즈가 재로 변하는 것만 같았다. "허리가 부러졌대요?"

요리사는 밀가루 묻은 손을 내저었다. "기분 좋은 생각을 하렴, 난 그런 식으로 생각해. 너도 알겠지만 방랑 시인이 있단다. 지금 이 순간에도 휴게실에 있어. 하긴 너랑 같이 왔지? 너도 어젯밤에 알리스 아가씨랑 함께 오지 않았니? 난 그런 줄 알았는데. 나는 직접 방랑 시인을 볼 기회가 없을 것 같아. 지금처럼 여관이 가득 찼으니 말이야. 그중 대부분은 광산에서 내려온 변변찮은 사람들이란다." 새라는 반죽을 유달리 묵직하게 쿵 내리쳤다. "다른 때였다면 여관에 들이지 않을 법한 사람들이야. 하지만 온 마을이 그 사람들로 가득하니 어쩔 수 없지. 그 사람들만도 못한 인간도 있을 테고. 아니 겨울 이후로는 방랑 시인을 본 적이 없어서……."

랜드는 아무 맛도 느끼지 못하고 요리사가 하는 말도 듣지 못한 채 기계적으로 음식을 먹었다. 허리가 부러져 죽은 쥐라니. 랜드는 서둘러 아침 식사를 마치고 고맙다고 웅얼거린 뒤 주방을 나섰다. 누군가와 이야기해야 했다.

수사슴과 사자의 휴게실은 와인스프링 여관의 휴게실과 비교해 휴게실이라는 목적만 같았을 뿐 닮은 점이 거의 없었다. 가로는 두 배, 세로는 세 배쯤 넓은 데다, 큰 나무와 선명한 색깔의 꽃들을 갖춘 정원이 딸린, 조각이 들어간 건물을 그린 알록달록한 그림들이 벽 높이까지 그려져 있었다. 커다란 난로가 있는 한 곳을 제외하면 모든 벽의 작은 난로에서 불이 타오르고 있었으며, 수십 개의 탁자가 바닥을 가득 채우고 있었다. 탁자마다 놓인 거의 모든 의자와 벤치, 걸상에 사람이 앉아 있었다.

파이프를 물고 손에는 머그잔을 든 손님들은 모두 허리를 숙인 채 집중하고 있었다. 근처 탁자에 알록달록한 망토를 걸쳐 놓은 채 휴게실 한가운데에 있는 탁자 위에 서 있는 톰 머릴린에게 말이다. 필치 씨조차 은색 컵과 행주를 든 채 꼼짝하지 않고 서 있었다.

"……그렇게 달리는 말들의 은색 발굽은 자랑스러웠고, 목은 호선을 그렸다네." 톰은 소리쳤다. 어떻게 그랬는지 그는 말만 타고 있는 게 아니라 길게 늘어선 행렬 중 한 사람인 것처럼 보였다. "말들이 고개를 젖힐 때마다 비단 같은 갈기가 펄럭였지. 끝없는 하늘을 배경으로 천 개의 깃발이 흩날리며 무지개를 이루었지. 청동 나팔들은 목청껏 공기를 울렸고, 북은 천둥처럼 진동했다네. 연달아 밀려오듯 수천 명 구경꾼들의 환호성이 들려왔다네. 일리안의 지붕과 탑을 지나, 신성한 여정을 떠나매 눈과 가슴이 반짝이는 수천 명 기수들의 귀로는 들어 본 적 없는 떠들썩한 소리였지. 위대한 뿔나팔 사냥대는 앞으로 나아갔다네. 지나간 시대의 영웅들을 무덤에서 빛을 위한 전쟁터로 불러낼 발리어의 뿔나팔을 찾으러……."

방랑 시인은 북쪽으로 말을 타고 가던 도중 불가에 앉아 밤을 날 때, 이런 이야기를 정선율이라고 불렀다. 이야기는 고선율, 정선율, 평선율 등 세 가지 목소리로 전달되었는데, 평선율이란 이웃에게 농작물 이야기를 할 때처럼 그냥 이야기를 전하는 방법이었다. 톰은 평선율로 이야기를 하면서도 그 선율에 대한 경멸감을 굳이 감추지는 않았다.

랜드는 휴게실에 들어가지 않은 채 문을 닫고 벽에 축 늘어졌다. 톰한테서는 조언을 얻을 수 없을 터였다. 모레인은……. 모레인이 알면 뭘 **할까?**

랜드는 사람들이 지나가면서 자기를 쳐다보는 것을 깨달았다. 이제 보니 그는 자기도 모르게 낮은 소리로 웅얼거리고 있었다. 랜드는 옷 주름을 펴며 똑바로 섰다. 누군가와는 이야기해야 했다. 요리사는 일행 중 한 명이 나가지 않았다고 말했다. 랜드는 달려가고 싶은 마음을 간신히 참았다.

다른 소년들이 묵은 방 문을 두드리고 안을 들여다보니 페린만이 침대에 누워 있었다. 아직 옷을 입지 않은 채였다. 페린은 베개를 베고 있다가 고개를 돌려 랜드를 보더니 다시 눈을 감았다. 맷의 활과 화살통은 구석에 세워져 있었다.

"몸이 안 좋다며." 랜드가 말했다. 그가 들어와 옆 침대에 앉았다. "그냥 얘기 좀 하고 싶어서. 내가……." 이제 보니 랜드는 어떻게 이야기를 꺼내야 할지 모르고 있었다. "아프면," 랜드가 반쯤 일어서며 말했다. "그냥 자. 난 가 볼게."

"다시 잠이 올지 모르겠는데." 페린이 한숨을 쉬었다. "악몽을 꿨거든, 굳이 얘기하자면 말이야. 다시 잠들 수가 없어. 맷한테 물어보면 신나서 얘기해 줄 거야. 오늘 아침에 내가 너무 피곤해서 같이 못 나가는 이유를 얘기해 주니까 웃더라고. 하지만 맷도 꿈을 꿨어. 나는 거의 밤 내내 맷이 뒤척거리면서 중얼대는 소리를 들었거든. 그 녀석이 푹 잤다고는 할 수 없을 거야." 페린은 두꺼운 팔뚝으로 눈을 척 가렸다. "빛이여, 진짜 피곤하다. 여기에 한두 시간 있으면 일어나고 싶어질지도 몰라. 꿈 좀 꿨다고 베얼론을 구경할 기회를 놓친다면 맷이 끝없이 떠들어 댈 거야."

랜드는 천천히 다시 침대에 앉았다. 그는 입술을 핥고 빠르게 말했다. "그놈이 쥐를 죽였어?"

페린은 팔을 내리고 랜드를 빤히 바라보았다. "너도?" 마침내 그가 말했다. 랜드가 고개를 끄덕이자 페린이 말했다. "집으로 돌아가고 싶어. 놈이 나한테……. 그놈 말은……. 어떻게 해야 하지? 모레인한테 말했어?"

"아니. 아직. 말 안 할지도 몰라. 모르겠어. 넌?"

"그놈 말로는……. 피와 재를 걸고 랜드, 난 모르겠어." 페린은 갑자기 팔꿈치를 짚으며 몸을 일으켰다. "맷도 같은 꿈을 꿨을까? 웃긴 했지만 억지웃음 같았어. 내가 꿈꾸느라 못 잤다고 하니까 이상한 표정을 짓기도 했고."

"그럴지도 몰라." 랜드가 말했다. 죄책감이 들기는 했지만 꿈을 꾼 사람이 혼자만이 아니라니 마음이 놓였다. "난 톰한테 조언을 구할 생각이었어. 세상 구경을 많이 한 사람이잖아. 혹시……. 혹시 모레인한테 말해야 한다고 생각하는 것은 아니지?"

페린은 다시 베개에 털썩 누웠다. "너도 아이즈 세다이 얘기는 들었잖아. 톰은 믿을 수 있을까? 누구라도 믿을 수 있다면 말이지만. 랜드, 우리가 살아서 집으로 돌아간 뒤에, 내가 에먼즈 필드를 떠난다는 얘기를 하면 날 걷어차. 파수꾼의언덕까지만 간다고 해도 말이야. 알았지?"

"그런 말이 어딨어?" 랜드가 말했다. 그는 애써서 최대한 쾌활하게 미소 지었다. "우린 당연히 집으로 돌아갈 거야. 자, 일어나. 도시에 왔잖아. 아직 하루 종일 도시를 구경할 수 있고. 옷은 어디에 뒀어?"

"너는 가. 난 그냥 당분간 여기 누워 있고 싶어." 페린은 다시 팔로 눈을 가렸다. "너 먼저 가. 한두 시간 뒤에 만나자."

"그럼 손해지." 랜드가 자리에서 일어나며 말했다. "뭘 놓치게 될지 생각해 봐." 랜드는 문 앞에서 멈추어 섰다. "베얼론이라고. 언젠가 베얼론에 가 보자는 얘기를 얼마나 많이 했어?" 페린은 눈을 가린 채 누워 아무 말도 하지 않았다. 잠시 후 랜드는 문을 닫고 나갔다.

복도에서 그는 벽에 기대섰다. 미소가 희미해져 갔다. 계속 머리가 아팠다. 두통이 나아지는 것이 아니라 심해졌다. 베얼론에 관해 신나는 마음을 끌어낼 수도 없었다. 지금은 아니었다. 그 무엇에 대해서도 열의가 느껴지지 않았다.

객실 청소부가 이불을 한 아름 안고 다가와 걱정스러운 듯 그를 바라보았다. 랜드는 그녀에게 말할 겨를을 주지 않고 어깨를 움츠려 망토를 입은 뒤 복도를 따라 움직였다. 톰이 휴게실에서 공연을 끝내려면 아직 몇 시간이나 남았다. 랜드는 혼자 무슨 일을 할 수 있을지 알아보는 편이 나을 듯했다. 어쩌면 맷을 찾아 그의 꿈에도 바알자몬이 나타났는지 알아볼 수 있을 터였다. 랜드는 이번에는 좀 더 천천히 관자놀이를 문지르며 아래층으로 내려갔다.

계단이 부엌 근처에서 끝났으므로 랜드는 새라에게 고개를 끄덕이되 새라가 아까 했던 말을 계속하려 하자 서둘러 나갔다. 마구간 앞뜰에는 마구간 문 앞에 서 있는 머치와 어깨에 자루를 지고 마구간으로 들어가는 다른 말구종(여관에서 손님들의 말을 돌보는 사람-옮긴이) 한 명밖에 없었다. 랜드는 머치에게도 고개를 끄덕여 인사했지만, 마구간지기는 약간 공격적인 표정을 지어 보이더니 안으로 들어갔다. 랜드는 도시의 다른 사람들이 머치보다는 새라와 닮았기를 바랐다. 도시가 어떤 곳인지 살펴볼 준비를 마친 랜드는 발걸음을 옮겼다.

그는 마구간 앞뜰의 대문이 열려 있는 것을 보고 멈춰 서서 앞을 응시했다. 사람들이 우리에 몰려 있는 양들처럼 거리에 빽빽하게 모여 있었다. 그들은 눈까지 망토와 코트를 끌어당겨 입고 추위를 막느라 모자를 내려 쓴 채 지붕 위에서 윙윙 소리를 내는 바람에 쓸려 다니는 것처럼 잰걸음으로 이리저리 돌아다니고, 말이나 눈길 한번 주고받지 않은 채 팔꿈치로 서로를 밀치고 다녔다. **전부 낯선 사람들이야.** 랜드는 생각했다. **저 사람들 중 서로를 아는 사람은 아무도 없어.**

냄새도 이상했다. 매캐하고 시큼하고 달콤한 냄새가 뒤죽박죽으로 엉켜서 랜드는 코를 문질렀다. 축제가 한창일 때도 랜드는 이렇게 많은 사람들이 이렇게까지 빽빽하게 모여 있는 모습을 본 적이 없었다. 그 절반도 보지 못했다. 게다가 이곳은 한 골목일 뿐이었다. 피치 씨와 요리사는 도시 전체가 사람으로 가득하다고 했다. 도시 전체가……. 이렇다고?

랜드는 대문에서, 사람들로 가득한 거리에서 천천히 물러났다. 정말이지 아픈 페린을 병상에 놔두고 이대로 떠나는 것은 잘못된 일이었다. 게다가 랜드가 도시에 나가 있는 동안 톰이 공연을 끝내기라도 하면? 방랑 시인도 밖으로 나갈지 몰랐다. 랜드는 누군가와 이야기를 해야 하는데 말이다. 잠깐 기다리는 것이 훨씬 나았다. 그는 사람들로 득실거리는 거리를 등지며 안도의 한숨을 쉬었다.

하지만 두통을 느끼며 다시 여관으로 돌아가는 방법도 매력적으로 느껴지지는 않았다. 랜드는 여관 뒤쪽에 뒤집혀 놓인 나무통에 앉은 채 차가운 공기가 두통을 덜어 주기를 바랐다.

머치가 이따금 마구간 문으로 다가와 랜드를 바라보았다. 랜드는 마구간 앞뜰 건너편에 앉아 있었는데도 그자가 못마땅한 듯 노려보는 것을 알아볼 수 있었다. 머치가 싫어하는 것은 촌사람이었을까? 아니면 자기가 뒷길로 들어온 일행을 쫓아내려 했는데, 피치 씨가 그들을 환영해 주자 당혹스러워서 저러는 것일까? **어쩌면 머치는 어둠의 친구일지도 몰라.** 랜드는 생각했다. 이런 생각을 하면 낄낄 웃음이 터질 거라 생각했지만 재미있는 생각이 아니었다. 그는 탬의 칼자루를 손으로 쓸었다. 조금이라도 우스운 것은 별로 남아 있지 않았다.

"왜가리 표시가 들어간 칼을 가진 양치기라." 나지막한 여자 목소리가 들려왔다. "이런 일이 가능하다면 세상에 못 믿을 일도 거의 없겠는걸. 무슨 문제라도 있어, 아랫동네 꼬마?"

랜드는 깜짝 놀라서 벌떡 일어났다. 목욕실에서 나왔을 때 모레인과 같이 있었던, 머리를 짧게 깎은 젊은 여자였다. 그녀는 여전히 소년들이 입는 코트에 브리치스(윗부분이 불룩하고 정강이 아랫부분을 조이는 바지-옮긴이)를 입고 있었다. 랜드는 그녀가 자기보다 약간 나이가 많다고 생각했다. 그녀의 검은색 눈은 에그웨인보다도 컸으며, 묘하게 집중하는 듯한 느낌을 주었다.

"랜드 맞지?" 그녀가 말을 이었다. "내 이름은 민이야."

"난 아무 문제 없어." 랜드가 말했다. 그는 모레인이 민에게 무슨 말을 했는지 몰랐지만 누구의 주의도 끌지 말라는 란의 경고는 기억하고 있었다. "왜 나한테 문제가 있다고 생각하는 거야? 투 리버스는 조용한 곳이고 우리는 모두 조용한 사람들이야. 문제가 생길 만한 곳이 아니거든. 농작물이나 양 문제가 아니라면."

"조용하다고?" 민이 희미하게 미소 지으며 말했다. "사람들이 너희 투 리버스 출신들에 대해 하는 얘기를 들었어. 얼빠진 양치기들이라고 농담하던걸. 그러다가 정말로 아랫동네에 가 본 사람들이 나타났지."

"얼빠졌다고?" 랜드가 인상을 쓰며 말했다. "무슨 농담인데?"

"사정을 제대로 아는 사람들은," 민은 랜드가 아무 말도 하지 않은 것처럼 이야기를 이어 갔다. "너희가 온순하고 버터처럼 무르게, 온통 미소 지으며 예의 바르게 돌아다닌다고 하더라. 어쨌든 겉보기로는 그렇다는 거야. 하지만 그 사람들 말로는 그 겉모습 너머의 너희는 오래된 떡갈나무 뿌리처럼 질기대. 너무 세게 밀치면 바위가 딸려 나온다는 거지. 하지만 그 바위가 너나 네 친구들한테는 그렇게 깊이 묻혀 있지 않은 것 같아. 꼭 폭풍이 덮여 있던 흙을 거의 전부 쓸어 간 것 같다고나 할까. 모레인이 모든 걸 말해 주지는 않았지만 나도 나름대로 보는 게 있거든."

오래된 떡갈나무 뿌리라고? 바위라고? 상인이나 상인이 데리고 다니는 사람들이 할 만한 얘기는 아닌 것 같았다. 하지만 마지막 한마디에 랜드는 움찔했다.

그는 재빨리 주위를 둘러보았다. 마구간 앞뜰은 비어 있었고, 가장 가까운 창문들은 닫혀 있었다. "난 그런 사람 모르는데……. 뭐라고?"

"그럼 알리스 아가씨라고 해 두자. 그편이 더 좋다면 말이야." 민은 재미있어하는 표정으로 말했고, 그 표정을 보자 랜드는 두 뺨이 붉어졌다. "엿들을 수 있을 만큼 가까운 곳에는 아무도 없어."

"왜 알리스 아가씨한테 다른 이름이 있다고 생각하는 거야?"

"자기가 말해 줬으니까." 민이 말했다. 무척 참을성 있게 한 말이라, 랜드는 다시 얼굴을 붉혔다. "하긴 다른 방법은 없었겠지만 말이야. 나는 알리스 아가씨가…… 다르다는 것을 알아봤거든. ……바로. 지난번에 알리스 아가씨가 아랫동네로 가다가 여기 들렀을 때 말이야. 알리스 아가씨도 나에 대해 알아. 난 전에도 알리스 아가씨 같은…… 다른 사람들하고 얘기해 봤어."

"'알아봤다'라고?" 랜드가 말했다.

"뭐, 내가 얘기해도 네가 빛의 아이들에게 달려가지는 않겠지. 너랑 같이 여행하는 사람들을 생각해 보면 말이야. 하얀 망토들은 알리스 아가씨가 하는 일을 싫어하는 만큼 내가 하는 일도 싫어할 거거든."

"무슨 말인지 모르겠어."

"알리스 아가씨는 내가 패턴의 조각들을 본다고 해." 민은 살짝 웃더니 고개를 저었다. "내가 듣기엔 너무 거창하지만. 난 그냥 사람들을 보면 뭔가가 보여. 그 의미가 뭔지 알 때도 있고. 난 서로 한마디도 해 본 적 없는 남자와 여자를 보고 그 사람들이 결혼할 거라는 것을 알아. 그럼 둘이 실제로 결혼하지. 그런 것 말이야. 알리스 아가씨는 나더러 너를 봐 달라고 했어. 너희 모두를."

랜드는 몸을 떨었다. "뭐가 보였는데?"

"너희 모두가 함께 있을 때? 너희 주위에서 소용돌이치는 불똥이 보였어. 수천 개의 불똥. 그리고 깊은 밤보다도 어두운 커다란 그림자도 보였고. 너무도 강하게 느껴져서 왜 다들 그걸 못 보는지 의아할 정도였어. 불똥이 그림자를 가득 채우려 했고, 그림자는 불똥을 삼키려 했지." 민이 어깨를 으쓱했다. "너희는 모두 뭔가 위험한 것으로 매여 있어. 하지만 그 이상은 나도 몰라."

"우리 모두가?" 랜드가 중얼거렸다. "에그웨인도? 하지만 놈들이 쫓는 건……. 내 말은……."

민은 랜드가 실수로 흘린 말을 눈치채지 못한 듯했다. "여자애? 걔도 포함이야. 방랑 시인도. 너희 모두가 말이야. 넌 그 애를 사랑하는구나." 랜드가 민을 빤히 바라보았다. "아무 이미지가 보이지 않는대도 그건 알 수 있겠는걸. 그 애도 널 사랑해. 하지만 그 애는 너와 맺어질 운명이 아니야. 너도 그 애와 맺어질 운명이 아니고. 너희 둘 다 원하는 방식으로는 안 돼."

"그게 무슨 뜻이야?"

"그 여자애를 볼 때 보이는 모습은……. 알리스 아가씨를 볼 때 보이는 모습과 똑같아. 다른 것들, 내가 이해하지 못하는 것도 보이지만 **그게** 무슨 뜻인지는 알아. 그 애는 거부하지 않을 거야."

"이건 전부 바보 같은 소리야." 랜드가 불편한 듯 말했다. 두통이 희미해져 얼얼한 느낌으로 바뀌었다. 머릿속에 양털이 가득 찬 것만 같았다. 그는 이 소녀와 그녀가 보는 것들로부터 벗어나고 싶었다. 그렇지만……. "나머지 우리를 볼 때는…… 뭐가 보여?"

"온갖 것이." 민은 랜드가 정말로 묻고 싶은 게 무엇인지 안다는 듯 미소를 지으면서 말했다. "전쟁에……. 아……. 안드라 씨의 머리 주위에는 무너진 탑 일곱 개랑, 요람 속에서 칼을 들고 있는 아기랑……." 민은 고개를 저었다. "안드라 씨 같은 사람들은……. 무슨 말인지 알아? 그런 사람들한테는 이미지가 너무 많아서, 그 이미지들이 서로 뒤엉켜 버려. 방랑 시인 주변에서 보이는 가장 강한 이미지는 어떤 남자가……. 방랑 시인이 아닌 어떤 남자가 불을 가지고 저글링하는 모습과 화이트 타워야. 남자한테 보이는 이미지로는 전혀 말이 안 되지. 덩치 크고 머리가 곱슬곱슬한 친구한테서 보이는 가장 강력한 이미지는 늑대랑 부서진 왕관, 그리고 그 친구 주변에서 온통 꽃 피는 나무들이야. 그리고 다른 친구한테서는…… 붉은 독수리랑 천칭에 놓인 눈, 루비가 박힌 단검, 뿔나팔, 그리고 웃는 얼굴이 보여. 다른 것들도 있지만, 내 말 무슨 뜻인지 알지? 이 순간에는 그런 이미지들을 어떤 식으로든 이해할 수 없어." 민은 미소를 지우지 않은 채 랜드가 결국 목을 가다듬고 질문을 던질 때까지 기다렸다.

"나는?"

민의 미소는 대놓고 웃음을 터뜨리기 일보 직전에 멈추었다. "나머지 사람들의 이미지랑 비슷해. 칼이 아닌 칼, 월계수 잎으로 이루어진 황금 왕관, 거지의 지팡이, 모래에 물을 붓는 너, 피 묻은 손과 하얗게 달궈진 쇠, 네가 누워 있는 관대를 내려다보며 서 있는 세 여자, 피로 축축하게 젖은 검은 바위……."

"알았어." 랜드가 불안해하며 말을 잘랐다. "전부 늘어놓을 필요는 없어."

"무엇보다도 나는 네 주변에 내리치는 벼락이 보여. 어떤 건 너한테 떨어지고, 어떤 건 너한테서 나와. 난 이런 게 무슨 의미인지 모르겠지만 한 가지만은 알아. 너랑 내가 다시 만나게 되리라는 것." 민은 그 말조차 이해되지 않는다는 듯한 아리송한 눈길로 랜드를 보았다.

"못 만날 이유가 없잖아?" 랜드가 말했다. "집으로 돌아가는 길에 다시 여기 들를 텐데."

"그건 그럴 거야." 갑자기 민의 미소가 돌아왔다. 경계하는 듯하면서도 신비로운 미소였다. 그녀가 랜드의 뺨을 톡톡 건드렸다. "하지만 내가 보는 모든 걸 말해 줬다면 너도 어깨가 넓은 네 친구처럼 머리가 곱슬곱슬해질걸."

랜드는 민의 손이 뻘겋게 달궈지기라도 한 것처럼 움찔하며 그 손길을 피했다. "그게 무슨 뜻이야? 혹시 쥐도 보여? 꿈에 관해서라든지?"

"쥐라고! 아니 쥐는 안 보여. 꿈이라면 넌 그걸 꿈이라고 생각할지 모르겠지만 난 생각이 달라."

랜드는 그런 식으로 웃고 있는 민이 미친 것은 아닌지 궁금했다. "난 가야겠어." 랜드가 슬금슬금 그녀를 돌아가며 말했다. "난……. 난 친구들을 만나야 하거든."

"그럼 가. 하지만 도망치지는 못할 거야."

랜드는 딱히 달리기 시작한 것은 아니었지만 한 걸음을 내디딜 때마다 발이 빨라졌다.

"뛰고 싶으면 뛰어." 민이 랜드의 등 뒤에서 소리쳤다. "나한테서 도망칠 수는 없어."

민의 웃음소리가 마구간 안뜰을 가로질러 여관 밖 거리까지, 왁자지껄한 사람들에게까지 랜드를 빠르게 몰아갔다. 민의 마지막 말은 바알자몬이 한 말과 너무 비슷했다. 랜드는 서둘러 인파를 가로지르다가 사람들에게 부딪히며 싸늘한 눈초리를 받고 싸늘한 말을 듣게 되었다. 하지만 여관에서 몇 골목 떨어진 곳에 이를 때까지 속도를 늦추지 않았다.

얼마 후 랜드는 자신이 있는 곳에 다시 관심을 두기 시작했다. 머리에 헛바람이 잔뜩 든 것 같은 기분이 들었지만 랜드는 눈을 떼지 않고 즐겼다. 그는 베얼론이 톰의 이야기에 나오는 도시와 똑같지는 않더라도 웅장한 도시라고 생각했다. 그는 대부분 판석으로 포장된 널찍한 거리를 헤매고 다니고, 우연히 혹은 인파에 휩쓸릴 때마다 비좁고 구불구불한 골목을 따라 걸었다. 밤사이 비가 내려 판석이 깔리지 않은 거리는 이미 사람들의 발에 진창이 되어 있었지만, 진창이 된 거리는 랜드에게도 새로운 것이 아니었다. 에먼즈 필드에는 포장된 길이 없었으니 말이다.

궁전은 확실히 없었고, 고향에 있는 집보다 훨씬 크기가 큰 집도 몇 채뿐이었지만 모든 집의 지붕이 슬레이트나 와인스프링 여관 지붕의 기와처럼 좋은 기와로 만들어져 있었다. 케임린에 가면 궁전도 한두 곳 있을 것 같았다. 여관은 랜드가 세어 본 바로 아홉 곳이 있었는데, 그중 와인스프링보다 작은 여관은 하나도 없었으며 대부분이 수사슴과 사자만큼 컸다. 게다가 랜드가 아직 본 적 없는 거리도 많았다.

모든 거리 곳곳에 가게가 있었고, 그런 가게에서는 처마가 앞으로 뻗어 나와 옷에서 책, 냄비, 장화에 이르는 온갖 상품으로 뒤덮인 가판대에 드리워져 있었다. 행상인 수레 100대의 내용물이 흘러나온 것만 같았다. 랜드는 너무 많이 쳐다보다가 가게 주인의 의심스러운 눈초리에 여러 차례 서둘러 발걸음을 옮겨야 했다. 처음에는 가게 주인들의 그런 눈초리를 이해하지 못했다. 그 의미를 이해하고 나서는 화가 났다가 이곳에서는 자신이 낯선 사람이라는 것을 떠올렸다. 어쨌든 랜드는 뭘 많이 살 수도 없었다. 그는 투 리버스에서라면 말에게나 먹일 법한 색이 바랜 사과 열두 개나 한 줌의 쭈글쭈글한 순무를 사겠다고 사람들이 아주 많은 동전을 내미는 것을 보고 헛숨을 들이켰지만, 사람들은 기꺼이 그 돈을 내려는 것처럼 보였다.

랜드가 어림짐작하기에는 확실히 사람들이 너무 많았다. 한동안은 그 숫자 자체에 기가 질릴 것 같았다. 어떤 사람들은 투 리버스 그 누구의 옷보다도 잘 만들어진 옷을 입었는데, 거의 모레인의 옷만큼 좋은 옷이었다. 또한 몇 명은 발목 근처에서 펄럭이는 길고 테두리에 모피가 들어간 코트를 입고 다녔다. 여관에서 모두가 이야기하던 광부들은 땅속을 뒤지고 다니는 사람들 특유의 웅크린 듯한 모습이었다. 하지만 대부분은 랜드가 어린 시절을 함께 보낸 사람들과 옷도 얼굴도 전혀 다르지 않았다. 랜드는 어떤 식으로든 그들이 다를 것이라고 생각했다. 사실 어떤 사람들은 얼굴이 투 리버스 사람들과 너무 닮아 있어 랜드가 아는 투 리버스의 어떤 가족에 속한 사람이라고 상상할 수 있을 정도였다. 이가 없고 머리가 희며 귀는 물병 손잡이 같이 생긴, 어느 여관 앞 벤치에 앉아 슬픈 듯한 눈으로 컵을 들여다보고 있는 사람은 빌 콩가의 사촌이라고 얼마든지 생각할 수 있었다. 턱이 홀쭉하고 길며, 자기 가게 앞에서 옷을 꿰매고 있는 재단사는 존 테인의 형제일지 몰랐다. 심지어 그는 뒤통수에 존 테인과 똑같이 머리가 벗어진 부분이 있었다. 랜드가 어느 모퉁이를 돌지 시멜 크로를 거울에 비춘 듯한 모습의 한 사람이 그를 밀치고 지나갔고…….

랜드는 믿을 수 없는 눈으로, 팔다리가 길고 코가 큰 깡마르고 왜소한 남자가 넝마처럼 보이는 옷을 걸친 채 서둘러 사람들을 밀치고 지나가는 모습을 바라보았다. 남자는 며칠째 먹지도 자지도 못한 것처럼 눈이 푹 꺼져 있고 더러운 얼굴은 야위었지만, 랜드는 장담할 수 있었다. 그는 분명……. 이때 넝마를 걸친 남자가 랜드를 보더니 걷다 말고 우뚝 멈추어 섰다. 그에게 걸려 넘어질 뻔한 사람들은 전혀 신경 쓰지 않고 말이다. 랜드의 머릿속에서 마지막 의심마저 사라졌다.

"페인 씨!" 랜드가 소리쳤다. "우린 모두 당신이……."

행상인은 눈 깜짝할 사이에 쏜살같이 달려갔다. 랜드는 자기가 부딪친 사람들에게 어깨 너머로 미안하다고 외치며 재빨리 그 뒤를 따랐다. 랜드는 인파 너머로 페인이 어느 골목으로 빠르게 달려가는 모습을 힐끗 보고 그 뒤를 따라 방향을 틀었다.

골목으로 몇 걸음 들어가자 달려가던 행상인이 멈추어 서 있었다. 높은 울타리로 길이 막혀 있었던 것이다. 랜드가 미끄러지며 멈추어 서자 페인이 휙 돌아서 그를 보더니 경계하듯 몸을 웅크리고 뒤로 물러났다. 그는 랜드에게 물러나라며 때 묻은 손을 내저었다. 그의 코트는 한 군데 이상이 찢겨 있었으며, 망토는 원래 용도보다 훨씬 거친 목적으로 사용한 것처럼 닳아빠지고 해져 있었다.

"페인 씨?" 랜드가 머뭇거리며 말했다. "왜 그러세요? 저예요, 에먼즈 필드의 랜드 알소르. 우린 모두 트롤록들이 페인 씨를 잡아갔다고 생각했어요."

페인은 날카롭게 손짓하더니 웅크린 채 골목 입구로 몇 걸음 빠르게 게걸음 쳤다. 랜드를 지나가려 하지는 않았다. 심지어 랜드에게 가까이 다가오지도 않았다. "하지 마!" 그가 쉰 목소리로 말했다. 랜드 뒤쪽의 거리에서 벌어지는 모든 일을 보려는 듯 그는 계속 고개를 움직여 댔다. "얘기하지 마라." 그의 목소리가 목쉰 속삭임으로 줄어들었다. 그러더니 그는 고개를 휙 돌리며 재빨리 랜드를 곁눈질했다. "**그놈들** 이야기 말이다. 이 마을에는 하얀 망토들이 있어."

"하얀 망토들은 우리한테 신경 쓸 이유가 없어요." 랜드가 말했다. "저랑 같이 수사슴과 사자로 가요. 친구들이랑 같이 거기에 묵고 있거든요. 대부분 페인 씨도 아는 사람들이에요. 페인 씨를 보면 반가워할걸요. 우린 모두 페인 씨가 죽었다고 생각했어요."

"죽었다고?" 행상인은 화를 내며 쏘아붙였다. "파단 페인은 죽지 않아. 파단 페인은 어디로 뛰어 어디에 내려서야 할지 안다." 그는 축제 때 입는 옷이라도 되는 것처럼 넝마의 주름을 폈다. "늘 그래 왔고, 앞으로도 그럴 거야. 나는 오래 살 거다. 누구보다도……." 그는 갑자기 얼굴이 굳어지더니 코트 앞섶을 움켜쥐었다. "놈들이 내 수레와 상품을 전부 태웠어. 그럴 이유는 없지 않았나? 난 내 말들도 데려갈 수 없었다. **내** 말인데, 그 뚱뚱한 늙다리 여관 주인이 자기 마구간에 내 말들을 가둬 놨어. 나는 목을 베이지 않으려고 빨리 움직여야 했는데, 그래서 얻은 게 뭐야? 나한테 남은 거라고는 지금 입고 서 있는 이것뿐이라고. 이게 공평해? 공평하냐고?"

"페인 씨의 말들은 알비어 씨의 마구간에 안전하게 있어요. 언제든 데려가실 수 있고요. 저랑 같이 여관으로 가시면 분명 모레인이 투 리버스로 돌아가도록 도와줄 거예요."

"아아아! 그 여자……. 그 여자, 아이즈 세다이 맞지?" 페인의 얼굴에 조심스러운 표정이 떠올랐다. "그래도 어쩌면……." 페인은 긴장해 입술을 핥으며 잠시 말을 멈추었다. "얼마나 있을 거냐? 그……. 뭐더라? 뭐라고 했지? 수사슴과 사자?"

"저희는 내일 떠나요." 랜드가 말했다. "근데 그게 무슨 상관……?"

"넌 아무것도 몰라." 페인이 징징댔다. "배도 부르고, 푹신한 침대에서 하루 푹 자고 난 상태로 거기 서 있으니까. 나는 그날 밤 이후로 거의 한숨도 못 잤어. 달리느라 장화는 다 낡아 빠졌고, 내가 먹어야 했던 건……." 페인의 얼굴이 뒤틀렸다. "아이즈 세다이가 있는 곳은 근처에도 가고 싶지 않아." 그가 마지막 말을 짓씹어 뱉었다. "아무리 멀리 떨어진 곳이라도 말이야. 하지만 그래야 할지도 모르지. 선택의 여지가 없잖아? 그 여자가 날 쳐다본다는 생각을 하면, 그 여자가 내가 있는 곳을 안다는 생각만 해도……." 그는 랜드의 코트를 잡고 싶은 것처럼 손을 뻗었지만, 그 손을 떨며 갑자기 멈추었다. 실제로 그는 한 걸음 물러났다. "그 여자한테 말하지 않겠다고 약속해라. 난 그 여자가 두려워. 그 여자한테 말할 필요는 없잖아. 아이즈 세다이한테는 내가 살아 있다는 것을 알아야 할 이유조차 없어. 약속해야 한다. 약속해!"

"약속할게요." 랜드가 그를 진정시키려고 말했다. "하지만 페인 씨가 그분을 두려워할 필요는 없어요. 저랑 같이 가요. 최소한 따뜻한 음식이라도 먹을 수 있을 거예요."

"그럴지도 모르지. 그럴지도 몰라." 페인은 생각에 잠겨 턱을 문질렀다. "내일이라고 했지? 그때쯤이면……. 약속한 것은 잊지 말아야 한다? 그 여자한테 알리지는 않겠지……?"

"그분이 페인 씨를 해치게 하지는 않을게요." 랜드는 아이즈 세다이가 무엇을 하고 싶어 하든 자기가 어떻게 막을 수 있을지 의문이었지만 그렇게 말했다.

"그 여자는 나를 해치지 않을 거다." 페인이 말했다. "그래, 해치지 않을 거야. 내가 그렇게 놔두지 않을 테니까." 그는 전광석화처럼 랜드를 지나쳐 인파 속으로 달려갔다.

"페인 씨!" 랜드가 소리쳤다. "기다려요!"

랜드는 아슬아슬하게 골목으로 달려 나가 해진 코트가 다음 모퉁이를 돌아 사라지는 것을 보았다. 랜드는 계속 소리치며 그 코트를 따라가 다음 모퉁이를 돌았다. 그는 어떤 남자의 등이 보이자마자 그 등에 부딪혔고, 두 사람은 한데 얽혀 진창에 굴렀다.

"앞 좀 보고 다닐 수 없어?" 랜드 밑에서 투덜거리는 소리가 들렸다. 랜드는 놀라서 허둥지둥 일어났다.

"맷?"

맷은 심술궂은 눈으로 일어나 앉더니 두 손으로 망토에 묻은 진흙을 털어내기 시작했다. "너 진짜 도시 사람이 되려나 보다. 아침 내내 자다가 사람들을 들이박고 다니다니." 맷은 자리에서 일어서 진흙이 잔뜩 묻은 두 손을 바라보더니 투덜거리며 손을 망토에 문질러 닦았다. "있잖아, 못 믿겠지만 내가 방금 누굴 본 것 같아."

"파단 페인 말이지?" 랜드가 말했다.

"파단 페……. 어떻게 알았어?"

"내가 얘기하고 있었는데, 페인 씨가 도망쳤어."

"그럼 트롤……." 맷은 말을 멈추고 조심스럽게 주위를 둘러보았으나, 주변 사람들은 거의 눈길도 주지 않고 지나쳤다. 랜드는 맷이 조금이나마 신중해졌다니 기뻤다. "그럼 놈들이 파단 페인을 잡지 못한 거네. 왜 말 한마디 없이 그런 식으로 에먼즈 필드를 떠났는지 모르겠는데? 아마 그때부터 뛰기 시작해서 멈추지 않고 여기까지 온 것 같아. 그렇다지만 방금은 왜 도망친 거야?"

랜드는 고개를 저었다가 그러지 말 걸 그랬다고 생각했다. 머리가 떨어질 것만 같았다. "모르겠어. 단지, 페인 씨는 모……. 알리스 아가씨를 무서워해." 자기가 한 말에 주의하는 이 모든 일은 쉽지 않았다. "자기가 여기 와 있다는 것을 아가씨가 몰랐으면 하더라고. 나더러 아가씨한테 말하지 말라고 약속하라고 했어."

"뭐, 나야 비밀을 말할 생각이 없어." 맷이 말했다. "나도 그 여자가 내가 어디 있는지 몰랐으면 좋겠는데."

"맷?" 사람들은 지금도 그들에게 아무 주의를 기울이지 않고 흘러가고 있었지만 랜드는 어쨌든 목소리를 낮추며 맷 쪽으로 몸을 숙였다. "맷, 어젯밤에 악몽 꿨어? 쥐를 죽이는 남자가 나오는 악몽 말이야."

맷은 눈도 깜빡이지 않고 그를 바라보았다. "너도?" 마침내 그가 말했다. "아마 페린도 꿨을 거야. 하마터면 오늘 아침에 물어볼 뻔했다니까. 그런데……. 페린도 꿈을 꾼 게 틀림없어. 피와 재 같으니! 이젠 누가 우리한테 꿈까지 꾸게 만들다니. 랜드, 난 **아무도** 내가 있는 곳을 몰랐으면 좋겠어."

"오늘 아침 여관에는 죽은 쥐가 천지였어." 랜드는 이 말을 하면서도 아까보다 두려움이 덜 느껴졌다. 그 무엇도 별로 느껴지지 않았다. "등이 부러져 있었내." 랜드는 목소리가 자기 귓속에서 울리는 것만 같았다. 병이 나려는 것이라면 모레인에게 가야 할 터였다. 누군가가 자신에게 일원력을 사용한다는 생각조차 거슬리지 않는 것이 놀라웠다.

맷은 깊이 숨을 들이쉬더니 망토를 여미고 갈 곳을 찾는 듯 주위를 둘러보았다. "우리한테 무슨 일이 일어나는 거지, 랜드? 무슨 일일까?"

"모르겠어. 톰한테 조언을 구하려고. ……다른 누구한테든 말해야 할지에 대해서."

"안 돼! 그 여자한테는 안 돼. 톰한테는 말해도 될지 모르지만 그 여자는 안 돼."

맷의 날카로운 반응에 랜드는 놀랐다. "그럼 그자의 말을 믿는 거야?" 랜드는 '그자'라는 말이 누구를 뜻하는지 말할 필요가 없었다. 맷이 얼굴을 찡그리는 것을 보면 그도 알고 있었다.

"아니." 맷이 천천히 말했다. "그냥 확률 문제야. 우리가 그 여자한테 말했는데 그자가 거짓말을 한 거라면 아무 일도 일어나지 않을지 모르지. 그럴 수도 있다는 거야. 하지만 만일 그자가 우리 꿈에 나타난 것만으로도……. 모르겠다." 맷은 말을 멈추고 침을 삼켰다. "우리가 그 여자한테 말하지 않으면 꿈을 더 꾸게 될지도 몰라. 쥐가 나오든 안 나오든 꿈보다 더 나쁜 건……. 페리 기억나지? 내 생각엔 우리도 조용히 있는 게 나을 것 같아."

"알겠어." 랜드는 페리와 모레인의 위협이 기억났지만 어쩐지 그 일은 오래전에 벌어진 것만 같았다. "그래."

"페린도 아무 말 하지 않겠지?" 맷은 발끝으로 서서 몸을 통통 튕기며 말을 이었다. "페린한테 돌아가야겠다. 페린이 그 여자한테 말하면 그 여자가 우리 모두에 대해서도 알아낼 거야. 그건 확실해. 가자." 맷은 인파를 헤치며 빠르게 걷기 시작했다.

랜드는 맷이 돌아와 자기를 붙들 때까지 그 자리에 서서 맷의 뒷모습만 보고 있었다. 랜드는 팔에 닿는 촉감에 눈을 깜빡인 다음 친구를 따라갔다.

"넌 왜 그래?" 맷이 물었다. "또 자려고?"

"감기에 걸렸나 봐." 랜드가 말했다. 머리가 북의 가죽처럼 팽팽하게 당겨진 듯했고, 북처럼 텅 빈 것만 같았다.

"여관으로 돌아가면 닭고기 수프를 좀 먹을 수 있을 거야." 맷이 말했다. 붐비는 거리를 헤집고 나아가며 그는 계속해서 수다를 떨었다. 랜드는 그 말에 귀 기울이려 애썼고, 때로 몇 마디를 하기도 했으나 애를 **써야만** 하는 것은 사실이었다. 랜드는 피곤한 것이 아니었다. 자고 싶지는 않았다. 그냥 여기저기 떠다니는 듯한 기분이 들었다. 잠시 후 랜드는 자기도 모르게 맷에게 민에 관해 말하고 있었다.

"루비가 박힌 단검이다, 이거지?" 맷이 말했다. "마음에 드는데. 그래도 눈은 무슨 말인지 모르겠다. 걔가 지어낸 말이 아닌 거 확실해? 내가 보기엔 진짜 점쟁이라면 그게 다 무슨 뜻인지 알 것 같은데."

"자기가 점쟁이라고 하지는 않았어." 랜드가 말했다. "내 생각엔 뭘 보는 것은 맞는 것 같아. 우리가 목욕하고 나왔을 때 모레인이 걔랑 말하고 있었던 것을 기억하라고. 거기다 걘 모레인이 누군지도 알아."

맷이 랜드에게 인상을 썼다. "그 이름은 쓰면 안 되는 줄 알았는데."

"맞아." 랜드가 웅얼거렸다. 그는 두 손으로 머리를 문질렀다. 무엇에든 집중하기가 너무 힘들었다.

"너 진짜 아픈가 보다." 맷이 인상을 펴지 않은 채로 말했다. 갑자기 맷이 랜드의 코트 소매를 홱 잡아당겨 멈추어 세웠다. "저 사람들 좀 봐."

은처럼 반짝일 때까지 윤을 낸 흉갑과 원뿔 모양의 강철 모자를 쓴 세 남자가 랜드와 맷 쪽으로 거리를 걸어오고 있었다. 그들이 팔에 두른 쇠사슬 갑옷조차 빛났다. 왼쪽 가슴에 사방으로 뻗쳐 가는 황금색 햇살이 수놓인 그들의 티 한 점 없이 하얀 긴 망토는 거리의 진창과 웅덩이에서 살짝 떨어져 있었다. 그들은 손을 칼자루에 두고 있었으며, 썩어 가는 통나무 밑에서 꿈틀대며 나온 무언가를 보듯 주위를 둘러보았다. 하지만 그들을 마주 보는 사람은 없었다. 그들의 존재를 알아차리는 사람조차 없는 것 같았다. 그런데도 세 사람은 사람들을 떠밀고 지나갈 필요가 없었다. 북적거리는 사람들은 우연인 것처럼 흰 망토를 입은 남자들의 양옆으로 갈라지며, 그들이 몰고 다니는 빈 공간 속에서 걸어 다닐 수 있도록 해 주었다.

"저 사람들이 빛의 아이들일까?" 맷이 큰 소리로 물었다. 지나가던 사람이 사나운 눈으로 맷을 보더니 발걸음을 서둘렀다.

랜드는 고개를 끄덕였다. 빛의 아이들. 하얀 망토들. 아이즈 세다이를 증오하는 남자들. 사람들에게 이렇게 저렇게 살아야 한다고 지시하고, 그 말을 따르지 않으려는 이에게는 문제를 일으키는 사람들. 농장을 불태우는 일이나 그보다 더 나쁜 일을 '문제'라는 약한 말로 지칭할 수 있어야겠지만 말이다. **겁이 나야 하는데.** 랜드는 생각했다. **아니면 호기심이 생기거나.** 뭐든 어느 정도로든 느껴져야 했다. 대신 랜드는 수동적으로 그들을 바라보기만

했다.

"내가 보기엔 별것 아닌 것 같은데." 맷이 말했다. "아주 잘난 척이 늘어졌어, 그치?"

"저 사람들은 중요하지 않아." 랜드가 말했다. "여관으로 가야지. 페린이랑 얘기해야 해."

"에워드 콩가 같은걸. 그 녀석도 늘 하늘로 코를 쳐들고 다니잖아." 갑자기 맷이 눈을 반짝이며 씩 웃었다. "그 녀석이 수레 다리에서 떨어져서 물을 뚝뚝 흘리며 집까지 걸어가야 했던 때 기억나? 그 일 때문에 한 달은 기가 죽어 있었잖아."

"그게 페린이랑 무슨 상관이야?"

"저거 보여?" 맷은 빛의 아이들 바로 앞 골목에 손잡이로 받쳐 놓은 수레를 가리켰다. 수레 짐칸에는 10여 개의 나무통이 쌓여 있었는데, 그것들이 쏟아지지 않게 막고 있는 것은 막대기 하나뿐이었다. "잘 봐." 맷은 웃으며 왼쪽에 있는 칼 장수의 가게로 쏜살같이 달려갔다.

랜드는 맷의 뒷모습을 바라보았다. 뭔가 해야 한다는 생각이 들었다. 맷의 눈에 떠오른 저 표정은 늘 그가 장난을 치려 한다는 뜻이었다. 하지만 이상하게도 뭐든 맷이 저지를 일이 기대됐다. 뭔가가 그런 느낌은 잘못된 것이라고, 위험하다고 말해 주었지만 랜드는 어쨌든 기대감에 미소 지었다.

잠시 후 맷이 랜드 머리 위에 나타났다. 가게의 기와지붕에 달린 다락방 창문으로 반쯤 몸을 내민 채였다. 그는 손에 새총을 들고서 이미 빙글빙글 돌리기 시작했다. 랜드의 시선이 다시 수레로 돌아갔다. 거의 즉시 날카로운 우지끈 소리가 나더니, 나무통을 고정하고 있던 막대가 부러졌다. 그 순간 하얀 망토들이 골목에 나란히 들어왔다. 나무통이 텅 빈 우르릉 소리를 내며 수레 자루를 따라 굴러 내려 덜커덕거리며 거리로 굴러 들어오고 사방으로 진흙과 흙탕물을 뿌려 대자 사람들이 펄쩍 뛰어 피했다. 빛의 아이들 세 사람도 다른 사람들처럼 재빨리 뛰어 피했다. 젠체하던 그들의 표정이 놀라움으로 바뀌었다. 행인 중 몇 명은 철퍼덕 소리를 내며 넘어졌지만, 그들 셋은 쉽게 나무통을 피하며 민첩하게 움직였다. 그러나 날아와 망토에 튀는 진흙까지 피하지는 못했다.

긴 앞치마를 입은 턱수염 난 남자가 골목에서 서둘러 나와 두 팔을 휘두르며 화난 듯 소리쳤지만, 망토에서 진흙을 털어 내려고 헛된 노력을 하고 있던 세 사람을 보더니 나왔을 때보다 더 빠르게 골목으로 사라졌다. 랜드는 가게 지붕을 힐끗 올려다보았다. 맷이 사라지고 없었다. 투 리버스의 청년이라면 누구에게든 쉬운 한 방이었겠지만, 그 한 방이 거둔 효과는 확실히 기대 이상이었다. 랜드는 웃음을 멈출 수가 없었다. 유머 감각도 양털에 감싸인 것만 같았지만 그래도 재미있었다. 다시 거리를 돌아보니 하얀 망토들 세 명이 랜드를 똑바로 바라보고 있었다.

"뭔가 우스운 모양이지?" 입을 연 사람은 다른 사람들보다 조금 앞에 서 있었다. 그는 오만한 표정으로 눈 한 번 깜빡이지 않았다. 그는 뭔가 중요한 것을, 다른 사람은 아무도 모르는 무언가를 안다는 듯 눈을 번뜩였다.

랜드는 뚝 웃음을 그쳤다. 진흙과 나무통이 있는 그곳에, 사람은 랜드와 빛의 아이들뿐이었다. 사방에 있던 군중은 급한 일이 생겼는지 거리 양쪽으로 떠나 버렸다.

"빛에 대한 두려움에 입조차 열지 못하는 건가?" 분노에 하얀 망토의 좁다란 얼굴이 더욱 뾰족하게 보였다. 그는 랜드의 망토에서 삐져나온 칼자루를 무시하듯 힐끗 보았다. "이 일도 네가 일으킨 건가?" 다른 사람들과 달리 그의 망토에 수놓인 햇살 무늬 밑에는 황금색 매듭이 지어져 있었다.

랜드는 칼을 가리려 했지만 대신 망토를 어깨 너머로 휙 넘겼다. 머릿속 한구석에서 이게 무슨 짓이냐는 미친 듯한 질문이 들려왔지만 그 생각은 멀게만 느껴졌다. "사고야 일어날 수 있으니까." 랜드가 말했다. "빛의 아이들한테도 말이지."

얼굴이 좁다란 남자가 한쪽 눈썹을 치켜올렸다. "네가 그렇게 위험한가, 애송이?" 그는 랜드보다 별로 나이가 많지 않았다.

"왜가리 표시입니다, 본할드 공." 다른 한 사람이 경고하듯이 말했다.

얼굴이 좁다란 남자는 랜드의 칼자루를 다시 보았다. 청동 왜가리가 선명하게 보이자 잠시 눈을 휘둥그렇게 떴다. 이어 그의 시선이 랜드의 얼굴로 향했다. 그는 무시하듯 코웃음 쳤다. "너무 어려. 넌 이곳 출신이 아닌가 보군?" 그가 랜드에게 차갑게 말했다. "어디에서 왔지?"

"난 베얼론에 방금 도착했어." 얼얼한 짜릿함이 팔다리로 번졌다. 랜드는 얼굴이 붉어지는 것만 같았다. 거의 따뜻하게 느껴졌다. "좋은 여관은 잘 모르지?"

"내 질문을 피하는군." 본할드가 쏘아붙였다. "어떤 사악함을 품고 있기에 내 말에 대답하지 않는 건가?" 본할드의 일행이 그의 양옆으로 다가섰다. 사납고 무표정한 얼굴이었다. 망토에 묻은 진흙 자국에도 이제 그들은 전혀 우스워 보이지 않았다.

얼얼함이 랜드를 가득 채웠다. 열기는 심해져 열병이 되었다. 랜드는 웃고 싶었다. 기분이 너무 좋았다. 머릿속 작은 목소리가 뭔가 잘못됐다고 소리쳤지만, 랜드가 할 수 있는 생각은 에너지로 가득한 것처럼 느껴진다는 것, 머리가 거의 에너지로 터져 버릴 것만 같다는 점뿐이었다. 그는 미소 지으며 발꿈치를 디딘 채 몸을 앞뒤로 흔들면서 앞으로 일어날 일을 기다렸다. 어렴풋하게, 아스라하게 그 일이 무슨 일일지 궁금해졌다.

수장의 얼굴이 어두워졌다. 다른 자들 중 하나가 칼날이 3센티미터 정도 보일 정도로 칼을 뽑더니 분노에 떨리는 목소리로 말했다. "너, 회색 눈의 멍청이 같으니. 빛의 아이들이 질문을 할 때는 대답을 기대하고 하는 것이다. 대답하지 않으면……." 그는 좁다란 얼굴의 남자가 팔을 휙 들어 그의 가슴을 치자 말을 멈추었다. 본할드는 홱 고개를 들어 거리 위쪽을 가리켰다.

마을 경비대가 도착했다. 둥근 강철 모자를 쓰고, 가시가 돋힌 가죽 조끼를 입은 10여 명의 남자들이 쓰는 방법을 제대로 안다는 듯 육척봉을 들고 있었다. 그들은 열 걸음 떨어진 곳에서 조용히 지켜보며 서 있었다.

"이 마을은 빛을 잃었다." 칼을 반쯤 뽑았던 남자가 으르렁거리듯 말했다. 그는 목소리를 높여 경비대에게 소리쳤다. "베얼론은 어둠의 존재가 드리운 그림자 속에 서 있다!" 본할드의 손짓에 따라 그는 칼을 다시 칼날에 세게 집어넣었다.

본할드는 랜드에게 다시 관심을 돌렸다. 뭔가 안다는 빛이 그의 눈에서 번뜩였다. "어둠의 친구들은 우리에게서 빠져나가지 못한다, 애송이. 그림자 속에 서 있는 마을에서도 마찬가지다. 우리는 다시 만나게 될 거다. 그건 믿어도 된다!"

그는 홱 돌아서서 성큼성큼 멀어졌고, 놈의 일당 둘이 그 뒤를 바짝 따랐다. 꼭 랜드가 더 이상 존재하지 않게 되었다는 듯했다. 최소한 지금은 말이다. 그들이 사람 많은 거리에 이르자 전처럼 우연히 생겨난 것처럼 보이는 공간이 그들 주위에 생겨났다. 경비대는 망설이며 랜드를 눈여겨보더니 어깨에 육척봉을 걸머지고 하얀 망토를 입은 세 사람을 따라갔다. 그들은 "경비대다, 비켜라!"라고 외치며 인파를 헤치고 나가야 했다. 기꺼이 길을 비키는 사람은 거의 없었다.

랜드는 계속 발뒤축을 디딘 채 몸을 흔들며 기다렸다. 얼얼한 느낌이 너무 강해 몸이 떨릴 정도였다. 몸이 타오르는 것만 같았다.

맷이 가게에서 나와 랜드를 뚫어지게 보았다. "넌 아픈 게 아니야." 마침내 그가 말했다. "미친 거지!"

랜드는 깊이 숨을 들이쉬었다. 갑자기 모든 것이 바늘로 거품을 찔러 터뜨릴 때처럼 사라져 버렸다. 모든 것이 사라지자 랜드는 비틀거렸다. 자신이 방금 했던 일에 대한 현실감이 흘러넘쳤다. 랜드는 입술을 핥으며 맷과 눈을 마주쳤다. "지금 당장 여관으로 돌아가는 게 좋겠어." 랜드가 불안하게 말했다.

"응." 맷이 말했다. "그래. 그래야겠다."

거리에는 다시 사람들이 차기 시작했다. 지나다니는 사람들이 두 소년을 쳐다보며 일행에게 뭔가 투덜거리기도 여러 번이었다. 랜드는 이야기가 퍼질 것이라고 확신했다. 미친 사람이 빛의 아이들 세 명과 싸움을 하려 했다니. 이야깃거리가 될 만한 사건이었다. **어쩌면 꿈 때문에 정말로 미쳐 가는 것일지도 몰라.**

두 소년은 아무 규칙이 없어 보이는 거리에서 몇 차례 길을 잃었지만 얼마 후에는 톰 머릴린과 마주쳤다. 톰 머릴린은 사람들을 헤치며 혼자서 거창하게 행진하고 있었다. 방랑 시인은 바람도 쐬고 다리도 좀 펴려고 밖에 나왔다고 말했지만, 누가 그의 알록달록한 망토를 눈여겨보기라도 하면 쩌렁쩌렁한 목소리로 외쳤다. "공연은 수사슴과 사자에서, 오늘 밤에만 합니다."

톰에게 꿈에 대해서나 모레인에게 이야기해야 할지 말지에 관해 횡설수설 말하기 시작한 사람은 맷이었지만 랜드도 끼어들었다. 둘의 정확한 기억에 차이가 있었기 때문이었다. **아니면 모든 꿈이 실제로 조금씩 다른 것일지도 몰라.** 랜드는 생각했다. 그러나 꿈의 중요한 부분은 같았다.

둘이 이야기를 시작한 지 얼마 되지 않아 톰은 온전히 주의를 기울였다. 랜드가 바알자몬 이야기를 꺼내자 방랑 시인은 두 사람의 어깨를 잡으며 입 조심하라고 하더니, 까치발을 딛고 사람들 머리 너머를 살펴보고는 그들을 몰고 인파에서 빠져나갔다. 그리고 나무 상자 몇 개와 추위를 피해 웅크리고 있는 갈비뼈가 두드러진 누런 개 한 마리 말고는 아무것도 없는 막다른 골목으로 갔다.

톰은 그들의 말을 듣느라 멈추어 서는 사람이 있는지 사람들을 살펴본 다음, 랜드와 맷에게 관심을 돌렸다. 그의 푸른 눈은 잠깐씩 골목 입구를 돌아보는 사이사이 두 사람의 눈을 파고드는 듯했다. "낯선 사람들이 들을 수 있는 곳에서는 그 이름을 절대 말하지 마라." 낮지만 긴박한 목소리였다. "낯선 사람이 들을 가능성이 **조금만** 있어도 말이야. 그건 아주 위험한 이름이다. 빛의 아이들이 거리를 돌아다니지 않을 때도 그래."

맷이 코웃음 쳤다. "빛의 아이들에 대해서라면 나도 할 말이 있는데." 그는 랜드에게 장난기 어린 시선을 던지며 말했다.

톰은 그의 말을 무시했다. "너희 중 한 명만 이런 꿈을 꿨다면……." 그는 자기 콧수염을 세게 잡아당겼다. "꿈에 대해서 생각나는 대로 전부 얘기해 봐라. 자세한 내용까지 다." 톰은 귀 기울이면서도 계속 경계하며 주위를 살폈다.

"……그자는 이용당했다는 사람들의 이름을 말했어요." 마침내 랜드가 말했다. 다른 얘기는 전부 한 것 같았다. "궤어 아말라신. 라올린 다크스베인."

"데비안." 랜드가 말을 잇기 전에 맷이 덧붙였다. "유리안 스톤보우도요."

"로게인도 있었어요." 랜드가 말을 마쳤다.

"위험한 이름들이다." 톰이 중얼거렸다. 그의 눈이 전보다 더 강렬하게 두 소년의 눈을 파고드는 것 같았다. "거의 그 다른 이름만큼이나 위험한 셈이다. 로게인을 제외하면 지금은 모두가 죽었지. 일부는 오래전에 죽었고. 라올린 다크스베인은 거의 2000년 전에 죽었어. 하지만 위험하기는 마찬가지야. 혼자 있을 때도 그 이름은 큰 소리로 말하지 않는 게 좋다. 대부분 사람들은 그런 이름을 하나도 알아듣지 못하겠지만 엉뚱한 사람이 엿듣기라도 하면……."

"근데 그 사람들이 누구였는데요?" 랜드가 말했다.

"남자들." 톰이 중얼거렸다. "하늘의 기둥을 뒤흔들고 세계의 토대를 흔들어 놓은 자들이다." 그는 고개를 저었다. "상관없지. 그 사람들은 잊어라. 지금은 먼지가 된 사람들이니."

"혹시 아이즈……. 그러니까 그 사람들이 이용당했나요? 그자가 말한 것처럼요." 맷이 물었다. "그러고 나서 살해당했어요?"

"화이트 타워가 그들을 죽였다고 말할 수도 있겠지. 그렇게 말할 수도 있어." 톰이 잠시 입을 꽉 다물었다가 다시 고개를 저었다. "하지만 이용당했다……? 아니, 내 생각에 그건 아니다. 아멀린 권좌가 많은 음모를 꾸미고 있다는 건 빛도 아시는 일이지만 그런 음모는 보이지 않아."

맷이 몸을 떨었다. "그자가 아주 많은 얘기를 했어요. 말도 안 되는 얘기를요. 동족살해자 루스 세린이랑, 아터 호크윙에 관한 그 모든 얘기들요. 세계의 눈 얘기도 했고. 빛을 걸고, 대체 세계의 눈이 뭐예요?"

"전실이다." 방랑 시인이 느릿느릿 말했다. "아마 전설일 거야. 발리어의 뿔나팔만큼이나 큰 전설이지. 최소한 변방에서는 그렇다. 그 지역의 젊은이들은 일리안의 젊은이들이 뿔나팔을 찾아 나서듯 세계의 눈을 찾아 나서거든. 아마 전설일 거야."

"우린 어쩌죠, 톰?" 랜드가 말했다. "아가씨한테 말할까요? 더는 그런 꿈을 꾸고 싶지 않아요. 아가씨가 뭔가 해 줄 수 있을지도 몰라요."

"그 여자가 하려는 일이 우리 마음에 들지 않을 수도 있어." 맷이 으르렁거리듯 말했다.

톰은 생각에 잠겨 손마디로 콧수염을 문지르며 둘을 살펴보았다. “내 생각에는 가만히 있는 게 나을 것 같다.” 그가 마침내 말했다. “아무한테도 말하지 마라. 최소한 당분간은 말이야. 꼭 그럴 필요가 있다면 언제든지 생각을 바꿀 수 있지만 일단 말하고 나면 끝난 일이 돼. 그러면 너희는 그……. 그 아가씨와 어느 때보다도 심하게 얽히게 된다.” 갑자기 그는 허리를 폈다. 굽은 자세가 거의 완전히 사라졌다. “다른 녀석이 있었지! 그 녀석도 같은 꿈을 꿨다고? 그 녀석은 입을 다물고 있을 만큼 분별력이 있는 놈이냐?”

“그럴 거예요.” 랜드가 말하는 동시에 맷도 말했다. “여관으로 돌아가서 그 녀석한테 경고해 줄 생각이었어요.”

“빛께서 보우하사 우리가 너무 늦지 않았으면 좋겠구나!” 톰은 발목께에 망토를 펄럭이며, 누더기를 바람에 날리면서 골목에서 성큼성큼 걸어 나가더니 멈추지도 않고 어깨 너머를 돌아보았다. “뭐냐? 발이 땅에 붙기라도 한 거냐?”

랜드와 맷은 서둘러 그를 따라갔지만 톰은 둘이 따라잡기를 기다리지 않았다. 이번에 그는 자기 망토를 보는 사람들이나 방랑 시인을 보고 인사하는 사람들에게도 시간을 내 주지 않았다. 그는 붐비는 거리를 텅 빈 것처럼 가르고 지나갔고, 랜드와 맷은 그를 따라가느라 반쯤 달렸다. 랜드가 예상한 것보다 훨씬 적은 시간에 그들은 수사슴과 사자로 서둘러 다가가고 있었다.

그들이 들어가려는데 페린이 빠르게 나왔다. 그는 달리면서 어깨에 망토를 걸치느라 애쓰며 그들에게 부딪혀 튕겨 나가지 않으려다가 넘어질 뻔했다. “너희 둘을 찾으러 가는 중이었어.” 페린은 균형을 잡더니 헐떡였다.

랜드가 그의 팔을 붙잡았다. “누구한테 꿈 얘기 했어?”

“안 했다고 말해 줘.” 맷이 말했다.

“아주 중요한 일이다.” 톰이 말했다.

페린은 어리둥절한 표정으로 그들을 보았다. “아니, 말 안 했어. 한 시간 전까지는 침대에서 일어나지도 않았는걸.” 그는 어깨를 축 늘어뜨렸다. “꿈 얘기는커녕 그 생각도 하기 싫어서 머리가 아플 지경이야. 저 사람한텐 왜 말한 거야?” 페린은 방랑 시인을 턱짓으로 가리켰다.

"누구한테라도 말하지 않으면 미칠 것 같았어." 랜드가 말했다.

"나중에 설명하마." 톰은 수사슴과 사자를 드나드는 사람들을 의미심장하게 바라보며 덧붙였다.

"알았어." 페린이 천천히 대답했다. 여전히 어리둥절한 표정이었다. 갑자기 그가 머리를 탁 쳤다. "너희 때문에 너희를 찾던 이유를 까먹을 뻔했잖아. 아마 그럴 수는 없겠지만. 나이니브가 안에 있어."

"피와 재를 걸고!" 맷이 소리쳤다. "여기에 어떻게 왔대? 모레인이……. 페리가……."

페린이 코웃음 쳤다. "페리가 가라앉는 것 같은 사소한 일로 나이니브를 막을 수 있을 것 같아? 나이니브는 하이타워를 찾아냈어. 하이타워가 어떻게 다시 강을 건넜는지는 모르겠지만, 그녀 말로는 하이타워가 자기 방에 숨어서 강 근처에도 가기 싫어하더래. 어쨌든 그녀는 자기랑 자기 말이 탈 만큼 큰 배를 찾아다가 노를 저어서 강을 건네 달라고 들들 볶았대. 하이타워한테 직접 노를 저으라고 했다는 거야. 다른 노를 잡을 배끌이 한 명을 구할 시간밖에 주지 않았대."

"빛이여!" 맷이 숨죽여 말했다.

"나이니브는 여기서 뭘 하는 거야?" 랜드는 알고 싶었다. 맷과 페린은 둘 다 그를 비웃듯이 보았다.

"우릴 따라온 거야." 페린이 말했다. "나이니브는 지금…… 알리스 아가씨랑 같이 있어. 안에 눈이 내릴 정도로 냉기가 돌아."

"그냥 짐낀 뜬 데 기 있으면 안 될까?" 맷이 물었다. "우리 아빠 말씀이, 꼭 그럴 필요가 생기거 전에 말벌 집에 손을 넣는 건 바보나 하는 짓이래."

랜드가 끼어들었다. "나이니브라도 우리를 돌아가게 할 수는 없어. 겨울의 밤에 그런 일이 일어났으니 나이니브도 그 정도는 알겠지. 모르면 우리가 알아듣게 만들어야 하고."

랜드가 한마디를 할 때마다 맷은 점점 눈썹을 높이 치뜨더니 랜드가 말을 마치자 낮게 휘파람을 불었다. "너, 나이니브가 알고 싶어 하지 않는 걸 알아듣게 해 보려고 한 적 있어? 난 해 봤어. 내 의견은, 밤이 될 때까지 나가 있다가 그때 몰래 들어오자는 거야."

"내가 그 젊은 여인을 살펴본 바로," 톰이 말했다. "자기 할 말이 끝날 때까지는 멈추지 않을 것 같구나. 금방 말하지 못하게 하면 우리 중 누구도 바라지 않는 관심을 끌 때까지 계속 떠들어 댈 거다."

그 말에 모두 입을 다물었다. 그들은 눈길을 주고받고 깊이 숨을 들이쉰 다음 안으로 들어갔다. 트롤록이라도 마주하게 된 것처럼.

16장 현자

페린이 앞장서서 여관 깊이 들어갔다. 랜드는 나이니브에게 하려 했던 말에 너무 골몰하고 있어서 민이 그의 팔을 잡고 한쪽으로 끌어당기기 전까지는 그녀를 보지 못했다. 다른 사람들은 복도로 몇 걸음 더 걸어간 뒤에야 랜드가 멈추어 섰다는 것을 깨닫고 자기들도 멈추었다. 반쯤은 계속 가고 싶어 조바심이 나고, 반쯤은 그러기 싫어 머뭇거리는 듯했다.

"그럴 시간 없다." 톰이 걸걸한 목소리로 말했다.

민은 흰 머리의 방랑 시인을 날카롭게 보았다. "가서 저글링이나 하세요." 민은 그렇게 쏘아붙이며 랜드를 다른 사람들로부터 더 먼 곳으로 끌고 갔다.

"진짜로 시간이 없어." 랜드가 민에게 말했다. "도망치느니 뭐니 하는 바보 같은 얘기를 할 시간은 확실히 없고." 그는 팔을 풀어내려 했지만, 팔을 당겨 빼낼 때마다 민이 다시 잡았다.

"나도 네 바보짓을 봐줄 시간은 없어. 가만히 좀 있을래?" 그녀는 다른 사람들을 힐끗 보더니 가까이 다가와 목소리를 낮추었다. "방금 어떤 여자가 도착했어. 나보다 키가 작고 젊어. 검은 눈에, 허리까지 내려오는 검은 머리를 땋고 있어. 그 여자도 일부야. 나머지 너희랑 똑같아."

랜드는 잠시 민을 바라보기만 했다. **나이니브가? 어떻게 나이니브가 이 일에 얽혀 있을 수 있지? 빛이여, 난 또 어떻게 얽힌 거야?** "그건……. 불가능해."

"아는 여자야?" 민이 속삭였다.

"응. 그리고 그 사람이 이런……. 뭐든 네가 말하는 일에 얽혀 있을 리는 없어."

"불꽃 말이야, 랜드. 그 여자가 들어오는 길에 알리스 아가씨를 만났는데 불똥이 튀었어. 그 둘밖에 없었는데도. 어제는 너희가 최소 서너 명이 함께 있어야 불똥이 보였는데, 오늘은 더 선명하고 격렬해졌어." 그녀는 안달하며 랜드의 친구들을 보더니 몸서리를 친 뒤에야 다시 랜드를 보았다. "여관에 불이 붙지 않는 게 놀라울 지경이야. 너희 모두 어제보다 오늘 더 큰 위험에 처해 있어. 그 여자가 온 이후로."

랜드는 친구들을 힐끗 보았다. 톰이 눈썹을 덥수룩한 브이 자 형태로 내리고서 금방이라도 랜드를 재촉하기 위한 무슨 행동을 할 것처럼 몸을 앞으로 숙이고 있었다. "그 여자가 우릴 해치진 않을 거야." 랜드가 민에게 말했다. "난 가야 돼, 지금." 이번에는 팔을 빼내는 데 성공했다.

랜드는 민이 시끄럽게 떠들어 대는 소리를 무시하고 일행과 합류했다. 그들은 다시 복도를 걷기 시작했다. 랜드는 한 차례 뒤를 돌아보았다. 민이 그에게 주먹을 휘두르며 발을 굴렀다.

"뭐라는 거야?" 맷이 물었다.

"나이니브도 일부래." 랜드는 별생각 없이 말했다가 맷을 사납게 바라보았다. 그 시선에 입을 벌렸던 맷은 아무 말도 하지 않았다. 이윽고 맷의 얼굴에 천천히 이해했다는 빛이 번졌다.

"무슨 일부?" 톰이 조용히 말했다. "저 여자애가 무언가 아는 거냐?"

랜드가 아직 무슨 말을 해야 할지 정리하고 있을 때 맷이 말했다. "당연히 일부겠지." 맷이 퉁명스럽게 말했다. "나이니브도 겨울의 밤 이후로 우리가 당하고 있는 불운의 일부인 거야. 너한테는 현자가 나타난 게 그리 대단한 일이 아닐지 몰라도 난 차라리 하얀 망토들을 직접 데려오고 싶을 정도라니까."

"나이니브가 도착하는 것을 봤대." 랜드가 말했다. "나이니브가 알리스 아가씨랑 이야기하는 걸 보고 우리랑 무슨 관계가 있을지도 모르겠다고 생각했다는 거야." 톰은 곁눈으로 랜드를 살피더니 코웃음 치며 콧수염을 흩날렸다. 그러나 다른 사람들은 랜드의 설명을 받아들이는 듯했다. 랜드는 친구들한테 비밀을 말하지 않는 것이 마음에 들지 않았지만, 일행의 비밀이 위험하듯 민의 비밀도 그녀에게 위험한 것일 수 있었다.

페린이 갑자기 어느 방문 앞에 멈추어 섰다. 덩치가 그렇게 큰데도 이상하게 머뭇거리는 것처럼 보였다. 그는 심호흡하고 일행을 보더니 또 한 번 숨을 들이쉰 뒤에야 천천히 문을 열고 들어갔다. 나머지 일행도 하나씩 그 뒤를 따랐다. 랜드가 마지막이었다. 그는 조금도 내키지 않는 마음으로 문을 닫고 들어갔다.

전날 밤에 식사한 공간이었다. 난로에서 불이 타닥거리고 있었으며, 반짝이는 은주전자와 컵이 담겨 있는 윤나는 은쟁반이 탁자 한가운데에 놓여 있었다. 모레인과 나이니브는 탁자를 사이에 두고 맞은편에 앉아 있었다. 둘 다 서로에게서 시선을 떼지 않았다. 다른 의자는 모두 비어 있었다. 모레인의 두 손은 그녀의 얼굴처럼 고요하게 탁자에 놓여 있었다. 나이니브는 어깨 너머로 땋은 머리를 넘기고 있었으며, 그 머리의 한쪽 끝을 주먹으로 쥐고 있었다. 마을 위원회에서 평소보다도 고집스럽게 굴 때 그러듯 조금씩 그 머리카락을 잡아당기면서 말이다. **페린 말이 맞았어.** 불이 피워져 있었는데도 방 안은 얼어붙을 듯 춥게 느껴졌다. 그 모든 한기가 탁자에 앉은 두 여자에게서 나오는 것이었다.

란은 난로 장식에 기대 불꽃을 들여다보며 온기를 얻으려는 듯 손을 비비고 있었다. 에그웨인은 벽에 등을 바짝 대고 후드를 올려 쓴 채로 망토를 입고 있었다. 톰과 맷, 페린은 문 앞에 머뭇머뭇 멈추어 섰다.

랜드는 불편하게 어깨를 으쓱하며 탁자로 걸어갔다. **가끔은 늑대의 귀를 붙잡아야 할 때도 있는 거야.** 랜드는 자신을 타일렀다. 하지만 다른 속담도 기억났다. **늑대의 귀를 잡으면 계속 붙들고 있는 것만큼 놓는 것도 어려운 일이지.** 모레인의 시선과 나이니브의 시선이 느껴졌다. 얼굴이 뜨거워졌지만 어쨌든 둘 사이 절반쯤 되는 곳에 앉았다.

잠깐 동안 방 안 사람들이 조각상처럼 고요했다. 에그웨인과 페린, 마지막으로 맷까지 세 사람이 머뭇거리며 탁자로 다가와 각자 자리에 앉았다. 가운데가 랜드였다. 에그웨인은 얼굴이 절반쯤 가려질 정도로 후드를 더욱 깊숙이 당겨 썼다. 모두가 다른 사람을 보지 않으려 했다.

"뭐," 톰이 문 옆 자기 자리에서 코웃음 쳤다. "앉는 것까지는 했네."

"모두가 여기 왔으니," 란이 난로에서 멀어져 은으로 된 컵 하나를 와인으로 채우며 말했다. "드디어 이걸 받을 수 있겠군." 그가 나이니브에게 컵을 내밀었다. 나이니브는 의심스럽다는 듯 그 잔을 바라보았다. "겁먹을 필요는 없소." 란이 인내심 있게 말했다. "당신도 여관 주인이 와인을 가져오는 것을 봤고, 우리 둘 중 누구에게도 그 안에 뭘 넣을 기회는 없었으니까. 안전합니다."

현자는 **겁먹는다**는 단어를 듣고 화가 난 듯 입술을 꽉 다물었지만 "고맙소"라고 중얼거리며 잔을 받았다.

"내가 관심이 있는 것은," 란이 말했다. "당신이 어떻게 우리를 찾았느냐는 겁니다."

"나도 그래요." 모레인이 집중하며 몸을 앞으로 숙였다. "에그웨인과 소년들을 데려왔으니 이제 이야기할 마음이 생기나요?"

나이니브는 와인을 홀짝인 뒤에야 아이즈 세다이에게 대답했다. "당신이 갈 만한 곳은 베얼론밖에 없었소. 하지만 혹시 모르니 당신들의 흔적을 쫓았지. 확실히 이리저리 방향을 바꾸었던걸. 하긴 당신들은 선량한 사람들을 만날 위험을 무릅쓰고 싶지 않았을 테니."

"당신이…… 우리 흔적을 쫓았다고?" 란이 말했다. 랜드가 기억하는 한 처음으로 놀란 목소리였다. "내가 부주의해진 모양이군."

"당신은 거의 흔적을 남기지 않았소. 단지 내가 투 리버스의 여느 남자보다 추적을 잘할 뿐이오. 아마 탬 알소르 정도는 예외겠지만." 그녀는 망설이다가 덧붙였다. "아버지께서는 돌아가시기 전에 나를 데리고 사냥을 다니며 아들이 있었다면 가르쳐 주셨을 법한 것을 가르쳐 주셨소." 그녀는 도전적으로 란을 바라보았지만 란은 그저 인정한다는 듯 고개를 끄덕일 뿐이었다.

"내가 숨기려던 흔적을 쫓을 수 있다면 아버지가 잘 가르쳐 주신 셈이오. 변방에도 그럴 수 있는 사람은 몇 없소."

갑자기 나이니브는 컵에 얼굴을 처박았다. 랜드는 눈이 휘둥그레졌다. 나이니브가 얼굴을 붉히고 있었다. 그녀는 한 번도 조금이나마 당황한 기색을 드러낸 적이 없었다. 화를 낸 적은 있었고, 격분한 적도 종종 있었지만 무안해한 적은 한 번도 없었다. 그러나 지금은 확실히 뺨이 붉어져 있었으며, 와인으로 그런 기색을 감추려 하고 있었다.

"어쩌면 이제는," 모레인이 조용히 말했다. "내 질문 몇 가지에 대답해 줄지 모르겠군요. 난 당신 질문에 얼마든지 대답했으니까."

"방랑 시인이나 할 법한 이야기를 아주 많이 곁들여서 말이지요." 나이니브가 반박했다. "내 눈에 보이는 **사실**이라고는, 빛만이 아실 이유로 젊은이 네 명이 아이즈 세다이에게 납치당했다는 것뿐입니다."

"여기 사람들은 그 사실을 모른다고 말했을 텐데." 란이 날카롭게 말했다. "입조심하는 방법을 배워야겠소."

"왜 그래야 하지요?" 나이니브가 물었다. "내가 당신들을, 혹은 당신들의 정체를 감추는 데 도움을 줘야 할 이유가 뭔가요? 나는 에그웨인과 남자애들을 에먼즈 필드로 데려가려고 온 겁니다. 당신들이 그 애들을 몰래 데려가는 것을 도와주러 온 게 아니에요."

톰이 경멸 어린 목소리로 끼어들었다. "이 애들이 다시 마을을 보기를 원한다면, 아니 당신이라도 다시 마을을 보고 싶다면 조심하는 게 좋을 거요. 베얼론에는," 그는 모레인 쪽으로 고개를 휙 젓혔다. "저 여자의 정체를 이유로 저 여자를 죽일 만한 사람들이 있으니까. 저 사람도 마찬가지고." 그는 란을 가리키더니 불쑥 앞으로 나와 식탁을 두 주먹으로 짚었다. 그는 나이니브를 위압적으로 내려다보고 섰다. 그의 긴 콧수염과 두꺼운 눈썹이 갑자기 위협적으로 보였다.

나이니브는 눈이 휘둥그레져 톰에게서 멀리 뒤로 물러나려 했다. 그러다가 반항하듯 등을 꼿꼿이 세웠다. 톰은 그런 기색을 알아채지 못한 것 같았다. 그는 불길하게 조용한 목소리로 말을 이었다. "놈들은 소문만으로도, 수군거림만으로도 살인 개미처럼 이 여관에 몰려들 거요. 놈들의 증오는, 이 두 사람과 비슷한 자들을 죽이거나 납치하고자 하는 욕망은 그토록 강력하오. 저 여자애는? 소년들은? 당신은? 당신들 모두가 저 두 사람과 얽혀 있소. 어쨌든 하얀 망토들이 보기에는 그렇지. 놈들이 질문하는 방식이 마음에 들지 않을 거요. 화이트 타워 문제에 대해서는 특히 그렇고. 하얀 망토의 질문자들은 시작하기도 전에 상대가 유죄일 거라고 생각하고, 그런 식의 죄에 대해서는 한 가지 판결만을 내리지. 그들은 진실을 알아내는 데는 관심이 없소. 진실이야 이미 안다고 생각하니까. 그들이 인두와 펜치로 뽑아내려는 것은 자백뿐이오. 어떤 비밀은 큰 소리로 말하기에는 너무 위험하다는 걸 기억해 두는 게 좋을 거요. 듣는 사람이 누군지 안다고 생각할 때도." 그는 "최근에는 이 말을 자주 하게 되는 것 같군"이라고 중얼거리며 허리를 폈다.

"잘 말했소, 방랑 시인." 란이 말했다. 수호자의 눈에는 상대를 가늠해 보는 듯한 눈빛이 다시 떠올라 있었다. "당신이 이렇게 걱정하다니 놀랍군."

톰은 어깨를 으쓱했다. "내가 당신들과 같이 도착했다는 것도 잘 알려져 있으니까. 인두를 든 질문자가 나한테 죄를 회개하고 빛 속에서 걸으라고 말한다고 생각하니 마음에 들지 않는군."

"그건," 나이니브가 날카롭게 끼어들었다. "저 애들이 아침에 나와 함께 집으로 돌아가야 할 또 한 가지 이유일 뿐입니다. 아니면 오늘 오후에라도요. 당신들한테서 멀어져 에먼즈 필드로 돌아가는 시간은 빠를수록 좋지요."

"못 가요." 랜드가 말했다. 친구들도 모두 동시에 말했다는 것이 다행스러웠다. 그 경우에는 나이니브의 노려보는 시선이 주위에 분산되어야 했다. 실제로 그녀는 단 한 명도 남겨 놓지 않고 모두를 노려보았다. 하지만 가장 먼저 말한 사람이 랜드였기에 모두가 그를 보며 조용해졌다. 모레인조차 자기 의자에 깊숙이 앉아 손가락을 뾰족하게 모으고서 그를 지켜보았다. 현자의 눈을 마주 보는 건 랜드에게 힘든 일이었다. "우리가 에먼즈 필드로 돌아가면 트롤록들도 돌아올 거예요. 그놈들은…… 우리를 쫓고 있어요. 이유는 모르겠지만, 그래요. 타 발론에 가면 그 이유를 알아낼 수 있을지도 몰라요. 그런 일을 막을 방법을 찾을 수 있을지도 모르고요. 그게 유일한 방법이에요."

나이니브는 두 손을 번쩍 들었다. "탬이랑 똑같이 말하는구나. 탬은 마을 회의까지 기어이 몸을 끌고 와 모두를 설득하려 했어. 마을 위원회는 이미 설득하려다 실패했으니까. 빛께서 아실 일이다만, 너희……. 알리스 아가씨가," 나이니브가 그 이름에 비웃음을 잔뜩 실었다. "어찌어찌 탬을 설득한 모양이더구나. 보통 탬은 조금이나마 상식이 있는데 말이야. 대부분의 남자들보다는 그렇지. 아무튼 마을 위원회는 대체로 바보들의 모임이지만 그런 소리를 믿을 정도로 어리석지는 않아. 다른 사람들도 마찬가지고. 다들 너희를 찾아야 한다고 합의했어. 그랬더니 탬이 자기가 너희를 따라가겠다더구나. 혼자서는 제대로 서지도 못하면서. 너희 집안에 바보의 피가 흐르는 모양이야."

맷은 목을 가다듬고 웅얼거렸다. "우리 아빠는요? 우리 아빠는 뭐래요?"

"네 아버지는 네가 이방인들에게 장난을 치다가 머리를 얻어맞지 않을까 걱정하신다. 여기, 그러니까……. 알리스 아가씨보다는 그걸 더 걱정하시는 것 같더구나. 하지만 네 아버지도 너보다 딱히 머리가 좋지는 않으니."

맷은 나이니브가 한 말을 어떻게 받아들여야 할지, 뭐라고 대답해야 할지, 대답을 하긴 해야 할지 모르는 듯했다.

"제 생각에는," 페린이 머뭇거리며 입을 열었다. "그러니까 루한 스승님도 제가 떠난 것을 별로 좋아하지 않으시겠죠."

"좋아할 줄 알았니?" 나이니브는 역겹다는 듯 고개를 젓더니 에그웨인을 보았다. "토끼처럼 뇌가 작은 너희야 이도록 멍청하게 굴어도 놀랄 일이 아니겠지만, 다른 사람들은 좀 더 판단력이 있을 줄 알았는데."

에그웨인은 페린에게 가려지도록 물러나 앉았다. "쪽지를 남겼는걸요." 그녀가 작은 목소리로 말하며 땋지 않은 머리카락이 보일까 봐 걱정스러운지 망토의 후드를 더욱 당겨 썼다. "전부 설명했어요." 나이니브의 표정이 어두워졌다.

랜드는 한숨을 쉬었다. 현자는 혀로 채찍질을 하기 직전이었으며, 채찍질을 한다면 최고 등급이 될 것 같았다. 나이니브가 잔뜩 열이 오른 상태에서 어떤 입장을 정한다면 그녀를 움직이는 것은 거의 불가능한 일이 될 터였다. 예컨대 누가 뭐라 하든 그들을 에먼즈 필드로 다시 데려가야겠다고 한다면 말이다. 랜드가 입을 열었다.

"쪽지라니!" 나이니브가 그렇게 말한 순간 모레인이 말했다. "당신이랑 나는 아직 할 얘기가 있지요, 현자님."

참을 수 있었다면 랜드도 참았겠지만 입 대신 수문을 열기라도 한 것처럼 말들이 쏟아져 나왔다. "다 좋은데 이런다고 바뀌는 것은 없어요. 우린 돌아갈 수 없어요. 계속 가야 해요." 랜드는 뒤로 갈수록 천천히 말했고 목소리도 가라앉아 속삭이듯 말을 맺게 되었다. 현자와 아이즈 세다이가 둘 다 그를 보고 있었다. 여자들이 여성 서클 일을 이야기하고 있을 때나 받을 법한 눈길, 그가 속하지 않은 곳에 발을 들였다고 말하는 듯한 눈길이었다. 랜드는 다른 곳에 있었으면 좋겠다고 생각하며 물러나 앉았다.

"현자님." 모레인이 말했다. "저 아이들이 투 리버스에 돌아가는 것보다는 나와 함께 지내는 게 안전하다는 걸 믿으셔야 해요."

"더 안전하다고요!" 나이니브는 생각할 가치도 없다는 듯 고개를 뒤로 젖혔다. "하얀 망토들이 있는 이곳에 저 애들을 데려온 게 당신입니다. 방랑시인 말이 맞다면 **당신** 때문에 저 애들을 해칠, 바로 그 하얀 망토들 말이에요. 어떻게 저 애들이 더 안전하다는 것인지 말해 보시죠, 아이즈 세다이."

"내가 저 애들을 도와줄 수 없는 수많은 위험이 있지요." 모레인도 동의했다. "집으로 돌아간다 해도 당신이 저 애들이 벼락을 맞지 않도록 지켜 줄 수 없는 것과 마찬가지예요. 하지만 저 애들이 두려워해야 하는 건 벼락도 아니고, 하얀 망토들도 아닙니다. 어둠의 존재와 그의 하수인들이죠. 그런 것들로부터는 내가 저 애들을 보호할 수 **있어요.** 진정한 근원과, **사이다**와 접촉하면 다른 아이즈 세다이들과 마찬가지로 내게도 보호력이 생깁니다."

나이니브는 못 믿겠다는 듯 입을 꽉 다물었다. 모레인도 화가 나서 더욱 입을 꽉 다물었지만 인내심의 한계에 이른 듯한 목소리로 말을 이었다. "잠깐이나마 일원력을 휘두르게 된 가엾은 남자들에게도 그 정도의 보호력은 있어요. **사이딘**과의 접촉은 보호력을 주기도 하고, 그들을 더욱 취약하게 오염시키기도 하지만 말입니다. 하지만 나를 포함한 모든 아이즈 세다이는 가까이에 있는 사람들에게까지 보호력을 연장할 수 있어요. 지금처럼 저 아이들이 나와 가까이 있을 때는 그 어떤 희미한 자도 저 애들을 해칠 수 없습니다. 란이 모르게, 란이 그 사악함을 느끼지 못하게 457미터 안으로 접근할 수 있는 트롤록도 없고요. 저 애들이 당신과 함께 에먼즈 필드로 돌아간다면 그 절반의 보호라도 해 줄 수 있습니까?"

"당신이 하는 말은 허수아비 때리기예요." 나이니브가 말했다. "투 리버스에는 이런 말이 있죠. '곰이 늑대를 이기든, 늑대가 곰을 이기든 지는 건 늘 토끼'라는 말입니다. 당신들 경쟁은 다른 곳에서 하고 에먼즈 필드 사람들은 빼놓으세요."

"에그웨인." 잠시 후 모레인이 말했다. "다른 애들을 데리고 잠깐 나가 주렴. 나랑 현자님이 단둘이 얘기해야겠다." 모레인의 얼굴은 무표정했다. 나이니브는 전면적인 레슬링 경기라도 벌일 태세로 식탁에 앉은 채 어깨를 쫙 펼쳤다.

에그웨인은 벌떡 일어났다. 품위를 지키고 싶다는 욕심이 왜 머리를 땋지 않았느냐고 현자가 따지는 상황을 피하고 싶다는 욕심과 싸우는 것이 뻔히 보였다. 하지만 에그웨인은 전혀 어렵지 않게 모두를 시선으로 불러들였다. 맷과 페린은 서둘러 의자를 밀며 나가는 길에 실제로 뛰지 않으려고 애쓰면서 예의 바르게 뭐라 중얼거렸다. 란조차 모레인이 신호하자 톰을 데리고 문으로 향했다.

랜드가 뒤를 따랐다. 수호자는 그들이 나간 뒤 문을 닫고 복도 건너편을 지키기 시작했다. 다른 사람들은 란의 시선을 받으며 복도 저쪽으로 조금 움직였다. 그들에게는 엿들을 기회가 눈곱만큼도 허락되지 않았다. 그들이 마음에 들 정도로 멀어지자 란은 벽에 기댔다. 색깔이 변하는 망토를 걸치지 않았는데도 란은 너무 가만히 있어서 코앞까지 가기 전에는 그를 발견하지 못하기가 십상이었다.

방랑 시인은 이럴 시간에 다른 일을 하는 것이 낫겠다고 투덜거리며 어깨 너머로 소년들에게 고집스럽게 "내 말 명심해라"라고 말하더니 떠났다.

다른 사람들 중에는 떠나고 싶은 사람이 없는 듯했다.

“저게 무슨 말이야?” 에그웨인이 멍하니 물었다. 그녀의 시선은 모레인과 나이니브를 가리고 있는 문에 붙박여 있었다. 그녀는 더 이상 머리를 땋고 있지 않다는 사실을 계속 감추고 싶다는 마음과 망토의 후드를 벗어 버리고 싶은 마음 사이에서 갈팡대는 듯 계속 머리카락을 만지작거렸다.

“톰이 우리한테 몇 가지 조언을 해 줬거든.” 맷이 말했다.

페린이 그를 날카롭게 바라보았다. “무슨 말을 할지 확실히 정해지기 전까지는 입을 열지 말라고 했지.”

“좋은 충고 같네.” 에그웨인은 그렇게 말했지만, 별 관심이 없는 게 분명했다.

랜드는 자기만의 생각에 빠져 있었다. 어떻게 나이니브가 이 일의 일부일 수 있다는 걸까? 그들 중 누구든 어떻게 트롤록과 희미한 자, 꿈에 나타나는 바알자몬과 관계가 있을 수 있다는 것일까? 말도 안 됐다. 랜드는 민이 모레인에게 나이니브 이야기를 했을지 궁금해졌다. **저 안에서는 무슨 이야기를 하는 거야?**

마침내 문이 열렸을 때, 랜드는 자기가 얼마나 오래 그 자리에 서 있었는지조차 가늠할 수 없었다. 나이니브가 밖으로 나왔다가 란을 보고 깜짝 놀랐다. 수호자가 뭐라고 중얼거리자 나이니브는 화난 듯 고개를 뒤로 홱 젖혔고, 란은 그녀를 지나쳐 문 안으로 들어갔다.

나이니브는 랜드를 돌아보았다. 랜드는 처음으로 다른 사람들이 모두 조용히 사라졌다는 것을 알게 되었다. 혼자서 현자를 마주하고 싶지는 않았지만 나이니브와 눈을 마주친 지금 빠져나갈 수는 없었다. **유독 탐색하는 것 같은 시선인데.** 랜드는 궁금해하며 그렇게 생각했다. **둘은 무슨 이야기를 했을까?** 나이니브가 다가오자 랜드는 마음을 굳게 먹었다.

나이니브가 탬의 칼을 가리켰다. “이젠 그 칼이 어울려 보이는구나. 그러지 않았다면 더 좋았겠지만 말이야. 성장했어, 랜드.”

“일주일 만에요?” 랜드는 웃었지만 억지웃음 같았다. 나이니브는 랜드가 자기 말을 알아듣지 못했다는 듯 고개를 저었다. “아가씨 말을 들으니 생각이 바뀌었어요?" 랜드가 물었다. "정말이지 그게 유일한 방법이에요." 랜드는 민이 말한 불똥을 생각하며 잠시 말을 멈추었다. "현자님도 우리랑 같이 가요?"

나이니브가 눈을 휘둥그렇게 떴다. "너희랑 같이 간다고! 내가 왜? 내가 돌아올 때까지는 데번 라이드에서 온 마브라 말렌이 일을 돌봐 주기로 했지만, 할 수 있는 대로 빨리 돌아가고 싶어 할 거야. 난 지금도 너희가 정신을 차리고 나랑 같이 집으로 돌아가기를 바라고."

"그럴 수는 없어요." 랜드는 아직 열려 있는 문에서 뭔가 움직이는 것을 본 듯했지만 복도에 있는 사람은 둘뿐이었다.

"그 얘기는 이미 했지. 저 여자도 그랬고." 나이니브가 인상을 썼다. "**저 여자가** 끼어 있지만 않았으면……. 아이즈 세다이를 믿어서는 안 돼, 랜드."

"우리 말을 정말로 믿는 것처럼 얘기하시네요." 랜드가 천천히 말했다. "마을 회의에서는 무슨 일이 있었던 거예요?"

나이니브는 문을 돌아본 뒤에야 대답했다. 이제는 문 안에서 움직이는 것이 아무것도 없었다. "엉망진창이었지만 우리가 그 이상으로 우리 문제를 잘 처리할 수 없다는 걸 저 여자한테 알릴 필요는 없지. 그리고 내가 믿는 건 하나뿐이야. 저 여자와 함께 있는 한 너희 모두가 위험하다는 것."

"무슨 일이 있었잖아요." 랜드가 고집스럽게 말했다. "우리가 맞을 가능성이 조금이라도 있다고 생각하시면 왜 우리가 돌아가기를 바라시는 거예요? 그리고 왜 하필 현자님인데요? 현자님을 보내는 건 시장님을 보내는 거나 마찬가지잖아요."

"**정말** 성장했네." 나이니브가 미소 지었다. 잠깐이지만 나이니브가 즐거워하는 모습에 랜드는 발을 바꿔 짚어 댔다. "내가 어디로 가기로 하든, 무슨 일을 하기로 하든 네가 묻지 않던 시절이 생각나는데. 겨우 일주일 전이니까."

랜드는 목을 가다듬고 고집스럽게 다시 물었다. "말이 안 돼요. 진짜로 여기 오신 이유가 뭐예요?"

나이니브는 아직 비어 있는 문간을 힐끗 보더니 랜드의 팔을 잡았다. "얘기하면서 좀 걷자." 랜드는 나이니브가 자기를 데리고 가도록 놔두었다. 아무도 엿듣지 못할 정도로 문에서 멀어지자 나이니브가 다시 말했다. "말했듯이 마을 회의는 엉망진창이었어. 다들 누군가를 보내 너희를 데려오도록 해야 한다는 데는 동의했지만, 마을 사람들이 둘로 나뉘었다. 한편에서는 너희를 구출하고 싶어 했지. 네가, 그러니까…… **저 여자**의 무리와 함께 있다는 점을 생각했을 때 어떻게 그런 일을 할 수 있는지를 놓고 꽤 말싸움이 벌어지긴 했지만 말이야."

랜드는 나이니브가 잊지 않고 말조심을 하는 것이 다행스러웠다. "다른 사람들은 아버지 말을 믿었고요?" 랜드가 말했다.

"딱히 그런 것은 아니야. 하지만 그 사람들도 너희가 낯선 사람과 함께 다녀서는 안 된다고 생각했다. 특히 **저 여자** 같은 사람하고는 말이야. 어떻든 거의 모든 남자들이 너희를 데려오는 일행에 참여하고 싶어 했어. 탬도 그렇고, 목에 자기 관직에 필요한 저울을 걸고 있는 브랜 알비어도 그랬지. 알스벳이 억지로 앉히기 전까지는 하랄 루한도 그랬고. 심지어 센 부이까지 말이야. 빛이여, 가슴 털로 생각하는 남자들로부터 저를 지켜 주소서. 그러지 않는 남자들이 있는지는 모르겠다만." 나이니브는 진심을 담아 콧방귀를 뀌더니 비난하는 눈초리로 랜드를 쳐다보았다. "아무튼 난 그 사람들이 어떤 결정을 하기까지는 하루 이상이 걸릴지도 모르겠다는 것을 알 수 있었고, 왠지……. 왠지 감히 그렇게 오래 기다려서는 안 된다는 확신이 들었어. 그래서 여성 서클을 소집해 무슨 일을 해야 하는지 말했지. 여성 서클이 이 방법을 마음에 들어 하는 것 같지는 않았다만 일리는 있다고 생각하더구나. 그래서 내가 여기 온 거야. 에먼즈 필드의 남자들이 머리에 양털만 찬 고집쟁이들이라서. 아마 지금도 누구를 보내야 할지 말싸움을 벌이고 있을 거다. 내가 처리하겠다는 말을 남겨 놓고 왔지만 말이야."

나이니브의 이야기를 들으니 그녀가 여기에 온 이유는 설명됐지만 그렇다고 안심이 되지는 않았다. 나이니브는 지금도 그들을 데리고 돌아갈 작정이었다.

"그 안에서는 아가씨가 뭐라고 했어요?" 랜드가 물었다. 모레인은 분명 모든 논점을 전부 다루었겠지만, 그녀가 놓친 이야기가 있다면 랜드가 할 생각이었다.

"거의 비슷한 얘기였어." 나이니브가 대답했다. "또 너희 남자애들에 관해서 알고 싶어 하더구나. 너희가…… 지금 받는 것 같은 관심을 끌게 된 이유를 알아보겠다고 말이야. 관심을 끌었다는 것도 그 여자 **말**이다만." 나이니브는 잠시 말을 멈추고 곁눈으로 랜드를 지켜보았다. "그 여자는 숨기려 했지만 무엇보다도 너희 중 투 리버스가 아닌 곳에서 태어난 사람이 있는지를 알고 싶어 하더구나."

랜드의 얼굴이 갑자기 북 가죽처럼 팽팽하게 느껴졌다. "확실히 이상한 생각을 하긴 하네요. 현자님이 우리 모두가 에먼즈 필드에서 태어났다고 말씀해 주신 거면 좋겠어요."

"당연하지." 나이니브가 대답했다. 나이니브가 다시 입을 열기까지는 찰나의 순간밖에 걸리지 않았다. 너무 짧은 시간이라 그 순간을 노리고 있지 않았다면 랜드도 놓치고 말았을 것이다.

랜드는 무슨 말을 해야 할지 생각해 보았지만 혀가 가죽처럼 느껴졌다. **나이니브는 알고 있어.** 나이니브는 어쨌든 현자였고, 현자는 모두에 관한 모든 사실을 안다고 했다. **나이니브가 안다면 그건 열이 나서 꾼 꿈이 아니었던 거야. 아, 빛이여. 저를 도와주소서! 아버지!**

"괜찮니?" 나이니브가 물었다.

"아버지가……. 아버지 말이…… 저는 자기 아들이 아니라고 했어요. 그러니까…… 열이 나서 제정신이 아니었을 때요. 저를 발견했대요. 전 그게 그냥……." 랜드는 목구멍이 타오르는 것 같아 말을 멈출 수밖에 없었다.

"아, 랜드." 나이니브는 멈추어 서서 랜드의 얼굴을 두 손으로 잡았다. 그러기 위해 팔을 위로 뻗어야만 했다. "사람들은 열이 날 때 이상한 소리를 해. 뒤틀린 얘기 말이지. 진실도 아니고 현실도 아닌 이야기. 내 말 들어. 탬 알소르는 너만큼 어렸을 때 모험을 찾아 도망쳤어. 난 탬이 에먼즈 필드에 돌아온 순간이 기억나. 빨간 머리의 이방인 아내와 강보에 싼 아기를 데리고 다 큰 남자가 되어 돌아왔지. 카리 알소르가 그 아기를 품에 안고 있던 모습도 떠오른단다. 아기가 있는 다른 여자들에게서 봤던 것만큼 큰 사랑을 받고 기쁨을 느끼는 모습이었어. 넌 카리의 자식이야, 랜드. 너 말이야. 이제 허리 펴고 바보 같은 생각은 그만두렴."

"그럼요." 랜드가 말했다. **난 투 리버스가 아닌 곳에서 태어난 거야.** "당연하죠." 탬은 열이 나서 꿈을 꾼 걸 수도 있었고, 전투 후에 아기를 발견한 것일 수도 있었다. "아가씨한테는 왜 말 안 하셨어요?"

"이방인이 신경 쓸 일이 아니니까."

"다른 애들 중에도 밖에서 태어난 사람이 있어요?" 랜드는 질문이 나오자마자 고개를 저었다. "아니, 대답하지 마세요. 제가 신경 쓸 문제도 아니죠." 하지만 모레인이 그들 모두에 비해 랜드에게 특별한 관심을 두고 있는지 안다면 좋을 것 같았다. **정말 좋을까?**

"그래, 네가 신경 쓸 일이 아니지." 나이니브도 동의했다. "아무 의미도 없을지 몰라. 저 여자는 그냥 그것들이 너희를, 너희 **모두를** 쫓는 이유를 맹목적으로 찾고 있는 것일 수도 있어. 무슨 이유가 됐든지 말이야."

랜드는 간신히 미소 지었다. "그럼 그놈들이 우릴 쫓는다고 생각하시는 거네요."

나이니브는 얼굴을 찌푸리며 고개를 저었다. "저 여자를 만난 이후로 말을 꼬는 방법을 배운 건 확실하구나."

"어쩌실 생각이에요?" 랜드가 물었다.

나이니브는 랜드를 찬찬히 뜯어보았다. 랜드는 가만히 그녀와 눈을 마주쳤다. "오늘은 목욕을 할 거야. 그다음에 어떻게 할지는 두고 봐야겠지?"

17장 파수꾼과 사냥꾼

현자가 떠난 뒤 랜드는 휴게실로 향했다. 나이니브가 한 말과 그녀가 일으킬지 모르는 문제를 잊으려면 사람들이 웃는 소리를 들어야 했다.

휴게실은 정말로 붐볐지만 아무도 웃고 있지 않았다. 모든 의자와 벤치가 가득 차 있고 사람들이 벽을 빙 둘러서 있었지만 말이다. 톰이 맞은편 벽에 기대어 있는 테이블 위에 올라서서 다시 공연하고 있었다. 그의 동작이 하도 거창해 휴게실이 꽉 찼다. 이번에도 '위대한 뿔나팔 사냥대' 이야기였지만 불평하는 사람은 당연히 없었다. 사냥대 한 명 한 명에 대한 이야기가 아주 많았고, 이야기할 만한 사냥대원의 수도 아주 많았기에 두 번 같은 이야기를 하게 될 일은 없었다. 한 번에 그 이야기를 전부 하려면 일주일 이상이 걸렸다. 방랑 시인의 목소리와 겨루는 소리라고는 하프 소리와 난로에서 타닥거리는 불소리뿐이었다.

"……세상의 여덟 구석으로, 하늘의 여덟 기둥으로, 시간의 바람이 불어오고 운명이 강한 자와 조그만 자들의 앞머리를 가리지 않고 움켜쥐는 그곳으로 사냥대는 떠났다네. 자, 사냥대원 중 가장 위대한 자는 탈무어의 로고시, 독수리눈 로고시라는 자로 높은왕의 궁정에서 명성이 높았으며 샤이올 굴의 비탈에서 두려워하는 자였는데……." 사냥대는 늘 강력한 영웅이었다.

모든 사냥대원이 그랬다.

랜드는 두 친구를 발견하고 페린이 벤치 끝에 내준 자리에 끼어 앉았다. 휴게실로 흘러 들어오는 주방 냄새를 맡으니 배가 고프다는 생각이 들었지만, 앞에 음식을 받아 둔 사람들조차 음식에는 별 관심이 없었다. 음식을 날라 와야 할 종업원들은 매료된 채 서서 앞치마를 움켜쥐고 방랑 시인을 바라보고 있었다. 그러나 아무도 신경 쓰지 않는 듯했다. 음식이 아무리 맛있어도 이야기를 듣는 것이 먹는 것보다 나았다.

"……블레이즈가 태어난 날부터 어둠의 존재는 그녀를 차지하기로 마음먹었으나 블레이즈의 생각은 달랐다네. 마투친의 블레이즈는 어둠의 친구가 아니었으니까! 그녀가 서 있는 모습은 물푸레나무처럼 강력하고 버드나무 가지처럼 유연했으며 장미처럼 아름다웠지. 금발의 블레이즈. 항복하느니 죽을 각오가 된 블레이즈. 하지만 들으라! 도시의 탑에서 나팔 소리가 들려왔다네. 뻔뻔하고도 대담한 소리였지. 블레이즈의 전령들은 한 영웅이 그녀의 궁정에 도착했음을 알렸다네. 북이 우레처럼 울리고 심벌즈가 노래했지! 독수리눈 로고시가 경의를 표하러 왔으니……."

'독수리눈 로고시의 홍정'은 끝을 향해 달려 갔지만 톰은 에일 한 잔으로 목을 축일 때만 잠시 말을 멈추었다가 '리안의 입장'을 이야기하기 시작했다. '알레스 로리엘의 추락'과 '가이달 케인의 검', '알베인의 부아드가 떠난 마지막 여행'이 이어졌다. 밤이 깊어질수록 톰이 말을 멈추는 시간도 길어졌다. 그가 하프를 플루트로 바꾸자 모두 오늘의 이야기는 여기서 끝이라는 것을 알았다. 두 남자가 북과 해머드 덜시머(두 개의 나무망치로 철선을 두드려 소리를 내는 타악기-옮긴이)를 들고 톰과 함께했지만 톰이 올라가 있는 탁자에 올라가는 대신 그 주변에 앉았다.

에먼즈 필드에서 온 세 젊은이는 〈버드나무를 흔드는 바람〉의 첫 음을 듣자 손뼉을 치기 시작했다. 그들만이 아니었다. 이 노래는 투 리버스 사람들이 가장 좋아하는 곡이었는데, 베얼론 사람들도 마찬가지인 듯했다. 여기저기서 가사를 따라 하는 목소리까지 들렸다. 누가 조용히 하라고 할 정도로 음이 틀린 경우는 없었다.

내 사랑은 사라졌다네, 실려 갔다네
버드나무를 흔드는 바람에
모든 땅이 세찬 매질을 당했지
버드나무를 흔드는 바람에.
하지만 나는 그녀를 가까이 두리
마음에, 소중한 기억 속에
그녀의 힘으로 내 영혼은 강인해지리
그녀의 사랑이 내 심장을 덥히리
우리가 한때 노래 불렀던 곳에 서 있으리
차가운 바람이 버드나무를 흔들더라도.

두 번째 노래는 그리 슬프지 않았다. 사실 〈물이 딱 한 양동이〉는 앞선 노래와 비교되어 평소보다도 즐겁게 들렸다. 방랑 시인이 의도한 것일지도 몰랐다. 사람들이 서둘러 바닥에서 식탁을 치우고 춤출 공간을 만든 뒤, 발을 구르고 빙빙 도는 소리로 벽이 흔들릴 때까지 발꿈치를 찍어 댔다. 첫 번째 춤은 춤추던 사람들이 웃으며 옆구리를 잡고 플로어를 떠나며 끝났고, 새로운 사람들이 그들의 자리를 차지했다.

톰이 〈기러기가 날아간다〉의 첫 음을 연주한 뒤, 사람들이 춤출 자리를 잡도록 잠시 멈추었다.

"나도 좀 춰 봐야겠어." 랜드가 일어나며 말했다. 페린도 랜드를 따라 바로 일어났다. 맷은 마지막으로 일어나는 바람에 남아서 랜드의 칼과 페린의 도끼, 망토들을 지키게 되었다.

"나도 추고 싶다는 거 잊지 마." 맷이 두 사람의 등 뒤에서 소리쳤다.

춤꾼들은 서로를 마주 보며 두 줄로 늘어섰다. 한 줄은 남자, 한 줄은 여자로 이루어져 있었다. 처음에는 북이, 그다음에는 덜시머가 박자에 맞춰 울렸고 춤꾼들은 모두 동시에 무릎을 굽히기 시작했다. 랜드 맞은편의 소녀는 검은 머리를 땋고 있어서 그녀를 보니 집이 생각났다. 그 소녀가 랜드에게 수줍은 듯 미소 짓더니 전혀 수줍지 않은 윙크를 했다. 톰의 플루트가 곡에 뛰어들었고, 랜드는 앞으로 나가 검은 머리의 소녀를 맞이했다. 랜드가 그녀를 휙 돌리고 줄 서 있는 다음 남자에게 넘기자 그녀가 고개를 뒤로 젖히며 웃었다.

휴게실의 모두가 웃고 있었다. 랜드는 다음 파트너를 빙빙 돌며 춤을 추면서 그렇게 생각했다. 그녀는 종업원 중 한 명으로, 앞치마를 거칠게 펄럭여 댔다. 랜드가 보기에 미소 짓지 않는 사람은 난로 한쪽에 웅크리고 있는 남자뿐이었다. 그 사람은 한쪽 관자놀이에서 다른 쪽 아래턱까지 얼굴 전체를 가로지르는 흉터가 있었다. 그 흉터 때문에 코가 비뚤어져 있었고, 입 한쪽은 아래로 처져 있었다. 남자는 랜드와 눈을 마주치더니 인상을 썼고, 랜드는 당황해 시선을 피했다. 어쩌면 그 사람은 흉터 때문에 미소 짓지 못하는 것일지도 몰랐다.

랜드는 빙빙 돈 다음 파트너를 잡아 한 바퀴 돌리고 다음 사람에게 넘겼다. 음악이 빨라지면서 랜드는 여자 세 명과 더 춤을 추다가 처음에 보았던 검은 머리의 소녀와 다시 짝이 되어 대열을 거의 완전히 바꿔 놓는 빠른 행진곡을 추게 되었다. 그녀는 여전히 웃고 있었으며, 랜드에게 한 번 더 윙크했다.

얼굴에 흉터가 있는 남자가 랜드를 노려보고 있었다. 랜드는 발을 헛디뎠고 두 뺨이 뜨거워졌다. 그 사람에게 창피를 줄 생각은 없었다. 사실은 그 사람을 빤히 쳐다보지도 않은 것 같았다. 랜드는 다음 파트너를 맞이하려고 돌아섰다가 그 남자에 관해서는 전부 잊어버렸다. 그의 품으로 춤추며 들어온 다음 여자는 나이니브였다.

랜드는 발을 딛다 말고 휘청거리다가 자기 발에 걸려 나이니브의 발을 밟을 뻔했다. 나이니브는 랜드의 서툰 모습을 보상할 만큼 우아하게 춤을 추었고, 그러는 내내 미소 지었다.

"이것보다는 춤을 잘 추는 줄 알았는데." 파트너를 바꿀 때가 되자 나이니브가 웃었다.

랜드는 간신히 자세를 바로잡은 뒤 다시 파트너를 바꾸었다가 어느새 모레인과 춤을 추고 있었다. 현자와 춤을 출 때 발을 헛디뎠다지만 아이즈 세다이와 춤을 출 때에 비하면 그것은 아무것도 아니었다. 모레인은 드레스를 빙글빙글 돌려 가며 매끄럽게 플로어를 가로질렀다. 랜드는 두 번이나 넘어질 뻔했다. 모레인은 랜드에게 불쌍하다는 듯 미소 지었는데, 그 미소는 도움이 된다기보다 상황을 악화시켰다. 늘어서 있는 다음 파트너에게 가게 된 것은 다행스러운 일이었다. 그 파트너가 에그웨인이었는데도 말이다.

랜드는 어느 정도 자세를 되찾았다. 어쨌거나 그는 몇 년 동안 에그웨인과 춤을 춰 왔다. 그녀는 여전히 머리를 땋지 않고 있었으나 뒤로 돌려 빨간 리본으로 묶고 있었다. **모레인이랑 나이니브 중 누구를 기쁘게 해 줘야 할지 결정하지 못했나 보지.** 랜드는 시무룩하게 생각했다. 에그웨인의 입술이 벌어졌다. 뭔가 말하고 싶어 하는 듯했다. 하지만 그녀는 아무 말도 하지 않았고, 랜드도 먼저 말할 생각은 없었다. 아까 개별 식사 공간에서 랜드가 말을 걸려 했을 때 에그웨인이 그런 식으로 말을 잘라 버린 다음이었으니까. 그들은 침착하게 서로를 보다가 한마디 말도 없이 춤을 추며 떨어졌다.

춤이 한바탕 끝나고 나서 벤치로 돌아오자 다행스러운 기분이 들었다. 랜드가 자리에 앉는 동안 다른 춤인 지그의 춤곡이 시작됐다. 맷이 서둘러 춤판에 끼었고, 페린은 춤판에서 나와 벤치에 슬쩍 앉았다.

"봤어?" 페린은 자리에 앉기도 전에 말했다. "봤어?"

"누구?" 랜드가 물었다. "현자 얘기야, 알리스 아가씨 얘기야? 나는 둘 다랑 췄어."

"아이즈……. 알리스 아가씨도?" 페린이 소리쳤다. "난 나이니브랑 췄어. 나이니브가 춤추는 줄도 몰랐는데. 고향에서는 한 번도 춤을 안 추잖아."

랜드는 생각에 잠겨 말했다. "현자가 춤을 추면 여성 서클에서 뭐라고 할까? 아마 그래서일걸."

이후로는 음악과 박수 소리, 노랫소리가 너무 시끄러워져 더 이상 이야기를 나눌 수 없었다. 춤꾼들이 플로어에서 빙글빙글 돌아가는 가운데 랜드와 페린도 함께 손뼉을 쳤다. 그는 몇 번쯤 자신을 응시하는 흉터 남자를 의식하게 되었다. 그런 흉터가 있으니 남자가 예민하게 굴 만도 했다. 하지만 랜드는 상황을 악화시키지 않고 할 수 있는 일이 하나도 생각나지 않았다. 그는 음악에 집중하며 그 사람을 보지 않으려 했다.

춤과 노래는 밤이 깊을 때까지 이어졌다. 종업원들이 마침내 자기가 맡은 일을 기억해 냈다. 랜드는 뜨거운 스튜와 빵을 게걸스럽게 먹고 기분이 좋아졌다. 다들 앉거나 선 자리에서 그대로 음식을 먹었다. 랜드는 세 번 더 춤판에 끼었는데, 다시 나이니브와 춤을 추게 되었을 때는 스텝이 좀 나아졌다. 모레인과 춤을 추게 되었을 때도 마찬가지였다. 이번에는 둘 다 랜드의 춤 실력을 칭찬했는데, 그 바람에 랜드는 말을 더듬었다. 에그웨인과도 다시 춤을 추었다. 에그웨인은 검은 눈으로 랜드를 빤히 바라보았으며, 늘 무언가 말하기 일보 직전인 것처럼 보였으나 한마디도 하지 않았다. 랜드도 에그웨인처럼 침묵을 지켰지만 맷이 벤치에 돌아와서 했던 말과는 상관없이 자기가 에그웨인을 노려보지는 않았다고 확신했다.

자정이 가까워졌을 때 모레인이 떠났다. 에그웨인은 아이즈 세다이와 나이니브를 재빨리 번갈아 보더니 서둘러 모레인을 따라갔다. 현자는 읽기 어려운 표정으로 그들을 지켜보다가 일부러 다른 춤판에 낀 뒤 마찬가지로 떠났다. 꼭 아이즈 세다이를 상대로 한 점 이겼다는 듯한 표정이었다.

머잖아 톰이 플루트를 케이스에 집어넣고 더 있어 달라는 사람들과 마음씨 좋게 실랑이를 벌였다. 란이 다가와 랜드 일행을 모아들였다.

"일찍 출발해야 한다." 수호자가 시끄러워도 들리도록 허리를 숙이며 말했다. "쉴 수 있는 만큼 쉬어야 할 거다."

"어떤 사람이 날 계속 쳐다봤어요." 맷이 말했다. "얼굴 전체에 흉터가 있는 남자였어요. 혹시 그 사람이……. 당신이 경고했던 **친구들** 중 한 명은 아니겠죠?"

"이런 식으로?" 랜드는 손가락으로 코를 가로질러 입가까지 선을 그으며 말했다. "나도 쳐다보던데." 랜드는 주위를 둘러보았다. 사람들이 떠나고 있었으나 대부분은 여전히 톰 주위에 모여 있었다. "지금은 여기 없어."

"나도 봤다." 란이 말했다. "피치 씨 말에 따르면 하얀 망토들의 첩자라는구나. 우리가 걱정할 사람은 아니다." 그럴 수도 있겠지만 랜드는 수호자가 뭔가에 신경 쓰고 있다는 걸 알 수 있었다.

랜드는 맷을 힐끗 보았다. 그는 딱딱한 표정을 짓고 있었는데, 그 표정은 늘 맷이 무언가 감추고 있다는 뜻이었다. **하얀 망토들의 첩자라니. 본할드가 우리한테 그렇게까지 복수하고 싶어 할 수 있을까?** “일찍 떠나나요?” 랜드가 말했다. “진짜로 일찍요?” 어쩌면 그런 일이 벌어지기 전에 떠날지도 몰랐다.

“날이 밝자마자.” 수호자가 대답했다.

휴게실을 나서면서 맷은 낮은 소리로 노래를 흥얼거렸고, 페린은 새로 배운 스텝을 연습해 보겠다고 잠깐씩 멈추었으며, 톰은 기분이 좋아진 채 그들에게 합류했다. 계단으로 가는 동안 란의 얼굴은 무표정했다.

“나이니브는 어디서 자요?” 맷이 물었다. “피치 씨가 우리 방이 마지막이랬는데.”

“침대를 넣어 놨어.” 톰이 무미건조하게 말했다. “알리스 아가씨랑, 그 여자애랑 같은 방에.”

페린은 잇새로 휘파람을 불었고, 맷은 “피와 재 같으니! 케임린의 황금을 다 준대도 에그웨인 꼴이 되고 싶진 않은데!”라고 중얼거렸다.

이번이 처음도 아니지만 랜드는 뭔가에 대해 2분 이상 진지한 생각을 할 수 있기를 바랐다. 이 순간은 그들의 꼴도 그리 편하지 않았다. “난 우유를 좀 가져올게.” 랜드가 말했다. 우유가 잠자는 데 도움이 될지도 몰랐다. **어쩌면 오늘 밤에는 꿈을 꾸지 않을지도 몰라.**

란이 날카로운 눈으로 그를 보았다. “오늘 밤에는 뭔가 잘못된 점이 있다. 멀리 가지 마라. 그리고 우린 네가 안장에 앉을 수 있을 만큼 깨어 있든, 안장에 묶여 가야 하든 상관하지 않고 떠날 거라는 것을 기억하고.”

수호자는 계단을 올라갔다. 다른 사람들도 조금 흥이 죽어 그를 좇아갔다. 랜드는 복도에 혼자 서 있었다. 주변에 그토록 많은 사람들이 있다가 사라지니 정말 외로웠다.

그는 서둘러 주방으로 갔다. 주방 종업원이 아직 일하고 있었다. 그녀는 커다란 돌그릇에서 머그잔에 우유를 한 잔 따라 주었다.

랜드가 우유를 마시며 주방에서 나왔을 때, 탁한 검은색 형체가 복도를 따라 랜드 쪽으로 다가오기 시작했다. 그 형체는 창백한 두 손으로 아래쪽 얼굴을 가리고 있던 짙은 색 두건을 젖혔다. 망토는 형체가 움직여도 가만히 늘어져 있었으며, 그의 얼굴은……. 사람의 얼굴이었지만 바위 밑의 민달팽이처럼 핏기 없이 희었고, 눈이 없었다. 기름진 검은 머리카락에서 부풀어 오른 두 뺨까지 모든 것이 달걀 껍데기처럼 매끄러웠다. 랜드는 숨이 막혀 우유를 뿜었다.

"그들 중 하나로구나, 소년." 희미한 자가 말했다. 쇠톱으로 뼈를 긁는 것처럼 목이 쉰 듯한 속삭임이었다.

랜드는 머그잔을 떨어뜨리고 물러났다. 도망치고 싶었지만 머뭇거리며 한 발씩 떼어 놓는 것 말고는 아무것도 할 수 없었다. 그 눈 없는 얼굴에서 놓여날 수가 없었다. 시선이 붙들렸고, 배 속이 얼어붙는 듯했다. 랜드는 도와 달라고 외치고 싶었다. 비명을 지르고 싶었다. 그러나 목구멍이 돌덩이 같았다. 헐떡거리는 호흡이 매번 아팠다.

희미한 자가 가까이 미끄러져 왔다. 전혀 서두르지 않았다. 놈의 발걸음에는 독사처럼 물결치는 듯한 치명적인 우아함이 있었다. 놈이 가슴에 걸치고 있는, 겹쳐진 검은 판금 갑옷 때문에 닮은 모습이 더 두드러졌다. 가느다랗고 핏기 없는 입술이 말려들며 잔인한 미소를 지었다. 눈이 있어야 하는 곳의 매끄럽고 창백한 피부 때문에 더욱 비웃는 것 같았다. 그 목소리는 본할드의 목소리가 따뜻하고 부드럽게 들릴 정도였다. "다른 자들은 어디에 있지? 여기에 있다는 건 안다. 말해라, 소년. 그러면 너를 살려 주겠다."

랜드의 등이 나무에 부딪혔다. 벽이나 문이었다. 둘 중 무엇인지 돌아볼 마음은 차마 나지 않았다. 두 발이 멈추어 서고 나니 다시 걸음을 내디딜 수가 없었다. 그는 머드랄이 가까이 미끄러져 오는 모습을 지켜보며 몸을 떨었다. 놈이 천천히 걸음을 뗄 때마다 랜드의 떨림도 심해졌다.

"말하라고 했다. 그러지 않으면……."

위에서 빠르게 장화 부딪히는 소리가 났다. 복도 위쪽 계단을 내려오는 소리였다. 머드랄은 휙 돌아서며 말을 멈추었다. 망토는 가만히 늘어져 있었다. 희미한 자는 잠시 머리를 기울였다. 눈 없는 그 시선이 나무 벽을 꿰뚫을 수 있다는 듯했다. 죽은 듯 흰 손에 칼이 나타났다. 칼날이 망토처럼 검었다. 복도의 불빛은 그 칼날의 존재에 어두해지는 것만 같았다. 장화 소리가 점점 커졌고, 희미한 자는 휙 랜드를 돌아보았다. 거의 뼈가 없는 것처럼 느껴지는 움직임이었다. 검은 칼날이 솟아올랐다. 가느다란 입술이 뒤로 젖혀지며 일그러진 비웃음을 띠었다.

랜드는 떨면서 자신이 죽으리라는 것을 깨달았다. 한밤처럼 검은 강철이 그의 머리를 베려다가…… 멈추었다.

"너는 위대한 어둠의 군주에게 속해 있다." 숨소리가 섞인, 뭔가에 갈리는 듯한 그 목소리는 석판을 손톱으로 긁는 소리처럼 들렸다. "너는 그분의 것이다."

휙 돌아 검고 흐릿한 잔상을 남기며 희미한 자는 랜드를 등지고 쏜살같이 복도를 나아갔다. 복도 끝의 그림자들이 손을 뻗어 그 형체를 끌어안자 놈은 사라졌다.

란이 마지막 계단에서 뛰어내렸다. 그는 손에 칼을 든 채 쿵하며 내려섰다.

랜드는 애써 목소리를 되찾았다. "희미한 자였어요." 랜드가 헐떡였다. "그게……." 문득 그는 칼을 떠올렸다. 머드랄이 마주 보고 있을 때는 칼 생각이 전혀 나지 않았다. 그는 이제야 허둥대며 왜가리 표시가 들어간 칼을 꺼냈다. 너무 늦었다는 것은 상관하지 않았다. "저쪽으로 달아났어요!"

란은 별생각 없이 고개를 끄덕였다. 그는 다른 소리를 듣고 있는 것 같았다. "그래. 가고 있군. 희미해지고 있다. 지금 놈을 쫓을 시간은 없다. 우린 떠난다, 양치기."

더 많은 장화 소리가 발을 헛디뎌 가며 계단을 내려왔다. 맷과 페린과 톰이 담요와 안장주머니를 어정쩡하게 들고 있었다. 맷은 아직 담요를 말아서 묶는 중이었다. 활이 팔 밑에 어색하게 끼워져 있었다.

"떠난다고요?" 랜드가 말했다. 그는 칼을 칼집에 집어넣으며 톰에게서 자기 물건을 받아 들었다. "지금이요? 밤에?"

"반인이 돌아올 때까지 기다리고 싶은가, 양치기?" 수호자가 조바심을 내며 말했다. "대여섯 놈이? 놈들은 이제 우리 위치를 안다."

“이번에도 당신들과 함께 움직이지.” 톰이 수호자에게 말했다. “대단히 반대하는 게 아니라면 말이오. 내가 당신들과 함께 도착했다는 걸 기억하는 사람이 너무 많아. 내일이 오기 전에 이곳이 당신들 친구로 알려지기에는 나쁜 장소가 될 것만 같군.”

“당신은 우리와 함께 가도 되고, 샤이올 굴로 가도 되오, 방랑 시인.” 란이 칼을 칼집에 하도 세게 밀어 넣는 바람에 칼집이 덜컥거렸다.

마구간지기가 뒷문에서 빠르게 달려와 그들을 지나치더니 모레인이 피치 씨와 함께 나타났다. 두 사람 뒤에는 에그웨인이 품에 숄을 뭉쳐서 들고 있었다. 나이니브도 있었다. 에그웨인은 거의 눈물을 터뜨릴 것처럼 겁먹은 표정이었지만, 현자의 얼굴은 냉정한 분노로 이루어진 가면 같았다.

“진지하게 들으셔야 해요.” 모레인이 여관 주인에게 말하고 있었다. “아침이면 여기에 분명히 문제가 생길 겁니다. 아마 어둠의 친구들이 찾아오겠지요. 그보다 나쁜 일일 수도 있고요. 그런 일이 닥치면 우리가 떠났다는 것을 빨리 밝히세요. 저항하지 마시고요. 누구든 간에 우리가 밤에 떠났다는 걸 알려주면 더 이상 당신을 괴롭히지 않을 겁니다. 놈들이 쫓는 건 우리예요.”

“문제 같은 건 걱정하지 마세요.” 피치 씨가 쾌활하게 대답했다. “조금도 말이지요. 내 손님들한테 문제를 일으키려는 놈이 내 여관에 찾아오면……. 글쎄요, 우리 애들이랑 나 때문에 잠깐 쉬게 될 겁니다. 잠깐 말이죠. 그리고 아가씨 일행이 어디로 언제 떠났는지에 대해서는 한마디도 듣지 못할 겁니다. 아예 여러분이 여기 왔었다는 얘기도 못 들을 거예요. 그런 놈들은 취급 안 합니다. 여기서는 누구도 여러분에 대해서 한마디도 하지 않을 겁니다. 한마디도요!”

“하지만…….”

“알리스 아가씨, 순조롭게 출발하시려면 정말로 제가 아가씨의 말들을 살펴야 합니다.” 그는 소매를 잡고 있던 모레인의 손을 풀어내고 마구간 쪽으로 종종걸음 쳤다.

모레인은 골치가 아픈 듯 한숨을 쉬었다. “정말이지 고집스러운 사람이야. 도무지 들으려 하지 않아.”

"트롤록들이 우리를 잡으러 여기 올 수도 있다고 생각해요?" 맷이 물었다.

"트롤록이라니!" 모레인이 쏘아붙였다. "당연히 아니야! 다른 걱정거리가 많아. 우리가 어쩌다 발견됐는지도 작은 문제가 아니고." 모레인은 맷이 발끈하는 것을 모른 체하고 바로 말을 이었다. "희미한 자는 우리가 여기 남아 있을 거라고 믿을 리가 없어. 지금은 놈이 우리를 찾았다는 것을 우리도 알았으니까. 하지만 피치 씨는 어둠의 친구들을 너무 가볍게 생각해. 그림자 속에 숨어 있는 비열한 인간들이라고 생각하는 거야. 하지만 어둠의 친구들은 모든 도시의 가게와 거리에도 있고, 가장 높은 위원회에도 있어. 머드랄이 그들을 보내 우리 계획을 알아낼 수 있는지 정탐하려 할 거야." 모레인은 휙 돌아서서 떠났고, 란이 그녀를 바짝 뒤쫓았다.

일행이 마구간 앞뜰로 갈 때, 랜드는 나이니브 옆에 가서 섰다. 그녀도 안장주머니와 담요를 가지고 있었다. "그럼 결국 가시는 거군요." 랜드가 말했다. **민의 말이 맞았어.**

"여기 아래층에 뭐가 있긴 **있었던** 거야?" 나이니브가 조용히 물었다. "**저 여자는** 그렇다고 했지만……." 나이니브가 갑자기 멈추어서서 랜드를 보았다.

"희미한 자요." 랜드가 대답했다. 이 말이 이렇게 침착하게 나오다니 놀라웠다. "놈이 복도에 저랑 같이 있었어요. 그다음에 란이 왔고요."

여관을 나설 때, 나이니브는 바람을 막으려고 어깨를 움츠리며 망토를 입었다. "뭔가 너희를 쫓고 있는지도 모르겠구나. 하지만 난 너희를 안전히 에먼즈 필드로 데려가려고 온 거야. 너희 모두를. 그 일이 끝날 때까지는 떠나지 않아. **저 여자** 무리링 너희만 남겨 두지는 않을 거다." 말구종들이 말에 안장을 채우느라 마구간 안에서 불빛이 움직였다.

"머치!" 여관 주인이 모레인과 함께 마구간 문 앞에 서서 외쳤다. "빨리 빨리 좀 움직여!" 그는 다시 모레인을 돌아보았다. 모레인이 말을 할 때 정말로 귀를 기울이기보다는 그녀를 달래려는 것 같았다. 다만 태도는 존중하는 식으로, 마구간지기들에게 큰소리로 명령하는 사이사이 허리를 굽신거렸다.

말들이 끌려 나왔고 마구간지기들은 이렇게 늦은 시간에 서두르느냐며 조용히 투덜거렸다. 랜드는 에그웨인의 짐을 들고 있다가 그녀가 벨라의 등에 오르자 건네주었다. 에그웨인은 두려움으로 가득 차 휘둥그레진 눈으로 랜드를 마주 보았다. **적어도 이제는 이것을 모험이라고 생각하지 않네.**

랜드는 이런 생각을 하자마자 부끄러움을 느꼈다. 에그웨인이 위험에 처한 것은 랜드와 친구들 때문이었다. 에먼즈 필드로 혼자 말을 타고 돌아간들 계속 가는 것보다는 안전할 터였다. "에그웨인, 난……."

랜드의 입 속에서 말이 잦아들었다. 에그웨인은 타 발론까지 그 먼 길을 가겠다고 말한 뒤 그냥 돌아가기에는 너무 고집이 셌다. **민이 본 건 어떻고? 에그웨인도 그 일의 일부라잖아. 빛이여, 무엇의 일부란 말입니까?**

"에그웨인." 랜드가 말했다. "미안해. 내가 더는 똑바로 생각을 못 하나 봐."

에그웨인은 허리를 숙여 그의 손을 꽉 잡았다. 마구간에서 나오는 빛에 그녀의 얼굴이 선명하게 보였다. 그녀는 전처럼 겁먹은 표정이 아니었다.

모두 말에 오르자 피치 씨가 굳이 그들을 대문까지 데려다주겠다고 했다. 마구간지기들이 등불로 앞길을 밝혔다. 둥근 배의 여관 주인은 비밀을 지키겠다고 안심시키며, 다시 오라고 인사하면서 길을 떠나는 그들에게 허리를 숙여 인사했다. 머치는 일행이 도착할 때 그랬듯 시무룩한 태도로 그들이 떠나는 모습을 지켜보았다.

랜드는 누구도 잠깐이든, 어떻게든 쉬게 만들 생각이 없는 사람이 한 명은 있다는 생각이 들었다. 머치라면 누가 묻자마자 그들이 언제 떠났는지를 비롯해, 그들에 관해 생각나는 다른 모든 것을 말할 터였다. 거리를 따라 조금 이동한 뒤 랜드는 뒤를 돌아보았다. 한 사람이 등불을 높이 들고 그들의 뒷모습을 바라보며 서 있었다. 얼굴을 보지 않아도 그 사람이 머치라는 건 알 수 있었다.

그 시간에 베얼론의 거리에는 인적이 없었다. 여기저기서 희미한 빛만이 꽉 닫은 덧문 사이로 빠져나왔고, 하현달의 빛은 바람에 날려 가는 구름과 함께 밝아졌다가 희미해졌다. 그들이 골목을 지나가면 이따금 개가 짖었지만, 그것 말고는 그들의 발굽과 지방 위를 스치는 바람 소리밖에 들리지 않았다. 말을 탄 일행은 더욱 깊은 침묵을 유지하며 망토와 자신만의 생각을 걸치고 웅송그렸다.

수호자가 평소처럼 앞장섰고, 모레인과 에그웨인이 바로 뒤따랐다. 나이니브는 에그웨인 근처에 머물렀으며, 나머지 사람들은 가까이 붙어서 행렬의 뒤를 맡았다. 란은 말들이 계속 빠른 걸음으로 움직이도록 했다.

랜드는 경계하며 주변 거리를 지켜보다가 친구들도 똑같이 하고 있다는 걸 알았다. 달이 드리운 그림자들이 움직이며 복도 끝에 있던 그림자를 떠올리게 했다. 그 그림자들이 희미한 자에게 손을 뻗는 것처럼 보이던 그 모습이 떠올랐다. 나무통이 굴러가거나 다른 개가 짖는 등 멀리서 이따금 들리는 소리에 모두가 머리를 홱 돌려 댔다. 천천히 조금씩 조금씩 마을을 헤치고 나아가며 일행은 모두 란의 검은 수말과 모레인의 흰 암말에 가까이 모여들었다.

케임린 관문에서 란은 말에서 내리더니 벽에 납작하게 붙어 있는 작은 정사각형 돌 건물의 문을 주먹으로 두드렸다. 피곤해 보이는 파수꾼이 졸린 듯 얼굴을 문지르며 나타났다. 란의 말에 그의 잠은 달아났다. 그는 수호자 너머 다른 사람들을 빤히 바라보았다.

"나가고 싶다고요?" 그가 소리를 쳤다. "지금? 이 밤에? 미친 거 아뇨!"

"우리가 떠나는 걸 금지하는 총독님의 명령이 있는 게 아니라면요." 모레인이 말했다. 그녀도 란처럼 말에서 내렸지만 문으로 다가가지는 않았다. 그녀는 어두운 거리로 쏟아져 들어오는 빛이 채 미치지 않는 뒤쪽에 남아 있었다.

"딱히 그런 명령이 있는 것은 아닌데요, 아가씨." 파수꾼이 모레인의 얼굴을 알아보려고 인상을 쓰며 그녀를 보았다. "하지만 관문은 일몰부터 일출까지 닫혀 있습니다. 낮이 아니면 아무도 들어오지 못해요. 그게 명령입니다. 아무튼 밖에는 늑대들도 있고요. 지난주에만 소를 10여 마리나 죽였어요. 사람도 똑같이 쉽게 죽일 겁니다."

"아무도 들어오지 못한다는 얘기는 있지만 떠나는 것을 막는 명령은 없죠." 모레인은 그것으로 문제가 해결된다는 듯 말했다. "그렇죠? 우린 당신에게 총독의 명령을 거역하라는 게 아니에요."

란이 파수꾼의 손에 뭔가를 밀어 넣었다. "수고비요." 그가 중얼거렸다.

"그렇군요." 파수꾼이 천천히 말했다. 그는 손을 힐끗 보았다. 금빛이 반짝이더니, 그가 서둘러 주머니에 금화를 집어넣었다. "그러고 보니 나가는 걸 막는 명령은 없었던 것 같네요. 잠시만 기다리세요." 그는 안으로 다시 고개를 집어넣었다. "아린! 다! 이리 나와서 성문 여는 것 좀 도와줘. 나가고 싶다는 분들이 있어. 말대꾸하지 말고. 그냥 해."

안에서 파수꾼 두 사람이 더 나타나더니 그대로 멈추어 서서 떠나기를 기다리는 일행 여덟 명을 빤히 바라보았다. 졸리면서도 놀란 듯했다. 그들은 첫 번째 파수꾼이 재촉하자 발을 질질 끌며 걸어가 성문을 가로지르는 두꺼운 막대를 들어 올리는 커다란 바퀴를 돌렸다. 그런 다음 크랭크를 돌려 성문을 열기 시작했다. 크랭크와 래칫이 빠르게 덜컹거리는 소리를 냈지만, 기름칠을 잘해 둔 성문은 조용히 바깥쪽으로 열렸다. 하지만 문이 4분의 1도 열리기 전에 어둠 속에서 차가운 목소리가 들려왔다.

"이게 무슨 일이냐? 이 성문은 해가 뜰 때까지 닫아 두라는 게 명령 아니었나?"

하얀 망토를 입은 다섯 남자가 초소 문에서 나온 빛이 비치는 곳으로 걸어왔다. 그들은 얼굴이 가려지도록 두건을 당겨 쓰고 있었으나 저마다 칼에 손을 대고 있었으며, 왼쪽 가슴에 수놓인 황금빛 태양은 그들의 정체를 분명히 말해 주었다. 맷이 조용히 투덜거렸다. 파수꾼들은 크랭크 돌리기를 멈추고 불안한 듯 시선을 주고받았다.

"당신들이 신경 쓸 일이 아뇨." 첫 번째 파수꾼이 공격적으로 말했다. 다섯 개의 흰 후드가 휙 돌아가 자신을 바라보자 그는 약해진 말투로 말을 맺었다. "빛의 아이들은 이곳에 아무 권한이 없단 말입니다. 총독님께서……."

"빛의 아이들은," 처음에 입을 열었던 흰 망토의 남자가 조용히 말했다. "인간이 빛 속에서 걷는 모든 곳에 권한을 행사한다. 어둠의 존재가 드리운 그림자가 통치하는 곳에서나 빛의 아이들을 거부하지. 그렇지 않은가?" 그는 파수꾼에게서 란에게로 휙 후드를 돌리더니 갑자기 수호자를 한 번 더 경계하며 바라보았다.

수호자는 움직이지 않았다. 사실 그는 아주 태연해 보였다. 그러나 그렇게까지 겁먹지 않고 빛의 아이들을 볼 수 있는 사람은 많지 않았다. 란의 돌 같은 얼굴은 구두닦이를 볼 때와 똑같은 표정이었다. 다시 입을 연 하얀 망토는 의심스러워하는 목소리였다.

"이런 시절에 밤중에 성 밖으로 나가려 하는 건 어떤 인간이지? 어둠 속에 늑대들이 도사리고 있고, 어둠의 존재가 만든 작품이 마을 위를 날아다니는 모습이 목격되었는데?" 그는 란의 이마를 가로지르며 그의 긴 머리카락을 얼굴로 흘러내리지 않게 하는, 땋은 가죽끈을 눈여겨보았다. "북부인이군. 아닌가?"

랜드는 안장에 낮게 웅크렸다. 드락카. 드락카가 틀림없었다. 저 남자가 자기가 모르는 모든 것을 어둠의 존재가 만든 작품이라고 부르는 게 아니라면 말이다. 수사슴과 사자에 희미한 자가 나타났으니 드락카도 나타나리라고 예상했어야 하지만, 그 순간에는 그런 생각이 별로 들지 않았다. 랜드는 하얀 망토의 목소리를 아는 것만 같았다.

"여행자들이다." 란이 침착하게 말했다. "당신이나 당신 패거리가 관심 가질 것은 없고."

"빛의 아이들은 모두에게 관심을 둔다."

란은 살짝 고개를 저었다. "정말로 총독과 이 이상 문제를 일으키고 싶은 건가? 총독은 마을에 들어올 수 있는 당신들의 숫자를 제한했다. 심지어 당신들에게 미행을 붙이기까지 했지. 당신들이 자기 성문에서 정직한 시민들을 괴롭힌다는 걸 알면 총독이 과연 어떻게 할까?" 그는 파수꾼들을 돌아보았다. "왜 멈춘 거요?" 파수꾼들은 망설이며 다시 크랭크에 손을 올렸다가 하얀 망토가 입을 열자 다시 망설였다.

"총독은 자기 코앞에서 무슨 일이 벌어지는 줄도 모른다. 그자가 보지도, 냄새 맡지도 못하는 악이 존재하지. 하지만 빛의 아이들은 본다." 파수꾼들이 서로를 보았다. 그들은 초소 안에 창을 두고 온 것을 후회하듯 손을 쥐락펴락했다. "빛의 아이들은 악의 냄새를 맡는다." 하얀 망토의 눈이 말 탄 사람들에게로 향했다. "우리는 그 냄새를 맡고 제거한다. 발견될 때마다 말이지."

랜드는 몸을 더욱 작게 만들려 했지만 그 움직임이 남자의 주의를 끌었다.

"이건 뭐지? 모습을 드러내기 싫어하는 사람이라니? 무슨……? 아!" 남자는 하얀 망토의 후드를 젖혔고, 랜드는 거기 있으리라고 생각했던 얼굴을 마주 보게 되었다. 본할드가 눈에 띄게 만족스러워하며 고개를 끄덕였다. "파수꾼, 내가 너를 크나큰 재앙에서 건져준 것이 분명하다. 너희가 빛으로부터 탈출하게 도와주려던 이자들은 어둠의 친구들이다. 너희를 총독에게 신고해 기강을 바로잡게 하거나, 질문자들에게 넘겨 오늘 밤에 너희가 품었던 진짜 의도를 드러내도록 해야겠다." 그는 파수꾼이 두려워하는지 눈여겨보며 잠시 말을 멈추었다. 파수꾼에게는 아무 효과가 없는 것 같았다. "그건 원하지 않겠지? 대신 내가 이 악당들을 우리 야영지로 데려가겠다. 그러면 이들이 빛 속에서 질문을 받을 수 있을 것이다. 너 대신 말이다. 아닌가?"

"나를 네 야영지로 데려가겠다고, 하얀 망토?" 모레인의 목소리가 갑자기 사방에서 동시에 들려왔다. 그녀는 빛의 아이들이 다가올 때 어두운 곳으로 물러났다. 그녀의 주변에 그림자가 무리 지어 있었다. "내게 질문하겠다고?" 그녀가 한 발 앞으로 나서자 어둠이 그녀를 감쌌다. 어둠에 모레인의 키가 더 커 보였다. "내 앞길을 막겠다는 거냐?"

모레인이 한 걸음 더 나서자 랜드는 헛숨을 들이켰다. 모레인은 **실제로** 키가 커져 있었다. 그녀의 머리 높이가 회색 말에 타고 있는 랜드와 같았다. 그림자가 먹구름처럼 그녀의 얼굴에 모여들었다.

"아이즈 세다이다!" 본할드가 소리쳤다. 다섯 자루의 칼이 그들의 칼집에서 휙 뽑혀 나왔다. "죽어라!" 다른 넷은 망설였지만 본할드는 칼을 빼는 그 동작으로 모레인을 베려 했다.

모레인이 칼날을 막으려고 지팡이를 들어 올리자 랜드가 비명을 질렀다. 섬세하게 조각한 그 나무가 세게 휘두른 강철을 막을 수 있을 리 없었다. 칼이 지팡이에 닿자 불똥이 분수처럼 뿜어져 나왔다. 쉬 하는 소리가 나며 본할드는 흰 망토 일행들에게로 다시 내팽개쳐졌다. 다섯 사람이 모두 쓰러져 한데 엉켰다. 연기 덩굴이 본할드 옆 땅에 떨어진 그의 칼에서 피어올랐다. 녹아서 거의 두 동강 난 칼날이 직각으로 굽어져 있었다.

"감히 나를 공격하다니!" 모레인의 목소리가 소용돌이처럼 쩌렁쩌렁하게 울렸다. 그림자가 휘돌며 그녀에게 모여들어 후드가 달린 망토처럼 그녀를 감쌌다. 모레인은 마을 성벽만큼이나 커졌다. 그녀의 눈이 아래를 노려보았다. 벌레들을 바라보는 거인 같았다.

"가라!" 란이 소리쳤다. 번개처럼 빠른 단 한 번의 동작으로 그는 모레인의 암말 고삐를 낚아채더니 자기 안장에 뛰어올랐다. "지금!" 그가 명령했다. 수말이 내던진 돌처럼 좁은 틈으로 빠르게 빠져나가자 그의 어깨가 성문 양쪽에 스쳤다.

랜드는 잠시 얼어붙은 채 가만히 그 광경을 바라보았다. 이제는 모레인의 머리와 어깨가 성벽 위로 올라와 있었다. 파수꾼들과 빛의 아이들은 모두 겁을 먹고 모레인에게서 물러났다. 그들은 초소 앞면에 등을 댄 채 몸을 웅크렸다. 아이즈 세다이의 얼굴은 어두워 보이지 않았지만, 보름달처럼 큰 그녀의 두 눈은 랜드에게 닿았을 때 분노만이 아니라 조바심으로 번뜩이고 있었다. 랜드는 세게 침을 삼키고 클라우드의 옆구리를 걷어차며 다른 사람들을 따라 달렸다.

성벽에서 46미터 떨어진 곳에서 란이 일행을 모아들였고, 랜드는 뒤를 보았다. 모레인의 그림자 형체가 목책 위 높은 곳으로 우뚝 솟아 있었다. 그녀의 머리와 어깨가 밤하늘을 배경으로 더욱 짙은 어둠처럼 보였다. 숨겨진 달이 뿜는 은색 원광이 그 형체를 둘러쌌다. 랜드가 입을 쩍 벌린 채 지켜보는 가운데 아이즈 세다이가 성벽을 넘어왔다. 성문이 미친 듯이 닫히기 시작했다. 발이 바깥 땅에 닿는 순간, 모레인은 갑자기 평소의 크기로 돌아왔다.

"성문을 열어 둬라!" 불안한 목소리가 성벽 안에서 외쳤다. 랜드는 그 사람이 본할드일 것이라고 생각했다. "우린 놈들을 쫓아야 한다, 잡아야 한다!" 하지만 파수꾼들은 문 닫는 속도를 늦추지 않았다. 성문이 쾅 닫히더니 잠시 후 빗장이 쿵 소리를 내며 제자리로 돌아가 성문을 봉했다. **어쩌면 저 하얀 망토들 중에도 본할드만큼 아이즈 세다이랑 대적하고 싶지는 않은 사람들이 있을 거야.**

모레인은 서둘러 알딥에게 가 흰 암말의 코를 한 차례 어루만지더니 뱃대끈에 지팡이를 끼워 넣었다. 이번에는 랜드도 굳이 보지 않고서도 지팡이에 팬 자국조차 남지 않았다는 것을 알 수 있었다.

"거인보다 커지셨어요." 에그웨인이 숨을 헐떡이며 벨라의 등에서 몸을 돌려 말했다. 맷과 페린이 아이즈 세다이에게서 슬금슬금 멀어지긴 했지만 다른 사람은 아무도 입을 열지 않았다.

"내가?" 모레인은 안장으로 훌쩍 올라타며 별생각 없다는 듯이 말했다.

"제가 봤어요." 에그웨인이 대꾸했다.

"밤에는 마음이 장난을 부리곤 하지. 눈에 실제로 없는 게 보이는 거야."

"지금은 장난질할 때가 아니에요." 나이니브가 화를 내며 입을 열었지만 모레인이 그 말을 잘랐다.

"장난질할 때는 정말 아니죠. 우린 수사슴과 사자에서 얻었던 걸 여기서 잃을 수도 있었어요." 그녀는 성문을 돌아보며 고개를 저었다. "드락카가 땅에 없다는 것만 믿을 수 있어도." 그녀는 자신을 나무라듯 코웃음 치더니 덧붙였다. "머드랄이 정말로 눈이 멀기만 했어도. 하긴 소원대로만 된다면 정말로 불가능한 모든 일을 소원으로 빌겠지. 상관없어. 놈들은 우리가 갈 수밖에 없는 곳을 알고 있지만 운이 따라 준다면 우리가 한발 앞서가는 거야. 란!"

수호자는 동쪽으로 가서 케임린 대로에 접어들었고, 나머지 일행은 그를 바짝 따라갔다. 단단히 다져진 흙에 말발굽이 율동감 있게 부딪혔다.

그들은 무리하지 않는 속도를 유지했다. 아이즈 세다이의 도움을 받지 않고도 말들이 몇 시간씩 나아갈 수 있는 빠른 걸음이었다. 하지만 길을 나선 지 한 시간도 채 되지 않아 맷이 지나온 길을 가리키며 외쳤다.

"저거 봐!"

모두 고삐를 당기고 그쪽을 보았다.

누군가가 집채만 한 모닥불을 피운 것처럼 베얼론의 밤하늘이 불길로 환했다. 그 불이 구름의 아래쪽 면을 붉게 물들이고 있었다. 불똥이 바람을 타고 하늘로 확 솟구쳤다.

"난 경고했어." 모레인이 말했다. "하지만 그 사람이 진지하게 듣지 않으려 했지." 알딥이 옆걸음 쳤다. 아이즈 세다이가 느끼는 답답함을 반영한 듯했다. "진지하게 듣지 않으려 했어."

"여관에 불이 난 거예요?" 페린이 말했다. "저게 수사슴과 사자라고요? 그걸 어떻게 알아요?"

"우연한 사건이 얼마나 벌어질 거라고 생각하는 거냐?" 톰이 물었다. "가능성만 생각하면 총독의 집일 수도 있겠지. 하지만 아니야. 창고나 누구 집 부엌에서 난 불도 아니고, 너희 할머니 댁 건초가 타는 것도 아니다."

"오늘 밤에는 우리한테 빛이 조금 비추려나 보군." 란이 말하자 에그웨인이 화가 나서 그를 돌아보았다.

"어떻게 그런 말을 해요? 가엾은 피치 씨의 여관이 불타고 있는데! 사람들이 다칠 수도 있다고요!"

"놈들이 여관을 공격했다면," 모레인이 말했다. "우리가 마을에서 빠져나왔다는 사실과 내가……. 보여 준 모습은 눈에 띄지 않았을 거야."

"우리가 그렇게 생각하기를 머드랄이 바라는 게 아니라면 말입니다." 란이 덧붙였다.

모레인이 어둠 속에서 고개를 끄덕였다. "그럴 수도 있죠. 아무튼 우린 계속 가야 해요. 오늘 밤에는 별로 쉴 시간이 없겠군요."

"너무 쉽게 말하네요, 모레인." 나이니브가 소리쳤다. "여관 사람들은 어쩌고요? 사람들이 다칠 게 틀림없어요. 여관 주인은 당신 때문에 생계를 잃었고! 빛 속을 걷는다고 그렇게 말하더니 여관 주인은 한순간도 생각하지 않고 갈 태세로군요. 여관 주인이 난처하게 된 건 당신 때문입니다!"

"저 셋 때문이오." 란이 화를 내며 말했다. "불도, 부상자도, 이런 사건도……. 전부 저 셋 때문이오. 값을 치러야 한다는 사실 자체가 값을 치를 가치가 있다는 증거요. 어둠의 존재는 당신 마을의 저 아이들을 원하고 있소. 그자가 이토록 심하게 원하는 거라면, 모두 그자의 손에 넘어가서는 안 됩니다. 아니면 차라리 희미한 자에게 저 애들을 넘겨줄까요?"

"그만해요, 란." 모레인이 말했다. "그만해요. 현자님, 당신은 내가 피치 씨와 여관 사람들을 도울 수 있다고 생각하나요? 그래요, 맞는 말입니다." 나이니브가 뭔가 말하려 했지만 모레인이 손을 내저으며 말을 이었다. "나 혼자 돌아가서 도움을 줄 수 있어요. 당연히 큰 도움이 되지는 않겠죠. 큰 도움을 주면 내가 도운 사람들이 관심을 받게 될 테니까. 그 사람들로서는 별로 달갑지 않은 관심 말이에요. 마을에 빛의 아이들이 들어와 있으니 더욱 그렇고. 게다가 그렇게 하면 나머지 당신들을 지켜 줄 사람은 란밖에 남지 않습니다. 란은 실력이 뛰어나지만, 머드랄과 트롤록 권단이 당신들을 발견한다면 란만으로는 부족해요. 물론 우리 모두가 돌아가는 방법도 있습니다. 내가 눈에 띄지 않고 모두를 다시 베얼론에 들어가게 할 수 있을지는 잘 모르겠지만요. 그렇게 하면 누군지는 몰라도 저 불을 지른 자에게 여러분 모두가 노출되겠지요. 하얀 망토들은 말할 것도 없고. 당신이 나라면 어떤 방법을 선택하시겠어요, 현자님?"

"난 뭐라도 할 거예요." 나이니브가 마지못해 중얼거렸다.

"어둠의 존재에게 승리를 안겨 줄 가능성도 그만큼 커지겠군요." 모레인이 대꾸했다. "그자가 원하는 게 무엇인지, 누구인지 기억하세요. 우린 전쟁을 하고 있는 겁니다. 기알단에 있는 모든 사람만큼 확실하게요. 단지 그곳에서는 수천 명이 싸우고 있고 여기에는 우리 여덟뿐이지요. 피치 씨에게 금을 보내도록 하겠습니다. 수사슴과 사자를 다시 지을 만한 돈이에요. 타발론까지 추적할 수 없는 금입니다. 그리고 다친 사람도 도와주지요. 그 이상은 그들을 위험에 빠뜨릴 뿐입니다. 아시겠지만 전혀 간단한 문제가 아니에요. 란." 수호자는 말 머리를 돌려 다시 길을 나아갔다.

랜드는 이따금 뒤를 돌아보았다. 결국 보이는 것이라고는 구름에 비치는 빛 말고는 없었다. 그다음에는 그 빛마저 어둠 속으로 사라졌다. 민이 무사했으면 좋겠다는 생각이 들었다.

수호자가 그들을 이끌고 단단한 흙길에서 벗어난 다음 말에서 내렸을 때는 아직 모든 것이 칠흑처럼 어두웠다. 랜드는 새벽까지 겨우 두 시간쯤이 남았을 것이라고 생각했다. 그들은 안장을 내리지 않은 채로 말을 묶어 두고, 불을 피우지 않은 채 야영했다.

"한 시간이다." 자기만 빼고 모두가 담요를 뒤집어쓰자 란이 경고했다. 그는 일행이 자는 동안 보초를 설 예정이었다. "한 시간 뒤에 떠나야 한다." 침묵이 내려앉았다.

몇 분 뒤 맷이 랜드에게 간신히 들리도록 속삭였다. "대브가 그 오소리를 어떻게 했을지 궁금해." 랜드는 조용히 고개를 저었고, 맷은 망설였다. 마침내 그가 말했다. "있잖아, 랜드. 난 우리가 안전한 줄 알았어. 타렌강을 건넌 이후로는 아무 징조도 보이지 않았고, 그다음엔 도시에 갔잖아. 성벽으로 둘러싸여 있었다고. 난 우리가 안전한 줄 알았어. 그러더니 그런 꿈을 꾸고. 희미한 자도 나타나고. 우리가 다시 안전해지기는 할까?"

"타 발론에 도착할 때까지는 아니겠지." 랜드가 말했다. "모레인이 그랬잖아."

"그다음에는 안전해질까?" 페린이 조용히 물었다. 세 사람 모두가 어두운 더미처럼 보이는 아이즈 세다이를 보았다. 란은 어둠 속에 녹아들어 있었다. 어디에 있는지 도무지 알 수 없었다.

랜드가 갑자기 하품했다. 그 소리를 듣고 두 친구가 신경질적으로 움찔거렸다. "좀 자는 게 좋겠어." 랜드가 말했다. "깨어 있는다고 답이 나오는 건 아니잖아."

페린이 조용히 말했다. "모레인이 뭔가 했어야 했어."

아무도 답하지 않았다.

랜드는 뿌리를 피하려고 움찔거리며 옆으로 누웠다가, 뒤로 누워 본 다음 돌이 느껴지자 굴러 내려와 엎드렸다. 다시 뿌리가 느껴졌다. 그들이 멈춰 선 곳은 별로 좋은 야영지가 아니었다. 수호자가 타렌강에서부터 북쪽으로 이동하며 선택했던 곳과는 달랐다. 랜드는 옆구리를 찔러 오는 뿌리들 때문에 꿈을 꾸게 될까 생각하며 잠들었고, 어깨에 닿는 란의 손길에 잠에서 깼다. 옆구리가 아팠지만 무슨 꿈을 꿨더라도 기억나지 않는 것은 다행스러웠다.

새벽이 오기 직전이라 여전히 어두웠지만, 일단 담요를 말아서 안장 뒤에 싣자 란은 일행에게 다시 동쪽으로 말을 몰도록 했다. 그들은 해가 뜰 때쯤 눈을 게슴츠레하게 뜬 채 빵과 치즈, 물을 아침으로 먹었다. 먹으면서도 말에서 내리지 않고 바람을 막느라 망토를 뒤집어쓰고 몸을 옹송그렸다. 란만은 달랐다. 그는 음식을 먹었지만 눈이 게슴츠레하지도 않았으며 몸을 웅크리지도 않았다. 그는 색깔이 변하는 망토로 다시 갈아입은 뒤였다. 그 망토가 여러 가지 색조의 회색과 녹색으로 변하며 그의 주변에서 펄럭였다. 란이 그 망토에 쏟은 관심이라고는 칼을 쓰는 팔에 방해가 되지 않도록 한 것뿐이었다. 그는 여전히 무표정했지만 언제라도 기습이 닥칠 것을 예상하는 듯 계속 주위를 살폈다.

18장 케임린 대로

케임린 대로는 투 리버스를 가로지르는 북쪽 대로와 크게 다르지 않았다. 물론 폭은 상당히 넓었고 훨씬 더 많은 사람이 오갔기에 닳아 있기는 했다. 그러나 단단히 다져진 흙길 양옆에는 투 리버스에 있어도 이상하지 않을 나무들이 늘어서 있었다. 잎이 난 나무가 상록수밖에 없었기에 더욱 그렇게 보였다.

다만 지형 자체는 달랐다. 정오가 되자 일행은 나지막한 구릉 지대에 접어들었다. 도로는 이틀간 언덕 사이로 이어졌다. 언덕의 폭이 넓어서 돌아가려면 한참 돌아가야 하지만 높이가 넘기 어려울 정도로 높지 않을 때는 언덕을 가로질러 가기도 했다. 매일 태양의 각도가 바뀌는 것을 보면 보기에는 동쪽으로 곧게 이어지는 그 길이 사실은 남쪽으로 완만하게 휘어지는 것이 분명했다. 예전에 랜드는 알비어 씨의 낡은 지도를 보며 공상에 잠기고는 했다. 에먼즈 필드의 소년들 태반이 그랬다. 기억을 떠올려 보니 이 도로는 압셔의 언덕이라고 불리는 무언가를 돌아서 화이트브리지로 이어졌다.

앞과 뒤는 물론 주위의 시골도 잘 보이는 언덕 꼭대기에 오르면 란은 때로 일행에게 말에서 내리라고 했다. 수호자는 일행이 다리를 펴거나 나무 밑에 앉아 식사하는 동안 주위를 살폈다.

“치즈가 참 맛있었는데.” 베얼론을 떠난 지 사흘째 되는 날 오후에 에그웨인이 말했다. 그녀는 나무 둥치에 기대고 앉아 점심 식사를 보며 인상을 찡그렸다. 아침에도 먹은 음식이고, 저녁에도 먹을 음식이었다. “차 한잔 마실 기회가 없네. 따뜻한 차 한잔.” 그녀는 망토를 바싹 끌어당기고 휘몰아치는 바람을 피해 보려고 나무 주위에서 움직였으나 별 소용은 없었다.

“피로에는,” 나이니브가 모레인에게 말했다. “납작풀 차와 앤딜레이 뿌리가 가장 좋소. 머리를 맑게 해 주고 지친 근육의 통증을 무디게 해 주지.”

“그렇겠지요.” 아이즈 세다이가 나이니브를 흘겨보며 중얼거렸다.

나이니브는 입을 꽉 다물었지만 똑같은 말투로 말을 이어 나갔다. “자, 꼭 잠을 자지 않고 버텨야겠다면…….”

“차는 안 된다!” 란이 에그웨인에게 날카롭게 말했다. “불을 피우면 안 돼! 아직 보이지는 않지만 놈들이 저 뒤 어딘가에 있다. 희미한 자 한둘과 놈들이 데리고 다니는 트롤록들 말이야. 놈들은 우리가 이 길로 간다는 것을 알고 있어. 우리의 정확한 위치를 알려 줄 필요는 없다.”

“누가 마시겠대요?” 에그웨인은 망토에 얼굴을 묻은 채 웅얼거렸다. “그냥 아쉽다는 거지.”

“놈들이 우리가 이 길로 가는 줄 안다면,” 페린이 물었다. “들판을 가로질러서 곧장 화이트브리지로 가지 그래요?”

“아무리 란이라도 길을 따라갈 때처럼 빠르게 길이 없는 곳을 가로지를 수는 없어.” 모레인이 나이니브의 말을 끊고 말했다. “압셔 언덕을 가로지를 때는 특히 그렇고.” 현자는 짜증스럽다는 듯 한숨을 쉬었다. 랜드는 그녀가 무슨 일을 하려는 것인지 궁금했다. 나이니브는 첫날에 아이즈 세다이를 완전히 모르는 체하더니, 그 후로 오늘까지 이틀 동안은 모레인에게 약초 이야기를 하려 했다. 모레인은 현자에게서 멀어지며 말을 이었다. “길이 왜 압셔 언덕을 피해 휘어져 있겠니? 우린 결국 이 도로로 돌아와야 해. 놈들이 우리를 쫓는 게 아니라 우리 앞에 있는 것을 보게 될지도 몰라.”

랜드는 설마 하는 표정을 지었고, 맷은 “멀리도 돌아가네” 같은 말을 중얼거렸다.

"오늘 아침에 농장을 하나라도 봤나?" 란이 물었다. "굴뚝에서 피어오르는 연기라든가? 못 봤다면 그건 베얼론에서 화이트브리지로 가는 길이 전부 황무지이기 때문이다. 우린 화이트브리지를 통해 아리넬강을 건너야 해. 살데이아에서는, 마라돈 남쪽에서는 아리넬강을 가로지르는 다리가 거기밖에 없다."

톰이 콧바람을 훅 불어 콧수염을 날렸다. "놈들이 화이트브리지에 먼저 가 있지 못하게 막을 사람은 있소? 꼭 사람이 아니더라도 말이오."

서쪽에서 뿔나팔 소리가 들렸다. 란이 머리를 홱 돌려 지나온 길을 바라보았다. 랜드는 한기를 느꼈다. 침착함을 잊지 않은 마음 한구석에서 소리가 들려오는 곳이 멀어 봐야 18킬로미터 떨어진 곳이라는 생각이 떠올랐다.

"놈들을 막을 존재는 없소, 방랑 시인." 수호자가 말했다. "우린 빛과 행운을 믿을 뿐이오. 어쨌든 지금 트롤록들이 우리를 따라오고 있다는 건 확실하고."

모레인이 양손을 털었다. "움직일 시간이에요." 아이즈 세다이가 흰 암말에 올라탔다.

이로써 말들이 서둘러 움직이기 시작했다. 그들의 움직임은 두 번째 뿔나팔 소리에 더욱 빨라졌다. 이번에는 다른 뿔나팔 소리가 처음 소리에 응답했다. 그 가느다란 소리들이 장송곡처럼 서쪽에 맴돌았다. 랜드는 언제든 클라우드를 타고 전력 질주할 준비를 했다. 다른 사람들도 모두 똑같이 급한 마음으로 고삐를 잡았다. 란과 모레인만이 예외였다. 수호자와 아이즈 세다이는 오랫동안 눈싯을 주고받있다.

"일행을 계속 데려가십시오, 모레인 세다이." 결국 란이 말했다. "최대한 빨리 돌아오겠습니다. 제가 실패하면 알게 되실 겁니다." 란은 만다브의 안장을 짚고 검은 수말의 등에 올라타더니 서쪽을 향해 빠르게 언덕을 달려 내려갔다. 뿔나팔 소리가 다시 울렸다.

"빛이 함께하시길, 일곱탑의 마지막 주인이여." 모레인의 목소리는 자칫 들리지 않을 정도로 작았다. 그녀는 깊은 숨을 한 차례 쉬고 돌아서더니 알딥의 머리를 동쪽으로 돌렸다. "가야 해." 그녀는 그렇게 말하더니 천천히 안정적인 종종걸음으로 움직이기 시작했다. 일행은 따닥따닥 한 줄로 늘어서서 그녀를 뒤쫓았다.

랜드는 란을 돌아보려고 안장에 앉은 채 몸을 돌렸지만 수호자는 이미 나지막한 언덕과 잎사귀 없는 나무들 사이로 사라진 뒤였다. 모레인은 란을 일곱탑의 마지막 주인이라고 불렀다. 무슨 뜻인지 궁금했다. 랜드를 제외하면 아무도 그 말을 듣지 못한 것 같았지만, 톰만은 콧수염 끝을 씹으며 의심스럽다는 듯 인상을 쓰고 있었다. 방랑 시인은 아주 많은 것을 아는 듯했다.

등 뒤에서 뿔나팔 소리와 응답하는 소리가 한 번 더 났다. 랜드는 안장에서 움직거렸다. 이번에는 더 가까운 곳에서 소리가 났다. 확실했다. 15킬로미터. 어쩌면 13킬로미터일지도 몰랐다. 맷과 에그웨인이 어깨 너머를 돌아보았고, 페린은 뭔가가 등을 후려치기라도 할 것처럼 웅크렸다. 나이니브가 모레인을 따라잡더니 그녀에게 말했다.

"더 빨리 갈 수 없나요?" 그녀가 물었다. "뿔나팔 소리가 가까워지고 있소."

아이즈 세다이는 고개를 저었다. "놈들이 왜 자기 위치를 우리한테 알릴까요? 우리가 앞에 뭐가 있는지 생각도 안 하고 서두르기를 바라는 것일지도 모르죠."

그들은 계속 안정적인 속도로 움직였다. 일정한 간격을 두고 등 뒤에서 뿔나팔이 울부짖었다. 그럴 때마다 소리가 점점 더 가까워졌다. 랜드는 얼마나 가까워졌는지 생각하지 않으려고 애썼다. 하지만 그 생각은 금속성 나팔 소리가 들릴 때마다 굳이 청하지 않아도 찾아왔다. 9킬로미터. 란이 갑자기 전속력으로 말을 달려 그들 뒤쪽 언덕을 돌아서 나왔을 때 랜드는 그렇게 생각하고 있었다.

란은 수말의 고삐를 당기며 모레인과 말 머리를 나란히 했다. "트롤록 권단이 최소 셋 있습니다. 권단마다 반인 하나가 이끌고 있고요. 권단이 다섯일 수도 있습니다."

"놈들이 보일 만큼 가까이 갔다면," 에그웨인이 걱정스럽다는 듯 말했다. "놈들도 당신을 봤을 수 있어요. 당신을 바짝 따라왔을지도 몰라요."

"놈들은 란을 보지 못했을 거다." 모두가 자신을 바라보자 나이니브는 가슴을 폈다. “기억하겠지만 내가 저 사람의 흔적을 쫓은 적이 있어서 알아.”
“쉿.” 모레인이 명령했다. “란은 우리를 따라오는 트롤록이 500마리 있을지도 모른다는 얘기를 했어요.” 일행이 충격에 빠지자 침묵이 흘렀다. 란이 다시 입을 열었다.
“게다가 거리도 가까워지고 있다. 한 시간도 못 돼서 우리를 따라잡을 거야.”
아이즈 세다이는 반쯤 혼잣말로 말했다. “전에도 수가 그렇게 많았다면 에먼즈 필드에서는 왜 활용하지 않은 걸까요? 그때는 수가 이렇게 많지 않았다면 어떻게 그 이후로 여기에 온 거죠?”
“놈들은 우리를 몰아가려고 멀찍하게 흩어져 있습니다.” 란이 말했다. “주력 부대 앞에 정찰병들이 배치돼 있고요.”
“어디로 몰아갈까요?” 모레인이 생각에 잠겼다. 그녀에게 대답하기라도 하듯 서쪽 멀리서 뿔나팔 소리가 들렸다. 이번에도 긴 신음 같은 그 소리에 다른 소리가 응답했다. 다른 소리는 모두 일행 앞쪽에서 들려왔다. 모레인은 알딥을 멈추어 세웠다. 일행도 모레인을 따라 말을 세웠다. 톰과 에먼즈 필드 사람들은 두려워하며 주위를 둘러보았다. 그들의 앞에서, 또 뒤에서 뿔나팔이 울부짖었다. 랜드는 나팔 소리에 의기양양한 기색이 어려 있다고 생각했다.
“이제 어찌할 거요?” 나이니브가 화를 내며 물었다. “어디로 갑니까?”
“남은 길은 북쪽이나 남쪽뿐이에요.” 모레인이 말했다. 현자에게 대답한다기보다는 생각을 소리 내서 말하는 것 같았다. “남쪽에는 황량하고 생명이라고는 없는 압서 언덕과 다리로든, 배로든 건널 수 없는 타렌강이 있죠. 북쪽으로 가면 밤이 오기 전에 아리넬강에 도착할 수 있어요. 장사꾼의 배가 있을 가능성도 있고. 마라돈의 얼음이 녹았다면 말이지만.”
“트롤록들이 절대 가지 않을 만한 곳이 한 군데 있습니다.” 란이 말했다. 모레인이 홱 고개를 돌렸다.
“안 돼요!” 그녀는 수호자를 손짓해 불렀고, 수호자는 일행이 엿듣지 못하도록 그녀 쪽으로 고개를 숙이고 말했다.
뿔나팔 소리가 났다. 랜드의 말이 긴장해서 마구 움직였다.

"우릴 겁주려는 거다." 톰이 자기 말을 진정시키려 애쓰며 으르렁거리듯 말했다. 반쯤은 화가 나고, 반쯤은 트롤록들에게 정말로 겁먹은 듯한 목소리였다. "우리가 당황해 도망칠 때까지 겁주려는 거야. 그런 다음에 잡으려고."

에그웨인은 뿔나팔 소리가 한 번 들려올 때마다 이리저리 휙휙 고개를 돌렸다. 처음에는 앞을, 그다음에는 뒤를 돌아보았다. 처음으로 보이는 트롤록을 찾으려는 것 같았다. 랜드도 똑같이 하고 싶었지만 애써 마음을 숨겼다. 그는 클라우드를 에그웨인 쪽으로 몰아갔다.

"북쪽으로 갑니다." 모레인이 선언했다.

그들이 길을 떠나 주변의 언덕으로 종종걸음 치기 시작하자 뿔나팔이 날카롭게 울렸다.

언덕은 낮았지만 가는 길은 오르막도 내리막도 경사가 심했다. 평탄하게 이어지는 부분은 하나도 없었다. 머리 위에는 헐벗은 나뭇가지가 드리워져 있었고, 죽은 덤불을 헤치고 가야 했다. 말들은 고생스럽게 경사로를 올라가고 난 뒤 반대쪽으로 느릿느릿 내려가야 했다. 란이 속도를 높였다. 그들이 평소 길을 다니던 속도보다 빨랐다.

나뭇가지들이 랜드의 얼굴과 가슴을 후려쳤다. 오래된 덩굴 식물이 팔에 얽혔다. 이따금 발이 그런 식물에 걸려 등자에서 빠지기도 했다. 흐느끼는 듯한 뿔나팔 소리가 더욱 가까워졌다. 더욱 자주 들렸다.

란이 아무리 재촉해도 일행의 속도는 별로 빨라지지 않았다. 그들은 한 걸음을 내디딜 때마다 두 걸음 앞서가거나 뒤처졌다. 그렇게 내딛는 한 걸음 한 걸음이 모두 허둥지둥 애써 내딛는 걸음이었다. 게다가 뿔나팔 소리가 가까워지고 있었다. **4킬로미터.** 란은 생각했다. **그만큼도 안 될지 몰라.**

잠시 후 란은 양쪽을 번갈아 보기 시작했다. 단단한 평면으로 이루어진 그의 얼굴은 랜드가 보았던 걱정스러워하는 모습에 그 어느 때보다도 가까웠다. 한번은 수호자가 등자를 밟고 서서 지나온 길을 돌아보았다. 랜드가 보기에는 나무뿐이었다. 란은 다시 안장에 앉더니 다시 숲을 살피며 무의식적으로 망토를 젖혀 칼을 드러냈다.

랜드는 질문을 던지듯 맷과 눈을 마주쳤지만, 맷은 수호자의 등을 보며 인상을 찌푸리고 무력하게 어깨를 으쓱할 뿐이었다.

그때 란이 어깨 너머로 말했다. "근처에 트롤록들이 있다." 그들은 언덕 꼭대기로 올라가 반대쪽으로 내려가기 시작했다. "다른 놈들보다 먼저 파견된 정찰병이야. 아마 그럴 거다. 놈들과 마주치게 되면 반드시 나한테 바짝 붙어서 내가 하는 대로 해라. 우린 가던 길을 계속 가야 한다."

"피와 재 같으니!" 톰이 투덜거렸다. 나이니브는 에그웨인에게 바싹 붙으라고 손짓했다.

엄폐물다운 엄폐물은 흩어져 서 있는 상록수뿐이었지만, 랜드는 동시에 모든 방향을 살펴보려 애썼다. 상상력이 곁눈으로 보이는 잿빛 나무 둥치를 트롤록들로 바꿔 놓았다. 뿔나팔 소리도 더 가까이서 들렸다. 바로 등 뒤였다. 확실했다. 등 뒤에서 가까워지고 있었다.

그들은 다른 언덕 꼭대기에 이르렀다.

발밑에서, 이제 막 경사로에 접어든 트롤록들이 밧줄로 만든 커다란 올가미나 기다란 갈고리가 달린 막대를 들고 올라왔다. 놈들의 대열이 양쪽으로 멀리까지 이어졌다. 끝이 보이지 않았다. 대열의 한가운데, 란의 바로 앞에 희미한 자가 말을 타고 있었다.

머드랄은 언덕 위에 인간들이 나타나자 망설이는 것 같았지만, 다음 순간에는 검은 칼날이 달린 칼을 꺼냈다. 랜드로서는 떠올리기만 해도 토할 것 같은 기분이 드는 칼이었다. 머드랄은 머리 위로 그 칼을 휘둘렀다. 트롤록 대열이 앞으로 돌격했다.

머드랄이 움직이기도 전에 란은 칼을 뽑아 들었다. "나한테 붙어라!" 그가 소리쳤다. 만다브가 트롤록들을 향해 경사로를 달려 내려갔다. "일곱탑을 위하여!" 란이 외쳤다.

랜드는 침을 꿀꺽 삼키고, 옆구리를 차서 회색 말을 앞으로 몰아갔다. 일행 전체가 수호자를 따라 빠르게 달렸다. 그는 자기 손에 탬의 칼이 쥐어져 있는 것을 보고 놀랐다. 랜드는 란의 함성에 휩쓸려 어느새 함께 고함을 지르고 있었다. "마네세렌! 마네세렌!"

페린이 이어받았다. "마네세렌! 마네세렌!"

하지만 맷은 이렇게 소리쳤다. **"카라이 안 칼다자! 카라이 안 엘리산데! 알 엘리산데!"**

희미한 자는 트롤록들을 보다 말고 자신을 향해 돌격하는 기수들에게로 고개를 돌렸다. 놈의 머리 위에서 검은 칼이 얼어붙는가 싶더니, 놈이 쓴 고깔의 벌어진 부분이 휙 방향을 바꾸며 다가오는 기수들 사이를 살폈다.

그때 란이 머드랄에게 덤벼들었다. 동시에 인간들은 트롤록 대열을 공격했다. 수호자의 칼날이 커다란 종처럼 뎅그렁 소리를 내며 사칸다의 대장간에서 만든 검은 강철과 부딪혔다. 그 소리가 허공에 메아리쳤고, 번뜩이는 푸른빛이 막전(멀리서 치는 번개 때문에 구름 전체가 환해지는 현상-옮긴이)처럼 공기를 가득 채웠다.

짐승의 주둥이가 달린 인간과 유사한 생명체들이 인간 한 명 한 명의 주변에 우글거리며 모여들었다. 놈들은 포획용 막대와 갈고리를 휘둘러 댔다. 놈들이 피하는 건 란과 머드랄뿐이었다. 란과 머드랄은 둥근 공터에서 싸우고 있었다. 검은 말 두 필이 걸음마다 호각을 이루었고, 두 자루의 칼 또한 우열을 가리기 힘든 힘으로 서로 부딪혔다. 공기가 번뜩이며 굉음을 냈다.

클라우드는 눈을 희번덕거리며 비명을 지르며 앞발을 들었다. 녀석은 우르릉거리며 날카로운 이빨을 드러내는 주변의 얼굴들을 향해 발굽을 휘둘러 댔다. 묵직한 몸뚱이들이 어깨를 맞대고 클라우드 주변으로 몰려들었다. 랜드는 발을 가차 없이 등자에 박아 넣으며 어쨌거나 잿빛 말을 억지로 몰아갔다. 그는 란이 전해 주려 했던 얼마 안 되는 기술로 칼을 휘둘렀다. 나무를 패듯 난도질했다. **에그웨인!** 그는 잿빛 말의 옆구리를 차면서 덤불을 베듯 털투성이 몸체들을 헤치고 길을 뚫으며 애타게 그녀를 찾았다.

모레인의 흰 암말은 고삐를 쥔 아이즈 세다이의 손이 살짝만 닿아도 돌진하며 포위에서 풀려났다. 지팡이를 휘두르는 모레인의 얼굴은 란처럼 단호했다. 불길이 트롤록들을 감싸더니 땅바닥에서 움직이지 않는 일그러진 형체들만을 남기고 확 타올랐다. 나이니브와 에그웨인은 정신없이 다급하게 아이즈 세다이에게 다가갔다. 그들은 트롤록만큼이나 사납게 이를 드러내고 있었으며, 손에는 주머니칼을 쥐고 있었다. 트롤록들이 다가오면 그 짧은 칼은 아무 소용도 없을 터였다. 랜드는 그들이 있는 쪽으로 말 머리를 돌리려 했지만, 회색 말은 재갈을 문 채 날뛰었다. 클라우드는 비명을 지르고 발길질을 하며 랜드가 아무리 세게 고삐를 당겨도 기를 쓰고 앞으로 나아갔다.

세 여자 주위에는 트롤록들이 모레인의 지팡이를 피해 도망치면서 생겨난 공간이 있었다. 놈들이 피하면 모레인이 그들을 쫓아갔다. 불길이 솟구쳤고, 트롤록들은 분노와 격노에 울부짖었다. 수호자의 칼이 머드랄의 칼과 부딪히는 소리가 울리며 함성과 비명을 압도했다. 그들 주변의 공기가 푸르게 번뜩이고 또 번뜩였다. 그리고 또 한 번.

막대 끝에 달린 올가미가 랜드의 머리에 날아들었다. 랜드는 어색하게 칼을 휘둘러 포획용 막대를 둘로 갈라놓은 다음, 그 막대를 들고 있던 염소 얼굴 트롤록을 난도질했다. 뒤쪽에서 갈고리가 날아들어 어깨에 걸리고 망토에 꼬이며 랜드를 뒤로 홱 잡아당겼다. 랜드는 하마터면 칼을 잃을 뻔했지만, 떨어지지 않으려고 미친 듯이 안장 머리를 붙잡았다. 클라우드가 비명을 지르며 몸을 꼬아 댔다. 랜드는 절박하게 안장과 고삐에 매달렸다. 자신이 조금씩 조금씩 미끄러지며 갈고리 쪽으로 떨어지는 것이 느껴졌다. 클라우드가 홱 돌아섰다. 한순간 안장에서 반쯤 끌려 나온 페린이 트롤록 세 마리가 잡아챈 도끼를 빼내려고 애쓰는 모습이 보였다. 트롤록들은 페린의 한쪽 팔과 두 다리를 잡고 있었다. 클라우드가 달려들었고, 랜드의 시야에는 오직 트롤록들만이 가득 찼다.

트롤록 한 마리가 달려들어 랜드의 다리를 움켜쥐고 발을 등자에서 억지로 빼냈다. 랜드는 헐떡이며 안장을 놓고 놈을 찌르려 했다. 갈고리가 즉시 랜드를 안장에서 끌어내 클라우드의 엉덩이까지 끌어당겼다. 랜드가 떨어지지 않은 것은 그저 죽을힘을 다해 고삐를 잡고 있기 때문이었다. 클라우드가 뒷발을 딛고 일어서며 비명을 질렀다. 동시에 잡아당기던 힘이 사라졌다. 그의 다리를 붙들고 있던 트롤록이 두 손을 번쩍 들며 비명을 질렀다. 모든 트롤록이 비명을 질렀다. 세상 모든 개가 미쳐서 짖는 듯한 울음소리였다.

인간들 주변에서 트롤록들이 몸부림치며 쓰러졌다. 놈들은 자기 털을 쥐어뜯고 얼굴을 할퀴어 댔다. 모든 트롤록들이 말이다. 땅을 깨물고 존재하지 않는 상대에게 주둥이를 딱딱거렸다. 울부짖고 울부짖고 또 울부짖었다.

그때 랜드는 머드랄을 보았다. 미친 듯이 날뛰는 말의 안장에 여전히 꼿꼿이 앉아 있던 머드랄은 지금도 검은 칼을 휘두르고 있었으나 머리가 없었다.

“밤이 오기 전까지는 죽지 않을 거다.” 톰은 숨을 헐떡이며 끊이지 않는 비명을 누르고 외쳐야 했다. “완전히 죽지는 않을 거야. 어쨌든 내가 듣기로는 그렇다.”

“달려!” 란이 화난 듯 외쳤다. 수호자는 이미 모레인과 다른 두 여자를 데리고 다음 언덕을 반쯤 올라가 있었다. “이게 전부가 아니다!” 정말이었다. 동쪽에서, 서쪽에서, 남쪽에서 뿔나팔 소리가 다시 음울하게 울리며 바닥에 나뒹구는 트롤록들의 비명을 눌렀다.

놀랍게도 말에서 떨어진 사람은 맷뿐이었다. 랜드가 종종걸음 치며 맷에게 다가갔으나 맷은 자기 몸에 걸려 있던 올가미를 떨쳐 내더니 활을 집어 들고 목을 문질렀을 뿐 누구의 도움도 받지 않은 채 재빨리 안장에 올랐다.

뿔나팔이 사슴 냄새를 맡고 밀려드는 사냥개들처럼 울렸다. 란은 이미 빠른 속도를 두 배로 높였다. 말들이 내려갈 때보다도 빠르게 허우적허우적 언덕을 올라가다가 반대편으로 굴러떨어질 뻔했다. 하지만 뿔나팔 소리는 계속 더 가까워졌다. 뿔나팔 소리가 멈출 때마다 으르렁거리는 추격의 함성이 들려왔다. 결국 인간들은 언덕 꼭대기에 이르렀다. 트롤록들이 등 뒤의 다음 언덕에 나타난 바로 그 순간이었다. 그쪽 언덕 꼭대기가 트롤록들로 새카맸다. 놈들은 주둥이가 달린 일그러진 얼굴로 울부짖었다. 머드랄 셋이 그 모든 트롤록보다 더 무시무시했다. 놈들은 인간과 겨우 183미터 떨어져 있었다.

랜드의 마음이 오래된 포도처럼 쪼그라들었다. **셋이라니!**

머드랄들이 동시에 검은 칼을 들었다. 트롤록들이 낮고 의기양양하게 고함을 지르며 경사로를 타고 끓는 물처럼 내려왔다. 달려가는 그들의 머리 위로 포획용 막대들이 깐닥거렸다.

모레인이 알딥의 등에서 내려왔다. 그녀는 주머니에서 뭔가를 꺼내 포장을 풀었다. 랜드가 언뜻 보니 짙은 색의 상아, **앙그리알**이었다. 아이즈 세다이는 한 손에 **앙그리알**을, 다른 손에 지팡이를 든 채 돌격해 오는 트롤록과 희미한 자들의 검은 칼을 마주 보며 높이 들더니 땅을 쿡 찔렀다.

땅이 나무망치로 후려친 쇠 주전자처럼 울렸다. 텅 빈 뎅그렁 소리는 잦아들어 희미해졌다. 그때 잠시 침묵이 흘렀다. 모든 것이 고요해졌다. 바람이 잦아들었다. 트롤록들의 외침도 조용해졌다. 놈들의 돌격조차 느려지다가 멈추었다. 짧은 순간, 만물이 기다렸다. 그러더니 묵직하게 울리는 소리가 천천히 돌아와 낮게 우르릉대는 소리로 변했고 땅이 신음할 때까지 점점 커졌다.

클라우드의 발굽 아래에서 땅이 진동했다. 이야기에 나오는 것 같은 아이즈 세다이의 작품이었다. 랜드는 자기가 183킬로미터쯤 떨어진 곳에 있었으면 좋겠다고 생각했다. 작은 떨림은 주변 나무가 덜덜거릴 정도의 진동으로 변했다. 회색 말은 휘청거리다가 쓰러질 뻔했다. 만다브와 기수가 없는 알딥조차 술에 취한 것처럼 비틀거렸고, 말을 탄 사람들은 뭐라도 하기 위해, 떨어지지 않기 위해 고삐와 갈기에 매달렸다.

아이즈 세다이는 처음처럼 **앙그리알**을 들고 지팡이를 똑바로 언덕 위에 찔러 넣은 채 가만히 서 있었다. 그녀도, 지팡이도 꼼짝하지 않았다. 주변의 땅이 온통 흔들리고 떨렸는데도. 이제 땅은 물결치고 있었다. 파동은 그녀의 지팡이 앞에서부터 시작되어 연못에 이는 잔물결처럼 트롤록들을 향해 철썩였다. 오래된 덤불을 쓰러뜨리고 죽은 낙엽을 허공으로 날리며 점점 커지다가 땅의 파도가 되어 트롤록들을 향해 뻗어 갔다. 공터의 나무들은 소년이 손에 쥔 회초리처럼 휘둘렸다. 저 멀리 경사로에서 트롤록들이 뒤엉켜 쓰러졌다. 놈들은 땅의 분노에 뒹굴고 또 뒹굴었다.

하지만 머드랄은 주변 사방에서 땅이 솟아난 사건을 아예 인식하지 못한 것처럼 줄을 맞추어 앞으로 나왔다. 죽음처럼 검은 그들의 말은 한 치 오차도 없이 동시에 걸음을 떼어 놓았다. 검은 말 주변에서 트롤록들이 온통 나뒹굴며 울부짖었다. 놈들은 자기 몸을 들어 올리는 언덕배기를 붙들려 했다. 그러나 머드랄은 천천히 계속 다가왔다.

모레인이 지팡이를 들자 땅이 고요해졌다. 하지만 그게 전부가 아니었다.

모레인이 언덕 사이의 공터를 가리키자 바닥에서 불길이 솟구쳐 올랐다. 분수처럼 6미터까지 솟아올랐다. 그녀가 두 팔을 활짝 벌리자 불은 시야가 미치는 곳까지 좌우로 빠르게 번져 인간과 트롤록을 나누어 놓는 장벽이 되었다. 랜드는 언덕 위에 있었는데도 그 열기에 얼굴을 손으로 가릴 수밖에 없었다. 머드랄의 검은 말들은 무슨 이상한 힘을 가졌는지 몰라도 불을 바라보며 비명을 질렀다. 머드랄이 말을 후려치며 억지로 불길을 뚫고 가게 하려 했지만 말들은 앞발을 들며 기수에게 저항했다.

"피와 재 같으니." 맷이 희미하게 말했다. 랜드도 얼떨떨하게 고개를 끄덕였다.

갑자기 모레인이 휘청거렸다. 란이 자기 말에서 뛰어내려 그녀를 받아 주지 않았더라면 그대로 쓰러졌을 것이다. "계속 가." 란이 일행에게 말했다. 목소리에서 느껴지는 불쾌함이 아이즈 세다이를 안장으로 들어 올리는 부드러운 손길과는 어울리지 않았다. "저 불이 영원히 타지는 않을 거다. 서둘러! 1분 1초가 중요하다!"

불길의 장벽은 사실 영원히 탈 것처럼 기세가 등등했지만, 랜드는 말대꾸하지 않았다. 그들은 최대한 빠르게 말을 북쪽으로 몰아갔다. 멀리서 들려오는 뿔나팔 소리가 무슨 일이 벌어졌는지 이미 안다는 듯 실망스럽다는 듯 비명을 지르다가 조용해졌다.

란과 모레인이 곧 일행을 따라잡았다. 다만 란이 알딥의 고삐를 잡고 있었고, 아이즈 세다이는 두 손으로 안장 머리를 잡은 채 흔들거리고 있었다. "곧 괜찮아질 거야." 일행의 걱정스러운 표정을 보고 그녀가 말했다. 피곤하면서도 자신감 있는 목소리였다. 눈빛도 늘 그랬듯 강렬했다. "땅과 불을 다룰 때는 내가 딱히 강하지 않아서. 작은 문제야."

둘은 빠른 걸음으로 다시 행렬 맨 앞으로 갔다. 랜드는 모레인이 그보다 빠른 속도로 나아가면서 안장에 앉아 있을 수는 없다고 생각했다. 나이니브가 아이즈 세다이 옆으로 말을 몰고 가더니 한쪽 손으로 그녀를 떨어지지 않게 붙잡았다. 두 여자는 일행이 언덕을 가로지르며 잠시 나아가는 사이에 잠시 속삭였다. 그런 뒤에 현자가 자기 망토를 뒤져 모레인에게 작은 꾸러미를 내밀었다. 모레인은 꾸러미를 펼쳐 내용물을 삼켰다. 나이니브가 뭐라고 더 말하더니 속도를 늦추어 일행과 보조를 맞추었다. 그녀는 모두의 의문스러운 눈길을 못 본 체했다. 나이니브는 이런 상황에서도 약간 만족스러운 표정을 짓는 것 같았다.

랜드는 사실 현자가 무슨 일을 꾸미고 있는지 관심이 없었다. 그는 계속해서 칼자루를 문질렀고, 자기가 뭘 하는지 깨달을 때마다 놀라워하며 그 칼을 내려다보았다. **그러니까 이게 전투구나.** 전투는 별로 기억나지 않았다. 특별히 기억나는 부분은 없었다. 모든 것이 머릿속에 몰아쳤다. 털투성이 얼굴과 두려움이 한 덩어리로 녹아 있었다. 두려움과 열기가. 당시에는 전투가 한여름 정오처럼 뜨겁게 느껴졌다. 이해할 수 없었다. 얼음장 같은 바람으로 얼굴과 몸 전체의 땀방울이 얼어 버릴 것만 같았는데.

그는 두 친구를 힐끗 보았다. 맷은 망토 가장자리로 얼굴의 땀을 문질러 닦고 있었다. 페린은 멀리 있는 무언가를 바라보고 있었다. 눈에 들어오는 모습이 마음에 들지 않는지 이마에서 번들거리는 땀은 의식하지 못하는 것 같았다.

언덕이 점점 낮아졌고 땅은 평평해지기 시작했으나 란은 일행을 밀어붙이는 대신 멈추었다. 나이니브가 모레인과 다시 함께하려는 듯 움직였지만 수호자의 시선 때문에 접근하지 못했다. 수호자와 아이즈 세다이는 앞장서 말을 몰며 한데 고개를 모으고 있었다. 모레인의 몸짓을 보니 둘이 말다툼하는 것이 분명했다. 나이니브와 톰은 둘을 빤히 바라보았다. 현자는 걱정스럽게 인상을 찡그리고 있었으며, 음유시인은 숨죽여 투덜거리다가 잠시 멈추어 지나온 길을 돌아보았다. 하지만 다른 모든 사람은 아예 두 사람에게서 시선을 돌렸다. 아이즈 세다이와 수호자의 말다툼에서 무슨 이야기가 튀어나올 줄 누가 알겠는가?

몇 분 뒤 에그웨인이 조용히 랜드에게 말을 걸었다. 그녀는 아직도 말다툼하고 있는 두 사람 쪽으로 불안한 시선을 던졌다. "너희가 트롤록한테 외치던 그 소리 말이야." 그녀는 어떻게 말을 이어야 할지 잘 모르겠다는 듯 입을 다물었다.

"그게 왜?" 랜드가 물었다. 약간 어색한 느낌이 들었다. 수호자들은 얼마든지 전쟁의 함성을 질러도 괜찮겠지만, 투 리버스 사람들은 그런 일을 하지 않았다. 모레인이야 뭐라고 말하든 말이다. 아무리 그래도 에그웨인이 그걸 이유로 놀린다면……. "맷이 그 얘기를 열 번은 해 줬잖아."

"이야기 솜씨는 형편없었지만." 톰이 끼어들었다. 맷이 항의하듯 끙 소리를 냈다.

"어떤 식으로 말했든," 랜드가 말했다. "우린 그 얘기를 아주 여러 번 들었어. 게다가 뭐라도 소리쳐야 했고. 뭐, 그럴 때는 그렇게 하는 거잖아. 너도 란이 외치는 소리를 들었을 거 아냐."

"우리한텐 그럴 권리도 있어." 페린이 생각에 잠겨 덧붙였다. "모레인은 우리 모두가 마네세렌 사람들의 후손이라고 했어. 마네세렌 사람들은 어둠의 존재와 맞서 싸웠고, 우리도 어둠의 존재와 맞서 싸우고 있어. 그러니 우리한테도 권리가 있는 거야."

에그웨인은 그 말에 대한 자기 생각을 표현하기라도 하듯 코웃음 쳤다. "난 그 얘기를 한 게 아니야. 그……. 네가 외친 말은 뭐였어, 맷?"

맷은 불편한 듯 어깨를 으쓱했다. "기억 안 나." 그가 변명하듯 일행을 바라보았다. "아니, 기억 안 난다니까. 다 흐릿해. 나도 그게 뭐였는지, 어디서 나왔는지, 무슨 뜻인지 모르겠어." 그는 자조적으로 웃었다. "아무 뜻도 없었을 거야."

"난……. 내 생각엔 뜻이 있었을 거야." 에그웨인이 천천히 말했다. "네가 그 말을 외쳤을 때, 난…… 잠깐이지만, 네 말을 알아들었다고 생각했어. 지금은 전혀 기억나지 않지만." 그녀는 한숨을 쉬며 고개를 저었다. "아마 네 말이 맞겠지. 그런 때는 이상한 상상이 들기 마련이잖아. 안 그래?"

"카라이 안 칼다자." 모레인이 말했다. 모두가 몸을 돌려 그녀를 보았다. "**카라이 안 엘리산데. 알 엘리산데.** 붉은 독수리의 영광을 위하여. 태양의 장미의 영광을 위하여. 태양의 장미여. 마네세렌에서 쓰이던 아주 오래된 전쟁의 함성이야. 마네세렌의 마지막 왕이 지르던 전쟁의 함성이기도 하고. 엘드렌이 태양의 장미라 불렸거든." 모레인은 에그웨인과 맷을 둘 다 바라보며 미소 지었지만, 그녀의 시선은 에그웨인보다 맷에게 잠깐 더 머무르는 것 같았다. "에이몬의 혈통이 아직 투 리버스에 강하게 남아 있구나. 옛 핏줄이 여전히 노래하고 있어."

맷과 에그웨인은 서로를 보았고, 다른 모두는 그들을 보았다. 에그웨인은 눈을 휘둥그렇게 뜨고 있었다. 그녀는 미소가 떠오르려 할 때마다 눌러 참느라 입을 움찔거렸다. 오래된 혈통에 대한 이런 이야기를 어떻게 받아들여야 할지 잘 모르겠다는 태도였다. 인상을 찡그린 채 노려보는 것을 보면 맷은 아는 것 같았지만.

랜드는 맷이 무슨 생각을 하는지 알 것 같았다. 랜드 역시 같은 생각을 하고 있었다. 맷이 고대 마네세렌 왕가의 후손이라면 트롤록들은 사실 그들 세 사람이 아니라 맷을 쫓고 있는 것일지도 몰랐다. 그렇게 생각하자 부끄러워 두 뺨이 붉어졌다. 랜드는 페린이 죄책감 어린 얼굴로 인상을 찌푸리는 걸 언뜻 보고 페린도 같은 생각을 하고 있다는 것을 알았다.

"이런 얘기는 들어 본 적이 없는데." 톰이 잠시 후에 말했다. 그는 몸을 떨더니 무뚝뚝해졌다. "다른 때라면 이걸 소재로 이야기를 지을 수도 있겠지만, 지금은……. 남은 하루를 여기 있을 생각입니까, 아이즈 세다이?"

"아뇨." 모레인은 고삐를 쥐며 대답했다.

트롤록의 뿔나팔이 그녀의 말을 강조하려는 듯 남쪽에서 울려 퍼졌다. 더 많은 뿔나팔 소리가 동쪽과 서쪽에서 화답했다. 말들이 나지막이 울며 긴장한 듯 옆 걸음질 쳤다.

"놈들이 불을 지나왔습니다." 란이 침착하게 말했다. 그는 모레인을 돌아보았다. "하고 싶어 하시는 일을 하기에 당신은 힘이 모자랍니다. 아직은, 쉬지 않고는 말입니다. 머드랄이나 트롤록도 그곳에 들어가지는 않을 테고요."

모레인은 란의 말을 끊으려는 듯 손을 들었다가 한숨을 쉬며 손을 툭 떨어뜨렸다. "알았어요." 그녀가 짜증을 내며 말했다. "아마 당신 말이 맞겠죠. 하지만 다른 방법이 있었으면 좋겠네요." 그녀는 안장 뱃대끈에서 지팡이를 꺼냈다. "다들, 내 주위로 모이세요. 최대한 가까이. 더 가까이."

랜드는 클라우드를 아이즈 세다이의 암말과 더 가까운 쪽으로 몰아갔다.

모레인이 우기는 바람에 그들은 모든 말이 고개를 뻗으면 다른 말의 엉덩이나 어깨 사이에 닿게 될 때까지 그녀 주위에 둥글게 모여들었다. 그때에야 아이즈 세다이는 만족했다. 그런 다음 그녀는 아무 말도 하지 않고 등자를 딛고 서더니 지팡이 안에 모두가 들어오도록 팔을 뻗고 그들의 머리 위로 지팡이를 휘저었다.

랜드는 지팡이가 머리 위를 지나갈 때마다 움찔했다. 그때마다 찌릿함이 온몸을 휩쓸었다. 직접 보지 않아도 사람들 머리 위로 지나가는 지팡이의 떨림을 따라가기만 하면 될 정도였다. 아무 영향을 받지 않는 유일한 사람이 란이라는 사실은 놀랍지도 않았다.

갑자기 모레인이 지팡이를 서쪽으로 죽 뻗었다. 낙엽이 허공을 맴돌았고, 나뭇가지들은 그녀가 가리키는 쪽을 따라 직선을 그리며 모래바람처럼 날아갔다. 보이지 않는 소용돌이가 시야에서 사라지자 그녀는 한숨을 쉬며 다시 안장에 앉았다.

"트롤록에게 보내는 거예요." 그녀가 말했다. "우리 냄새와 흔적이 저걸 따라가는 것처럼 보이도록. 시간이 지나면 머드랄이 속임수를 간파하겠지만 그때쯤이면……."

"그때쯤이면," 란이 말했다. "우리가 놈들을 따돌렸을 겁니다."

"지팡이가 정말 강력하네요." 에그웨인이 그렇게 말했다가 나이니브한테 코웃음을 들었다.

모레인은 혀를 찼다. "말했잖니, 얘야. 사물에는 힘이 없어. 일원력은 진정한 근원에서 나오는 것이고, 살아 있는 사람의 정신만이 그 힘을 휘두를 수 있어. 이 지팡이는 심지어 **앙그리알**도 아니야. 그저 집중하는 데 도움을 줄 뿐이지." 그녀는 지친 듯 지팡이를 뱃대끈 아래로 밀어 넣었다. "란?"

"따라와라." 수호자가 말했다. "조용히 하고. 트롤록들이 우리 소리를 들으면 전부 망친다."

그는 다시 북쪽으로 앞장서 나가기 시작했다. 지금까지와는 다르게 놀랄 만한 속도는 아니었다. 그보다는 케임린 대로를 따라 여행할 때의 빠른 걸음이었다. 숲은 여전히 빽빽했지만 땅은 계속 평탄해져 갔다.

그들이 가는 길은 전과 달리 더 이상 곧지 않았다. 란이 거친 땅과 바위투성이 절벽 위로 구불구불 이어지는 길을 선택했기 때문이다. 그는 더 이상 일행에게 얽힌 덤불을 뚫고 가라고 하지 않았다. 대신 그는 시간을 들여 길을 돌아갔다. 때로 대열 맨 뒤로 처져 그들이 남긴 자취를 골똘히 살피기도 했다. 누가 기침이라도 하면 날카롭게 나무랐다.

나이니브는 아이즈 세다이 옆에서 말을 달렸다. 표정을 보니 걱정스러운 마음이 모레인에 대한 미움과 싸우고 있었다. 랜드는 그 이상의 뭔가가 살짝 비치는 것 같다고 생각했다. 현자는 꼭 눈앞의 목표물을 보고 있는 것만 같았다. 모레인의 어깨가 축 처져 있었다. 그녀는 양손으로 고삐와 안장을 잡고, 알딥이 한 걸음을 내디딜 때마다 흔들렸다. 지진을 일으키고 불의 장벽을 세우는 것처럼 대단해 보이지는 않을지라도 가짜 흔적을 남기는 데에 엄청난 기운을 쓴 게 분명했다. 그녀에게는 더 이상 잃을 힘이 없었다.

랜드는 다시 뿔나팔이 울렸으면 좋겠다는 생각이 들 지경이었다. 최소한 그러면 트롤록들이 얼마나 뒤처져 있는지 알 수 있었다. 희미한 자들도 그렇고.

랜드는 계속 뒤를 돌아보았으므로 앞에 무엇이 있는지를 가장 먼저 보지 못했다. 앞을 보았을 때, 그는 어리둥절해져 그 모습을 빤히 바라보았다. 거대하고 불규칙한 덩어리가 양옆으로 보이지 않는 곳까지 뻗어 있었다. 대부분은 그 덩어리 바로 앞까지 이어져 있는 숲보다 높이가 높았고, 여기저기 그보다도 높은 첨탑이 솟아 있었다. 잎사귀 없는 덩굴이 덩어리 전부를 두껍게 덮고 있었다. 절벽인가? **덩굴이 있으니 기어오르기가 좀 수월하겠지만, 말들을 데리고 올라갈 수는 없는데.**

조금 더 가까이 다가가자 불쑥 탑이 보였다. 탑이 분명했다. 바윗덩어리가 아니었다. 꼭대기에 특이하게 뾰족한 돔도 달려 있었다. "도시잖아!" 그가 말했다. 그 덩어리는 도시의 성벽이었고, 첨탑은 성벽 위에 서 있는 경비용 탑이었다. 랜드는 입이 떡 벌어졌다. 베얼론의 10배 크기, 아니 50배 크기는 됐다.

맷이 고개를 끄덕였다. "도시네." 그가 동의했다. "하지만 이런 숲 한가운데에 도시가 왜 있는 거지?”

“거기다 사람도 없고.” 페린이 말했다. 그들이 돌아보자 페린은 성벽을 가리켰다. “사람이 있었으면 덩굴이 저렇게 모든 걸 뒤덮도록 놔뒀겠어? 너희도 알다시피 덩굴은 성벽을 무너뜨린다고. 얼마나 무너졌는지 봐.”

랜드가 본 광경이 머릿속에서 알아서 조정되었다. 페린이 말한 그대로였다. 성벽의 낮은 부분은 거의 전부 덤불로 덮인 언덕으로, 위쪽 벽이 무너지면서 생긴 폐허였다. 경비용 탑 중 높이가 같은 것은 하나도 없었다.

“무슨 도시인지 궁금해.” 에그웨인이 생각에 잠겨 말했다. “어떤 일이 있었는지도 궁금하고. 아빠 지도에는 없었던 것 같은데.”

“여긴 아리드홀이라고 불렸단다.” 모레인이 말했다. “트롤록 전쟁 당시에, 아리드홀은 마네세렌의 동맹이었어.” 거대한 성벽을 바라보는 모레인은 다른 일행을 인식하지 못하는 듯했다. 그녀가 안장에서 떨어지지 않도록 한쪽 팔을 받쳐 주는 나이니브까지도. “나중에 아리드홀은 멸망했고, 이곳은 다른 이름으로 불리게 됐어.”

“무슨 이름이요?” 맷이 물었다.

“여기다.” 란이 말했다. 그가 만다브를 세웠다. 그곳은 한때 50명이 나란히 서서 지나갈 수 있을 정도로 널찍한 성문이었지만, 지금은 무너지고 덩굴로 덮인 경비용 탑만 남아 있었다. 성문의 흔적은 보이지 않았다. “이리로 들어간다.” 트롤록 뿔나팔이 멀리서 울부짖었다. 란은 소리가 들려오는 쪽을 본 다음 서쪽 숲 위로 반쯤 내려온 태양을 보았다. “놈들이 가짜 흔적이란 걸 알아냈다. 가자, 어두워지기 전에 은신처를 찾아야 한다.”

“이름이 뭘로 바뀌었는데요?” 맷이 다시 물었다.

모레인은 말을 타고 도시로 들어가며 대답했다. “샤다 로고스.” 그녀가 말했다. “지금은 샤다 로고스라고 해.”

19장 그림자의 기다림

란이 앞장서 도시로 들어가자 깨진 도로의 판석이 말발굽 아래에서 으스러졌다. 랜드가 보기에는 도시 전체가 망가진 듯했다. 페린이 말한 것처럼 버려진 도시로 보이기도 했다. 비둘기 한 마리도 움직이지 않았다. 대체로 오래되고 죽은 잡초들이 도로의 판석 사이는 물론 벽의 갈라진 틈에서도 돋아났다. 지붕이 온전한 건물보다는 무너진 건물이 더 많았다. 성벽이 쓰러지며 벽돌과 돌을 거리 쪽에 부채꼴로 쏟아 놓았다. 비탈에 제대로 크지 못한 나무 몇 그루가 자라고 있는 울퉁불퉁하고 황폐한 언덕은 궁전 혹은 도시의 한 구역 전체가 남긴 잔해일지도 몰랐다.

하지만 아직 남아 있는 건물만으로도 랜드는 감탄이 나왔다. 베얼론에서 가장 큰 건물도 여기서는 대부분 건물의 그림자에 가려질 것 같았다. 어디를 보든 거대한 돔이 얹혀 있는 창백한 대리석 궁전들이 눈에 닿았다. 모든 건물에 돔이 최소 하나는 있는 것 같았다. 어떤 건물에는 돔이 네다섯 개씩 있었고, 모든 건물의 모양이 달랐다. 양옆에 기둥이 늘어선 긴 인도가 하늘에 닿을 듯한 탑까지 수백 미터 이어졌다. 교차로마다 청동 분수나 설화 석고 기념비, 받침대에 올려놓은 조각상이 서 있었다. 분수는 말라 있었고, 기념비 대부분은 쓰러져 있었으며, 조각상도 여러 개 망가져 있었다. 그러나 남아 있는 것이 너무 훌륭해서 랜드는 감탄할 수밖에 없었다.

이런 곳이 있는데 베얼론을 도시라고 생각하다니! 태워 죽일, 톰이 속으로 비웃었겠어. 모레인이랑 란도 그렇고.

랜드는 넋을 놓고 구경하다가 란이 한때 베얼론의 수사슴과 사자 두 배 크기는 되었을 흰 석재 건물 앞에 갑자기 멈추어 서자 놀라고 말았다. 이 도시가 위풍당당하게 살아 있던 시절에는 과연 어떤 건물이었을까? 어쩌면 여관일지도 몰랐다. 건물 위층은 텅 빈 껍데기만 남아 있어서 오래전에 유리와 나무가 다 떨어져 나간 빈 창틀 너머로 오후의 하늘이 보였다. 하지만 바닥은 충분히 튼튼해 보였다.

그때까지 안장 머리를 잡고 있던 모레인은 골똘히 건물을 살펴보더니 고개를 끄덕였다. "여기면 되겠네요."

란이 안장에서 뛰어내린 다음 아이즈 세다이를 안아서 내려 주었다. "말을 데리고 들어와라." 그가 명령했다. "뒤쪽에 마구간으로 쓸 만한 공간을 찾아봐. 움직여라, 농부 녀석들아. 여긴 마을 광장이 아니야." 그는 아이즈 세다이를 안고 안으로 사라졌다.

나이니브가 서둘러 내려오더니 그를 따라갔다. 그녀는 약초와 연고가 담긴 가방을 꽉 쥐고 있었다. 에그웨인이 곧장 그 뒤를 쫓았다. 그들은 말을 세워 놓고 갔다.

"말을 데리고 들어와라." 톰이 비꼬듯이 란을 흉내 내더니 훅 숨을 내쉬어 콧수염을 날렸다. 그는 뻣뻣하고 느린 동작으로 말에서 내려와 손마디로 허리를 누르며 길게 한숨을 쉬고 알딥의 고삐를 잡았다. "갈까?" 그는 랜드와 친구들에게 한쪽 눈썹을 치켜올리며 말했다.

그들은 서둘러 말에서 내린 뒤 남은 말들을 챙겼다. 예전에 문이 있었다는 흔적이 전혀 없는 문틀은 말 두 마리가 나란히 지나갈 수 있을 만큼 컸다.

안에는 건물과 똑같이 폭이 넓은 거대한 방이 있었다. 타일로 된 바닥은 더러웠다. 벽에는 잔뜩 해지고 탁한 갈색으로 빛바랜 벽 걸개가 걸려 있었다. 만지면 으스러질 것 같았다. 다른 것은 아무것도 없었다. 란이 자신과 모레인의 망토로 가장 가까운 모퉁이에 모레인의 자리를 마련해 두었다. 나이니브는 먼지가 많다고 투덜대며 아이즈 세다이 곁에 무릎을 꿇은 채 에그웨인이 들고 있는 가방을 뒤졌다.

“내가 이 사람을 딱히 좋아하는 건 아닙니다. 그건 사실이지요.” 랜드가 벨라와 클라우드를 데리고 톰을 따라 들어왔을 때, 나이니브는 수호자에게 말하고 있었다. “하지만 나는 도움이 필요한 사람은 누구나 돕습니다. 그 사람이 마음에 들든 들지 않든.”

“누가 뭐라 합니까? 나는 그저 약초를 조심히 다루라고 했을 뿐입니다, 현자님.”

나이니브가 그를 흘겨보았다. “솔직히 말해 이 사람한테는 내 약초가 필요하오. 당신도 마찬가지고.” 그녀의 목소리는 처음부터 신랄했지만 이야기를 이어 나갈수록 더 쏘아붙이는 말투가 되었다. “솔직히 말해 일원력을 동원하더라도 이 사람이 해낼 수 있는 일에는 한계가 있소. 쓰러지지 않고 할 수 있는 일은 거의 다 한 상태이고. 솔직히 말해 일곱탑의 군주인 당신의 칼도 지금 이 사람에게는 아무 도움이 될 수 없소. 내 약초는 도움이 되겠지만.”

모레인이 란의 팔에 손을 얹었다. “긴장 풀어요, 란. 날 해치려는 게 아니에요. 그냥 잘 모르는 거죠.” 수호자가 경멸스럽다는 듯 비웃었다.

나이니브는 가방을 뒤지다 말고 인상을 쓰며 란을 보았지만 정작 말은 모레인에게 걸었다. “내가 워낙 모르는 게 많아서. 이번엔 뭘 모른다는 거요?”

“하나만 말하자면,” 모레인이 대답했다. “나한테 정말로 필요한 건 약간의 휴식뿐이라는 것을 모르죠. 또 하나 말하자면 나도 당신과 의견이 같다는 것을 모르고요. 당신의 기술과 지식은 내가 생각했던 것보다 더 도움이 되겠어요. 그래서 말인데, 내가 한 시간 정도 자는 데 도움이 될 만한 게 있을까요? 정신이 흐려지지는 않으면서…….”

“약한 차를 마시면 돼요. 뚝새풀과 마리신, 그리고…….”

랜드는 톰을 따라 첫 번째 방 뒤에 있는 방으로 들어가느라 마지막 말을 듣지 못했다. 그 방도 첫 번째 방과 똑같이 컸지만 더 비어 있었다. 이 방에는 먼지밖에 없었다. 두껍게 쌓인 그 먼지는 그들이 들어오기 전까지 날리지도 않았다. 새나 작은 동물의 흔적조차 바닥에 남아 있지 않았다.

랜드는 벨라와 클라우드의 안장을, 톰은 알딥과 자기가 타고 다니는 거세한 말의 안장을, 페린은 자기 말과 만다브의 안장을 풀기 시작했다. 맷은 예외였다. 맷은 방 한가운데에서 고삐를 놓아 버렸다. 그들이 들어온 곳을 빼고도 그 방에는 빈 문틀이 두 개 더 있었다.

"골목이야." 맷은 첫 번째 문틀로 머리를 내밀며 말했다. 그 정도는 다른 사람들도 서 있는 자리에서 볼 수 있었다. 두 번째 문틀은 뒤쪽 벽에 있는 검은 직사각형으로만 보였다. 맷은 그리로 천천히 나갔다가 훨씬 더 빠르게 돌아오며 머리카락에서 오래된 거미줄을 힘껏 털어 냈다. "아무것도 없어." 그가 골목 쪽을 다시 한번 보며 말했다.

"네 말은 안 돌보냐?" 페린이 말했다. 그는 이미 자기 말의 마구를 풀고 만다브의 안장을 풀어 주고 있었다. 이상한 일이지만 사나운 눈의 그 수말은 페린을 지켜볼 뿐 전혀 고생시키지 않았다. "대신해 줄 사람은 없어."

맷은 마지막으로 골목을 한 번 더 보더니 한숨을 쉬며 자기 말에게 갔다.

랜드는 벨라의 안장을 바닥에 내려놓다가 맷의 눈빛이 침울해진 것을 알아보았다. 그는 1830킬로미터쯤 떨어진 곳을 보는 듯 기계적으로 움직였다.

"너 괜찮아, 맷?" 랜드가 말했다. 맷은 말안장을 푼 다음 가만히 들고 서 있었다. "맷? 맷!"

맷은 움찔하며 안장을 떨어뜨릴 뻔했다. "뭐? 아. 난……. 그냥 생각하고 있었어."

"생각?" 페린은 만다브의 굴레를 가벼운 고삐로 바꾸어 주다가 콧방귀를 뀌었다. "자는 줄 알았는데."

맷이 그를 노려보았다. "난……. 난 거기서 일어난 일을 생각하고 있었어. 내가 했던 그 말에 대해서……." 그러자 랜드만이 아니라 모두가 맷을 돌아보았다. 맷은 불안한 듯 움직거렸다. "뭐, 너희도 모레인이 한 말을 들었잖아. 웬 죽은 사람이 내 입으로 말한 것 같았다니까. 마음에 안 들어." 페린이 낄낄대자 그는 더욱 사납게 노려보았다.

"에이몬이 내지르던 전쟁의 함성이랬지? 어쩌면 네가 에이몬의 환생인지도 몰라. 네가 에먼즈 필드가 지루하다고 떠들어 대던 걸 생각하면 내가 보기에도 넌…… 왕이나 영웅의 환생이 되고 싶었던 거야."

"그런 말 하지 마라!" 톰이 깊이 숨을 들이쉬었다. 이제는 모두가 그를 보았다. "그건 위험한 말, 멍청한 말이다. 죽은 자는 다시 태어날 수도, 살아 있는 몸을 차지할 수도 있다. 가볍게 얘기할 문제가 아니야." 그는 한 번 더 심호흡해 마음을 가라앉히고 말을 이었다. "모레인은 오래된 혈통이라고 했다. 죽은 사람이 아니라 혈통 얘기를 한 거야. 나도 그런 일이 가끔 일어날 수 있다고 들었다. 물론 이야기로 들었을 뿐 정말로 그럴 줄은 몰랐지만……. 그 혈통이 너희의 뿌리다, 이 녀석들아. 너희로부터 너희 아버지로, 할아버지로, 마네세렌과 어쩌면 그 너머로 곧장 이어지는 계보 말이야. 이제 너희는 각자가 오래된 집안 출신이라는 걸 알게 됐다. 그러니까 그 정도에서 미련 버리고 다행이라고 생각해라. 대부분 사람들은 자기한테 아버지가 있다는 것 이상은 모르니까."

그것조차 확실히 모르는 사람도 있고. 랜드가 씁쓸하게 생각했다. **어쩌면 현자의 말이 맞을지도 몰라. 빛이여, 현자의 말이 맞았으면.**

맷은 음유시인의 말에 고개를 끄덕였다. "그래야죠. 근데…… 그 혈통이 우리한테 일어난 일과 조금이라도 상관이 있을까요? 트롤록이라든가, 그 모든 일 말이에요. 제 말은……. 아, 제가 무슨 말을 하고 싶은 것인지 모르겠네요."

"내 생각에 넌 그냥 잊어버리고 여기에서 안전히 빠져나가는 데 집중하는 게 좋겠다." 톰은 긴 파이프를 망토 안에서 꺼냈다. "난 타박을 한 대 피워야겠고." 톰은 그들이 있는 쪽으로 파이프를 흔들어 대더니 앞쪽 방으로 사라졌다.

"이 일에는 우리 모두가 함께하는 거야. 우리 중 한 명만이 아니고." 랜드가 맷에게 말했다.

맷은 몸을 부르르 떨더니 짧게 웃었다. "맞아. 뭐, 함께한다는 얘기가 나와서 말인데, 말 관리는 끝났으니까 나가서 도시를 좀 구경하자. 여긴 진짜 도시잖아. 팔꿈치를 떠밀거나 갈비뼈를 쿡쿡 찔러댈 사람들도 없고 잘난 체하면서 우리를 내려다볼 사람도 없어. 해가 질 때까지는 아직 한 시간, 어쩌면 두 시간이 남아 있고."

"트롤록은 잊어버렸어?" 페린이 말했다.

맷은 비웃듯 고개를 저었다. "란이 트롤록은 안 들어온다고 했잖아. 기억 안 나? 남 얘기 좀 들어라."

"기억 나." 페린이 말했다. "남 말도 잘 듣고. 아리드홀이랬나? 이 도시가 마네세렌의 동맹이라고 했잖아. 봤지? 난 잘 듣는다고."

"아리드홀은 트롤록 전쟁 시기에 가장 큰 도시였던 게 틀림없어." 랜드가 말했다. "트롤록들이 아직도 이 도시를 무서워한다니 말이야. 놈들은 투 리버스에 들어오는 것도 두려워하지 않았어. 모레인 말로는 마네세렌이—뭐라고 했더라?— 어둠의 존재의 발에 박힌 가시랬는데."

페린이 두 손을 들었다. "밤의 양치기 얘기는 하지 말자. 응?"

"너도 갈래?" 맷이 웃었다. "가자."

"모레인한테 물어보아야 해." 페린이 말했다. 맷이 두 손을 들었다.

"모레인한테 물어보자고? 우리가 자기 눈에 안 보이는 데로 갈 수 있게 해 줄 것 같아? 나이니브는 또 어떻고? 피와 재를 걸고, 페린. 차라리 루한 부인한테 물어보지 그래?"

랜드는 그를 고약한 시선으로 바라보았지만 망설인 건 잠깐뿐이었다. 아까 본 궁전들은 음유시인의 이야기에나 나올 법했다. "좋아."

그들은 앞방에서는 들리지 않도록 조용히 걸어 골목으로 나간 뒤, 그 골목을 따라 건물 앞에서 반대편 거리로 들어갔다. 그들은 빠르게 걸었다. 흰 석재 건물과 한 골목 멀어졌을 때 맷이 갑자기 깡충거리기 시작했다.

"자유다." 그가 웃었다. "자유야!" 그는 속도를 늦추어 빙글 돌더니 사방을 바라보며 계속 웃었다. 오후의 그림자가 길고도 들쭉날쭉하게 이어졌고, 지는 태양은 망가진 도시를 황금빛으로 물들였다. "이런 델 꿈에서라도 본 적 있어? 응?"

페린도 웃었지만 랜드는 불편해서 어깨를 으쓱했다. 이곳은 처음으로 꾼 꿈속의 도시와 전혀 달랐지만 똑같기도 했다……. "뭐라도 보려면," 그가 말했다. "구경을 시작하는 게 좋겠어. 해 질 때까지 시간이 별로 안 남았으니까."

맷은 모든 것을 보고 싶어 하는 듯했다. 그는 다른 둘까지도 자신의 열정으로 끌어당겼다. 그들은 에먼즈 필드의 모든 사람이 들어가도 될 만큼 기단이 넓은 분수에 기어오르고 여러 건물을 드나들었다. 건물은 무작위로 골랐으나, 늘 찾을 수 있는 건물 중 가장 크기가 컸다. 알 만한 건물도 있었고, 도저히 정체를 알 수 없는 건물도 있었다. 궁전이야 틀림없이 궁전이었지만, 바깥은 언덕처럼 커다란 희고 둥근 돔으로 되어 있고 안쪽은 단 하나의 무지막지한 방으로 이루어진 거대한 건물은 대체 뭐였을까? 벽은 있지만 하늘 쪽이 트여 있고, 에먼즈 필드의 모든 사람이 들어갈 만큼 크며, 줄줄이 늘어선 벤치로 둘러싸여 있는 건물은 또 뭐고?

먼지와 폐허, 해지고 빛이 바래 건드리기만 해도 부스러지는 벽 걸개 말고 아무것도 발견하지 못하자 맷은 조바심을 냈다. 한번은 나무 의자 몇 개가 벽에 기대 쌓여 있었다. 페린이 그중 하나를 집어 들려 하자 의자들은 전부 산산이 부서졌다.

와인스프링 여관을 집어넣고도 사방과 위쪽에 공간이 남는 방들을 포함해 거대한 빈방이 있는 궁전들을 보니 랜드는 한때 이곳을 채웠던 사람들을 과대평가하게 되었다. 그는 투 리버스의 모든 사람이 그 둥근 돔 아래에 설 수 있겠다고 생각했다. 돌 벤치가 있는 장소는……. 랜드는 휴식을 방해했다며 세 침입자를 못마땅하게 바라보는 그림 속 사람들이 보이는 것만 같았다.

마침내 맷조차 지쳤다. 건물들이 워낙 웅장했으니 그럴 만했다. 맷은 전날 밤에 겨우 한 시간밖에 자지 못했다는 것을 떠올렸다. 모두가 그 점을 떠올리기 시작했다. 그들은 하품을 하며, 앞면이 여러 줄로 늘어선 높은 돌기둥으로 이루어진 높은 건물 앞 계단에 앉아 앞으로 뭘 해야 할지를 두고 옥신각신했다.

"돌아가자." 랜드가 말했다. "좀 자게." 그는 입을 손등으로 막았다. 다시 말을 할 수 있게 되자 그가 말했다. "자자. 난 그것밖에 원하는 게 없어."

"잠이야 언제든 잘 수 있잖아." 맷이 단호하게 말했다. "우리가 어디 있는지 봐. 폐허가 된 도시라고. 보물이 있을 거야."

"보물?" 페린의 아래턱에서 뚝 소리가 났다. "여긴 보물 없어. 먼지밖에 없을걸."

랜드는 햇빛을 손 그늘로 가렸다. 태양은 지붕 가까이에 내려앉은 붉은 공이 되어 있었다. "늦었어, 맷. 곧 어두워질 거야."

"보물이 있을 수도 있다니까." 맷은 굽히지 않고 말했다. "아무튼 난 탑에도 한번 올라가 보고 싶어. 저기 저 탑을 봐. 안 망가졌어. 저 위에 올라가면 몇 킬로미터나 내다보일걸. 어때?"

"탑은 안전하지 않다." 한 남자의 목소리가 등 뒤에서 들려왔다.

랜드는 벌떡 일어나 칼자루를 잡으며 휙 돌아보았다. 다른 소년들도 똑같이 빨랐다.

한 남자가 계단 위쪽 기둥 사이의 그림자 속에 서 있었다. 그는 반 발짝 앞으로 나왔다가 손을 들어 눈을 가리며 다시 물러났다. "미안." 그가 능구렁이처럼 말했다. "어두운 곳에 오래 있어서. 아직 눈이 빛에 익지 않았다."

"누구세요?" 랜드는 남자의 억양이 특이하다고 생각했다. 베얼론 억양보다도 특이한 것 같았다. 그가 몇몇 단어를 이상하게 발음해서 알아듣기가 힘들었다. "여기서 뭘 하시는 거예요? 이 도시는 비어 있는 줄 알았는데요."

"난 무어데스다." 그는 일행이 자기 이름을 알아들을 것이라고 생각하는 듯 말을 멈췄다. 아무도 알아들었다는 티를 내지 않자 그는 조용히 뭐라고 투덜대더니 말을 이었다. "나도 너희한테 같은 질문을 하고 싶은데. 아리드홀에는 오랫동안 아무도 없었다. 아주 오랫동안 말이지. 젊은 남자 셋이 거리를 돌아다니고 있을 줄은 몰랐는걸."

"우린 케임린으로 가는 중이에요." 랜드가 말했다. "밤을 나려고 들른 거예요."

"케임린이라." 무어데스가 느릿느릿하게 혀끝으로 그 이름을 굴려 보더니 고개를 저었다. "밤을 난다고 했나? 나랑 같이 있어도 되겠는데."

"아직 여기서 뭘 하는 거냐는 질문에는 대답하지 않으셨는데요." 페린이 말했다.

"글쎄, 당연한 얘기지만 나는 보물 사냥꾼이야."

"보물을 찾으셨어요?" 맷이 신나서 물었다.

랜드는 무어데스가 미소 지었다고 생각했지만 그가 그늘에 있어서 확실하게 알 수는 없었다. "찾았지." 남자가 말했다. "예상했던 것보다 많이. 훨씬 더 많이. 가지고 갈 수도 없을 만큼. 힘세고 건강한 젊은 남자 세 명을 찾게 될 줄 몰랐다. 내가 가져갈 수 **있는** 만큼의 보물을 내 말이 있는 곳까지 나르게 도와주면 남은 보물은 너희 셋이 나눠 가져도 돼. 너희가 가져갈 수 있는 만큼 말이야. 어차피 내가 놓고 가면 되찾으러 오기도 전에 다른 보물 사냥꾼들이 가지고 사라질 테니까."

"내가 뭐랬어? 이런 데는 틀림없이 보물이 있다고 했잖아." 맷이 소리쳤다. 그는 쏜살같이 계단을 올라갔다. "우리가 운반을 도와드릴게요. 그냥 보물 있는 데로 데려가 주기만 하세요." 그와 무어데스는 기둥 사이 그림자로 깊이 들어갔다.

랜드가 페린을 보았다. "걜 두고 갈 수는 없잖아." 페린은 지는 태양을 힐끗 보고 고개를 끄덕였다.

그들은 경계하며 계단을 올랐다. 페린은 허리띠 고리에 걸어 놓은 도끼를 풀었다. 랜드는 손으로 칼을 꽉 잡았다. 맷과 무어데스는 기둥 사이에서 기다리고 있었다. 무어데스는 팔짱을 낀 채였고, 맷은 조바심 내며 안쪽을 들여다보고 있었다.

"이리 와." 무어데스가 말했다. "보물을 보여 줄게." 그는 안으로 들어갔고 맷이 뒤따랐다. 다른 둘은 따라가는 것밖에 할 일이 없었다.

안쪽 홀은 그림자가 져 있었지만, 무어데스는 거의 즉시 옆으로 돌아 좁은 계단을 내려갔다. 계단이 점점 더 어두운 곳으로 빙빙 돌며 내려간 끝에 일행은 칠흑 같은 암흑 속을 더듬거리며 나아가게 되었다. 랜드는 한 손으로 벽을 더듬었다. 발이 닿을 때까지는 계단이 있는지 확신할 수가 없었다. 맷조차 불안감을 느끼기 시작했다. 목소리를 들으면 알 수 있었다. "여긴 끔찍하게 어둡네요."

"그래, 그래." 무어데스가 대답했다. 그는 어두워도 아무 문제가 되지 않는 듯했다. "아래쪽은 밝아. 이리 와."

실제로 빙빙 돌며 내려가던 계단은 갑자기 복도로 이어졌다. 드문드문 벽에 걸린 쇠 받침대의 횃불이 연기를 내며 복도를 밝혔다. 일렁거리는 불꽃과 그림자 때문에 랜드는 처음으로 무어데스를 제대로 볼 수 있었다. 무어데스는 멈추지도 않고 계속 서둘러 움직이며 따라오라고 손짓했다.

랜드는 그에게 뭔가 이상한 점이 있다고 생각했지만 정확히 무엇인지는 알 수 없었다. 무어데스는 얼굴이 번지르르하며 뭘 너무 많이 먹은 것 같은 생김새로, 꿍꿍이를 숨긴 채 상대를 바라보는 것 같은 느낌을 주는 축 처진 눈꺼풀의 소유자였다. 그는 키가 작고 머리가 완전히 벗어졌으나 걸을 때는 누구보다도 키가 큰 것처럼 걸었다. 그가 입은 옷은 랜드가 본 적 없는 종류의 의복이었다. 딱 붙는 검은색 브리치스에, 발목 부분을 말아 내린 부드러운 빨간색 부츠와 황금색 실로 두껍게 수놓은 길고 빨간 조끼, 그리고 소매 폭이 넓으며 소맷부리가 거의 무릎까지 늘어진 눈처럼 흰 셔츠. 보물을 찾아 폐허가 된 도시를 뒤지고 다닐 만한 옷은 절대 아니었다. 하지만 그것도 무어데스가 이상해 보이는 이유는 아니었다.

그때 복도는 벽이 타일로 되어 있는 방에서 끝났다. 랜드는 무어데스에게 있을지도 모르는 모든 이상한 점을 잊고 친구들을 따라 하듯 헉하며 숨을 들이쉬었다. 이곳을 밝히는 빛 역시 연기로 천장을 얼룩지게 하며 모두에게 그림자를 여러 개 드리우는 횃불 몇 개였다. 그러나 그 빛은 바닥에 쌓여 있는 보석과 황금, 금화와 장신구, 술잔, 접시, 그릇, 도금되고 보석이 박힌 장검과 단검에 수천 배나 반사되었다. 그 모든 것이 허리 높이까지 아무렇게나 쌓여 있었다.

맷은 소리를 지르며 달려 나가 보물 더미 앞에 무릎을 꿇었다. "자루." 그가 숨을 헐떡이며 황금을 파헤치며 말했다. "이걸 전부 가져가려면 자루가 필요하겠어."

"전부 가져갈 수는 없어." 랜드가 말했다. 그는 무력하게 주위를 둘러보았다. 상인들이 1년 내내 에먼즈 필드에 가져오는 금을 다 합쳐도 보석 더미 중 하나의 1000분의 1도 되지 않을 것 같았다. "지금은 안 돼. 거의 어두워졌어."

페린은 도끼를 하나 집어 들더니 거기에 꼬여 있던 황금 체인을 부주의하게 휙 넘겼다. 도끼의 반짝거리는 검은색 손잡이를 따라 보석들이 빛났다. 섬세한 황금 소용돌이 장식이 쌍둥이 날을 뒤덮고 있었다. "그럼 내일 오자." 그가 씩 웃으며 도끼를 들어 올렸다. "모레인이랑 란도 이걸 보여 주면 이해할 거야."

"너희만 온 게 아니야?" 무어데스가 말했다. 그는 일행이 자기를 지나쳐 보물의 방으로 들어가도록 놔두었었지만 이제는 따라 들어왔다. "또 누가 함께 있지?"

맷은 눈앞의 금은보화에 손목까지 잠긴 채 멍하니 대답했다. "모레인이랑 란이요. 나이니브도 있고, 에그웨인도 있고, 톰도 있어요. 톰은 음유시인이에요. 우린 타 발론으로 가는 중이고요."

랜드는 숨이 턱 막혔다. 무어데스가 침묵했다. 랜드는 그를 돌아보았다.

무어데스의 얼굴이 분노와 두려움으로 일그러져 있었다. 그의 입술이 젖혀져 치아가 드러났다. "타 발론이라고!" 그는 꽉 쥔 주먹을 흔들어 댔다. "타 발론이라니! 너희는 무슨……. 그……. 케임린으로 간댔잖아! 거짓말을 하다니!"

"지금도 원하시면," 페린이 무어데스에게 말했다. "내일 돌아와서 도와드릴게요." 그는 도끼를 다시 보석이 박힌 성배와 장신구 더미에 조심스레 내려놓았다. "원하신다면요."

"아니. 그건……." 무어데스는 숨을 헐떡이며 결정할 수 없다는 듯 고개를 저었다. "원하는 걸 가져가. 다만……. 단지……."

갑자기 랜드는 이 남자에 관해 신경 쓰이던 점이 무엇인지 깨달았다. 복도에 드문드문 걸려 있는 횃불 때문에 일행 모두에게는 그림자 여러 개가 둥글게 늘어져 있었다. 보물의 방에 있는 횃불 때문에도 그랬다. 다만……. 랜드는 너무 놀라서 큰 소리로 말했다. "당신은 그림자가 없네요."

술잔이 맷의 손에서 쾅 소리를 내며 떨어졌다.

무어데스는 고개를 끄덕였다. 처음으로 그의 살집 두둑한 눈이 완전히 뜨였다. 윤기 나는 얼굴이 갑자기 파리하고 굶주리게 보였다. "그렇다면." 그는 허리를 펴고 섰다. 키가 더 커 보였다. "결정됐군." 갑자기 그는 단순히 커

'보이는' 것이 아니게 되었다. 무어데스는 풍선처럼 부풀어 오르고 일그러졌다. 머리가 천장에 닿아 눌리고, 어깨로는 벽을 떠받쳐 방을 끝까지 가득 채우며 도망칠 길을 차단했다. 그는 푹 꺼진 두 뺨으로 일그러진 미소를 지었다. 치아가 다 드러났다. 그는 사람 머리를 통째로 삼킬 수 있을 만큼 큰 두 손을 뻗었다.

랜드는 비명을 지르며 뒤로 펄쩍 뛰었다. 발이 황금 사슬에 걸리며 바닥에 쾅 넘어졌다. 숨이 쉬어지지 않았다. 랜드는 숨을 쉬려고 애쓰는 동시에 칼을 꺼내려고 버둥거렸다. 칼자루에 말려 버린 망토에서 벗어나려고 발버둥 쳤다. 친구들의 비명, 그리고 황금 접시와 술잔이 바닥을 가로질러 굴러가면서 내는 쨍그랑 소리가 방을 가득 채웠다. 갑자기 들려온 고통스러운 비명에 고막이 떨렸다.

랜드는 울음이 터질 것 같았다. 그제야 간신히 숨을 들이마실 수 있었다. 동시에 그는 칼을 칼집에서 빼냈다. 조심스레 일어났다. 친구 중 누가 비명을 지른 건지 궁금했다. 페린은 방 건너편에서 휘둥그레진 눈으로 랜드를 돌아보았다. 그는 몸을 웅크린 채 나무라도 팰 것처럼 도끼를 다시 들고 있었다. 맷은 보물 더미 옆에서 고개를 내밀고 있었다. 보물 더미에서 집어 든 단검을 쥔 채였다.

횃불이 남긴 그림자 중 가장 짙은 부분에서 무언가가 움직였다. 모두가 펄쩍 뛰었다. 그는 양 무릎을 가슴에 바짝 대고 최대한 멀리 떨어진 구석 깊숙한 곳에 웅크려 있던 무어데스였다.

"우릴 속였어." 맷이 헐떡였다. "무슨 속임수였던 거야."

무어데스는 고개를 뒤로 젖히며 울부짖었다. 벽이 떨리면서 먼지가 흘러내렸다. "너희는 모두 죽었다!" 그가 소리쳤다. "모두 죽었어!" 그는 펄쩍 뛰어올라 방 저편으로 몸을 날렸다.

랜드는 입이 쩍 벌어졌다. 하마터면 칼도 떨어뜨릴 뻔했다. 무어데스는 공기를 가르고 날아가면서 몸을 쭉 뻗더니 한 줄기 연기처럼 가늘어졌다. 손가락처럼 가늘어진 채 벽의 타일에 난 틈에 부딪히더니 그 안으로 사라졌다. 마지막 비명이 방에 메아리치다가 그가 사라지고 나자 천천히 희미해졌다.

"너희는 모두 죽었다!"

"나가자." 페린이 희미하게 말했다. 그는 사방을 동시에 바라보려고 애쓰며 도끼를 잡은 손에 힘을 주었다. 황금 장식과 보석 들이 눈에 띄지 않은 채 그의 발치에 흩어져 있었다.

"하지만 보물은," 맷이 항의했다. "지금 그냥 떠날 수는 **없어**."

"난 저놈 물건을 하나도 갖고 싶지 않아." 페린은 여전히 이쪽저쪽을 돌아보며 말했다. 그는 목소리를 높여 벽에 대고 소리쳤다. "당신 보물 맞지? 우린 하나도 가져가지 않을 거야!"

랜드는 화가 나서 맷을 바라보았다. "그놈이 우리를 따라오면 좋겠어? 아니면 그자가 자기랑 비슷한 놈 열 명을 데려올 때까지 주머니를 채우면서 기다릴래?"

맷은 그 모든 황금과 보석을 가리키기만 했다. 하지만 맷이 무슨 말을 하기도 전에 랜드가 그의 한쪽 팔을 잡았고 페린이 다른 팔을 잡았다. 그들은 맷을 보물의 방에서 떠밀었다. 맷은 몸부림치며 보물에 대해 뭐라고 소리쳤다.

홀을 따라 열 걸음도 채 가기 전에 이미 어둑하던 등 뒤의 빛이 꺼지기 시작했다. 맷은 고함을 멈추었다. 그들은 발걸음을 서둘렀다. 보물의 방 바깥에 있는 첫 번째 횃불이 깜빡이다 꺼졌고, 이어 다음 횃불이 꺼졌다. 그들이 빙빙 도는 계단에 이르렀을 때는 더 이상 맷을 끌고 갈 필요가 없었다. 등 뒤로 어둠이 밀려드는 가운데 모두가 달리고 있었다. 칠흑처럼 어두운 계단에서도 잠시 망설였을 뿐이다. 그들은 빠르게 계단을 달려 올라가며 목청껏 소리를 질렀다. 기다리고 있을지 모르는 존재에게 겁을 주려고, 자신들이 아직 살아 있다는 것을 떠올리려고.

그들은 위층 홀로 불쑥 튀어나와 먼지투성이 대리석에 미끄러지고 넘어졌다. 재빨리 기둥 사이로 나온 다음 계단에서 굴러떨어져 멍투성이가 된 채 한데 얽혀 거리에 쓰러졌다.

랜드는 일행에게서 몸을 풀어내며 인도에 떨어진 탬의 칼을 집어 들고 불안하게 주위를 둘러보았다. 지붕 위로는 태양이 반도 보이지 않았다. 그림자가 어둠의 손길처럼 밖으로 뻗어 나와 거리를 채우다시피 했다. 남아 있는 빛 때문에 그림자가 더욱 검게 보였다. 랜드는 몸을 떨었다. 그림자는 그들에게 다가오는 무어데스처럼 보였다.

"최소한 빠져나오긴 했네." 맷이 맨 밑에 깔려 있다가 일어나 떨리는 동작으로 평소의 자기 흉내를 내며 몸을 털었다. "그리고 난 적어도……."

"빠져나온 거 맞아?" 페린이 말했다.

랜드도 이번만큼은 상상력이 발휘된 결과가 아니라는 것을 알았다. 목뒤가 따끔거렸다. 뭔가가 기둥 사이 어둠 속에서 그들을 지켜보고 있었다. 랜드는 휙 돌아 길 건너편 건물을 바라보았다. 거기에서도 그를 지켜보는 눈길이 느껴졌다. 랜드는 무슨 소용일까 싶으면서도 칼자루를 더욱 꽉 쥐었다. 지켜보는 시선이 사방에 있는 것 같았다. 다른 둘도 경계하며 주위를 둘러보았다. 랜드는 친구들도 똑같은 것을 느끼고 있다는 걸 알았다.

"대로 한복판에 있어야 해." 랜드가 쉰 목소리로 말했다. 친구들이 그와 눈을 마주쳤다. 그들도 랜드처럼 겁먹은 모습이었다. 랜드는 세게 침을 삼켰다. "대로 한복판을 벗어나지 말고 최대한 그림자를 피하면서 빠르게 걸어가는 거야."

"아주 빠르게 걸어야지." 맷이 열정적으로 동의했다.

감시자들이 그들을 따라왔다. 아니면 감시자들이 아주 많았다. 아주 많은 눈이 거의 모든 건물에서 내다보고 있었다. 아무리 노력해도 뭔가 움직이는 것은 보이지 않았지만, 랜드는 기대감에 찬 굶주린 시선을 느낄 수 있었다. 어느 쪽이 더 나쁜지 알 수가 없었다. 수천 명의 눈길일까, 아니면 그들을 따라오는 겨우 몇 명의 시선일까.

아직 햇살이 닿는 길에서 그들은 아주 잠깐 속도를 늦추고 눈을 가늘게 뜬 채 늘 앞에 가로놓여 있는 것처럼 보이는 어둠을 들여다보았다. 누구도 그림자에 들어가고 싶어 하지 않았다. 누구도 그 안에 도사리고 있는 게 아무것도 없다고 자신하지 못했다. 그림자가 길을 가로질러 늘어지며 앞길을 막을 때마다 감시자들의 기대감이 손에 만져질 것처럼 느껴졌다. 그들은 어두운 공간을 지날 때마다 소리를 지르며 달려갔다. 건조하게 킬킬거리는 웃음소리가 들리는 것 같았다.

마침내 땅거미가 질 때쯤 그들은 흰 석재 건물이 보이는 곳에 들어왔다. 그 건물을 떠나온 게 며칠 전인 것만 같았다. 갑자기 지켜보던 눈들이 떠났다. 한 걸음을 내딛는 사이에 찰나에 사라졌다. 랜드는 아무 말 없이 종종걸음 치기 시작했고, 친구들이 그 뒤를 따랐다. 이어 그는 전속력으로 달리다가 문틀로 들어가 헐떡이며 쓰러진 뒤에야 멈추었다.

타일 바닥 한가운데에서 작은 모닥불이 타고 있었다. 연기는 불쾌하게도 무어데스가 생각나는 방식으로 천장 구멍으로 사라졌다. 란을 뺀 모두가 불가에 모여 있었다. 그들의 반응은 상당히 달랐다. 불로 손을 녹이던 에그웨인은 세 사람이 방으로 뛰어 들어오자 깜짝 놀라며 두 손으로 자기 목을 감쌌다. 그들이 누군지 보고 안도의 한숨을 쉬는 바람에 사나운 표정을 지으려다가 실패했다. 톰은 그냥 파이프를 문 채 뭐라고 중얼거렸지만, 랜드는 음유시인이 막대기로 다시 불길을 쑤석이기 전에 "바보들"이라고 하는 말을 들었다.

"머리에 양털만 가득한 헛똑똑이들 같으니!" 현자가 쏘아붙였다. 그녀는 머리끝부터 발끝까지 화가 나 있었다. 두 눈이 번쩍였고, 두 뺨이 선명한 붉은색으로 달아올라 있었다. "빛을 걸고, 대체 왜 그런 식으로 도망친 거냐? 괜찮은 거야? 아무 생각도 없니? 란은 너희를 찾으러 나갔어. 란이 돌아와서 너희들을 호되게 야단치지 않는다면 분에 넘치게 운이 좋은 줄 알아라."

아이즈 세다이의 얼굴에서는 어떤 불안도 드러나지 않았다. 하지만 그녀도 일행을 보더니 손마디가 희어지도록 드레스를 꽉 쥐고 있던 손에 힘을 풀었다. 서 있는 걸 보니 니이니브가 뭘 줬는지는 몰라도 도움이 된 모양이었다. "하면 안 되는 일이었어." 그녀는 워터우드의 연못처럼 맑고 평온한 목소리로 말했다. "이 얘기는 나중에 하자. 밖에서 무슨 일이 벌어지지 않았으면 너희가 이런 식으로 앞다퉈 넘어지며 들어오지는 않았겠지. 말해 봐."

"안전하다고 했잖아요." 맷은 허둥지둥 일어나며 불평했다. "아리드홀은 마네세렌의 동맹이고, 트롤록들은 도시에 들어오지 않을 거라면서요. 그리고……."

모레인이 너무 갑작스럽게 앞으로 나서는 바람에 맷은 입을 연 채로 말을 멈추었고, 랜드와 페린은 일어서다 말고 무릎을 꿇고 웅크린 채 잠시 멈췄다. "트롤록이라고? 성벽 안에서 트롤록을 보았니?"

랜드는 침을 꿀꺽 삼켰다. "트롤록은 아니에요." 그가 말하자 셋 모두가 동시에 흥분해서 이야기하기 시작했다.

모두가 다른 부분에서부터 시작했다. 맷은 보물을 찾은 데서부터 말을 이어 나갔다. 거의 자기 혼자서 보물을 찾은 거였으면 좋겠다는 투였다. 반면 페린은 애초에 아무에게도 이야기하지 않고 떠난 이유가 무엇인지부터 설명하기 시작했다. 랜드는 자기가 중요하다고 생각하는 일, 그러니까 기둥 사이에서 낯선 사람을 만난 일부터 바로 이야기했다. 하지만 셋 모두 너무 흥분해 있어서 아무도 일이 일어난 순서대로 말하지는 않았다. 그들은 뭔가 생각날 때마다 무슨 일이 먼저 일어났고 나중에 일어났는지, 혹은 누가 무슨 말을 하고 있었는지는 생각하지 않고 불쑥불쑥 이야기했다. 감시자들. 그들은 모두 감시자들에 관해 떠들어 댔다.

그 바람에 이야기는 거의 알아듣기 어려웠지만 그들의 두려움만은 전해졌다. 에그웨인이 거리를 마주 보는 텅 빈 창문을 불안하게 힐끗 바라보았다. 밖에서는 마지막 노을이 사라져 가고 있었다. 모닥불은 아주 작고 희미하게 보였다. 톰이 잇새에 물고 있던 파이프를 꺼내더니 고개를 한쪽으로 기울이고 인상을 쓴 채 귀 기울였다. 모레인의 눈에서는 걱정이 드러났지만 지나친 정도는 아니었다. 그러다가…….

갑자기 아이즈 세다이가 쉿 소리를 내며 랜드의 팔꿈치를 세게 잡았다. "무어데스라고! 그 이름이 확실하니? 꼭 확실해야 해, 너희 모두. 무어데스 맞아?"

그들은 아이즈 세다이의 강렬한 반응에 놀라 합창하듯 "네"라고 중얼거렸다.

"무어데스가 너희를 건드렸니?" 그녀가 모두에게 물었다. "너희한테 뭔가 주거나, 너희가 무어데스한테 뭔가 해 줬어? 반드시 나한테 알려 줘야 해."

"아뇨." 랜드가 말했다. "안 그랬어요. 그런 일은 없었어요."

페린도 고개를 끄덕이며 덧붙였다. "무어데스가 한 일은 우리를 죽이려던 것뿐이에요. 그걸로 충분하지 않아요? 방을 절반쯤 채울 때까지 부풀어 오르더니 우리가 모두 죽은 목숨이라고 소리치고서 사라졌다고요." 페린은 보여 주고 싶다는 듯 손을 움직였다. "연기처럼요." 에그웨인이 새된 꺅 소리를 냈다.

맷이 심술궂게 빈정거렸다. "안전하다고 했잖아요! 트롤록들은 여기 오지 않는다고 한참 떠들어 대더니. 그럼 뭐라고 생각했어야 하는데요?"

"너희는 아무 생각도 하지 않은 것 같구나." 모레인은 다시 한번 냉정하게 자세를 바로잡고 말했다. "생각이 있는 사람이라면 트롤록들이 무서워서 들어가지 못하는 곳이라는 말을 듣고 경계했을 텐데."

"맷이 한 짓이오." 나이니브가 말했다. 목소리에 확신이 들어 있었다. "저 녀석은 늘 이런저런 장난을 치자고 선동하지. 맷이 곁에 있으면 다른 녀석들은 그나마 조금이라도 타고난 분별력을 잃어버리고."

모레인은 짧게 고개를 끄덕였지만 그녀의 시선은 랜드와 두 친구에게 머물러 있었다. "트롤록 전쟁이 끝나갈 때 군단 전체가 이 폐허 안에서 야영한 적이 있어. 트롤록, 어둠의 친구들, 머드랄, 공포의 군주들로 이루어진, 다 합치면 수천 명은 되는 존재들이 말이야. 그들이 다시 나오지 않자 성벽 안으로 정찰병이 파견됐지. 정찰병들은 무기와 갑옷 조각, 사방에 튀어 있는 피를 발견했어. 누군가 벽을 긁어서 트롤록 언어로 메시지를 남겨 놓았지. 최후의 순간에 자신들을 도와 달라고 어둠의 군주를 부르는 메시지였어. 나중에 온 사람들은 피니 메시지의 흔적을 찾지 못했어. 그런 흔적은 전부 바박 닦여 나갔으니까. 반인과 트롤록 들은 그 일을 지금도 기억해. 그래서 이곳에 들어오지 않는 거야."

"그런데 이런 곳을 골라서 숨자고 한 거예요?" 랜드는 믿을 수가 없어서 말했다. "밖에서 놈들의 추격을 따돌리는 게 안전했겠네요."

"너희가 멋대로 나가지만 않았으면," 모레인이 인내심 있게 말했다. "내가 이 건물 주변에 방벽을 설치했다는 걸 알았을 거야. 머드랄이라면 그런 방벽이 있는 줄도 모르겠지. 그 방벽이 막는 건 다른 종류의 악이니까. 샤다 로고스 안에 사는 존재들은 그 방벽을 넘어오지 못해. 아예 가까이 올 수도 없어. 아침에는 우리가 안전하게 떠날 수 있을 테고. 그 존재들은 햇빛을 견디지 못하니까. 땅속 깊은 곳에 숨어 있겠지."

"샤다 로고스요?" 에그웨인이 잘 모르겠다는 듯 말했다. "전 이 도시가 아리드홀이라고 불린다고 하신 줄 알았는데요."

"한때는 아리드홀이라고 불렸단다." 모레인이 대답했다. "두 번째 서약을 한 열 개의 국가, 세계의 파괴가 일어난 이후 가장 이른 시기부터 어둠의 존재에게 대항해 온 나라 중 하나였지. 소린 알 토렌 알 반이 마네세렌의 왕이던 시절에 아리드홀의 왕은 철의 손 발웬이라고 불리는 발웬 마옐이었어. 트롤록 전쟁 당시 절망의 노을 속에서, 거짓말의 아버지가 세상을 정복할 것이 확실해 보일 때, 무어데스라는 사람이 발웬의 궁정에 찾아왔단다."

"우리가 아는 그 무어데스요?" 랜드가 소리쳤다. 맷이 말했다. "그럴 리가!" 모레인의 눈총에 그들은 조용해졌다. 아이즈 세다이의 목소리를 제외하면 방은 고요함으로 가득 찼다.

"무어데스는 도시에 들어온 지 얼마 되지 않아 발웬의 신임을 얻었고, 머잖아 왕의 이인자가 됐단다. 무어데스는 발웬의 귀에 독이 되는 말을 속삭였고, 아리드홀은 변하기 시작했지. 아리드홀은 움츠러들었고 매정해졌어. 아리드홀 사람보다는 트롤록이 낫겠다는 사람이 있었다고 할 정도야. 오직 빛의 승리. 그게 무어데스가 아리드홀 사람들에게 전한 전투의 함성이었고, 아리드홀 사람들은 자기 행위로 빛을 저버리면서 그 구호를 외쳤어.

모두 전하기에는 너무도 길고 우울한 이야기야. 타 발론에서조차 일부밖에 알려지지 않은 이야기이기도 하고. 소린의 아들 카아가 어떻게 다시 아리드홀을 두 번째 서약에 끌어들였는지에 관한 이야기, 발웬이 광기로 눈을 번뜩이는 시든 껍데기가 되어 왕좌에 앉아 있었던 이야기, 그동안 무어데스가 왕의 곁에서 미소 지으며 카아와 사절단을 어둠의 친구로 몰아 죽이라고 명령했던 이야기. 카아 왕자가 한 손의 카아가 된 이야기. 그가 아리드홀의 지하 감옥에서 탈출해, 자연을 거스르는 무어데스의 암살자들이 따라오는 가운데 홀로 변방으로 도망친 이야기. 그곳에서 그의 정체를 모르던 레아를 만나 그녀와 결혼한 이야기. 그로써 카아는 레아의 손에 죽고, 레아는 그의 무덤 앞에서 스스로 목숨을 끊는 결과로 이어질 실타래를 패턴에 짜 넣게 된 이야기. 알레스 로리엘이 몰락한 이야기. 마네세렌 군대가 카아의 복수를 하러 왔다가 아리드홀의 성문이 이미 무너져 있고, 성벽 안에는 죽음보다도 나쁜 무언가를 제외하면 살아 있는 존재가 하나도 없다는 것을 알게 된 이야기. 그런 이야기야. 아리드홀에 찾아온 적은 아리드홀 자신밖에 없었어. 의심과 증오심은 아리드홀이 만들어 낸 무언가를 먹고 사는 존재를 낳았지. 도시가 딛고 선 토대 안에 갇혀 있는 존재를 말이야. 마샤다는 여전히 굶주린 채 기다리고 있단다. 사람들은 더 이상 아리드홀 이야기를 하지 않지. 사람들은 아리드홀에 샤다 로고스라는 이름을 붙였어. 그림자가 기다리는 곳, 더 단순하게 표현하자면 그림자의 기다림이라는 뜻이야.

마샤다에 잡아먹히지 않은 사람은 무어데스밖에 없었어. 하지만 무어데스도 마샤다의 덫에 걸렸지. 그자도 이 성벽 아래서 수백 년의 긴 세월 동안 기다려 왔어. 너희만 무어데스를 본 건 아니야. 무어데스는 정신을 뒤틀고 영혼을 오염시키는 재능으로 몇몇 사람들에게 영향을 끼쳐 왔어. 그렇게 오염되면 그 오염이 점점 차올라 한 사람의 존재를 지배하거나 죽인 뒤 다시 이지러지곤 하지. 상대를 설득해 성벽으로, 마샤다의 힘이 미치는 경계선으로 가기만 하면 무어데스는 그 사람의 영혼을 집어삼킬 수 있어. 차라리 죽이는 게 나았을 사람의 몸을 걸친 채 세상에 다시 악을 퍼뜨리러 떠나는 거야."

"보물이요." 모레인이 말을 멈추자 페린이 웅얼거렸다. "무어데스는 우리한테 보물을 지기 말이 있는 곳으로 나르도록 도와 달라고 했어요." 페린의 얼굴이 초췌했다. "그 말이 도시 외곽 어딘가에 있었겠네요." 랜드가 몸을 떨었다.

"하지만 지금은 안전하잖아?" 맷이 물었다. "무어데스는 우리에게 아무것도 주지 않았어. 우리를 건드리지도 않았고. 우린 안전한 것 맞죠? 당신이 방벽을 설치했으니까요."

"우린 안전해." 모레인이 동의했다. "무어데스는 방벽을 넘을 수 없어. 이곳에 사는 다른 존재들도 마찬가지고. 또 놈들은 햇빛을 피해 숨어야 하니

날이 밝으면 안전하게 떠날 수 있을 거야. 이제 자려고 해 보렴. 란이 돌아올 때까지는 방벽이 우리를 지켜 줄 거야."

"간 지 한참 됐는데." 나이니브는 바깥의 어둠을 걱정스럽게 바라보았다. 칠흑처럼 검은 완전한 어둠이 내린 뒤였다.

"란은 괜찮을 거예요." 모레인이 위로하듯 말하며 모닥불 옆에 이불을 펼쳤다. "란은 요람에서 나오기도 전에 어둠의 존재와 싸우겠다고 맹세했어요. 고사리손에 칼을 쥔 채 말이죠. 그리고 란이 죽으면, 난 그가 언제 어떻게 죽었는지 알게 될 거예요. 란도 내가 죽으면 알게 될 테고. 쉬어요, 나이니브. 다 잘 될 테니까." 하지만 모레인은 이불 속으로 들어가며 잠시 말을 멈추고 거리를 내다보았다. 그녀도 수호자가 왜 늦어지는지 궁금한 듯했다.

랜드는 팔다리가 납덩이처럼 느껴졌다. 눈이 알아서 감기려 했다. 하지만 잠은 빨리 찾아오지 않았고, 일단 잠이 들자 잠꼬대를 하고 이불을 걷어차며 꿈을 꾸었다. 그렇게 자다가 갑자기 깨어났다. 그는 잠시 주위를 둘러본 뒤에야 이곳이 어딘지 떠올렸다.

달이 떠 있었다. 새로운 달이 떠오르기 전, 마지막 가느다란 조각달이었다. 그 희미한 빛은 밤을 이기지 못했다. 딱히 푹 자는 것은 아니었지만 다른 사람들은 아직 잠들어 있었다. 에그웨인과 랜드의 두 친구는 몸을 뒤틀며 잘 들리지 않는 목소리로 중얼거렸다. 조용하게 들려오는 톰의 코 고는 소리조차 반밖에 알아들을 수 없는 말로 가끔씩 끊겼다. 란은 아직도 기척이 없었다.

갑자기 랜드는 방벽이 아무런 보호도 해 주지 못할 것 같다고 느꼈다. 저 바깥의 어둠 속에는 무엇이든 있을 수 있었다. 랜드는 자신을 바보 같다고 타이르면서 모닥불의 마지막 숯불에 장작을 더했다. 불이 너무 작아서 별로 따뜻하지는 않았지만 더 많은 빛을 얻을 수 있었다.

랜드는 불쾌한 꿈을 꾸다가 깬 이유가 무엇인지 전혀 알 수 없었다. 그는 다시 어린아이가 되어 탬의 칼을 들고 등에는 요람을 진 채 텅 빈 거리를 뛰어다니고 있었다. 무어데스가 랜드에게 자기가 바라는 것은 랜드의 손밖에 없다고 소리치며 따라왔다. 그러는 내내 어떤 늙은이가 그들을 지켜보며 미친 사람처럼 킬킬거렸다.

랜드는 이불을 추스르고 누워서 천장을 바라보았다. 마지막 꿈 같은 꿈을 더 꿔야 한대도 자고 싶었지만 도저히 눈이 감기지 않았다.

갑자기 수호자가 어둠 속에서 방 안으로 조용히 종종걸음 치며 들어왔다. 모레인은 그가 종을 울리기라도 한 것처럼 정신을 차리고 일어나 앉았다. 란이 손을 폈다. 세 개의 작은 물건이 딸그랑거리는 쇠붙이 소리를 내며 모레인 앞 타일에 떨어졌다. 피처럼 붉은, 뿔 달린 해골 모양의 배지 세 개였다.

"성벽 안에 트롤록들이 있습니다." 란이 말했다. "한 시간 남짓 지나면 이리로 올 겁니다. 다볼이 그중에서 가장 문제입니다." 그가 다른 이들을 깨우기 시작했다.

모레인은 차질 없이 이불을 개기 시작했다. "몇 마리나 되죠? 놈들이 우리가 여기 있다는 것을 아나요?" 전혀 급할 것 없다는 목소리였다.

"그런 것 같지는 않습니다." 란이 대답했다. "100마리가 훨씬 넘습니다. 서로를 포함해 움직이는 건 뭐든 죽일 수 있을 만큼 겁을 먹고 있더군요. 반인들이 놈들을 다그쳐야 하는 상황입니다. 한 권단을 다스릴 반인이 넷밖에 없었습니다. 머드랄조차 도시를 최대한 빠르게 가로지르는 것 말고는 아무것도 원하지 않는 듯했고요. 놈들은 주변을 탐색하지 않을 겁니다. 오합지졸이라 우리에게 곧장 다가온다 해도 걱정할 것은 없습니다." 란이 망설였다.

"다른 문제가 있나요?"

"별것은 아닙니다만." 란이 천천히 말했다. "머드랄이 트롤록을 억지로 이 도시에 들어오게 만들었다면 머드랄에게 억지로 그런 일을 시킨 것은 누구일까요?"

모두가 조용히 듣고 있었다. 톰이 숨죽여 욕설했고 에그웨인은 조용히 질문을 던졌다. "어둠의 존재인가요?"

"바보같이 굴지 마라, 얘야." 나이니브가 쏘아붙였다. "어둠의 존재는 창조주에 의해 샤이올 굴에 매여 있어."

"최소한 당분간은 그래." 모레인이 동의했다. "맞아, 거짓말의 아버지가 저 밖에 있는 건 아니야. 하지만 어쨌든 떠나야겠다."

나이니브가 눈을 가늘게 뜨고 그녀를 보았다. “방벽으로 보호되는 곳을 떠나서 한밤중에 샤다 로고스를 가로지르자는 거요?”

“아니면 여기 남아 있다가 트롤록들을 상대해야겠죠.” 모레인이 말했다. “놈들이 여기 접근하지 못하게 하려면 일원력이 필요해요. 일원력은 방벽을 파괴하고, 방벽으로 막으려던 바로 그 존재를 끌어들일 겁니다. 게다가 37킬로미터 안에 있는 모든 반인이 볼 수 있도록 저 경비용 탑 꼭대기에 봉화도 피워지겠죠. 나도 딱히 떠나고 싶은 건 아니지만 우린 토끼이고 사냥을 주도하는 건 사냥개예요.”

“성벽 바깥에 트롤록들이 더 많으면요?” 맷이 물었다. “그럼 어떻게 해요?”

“그럼 내가 원래 세웠던 계획대로 할 거야.” 모레인이 말했다. 란이 그를 보았다. 그녀는 손을 들며 덧붙였다. “전에는 너무 지쳐서 그 계획을 쓸 수 없었어. 하지만 지금은 현자님 덕분에 쉬었으니까 괜찮아. 강으로 가자. 거기서는 등 뒤가 물로 막혀 있을 테니까. 뗏목을 만들어 강을 건널 때까지 트롤록과 반인 들을 막아 줄 더 작은 방벽을 칠 수 있을 거야. 더 좋은 건 살데이아에서 내려오는 장삿배를 탈 수도 있다는 거지.”

에먼즈 필드 사람들은 멍한 표정이 되었다. 란이 눈치챘다.

“트롤록과 머드랄은 깊은 물을 싫어한다. 트롤록은 깊은 물을 무서워하지. 둘 다 수영을 못해. 반인은 허리보다 깊은 물을 헤치고 지나갈 생각을 전혀 하지 않는다. 흐르는 물이면 특히 그렇고. 트롤록은 피할 방법만 있으면 그조차 하지 않으려 든다.”

“그럼 강만 건너면 안전한 거네요.” 랜드가 말하자 수호자가 고개를 끄덕였다.

“머드랄은 트롤록한테 뗏목을 만들라고 시키는 게 놈들을 샤다 로고스로 몰아넣는 것만큼 어렵다는 것을 알게 될 거다. 트롤록에게 그런 식으로 아리넬강을 건너게 하면, 트롤록 절반은 도망치고 나머지는 익사할 거야.”

“말에 타세요.” 모레인이 말했다. “아직 강을 건넌 것은 아니니까요.”

20장 바람에 실려 온 먼지

그들은 말을 타고 흰 석재 건물을 떠났다. 말들이 긴장해서 제자리걸음을 했다. 얼음장 같은 바람이 지붕 위에서 신음하며 돌풍처럼 불어와 망토를 깃발처럼 휘날리게 하고 엷은 구름을 몰아갔다. 가느다란 달 조각이 가려졌다. 란은 가까이 붙어 있으라고 조용히 명령하며 앞장서 거리를 나아갔다. 말들은 가기 싫어 몸부림치며 고삐를 당겨 댔다.

랜드는 경계하며 일행이 지나쳐 가는 건물들을 올려다보았다. 밤이 된 지금 건물들은 어렴풋하게 보였다. 텅 빈 창문이 눈구멍 같았다. 그림자가 움직이는 듯했다. 때로 우르릉 소리가 들렸다. 바람에 돌무더기가 쓰러지는 소리였다. **그래도 감시자들의 눈은 없어졌잖아.** 랜드의 안도감은 일시적이었다. **왜 없어진 거지?**

톰과 에먼즈 필드 사람들이 랜드에게 모여들었다. 모두가 서로에게 몸이 닿을 만큼 가까이 붙어 있었다. 에그웨인은 어깨를 웅크리고 있었다. 벨라가 긴장을 풀고 포장된 길에 발을 디디게 하려는 듯했다. 랜드는 숨조차 쉬고 싶지 않았다. 숨소리가 관심을 불러일으킬 수 있었다.

그는 문득 앞이 트여 있다는 걸 깨달았다. 수호자와 아이즈 세다이가 그들과 멀어져 있었다. 두 사람은 족히 27미터가량 앞서가는 불명확한 형체가 되어 있었다.

"뒤처지고 있어." 그가 중얼거리며 클라우드의 옆구리를 차 속도를 높였다. 랜드의 눈앞에서 가느다란 은회색 연기 한 줄기가 거리를 가로지르며 낮게 떠갔다.

"멈춰!" 모레인이 숨죽여 외치는 소리였다. 날카롭고 긴급했지만 멀리까지 전달되지는 않는 낮은 목소리였다.

랜드는 무슨 일인지 몰라 우뚝 멈추었다. 가느다란 안개는 이제 거리를 완전히 가로지르고 있었다. 거리 양옆의 건물에서 더 많은 안개가 스며 나오는 듯 천천히 두꺼워졌다. 이제 연기는 남자의 팔 굵기 정도로 굵어졌다. 클라우드가 나지막이 울며 뒤로 물러나려 했다. 에그웨인과 톰, 다른 사람들이 랜드에게 다가왔다. 그들의 말도 고개를 뒤로 젖히며 안개와 너무 가까운 곳으로 가지 않으려 들었다.

란과 모레인은 다리 한쪽만큼 굵어진 안개 쪽으로 천천히 말을 몰아 와 반대편에 한참 떨어진 채로 멈추었다. 아이즈 세다이는 일행을 나누어 놓은 기다란 안개를 살펴보았다. 랜드는 날개뼈 사이가 간질거리는 갑작스러운 두려움에 어깨를 움츠렸다. 안개에는 희미한 빛이 깃들어 있었다. 안개의 촉수가 두꺼워지자 그 빛도 함께 밝아졌다. 그래 봐야 달빛보다 조금 더 밝은 정도였지만. 말들이 불안한 듯 움직였다. 알딥과 만다브까지도.

"이게 무엇이오?" 나이니브가 물었다.

"샤다 로고스의 악이에요." 모레인이 대답했다. "마샤다 말입니다. 마샤다는 아무것도 보지 못하고, 아무 생각도 하지 못하는 채로 지렁이가 땅을 파고 다니듯 아무 목적 없이 도시를 가로질러 다녀요. 이 안개에 닿으면 죽습니다." 랜드와 다른 사람들은 말들이 몸부림치며 뒤로 물러나게 놔뒀지만 너무 멀리 가지는 않았다. 랜드는 아이즈 세다이에게서 벗어나고 싶은 마음이 굴뚝같았지만 주위 상황과 비교해 보면 그녀가 고향 집만큼이나 안전했다.

"그럼 어떻게 당신을 따라가죠?" 에그웨인이 물었다. "이걸 죽이실……. 길을 터 주실 수 있나요?"

모레인의 웃음은 씁쓸하면서도 짧았다. "마샤다는 거대하단다, 얘야. 샤다 로고스 자체만큼이나 거대하지. 화이트 타워 전체가 덤벼들어도 마샤다를 죽일 수는 없어. 너희가 지나올 수 있을 만큼만 마샤다에게 피해를 준다 해도 그 정도의 일원력을 끌어오면 나팔이라도 분 것처럼 반인들의 관심을 끌게 될 거야. 게다가 마샤다가 곧 밀려들어 내가 준 피해를 복구하겠지. 어쩌면 밀려들어서 자기 그물로 우리를 잡을지 몰라."

랜드는 에그웨인과 눈짓을 주고받은 뒤 그녀가 했던 질문을 다시 던졌다. 모레인은 한숨을 쉬고 나서야 대답했다.

"마음에 들지는 않지만 해야 할 일은 해야겠지. 이게 모든 땅에 드리워져 있지는 않을 거야. 다른 거리는 비어 있을 거란다. 저 별 보이니?" 그녀는 안장에 앉은 채 몸을 틀어 동쪽 하늘에 낮게 떠 있는 붉은 별을 가리켰다. "저 별이 있는 쪽으로 계속 가. 그러면 강이 나올 거야. 무슨 일이 일어나든 계속 강 쪽으로 가. 최대한 빨리 가되 가장 중요한 건 소리를 내지 않는 거야. 아직 트롤록이 있다는 걸 기억하렴. 반인도 넷이나 있고."

"하지만 어떻게 다시 만나죠?" 에그웨인이 반문했다.

"내가 너희를 찾을 거야." 모레인이 말했다. "안심해. 난 너희를 찾을 수 있어. 이제 가렴. 이 존재는 생각이 아예 없긴 하지만 먹잇감의 존재를 느낄 수 있으니까." 정말 그랬다. 커다란 안개의 몸체에서 은회색 밧줄이 솟아났다. 그 밧줄들은 워터우드 연못 밑바닥에 사는 백손이의 촉수처럼 흔들리며 떠왔다.

랜드가 불투명한 안개의 두꺼운 둥치를 보다 말고 고개를 드니 수호자와 아이즈 세디이는 사라지고 없었다. 그는 입술을 핥으며 일행과 눈을 마주쳤다. 그들도 랜드만큼 긴장해 있었다. 그것이 전부가 아니었다. 모두 다른 누군가가 먼저 움직이기를 기다리는 것처럼 보였다. 밤과 폐허가 주위를 둘러쌌다. 희미한 자들이 저 바깥 어딘가에 있었다. 트롤록들도 있었다. 모퉁이 바로 너머에 있을지도 몰랐다. 안개 촉수가 더 가까이 떠왔다. 이제는 절반쯤 다가와 있었다. 촉수들은 더는 떨리지 않았다. 노릴 만한 먹이를 고른 것이다. 갑자기 랜드는 모레인이 무척 보고 싶었다.

모두 아직 어느 쪽으로 가야 할지 몰라 빤히 쳐다보고만 있었다. 랜드가 클라우드의 말 머리를 돌리자 회색 말은 반쯤 종종걸음 치며 달리기 시작했다. 녀석은 더 빨리 가려고 고삐를 당겨 댔다. 먼저 움직이면 리더가 되는 것인지 모두가 그를 따라왔다.

모레인이 없었기에 무어데스가 나타난다고 해도 그들을 보호해 줄 사람은 없었다. 트롤록이 나타나도 마찬가지였고. 그리고……. 랜드는 억지로 생각을 멈추었다. 붉은 별을 따라가야지. 랜드는 그 생각에 매달릴 수 있었다.

일행은 길 전체가 돌이나 벽돌 무더기로 가로막혀 말을 타고는 절대로 건널 수 없는 거리를 만나 세 차례나 온 길을 되짚어가야 했다. 일행의 가쁘고 날카로운 숨소리가 들렸다. 다들 공황에 빠지기 직전이었다. 랜드도 헐떡이지 않기 위해 이를 악물었다. **최소한 겁먹지 않은 모습을 보여 줘야 해. 잘하고 있어, 머리에 양털만 든 멍청아! 네가 모두를 안전하게 데리고 나가게 될 거야.**

그들은 다음 모퉁이를 돌았다. 안개의 장벽이 보름달처럼 밝은 빛으로 망가진 포장도로를 적셨다. 일행이 탄 말의 몸통만큼 굵은 안개 줄기가 갈라져 나와 그들에게 향했다. 아무도 기다리지 않았다. 그들은 말 머리를 홱 돌려 자기들이 일으키는 말발굽 소리는 신경 쓰지 않고 바싹 붙어 달렸다.

트롤록 두 마리가 눈앞의 거리에 들어섰다. 18미터도 떨어지지 않은 곳이었다.

잠시 인간과 트롤록 들은 그냥 서로를 바라보았다. 둘 다 상대보다 놀라 있었다. 둘씩 짝지은 트롤록이 나타나고, 또 나타나고, 또 나타나더니 앞에 있는 트롤록들과 부딪치며 인간을 보고 놀란 하나의 덩어리가 되었다. 하지만 놈들이 얼어붙어 있었던 것은 아주 잠깐뿐이었다. 건물로부터 목 깊은 곳에서 나오는 울음소리가 메아리쳤고, 트롤록들이 앞으로 뛰쳐나왔다. 인간들은 메추라기처럼 흩어졌다.

랜드의 잿빛 말은 세 걸음 만에 전속력에 이르렀다. "이쪽이야!" 그가 소리쳤지만 다섯 사람이 똑같이 외치는 소리가 들렸다. 서둘러 어깨 너머를 보니 일행이 온갖 방향으로 사라지고 있었다. 트롤록들이 그들 모두를 쫓았다.

랜드에게도 트롤록 세 마리가 따라붙었다. 놈들은 포획용 막대로 허공을 휘저어 댔다. 랜드는 그들이 클라우드의 한 걸음 한 걸음에 속도를 맞추고 있다는 것을 깨닫고 소름이 돋았다. 클라우드의 목에 납작 엎드려 계속 달리라고 재촉했다. 걸걸한 함성이 뒤에서 쫓아왔다.

앞에서는 지붕이 부서진 건물들이 취한 것처럼 바깥으로 기울어지는 바람에 길이 점점 좁아졌다. 텅 빈 창문들이 천천히 은색 빛으로 가득 찼다. 짙은 안개가 밖으로 불거져 나왔다. 마샤다였다.

랜드는 위험을 무릅쓰고 어깨 너머를 힐끗 보았다. 트롤록들이 지금도 46미터도 채 못 되는 거리에서 따라오고 있었다. 안개에서 나는 빛만으로도 그들을 똑똑히 볼 수 있었다. 이제는 희미한 자가 트롤록 뒤에서 말을 달리고 있었고, 트롤록들은 랜드를 쫓는 만큼이나 반인에게서 달아나는 것처럼 보였다. 랜드 앞에서는 대여섯 개의 회색 덩굴이 창문에서 흔들렸고, 10여 개의 안개 덩굴이 허공을 더듬었다. 클라우드가 고개를 젖히며 비명을 질렀으나 랜드는 인정사정없이 말의 옆구리를 걷어찼고, 말은 맹렬히 앞으로 달려 나갔다.

랜드가 틈새로 질주하자 덩굴이 뻣뻣해졌다. 하지만 랜드는 클라우드의 등에 납작하게 웅크리고 그 덩굴을 애써 보지 않았다. 덩굴 너머로는 길이 트여 있었다. **저 중 하나가 나한테 닿으면……. 빛이여!** 랜드는 클라우드를 더 세게 걷어찼고, 말은 그들을 환영하는 그림자 속으로 펄쩍 뛰어들었다. 클라우드가 아직 달리는 가운데 랜드는 마샤다의 빛이 줄어들기 시작한 순간 뒤를 돌아보았다.

마샤다의 흔들리는 샛빛 촉수가 길 절반을 가로막고 있었다. 트롤록들이 망설였다. 하지만 희미한 자가 안장 앞 테에서 채찍을 집어 들더니 천둥소리를 내며 트롤록들의 머리 위를 후려쳤다. 허공에 불꽃이 튀었다. 트롤록들은 웅크린 채 랜드를 쫓아 돌진했다. 반인은 머뭇거렸다. 검은 고깔이 마샤다가 뻗은 팔을 살펴보고 있었다. 그러더니 놈도 앞으로 달려 나왔다.

점점 짙어지는 안개의 촉수들은 잠시 망설이는 듯 늘어져 있다가 독사처럼 공격해 왔다. 최소 두 개의 촉수가 각기 트롤록 한 마리에게 달라붙어 놈들을 잿빛으로 적셨다. 짐승의 주둥이가 달린 머리는 다시 비명을 질렀다.

그러나 안개가 열린 입 속으로 밀려들어 울부짖는 소리를 먹어 치웠다. 다리 굵기의 촉수 네 개가 희미한 자를 채찍으로 후려쳤고, 반인과 놈이 탄 검은 말은 춤이라도 추듯 움찔거렸다. 마침내 고깔이 젖혀지며 창백하고 눈 없는 얼굴이 드러났다. 희미한 자가 비명을 질렀다.

소리 없는 외침이었다. 트롤록의 비명과 마찬가지였다. 하지만 들을 수 있는 범위를 살짝 벗어난 뭔가가, 귀청을 꿰뚫는 듯한 신음이 들렸다. 마치 세상 모든 말벌이 윙윙거리는 듯한 소리였다. 랜드의 귓속에 그 소리가 존재할 수 있는 모든 공포를 담은 것처럼 파고들었다. 클라우드도 그 소리를 들은 듯 경련하더니 어느 때보다도 세차게 달렸다. 랜드는 헐떡이며 클라우드에게 매달렸다. 목구멍이 모래처럼 건조했다.

잠시 후 랜드는 죽어 가는 희미한 자의 조용한 비명이 더 이상 들리지 않는다는 것을 깨달았다. 갑자기 질주하는 클라우드의 말발굽 소리가 고함처럼 시끄럽게 들렸다. 그는 클라우드의 고삐를 세차게 당기며 두 거리가 교차하는 지점의 삐죽삐죽한 벽 옆에 멈추어 섰다. 이름 없는 기념물이 눈앞 어둠 속에 서 있었다.

랜드는 안장에 축 늘어진 채 귀 기울였지만 귓속에서 들려오는 심장 박동 말고는 아무 소리도 들리지 않았다. 식은땀이 얼굴에 맺혔다. 그는 바람이 망토를 채찍질할 때마다 몸을 떨었다.

마침내 그가 몸을 폈다. 구름에 숨겨지지 않은 하늘에 수많은 별이 반짝였지만 동쪽에 낮게 떠 있는 붉은 별은 쉽게 눈에 띄었다. **살아서 저 별을 보고 있는 사람이 또 있을까?** 다들 풀려났을까, 아니면 트롤록들에게 잡혔을까? **빛이여, 제 눈을 멀게 하시렵니까? 에그웨인, 왜 나를 따라오지 않은 거야?** 다들 살아서 풀려났다면 저 별을 따라갈 것이다. 그게 아니라면……. 폐허는 거대했다. 랜드는 아무도 찾지 못한 채 며칠씩 이곳을 탐색하게 될지 몰랐다. 설령 트롤록들을 피할 수 있다 해도. 희미한 자와 무어데스와 마샤다를 피할 수 있다 해도. 랜드는 꺼림칙했지만 강으로 가기로 했다.

그는 고삐를 쥐었다. 교차로에서 돌멩이 하나가 다른 돌 위에 날카로운 달칵 소리를 내며 떨어졌다. 랜드는 얼어붙었다. 숨조차 쉴 수 없었다. 그는 그림자 속에 숨어 있었다. 모퉁이에서 겨우 한 걸음 떨어져 있었다. 미쳐 버릴 것 같았다. 랜드는 물러나는 방법을 생각해 보았다. 뒤에 뭐가 있었지? 뭣 때문에 소리가 나서 위치를 들키려나? 생각나지 않았다. 건물 모퉁이에서 눈을 돌리기가 겁나기도 했다.

어둠이 그 모퉁이에서 부풀어 올랐다. 길쭉한 어둠의 축이 그 덩어리에서 뻗어 나왔다. 포획용 막대였다! 랜드는 그 생각이 번뜩 떠오른 순간에 클라우드의 갈빗대를 발꿈치로 세게 걷어찼다. 칼이 칼집에서 휙 뽑혀 나왔다. 랜드는 알아들을 수 없는 함성을 내지르며 돌격해 온 힘을 실어 칼을 휘둘렀다. 그러고는 필사적으로 힘을 주어서야 간신히 칼날을 멈출 수 있었다. 맷이 꺅 소리를 내며 뒤로 허둥지둥 물러나다가 말에서 반쯤 떨어지고 활을 놓칠 뻔했다.

랜드는 깊은숨을 들이쉬고 칼을 내렸다. 팔이 떨렸다. "다른 애들 봤어?" 그가 간신히 말했다.

맷은 세게 침을 삼킨 뒤에야 어색하게 다시 안장에 올랐다. "난……. 난…… 트롤록밖에 못 봤어." 그가 목에 손을 대며 입술을 핥았다. "트롤록밖에 못 봤어. 넌?"

랜드는 고개를 저었다. "틀림없이 강으로 가고 있을 거야. 우리도 그렇게 해야 돼." 맷은 계속 목을 어루만지며 조용히 고개를 끄덕였다. 둘은 붉은 별을 향해 나아가기 시작했다.

183미터도 채 나아가기 전에 트롤록의 곡하는 듯한 뿔나팔 소리가 등 뒤의 도시 십숙한 곳에서 들려왔다. 다른 뿔나팔 소리가 성벽 바깥에서 응답했다.

랜드는 몸을 떨었지만 느린 속도를 유지하며 어두운 곳을 살폈다. 그는 피할 수 있는 대로 어둠을 피했다. 그대로 달려 나갈 것처럼 고삐를 한 차례 홱 잡아당긴 뒤에는 맷도 똑같이 했다. 뿔나팔 소리는 다시 들려오지 않았다. 그들은 고요한 가운데 한때 성문이 있었던 곳에 이르렀다. 성벽 한쪽이 트인 채 덩굴로 뒤덮여 있을 뿐 남아 있는 건 검은 하늘을 배경으로 지붕이 망가진 채 서 있는 탑뿐이었다.

맷은 성문 앞에서 망설였다. 랜드가 조용히 말했다. "과연 여기 있는 게 밖에 나가는 것보다 안전할까?" 그는 잿빛 말의 걸음을 늦추지 않았고, 잠시 후에는 맷도 그를 따라 샤다 로고스에서 나왔다. 맷은 사방을 동시에 둘러보려 했다. 랜드가 느리게 숨을 내쉬었다. 입이 말라 있었다. **우린 해낼 거야. 빛을 걸고, 우린 해낼 거야!**

등 뒤로 성벽이 사라졌다. 밤의 어둠과 숲에 삼켜졌다. 랜드는 아주 작은 소리까지 들으려고 귀를 쫑긋 세운 채 붉은 별을 정면에 두고 계속 나아갔다.

갑자기 톰이 뒤에서 질주해 나왔다. 그는 아주 조금 속도를 늦추어 "달려라, 멍청이들아!"라고 소리쳤다. 잠시 후 등 뒤의 덤불에서 추격하는 함성과 부딪히는 소리가 들렸다. 트롤록들이 톰에게 따라붙은 것이었다.

랜드가 박차를 가하자 클라우드가 음유시인의 거세한 수말을 따라 달렸다. **모레인 없이 강에 도착하면 어떻게 되는 거지? 빛이여, 에그웨인!**

페린은 그림자 속에 말을 세워 둔 채 열린 성문을 지켜보고 있었다. 아직 성문까지는 거리가 조금 남아 있었다. 그는 자기도 모르게 도끼날을 엄지로 쓸었다. 성문은 폐허가 된 도시에서 나가는 확실한 길로 보였다. 그러나 페린은 그 문을 지켜보며 그 자리에 5분간 가만히 있었다. 바람이 덥수룩한 곱슬머리를 휘젓고 망토를 날리려 했다. 페린은 자기가 무엇을 하는 것인지 제대로 알아차리지 못한 채 다시 망토를 여몄다.

페린은 맷을 포함한 에먼즈 필드 사람 대부분이 그를 둔하다고 생각한다는 것을 알았다. 부분적으로는 페린이 덩치가 크고 보통 신중하게 움직이기 때문이었다. 페린은 함께 자란 소년들보다 훨씬 덩치가 컸으므로 실수로 뭔가를 망가뜨리거나 누군가를 다치게 할까 봐 늘 걱정했으니까. 하지만 실제로 그는 이런저런 것을 최대한 끝까지 생각해 보는 편을 좋아하기도 했다. 빠른 생각, 부주의한 생각 탓에 맷은 계속해서 불구덩이에 빠졌다. 맷의 빠른 생각은 보통 랜드나 페린이나 둘 모두를 가마솥에 끌고 들어갔다.

목이 막혔다. **빛을 걸고, 가마솥에 들어간다는 생각은 하지 마.** 페린은 다시 생각을 정돈하려 했다. 신중하게 생각하는 것이 옳은 방법이었다.

한때 성문 앞에는 가운데에 거대한 분수가 있는 일종의 광장이 있었다. 분수 일부가 여전히 남아 있었다. 망가진 조각상들이 커다랗고 둥근 분수 기단과 그 주변의 트인 공간에 모여 서 있었다. 성문까지 가려면 페린은 수색자들의 눈을 가려 줄 것이라고는 어둠밖에 없는 상태에서 거의 183미터를 달려야 했다. 그것도 기분 좋은 생각은 아니었다. 보이지 않는 감시자들이 너무도 잘 기억났다.

그는 방금 전 도시에서 들은 뿔나팔 소리를 생각했다. 일행 중 몇 명이 잡혔을지도 모른다는 생각에 그리로 돌아갈 뻔했지만 설령 잡혔더라도 혼자서는 아무것도 할 수 없다는 걸 깨달았다. **상대가—란이 뭐라고 했더라—트롤록 100마리에 희미한 자 넷이라면 말이지. 모레인 세다이는 강으로 가라고 했어.**

그는 다시 성문을 살펴보기 시작했다. 신중한 생각으로 얻은 것은 별로 없었지만 페린은 결정을 내렸다. 그는 짙은 그림자에서 비교적 옅은 어둠 속으로 나왔다.

그때 다른 말 한 마리가 광장 반대편에 나타나 멈추었다. 페린도 멈추며 도끼를 더듬거렸다. 그런다고 마음이 아주 편해진 것은 아니었다. 저 어두운 형체가 희미한 자라면…….

"랜드?" 상대가 작고 머뭇거리는 목소리로 불렀다.

페린은 길게 안도의 한숨을 내쉬었다. "페린이야, 에그웨인." 그도 마찬가지로 조용히 외쳤다. 그래도 어둠 속에서는 너무 시끄럽게 들렸다.

그들은 말을 타고 분수 근처로 모였다.

"딴 애들 봤어?" 둘이 동시에 물었고, 둘 다 대답 대신 고개를 저었다.

"괜찮을 거야." 에그웨인은 벨라의 목을 쓰다듬으며 웅얼거렸다. "안 그래?"

"모레인 세다이랑 란이 돌봐 주겠지." 페린이 대답했다. "우리가 강에 도착하기만 하면 그 둘이 모두를 돌봐 줄 거야." 페린은 자기 말이 사실이면 좋겠다고 생각했다.

일단 성문을 지나자 엄청나게 안도감이 들었다. 숲에는 **실제로** 트롤록과 희미한 자들이 있었는데도. 페린은 이런 방향의 생각을 멈추었다. 헐벗은 나뭇가지는 붉은 별을 보고 길을 찾는 데 방해가 되지 않았고, 그와 에그웨인은 이제 무어데스의 손길을 벗어나 있었다. 페린은 무어데스가 그 어떤 트롤록보다도 두려웠다.

머지않아 그들은 강에 도착해 모레인을 만날 것이다. 그러면 모레인이 그들을 트롤록의 손길도 닿지 않는 곳으로 데려갈 것이다. 페린은 그렇게 믿어야 했기에 그렇게 믿었다. 바람에 나뭇가지가 서로 긁히고 잎사귀와 상록수의 침엽이 부스럭거렸다. 쏙독새의 외로운 울음소리가 어둠 속을 떠돌았고, 그와 에그웨인은 온기를 얻으려고 모여들 듯 서로의 말을 바싹 붙여 몰았다. 몹시 외로웠다.

트롤록의 뿔나팔이 등 뒤 어딘가에서 울렸다. 빠르게 울부짖는 소리였다. 서두르라고 서두르라고 사냥꾼들을 재촉하는 소리. 이어 걸걸한 반쪽짜리 인간의 울음이 뒤에서 들려왔다. 뿔나팔 소리에 자극을 받아 외치는 소리였다. 그 울음소리는 인간의 냄새를 포착하자 더욱 날카로워졌다.

페린은 "가자!"라고 소리치며 말을 빠르게 달렸다. 에그웨인도 다가왔다. 둘 다 소음에도, 그들을 후려치는 나뭇가지에도 신경 쓰지 않고 말에 박차를 가했다.

그들은 숲을 가로지르며 어슴푸레한 달빛과 본능에 의존해 빠르게 달려갔다. 벨라가 뒤로 처졌다. 페린은 뒤를 돌아보았다. 에그웨인이 암말을 걷어차고 고삐로 채찍질을 했지만 아무 소용이 없었다. 소리를 들으니 트롤록들이 가까워지고 있었다. 그는 에그웨인을 놓치지 않으려고 속도를 늦추었다.

"서둘러!" 페린이 외쳤다. 이제는 트롤록들이 보였다. 거대하고 검은 형체들이 나무 사이를 뛰어다니며 피가 차게 식을 정도로 포효하고 으르렁거렸다. 페린은 허리띠에 걸려 있는 도낏자루를 꽉 잡았다. 손마디가 아플 지경이었다. "서둘러, 에그웨인! 빨리!"

갑자기 페린의 말이 비명을 질렀다. 페린은 떨어지고 있었다. 타고 있던 말이 아래로 푹 꺼지면서 안장에서 굴러떨어졌다. 페린은 몸을 보호하려고 두 손을 내뻗었다가 얼음장 같은 물속으로 머리부터 첨벙 빠져 버렸다. 깎아지른 절벽에서 아리넬강으로 곧장 말을 달려 들어간 것이다.

영하의 물이 준 충격에 페린은 헛숨을 내쉬었고, 물을 꽤 먹고 나서야 수면으로 간신히 올라왔다. 다른 첨벙 소리가 들렸다. 아니 들렸다기보다는 몸으로 느껴졌다. 에그웨인이 곧장 따라 들어왔나 보다는 생각이 들었다. 페린은 헐떡이고 거칠게 숨을 내쉬며 발장구를 쳤다. 떠 있기가 쉽지 않았다. 코트와 망토는 이미 젖어 있었고, 장화에는 물이 차 있었다. 그는 에그웨인을 돌아보았지만 바람결에 흔들리는 검은 물과 그 물결에 비친 달빛만이 보였다.

"에그웨인? 에그웨인!"

창 한 자루가 페린의 눈 바로 앞에서 번뜩이며 그의 얼굴에 물을 끼얹었다. 다른 창도 주변의 강물로 첨벙첨벙 꽂혔다. 강둑에서 말다툼이 벌어지며 걸걸한 목소리가 높아졌다. 트롤록의 창들은 더 이상 다가오지 않았다. 하지만 페린은 당분간 에그웨인을 소리쳐 부르지 않기로 했다.

페린은 물살에 실려 하류로 내려갔지만 걸걸한 외침과 으르렁거리는 소리가 그와 속도를 맞추어 강둑을 따라왔다. 페린은 망토를 벗어 강물에 실려 가도록 놔두었다. 몸을 끌어당기는 무게를 조금이나마 줄인 것이다. 페린은 개헤엄을 쳐 반대쪽 강둑으로 향했다. 그곳에는 트롤록이 없었다. 희망 사항이었지만.

페린은 고향에서 워터우드의 연못에서 했던 것처럼 두 손과 두 발로 물장구를 치며 물 밖으로 머리를 내놓은 채 헤엄쳤다. 최소한 그는 물 밖으로 머리를 내놓으려고 애썼다. 쉽지 않았다. 망토가 없어도 코트와 장화가 하나하나 페린 자신의 몸무게만큼 무겁게 느껴졌다. 도끼도 허리를 잡아당겼다. 페린을 물 밑으로 끌어당기지 못하면 뒤집어 놓기라도 하겠다고 위협하는 것 같았다. 페린은 강물에 도끼도 내줄까 생각했다. 한 번이 아니었다. 그 방법은, 예컨대 몸부림치며 장화를 벗어 버리는 것보다 훨씬 더 쉬울 터였다. 하지만 그 생각을 할 때마다 맞은편 강둑으로 기어 나왔는데 트롤록들이 기다리고 있는 모습이 생각났다. 상대가 트롤록 대여섯 마리라면, 어쩌면 한 마리라도 도끼는 별 소용이 없을 것이다. 그래도 맨손보다는 나았다.

잠시 후에는 트롤록들이 그 자리에 있다 한들 도끼를 들 힘도 없을 것 같았다. 팔다리가 납덩이처럼 무거워졌다. 사지를 움직이는 데 엄청난 노력이 들었다. 이제는 팔을 휘저어도 얼굴이 강물 밖으로 나오지 않았다. 코로 물이 들어가 기침이 나왔다. **대장간에서 하루 종일 일해도 여기와는 비교도 안 되겠어.** 그는 지쳐서 생각했다. 바로 그때 발장구치던 발이 무언가를 쳤다. 페린은 다시 차고 나서야 그게 뭔지 알았다. 강바닥이었다. 그는 얕은 물에 들어와 있었다. 강을 건넜다.

페린은 입으로 공기를 들이쉬며 일어섰다. 거의 다리가 풀려서 첨벙거렸다. 그는 허우적허우적 강둑에 올라오며 허리띠 고리에 걸려 있는 도끼를 만지작거렸다. 바람에 몸이 떨렸다. 트롤록은 보이지 않았다. 에그웨인도 보이지 않았다. 그저 강둑을 따라 듬성듬성 자란 나무 몇 그루와 물에 비치는 달빛의 리본이 보일 뿐이었다.

숨을 고르고 나서 페린은 일행의 이름을 부르고 또 불렀다. 강 건너에서 희미한 고함이 응답했다. 멀리서도 페린은 트롤록들의 거친 목소리를 알아들을 수 있었다. 하지만 친구들은 대답하지 않았다.

바람이 솟구치며 그 신음 소리로 트롤록들의 목소리를 눌렀다. 페린은 몸을 떨었다. 젖은 옷이 얼 정도로 춥지는 않았지만 체감으로는 그렇게 느껴졌다. 바람이 얼음 칼로 뼛속을 저미고 들어왔다. 페린은 몸을 끌어안았지만 그런 동작으로는 떨림이 멈추지 않았다. 그는 혼자서 지친 몸을 끌고 강둑을 기어올라 바람을 막아 줄 은신처를 찾았다.

랜드는 클라우드의 목을 쓰다듬으며 속삭이는 말로 잿빛 말을 안심시켰다. 말은 고개를 뒤로 젖히며 빠른 발걸음으로 마구 움직였다. 트롤록들을 따돌렸지만—어쨌든 그렇게 보였지만— 클라우드의 콧구멍 안쪽에는 놈들의 냄새가 짙게 남아 있었다. 맷이 활시위에 화살을 건 채 말을 타고 다가왔다. 그는 어둠 속에서 기습 공격이 있을까 봐 사방을 주시하고 있었다. 한편 랜드와 톰은 나뭇가지 사이를 보며 길잡이가 되어 줄 붉은 별을 찾고 있었다. 머리 위쪽에 나뭇가지가 빽빽하게 얽혀 있었으나 붉은 별을 향해 곧장 나아가는 동안에는 그 별을 시야에 두는 것이 어렵지 않았다. 하지만 그때 앞쪽에 트롤록들이 더 많이 나타났다. 트롤록 두 무리가 울부짖으며 따라오는 가운데 일행은 방향을 틀어 전력으로 질주했다. 트롤록들은 말과 속도를 맞추어 달릴 수 있었지만 겨우 91미터뿐이었다. 놈들은 결국 추격을 포기하고 등 뒤에서 울부짖었다. 하지만 이리저리 길을 돌고 돈 가운데 일행은 길잡이 별을 잃어버렸다.

"저쪽에 있다니까." 맷은 자기 오른쪽을 가리키며 말했다. "마지막 순간에 우린 북쪽으로 가고 있었어. 그 얘기는 이쪽이 동쪽이라는 뜻이야."

"저기 있다." 톰이 불쑥 말했다. 그는 얽힌 나뭇가지 사이로 왼쪽을 가리켰다. 바로 거기에 붉은 별이 있었다. 맷은 나지막하게 뭐라 투덜거렸다.

랜드가 곁눈으로 어떤 움직임을 포착한 순간, 트롤록 한 마리가 아무 소리도 내지 않고 나무 뒤에서 뛰쳐나와 포획용 막대를 휘둘렀다. 랜드는 말 옆구리를 걷어찼다. 트롤록 두 마리가 첫 번째 트롤록을 따라 그림자에서 튀어나오는 순간, 잿빛 말은 앞으로 내달렸다. 올가미가 랜드의 목뒤에 스쳤다. 척추를 따라 소름이 끼쳤다.

화살이 짐승 같은 얼굴의 눈에 맞았다. 일행이 숲 사이로 달려가는 가운데 맷이 휙 랜드의 옆으로 들어왔다. 랜드는 강을 향해 달려가고 있다는 것을 알았지만, 그것이 무슨 소용이 있을지 확신이 서지는 않았다. 트롤록들이 빠르게 추격해 왔다. 놈들이 손을 뻗으면 흩날리는 말의 꼬리를 잡을 수 있을 정도였다. 한 발만 더 따라잡히면 포획용 막대가 랜드와 맷을 둘 다 안장에서 끌어 내릴 수 있었다.

맷은 자기 목과 올가미 사이에 조금이라도 거리를 벌리려고 잿빛 말의 목에 납작하게 웅크렸다. 맷의 얼굴은 거의 말갈기에 묻혀 있었다. 하지만 톰은 어디 있는지 알 수 없었다. 트롤록 세 마리가 모두 소년들에게 붙었으니, 음유시인은 자기 혼자 떠나는 것이 더 낫다고 생각한 걸까?

갑자기 톰의 거세한 수말이 어둠 속에서 달려 나왔다. 그는 트롤록들을 바짝 뒤쫓고 있었다. 트롤록들이 놀라서 뒤를 돌아보기가 무섭게 음유시인이 두 손을 뒤로 젖혔다가 내뻗었다. 달빛이 강철에 닿아 번쩍였다. 트롤록 한 마리가 앞으로 고꾸라지더니 데굴데굴 굴러 땅에 쓰러졌다. 한편 두 번째 트롤록은 비명을 지르며 무릎을 꿇고 두 손으로 등을 긁어 댔다. 세 번째 트롤록은 주둥이 가득한 날카로운 이빨을 드러내며 으르렁거렸지만, 동료들이 쓰러지자 휙 돌아 어둠 속으로 향했다. 톰의 손이 채찍을 내리치는 듯한 동작을 다시 해 보이자 트롤록이 비명을 질렀지만, 그 비명은 놈이 도망가면서 멀리 잦아들었다.

랜드와 맷이 다가와 음유시인을 바라보았다.

"두 번째로 좋은 칼인데." 톰은 투덜거렸지만 굳이 말에서 내려 칼을 되찾으려 하지는 않았다. "저놈이 다른 놈들을 데려올 거다. 강이 그리 멀지 않았으면 좋겠구나. 그리고……." 톰은 또 뭘 바라는지 말하는 대신 고개를 젓고 빠른 구보로 말을 몰기 시작했다. 랜드와 맷이 그 뒤를 따랐다.

머지않아 그들은 낮은 강둑에 이르렀다. 어둠처럼 검은 물가 바로 앞까지 나무들이 자라고 있었다. 달빛 줄무늬가 그어진 수면이 바람에 찰랑거렸다. 랜드는 강 건너편이 전혀 보이지 않았다. 어둠 속에 뗏목을 타고 강을 건넌다는 생각이 마음에 들지 않았지만, 이쪽에 머문다는 생각은 더 마음에 들지 않았다. **필요하다면 수영이라도 해야지.**

강에서 멀리 떨어진 어딘가 어둠 속에서 트롤록 뿔나팔이 울렸다. 날카롭고 빠르며 긴급한 소리였다. 폐허를 떠나온 뒤 들은 첫 번째 뿔나팔 소리. 다른 사람들이 잡혔다는 뜻일까.

"밤새 여기 있어 봐야 소용없다." 톰이 말했다. "방향을 골라 봐라. 상류로 갈까, 하류로 갈까?"

"하지만 모레인 일행이 어디 있을지 모르는데요." 맷이 항의했다. "어디를 고르든 더 멀어질 뿐이라고요."

"그럴 수도 있지." 톰은 거세한 수말에게 혀를 차며 하류 쪽으로 말 머리를 돌려 강둑을 따라 이동하기 시작했다. "그럴 수도 있어." 랜드는 맷을 보았다. 맷은 어깨를 으쓱했고, 그들은 톰을 따라갔다.

잠깐은 아무것도 변하지 않았다. 강둑은 솟았다가 꺼지기를 반복했고, 숲은 계속해서 빽빽해졌다가 작은 공터를 만나 듬성듬성해졌다. 그러나 밤과 강과 바람은 늘 똑같이 차갑고 검었다. 트롤록은 없었다. 랜드한테는 반가운 변화였다.

그때 눈앞에 빛이 보였다. 단 하나의 빛 점이었다. 가까이 다가가니 빛이 강 위 한참 높은 곳에 떠 있는 것이 보였다. 꼭 나무에서 나오는 빛 같았다. 톰이 속도를 높이며 작게 콧노래를 부르기 시작했다.

마침내 그들은 빛이 어디에서 나오는지 알아볼 수 있었다. 큰 장삿배의 기둥에 걸려 있는 랜턴이었다. 길이가 족히 24미터는 되는 배가 물살에 따라 조금씩 흔들리고 있었다. 그때마다 나무에 매여 있는 정박용 밧줄이 당겨졌다. 바람에 따라 삭구가 삐걱거렸다. 랜턴 때문에 갑판은 달빛만 받을 때보다 두 배쯤 환했지만, 보이는 사람은 아무도 없었다.

"저게," 톰이 말에서 내리며 말했다. "아이즈 세다이의 뗏목보다 낫지?" 그는 허리에 두 손을 얹고 서 있었다. 어둠 속에서도 잘난 체하는 태도가 보였다. "말을 실어 나를 수 있도록 만들어진 배 같지는 않지만 우리가 경고해 줄 위험을 생각하면 선장하고 말이 통할지 모르겠다. 그냥 나한테 이야기를 맡겨. 혹시 모르니 담요와 안장주머니를 가져오고."

랜드는 말에서 내려 안장 뒤에 묶어 놓은 물건들을 풀기 시작했다. "다른 사람들을 두고 떠날 생각은 아니죠?"

톰은 그 질문에 답할 기회가 없었다. 공터 안으로 트롤록 두 마리가 불쑥 들어와 울부짖으며 포획용 막대를 휘저어 댔다. 네 마리의 트롤록이 그 뒤를 바짝 따르고 있었다. 말들은 앞발을 쳐들며 히힝 울어 댔다. 멀리서 들려오는 고함으로 미루어 보아 더 많은 트롤록들이 다가오고 있었다.

"배에 타라!" 톰이 소리쳤다. "빨리! 그건 전부 버리고! 뛰어!" 톰은 자기 말 그대로 배로 달려갔다. 그의 등 뒤로 조각보 망토가 펄럭이고 악기 통이 부딪혀 댔다. "너희, 배에 타라고!" 그가 외쳤다. "정신 차려라, 멍청이들아! 트롤록이야!"

랜드는 마지막 가죽끈에서 담요와 안장주머니를 확 빼낸 뒤 곧장 음유시인을 따라갔다. 그는 난간 너머로 짐을 던지고 일행을 따라 뛰어내렸다. 랜드는 어떤 사람의 몸 위에 내려서기 직전에야 갑판에 웅크리고 있다가 그때 막 정신을 차린 것처럼 일어나 앉으려는 사람을 보았다. 남자가 큰 소리로 신음했고, 랜드는 휘청거렸다. 갈고리가 달린 포획용 막대가 랜드가 넘어온 바로 그 자리에 쾅 부딪혔다. 배 전체에서 사람들이 소리쳤다. 발소리가 갑판에 울렸다.

털투성이 손이 포획용 막대 바로 옆 난간을 잡더니 염소 뿔이 달린 머리가 그 위로 솟아올랐다. 랜드는 균형을 잃고 비틀거리면서도 칼을 뽑아 휘두를 수 있었다. 트롤록이 비명을 지르며 떨어졌다.

배에서 사람들이 사방으로 내달리며 고함을 지르고 도끼로 정박용 밧줄을 끊었다. 배가 출렁하더니 당장 떠나고 싶다는 듯 휙 돌았다. 뱃머리에서는 세 남자가 트롤록과 씨름하고 있었다. 누군가가 옆에서 창을 쿡 찔렀다. 랜드에게는 그가 뭘 찌르고 있는지 보이지 않았다. 올가미가 끊어지고 또 끊어졌다. 랜드가 밟은 남자는 네발로 기어 허둥지둥 도망치더니, 자기를 보는 랜드를 보자 두 손을 쳐들었다.

"살려 줘!" 그가 외쳤다. "뭐든 가져가. 배도 가져가고, 다 가져가 버려. 목숨만 살려 줘!"

갑자기 뭔가가 랜드의 등을 후려쳐 그를 갑판에 쓰러뜨렸다. 랜드의 칼이 내뻗은 손에서 날아갔다. 랜드는 입을 벌린 채 쉬어지지 않는 숨을 쉬려고 헐떡거리며 칼 쪽으로 손을 뻗었다. 랜드의 근육은 고통스러울 만큼 느리게 반응했다. 그는 민달팽이처럼 몸부림쳤다. 살려 달라던 녀석은 겁에 질린 한편 탐욕스러운 눈으로 칼을 힐끗 보더니 그림자 속으로 사라졌다.

랜드는 어깨 너머를 애써 돌아보며 운이 다했다는 것을 알았다. 늑대 주둥이가 달린 트롤록이 난간 위에 균형을 잡고 서서 그를 내려다보며, 숨 쉬기 어렵도록 랜드를 후려친 포획용 막대의 부러진 끝을 쥐고 있었다. 랜드는 칼을 잡으려고, 움직이려고, 빠져나가려고 몸부림쳤다. 그러나 팔다리는 랜드가 원하는 정도의 절반만큼만 경련하듯 움직였고, 떨리며 엉뚱한 방향으로 뻗어 갔다. 가슴은 쇠로 만든 띠로 조인 것처럼 느껴졌다. 시야에 은색 점들이 흘러 다녔다. 그는 미친 듯이 탈출할 길을 찾았다. 트롤록이 랜드를 찌를 것처럼 삐죽빼죽한 막대를 들어 올리자 시간이 느려지는 것만 같았다. 그 짐승이 꿈속에서 움직이는 것처럼 보였다. 랜드는 두꺼운 팔이 뒤로 젖혀지는 것을 보았다. 벌써 부러진 자루가 척추를 꿰뚫는 느낌이 들었다. 그 자루가 살갗을 찢는 고통이 느껴졌다. 랜드는 폐가 터질 것 같다고 생각했다. **난 죽을 거야! 빛이여 도우소서, 제가……!** 트롤록의 팔이 앞으로 불쑥 나오며 쪼개진 자루를 내밀었다. 랜드는 숨을 모아 딱 한 번 고함을 지를 수 있었다.

"안 돼!"

갑자기 배가 출렁이더니 그림자로부터 굵직한 활대(돛에 가로로 댄 나무-옮긴이)가 날아들어 트롤록의 가슴에 맞았다. 뼈가 부러지는 우지끈 소리가 나면서 트롤록이 옆으로 쓸려 갔다.

랜드는 잠시 누워서 헐떡이며 머리 위에서 앞뒤로 흔들리는 활대를 올려다보았다. **저걸로 이번 생의 운은 다 썼겠는데.** 랜드가 생각했다. **이런 일을 겪고도 운이 남아 있을 리 없어.**

랜드는 몸을 떨며 일어서서 칼을 집어 들고 이번에는 란이 가르쳐 준 대로 두 손으로 꽉 잡았다. 하지만 그 칼을 쓸 대상이 남아 있지 않았다. 배와 강둑 사이, 검은 물로 이루어진 틈새가 빠르게 벌어지고 있었다. 트롤록들의 고함이 어둠 속으로 희미해져 갔다.

랜드가 칼을 칼집에 집어넣고 난간에 털썩 기대 앉았을 때, 무릎까지 내려오는 코트를 입은 다부진 남자가 갑판을 따라 다가와 그를 노려보았다. 딱 벌어진 어깨까지 내려오는 긴 머리카락, 그리고 윗입술 부분이 맨숭맨숭한 턱수염이 둥근 얼굴을 둘러싸고 있었다. 둥글지만 부드럽지는 않은 얼굴이었다. 활대가 다시 휙 나오자 턱수염 난 남자는 랜드를 바라보던 시선을 약간 돌려 그 활대를 잡았다. 활대가 그의 널찍한 손바닥에 닿으며 뚜렷한 **철썩** 소리를 냈다.

"겔브!" 그가 소리쳤다. "재수가 없으려니! 어디 있나, 겔브?" 남자는 단어들을 뭉뚱그리며 너무 빠르게 말했다. 랜드는 거의 알아들을 수 없었다. "내 배에서 숨다니 어림도 없지! 플로런 겔브를 데리고 나와!"

선원 한 명이 네모난 랜턴을 들고 나타났다. 다른 두 사람은 얼굴이 긴 남자를 그 등불이 드리운 빛의 원 안으로 떠밀었다. 랜드에게 배를 가져가라던 사람이었다. 남자는 다부진 사람과 눈을 마주치지 못하고 시선을 양옆으로 피했다. 랜드는 다부진 사람이 선장일 거라고 생각했다. 랜드의 장화에 맞은 겔브의 이마에 멍이 들어 있었다.

"겔브, 네가 이 활대를 묶어 두기로 했을 텐데?" 전처럼 빠른 말투이기는 했지만 선장은 놀랍도록 침착하게 물었다.

겔브는 정말로 놀란 표정이었다. "하지만 묶어 뒀는걸요. 단단히 묶어 뒀습니다. 도먼 선장님, 제가 가끔 느리긴 해도 일을 안 하지는 않습니다."

"가끔 느리다고? 잠드는 것은 그리 느리지 않던데. 경계를 서야 할 때 잠이나 자고 말이지. 우리 모두가 한 사람한테 살해당할 수도 있었어. 전부 너 때문에 일어난 일이야."

"아닙니다, 선장님. 아니에요. 저 녀석이었습니다." 겔브가 랜드를 똑바로 가리켰다. "저는 시키신 대로 경계를 서고 있었어요. 그때 저 녀석이 몰래 다가와서 곤봉으로 저를 후려쳤습니다." 그는 멍든 이마를 만지더니 움찔하며 랜드를 노려보았다. "저는 저놈과 맞서 싸웠지만 그때 트롤록들이 왔어요. 저놈이 트롤록과 동맹을 맺고 있는 겁니다, 선장님. 저놈은 어둠의 친구예요. 트롤록과 동맹을 맺고 있다뇨."

"차라리 우리 할머니랑 동맹을 맺고 있다고 하지 그래!" 도먼 선장이 호통쳤다. "지난번에도 경고하지 않았나, 겔브? 화이트브리지로 가 버려! 내가 던져 버리기 전에 꺼져라." 겔브는 등불 빛 바깥으로 쏜살같이 달려 나갔고, 도먼은 멍하니 앞을 바라보고 서서 주먹을 쥐었다 폈다 했다. "트롤록들이 나를 따라다니는 게 분명하군. 왜 나를 가만두지 않는 거지? 왜?"

랜드는 난간 너머를 보았다. 놀랍게도 강둑은 더 이상 보이지 않았다. 두 남자가 선미에서 삐져나온 키잡이 노를 잡고 있었다. 이제 배는 한쪽 현에 노가 여섯 개씩 튀어나와 있어, 수생 곤충이라도 되는 듯 강 깊은 곳으로 더 멀리 나아가는 중이었다.

"선장님." 랜드가 말했다. "저쪽에 친구들이 있어요. 돌아가서 그 친구들을 태워 주시면 친구들이 분명 대가를 드릴 거예요."

선장이 둥근 얼굴을 랜드 쪽으로 홱 돌렸다. 톰과 맷이 나타나자 선장은 무표정한 눈길로 그들도 바라보았다.

"선장님." 톰이 허리를 숙여 인사하며 말했다. "청컨대……."

"아래로 와." 도먼 선장이 말했다. "내가 갑판에 끌어 올린 게 뭔지 알아야겠으니까. 이리 와라. 재수가 없으려니, 누가 이 뿔나팔에 밥 비벼 먹을 활대 좀 묶어 놔!" 선원들이 달려가 활대를 잡자 그는 선미 쪽으로 쿵쾅거리며 움직였다. 랜드와 두 일행이 그 뒤를 따랐다.

도먼 선장은 선미에 깔끔한 선실을 두고 있었다. 짧은 사다리를 타고 내려가면 갈 수 있는 그 선실은 뒷문의 못에 걸려 있는 코트와 망토에 이르기까지 모든 것이 제자리에 있는 것 같은 인상을 주었으며 선체와 폭이 같았다. 한쪽에는 널찍한 침대가 고정되어 있었고 다른 쪽에는 묵직한 탁자가 붙어 있었다. 의자는 등받이가 높고 팔걸이가 튼튼한 것 하나뿐이었으며, 선장은 그 의자에 앉아 다른 사람들에게 다양한 상자와 벤치 등 그 방에 있는 몇 안 되는 가구에 앉으라고 손짓했다. 맷은 침대에 앉으려다가 큰 헛기침 소리에 그러지 못했다.

"자." 모두가 자리에 앉자 선장이 말했다. "나는 이 배, **스프레이호**의 선장이자 선주인 베일 도먼이다. 너희는 누구고, 뜬금없이 여기에는 왜 온 거냐? 내가 너희 골칫덩어리들을 뱃전으로 던져 버리지 말아야 할 이유가 있나?"

랜드는 지금도 도먼의 빠른 말을 따라가기가 무척 힘들었다. 그는 선장이 한 마지막 말을 알아듣고 놀라서 눈을 깜빡였다. **우리를 뱃전으로 던져 버린다고?**

맷이 서둘러 말했다. "선장님을 고생시키려던 것은 아니었어요. 우린 케임린으로 가는 중이에요. 그다음에는……."

"그다음에는 바람을 따라가야겠지요." 톰이 매끄럽게 끼어들었다. "음유시인은 그렇게, 바람에 실린 먼지처럼 여행합니다. 아시겠지만 저는 음유시인으로, 이름은 톰 머릴린입니다." 그는 다양한 색깔의 조각보가 흔들리도록 망토를 움직였다. 선장이 망토를 못 봤을지도 모른다고 생각하는 것처럼 말이다. "여기 두 촌놈은 제 도제가 되고 싶어 하는 놈들입니다. 아직은 이 녀석들을 받아 줘야 할지 모르겠습니다만." 랜드는 맷을 보았고, 맷은 씩 웃었다.

"그건 다 좋은데," 도먼 선장이 차분하게 말했다. "그렇다고 내가 알 수 있는 것은 아무것도 없군. 그 이상이야. 재수가 없으려니, 내가 아는 한 아까 거기는 케임린으로 가는 길이 아니니까."

"그게, 사연이 좀 깁니다." 톰은 그렇게 말하더니 즉시 이야기를 풀어내기 시작했다.

톰의 말에 따르면 그는 겨울 폭설 때문에 베얼론 너머 안개의산맥에 있는 탄광촌에 갇혀 있었다. 그곳에 있는 동안, 그는 트롤록 전쟁 시대로까지 거슬러 올라가는 보물이 아리드홀이라는 도시의 잊힌 폐허에 있다는 전설을 들었다. 우연히도 그는 예전에 목숨을 구해 주었던 친구가 여러 해 전 일리안에서 죽어 가며 건네준 지도를 보고 아리드홀의 위치를 알고 있었다. 친구는 그 지도가 톰을 부자로 만들어 줄 거라고 속삭이며 죽어 갔으나, 톰은 전설을 들을 때까지만 해도 친구의 말을 믿지 않았다. 눈이 충분히 녹자 그는 도제 지망생 두 명을 포함한 일행 몇 명과 함께 길을 나섰고, 수많은 고난을 겪으며 여행한 끝에 실제로 버려진 도시를 발견했다. 하지만 알고 보니 보물은 공포의 군주들 중 한 명이 가지고 있었다. 트롤록들은 그 보물을 샤이올 굴로 다시 가져오도록 파견된 것이었다. 그들이 실제로 마주했던 거의 모든 위험—트롤록, 머드랄, 드락카, 무어데스, 마샤다—이 이야기 속에서도 한 번쯤 그들을 공격했다. 톰의 이야기에서는 그 모든 괴물이 톰 개인을 노렸고, 역시 톰 개인이 대단히 노련한 솜씨로 그들을 물리친 것 같았다. 그들은 대체로 톰이 한 수많은 대담한 행동 덕분에 탈출해 트롤록에게 쫓기고 있었다. 그러다가 밤중에 일행과 떨어졌고, 그 결과 톰과 두 일행만이 도먼 선장의 배로 몸을 피한 것이다. 도먼 선장의 배는 일행에게 마지막 남은 장소이며, 그들을 반갑게 맞아 준 곳이었다.

음유시인이 말을 마치자 랜드는 자기가 꽤 오랫동안 입을 벌리고 있었다는 것을 알고 딱 다물었다. 맷을 보니 친구는 눈을 휘둥그렇게 뜨고 음유시인을 보고 있었다.

도먼 선장은 의자 팔걸이를 손가락으로 탁탁 두드렸다. "많은 사람이 믿지 않을 이야기인데. 물론 난 트롤록을 봤지만. 그건 사실이지."

"전부 실화입니다." 톰이 담백하게 말했다. "본인이 직접 겪은 실화요."

"혹시 그 보물을 가지고 있소?"

톰은 유감스럽다는 듯 두 손을 쫙 폈다. "아아, 우리가 가지고 올 수 있었던 보물은 그리 많지 않습니다. 그나마 말에 실려 있었고요. 말들은 마지막 트롤록들이 나타나자 도망쳐 버렸습니다. 저한테 남은 것은 플루트와 하프, 동전 몇 개, 제가 등에 지고 있는 옷이 전부입니다. 하지만 분명히 말씀드리는데, 선장님도 그 보물을 갖고 싶지는 않으실 겁니다. 그 보물에는 어둠의 존재가 남긴 얼룩이 묻어 있습니다. 폐허와 트롤록들에게 맡겨 두는 게 최선이죠."

"그러니까 뱃삯을 치를 돈이 없다는 거군. 난 친동생이라도 뱃삯 없이는 태워 주지 않소. 그 녀석이 트롤록들을 달고 와 내 배의 난간을 난도질하고 삭구를 끊어 놓았다면 특히 그렇고. 내가 당신들을 쫓아내 원래 있던 곳으로 헤엄쳐 가게 놔두지 말아야 할 이유가 있소?"

"설마 우리를 그냥 강둑에 내려놓겠다는 거예요?" 맷이 말했다. "트롤록이 있는데요."

"누가 강둑이라고 했나?" 도먼이 건조하게 대답했다. 그들은 일행을 잠시 살펴보더니 손을 쫙 펴 탁자를 짚었다. "베일 도먼은 합리적인 사람이오. 달리 방법이 있다면 나도 당신들을 뱃전에서 던져 버리지 않소. 이제 보니 당신 도제 중 한 명에게 칼이 있구려. 난 좋은 칼이 필요하고 좋은 사람이기도 하니 저 칼을 주면 화이트브리지까지 태워 주겠소."

톰이 입을 열었으나 랜드가 빠르게 말했다. "안 돼요!" 탬은 다른 뭔가와 바꿔 먹으라고 그 칼을 준 것이 아니었다. 랜드는 청동 왜가리를 만져 보며 손으로 칼자루를 쓸었다. 칼이 있는 한 탬이 함께 있는 것과 마찬가지였다.

도먼이 고개를 저었다. "뭐, 싫다면 싫은 거지. 하지만 베일 도먼은 공짜로 사람을 태워 주지 않소. 친어머니라도."

랜드는 마지못해 주머니를 비웠다. 별것은 없었다. 동전 몇 개와 모레인이 준 은화 한 개뿐이었다. 그는 선장에게 은화를 내밀었다. 잠시 후에는 맷도 한숨을 쉬며 똑같이 했다. 톰이 노려보았지만 그 표정이 너무도 빨리 미소로 바뀌어서 랜드는 애초에 그가 노려보기는 했는지 확신할 수 없었다.

도먼 선장은 소년들의 손에서 두툼한 은화를 재빨리 가져가더니 의자 뒤쪽, 황동 끈을 채워둔 상자에서 작은 저울 세트와 짤랑거리는 자루를 꺼냈다. 그는 신중하게 무게를 달아 본 다음 은화를 자루에 집어넣고 둘에게 그보다 작은 은화와 동전을 돌려주었다. 대부분은 동전이었다. "화이트브리지까지요." 그는 가죽으로 장정된 장부에 깔끔하게 숫자를 적어 넣으며 말했다.

"화이트브리지까지만 가기에는 값이 비싸군요." 톰이 그에게 투덜거렸다.

"내 배에 끼친 손해도 더한 값이오." 선장은 차분하게 대답했다. 그는 저울과 자루를 다시 상자에 집어넣고 만족스러운 듯 상자를 닫았다. "나한테 트롤록들을 끌고와서 어쩔 수 없이 한밤중에 하류로 내려가게 한 값도 더한 것이고. 밤에는 배가 얕은 물에 좌초할 가능성이 크거든."

"다른 사람들은요?" 랜드가 물었다. "그 사람들도 태워 주실 건가요? 지금쯤은 강에 도착했을 거예요. 아니면 곧 도착할 테고요. 그 사람들도 선장님의 돛대에 달린 등불을 볼 거예요."

도먼 선장이 놀라서 눈썹을 치켜올렸다. "우리가 가만히 떠 있는 줄 알았나? 재수가 없으려니, 우린 너희가 탄 곳에서부터 5~7킬로미터는 하류로 내려왔다. 트롤록 때문에 저 녀석들이 온 힘을 다해 노를 저었지. 필요 이상으로 트롤록에 대해 잘 알거든. 물살도 도움이 됐고. 하지만 그게 아니라도 난 거절했을 거다. 우리 할머니가 강둑에 있더라도 오늘 밤 다시 배를 대지는 않을 거야. 화이트브리지에 도착하기 전에는 절대 다시 배를 대지 않을 거란 말이다. 오늘 밤도 그렇지만, 난 전부터 나한테 따라붙는 트롤록을 겪을 만큼 겪었어. 할 수만 있다면 더는 놈들과 마주치기 싫다."

톰은 흥미로운 듯 몸을 앞으로 숙였다. "전에도 트롤록과 만난 적이 있습니까? 최근에요?"

도먼은 망설이며 눈을 가늘게 뜨고 톰을 보았지만, 입을 열었을 때는 그저 역겹다는 말투였다. "난 살데이아에서 겨울을 났소. 그러고 싶지는 않았지만, 강이 일찍 얼어붙고 얼음이 늦게 깨지는 바람에. 사람들은 마라돈의 가장 높은 탑에서 거대한오염을 볼 수 있다고 하지만, 난 그럴 생각이 없소.

전에 가 봤거든. 거기서는 늘 트롤록들이 농장 같은 데를 공격한다는 이야기가 돕디다. 하지만 이번 겨울에는 밤마다 농장이 불타올랐소. 그래요, 때로는 마을도 전부 타 버렸소. 놈들이 도시 성벽 바로 앞까지 다가온 적도 있소이다. 그걸로는 충분하지 않은지 사람들은 모두 그게 어둠의 존재가 깨어나려는 조짐이라고, 최후의 날이 왔다고 떠들어 대더군." 그는 몸을 떨더니 생각만으로도 두피가 근질거린다는 듯 머리를 긁었다. "난 사람들이 트롤록을 그냥 이야기 속 존재라고 생각하던 시절로 돌아갈 날이 못 견디게 그립소. 내가 하는 이야기가 여행자의 거짓말이 될 그 시절이 말이오."

랜드는 더 이상 듣지 않았다. 그는 맞은편 벽을 바라보며 에그웨인과 다른 일행을 생각했다. 그들이 아직 어둠 속 어딘가에 있는데 자신은 **스프레이호**에 안전하게 있다니 올바른 일 같지 않았다. 선장의 선실도 전처럼 편안하게 느껴지지 않았다.

이때 톰이 그를 일으켜 세웠다. 랜드는 놀랐다. 음유시인은 어깨 너머로 도먼 선장에게 촌뜨기들이 폐를 끼쳐서 미안하다고 사과하며 맷과 랜드를 사다리 쪽으로 밀고 갔다. 랜드는 아무 말 없이 사다리를 올랐다.

갑판에 오르자마자 톰이 재빨리 뒤를 돌아보며 엿듣는 사람이 없는지 확인하더니 툴툴댔다. "너희 둘이 그렇게 빨리 은화를 보여 주지만 않았어도 내가 노래 몇 곡과 이야기로 배표를 얻어 낼 수 있었을 거다."

"글쎄요." 맷이 말했다. "내가 듣기엔 강물에 우릴 던져 버리겠다는 말이 진심인 것 같던데요."

랜드는 천천히 난간으로 다가가 몸을 기대고 어둠으로 감싸인 강 상류를 다시 보았다. 어둠 말고는 아무것도 보이지 않았다. 심지어 강둑조차 보이지 않았다. 잠시 후 톰이 그의 어깨에 손을 얹었지만 랜드는 움직이지 않았다.

"네가 할 수 있는 일은 아무것도 없다, 이 녀석아. 게다가 이번에는 다른 사람들도 안전할 거야. 모레인과 란이 함께 있으니까. 그 많은 트롤록을 그 둘보다 잘 처리할 사람이 있을까?"

"전 에그웨인을 설득해서 따라오지 못하게 하려고 했어요." 랜드가 말했다.

"넌 최선을 다했다. 그 이상을 바랄 사람은 아무도 없어."

"제가 돌봐 주겠다고 했어요. 제가 더 열심히 노력했어야 해요." 노가 삐걱거리는 소리와 바람에 삭구가 흥얼거리는 소리가 슬픈 노래를 만들어 냈다. "제가 더 열심히 노력했어야 해요." 그가 속삭였다.

21장 바람의 소리를 듣다

떠오르는 햇살이 아리넬강을 몰래 건너 강둑과 그리 멀지 않은 계곡으로 들어왔다. 나이니브가 어린 떡갈나무 둥치에 등을 기대고 앉아 있었다. 그녀는 잠든 사람 특유의 깊은 숨을 쉬었다. 그녀의 말도 고개를 숙인 채 말들이 그러듯 다리를 벌리고 잠들어 있었다. 말고삐가 나이니브의 손목에 감겨 있었다. 햇빛이 눈꺼풀에 떨어지자 말은 눈을 뜨고 고개를 들며 고삐를 확 당겼다. 나이니브는 깜짝 놀라며 눈을 떴다.

잠시 그녀는 여기가 어디인지 모른 채 멍하니 앞을 보다가 생각이 나자 더욱 격하게 주위를 둘러보았다. 하지만 그곳에는 나무 여러 그루와 말, 공터 바닥 전체에 깔려 있는 오래된 마른 잎의 카펫밖에 없었다. 가장 어두운 곳에서는 지난해에 피어난 그림자손 버섯이 쓰러진 통나무 위에 원을 그리고 있었다.

"빛에게 감사드려, 나이니브." 그녀는 다시 축 늘어지며 중얼거렸다. "하룻밤도 깨 있지 못하다니." 그녀는 고삐를 풀고 일어서며 손목을 문질렀다. "트롤록 가마솥 안에서 눈을 떴을 수도 있겠어."

그녀는 나뭇잎을 부스럭거리며 계곡 가장자리로 다가가 밖을 내다보았다. 그녀와 강 사이에 가로놓인 것은 한 손으로 꼽을 수 있는 물푸레나무 몇 그루뿐이었다. 그 나무들은 껍질이 갈라지고 나뭇가지에 잎이 없어서 죽은 것처럼 보였다. 나무 너머로는 폭넓은 청록색 강이 흘렀다. 텅 빈 채로. 아무것도 없는 채로. 여기저기 흩어져 있는 상록수 군집과 버드나무, 전나무가 건너편 강둑에 점점이 박혀 있었다. 나이니브가 있는 쪽에 비하면 전체적으로 나무 수가 적은 듯했다. 모레인이나 어린 녀석들 중 누군가가 저쪽에 있다면 숨는 솜씨가 제법인 셈이었다. 물론 그들이 나이니브가 보이는 곳에서 강을 건넜거나 건너려 시도했을 이유는 없었다. 그들은 강 상류로든 하류로든 18킬로미터 떨어진 곳에 있을 수도 있었다. **어젯밤 일을 겪고도 살아 있다면.**

그 반대 가능성을 생각했다는 것만으로도 자신에게 화가 난 나이니브는 계곡으로 다시 미끄러져 내려갔다. 나이니브는 겨울의 밤도 겪었고 샤다 로고스에 들어가기 전 전투도 겪었지만, 어젯밤의 그 존재, 마샤다에는 대비할 수 없었다. 다른 사람들이 아직 살아 있을지 궁금해하면서 언제 희미한 자나 트롤록과 마주치게 될지 몰라 미친 듯이 질주하게 되리라고는 생각하지 못했다. 그녀는 멀리서 트롤록들이 으르렁거리고 고함치는 소리를 들었고, 몸이 떨리는 트롤록 뿔나팔의 비명을 들었을 때는 바람을 맞는 것만으로는 도저히 느낄 수 없었던 깊은 한기를 체감했다. 하지만 폐허에서 처음 마주쳤을 때를 빼면 나이니브는 트롤록들을 한 번밖에 마주치지 못했다. 그때 나이니브는 도시 밖에 있었다. 열 마리 남짓한 트롤록들이 나이니브 눈앞, 55미터 정도밖에 떨어지지 않은 땅에서 솟아오르는 것처럼 보였다. 놈들은 울부짖고 고함치면서 갈고리 달린 포획용 막대를 휘두르며 즉시 그녀에게 달려들었다. 하지만 나이니브가 말 머리를 돌린 순간, 놈들이 조용해지더니 주둥이를 쳐들고 공기의 냄새를 맡았다. 그녀는 너무 놀라 도망치지도 못한 채 그 모습을 지켜보았다. 놈들은 등을 돌려 어둠 속으로 사라졌다. 그게 무엇보다도 두려웠다.

"자기가 찾는 사람의 냄새를 아는 거야." 그녀는 공터에 선 채 말에게 이야기했다. "그 사람이 나는 아닌 거지. 아이즈 세다이의 말이 맞았던 것 같아. 밤의 양치기가 삼켜 버릴 여자 같으니라고."

그녀는 결정을 내리고 말을 이끌며 하류로 출발했다. 그녀는 주변의 숲을 경계하면서 천천히 움직였다. 트롤록들이 어젯밤에 그냥 지나쳤다고 해서 그녀를 다시 마주치고도 놓아주리라는 뜻은 아니었다. 그녀는 숲에 신경을 쓰는 만큼 눈앞의 땅에는 더 큰 관심을 두었다. 다른 일행이 밤사이 나이니브가 있는 곳으로 강을 건넜다면 흔적이 보일 터였다. 말에 탄 채로는 보이지 않는 흔적이. 심지어 이쪽으로 건너온 일행 모두와 마주칠 수도 있었다. 흔적도 일행도 발견되지 않는다면 강이 결국 화이트브리지까지 이어질 것이다. 그리고 화이트브리지에서는 케임린까지, 필요하다면 저 멀리 타 발론까지 이어지는 길이 있었다.

나이니브는 그 생각만으로도 풀이 죽었다. 이번 일이 벌어지기 전까지 나이니브는 소년들이 그랬듯 에먼즈 필드에서 멀리 떠나 본 적이 없었다. 타렌 페리는 낯설었다. 베얼론에서도 에그웨인과 다른 아이들을 찾느라 정신이 없어서 그랬지 그것이 아니라면 놀라서 눈이 휘둥그레졌을 것이다. 하지만 나이니브는 그 어떤 일로도 결심이 약해질 수 없었다. 그녀는 머지않아 에그웨인과 소년들을 찾아낼 것이다. 그게 아니면 아이즈 세다이에게 그들에게 일어난 일을 해명하라고 할 방법이 생길 것이다. 나이니브는 둘 중 하나는 해내겠다고 맹세했다.

이따금 이런저런 흔적이 눈에 들어왔다. 흔적이 아주 많았다. 하지만 대부분의 경우에는 아무리 애를 써도 그런 흔적을 남긴 자들이 수색하고 있던 것인지, 추격하고 있던 것인지, 아니면 쫓기고 있던 것인지 알 수 없었다. 어떤 흔적은 인간의 것일 수도, 트롤록의 것일 수도 있는 장화 자국이었다. 다른 흔적은 염소나 황소 같은 동물의 발굽 자국이었다. 그건 트롤록의 흔적이 분명했다. 하지만 나이니브가 찾는 사람들이 남겼다고 확실히 말할 수 있는 분명한 흔적은 없었다.

7킬로미터쯤 이동했을 때, 바람이 그녀에게 나무 타는 냄새를 실어 날랐다. 강 하류로 더 내려간 곳에서 나는 냄새였다. 그리 멀지 않은 곳 같았다. 그녀는 잠깐밖에 망설이지 않고 말을 전나무에 매어 두었다. 강에서 멀리 떨어진, 말을 숨겨 둘 수 있는 작지만 굵은 상록수들 사이였다. 연기를 피운 것은 트롤록일지도 몰랐다. 알아낼 방법은 직접 보는 것밖에 없었다. 그녀는 트롤록들이 불을 피워 어디에 쓰려는 것인지 생각하지 않으려고 애썼다.

그녀는 몸을 웅크린 채 이 나무에서 저 나무로 미끄러지듯 이동하며, 걸리적거려서 들고 있어야 하는 치마를 마음속으로 욕했다. 드레스는 추적에 어울리는 옷이 아니었다. 그녀는 말이 내는 소리를 듣고 속도를 늦추었다. 드디어 조심스럽게 물푸레나무를 돌아보니 강둑의 작은 공터가 보였다. 수호자가 검은 군마에서 내리고 있었다. 아이즈 세다이는 물 주전자가 막 끓기 시작한 작은 모닥불 옆의 통나무에 앉아 있었다. 흰 암말이 그 뒤에서 듬성듬성한 잡초를 뜯고 있었다. 나이니브는 제자리에서 움직이지 않았다.

"전부 떠났습니다." 란이 우울하게 말했다. "놈들이 흔적을 별로 남기지 않으니 제가 알아낼 수 있는 정보에도 한계가 있지만, 해가 뜨기 약 두 시간 전에 반인 넷이 남쪽으로 이동한 것 같습니다. 하지만 트롤록은 없더군요. 시체까지도 말입니다. 트롤록들은 죽은 자를 데려가지 않는 것으로 알려져 있는데 말입니다. 배가 고프면 모를까."

모레인은 끓는 물에 뭔가를 한 줌 집어넣고 불 위에 올려놓았던 주전자를 내렸다. "놈들이 샤다 로고스로 돌아가 먹힌 거였으면 좋겠지만 너무 큰 바람이겠죠."

차의 달콤한 향기가 나이니브에게로 흘러왔다. **빛이여, 배에서 꼬르륵 소리가 나지 않게 해 주세요.**

"소년들이나 다른 일행이 남긴 확실한 흔적은 없습니다. 뭐든 알아내기에는 흔적이 너무 엉망진창입니다." 나이니브는 숨은 채로 미소 지었다. 수호자도 실패했다니, 그녀의 실패에도 조금은 변명할 수 있었다. "하지만 중요한 문제는 그게 아닙니다, 모레인." 란은 인상을 쓴 채 말을 이었다. 그는 손을 내저어 아이즈 세다이가 내미는 차를 거절하고 불 앞을 왔다 갔다 걸어 다니기 시작했다. 한 손을 칼자루에 얹은 채였다. 방향을 돌릴 때마다 그의 망토 색깔이 변했다. "투 리버스에 트롤록들이 나타난 건 받아들일 수 있습니다. 놈들이 100마리나 있었다고 해도요. 하지만 이번 일은 어떻게 이해할 수 있습니까? 어제 우리를 쫓던 놈들은 1000마리쯤 됐을 겁니다."

"그들 모두가 샤다 로고스를 수색하지 않은 게 다행이에요. 머드랄은 우리가 그 도시에 숨을 거라고 의심한 게 틀림없어요. 아무리 확률이 낮더라도 우리가 거기 있을 가능성을 남겨 둔 채 샤이올 굴로 돌아가는 게 두려웠겠지요. 어둠의 존재는 인정 많은 주인이 아니니까요."

"말 돌리지 마십시오. 제가 무슨 얘기를 하려는 건지 아시잖습니까. 어제의 트롤록 1000마리가 투 리버스 때문에 파견된 거라면, 왜 실제로는 파견되지 않은 겁니까? 답은 하나뿐입니다. 놈들은 우리가 타렌강을 건넌 이후 머드랄 한 마리와 트롤록 100마리로는 더 이상 충분하지 않다는 점이 알려진 뒤에야 파견된 겁니다. 어떻게 그랬을까요? 어떻게 놈들을 보냈단 겁니까? 1000마리의 트롤록을 거대한오염에서 남쪽으로 이렇게 멀리 떨어진 지역까지 그토록 빠르게, 들키지도 않고 보낼 수 있다면 1만 마리도 살데이아나 아라펠, 샤이나의 중심부로 보낼 수 있는 것 아닙니까? 똑같은 방식으로 다시 데려간 건 차치하더라도 말입니다. 그런 식이면 변방이 1년 안에 함락될 수 있습니다."

"우리가 그 소년들을 찾지 못하면 온 세상이 5년 안에 함락될 거예요." 모레인이 딱 잘라 말했다. "나도 당신이 말한 문제를 염려하고 있어요. 하지만 답을 모르겠어요. 길은 닫혔고, 광기의 시대 이후로 이동을 할 수 있을 만큼 강력한 아이즈 세다이는 없었어요. 버려진 자들 중 하나가 풀려난 게 아니라면 지금도 그럴 수 있는 사람은 없고요. 빛을 걸고 아직은 그런 일이 일어난 게 아니었으면 좋겠네요. 앞으로도 그렇고. 어쨌든 난 버려진 자 모두가 힘을 합친다 해도 트롤록 1000마리를 옮길 수는 없을 거라고 생각해요. 지금 당장 직면한 문제부터 처리하죠. 다른 문제는 전부 나중에 다루고."

"소년들 문제요." 질문이 아니었다.

"당신이 떠나 있는 동안 나도 한가하게 있었던 건 아니에요. 한 명은 강을 건너 살아 있어요. 다른 둘은 하류에 희미한 흔적이 있었지만 내가 찾자마자 흐려지더군요. 내가 수색을 시작하기 몇 시간 전에 연결이 끊어졌나 봐요."

나무 뒤에 웅크리고 있던 나이니브는 둘의 말을 알아들을 수 없어 인상을 찌푸렸다.

란이 어슬렁거리다 말고 섰다. "남쪽으로 가는 반인들이 그 애들을 잡았을 거라고 생각하십니까?"

"그럴 수도 있죠." 모레인은 자기가 마실 차를 한 잔 따른 뒤에야 말을 이었다. "하지만 그들이 죽었을 가능성은 인정하지 않겠어요. 그럴 수는 없어요. 감히 못 그러죠. 당신도 알겠지만 아주 많은 것이 달린 일이니까요. 나한테는 그 애들이 필요해요. 샤이올 굴이 그 소년들을 쫓으리라는 건 예상하고 있어요. 화이트 타워 안에서의 반대 의견, 심지어 아멀린 권좌의 반대 의견까지도 받아들일게요. 오직 한 가지 해결책만을 고집하는 아이즈 세다이는 늘 있어 왔으니까. 하지만……." 그녀는 갑자기 컵을 내려놓고 허리를 펴고 앉으며 인상을 썼다. "늑대를 너무 심하게 경계하다 보면," 그녀가 웅얼거렸다. "쥐한테 발목을 물리는 법이죠." 그러더니 그녀는 나이니브가 숨어 있던 나무를 똑바로 바라보았다. "알미라 씨, 괜찮다면 이제 나오셔도 돼요."

나이니브는 허둥지둥 일어나 옷에서 낙엽을 털어 냈다. 모레인의 눈이 움직이는 순간 란이 휙 돌아 나무를 마주 보았다. 모레인이 나이니브의 이름을 다 부르기도 전에 그의 손에는 칼이 들려 있었다. 이제 그는 칼을 다시 한 번 필요 이상으로 세게 칼집에 넣었다. 여느 때처럼 무표정했지만, 나이니브는 그가 입을 다문 모습에 분한 마음이 조금 어려 있다고 생각했다. 쿡 찔러 오는 만족감이 느껴졌다. 최소한 수호자는 나이니브가 그 자리에 있다는 것을 모르고 있었다.

하지만 만족감은 잠시밖에 이어지지 않았다. 그녀는 모레인에게 시선을 둔 채 단호하게 걸어갔다. 냉정하고 침착한 모습을 유지하고 싶었지만 분노에 목소리가 떨렸다. "에그웨인과 소년들을 어떤 일에 엮어 넣은 거요? 어떤 더러운 아이즈 세다이의 음모에 그 애들을 이용할 생각이오?"

아이즈 세다이는 잔을 들고 침착하게 차를 홀짝였다. 나이니브가 가까이 다가오자 란이 팔을 내밀어 그 앞을 막았다. 나이니브는 장애물을 옆으로 치워 버리려 했으나 수호자의 팔이 떡갈나무 가지처럼 꼼짝하지 않자 놀랐다. 나이니브도 힘이 약하지 않았으나 수호자의 근육은 무쇠와 같았다.

"차 드릴까요?" 모레인이 권했다.

"아니, 차 같은 건 필요 없소. 목이 말라 죽을 지경이더라도 당신이 주는 차는 마시지 않을 겁니다. 당신은 더러운 아이즈 세다이의 음모에 에먼즈 필드 사람들을 이용하지 못할 거요."

"그렇게 말할 입장이 아닐 텐데요, 현자님." 모레인은 나이니브가 하는 그 어떤 말보다 뜨거운 차에 더 관심이 많은 듯했다. "당신도 그런대로 일원력을 휘두를 수 있으니까."

나이니브는 란의 팔을 다시 떠밀었다. 팔은 여전히 꼼짝도 하지 않았고, 나이니브는 그 팔을 무시하기로 했다. "차라리 내가 트롤록이라고 하지 그러시오?"

모레인의 미소가 너무도 아는 체하는 것처럼 보였기에 나이니브는 그녀를 후려치고 싶었다. "진정한 근원과 접촉하고 일원력을 채널링할 수 있는 여자가 드문 것은 사실이에요. 아무리 그렇다지만, 그런 여자가 눈앞에 있는데도 내가 못 알아볼 것 같은가요? 당신도 에그웨인의 잠재력을 알아봤는데. 당신이 저 나무 뒤에 있다는 걸 내가 어떻게 알았을까요? 딴 데 정신이 팔려 있지만 않았으면 당신이 다가오는 순간 알았을 거예요. 하지만 당신은 절대 트롤록이 아니에요. 난 어둠의 존재에게 속한 악을 느낄 수 있으니까요. 그럼 내가 느낀 것은 뭘까요? 자기도 모르는 사이 일원력을 휘두르는 에먼즈 필드의 현자, 나이니브 알미라."

란은 못마땅하다는 듯 나이니브를 내려다보고 있었다. 란의 얼굴에서는 시선밖에 바뀐 것이 없었지만, 나이니브가 보기에는 그가 놀라고 의심스러워하는 것 같았다. 에그웨인은 **실제로** 특별했다. 나이니브는 처음부터 그 점을 알고 있었다. 에그웨인은 훌륭한 현자가 될 터였다. **둘이 짠 거야.** 나이니브는 생각했다. **날 무너뜨리려는 거야.** "더 듣지 않겠소. 당신은……."

"들어야 해요." 모레인이 단호하게 말했다. "난 당신을 만나기 전부터 에먼즈 필드를 의심하고 있었어요. 사람들이 말하길, 현자가 고된 겨울과 늦은 봄을 예측하지 못해서 무척 심란해하고 있다더군요. 원래는 날씨를 예보하고 농사에 관해 말해 주는 현자의 실력이 무척 뛰어났다면서요. 사람들은 현자의 치료제가 무척 놀랍다고, 장애가 될 수도 있는 부상을 흉터조차 남지 않을 정도로 잘 고친다고 말했어요. 다리를 절게 되지도 않고, 찌릿한 통증이 남지도 않는다더군요. 당신에 대해서 들리는 나쁜 이야기라고는 당신이 그런 책임을 맡기에는 너무 어리다고 생각한 몇 안 되는 사람들의 이야기뿐이었어요. 그런 이야기는 내 의구심을 더 강하게 만들 뿐이었죠. 그토록 어린 나이에 그토록 뛰어난 능력이라니."

"바란 스승님께서 잘 가르쳐 주신 겁니다." 나이니브는 란을 보려 했지만 란의 시선이 여전히 불편하게 느껴졌으므로 아이즈 세다이의 머리 너머 강을 바라보기로 했다. **이방인 앞에서 감히 마을의 뜬소문을 이야기하다니!** "내가 너무 어리다니 누가 그럽니까?" 그녀가 물었다.

모레인은 미소 지을 뿐 말이 딴 길로 새도록 놔두지 않았다. "바람의 소리를 듣는다고 주장하는 대부분 여자들과 달리 당신은 정말로 그 소리를 들을 수 있죠. 가끔이지만. 아, 물론 그 소리는 바람과는 아무 상관이 없어요. 공기와 물에 관련된 거예요. 꼭 배워야 아는 것도 아니죠. 에그웨인처럼 당신의 능력도 타고 태어난 거예요. 단지 당신은 그 힘을 다스리는 방법을 배웠고, 에그웨인은 아직 배우지 못한 것뿐이지. 난 당신을 마주 보고 2분 만에 알았어요. 내가 갑자기 당신한테 현자냐고 물었던 것 기억나나요? 왜 그랬을 것 같아요? 축제를 준비하는 다른 예쁘고 젊은 여자들과 당신은 다를 게 하나도 없었어요. 아무리 젊은 현자를 찾고 있었다지만 난 당신 나이의 1.5배는 되는 사람을 보게 될 거라 생각했죠."

나이니브는 그때의 만남을 너무도 잘 기억하고 있었다. 여성 서클의 그 누구보다도 침착한 이 여자가, 나이니브가 보았던 그 어떤 옷보다 아름다운 드레스를 입고서 그녀를 아이라고 불렀다. 그러더니 갑자기 놀란 듯 눈을 깜빡이고 날벼락 같은 질문을 던졌다…….

나이니브는 갑자기 바짝 마르는 입술을 핥았다. 모레인과 란은 둘 다 나이니브를 보고 있었다. 수호자의 얼굴은 돌처럼 읽기 어려웠고, 아이즈 세다이의 얼굴은 공감하면서도 열중하는 것처럼 보였다. 나이니브는 고개를 저었다. "아니! 아니오, 그건 불가능합니다. 그랬다면 내가 알았겠지요. 당신은 그냥 나를 속이려 하고 있을 뿐이오. 안 통합니다."

"당신은 당연히 모르겠죠." 모레인이 위로하듯 말했다. "어떻게 알겠어요? 당신은 살면서 내내 바람의 소리를 듣는다는 얘기를 들어왔을 거예요. 아무리 깊은 마음속 한구석에서라도 일원력이나 모두가 두려워하는 아이즈 세다이와 조금이라도 관계가 있다는 걸 인정하느니 차라리 에먼즈 필드의 모든 사람 앞에서 당신이 어둠의 친구라고 선언하고 싶을 테고요." 모레인의 얼굴에 재미있어하는 기색이 스쳤다. "하지만 난 어쩌다 그런 일이 시작됐는지 말해 줄 수 있어요."

"당신 거짓말은 더 이상 듣고 싶지 않소." 나이니브가 말했지만 아이즈 세다이는 바로 말을 이었다.

"아마 8년이나 10년쯤 전에—나이는 다양하지만 늘 어린 시절에 시작되죠—당신에게는 세상 무엇보다도 원하는 것이, 필요한 것이 있었을 거예요. 그리고 그걸 얻어 냈겠죠. 당신이 연못에 빠져 죽는 대신 붙잡고 나올 수 있도록 나뭇가지가 갑자기 떨어졌다거나, 모두가 죽을 거라고 생각했던 친구나 반려동물이 건강해졌다거나.

당시에 당신은 전혀 특이한 점을 느끼지 못했을 거예요. 하지만 일주일이나 열흘쯤이 지나서 진정한 근원과 접촉한 첫 번째 반응이 나타났겠죠. 아마 급작스럽게 열이나 오한에 몸져누웠는데 몇 시간 만에 증상이 사라졌을 거예요. 반응은 다양하지만 그중 몇 시간 이상 지속되는 건 없으니까. 두통과 얼얼함, 들뜬 마음이 모두 섞여 바보같이 운을 시험해 보거나 아찔한 행동을 하게 되죠. 현기증이 날 때도 있었을 거예요. 움직이려 할 때마다 발을 헛디뎌 휘청거린다든지, 혀가 꼬여 단어를 절반이나 망쳐 버리지 않고는 한 문장도 말할 수 없었다든지. 다른 반응도 있답니다. 기억나나요?"

나이니브는 땅에 털썩 주저앉았다. 다리가 풀렸다. 기억났다. 하지만 그녀는 어쨌든 고개를 저었다. 우연이 틀림없었다. 아니면 모레인이 에먼즈 필드에서 나이니브가 생각했던 것보다 더 많은 질문을 던지고 다닌 것이다. 당시에 아이즈 세다이는 엄청나게 많은 질문을 던졌다. 틀림없었다. 란이 손을 내밀었지만 나이니브는 그 손을 보지도 못했다.

"더 이야기하죠." 나이니브가 침묵을 지키자 모레인이 말했다. "당신은 언젠가 페린이나 에그웨인을 치유하는 데 일원력을 사용했을 거예요. 그러면 친연성이 생겨나거든요. 당신이 치유해 준 사람의 존재가 느껴지는 거예요. 베얼론에서 당신은 수사슴과 사자로 곧장 찾아왔습니다. 거긴 당신이 들어왔을 법한 어느 성문에서 보더라도 가장 가까운 여관이 아니었는데 말이죠. 당신이 도착했을 때, 에먼즈 필드 사람 중에서는 페린과 에그웨인만이 여관에 있었어요. 페린이었나요, 에그웨인이었나요? 아니면 둘 다?"

"에그웨인이었소." 나이니브가 웅얼거렸다. 나이니브는 이따금 상대가 보이지 않을 때조차 누가 다가오는지 알 수 있었다. 그리고 그런 능력을 당연하게 받아들였다. 지금까지 그녀는 그런 상대가 늘 치료법이 기적적으로 잘 들었던 사람이라는 것을 깨닫지 못했다. 그뿐이 아니었다. 나이니브는 약이 기대 이상으로 잘 듣게 될 때를 늘 알 수 있었고, 농사가 유독 잘 될 것이라든지 비가 일찍 혹은 늦게 내릴 것이라고 말할 때도 확신이 있었다. 나이니브는 원래 그런 줄 알았다. 모든 현자가 바람의 소리를 들을 수 있는 것은 아니지만 최고의 현자들은 들을 수 있다고 했으니까. 바란 스승님이 늘 그렇게 말했다. 나이니브는 최고가 될 거라면서.

"에그웨인은 뎅기열에 걸렸었소." 그녀는 고개를 숙인 채 땅에 대고 말했다. "난 아직 바란 스승님의 제자였는데, 스승님께서 에그웨인을 살펴보라고 나를 보내셨소. 난 어렸고, 현자님께서 모든 걸 잘 관리하고 계신다는 것을 몰랐소. 뎅기열을 지켜보고 있자니 끔찍하더군요. 아이가 땀에 절어 신음하고 몸을 비틀어 댔습니다. 아이의 뼈가 부러지는 소리가 들리지 않는 이유를 도저히 모르겠다는 생각이 들 정도였소. 바란 스승님께서는 하루만 있으면 최대 이틀 후에는 열이 내릴 거라고 말씀하셨지만 난 스승님께서 그저 친절하게 말씀하시는 것뿐이라고 생각했어요. 에그웨인이 죽어 가는 줄 알았소. 나는 에그웨인이 아장아장 걸어 다닐 때 에그웨인의 어머니가 바쁘면 그 애를 돌보고는 했어요. 그런데 죽는 걸 지켜봐야 했기에 울기 시작했소. 한 시간 뒤 바란 스승님께서 돌아오셨을 때는 열이 내린 뒤였죠. 스승님은 놀라셨지만 에그웨인보다는 나한테 더 놀라셨소. 난 항상 스승님이, 내가 그 아이에게 뭔가를 줬는데 혼날까 봐 겁이 나서 인정하지 못한다고 생각하시는 줄 알았소. 나는 늘 스승님께서 나를 위로하려 하신다고, 내가 에그웨인을 해친 게 아니라는 것을 확인해 주려 하신다고 생각했소. 일주일 뒤 나는 스승님의 거실 바닥에 쓰러졌소. 몸을 떨다가 열이 오르기를 반복했지. 스승님은 나를 침대에 눕히셨지만 저녁 먹을 때쯤 되자 증상이 사라졌소."

나이니브는 말을 마치며 두 손에 얼굴을 묻었다. **아이즈 세다이가 좋은 예시를 골랐구나.** 그녀는 생각했다. **빛이여, 저 여자를 태우소서! 아이즈 세다이처럼 힘을 쓰다니. 더러운 어둠의 친구 아이즈 세다이처럼!**

"운이 좋았네요." 모레인이 말하자 나이니브가 허리를 세워 앉았다. 란은 그들이 하는 이야기는 자신과 아무 상관이 없다는 듯 물러나더니 그들 쪽을 힐끗거리지도 않고 만다브의 안장을 바쁘게 만지작거렸다.

"운이 좋다고?!"

"진정한 근원과의 접촉이 무작위로 일어나기는 했지만, 당신은 일원력을 조잡하게나마 통제할 수 있었어요. 그러지 못했다면 결국 일원력이 당신을 죽였을 거예요. 마찬가지로 당신이 타 발론에 가지 못하도록 에그웨인을 막을 방법을 찾아낸다면 대단히 높은 확률로 에그웨인이 죽겠죠."

"내가 일원력을 통제하는 방법을 배웠다면……." 나이니브가 세게 침을 삼켰다. 아이즈 세다이가 말한 행동을 할 수 있다는 것을 처음부터 다시 인정하는 기분이었다. "내가 그 힘을 통제하는 방법을 배웠다면 에그웨인도 배울 수 있을 거요. 에그웨인이 타 발론으로 가 당신의 음모에 뒤섞일 필요는 없단 말이오."

모레인은 천천히 고개를 저었다. "아이즈 세다이는 아무 지도를 받지 않고 진정한 근원과 접촉할 수 있는 남자들을 찾아다니는 만큼 그런 여자아이들도 성실히 찾아다닌답니다. 우리의 수를 늘리려는 욕심에서 그러는 것도 아니고—최소한, 그게 전부는 아니죠— 그 여자들이 일원력을 잘못 사용할까 봐 두려워서 그러는 것도 아니에요. 빛의 은총인지 그 여자들은 대부분 일원력을 서툴게밖에 통제할 수 없어서 대단한 피해를 입히지 못해요. 가르쳐 줄 사람이 없다면 그들은 진정한 근원과 접촉하지 못하죠. 그들에게 접촉은 무작위적으로만 일어나니까요. 물론 여자들은 남자들과 달리 광기에 물들어 사악하거나 뒤틀린 일을 저지르지도 않아요. 우리가 그 여자들을 찾아다니는 건 그들의 목숨을 구하기 위해서예요. 전혀 통제력을 행사하지 못하는 사람들의 목숨을 구하려고요."

"난 열이 나고 오한이 들었지만 죽지 않았소." 나이니브가 고집스럽게 말했다. "세 시간이나 네 시간 안에는 말이오. 내가 할 수 있는 다른 일을 하고 나서도 마찬가지였소. 게다가 그런 현상은 몇 달이 지나자 멈췄지. 여기에 대해선 뭐라고 할 생각이오?"

"그건 그냥 반응이었을 뿐이에요." 모레인이 인내심 있게 말했다. "진정한 근원과 실제로 접촉하는 순간과 반응하는 순간은 매번 가까워집니다. 그러다가 반응과 접촉이 거의 동시에 일어나게 돼요. 그다음부터는 눈에 보이는 반응이 더 이상 일어나지 않죠. 하지만 그때부터는 시한부 인생이나 마찬가지예요. 1년. 2년. 내가 아는 사람 중에는 5년을 견딘 여자도 있어요. 우리가 찾아서 훈련시키지 않는 한, 당신과 에그웨인이 가진 능력을 타고 태어나는 여자 넷 중 한 명은 죽어요. 남자들처럼 끔찍한 죽음을 맞는 건 아니지만 그렇다고 예쁘게 죽는 것도 아니죠. 어떤 죽음을 예쁘다고 할 수 있을지 모르겠지만. 경련이 일어나고. 비명을 지르고. 며칠이 걸려요. 일단 시작되고 나면 무슨 짓을 해도 막을 수 없죠. 타 발론의 모든 아이즈 세다이가 힘을 합친다 해도."

"거짓말. 당신은 에먼즈 필드에서 아주 많은 질문을 던지고 다녔소. 당신은 에그웨인이 열병에 걸렸던 이야기와 내가 열이 나거나 한기가 들었던 이야기, 그 모든 이야기를 알아낸 거요. 이 모든 이야기를 지어낸 거야."

"그렇지 않다는 것을 당신도 알잖아요." 모레인이 부드럽게 말했다.

살면서 무엇에 대해서든 이렇게까지 마음이 내키지 않았던 적은 없지만, 나이니브는 고개를 끄덕였다. 그것은 뻔한 사실을 부정하려는 마지막 고집이었다. 아무리 불쾌하더라도 그런 고집을 부리는 것은 아무 소용없는 일이었다. 바란 스승님의 첫 제자는 나이니브가 아직 인형을 가지고 놀던 시절에 아이즈 세다이가 말한 방식대로 죽었다. 겨우 몇 년 전에 데번 라이드에도 그렇게 죽은 여자가 있었다. 그녀 역시 현자의 제자였으며, 바람의 소리를 들을 수 있었다.

“내 생각에 당신은 엄청난 잠재력을 가지고 있어요.” 모레인이 말을 이었다. “훈련을 받으면 당신은 에그웨인보다도 강해질 수 있어요. 내 생각에 에그웨인은 수백 년 만에 나온 가장 강력한 아에즈 세다이가 될 수 있을 텐데도 말이죠.”

나이니브는 독사에게서 물러나듯 아이즈 세다이에게서 물러났다. “아니! 난 이런 일에는 아무 상관이 없소. 난…….” **무엇과 상관이 없다는 거지? 나 자신과?** 나이니브는 축 늘어졌다. 목소리에 망설이는 기색이 어렸다. “누구에게도 이 얘기는 하지 말아 주었으면 좋겠소. 부탁이오.” 그 단어가 나이니브의 목에 걸릴 뻔했다. 이 여자에게 부탁한다는 말을 하느니 차라리 트롤록들이 나타나는 편이 나았다. 하지만 모레인은 그냥 알겠다는 뜻으로 고개를 끄덕일 뿐이었다. 나이니브는 조금 기운이 돌아왔다. “그래도 당신이 랜드와 맷, 페린에게 원하는 것이 설명되지는 않소.”

“어둠의 존재가 그 아이들을 원해요.” 모레인이 대답했다. “어둠의 존재가 무언가를 원하면 난 반대하죠. 그보다 단순한 이유가, 아니면 더 나은 이유가 있을 수 있나요?” 모레인은 찻잔 너머로 나이니브를 바라보며 차를 마저 마셨다. “란, 가야겠어요. 남쪽으로 가는 게 좋겠네요. 현자님이 우리를 따라오지 않을까 봐 걱정이지만.”

나이니브는 아이즈 세다이가 “현자님”이라고 말하는 말투에 입이 굳어졌나. 모레인은 꼭 나이니브가 사소한 것 때문에 엄청난 것을 외면한다고 말하는 듯했다. **이 여자는 내가 따라가는 것을 바라지 않아. 내가 아이들만 자기한테 맡겨 놓고 집으로 돌아가도록 내 성질을 돋우는 거야.** “아니, 아니오. 함께 가겠소. 날 막을 수 없을 거요.”

“아무도 막지 않습니다.” 란이 그들에게 다시 다가와 말했다. 그는 찻주전자를 모닥불에 비우고 막대로 재를 휘저었다. “패턴의 일부입니까?” 그가 모레인에게 말했다.

“아마 그럴 거예요.” 모레인이 생각에 잠겨 대답했다. “민하고 다시 이야기를 나누어야 했는데."

"뭐랄까, 나이니브. 얼마든지 함께 가도 됩니다." 란이 나이니브의 이름을 말하는 태도에서 머뭇거리는 느낌이 전해졌다. 말하지는 않았지만 나이니브라는 이름 뒤에 '세다이'를 붙여야 한다는 듯했다.

나이니브는 그것을 조롱으로 받아들이고 발끈했다. 그들이 자기 앞에서 이런저런 이야기를, 그녀가 전혀 모르는 이야기를 하면서 예의 없게 아무것도 설명하지 않는 것 또한 마음에 들지 않았다. 하지만 그들에게 질문을 던져 만족감을 줄 생각은 없었다.

수호자는 계속해서 출발 준비를 했다. 그의 효율적인 움직임이 너무도 확신에 차 있고 신속해서 일은 빠르게 끝났다. 안장주머니와 담요 등 모든 물건이 만다브와 알딥의 안장 뒤에 묶였다.

"내가 당신 말을 데려오겠습니다." 그는 마지막 안장 끈을 다 묶고 나서 나이니브에게 말했다.

그는 강둑을 따라 걸어가기 시작했고, 나이니브는 작은 미소를 굳이 참지 않았다. 수호자는 나이니브가 들키지 않고 그를 지켜보았듯 아무 도움을 받지 않고 그녀의 말을 찾으러 간 것이다. 나이니브가 추적을 할 때 흔적을 거의 남기지 않는다는 것을 알게 되겠지. 수호자가 빈손으로 돌아오면 재미있을 것 같았다.

"왜 남쪽입니까?" 그녀가 모레인에게 물었다. "소년들 중 한 명이 강 건너편에 있다고 하는 말을 들었는데. 그건 또 어떻게 알았소?"

"소년들에게 징표를 하나씩 나눠 줬거든요. 그 징표가 소년들과 나 사이에 일종의 연결을 만들어 냈죠. 그 애들이 살아 있고, 내가 준 은화를 가지고 있다면 내가 그 애들을 찾을 수 있어요." 나이니브의 눈이 수호자가 사라진 방향을 향했다. 모레인은 고개를 저었다. "란과는 달라요. 징표를 써도 나는 아이들이 살아 있는지 알아내고 헤어진 경우 그 애들을 찾을 수 있을 뿐이에요. 상황을 생각해 봤을 때 신중한 조처 아니었나요?"

"난 당신을 에먼즈 필드 사람과 연결하는 것은 뭐든 마음에 들지 않습니다." 나이니브가 고집스럽게 말했다. "하지만 덕분에 애들을 찾는 데 도움이 된다면…….”

“도움이 될 거예요. 할 수 있다면 강을 건넌 소년부터 찾을 생각이었어요.” 잠깐 아이즈 세다이의 목소리에 답답한 기색이 더해졌다. “그 소년은 우리와 겨우 몇 킬로미터 떨어져 있어요. 하지만 시간을 들일 여유가 없네요. 지금은 트롤록들이 없으니 그 젊은이는 화이트브리지까지 혼자 안전하게 갈 수 있을 거예요. 하류로 간 두 청년한테 내가 더 필요할지 모르고요. 그 애들은 은화를 잃어버렸어요. 머드랄은 그들을 쫓고 있거나 화이트브리지에서 우리 모두를 가로막으려 하겠죠.” 그녀는 한숨을 쉬었다. “가장 필요한 일부터 해결해야 해요.”

“머드랄이……. 머드랄이 그 애들을 죽였을 수도 있소.” 나이니브가 말했다.

모레인은 살짝 고개를 저었다. 그럴 가능성은 고려할 가치도 없을 만큼 사소하다고 말하는 듯했다. 나이니브의 입에 힘이 들어갔다. “그럼 에그웨인은 어디 있습니까? 에그웨인 얘기는 아예 하지도 않았는데.”

“몰라요.” 모레인은 인정했다. “하지만 안전했으면 좋겠군요.”

“모른다고? 안전했으면 좋겠다고? 에그웨인을 타 발론으로 데려가 살려주겠다고 그렇게 떠들어 대더니, 당신이 아는 한에서는 에그웨인이 죽었을 수도 있다는 겁니까!”

“에그웨인을 찾아다니면 남쪽으로 간 두 젊은이를 도와주러 가기 전에 머드랄이 시간을 벌도록 해 주는 셈이죠. 어둠의 존재가 원하는 것은 그 두 청년이지 에그웨인이 아니에요. 진짜 사냥감이 잡히지 않는 한 놈들은 에그웨인을 신경 쓰지 않을 겁니다.”

나이니브는 자기가 트롤록들과 만났던 경험을 떠올리면서도 모레인이 한 말이 합리적이라는 것을 인정하지 않았다. “그러니까 당신이 할 수 있는 가장 좋은 제안은, 에그웨인이 운이 좋다면 살아 있을지도 모른다는 것이군요. 살아 있지만 아마 혼자일 테고 겁먹고 있을 거요. 심지어 다쳤을지도 모릅니다. 가장 가까운 마을과 며칠이나 떨어진 곳에 있을 테고, 우리 말고는 도움을 줄 사람도 없는 상태로 말이요. 그런데 당신은 에그웨인을 버려두고 가려 하다니.”

“에그웨인은 강을 건넌 소년과 함께 있어도 얼마든지 안전할 거예요. 아니면 다른 두 젊은이와 함께 화이트브리지로 갈 수 있겠죠. 어쨌든 여기에는 더 이상 에그웨인을 위협할 트롤록이 없고, 에그웨인은 강인하며 똑똑하고 필요하다면 화이트브리지까지 혼자 길을 찾아갈 능력도 있어요. 에그웨인한테 도움이 필요할지도 모른다는 가능성만 볼 생각인가요, 아니면 도움이 필요한 게 확실한 소년들을 도와줄 건가요? 내가 에그웨인을 찾아다니면서 소년들을, 그리고 그 애들을 쫓고 있을 게 뻔한 머드랄을 그냥 놔두길 바라요? 나이니브, 나도 에그웨인이 안전하기를 무척 바라지만, 나는 어둠의 존재와 맞서 싸웁니다. 지금은 그렇게 내 길을 정해요.”

모레인은 끔찍한 대안을 제시하면서도 한 번도 침착한 태도를 잃지 않았다. 나이니브는 그녀에게 소리를 지르고 싶었다. 그녀는 눈을 깜빡여 눈물을 삼키며 아이즈 세다이가 보지 못하도록 얼굴을 돌렸다. **빛이여, 현자는 자기 마을 사람 모두를 도와야 합니다. 제가 왜 이런 선택을 해야 합니까?**

“란이 오네요.” 모레인은 일어나 어깨에 망토를 걸치며 말했다.

나이니브에게 그 말이 조그만 충격을 주었다. 수호자가 그녀의 말을 끌고 숲에서 나오고 있었다. 수호자가 고삐를 넘겨주자 나이니브는 입술을 꽉 다물었다. 수호자의 얼굴에 도저히 참아 줄 수 없는 돌 같은 침착함 대신 고소해 하는 흔적이라도 남아 있었다면 기분이 조금은 나아졌을 것이다. 란은 그녀의 얼굴을 보며 눈을 크게 떴고, 나이니브는 두 뺨에 흐르는 눈물을 훔치느라 그에게 등을 돌렸다. **감히 내가 우는 것을 비웃다니!**

“가실 건가요, 현자님?” 모레인이 침착하게 물었다.

나이니브는 에그웨인이 있을까 해서 마지막으로 숲을 천천히 한 번 둘러본 다음, 서글프게 말에 올랐다. 란과 모레인은 이미 안장에 앉아 말 머리를 남쪽으로 돌리고 있었다. 나이니브는 뻣뻣하게 앉아 일부러 뒤를 돌아보지 않으며 그 뒤를 따랐다. 대신 그녀는 모레인에게 시선을 고정했다. 아이즈 세다이는 자신의 힘과 계획에 너무 큰 자신감을 가지고 있는 듯했다. 하지만 에그웨인과 소년들을, 그들 모두를 살아 있고 다치지 않은 채로 발견하지 못한다면 아이즈 세다이가 가진 모든 힘으로도 그녀를 보호할 수는 없을 터였다. 모든 일원력을 사용하더라도. **나도 그 힘을 쓸 수 있어, 아이즈 세다이! 네가 직접 그렇게 말했지. 나는 너를 상대로 그 힘을 쓸 수 있어!**

22장 선택한 길

해가 뜬 뒤 한참이 지날 때까지 페린은 작은 잡목림 안에서 잤다. 어둠 속 거칠게 잘린 향나무 가지 더미에서였다. 향나무 바늘잎이 아직도 젖어 있는 옷가지를 뚫더니 결국 피로에 젖은 페린까지도 따갑게 찔러 깨웠다. 에먼즈 필드 꿈을, 루한 스승님의 대장간에서 일하는 꿈을 깊이 꾸고 있던 그는 눈을 뜨고서 이해하지 못한 채 자기 얼굴 위에 얽혀 있는 달콤한 냄새가 나는 나뭇가지들을 멍하니 바라보았다. 가지 사이로 햇빛이 똑똑 떨어졌다.

페린이 놀라서 일어나 앉자 가지는 대부분 떨어졌지만, 일부는 그의 어깨와 심지어 머리에도 위태위태하게 걸려 있었다. 그 바람에 페린 자신도 일종의 나무처럼 보였다. 기억이 밀려들면서 에먼즈 필드는 흐려졌다. 잠깐은 기억이 너무도 생생해서 어젯밤이 지금 그의 주변에 있는 그 무엇보다도 진짜처럼 느껴졌다.

페린은 정신없이 헐떡이며 나뭇가지 더미에서 허둥지둥 도끼를 꺼냈다. 그는 두 손으로 도끼를 꽉 잡고 숨을 참으며 신중하게 주위를 둘러보았다. 아무것도 움직이지 않았다. 아침은 차갑고도 고요했다. 아리넬강 동쪽 강변에 트롤록이 있다 해도 놈들은 움직이지 않고 있었다. 최소한 페린과 가까운 곳에서는. 페린은 마음을 가라앉히느라 깊이 숨을 들이쉰 뒤 도끼를 무릎까지 내리고 가슴의 두근거림이 잦아들기를 기다렸다.

주위의 작은 상록수 둔덕은 페린이 어젯밤 찾은 첫 은신처였다. 나무들이 듬성듬성해서 자리에서 일어나면 감시자들의 시선을 가로막을 수 없었다. 페린은 머리와 어깨에서 나뭇가지를 떼어 내며 따끔거리는 담요 역할을 하던 나머지 가지를 옆으로 밀어 놓고 네발로 기어 잡목림 가장자리로 다가갔다. 그는 그곳에 엎드려 강둑을 살펴보고 뾰족한 잎이 찔러 대던 곳을 긁었다.

살을 에던 어젯밤의 바람은 잦아들어 수면에 간신히 물결을 일으키는 조용한 산들바람이 되었다. 강이 고요하게, 텅 빈 채로 흘러갔다. 강폭도 넓었다. 희미한 자들이 건너기에는 너무 넓고 깊은 게 분명했다. 맞은편 강둑은 페린의 시야가 닿는 한 상류로든 하류로든 나무들로 이루어진 단단한 덩어리였다. 페린이 보기에 저쪽에서 움직이는 것은 아무것도 없는 게 확실했다.

페린은 어떤 감정을 느껴야 할지 알 수 없었다. 아무리 강 건너편이라지만 희미한 자와 트롤록들이 없는 것은 좋았다. 하지만 아이즈 세다이나 수호자, 더 좋게는 친구 중 누군가가 나타났다면 수많은 걱정이 사라졌을 것이다. **소원이 날개라면 양 떼도 날 수 있지.** 루한 부인은 늘 그렇게 말했다.

페린은 절벽을 건너온 이후 말의 흔적을 보지 못했지만 그는 말이 안전하게 강에서 헤엄쳐 나왔기를 바랐다. 어쨌든 페린은 말타기보다는 걷기에 더 익숙했고, 장화 역시 튼튼하고 굽도 두꺼웠다. 먹을 것은 없었지만, 허리에는 여전히 새총이 걸쳐져 있었다. 그 새총이나 주머니에 들어 있는 덫 줄만 있으면 얼마 걸리지 않아 토끼를 잡을 수 있을 터였다. 불을 피우기 위한 도구는 전부 안장주머니와 함께 사라졌지만, 조금만 애쓰면 향나무가 부싯깃과 불 피우는 활송곳(불 피울 곳에 나무 막대기를 똑바로 세운 뒤, 막대에 활시위를 걸고 활을 앞뒤로 움직여 마찰열을 일으키는 장치-옮긴이)이 되어 줄 터였다.

바람이 은신처로 밀려들자 페린은 몸을 떨었다. 망토는 강물 속 어딘가에 있었고, 코트를 비롯해 그가 입고 있는 다른 모든 옷은 지금도 강물에 젖어 진득거리고 차가웠다. 어젯밤에는 너무 피곤해서 추위나 습기도 신경 쓰이지 않았지만, 지금은 정신이 홀딱 깨어 있어서 모든 한기가 느껴졌다. 그래도 페린은 옷을 벗어서 나뭇가지에 걸어 말리지는 않기로 했다. 날씨는 딱히 추운 것은 아니더라도 따뜻함과는 거리가 멀었다.

페린은 한숨을 쉬며 시간이 문제라고 생각했다. 시간이 조금만 있으면 옷이 마를 것이다. 시간이 조금만 있으면 토끼를 굽고 그 토끼를 구울 불도 피울 수 있을 것이다. 배에서 꼬르륵 소리가 났다. 페린은 무엇을 먹겠다는 생각을 아예 잊으려고 애썼다. 시간을 써서 할 만한 더 중요한 일이 있었다. 한 번에 하나씩, 가장 중요한 일부터. 그게 페린의 방식이었다.

그는 하류로 흘러가는 아리넬강의 강한 물살을 눈으로 좇았다. 그는 에그웨인보다 힘이 셌다. 만약 에그웨인이 강을 건넜다면……. 아니, **만약**이 아니었다. 에그웨인은 **분명히** 강을 건넜고, 강을 건넌 장소는 하류일 터였다. 페린은 이것저것 재어 보고 생각해 보며 땅을 손가락으로 타닥타닥 두드렸다.

일단 결정을 내리자 시간을 낭비하지 않고 도끼를 집어 든 다음 하류로 향했다.

아리넬강의 이쪽은 서쪽과 달리 빽빽한 숲이 없었다. 봄이 왔다면 풀밭이었을 법한 곳에 나무들이 군데군데 모여 있었다. 일부는 덤불이라고 할 정도의 크기였고, 그사이에는 헐벗은 물푸레나무와 오리나무, 센고무나무 사이에 상록수 군집이 섞여 있었다. 아래쪽 강 옆은 둔덕의 크기도 작고 숲이 그리 빽빽하지도 않았다. 엄폐물로서는 형편없었지만, 그나마 엄폐물은 그것밖에 없었다.

페린은 몸을 웅크린 채 이 덤불에서 저 덤불로 달리며, 나무 사이에 있을 때는 바닥에 납작 엎드려 강둑을 살펴보았다. 이쪽은 물론 강 건너편도 살폈다. 수호자는 강이 희미한 자와 트롤록들을 막는 방벽이 되어 줄 것이라고 했다. 정말 그럴까? 페린을 보는 것만으로도 놈들은 깊은 물을 건너고 싶지 않다는 마음을 극복할지 몰랐다. 그래서 페린은 나무 뒤에서 신중하게 지켜보며 몸을 낮게 숙이고 한 은신처에서 다음 은신처로 빠르게 달려갔다.

페린은 그런 식으로 전력으로 질주하며 몇 킬로미터를 나아갔다. 갑자기 페린은 자신을 부르는 듯한 버드나무 덤불 은신처에서 신음하며 멈추어 섰다.

그는 땅을 내려다보았다. 지난해의 갈색 풀이 뭉쳐 있는 사이사이에 땅이 군데군데 있었다. 그런 흙바닥 중 하나의 가운데, 코앞에 틀림없는 발굽 자국이 있었다. 페린의 얼굴에 천천히 미소가 번졌다. 트롤록 중에도 발굽이 있는 녀석이 있었지만, 그중에 편자를 달고 다닐 놈이 있을 것 같지는 않았다. 특히 루한 스승님이 더 튼튼하게 만들겠다고 가로장을 이중으로 댄 편자라면 말이다.

그는 강 저편에서 누군가 지켜보고 있을지 모른다는 가능성을 잊은 채 더 많은 흔적을 찾아 두리번거렸다. 죽은 풀이 카펫처럼 깔려 있었기에 자국이 쉽게 남지는 않았지만, 페린은 어쨌든 날카로운 눈으로 그런 흔적을 찾아냈다. 드문드문 드러난 흙 자국이 강에서 빽빽한 숲으로 그를 곧장 이끌어 갔다. 진퍼리꽃나무와 향나무가 빽빽하게 서서 바람과 엿보는 시선을 막아 주는 장벽을 이루고 있었다. 한 그루의 주목이 그 한가운데에 우뚝하게 가지를 드리우고 있었다.

페린은 미소를 지우지 않은 채 뒤얽힌 나뭇가지들을 밀치고 들어갔다. 소음이 나는 것은 신경 쓰지 않았다. 그는 갑자기 주목 아래의 작은 공터에 들어서서…… 멈추었다. 작은 모닥불 뒤에 에그웨인이 웅크리고 있었다. 우울한 얼굴로 두꺼운 나뭇가지를 곤봉처럼 기대고 벨라의 옆구리에 등을 기댄 채였다.

"소리를 칠 걸 그랬네." 페린은 겸연쩍게 어깨를 으쓱하면서 말했다.

에그웨인은 곤봉을 던지고 달려와 두 팔로 그를 끌어안았다. "난 네가 물에 빠져 죽은 줄 알았어. 아직도 젖어 있네. 여기 불 옆에 앉아서 몸을 좀 덥혀. 말은 잃어버렸구나?"

페린은 에그웨인이 자신을 불가로 밀어 가도록 놔두고, 두 손으로 불을 쬐었다. 온기가 고마웠다. 에그웨인은 안장주머니에서 기름종이로 싼 꾸러미를 꺼내 그에게 빵과 치즈를 건넸다. 꾸러미가 하도 꼼꼼히 포장되어 있어서 음식은 물에 빠진 뒤에도 젖지 않았다. **에그웨인을 걱정했더니 나보다 잘하고 있었잖아.**

"벨라 덕분에 건너왔어." 에그웨인은 털이 텁수룩한 암말을 쓰다듬으며 말했다. "트롤록들한테서 먼 쪽으로 가더니 그냥 나를 끌고 가더라." 에그웨인이 잠시 말을 멈추었다. "다른 애들은 못 봤어, 페린."

페린은 그녀가 하지 않은 질문을 알아들었다. 그는 아쉬운 마음으로 에그웨인이 다시 싸고 있는 꾸러미를 눈여겨보며 손가락에 붙은 마지막 빵 부스러기를 핥아 먹은 뒤에야 말했다. "나도 어젯밤 이후로 너 말고는 아무도 못 봤어. 희미한 자나 트롤록도 못 봤고. 이상한 일이지만."

"랜드는 틀림없이 괜찮을 거야." 에그웨인은 그렇게 말하고 재빨리 덧붙였다. "모두가 괜찮을 거야. 그럴 수밖에 없어. 아마 지금도 우리를 찾고 있을걸. 당장이라도 우릴 발견할지 몰라. 어쨌든 모레인은 아이즈 세다이잖아."

"계속 그 점을 떠올리게 되네." 페린이 말했다. "태워 죽일, 잊을 수 있으면 좋겠다."

"모레인이 트롤록을 막을 때는 불만 없더니?" 에그웨인이 쏘아붙였다.

"난 그냥, 우리가 모레인 없이도 잘 지낼 수 있었으면 좋겠어." 그는 에그웨인의 흔들림 없는 눈길을 받으며 불편해서 어깨를 으쓱했다. "하지만 그럴 수는 없겠지. 나한테 어떤 생각이 있는데." 에그웨인이 눈썹을 치켜올렸지만, 페린은 무슨 생각이 있다고 할 때마다 누군가 놀라는 일에 익숙해져 있었다. 페린이 낸 생각이 자기들 생각만큼 좋을 때조차 사람들은 늘 그가 너무 신중해서 아이디어를 잘 내지 않는다고 느꼈다. "란이랑 모레인이 우리를 찾을 때까지 기다려도 괜찮을 것 같아."

"당연하지." 에그웨인이 끼어들었다. "모레인 세다이가 흩어지게 되면 우릴 찾겠다고 했잖아."

페린은 에그웨인이 말을 마치게 두었다가 말을 이었다. "아니면 트롤록들이 우리를 먼저 발견할 수도 있지. 모레인도 죽었을 수 있어. 모두가 그래. 아니, 에그웨인. 미안하지만 그럴 수 있어. 나도 다들 안전했으면 좋겠어. 당장이라도 이 불가로 걸어왔으면 좋겠다고. 하지만 희망이란 물에 빠진 사람에게 한 가닥 실 같은 거야. 그것만으로는 빠져나갈 수 없어."

에그웨인은 입을 다물고 턱에 잔뜩 힘을 준 채 그를 바라보았다. 마침내 그녀가 말했다. "하류로 가서 화이트브리지에 가고 싶은 거야? 여기서 우리를 발견하지 못하면 모레인 세다이가 다음으로 찾아볼 만한 곳이 화이트브리지야."

"내 생각에," 페린이 천천히 말했다. "우리가 **가야** 할 곳은 화이트브리지가 맞아. 하지만 그건 아마 희미한 자들도 알 거야. 놈들도 거길 찾아보겠지. 이번에는 우릴 보호해 줄 아이즈 세다이나 수호자가 없는데."

"어딘가로 도망치자고 할 생각인가 보구나. 맷이 하고 싶어 했던 것처럼 말이야. 희미한 자와 트롤록들이 우리를 찾지 못할 어딘가에 숨자는 거야? 모레인 세다이도 찾지 못할 곳에?"

"그런 생각을 안 해 본 것은 아니야." 페린이 조용히 말했다. "하지만 우리가 자유로워졌다고 생각할 때마다 희미한 자들과 트롤록들이 우리를 다시 찾아내곤 했어. 놈들을 피해 숨을 수 있는 곳이 **있기는** 한지 모르겠어. 마음에 들지는 않지만, 우리에게는 모레인이 필요해."

"그럼 이해가 안 가는데, 페린. 어디로 가자는 거야?"

페린은 놀라서 눈을 깜빡였다. 에그웨인이 그의 대답을 기다리고 있었다. **페린이** 그녀에게 무슨 일을 해야 할지 말해 주기를 기다리고 있었다. 에그웨인이 그에게 리더를 맡아 줄 것을 기대하리라는 생각은 한 번도 해 보지 못했다. 에그웨인은 다른 사람의 계획에 그대로 따르는 것을 전혀 좋아하지 않았고, 그 누구도 자신에게 이래라저래라 하지 못하게 했다. 아마 현자만이 예외였을 것이다. 페린 생각에는 에그웨인이 그때조차 이따금 망설이는 것 같았지만. 페린은 눈앞의 땅을 손으로 고르고 걸걸하게 목을 가다듬었다.

"우리가 있는 곳이 여기라면 여기가 화이트브리지야." 그는 손가락으로 땅을 두 번 쿡 찔렀다. "그럼 케임린은 여기 어디쯤에 있을 거야." 그는 옆면에 치우치게 세 번째 표시를 남겼다.

그는 잠시 멈추어 흙에 찍힌 세 점을 바라보았다. 그의 계획은 전부 기억 속 아버지의 오래된 지도에 토대를 두고 있었다. 알비어 씨는 그 지도가 별로 정확하지 않다고 했다. 어쨌거나 페린은 랜드나 맷처럼 그 지도를 넋 놓고 바라본 적이 많지도 않았다. 하지만 에그웨인은 아무 말도 하지 않았다. 페린이 고개를 들어 보니 그녀는 무릎에 손을 내려놓은 채 계속 그를 지켜보고 있었다.

"케임린?" 에그웨인은 놀란 목소리였다.

"케임린." 페린은 두 점 사이의 흙바닥에 선을 그었다. "강에서 먼 쪽으로 곧장 가면 나와. 우리가 그리로 갈 거라고는 아무도 예상하지 못할 거야. 케임린에서 기다리자." 그는 두 손을 털고 기다렸다. 페린은 그것이 좋은 계획이라고 생각했지만, 에그웨인은 당연히 반대할 터였다. 에그웨인은 늘 페린을 달달 볶았다. 하지만 페린은 에그웨인이 리더 역할을 맡을 것이라고 생각했고 그래도 괜찮았다.

놀랍게도 에그웨인이 고개를 끄덕였다. "케임린 쪽에는 틀림없이 여러 마을이 있을 거야. 가서 길을 물어보면 되겠다."

"내가 걱정하는 건," 페린이 말했다. "아이즈 세다이가 거기서 우리를 찾지 **않으면** 어떻게 해야 하느냐는 거야. 빛을 걸고 내가 이런 일을 걱정하게 될 줄 누가 알았겠어? 모레인이 케임린으로 오지 않으면 어쩌지? 어쩌면 모레인은 우리가 죽었다고 생각할지도 몰라. 랜드랑 맷을 바로 타 발론으로 데려갈 수도 있어."

"모레인 세다이는 우리를 찾을 수 있다고 했어." 에그웨인이 단호하게 말했다. "여기서 우릴 찾을 수 있다면 케임린에서도 찾을 수 있을 거야. 꼭 그렇게 할 테고."

페린은 천천히 고개를 끄덕였다. "네 생각이 그렇다면야. 하지만 며칠이 지나도 모레인이 케임린에 나타나지 않으면 타 발론으로 가서 아멀린 권좌에게 우리 상황을 이야기하자." 그는 깊이 숨을 들이쉬었다. **2주 전에는 아이즈 세다이를 본 적도 없었는데, 이제는 아멀린 권좌 얘기를 하고 있다니. 빛이여!** "란 말로는 케임린에서 타 발론으로 이어지는 좋은 길이 있대." 그는 에그웨인 옆에 놓인 기름종이 꾸러미를 보며 목을 가다듬었다. "혹시 빵이랑 치즈가 좀 더 있을까?"

"이걸로 꽤 오래 버텨야 해." 그녀가 말했다. "덫을 놓을 때 네가 어젯밤의 나보다 운이 좋지 않다면 말이야. 그래도 불 피우기는 쉬웠어." 에그웨인은 농담을 했다는 듯 작게 웃으며 꾸러미를 다시 안장주머니에 넣었다.

에그웨인이 기꺼이 받아들일 수 있는 리더십에는 한계가 있는 모양이었다. 페린의 배에서 꼬르륵 소리가 났다. "그럼," 그가 일어서며 말했다. "지금 출발하는 게 좋겠다."

"너 아직 젖어 있는데." 에그웨인이 반대했다.

"걷다 보면 마를 거야." 페린이 단호하게 말하고 흙을 차서 모닥불을 덮기 시작했다. 그가 리더라면, 리더 노릇을 시작할 때였다. 강바람이 높아지고 있었다.

23장 늑대 형제

페린은 처음부터 케임린으로 가는 여행이 편안함과는 거리가 멀리라는 걸 알았다. 시작은 벨라를 번갈아 타야 한다는 에그웨인의 고집이었다. 에그웨인은 케임린이 얼마나 먼지는 아무도 모르지만, 자기 혼자서 말을 타고 가기에는 너무 먼 게 분명하다고 말했다. 그녀는 입을 굳게 다물었고, 한 번도 깜빡이지 않는 눈으로 그를 바라보았다.

"벨라를 타기엔 내가 너무 커." 페린이 말했다. "난 걷는 게 익숙하고, 걷는 편이 더 좋아."

"그럼 난 걷는 데 익숙하지 않다는 거야?" 에그웨인이 날카롭게 말했다.

"그런 말이 아니라……."

"그럼 안장에 쓸려서 고생하는 건 나뿐이어야 한다는 얘기야? 그렇게 계속 걷다 발이 상하면 결국 나더러 널 돌봐 달라고 할 것 아냐."

"알았어." 에그웨인이 계속 쏘아붙일 것처럼 보이자 페린은 한숨을 쉬었다. "아무튼, 네가 먼저 타." 에그웨인은 더욱 고집스러운 표정을 지었으나 페린은 그녀가 끼어들지 못하게 했다. "네가 직접 안장에 오르지 않으면 내가 앉힐 거야."

에그웨인은 놀란 눈으로 페린을 보았다. 작은 미소에 그녀의 입술이 휘어졌다. "그렇게 나오신다면……." 에그웨인은 금방이라도 웃음을 터뜨릴 듯한 목소리였지만 안장에 올랐다.

페린은 강에서 먼 쪽으로 말 머리를 돌리며 혼자 투덜거렸다. 이야기 속 리더들은 이런 일을 참고 견뎌야 하는 경우가 없었다.

페린의 차례가 될 때마다 에그웨인은 페린이 말을 타야 한다고 진심으로 우겼고, 페린이 피하려 하면 그를 들들 볶아 안장에 앉혔다. 대장장이라는 직업에 날씬한 몸매가 절로 따라오는 것은 아니었고, 벨라는 말치고 그리 큰 편이 아니었다. 페린이 등자에 발을 얹을 때마다 털이 덥수룩한 암말은 나무라는 게 틀림없는 시선으로 그를 보았다. 사소한 일이겠지만 짜증이 났다. 머지않아 페린은 에그웨인이 "네 차례야, 페린"이라고 말할 때마다 몸을 움찔하게 되었다.

이야기 속 리더들은 움찔하는 경우가 거의 없었고, 절대로 들들 볶이지 않았다. 하기야 그렇게 치면 그 리더들은 에그웨인을 상대할 필요도 없었다.

나누어 먹을 빵과 치즈는 처음부터 별로 없었고, 첫날이 저물 때쯤에는 그나마 다 먹어 버렸다. 페린은 토끼가 다니는 길로 보이는 곳에 덫을 설치했다. 오래된 길처럼 보였지만 시도해 볼 가치는 있었다. 에그웨인은 불을 피우기 시작했다. 페린은 덫을 다 설치하고 나서 날이 완전히 어두워지기 전에 새총 실력을 시험해 보기로 했다. 살아 있는 것의 흔적은 전혀 보이지 않았지만……. 놀랍게도 페린은 비쩍 마른 토끼 한 마리를 거의 단번에 튀어나오게 했다. 녀석이 페린의 발 바로 밑 덤불에서 뛰어올랐을 때, 페린은 너무 놀라 하마터면 녀석을 놓칠 뻔했지만 녀석이 나무를 돌아 빠르게 도망치는 그 순간 37미터 떨어진 곳에서 새총을 쏘아 맞혔다.

페린이 토끼를 가지고 야영지로 돌아왔을 때, 에그웨인은 불을 피우려고 부러진 나뭇가지를 온통 늘어놓았으면서도 눈을 감은 채 나뭇가지 더미 옆에 무릎을 꿇고 있었다. "뭐 해? 소원을 빌어서 불을 피울 수는 없어."

에그웨인은 페린이 처음 건넨 말에 펄쩍 뛰더니 한 손을 목에 대고 고개를 들어 그를 보았다. "너……. 너 때문에 놀랐잖아."

"운이 좋았어." 페린이 토끼를 들어 올리며 말했다. "부싯돌 가져와. 최소한 오늘 밤은 잘 먹을 수 있겠다."

"부싯돌 없어." 에그웨인이 느릿느릿 말했다. "주머니에 있었는데 강에서 잃어버렸어."

"그럼 어떻게……?"

"그때 강둑에서는 너무 쉬웠어, 페린. 모레인 세다이가 보여 준 그대로였어. 그냥 손을 뻗었더니……." 그녀는 뭔가를 잡으려는 시늉을 하더니 한숨을 쉬며 손을 툭 떨어뜨렸다. "지금은 찾을 수가 없어."

페린이 불안한 듯 입술을 핥았다. "그……. 그 힘 말이야?" 에그웨인이 고개를 끄덕이자 페린이 그녀를 빤히 보았다. "너 미쳤어? 내 말은……. 일원력이라니! 그런 걸 가지고 장난치면 안 돼."

"너무 쉬웠어, 페린. 난 할 수 있어. 일원력을 채널링할 수 있다고."

페린이 깊이 숨을 들이쉬었다. "내가 활송곳을 만들게, 에그웨인. 이런……. 이런…… **짓은** 다시 하지 않겠다고 약속해 줘."

"안 할게." 에그웨인이 입을 딱 다물었다. 그 태도를 보니 페린은 한숨이 나왔다. "너도 그 도끼 좀 포기해 줄래, 페린 아이바라? 한 손을 등 뒤에 묶어 놓고 좀 다녀 줄래? 나도 싫어!"

"내가 활송곳을 만들게." 페린이 지친 듯 말했다. "최소한 오늘 밤에는 다시 시도하지 마. 응? 부탁이야."

에그웨인은 마지못해 받아들였다. 토끼가 모닥불 위에서 구워진 다음에도 에그웨인은 자기가 더 잘할 수 있었다고 생각하는 것 같았다. 에그웨인은 그날 이후로도 매일 밤 시도했다. 할 수 있던 최선은 거의 즉시 꺼져 버리는 작은 불똥을 만들어 내는 것뿐이었지만 말이다. 그녀의 눈은 페린에게 무슨 말을 해 보라고 도발하는 것 같았지만, 페린은 현명하게도 입을 다물고 있었다.

그렇게 딱 한 번 따뜻한 식사를 한 이후, 둘은 야생 덩이줄기와 어린 새싹 몇 개만 먹으며 지냈다. 아직도 봄이 찾아오는 기색은 보이지 않았으므로 그중 양이 충분한 것이나 맛있는 것은 아무것도 없었다. 둘 다 불평하지 않았지만, 둘 중 한 명이 아쉽다는 듯 한숨을 쉬지 않은 채로 밥을 먹은 경우는 한 번도 없었다. 한숨이 나오는 이유는 치즈, 심지어 작은 빵 조각의 냄새가 그립기 때문이라는 것을 둘 다 알고 있었다. 어느 날 오후에는 숲 그늘에서 버섯을 발견했는데 최고의 버섯인 여왕의왕관 버섯이었다. 그것만으로도 엄청난 특식으로 보였다. 둘은 그 버섯을 걸신들린 듯 집어삼키고 웃으면서 에먼즈 필드 시절의 이야기를 나누었다. “그때 기억나……?”로 시작하는 이야기였다. 하지만 버섯은 오래가지 않았고, 웃음도 마찬가지였다. 굶주림에는 즐거운 부분이 거의 없었다.

둘 중 걷는 사람이 토끼든 다람쥐든 보이는 대로 쏠 준비를 하고 새총을 들고 다녔지만, 둘 다 새총을 날릴 기회는 한 번씩밖에 없었고 그나마 결과가 좋지 않았다. 새벽에 확인해 보면 매일 저녁 설치한 덫에 걸린 것이 아무것도 없었고, 그 이상 덫을 내놓기에는 한 장소에 하루 이상 머물기가 겁났다. 둘 다 케임린까지 거리가 얼마나 되는지 몰랐고, 설령 케임린에 도착하더라도 안전하다고 느낄 수 있을지는 의문이었다. 페린은 배가 줄어들다 보면 허리에 구멍이 날 수도 있을지 궁금해지기 시작했다.

페린이 생각하기에 그들은 빠르게 이동하고 있었다. 마을이나 길을 물어볼 만한 농장 하나도 보이지 않는 가운데 아리넬강에서 멀어질수록 페린은 자기 계획이 점점 더 의심스러워졌다. 겉으로 보기에 에그웨인은 처음 출발할 때처럼 자신만만한 모습이었으나, 페린은 머잖아 그녀가 남은 평생 길을 잃고 헤매느니 트롤록들을 상대하는 위험을 감수하는 게 낫겠다고 말할 게 분명하다고 생각했다. 에그웨인은 결코 그런 말을 하지 않았으나 페린은 계속해서 그 말이 나오리라고 생각했다.

강을 떠난 지 이틀째에 땅은 빽빽한 숲이 늘어선 언덕으로 변했다. 그곳도 다른 모든 곳과 마찬가지로 겨울의 꼬리에 꽉 쥐여 있었다. 그다음 날에는 언덕이 다시 평탄해지고 빽빽한 숲이 공터로 군데군데 끊겼다. 공터는 폭이 2킬로미터 이상 되는 경우가 많았다. 숨겨진 골짜기에는 여전히 눈이 남아 있었고, 공기는 아침의 생기를 띠고 있었으며, 바람은 늘 차가웠다. 어디에도 길이나 갈아 놓은 밭, 멀찍한 곳에서 피어나는 굴뚝 연기 등 인간이 살고 있다는 징조는 보이지 않았다. 최소한 인간이 지금도 살고 있는 곳은 없었다.

한번은 높은 돌벽의 잔해가 언덕 꼭대기를 두르고 있었다. 무너진 원 안에 지붕 없는 돌집이 부분 부분 서 있었다. 숲이 오래전에 그곳을 삼켜 버렸다. 나무가 모든 것을 뚫고 자랐으며, 거미줄 같은 오래된 덩굴이 커다란 석재 덩어리를 감싸고 있었다. 또 한번은 꼭대기가 무너져 있고 오래된 이끼 탓에 갈색으로 변한 돌탑과 마주쳤다. 탑은 두꺼운 뿌리로 천천히 그 탑을 뒤집어 가는 거대한 떡갈나무에 기대어 있었다. 하지만 산 사람의 기억 속에서 인간이 숨 쉬고 있었던 곳은 발견하지 못했다. 그들은 샤다 로고스의 기억 때문에 폐허와 거리를 두었고, 다시 한번 인간의 발길이 한 번도 닿지 않았던 것처럼 보이는 곳 깊숙이 들어갈 때까지 발걸음을 서둘렀다.

페린의 잠자리는 꿈으로, 무시무시한 꿈으로 들끓었다. 바알자몬이 나와 미로 속에서 그를 따라오고 추격했지만, 페린이 기억하는 한 그는 한 번도 바알자몬과 정면으로 맞서지 못했다. 그들이 여태 해 온 여행만으로도 몇 차례 악몽을 꾸기에는 충분했다. 에그웨인은 샤다 로고스에 관한 악몽을 꾸었다고 불평했다. 특히 그들이 폐허가 된 요새와 버려진 탑을 발견하고 나서 이틀 뒤 밤에 그랬다. 페린은 어둠 속에서 식은땀을 흘리며 몸을 떨면서 깼는데도 티 내지 않았다. 에그웨인은 페린이 케임린까지 두 사람을 안전하게 이끌어 줄 것이라고 기대하고 있었다. 어차피 처리할 수 없는 걱정거리를 나누어 달라는 것이 아니었다.

페린은 오늘 저녁에는 먹을 것을 찾게 될지 궁금해하며 벨라보다 앞에서 걷다가 처음으로 그 냄새를 맡았다. 다음 순간에는 암말이 콧구멍을 벌름거리더니 고개를 휙 돌렸다. 페린은 벨라가 울기 전에 녀석의 굴레를 잡았다.

"연기야." 에그웨인이 흥분하며 말했다. 그녀는 안장에 앉은 채 몸을 숙이며 깊이 숨을 들이쉬었다. "요리하느라 불을 피운 거야. 누군가가 저녁거리를 굽고 있어. 토끼인가 봐."

"그럴 수도 있겠지." 페린이 조심스럽게 말했다. 신이 났던 에그웨인의 미소가 잦아들었다. 페린은 들고 있던 새총을 멋진 반달 모양 날이 달린 도끼로 바꾸었다. 두꺼운 도낏자루를 잡은 두 손에 힘을 주었다가 풀었다. 그 도끼는 무기가 맞았지만, 대장간 뒤에서 몰래 한 연습이나 란의 교습으로도 사실 그 도끼를 무기로 쓸 준비가 되지는 않았다. 샤다 로고스에 들어가기 전에 치른 전투조차 머릿속에 너무 어렴풋하게만 남아 있어 자신감이 들지 않았다. 랜드와 수호자가 이야기한 그 공백도 잘 다룰 수가 없었다.

등 뒤의 숲으로 햇빛이 비스듬하게 들어왔다. 숲은 여전히 얼룩덜룩한 그림자 덩어리였다. 나무가 타는 희미한 냄새가 주변에 퍼졌다. 고기 굽는 냄새가 깃들어 있었다. **토끼일 수도 있어.** 그는 생각했다. 배에서 꼬르륵 소리가 났다. 하지만 페린은 다른 것일 수도 있다고 다시 생각했다. 그는 에그웨인을 보았다. 에그웨인이 그를 지켜보고 있었다. 리더가 되는 데는 책임이 따랐다.

"여기서 기다려." 그가 조용히 말했다. 에그웨인이 인상을 썼지만, 페린은 그녀가 입을 여는 순간 말을 잘랐다. "그리고 조용히 해! 아직은 누군지 모르니까." 에그웨인이 고개를 끄덕였다. 내키지 않는 듯했지만 끄덕이기는 했다. 왜 페린 차례에도 말을 타라고 할 때는 이 방법이 통하지 않은 걸까. 페린은 깊이 숨을 들이쉰 다음 연기가 나는 쪽으로 갔다.

그는 랜드나 맷처럼 에먼즈 필드 근처의 숲에서 많은 시간을 보내지는 않았으나 토끼 사냥이라면 할 만큼 해 보았다. 그는 잔가지 하나도 부러뜨리지 않고 이 나무에서 저 나무로 살금살금 나아갔다. 오래지 않아 그는 커다란 떡갈나무 둥치 너머를 엿보고 있었다. 나무는 가지가 땅에 닿았다가 다시 솟아올라 넓게 뻗어 있는 구불구불한 형태였다. 그 너머에 모닥불이 있었고, 여위고 햇볕에 그을린 남자가 모닥불과 그리 멀지 않은 가지에 기대 있었다.

적어도 트롤록은 아니었지만 페린이 여태 본 사람 중에서는 가장 이상했다. 일단 그의 옷은 전부 아직 털이 붙어 있는 동물 가죽으로 만든 것처럼 보였다. 심지어 장화와 그가 쓰고 있는 특이하고 정수리 부분이 납작한 둥근 모자까지도 그랬다. 그의 망토는 토끼와 다람쥐 가죽을 정신 사납게 이어 붙인 조각보였다. 바지는 갈색과 흰색의 털이 긴 염소 가죽으로 만든 것 같았다. 목뒤에 끈으로 묶은, 희어져 가는 갈색 머리카락이 허리까지 늘어져 있었다. 짙은 턱수염이 그의 가슴 절반에 부채처럼 펼쳐져 있었다. 기다란 칼이 허리에 마치 검처럼 걸려 있었으며, 활과 화살통이 가까운 나뭇가지에 기대어 서 있었다.

남자는 눈을 감은 채 뒤로 기댔다. 잠든 것처럼 보였다. 하지만 페린은 숨어 있는 그대로 움직이지 않았다. 나무 막대 여섯 개가 그 사람의 모닥불 위에 비스듬하게 걸쳐져 있었고, 막대마다 토끼 고기가 꼬챙이로 꿰어져 노릇노릇하게 구워지고 있었다. 때때로 육즙이 뚝뚝 떨어지며 불에 닿아 치익 소리를 냈다. 이렇게 가까운 곳에서 그 냄새를 맡으니 침이 고였다.

"침은 다 흘렸나?" 남자가 한쪽 눈을 뜨더니 고개를 갸웃하며 페린이 숨어 있는 곳을 보았다. "너랑 네 친구도 앉아서 한입 먹는 게 좋겠다. 지난 이틀 동안 별로 먹지 못하는 것 같던데."

페린은 망설이다가 천천히 일어섰다. 그는 여전히 도끼를 꽉 쥐고 있었다. "이틀 동안 나를 지켜봤어요?"

남자는 목구멍 깊숙한 곳에서 킬킬대고 웃었다. "그래, 널 지켜봤지. 예쁜 여자애도 그렇고. 밴텀 수탉처럼 너를 괴롭히던데? 봤다기보다는 대체로 너희 소리를 들은 거다만. 너희 중에서 9킬로미터 떨어진 데까지 들릴 정도로 시끄럽게 쿵쾅거리고 다니지 않는 건 너희 말뿐이야. 여자애도 부를 거냐, 아니면 혼자서 토끼를 전부 다 먹을 생각이냐?"

페린은 발끈했다. 페린은 자기가 별로 소음을 내지 않았다는 것을 알고 있었다. 소음을 내면 워터우드의 토끼에게 새총을 쏠 만한 거리까지 다가갈 수 없었다. 하지만 토끼 고기 냄새 때문에 그는 에그웨인도 배가 고프다는 것을 떠올렸다. 그들이 맡은 냄새가 트롤록의 모닥불 냄새인지 아닌지 알고 싶어 기다리고 있을 건 물론이고 말이다.

페린은 도낏자루 절반을 허리띠의 고리에 밀어 넣은 뒤 목소리를 높였다. "에그웨인! 괜찮아! 토끼가 **맞아!**" 그는 손을 내밀며 평소 목소리로 덧붙였다. "저는 페린이에요. 페린 아이바라."

남자는 페린의 손을 살펴본 뒤에야 어색하게 맞잡았다. 악수에 익숙하지 않은 듯했다. "난 일라이아스라고 한다." 그가 고개를 들며 말했다. "일라이아스 마치라."

페린은 헛숨을 들이키며 일라이아스의 손을 놓칠 뻔했다. 남자의 눈은 윤을 내 반짝이는 황금처럼 노란색이었다. 페린의 머릿속 한 구석에서 어떤 기억이 간질거리나 싶더니 도망쳤다. 그 순간 페린이 생각할 수 있었던 건, 그가 본 모든 트롤록의 눈이 거의 검은색이었다는 것뿐이었다.

에그웨인이 조심스럽게 벨라를 이끌고 나타났다. 그녀는 암말의 고삐를 떡갈나무의 작은 가지에 매어 두고, 페린이 그녀를 일라이아스에게 소개하자 예의 바르게 뭐라 중얼거렸다. 하지만 그녀의 시선은 토끼 고기를 향해 있었다. 남자의 눈을 알아보지 못한 듯했다. 일라이아스가 그들에게 음식 쪽을 손짓해 보이자 그녀는 기꺼이 주저앉았다. 페린도 조금밖에 기다리지 못하고 그녀와 함께했다.

일라이아스는 두 사람이 고기를 먹는 동안 조용히 기다렸다. 페린은 너무 배가 고파 입에 집어넣으려면 이 손에서 저 손으로 던져 대야 할 만큼 뜨거운 고기를 맨손으로 조각조각 찢어 냈다. 에그웨인조차 평소와 달리 깔끔 떨지 않았다. 기름진 육즙이 에그웨인의 턱을 따라 흘렀다. 둘은 날이 저물어 땅거미가 지고 나서야 먹는 속도를 늦추었다. 달조차 없는 어둠이 모닥불 주위로 밀려들었다. 그때에야 일라이아스가 말했다.

"여기서 뭘 하는 거냐? 사방 어디로든 92킬로미터 안에는 집 한 채가 없는데."

"케임린으로 가요." 에그웨인이 말했다. "혹시……." 일라이아스가 고개를 뒤로 젖히고 웃음을 터뜨리자 에그웨인이 차갑게 눈썹을 치켜올렸다. 페린은 토끼 다리를 입으로 반쯤 들어 올리다 말고 일라이아스를 빤히 바라보았다.

"케임린이라고?" 일라이아스는 다시 말을 할 수 있게 되자 쌕쌕거리는 웃음을 섞어 말했다. "너희가 가고 있는 길로, 지난 이틀 동안 따라온 방향대로라면 케임린에서 북쪽으로 183킬로미터 이상은 벗어나게 될 거다."

"길을 물어볼 생각이었어요." 에그웨인이 변명하듯 말했다. "아직 마을이나 농장을 찾지 못했을 뿐이에요."

"앞으로도 못 찾을 거다." 일라이아스가 킬킬대며 말했다. "너희가 가는 길로 가면 다른 사람을 한 명도 보지 못한 채로 세계의등뼈까지 갈 수 있다. 물론 올라갈 수 있는 곳이 몇 군데 있긴 하니까 등뼈를 기어오르는 데 성공한다면 아이일황무지에서 사람들을 보게 되겠지만, 거긴 마음에 들지 않을 걸. 낮에는 설설 끓는 듯하고 밤에는 얼어붙을 것 같은 곳이니까. 언제든 목이 말라 죽을 테고. 황무지에서 물을 찾으려면 아이일 사람이 필요한데, 그 사람들은 낯선 이들을 별로 좋아하지 않거든. 그래, 별로 좋아하지 않지." 그는 다시 한번 더 격렬하게 웃음을 터뜨렸다. 이번에는 아예 바닥을 데굴데굴 굴렀다. "전혀 좋아하지 않아." 그가 간신히 말했다.

페린은 불안해서 몸을 움직였다. **미친 사람이랑 같이 밥을 먹고 있는 건가?**

에그웨인은 인상을 찌푸렸지만, 일라이아스의 즐거움이 약간 잦아들기를 기다렸다가 말했다. "당신이 길을 알려 줄 수도 있죠. 우리보다는 뭐가 어디 있는지 훨씬 더 잘 아는 것 같은데요."

일라이아스는 웃음을 그쳤다. 그는 고개를 들더니 굴러다닐 때 떨어진 둥근 모피 모자를 다시 쓰고 눈썹을 잔뜩 내린 채 그녀를 빤히 바라보았다. "난 사람들을 별로 좋아하지 않아." 그가 무미건조한 목소리로 말했다. "도시에는 사람들이 가득하다. 나는 마을 근처에 자주 가지 않아. 심지어 농장 근처에도 자주 가지 않지. 마을 사람들, 농부들, 그 사람들은 내 친구들을 좋아하지 않거든. 너희가 막 태어난 새끼들처럼 무력하고 천진난만하게 휘적거리고 다니지만 않았으면 너희도 도와주지 않았을 거다."

"그래도 어느 쪽으로 가야 하는지는 말해 줄 수 있잖아요." 에그웨인이 고집을 부렸다. "가장 가까운 마을까지만 안내해 주시면 그 마을이 92킬로미터 떨어진 곳이라도 그곳 사람들이 우리한테 케임린으로 가는 길을 알려 줄 거예요."

"가만히 있어라." 일라이아스가 말했다. "친구들이 온다."

벨라가 갑자기 겁에 질려 히힝 울며 풀려나고 싶은 듯 고삐를 홱홱 당겨댔다. 페린이 반쯤 일어났을 때, 어두워져 가는 숲 사방에서 형체들이 나타났다. 벨라는 앞발을 쳐들고 몸을 뒤틀며 소리를 질러 댔다.

"말을 조용히 시켜라." 일라이아스가 말했다. "내 친구들은 저 말을 해치지 않을 거다. 가만히만 있는다면 너희도 해치지 않을 테고."

늑대 네 마리가 불빛 속으로 들어왔다. 털이 덥수룩하고 키가 사람 허리까지 올라오는 그 늑대들은 사람 다리를 부러뜨릴 수 있을 만한 주둥이를 갖고 있었다. 늑대들은 마치 그 자리에 아무도 없다는 듯 불가로 다가와 인간들 사이에 엎드렸다. 나무 사이 어둠 속에서 불빛이 사방에 있는 더 많은 늑대들의 눈에 반사되었다.

노란 눈이야. 페린은 생각했다. 일라이아스의 눈과 같았다. 가물가물하게 기억나던 것이 바로 늑대의 눈이었다. 페린은 그들 사이에 섞여 있는 늑대들을 조심스레 지켜보며 도끼 쪽으로 손을 뻗었다.

"나라면 그러지 않을 거다." 일라이아스가 말했다. "네가 해치려 한다고 생각하면 이 녀석들도 더 이상은 친근하게 굴지 않을 테니까."

페린이 보니 네 마리 늑대는 그를 빤히 바라보고 있었다. 나무 사이에 있는 늑대들까지 모든 늑대가 그를 바라보는 것만 같았다. 살갗이 근질거렸다. 그는 조심스럽게 도끼에서 손을 뗐다. 늑대들 사이에서 긴장감이 누그러지는 게 느껴지는 것만 같았다. 그는 천천히 다시 앉았다. 손이 떨리다가 무릎을 쥔 뒤에야 멈추었다. 에그웨인은 몸이 너무 뻣뻣해져 거의 떨고 있었다. 얼굴에 밝은 회색의 얼룩무늬가 있는, 검은색에 가까운 늑대 한 마리가 거의 에그웨인에게 닿을 정도로 가까운 곳에 엎드려 있었다.

벨라는 더 이상 울부짖거나 앞발을 쳐들지 않았다. 대신 떨면서 그 자리에 서서, 모든 늑대를 시야에 두려는 듯 움직이며 자기가 목숨이라는 값비싼 대가를 치르고서라도 놈들을 걷어찰 수 있다는 것을 과시하려는 듯 이따금 발길질을 해 댔다. 늑대들은 벨라도 다른 모든 사람도 못 본 체했다. 혀를 늘어뜨린 채 편하게 기다렸다.

"좋아." 일라이아스가 말했다. "좀 낫군."

"길들인 것인가요?" 에그웨인이 약한 목소리로 물었다. 기대가 담긴 목소리이기도 했다. "저 늑대들이…… 반려동물이에요?"

일라이아스가 코웃음 쳤다. "늑대는 길들여지지 않는다, 얘야. 인간만큼도 길들여지지 않아. 이 녀석들은 내 친구다. 우린 함께 다니며 사냥하고, 나름대로 대화를 나누지. 모든 친구들이 그렇듯이 말이야. 안 그래, 대플?" 어둡고 밝은 10여 가지 색조의 잿빛을 띤 늑대가 고개를 돌려 일라이아스를 보았다.

"늑대한테 말을 걸어요?" 페린은 놀라웠다.

"딱히 말이라고 할 수는 없어." 일라이아스가 천천히 대답했다. "단어는 중요하지 않아. 딱히 정확하지도 않고. 이 녀석의 이름은 대플(얼룩무늬라는 뜻-옮긴이)이 아니야. 한겨울 새벽, 산들바람으로 수면에 물결이 칠 때 그림자가 숲의 연못에서 장난을 치는 방식이나 물이 혀에 닿을 때 느껴지는 얼음의 짜릿한 맛, 밤이 찾아오기 전에 공기에 감도는 눈의 기척을 뜻하지. 하지만 이런 말도 딱히 맞는 건 아니다. 말로는 표현할 수가 없어. 그보다는 느낌에 가까운 거야. 늑대들은 그런 방식으로 이야기한다. 다른 녀석들은 번, 하퍼, 윈드(각기 화상, 깡충깡충 뛰는 자, 바람이라는 뜻-옮긴이)야." 번은 어깨에 이름을 설명해 줄 만한 오래된 흉터가 있었지만, 다른 두 늑대에게는 이름의 의미를 알려 줄 만한 점이 전혀 없었다.

페린은 일라이아스가 퉁명스럽긴 해도 다른 인간과 대화를 나눌 기회가 생겨 즐거워한다고 생각했다. 최소한 인간과 기꺼이 대화를 나누고 싶어 하는 듯했다. 페린은 불빛을 받아 번들거리는 늑대들의 이빨을 눈여겨보며 일라이아스가 계속 말하게 하는 편이 좋을지도 모르겠다고 생각했다. "어떻게……. 어떻게 늑대와 이야기하는 방법을 배운 거죠, 일라이아스?"

"늑대들이 알아낸 거야." 일라이아스가 대답했다. "내가 아니라. 처음에는 그랬다. 내 생각엔 늘 그런 식이야. 늑대들이 사람을 찾는 거지, 사람이 늑대들을 찾는 게 아니야. 어떤 사람들은 내가 어둠의 존재와 접촉했다고 생각했다. 내가 어디를 가든 늑대들이 나타나기 시작했으니까. 나도 가끔은 그렇게 생각했던 것 같고. 선량한 사람들은 나를 피하기 시작했고, 나를 찾는 사람들은 어떤 식으로든 알고 지내기 꺼려지는 자들이었다. 그러다가 난 늑대들이 내 생각을 아는 것처럼, 내 머릿속 생각에 반응하는 것처럼 보이는 때가 있다는 것을 알게 됐지. 그때가 진짜 시작이었어. 늑대들은 나를 궁금해했다. 늑대들은 보통 사람을 느낄 수 있지만, 이런 식으로는 아니야. 녀석들은 기꺼이 나를 찾았다. 인간과 함께 사냥한 게 오랜만이라고 하더구나. 늑대들이 오랜만이라고 할 때 내가 받는 느낌은 차가운 바람이 최초의 날부터 여기까지 머나먼 길을 불어온 것만 같다는 거야."

"사람이 늑대랑 같이 사냥했다는 얘기는 들어 본 적이 없는데요." 에그웨인이 말했다. 목소리가 완전히 침착하지는 않았으나, 늑대들이 그냥 엎드려 있다는 사실에 용기가 생긴 듯했다.

일라이아스는 에그웨인의 말을 들었더라도 못 들은 척했다. "늑대는 사람과 기억하는 방식이 다르다." 그가 말했다. 그의 이상한 눈이 먼 곳을 바라보는 듯했다. 그 자신이 기억의 흐름을 따라 둥실둥실 떠가는 것 같았다. "늑대 한 마리 한 마리가 모든 늑대의 역사를 기억하지. 최소한 그 형태는 기억하고 있어. 말했다시피 단어로는 제대로 표현할 수 없다. 늑대들은 사냥감을 쫓아 나란히 달리던 일을 기억하고 있지만, 그 시절이 너무 옛날이라 그 기억도 기억이라기보다는 그림자의 그림자와 비슷하지."

"아주 재미있네요." 에그웨인이 말했다. 일라이아스가 날카로운 눈초리로 그녀를 보았다. "아니, 정말로요. 진짜로 재미있어요." 그녀가 입술을 축였다. "혹시……. 어……. 혹시 우리한테도 늑대와 이야기하는 방법을 가르쳐 줄 수 있나요?"

일라이아스가 다시 코웃음 쳤다. "그건 가르칠 수 있는 게 아니야. 할 수 있는 사람이 있고, 못 하는 사람이 있다. 늑대들이 저 녀석은 할 수 있다는데." 그는 페린을 가리켰다.

페린은 일라이아스의 손가락을 칼이라도 되는 듯 바라보았다. **진짜로 미친 사람이야.** 늑대들이 다시 그를 바라보고 있었다. 페린은 불편해서 몸을 움직였다.

"케임린으로 간다고 했지." 일라이아스가 말했다. "하지만 그렇다고 해도 어느 곳에서든 며칠이나 떨어져 있는 여기에 나와 있는 이유는 설명되지 않는데." 그는 모피를 이어 붙인 망토를 뒤로 젖히더니 옆으로 누워 한쪽 팔꿈치를 괴고서 기대감 어린 표정으로 이야기를 기다렸다.

페린은 에그웨인을 힐끗 보았다. 둘은 사람들을 만났을 때를 대비해 별문제를 일으키지 않고 어디로 가는지 설명할 만한 사연을 일찌감치 지어냈다. 아무에게도 진짜 출신지나 궁극적인 진짜 목적지를 알리지 않을 방법 말이다. 조심성 없이 말을 흘렸다가 희미한 자의 귀에 말이 들어갈지 누가 알겠는가? 그들은 매일 이야기를 만들어 나가며 함께 땜질하고 잘못된 부분을 갈아 냈다. 그리고 이야기는 에그웨인이 맡아서 하기로 했다. 페린보다는 에그웨인이 말을 잘 다루었으며, 에그웨인은 페린이 거짓말할 때면 얼굴만 보고도 늘 알 수 있다고 주장했기 때문이다.

에그웨인이 즉시 매끄럽게 이야기를 시작했다. 그들은 북쪽에서, 살데이아에서, 아주 작은 마을 외곽의 농장에서 왔다. 이번 여행을 하기 전까지는 둘 다 평생 집에서 37킬로미터 이상 벗어나 본 적이 없었다. 하지만 그들은 음유시인과 상인 들의 이야기를 들어왔으며, 세상을 구경하고 싶었다. 케임린도, 일리안도 보고 싶었다. 폭풍의바다와, 심지어 바다 민족이 산다는 전설 속 섬까지도.

페린은 만족스럽게 그 이야기를 들었다. 아무리 톰 머릴린이라도 투 리버스 바깥의 세상에 대해 별로 알지도 못하면서 이보다 나은 이야기를, 그들의 목적에 잘 맞는 이야기를 지어낼 수는 없을 것 같았다.

"살데이아에서 왔다?" 에그웨인이 말을 마치자 일라이아스가 말했다.

페린은 고개를 끄덕였다. "맞아요. 마라돈을 먼저 볼까 생각하기도 했죠. 왕은 꼭 보고 싶으니까요. 하지만 수도는 아버지들이나 가장 먼저 찾아볼 만한 곳이라서요."

그게 페린이 맡은 부분이었다. 둘이 마라돈에 가 본 적이 없다는 것을 똑똑히 밝히기 위해서였다. 그렇게 하면 혹시 정말로 마라돈에 가 봤던 사람과 우연히 마주친다 한들 아무도 두 사람이 마라돈에 대해 뭔가 알리라고 생각하지는 않을 테니 말이다. 에먼즈 필드도, 겨울의 밤에 일어난 사건도 이곳과는 거리가 멀었다. 이 이야기를 들은 사람이 타 발론이나 아이즈 세다이를 떠올릴 이유는 없었다.

"그럴싸한 이야기로군." 일라이아스가 고개를 끄덕였다. "그래, 그럴싸한 이야기야. 몇 군데 어긋난 점이 있긴 하지만, 가장 중요한 건 대플이 그 이야기는 거짓말 덩어리라고 한다는 거지. 마지막 한마디까지 전부 다."

"거짓말이라뇨!" 에그웨인이 소리쳤다. "우리가 왜 거짓말을 하겠어요?"

늑대 네 마리는 움직이지 않았지만 더 이상은 불가에 그냥 엎드려 있는 것 같지도 않았다. 대신 그들은 몸을 웅크렸고, 노란 눈을 깜빡이지도 않고 에먼즈 필드 사람들을 지켜보았다.

페린은 아무 말도 하지 않았지만, 자기도 모르게 손이 허리춤의 도끼로 향했다. 늑대 네 마리가 단 한 번의 빠른 동작으로 일어서자 손이 굳어 버렸다. 늑대들은 아무 소리도 내지 않았지만, 목덜미의 두꺼운 털이 곤두섰다. 뒤쪽 나무 아래에 있는 늑대 중 한 마리가 어둠 속에서 울부짖었다. 다른 늑대들도 응답했다. 다섯 마리, 열 마리, 스무 마리. 그렇게 어둠이 그들의 울음소리로 물결쳤다. 갑자기 그들도 조용해졌다. 페린의 얼굴에서 식은땀이 뚝뚝 떨어졌다.

"당신 생각에……." 에그웨인은 잠시 말을 멈추고 침을 삼켰다. 공기가 차가웠는데도 그녀 역시 얼굴에 땀이 맺혀 있었다. "당신 생각에 우리가 거짓말을 하는 것 같다면 우리가 오늘 밤 당신 야영지와 멀리 떨어진 곳에서 야영하는 걸 더 좋아하겠네요."

"평소라면 그렇지, 꼬마야. 하지만 지금은 트롤록에 대해 알고 싶은데. 반인들에 대해서도 그렇고." 페린은 무표정하게 있으려고 애쓰며, 자기가 에그웨인보다는 잘하고 있기를 바랐다. 일라이아스는 대화하듯 말을 이어 갔다. "대플이 그러는데, 너희가 그 바보 같은 이야기를 하는 동안 너희 머릿속에서 반인과 트롤록의 냄새가 났다더구나. 모두가 그렇게 말했어. 너희는 어떤 식으로든 트롤록과 눈 없는 자와 얽혀 있다. 늑대들은 트롤록과 반인들을 들불보다도 싫어하지. 그 무엇보다도 말이야. 나도 마찬가지다.

번은 너희를 해치우고 싶어 한다. 저 녀석이 겨우 한 살일 때 저런 흉터를 낸 게 트롤록들이거든. 사냥감이 드문데, 너희는 자기가 몇 달 동안 본 어느 사슴보다도 통통하다고 하는구나. 우리가 널 해치워야 한다고 말이야. 하지만 번은 늘 참을성이 없으니까. 너희가 이야기해 보지 그러냐? 난 너희가 어둠의 친구가 아니었으면 좋겠다. 나는 내가 먹이를 준 사람을 죽이는 것을 싫어해. 이것만 기억해라. 너희가 거짓말을 하면 저 녀석들이 알아챌 테고, 대플조차 이미 거의 번만큼 화가 나 있다는 것 말이야." 그의 눈은 늑대들의 눈처럼 노란색이었으며 늑대들의 눈처럼 깜빡이지 않았다. **진짜로 늑대의 눈이야.** 페린은 생각했다.

페린은 에그웨인이 자기를 보고 있다는 것을 알아챘다. 그녀는 페린이 어떻게 해야 할지 정하기를 기다리고 있었다. **빛이여, 갑자기 제가 또 리더가 되었습니다.** 그들은 처음부터 진짜 사연을 누군가에게 말하는 위험은 무릅쓸 수 없다고 판단했지만, 페린은 도저히 빠져나갈 길이 보이지 않았다. 설령 페린이 도끼를 꺼낸 다음에야 저들이…….

대플이 목구멍 깊숙한 곳에서 으르렁거렸다. 불가의 다른 세 늑대에게도, 그다음에는 어둠 속의 늑대들에게도 그 소리가 옮아갔다. 악의적으로 으르렁거리는 소리가 밤을 가득 채웠다.

"알았어요." 페린이 재빨리 말했다. "알았다고요!" 으르렁거리는 소리가 갑자기 뚝 멈췄다. 에그웨인은 주먹을 펴고 고개를 끄덕였다. "전부 겨울의 밤이 오기 며칠 전에 시작된 일이에요." 페린이 이야기를 시작했다. "우리 친구 맷이 검은 망토를 입은 남자를 봤는데……."

일라이아스는 표정도, 옆으로 누워 있는 자세도 바꾸지 않았으나 그가 고개를 갸웃하는 모습에는 어딘지 귀를 쫑긋 세우는 것 같은 느낌이 있었다. 페린이 이야기를 이어가자 늑대 네 마리도 자리에 앉았다. 페린은 그들도 귀 기울이고 있다는 인상을 받았다. 이야기는 길었고, 페린은 거의 모든 이야기를 전했다. 하지만 베얼론에서 그를 비롯한 친구들이 꾸었던 꿈은 혼자만 간직했다. 그는 늑대들이 이런 생략을 눈치챘다는 기색을 나타낼까 기다렸지만, 그들은 지켜보기만 했다. 대플은 친근해 보였고, 번은 화난 듯했다. 이야기를 마칠 때쯤 페린은 목이 쉬어 있었다.

"……만약에 그 여자가 케임린에서 우릴 찾지 못하면 우린 타 발론으로 계속 갈 거예요. 아이즈 세다이한테 도움을 받는 것 말고는 방법이 없으니까요."

"이렇게까지 남쪽에 트롤록과 반인이 나타났단 말이지." 일라이아스가 생각에 잠겨 말했다. "그건 생각해 볼 만한 문젠데." 그는 등 뒤를 뒤적거리더니 딱히 페린을 보지도 않고 가죽으로 만든 물주머니를 던져 주었다. 생각에 잠긴 듯했다. 그는 페린이 물을 다 마시고 마개를 막을 때까지 기다렸다가 다시 말했다. "난 아이즈 세다이와 잘 맞지 않아. 적색의 아자들, 그러니까 일원력을 건드리려는 남자들을 사냥하는 그자들이 나를 순치시키려 한 적이 있다. 난 그자들을 똑바로 바라보면서 너희는 흑색의 아자라고 말했지. 어둠의 존재를 섬기는 자들이라고 말이야. 전혀 좋아하지 않더구나. 하지만 내가 숲으로 도망치자 나를 잡지 못했지. 시도는 했지만. 그래, 시도는 확실히 했다. 얘기를 하고 보니 그런 일을 겪고 난 지금 아이즈 세다이가 나를 친절하게 대할 거라는 생각은 들지 않는구나. 난 수호자도 몇 명 죽여야 했다. 나쁜 일이었어. 수호자들을 죽이는 것 말이야. 마음에 들지 않았다."

"늑대들하고 이야기하는 이것 말이에요." 페린이 불안하게 말했다. "이게……. 이게 일원력과 관계있는 것인가요?"

"당연히 아니지." 일라이아스가 툴툴거렸다. "나한테는 순치가 통하지 않았어. 하지만 아이즈 세다이가 그런 시도를 했다는 것 자체가 화가 났다. 이건 오래된 거야, 꼬마야. 아이즈 세다이보다 오래된 거지. 일원력을 쓰는 그 누구보다도 오래된 거다. 인류만큼 오래된 것. 늑대들만큼 오래된 것. 아이즈 세다이는 그것도 싫어해. 오래된 것들이 다시 나타나는 것 말이다. 나만이 아니야. 다른 것들, 다른 사람들도 있다. 그런 존재들이 아이즈 세다이를 초조하게 만들지. 고대의 장벽이 약해지고 있다고 투덜거리게 만들어. 그들은 세상이 해체되고 있다고 말한다. 어둠의 존재가 풀려날까 봐 걱정된다는 거야. 그들이 나를 보는 시선을 보면 그게 다 내 탓이라는 생각이 들 정도다. 적색의 아자는 어쨌거나 그렇게 생각하겠지만, 다른 아이즈 세다이도 마찬가지였어. 아멀린 권좌는……. 아아! 난 되도록 아이즈 세다이를 피하고, 아이즈 세다이의 친구들도 피한다. 너희도 그러는 편이 영리한 거야."

"저도 아이즈 세다이와 떨어져 지내는 것만큼 바라는 게 없어요." 페린이 말했다.

에그웨인이 그를 날카롭게 바라보았다. 페린은 그녀가 아이즈 세다이가 되고 싶다고 불쑥 말하지 않았으면 좋겠다고 생각했다. 하지만 그녀는 입을 꽉 다물었을 뿐 아무 말도 하지 않았고, 페린은 말을 이었다.

"그렇다고 우리한테 다른 방법이 있는 것은 아니잖아요. 트롤록들이 우리를 따라다닌다고요. 희미한 자와 드락카도요. 어둠의 친구들을 빼면 모든 게 따라붙었어요. 우린 숨을 수도 없고, 우리끼리 맞서 싸울 수도 없어요. 그런데 누가 우릴 도와주겠어요? 아이즈 세다이를 빼면 그렇게 강한 사람이 누가 있겠느냐고요?"

일라이아스는 늑대들을 바라보며 잠시 침묵을 지켰다. 그의 시선은 대플이나 번에게 가장 자주 머물렀다. 페린은 긴장해 몸을 움직이며 그 모습을 지켜보지 않으려고 애썼다. 그들을 지켜보고 있으면 일라이아스와 늑대들이 서로에게 하는 말이 들릴 것만 같았다. 일원력과 관계없는 일이라 해도 페린은 끼어들고 싶지 않았다. **무슨 미친 농담을 하는 게 틀림없어. 난 늑대들하고 말할 수 없다고.** 늑대 중 한 마리가—페린은 그 늑대가 하퍼라고 생각했다—그를 보며 씩 웃는 듯했다. 페린은 자기가 어떻게 그 늑대의 이름을 알게 됐는지 영문을 알 수 없었다.

"나랑 같이 있으면 되지." 마침내 일라이아스가 말했다. "우리랑 같이." 에그웨인이 홱 눈썹을 치켜올렸고, 페린의 입은 쩍 벌어졌다. "뭐, 이보다 안전한 게 있겠냐?" 일라이아스가 도전적으로 물었다. "상대가 혼자 다니는 늑대라면 트롤록은 무슨 기회를 노려서라도 죽이려 들 거다. 하지만 늑대 무리를 피하기 위해서라면 몇 킬로미터라도 돌아갈 놈들이야. 아이즈 세다이도 걱정할 필요 없다. 그자들은 이 숲에 들어오는 일이 많지 않으니까."

"잘 모르겠어요." 페린은 양옆의 늑대들을 보지 않으려 했다. 그중 한 마리는 대플이었고, 페린은 그 암컷 늑대의 눈이 자신에게 닿는 것을 느낄 수 있었다. "일단 문제가 트롤록만이 아니니까요."

일라이아스가 차갑게 웃었다. "나는 늑대 무리가 눈 없는 자도 끌어내리는 걸 본 적이 있다. 늑대들도 절반은 죽었지만, 놈의 냄새를 맡는 순간부터 절대 포기하지 않았지. 트롤록이든 머드랄이든 늑대들에게는 모두 매한가지야. 이 녀석들이 정말로 원하는 건 너다, 소년. 이 녀석들은 늑대와 이야기할 수 있는 다른 인간이 있다는 이야기를 들었지만, 나 말고도 그런 사람을 직접 만나 본 건 네가 처음이야. 하지만 네 친구도 받아 주긴 할 거다. 너희 모두가 도시보다는 여기에서 더 안전할 거야. 도시에는 어둠의 친구들이 있으니까."

"저기요." 페린이 급하게 말했다. "그 말은 그만하셨으면 좋겠는데요. 난…… 그거 못해요. 당신이 하는 것, 당신이 말하는 것 말이에요."

"좋을 대로 해라. 원한다면 얼마든지 까불어. 안전해지고 싶지 않은 거냐?"

"나 자신을 속이는 게 아니에요. 그럴 것도 없는걸요. 우리가 원하는 건 단지……."

"우린 케임린으로 가는 길이에요." 에그웨인이 단호하게 말했다. "거기서 타 발론으로 갈 거예요."

페린은 입을 다물고, 화난 에그웨인의 눈을 똑같이 화난 눈으로 마주 보았다. 페린은 에그웨인이 원할 때만 자신을 따르고 원하지 않을 때는 따르지 않으리라는 것을 알았다. 하지만 최소한 페린이 자기 일에는 스스로 답하게 놔둘 수 있는 노릇이었다. "넌 어때, 페린?" 페린은 그렇게 말하고 자기가 직접 답했다. "나? 음, 어디 보자. 그래. 그래, 나도 계속 가야 한다고 생각해." 그는 에그웨인을 보며 살짝 미소 지었다. "음, 그럼 우리 둘 다 같은 생각이네, 에그웨인. 너랑 같이 가야겠어. 결정을 내리기 전에 먼저 대화를 나누니까 좋다, 그렇지?" 에그웨인은 얼굴을 붉혔지만 꽉 다문 입에서 힘을 풀지는 않았다.

일라이아스가 끙 소리를 냈다. "대플은 네가 그렇게 결정할 거라고 했다. 대플이 말하길, 여자애는 인간의 세계에 단단히 뿌리내리고 있지만 너는……." 그는 페린을 턱짓으로 가리켰다. "중간 어디쯤에 서 있다는구나. 상황을 볼 때 우리도 너랑 같이 남쪽으로 가는 게 좋겠다. 그러지 않으면 너희가 굶어 죽거나 길을 잃거나……."

갑자기 번이 자리에서 일어났다. 일라이아스는 고개를 돌려 그 커다란 늑대를 바라보았다. 잠시 후 대플도 일어섰다. 암컷 늑대는 일라이아스에게 다가가 자기도 번과 눈을 마주쳤다. 그 모습이 오랫동안 얼어붙은 듯 이어지더니, 번이 휙 돌아 어둠 속으로 사라졌다. 대플은 몸을 털고 자기 자리로 돌아가 아무 일도 없었다는 듯 털썩 엎드렸다.

일라이아스가 의문에 찬 페린의 눈을 마주 보았다. "대플이 이 무리를 관리한다." 그가 설명했다. "수컷 중에는 도전하면 대플을 꺾을 수 있는 놈들도 있지만, 대플이 그중 누구보다도 영리하거든. 늑대들도 모두 그 사실을 알고. 대플은 무리를 여러 번 구했다. 하지만 번은 너희 셋 때문에 무리가 시간을 낭비하고 있다고 생각해. 번한테 중요한 건 트롤록에 대한 증오뿐이야. 이렇게 먼 남쪽에도 트롤록이 있다면 가서 놈들을 죽여 버리고 싶다는구나."

"우리도 이해해요." 에그웨인이 안심된다는 듯 말했다. "길은 정말로 우리가 알아서 찾을 수 있어요. ……물론 방향은 알려 주셔야겠지만요. 알려 주시겠다면 말이에요."

일라이아스가 손을 내저었다. "이 무리의 지도자는 대플이라고 했잖아? 아침이 되면 난 너희와 함께 남쪽으로 출발할 거다. 이 녀석들도 그렇고." 에그웨인은 그 소식이 딱히 최고의 소식은 아니라는 표정이었다.

페린은 혼자만의 침묵에 휩싸인 채 앉아 있었다. 그는 번이 떠나는 것을 **느낄** 수 있었다. 흉터가 있는 그 수컷 늑대만이 아니었다. 모두 젊은 수컷으로 이루어진 10여 마리의 다른 늑대들도 번을 따라 천천히 달려갔다. 이게 전부 일라이아스가 그의 상상력에 친 장난이라고 믿고 싶었지만 그럴 수 없었다. 떠나는 늑대들이 머릿속에서 흐려지기 직전에 페린은 번에게서 온 것이 틀림없는 생각을 느꼈다. 페린 자신의 생각처럼 선명하고 또렷한 생각이었다. 증오였다. 증오와 피의 맛.

24장 아리넬강을 따라 도망치다

멀리서 물이 똑똑 떨어졌다. 공허한 첨벙 소리가 울리고 또 울리며 소리 나는 곳에서 영원히 멀어져 갔다. 사방에 돌로 만든 다리와 난간 없는 경사로가 있었다. 그것들은 모두 널찍하고 꼭대기가 평평한 돌탑에서 생겨난 것이었는데, 윤이 나고 매끄러웠으며 빨간색과 황금색 줄무늬가 들어가 있었다. 미로는 어둠을 뚫고 위아래로 층층이 이어졌다. 눈에 띄는 시작점이나 끝은 없었다. 모든 다리가 탑으로 이어졌고, 모든 경사로는 또 다른 탑으로, 다른 다리들로 이어졌다. 랜드가 어느 방향을 보든 어둠 속에서 볼 수 있는 한에서는 위나 아래나 모든 것이 똑같았다. 똑똑히 볼 수 있을 만큼 밝지 않았다. 다행이었다. 경사로 중 일부는 아래쪽 단 위에 떠 있는 단으로 이어졌다. 그런 단은 토대가 전혀 보이지 않았다. 랜드는 이것이 환각이라는 것을 알면서도 자유를 찾아 계속 나아갔다. 모든 것이 환각이었다.

랜드는 이 환각을 알고 있었다. 너무 여러 번 보았기에 모를 수 없는 환각이었다. 랜드가 아무리 멀리 가도, 위로든 아래로든 어느 방향으로든 가도 이곳에는 반짝이는 돌밖에 없었다. 돌이지만 막 뒤집은 깊은 땅의 축축함이 공기에 스며 있었고, 부패해 가는 것의 역겹고 들척지근한 냄새가 났다. 무덤의 냄새가 시간의 한계를 넘어서까지 풍겼다. 랜드는 숨을 참으려 했지만 냄새가 콧구멍을 채웠다. 기름처럼 살갗에 달라붙었다.

스치는 듯한 움직임이 랜드의 시선을 사로잡았다. 랜드는 있던 자리에 얼어붙었다. 탑 중 하나의 꼭대기를 감싸고 있는, 윤이 나는 방벽에 기대어 반쯤 웅크린 채였다. 숨을 만한 곳은 아니었다. 지켜보는 사람이 있다면 어디에서든 그를 볼 수 있었다. 그림자가 공기를 가득 채웠지만, 몸을 숨길 만한 더 짙은 그림자는 없었다. 빛은 램프나 랜턴, 횃불에서 나오는 것이 아니었다. 빛은 그냥 그 자리에, 지금 그대로 존재했다. 꼭 공기에서 스며 나오는 것 같았다. 그 빛으로도 그럭저럭 보이기는 했다. 그 말은 상대방도 랜드를 볼 수 있다는 뜻이었다. 침묵이 조금은 도움이 되었다.

다시 움직임이 보였다. 이제는 분명했다. 한 남자가 멀리 떨어진 경사로를 성큼성큼 걸어 올라오고 있었다. 그는 난간이 없는 것에도, 텅 빈 아래쪽으로 떨어지는 것에도 신경 쓰지 않았다. 남자의 망토가 당당하면서도 서두르는 그 걸음에 맞추어 물결쳤다. 그의 머리는 찾고 또 찾으며 이리저리 돌아갔다. 거리가 너무 멀어서 랜드는 어둠 속 형체 이상을 보기 어려웠지만, 망토가 방금 흘린 피처럼 붉은색이며 탐색하는 눈이 두 개의 용광로처럼 타오르고 있다는 것은 가까이 다가가지 않아도 알 수 있었다.

랜드는 눈으로 미로를 따라가며, 바알자몬이 그가 있는 곳에 도착하려면 다리를 몇 개나 건너야 하는지 살펴보다가 쓸모없는 짓이라 생각하고 그만두었다. 이곳의 거리는 기만적이었다. 이 역시 랜드가 배운 또 하나의 교훈이었다. 멀게 보이는 곳은 모퉁이만 돌면 도착할 수 있었다. 가까워 보이는 곳은 아예 닿을 수 없었다. 처음부터 그랬듯 해야 할 일이라고는 계속 움직이는 것뿐이었다. 계속 움직이면서 머리를 비우는 것. 랜드는 생각이 위험하다는 것을 알고 있었다.

하지만 멀리 보이는 바알자몬의 형체에서 시선을 돌렸을 때, 랜드는 어쩔 수 없이 맷이 궁금해졌다. 맷도 이 미로 어딘가에 있을까? **아니면 미로도 둘이고, 바알자몬도 둘인 거야?** 랜드의 정신은 그 생각으로부터 빠르게 멀어졌다. 곱씹기에는 너무 끔찍한 생각이었다. **이것도 베얼론 때랑 비슷한 것인가? 그럼 왜 바알자몬이 나를 찾지 못하는 거지?** 그건 좀 나았다. 약간 위로가 됐다. **위로라고? 피와 재를 걸고 그게 무슨 위로가 된다는 거야?**

명확히 기억나지는 않았지만 가까운 곳에 덤불이 두세 군데 있었다. 하지만 랜드는 바알자몬이 덧없이 추격해 오는 가운데 오랫동안, 아주 오랫동안 달렸다. 얼마나 오래였을까? 이것도 베얼론 때와 비슷한 꿈일까, 아니면 그냥 악몽, 다른 사람들이 꾸는 것과 비슷한 꿈일 뿐일까?

그때 숨을 한 번 들이쉴 정도의 잠깐이지만 랜드는 생각하는 것이 왜 위험한지, 무엇을 생각하는 것이 위험한지 알았다. 예전에 그랬듯 랜드가 방심하고 주위에 있는 것을 꿈이라고 생각할 때마다 공기가 아른거리며 그의 눈을 흐렸다. 젤처럼 변해 그를 붙들었다. 아주 잠깐이지만.

까끌까끌한 열기가 피부를 찔러 왔다. 랜드가 가시나무 관목으로 이루어진 미로를 빠른 걸음으로 나아가는 동안 목은 오래전에 타기 시작했다. 얼마나 지났을까? 땀은 맺힐 겨를도 없이 증발했고 눈이 후끈거렸다. 머리 위에서는—그렇다고는 하지만 아주 먼 곳은 아니었다—검은 줄무늬가 들어간, 강철 같은 구름이 격렬하게 끓어올랐다. 하지만 미로에서는 공기 한 모금도 흔들리지 않았다. 랜드는 잠시 전에는 달랐다고 생각했지만, 그 생각도 열기에 증발했다. 그는 이곳에 오래 있었다. 생각하는 것은 위험했다. 랜드는 그 점을 알고 있었다.

엷은 색에 둥글고 매끄러운 돌들이 수상한 포장도로를 이루고 있었다. 그 돌들은 아주 가벼운 발걸음에도 피어오르는, 뼈처럼 건조한 먼지에 반쯤 묻혀 있었다. 그 먼지가 랜드의 코를 간지럽히며 재채기가 나와 위치를 들킬지도 모른다는 위기감을 불러일으켰다. 입으로 숨을 쉬려 하자 숨이 막힐 때까지 먼지가 목구멍을 막았다.

이곳은 위험했다. 랜드는 그 점도 알고 있었다. 눈앞의 높은 가시나무 장벽에 트인 곳이 세 군데 보였다. 그리로부터 이어지는 길은 휘어지며 시야 밖으로 사라졌다. 바알자몬이 그 순간에도 저 모퉁이 중 하나를 돌아 다가오고 있을지 몰랐다. 랜드는 이미 두세 번 그와 마주쳤다. 그런 일이 벌어졌고, 자신이…… 어떻게든 탈출했다는 것 말고는 별로 기억나지 않았지만 말이다. 너무 많이 생각하는 것은 위험했다.

랜드는 열기에 헐떡이며 잠시 멈추어 미로의 벽을 살폈다. 빽빽하게 얽힌 가시덤불은 갈색이었고 죽은 것처럼 보였다. 손가락 한 마디는 되는, 갈고리처럼 생긴 잔인한 검은 가시가 돋아 있었다. 위쪽을 넘어다보기에는 너무 높았고, 뚫고 보기에는 너무 빽빽했다. 랜드는 조심스럽게 벽을 만져 보다가 헛숨을 들이켰다. 무척 조심했는데도 가시에 손가락을 찔렸다. 가시는 뜨거운 바늘처럼 후끈거렸다. 랜드는 허둥지둥 물러났다. 발꿈치가 돌에 걸렸다. 그는 손을 흔들며 짙은 핏방울을 흩뿌렸다. 후끈거리는 느낌은 잦아들기 시작했지만 손 전체가 욱신거렸다.

그는 문득 고통을 잊었다. 발꿈치에 매끄러운 돌 하나가 걸려 뒤집혔다. 바싹 마른 땅에서 그 돌을 걷어차 빼냈다. 랜드가 그 돌을 빤히 바라보자 텅 빈 눈구멍이 그를 마주 보았다. 두개골. 인간의 두개골이었다. 랜드는 통로를 따라 죽 늘어서 있는 매끄럽고 희끄무레한 돌들을 바라보았다. 그 모든 돌이 정확히 똑같았다. 랜드는 서둘러 발을 움직였지만, 그 돌들을 밟지 않고는 움직일 수 없었으며 그 위에 서지 않고는 가만히 있을 수 없었다. 엉뚱한 생각이 어렴풋하게 형체를 갖추었다. 사물이 보이는 그대로가 아닐지도 모른다는 생각이었다. 하지만 랜드는 그 생각을 가차 없이 눌러 버렸다. 이곳에서 생각은 위험했다.

랜드는 떨면서 자세를 가다듬었다. 한곳에 머무는 것도 위험했다. 그것도 랜드가 어렴풋하게, 그러나 확실하게 아는 것 중 하나였다. 손가락에서 흘러나오던 피는 양이 적어져 천천히 똑똑 떨어지고 있었고, 욱신거리는 통증도 거의 사라졌다. 랜드는 손가락 끝을 빨면서 우연히 마주 보고 있던 방향으로 길을 따라가기 시작했다. 여기서는 어디로 가나 똑같았다.

이제 랜드는 항상 같은 방향으로 돌면 미로에서 빠져나갈 수 있다는 말을 들었던 것이 생각났다. 랜드는 가시 장벽의 첫 번째 트인 곳에서 오른쪽으로 돌고, 그다음에도 오른쪽으로 돌았다. 그러다 보니 바알자몬을 정면으로 마주 보고 있었다.

바알자몬의 얼굴에 잠시 놀란 기색이 스쳤다. 그가 우뚝 멈추어 서자 피처럼 붉은 그의 망토가 가라앉았다. 그의 눈에서 불길이 치솟았지만, 미로의 열기 속이었기에 랜드에게는 거의 느껴지지 않았다.

"내게서 얼마나 도망칠 수 있다고 생각하는 거냐, 소년? 네 운명에서 얼마나 도망칠 수 있다고 생각하느냐? 너는 내 것이다!"

랜드는 비틀비틀 물러났다. 자기가 칼이라도 찾는 것처럼 허리띠를 더듬거리는 이유가 궁금해졌다. "빛이여 도우소서." 그가 중얼거렸다. "빛이여 도우소서." 그 말의 뜻이 무엇인지 기억나지 않았다.

"빛은 너를 돕지 않을 것이다, 소년. 세계의 눈도 너를 섬기지 않을 것이다. 너는 내 사냥개이니, 내 명령에 따르지 않겠다면 내가 거대한 뱀의 시체로 네 목을 조를 것이다!"

바알자몬이 손을 뻗었고, 랜드는 갑자기 탈출할 방법을 알게 되었다. 흐릿하고 반밖에 생겨나지 않은 기억이 위험하다고 비명을 질렀다. 하지만 어둠의 존재의 손길에 닿는 것만큼 위험한 일은 없었다.

"꿈이야!" 랜드가 소리쳤다. "이건 꿈이야!"

바알자몬의 눈이 휘둥그레지기 시작했다. 놀라움 때문인지, 분노 때문인지, 아니면 둘 모두가 문제인지. 그러더니 공기가 아른거렸고 그의 형체가 흐려지다가 희미하게 사라졌다.

랜드는 제자리에서 휙 돌아 주위를 둘러보았다. 자신의 모습이 수천 번, 아니 수만 번 반사되어 돌아오는 것을 바라보면서. 위아래는 온통 암흑이었지만, 그를 둘러싼 사방에는 온갖 각도로 배치된 거울들이 서 있었다. 그 모든 거울들이 몸을 웅크린 채 겁을 먹고 휘둥그레진 눈으로 두리번거리는 그의 모습을 보여 주었다.

붉고 흐릿한 자국이 거울들을 가로질러 흘러갔다. 그는 휙 돌아 그 자국을 포착하려 했지만, 모든 거울에서 그 자국은 랜드 자신의 모습 뒤로 흘러가다가 사라졌다. 이어 그것이 다시 나타났다. 하지만 이번에는 흐릿한 자국이 아니었다. 바알자몬이 거울들을 가로질러 성큼성큼 걸어 다녔다. 1만 명의 바알자몬이 은빛 거울을 가로지르고 또 가로지르며 그를 찾고 있었다.

랜드는 자기도 모르게 거울에 비친 자기 모습을 바라보았다. 그는 창백해진 채 칼날 같은 추위 속에 떨고 있었다. 바알자몬의 모습이 그의 모습 뒤로 점점 커지며 그를 바라보았다. 그냥 보는 것이 아니라 뚫어지게 응시했다. 모든 거울 속 그의 등 뒤에서, 바알자몬의 얼굴을 이루는 불길이 훅 타올라 그를 감싸고 집어삼키고 그와 뒤섞였다. 랜드는 비명을 지르고 싶었지만 목구멍이 얼어붙어 있었다. 끝없는 그 거울들 속에는 얼굴이 단 하나밖에 없었다. 그의 얼굴. 바알자몬의 얼굴. 하나의 얼굴.

랜드는 흠칫하며 눈을 떴다. 어둠은 희미한 빛에 약간만 줄어들었을 뿐이었다. 랜드는 거의 숨도 쉬지 못한 채, 눈만 빼고 꼼짝도 하지 않았다. 거친 모직 담요가 어깨까지 덮여 있었고, 머리는 두 팔에 감싸여 있었다. 손에 매끄러운 나무 널빤지가 만져졌다. 갑판 널빤지였다. 어둠 속에서 삭구가 삐걱거렸다. 랜드는 길게 숨을 내쉬었다. 그는 **스프레이호**에 타고 있었다. 다 끝났다……. 최소한 하룻밤은 더 버텼다.

랜드는 별생각 없이 입에 손가락을 집어넣었다. 피 맛에 숨이 멎었다. 그는 어슴푸레한 달빛에 비추어 보려고 얼굴 가까이로 천천히 손을 들어 올렸다. 그러자 손가락 끝에 맺히는 핏방울이 보였다. 가시에 찔려 나는 피였다.

스프레이호는 아리넬강을 따라 서두르면서도 느리게 나아갔다. 바람이 세게 불었지만 풍향 때문에 돛에는 아무 도움이 되지 않았다. 도먼 선장이 속도를 내라고 야단이었으나 배는 기어가듯 움직였다. 밤에는 뱃머리에서 한 사람이 랜턴으로 비추어 가며 기름 바른 납덩이를 던져 조타수에게 수심을 큰 소리로 알려 주었고, 그러는 동안 배는 노를 접은 채 물살에 실려 바람 반대 방향으로 흘러갔다. 아리넬강에는 걱정할 만한 암초가 없었지만, 얕은 곳과 모래톱은 많았다. 그런 곳에서는 배가 심하게 좌초해 뱃머리 너머까지 진흙에 처박힐 수 있었다. 그렇게 되면 누군가 도와주러 올 때까지 꼼짝없이 기다려야 했다. 그것도 도움의 손길이 먼저 도착할 때의 이야기이지만. 낮이면 노잡이들이 해 뜰 녘부터 해 질 녘까지 일했으나 바람은 배를 다시 상류로 밀어 버리고 싶은 것처럼 그들에게 맞서 싸웠다.

그들은 낮에든 밤에든 강둑에 정박하지 않았다. 베일 도먼은 배든 선원이

든 똑같이 거칠게 몰았다. 그는 역풍과 느린 속도를 욕했다. 그는 선원들이 노 젓기를 게을리한다고 호되게 나무랐고, 그들이 밧줄 하나라도 잘못 다루면 혓바닥으로 그들을 채찍질하다시피 했다. 그의 낮고 거친 목소리를 듣고 있으면 갑판에 키 3미터짜리 트롤록이 타고서 목청껏 소리를 지르는 것만 같았다. 이틀 동안은 그것만으로도 모두가 화들짝 놀랐다. 그러다가 트롤록 공격의 충격이 가시기 시작했고, 사람들은 한 시간만이라도 뭍에 올라 다리를 쭉 펴고 싶다며 어두울 때 하류로 가는 것이 얼마나 위험한지 투덜거리기 시작했다.

선원들은 투덜거릴 때도 목소리를 낮추며 곁눈으로 도먼 선장이 엿들을 만한 거리에 있는 것은 아닌지 확인했다. 하지만 도먼 선장은 자기 배에서 사람들이 하는 말을 전부 듣는 것 같았다. 투덜거림이 시작될 때마다 그는 트롤록 공격 이후 갑판에서 발견된 길고 낫처럼 생긴 칼과 잔인한 갈고리가 달린 도끼를 조용히 꺼냈다. 그는 그 무기를 한 시간 동안 돛대에 걸어 놓았고, 부상당한 사람들은 자기 붕대를 가리키곤 했다. 그러면 최소한 하루 정도 투덜거림이 잦아들었다가 선원 한두 명이 다시 지금쯤은 트롤록을 멀리 따돌린 것이 분명하다고 생각하기 시작했고, 그렇게 또 한 번의 주기가 시작되었다.

톰 머릴린은 보통 선원들의 등을 두드리거나 우스갯소리를 하거나 가장 열심히 일하는 사람에게서도 미소를 끌어낼 만한 방식으로 농담을 주고받았지만, 랜드가 보니 선원들이 인상을 쓰고 서로 속삭이려 할 때는 그들과 거리를 두었다. 놈은 긴 파이프에 불을 붙이거나 하프를 조율하는 등 선원들에게 신경 쓰는 것만 아니면 거의 모든 일을 하는 데 집중하는 척하면서 그 비밀스러운 불평을 경계하는 눈빛으로 지켜보았다. 랜드는 이유를 알 수 없었다. 선원들이 탓하는 것은 트롤록들에게 쫓겨 배에 탄 세 사람이 아니라 플로런 겔브 같았으니까.

처음 하루 이틀 동안은 깡마른 겔브가 구석으로 몰아넣을 수 있는 선원이면 누구에게나 말을 거는 모습이 늘 보였다. 그는 랜드 일행이 배에 타게 된 날에 관해 자기 나름의 이야기를 전했다. 겔브의 태도는 고함을 치는 데서 징징거림으로, 다시 고함으로 바뀌었고, 그의 입술은 톰이나 맷, 특히 랜드를 가리킬 때면 늘 말려 올라갔다. 겔브는 늘 그들을 탓하려 했다.

"낯선 놈들이잖아." 겔브는 조용히 선장이 다가오는지 살펴보며 그렇게 호소했다. "우리가 저 녀석들에 대해 뭘 알아? 트롤록들은 저놈들과 함께 왔어. 우리가 아는 건 그것뿐이야. 둘이 동맹이라고."

"재수가 없으려니, 겔브. 그만 좀 해." 머리를 땋아 늘이고 뺨에는 파란색 별을 문신한 남자가 툴툴거렸다. 그는 갑판에서 밧줄을 감으며 겔브는 쳐다보지도 않았다. 그는 맨발로 작업하고 있었다. 추운 날씨에도 선원들은 모두 맨발로 다녔다. 축축한 갑판에서는 신발이 미끄러질 수도 있기 때문이었다. "게으름 피울 핑계가 되면 넌 네 엄마도 어둠의 친구라고 부를 놈이야. 저리 꺼져!" 그는 겔브의 발에 침을 뱉고 다시 밧줄 작업을 시작했다.

선원들은 모두 겔브가 망을 제대로 보지 않았다는 사실을 기억하고 있었으며, 머리를 땋은 남자가 보인 것은 겔브가 받은 반응 중에서 가장 예의 바른 반응이었다. 겔브와 함께 일하고 싶어 하는 사람은 한 명도 없었다. 겔브는 혼자 하는 일만 하도록 강등되었는데, 그 일은 전부 기름 묻은 냄비를 문질러 닦는다거나 배의 밑바닥으로 기어들어 가 여러 해 동안 쌓인 진흙 사이에서 새는 곳을 찾는 등 더러운 일이었다. 머지않아 그는 누구에게도 말을 걸지 않게 되었다. 그는 방어적으로 어깨를 웅크리고 다녔으며, 상처받아 입을 다무는 것이 그의 태도가 되었다. 보는 사람이 많을수록 더 상처받은 척했다. 그렇다고 해서 겔브한테 툴툴대는 것 이상의 반응을 보이는 사람은 없었지만 말이다. 하지만 랜드나 맷이나 톰에게 시선이 닿을 때면 코가 긴 겔브의 얼굴에는 살의가 스쳤다.

랜드는 맷에게 겔브가 언젠가 문제를 일으킬 것이라는 이야기를 했다. 맷은 배를 둘러보며 말했다. "이 중에 믿을 사람이 있어? 한 명이라도?" 그러더니 그는 혼자 있을 수 있는 곳, 어쨌든 솟아 있는 뱃머리에서 키잡이 노가 실려 있는 선미재까지 27미터도 안 되는 배에서 최대한 혼자 있을 수 있는 곳을 찾아 떠났다. 맷은 샤다 로고스에서의 그날 밤 이후로 너무 많은 시간을 혼자 보냈다. 랜드가 보기에는 골똘히 생각에 잠겨 있는 듯했다.

톰이 말했다. "문제를 일으키는 건 겔브가 아닐 거다. 문제가 일어난다고 해도 말이지. 최소한 지금은 아니야. 선원들 중에 겔브 편을 들어 줄 사람은 아무도 없고, 겔브는 혼자 무슨 일을 할 만한 배짱이 없어. 하지만 다른 녀석들은……? 도먼은 트롤록들이 개인적으로 자기를 쫓아온다고 생각하는 것 같지만, 다른 사람들은 위험이 지나갔다고 생각하기 시작했어. 이 정도면 할 만큼 했다고 생각할지 모른다. 지금 상태로는 한계야." 톰은 조각보로 뒤덮인 망토를 들어 올렸고, 랜드는 그가 숨겨 둔 칼—두 번째로 좋은 칼—을 확인하고 있다고 느꼈다. "선원들이 반란을 일으키면 그 이야기를 전할 승객들을 남겨 두지 않을 거다. 케임린에서 이렇게 먼 곳까지 여왕의 훈령이 영향을 미치진 않겠지만, 그런 반란에 대해서는 마을 시장이라도 무슨 조처를 취할 테니까." 그때부터는 랜드도 들키지 않고 선원들을 지켜보려 노력했다.

톰도 선원들에게 반란 생각이 들지 않도록 자기 몫을 했다. 그는 아침이고 밤이고 온갖 재주를 부려 가며 이야기를 해 주었고, 그 사이에는 선원들이 요청하는 노래를 뭐든 연주해 주었다. 랜드와 맷이 견습 음유시인이 되고 싶어 한다는 주장에 근거를 대기 위해 그는 매일 시간을 조금씩 빼서 둘을 가르쳤다. 그 수업은 선원들에게도 즐거운 일이었다. 물론 톰은 둘 중 누구에게도 하프를 만지지 못하게 했고, 적어도 처음에는 플루트 연습 시간마다 사람들이 고통스럽다는 듯 몸을 움찔거렸다. 하지만 선원들은 귀를 막고서도 웃었다.

톰은 소년들에게 비교적 쉬운 이야기 몇 편과 간단한 재주넘기를 가르쳤다. 물론 저글링도 가르쳤다. 맷은 톰이 요구하는 것에 불평했지만, 톰은 콧수염을 훅 불며 그를 똑바로 노려보았다.

"난 가르치는 척할 줄 모른다, 이 녀석아. 가르치거나 말거나야. 자! 아무리 촌뜨기라도 간단한 물구나무서기는 할 수 있겠지. 올라가라."

쉬고 있는 선원들이 늘 세 사람 주위에 둥글게 몰려들어 쭈그리고 앉았다. 어떤 사람들은 심지어 톰이 하는 수업에 끼어들어 자기가 하는 서툰 실수에 웃기도 했다. 겔브는 홀로 서서 모두를 증오하며 이 모든 일을 음흉하게 바라보았다.

랜드는 매일 상당한 시간을 난간에 기대 강변을 바라보며 보냈다. 에그웨인이나 다른 일행이 갑자기 강둑에 나타나기를 정말로 기대한 것은 아니었지만, 배가 너무 천천히 움직였기에 그랬으면 좋겠다는 생각이 들었다. 일행은 말을 너무 세게 달리지 않더라도 배를 따라잡을 수 있을 것 같았다. 탈출했다면. 아직 살아 있다면.

강은 살아 있는 것의 흔적이 전혀 없는 채로 흘러갔다. **스프레이호** 말고는 다른 배도 보이지 않았다. 하지만 그렇다고 볼 만한 것이나 신기해할 만한 것이 없는 것은 아니었다. 첫째 날 정오에 아리넬강은 양쪽으로 1킬로미터 뻗어 있는 높은 절벽 사이로 접아들었다. 그 절벽의 길이 전체에 걸친 바위가 30미터 높이의 남자와 여자 형상으로 조각되어 있었다. 왕관을 쓰고 있어 그들이 왕과 왕비라는 것을 알 수 있었다. 왕족의 행렬 중 똑같은 형상은 하나도 없었고, 첫 번째 조각과 마지막 조각은 오랜 세월로 구분되었다. 비바람 때문에 북쪽 끝의 조각상은 매끄럽고 거의 뭉툭하게 닳아 있었으며, 남쪽으로 내려올수록 얼굴과 세부 사항이 좀 더 뚜렷하게 보였다. 강물이 조각상의 발치에 철썩거렸기에 발은 완전히 씻겨 나가거나 매끄러운 혹이 되었다. **얼마나 오랫동안 저기 서 있었을까?** 랜드는 궁금했다. 선원 중에는 아무도 일을 하다 말고 고개라도 드는 사람이 없었다. 고대의 조각들을 너무 여러 번 본 것이다.

또 한 번은 동쪽 강변이 다시 이따금 덤불 숲으로 끊길 뿐인 평탄한 초원이 되었을 때, 햇살이 멀리 떨어진 무언가에 반사되었다. "저게 도대체 뭐지?" 랜드가 큰 소리로 물었다. "금속처럼 보이는데."

도먼 선장이 곁을 지나가다가 잠시 멈추어 눈을 가늘게 뜨고 반짝이는 빛 쪽을 바라보았다. "금속이 맞다." 그가 말했다. 그는 여전히 말을 뭉뚱그려서 했지만, 랜드는 애써 짜 맞추지 않고도 그 말을 이해할 수 있게 된 터였다. "금속으로 이루어진 탑이지. 가까이서 본 적이 있어서 알아. 강을 따라 장사하는 사람들이 저걸 표지로 삼는다. 지금 속도로 가면 화이트브리지까지 열흘이 걸릴 거다."

"금속으로 만든 탑이요?" 랜드가 말하자 맷이 나무통에 등을 기댄 채 책상다리를 하고 앉아 생각에 잠겨 있다가 고개를 들고 귀 기울였다.

선장이 고개를 끄덕였다. "그래. 겉모습이나 감촉으로 보면 반짝이는 강철이다만, 손톱만큼도 녹이 슬지 않았다. 높이는 61미터야. 집처럼 크지. 아무 표시도 없고, 틈새도 발견되지 않았다."

"분명 안에 보물이 있을걸요." 맷이 말했다. 그는 자리에서 일어나 저 먼 곳의 탑을 바라보았다. **스프레이호**가 강물에 실려 탑을 지나쳐 갔다. "저런 것은 값진 물건을 보호하기 위해서 만들어진 게 틀림없어요."

"그럴 수도 있지." 선장이 걸걸한 목소리로 말했다. "하지만 세상에는 저것보다 이상한 것도 많다. 바다 민족이 사는 섬 중 하나인 트레멀킹에는 언덕에서 튀어나온 15미터 높이의 돌로 된 손이 있다. 이 배만큼 큰 수정구를 쥐고 있지. 어딘가에 보물이 있다면 바로 그 언덕 밑에 있을 거다. 하지만 섬사람들은 거길 전혀 파고 싶어 하지 않아. 바다 민족은 오직 배를 타고 나가, 선택받은 자인 코라무어를 찾는 데밖에 관심이 없지."

"나라면 파 볼 텐데." 맷이 말했다. "그…… 트레멀킹은 얼마나 멀어요?" 나무 군락이 반짝이는 탑 앞을 미끄러져 갔지만, 맷은 아직도 그 탑이 보인다는 듯 빤히 바라보았다.

도먼 선장은 고개를 저었다. "아니다, 이 녀석아. 세상을 구경하는 대가는 보물이 아니야. 금 한 줌이나 무슨 죽은 왕의 보물을 찾는다면야 그것도 좋겠지만, 지평선이 보이는 다른 곳으로 사람을 끌어당기는 건 그 신비다. 아리스대양에 있는 항구 탄치코에는 전설의 시대에 지어진 파나 궁전 일부가 남아 있다고 하지. 벽에 살아 있는 사람 중 누구도 보지 못한 동물들이 조각되어 있다더구나."

"아무도 못 본 동물쯤이야 애들도 그릴 수 있어요." 랜드가 말하자 선장이 킬킬댔다.

"그래, 인마. 그럴 수 있겠지. 하지만 어린아이가 그 동물의 뼈도 만들 수 있을까? 탄치코에는 그 뼈가 있다. 전부 원래의 동물처럼 조립되어 있지. 누구나 들어가서 볼 수 있도록 파낙 궁전 일부에 서 있다. 세계의 파괴는 천 가지의 기적을 남겨 두었고, 그 이후로도 대여섯 개 이상의 제국이 존재해 왔어. 그중에는 아터 호크윙의 제국과 필적할 만한 나라도 있었다. 그 모두가 찾아볼 만한 것들을 남겼지. 빛의 막대와 칼의 레이스, 하트스톤 같은 것들. 섬을 덮고 있는 수정 격자도 있지. 그 격자는 달이 뜨면 윙윙거리는 소리를 낸다. 우묵하게 파인 산도 있는데, 그 가운데에는 183미터나 되는 은색 창이 있지. 그로부터 반경 2킬로미터 안에 들어오는 사람은 누구나 죽는다. 녹슨 폐허와 망가진 부분, 바다 밑바닥에서 발견된 물건들도 있어. 가장 오래된 책에서조차 그 의미가 밝혀지지 않은 것들 중에는 내가 직접 모은 것도 몇 가지 있다. 열 번 살아도 다 못 볼 만큼 많은 곳에 꿈도 꾸지 못한 것들이 있어. 바로 그런 신비에 끌리는 거다."

"우리도 모래의언덕에서 뼈를 파내곤 했어요." 랜드가 느릿느릿 말했다. "이상한 뼈였죠. 한번은 이 배만큼이나 큰 물고기의 일부도 봤어요. 아무튼 제 생각에는 물고기였던 것 같아요. 어떤 사람들은 모래를 파헤치고 다니면 운이 나빠진대요."

선장은 예리한 눈으로 그를 바라보았다. "벌써 고향을 생각하는 거냐? 이제 막 세상에 나왔는데? 세상은 네 입에 낚싯바늘을 집어넣을 거다. 어디 두고 봐라, 노을이 지는 곳을 좇아 달리게 될 테니……. 그리고 돌아오는 날에는 너희 마을이 너를 담기에는 너무 작은 곳이 되어 있을 거다."

"아니에요!" 랜드가 움찔했다. 집을, 에먼즈 필드를 마지막으로 생각한 게 언제였던가? 탬은? 며칠밖에 안 된 게 틀림없었다. 하지만 몇 달처럼 느껴졌다. "언젠가 돌아갈 수 있게 되면 집으로 돌아갈 거예요. 난 양을 키울 거예요. 그러니까……. 우리 아빠처럼요. 다시 마을을 떠나게 된다 해도 너무 일찍 떠나는 셈이 될 테고요. 안 그래, 맷? 우린 되도록 빨리 집으로 돌아가서 이런 게 존재했다는 것조차 잊어버릴 거잖아."

맷은 눈에 띄게 힘들어하며 사라진 탑이 있던 상류에서 시선을 돌렸다. "뭐? 아. 그래, 당연하지. 우린 집에 갈 거야. 당연하지." 맷이 돌아서서 떠날 때, 랜드는 그가 조용히 투덜거리는 소리를 들었다. "그냥 다른 사람이 보물을 찾아가는 게 싫은 거면서." 맷은 자기가 큰 소리로 말했다는 것조차 모르는 듯했다.

강을 따라 내려가기 시작한 지 나흘째에 랜드는 돛대 꼭대기에 올라가 두 다리로 스테이(배의 돛대를 받치는 밧줄-옮긴이)를 감고 뭉툭한 끝에 앉아 있었다. **스프레이호**는 부드럽게 강을 따라 흘러갔지만, 평탄하게 흘러가는 수면에서 15미터 위로 올라와 있으니 돛대는 넓은 호를 그리며 앞뒤로 흔들렸다. 랜드는 고개를 뒤로 젖히고 얼굴에 불어오는 바람을 맞으며 웃었다.

노가 나와 있었기에 돛대 위에서 보면 배가 아리넬강을 따라 기어가는 다리 열두 개짜리 거미처럼 보였다. 랜드는 전에도 이렇게 높이 올라온 적이 있었다. 투 리버스의 나무에 기어올랐을 때였다. 하지만 이번에는 랜드의 시야를 가릴 나뭇가지가 하나도 없었다. 바로 머리 위에서 보니 노를 잡은 선원들이나 무릎을 꿇고 앉아 사포석으로 갑판을 문지르는 사람들, 밧줄과 창구 덮개 작업을 하는 사람들 등 모두가 땅딸막하게 줄어든 것처럼 이상해 보여 랜드는 그들을 바라보고 키득대는 것만으로도 한 시간을 보냈다.

지금도 그는 아래쪽 사람들을 내려다볼 때마다 키득거렸지만, 이제는 흘러가는 강둑을 바라보고 있었다. 보기에는 랜드 자신이 가만히 있고(물론 앞뒤로 흔들리기는 했지만) 강둑이 천천히 흘러가는 것처럼 보였다. 양옆으로 나무와 언덕 들이 행진하는 것 같았다. 랜드는 가만히 있고, 온 세상이 그를 지나쳐 갔다.

갑작스러운 충동을 느낀 그는 돛대를 받친 스테이에서 다리를 풀고 두 팔과 다리를 양옆으로 쫙 벌리며 흔들림에 맞서 균형을 잡았다. 돛대가 세 번 호선을 그리는 내내 그렇게 있다가 갑자기 균형을 잃었다. 그는 팔다리를 풍차처럼 돌리며 앞으로 푹 고꾸라져 앞 돛대 스테이를 잡았다. 두 다리가 돛대 양옆으로 쫙 벌어졌다. 스테이를 잡은 두 손 말고는 이토록 위태롭게 걸터앉은 자신을 받쳐 주는 물건이 아무것도 없는 상태에서, 랜드는 웃었다. 그는 상쾌하고 차가운 바람을 한껏 들이마시며 그 환희에 웃음을 터뜨렸다.

"인마." 톰의 쉰 목소리가 들려왔다. "야 이놈아, 그 바보 같은 목을 부러뜨릴 거면 나한테 떨어져서 부러뜨리지는 마라."

랜드는 아래를 보았다. 톰이 바로 아래의 줄사닥다리에 매달려, 아직 남은 몇 발짝 위를 험악하게 올려다보고 있었다. 랜드처럼 음유시인도 망토는 아래에 두고 왔다. "톰." 랜드가 즐거워하며 말했다. "톰, 언제 올라왔어요?"

"네가 사람들이 소리쳐도 신경 쓰지 않을 때. 태워 죽일, 이 녀석아. 다들 네가 미쳤다고 생각하잖냐."

랜드는 아래를 보고 자신을 올려다보는 그 모든 얼굴에 놀라고 말았다. 책상다리를 한 채 돛대를 등지고 뱃머리에 앉아 있는 맷만이 그를 보지 않고 있었다. 노잡이들조차 고개를 들고 노가 삐뚤빼뚤 움직이게 놔두었다. 그렇다고 그들을 꾸짖는 사람도 없었다. 랜드는 고개를 틀어 팔 밑으로 선미를 보았다. 도먼 선장이 키잡이 노 옆에 서서 햄 같은 주먹을 허리에 댄 채 돛대 위에 있는 그를 노려보고 있었다. 랜드는 고개를 돌려 톰에게 씩 웃었다. "그럼 내려갈까요?"

톰은 세차게 고개를 끄덕였다. "그래 주면 대단히 고맙겠다."

"알았어요." 랜드는 앞 돛대 밧줄을 잡은 손을 움직이며 돛대 꼭대기에서 앞으로 몸을 날렸다. 떨어지다 말고 갑자기 멈추어 두 손으로 앞 돛대 밧줄을 붙들고 매달리자 톰이 욕설을 삼키는 소리가 들렸다. 음유시인은 랜드를 잡아 주려고 한 손을 반쯤 내민 채 그를 노려보았다. 랜드가 톰에게 다시 씩 웃었다. "이제 내려갈게요."

랜드는 두 다리를 위로 휙 올리며, 한쪽 무릎을 돛대에서 뱃머리까지 이어진 두꺼운 밧줄에 건 다음 팔오금에 그 밧줄을 끼우고서 두 손을 놓았다. 그는 천천히, 이어서 점점 빠르게 미끄러져 내려갔다. 뱃머리 직전에서 그는 맷 바로 앞 갑판에 두 발로 착지했다. 한 발을 내디뎌 균형을 잡고, 두 팔을 활짝 펼친 채 배를 마주 보았다. 마치 톰이 재주넘기를 한 다음에 하듯이 말이다.

선원들이 여기저기서 갈채를 보냈지만, 랜드는 놀라서 맷과 그가 들고 있는 물건을 내려다보았다. 맷은 다른 누구도 보지 못하도록 뭔가를 몸으로 가리고 있었다. 황금 칼집이 딸려 있는 휘어진 단검에 기이한 문자들이 새겨져 있었다. 정교한 황금 줄이 칼자루를 둘러싸고 있었고, 칼자루 끝에는 랜드의 엄지손톱만 한 루비가 박혀 있었으며, 날밑은 송곳니를 드러낸 황금색 비늘의 뱀 여러 마리로 이루어져 있었다.

맷은 잠시 단도를 칼집에 넣었다 뺐다 했다. 그는 계속 단검을 만지작거리며 천천히 고개를 들었다. 먼 곳을 보는 듯한 눈빛이었다. 갑자기 그 눈이 랜드에게 초점을 맞추었고, 맷은 깜짝 놀라며 단검을 코트 밑에 집어넣었다.

랜드는 무릎에 두 팔을 걸치고 쪼그리고 앉았다. "그건 어디서 났어?" 맷은 근처에 다른 사람이 있는지 보려고 재빨리 주위를 둘러볼 뿐 아무 말도 하지 않았다. 놀랍게도 주위에는 그들뿐이었다. "샤다 로고스에서 가져온 건 아니지?"

맷이 랜드를 빤히 보았다. "네 잘못이야. 너랑 페린 잘못이라고. 너희 둘이 나를 보물 더미에서 끌어냈잖아. 그때 난 이 단검을 들고 있었어. 무어데스가 준 게 아니야. 내가 가져온 거니까, 무어데스의 선물에 대한 모레인의 경고는 상관없어. 아무한테도 말하지 마, 랜드. 이걸 훔치려 들지도 몰라."

"말 안 할게." 랜드가 말했다. "난 도먼 선장님이 정직한 사람이라고 생각하지만, 나머지 사람들한테는 아무것도 맡기지 않을 거야. 겔브는 특히 그렇고."

"아무한테도 말하면 안 돼." 맷이 고집을 부렸다. "도먼한테도, 톰한테도, 아무한테도. 에먼즈 필드 사람 중 남은 건 우리 둘뿐이야, 랜드. 우린 다른 사람을 믿을 여유가 없어."

"걔들도 살아 있어, 맷. 에그웨인이랑 페린 말이야. 난 걔들이 살아 있다는 걸 알아." 맷은 부끄러운 표정이 되었다. "그래도 네 비밀은 지킬게. 우리 둘이서만 아는 거야. 최소한 이제 돈 걱정은 할 필요 없겠네. 그걸 팔면 타발론까지 왕처럼 여행할 수 있겠다."

"당연하지." 맷은 잠시 후에 말했다. "꼭 그래야 한다면 말이지만. 그냥 내가 말하라고 할 때까지 사람들한테 말하지만 마."

"말 안 한댔잖아. 저기 말이야, 배에 탄 뒤에 꿈꾼 적 있어? 베얼론에서처럼. 최소 여섯 명이 엿듣지 않는 가운데 이런 질문을 할 기회는 지금이 처음이라서 물어보는 거야."

맷은 고개를 돌리며 랜드를 흘겨보았다. "꿨을지도 모르지."

"꿨을지도 모른다는 게 무슨 뜻이야? 꿨으면 꾼 거고 안 꿨으면 안 꾼 거지."

"알았어, 알았어. 꾼 적 있어. 얘기하기 싫은 거야. 생각도 하기 싫어. 말해 봐야 소용도 없고."

둘 다 무슨 말을 하기도 전에 톰이 성큼성큼 갑판으로 다가왔다. 그는 팔에 망토를 걸치고 있었다. 바람에 그의 흰 머리가 날렸고, 긴 콧수염이 곤두서는 것처럼 보였다. "선장한테 간신히 네가 미친 게 아니라고 설득했다." 그가 말했다. "그게 네가 받는 훈련의 일부라고 했어." 톰은 앞 돛대 밧줄을 잡고 흔들었다. "네가 한 그 멍청한 곡예가, 밧줄을 타고 미끄러져 내려온 게 도움이 됐다. 멍청한 목이 부러지지 않은 건 운이 좋아서지만."

랜드의 시선이 앞 돛대 밧줄로 향했다가 그 밧줄을 따라 돛대 꼭대기까지 올라갔다. 랜드는 입이 쩍 벌어졌다. 저기를 **정말로** 미끄러져 내려왔구나. 게다가 저 위에 앉아 있…….

갑자기 랜드는 그 위에 올라 팔다리를 쫙 펼치고 있는 자기 모습이 보였다. 그는 털썩 주저앉았다. 하마터면 납작하게 드러누울 뻔했다. 톰은 생각에 잠겨 그를 보고 있었다.

"네가 높은 곳에 그렇게 겁 없이 올라갈 줄은 몰랐다. 일리안이나 에부다, 심지어 티어에서도 공연할 수 있겠구나. 남쪽 대도시 사람들은 줄타기 곡예사와 공중그네 곡예사를 좋아하거든."

"우리가 가는 곳은……." 랜드는 마지막 순간에야 엿들을 수 있는 거리에 사람이 있는지 둘러봐야 한다는 것을 떠올렸다. 평소처럼 눈을 부라리는 겔브를 포함한 선원 몇 명이 그들을 지켜보고 있었지만, 랜드의 말을 들을 수 있는 사람은 없었다. "타 발론이잖아요." 그가 말을 마쳤다. 맷은 어디에 가든 자기한테는 마찬가지라는 듯 어깨를 으쓱했다.

"지금은 그렇지." 톰은 두 사람 옆에 앉으며 말했다. "하지만 내일은……. 누가 알겠냐? 음유시인의 삶이 그런걸." 그는 알록달록한 공 한 줌을 널찍한 소매에서 꺼냈다. "널 공중에서 꺼내 왔으니 삼중 저글링을 연습해 보자."

랜드의 시선은 돛대 꼭대기로 흘러갔다. 몸이 떨렸다. **나한테 무슨 일이**

일어나는 거지? 빛이여, 이게 무슨 일입니까? 알아내야만 했다. 정말로 미치기 전에 타 발론에 도착해야만 했다.

25장 방랑자

벨라는 약한 햇살을 받으며 차분하게 걸어갔다. 그리 멀지 않은 곳에서 잰걸음으로 이동하는 세 마리 늑대가 그저 마을의 개일 뿐이라는 듯한 태도였다. 하지만 때로 흰자위가 다 드러날 때까지 그 늑대들을 보는 꼴을 보면 전혀 그런 기분이 아니라는 것을 알 수 있었다. 암말의 등에 타고 있는 에그웨인도 똑같이 나쁜 상태였다. 그녀는 곁눈으로 계속 늑대들을 지켜보았고, 가끔은 안장에 앉은 채 몸을 틀어 주위를 둘러보았다. 페린이 나머지 늑대 무리를 찾는 것 아니냐고 물으면 그녀는 화를 내면서 그렇지 않다고, 주변에 서성거리는 늑대가 두려운 것도 아니고 나머지 늑대 무리나 녀석들이 꾸미는 일을 걱정하는 것도 아니라고 했다. 하지만 페린은 그것이 사실이 아니라고 확신했다. 에그웨인은 부정하면서도 눈을 가늘게 뜨고 불안한 듯 입술을 축이며 바로 다시 주위를 살폈다.

나머지 늑대들은 멀리 떨어진 곳에 있었다. 페린은 에그웨인에게 그렇게 말해 줄 수도 있었다. **하지만 에그웨인이 내 말을 믿어 준대도 좋을 건 없잖아? 에그웨인이 믿으면 오히려 더 문제지.** 페린은 꼭 그래야 할 순간이 오기 전까지는 뱀이 담긴 바구니를 열 생각이 없었다. 자기가 늑대들의 위치를 **어떻게** 아는지 생각하고 싶지 않았다. 모피를 걸친 일라이아스가 앞장서 달려 나갔다. 그는 때로 거의 늑대처럼 보였으며, 대플과 하퍼, 윈드가 나타날 때는 그 역시 주위를 돌아보지 않고도 알았다.

에먼즈 필드 사람들이 첫날 새벽에 눈을 떠 보니, 일라이아스가 더 많은 토끼를 구우면서 별다른 표정 없이 덥수룩한 수염 너머로 그들을 보고 있었다. 대플, 하퍼, 윈드를 빼면 늑대는 한 마리도 보이지 않았다. 이른 시간의 희미한 햇빛 속에서도 커다란 떡갈나무 아래에는 여전히 짙은 그늘이 남아 있었고, 그 너머의 헐벗은 나무들은 뼈만 남기고 살점이 벗겨진 손가락처럼 보였다.

"녀석들은 근처에 있다." 에그웨인이 나머지 늑대들은 어디로 갔느냐고 묻자 일라이아스가 대답했다. "필요하면 도와줄 수 있을 만큼 가까운 곳에 있지. 우리가 맞닥뜨릴 인간적 문제를 피할 만큼은 멀리 떨어져 있고. 두 인간이 만나면 늘 얼마 안 돼 문제가 터지니까. 우리한테 필요하면 녀석들이 나타날 거다."

페린이 구운 토끼를 한 입 물어뜯었을 때, 그의 머릿속에서 뭔가가 간질거렸다. 어떤 방향이 어렴풋하게 느껴졌다. **당연하지! 녀석들이 있는 곳은…….** 입에 고였던 뜨거운 육즙에서 갑자기 모든 맛이 사라졌다. 그는 일라이아스가 숯에 구워 둔 덩이줄기를 집어 들었고 덩이줄기에서는 순무 비슷한 맛이 났지만 식욕이 사라진 다음이었다.

길을 나섰을 때, 에그웨인은 모두가 번갈아 가며 말을 타야 한다고 고집을 부렸다. 페린은 굳이 말대꾸를 하고 싶지도 않았다.

"네가 첫 번째야." 페린이 에그웨인에게 말했다.

에그웨인은 고개를 끄덕였다. "다음은 당신이에요, 일라이아스."

"난 튼튼한 두 다리로 충분하다." 일라이아스가 말했다. 그는 벨라를 보았고, 암말은 일라이아스가 늑대 중 한 마리라도 되는 듯 눈을 희번덕거렸다. "게다가 저 녀석도 내가 타는 걸 바라지 않는 것 같은데."

"말도 안 돼요." 에그웨인이 단호하게 대답했다. "이 문제로 고집스럽게 굴어 봐야 아무 의미가 없어요. 모두가 어느 정도 말을 타는 건 합리적인 일이라고요. 당신 말대로라면 갈 길이 멀잖아요."

"싫다고 했다."

에그웨인은 깊이 숨을 들이쉬었고, 페린은 그녀가 자기에게 했듯 일라이아스도 들들 볶는 데 성공할지 궁금해졌다. 그때 페린은 그녀가 입을 벌린 채 아무 말도 하지 않고 그 자리에 서 있다는 것을 알았다. 일라이아스가 그녀를 보고 있었다. 그냥 보기만 했다. 늑대를 닮은 그 노란 눈으로 말이다. 에그웨인은 빼빼 마른 남자에게서 물러나며 입술을 핥더니 한 발 더 물러났다. 일라이아스가 돌아서기 전에 그녀는 벨라가 있는 곳까지 멀리도 물러나 암말의 등에 허둥지둥 올라탔다. 일라이아스가 발걸음을 돌려 그들을 남쪽으로 이끌기 시작했을 때, 페린은 그가 씩 웃는 모습도 늑대와 무척 비슷하다고 생각했다.

그들은 사흘 동안 그런 식으로 여행했다. 남동쪽으로 걷거나 말을 타고 가며 땅거미가 짙게 내릴 때에야 멈추었다. 일라이아스는 도시 사람들의 서두르는 성향을 비웃는 듯했으나, 가야 할 곳이 있을 때도 시간을 낭비해야 한다고 생각하지는 않았다.

세 마리 늑대는 거의 보이지 않지만 매일 밤 불가에 잠시 다가왔고, 때로는 낮에도 잠깐씩 모습을 드러냈다. 전혀 예상치 못할 때에 가까운 곳에 나타났다가 같은 방식으로 사라졌다. 하지만 페린은 그들이 보이지 않는 곳에 있다는 것을 알고 있었다. 어디에 있는지도 알았다. 그는 늑대들이 앞길을 정찰할 때와 뒷길을 지켜볼 때를 알았다. 늑대 무리가 평소 사냥터를 벗어날 때와 대플이 무리를 기다리도록 할 때를 알았다. 때로는 남은 늑대 세 마리가 페린의 머릿속에서 흐려지기도 했지만, 녀석들이 눈에 보일 정도로 가까이 오기 한참 전부터 그는 그들이 돌아온다는 것을 알았다. 나무들이 줄어들어 듬성듬성해지고 말라 죽은 겨울의 풀밭으로 나뉜 잡목림이 되었을 때조차 늑대들은 유령처럼 모습을 감출 수 있었다. 하지만 페린은 어느 때든 그들이 있는 곳을 손가락으로 바로 가리킬 수 있었다. 어떻게 아는지는 모르겠지만 그저 상상력이 그에게 장난을 치는 것이라고 자신을 타이르려 애썼지만 소용없었다. 일라이아스가 알듯 페린도 알았다.

페린은 늑대를 생각하지 않으려 했으나, 늑대들이 늘 그의 생각으로 살금

살금 들어왔다. 그는 일라이아스와 늑대들을 만난 이후로 바알자몬 꿈을 꾸지 않았다. 깨어나서 기억하는 한, 꿈은 일상적인 일로만 이루어져 있었다. 베얼론 이전에, 겨울 밤을 겪기 전에 집에서 꾸었을 법한 꿈이었다. 평범한 꿈. 다만 한 가지 달라진 점이 있었다. 페린이 떠올린 모든 꿈에는 루한 스승님의 대장간에서 허리를 펴고 얼굴에 흐르는 땀방울을 닦을 때든, 그린에서 마을 소녀들과 춤을 추다가 고개를 돌렸을 때든, 난로 앞에서 책을 읽다가 고개를 들었을 때든, 야외든 실내든 그의 가까이에 늑대 한 마리가 있었다. 늑대는 늘 그에게 등을 돌리고 있었고, 페린은 늘 늑대의 노란 눈이 다가올지도 모르는 존재를 경계하고 있다는 것을, 그 존재를 막아서고 있다는 것을 알았다. 꿈에서는 이런 일이 당연하게만 보였다. 심지어 알스벳 루한이 차려준 저녁 식탁 앞에서도 말이다. 꿈은 잠이 깨고 나서야 이상하게 느껴졌다.

그들은 사흘간 여행했다. 그러는 동안 대플, 하퍼, 윈드가 토끼와 다람쥐를 잡아다 주었고, 일라이아스는 먹을 수 있는 식물들을 짚어 주었다. 그중 페린이 아는 식물은 별로 없었다. 한번은 토끼가 벨라의 발굽 바로 아래에서 뛰쳐나왔다. 페린이 새총에 돌을 집어넣기도 전에 일라이아스는 18미터 떨어진 곳에서 긴 칼을 던져 그 토끼를 꿰어 버렸다. 또 한 번은 일라이아스가 활로 통통한 꿩의 날개를 쏘아 떨어뜨리기도 했다. 페린과 에그웨인은 둘만 다닐 때보다 훨씬 잘 먹었다. 하지만 다른 일행과 다닐 수만 있다면 페린은 배급량이 다시 줄어들어도 좋을 것 같았다. 에그웨인이 어떻게 느끼는지는 확신하지 않았지만, 늑대들 없이 지낼 수만 있다면 그는 기꺼이 배고픈 생활을 할 생각이었다. 그렇게 사흘째 오후가 되었다.

앞쪽에 나무들이 늘어선 둔덕이 보였다. 지금까지 본 대부분의 둔덕보다 컸다. 폭이 7킬로미터는 족히 될 것 같았다. 해가 서쪽 하늘에 낮게 떠서 비스듬한 그림자를 오른쪽으로 밀어내고 있었으며 바람은 높아지고 있었다. 페린은 늑대들이 일행 뒤쪽에서 머물기를 그만두고, 서두르지 않으며 앞으로 나아가는 것을 느꼈다. 그들은 후각으로나 시각으로나 위험을 감지하지 못했다. 에그웨인은 자기 차례가 되어 벨라를 타고 있었다. 오늘 밤 야영할 곳을 찾을 시간이었다. 큰 잡목림이 그 목적에 잘 맞을 터였다.

나무로 가까이 다가가자 마스티프 세 마리가 숨어 있다가 튀어나왔다. 주둥이가 널찍하고 늑대만큼 키가 크며 무게는 그보다도 더 나가는 그 개들은 시끄럽게 으르렁거리며 이빨을 드러냈다. 녀석들은 탁 트인 곳으로 나오자마자 멈추어 섰지만, 그 개들과 세 사람 사이의 거리는 9미터밖에 되지 않았다. 개들의 검은 눈에서 살의가 번뜩였다.

늑대들 때문에 이미 긴장해 있던 벨라가 히힝 울며 에그웨인을 떨어뜨릴 뻔했고, 페린은 즉시 머리 위에서 새총을 빙빙 돌리기 시작했다. 개들을 상대로 도끼를 쓸 필요는 없었다. 갈빗대를 돌로 맞히기만 하면 가장 사나운 개도 도망칠 터였다.

일라이아스는 뻗정다리의 개들에게서 눈을 떼지 않은 채 페린에게 손을 내저었다. "쯧! 지금은 그걸 쓸 때가 아니야!"

페린은 어리둥절해 인상을 찌푸리며 그를 보았지만, 새총 돌리던 속도를 늦추다가 결국은 옆으로 내렸다. 에그웨인이 간신히 벨라를 다스렸다. 그녀와 암말은 둘 다 경계하며 개들을 바라보고 있었다.

마스티프들은 목털이 뻣뻣하게 서 있었으며 귀는 젖혀져 있었다. 놈들이 으르렁거리는 소리가 지진이라도 난 것처럼 들렸다. 갑자기 일라이아스가 한 손가락을 어깨높이로 들어 올리더니 휘파람을 불었다. 길고도 날카로운 그 휘파람 소리는 점점 더 높아지며 끝나지 않았다. 으르렁거리는 소리가 들쭉날쭉하게 잦아들었다. 개들은 가고 싶지만 누군가가 붙잡아 놓고 있다는 듯 낑낑대고 고개를 돌리면서 물러났다. 그들의 눈이 일라이아스의 손가락에 고정되어 있었다.

일라이아스는 천천히 손가락을 내렸다. 휘파람 소리도 그와 함께 낮아졌다. 개들도 그 소리에 따라 자세를 낮추다가 바닥에 납작하게 엎드렸다. 녀석들의 입에서 혀가 축 늘어졌다. 세 마리가 꼬리를 쳤다.

"봐라." 일라이아스가 개들에게 걸어가며 말했다. "무기를 쓸 필요가 없어." 마스티프들은 일라이아스의 손을 핥았고, 일라이아스는 녀석들의 널찍한 머리통을 긁어 주고 귀를 만져 주었다. "생긴 것만큼 못된 놈들이 아니야. 우리를 겁줘서 쫓아 버리려고 했지만, 우리가 숲에 들어가려 하지만 않으면 물지는 않았을 거다. 아무튼 이젠 그런 걱정도 할 필요 없어. 완전히 어두워지기 전에 다음 덤불에 도착할 수 있을 거다."

페린이 에그웨인을 보니 에그웨인은 입을 쩍 벌리고 있었다. 페린은 이를 딱 부딪치며 입을 다물었다.

일라이아스는 계속 개들을 쓰다듬으며 나무들이 서 있는 둔덕을 살펴보았다. "여기에 투아사안이 있겠군. 방랑자 말이다." 페린과 에그웨인이 멍하니 바라보자 일라이아스가 덧붙였다. "팅커스가 있다고."

"팅커스요?" 페린이 소리쳤다. "예전부터 팅커스를 보고 싶었는데. 그 사람들이 가끔 타렌 페리 건너편에서 야영하거든요. 하지만 제가 아는 한 투 리버스로는 오지 않아요. 이유는 모르겠지만."

에그웨인이 코를 훌쩍였다. "타렌 페리 사람들이 팅커스 사람들만큼 대단한 도둑이라서 그런 거겠지. 분명 서로를 홀랑 털어 버릴 거야. 일라이아스 씨, 가까운 곳에 정말로 팅커스가 있다면 계속 움직여야 하지 않을까요? 벨라를 도둑맞고 싶지는 않은 데다……. 뭐, 우린 가진 게 별로 없지만 팅커스가 뭐든 훔친다는 것은 모두가 알잖아요."

"아이들까지 훔쳐 간다지?" 일라이아스가 건조하게 물었다. "애들을 납치하고, 뭐 그런 얘기 말이다." 그는 침을 뱉었고, 에그웨인은 얼굴을 붉혔다. 아기에 관한 이야기가 가끔 나오는 것은 사실이었다. 하지만 그 이야기를 가장 많이 하는 사람은 센 부이나 코플린 혹은 콩가 가문 사람 중 한 명이었다. 다른 이야기는 모두가 아는 내용이었고. "나도 때로는 팅커스가 역겹게 느껴진다만, 그들이라고 대부분 사람보다 도둑질을 많이 하는 건 아니야. 내가 아는 어떤 사람들보다는 훨씬 덜 훔치지."

"곧 어두워질 거예요, 일라이아스." 페린이 말했다. "어디서든 야영해야 해요. 팅커스가 우리를 받아 준다면 그 사람들하고 같이 야영하는 것은 어때요?" 루한 부인에게는 팅커스가 땜질한 냄비가 있었다. 루한 부인은 그 냄비가 새것보다도 낫다고 했다. 루한 스승님은 아내가 팅커스의 작품을 칭찬하는 것을 마뜩잖게 생각했지만, 페린은 그런 작업이 어떻게 이루어지는

지 보고 싶었다. 하지만 일라이아스는 페린으로서는 이해할 수 없는 이유로 머뭇거렸다. "그러면 안 될 이유라도 있나요?"

일라이아스는 고개를 저었지만, 꺼림칙한 태도는 어깨의 자세나 꽉 다문 입에 여전히 남아 있었다. "괜찮겠지. 그냥 팅커스가 하는 말에 신경을 쓰지만 마라. 멍청한 소리를 아주 많이 하니까. 방랑자들은 대부분 좋을 대로 일을 처리하지만, 격식을 중시할 때도 있으니 너희도 내가 하는 대로 해라. 비밀은 지키고. 온 세상에 모든 것을 알릴 필요는 없으니까."

일라이아스가 앞장서 숲으로 들어가자 개들이 꼬리를 치며 그들을 따라왔다. 페린은 늑대들이 느려지는 것을 느끼고, 그들이 숲에 들어오지 않으리라는 것을 알았다. 늑대들은 개를 두려워하지는 않았으나 불가에서 잠을 자겠다고 자유를 포기한 개들을 경멸했고, 사람을 피했다.

일라이아스는 길을 아는 듯 자신감 있게 걸었다. 둔덕 가운데쯤에 떡갈나무와 물푸레나무 사이로 흩어져 있는 팅커스의 수레들이 나타났다.

에먼즈 필드의 모든 사람이 그랬듯 페린은 팅커스를 본 적은 없어도 그들에 관한 이야기는 많이 들어 보았다. 야영지는 그가 생각한 그대로였다. 팅커스의 수레는 바퀴 달린 작은 집이나 마찬가지였다. 높다란 나무 상자가 래커와 밝은 색깔 페인트로 칠해져 있었다. 빨간색과 파란색, 노란색, 초록색, 페린이 이름을 모르는 몇 가지 다른 색으로 말이다. 방랑자들은 요리하고, 바느질하고, 아이를 돌보고, 굴레를 수리하는 등 실망스러울 정도로 일상적인 일을 하는 중이었으나 그들이 입은 옷은 수레보다도 알록달록했으며, 아무렇게나 고른 것처럼 보였다. 코트에 브리치스를, 혹은 드레스와 숄을 볼썽사납게 함께 걸치는 식이었다. 그들은 야생화가 핀 들판의 나비들처럼 보였다.

야영지 주변 여러 곳에서 남자 네다섯 명이 현악기와 플루트를 연주했고, 몇몇 사람들이 무지개 색깔 벌새들처럼 춤을 추었다. 아이들과 개들이 요리하느라 피워 놓은 불 사이로 뛰어다녔다. 개들은 여행자들을 막아선 개들과 똑같은 마스티프였지만, 아이들은 그 녀석들의 귀와 꼬리를 잡아당기고 등에 올라탔다. 거대한 개들은 아주 차분하게 그런 장난을 받아 주었다. 일라이스와 함께 온 개 세 마리는 혀를 내민 채, 턱수염이 덥수룩한 일라이아스가 가장 친한 친구라도 되는 듯 그를 올려다보았다. 페린은 고개를 저었다. 어쨌든 마스티프들은 앞발을 땅에서 거의 떼지 않고도 사람 목덜미에 닿을 만큼 키가 컸다.

갑자기 음악이 멈추었고, 페린은 모든 팅커스가 그와 일행을 보고 있다는 것을 깨달았다. 아이들과 개들조차 가만히 서서 경계하듯 지켜보았다. 금방이라도 도망칠 것 같았다.

잠깐 아무 소리도 나지 않더니 말랐지만 단단한 체격의 키 작은 흰 머리 남자가 앞으로 나와 일라이아스를 보고 허리를 숙여 진지하게 인사했다. 그는 목깃이 높은 빨간 코트와 헐렁한 밝은 초록색 바지를 입고 있었으며, 바지 밑단은 무릎까지 올라오는 장화에 넣고 있었다. "우리의 불가에 오신 것을 환영합니다. 당신은 노래를 아십니까?"

일라이아스는 가슴에 두 손을 대고 똑같이 허리를 숙였다. "당신의 모닥불이 내 살갗을 덥히듯 당신의 환영에 나의 영혼도 따뜻해집니다, 마디. 하지만 나는 노래를 모릅니다."

"그러면 계속 찾아야겠군요." 흰머리 남자가 읊조렸다. "지금까지 그랬듯 앞으로도 우리는 그저 기억하고 탐색하며 찾을 뿐입니다." 그는 미소 지으며 한쪽 팔을 들어 불가를 가리켰다. 그의 목소리가 쾌활하고 경쾌해졌다. "식사가 거의 준비됐네. 같이 먹게나."

그게 신호라도 되듯 음악이 다시 울려 퍼졌고, 아이들은 전처럼 웃으며 개들과 뛰어다녔다. 야영지의 모든 사람은 새로 온 자들이 오래전에 받아들인 친구라도 되는 것처럼 하던 일을 계속했다.

하지만 흰머리 남자는 망설이더니 일라이아스를 보았다. "자네……. 다른 친구들은? 그 친구들은 멀리 있나? 가엾은 개들이 그 녀석들을 너무 무서워해서."

"멀리 있을 겁니다, 레인." 일라이아스가 머리를 젓는 태도에는 비웃음이 조금 깃들어 있었다. "당신도 지금쯤은 알 텐데요."

흰머리 남자는 세상에 확실한 것은 아무것도 없다고 말하듯 두 손을 활짝 폈다. 그가 돌아서서 그들을 데리고 야영지로 들어가자 에그웨인은 말에서 내려 일라이아스에게 다가갔다. "두 분이 친구예요?" 팅커스 한 명이 미소 지으며 다가와 벨라를 데려갔다. 에그웨인은 망설이다가 일라이아스에게서 비꼬는 듯한 코웃음을 듣고 나서야 고삐를 내주었다.

"아는 사이지." 모피를 걸친 남자가 무뚝뚝하게 대답했다.

"이름이 마디예요?" 페린이 말했다.

일라이아스는 낮은 목소리로 뭐라 투덜거렸다. "이름은 레인이다. 마디는 직함이고. 탐색자라는 뜻이야. 이 무리를 이끌고 있다. 마디라고 부르는 게 이상하면 탐색자라고 불러도 돼. 신경 쓰지 않을 거다."

"노래는 무슨 얘기예요?" 에그웨인이 물었다.

"노래는 팅커스가 방랑하는 이유야." 일라이아스가 말했다. "자기들은 그렇다고 한다. 노래를 찾고 있다지. 마디가 찾는다는 게 그 노래야. 세계의 파괴 당시에 그 노래를 잃었고, 다시 그 노래를 찾으면 전설의 시대의 천국이 돌아올 거라고 한다." 그는 눈으로 야영지를 훑으며 코웃음 쳤다. "저 사람들은 그 노래가 뭔지도 몰라. 찾으면 알게 될 거라지. 그 노래가 어떻게 천국을 가져다줄지도 모르지만, 세계의 파괴 이후로 거의 3000년 동안 그 노래를 찾아왔다. 시간의 물레가 더 이상 돌지 않을 때까지 찾아다니려나 보지."

이때 그들은 야영지 한가운데에 있는 레인의 모닥불에 도착했다. 탐색자의 수레는 테두리가 빨간색으로 칠해진 노란 수레였으며, 커다랗고 테두리가 빨간 바퀴의 바퀴 축은 빨간색과 노란색으로 번갈아 칠해져 있었다. 레인만큼 머리가 희지만 아직 뺨이 꺼지지 않은 통통한 여인이 수레에서 나오더니, 수레 뒤쪽 끝에 있는 계단에 잠시 멈추어 서서 어깨에 걸친 파란 술이 달린 숄을 잡아당겨 폈다. 그녀의 블라우스는 노란색이었고 치마는 빨간색이었다. 둘 다 밝은색이었다. 이런 색 조합에 페린은 눈을 깜빡였고, 에그웨인은 목이 졸리는 듯한 소리를 냈다.

그녀는 레인을 따라오는 사람들을 보더니 환영한다는 미소를 지으며 내려왔다. 그녀는 레인의 아내 일라로, 남편보다 머리 하나가 컸다. 머잖아 페린은 그녀의 옷 색깔을 잊게 되었다. 그녀에게는 알비어 부인을 떠올리게 하는 엄마 같은 모습이 있었다. 그녀가 처음 지은 미소만으로도 페린은 환영받는 듯했다.

일라는 오랜 지인으로서 일라이아스를 맞이하되 거리감을 보였다. 레인은 그 점이 괴로운 듯했다. 일라이아스는 그녀에게 건조하게 미소 지으며 고개를 끄덕였다. 페린과 에그웨인이 자기소개를 하자 일라는 일라이아스에게 보여 준 것보다 훨씬 따뜻한 태도로 그들의 손을 덥석 잡았다. 에그웨인은 끌어안기까지 했다.

"와, 너 참 사랑스럽구나, 얘야." 그녀가 에그웨인의 턱을 손으로 감싸고 미소 지으며 말했다. "아마 뼛속까지 춥겠지. 불에 가까이 앉으렴, 에그웨인. 너희 모두 앉아. 저녁이 거의 다 됐단다."

불가에는 앉으라고 가져다 놓은 쓰러진 통나무가 있었다. 일라이아스는 그 정도의 문명조차 받아들이지 않고 대신 바닥에 느긋하게 앉았다. 불 위에는 쇠로 만든 삼각대로 작은 주전자 두 개를 걸어 놓았고, 숯불 가장자리에는 오븐이 놓여 있었다. 일라가 그것들을 돌보았다.

페린 일행이 자리를 잡고 있을 때, 초록색 줄무늬 옷을 입은 날씬한 젊은 남자가 어슬렁거리며 불가로 다가왔다. 그는 레인을 끌어안고 일라에게 입을 맞추더니, 일라이아스와 에먼즈 필드 사람들을 자신만만한 눈으로 둘러보았다. 그는 페린과 나이가 비슷했으며, 다음 발걸음에 춤을 추기 시작할 것처럼 움직였다.

"이런, 에이람." 일라가 다정하게 미소 지었다. "기분 전환 겸 할머니, 할아버지랑 밥을 먹기로 한 거니?" 허리를 숙여 모닥불에 걸어 놓은 주전자를 휘젓는 그녀의 미소가 에그웨인에게로 미끄러져 갔다. "왜일까?"

에이람은 에그웨인 맞은편에서 무릎에 두 팔을 걸치고 태평하게 쭈그려 앉았다. "난 에이람이야." 그가 낮고 자신감 있는 목소리로 에그웨인에게 말했다. 이곳에 에그웨인 말고 다른 사람이 있다는 것을 더 이상 의식하지 않는 듯했다. "봄의 첫 장미를 기다리고 있었는데, 할아버지의 불가에서 찾았네."

페린은 에그웨인이 킥킥거릴 줄 알았으나, 이제 보니 그녀는 에이람을 마주 보고 있었다. 페린은 젊은 팅커스를 다시 보았다. 페린은 에이람이 평범한 수준 이상으로 잘 생겼다는 것을 인정해야만 했다. 잠시 후 페린은 에이람을 보고 누가 생각났는지 떠올랐다. 데번 라이드에서 에먼즈 필드로 올 때마다 등 뒤에서 모든 여자애들이 빤히 쳐다보며 귀엣말을 하게 만들던 녀석, 윌 알신이었다. 윌은 눈에 보이는 모든 여자에게 구애하면서도, 그들 모두에게 다른 소녀에게는 그저 예의를 갖춘 것뿐이라고 믿게 했다.

"저 개들 말인데." 페린이 큰 소리로 말하자 에그웨인이 깜짝 놀랐다. "덩치가 곰하고 비슷하겠다. 얘들이 저런 개랑 놀게 놔두다니 의외네."

에이람의 미소가 잠시 지워졌다. 하지만 그가 페린을 볼 때는 다시 미소가 떠올라 있었다. 심지어 전보다 더 자신 있는 미소였다. "널 해치진 않을 거야. 위험한 존재를 쫓느라 겁주는 시늉을 하고 우리에게 경고해 주긴 하지만, 나뭇잎의 길에 따라 훈련받았으니까."

"나뭇잎의 길?" 에그웨인이 말했다. "그게 뭐야?"

에이람은 강렬한 시선을 에그웨인의 눈에서 떼지 않으며 나무들을 가리켰다. "나뭇잎은 정해진 시간을 살고, 자기들을 멀리 실어 가는 바람에 저항하지 않아. 나뭇잎은 아무도 해치지 않고, 마침내 떨어져 새로운 나뭇잎의 양분이 되지. 모든 사람이 그래야 해. 남자든 여자든." 에그웨인은 그를 마주 보았다. 두 뺨이 살짝 붉어지고 있었다.

"그게 무슨 뜻인데?" 페린이 말했다. 에이람은 짜증스러운 듯 그를 보았지만, 대답한 사람은 레인이었다.

"그 누구도 어떤 이유로든 다른 사람을 해쳐서는 안 된다는 뜻이야." 탐색자의 눈이 일라이아스에게 휙 돌아갔다. "폭력에는 핑계가 없단다. 하나도. 절대로."

"누가 공격하면요?" 페린이 고집스럽게 말했다. "누가 때리거나 강도질을 하거나 죽이려 들면요?"

레인은 한숨을 쉬었다. 자기가 보기에는 너무 분명한 것을 페린이 그저 보지 못한다는 듯한 인내심 어린 한숨이었다. "누가 나를 때리면 나는 그 사람에게 왜 그런 짓을 하고 싶은지 물어볼 게다. 그 사람이 계속 나를 때리고 싶어 하면 도망치겠지. 그 사람이 강도질을 하거나 나를 죽이려 들어도 마찬가지고. 폭력을 저지르는 것보다는 그 사람이 뭐든 원하는 것을 가져가도록 놔두는 게 훨씬 낫단다. 그게 내 목숨이라도 말이지. 그리고 그 사람이 너무 큰 피해를 입지는 않았기를 바랄 거야."

"하지만 그 사람을 해치지 않겠다면서요." 페린이 말했다.

"나는 해치지 않겠지. 하지만 폭력은 당하는 사람만큼 저지른 사람도 해친단다." 페린은 미심쩍은 표정이었다. "도끼로 나무를 쓰러뜨릴 수는 있지." 레인이 말했다. "도끼가 나무에 폭력을 저지르고, 아무 피해도 입지 않은 채 빠져나가는 거야. 그런 식으로 생각하니? 물론 강철에 비하면 나무는 무르단다. 하지만 날카로운 강철도 나무를 찍어 대면서 무뎌져. 나무의 진액이 강철을 녹슬게 하고 흠집을 만들지. 강력한 도끼가 무력한 나무에게 폭력을 저지르고, 그로써 피해를 입는 거란다. 인간도 마찬가지야. 이때 피해는 영혼이 입는다만."

"하지만……."

"그만." 일라이아스가 페린의 말을 자르며 걸걸하게 말했다. "레인, 그런 헛소리를 마을 어린애들에게 퍼뜨리는 것만도 나쁜 짓입니다. 그것 때문에 가는 곳마다 문제를 겪잖아요? 게다가 난 당신한테 작업하라고 이 녀석들을 데리고 온 게 아닙니다. 놔둬요."

"당신한테 맡기라는 거예요?" 일라가 손바닥으로 약초를 갈아 주전자에 떨어지도록 하며 말했다. 목소리는 차분했지만, 약초를 문지르는 손길은 격렬했다. "당신 방식을 가르치려고요? 죽이거나 죽으라고? 당신이 찾는 운명으로 이 애들도 끌어들일 거예요? 당신의 시신을 놓고 말다툼할 큰 까마귀와 당신의…… 친구들밖에 없는 곳에서 혼자 죽으라고?"

"진정해요, 일라." 레인이 다정하게 말했다. 이 모든 이야기를 100번도 더 들은 듯했다. "일라이아스는 우리 불가로 환영받은 사람이에요, 여보."

일라는 물러섰지만 페린은 그녀가 사과를 하지 않는다는 것을 눈치챘다. 대신 그녀는 일라이아스를 보며 슬픈 듯 고개를 젓더니 손을 털고 수레 옆의 빨간 상자에서 숟가락과 도자기 그릇을 꺼내기 시작했다.

레인은 다시 일라이아스를 보았다. "친구, 우리가 누굴 개종시키려는 게 아니라는 얘기를 몇 번이나 해야 하는 건가? 마을 사람들이 우리의 방식에 관해 호기심을 보이면 우리는 그 질문에 답해준다네. 그런 질문을 던지는 사람이 대부분 어린아이들인 건 사실이야. 때로 우리가 다시 길을 나서면 그중 한 명이 따라오기도 하지. 하지만 그건 그들의 자유의지라네."

"아들이나 딸이 당신네 팅커스와 함께 도망쳐 버렸다는 것을 방금 알게 된 농부의 아내한테 그렇게 말해 보시죠." 일라이아스가 비꼬듯 말했다. "그래서 큰 마을들이 당신들을 근처에서 야영도 못하게 하는 겁니다. 작은 마을이야 당신들이 물건을 잘 고치니까 참아 주지만, 도시에는 그런 기술이 필요 없으니까요. 사람들은 당신들이 어린애들을 꾀어서 도망치게 하는 걸 싫어해요."

"도시에서 뭘 허락해 줄지는 모르겠군." 레인의 인내심에는 끝이 없는 것 같았다. 겉보기에 그는 점점 더 화가 치밀지 않는 것이 확실했다. "도시에는 늘 폭력적인 사람들이 있지. 아무튼, 나는 도시에서 노래를 찾을 수 있을 거라고는 생각하지 않는다네."

"탐색자님, 무례하게 굴려는 것은 아니지만요." 페린이 천천히 말했다. "그게……. 그냥, 저도 폭력을 좋아하지는 않아요. 축제 날에 놀이로 한 것을 빼면 몇 년 동안 누구랑 씨름해 본 적도 없는 것 같고요. 하지만 누가 저를 때리면 저도 그 사람을 때릴 거예요. 그렇게 안 하면 그냥 그 사람이 원할 때면 아무 때나 때려도 된다고 생각하도록 부추기는 것뿐이잖아요. 어떤 사람들은 다른 사람을 이용할 수 있는 줄 알아요. 그럴 수 없다는 걸 알려 주지 않으면 자기보다 약한 사람은 아무나 괴롭히고 돌아다닐걸요."

"어떤 사람들은," 에이람이 무거운 슬픔을 담아 말했다. "절대 비천한 본능을 극복하지 못하지." 그가 페린에게 던진 눈길을 보니, 페린이 이야기한 깡패들에 대해서 한 소리가 아니라는 것이 분명했다.

"그러다 보면 엄청나게 많이 도망 다녀야 할걸." 페린이 말하자 젊은 팅커스의 얼굴이 나뭇잎의 길과는 아무 상관도 없는 방식으로 굳어졌다.

"난 흥미롭다고 생각해." 에그웨인이 페린을 노려보며 말했다. "근육으로 모든 문제를 해결할 수 있다고 생각하지 않는 사람을 만나는 것 말이야."

에이람은 다시 기분이 좋아졌다. 그는 자리에서 일어나 미소 지으며 에그웨인에게 손을 내밀었다. "우리 야영지를 보여 줄게. 사람들이 춤을 출 거야."

"좋아." 에그웨인이 마주 미소 지었다.

일라는 작은 무쇠 오븐에서 빵 덩어리를 꺼내다 말고 허리를 폈다. "하지만 저녁이 준비됐는걸, 에이람."

"엄마랑 먹을게요." 에이람은 에그웨인의 손을 잡고 수레에서 멀어지며 어깨 너머로 말했다. "우리 둘 다 엄마랑 먹을 거예요." 그는 페린에게 의기양양하게 미소 지었다. 에그웨인은 그와 함께 달려가며 웃었다.

페린은 자리에서 일어나다 말고 멈추었다. 이 야영지 사람들이 레인이 말한 나뭇잎의 길을 따른다면 에그웨인이 해를 입지는 않을 터였다. 페린은 둘 다 낙심한 듯 손자를 바라보고 있던 레인과 일라를 보고 말했다. "죄송해요. 손님이 그런 말을 해서는 안 되는데……."

"바보 같은 소리 마." 일라가 달래듯 말했다. "네가 아니라 저 아이 잘못이야. 앉아서 먹으렴."

"에이람은 고민이 많은 젊은이야." 레인이 슬프게 덧붙였다. "착한 녀석이지만, 때로는 나뭇잎의 길을 힘들다고 생각하는 것 같구나. 유감이지만 그런 사람들이 있어. 앉거라. 내 모닥불은 네 거야. 앉아 주겠니?"

페린은 천천히 다시 앉았다. 여전히 어색한 기분이었다. "나뭇잎의 길을 따르지 못하는 사람은 어떻게 돼요?" 그가 물었다. "그러니까, 팅커스 중에서요."

레인과 일라는 걱정스러운 시선을 주고받았고, 레인이 말했다. "우리를 떠난단다. 잃어버린 자들은 마을에 가서 살아."

일라는 손자가 떠난 방향을 바라보았다. "잃어버린 자들은 행복할 수 없어." 그녀는 한숨을 쉬었지만, 그릇과 숟가락을 나누어 줄 때는 얼굴이 다시 평온해져 있었다.

페린은 땅을 바라보며 물어보지 말 것을 그랬다고 생각했다. 일라가 걸쭉한 채소 스튜로 모두의 그릇을 채워 주고 두껍게 썬 바삭바삭한 빵을 나누어 주는 동안에도, 음식을 먹는 동안에도 아무도 입을 열지 않았다. 스튜는 맛있었고, 페린은 세 그릇을 먹고 나서야 멈추었다. 페린은 씩 웃으며 일라이아스가 네 그릇을 비우는 모습을 보았다.

식사를 마친 뒤 레인은 파이프를 채웠고, 일라이아스도 자기 파이프를 꺼내 레인의 유포 주머니에 들어 있던 타박으로 채웠다. 불을 붙이고 타박을 다지고 다시 불을 붙이는 일이 끝난 뒤 그들은 조용히 자리에 앉아 있었다. 일라는 뜨개질 꾸러미를 꺼냈다. 태양은 서쪽 숲 위의 빨간 빛으로만 남아 있었다. 야영지는 밤을 날 준비를 했지만, 부산스러운 소리는 달라졌을 뿐 잦아들지는 않았다. 일행이 야영지에 들어왔을 때 악기를 연주하던 음악가들은 다른 사람으로 바뀌었고, 전보다 더 많은 사람들이 불빛 속에 춤을 추었다. 수레에 비친 그들의 그림자가 펄쩍펄쩍 뛰었다. 야영지 어딘가에서 남자들이 합창하는 목소리가 점점 커졌다. 페린은 통나무에서 미끄러져 내려와 어느새 졸기 시작했다.

잠시 후 레인이 말했다. "지난봄 우리와 함께 지낸 이후로 투아사안 야영지에 가본 적이 있나, 일라이아스?"

페린의 눈이 슬쩍 뜨였다가 다시 반쯤 감겼다.

"아뇨." 일라이아스는 파이프를 문 채 대답했다. "한 번에 너무 많은 사람들이 곁에 있는 것은 싫어서."

레인이 껄껄 웃었다. "자네와 정반대의 길을 걷는 사람들이라면 더욱 그렇겠지? 아닐세, 친구. 걱정하지 말게나. 나는 자네가 나뭇잎의 길을 따르게 되리라는 희망을 오래전에 버렸다네. 단지 지난번 만난 이후로 들은 이야기가 있어서 말이야. 아직 듣지 못했다면 자네도 그 이야기에 관심을 가질지 모르네. 나한테는 흥미로운 이야기였거든. 나는 다른 방랑자들을 만날 때마다 그 이야기를 듣고 또 들었어."

"말해 보시죠."

"이야기는 2년 전 봄, 북쪽 길을 따라 황무지를 건너던 방랑자들로부터 시작하네."

페린의 눈이 번쩍 뜨였다. "황무지요? 아이일황무지 말인가요? 방랑자들이 아이일황무지를 건너고 있었어요?"

"어떤 사람들은 별 방해를 받지 않고 황무지에 들어갈 수 있다." 일라이아스가 말했다. "음유시인이 그렇지. 정직하기만 하다면 행상인들도 그렇고. 투아사안은 늘 황무지를 건너다닌다. 생명의 나무 사건과 아이일 전쟁이 터지기 전까지는 케예리엔의 상인들도 그랬어."

"아이일 사람들은 우리를 피한단다." 레인이 슬프게 말했다. "우리 중 여러 명이 그들과 이야기하려 해 봤는데도 말이지. 그들은 멀리서 우리를 지켜볼 뿐 가까이 다가오거나, 우리가 그들에게 다가가도록 놔두지 않아. 때로는 그들이 노래를 아는 게 아닐까 걱정스러워. 그럴 가능성은 작겠지만 말이지. 알겠지만 아이일 사람들 중 남자는 노래를 부르지 않거든. 이상하지? 아이일 소년은 남자가 되는 순간부터 오직 전투의 함성만을 외치고, 죽어 간 자들을 위한 장송곡만을 부른단다. 나는 그들이 죽은 동족을 위해서는 물론, 자기들이 죽인 사람을 위해서도 노래하는 소리를 들어 보았어. 그 노래를 들으면 돌멩이라도 눈물을 흘릴 거야." 일라는 그 말을 듣고, 뜨개질을 하면서 자기도 같은 생각이라는 듯 고개를 끄덕였다.

페린은 재빨리 생각을 고쳐먹었다. 그는 팅커스가 도망간다는 얘기를 아주 많이 하는 만큼 늘 겁에 질려 있을 게 틀림없다고 생각했다. 하지만 겁 많은 사람은 아이일황무지를 건널 생각조차 하지 않을 것이다. 페린이 들은 대로라면, 제정신인 사람은 누구도 황무지를 건너려 하지 않을 터였다.

"노래에 관한 이야기라면," 일라이아스가 말하려 했지만 레인이 고개를 저었다.

"아닐세, 친구. 노래 이야기가 아니야. 나도 무슨 이야기인지 잘 모르겠네." 그는 페린에게 관심을 돌렸다. "젊은 아이일 사람들은 거대한오염으로 자주 여행을 떠난단다. 어떤 젊은이들은 혼자 가지. 어떤 이유에서인지 어둠의 존재를 죽이라는 사명을 받았다고 생각하면서 말이야. 대부분은 작게 무리를 지어 떠나. 트롤록을 사냥하러 가는 거란다." 레인은 슬프게 고개를 저었다. 다시 말을 이어 나가는 그의 목소리가 무겁게 들렸다. "2년 전에 오염에서 남쪽으로 약 183킬로미터 떨어진 곳으로 황무지를 건너려던 방랑자 무리가 그런 아이일 사람들과 마주쳤어."

"젊은 여자들이었단다." 일라가 남편만큼 서글픈 목소리로 끼어들었다. "소녀나 다름없는."

페린이 놀랐다는 소리를 내자 일라이아스가 그를 보며 비꼬듯 미소 지었다.

"아이일의 소녀들은 원하지 않으면 집안일을 돌보거나 요리하지 않아도 된다. 대신 전사가 되고 싶다면 전사회 중 하나인 **파 다라이즈 마이**, 창의 여인들에 가입하고 남자들과 나란히 싸우지."

페린은 고개를 저었다. 일라이아스가 그의 표정을 보고 키득거렸다.

레인이 다시 이야기를 이어 갔다. 불쾌감과 당혹감이 목소리에 섞여 있었다. "그 젊은 여자들은 한 명만 빼고 모두 죽었다네. 나머지 한 명도 죽어 가고 있었지. 그 여자가 수레로 기어 왔어. 그들이 투아사안이라는 것을 알았던 게 분명하네. 투아사안 사람들을 미워하는 마음이 고통을 넘어섰지만, 그녀에게는 너무도 중요한 메시지가 있었어. 죽기 전에 그 메시지를 누군가에게는 전해야 했지. 우리한테라도 말이네. 소녀가 흘린 핏자국이 남아 있어서 그것을 따라 사람들이 다른 누군가를 도울 수 있을지 보러 갔지만 모두가 죽어 있었다네. 죽은 사람보다 세 배는 많은 트롤록들도 죽어 있었고."

일라이아스가 허리를 세우고 앉았다. 파이프가 그의 잇새에서 떨어지려 했다. "황무지로 183킬로미터나 들어간 곳에요? 불가능합니다! **제빅 케샤**, 트롤록들은 황무지를 그렇게 부릅니다. 죽음의 땅이라고. 거대한오염의 모든 머드랄이 다그쳐도 놈들이 황무지로 183킬로미터나 들어가는 일은 없을 겁니다."

"트롤록들에 대해서 엄청나게 많이 아시네요, 일라이아스." 페린이 말했다.

"계속해 보세요." 일라이아스가 레인에게 퉁명스럽게 말했다.

"아이일 사람들이 가지고 다니던 승전 기념물을 볼 때, 그들이 거대한오염에서 돌아오는 중이었던 것은 분명하네. 트롤록들이 그 여자들을 따라온 거야. 하지만 흔적을 보면, 그중 아이일 사람들을 죽인 뒤 살아서 돌아간 트롤록은 몇 마리밖에 되지 않았을 걸세. 소녀는 누구도 자기 몸에 손을 대지 못하게 했어. 상처를 치료하기 위해서라도 말이야. 하지만 그 무리의 탐색자 코트 깃을 쥐고 이렇게 말했다네. 한 마디 한 마디 그대로 옮기면, '잎을 더럽히는 자가 세계의 눈을 멀게 하려 한다, 잃어버린 자여. 그는 거대한 뱀을 죽이려 한다. 방랑자들에게 경고하라, 잃어버린 자여. 시야를 태우는 자가 다가온다. 그들에게 새벽과 함께 오는 자를 맞이할 준비를 하라고 전하라. 그들에게……'라고 했지. 그러더니 죽었다네. 잎을 더럽히는 자와 시야를 태우는 자는," 레인이 페린을 보며 덧붙였다. "어둠의 존재를 일컫는 아이일식 이름이란다. 하지만 그것 말고는 한 마디도 모르겠어. 어쨌든 그 여자는 자기가 명백히 경멸하는 사람들에게 다가갈 만큼 이 메시지를 중요하다고 생각한 거야. 마지막 숨을 담아 그 메시지를 전할 만큼 말이지. 하지만 누구에게 전한 걸까? 우리 자신이 방랑자들이긴 하지만, 그 여자가 우리한테 메시지를 전하려 했다는 생각은 잘 들지 않는구나. 아이일 사람들이었을까? 우리가 전해 주려 해도 아이일 사람들이 그렇게 놔두지 않았을 텐데." 그가 무겁게 한숨을 쉬었다. "그 여자는 **우리를** 잃어버린 자라고 불렀단다. 그 전에 나는 아이일 사람들이 우리를 얼마나 싫어하는지 몰랐어." 일라는 뜨개질감을 무릎에 내려놓고 남편의 머리를 가만히 어루만졌다.

"거대한오염에서 알게 된 것에 관한 메시지겠죠." 일라이아스가 생각에 잠겨 말했다. "하지만 전혀 말이 안 됩니다. 거대한 뱀을 죽인다뇨? 시간 자체를 죽인다는 겁니까? 게다가 세계의 눈을 멀게 하다니? 차라리 바위를 굶겨 죽이겠다고 하지 그럽니까. 어쩌면 헛소리를 한 것일지도 모릅니다, 레인. 부상을 입고 죽어 가는 마당에 뭐가 현실인지 파악하지 못한 거예요. 어쩌면 그 투아사안들이 누군지도 몰랐을지 모릅니다."

"그 여자는 자기가 하는 말이 무엇인지, 또 자기가 누구한테 말을 하는 것인지 알고 있었네. 그 여자에게는 자기 목숨보다 중요한 얘기였는데, 우린 이해조차 못하고 있는 거야. 자네가 우리 야영지로 들어오는 걸 봤을 때 난 이제야 답을 알게 되나 보다고 생각했다네. 자네는 예전에……." 일라이아스가 빠르게 손짓하자 레인은 하려던 말을 바꾸었다. "자네는 우리 친구이고, 이상한 일을 많이 아니까."

"이번 일에 대해서는 모릅니다." 일라이아스는 대화에 종지부를 찍는 말투로 말했다. 모닥불 주변의 침묵을 깨는 것은 어둠이 내려앉은 야영지 다른 곳에서 흘러오는 음악 소리와 웃음소리뿐이었다.

페린은 불가의 통나무에 어깨를 받치고 누운 채 아이일 여자의 메시지를 알아내려 했지만, 레인이나 일라이아스가 그랬듯 페린도 전혀 이해할 수 없었다. 세계의 눈이라니. 그 눈은 페린의 꿈에 한 번 이상 나왔지만, 페린은 그 꿈을 생각하고 싶지 않았다. 그리고 일라이아스도. 답을 알고 싶은 질문이 생겨났다. 레인은 일라이아스에 대해 무슨 말을 하려고 했을까? 일라이아스가 그의 말을 자른 이유는 뭐고? 이 질문의 답을 알아내는 데도 운이 따라 주지 않았다. 페린은 아이일 여자들이 어떨지 상상했다. 거대한오염으로 들어가 트롤록과 싸우는 여자들이라니. 듣기로는 오직 수호자들만이 들어간다는 곳이 거대한오염인데. 이때 에그웨인이 혼자 노래를 부르며 돌아오는 소리가 났다.

페린은 허둥지둥 일어나 불빛 가장자리로 그녀를 맞이하러 갔다. 에그웨인은 고개를 한쪽으로 기울이고 그를 바라보며 우뚝 멈춰 섰다. 어둠 속이었기에 페린은 그녀의 표정을 읽을 수 없었다.

"오래 있다 왔네." 페린이 말했다. "재미있었어?"

"에이람 엄마랑 같이 밥을 먹었어." 그녀가 대답했다. "그런 다음엔 춤을 추고…… 웃었어. 춤을 춰 본 게 언젠지도 모르겠다."

"걔를 보니까 윌 알신이 생각나던데. 너는 윌 알신한테 놀아나지 않을 만큼 분별력이 있었잖아."

"에이람은 함께하기에 즐거운 얌전한 애야." 에그웨인은 힘이 들어간 목소리로 말했다. "날 웃게 해."

페린이 한숨을 쉬었다. "미안. 춤추는 게 재미있었다니 나도 좋다."

갑자기 에그웨인이 페린을 두 팔로 끌어안더니 그의 셔츠에 대고 흐느꼈다. 페린은 어색하게 그녀의 머리카락을 쓰다듬었다. **랜드라면 뭘 해야 할지 알 텐데.** 그는 생각했다. 랜드는 여자애들과 쉽게 어울렸다. 뭘 해야 할지, 무슨 말을 해야 할지 도저히 생각나지 않는 페린과는 달랐다. "미안하다고 했잖아, 에그웨인. 네가 춤추는 걸 재미있어해서 정말로 기뻐. 정말이야."

"살아 있다고 말해." 그녀가 페린의 가슴팍에 대고 웅얼거렸다.

"뭐?"

에그웨인은 팔을 쭉 뻗어 페린을 밀치고 그의 팔을 두 손으로 잡더니, 어둠 속에서 그를 올려다보았다. "랜드랑 맷 말이야. 다른 사람들. 다들 살아 있다고 말해."

페린은 깊이 숨을 들이쉬고 머뭇거리며 주위를 둘러보았다. "다들 살아 있어." 결국 그가 말했다.

"좋아." 에그웨인은 손가락으로 빠르게 두 뺨을 문질렀다. "내가 듣고 싶었던 말이야. 안녕, 페린. 잘 자." 그녀는 까치발을 딛고 페린의 뺨에 살짝 입 맞추더니 페린에게는 말할 겨를도 주지 않고 서둘러 그를 지나쳐 갔다.

페린은 돌아서서 그녀를 보았다. 일라가 일어나 에그웨인을 맞아들였고, 두 여자는 조용히 이야기를 나누며 수레로 들어갔다. **랜드라면 이해할지도 모르겠다.** 그가 생각했다. **하지만 난 모르겠어.**

멀리 어둠 속에서 늑대들이 지평선에 떠오르는 첫 달의 가느다란 조각을 보며 울부짖었다. 페린은 몸을 떨었다. 다시 늑대 걱정을 할 시간은 내일 충분히 있을 터였다. 그의 생각이 틀렸다. 늑대들은 꿈속에서 기다리다가 그를 맞이했다.

26장 화이트브리지

열심히 들어야 〈버드나무를 흔드는 바람〉으로 들리는 노래의 마지막 불안정한 음이 다행히도 희미해져 갔다. 맷은 금과 은 상감이 된 톰의 플루트를 내렸다. 랜드는 귀에서 손을 뗐다. 근처 갑판에서 밧줄을 감고 있던 선원이 크게 안도의 한숨을 쉬었다. 잠시 들리는 소리라고는 뱃전에 부딪히는 물소리와 박자에 맞추어 삐걱거리는 노 젓는 소리, 그리고 바람이 삭구를 뜯어 대며 이따금 들리는 우웅 소리뿐이었다. 바람은 **스프레이호**의 뱃머리로 곧바로 불어왔고, 쓸모없는 돛은 걷혀 있었다.

"고맙다고 해야겠구나." 마침내 머릴린이 중얼거렸다. "옛말 틀린 거 하나 없다는 것을 일깨워 주다니 말이다. 아무리 잘 가르쳐도 돼지는 플루트를 연주할 수 없다더니." 선원이 웃음을 터뜨렸고, 맷은 그에게 던져 버리기라도 할 것처럼 플루트를 들어 올렸다. 톰은 재빠르게 맷의 손에서 악기를 낚아채 단단한 가죽 통에 넣었다. "난 너희 양치기들이 모두 양 떼에게 피리나 플루트를 연주해 주며 시간을 보내는 줄 알았는데. 직접 보지 않은 것은 믿지 말아야 한다는 말이 틀린 게 없구나."

"양치기는 랜드죠." 맷이 투덜거렸다. "피리를 부는 것은 내가 아니라 랜드라고요."

"그래, 뭐. 랜드는 약간 적성이 있었지. 우린 저글링 연습을 하는 게 낫겠다. 최소한 저글링에는 너도 좀 재능이 보이니까."

"톰." 랜드가 말했다. "왜 이렇게 열심히 하시는지 모르겠어요." 랜드는 선원을 힐끗 보고 목소리를 낮추었다. "어쨌든 우리가 진짜 음유시인이 되려는 것도 아니잖아요. 그냥 모레인이랑 다른 사람들을 찾을 때까지 정체를 숨기려는 거지."

톰은 콧수염 끝을 잡아당기더니 무릎에 놓인 플루트 통의 매끄러운 짙은 갈색 가죽을 살펴보는 척했다. "찾지 못하면 어쩔 거냐? 그 사람들이 아직 살아 있다고 말할 만한 이유는 아직 없다."

"살아 있어요." 랜드가 단호하게 말했다. 그는 편을 들어 달라고 맷을 돌아보았지만, 맷은 미간에 잔뜩 주름을 잡고 입술을 꽉 다문 채 갑판만 보고 있었다. "아니, 말 좀 해 봐." 랜드가 그에게 말했다. "네가 플루트 잘 못 분다고 그렇게까지 화를 낼 리가 없잖아. 나도 잘 못 불어. 넌 플루트를 불고 싶어 했던 적도 없고."

맷은 여전히 인상을 찌푸린 채 고개를 들었다. "죽었으면?" 그가 조용히 말했다. "사실을 받아들여야 하잖아?"

그 순간 뱃머리의 보초가 외쳤다. "화이트브리지다! 화이트브리지가 보인다!"

선원들이 배를 댈 준비를 하려고 서둘러 다니는 가운데 랜드는 오랫동안 친구를 바라보았다. 맷이 그런 말을 그토록 태평하게 할 수 있다는 것을 믿고 싶지 않았다. 맷은 고개를 어깨 사이에 파묻은 채 랜드를 노려보았다. 랜드는 하고 싶은 말이 무척 많았지만, 그 모든 것을 단어로 표현할 수가 없었다. 그들은 다른 사람들이 살아 있다고 믿어야만 했다. 살아 있는 게 틀림없었다. **왜?** 머릿속 한구석에서 어떤 목소리가 신경을 긁어 댔다. **그래야 모든 일이 톰의 이야기처럼 되니까? 영웅들이 보물을 발견하고 악당을 물리친 다음 영원히 행복하게 살게 되니까? 톰의 이야기 중에도 그렇게 끝나지 않는 것들이 있어. 때로는 영웅들도 죽어. 네가 영웅이야, 랜드 알소르? 네가 영웅이냐고, 양치기야.**

갑자기 맷이 얼굴을 붉히며 시선을 돌렸다. 생각에서 풀려난 랜드는 벌떡 일어나 야단법석을 헤치고 난간으로 갔다. 맷이 천천히 따라왔다. 그는 자기 앞길을 가로지르며 뛰어가는 선원들을 굳이 피하려 하지도 않았다.

사람들이 배에서 이리저리 뛰어다녔다. 맨발로 갑판을 쿵쿵 밟아 대고 밧줄을 끌어 올리고 어떤 밧줄은 묶고 어떤 밧줄은 풀었다. 어떤 사람들은 양털로 터질 듯 꽉 채워진 커다란 방수 자루를 가져왔고, 다른 사람들은 랜드의 손목만큼 굵은 케이블을 준비했다. 그들은 서두르면서도 이 모든 일을 1000번은 해 본 사람들처럼 자신 있게 움직였다. 그러나 도먼 선장은 갑판을 이리저리 쿵쿵거리고 다니며 큰 소리로 명령을 내리고 자기 마음에 들 만큼 빠르게 움직이지 않는 사람들에게는 욕을 퍼부었다.

랜드의 관심은 온통 앞에 쏠려 있었다. 아리넬강의 살짝 굽어진 물길을 돌자 눈앞의 광경이 선명하게 들어왔다. 노래나 이야기에서, 행상인들이 전한 소식에서 들어 보기는 했지만 이제는 실제로 전설을 보게 될 터였다.

화이트브리지 대교가 드넓은 강 위로 높은 아치를 그리고 있었다. **스프레이호**의 돛대보다 두 배는 더 높았다. 게다가 다리는 이쪽 끝에서 저쪽 끝까지 태양을 받아 우유처럼 하얗게 빛나고 있었다. 너무 많은 빛을 끌어들여 꼭 반짝이는 것처럼 보였다. 같은 소재로 만들어진 거미 다리 같은 잔교가 강한 물살에 처박혀 있었다. 다리의 무게나 폭을 지탱하기에는 너무 약해 보였다. 모든 것이 한 덩어리로 보였다. 단 하나의 돌을 깎아 내거나, 거인의 손으로 떠낸 것만 같았다. 드넓고도 높은 다리는 비현실적으로 우아하게 강에서 뛰어올라 보는 사람의 눈이 그 크기를 잊도록 만들었다. 다리가 너무 커서 동쪽 강변 다리 밑에 뻗어 있는 마을이 작아 보일 정도였다. 타렌 페리의 집만큼 높은 돌집과 벽돌집, 강으로 뻗어 가는 가느다란 손가락 같은 나무 부두가 있는 화이트브리지 마을이 실제로는 에먼즈 필드보다 훨씬 컸는데도 말이다. 작은 배들이 아리넬강에 빽빽하게 떠 있었다. 어부들이 그물을 끌어 올리는 중이었다. 그 모든 풍경 위로 화이트브리지 대교가 높이 솟아 반짝였다.

"유리 같다." 랜드는 딱히 누구에게라고 할 것도 없이 말했다.

도먼 선장이 랜드의 뒤에 잠시 멈추어 서서 널찍한 허리띠 뒤쪽에 양손 엄지를 꽂아 넣었다. "아냐, 이 녀석아. 뭔지는 모르지만 유리는 아니다. 아무리 세찬 비가 내려도 저 다리는 미끄러워진 적이 없어. 가장 좋은 정으로, 가장 힘센 사람이 애를 써도 흔적 하나 남길 수 없지."

"전설의 시대의 유물인 거다." 톰이 말했다. "난 늘 그럴 거라고 생각했어."

선장은 시무룩하게 끙 소리를 냈다. "그럴지도 모르지. 어쨌든 쓸모는 있소. 다른 사람이 지은 것일 수도 있고. 재수가 없으려니, **반드시** 아이즈 세다이의 작품일 필요는 없다는 거요. 그렇게까지 오래됐을 필요도 없고. 힘을 써야지, 이 빌어먹을 멍청아!" 선장은 갑판을 서둘러 달려갔다.

랜드는 더욱 경이로워하며 풍경을 바라보았다. **전설의 시대의 유물이라니.** 그렇다면 아이즈 세다이가 만든 것일지도 몰랐다. 그래서 도먼 선장이 세상의 기적과 신비에 관해서 잔뜩 떠들어 대고서도 저런 식으로 반응한 것이다. 아이즈 세다이의 작품. 이야기로 듣는 것과 직접 보고 만지는 것은 전혀 다른 이야기였다. **너도 알잖아?** 잠깐, 랜드는 우윳빛 구조물에 그림자가 물결치는 것을 본 것 같았다. 그는 가까이 다가오는 부두 쪽으로 눈을 돌렸지만 다리는 여전히 그의 시야 주변에 어렴풋하게 보였다.

"해냈어요, 톰." 랜드는 그렇게 말하고 억지로 웃었다. "반란도 없었고요."

음유시인은 헛기침을 하며 콧수염을 훅 불었을 뿐이지만, 근처에서 케이블을 준비하던 두 선원은 랜드를 날카롭게 보더니 재빨리 허리를 굽혀 다시 일했다. 랜드는 웃음을 그치고, 화이트브리지로 다가가는 나머지 시간에는 애써 그 눈을 보지 않았다.

스프레이호는 첫 번째 부두 옆으로 매끄러운 곡선을 그리며 들어갔다. 타르로 코팅한 묵직한 말뚝 위에 두꺼운 목재를 얹어 지은 부두였다. 노가 물을 저으며 거품을 일으키자 **스프레이호**가 그 도움을 받아 멈추었다. 노를 배로 끌어 들이면서, 선원들은 부두의 남자들에게 케이블을 던졌고 그들은 현란한 솜씨로 그 밧줄을 묶어 두었다. 한편 다른 선원들은 선체가 부두의 말뚝에 부딪히지 않도록 양털이 담긴 자루들을 배 옆면에 걸었다.

배가 부두에 안착하기도 전에 마차들이 부두 끝에 나타나기 시작했다. 반짝이는 검은색으로 옻칠이 되어 있고 높이가 높은 그 마차들은 하나하나 문짝에 금색이나 붉은색 큰 글자로 이름이 적혀 있었다. 마차가 서자마자 승객들이 서둘러 탑승용 널빤지를 타고 올라왔다. 긴 벨벳 코트와 안감이 비단으로 되어 있는 망토, 천 슬리퍼를 신은 매끄러운 얼굴의 남자들이었다. 그들은 평범한 옷을 입고 쇠 띠가 둘러진 돈 상자를 든 하인을 하나씩 데리고 있었다.

상인들은 꾸며 낸 미소를 짓고 도먼 선장에게 다가왔다. 선장이 갑자기 그들의 얼굴에 대고 소리를 지르자 그 미소가 흠칫 사라졌다. "거기!" 도먼 선장은 두꺼운 손가락으로 그 사람들 너머를 쿡 찌르며, 배 끝에서 제 갈 길을 가려던 플로런 겔브를 멈추어 세웠다. 랜드의 장화에 맞아 생긴 겔브의 이마 멍 자국은 희미해져 있었다. 하지만 그는 지금도 당시의 일을 일깨우려는 것처럼 때로 그 자리를 만지작거렸다. "넌 지난번 내 배에서 경계 임무를 맡았으면서도 잠을 잤다! 내 생각에는 모든 배에서 그랬겠지. 부두든 강이든 어느 쪽으로 내릴지는 네 선택에 달렸지만 내 배에서는 **당장** 내려라!"

겔브는 어깨를 움츠렸다. 그의 눈이 랜드와 친구들을, 특히 랜드를 보며 독기 어리게 빛났다. 쇠꼬챙이 같은 그 남자는 자기를 지지해 줄 사람을 찾아 갑판을 둘러보았지만, 눈빛에 별 기대는 없었다. 선원들은 하나씩 하나씩 하던 일을 멈추고 허리를 편 뒤 그를 차갑게 마주 보았다. 겔브는 눈에 띄게 기가 죽었지만, 노려보는 표정을 되찾았다. 전보다 두 배는 심해진 표정이었다. 그는 욕설을 웅얼거리며 선원 숙소가 있는 아래층으로 빠르게 내려갔다. 도먼은 그가 말썽을 부리지는 않는지 확인하라며 두 사람을 보냈고, 끙 소리 한 번에 겔브를 생각할 가치도 없는 사람으로 일축해 버렸다. 선장이 자신들을 돌아보자 상인들은 한 번도 방해받은 적이 없는 것처럼 다시 미소 지으며 허리를 숙여 인사했다.

톰의 말에 맷과 랜드는 함께 소지품을 챙기기 시작했다. 일행 중 누구도 등에 지고 있는 옷가지 말고는 별다른 소지품이 없었다. 랜드는 둥글게 만 담요와 안장주머니, 아버지의 칼을 가지고 있었다. 그는 잠시 칼을 쥐었다. 고향에 대한 그리움이 너무 강하게 밀려들어 눈이 따끔거렸다. 다시 탬을 보게 될지 궁금했다. 집은 보게 될까? 집이라니. **남은 인생을 도망치고 또 도망치면서, 너 자신의 꿈을 두려워하며 보내게 될 거야.** 랜드는 몸이 떨리도록 한숨을 쉬며 코트 위로 허리띠를 찼다.

겔브는 쌍둥이 그림자를 달고 갑판으로 돌아왔다. 그는 똑바로 앞을 보았지만, 랜드는 여전히 그에게서 파도치듯 흘러나오는 증오심을 느낄 수 있었다. 겔브는 등을 뻣뻣하게 세우고 어두운 표정으로 뻗정다리를 하고서 탑승용 널빤지를 걸어 내려가더니 부두에 모여 있는 얼마 안 되는 군중을 떠밀며 그 안에 섞였다. 잠시 후 그는 시야에서 벗어나 상인들의 마차 너머로 사라졌다.

부두에는 사람이 많지 않았다. 평범한 옷을 입은 노동자와 그물을 수선하는 어부, 살데이아에서 강을 따라 내려온 그해의 첫 배를 보러 나온 마을 사람 몇 명이 섞여 있었다. 소녀들 중 에그웨인은 없었고, 모레인이나 란 등 랜드가 보고 싶어 하던 사람과 조금이라도 닮은 사람은 한 명도 없었다.

"부두로 내려오지 않았는지도 몰라요." 랜드가 말했다.

"그럴지도 모르지." 톰이 무뚝뚝하게 대답했다. 그는 악기 통을 조심스레 등에 졌다. "너희 둘은 겔브가 있는지 지켜봐라. 겔브는 할 수만 있으면 말썽을 일으킬 거야. 우린 지나가고 나면 5분 만에 아무도 우리를 기억하지 못할 만큼 조용히 화이트브리지를 통과해야 한다."

탑승용 널빤지로 걸어가는 그들의 망토가 바람에 펄럭였다. 맷은 가슴을 가로지르도록 활을 매고 있었다. 배에서 여러 날을 보냈는데도 그 모습이 선원 몇 명의 관심을 끌었다. 선원들이 쓰는 활은 짧은 활이었기 때문이다.

도먼 선장이 상인들을 놔두고 탑승용 널빤지로 다가와 톰을 가로막았다.

"지금 떠나려는 거요, 음유시인? 내가 계속 같이 가자고 해도 되겠소? 난 저 멀리 일리안까지 갑니다. 거기 사람들은 음유시인을 제대로 존중할 줄 알지. 세상에 당신의 예술을 펼치기에 그만큼 좋은 곳은 없소. 내가 시판 축제에 늦지 않게 당신을 일리안으로 데려다주리다. 알겠지만 그때 대회가 열리니까. '위대한 뿔나팔 사냥대'를 가장 잘 읊는 사람에게 금화 100마르크를 준다오."

"훌륭한 상금이군요, 선장님." 톰은 근사하게 절하고 조각보가 펄럭이도록 망토를 화려하게 펼치며 대답했다. "훌륭한 대회이기도 하고요. 온 세상 음유시인들이 관심을 가져야 마땅한 대회입니다. 하지만," 그가 건조하게 덧붙였다. "유감스럽게도 선장님이 받으시는 요금을 낼 여유가 없군요."

"아아, 뭐, 그건……." 선장이 코트 호주머니에서 가죽 주머니를 꺼내 톰에게 던졌다. 톰이 그 주머니를 받자 짤랑하는 소리가 났다. "요금은 돌려주겠소. 웃돈을 좀 얹었소이다. 피해가 내 생각만큼 심하지 않았고, 여행하는 동안에 당신은 이야기와 하프 연주로 제 몫 이상을 해냈소. 당신이 폭풍의 바다까지 가 준다면 그만큼을 더 줄 수 있을지도 몰라요. 일리안 해안에 내려 주겠소. 뛰어난 음유시인은 거기서 꽤 큰 돈을 벌 수 있소. 굳이 대회가 아니라도."

톰은 망설이며 손바닥에 놓인 주머니의 무게를 가늠해 보았지만 랜드가 끼어들었다. "선장님, 저흰 여기서 친구들을 만나 함께 케임린으로 가요. 일리안은 다음에 봐야 할 것 같은데요."

톰은 빈정거리듯 입을 삐죽거렸지만 이어 긴 콧수염을 훅 불더니 가죽 주머니를 호주머니에 집어넣었다. "우리가 만나려는 사람들이 여기 없다면 생각해 보겠습니다, 선장님."

"그러시오." 도먼이 시무룩하게 말했다. "생각해 보쇼. 겔브를 다른 녀석들의 화풀이 대상으로 계속 태우고 다닐 수 없어 유감이지만 난 말한 대로 합니다. 일리안에 도착하기까지 가야 하는 시간의 세 배가 걸리더라도 조금은 선원들을 풀어 줘야 할 것 같소. 뭐, 그 트롤록들이 **정말로** 당신들 셋을 쫓고 있었을지도 모르고."

랜드는 눈을 깜빡이면서도 침묵을 지켰다. 그러나 맷은 그만큼 조심성이 없었다.

"왜 아니라고 생각하는 거예요?" 그가 물었다. "트롤록들은 우리가 쫓는 것과 똑같은 보물을 쫓고 있었다고요."

"그럴 수도 있지." 선장은 미심쩍다는 목소리로 툴툴댔다. 그는 굵직한 손가락으로 턱수염을 빗어 내리더니 톰이 가죽 주머니를 넣어 둔 호주머니를 가리켰다. "돌아와서 선원들이 내가 자기들을 얼마나 호되게 굴려 대는지 잊도록 해 준다면 그 두 배를 주겠소. 생각해 보시오. 난 내일 아침 해가 뜨자마자 출발합니다." 그는 획 돌아서더니 기다리게 해서 미안하다는 듯 팔을 쫙 벌리고 상인들에게 성큼성큼 돌아갔다.

톰은 계속 망설였지만 랜드는 그에게 말대꾸할 기회도 주지 않고 탑승용 널빤지 아래로 그를 몰고 갔다. 음유시인은 랜드가 자기를 몰아가도록 놔두었다. 부두의 사람들은 톰의 조각보 망토를 보고 서로 숙덕거렸다. 몇몇 사람들은 톰이 어디에서 공연하는지 알아내려고 그를 소리쳐 부르기도 했다. **눈에 띄지 말아야 한다더니.** 랜드는 당황해서 생각했다. 해가 질 때쯤이면 마을에 음유시인이 왔다는 소식이 화이트브리지 전체에 퍼질 터였다. 하지만 랜드는 서둘러 톰을 몰아갔고, 톰은 시무룩한 침묵에 싸인 채 사람들의 관심에 의기양양해 할 만큼도 속도를 늦추지 않았다.

마차를 몰고 온 마부들이 높은 의자에 앉아 관심을 가지고 톰을 내려다보았지만, 앉은 자리의 품위 때문에 소리를 지르지는 못하는 듯했다. 랜드는 정확히 어디로 가야 할지 몰라 길을 따라서 다리 밑까지 이어지는 거리로 방향을 틀었다.

"모레인이랑 다른 사람들을 찾아야 해요." 그가 말했다. "그것도 빨리요. 톰의 망토를 갈아입힐 생각을 했어야 하는데."

톰은 갑자기 몸을 떨더니 우뚝 멈추어 섰다. "그 사람들이 여기 왔거나 여기를 거쳐 갔다면 여관 주인이 말해 줄 수 있을 거다. 알맞은 여관 주인을 찾는다면 말이지. 여관 주인들은 모든 소식과 뜬소문을 알고 있거든. 여기 없다면……." 그는 랜드와 맷을 번갈아 보았다. "얘기 좀 해야겠다, 우리 셋이서." 발목께에 망토를 휘날리며 그는 강에서 먼 쪽으로 방향을 틀어 마을로 들어갔다. 랜드와 맷은 그를 따라잡기 위해 재빨리 걸어야 했다.

화이트브리지라는 이름의 유래가 된 넓은 우윳빛 아치는 멀리서 봤을 때 그랬듯 가까운 곳에서도 마을을 압도했다. 하지만 랜드는 거리에 들어서자마자 마을 또한 어느 모로 보나 베얼론만큼 크다는 것을 알게 되었다. 다만 사람이 베얼론에서처럼 붐비지는 않았다. 말이나 황소나 당나귀나 사람이 끄는 수레가 거리를 다니기는 했지만 마차는 없었다. 마차는 전부 상인의 소유이며 부두에 모여 있는 모양이었다.

온갖 형태의 가게들이 거리 양쪽에 늘어서 있었으며 수많은 장사꾼들이 자기 가게 앞, 바람에 흔들리는 간판 밑에서 일하고 있었다. 일행은 냄비를 수리하는 남자와 손님에 보여 주려고 개어 놓은 천을 불빛으로 들어 올리고 있는 재봉사를 지나쳤다. 자기 가게 문 앞에 앉아 있던 구둣방 주인은 장화 굽을 망치로 두드렸다. 행상인들이 칼이나 가위를 갈아 준다고 외치거나, 과일이나 채소가 담긴 빈약한 쟁반으로 행인의 관심을 끌려 했다. 하지만 누구도 별 관심을 끌지는 못했다. 음식을 파는 가게들은 랜드가 베얼론에서 본 것과 똑같이 딱한 상품들을 진열해 놓고 있었다. 모든 배가 강에 나가 있어서 생선 장수들조차 작은 물고기를 조금만 쌓아 놓고 있었다. 아직 정말로 힘든 시절은 아니었으나, 다들 날씨가 곧 풀리지 않으면 어떤 일이 벌어질지 알 수 있었다. 걱정스럽게 찡그린 인상으로 굳어진 얼굴이 아니면 사람들은 보이지 않는 무언가, 불쾌한 무언가를 멍하니 보고 있었다.

화이트브리지 대교가 내려오는 마을 중앙에는 커다란 광장이 있었다. 광장은 여러 세대에 걸쳐 사람들이 밟고 다니고 수레바퀴가 지나다니면서 반들반들해진 돌로 포장되어 있었다. 여관들이 광장을 둘러싸고 있었다. 가게들, 그리고 랜드가 부두의 마차에서 보았던 것과 같은 이름이 적혀 있는 간판을 내건 높은 빨간색 벽돌집들도 있었다. 톰이 허리를 숙이고 들어간 곳도 그런 여관 중 한 곳이었다. 그는 아무렇게나 여관을 고른 것 같았다. 문 위에서 간판이 바람에 흔들렸다. 한쪽 면에는 등에 짐을 지고 성큼성큼 걸어가는 남자가 그려져 있고, 다른 면에는 같은 남자가 베개에 머리를 대고 있는 그림이 그려져 있으며, 도보 여행자의 쉼터라고 적혀 있는 간판이었다.

휴게실에는 나무통에서 맥주를 따르고 있는 뚱뚱한 여관 주인과 뒤쪽의 테이블에 앉아 침울하게 잔을 들여다보고 있는, 거친 노동자 옷을 입은 두 남자 말고는 아무도 없었다. 일행이 들어가자 여관 주인만 고개를 들었다. 어깨높이의 벽이 휴게실을 앞에서 뒤까지 둘로 갈라놓고 있었으며, 양쪽에 탁자 여러 개와 불이 피워진 난로가 있었다. 랜드는 모든 여관 주인들이 뚱뚱하고 머리가 벗어진 것인가 하는 한가한 생각을 했다.

톰은 힘차게 두 손을 비비더니 여관 주인에게 최근의 추운 날씨에 대해 이야기하며 뜨거운 향료주를 주문하고 조용히 덧붙였다. "친구들이랑 방해받지 않고 이야기할 만한 곳이 있습니까?"

여관 주인은 낮은 벽을 고갯짓했다. "방을 얻으려는 게 아니면 여기서는 반대편이 최고죠. 강에서 선원들이 올라올 때를 대비한 겁니다. 선원 절반이 다른 절반에게 앙심을 품고 있는 것 같으니까. 싸움이 나서 내 가게가 망가지게 놔둘 수는 없으니 둘을 떼어 놓았죠." 그는 내내 톰의 망토를 지켜보고 있다가 한쪽으로 고개를 기울였다. 눈에 교활한 빛이 떠올라 있었다. "묵을 거예요? 여긴 음유시인이 오지 않은 지 꽤 됐어요. 딴생각을 할 만한 거리를 주면 사람들이 정말로 좋은 값을 치를 겁니다. 당신 방값과 밥값을 좀 빼줄 수도 있어요."

눈에 띄지 말라며. 랜드가 시무룩하게 생각했다.

"무척 너그러우시군요." 톰은 매끄럽게 허리를 숙이며 말했다. "나중에 제안을 받을지도 모르겠습니다. 하지만 지금은 사생활이 좀 필요하네요."

"향료주를 갖다 드리지요. 여긴 음유시인한테 후해요."

벽 건너편 자리는 전부 비어 있었지만, 톰은 그 공간 한가운데의 자리를 골랐다. "이러면 우리가 알지 못하는 사이에 누가 우리 얘기를 들을 수 없지." 그가 설명했다. "저 친구 하는 얘기 들었냐? 값을 깎아 주겠다니. 난 그냥 여기 앉아 있는 것만으로 손님을 두 배는 늘릴 수 있다고. 정직한 여관 주인이라면 음유시인에게 방과 음식은 물론 용돈도 꽤 얹어 줄 텐데."

식탁보 없는 탁자는 그리 깨끗하지 않았고, 바닥도 며칠 아니면 몇 주는 쓸지 않은 듯했다. 랜드는 주위를 둘러보며 인상을 썼다. 알비어 씨라면 몸져누워 있다가 나와 가게를 보살펴야 한다고 해도 여관이 이렇게 더러워지도록 놔두지 않았을 것이다. "우린 그냥 정보를 얻으러 온 거예요. 기억하죠?"

"왜 여기예요?" 맷이 물었다. "여기보다 깨끗해 보이는 다른 여관들을 지나왔잖아요."

"다리에서 곧장 나가면," 톰이 말했다. "케임린으로 가는 길이 나온다. 화이트브리지를 지나는 사람은 누구나 이 광장을 지나가게 돼 있어. 강을 따라가는 게 아니라면 말이지. 그런데 우리는 너희 친구들이 강을 따라 움직이지 않는다는 것을 알잖아. 여기에 그 녀석들 소식이 없으면 아예 없는 거야. 물어보는 건 내가 하마. 조심스럽게 해야 하는 일이다."

바로 그때 여관 주인이 나타났다. 그는 한 손에 닳아빠진 백랍 잔 세 개의 손잡이를 쥐고 있었다. 뚱뚱한 남자는 행주로 탁자를 한 번 쓱 닦더니 잔을 내려놓고 톰의 돈을 받았다. "여기 묵는다면 술값은 낼 필요 없어요. 우리 집은 술이 좋아."

톰의 미소는 입가에만 떠올랐다. "생각해 보겠습니다, 주인장. 뭔가 소식이 있나요? 무슨 얘기를 듣기에는 너무 멀리 떠나 있었어서."

"엄청난 소식이 있죠. 엄청난 소식이에요."

여관 주인은 행주를 어깨에 척 걸치더니 의자를 빼고 앉았다. 그는 두 팔을 탁자에 얹고서 길게 한숨을 내쉬며 자리를 잡더니, 계속 서 있다가 앉으니 얼마나 편한지 모르겠다고 말했다. 그의 이름은 바팀이었다. 그는 계속해서 자기 발 이야기를 자세히 늘어놓았다. 티눈이니, 건막류니, 자기가 서서 얼마나 많은 시간을 보내며 발을 어디에 담가 놓는다느니. 그러다가 톰이 다시 소식 이야기를 하자 거의 멈추지도 않고 화제를 바꾸었다.

소식은 여관 주인이 말한 것처럼 엄청났다. 가짜 드래건인 로게인이 군대를 기알단에서 티어로 옮기던 중 루가드 근처에서 대규모 전투를 치른 끝에 사로잡혔다. 예언 그대로예요. 알죠? 톰이 고개를 끄덕이자 바팀이 말을 이었다. 남쪽 길은 사람들로 가득했고, 그중 운 좋은 사람들은 등에 지고 다닐 물건이라도 있었다. 수천 명이 사방으로 도망치는 중이었다.

"물론," 바팀이 비웃듯 낄낄댔다. "그중 로게인을 지지했던 사람은 아무도 없어요. 아, 당연하지. 로게인을 지지했다 해도 그걸 인정할 사람은 많지 않을 테니까요. 지금은 그렇죠. 그저 힘든 시절에 안전한 곳을 찾아다니는 피난민들뿐이라네요."

당연한 이야기이지만 로게인을 잡는 데는 아이즈 세다이가 참여했다. 바팀은 그 말을 하며 바닥에 침을 뱉었고, 아이즈 세다이가 가짜 드래건을 타 발론 북쪽으로 데려가고 있다는 말을 할 때도 한 번 더 침을 뱉었다. 바팀은 자기가 선량한 사람이자 존경받을 만한 남자라며, 아이즈 세다이가 타 발론까지 가지고 원래 살던 거대한오염으로 돌아갔으면 좋겠다고 했다. 마음껏 할 수 있으면 아이즈 세다이에게 1830킬로미터 이상 접근하지는 않겠다고 했다. 물론 여관 주인이 듣기로 아이즈 세다이는 북쪽으로 가는 길에 모든 촌락과 마을에 들러 로게인을 보여 주었다. 사람들에게 가짜 드래건이 잡혔으며 세상이 다시 안전해졌다는 것을 보여 주려고 말이다. 여관 주인은 아이즈 세다이에게 가까이 가야 할지라도 그 모습만큼은 보고 싶다고 했다. 케임린으로 가고 싶은 마음이 들 지경이라고.

“아이즈 세다이는 무어게이즈 여왕님에게 그자를 보여 주려고 케임린에 가는 겁니다.” 여관 주인은 존경의 표시로 이마에 손을 댔다. “난 여왕님을 본 적이 없어요. 사람이라면 자기 여왕님은 한 번 봐야 하는 것 아니오?”

로게인은 ‘이런저런 일’을 할 수 있었고, 바팀이 눈알을 움직이는 모습이나 혀로 입술을 빠르게 핥는 모습을 보니 그 말의 의미는 분명했다. 그는 지난번 가짜 드래건을 본 적이 있었다. 2년 전, 가짜 드래건이 시골로 구경거리가 되어 끌려갈 때였다. 하지만 그자는 왕이 될 수 있다고 생각한 평범한 사람일 뿐이었다. 그때는 아이즈 세다이가 필요하지 않았다. 군인들이 그자를 수레에 묶어 놓았다. 수레 가운데에서 신음하며 사람들이 돌을 던지거나 막대로 찌를 때마다 두 팔로 머리를 가리던 시무룩한 표정의 사람. 많은 사람이 그를 괴롭혔지만, 군인들은 군중이 그자를 죽이지 않는 한 괴롭힘을 막으려는 행동을 전혀 하지 않았다. 어쨌거나 그가 전혀 특별할 것 없는 존재라는 것을 사람들에게 보여 주는 게 최선이었다. 그는 ‘이런저런 일’을 할 수 없었다. 하지만 이 로게인이라는 자는 볼 만할 터였다. 바팀이 손자들에게 이야기해 줄 만한 존재였다. 여관 일이 바빠서 발목이 잡히지만 않았어도.

랜드는 관심 있게 이야기를 들었다. 굳이 표정을 꾸며 낼 필요도 없었다. 파단 페인이 에먼즈 필드에 가짜 드래건에 대한 소식을, 실제로 일원력을 휘두르는 남자에 대한 소식을 전했을 때 그 소식은 몇 년 만에 투 리버스에 찾아온 가장 큰 소식이었다. 그때 이후로 벌어진 사건들 때문에 가짜 드래건 이야기는 랜드의 머릿속 한구석으로 밀려났다. 하지만 그건 지금도 사람들이 몇 년 동안 이야기할 만한 일이자, 손자들에게 전해 줄 만한 이야기였다. 바팀은 아마 로게인을 실제로 보든 못 보든 자기 손자들에게 로게인을 봤다고 말할 터였다. 반면 투 리버스에서 온 웬 촌뜨기에게 일어난 일을 언급할 만하고 생각할 사람은 투 리버스 사람 자신뿐이었다.

"그건," 톰이 말했다. "이야기의 소재가 될 만한 일이군요. 1000년 동안 전해질 이야기 말입니다. 나도 거기 있었으면 좋겠네요." 톰은 단순한 진실이라도 된다는 듯 그렇게 말했고, 랜드는 그의 말이 정말로 진실이라고 생각했다. "어쨌거나 그자를 보려고 노력해 봐야 할지도 모르겠습니다. 그들이 어느 길로 갔는지는 말해 주지 않으셨는데, 혹시 다른 여행자들이 있을까요? 그 사람들이라면 경로를 들었을지도 모르는데요."

바팀은 말도 말라는 듯 지저분한 손을 내저었다. "북쪽으로 갔어요. 이 동네 사람들이 아는 것은 그게 전부예요. 그자를 보고 싶으면 케임린으로 가세요. 내가 아는 것은 그게 전부예요. 화이트브리지 사람들이 알 만한 것은 내가 다 알고."

"분명 그러시겠지요." 톰이 능구렁이처럼 말했다. "지나가는 낯선 이들도 여기에 많이 묵을 것 같은데. 사장님 간판이 화이트브리지 대교 아래에서부터 눈길을 사로잡더군요."

"알려 드리자면 서쪽에서 온 사람만 있었던 게 아니에요. 이틀 전에는 우리 여관에 일리안 사람이 한 명 왔습니다. 봉인도 하고 리본으로 묶고 다 해 놓은 선언문을 가져왔지요. 바로 저 밖, 광장에서 그 선언문을 읽었어요. 저 멀리 안개의산맥까지 그 선언문을 가져간다더군요. 심지어 길이 열려 있다면 아리스대양까지 갈지도 모른대요. 세상 모든 땅에서 그 선언문을 읽도록 파견되었다데요." 여관 주인은 고개를 저었다. "안개의산맥이라니. 내가 듣기로는 그 산맥이 1년 내내 안개로 덮여 있고, 안개 속에는 도망치기도 전에 뼈에서 살점을 발라낼 수 있는 것들이 산답니다." 맷이 히죽거리다가 바팀의 날카로운 눈총을 받았다.

톰은 몸을 앞으로 숙이며 열정적으로 귀 기울였다. "선언문에 뭐라고 쓰여 있었습니까?"

"뭐, 당연히 뿔나팔 사냥 얘기였죠." 바팀이 소리쳤다. "내가 말 안 했소? 일리안 사람들은 뿔나팔 사냥에 목숨을 걸 모든 사람들에게 일리안으로 모이라고 소리치고 있어요. 상상이나 돼요? 전설에 목숨을 걸다니. 바보들이나 오겠지. 바보들이야 늘 있으니까. 이번에 온 작자는 세상의 종말이 다가오고 있다고 했어요. 어둠의 존재와 마지막 전투를 치를 거라던데." 그는 낄낄댔지만 공허하게 들렸다. 이게 정말로 비웃을 만한 일이라고 믿고 싶은 사람의 웃음소리였다. "그런 일이 일어나기 전에 발리어의 뿔나팔을 찾아야겠다고 생각하나 봅니다. 어떻게 생각하쇼?" 그는 잠시 생각에 잠겨 자기 손마디를 잘근거렸다. "물론 이번 겨울을 지내고 나니 그 사람들을 나무랄 수도 없을 것 같지만요. 겨울도 그렇고, 이 로게인이라는 작자도 그렇고, 그 전에 나타났던 다른 두 놈도 그렇고 말입니다. 왜 지난 몇 년 안에 자기가 드래건이라 주장하는 이 모든 사람들이 나타났을까요? 겨울도 이 모양이고. 무슨 의미가 있는 게 틀림없어요. 어떻게 생각해요?"

톰은 그의 말을 듣지 않는 듯했다. 음유시인은 조용한 목소리로 혼자 읊조리기 시작했다.

지난 고독한 싸움에서는
다가오는 긴 밤을 상대로 한 싸움에서는
산맥이 보초를 서고
죽은 자들이 방벽이 되어야 하리라
죽음조차 내 부름을 막지 못하니.

"그거요." 바팀은 벌써 사람들이 몰려들어 톰의 이야기를 들으며 자기에게 돈을 건네주는 모습이 보인다는 듯 씩 웃었다. "그거예요. '위대한 뿔나팔 사냥대'. 그 얘기를 해 주면 우리 집 서까래까지 사람이 찰 겁니다. 모두가 그 선언문을 들었거든요."

톰은 여전히 1830킬로미터는 떨어진 곳에 있는 것처럼 보였으므로 랜드가 말했다. "저희는 이쪽으로 오는 친구들을 찾고 있어요. 서쪽에서 올 거예요. 지난 한두 주 동안에 지나간 낯선 사람이 많았나요?"

"좀 있었지." 바팀이 천천히 말했다. "동쪽에서든 서쪽에서든 여기 들르는 사람은 늘 어느 정도 있으니까." 그는 일행을 번갈아 바라보았다. 갑자기 경계하는 표정이었다. "그 친구라는 사람들이 어떻게 생겼어?"

랜드가 입을 열었지만 어디에 갔었는지는 몰라도 갑자기 돌아온 톰이 조용히 하라는 듯 그를 날카롭게 바라보았다. 음유시인은 짜증스럽게 한숨을 내쉬더니 여관 주인을 돌아보았다. "남자 둘에 여자 셋입니다." 그가 마지못해 말했다. "같이 있었을 수도 있고, 아닐 수도 있어요." 그는 일행 모두를 몇 마디 단어만으로 간단하게 표현했다. 그들을 본 사람은 누구나 알아들을 수 있지만, 그들의 정체에 관한 정보는 전혀 흘리지 않도록 말이다.

바팀은 한 손으로 머리 위를 문지르며 벗어져 가는 머리카락을 매만지더니 천천히 일어섰다. "여기서 공연하라는 얘기는 잊으시오, 음유시인. 사실 와인을 마시고 나가 주면 고맙겠소. 똑똑한 사람이라면 아예 화이트브리지를 떠나는 게 좋을 거예요."

"다른 사람이 그들에 대해 묻던가요?" 톰은 세상에 이 질문에 대한 답만큼 중요하지 않은 것은 없다는 듯 술을 마시더니 한쪽 눈썹을 치켜올리며 여관 주인을 보았다. "누구지?"

바팀은 손으로 머리카락을 다시 쓸어 넘기더니, 떠나려다 말고 발길을 돌리며 혼자 고개를 끄덕였다. "내가 기억하는 대로라면 약 1주일쯤 전에 족제비 같은 놈이 다리를 건너왔소. 다들 미친 사람이라고 생각했지. 늘 혼잣말을 하면서 가만히 있을 때도 쉬지 않고 움직였으니까. 그 사람이 똑같은 사람들에 대해서……. 그중 몇 명에 대해서 물었소. 중요한 일인 것처럼 질문을 던지더니 대답이 뭐든 상관하지 않는다는 듯이 굴더이다. 절반은 여기서 그 사람들을 기다려야만 한다고 말하고, 또 절반은 바쁘게 떠나야 하는 것처럼 말했소. 한순간에는 징징대고 애원을 하다가 다음 순간에는 왕이라도 된 것처럼 이래라저래라 하는 거야. 미친놈이든 아니든 한두 번쯤 얻어맞을 뻔했소. 경비대가 그 사람을 잡아갈 뻔했어요. 그 사람을 보호하기 위해서 말이지요. 그자는 같은 날, 혼잣말을 하며 울면서 케임린으로 떠났습니다. 말했지만 미친 사람이었죠."

랜드는 의문에 찬 눈으로 톰과 맷을 보았지만 둘 다 고개를 저었다. 그 족제비 같은 사람이 그들을 찾고 있다고 해도 그들이 아는 사람은 아니었다.

"그 사람이 찾던 게 우리랑 똑같은 사람들이 맞아요?" 랜드가 물었다.

"몇 명은 맞아. 싸우는 남자랑, 비단옷을 입은 여자 말이야. 하지만 그자가 신경 쓴 건 그 사람들이 아니었어. 시골 소년 세 명이었지." 여관 주인의 시선이 랜드와 맷을 스치고 너무 빠르게 다시 멀어졌기에 랜드는 정말로 그 시선을 본 것인지 아니면 상상했을 뿐인 건지 확신할 수 없었다. "그 애들을 찾으려고 안달이 났더구나. 하지만 말했다시피 미친 사람이었어."

랜드는 몸을 떨며 대체 그 미친 사람이 누구일지, 왜 그자가 그들을 찾고 있을지 생각했다. **어둠의 친구일까? 바알자몬이 미친 사람을 이용하려나?**

"그 사람은 미친놈이었지만, 다른 사람은……." 바팀의 눈이 불안하게 흔들렸다. 그는 입술을 축일 만큼의 침이 나오지 않는다는 듯 혀로 입술을 핥았다. "다음 날에……. 다음 날에 다른 사람이 처음으로 여기에 왔소." 그는 조용해졌다.

"다른 사람?" 결국 톰이 재촉했다.

나뉜 공간에서 그들이 있는 쪽에는 여전히 그들밖에 없었지만, 바팀은 주위를 둘러보았다. 심지어 까치발을 들고 낮은 담 너머를 보기까지 했다. 마침내 입을 열었을 때, 그는 속삭이며 빠르게 말을 쏟아 냈다.

"온통 검은 옷을 입고 있었소. 얼굴이 보이지 않도록 망토 후드를 당겨쓰고 있었지만, 그자가 쳐다보는 게 느껴졌지요. 꼭 누가 척추를 고드름으로 찌르는 것처럼 느껴졌소. 그자가……. 그자가 내게 말했소." 여관 주인은 움찔하더니 잠시 멈추어 입술을 씹다가 말을 이었다. "뱀이 낙엽 사이로 기어가는 것 같은 소리가 나더이다. 내 배 속이 얼음으로 변하는 것 같더라니까. 그자는 돌아올 때마다 똑같은 질문을 했소. 미친 남자가 물어본 것과 같은 질문이었지. 아무도 그자가 오는 걸 보지 못했소. 그자는 그냥 낮이든 밤이든 갑자기 나타나 사람을 그 자리에서 꼼짝 못 하게 했소. 사람들은 어깨 너머를 돌아보곤 했지. 가장 나쁜 건, 문지기들도 그자가 성문을 지난 적이 없다고 말한다는 거요. 들어온 적도 없고, 나간 적도 없고."

랜드는 애써 무표정을 유지했다. 치아가 아플 정도로 이를 꽉 다물었다. 맷은 험악한 표정이 되었고, 톰은 술만 바라보았다. 그들 중 누구도 말하고 싶지 않은 단어가 공기 중에 맴돌았다. 머드랄.

"그런 사람을 만났으면 기억이 날 것 같은데." 잠시 후 톰이 말했다.

바팀이 격렬하게 고개를 끄덕였다. "태워 죽일, 당연히 그럴 거요. 빛을 걸고, 그럴 겁니다. 그자는……. 그자는 미친 사람과 똑같은 사람들을 원했어요. 단지 일행에 여자애가 하나 있다고 했지요. 그리고," 그는 톰을 곁눈질했다. "머리가 허연 음유시인도 있다고 했고."

톰의 눈썹이 치켜 올라갔다. 랜드가 보기에는 꾸밈없는 놀란 표정이었다. "머리가 허연 음유시인이라고요? 글쎄, 나이를 좀 먹은 음유시인이 세상에 나 하나뿐은 아니지요. 분명히 말씀드립니다만, 나는 모르는 사람입니다. 그 사람한테는 나를 찾아다닐 이유가 없어요."

"그럴 수도 있겠지." 바팀이 침울하게 말했다. "그자가 여러 말을 한 것은 아니지만, 누군가가 그 사람들을 도와주려 하거나 숨기려 하면 무척 불쾌해 할 것 같았소. 아무튼 난 그자에게 해 준 이야기를 당신들에게도 해 주겠소. 난 그런 사람을 본 적도 없고, 그런 사람들 이야기를 들어 본 적도 없습니다. 사실이에요. 한 명도 못 봤소." 그는 강조하며 말을 마쳤다. 그는 갑자기 톰의 돈을 탁자에 탁 내려놓았다. "그냥 술이나 다 마시고 가요. 알겠소? 알겠지요?" 그러더니 그는 어깨 너머를 돌아보며 최대한 빠르게 터덜터덜 멀어져 갔다.

"희미한 자라니." 여관 주인이 사라지자 맷이 작게 말했다. "놈들이 여기서 우리를 찾아다닐 것을 알았어야 했는데."

"거기다 놈은 돌아올 거다." 톰이 탁자 건너편으로 몸을 숙이고 목소리를 낮추며 말했다. "내 생각에는 배로 몰래 돌아가 도먼 선장의 제안을 받아들여야 할 것 같다. 놈들은 케임린으로 가는 길을 따라 우리를 추격할 테니 우리는 일리안으로 가는 거야. 머드랄이 예상하는 곳과는 1830킬로미터쯤 떨어진 곳으로."

"안 돼요." 랜드가 단호하게 말했다. "우린 화이트브리지에서 모레인이랑 다른 사람들을 기다리거나 계속 케임린으로 가야 해요. 둘 중 하나예요, 톰. 그렇게 하기로 했잖아요."

"그건 미친 짓이다, 이 녀석아. 상황이 바뀌었어. 내 말 들어라. 우리한테 뭐라고 말하든 저 여관 주인은 머드랄이 자기를 쳐다보는 순간 우리가 뭘 마셨고 장화에 먼지가 얼마나 묻어 있었는지까지 시시콜콜 털어놓을 거다." 랜드는 희미한 자의 눈 없는 시선을 떠올리며 몸을 떨었다. "케임린은……. 반인들이 네가 타 발론에 가고 싶어 한다는 것을 모를 거라고 생각하느냐? 지금은 남쪽으로 가는 배를 탈 때야."

"싫어요, 톰." 랜드는 희미한 자들이 찾아다니는 곳과 1830킬로미터 떨어진 곳에 간다는 생각을 하고 있었기에 이 말을 하기가 힘들었지만, 심호흡을 하고 간신히 단호한 목소리를 냈다. "안 돼요."

"생각해 봐라, 이 녀석아. 일리안이야! 지상에 그보다 웅장한 도시는 없어. 게다가 위대한 뿔나팔 사냥이라잖느냐! 거의 400년 동안 뿔나팔 사냥이 이루어진 적이 없는데. 완전히 새로운 이야기들이 만들어지기를 기다리고 있다. 그냥 생각해 봐. 그런 건 꿈도 꾸지 못했을 거다. 머드랄이 네 행선지를 알아낼 때쯤이면 너는 늙어서 머리가 허옇게 변해 있을 거야. 손주들을 보는 것도 싫증이 났을 테고. 그때는 놈들이 너를 찾아도 괜찮을걸."

랜드의 얼굴에 고집스러운 표정이 떠올랐다. "싫다고 몇 번이나 말해야 해요? 놈들은 어디로 가든 우릴 찾아낼 거예요. 일리안에서도 희미한 자들이 기다리고 있을 거라고요. 또 꿈에서는 어떻게 탈출하라는 거예요? 난 나한테 무슨 일이 일어나는 것인지 알고 싶어요, 톰. 그 이유도 알고 싶고요. 난 타 발론으로 갈 거예요. 할 수 있다면 모레인과 같이 가겠지만, 꼭 그래야만 한다면 모레인 없이라도 가겠어요. 꼭 그래야만 한다면 혼자라도 갈래요. 난 알아야겠어요."

"하지만 일리안이잖냐! 게다가 놈들이 다른 방향으로 너를 찾아다니는 동안 강을 타고 내려가는 건 안전하게 빠져나가는 방법이기도 하다. 피와 재를 걸고, 꿈은 너를 해칠 수 없어."

랜드는 침묵을 지켰다. **꿈은 나를 해칠 수 없다고? 그래서 꿈속의 가시에 찔렸더니 피가 나나?** 랜드는 톰에게 그 꿈 이야기도 해 둘 걸 그랬다는 생각이 들 지경이었다. **감히 어떻게 얘기해? 바알자몬이 꿈에 나오다니. 이제 와서 꿈과 생시를 어떻게 구분한다고? 어둠의 존재가 너한테 손을 대고 있다는 걸 감히 누구한테 말한다는 거야?**

톰은 이해하는 듯했다. 음유시인의 얼굴이 누그러졌다. "**그런** 꿈이라도 마찬가지야. 그것도 그냥 꿈이다. 안 그러냐? 빛을 걸고, 맷. 네가 얘기 좀 해 봐라. 난 네가 타 발론에 가고 싶어 하지 않는다는 걸 알아. 최소한 말이야."

맷의 얼굴이 붉어졌다. 반쯤은 창피해서, 반쯤은 화가 나서 그러는 것이었다. 그는 랜드의 시선을 피하며 대신 톰을 노려보았다. "왜 이렇게 야단인데요? 배로 돌아가고 싶어요? 돌아가요. 우린 우리가 알아서 할 테니까."

음유시인의 깡마른 어깨가 조용히 웃느라 흔들렸다. 하지만 그의 목소리는 분노로 긴장되어 있었다. "너희끼리 도망칠 수 있을 만큼 머드랄을 잘 안다고 생각하는 거냐? 너희끼리 타 발론에 걸어 들어가서 아멀린 권좌에게 너희 자신을 넘겨줄 준비는 돼 있고? 여러 아자를 서로 구분할 줄은 알아? 빛이 나를 태워 죽이실지 모르겠다만, 너희끼리 타 발론까지만이라도 갈 수 있다고 생각하면 나한테 가라고 해 봐라."

"가요." 맷은 화난 목소리로 그렇게 말하며, 망토 아래로 손을 집어넣었다. 랜드는 맷이 샤다 로고스에서 가져온 단검을 쥐고 있다는 것을 알고 충격을 받았다. 심지어 그 칼을 쓸 준비가 되어 있는 것 같았다.

공간을 나눈 낮은 벽 저편에서 왁자지껄한 웃음이 터지더니 비웃는 목소리가 시끄럽게 말했다.

"트롤록이라고? 음유시인의 망토라도 걸치지 그래? 취했군! 트롤록이라니! 그건 변방의 전설이잖아!"

그 말에 찬물을 끼얹은 듯 분노가 가라앉았다. 맷조차 반쯤 벽으로 고개를 돌렸다. 눈이 휘둥그레져 있었다.

랜드는 벽 너머가 간신히 보일 정도로 엉거주춤하게 일어섰다가 배 속이 철렁하는 느낌에 다시 고개를 숙였다. 플로런 겔브가 벽 반대편, 뒤쪽 탁자에 일행이 들어왔을 때부터 거기에 있던 두 남자와 함께 앉아 있었다. 남자들은 겔브를 비웃고 있었지만 귀는 기울이고 있었다. 바팀은 겔브와 두 남자를 보지 않은 채 행주질이 심하게 필요한 탁자를 닦고 있었지만, 그 역시 행주로 한 얼룩을 문지르고 또 문지르며 넘어질 지경이 될 때까지 몸을 앞으로 숙이는 걸 보면 듣고 있었다.

"겔브예요." 랜드가 자기 자리에 다시 털썩 앉으며 속삭였다. 일행이 긴장했다. 톰은 휴게실 이쪽 공간을 빠르게 살펴보았다.

벽 반대편에서 두 번째 남자의 목소리가 들려왔다. "아니, 아니지. 예전에는 트롤록이 있었어. 하지만 트롤록 전쟁 때 전부 죽였다고."

"변방의 전설이라니까!" 첫 번째 남자가 다시 말했다.

"진짜야, 장담해." 겔브가 큰 소리로 반박했다. "나도 변방에 가 봤어. 트롤록을 봤다고. 그리고 내가 본 건 트롤록이 맞아. 내가 여기에 앉아 있는 것만큼이나 분명해. 그 세 놈은 트롤록들이 자기를 쫓고 있다고 했지만, 누굴 바보로 아는 거지. 내가 **스프레이호**에 남지 않은 것은 그래서야. 난 꽤 오랫동안 베일 도먼을 의심해 왔으니까. 어쨌든 그 셋은 틀림없이 어둠의 친구들이야. 내가 분명히 말하는데……." 웃음과 저질 농담에 겔브가 하려던 나머지 말은 묻혀 버렸다.

랜드는 여관 주인이 '그 세 놈'의 인상착의를 듣기까지 얼마나 남았을지 궁금해졌다. 이미 들은 게 아니라면. 이미 보았던 낯선 사람 세 명을 바로 떠올린 게 아니라면. 일행이 앉아 있는 쪽 휴게실에서 나가는 문은 겔브가 있는 탁자를 바로 지나야만 갈 수 있었다.

"배를 타는 것도 그리 나쁜 생각은 아닐지 모르겠네요." 맷이 투덜거렸지만, 톰이 고개를 저었다.

"더는 아니야." 음유시인은 조용히, 빠르게 말했다. 그는 도먼 선장이 준 가죽 주머니를 꺼내 서둘러 돈을 세 더미로 나누었다. "저 이야기는 한 시간 안에 온 마을에 퍼질 거다. 누가 믿든 말든. 그러면 반인이 소문을 들을 수 있어. 도먼은 내일 아침이 되어야 출항한다. 아무리 잘해 봐야 일리안까지

가는 내내 트롤록들이 도먼을 쫓을 거다. 뭐, 무슨 이유에서인지는 몰라도 도먼은 그런 일이 벌어질 거라고 반쯤 예상하는 것 같다만. 우리한테는 좋을 것은 없지. 그러면 도망치는 것밖에 방법이 없으니까. 그것도 열심히 말이다."

맷은 톰이 자기 앞으로 밀어 놓은 주화를 재빨리 주머니에 집어넣었다. 랜드는 자기 주화 더미를 좀 더 천천히 집었다. 모레인이 그에게 준 은화는 그중에 없었다. 도먼은 같은 무게의 은을 주었지만, 랜드는 이해할 수 없는 어떤 이유에서 아이즈 세다이의 은화를 대신 가졌으면 좋겠다는 생각을 했다. 그는 돈을 주머니에 넣으며 의문스러운 표정으로 음유시인을 보았다.

"우리가 헤어질 경우에 대비해서다." 톰이 설명했다. "아마 그럴 일은 없겠지만, 혹시라도 말이지……. 뭐, 너희 둘은 알아서 잘 해낼 거다. 좋은 녀석들이니까. 그냥 필사적으로 아이즈 세다이를 피해라."

"저희랑 같이 가시는 줄 알았는데요." 랜드가 말했다.

"같이 간다, 이 녀석아. 같이 가. 하지만 지금은 놈들이 다가오고 있으니 앞일이 어떻게 될지는 빛만이 아실 일이야. 뭐, 상관없지. 무슨 일이 일어날 것도 아니고." 톰은 잠시 멈추어 맷을 보았다. "이젠 내가 너희랑 같이 다녀도 괜찮았으면 좋겠구나." 그가 건조하게 말했다.

맷은 어깨를 으쓱했다. 그는 랜드와 톰을 번갈아 보더니 다시 어깨를 으쓱했다. "그냥 예민해져서 그래요. 떨쳐 낼 수가 없어요. 잠깐 숨만 고르려 해도 놈들이 우리를 쫓아서 나타나잖아요. 누가 계속 내 뒤통수를 뚫어져라 보고 있는 기분이라고요. 이제 어쩌죠?"

벽 반대편에서 다시 웃음이 터졌다. 이번에도 그 웃음소리는 자기가 진실을 말하고 있다며 두 남자를 큰 소리로 설득하려는 겔브의 목소리로 끊겼다. 얼마나 지나야 할까. 랜드는 궁금했다. 머잖아 바팀은 겔브가 말한 세 사람과 그들 세 사람을 짜 맞추게 될 것이다.

톰은 의자를 밀며 일어났지만 허리는 숙이고 있었다. 반대쪽 벽에서 무신경하게 이쪽을 보는 사람은 톰을 볼 수 없었다. 그는 랜드와 맷에게도 따라오라고 손짓하며 속삭였다. "아주 조용히 해야 한다."

벽을 기준으로 그들이 있는 쪽의 난로 양옆 창문은 골목을 내다보고 있었다. 톰은 그중 한 창문을 조심스럽게 살펴보더니 그들이 몸을 욱여넣으면 나갈 수 있을 만큼만 위로 밀었다. 거의 소리가 나지 않았다. 웃음 섞인 말다툼이 벌어지는, 1미터 떨어진 곳의 낮은 벽 너머에서는 들을 수 없는 소리였다.

일단 골목으로 나오자 맷은 곧장 거리로 나가려 했으나 톰이 그의 팔을 잡았다. "그렇게 빨리 가면 안 돼." 음유시인이 그에게 말했다. "우리가 뭘 하는지 알고 움직여야지." 톰은 밖에서 할 수 있는 만큼 다시 창문을 내려놓고 돌아서서 골목을 살펴보았다.

랜드도 톰의 시선을 좇았다. 여관과 그 옆 건물인 양복점에 기대어 있는 대여섯 개의 빗물받이 통을 빼면 골목은 비어 있었다. 단단하게 다져진 흙길은 메말라 있었으며 먼지가 풀풀 일었다.

"왜 이러는 거예요?" 맷이 다시 물었다. "우릴 놔두고 가는 게 당신한테는 더 안전하잖아요. 왜 우리랑 같이 있으려는 건데요?"

톰은 오랫동안 그를 바라보았다. "오윈이라는 조카가 있었다." 그는 지친 듯 어깨를 움직거려 망토를 벗으며 말했다. 그는 이야기를 하면서 담요를 둘둘 말아 한 덩어리로 만들더니 통에 든 악기를 그 위에 조심스레 올려놓았다. "내 형제의 외아들이었고, 내게는 살아 있는 유일한 친척이었지. 그 녀석이 아이즈 세다이와 문제가 생겼는데, 나는…… 다른 일로 너무 바빴다. 내가 뭘 할 수 있었을지는 모르겠지만, 마침내 그 녀석을 도우려고 했을 때는 너무 늦었더구나. 오윈은 몇 년 뒤에 죽었다. 아이즈 세다이가 그 녀석을 죽였다고 할 수도 있어." 그는 랜드와 맷을 보지 않고 허리를 폈다. 목소리는 여전히 평온했지만, 랜드는 고개를 돌리는 그의 눈에 눈물이 고여 있는 것을 얼핏 보았다. "내가 너희를 타 발론에서 자유롭게 지켜 줄 수만 있다면 오윈 생각을 멈출 수 있을지 모르겠다. 여기서 기다리거라." 톰은 계속 그들의 눈을 피하며 골목 입구로 서둘러 가더니 그곳에 이르기 전에 속도를 늦추었다. 그는 한 차례 빠르게 주위를 둘러보고는 아무렇지 않게 어슬렁거리며 거리로 나가 사라졌다.

맷은 반쯤 일어나 따라가려고 하다가 다시 앉았다. "이걸 놓고 가지는 않겠지.” 맷은 가죽 악기 통을 건드리며 말했다. “저 얘기 믿어?”

랜드는 빗물받이 통 옆에 인내심 있게 쪼그리고 있었다. “너 왜 그래, 맷? 원래 안 이러잖아. 네가 웃는 소리를 며칠째 못 들었어.”

“토끼처럼 사냥당하는 게 싫으니까.” 맷이 쏘아붙였다. 그는 한숨을 쉬며 머리를 여관의 벽돌 벽에 툭 기댔다. 그렇게 했는데도 긴장한 것처럼 보였다. 그는 경계하며 눈을 굴려 댔다. “미안. 도망치는 것도 그렇고, 모르는 사람을 너무 많이 만나기도 했고……. 그냥 모든 게 다 그래. 조마조마해져. 누굴 볼 때마다 궁금해. 저 사람이 희미한 자에게 가서 우리 얘기를 하거나 우리를 속이거나 강도질을 하지는 않을까 하고……. 빛을 걸고, 랜드. 넌 긴장 안 돼?”

랜드는 웃었다. 목 깊은 곳에서 나는 짧고 굵은 웃음소리였다. “너무 무서워서 긴장이 안 되던데.”

“아이즈 세다이가 톰의 조카한테 무슨 짓을 한 걸까?”

“몰라.” 랜드가 불편해하며 말했다. 남자가 아이즈 세다이와 마주쳤을 때 겪을 만한 문제는, 랜드가 알기로 한 가지밖에 없었다. “우리랑은 달랐겠지.”

“그래. 우리랑은 달랐을 거야.”

그들은 한동안 벽에 기댄 채 아무 말도 하지 않았다. 얼마나 기다렸는지 확실하지 않았다. 아마 몇 분이겠지만 꼭 한 시간은 기다린 것 같았다. 톰이 돌아오기를, 바팀과 겔브가 창문을 열고 그들을 어둠의 친구들이라며 비난하기를. 그때 한 남자가 골목 입구에서 고개를 돌렸다. 망토의 후드를 끌어올려 얼굴을 감춘 키 큰 남자였다. 환한 거리를 배경으로, 그 망토는 밤처럼 검은색으로 보였다.

랜드는 허둥지둥 일어났다. 한 손으로는 손마디가 아프도록 탬의 칼자루를 꽉 쥐고 있었다. 입이 바짝 말랐고, 아무리 침을 삼켜도 도움이 되지 않았다. 맷은 한 손을 망토 밑에 넣고 웅크리며 일어났다.

남자가 다가왔다. 그가 한 걸음을 뗄 때마다 랜드의 목이 점점 조여 왔다. 갑자기 남자가 멈춰 서더니 두건을 뒤로 젖혔다. 랜드는 무릎이 풀릴 뻔했다. 톰이었다.

"뭐, 너희도 나를 못 알아본다면," 음유시인이 씩 웃었다. "성문을 통과할 수 있을 만큼 변장을 잘했나 보구나."

톰은 그들을 밀치고 지나가더니 조각보로 뒤덮인 망토에 들어 있던 물건들을 새 망토로 옮기기 시작했다. 동작이 너무 재빨라서 랜드는 그 물건들을 하나도 알아볼 수 없었다. 이제 보니 새 망토는 짙은 갈색이었다. 검은색이 아니라 갈색. 랜드는 고르지 못한 숨을 깊이 들이쉬었다. 목이 주먹으로 꽉 쥔 것처럼 느껴졌다. 맷은 여전히 망토 밑에 손을 넣고 있었으며, 숨겨 둔 단검을 쓸 생각이라도 하듯 톰의 등을 바라보고 있었다.

톰은 고개를 휙 들어 그들을 보더니 시선이 더욱 날카로워졌다. "전전긍긍할 때가 아니야." 그는 재빠르게 옛 망토로 악기 통을 쌌다. 조각보가 보이지 않도록 망토를 뒤집은 채였다. "한 명씩 여기서 나가는 거다. 서로가 보일 정도로만 가깝게. 그렇게 하면 사람들이 우리를 기억하지 못할 거다. 허리 좀 숙일 수 없냐?" 그가 랜드에게 덧붙였다. "네놈의 키는 현수막이라도 걸어 놓은 것처럼 눈에 띈다." 그는 꾸러미를 등에 걸치고 일어서며 다시 후드를 썼다. 전혀 흰 머리 음유시인처럼 보이지 않았다. 그냥 또 한 명의 여행자, 마차는커녕 말을 살 여유도 없을 만큼 가난한 여행자로 보였다. "가자. 벌써 시간을 너무 낭비했어."

랜드도 강하게 동감했지만, 망설인 뒤에야 골목에서 나가 광장으로 들어섰다. 드문드문 흩어져 있는 사람들 중 그들을 눈여겨보는 사람은 한 명도 없었고 대부분은 아예 그들을 보지 않았다. 하지만 평범한 사람들을 살인에 굶주린 폭도로 바꿔 놓을 수 있는 어둠의 친구라는 외침이 들려올까 봐 어깨가 굳어졌다. 랜드는 탁 트인 공간에서 일상적인 일을 하며 돌아다니는 사람들을 눈으로 훑었다. 그러다가 다시 시선을 돌렸을 때, 머드랄이 광장을 반쯤 가로지른 곳에 서 있었다.

희미한 자가 어디서 왔는지는 짐작조차 할 수 없었다. 어쨌든 놈은 치명적인 느낌을 풍기며 느릿느릿 세 사람에게 다가왔다. 사냥감을 바라보는 포식자 같았다. 사람들은 검은 망토를 걸친 그 형체를 피하며 시선조차 주지 않으려 했다. 사람들이 다른 곳에 가 봐야겠다고 생각하면서 광장은 비기 시작했다.

검은 두건을 보자 랜드는 그 자리에 얼어붙고 말았다. 공백을 떠올리려 했지만, 꼭 연기를 잡으려고 더듬거리는 것만 같았다. 희미한 자의 숨겨진 시선이 뼛속을 찌르며 골수를 얼음으로 바꿔 놓았다.

"놈의 얼굴을 보지 마라." 톰이 중얼거렸다. 목소리가 떨리고 갈라졌다. 애써 그 말을 하는 것처럼 들렸다. "빛에 타 죽을 놈 같으니, 저자의 얼굴을 보지 말라고!"

랜드는 억지로 시선을 돌리느라 신음이 나올 지경이었다. 꼭 얼굴에서 거머리를 떼어 내는 것만 같았다. 랜드는 광장의 돌을 바라보면서도 머드랄이 다가오는 것을 느낄 수 있었다. 고양이가 쥐를 가지고 놀며, 도망치려는 쥐들의 헛된 노력을 보며 즐거워하다가 결국 주둥이를 꽉 다물어 버리려는 것만 같았다. 희미한 자는 거리를 반으로 줄였다. "그냥 여기 서 있을 거예요?" 랜드가 웅얼거렸다. "도망쳐야죠……. 빠져나가야죠." 하지만 도저히 발이 떨어지지 않았다.

맷은 마침내 떨리는 손으로 자루에 루비가 박힌 단검을 꺼냈다. 그의 입술이 뒤로 당겨져 치아를 드러냈다. 으르렁거리는 듯한 표정, 두려움으로 일그러진 미소.

"네 생각엔……." 톰이 잠시 말을 멈추고 침을 삼키더니 쉰 목소리로 이어 갔다. "네 생각엔 희미한 자보다 빨리 달릴 수 있을 것 같으냐?" 그는 혼자 중얼거리기 시작했다. 랜드가 알아들을 수 있었던 유일한 말은 '오윈'이었다. 톰이 갑자기 걸걸한 목소리로 말했다. "너희랑 엮이는 게 아니었는데. 절대 그러면 안 되는 거였어." 그는 둘둘 만 음유시인의 망토를 등에서 내리더니 랜드의 품에 밀어 넣었다. "잘 보관해라. 내가 도망치라고 하면 케임린에 도착할 때까지 멈추지 않고 뛰는 거야. 여왕의 축복이라는 여관이 있다. 기억해 둬라. 혹시라도……. 그냥 기억해 둬."

"무슨 말인지 모르겠는데요." 랜드가 말했다. 머드랄은 이제 18미터도 떨어져 있지 않았다. 두 발이 납덩이처럼 느껴졌다.

"그냥 기억해!" 톰이 으르렁거리듯 말했다. "여왕의 축복이다. 지금이야.

뛰어!"

톰이 둘의 어깨에 각자 손을 얹어 놓고 그들을 떠밀어 출발하게 했다. 랜드는 휘청하다가 비틀거리며 달리기 시작했다. 맷이 옆에 있었다.

"뛰어!" 톰도 갑자기 움직이기 시작했다. 그는 길게 알아들을 수 없는 고함을 질렀다. 둘을 따라서 뛰는 것이 아니라 머드랄을 향해 뛰었다. 두 손이 최고의 공연을 하듯 현란하게 움직이자 단검 여러 개가 나타났다. 랜드는 멈추었지만, 맷이 그를 잡아당겼다.

희미한 자도 똑같이 놀랐다. 한가롭던 발걸음이 내딛다 말고 휘청거렸다. 놈의 손이 허리춤에 걸려 있는 검은 칼의 칼자루로 휙 움직였지만, 음유시인의 긴 다리는 빠르게 거리를 좁혔다. 톰은 검은 칼날이 반도 뽑히기 전에 머드랄에게 부딪혔고, 둘은 몸부림치며 한데 뒤얽혀 쓰러졌다. 그때까지 광장에 남아 있던 몇 안 되는 사람들이 도망쳤다.

"뛰어!" 광장의 공기가 눈을 태워 버릴 듯한 푸른색으로 번쩍였고 톰은 비명을 지르기 시작했다. 하지만 그는 고함을 지르면서도 단어를 발음해 냈다. "뛰어!"

랜드는 그 말에 따랐다. 음유시인의 비명이 그를 쫓아왔다.

랜드는 톰의 꾸러미를 가슴에 꽉 끌어안은 채 최선을 다해 뛰었다. 공포가 광장에서부터 마을 전체로 번졌다. 랜드와 맷은 그 두려움의 파도를 타고 도망쳤다. 그들이 지나가자 가게 주인들이 상품을 버리고 피했다. 셔터가 쾅 닫히며 가게 앞면을 가렸고, 겁에 질린 얼굴들이 여러 집의 창문에 나타났다가 사라졌다. 그 모습을 볼 수 있을 만큼 가까운 곳에 없었던 사람들은 아무렇게나 미친 듯이 거리를 달렸다. 그들은 서로에게 부딪혔고, 그렇게 부딪혀 쓰러진 사람들은 허둥지둥 일어서거나 밟혔다. 화이트브리지는 걷어차인 개미굴처럼 요동쳤다.

랜드는 맷과 함께 성문 쪽으로 달려가다가 문득 톰이 그의 키에 대해 했던 말을 떠올렸다. 그는 속도를 늦추지 않은 채, 웅크리는 것처럼 보이지 않고 웅크릴 수 있는 만큼 최대로 몸을 숙였다. 하지만 검은 무쇠 띠로 묶인 두꺼운 나무로 이루어져 있는 성문은 열려 있었다. 흰 목깃이 달린, 싸구려처럼 보이는 빨간 코트 위에 강철 모자와 쇠사슬 튜닉을 입고 있는 문지기 두 명이 미늘창을 만지작거리며 불안한 눈으로 마을을 바라보았다. 그중 한 명이 랜드와 맷을 힐끗 보았지만, 성문에서 달려 나가는 사람은 그 둘만이 아니었다. 꾸준한 물결이 부글거리며 성문을 통과했다. 헐떡이는 남자들이 아내를 꽉 잡고 있었고, 훌쩍이는 여자들은 아기를 안은 채 우는 아이들을 질질 끌고 갔으며, 얼굴이 하얗게 질린 채 여전히 앞치마를 걸치고 있는 장인들은 얼빠진 채로 공구를 꽉 붙들고 있었다.

랜드는 멍하게 달려가며 자신과 맷이 어디로 갔는지 말할 수 있는 사람은 아무도 없겠다고 생각했다. **톰. 아, 빛이여, 도우소서. 톰.**

맷이 랜드 옆에서 비틀거리다가 균형을 잡았다. 그들은 달아나는 사람을 마지막 한 명까지 따돌린 뒤에야 화이트브리지 마을과 대교가 뒤로 멀어져 보이지 않게 된 다음에야 뜀박질을 멈추었다.

마침내 랜드는 흙바닥에 무릎을 털썩 꿇고, 크게 숨을 삼키며 거친 목구멍으로 불규칙하게 공기를 들이마셨다. 등 뒤의 길은 헐벗은 나무들의 숲 속으로 사라질 때까지 텅 빈 채로 이어졌다. 맷이 그를 잡아당겼다.

"가자. 어서." 맷은 헐떡이며 말했다. 땀과 먼지가 뒤섞여 그의 얼굴에 줄무늬를 그리고 있었다. 금방이라도 쓰러질 것 같은 모습이었다. "계속 가야 해."

"톰은." 랜드가 말했다. 그는 톰의 망토 꾸러미를 꽉 끌어안았다. 그 안에서 악기 통이 단단한 덩어리처럼 느껴졌다. "톰은."

"죽었어. 너도 봤잖아. 들었잖아. 빛을 걸고, 랜드, 톰은 죽었어!"

"넌 에그웨인이랑 모레인이랑 다른 사람들도 죽었다고 생각하잖아. 다들 죽었다면 머드랄이 왜 아직도 그 사람들을 쫓아다니는 건데? 어디 대답해 봐."

맷은 랜드 옆 모래밭에 털썩 무릎을 꿇었다. "알았어. 다들 살아 있을지도 몰라. 하지만 톰은……. 너도 봤잖아! 피와 재를 걸고, 랜드, 우리도 똑같은 일을 당할 수 있어."

랜드는 천천히 고개를 끄덕였다. 등 뒤의 길은 여전히 비어 있었다. 그는 톰이 나타날 것이라고 반쯤 기대했다. 최소한 그러기를 바랐다. 너희 때문에 얼마나 고생했는지 아느냐고 말하며, 콧수염을 날리며 성큼성큼 걸어올 거라고. 케임린에 있는 여왕의 축복. 랜드는 애써 일어선 다음 톰의 꾸러미를 자기 담요와 함께 등에 졌다. 맷은 눈을 가늘게 뜨고 경계하며 랜드를 쳐다보았다.

"가자." 랜드는 그렇게 말하고 케임린으로 나아가기 시작했다. 맷이 투덜거리는 소리가 들렸다. 잠시 후 그가 랜드를 따라잡았다.

그들은 고개를 숙인 채 말없이 먼지투성이 길을 터덜터덜 걸어갔다. 바람이 그들의 앞길에 소용돌이치는 모래 회오리를 일으켰다. 이따금 랜드는 뒤를 돌아보았지만, 등 뒤의 길은 늘 비어 있었다.

27장 폭풍을 피해서

페린에게는 투아사안과 함께 느긋하게 남동쪽으로 이동하는 나날이 초조하게 느껴졌다. 방랑자들은 서두를 필요를 느끼지 못했다. 절대로. 알록달록한 마차들은 태양이 지평선 위로 높이 떠오르기 전에 아침 일찍 길을 나서는 법이 없었고, 마음에 드는 장소가 나오면 정오만 되어도 멈추어 섰다. 개들이 마차 옆을 태평하게 종종걸음 쳤다. 아이들도 그렇게 하는 경우가 많았다. 아이들도, 개들도 마차를 따라잡는 데 아무 어려움이 없었다. 더 멀리, 혹은 더 빠르게 가야 한다고 제안하면 상대는 늘 웃거나 "아, 근데 가엾은 말들을 그렇게까지 가혹하게 일 시켜야겠어?"라고 대답하기 마련이었다.

페린은 일라이아스가 이런 감정을 공유하지 않는 것을 보고 놀랐다. 일라이아스는 걸어 다니는 편을 좋아했고 때로는 행렬 맨 앞에서 성큼성큼 달려갔다. 마차를 타고 다니지 않으면서도 방랑자들의 무리를 떠나겠다거나 속도를 올리자는 제안을 한 적은 한 번도 없었다.

이상한 가죽옷을 걸치고 턱수염을 기른 이상한 남자는 온순한 투아사안과 너무도 달라 마차 사이에 있으면 늘 눈에 띄었다. 야영지 건너편에서 보더라도 일라이아스를 방랑자 중 한 명으로 오해할 수는 없었다. 복장 때문만은 아니었다. 일라이아스는 늑대의 게으른 듯 우아한 동작으로 움직였다.

가죽옷과 털모자는 그 움직임을 더 강조할 뿐이었다. 또한 그는 불이 열기를 내뿜듯 위협을 내뿜었다. 방랑자들과는 뚜렷이 대조되는 모습이었다. 걸어 다니는 방랑자들은 어린 사람이든 나이 든 사람이든 즐거움으로 가득했다. 그들의 우아함에는 아무런 위협이 없었다. 오직 기쁨뿐이었다. 아이들이 그저 움직임 자체의 열의로 가득 찬 채 쏜살같이 뛰어다니는 것은 당연한 일이었지만, 투아사안들은 허연 수염을 기른 남자들이나 할머니들도 발걸음이 가벼웠다. 그들의 걸음걸이에는 품위가 있었지만 그렇다고 생기가 떨어지지는 않았다. 위풍당당한 춤사위 같았다. 방랑자들은 가만히 서 있을 때조차, 야영지에 아무 음악이 흐르지 않는 얼마 안 되는 시간에조차 금방이라도 춤을 출 것처럼 보였다. 야영하고 있든, 움직이고 있든 거의 모든 시간에 바이올린과 플루트, 덜시머, 치터, 북이 마차 주위를 감싸며 화음과 대위법을 만들어 냈다. 기쁨의 노래, 즐거움의 노래, 웃는 노래, 슬픈 노래. 야영지의 누군가가 깨어 있으면 보통은 음악이 있었다.

사람들은 일라이아스가 마차를 지날 때마다 친근한 고갯짓과 미소를 보냈으며, 그가 잠시 머무는 불가에서는 쾌활한 말을 건넸다. 방랑자들은 외부인에게 늘 그런 표정을 짓는 것이 틀림없었다. 개방적으로 미소 짓는 표정. 하지만 페린은 그 표면 너머에 반쯤 길들여진 사슴의 경계심이 숨겨져 있다는 것을 알게 되었다. 에먼즈 필드 사람들을 향한 미소 이면에는 무언가 심오한 것이 가로놓여 있었다. 그들이 안전한 존재인지 궁금해하는 무언가, 여러 날이 지나도 조금밖에 흐려지지 않은 무언가. 일라이아스를 상대로는 그 경계심이 더 강해져 공기 중에 어른거리는 여름날의 짙은 연기처럼 느껴졌다. 게다가 그 경계심은 흐려지지도 않았다. 일라이아스가 보지 않고 있으면, 방랑자들은 그가 뭘 할지 모르겠다는 듯 노골적으로 그를 지켜보았다. 일라이아스가 야영지를 가로지를 때면 춤출 준비가 되어 있는 발들이 도망칠 준비도 되어 있는 것처럼 보였다.

방랑자들이 일라이아스를 불편하게 느끼는 만큼 일라이아스도 나뭇잎의 길이라는 삶의 방식을 불편하게 여기는 것이 분명했다. 투아사안 근처에 있을 때 일라이아스의 입가는 언제나 비틀려 있었다. 방랑자들을 우습게 보는 것이라고 하기는 어려웠다. 그 표정이 경멸이 아닌 것도 분명했다. 그러나 일라이아스는 지금 이곳만 아니면 어디에든 있고 싶다는 표정이었다. 그런데도 페린이 떠나자는 말을 꺼내면 일라이아스는 딱 며칠만 쉬자며 그를 진정시키려 했다.

"날 만나기 전에 힘들었잖아." 페린이 세 번째인가 네 번째로 물었을 때 일라이아스가 말했다. "트롤록과 반인이 너희를 쫓고 있고, 아이즈 세다이가 너희 친구라면 앞으로는 더 힘들어질 테고." 일라이아스는 일라가 준 말린 사과 파이를 한입 가득 물고 씩 웃었다. 페린은 지금도 그의 노란 눈이 불안하게 느껴졌다. 일라이아스가 미소를 지을 때조차 그랬다. 어쩌면 미소를 지을 때 더 그랬는지도 모른다. 사냥꾼의 미소는 눈가에까지 이르는 경우가 거의 없었다. 일라이아스는 평소처럼 쉬라고 가져다 놓은 통나무에 앉는 대신 레인의 불가에서 쉬었다. "아이즈 세다이의 손아귀에 들어가려고 그렇게 머저리 같이 서두르지 마라."

"희미한 자가 우리를 찾으면요? 그냥 여기 앉아서 기다리면 희미한 자들을 어떻게 막아요? 늑대 세 마리로 놈들을 막을 수는 없어요. 방랑자들은 아무 도움이 되지 않을 테고요. 자기 한 몸도 지키지 못할 텐데요. 트롤록들이 방랑자들을 학살하면 그건 우리 잘못이에요. 아무튼, 조만간 방랑자들을 떠나야 하기도 하고요. 어차피 떠날 거라면 이를수록 좋죠."

"무언가가 나더러 기다리라고 하는구나. 딱 며칠만 말이야."

"무언가가 그랬다고요!"

"진정해라, 이 녀석아. 삶을 있는 그대로 받아들여. 도망쳐야 할 때 도망치고, 싸워야 할 때 싸우고, 쉴 수 있을 때 쉬란 말이다."

"그게 무슨 말이에요, 뭔가가 그랬다니?"

"파이나 좀 먹어라. 일라는 날 좋아하지 않지만, 내가 찾아오면 음식을 후하게 주는 건 확실해. 방랑자들의 야영지에는 언제나 좋은 음식이 있지."

"'무언가'가 뭐냐니까요?" 페린이 물었다. "무언가를 알면서 우리한테 말해 주지 않는 거라면……."

일라이아스는 손에 들린 파이 조각을 보며 인상을 찌푸리더니, 그것을 내려놓고 두 손의 먼지를 털었다. "무언가가," 마침내 일라이아스는 자기도 완전히 이해하지는 못하겠다는 듯 어깨를 으쓱하며 말했다. "무언가가 내게 기다리는 게 중요하다고 말하는구나. 며칠 더 기다리라고 한다. 자주 있는 일은 아니지만, 난 이런 느낌이 들 때마다 그 느낌을 믿어야 한다는 걸 알게 되었다. 전에는 이런 느낌 덕에 목숨을 구한 적도 있어. 이번에는 어쩐지 다른 느낌이다만 중요하다. 그것만은 분명해. 떠나고 싶다면 떠나라. 난 안 가."

페린이 아무리 여러 번 물어보아도 일라이아스는 그 이상 말하려 하지 않았다. 일라이아스는 빈둥거리면서 레인과 이야기를 나누고 음식을 먹고 모자로 눈을 가린 채 낮잠을 자며 떠나는 얘기는 하지 않으려 했다. 무언가가 그에게 기다리라고 했다면서. 무언가가 기다리는 게 중요하다고 했다면서. 일라이아스는 떠날 때가 되면 알게 될 거라고 했다. 파이나 먹어라, 이 녀석아. 흥분하지 마라. 이 스튜나 먹어 봐. 진정해라.

페린은 아무래도 진정할 수가 없었다. 밤이면 그는 걱정에 잠긴 채 무지갯빛 마차들 사이를 돌아다녔다. 무슨 이유가 있어서는 아니었다. 페린 자신을 제외한 다른 누구도 도무지 걱정이란 모르는 것 같아 보였기 때문이었다. 투아사안은 노래하고 춤추고 요리하고 모닥불가에서 음식—과일과 견과류, 베리류와 채소뿐이었다. 그들은 고기를 먹지 않았다—을 먹었으며, 세상에 걱정이라고는 없는 것처럼 온갖 잡일을 하고 돌아다녔다. 아이들은 사방으로 뛰어다니며 마차 사이에서 숨바꼭질을 하기도 하고, 야영지 근처의 나무를 올라가기도 하고, 깔깔대고 개들과 땅바닥을 뒹굴기도 하며 놀았다. 다들 세상에 걱정거리란 없다는 식이었다.

그들을 보고 있으면, 페린은 떠나고 싶어 몸이 근질거렸다. **가. 우리 때문에 사냥꾼들이 저 사람들을 공격하기 전에 떠나라고. 저 사람들은 우리를 받아 주었는데 저 사람들을 위험에 빠뜨리는 식으로 그 친절에 보답하면 안 되지. 최소한 저 사람들은 가벼운 마음으로 지낼 이유라도 있잖아. 아무도 저 사람들을 쫓지 않으니까. 하지만 우리는…….**

에그웨인과는 한마디도 나누기 어려웠다. 에그웨인은 그 어떤 남자도 환영하지 않는다는 식으로 머리를 한데 모은 채 일라와 이야기를 하거나 플루트와 바이올린과 북으로 연주되는 노래에 맞춰서 빙글빙글 돌며 에이람과 춤을 추었다. 노래는 투아사안이 전 세계에서 모아온 노래이거나, 빠를 때든 느릴 때든 날카롭게 들리는 방랑자들의 떨리는 노래였다. 투아사안은 노래를 많이 알았다. 그중 일부는 페린도 고향에서 들어서 아는 노래였지만, 투 리버스에서와는 제목이 다른 경우가 많았다. 예컨대 팅커스는 〈초원의 세 소녀〉를 〈춤추는 예쁜 여인들〉이라고 불렀으며, 〈북쪽에서 불어온 바람〉이 어느 지역에서는 〈떨어지는 세찬 비〉로 불리고 다른 지역에서는 〈베린의 퇴각〉이라고 불린다고 말해 주었다. 페린이 아무 생각 없이 〈팅커스가 냄비를 가져갔다네〉라는 노래에 대해 묻자 그들은 웃느라 정신을 못 차렸다. 그들도 그 노래를 알았지만, 제목은 〈깃털을 던져라〉로 알고 있었다.

페린도 방랑자의 노래에 맞춰 노래하고 싶은 마음은 이해할 수 있었다. 페린은 에먼즈 필드에서는 한 번도 춤꾼으로 알려진 적이 없었다. 그러나 투아사안의 노래들은 그의 발을 끌어당겼다. 페린은 살면서 그토록 오래, 열심히, 멋지게 춤을 춘 적이 한 번도 없는 것 같았다. 최면을 거는 듯한 투아사안의 노래는 페린의 피가 북소리에 맞춰 울리도록 했다.

여자들이 느린 노래에 맞춰 춤추는 것을 처음으로 본 것은 두 번째 날 저녁이었다. 모닥불이 나지막하게 타고 있었고 마차 주변으로 밤이 바짝 다가들었다. 사람들은 손가락으로 북을 천천히 두드렸다. 처음에는 북이 하나였고, 이어 또 하나가 가담하더니 야영지의 모든 북이 똑같이 나지막하고 꾸준한 박자를 쳤다. 북소리 말고는 침묵뿐이었다. 붉은 드레스를 입은 소녀가 몸을 흔들며 불빛 속으로 들어오더니 숄을 느슨하게 풀었다. 실에 꿴 구슬이 그녀의 머리카락에 늘어져 있었다. 그녀는 신발을 차서 벗어 버렸다. 플루트가 멜로디를 연주하기 시작했다. 조용히 흐느끼는 듯한 소리였다. 그렇게 소녀는 춤을 췄다. 쭉 뻗은 두 팔에 그녀의 숄이 몸 뒤로 펼쳐졌다. 그녀의 맨발이 북소리에 맞춰 땅에 끌리자 그녀의 엉덩이가 곡선을 그렸다. 소녀의 짙은 두 눈이 페린에게 머물렀다. 그녀의 미소는 그녀가 추는 춤만큼이나 느렸다. 그녀는 작은 원을 그리며 빙빙 돌고, 어깨 너머로 페린을 보며 미소 지었다.

페린은 세게 침을 삼켰다. 얼굴이 후끈해진 것은 모닥불 때문이 아니었다. 두 번째 소녀가 첫 번째 소녀에게 합류했다. 그들의 숄에 달린 술이 북소리에 천천히 돌아가는 그들의 엉덩이와 박자를 맞추어 흔들렸다. 그들은 페린에게 미소 지었고, 페린은 쉰 목을 가다듬었다. 주위를 돌아보기가 겁났다. 얼굴이 순무처럼 붉어져 있었다. 춤꾼들을 지켜보지 않는 사람이라면 누구든 페린을 비웃을 것 같았다. 확실했다.

페린은 할 수 있는 한 가장 태평한 태도로, 편안히 즐기고 있는 것처럼 통나무에서 미끄러져 내려왔다. 하지만 결국은 불가에서, 춤꾼들에게서 조심스레 시선을 돌리게 되었다. 에먼즈 필드에서는 이런 일이 없었다. 페린도 축제 날에는 그린에서 소녀들과 춤을 추었다. 하지만 그건 지금과는 비교도 할 수 없는 일이었다. 이번만큼은 페린도 바람이 불어와 열을 식혀 주기를 바랐다.

소녀들이 다시 춤을 추며 그의 시야에 들어왔다. 다만 이번에는 그 수가 세 명이었다. 한 명이 페린에게 다 안다는 듯 윙크했다. 페린의 시선이 미친 듯이 움직였다. **빛이여. 이제 어째야 합니까? 랜드라면 어떻게 할까요? 여자라면 랜드가 잘 아는데.**

춤추는 소녀들이 조용히 웃었다. 그들이 긴 머리카락을 어깨 쪽으로 젖히자 구슬이 달그락거리는 소리를 냈고, 페린은 얼굴이 불탈 것 같다고 생각했다. 그런 뒤에는 좀 더 나이 든 여자가 소녀들과 합류해 춤이란 무엇인지 보여 주었다. 페린은 끙 소리를 내며 아예 포기하고 눈을 감았다. 감은 눈꺼풀 뒤에서도 그들의 웃음소리가 페린을 놀리며 간지럽혔다. 여전히 그들이 보였다. 이마에 땀방울이 맺혔다. 페린은 바람이 불어오기를 바랐다.

레인의 말에 따르면 소녀들이 그 춤을 추는 것이 자주 있는 일은 아니었다. 성인 여자들이 그 춤을 추는 일은 더욱 드물었다. 일라이아스의 말에 따르면, 그날 이후 그들이 매일 밤 그 춤을 춘 것은 페린이 얼굴을 붉혔기 때문이었다.

"감사 인사를 해야겠는걸." 일라이아스는 진지하고 엄숙한 말투로 이야기했다. "너희 젊은이들은 다르겠지만, 내 나이가 되면 불만으로는 뼛속을 덥힐 수가 없거든.” 페린은 그를 노려보았다. 떠나는 일라이아스의 뒷모습을 보니 왠지 그가 아무 티를 내지 않더라도 속으로 웃고 있으리라는 생각이 들었다.

페린은 곧 여자들과 소녀들에게서 시선을 돌리지 않는 것이 낫다는 것을 알게 되었다. 하지만 윙크와 미소를 보면 지금도 고개를 돌리고 싶은 마음이 들었다. 한 번은 괜찮을지도 모르지만, 모두가 보는 가운데 다섯 번이나 여섯 번쯤 그런 일을 당하면……. 페린은 한 번도 붉어지는 얼굴을 완전히 다스리지 못했다.

그 이후에는 에그웨인이 춤을 배우기 시작했다. 첫날 밤에 춤을 추었던 소녀 두 명이 에그웨인에게 춤을 가르쳐 주었다. 에그웨인이 빌린 숄을 등 뒤에서 흔들어 대며 땅에 발을 끄는 스텝을 따라 하는 동안 그들이 손뼉으로 박자를 쳐 주었다. 페린은 무언가 말하려다가 이가 으스러지는 한이 있어도 입을 다물고 있는 것이 낫다고 생각했다. 소녀들이 엉덩이 동작을 추가하자 에그웨인은 웃기 시작했고, 세 소녀는 서로의 품에서 키득거렸다. 하지만 에그웨인은 물러서지 않았다. 눈이 반짝였고 두 뺨에는 밝은 홍조가 돌았는데도.

에이람은 춤추는 에그웨인을 뜨겁고도 굶주린 시선으로 바라보았다. 잘생긴 투아사안 젊은이는 에그웨인에게 푸른 구슬이 꿰어진 실을 주었고, 에그웨인은 늘 그것을 차고 다녔다. 손자가 에그웨인에게 관심을 두고 있다는 것을 처음으로 알게 된 이후 일라의 미소는 걱정스럽게 찌푸린 표정으로 바뀌었다. 페린은 젊은 에이람을 주의 깊게 감시하기로 했다.

한번은 페린이 초록색과 노란색으로 칠해진 마차 옆에서 에그웨인과 단둘이 이야기할 기회를 만들어 냈다. “재미있어?” 페린이 말했다.

“재미있으면 안 돼?” 에그웨인은 목에 건 푸른 구슬을 만지작거리며 미소 지었다. “모두가 너처럼 비참하게 살려고 애쓸 필요는 없잖아. 재미있게 지낼 기회쯤은 누려도 되는 것 아냐?”

에이람이 멀지 않은 곳에 팔짱을 끼고 서 있었다. 그는 결코 에그웨인에게서 멀어지지 않았다. 그의 얼굴에는 작은 미소가 떠올라 있었는데, 반쯤은 잘난 척하는 듯했고 반쯤은 도전적으로 보였다. 페린이 목소리를 낮추었다. "난 네가 타 발론으로 가고 싶어 하는 줄 알았어. 여기서는 아이즈 세다이가 되는 법을 배울 수 없잖아."

에그에인이 고개를 젓혔다. "내가 아이즈 세다이가 되고 싶어 하는 걸 못마땅해하는 줄 알았는데." 에그웨인이 지나치게 상냥한 목소리로 말했다.

"피와 재를 걸고, 넌 여기 있으면 안전하다고 생각하는 거야? 우리가 여기 있어도 이 사람들이 안전할까? 희미한 자가 언제든 우리를 찾을 수 있어."

구슬을 만지작거리는 에그웨인의 손이 떨렸다. 그녀는 손을 내리고 심호흡했다. "오늘 떠나든, 다음 주에 떠나든 일어날 일은 일어나. 지금 내 생각은 그래. 즐겁게 지내, 페린. 어쩌면 지금이 마지막 기회일지 몰라."

에그웨인은 손가락으로 페린의 뺨을 슬픈 듯이 쓸었다. 그 뒤에는 에이람이 그녀에게 손을 내밀었고, 에그웨인은 그에게로 달려갔다. 그녀는 이미 다시 웃고 있었다. 두 사람은 바이올린이 노래하는 곳으로 달려갔다. 에이람이 어깨 너머로 페린에게 의기양양한 미소를 지어 보였다. 마치 '에그웨인은 네 것이 아니야. 내 것이 될 거야.'라고 말하는 듯했다.

페린은 모두가 방랑자들의 마법에 너무 심하게 빠져들어 간다고 생각했다. **일라이아스 말이 맞아. 방랑자들은 굳이 나뭇잎의 길을 따르라고 전도할 필요가 없어. 나뭇잎의 길이 알아서 스며드니까.**

일라는 바람을 피해 웅크리고 있는 그를 힐끗 보더니 마차에서 두꺼운 모직 망토를 꺼냈다. 그 모든 빨간색과 노란색을 보고 나서 짙은 녹색 망토를 보니 반가웠다. 페린은 망토가 자기 몸을 감쌀 수 있을 정도로 큰 것을 놀랍다고 여기며 망토를 둘렀다. 이때 일라가 고지식하게 말했다. "좀 작구나." 그녀는 페린의 허리띠에 매달린 도끼를 힐끗 보았다. 고개를 들어 페린의 눈을 바라보는 그녀의 눈은 미소 짓는 입과 달리 슬퍼 보였다. "많이 작은걸."

팅커스는 모두 그랬다. 미소를 잃는 법이 없었다. 한 번도 망설이지 않고 와서 함께 술을 마시거나 노래를 들으라고 권하고는 했다. 하지만 그들의 눈은 언제나 도끼에 머물렀고, 페린은 그들이 무슨 생각을 하는지 느낄 수 있었다. 폭력의 도구. 다른 인간을 상대로 폭력을 저지르는 데는 아무 핑계도 있을 수 없었다. 그것이 나뭇잎의 길이었다.

때로 페린은 그들에게 고함을 지르고 싶었다. 세상에는 트롤록이, 희미한 자들이 있었다. 모든 나뭇잎을 베어 버린 자들이 있었다. 어둠의 존재가 있었다. 나뭇잎의 길은 바알자몬의 시선에 닿아 타 버릴 터였다. 페린은 고집스럽게 도끼를 차고 다녔다. 그는 바람이 많이 불 때도 망토를 뒤로 젖혀 반달 모양 도끼날이 절대 감추어지지 않도록 했다. 일라이아스는 때때로 페린의 옆구리에 묵직하게 매달려 있는 무기를 알쏭달쏭한 눈으로 보며 미소 지었다. 그 노란 눈이 페린의 마음을 읽는 것 같았다. 그럴 때면 페린은 도끼를 가릴 뻔했다. 거의 말이다.

투아사안의 야영지가 지속적인 짜증의 원인이기는 해도, 최소한 그곳에서는 꿈자리가 사납지 않았다. 때로 페린은 트롤록과 희미한 자 들이 야영지로 쳐들어오는 꿈, 무지갯빛 마차들이 던져진 횃불에 맞아 모닥불로 변하고 피 웅덩이에 사람들이 쓰러지는 꿈, 낫처럼 생긴 칼이 휘둘러 오는데도 도망치고 비명을 지르며 죽어 갈 뿐 자신을 지키려고 애쓰지 않는 남자와 여자 들의 꿈을 꾸고 땀을 흘리며 눈을 떴다. 매일 밤 그는 어둠 속에서 벌떡 일어나 앉아 숨을 몰아쉬며 도끼로 손을 뻗다가 마차들은 불타고 있지 않으며 피 묻은 주둥이를 가진 짐승들이 땅에 흩어진 찢기고 뒤틀린 시체를 놓고 으르렁거리고 있지도 않다는 것을 깨닫고는 했다. 하지만 그런 것은 평범한 악몽이었다. 이상한 일이지만, 그렇게 생각하면 나름대로 위안이 되었다. 페린의 꿈에 어둠의 존재가 있을 자리가 있다면 바로 그런 악몽 속이겠지만, 어둠의 존재는 그런 악몽에 나타나지 않았다. 바알자몬은 없었다. 그냥 평범한 악몽이었다.

하지만 잠에서 깨고 나면 늑대들은 의식되었다. 늑대들은 야영지나 움직이는 행렬과 거리를 두었지만, 페린은 늑대들이 늘 그 자리에 있다는 것을 알았다. 투아사안을 지키는 개들에 대한 늑대들의 경멸이 느껴졌다. 이빨을 어디에다 써야 하는지, 따뜻한 피의 맛은 어떤지 잊어버린 시끄러운 짐승들. 그 짐승들은 인간을 겁줄 수 있을지 모르지만, 늑대 무리가 찾아오기라도 하면 배를 깔고 살금살금 빠져나갈 것이다. 날이 갈수록 페린의 인식은 더욱 날카로워지고 선명해졌다.

대플은 매일 해가 질 때마다 점점 더 조바심을 냈다. 대플은 일라이아스가 굳이 인간들을 남쪽으로 데려가겠다면 그렇게 하는 데에도 나름대로 가치가 있다고 생각했다. 하지만 꼭 해야 하는 일이라면 얼른 해 버려야 했다. 이 느린 여행이 끝나도록 해야 했다. 남쪽으로 이동하는 동안 늑대들은 떠돌아다녀야 했고, 대플은 무리와 너무 오래 떨어져 있는 것이 마음에 들지 않았다. 윈드의 마음속에서도 초조함이 타올랐다. 이곳에서의 사냥은 최악이었고, 윈드는 들쥐를 먹고 사는 삶을 경멸했다. 들쥐란 새끼들이 사냥하는 법을 배울 때 쫓아다니는 존재였으며 더 이상 사슴을 쓰러뜨리거나 들소의 뒷다리 힘줄을 끊어 놓을 수 없는 늙은 늑대들에게나 어울리는 음식이었다. 때로 윈드는 인간의 일은 인간에게 맡겨 두어야 한다던 번이 옳았다고 느꼈다. 하지만 대플이 근처에 있을 때면 윈드는 이런 생각에 주의했다. 하퍼가 곁에 있을 때는 더욱 그랬다. 하퍼는 흉터가 있는 반백의 전사로, 세월이 가며 많은 것을 알게 된 만큼 별다른 감정을 느끼지 않게 된 늑대였다. 그에게는 세월이 훔쳐 간 거의 모든 것을 보상해 줄 만한 꾀가 있었다. 하퍼는 인간에게 아무 관심이 없었다. 그저 대플이 이번 일을 하고 싶어 하니 따를 뿐이었다. 대플이 기다리면 하퍼도 기다릴 것이고, 대플이 달리면 하퍼도 달릴 터였다. 하퍼의 이빨은 늑대든 인간이든, 황소든 곰이든, 대플을 곤란하게 하는 존재를 기나긴 잠으로 보내 버릴 준비를 한 채 기다리고 있었다. 하퍼에게는 삶 전체의 의미가 그것이었다. 그래서 윈드는 주의했고, 대플은 둘 모두의 생각을 무시하는 것처럼 보였다.

페린의 머릿속에서는 이 모든 일이 선명하게 느껴졌다. 그는 열정적으로 케임린을, 모레인과 타 발론을 원했다. 아무 답은 없더라도 끝은 있을 터였다. 일라이아스가 페린을 보았다. 페린은 노란 눈의 그가 이런 생각을 알고 있다는 확신이 들었다. **제발, 끝이 있게 해주세요.**

그 꿈은 페린이 최근에 꾼 대부분의 꿈보다 기분 좋게 시작되었다. 페린은 알스벳 루한의 주방 탁자에 앉아 돌로 도끼날을 갈고 있었다. 루한 부인은 절대로 대장간 일이나 그 비슷한 일을 집안으로 들이지 못하게 했다. 루한 스승님은 심지어 부인의 칼을 갈 때도 집 밖으로 칼을 가지고 나갔다. 하지만 루한 부인은 요리를 하면서 도끼에 대해서는 한마디도 하지 않았다. 심지어 늑대 한 마리가 집 깊숙한 곳에서 나와 뜰로 나가는 문과 페린 사이에 웅크렸을 때도 아무 말을 하지 않았다. 페린은 계속해서 도끼날을 갈았다. 곧 도끼를 쓸 때가 올 터였다.

갑자기 늑대가 일어서더니 목구멍 깊숙한 곳에서 으르렁거렸다. 늑대의 목덜미에 난 굵은 털이 삐죽 섰다. 바알자몬이 뜰에서 주방으로 들어왔다. 루한 부인은 요리를 계속했다.

페린은 도끼를 들고 허둥지둥 일어섰지만 바알자몬은 무기를 무시하고 대신 늑대에게 집중했다. 바알자몬의 눈이 있어야 하는 곳에서는 불꽃이 일렁거렸다. "널 지켜 준다는 존재가 이건가? 글쎄. 이런 건 전에도 마주한 적이 있지. 여러 번 말이야."

바알자몬이 손가락을 구부리자 늑대의 눈과 귀와 입에서, 피부에서 불이 뿜어져 나왔다. 늑대가 울부짖었다. 고기와 털이 타는 냄새가 주방을 가득 채웠다. 알스벳 루한이 냄비 뚜껑을 열고 나무 수저로 내용물을 저었다.

페린은 도끼를 떨어뜨리고 앞으로 몸을 날려 두 손으로 불을 끄려 했다. 늑대는 페린의 손바닥 사이에서 검은 재로 쪼그라들었다. 페린은 깨끗하게 쓸어 놓은 루한 부인의 주방 바닥에 쌓인 형체 없는 잿더미를 바라보며 뒤로 물러났다. 손에서 기름진 재를 닦아 내고 싶었지만, 옷에 그 재를 문질러 닦아 낸다고 생각하자 속이 뒤틀렸다. 페린은 손마디에서 딱 소리가 날 만큼 자루를 세게 쥐고 도끼를 들어 올렸다.

"날 내버려 둬!" 페린이 소리쳤다. 루한 부인이 냄비 가장자리를 수저로 톡톡 두드리더니 콧노래를 부르며 다시 뚜껑을 덮었다.

"넌 내게서 도망칠 수 없다." 바알자몬이 말했다. "내게서 숨을 수 없다. 네가 그 존재라면, 너는 내 것이다." 바알자몬의 얼굴에서는 불길이 활활 타올랐다. 그 불길에서 나온 열기에 페린은 어쩔 수 없이 주방을 가로지르며 뒷걸음질 쳤다. 등이 벽에 닿았다. 루한 부인이 빵을 확인하려고 오븐을 열었다. "세계의 눈이 너를 집어삼킬 것이다." 바알자몬이 말했다. "나는 너를 내 것으로 표시한다!" 바알자몬은 무언가를 내던지듯 꽉 쥔 손을 내뻗었다. 그의 손가락이 벌어지자 갈까마귀 한 마리가 페린의 얼굴을 그었다.

검은 부리가 왼쪽 눈을 쪼았다. 페린은 비명을 질렀고…….

……방랑자들의 잠든 마차에 둘러싸인 채 얼굴을 움켜쥐고 일어나 앉았다. 그는 천천히 두 손을 내렸다. 고통도, 피도 없었다. 하지만 그 찌르는 듯한 아픔이 기억났다.

페린은 몸을 떨었다. 어느새 일라이아스가 동트기 전의 어둠 속에서 페린 옆에 쭈그리고 앉아 있었다. 페린을 흔들어 깨우려는 듯 한쪽 손을 뻗은 채였다. 마차들이 있는 숲 너머에서 늑대들이 울부짖었다. 세 마리 늑대의 목구멍에서 단 하나의 날카로운 울부짖음이 들려왔다. 페린도 그들의 감각을 공유했다. **불. 고통. 불. 증오. 증오! 죽음!**

"그래." 일라이아스가 조용히 말했다. "때가 되었다. 일어나라, 꼬마야. 떠날 때다."

페린은 허둥지둥 이불에서 나왔다. 페린이 아직 침낭을 챙기고 있을 때 레인이 잠기운 가득한 눈을 문지르며 마차에서 나왔다. 탐색자는 하늘을 힐끗 보더니 계단을 반쯤 내려오다가 얼어붙었다. 두 손을 여전히 얼굴 쪽으로 들어 올린 채였다. 하늘을 골똘히 바라보는 동안 그는 오직 눈만을 움직였다. 페린은 그가 무엇을 보는 것인지 알 수 없었다. 동쪽으로 구름 몇 조각이 걸려 있었고, 구름의 아랫부분에는 아직 뜨지 않은 태양이 드리운 분홍색 줄무늬가 들어가 있었다. 그러나 달리 볼 것은 없었다. 레인은 귀를 기울이는 동시에 공기 냄새를 맡는 것 같았지만, 숲에 바람이 부는 소리 말고는 아무 소리도 들리지 않았고 지난 밤에 피우고 남은 모닥불의 옅은 연기 냄새를 빼면 아무 냄새도 나지 않았다.

일라이아스는 몇 안 되는 소지품을 가지고 돌아왔고, 레인은 남은 길을 따라 내려왔다. "여행하는 방향을 바꿔야겠네, 친구." 탐색자는 불안한 듯 다시 하늘을 보았다. "오늘은 다른 방향으로 가지. 자네도 같이 갈 텐가?" 일라이아스는 고개를 저었다. 레인은 처음부터 알고 있었다는 듯 끄덕였다. "그럼 조심하게나, 친구. 오늘은 무언가가 있어……." 그는 다시 위를 보려다 말고 시선을 내렸다가 다시 마차 위쪽으로 눈길을 들었다. "내 생각에는 마차들이 동쪽으로 갈 것 같군. 어쩌면 저 멀리 세계의등뼈까지 갈지도 모르겠네. **스테딩**을 발견해 거기에서 당분간 지낼 수도 있지."

"**스테딩**에는 결코 골칫거리가 들어갈 수 없지요." 일라이아스가 동의했다. "하지만 오기어들은 낯선 이들에게 별로 개방적이지 않은데요."

"방랑자들에게는 모두가 개방적이라네." 레인은 그렇게 말하고 씩 웃었다. "게다가 오기어에게도 냄비와 고칠 물건은 있으니까. 가세나, 아침을 먹고 이야기를 해보지."

"시간이 없습니다." 일라이아스가 말했다. "우리도 오늘 이동합니다. 최대한 빨리. 보아하니 이동의 날인 것 같군요."

레인은 최소한 음식을 먹을 때까지만이라도 남아 있으라고 일라이아스를 설득하려 했다. 에그웨인과 함께 마차에서 나타났을 때는 일라도 나름대로 그를 설득하려 했다. 남편만큼 완강한 태도는 아니었지만 말이다. 그녀는 온갖 적절한 말을 했지만 예의 바른 태도가 오히려 뻣뻣하게 느껴졌다. 그녀는 분명 일라이아스의 떠나는 모습을 기꺼이 볼 터였다. 에그웨인의 뒷모습이라면 또 모르지만 말이다.

에그웨인은 일라가 자신에게 보내는 유감스러운 듯한 곁눈질을 알아차리지 못했다. 에그웨인은 무슨 일이 벌어지는 거냐고 물었고, 페린은 그녀가 투아사안과 함께 남고 싶다고 말할 거라 생각하며 각오를 다졌다. 하지만 일라이아스가 사정을 설명하자 에그웨인은 생각에 잠긴 채 고개를 끄덕였을 뿐 서둘러 마차로 돌아가 짐을 챙겼다.

마침내 레인이 두 손을 들었다. "알았네. 이별 잔치를 벌이지 않고 손님을 이 야영지에서 떠나보낸 적이 있는지 모르겠지만……." 그의 눈이 불확실하게 다시 하늘로 향했다. "글쎄, 우리도 일찍 출발해야겠군. 어쩌면 식사는 여행하면서 해야 할지도 모르겠네. 그래도 모두에게 작별 인사를 할 기회는 주게나."

일라이아스가 항의하려 했지만, 레인은 아무도 깨어 있지 않은 마차를 여기저기 찾아다니며 문을 두드려 댔다. 어느 팅커스가 벨라를 데리고 왔을 때쯤에는 야영지 사람 전체가 가장 밝은 색깔의 가장 좋은 옷으로 갈아입은 뒤였다. 빨간색과 노란색으로 칠한 레인과 일라의 마차가 거의 평범하게 보일 정도의 색깔 덩어리였다. 큰 개들이 혀를 빼문 채 귀를 긁어 줄 사람을 찾아 군중 사이를 어슬렁거리는 동안 페린 일행은 연이은 악수와 포옹을 견뎌냈다. 매일 밤 춤을 추던 소녀들은 악수만으로 만족하지 않았다. 그들과 포옹하자 페린은 갑자기 이곳을 떠나기 싫다는 생각이 들었다. 그러다가 그는 얼마나 많은 사람이 지켜보는지 떠올렸고, 얼굴색이 탐색자의 마차 색깔과 거의 비슷해졌다.

에이람은 에그웨인을 따로 데려갔다. 페린은 작별 인사의 소음 때문에 에이람이 에그웨인에게 하는 말을 들을 수 없었으나 에그웨인은 계속해서 고개를 저었다. 처음에는 느린 몸짓이었지만 에이람이 애원하는 듯한 손짓을 하자 좀 더 단호한 태도가 되었다. 에이람의 얼굴은 애원하는 표정에서 화내는 표정으로 변했지만, 에그웨인은 고집스럽게 계속 고개를 저었다. 결국 일라가 손자에게 몇 마디 날카로운 말을 해서 에그웨인을 구해 주었다. 에이람은 사나운 눈으로 사람들을 밀치고 지나갔고, 남은 작별 인사를 포기했다. 일라는 에이람을 소리쳐 부를 순간이 언제인지 망설이면서 그가 떠나는 모습을 지켜보았다. **일라도 안심한 거야.** 페린은 생각했다. **에이람이 우리랑, 에그웨인이랑 함께 가고 싶다고 하지 않아서.**

페린이 야영지의 모든 사람과 최소 한 번씩 악수하고 모든 소녀를 최소 두 번씩은 껴안은 뒤, 군중은 레인과 일라, 세 방문객 주변에 작은 공간을 만들며 뒤로 물러났다.

"그대는 평화롭게 왔노라." 레인은 형식을 갖춰 두 손을 가슴에 올린 채 절하며 읊조렸다. "이제 평화롭게 떠나라. 우리의 불가는 언제든 평화롭게 그대를 환영하리니. 나뭇잎의 길은 평화로다."

"당신에게 늘 평화가 함께하길." 일라이아스가 대답했다. "방랑자들에게도." 일라이아스는 망설이다가 덧붙였다. "나는 노래를 찾으리라. 그게 아니라면 다른 이가 노래를 찾으리라. 올해든 앞으로 다가올 해에든 노래는 불리리라. 한때 그랬듯 다시 이루어질 것이니, 세상은 끝이 없노라."

레인은 놀라서 눈을 깜빡였다. 일라는 그야말로 크게 놀랐지만 다른 투아사안들은 모두 대답 대신 웅얼거렸다. "세상은 끝이 없노라. 세상과 시간은 끝이 없노라." 레인과 그의 아내는 서둘러 다른 모두를 따라 똑같이 말했다.

이제는 정말로 떠날 시간이었다. 몇 마디 마지막 작별 인사와 몸조심하라는 충고, 마지막 미소와 눈짓이 이어진 뒤 그들은 야영지를 빠져나왔다. 레인은 숲 가장자리까지 따라왔다. 개 두 마리가 그의 양옆에서 신이 나서 뛰어다녔다.

"정말이지, 친구. 깊이 조심해야 하네. 오늘날에는……. 유감이지만, 세상에 사악함이 풀려나 있어. 그리고 자네는 꾸며 낸 모습과 달리 이 세상의 사악함에 잡아 먹히지 않을 만큼 사악하지는 않다네."

"평화가 당신과 함께하길 바랍니다." 일라이아스가 말했다.

"자네에게도." 레인이 슬프게 말했다.

레인이 떠나자 일라이아스는 다른 두 사람이 자기를 바라보는 것을 보고 눈을 부라렸다. "내가 저 사람들의 바보 같은 노래를 믿는 건 아니다." 그가 툴툴댔다. "저 사람들 의례를 망쳐서 기분까지 상하게 할 필요는 없잖냐? 말했듯이, 저 사람들은 가끔 의례를 중요하게 여기니까."

"그럼요." 에그웨인이 부드럽게 말했다. "절대 그럴 필요 없죠." 일라이아스는 혼자 툴툴대며 돌아섰다.

대플, 윈드, 하퍼가 일라이아스를 마중하러 나왔다. 그들은 개처럼 까불거리는 대신 동등한 존재로서 품위 있게 일행을 맞이했다. 페린은 그들 사이에 오가는 감정을 포착했다. **불의 눈. 고통. 심장의 송곳니. 죽음. 심장의 송곳니.** 페린은 그게 무슨 뜻인지 알아들었다. 어둠의 존재. 그들은 페린의 꿈에 관해 이야기하고 있었다. 그들과 함께 꾼 꿈에 관해.

늑대들이 앞으로 대형을 벌려 나가며 정찰을 시작하자 페린은 몸을 떨었다. 지금은 에그웨인이 벨라를 탈 차례였고 페린은 그녀 곁에서 걸었다. 일라이아스가 평소처럼 꾸준하게, 땅을 조금씩 집어삼키는 걸음으로 앞장섰다.

페린은 꿈 생각을 하고 싶지 않았다. 그는 늑대들이 자신을 지켜 준다고 생각했었다. 머릿속에 늑대들의 생각이 전해졌다. **완전하지 않아. 받아들**

여. 온 마음으로. 온 정신으로. 너는 지금도 저항한다. 받아들일 때만 완전해진다.

페린은 늑대들을 억지로 머릿속에서 밀어내며 놀라 눈을 깜빡였다. 이렇게 할 수 있을 줄은 몰랐다. 페린은 늑대들이 다시 머릿속에 들어오지 못하게 할 작정이었다. **꿈속에도?** 페린은 이 생각이 자기 생각인지, 늑대들의 생각인지 확신할 수 없었다.

에그웨인은 에이람이 준, 실에 꿴 파란 구슬들을 계속 머리에 차고 다녔다. 밝은 빨간색의 아주 작은 나뭇잎이 붙어 있는 잔가지도 함께 꽂았다. 그것도 젊은 투아사안이 준 선물이었다. 에이람은 방랑자들과 함께 지내자고 에그웨인을 설득한 것이 분명했다. 에그웨인이 그 요구를 받아들이지 않은 것은 기뻤지만, 에이람이 준 구슬을 그렇게까지 애정 어리게 만지작거리지는 말았으면 좋겠다는 생각이 들었다.

결국 페린이 말했다. "일라하고는 무슨 얘기를 하느라 그렇게 시간을 많이 보낸 거야? 다리 긴 그 녀석이랑 춤을 추고 있지 않으면 일라랑 비밀 얘기를 하는 것 같던데."

"일라가 나한테 여자로 사는 법에 대해 조언해 줬어." 에그웨인은 멍하니 대답했다. 페린은 웃기 시작했고, 에그웨인은 눈을 반쯤 감은 채 위험한 시선을 던졌다. 페린은 미처 그 표정을 보지 못했지만 말이다.

"조언이라고! 아무도 우리한테 남자로 사는 법을 알려 주지 않는데. 우린 그냥 남자야."

"그게," 에그웨인이 말했다. "아마 너희가 그렇게까지 형편없는 남자가 되는 이유일 거야." 앞에서 일라이아스가 큰 소리로 킬킬댔다.

28장 허공의 발자국

나이니브는 경이감에 사로잡힌 채 눈앞에 강 아래로 펼쳐진 광경을 보았다. 햇빛을 받은 화이트브리지는 우윳빛으로 빛나고 있었다. 나이니브는 바로 앞에서 말을 타고 가는 수호자와 아이즈 세다이를 힐끗 보며 화이트브리지는 그야말로 전설이라고 생각했다. **전설이 또 하나 모습을 드러냈는데 저 둘은 알아채지도 못한 것처럼 보이네.** 나이니브는 그들이 아무렇지 않게 보아 넘길 수 있는 것을 넋 놓고 바라보지는 않겠다고 마음먹었다. **내가 시골 촌뜨기처럼 입을 쩍 벌리고 있는 것을 보면 비웃을 거야.** 셋은 조용히 그 유명한 화이트브리지를 향해 말을 몰아갔다.

샤다 로고스에서 하루를 보낸 다음 날 아침, 그러니까 나이니브가 아리넬강의 강둑에서 모레인과 란을 찾아낸 이후부터 그녀와 아이즈 세다이 사이에는 진짜 대화라고 할 만한 것이 전혀 오가지 않았다. 물론 말을 하기는 했지만, 중요한 내용은 없었다. 예를 들어 나이니브를 설득해 타 발론으로 데려가려는 모레인의 시도가 그랬다. 타 발론이라니. 필요하다면 나이니브도 타 발론에 가 훈련을 받을 생각이었다. 하지만 그 이유는 아이즈 세다이가 생각하는 것과 달랐다. 모레인이 에그웨인과 소년들에게 해를 끼친다면…….

때로 나이니브는 그러고 싶지 않아도 현자가 일원력을 가지고 무엇을 할 수 있을지, 자신이 과연 무엇을 할 수 있을지 생각하게 되었다. 하지만 머릿속에 무슨 생각이 떠올랐는지 깨달을 때마다 분노가 번뜩이며 그 생각을 불살랐다. 일원력은 더러운 존재였다. 나이니브는 그 힘과 아무런 관련도 맺지 않을 것이다. 꼭 그래야만 하는 것이 아니라면.

저주받은 여자는 그저 나이니브를 타 발론으로 데려가 훈련시키는 이야기만 하고 싶어 했다. 그밖에는 아무것도 말하려 들지 않았다! 나이니브라고 알고 싶은 것이 그렇게 많은 것은 아니었지만.

"애들은 어떻게 찾을 생각이오?" 나이니브는 생각이 나서 물었다.

"앞서 말했던 그대로예요." 모레인은 굳이 나이니브를 돌아보지도 않고 대답했다. "은화를 잃어버린 두 사람과 가까워지면 내가 알게 될 겁니다." 나이니브가 이런 질문을 던진 것은 지금이 처음이 아니었지만, 아이즈 세다이의 목소리는 나이니브가 아무리 많은 돌을 던져도 물결을 일으키지 않는 고요한 연못 같았다. 그 목소리를 마주할 때마다 현자는 피가 부글부글 끓었다. 모레인은 등에 닿는 나이니브의 시선이 느껴지지 않는 것처럼 말을 이었다. 그토록 열심히 바라보던 나이니브로서는 모레인이 자기 시선을 느꼈을 것이 틀림없다고 생각했지만 말이다. "시간이 지날수록 아이들의 위치를 감지할 수 있는 범위는 좁아지겠죠. 하지만 어쨌든 알게 될 거예요. 아직 징표를 가지고 있는 아이의 경우, 그 아이가 은화를 가지고 있기만 하면 세상을 반쯤 가로질러서라도 따라갈 수 있어요. 꼭 그래야 한다면 말이지만."

"그런 다음에는? 그 애들을 찾은 다음에는 어떻게 할 생각이오, 아이즈 세다이?" 아이즈 세다이가 아무 계획 없이 소년들을 찾는 데 이렇게까지 골몰하리라는 생각은 전혀 들지 않았다.

"타 발론으로 가야겠죠, 현자님."

"타 발론, 타 발론. 당신은 늘 그 말만 하는구려. 나는 점점……."

"현자님, 당신이 타 발론에서 받게 될 훈련 중에는 성질을 다스리는 방법도 있습니다. 감정이 정신을 지배할 때는 일원력으로 아무것도 할 수 없으니까요." 나이니브가 입을 열었지만, 아이즈 세다이는 바로 말을 이었다.

"란, 잠깐 얘기하죠."

둘은 고개를 한데 모았고, 나이니브는 홀로 남겨졌다. 그녀는 토라져서 노려보는 표정을 지었다. 나이니브는 자신이 이런 표정을 짓고 있다는 것을 깨달을 때마다 무척 언짢아졌다. 그 표정은 무척 자주 나왔다. 아이즈 세다이가 나이니브의 질문을 다른 화제로 너무도 능숙하게 넘겨 버릴 때. 아이즈 세다이가 놓은 대화의 덫에 쉽게 빠져 버릴 때. 나이니브가 고함을 지르다 결국 입을 다물 때까지 아이즈 세다이가 그녀를 무시할 때. 그렇게 노려보고 있자면 바보짓을 하다가 여성 서클에 잡힌 어린아이가 된 기분이 들었다. 나이니브로서는 익숙하지 않은 기분이었다. 모레인의 얼굴에 떠오른 침착한 미소는 사태를 악화시킬 뿐이었다.

이 여자를 치워 버릴 방법만 있었어도. 란만 있는 것이 차라리 나을 것이다. 아니, 그야 일 처리를 하는 데 수호자가 필요할 테니까. 나이니브는 갑자기 얼굴이 후끈거리는 것을 느끼며 서둘러 자신을 타일렀다. 그것 말고 다른 이유는 없었다. 결국 그게 그거였지만.

아무튼, 란은 모레인보다도 더 나이니브를 화나게 했다. 어찌나 쉽게 나이니브의 신경을 긁는지 당최 알 수가 없을 정도였다. 란은 거의 아무 말도 하지 않았고 때로는 하루 종일 열두 마디 정도를 말했다. 모레인과의 토론에는…… 절대 끼어들지 않았다. 보통 란은 두 여자와 거리를 두고 땅을 정찰했지만, 곁에 있을 때도 결투를 지켜보는 것처럼 한쪽으로 물러선 채 구경만 했다. 나이니브는 란이 그런 짓을 그만두기를 바랐다. 이게 결투라면, 나이니브는 한 번도 점수를 올리지 못했고 모레인은 자기가 싸우고 있다는 것조차 모르는 듯했다. 란이 서늘한 푸른 눈으로 지켜보지 않아도 괜찮을 것 같았다. 어차피 조용한 관객이라면 아예 없었으면 했다.

대체로 일행의 여행은 그런 식이었다. 나이니브가 성질을 이기지 못할 때나 나이니브가 소리를 질러 유리를 깨듯 침묵을 깰 때를 빼면 아무 소리도 나지 않았다. 세상이 호흡을 고르려고 잠시 멈추기라도 한 것처럼 땅 자체가 조용했다. 숲속에서는 바람이 신음했지만, 나머지 모든 것은 고요했다. 바람조차 멀게 느껴졌다. 나이니브의 등을 덮은 망토를 가르고 지나갈 때조차 말이다.

처음에는 그 많은 일이 일어나고 난 뒤의 고요함이 편안하게 느껴졌다. 겨울의 밤 이후로 나이니브는 단 한 순간도 조용한 적이 없던 것만 같았다. 하지만 아이즈 세다이와 수호자와 보낸 첫날이 끝나 갈 때쯤에는 손 닿지 않는 등 한복판이 가려운 것처럼 안장에 앉은 채 안절부절못하며 어깨 너머를 돌아보게 되었다. 침묵은 산산이 조각날 수정처럼 느껴졌다. 첫 번째로 생겨날 균열을 기다리자니 긴장되었다.

모레인과 란도 그 침묵의 무게를 느꼈다. 단, 그들은 겉으로는 전혀 동요하지 않았다. 나이니브는 시간이 지날수록 그들이 침착한 겉모습과 달리 팽팽하게, 마치 끊어지는 순간까지 억지로 감아 놓은 시계 스프링처럼 팽팽하게 긴장해 간다는 것을 깨달았다. 모레인은 존재하지 않는 소리에 귀 기울이는 것 같았고, 무슨 소리가 들리는지 이마에 주름을 잡았다. 란은 나뭇잎 없는 나무들과 넓고도 느릿느릿한 강이 함정과 기습의 신호를 담고 있기라도 한 듯 숲과 강을 지켜보았다.

나이니브는 한편으로 금방이라도 재난이 닥칠 것 같다는 불안에 시달리는 사람이 자기만이 아니라서 마음이 놓였다. 하지만 불안이 일행 모두에게 영향을 미친다면 그 불안은 실체적인 것이었다. 그래서 나이니브는 한편으로 이게 그저 상상일 뿐이기를 바랐다. 불안의 어떤 면은 나이니브가 바람 소리에 귀 기울일 때처럼 머릿속 한구석을 간질였다. 그러나 나이니브는 그런 느낌이 일원력과 관계되어 있다는 것을 알았고, 생각의 가장자리에서 일어나는 그런 물결을 감히 인정할 수 없었다.

“아무것도 아닙니다.” 나이니브가 묻자 란이 조용히 대답했다. 란은 말을 하면서도 나이니브를 보지 않았다. 그의 눈은 한 번도 쉬지 않고 주위를 살폈다. 그런 다음, 방금 자기가 한 말에 반박하기라도 하듯 덧붙였다. “화이트브리지나 케임린 대로에 도착하면, 당신은 투 리버스로 돌아가십시오. 여긴 너무 위험합니다. 당신이 돌아가겠다고 해도 아무도 막지 않을 겁니다.” 란이 그날 한 말 중 가장 긴 말이었다.

“란, 현자님도 패턴의 일부예요.” 모레인이 꾸짖듯 말했다. 그녀의 시선도 다른 곳에 머물러 있었다. "문제는 어둠의 존재예요, 나이니브. 폭풍은 우리를 떠나갔습니다. ……최소한 당분간은 그렇죠." 모레인은 공기를 느껴보듯 한 손을 들어 올리더니 더러운 것을 건드린 것처럼 무의식적으로 옷을 문질렀다. "하지만 그자는 여전히 지켜보고 있어요." 모레인은 한숨을 쉬었다. "그 시선은 더 강력해졌고요. 우리를 보는 시선이 아니라 세상을 보는 시선 말이에요. 과연 시간이 얼마나 남았을지 모르겠군요. 그자가 충분히 힘을 되찾아……."

나이니브는 어깨를 움츠렸다. 문득 자기 등을 바라보는 누군가의 시선이 느껴지는 것 같았다. 그런 설명쯤은 아이즈 세다이가 하지 않아도 알 수 있었는데.

란은 강을 따라 내려가는 오솔길을 정찰했다. 다만 전에는 란이 길을 선택했다면, 지금은 모레인이 그 역할을 맡았다. 그녀는 보이지 않는 어떤 길을, 허공의 발자국이나 기억의 냄새를 쫓는 것처럼 확신에 차 있었다. 란은 그저 모레인이 가려는 길이 안전한지 확인할 뿐이었다. 설령 란이 안전하지 않다고 말해도 모레인이 그 길을 가겠다고 고집을 부릴 것 같았다. 그러면 란도 움직일 것이다. 모레인도 그렇게 확신하고 있었다. 만일 강을 따라서 곧장…….

나이니브는 움찔하며 생각에서 빠져나왔다. 그들은 화이트브리지 발치에 와 있었다. 창백한 아치가 햇빛을 받아 빛났다. 너무 섬세해 버틸 수 없을 것만 같은 우윳빛 거미줄이 아리넬강을 가로질렀다. 말은커녕 한 사람의 무게만으로도 무너질 것 같은 다리였다. 다리 자체의 무게만으로도 어느 순간에든 붕괴할 듯했다.

란과 모레인은 아무것도 걱정하지 않는 듯했다. 그들은 앞장서 반짝이는 흰색 접근로로 향하더니 다리로 올라갔다. 발굽 소리가 울렸다. 유리에 닿는 강철의 소리가 아니라 강철에 닿는 강철 소리가 났다. 다리 표면은 젖은 유리처럼 매끄러워 보였지만 말들은 단단하고 확실하게 발을 디뎠다.

나이니브는 억지로 그 뒤를 쫓았지만, 첫걸음부터 구조물 전체가 발밑으로 무너져 내릴 것만 같았다. **유리로 레이스를 만들면 아마 이렇게 생겼을**

거야.

일행이 다리를 거의 다 건넜을 때에야 나이니브는 공기를 매캐하게 만드는 숯 탄내를 눈치챘다. 얼마 뒤, 그녀는 보았다.

화이트브리지 밑의 광장 주변, 대여섯 채의 건물이 있던 자리에는 대신 검게 탄 목재 더미가 있었다. 그곳에서 지금껏 연기가 피어올랐다. 별로 어울리지 않는 빨간색 제복과 변색된 갑옷을 입은 남자들이 거리를 순찰하고 있었다. 그들은 뭐라도 발견하게 될까 봐 무서운 듯 빠르게 이동했으며 그 와중에도 어깨 너머를 돌아보았다. 마을 사람들은 나와 있는 사람 자체가 몇 없었지만 그들조차도 어깨를 웅크린 채 뭔가가 따라오기라도 하는 것처럼 뛰다시피 돌아다녔다.

란은 평소보다도 매서운 표정을 짓고 있었다. 사람들이 일행을 피해 멀찍이 걸었다. 군인들마저 그랬다. 수호자는 공기 냄새를 맡더니 인상을 쓰고 나직하게 툴툴댔다. 나이니브로서도 놀랄 일은 아니었다. 탄내가 그만큼 심했다.

"물레는 그 뜻대로 실을 잣습니다." 모레인이 웅얼거렸다. "패턴이 완성될 때까지는 그 누구도 패턴을 볼 수 없어요."

다음 순간, 그녀는 알딥에게서 내려 마을 사람들에게 말을 걸었다. 질문을 한 것은 아니었다. 그녀는 공감의 말을 전했다. 나이니브로서는 놀랍게도 그 말은 진정성 있게 보였다. 낯선 사람은 누구라도 피하고 싶어 안달인 것처럼 보이던 마을 사람들도 란은 피했지만 모레인과 이야기하기 위해서는 멈추어 섰다. 그들 자신도 이런 행동에 놀란 듯했지만, 모레인의 맑은 시선과 위안이 되는 목소리를 들으면 다들 어느 정도 마음을 열었다. 아이즈 세다이의 눈은 사람들의 상처를 공유하는 것처럼, 그들의 혼란에 공감하는 것처럼 보였다. 그렇게 혀가 풀렸다.

그래도 사람들은 거짓말을 했다. 대부분이 그랬다. 어떤 사람들은 아무런 문제도 없었다고 했다. 전혀 문제가 없었다고 말이다. 모레인은 모조리 불탄 광장 주변 건물들에 대해 이야기했다. 그들은 보고 싶지 않은 것은 보이지 않는다는 듯 모든 것이 멀쩡하다고 고집을 부렸다.

어느 뚱뚱한 사람은 활기가 있는 듯하지만 공허한 목소리로 말했다. 그는 등 뒤에서 소리가 들릴 때마다 뺨을 움찔거렸다. 그는 계속 사라지려는 미소를 억지로 지은 채 램프가 넘어지면서 불이 났고 누가 손쓸 사이도 없이 그 불이 바람을 타고 번졌다고 주장했다. 나이니브는 주위를 한 번 둘러본 것만으로도 불탄 건물 중 나란히 서 있는 건물은 하나도 없다는 것을 알 수 있었다.

사람마다 다른 이야기를 했다. 몇몇 여자들은 공범이라도 된 것처럼 목소리를 낮췄다. 사실은, 마을의 어떤 남자가 일원력을 가지고 장난을 쳤다는 것이다. 그녀는 아이즈 세다이를 개입시킬 때라고 했다. 남자들이야 타 발론에 대해 뭐라고 말할지 몰라도, 자기들 생각에는 이미 그럴 때가 지났다고 했다. 적색의 아자가 문제를 해결하게 하자는 것이었다.

어떤 남자는 노상강도들이 공격했다고 했고, 또 다른 남자는 어둠의 친구들이 폭동을 일으켰다고 했다. "가짜 드래건을 만나러 가려는 자들 말이에요." 그가 음침하게 털어놓았다. "놈들이 사방에 있습니다. 모두가 어둠의 친구들이에요."

또 다른 사람들은 배를 타고 강을 따라 내려온 어떤 골칫거리가 있었다고 했다. 정확히 어떤 문제인지에 대해서는 얼버무렸다.

"우리가 본때를 보여줬어요." 긴 얼굴의 남자가 초조한 듯 손을 문지르며 중얼거렸다. "그런 건 변방에, 그것들이 속한 곳에 잡아 두라고. 우리는 부두로 내려가서……." 그는 이에서 딱 소리가 날 정도로 갑작스럽게 말을 끊더니 다른 말은 한마디도 없이 서둘러 떠났다. 일행이 자기를 따라올지도 모른다고 생각하는 것처럼 어깨 너머로 그들을 돌아보면서 말이다.

문제의 배는 겨우 하루 전, 폭도들이 부두로 밀려들 때 밧줄을 끊고 하류로 도망쳤다. 이 점만은 다른 사람들을 통해 결국 사실로 확인되었다. 나이니브는 에그웨인과 소녀들이 그 배에 타고 있었을지 궁금했다. 한 여자가 그 배에 방랑 시인이 타고 있었다고 말했다. 그게 톰 머릴린이었다면…….

나이니브는 모레인에게 의견을 말해 보았다. 에먼즈 필드 사람 몇 명이 그 배를 타고 도망쳤을지 모른다고 말이다. 아이즈 세다이는 나이니브가 말을 마칠 때까지 인내심 있게 고개를 끄덕이며 귀 기울였다.

"그럴 수도 있죠." 이어 모레인이 말했다. 하지만 별로 믿지 않는 목소리였다.

광장에는 무너지지 않은 여관이 하나 있었다. 휴게실이 어깨높이의 벽을 따라 둘로 나뉘어 있는 여관이었다. 모레인은 여관에 들어가 잠시 멈추더니 손으로 공기를 느껴 보았다. 무언가 느껴지는지 미소를 지었지만, 아무 말도 하지 않았다.

일행은 조용히 식사했다. 침묵은 일행의 탁자만이 아니라 휴게실 전체에 퍼져 있었다. 그곳에서 식사하는 몇 안 되는 사람들은 각자의 접시와 생각에만 집중했다. 앞치마 가장자리로 탁자의 먼지를 털던 여관 주인은 계속해서 혼잣말을 중얼거렸지만, 목소리가 너무 낮아 들리지 않았다. 나이니브는 이곳에서 자는 것이 별로 기분 좋은 일은 아닐 거라고 생각했다. 공기조차 두려움으로 묵직했다.

일행이 마지막 빵 조각으로 깨끗하게 닦아 낸 접시를 밀어 냈을 때쯤에는 빨간 제복을 입은 병사 한 명이 문 앞에 나타났다. 뾰족한 헬멧과 광을 낸 판금 갑옷을 입고 있어 반짝반짝하게 보였다. 그는 문 바로 안쪽에서 자세를 잡았다. 칼 손잡이에 손을 얹고 엄격한 표정을 지으며 손가락으로 지나치게 꽉 조이는 목깃을 느슨하게 했다. 그 모습을 보니 나이니브는 마을 위원에 어울리는 행동을 하려고 애쓰는 센 부이가 떠올랐다.

란이 그를 힐끗 보더니 코웃음 쳤다. "민병대로군. 쓸모없긴."

병사는 휴게실 건너편을 바라보았다. 그의 시선이 일행에게 닿았다. 그는 망설이다가 심호흡을 하고 쿵쿵거리며 다가왔다. 그는 일행에게 누구이며 화이트브리지에는 왜 왔느냐고, 얼마나 머물 작정이냐고 쏟아 내듯 빠르게 물었다.

"맥주만 다 마시면 갈 거요." 란이 말했다. 그는 천천히 술을 한 모금 더 마시더니 고개를 들어 병사를 보았다. "빛이 선하신 여왕 무어게이즈를 비추시길."

빨간 제복을 입은 남자는 입을 열었다가 란의 눈을 찬찬히 들여다보고 물러섰다. 그는 모레인과 나이니브를 힐끗 보더니 즉시 동작을 멈추었다. 나이니브는 잠깐 그가 두 여자 앞에서 겁쟁이 같은 모습을 보이기 싫어 어리석은 짓을 할 거라고 생각했다. 나이니브의 경험상 남자들은 그런 식으로 바보가 되는 일이 많았다. 하지만 화이트브리지에서는 너무 많은 일이 벌어졌다. 남자들의 머릿속 저장고에서 너무도 많은 불확실성이 풀려나왔다. 민병대원은 란을 돌아보더니 다시 생각을 고쳐먹었다. 수호자의 단단하고 평평한 얼굴은 무표정했다. 하지만 그에게는 차갑고 푸른 두 눈이 있었다. 너무도 차가운 눈이.

민병대원은 짧게 고개를 끄덕이는 것으로 만족했다. "꼭 그러길 바라지. 요즘은 낯선 이들이 너무 많아서 여왕님의 평화에 도움이 되지 않으니." 그는 휙 돌아서서 다시 쿵쿵대며 나갔다. 나가는 길에는 그 완고한 표정을 연습했다. 여관의 지역민들은 아무도 눈치채지 못했다.

"우린 어디로 가오?" 나이니브가 수호자에게 물었다. 휴게실 분위기 때문에 목소리를 낮추고 있었지만, 잊지 않고 단호한 말투로 말했다. "그 배를 따라갑니까?"

란은 모레인을 보았고, 모레인은 살짝 고개를 저으며 말했다. "일단은 확실히 찾을 수 있는 사람을 찾아야겠죠. 현재로서 그 사람은 우리 북쪽 어딘가에 있어요. 어쨌든, 다른 둘도 그 배를 타고 가지는 않았을 것 같고." 만족스럽다는 듯한 작은 미소가 그녀의 입술에 닿았다. "그 둘은 이 방에, 아마 어제까지 있었을 거예요. 길어도 이틀은 넘지 않았어요. 겁을 먹기는 했지만 살아서 떠났습니다. 그렇게 강한 감정을 느끼지 않았다면 흔적이 남지 않았을 거예요."

"둘이라면 누굽니까?" 나이니브가 탁자 위로 몸을 숙이며 흥분해서 물었다. "아시오?" 아이즈 세다이는 고개를 저었다. 그 동작에는 감정이 거의 섞여 있지 않았다. 나이니브는 물러나 앉았다. "그 애들이 겨우 하루 이틀 앞서 있다면 그 둘부터 찾으러 가지 그러시오?"

"난 그 둘이 여기에 있었다는 걸 알아요." 모레인은 견디기 어려울 만큼 침착한 특유의 목소리로 말했다. "하지만 그것 말고는 그들이 동쪽으로 갔는지, 아니면 북쪽이나 남쪽으로 갔는지 모릅니다. 둘이 케임린이 있는 동쪽으로 갈 만큼 똑똑했으리라고 믿지만 모르겠어요. 둘의 징표가 없는 만큼 914미터 안에 들어가지 않는 한 그들의 위치를 알 수도 없을 테고요. 두려움에 발걸음을 서둘렀다면 이틀 동안 어느 방향으로든 37킬로미터, 아니 73킬로미터는 갈 수 있었을 겁니다. 이곳을 떠날 때 둘은 확실히 두려워하고 있었고요."

"하지만……."

"현자님, 둘이 아무리 겁을 먹었다 해도, 어느 방향으로 도망쳤다 해도 둘은 결국 케임린을 기억할 겁니다. 나는 케임린에서 그 둘을 찾을 테고요. 하지만 일단은 내가 찾을 수 있는 사람을 도울 거예요."

나이니브가 다시 입을 열었지만 란이 조용한 목소리로 말을 잘랐다. "그 둘에게는 두려워할 이유가 있었습니다." 그는 주위를 둘러보더니 목소리를 낮추었다. "여기에 반인이 있었습니다." 그는 광장에서 그랬듯 인상을 썼다. "지금도 사방에서 놈의 냄새가 납니다."

모레인이 한숨을 쉬었다. "놈이 사라졌다는 걸 알 때까지는 희망을 품도록 하죠. 어둠의 존재가 이토록 쉽게 이길 수 있다고는 믿지 않겠습니다. 나는 세 사람 모두를 잘 살아 있는 상태로 찾아낼 거예요. 그럴 수 있을 거라 믿어야 해요."

"나도 애들을 찾고 싶소." 나이니브가 말했다. "하지만 에그웨인은? 에그웨인 얘기는 아직 꺼내지도 않는군요. 내가 물으면 무시하고. 난 당신이 에그웨인을……." 나이니브는 다른 탁자들을 힐끗 보고 목소리를 낮추었다. "타 발론으로 데려가려는 줄 알았소."

아이즈 세다이는 탁자 위를 잠시 살피더니 고개를 들어 나이니브와 눈을 마주쳤다. 그때, 나이니브는 거의 모레인의 눈을 빛나게 하는 듯한 번뜩이는 분노에 놀라 멈칫했다. 그다음에는 나이니브 자신의 분노가 솟구치면서 등이 뻣뻣해졌다. 하지만 그녀가 뭐라 말하기도 전에 아이즈 세다이가 차갑게 말했다.

"난 에그웨인도 잘 살아 있는 상태로 찾고 싶어요. 그렇게 큰 능력을 가진 젊은이를 발견했는데 쉽게 포기하지는 않습니다. 하지만 물레가 잣는 대로 이루어지겠죠."

나이니브는 배 속 깊은 곳에 차가운 덩어리가 맺히는 것을 느꼈다. **나도 당신이 포기하지 않겠다는 그 젊은이 중 하나요? 어디 두고 보겠소, 아이즈 세다이. 빛이 당신을 불태우기를. 두고 봅시다!**

식사는 조용한 가운데 마무리되었다. 성문을 지나 케임린 대로를 따라갈 때도 세 사람은 조용했다. 모레인의 두 눈이 북동쪽 지평선을 살폈다. 일행의 등 뒤에는 연기로 얼룩진 화이트브리지 마을이 웅크리고 있었다.

29장 연민 없는 눈

일라이아스는 방랑자들과 보낸 시간을 보상하려는 듯 무리하게 속도를 내며 갈색 풀이 나 있는 평지를 나아갔다. 땅거미가 깊어지자 벨라조차 멈추게 된 것을 다행스럽게 여겼다. 일라이아스는 그렇게 서두르면서도 전에 없이 주위를 철저히 경계했다. 밤이면 일행은 땅에 이미 죽은 나무가 있을 때에만 불을 피웠다. 일라이아스는 살아 있는 나무에서는 잔가지 하나도 꺾지 못하게 했다. 일라이아스가 피운 불은 작았고, 늘 그가 들어낸 뗏장에 조심스럽게 파 둔 구덩이로 감추어져 있었다. 일라이아스는 식사가 준비되는 대로 숯을 파묻고 잔디를 원래대로 돌려놓았다. 일행은 동트기 전, 하늘이 잿빛으로 희미하게 밝아 왔을 때 다시 길을 떠났다. 그 전에, 일라이아스는 야영지를 한 뼘 한 뼘 훑어보며 누군가가 그 자리에 있었다는 흔적이 남지 않았는지 확인했다. 심지어 뒤집힌 돌을 바로잡고 굽어진 잡초를 펴 놓기도 했다. 일라이아스는 동작이 빨라서 이런 일을 하는 데 몇 분 이상 걸리지 않았고, 일행은 일라이아스가 만족할 때까지 떠나지 않았다.

페린은 아무리 경계해 봐야 꿈을 막는 데는 별 소용이 없으리라고 생각했다. 하지만 경계해서 막을 수 있는 존재가 과연 무엇일까 생각하자 문제가 되는 것이 꿈밖에 없었으면 좋겠다는 생각이 들었다. 처음에 에그웨인은 트롤록들이 돌아왔느냐고 불안하게 물었지만, 일라이아스는 고개를 저으며 갈 길을 재촉할 뿐이었다. 페린은 아무 말도 하지 않았다. 그는 가까운 곳에 트롤록들이 없다는 것을 알고 있었다. 늑대들은 오직 풀과 나무와 작은 동물들의 냄새만을 맡았다. 일라이아스를 움직이는 것은 트롤록들에 대한 두려움이 아니라, 일라이아스 자신조차 확실히 모르는 다른 무언가였다. 늑대들도 그 정체를 몰랐다. 다만 그들은 일라이아스의 다급한 경계심을 느끼고 위험이 바로 뒤에서 따라오고 있거나 다음번 언덕 너머에서 기습하려고 대기하고 있다는 듯 주위를 정찰했다.

그들이 가는 길은 길게 굽이치는 물마루를 가로질렀다. 물마루라고 한 이유는 언덕이라고 하기에는 너무 낮았기 때문이다. 악취가 나는 잡초가 군데군데 심겨 있는 거친 풀밭이 지금까지도 겨울에 말라붙어 있었다. 183킬로미터를 지나는 동안 아무런 방해도 받지 않고 불어온 동풍으로 그 풀밭이 물결쳤다. 나무 덤불은 점점 더 듬성듬성해졌다. 태양은 머뭇거리며 아무 온기 없이 떠올랐다.

일라이아스는 땅딸막한 물마루 중 가장 낮은 곳만을 최대한 따라갔으며, 가능한 한 언덕 꼭대기를 피했다. 그는 거의 입을 열지 않았고, 말을 할 때면…….

"이런 식으로 빌어먹을 조그만 언덕들을 전부 다 돌아가려면 얼마나 오래 걸리는지 아냐? 피와 재 같으니! 너희를 내 손에서 놔 버리려면 여름까지는 기다려야겠구나. 아니, 그냥 곧장 나아갈 수는 없다! 대체 몇 번이나 말해 줘야 하는 거냐? 이런 지역에서 산등성이에 서 있으면 사람이 얼마나 두드러지게 보이는지 알긴 하냐? 태워 죽일, 앞으로 가는 건지 앞뒤로 왔다 갔다 하는 건지 모르겠다. 뱀처럼 꿈틀거리고 있단 말이다. 발이 묶여 있어도 이것보다는 빨리 갈 수 있겠어. 뭐, 날 쳐다보고 있을 셈이냐? 아니면 걸을 테냐?"

페린은 에그웨인과 시선을 주고받았다. 에그웨인은 일라이아스의 등 뒤에 혀를 쏙 내밀었다. 둘 다 아무 말도 하지 않았다. 에그웨인은 딱 한 번 언덕을 빙빙 돌아가고 싶어 하는 사람은 일라이아스이니 탓하지 말라고 항의했는데, 그때 돌아온 것은 소리가 얼마나 멀리까지 들리는지 아느냐는 훈계였다. 그 훈계는 2킬로미터 떨어진 곳에서도 들릴 법한 으르렁거리는 소리로 이루어졌다. 일라이아스는 어깨 너머로 그렇게 훈계하면서 속도조차 늦추지 않았다.

말을 할 때든, 하지 않을 때든 일라이아스는 두 눈으로 주위 사방을 살폈다. 때로는 언제나 똑같은 발밑의 거친 풀 말고 무언가가 있는지 살피는 것 같았다. 일라이아스가 뭘 봤는지는 모르겠지만, 페린에게는 아무것도 보이지 않았다. 늑대들도 아무것도 못 보기는 마찬가지였다. 일라이아스의 이마에만 고랑이 몇 줄 더 파였다. 그러나 그는 왜 서둘러야 하는지, 무엇에 쫓기는 것이 두려운지 설명하지 않았다.

때로는 평소보다 긴 물마루가 길을 가로막으며 동서로 수 킬로미터씩 뻗어 갔다. 일라이아스조차 그런 물마루를 돌아가려면 진로에서 너무 멀리 벗어나게 된다는 것을 인정할 수밖에 없었다. 하지만 일라이아스는 언덕을 그냥 넘어갈 수는 없다고 했다. 그는 일행을 비탈 맨 아랫부분에 남겨 놓고, 엎드려서 물마루 꼭대기까지 기어 올라간 다음 10분 전 늑대들이 정찰한 곳을 아예 정찰한 적 없었다는 듯 신중하게 살펴보았다. 물마루 아래에서 기다리자면 1분이 1시간 같았다. 아무것도 모른다는 사실에 압박감이 느껴졌다. 에그웨인은 입술을 씹으며 에이람이 준 구슬을 손가락으로 달그락거렸다. 페린은 끈질기게 기다렸다. 구역질이 느껴질 만큼 배 속이 뒤틀렸지만, 표정을 침착하게 유지하며 마음속에 감춰진 소란을 관리했다.

위험하면 늑대들이 경고할 거야. 늑대들이 떠나 버리면……. 그냥 사라져 주면 참 좋겠지만 당장은……. 당장은 늑대들이 경고해 줄 거야. 일라이아스는 무엇을 찾는 거지? 대체 무엇을?

일라이아스는 물마루 위로 눈만 빠끔 내민 채 오랫동안 주위를 살핀 뒤 그들에게 오라고 손짓했다. 그때마다 앞에는 아무것도 없었다. 그러다가 돌아갈 수 없는 다른 물마루가 또 나왔다. 그런 물마루를 세 번째로 만나자 페린은 배 속이 철렁했다. 목구멍으로 시큼한 분노가 치밀었다. 오 분이라도 기다려야 한다면 토할 것이 분명했다. "저도……." 페린이 침을 삼켰다. "저도 갈래요."

"자세 낮춰라." 일라이아스는 그렇게만 말했다.

일라이아스가 말하는 순간에 에그웨인이 벨라에서 뛰어내렸다.

모피를 걸친 남자는 둥근 모자를 푹 눌러쓰더니 챙 아래로 에그웨인을 바라보았다. "저 암말도 기어갈 거라고 생각하는 거냐?" 일라이아스가 딱딱하게 말했다.

에그웨인은 입을 움직였지만 아무 소리도 내지 않았다. 결국 그녀는 어깨를 으쓱했고, 일라이아스는 다른 말 없이 돌아서더니 평탄한 비탈을 기어오르기 시작했다. 페린이 서둘러 그 뒤를 따랐다.

일라이아스는 물마루 꼭대기에 이르기 한참 전에 땅을 가리키더니 땅에 몸을 바짝 붙이고 마지막 몇 미터를 꿈틀꿈틀 기어갔다. 페린도 철퍽 엎드렸다.

꼭대기에서, 일라이아스는 모자를 벗고 아주 느리게 고개를 들었다. 페린은 가시투성이 잡초 덤불 너머를 내다보았다. 똑같이 펼쳐진 평원만이 보였다. 내리막은 텅 비어 있었다. 물마루에서 남쪽으로 1킬로미터쯤 떨어진 공터에 폭 91미터 정도의 작은 숲이 있을 뿐이었다. 늑대들이 이미 그곳을 살폈다. 트롤록이나 머드랄의 흔적은 그들의 후각에 걸리지 않았다.

페린에게 보이는 대로라면 땅은 동쪽으로든, 서쪽으로든 똑같았다. 구불구불한 초원과 널리 흩어져 있는 작은 숲뿐이었다. 아무것도 움직이지 않았다. 늑대들은 2킬로미터 이상 앞서 나가 보이지 않는 곳에서 움직이고 있었다. 이 정도 거리에서는 그들의 존재가 거의 느껴지지 않았다. 늑대들은 이 지역에서 아무것도 보지 못했다. **일라이아스는 무엇을 찾는 거지? 아무것도 없잖아**.

"시간 낭비예요." 페린이 일어서려 하며 말했다. 그때 아래쪽 숲에서 갈까마귀 떼가 튀어나왔다. 쉰 마리, 100마리의 검은 새들이 소용돌이를 그리며 하늘로 날아올랐다. 새들이 숲 위로 밀려드는 동안 페린은 얼어붙은 채 웅크리고 있었다. **어둠의 존재가 보낸 눈이야. 놈들이 날 봤을까?** 페린의 얼굴에서 땀이 뚝뚝 떨어졌다.

한 가지 생각이 100개의 작은 머릿속에 갑자기 타오르기라도 한 듯, 모든 갈까마귀가 갑자기 똑같은 방향으로 날카롭게 진로를 꺾었다. 남쪽이었다. 새 떼는 다음 언덕에서 하강하기 시작해 사라졌다. 동쪽의 또 다른 숲이 더 많은 갈까마귀들을 토해 냈다. 검은 덩어리가 두 차례 빙글 돌더니 남쪽으로 향했다.

페린은 몸을 떨며 천천히 땅에 엎드렸다. 뭔가 말하려 했지만 입이 너무 말라 있었다. 잠시 후 그는 간신히 침을 조금 만들어 낼 수 있었다. "저게 두려웠던 거예요? 왜 아무 말도 안 했어요? 왜 늑대들은 저걸 못 본 거죠?"

"늑대들은 숲속을 별로 살피지 않는다." 일라이아스가 으르렁거렸다. "그리고 나 역시 저걸 찾고 있던 건 아니야. 말했잖느냐, 나도 뭔지 잘 모르……." 서쪽 멀리서 또 하나의 검은 구름이 덤불숲 위로 솟아오르더니 남쪽으로 날아갔다. 새 한 마리, 한 마리를 알아볼 수 없을 정도로 먼 거리였다. "규모가 크지는 않구나. 빛에 감사할 일이지. 놈들은 모르고 있어. 심지어……." 일라이아스는 고개를 돌려 지나온 길을 바라보았다.

페린은 침을 삼켰다. 일라이아스는 '그 꿈을 꾼 뒤에도'라고 말하려는 것이었다. "규모가 크지는 않다고요?" 페린이 말했다. "고향에서는 일 년 내내 저렇게 많은 갈까마귀를 본 적이 없어요."

일라이아스가 고개를 저었다. "나는 변방에서 1000마리로 이루어진 갈까마귀 떼도 본 적이 있다. 그렇게 자주 본 건 아니지만—변방에서는 지금도 갈까마귀를 잡으면 포상금을 주니까—그런 일이 있긴 있었어." 일라이아스는 여전히 북쪽을 보고 있었다. "자, 이제 조용히 해라."

페린은 일라이아스가 먼 곳에 있는 늑대들에게 가닿으려 한다는 것을 느꼈다. 일라이아스는 대플과 동료들이 정찰을 중지하고 서둘러 돌아와 지나온 길을 확인해 주기를 바랐다. 긴장하자 안 그래도 여윈 일라이아스의 얼굴이 더욱 당겨지며 가늘어졌다. 늑대들이 너무 멀리 있어서 페린은 그들의 존재가 느껴지지도 않았다. **서둘러. 하늘을 봐. 서둘러.**

페린은 남쪽 먼 곳에서 들려온 응답을 희미하게 느꼈다. **간다.** 페린의 머릿속에서 어떤 모습이 문득 떠올랐다. 늑대들이 바람을 거스르며 서둘러 달려가고 있었다. 등 뒤에서 들불이 일어나기라도 한 것처럼 내달리고 있었다. 그러더니 그 모습이 즉시 사라졌다.

일라이아스가 몸을 웅크리고 심호흡했다. 그는 인상을 쓰며 산등성이를 내다보더니 다시 북쪽을 보고 숨죽인 채 구시렁거렸다.

“우리 뒤에 갈까마귀가 더 있을 거라고 생각해요?” 페린이 물었다.

“그럴 수도 있지.” 일라이아스가 모호하게 말했다. “그렇게 할 때가 있거든. 내가 아는 곳이 있는데, 어두워질 때쯤 거기에 도착할 수 있으면 좋겠다. 거기 도착하지 못하더라도, 어쨌든 완전히 어두워질 때까지는 계속 움직여야 해. 하지만 내가 원하는 만큼 빨리 움직일 수는 없을 거다. 우리를 앞서간 갈까마귀들과 너무 가까워질 수는 없어. 하지만 우리 뒤에도 놈들이 있다면…….”

“어두운 게 왜 중요한데요?” 페린이 말했다. “어딜 간다는 거예요? 갈까마귀들한테서 안전한 곳인가요?”

“갈까마귀들한테서는 안전하지.” 일라이아스가 말했다. “하지만 너무 많은 사람이 그곳을 알고 있어서……. 갈까마귀들은 밤에 쉰다. 어두울 때 놈들에게 들킬 걱정은 하지 않아도 돼. 어두울 때 걱정하는 건 빛께서 갈까마귀를 보낼까 봐 걱정하는 거나 마찬가지야.” 일라이아스는 물마루 너머를 한 번 더 살피더니 일어서서 에그웨인에게 벨라를 데리고 올라오라고 손짓했다. “하지만 어두워질 때까지는 시간이 많이 남았다. 움직여야 해.” 일라이아스는 어기적거리며 언덕의 긴 비탈을 달려 내려가기 시작했다. 한 걸음 한 걸음이 넘어지기 직전에 그를 붙잡는 듯했다. “움직여라, 태워 죽일!”

페린은 반쯤은 달리고 반쯤은 미끄러지며 일라이아스를 따라 움직였다.

에그웨인이 그들을 따라 물마루 꼭대기에 올라왔다. 그녀는 벨라의 옆구리를 차며 빠르게 다가왔다. 두 사람을 본 에그웨인의 얼굴에 안도의 미소가 꽃피었다. “무슨 일이에요?” 에그웨인은 털이 덥수룩한 암말에게 일행을 따라잡으라고 재촉하며 외쳤다. “그런 식으로 둘이 사라졌을 때 난……. 무슨 일이 있었던 거예요?”

달려가던 페린은 에그웨인이 다가올 때까지 숨을 아끼느라 대답하지 않았다. 그는 갈까마귀와 일라이아스의 피신처에 대해 설명했지만, 일관성이 없는 이야기였다. 페린이 쉰 목소리로 "갈까마귀!"라고 소리친 이후로 에그웨인은 계속해서 말을 끊고 질문을 던졌다. 페린으로서는 거의 대답할 수 없는 질문들이었다. 페린은 다음 물마루에 도착할 때까지도 설명을 마치지 못했다.

평소 같으면—이 여행을 조금이라도 평범하다고 할 수 있다면 말이지만—그들은 이번 물마루도 넘어가기보다는 돌아갔을 것이다. 하지만 일라이아스는 어쨌든 정찰을 해야 한다고 고집을 부렸다.

"그냥 놈들이 있는 곳 한가운데로 들어가고 싶다는 거냐, 꼬마야?" 일라이아스는 퉁명스럽게 말했다.

에그웨인은 물마루 꼭대기를 바라보며 입술을 핥았다. 이번에는 자기가 일라이아스와 함께 가고 싶어 하는 듯했다. 한편으로는 지금 이곳에 그대로 머물러 있고 싶어 하는 것 같기도 했다. 그러나 일라이아스는 전혀 망설이지 않고 페린을 데려갔다.

페린은 갈까마귀들이 방향을 바꾸어 돌아오기도 하는지 궁금해졌다. 갈까마귀 떼와 동시에 물마루 꼭대기에 도착하면 참 대단한 일이 벌어질 터였다.

꼭대기에 도착한 페린은 간신히 물마루 너머가 보일 만큼만 고개를 살짝 들고, 서쪽으로 조금 떨어진 곳에 있는 덤불숲 말고는 아무것도 보이지 않자 안도의 한숨을 쉬었다. 갈까마귀는 보이지 않았다. 갑자기 숲에서 여우 한 마리가 뛰쳐나와 세차게 달렸다. 갈까마귀들이 나뭇가지에서 쏟아져 나와 그 여우를 쫓았다. 갈까마귀의 날갯소리가 여우의 처절한 울음소리를 거의 삼켜 버렸다. 검은 소용돌이가 곤두박질쳐 여우의 주변을 휘돌았다. 여우는 갈까마귀들을 향해 이빨을 딱딱거렸지만, 갈까마귀들은 아무런 영향도 받지 않은 채로 쏜살같이 다가왔다가 멀어졌다. 검은 부리들이 물에 젖은 것처럼 번들거렸다. 여우는 숲 쪽으로 방향을 돌려 안전한 보금자리로 돌아가려 했다. 이제 녀석은 털이 피로 젖어 검어진 채로 고개를 숙이고 어색하게 움직였다. 갈까마귀들은 그 주변에서 날개를 쳤다. 한 번에 달려드는 까마귀 숫자가 점점 더 많아졌다. 퍼덕이는 덩어리가 점점 더 빽빽해진 끝에 여우가 완전히 가려졌다. 갈까마귀들은 하강했을 때처럼 급작스럽게 날아올라 방향을 틀더니 남쪽의 다른 물마루 위로 사라졌다. 여우는 찢긴 모피로 이루어진 보기 흉한 덩어리가 되었다.

페린이 꿀꺽 침을 삼켰다. **빛이여! 우리한테도 저런 일이 일어날 수 있어. 갈까마귀 100마리라니. 놈들은…….**

"움직여." 일라이아스가 불쑥 일어서며 낮게 말했다. 그는 에그웨인에게 가까이 오라고 손짓하더니 기다리지도 않고 숲을 향해 종종걸음 치기 시작했다. "태워 죽일, 움직이라고!" 그가 어깨 너머로 소리쳤다. "움직여!"

에그웨인은 벨라를 타고 빠르게 달려 물마루를 넘은 다음 비탈 맨 밑에 이르기 전에 두 사람을 따라잡았다. 설명할 시간은 없었지만, 에그웨인의 눈도 여우를 바로 알아보았다. 그녀의 얼굴이 눈처럼 하얗게 질렸다.

일라이아스가 숲에 이르더니 덤불숲 가장자리에서 방향을 틀고 일행에게 서두르라며 힘차게 손짓했다. 페린은 더 빨리 달리려다가 휘청거렸다. 그는 팔을 휘저으며 얼굴을 땅에 처박기 직전에 자세를 바로잡았다. **피와 재 같으니! 최대한 빨리 뛰고 있다고요!**

갈까마귀 한 마리가 덤불숲에서 날갯짓하며 나왔다. 놈은 그들 쪽으로 고개를 기울이더니 까악 울고, 휙 돌아 남쪽으로 날아갔다. 페린은 이미 늦었다는 것을 알았지만 허리춤을 더듬어 새총을 꺼냈다. 갈까마귀가 허공에서 갑자기 몸을 뒤틀더니 땅으로 곤두박질쳤을 때도 페린은 여전히 주머니에서 돌을 꺼내 새총에 재려 하고 있었다. 페린의 입이 쩍 벌어졌다. 그때, 그는 에그웨인의 손에 대롱거리는 새총을 보았다. 에그웨인은 불안한 듯 페린을 보며 미소 지었다.

"거기 서서 발가락 숫자라도 세어 보겠다는 거냐!" 일라이아스가 소리쳤다.

페린은 퍼뜩 정신을 차리며 숲속으로 서둘러 들어간 뒤 에그웨인과 벨라에게 짓밟히지 않도록 펄쩍 뛰어 길을 비켰다.

서쪽 멀리, 거의 보이지 않는 곳에서 검은 수증기처럼 보이는 것이 허공으로 떠올랐다. 페린은 늑대들이 그쪽을 지나 북쪽으로 향하는 것을 느꼈다. 늑대들이 속도를 늦추지 않은 채 달려가며 주변의 갈까마귀들을 알아차리는 것이 느껴졌다. 검은 수증기는 늑대들을 쫓는 것처럼 북쪽으로 날아가며 소용돌이를 일으키더니 갑자기 방향을 틀어 남쪽으로 빠르게 이동했다.

"우리를 봤을까요?" 에그웨인이 물었다. "우린 이미 숲에 들어와 있었잖아요. 저 멀리서 우리를 볼 수는 없죠. 아닌가요? 저렇게 멀리서는 못 볼 거예요."

"우리도 이 거리에서 놈들을 봤다." 일라이아스가 건조하게 말했다. 페린은 불안해서 몸을 움직였고 에그웨인은 두려움에 숨을 삼켰다. "놈들이 우리를 봤다면," 일라이아스가 으르렁거렸다. "그 여우에게 덤벼든 것처럼 우리에게 덤벼들었을 거다. 살아 있고 싶으면 머리를 굴려라. 두려움을 다스리지 못하면 그 두려움 때문에 죽게 된다." 꿰뚫어 보는 듯한 일라이아스의 시선이 페린과 에그웨인 각자에게 잠시 머물렀다. 마침내 그가 고개를 끄덕였다. "이젠 사라졌다. 우리도 떠나야 해. 새총을 가까이 둬라. 다시 쓸모가 있을지도 모른다."

덤불숲에서 나온 일라이아스는 그간 따라오던 길에서 서쪽으로 방향을 틀었다. 페린의 목구멍에 자꾸 숨이 걸렸다. 일행은 꼭 마지막으로 본 갈까마귀들을 좇아가는 것만 같았다. 일라이아스는 지치지 않고 계속 움직였고, 페린과 에그웨인으로서는 그를 따라가는 수밖에 없었다. 어쨌든 일라이아스는 안전한 곳을 안다고 했다. 어딘가에 그런 곳이 있다고.

그들은 다음 언덕으로 달려간 다음 갈까마귀들이 움직일 때까지 기다렸다가 다시 달리고, 기다렸다가 또 달렸다. 큰 변동 없이 비슷한 속도로 달려온 것만으로도 몸이 지쳤는데, 멈췄다가 달리기를 반복하는 이런 식의 이동은 더욱 힘들었다. 기운이 빠지지 않은 것은 일라이아스뿐이었다. 페린의 가슴이 들썩였다. 그는 일라이아스에게 탐색을 맡긴 채 언덕 꼭대기에 누워 몇 분 동안 공기를 꿀꺽꿀꺽 삼켰다. 벨라는 멈춰 설 때마다 고개를 숙이고 콧구멍을 벌름거렸다. 두려움이 그들을 채찍질해 나아가게 했다. 페린은 자기가 그 두려움을 다스리고 있는 것인지, 아닌지 알 수 없었다. 그저 늑대들이 등 뒤에 무엇이 있는지, 뭐가 있긴 한 것인지 말해 주기를 바랄 뿐이었다. 그게 무엇이든 간에.

앞에는 절대 보고 싶지 않을 만큼 많은 수의 갈까마귀들이 있었다. 왼쪽과 오른쪽에서, 또 남쪽에서 검은 새들이 너울처럼 밀려들었다. 덤불숲이라는 은신처나 얼마 있지도 않은 언덕의 피신처에 도착하자마자 갈까마귀들이 하늘을 훑은 경우가 10여 번이었다. 한번은 태양이 한낮의 정점에서 미끄러지기 시작했을 때, 그들이 가장 가까운 은신처로부터 1킬로미터 떨어진 탁 트인 곳에서 조각상처럼 얼어붙어 서 있는데 어둠의 존재가 보낸 깃털 달린 첩자 100마리가 동쪽으로 겨우 2킬로미터 떨어진 곳을 날아갔다. 바람이 부는데도 페린의 얼굴에서는 땀방울이 굴러 내렸다. 그런 뒤 마지막 검은 형체가 작아져 한 점이 되었다가 사라졌다. 뒤처진 갈까마귀를 몇 마리나 새총으로 쏘아 떨어뜨렸는지 이제는 헤아릴 수도 없었다.

페린은 갈까마귀들이 지나온 길을 보고 자신이 품은 두려움에 이유가 있다는 증거를 수없이 발견했다. 그는 메스껍지만 매료된 채로 조각조각 찢긴 토끼 한 마리를 바라보았다. 눈이 없는 머리가 똑바로 서 있었고, 다리나 내장과 같은 다른 부위는 그 주변에 원 비슷한 것을 그리며 흩어져 있었다. 새들도 아무 형체 없는 깃털 덩어리로 갈기갈기 찢겨 있었다. 여우도 두 마리 더 있었다.

란이 한 말이 기억났다. 어둠의 존재가 부리는 짐승들은 모두 살육을 즐긴다는 얘기였다. 어둠의 존재가 가진 권능이 죽음이었다. 만일 갈까마귀들이 그들을 발견한다면? 검은 구슬처럼 빛나는, 연민을 모르는 눈. 그들 주변에서 소용돌이치는 칼날 같은 부리. 피를 뽑아내는, 바늘처럼 날카로운 부리. 그런 부리가 100개는 있었다. **아니, 동족들을 더 많이 불러올 수도 있는 것일까? 혹시 모든 까마귀들이 사냥에 나선 것은 아닐까?** 역겨운 모습이 머릿속에 떠올랐다. 언덕만큼 커다란 갈까마귀들의 더미, 구더기처럼 부글부글 끓어오르는 새 떼가 갈기갈기 찢긴 피투성이 사냥감을 놓고 싸우는 모습.

갑자기 그 모습은 다른 상상에 쓸려 나갔다. 모든 모습은 잠깐 선명하게 떠올랐다가 빙빙 돌아 희미해지며 다른 장면으로 변했다. 늑대들이 북쪽의 갈까마귀들을 발견했다. 깍깍대는 새들이 곤두박질쳤다가 빙글 돌고 또 곤두박질쳤다. 그렇게 한 번 날아내릴 때마다 부리로 피를 뽑아냈다. 늑대들은 으르렁거리며 몸을 피하고 펄쩍 뛰었다. 허공에서 몸을 뒤틀고 이빨을 딱딱거렸다. 페린은 계속해서 깃털의 맛과 산 채로 뭉개진, 퍼덕거리는 갈까마귀들의 더러운 맛을 느꼈다. 피가 스며 나오는 상처의 고통이 온몸에서 느껴졌다. 결코 포기하지는 않을 것이다. 하지만 페린은 아무리 노력해도 충분하지 않다는 것을 절망적으로 깨달았다. 갈까마귀들은 갑자기 물러났다가 머리 위에서 방향을 틀더니 마지막으로 분노의 비명을 지르며 늑대들에게 덤벼들었다. 늑대들은 여우만큼 쉽게 죽지 않았다. 그들에게는 사명이 있었다. 검은 날개들이 한 차례 퍼덕이더니 사라졌다. 검은 깃털 몇 개가 죽은 까마귀들 위로 흔들흔들 떨어졌다. 바람이 페린의 왼쪽 앞다리에 난 상처를 핥았다. 하퍼의 눈 한쪽에 뭔가 문제가 생겼다. 대플은 자기 상처를 무시한 채 다른 늑대들을 모아들였고, 늑대들은 갈까마귀들이 떠난 방향을 향해 고통스럽고도 느리게 달려갔다. 털가죽에 피가 엉겼다. **우리가 간다. 우리 앞에 위험이 간다.**

페린은 비틀비틀 종종걸음 치며 일라이아스와 눈짓을 주고받았다. 남자의 노란 눈은 무표정했다. 하지만 그도 아는 것이 분명했다. 일라이아스는 페린을 지켜보며 기다릴 뿐 아무 말도 하지 않았다. 그는 별로 힘들지 않은지 달려가는 속도를 유지했다.

날 기다리는 거야. 내가 늑대들을 느낄 수 있다는 것을 인정하기를 기다리고 있어.

"갈까마귀요." 페린은 마지못해 헐떡이며 말했다. "우리 뒤에 있어요."

"일라이아스 말이 맞았어." 에그웨인이 헛숨을 들이켰다. "너, 늑대들과 말할 수 있구나."

페린은 두 발이 나무 기둥 끝에 달린 쇳덩어리처럼 느껴졌지만 발을 더 빠르게 움직이려고 애썼다. 놈들의 눈보다, 갈까마귀들보다, 늑대들보다 빠르게 달릴 수 있다면 얼마나 좋을까. 그의 정체를 제대로 간파한 에그웨인의 시선보다 빠르게 달릴 수 있다면. **넌 대체 뭐야? 빛이여, 제 눈을 멀게 하소서! 저는 더럽혀졌습니다. 저주받았습니다!**

목구멍이 루한 스승님의 용광로에서 나온 연기와 열기를 들이마셨을 때보다도 심하게 탔다. 페린은 비틀거리며 에그웨인의 등자에 매달렸다. 결국 에그웨인이 내려와, 계속 갈 수 있다는 페린의 항의에도 그를 안장으로 밀어 올리다시피 했다. 하지만 머지않아 에그웨인도 달리며 등자를 붙잡았다. 그녀는 다른 손으로 치맛자락을 쥐고 있었다. 잠시 후 페린은 아직 다리가 후들거리는 채로 말에서 내렸다. 에그웨인에게 자리를 내주기 위해 그녀를 들어 올리다시피 해야 했지만, 에그웨인은 너무 지쳐서 페린에게 저항하지 못했다.

일라이아스는 속도를 늦추려 하지 않았다. 그는 일행을 재촉하고 조롱하고 주위를 탐색하며 남쪽으로 날아가는 갈까마귀 떼 뒤를 바짝 쫓도록 했다. 페린은 까마귀 한 마리가 뒤를 돌아보기만 하면 끝 아닌가 싶었다. "태워 죽일, 계속 움직여! 놈들이 우리를 따라잡으면 어쩌려고? 그 여우보다 잘해낼 수 있을 것 같으냐? 내장이 머리 위에 쌓여 있던 그 여우 말이다." 에그웨인은 비틀거리며 안장 바깥으로 몸을 내밀고 요란하게 토했다. "기억할 줄 알았다. 그냥 조금만 더 가면 돼. 그게 전부다. 조금만 더 가. 태워 죽일, 젊은 농부라기에 참을성이 있을 줄 알았더니. 낮 내내 일하고, 밤 내내 춤추고 말이다. 내가 보기에 너희는 낮 내내 잠을 자고 밤 내내 또 자는 것 같은데. 빌어먹을 발을 움직이란 말이야!"

그들은 마지막 갈까마귀가 다음 언덕 너머로 사라지고 최후의 낙오자들이 언덕 위에서 여전히 날갯짓을 하고 있을 때 언덕을 내려가기 시작했다. **한 마리만 뒤를 돌아보면.** 일행이 서둘러 언덕 사이의 트인 공간을 가로지르는 동안 동쪽과 서쪽에서는 갈까마귀들이 주위를 살피고 있었다. **한 마리만 뒤를 돌아보면 끝나는 거야.**

뒤쪽의 갈까마귀들이 빠르게 다가왔다. 대플을 비롯한 늑대들은 갈까마귀 떼를 우회하며 멈추어서 상처를 핥을 새도 없이 힘써 움직였다. 하지만 그들은 하늘을 살펴봐야 한다는 교훈을 제대로 배운 터였다. **얼마나 가깝지? 얼마나 멀지?** 늑대들에게는 인간과 같은 시간 개념이 없었다. 그들로서는 하루를 몇 시간으로 나눌 이유가 없었으니 말이다. 늑대에게 시간이란 계절만으로, 빛과 어둠만으로 충분했다. 그 이상은 필요하지 않았다. 결국 페린은 뒤쪽에서 갈까마귀들이 그들을 추월할 때쯤 태양이 하늘 어느 자리에 떠 있을지를 떠올렸다. 그는 어깨 너머로 지는 해를 돌아보고 마른 혀로 입술을 핥았다. 한 시간 뒤면, 아니, 어쩌면 한 시간도 채 지나지 않아 갈까마귀들이 일행을 따라잡을 터였다. 한 시간. 그리고 노을이 질 때까지는 두 시간이 족히 남아 있었다. 완전히 주위가 어두워질 때까지는 최소 두 시간이 걸릴 것이다.

해 질 때 죽게 될 거야. 페린은 비틀비틀 달려가며 생각했다. 여우처럼 도륙당할 것이다. 그는 도끼를 만지작거리다가 새총으로 손을 옮겼다. 새총이 더 쓸모 있을 테니까. 그래 봐야 충분하지는 않겠지만. 100마리의 갈까마귀를 상대로는, 100마리의 빠른 표적을 상대로는, 100개의 칼날 같은 부리를 상대로는 충분하지 않을 것이다.

"네가 말을 탈 차례야, 페린." 에그웨인이 지친 채 말했다.

"조금만 더 있다가." 페린이 헐떡였다. "난 아직 몇 킬로미터는 갈 수 있어." 에그웨인은 고개를 끄덕이며 안장에서 내려오지 않았다. **지쳤구나. 에그웨인한테 말해야 하나? 아니면 우리한테 탈출할 기회가 있다고 생각하게 놔둬야 하나? 아무리 절망적인 희망이라지만 한 시간이라도 희망을 품게 해야 할까? 아니면 한 시간 동안 절망을 느끼게 해야 하나?**

일라이아스가 다시 아무 말 없이 그를 바라보고 있었다. 일라이아스도 페린의 생각을 알 것이 틀림없는데 아무 말도 하지 않았다. 페린은 다시 에그웨인을 보며 눈을 깜빡여 뜨거운 눈물을 삼켰다. 그는 도끼를 만지작거리며 자신에게 그럴 용기가 있을지 고민했다. 마지막 순간에 갈까마귀들이 그들에게 내려올 때, 모든 희망이 사라졌을 때, 페린에게는 에그웨인이 여우와 같은 죽음을 맞지 않도록 해줄 용기가 있을까? **빛이여, 저를 강하게 하소서!**

앞의 갈까마귀들이 갑자기 사라지는 것처럼 보였다. 여전히 동쪽과 서쪽 먼 곳에서는 검은 안개 같은 구름이 보였지만, 앞에는…… 아무것도 없었다. **어디로 간 거지? 빛이여, 우리가 갈까마귀들을 따돌린 거라면…….**

갑자기 한기가 페린의 몸을 휩쓸었다. 한겨울에 와인스프링강에 뛰어든 것처럼 차갑고 깨끗한 얼얼함이었다. 그 느낌은 페린의 전신에 물결치며 피로를 일부 쓸어 내는 것 같았다. 두 다리의 통증과 탈 듯한 폐부의 고통도. 그 느낌은…… 무언가를 남겼다. 뭔지 말할 수는 없었다. 그저 기분이 달라졌을 뿐이다. 페린은 비틀거리며 멈춰 서서 겁에 질린 채 주위를 둘러보았다.

일라이아스가 그를, 일행 모두를 지켜보았다. 그의 눈이 반짝였다. 일라이아스는 이게 무엇인지 알고 있었다. 페린은 확신했다. 하지만 일라이아스는 그저 일행을 지켜볼 뿐이었다.

에그웨인이 벨라의 고삐를 끌고 들어와 잘 모르겠다는 듯 주위를 둘러보았다. 반은 궁금해하고 반은 두려워하는 표정이었다. "이거……. 이상한데요." 에그웨인이 속삭였다. "뭔가 잃어버린 것 같은 기분이 들어요." 심지어 암말조차 기대감에 찬 듯 고개를 들고 새롭게 깎은 건초의 희미한 향을 맡기라도 한 것처럼 콧구멍을 벌름거렸다.

"무슨……. 방금 뭐였죠?" 페린이 물었다.

일라이아스가 갑자기 낄낄댔다. 그는 어깨를 떨면서 허리를 숙이고 두 손으로 무릎을 짚었다. "안전. 안전이다. 우리가 해낸 거야, 이 멍청한 바보들아. 어떤 갈까마귀도 그 선을 넘지 못한다. ……아무튼, 어둠의 존재의 눈이 달린 갈까마귀는 말이야. 트롤록도 누가 시키지 않는 한 그 선을 넘지 않아. 트롤록에게 선을 넘으라는 명령을 내리게 하려면 머드랄도 애써야 하고. 아이즈 세다이도 마찬가지야. 일원력은 여기서 통하지 않는다. 여기서 아이즈 세다이는 진정한 근원에 닿을 수 없어. 심지어 근원을 느낄 수도 없다. 꼭 근원이 사라진 것처럼 말이야. 그래서 아이즈 세다이는 내면이 근질거리게 되지. 7일 동안 술을 마신 것처럼 몸이 떨릴 거다. 이게 안전이야."

페린이 보기에, 처음에는 주변이 그날 하루 종일 건너온 구불구불한 언덕이나 물마루와 다를 것 없이 보였다. 그런 다음에는 풀밭의 녹색 새싹이 보였다. 수가 많지는 않았다. 간신히 자라는 것 같았다. 하지만 페린이 본 어느 곳보다도 새싹의 수가 많기는 했다. 잡초가 적은 것도 사실이었다. 페린은 그게 대체 뭘지 상상할 수조차 없었지만, 이곳에는…… 무언가가 있었다. 일라이아스가 한 말이 왠지 기억을 간지럽혔다.

"뭔데요?" 에그웨인이 물었다. "제가 느끼는 건……. 여긴 뭐죠? 마음에 안 드는 것 같아요."

"**스테딩**이야." 일라이아스가 소리쳤다. "넌 이야기도 듣지 않는 거냐? 물론 세계의 파괴 이후 약 3000년 동안 이곳에는 오기어가 없었다. 하지만 **스테딩**이 오기어를 만드는 거지, 오기어가 **스테딩**을 만드는 게 아니니까."

"그건 그냥 전설이잖아요." 페린이 말을 더듬었다. 이야기에 나오는 **스테딩**은 언제나 아이즈 세다이로부터든 거짓말의 아버지가 소유한 짐승들로부터든 몸을 피할 곳, 숨을 곳이었다.

일라이아스가 허리를 폈다. 딱히 활기 넘치는 동작은 아니었지만 거의 하루 종일 뛰어다닌 티는 나지 않았다. "가자. 우린 그 전설이라는 것으로 더 깊이 들어가야 한다. 갈까마귀들은 우리를 따라올 수 없지만, 우리가 이렇게 스테딩의 가장자리와 가까운 곳에 있으면 놈들이 계속 우리를 볼 수 있다. 경계선 전체를 감시할 만큼 갈까마귀의 수가 많고. 놈들이 바로 옆에서 계속 우리를 사냥하게 놔둘 셈이냐?"

페린은 멈춰 선 이 자리에 그대로 머물고 싶었다. 다리가 후들거리며 1주일 동안 누워 있으라고 부탁하는 듯했다. 기운이 돌아오는 것을 느끼긴 했지만 잠깐뿐이었다. 모든 경계심과 통증이 돌아왔다. 페린은 억지로 한 발을, 또 한 발을 내디뎠다. 아무리 움직여도 쉬워지지 않았지만, 페린은 계속 움직였다. 에그웨인이 고삐를 철썩 내리쳐 벨라를 다시 움직이게 했다. 일라이아스는 전혀 힘들이지 않고 다시 천천히 달리기 시작했다. 그는 일행이 따라올 수 없다는 것이 명백해질 때만 속도를 늦추어 걸었다. 그래 봐야 빠른 걸음이었지만.

"여기서…… 머물면 안 돼요?" 페린이 헐떡였나. 그는 입으로 길고 괴롭게 숨을 쉬며 억지로 단어를 뱉어 냈다. "이게 정말…… **스테딩**이라면요. 우린 안전한 거예요. 트롤록도 없고. 아이즈 세다이도 없고. 그냥 여기에…… 머물면서…… 다 끝나길 기다리면 안 돼요?" **어쩌면 늑대들도 여기에는 들어오지 않을지 모르잖아요.**

"언제까지?" 일라이아스는 한쪽 눈썹을 치켜올리며 어깨 너머를 돌아보았다. "뭘 먹을 셈이냐? 말처럼 풀을 뜯을 거냐? 게다가 이곳에 대해 아는 다른 자들이 있다. 스테딩은 인간을 막지 못해. 그 인간이 아무리 나쁜 인간이라도 말이야. 게다가 지금도 물이 있는 곳은 한 곳뿐이다." 일라이아스는 불편한 듯 인상을 찡그리더니 제자리에서 한 바퀴 돌며 땅을 살폈다. 그런 다음 그는 고개를 저으며 혼자 중얼거렸다. 페린은 그가 늑대들을 부르는 것을 느꼈다. **서둘러. 서둘러.** "우리는 확률을 따지면서 여러 가지 악 중 하나를 선택하는 거야. 갈까마귀들은 확실한 악이고. 가자. 딱 2~4킬로미터만 가면 된다."

숨이 아깝지만 않았다면 페린은 신음했을 것이다.

거대한 바위가 나지막한 언덕 여기저기에 점점이 나타나기 시작했다. 불규칙한 잿빛 덩어리, 땅에 반쯤 파묻힌 이끼로 뒤덮인 돌. 그중 일부는 집채만큼 컸다. 블랙베리가 그물처럼 그 바위들을 덮었고, 나지막한 덤불이 바위 대부분을 반쯤 가렸다. 말라붙은 갈색 블랙베리와 덩굴 사이에서 홀로 돋아난 녹색 새싹이 이곳은 특별한 장소임을 알렸다. **스테딩**의 경계선 너머에서 땅에 상처를 입히는 것은 **스테딩**의 땅에도 상처를 입혔다. 그러나 그 상처는 바깥만큼 깊지 않았다.

마침내 그들은 낑낑대며 마지막 언덕을 하나 더 넘었다. 이번 언덕의 아랫부분에는 물웅덩이가 있었다. 일행 누구라도 단 두 걸음에 헤치고 지나갈 수 있는 웅덩이였지만, 모래가 깔린 바닥이 유리를 통해 보이듯 그대로 드러나는 맑고 깨끗한 물이기도 했다. 일라이아스까지도 신이 나서 서둘러 비탈을 내려갔다.

페린은 웅덩이에 도착하자 땅에 몸을 완전히 내던지고 머리를 담갔다. 잠시 후 그는 땅속 깊은 곳에서부터 흘러나와 고인 차가운 물에 캑캑대고 있었다. 페린은 머리를 털었다. 그의 기다란 머리카락이 물방울을 흩뿌렸다. 에그웨인이 미소 지으며 그에게 마주 물을 튀겼다. 페린의 눈이 차가워졌다. 에그웨인은 인상을 쓰며 입을 열었지만, 페린은 다시 물에 얼굴을 처박았다. **질문하지 마. 지금은 안 돼. 설명 못 해. 영원히.** 하지만 작은 목소리가 그를 놀렸다. **하지만 너라도 그랬을 거잖아?**

마침내 일라이아스가 웅덩이에서 나오라고 그들을 불렀다. "뭔가 먹고 싶다면 날 도와라."

에그웨인은 얼마 안 되는 음식을 준비할 때 웃고 농담을 건네며 즐겁게 일했다. 치즈와 말린 고기 말고는 아무것도 남아 있지 않았다. 사냥할 기회가 없었다. 최소한 차는 아직 남아 있었다. 페린도 자기 몫의 일을 했지만 침묵을 지켰다. 그는 자신에게 닿는 에그웨인의 시선을 느꼈고, 그녀의 얼굴에서 수심이 깊어지는 것을 보았다. 페린은 최대한 그녀의 시선을 피했다. 에그웨인의 웃음이 희미해졌고 농담도 드문드문해졌다. 모든 농담이 직전 농담보다 긴장되어 있었다. 일라이아스는 아무 말도 하지 않고 그 모습을 지켜보았다. 어둠침침한 분위기가 내려앉았고, 그들은 조용히 음식을 먹기 시작했다. 서쪽에서 태양이 붉어져 갔다. 그들의 그림자가 길고 가늘게 늘어졌다.

어두워질 때까지 한 시간도 남지 않았어. 스테딩이 아니었으면 너희 모두가 지금쯤 죽었을 거야. 넌 과연 에그웨인을 지켰을까? 그 많은 덤불처럼 에그웨인도 베어 쓰러뜨렸을까? 덤불은 피를 흘리지 않아. 안 그래? 비명을 지르거나 네 눈을 보면서 이유를 묻지도 않지.

페린은 점점 더 말을 아꼈다. 무언가가 머리 뒤쪽 깊은 곳에서 그를 비웃는 것이 느껴졌다. 잔인한 존재였다. 어둠의 존재는 아니었다. 차라리 그게 어둠의 존재이면 좋겠다는 생각이 들었다. 하지만 그건 어둠의 존재가 아니라 페린 자신이었다.

이번만큼은 일라이아스가 불에 관해 세운 자신의 규칙을 어겼다. 이곳에는 나무가 없었지만, 그는 덤불에서 죽은 가지를 꺾어다가 언덕 옆면에서 튀어나온 거대한 바윗덩어리에 바싹 붙여 불을 피웠다. 페린은 돌을 물들이는 여러 겹의 재를 보고 여러 세대에 걸쳐 여행객들이 이곳을 사용해 왔으리라고 생각했다.

땅 위로 드러난 커다란 바위는 왠지 둥글게 다듬은 것 같았다. 오래된 갈색 이끼가 울퉁불퉁한 표면을 뒤덮고 있었지만, 한쪽 면에 날카롭게 끊어진 자리가 있었다. 둥글게 다듬은 부분에 새겨진 곡선과 구멍이 이상하게 보였다. 페린은 너무 우울해서 그에 관해서는 생각할 수 없었다. 하지만 에그웨인은 식사하며 그 부분을 열심히 살펴보았다.

"저거 말인데요." 마침내 에그웨인이 말했다. "눈처럼 생겼네요." 페린은 눈을 깜빡였다. 그 많은 재가 묻어 있는 형체는 **정말로** 눈을 닮아 있었다.

"맞아." 일라이아스가 말했다. 그는 모닥불과 바위를 등지고 앉아 거의 가죽처럼 질긴 말린 고기를 질겅질겅 씹으며 주변 땅을 살폈다. "아터 호크윙의 눈이다. 다름 아닌 높은왕의 눈이란 말이지. 그의 권력과 영광이 맞은 최후가 이거다." 일라이아스는 별생각 없이 그 말을 했다. 질겅거리는 것조차 아무 생각 없이 하는 행동이었다. 그의 시선과 관심은 언덕으로 향해 있었다.

"아터 호크윙이라고요!" 에그웨인이 소리쳤다. "농담이죠? 정말 눈일 리 없잖아요. 대체 누가 왜 아터 호크윙의 눈을 이 먼 곳의 바위에 새긴단 말이에요?"

일라이아스는 어깨 너머로 에그웨인을 힐끗 돌아보며 툴툴댔다. "너희 시골 촌뜨기들은 대체 뭘 배우는 거냐?" 그는 코웃음을 치더니 다시 감시를 시작했지만 이야기는 이어 갔다. "아터 페인드래그 탄리알, 일명 높은왕인 아터 호크윙은 거대한오염에서 폭풍의바다까지, 아리스대양에서 아이일황무지까지 이르는 모든 땅을 통합했다. 심지어 황무지 너머의 땅도 일부 통일했지. 아리스대양 반대편에까지 군대를 보내기도 했다. 이야기에 따르면 아터 호크윙은 전 세계를 다스렸다고 한다. 하지만 이야기야 어떻든 당시 사람들에게는 그가 실제로 다스린 땅으로 충분했다. 게다가 아터 호크윙은 그 땅에 평화와 정의를 가져다주었다."

"법 앞에서 모두가 평등했죠." 에그웨인이 말했다. "그 어떤 사람도 다른 사람에게 손찌검을 하지 않았고요."

"최소한 이야기를 들어 본 적은 있나 보구나." 일라이아스가 킬킬댔다. 건조한 소리였다. "아터 호크윙은 평화와 정의를 가져왔지만, 그러기 위해 불과 칼이라는 방법을 썼다. 어린아이라도 아리스대양에서 세계의등뼈까지 황금이 든 자루를 가지고 혼자 여행하면서 단 한 순간도 두려워할 필요가 없었지만, 높은왕의 정의는 그의 권력에 도전하는 모든 이에게 바위처럼 단단했다. 때로는 그 사람들이 단지 자기 자신으로 존재한다는 이유만으로, 때로는 그들이 아터 호크윙에게 도전할 만한 인물이라고 자처하기 때문에 철권을 휘둘렀지. 평범한 인간들은 평화와 정의를 누렸고 배도 불렀지만, 아터 호크윙은 타 발론을 20년 동안 포위했고 모든 아이즈 세다이의 머리에 1000크라운의 상금을 걸었다."

"전 당신이 아이즈 세다이를 싫어하는 줄 알았는데요." 에그웨인이 말했다.

일라이아스가 비꼬듯 미소 지었다. "내가 뭘 좋아하는지는 중요하지 않다, 꼬마야. 아터 호크윙은 오만한 바보였어. 그가 병들었을 때—어떤 사람들은 독살당한 것이라고도 한다만—아이즈 세다이 치유사라면 그를 구할 수 있었을 거야. 하지만 그때까지 살아 있던 모든 아이즈 세다이는 빛나는 벽 너머에 갇혀 있었어. 야영지에 모닥불을 피우면 한밤중도 환해질 만큼 큰 규모의 군대가 접근하지 못하도록 모든 힘을 동원하고 있었지. 그게 아니라도 아터 호크윙은 아이즈 세다이가 자기에게 접근하지 못하게 했겠지만. 그는 어둠의 존재를 싫어하는 만큼 아이즈 세다이도 싫어했다."

에그웨인의 입에 힘이 들어갔다. 하지만 그녀가 입을 열어 한 말은 이것뿐이었다. "저게 아터 호크윙의 눈인지, 아닌지랑 그 얘기가 다 무슨 상관이에요?"

"큰 상관이 있지, 꼬마야. 대양 너머가 아닌 이 땅은 평화로웠고, 어디에 가든 사람들은 아터 호크윙을 칭송했다. 너도 알겠지만 사람들은 아터 호크윙을 정말로 사랑했다. 그는 가혹한 인물이었지만, 평민들에게는 한 번도 그런 모습을 보이지 않았으니까. 아터 호크윙은 그 모든 것을 갖게 되자 수도를 지을 시간이 되었다고 판단했다. 그 누구의 머릿속에서도 오래된 명분이나 파벌이나 잉숙 관계와 관련되지 않은 새로운 도시를 말이야. 아터 호크윙은 바로 이곳에, 바다와 황무지와 거대한오염과 경계를 맞대고 있는 곳의 중심부에 그 도시를 지었다. 그 어떤 아이즈 세다이도 자발적으로 오지 않을 곳, 설령 오더라도 일원력을 사용할 수 없는 이곳에 말이야. 언젠가는 온 세상이 이곳 새로운 수도에서 평화와 정의를 이어받게 되기를 기대하면서 말이야. 평민들은 그 선언을 듣자 아터 호크윙에게 바칠 기념물을 만들 많은 돈을 기부했다. 그들 대부분은 아터 호크윙이 창조주보다 겨우 한 발 뒤처진 인물이라고 생각했어. 아니, 한 발도 채 뒤처지지 않은 인물이라고 생각했을 거다. 기념물을 새기고 만드는 데에는 5년이 걸렸다. 그 기념물은 인간의 100배 크기에 이르는 호크윙 자신의 조각상이었어. 사람들은 바로 이 자리에 그 조각상을 세웠고, 도시는 그 주변에 세워질 예정이었다."

"여기엔 도시가 있었던 적이 없어요." 에그웨인이 코웃음 쳤다. "만약 있었으면 뭐라도 남았겠죠. 뭐라도요."

일라이아스는 계속 망을 보며 고개를 끄덕였다. "실제로 도시는 지어지지 않았다. 아터 호크윙은 조각상이 완성된 바로 그날 사망했고, 그의 아들들과 남은 혈족은 누가 호크윙의 왕좌에 앉을 것인지를 두고 싸웠다. 조각상은 이 언덕 가운데에 홀로 서 있었다. 아들들과 조카들, 사촌들이 죽고 호크윙 혈족의 마지막 인물도 지상에서 사라졌다. 아리스대양을 건너간 몇 명은 예외일지 모르겠다만. 그때는 할 수만 있다면 아터 호크윙의 기억조차 지워 버리고 싶어 하는 자들이 있었다. 호크윙의 이름이 언급되었다는 이유만으로 책이 소각되었다. 결국, 아터 호크윙에 대해 남은 건 이야기밖에 없게 되었다. 게다가 그중 대부분은 잘못된 이야기였고. 아터 호크윙의 영광이 맞은 최후다.

물론, 호크윙과 그의 친족이 죽었다는 이유만으로 싸움이 멈추지는 않았다. 여전히 차지해야 할 왕좌가 있었고, 싸울 사람을 모집할 수 있는 군주는 누구나 그 왕좌를 원했다. 그게 100년 전쟁의 시작이었다. 실제로는 123년 동안 이어진 전쟁인데, 그 시대의 역사 대부분은 불타는 마을들의 연기 속에 사라졌다. 많은 군주들이 땅을 일부 차지했지만 모든 땅을 손에 넣은 자는 없었다. 그 시기에는 종종 호크윙의 조각상이 끌어내려지기도 했다. 어쩌면, 군주들은 사람들이 그 조각상과 자신을 견주는 일을 더 이상 견딜 수 없었던 건지도 모른다."

"처음에는 아터 호크윙을 경멸하는 것처럼 말했잖아요." 에그웨인이 말했다. "그런데 지금은 그 사람을 존경하는 것 같이 말씀하시네요." 에그웨인이 고개를 저었다.

일라이아스는 고개를 돌려 그녀를 보았다. 무미건조한 눈은 한 번도 깜빡이지 않고 그녀를 바라보았다. "차를 마시고 싶다면 지금 더 마셔라. 어두워지기 전에 불을 끄고 싶으니."

주위가 어두워져 가는데도 페린은 눈을 선명히 볼 수 있었다. 그 눈은 인간의 머리보다도 컸고, 눈 위로 내리는 그림자 때문에 갈까마귀의 눈처럼 보였다. 단단하고 검으며 연민조차 없는 눈으로. 페린은 다른 곳에서 잠을 잤으면 좋겠다고 생각했다.

30장 그림자의 아이들

에그웨인은 불가에 앉아 조각상의 파편을 쳐다보았지만 페린은 웅덩이로 가서 혼자 있었다. 날이 저물고 있었고, 밤바람은 이미 동쪽에서 솟아오르며 수면을 어지럽히고 있었다. 페린은 허리띠의 고리에서 도끼를 풀어내 손에 들고 뒤집어 보았다. 물푸레나무로 만들어진 자루는 페린의 팔만큼 길었고 촉감이 매끄럽고 서늘했다. 마음에 들지 않았다. 에먼즈 필드에서 이 도끼를 자랑스럽게 여겼던 것을 생각하니 부끄러웠다. 그때만 해도 이 도끼로 무엇을 하고 싶어질지 몰랐다.

"저 여자애가 그렇게 싫으냐?" 일라이아스가 등 뒤에서 말했다.

깜짝 놀란 페린을 펄쩍 뛰면서 도끼를 반쯤 들어 올렸다가 상대가 일라이아스라는 것을 알았다. "당신도……. 당신도 내 마음을 읽을 수 있어요? 늑대들처럼?"

일라이아스는 고개를 한쪽으로 기울이며 아리송한 눈으로 그를 바라보았다. "눈먼 사람도 네 표정은 읽을 수 있을 거다, 꼬마야. 뭐, 말해 봐라. 저 여자애가 싫으냐? 경멸스러워? 그거로구나. 저 여자애를 죽일 각오가 돼 있던 건 저 여자애를 경멸하기 때문이었어. 저 여자애가 늘 뭉그적뭉그적 여자들 특유의 방식으로 네 발목을 잡아 대니까."

“에그웨인은 살면서 뭉그적거린 적이 한 번도 없어요.” 페린이 항의했다. “언제나 자기 몫을 해냈다고요. 전 에그웨인을 경멸하지 않아요, 사랑해요.” 그는 어디 한번 웃어 보라는 식으로 일라이아스를 노려보았다. “그런 식으로 사랑하는 건 아니지만요. 제 말은, 에그웨인이 누이동생처럼 느껴지는 건 아니지만, 에그웨인한테는 랜드가……. 피와 재를 걸고! 갈까마귀들이 우리를 따라잡았다면……. 만에 하나……. 모르겠어요.”

“아니, 알걸. 에그웨인이 죽는 방식을 선택해야 한다면 어느 쪽을 골랐을 것 같으냐? 네 도끼에 맞아 단번에 깨끗하게 죽는 쪽이었을까, 오늘 우리가 본 동물들처럼 죽어 가는 쪽이었을까? 나라면 어느 쪽을 고를지 확실한데.”

“저한테 에그웨인 대신 선택할 권리는 없죠. 혹시 에그웨인한테 얘기하실 건가요? 그러니까…….” 페린은 도낏자루를 잡은 두 손에 힘을 주었다. 루한 스승님의 용광로에서 몇 시간씩 망치를 휘두른 결과 나이에 비해 묵직해진 그의 팔 근육이 불거졌다. 잠깐은 두꺼운 나무 자루가 부러질 거라는 생각이 들었다. “이 빌어먹을 게 싫어요.” 페린이 으르렁거리듯 말했다. “제가 이걸로 뭘 하는 건지 모르겠어요. 바보처럼 이걸 차고 뻐기며 돌아다녔다니. 하긴, 어차피 전 아무것도 못 했을 거예요. 시늉만 할 때는 얼마든지 뽐낼 수 있었죠. 제가 뭔가 할 수 있는 것처럼 도끼를 가지고 놀 수도 있었고…….” 페린은 점점 흐려져 가는 목소리로 한숨을 쉬었다. “이젠 달라요. 다시는 쓰고 싶지 않아요.”

“쓰게 될 거다.”

페린은 웅덩이에 던져 버리려고 도끼를 쳐들었지만, 일라이아스가 그의 손목을 잡았다.

“쓰게 될 거다, 꼬마야. 그리고 도끼 쓰기를 싫어하는 한 대부분의 남자들보다 현명하게 쓰게 될 거야. 기다려라. 더 이상 도끼가 싫어지지 않는 날이 오면 그때가 최대한 멀리 도끼를 던져 버리고 도망칠 때다.”

페린은 여전히 도끼를 웅덩이 속에 던져 버리고 싶은 충동을 느끼며 두 손으로 도끼를 들었다. **말이야 쉽지. 그날이 오기를 기다렸는데 도끼를 던져 버릴 수 없게 되면?**

페린은 일라이아스에게 물어보려고 입을 열었지만 아무 말도 나오지 않았다. 늑대들이 신호를 보냈다. 너무 긴급한 신호라 눈앞이 까마득해졌다. 잠시 페린은 무슨 말을 하려 했는지 잊었다. 아예 말을 하려 했다는 사실을 잊었다. 말하는 방법과 숨 쉬는 방법까지도. 일라이아스의 얼굴도 축 늘어졌다. 그의 눈은 내면과 저 먼 곳을 바라보는 것 같았다. 곧 신호는 찾아왔을 때처럼 빠르게 사라졌다. 신호는 찰나만 이어졌으나 그것으로 충분했다.

페린은 몸을 떨며 폐를 깊이 채웠다. 일라이아스는 멈추지 않았다. 그는 시야가 돌아오자마자 전혀 망설이지 않고 모닥불로 서둘러 갔다. 페린은 아무 말 없이 그를 뒤좇았다.

“불 꺼!” 일라이아스가 쉰 목소리로 에그웨인에게 외쳤다. 그는 긴급하게 손짓했고 속삭이는 동시에 소리 지르려 애쓰는 것처럼 보였다. “끄라고!”

에그웨인은 자리에서 일어나 잘 모르겠다는 눈으로 그를 보더니 불가로 다가갔다. 하지만 동작이 느렸다. 무슨 일이 벌어지는 것인지 모르는 것이 분명했다.

일라이아스는 거칠게 그녀를 밀치고 가 찻주전자를 집어 들었다가 화상을 입자 욕설을 했다. 그는 어쨌든 곡예라도 하듯 뜨거운 주전자를 뒤집어 불에 부었다. 한 걸음 뒤에서는 페린이 다가왔다. 그는 마지막 차가 불에 튀는 순간 식식 소리를 내며 구불구불한 증기를 피워 올리는 숯 위로 흙을 차 불을 덮기 시작했다. 페린은 불의 마지막 모습이 묻힐 때까지 멈추지 않았다.

일라이아스는 주전자를 페린에게 던졌다. 페린은 주전자에 손이 닿는 순간 헉하고 비명을 지르며 주전자를 떨어뜨렸다. 그는 일라이아스에게 인상을 찌푸리며 두 손을 불어 댔지만, 털가죽 옷을 입은 남자는 야영지를 서둘러 꾸미느라 너무 바빠 전혀 관심을 보이지 않았다.

“우리가 여기 있었다는 걸 숨길 수는 없다.” 일라이아스가 말했다. “그냥 서둘러서 하는 데까지 해 보는 수밖에 없어. 어쩌면 놈들은 신경 쓰지 않을지도 몰라. 피와 재를 걸고, 분명 갈까마귀들 때문일 거다.”

페린은 서둘러 벨라에게 안장을 얹고 도낏자루를 허벅지에 기댄 채 허리를 숙여 뱃대끈을 조였다.

"뭔데요?" 에그웨인이 물었다. 목소리가 떨렸다. "트롤록인가요? 희미한 자예요?"

"동쪽이나 서쪽으로 가라." 일라이아스가 페린에게 말했다. "숨을 곳을 찾은 뒤 최대한 빨리 너희와 합류하마. 놈들이 늑대를 보면……." 그는 아예 네 발로 달릴 생각인 것처럼 몸을 웅크리고 빠르게 멀어졌다. 그는 저녁이 되어 길어져 가던 그림자 사이로 사라졌다.

에그웨인은 서둘러 몇 안 되는 소지품을 챙기면서도 페린에게 설명을 요구했다. 목소리가 고집스러웠다. 페린이 침묵을 지키는 가운데 시간이 지나자 그 목소리는 점점 더 두려움에 사로잡혀 갔다. 페린도 두려웠다. 두려움은 그들을 더욱 빨리 움직이게 했다. 페린은 지는 해 쪽으로 방향을 잡았다. 가슴께에 두 손으로 도끼를 쥔 채 벨라보다 앞장서 걸었다. 일라이아스를 기다릴 만한 곳을 찾는 한편 어깨 너머로 자기가 아는 내용을 토막토막 들려주었다.

"말을 탄 사람들이 아주 많이 다가오고 있어. 그 사람들이 늑대들 뒤쪽으로 다가왔는데, 늑대들을 보지는 못했어. 웅덩이로 가는 중이야. 어쩌면 우리랑은 아무 상관도 없을지 몰라. 몇 킬로미터 안에 물을 얻을 수 있는 곳은 그 웅덩이뿐이니까. 하지만 대플 말로는……." 페린은 어깨 너머를 힐끗거렸다. 저녁 태양이 에그웨인의 얼굴에 이상한 그림자를 그려 놓았다. 에그웨인의 표정이 보이지 않았다. **무슨 생각을 하는 거지? 모르는 사람을 보듯 나를 보고 있는 것일까? 에그웨인이 날 알기는 하는 거야?** "대플 말로는 그 사람들 냄새가 이상하대. 뭐랄까……. 광견병에 걸린 개한테서 이상한 냄새가 나듯이." 등 뒤의 웅덩이는 더 이상 보이지 않았다. 페린은 짙어져 가는 땅거미 속에서도 아터 호크윙의 조각상 파편인 바위들을 알아볼 수 있었지만, 불을 피워 두었던 돌이 어디 있는지는 알 수 없었다. "그 사람들하고 거리를 두고, 일라이아스를 기다릴 곳을 찾자."

"그 사람들이 왜 우리한테 신경을 써?" 에그웨인이 물었다. "여기는 안전하다며. 안전해야 하는 곳이잖아. 빛을 걸고, 어딘가에는 안전한 곳이 있어야지."

페린은 숨을 곳을 찾아 더 열심히 두리번거리기 시작했다. 웅덩이에서 많이 멀어졌을 리는 없는데 땅거미가 짙어지고 있었다. 곧 이동하기에는 너무 어두워질 터였다. 희미한 빛이 여전히 물마루를 적시고 있었다. 그 사이사이의, 거의 아무것도 보이지 않는 공터에서는 물마루가 대조적으로 밝아 보였다. 왼쪽으로 좀 떨어진 곳에 하늘을 배경으로 짙은 형체가 두드러지게 서 있었다. 언덕 옆면에서 비스듬하게 뻗어 나온 커다랗고 납작한 돌이 아래쪽의 비탈을 어둠으로 가렸다.

"이쪽이야." 페린이 말했다.

페린은 다가오는 남자들의 기척을 살피려고 어깨 너머를 돌아보며 언덕을 향해 빠르게 걸었다. 아무것도 없었다, 아직은. 페린은 한 번 이상 멈춰 서서, 일행이 비틀거리며 따라오기를 기다려야 했다. 에그웨인은 벨라의 목덜미 위에 몸을 웅크리고 있었으며 암말은 울퉁불퉁한 땅을 조심스럽게 골라 딛고 있었다. 페린은 그 둘이 모두 자기 생각보다 지쳐 있을 것이 틀림없다고 생각했다. **여기가 좋은 은신처여야 할 텐데. 다른 곳을 찾을 여유가 없을 것 같아.**

언덕 아래에서, 그는 하늘을 배경으로 윤곽선을 드러낸 거대하고 평평한 바위를 살펴보았다. 바위는 거의 물마루와 가까운 비탈에서 뻗어 나와 있었다. 거대한 석판 윗부분이 올라가는 계단 세 개, 내려가는 계단 한 개의 불규칙한 계단을 이루고 있는 모습이 이상하게도 낯익었다. 페린은 짧은 거리를 올라가 돌을 더듬어 보며 그 옆을 따라 걸었다. 수백 년 동안 날씨에 시달려 왔는데도 네 개의 연결된 기둥을 알아볼 수 있었다. 페린은 계단처럼 생긴 돌 윗부분을 힐끗 올려다보았다. 돌은 거대한 지지대처럼 페린의 머리 위에 솟아 있었다. 손가락이었다. **우린 아터 호크윙의 손바닥 안에서 몸을 피하게 될 거야. 어쩌면 호크윙의 정의가 여기에 조금은 남아 있을지도 몰라.**

페린은 에그웨인에게 따라오라고 손짓했다. 에그웨인이 움직이지 않았으므로, 페린이 언덕 아랫부분으로 다시 미끄러져 내려가 자기가 발견한 것을 알려 주었다.

에그웨인은 고개를 앞으로 내밀고 언덕 위를 쳐다보았다. "넌 어떻게 뭐가 보여?" 에그웨인이 물었다.

페린은 입을 열었다가 다물었다. 그는 주위를 둘러보며 입술을 핥았다. 처음으로 눈에 보이는 것이 진짜로 인식되었다. 해가 저문 뒤였다. 태양이 전혀 보이지 않았다. 게다가 구름이 보름달을 가리고 있었다. 그런데도 페린이 보기에는 주변이 해 질 녘의 짙은 보라색 윤곽으로 보였다. "바위를 더듬어 봤어." 마침내 페린이 말했다. "틀림없어. 만에 하나 여기까지 온다 해도, 그 사람들은 호크윙의 손가락 그림자 때문에 우리를 알아보지 못할 거야." 페린은 벨라의 고삐를 잡고 손바닥 피난처로 이끌었다. 등에 닿는 에그웨인의 시선이 느껴졌다.

에그웨인이 안장에서 내려오는 것을 도와주는데 뒤쪽 웅덩이에서 들려온 고함이 밤공기를 갈랐다. 에그웨인은 페린의 팔에 손을 댔고, 페린은 에그웨인이 차마 던지지 않은 질문을 들었다.

"남자들이 윈드를 봤어." 페린은 마지못해 말했다. 늑대들이 하는 생각의 의미를 알아듣기는 어려웠다. 불에 관한 생각이었다. "놈들이 횃불을 가지고 있어." 페린은 손가락 아랫부분에 에그웨인을 주저앉히고 그 옆에 웅크렸다. "놈들은 여러 무리로 나눠서 주위를 탐색할 생각이야. 숫자가 너무 많아. 늑대들은 전부 다쳤고." 페린은 더 기운찬 목소리로 말하려고 애썼다. "대플이랑 다른 늑대들은 그 사람들한테서 도망칠 수 있을 거야. 상처를 입었더라도. 게다가 그 사람들은 우리가 있는 줄 몰라. 사람들은 자기가 모르는 건 못 보고. 놈들은 곧 포기하고 야영할 거야." 일라이아스는 늑대들과 함께 있었다. 늑대들이 사냥을 당하는 한 그는 늑대들 곁을 떠나지 않을 터였다. **말 탄 사람이 너무 많아. 너무 끈질겨. 왜 저렇게 끈질기지?**

페린은 에그웨인이 고개를 끄덕이는 것을 보았지만, 어둠 속이었기에 에그웨인은 그런 기색을 눈치채지 못했다. "우린 괜찮을 거야, 페린."

빛이여. 페린은 놀라워하며 생각했다. 에그웨인이 나를 **안심시키려 하네.**

고함은 이어지고 또 이어졌다. 멀리서 작은 횃불 덩어리들이 움직이며 어둠 속에서 깜빡이는 빛 점으로 보였다.

"페린." 에그웨인이 조용히 말했다. "태양일에 나랑 같이 춤출래? 그때쯤

집에 돌아가면 말이야."

페린은 어깨가 떨렸다. 그는 아무 소리를 내지 않았고, 자기가 웃는 것인지 우는 것인지도 알 수 없었다. "그럴게. 약속해." 페린의 뜻과는 달리 그의 두 손은 도끼를 꽉 쥐며 그가 여전히 도끼를 들고 있다는 사실을 떠올리게 했다. 페린의 목소리가 낮아져 귀엣말이 되었다. "약속해." 페린은 다시 말하며 정말 그러기를 바랐다.

이제는 횃불을 든 남자들 집단이 열 명 혹은 열두 명씩 언덕을 가로지르며 말을 달렸다. 페린은 그런 집단이 몇이나 있는지 알 수 없었다. 때로는 앞뒤로 오가는 서너 집단이 동시에 눈이 들어왔다. 그들은 계속 서로에게 고함을 쳤고, 때로는 밤공기를 가르는 비명이 들리기도 했다. 말들의 비명, 사람들의 비명.

페린은 이 모든 모습을 하나 이상의 시점에서 보았다. 그는 에그웨인과 함께 언덕 옆에 웅크린 채 횃불이 반딧불처럼 어둠 속을 가로지르는 모습을 지켜보았고, 머릿속으로는 대플과 윈드와 하퍼와 함께 어둠 속을 달렸다. 늑대들은 갈까마귀들에게 너무 심한 상처를 입어 멀리도, 빠르게도 달릴 수 없었다. 그렇기에 그들은 사람들을 불을 피워 놓은 은신처로 몰아낼 생각이었다. 늑대들이 어둠 속에 있을 때면 인간은 결국 안전한 불가를 찾아가기 마련이었다. 말을 탄 남자들 중 일부는 기수가 없는 말들을 줄줄이 끌고 갔다. 잿빛 형체가 그 사이로 쏜살같이 달려가면 말들은 히힝 울며 눈을 휘둥그렇게 뜨고 앞발을 쳐들었다. 자신들을 잡고 있는 남자의 손에서 고삐를 당기며 비명을 지르고, 최대한 빠른 속도로 사방으로 흩어졌다. 어둠 속에서 잿빛 그림자들이 튀쳐나와 뒷발의 힘줄을 끊어 놓는 송곳니를 드러내면 등에 사람을 태운 말들도 비명을 질렀다. 때로는 기수도 비명을 질렀다. 그런 뒤에는 즉시 늑대들의 이빨이 그들의 목을 물어뜯었다. 일라이아스도 그곳 어딘가에 있었다. 그의 존재는 좀 더 어렴풋하게 느껴졌다. 그는 긴 칼을 들고 어둠 속을 살며시 다녔다. 날카로운 강철 이빨 하나를 가진, 두 다리의 늑대. 때로 고함은 욕설이 되었다. 그러나 탐색자들은 포기하지 않으려 들었다.

페린은 문득 횃불을 든 남자들이 어떤 패턴을 따라 움직이고 있다는 것을 깨달았다. 몇 집단이 시야에 들어올 때마다 그중 최소 한 집단은 페린과 에그웨인이 숨어 있는 언덕 옆면에 가까워졌다. 일라이아스는 숨으라고 했지만……. **우리가 도망치면? 계속 움직이면 어둠 속에 숨을 수 있을지도 몰라. 어쩌면 말이야. 그럴 수 있을 만큼 어두워야 할 텐데.**

페린은 에그웨인을 돌아보았지만, 그와 동시에 결정의 기회를 잃었다. 10여 개의 횃불이 언덕 아래 부분으로 다가와 말들의 발걸음에 맞춰 흔들렸다. 횃불 빛에 창날이 번쩍였다. 페린은 숨을 참으며 얼어붙었다. 두 손이 도낏자루를 꽉 쥐었다.

기수들은 언덕을 지나 말을 몰았지만, 그중 한 명이 소리치자 횃불들이 다시 홱 방향을 틀었다. 페린은 헤쳐 나갈 방법을 찾느라 절박하게 머리를 굴렸다. 하지만 움직이면 그대로 눈에 띌 터였다. 그것도 아직 들키지 않았다면 말이지만. 게다가 일단 표적으로 찍히면 어둠이 도와준다 한들 가망이 없었다.

기수들이 언덕 아래에 모여들었다. 모두가 한 손에는 횃불을, 다른 손에는 긴 창을 들고서 무릎에 힘을 주어 말을 이끌고 있었다. 페린은 횃불 빛으로 빛의 아이들이 입는 흰 망토를 알아보았다. 그들은 횃불을 높이 들고 안장에 앉은 채 몸을 앞으로 숙이며 아터 호크윙의 손가락 아래 짙은 그림자를 바라보았다.

"저 위에 뭔가 **있기는** 있습니다." 그중 한 명이 말했다. 목소리가 너무 컸다. 지신의 횃불 빛이 닿는 곳 바깥의 존재를 두려워하는 듯했다. "저기에 누가 숨어 있을 수 있다고 말씀드리지 않았습니까? 저거 말 아닌가요?"

에그웨인이 페린의 팔에 손을 얹었다. 그녀의 눈이 어둠 속에 크게 뜨여 있었다. 얼굴 생김새를 가리고 있는 그림자에도 불구하고 에그웨인이 말없이 던진 질문은 분명했다. 어쩌지? 일라이아스와 늑대들은 여전히 어둠 속에서 사냥당하고 있었다. 아래쪽의 말들은 초조하게 발을 바꾸어 짚어 댔다. **지금 도망치면 저 사람들이 우리를 추격할 거야.**

하얀 망토들 중 한 명이 말을 앞으로 몰아오며 언덕 위에 대고 소리쳤다.

"인간의 언어를 이해한다면 내려와서 항복해라. 빛 속을 걷는 자라면 해치지 않겠다. 항복하지 않으면 너희 모두 살해당할 것이다. 1분 준다." 창이 내려졌다. 긴 강철 창날이 횃불 빛에 선명하게 빛났다.

"페린." 에그웨인이 속삭였다. "우린 저 사람들을 따돌릴 수 없어. 항복하지 않으면 저 사람들이 우리를 죽일 거야. 페린?"

일라이아스와 늑대들은 지금도 잡히지 않고 있었다. 멀리서 들린 또 한 번의 꾸르륵대는 비명에 하얀 망토 한 명이 대플을 너무 가까이 쫓아갔다는 것을 알 수 있었다. **도망치면…….** 에그웨인은 페린을 바라보며 그가 무슨 일을 해야 할지 알려 주기를 기다리고 있었다. **우리가 도망치면…….** 페린은 신중하게 고개를 저으며 최면에 걸린 사람처럼 자리에서 일어나, 빛의 아이들이 있는 곳을 향해 비틀비틀 언덕을 내려갔다. 에그웨인이 한숨을 쉬며 따라오는 소리가 들렸다. 마지못해 발을 끄는 소리였다. **하얀 망토들이 저렇게까지 끈질기게 나오는 이유가 뭐지? 늑대들을 격렬히 증오하기라도 하는 것처럼. 왜 저 사람들한테서 잘못된 냄새가 나는 거야?** 기수들 쪽에서 돌풍이 불어오자 페린은 그 잘못된 냄새를 직접 맡을 수 있겠다는 생각이 들었다.

"도끼 내려놔." 대장이 소리쳤다.

페린은 비틀거리며 그에게 다가갔다. 자신이 맡았다고 생각하는 냄새를 몰아내려고 코에 주름을 잡은 채였다.

"내려놓으라고 했다, 촌뜨기!" 대장의 창이 페린의 가슴 쪽으로 움직였다.

잠시 페린은 창날을 바라보았다. 그를 완전히 꿰뚫을 만큼 날카로운 강철이었다. 문득 페린이 소리쳤다. "안 돼!" 아니, 기수에게 소리 지른 것은 아니었다.

어둠 속에서 하퍼가 나왔다. 페린은 자기도 모르게 그 늑대와 한 몸이 되었다. 새끼 시절, 독수리들이 날아오르는 것을 지켜보며 그 독수리들처럼 날아서 하늘을 가로지를 수 있기를 심하게 바라던 늑대. 다른 어떤 늑대보다도 높이 뛸 수 있을 때까지 뛰어오르고 점프하고 도약했으며, 하늘을 훨훨 날겠다는 새끼 시절의 열망을 한 번도 버리지 않은 늑대. 하퍼는 어둠 속에서 나오더니 땅을 박차며 훌쩍 뛰어올라 독수리처럼 날았다. 하얀 망토들이 욕설을 내뱉는가 싶더니, 다음 순간 하퍼의 이빨이 페린에게 창을 겨눈 남자의 목을 파고들었다. 커다란 늑대가 날아오는 관성에 늑대와 남자는 둘 다 말 반대편으로 떨어졌다. 페린은 목이 으스러지는 감촉과 피 맛을 느꼈다.

하퍼는 가볍게 내려앉았다. 그는 이미 자기가 죽인 남자와 거리를 두고 있었다. 털에 피가 엉겨 있었다. 하퍼 자신의 피와 다른 이들의 피였다. 얼굴에 난 베인 자국이 한때 왼쪽 눈알이 있던 텅 빈 구멍을 가로질렀다. 멀쩡한 눈은 페린의 두 눈을 아주 잠깐 바라보았다. **도망쳐, 형제!** 하퍼는 휙 돌아 다시 뛰어올랐다. 마지막으로 한번 날아오르기 위해서였다. 창이 하퍼를 찔러 땅에 고정했다. 기다란 두 번째 강철이 하퍼의 갈비뼈를 꿰뚫고 아래쪽 땅에 꽂혔다. 하퍼는 버둥거리며 자신을 붙들고 있는 창의 자루를 물어뜯으려 했다. **날아올라.**

고통이 페린을 가득 채웠고 페린은 비명을 질렀다. 어딘가 늑대의 울음소리를 닮은, 언어로 표현되지 않는 비명이었다. 그는 아무 생각도 하지 않고 계속 비명을 지르며 앞으로 몸을 날렸다. 모든 생각이 사라졌다. 기수들은 너무 많이 모여 있어 창을 사용할 수 없었다. 반면 페린의 손에 들린 도끼는 깃털처럼 가벼웠다. 거대한 늑대의 강철 이빨 하나. 무언가가 페린의 머리를 후려쳤다. 페린은 쓰러지면서도 죽은 것이 하퍼인지 자신인지 알 수 없었다.

"……독수리처럼 날아서."

페린은 중얼거리며 흐리멍덩하게 눈을 떴다. 머리가 아팠지만 이유는 기억나지 않았다. 그는 밝은 빛에 눈을 깜빡이며 주위를 둘러보았다. 그가 누워 있는 곳에서 에그웨인이 무릎을 꿇고 그를 지켜보고 있었다. 그들은 농가의 중간 크기 방 정도 되는 정사각형 텐트에 있었다. 바닥에는 마루 대신 그라운드시트(습기를 막기 위해 천막의 땅바닥에 까는 천-옮긴이)가 깔려 있었다. 모퉁이마다 높은 받침대에 기름등이 하나씩 세워져 밝은 빛을 내고 있었다.

"빛이여, 감사합니다. 페린." 에그웨인이 조용히 말했다. "저 사람들이 널

죽인 걸까 봐 무서웠어."

페린은 대답 대신 텐트에 하나밖에 없는 의자에 앉아 있는 잿빛 머리의 남자를 바라보았다. 할아버지처럼 인자한 얼굴에 검은 눈을 가진 그 남자가 페린을 돌아보았다. 페린의 머릿속에서는 남자가 입고 있는 흰색과 금색의 관복이나 순백색의 옷 위에 걸치고 있는 번쩍이는 갑옷과 잘 어울리지 않는 얼굴이었다. 친절해 보이는 얼굴. 솔직하면서도 위엄 있을 것 같은 모습. 그는 왠지 텐트의 가구가 풍기는 우아한 검소함과도 어울렸다. 탁자와 접이식 침대, 아무 무늬 없는 흰색 대야와 주전자가 갖추어진 세면대, 단순한 기하학적 무늬가 새겨진 나무함 하나. 나무는 전부 은은하게 빛날 정도로 윤을 내두었고 금속은 번쩍이되 너무 밝게 빛나지는 않았다. 과시적인 것은 하나도 없었다. 텐트의 모든 것에서 장인의 솜씨가 드러났지만, 그 솜씨는 오직 장인이 작업하는 모습을 본 사람만이—예컨대 루한 스승님이나 찬장 제작자인 아이데어 씨만이—알아볼 수 있는 것이었다.

남자는 인상을 찡그리며 뭉툭한 손가락으로 테이블에 놓인 작은 물건 더미 두 개를 휘저었다. 페린은 그 더미 중 하나가 자기 주머니에 들어 있던 물건들과 허리띠에 채워져 있던 칼이라는 것을 알아보았다. 모레인이 준 은화가 그 더미에서 굴러 나왔다. 남자는 생각에 잠긴 채 은화를 다시 밀어 넣었다. 그는 입술을 꽉 다문 채 그 더미에서 관심을 돌려 탁자에 놓여 있던 페린의 도끼를 들어 무게를 가늠해 보았다. 그의 관심은 에먼즈 필드 사람들에게로 돌아왔다.

페린은 자리에서 일어나려 했지만, 팔과 다리를 찌르는 날카로운 통증에 결국은 움직이지 못하고 쓰러졌다. 페린은 처음으로 자신의 손발이 묶여 있다는 것을 알았다. 그의 시선이 에그웨인에게로 향했다. 에그웨인은 슬픈 듯 어깨를 으쓱하더니 페린이 자기 등을 볼 수 있도록 몸을 틀었다. 대여섯 개의 밧줄이 그녀의 손목과 발목을 감고 있었으며 밧줄이 그녀의 살갗에 솟아 있었다. 긴 밧줄이 발목과 손목을 결박한 끈을 연결하고 있었는데, 그 길이가 너무 짧아서 에그웨인은 자리에서 일어나더라도 웅크린 것 이상으로 몸을 펼 수 없었다.

페린은 그 모습을 빤히 바라보았다. 묶여 있다는 것만으로도 충격적인데, 둘은 말도 꼼짝 못 하게 할 만큼 많은 밧줄로 감겨 있었다. **대체 우릴 뭐라고 생각하는 거야?**

잿빛 머리카락의 남자가 호기심이 어려 있으면서도 생각에 잠긴 눈으로 그들을 지켜보았다. 꼭 문제를 해결하려는 알비어 시장 같았다. 남자는 도끼의 존재를 잊은 듯 도끼를 쥐고 있었다.

천으로 된 텐트 문이 옆으로 젖혀지고 키 큰 남자 한 명이 들어왔다. 그는 얼굴이 길고 여위었으며 눈이 너무 깊숙이 박혀 있어 꼭 동굴에서 밖을 내다보는 것처럼 보였다. 그에게는 남는 살이 없었다. 지방이 아예 없는 듯했다. 피부가 팽팽하게 당겨져 그 아래의 근육과 뼈를 덮었다.

바깥의 어둠과 모닥불, 그리고 텐트 입구에 있는 흰 망토 차림의 경비병 두 명이 언뜻 보였다. 그런 다음 텐트 문이 다시 원래 자리로 돌아왔다. 새로 온 사람은 텐트에 들어오자마자 쇠막대처럼 뻣뻣하게 서서 텐트의 맞은편 벽을 똑바로 바라보았다. 그의 판금 갑옷이 눈처럼 흰 망토와 옷에 대조되어 은빛으로 빛났다.

"지휘관님." 그의 목소리는 자세만큼이나 딱딱하고 거슬렸다. 어째서인지 아무 표정 없이 밋밋하게 느껴졌다.

잿빛 머리카락의 남자가 태연하게 손짓했다. "편하게 해라, 빛의 아이 바이알. 이번…… 만남에 우리가 치른 비용은 다 계산했느냐?"

키 큰 남자는 두 발을 벌리고 섰지만, 페린이 보기에 그것 말고 남자의 자세에서 편안해 보이는 부분은 전혀 없었다. "아홉 명이 사망하고 스물세 명이 부상을 입었습니다, 지휘관님. 그중 일곱 명은 중상입니다. 그래도 모두 말을 타는 데는 문제 없습니다. 말은 서른 마리 살처분해야 했습니다. 뒷발을 물어 뜯겼습니다!" 바이알은 말들에게 일어난 일이 인간의 죽음이나 부상보다도 나쁜 일이라는 것처럼 무감정한 목소리로 강조해 말했다. "새로 보충한 말 다수가 흩어졌습니다, 지휘관님. 동이 트면 찾아볼 수도 있겠습니다만, 말을 쫓아 버릴 늑대들이 있는 상황에서 모든 말을 모아들이려면 며칠이 걸릴 겁니다. 말들을 지켜보기로 했던 인원은 케임린에 도착할 때까지 야간 경비 임무를 맡기로 했습니다."

"우린 며칠씩 시간을 낼 수 없다, 빛의 아이 바이알." 잿빛 머리카락의 남자가 온화하게 말했다. "동이 트면 출발한다. 무슨 일이 있어도 그 점은 바뀌지 않는다. 우린 늦지 않게 케임린에 도착해야 하니까. 알겠느냐?"

"분부대로 하겠습니다, 지휘관님."

잿빛 머리카락의 남자는 페린과 에그웨인을 힐끗 보더니 다시 시선을 돌렸다. "이 두 젊은이를 빼고, 우리가 얻은 소득은 무엇이냐?"

바이알은 깊이 숨을 들이쉬고 망설였다. "이자들과 함께 있던 늑대의 가죽을 벗기게 했습니다, 지휘관님. 가죽이 지휘관님 텐트에 잘 어울리는 깔개가 될 것입니다."

하퍼! 페린은 자기가 뭘 하는 것인지 깨닫지도 못한 채 으르렁거리며 묶인 끈을 풀려고 몸부림쳤다. 손목이 피 때문에 미끌미끌해지며 밧줄이 피부에 파고들 뿐 꼼짝하지 않았다.

바이알은 처음으로 포로들을 보았다. 에그웨인이 바이알에게서 물러나려 했다. 바이알의 얼굴은 목소리만큼 무표정했지만, 푹 꺼진 눈에서는 잔인한 빛이 타올랐다. 바알자몬의 눈에서 타오르는 불길만큼이나 확실했다. 바이알은 그들을 오늘 밤 처음 본 사람이 아니라 오랜 세월 숙적으로 지낸 사람처럼 증오했다.

페린은 반항하듯 그를 마주 쏘아보았다. 이빨이 바이알의 목에 닿는다고 생각하니 입이 비틀리며 팽팽한 미소가 지어졌다.

문득 페린의 미소가 희미해졌다. 페린은 고개를 저었다. **이빨이라니? 난 인간이지 늑대가 아니야! 빛을 걸고, 이 일에도 끝이 있겠지!** 하지만 페린은 노려보는 바이알에게서 시선을 떼지 않았다. 증오에는 증오로 답하기로 했다.

"난 늑대 가죽 깔개에 아무 관심이 없다, 빛의 아이 바이알." 지휘관의 책망은 부드러웠지만, 바이알의 등은 바로 다시 뻣뻣해졌다. 그의 시선이 텐트 벽에 붙박였다. "오늘 밤 우리가 이룬 성과에 대해 보고하던 중 아니었느냐? 우리가 뭐라도 얻었다면 말이지만."

"제가 추정하기로 우리를 공격한 늑대 무리는 50마리 이상이었습니다,

지휘관님. 우리는 그중 최소 스무 마리를 죽였습니다. 서른 마리일지도 모르겠습니다. 오늘 밤에 사체를 모아들이느라 더 많은 말을 잃는 위험을 감수할 가치는 없다고 사료됩니다. 아침이 되면 어두울 때 끌고 오지 못한 사체를 수습해 소각하도록 하겠습니다. 여기 있는 둘을 제외하고 다른 사람이 최소 열두 명 있었습니다. 우리가 그중 네다섯 명을 제거했다고 생각됩니다만, 손실 규모를 은폐하기 위해 사망자의 유해를 수습하는 어둠의 친구들의 경향을 생각하면 시체가 발견될 가능성은 낮을 것으로 보입니다. 이번 일은 미리 계획된 기습으로 보입니다만, 그 경우 제기되는 문제는……."

여윈 남자가 말을 이어가자 페린은 목구멍이 조여 왔다. 일라이아스? 페린은 조심스레, 마지못해 일라이아스와 늑대들의 흔적을 더듬어 보았지만……. 아무것도 발견되지 않았다. 꼭 늑대의 생각을 느끼는 능력이 처음부터 없었던 것 같았다. **늑대들이 죽었거나 날 버린 거야.** 페린은 씁쓸한 웃음을 터뜨리고 싶었다. 이제야 그동안 바라던 바를 얻었는데, 대가가 너무 컸다.

그 순간 잿빛 머리카락의 남자가 웃었다. 나지막하고도 비웃는 듯한 웃음이었다. 그것을 보자 바이알의 양쪽 뺨에 붉은 점이 피어났다. "빛의 아이 바이알, 그러니까 우리가 최대 쉰 마리의 늑대와 어둠의 친구 최소 열 명 이상으로 이루어진 계획적인 암습에 당했다는 게 네 추정이냐? 네가 다른 작전을 본 적이 있다면……."

"하지만, 본할드 지휘관님……."

"빛의 아이 바이알, 내 생각에 늑대는 여섯 마리나 여덟 마리쯤 됐을 것이고 인간은 이 둘 말고 없었을 것이다. 네게는 진정한 열의가 있다. 하지만 너는 도시 밖에서 아무 경험을 쌓지 못했다. 거리도, 집들도 멀찍이 떨어져 있는 곳에서 빛을 전파하는 건 전혀 다른 문제다. 늑대에게는 실제 숫자보다 많아 보이는 방법이 있지. 밤에는 말이다. 그야 인간도 마찬가지고. 내 생각에는 최대 여섯 마리나 여덟 마리다." 바이알의 홍조가 천천히 짙어졌다. "또, 나는 그들 역시 우리와 똑같은 이유로 이곳에 왔다고 생각한다. 여기서는 어느 곳으로든 최소 하루는 가야 쉽게 물을 구할 수 있는 장소가 나오니까. 빛의 아이들 사이에 첩자나 배신자가 있다는 것보다는 그편이 훨씬 단순한 설명이지. 보통은 가장 단순한 설명이 가장 진실한 설명이다. 너도 경험을 쌓으면 알게 될 거다."

할아버지 같은 남자의 말에 바이알의 얼굴은 죽은 듯 창백해졌다. 대조적으로, 그의 쑥 꺼진 두 뺨에 피어난 두 점은 빨간색에서 보라색으로 색이 짙어졌다. 그는 잠시 두 포로에게로 시선을 돌렸다.

이젠 우리를 더 증오하네. 페린이 생각했다. **우리 때문에 저런 말을 듣게 되었다고 생각한 거야. 근데 애초에 왜 우리를 싫어한 거지?**

"이건 어떻게 생각하느냐?" 지휘관이 페린의 도끼를 들어 올리며 말했다.

바이알은 질문하듯 지휘관을 보았다. 그는 지휘관이 고개를 끄덕이기를 기다렸다가 뻣뻣한 자세를 무너뜨리고 무기를 받아 들었다. 바이알은 도끼 무게를 가늠해 보더니 놀라서 끙 소리를 내고 머리 위로 짧은 호선을 그리며 도끼를 휘둘렀다. 도끼는 텐트 천장을 간신히 비껴 나갔다. 그는 도끼를 들고 태어난 사람처럼 확신에 차서 도끼를 다루었다. 그의 얼굴에 원한에 찬 동경심이 스쳤다. 하지만 도끼를 내릴 때쯤 그는 다시 무표정해져 있었다.

"훌륭하게 균형이 잡혀 있습니다, 지휘관님. 수수하게 만들어졌지만, 솜씨가 아주 뛰어난 무기 장인이 만든 것입니다. 어쩌면 달인이 만든 것인지도 모르겠습니다." 그의 눈이 포로들을 바라보며 음험하게 타올랐다. "시골뜨기들이 가지고 다닐 무기가 아닙니다, 지휘관님. 농부의 무기는 아닙니다."

"그렇지." 잿빛 머리카락의 남자는 경계하는 것 같기도 하고 약간은 꾸짖는 것 같기도 한 미소를 지으며 페린과 에그웨인을 돌아보았다. 손자들이 어떤 장난을 꾸몄다는 것을 아는 친절한 할아버지의 미소였다. "내 이름은 제프람 본할드다." 그가 말했다. "내가 알기로, 너는 페린이지. 젊은 여인이여, 네 이름은 뭐냐?"

페린이 그를 노려보았지만 에그웨인이 고개를 저었다. "바보같이 굴지 마, 페린. 저는 에그웨인이에요."

"그냥 페린, 그냥 에그웨인이라." 본할드가 웅얼거렸다. "너희가 정말로 어둠의 친구들이라면 정체를 최대한 숨기는 게 좋을 거다."

페린은 무릎을 구부린 채 어정쩡하게 일어났다. 묶여 있는 방식 때문에 그 이상 몸을 일으킬 수는 없었다. "우린 어둠의 친구가 아닙니다." 그가 화를 내며 항의했다.

말이 완전히 끝나지도 않았는데 바이알이 다가왔다. 바이알은 뱀처럼 움직였다. 페린은 자기 도끼의 손잡이가 자기 쪽으로 휙 휘둘러지는 것을 보고 몸을 숙여 피하려 했지만, 두꺼운 자루로 귀 위를 얻어맞았다. 페린이 타격을 피해 몸을 젖히고 있었기에 가까스로 두개골이 쪼개지지 않을 수 있었다. 그렇긴 해도 눈에서는 불이 번쩍였다. 페린은 땅에 쓰러졌다. 잠시 숨이 쉬어지지 않았다. 머리가 울렸다. 피가 뺨을 타고 흘러내렸다.

"당신들한테는 이럴 권리가 없어요." 에그웨인이 그렇게 말하려다가, 도끼 손잡이가 자기 쪽으로 날아오자 비명을 질렀다. 그녀는 옆으로 몸을 던졌고, 도낏자루는 휙 소리를 내며 허공을 갈랐다. 에그웨인은 휘청하며 그라운드시트에 쓰러졌다.

"빛의 성별자聖別者에게 말할 때는 말조심해라." 바이알이 말했다. "그러지 않으면 혀를 잃게 될 테니까." 최악은, 그의 목소리에 여전히 아무 감정이 담겨 있지 않다는 점이었다. 그들의 혀를 자른다 해도 바이알은 아무런 기쁨도, 후회도 느끼지 않을 터였다. 그건 그냥 바이알이 하는 일이었다.

"살살 해라, 빛의 아이 바이알." 본할드가 다시 포로들을 보았다. "너희는 성별자, 즉 빛의 아이들의 지휘관에 대해 잘 모르는 것 같구나. 그렇지? 그래, 그럴 줄 알았다. 글쎄, 빛의 아이 바이알 편에서 말하자면, 최소한 말싸움을 하려 들거나 소리를 지르지는 마라. 알겠느냐? 나는 너희가 빛 속을 걷는 것밖에 바라지 않는다. 너희가 분노에 지는 건 우리 중 누구에게도 도움이 되지 않는다."

페린은 그들을 내려다보고 선 여윈 얼굴의 남자를 올려다보았다. **빛의 아이 바이알 편에서 말한다고?** 페린은 지휘관이 바이알에게 포로들을 놓아두라고 말하지 않았다는 것을 눈치챘다. 바이알은 페린과 눈을 마주치고 미소 지었다. 그 미소는 바이알의 입가에만 머물렀으나 그의 얼굴 피부는 더욱 팽팽하게 당겨졌다. 얼굴이 해골처럼 보일 정도로 말이다. 페린은 몸을 떨었다.

"난 늑대들과 다니는 인간에 관한 이야기를 들은 적이 있다." 본할드가 생각에 잠겨 말했다. "본 적은 없다만. 인간이 늑대와, 그리고 어둠의 존재가 부리는 다른 짐승들과 이야기를 한다니 더러운 일이다. 그런 이야기를 들으면 최후의 전투가 정말로 머잖아 벌어지겠다는 두려움이 생긴다."

"늑대들은……." 페린은 그렇게 말했지만, 바이알이 장화를 뒤로 젖히자 입을 다물었다. 그는 심호흡을 하고 좀 더 온순한 말투로 이야기를 이었다. 바이알이 실망했다는 듯 인상을 찡그리며 발을 내려놓았다. "늑대들은 어둠의 존재가 부리는 짐승이 아닙니다. 늑대들은 어둠의 존재를 싫어해요. 최소한 트롤록과 희미한 자는 싫어한다고요." 페린은 여윈 얼굴의 남자가 흡족하다는 듯 고개를 끄덕이는 것을 보고 놀랐다.

본할드가 한쪽 눈썹을 치켜올렸다. "누가 그런 말을 하더냐?"

"수호자가요." 에그웨인이 말했다. 그녀는 움찔하며 바이알의 달아오른 시선을 피했다. "수호자가 늑대는 트롤록을 싫어하고 트롤록은 늑대를 무서워한다고 했어요." 페린은 에그웨인이 일라이아스 이야기를 꺼내지 않은 것이 다행이라고 생각했다.

"수호자라." 잿빛 머리카락의 남자가 한숨을 쉬었다. "타 발론의 마녀들이 키우는 짐승이지. 수호자 자신이 어둠의 친구이자 어둠의 친구를 섬기는 자다. 그런 자가 너희에게 달리 무슨 말을 하겠느냐? 트롤록에게는 늑대의 주둥이와 이빨, 늑대의 털이 있다는 걸 모르느냐?"

페린은 눈을 깜빡이며 정신을 차리려고 애썼다. 머리가 여전히 물렁물렁한 고통처럼 느껴졌다. 뭔가 이상했다. 하지만 그게 뭔지 생각해 낼 만큼 생각을 바로잡을 수가 없었다.

"전부 그런 건 아니에요." 에그웨인이 툴툴대듯 말했다. 페린은 조심스럽게 바이알을 보았지만, 여윈 남자는 에그웨인만 지켜보았다. "어떤 트롤록은 산양이나 염소처럼 뿔이 있어요. 매의 부리나……. 아니면…… 온갖 것이 달렸는걸요."

본할드는 슬프게 고개를 저었다. "나는 너희에게 기회를 줄 만큼 주고 있는데, 너희는 말을 할 때마다 점점 더 깊이 무덤을 파는구나." 그가 한 손가락을 들었다. "너희는 늑대들과 함께 다닌다. 어둠의 존재가 기르는 짐승들과 함께." 두 번째 손가락. "너희는 어둠의 존재를 섬기는 다른 짐승인 수호자와 아는 사이임을 인정했다. 그냥 지나가는 얘기였다면, 수호자가 너희에게 그런 이야기를 해 주지는 않았겠지." 세 번째 손가락. "특히 너, 소년은 주머니에 타 발론의 징표를 가지고 다닌다. 타 발론에 살지 않는 남자 대부분은 최대한 빨리 그런 물건을 버리는데도. 타 발론의 마녀를 섬기지 않는다면 말이지." 네 번째 손가락. "너는 어린 농부처럼 입고 다니면서 전사의 무기를 지니고 있다. 그렇다면 너는 정체를 숨긴 셈이다." 엄지가 올라왔다. "너희는 트롤록과 머드랄을 안다. 이렇게까지 먼 남쪽 지방에서 그들이 이야기 속 존재가 아니라는 걸 아는 사람은 몇몇 학자와 변방에 여행을 갔던 자들뿐이다. 혹시 너희가 변방에 가본 것이냐? 만일 그랬다면 어디로 갔는지 말해 주겠느냐? 나는 변방을 오랫동안 여행해서 잘 안다. 싫다고? 뭐, 그렇다면," 할아버지 같은 표정은 손자들이 정말이지 매우 심각한 장난을 꾸며 왔다는 뜻을 전했다. "너희가 어쩌다 한밤중에 늑대들과 같이 뛰어다니게 되었는지에 관해 진실을 말하지 그러느냐?"

에그웨인이 입을 열었다. 페린은 고집스럽게 다물린 그녀의 턱을 보고, 그녀가 둘이 함께 지어낸 이야기 중 하나를 말할 작정이라는 것을 알았다. 그 이야기는 통하지 않을 것이다. 지금, 여기서는. 페린은 머리가 아팠다. 생각해 볼 시간이 있으면 좋겠다고 빌었다. 하지만 그럴 시간은 없었다. 이 본할드라는 자가 어디를 여행해 왔는지, 어느 땅이나 도시와 가장 익숙할지 누가 알겠는가? 페린과 에그웨인이 거짓말을 하다가 본할드에게 들키면 다시 진실을 말할 기회는 날아가는 셈이었다. 본할드는 그들도 어둠의 친구와 한패라고 믿을 것이다.

"투 리버스 출신입니다." 페린이 재빨리 말했다.

에그웨인이 대놓고 그를 바라보다가 멈추었지만, 페린은 계속해서 진실 혹은 진실의 한 형태를 이야기했다. 두 사람은 케임린을 보러 투 리버스를 떠났다. 가는 길에 샤다 로고스라는 위대한 도시의 폐허가 있다는 이야기를 들었지만, 정작 그곳을 찾아가 보니 트롤록들이 있었다. 간신히 아리넬강을 건너 도망칠 수 있었지만, 그때쯤에는 완전히 길을 잃었다. 그런 뒤 둘은 케임린까지 길을 안내해 주겠다는 남자와 동행하게 되었다. 그는 두 사람에게 자기 이름에는 신경 쓰지 말라고 했고 전혀 친절하지 않게 보였다. 하지만 그들은 길잡이가 필요했다. 둘 중 한 명이 처음으로 늑대를 본 것은 빛의 아이들이 나타난 다음이었다. 그들이 하려고 했던 일이라고는 늑대들에게 잡아먹히거나 말을 탄 남자들에게 살해당하지 않으려고 애쓴 것뿐이었다.

"……빛의 아이들이라는 걸 알았으면," 페린은 말을 마쳤다. "당신들한테 가서 도와 달라고 했을 거예요."

바이알은 믿을 수 없다는 듯 코웃음 쳤다. 페린은 신경 쓰지 않았다. 지휘관만 설득하면 바이알은 그들을 해칠 수 없었다. 본할드 지휘관이 숨을 그만 쉬라고 하면 바이알은 그 명령에도 따를 것이 분명했다.

"그 이야기에는 수호자가 나오지 않는데." 잿빛 머리카락의 남자가 잠시 후 말했다.

페린이 지어낸 이야기가 그를 배신했다. 페린은 시간을 좀 더 들여 잘 생각해 봤어야 한다는 것을 알았다. 에그웨인이 그 틈새에 뛰어들었다. "수호자는 베얼론에서 만났어요. 베얼론은 겨울이 지나 광산에서 내려온 사람들로 북적거렸고, 저희는 여관에서 수호자와 같은 식탁에 앉게 됐어요. 그냥 식사 시간 동안만 이야기를 나눈 거고요."

페린이 다시 숨을 내쉬었다. **고마워, 에그웨인.**

"저들에게 소지품을 돌려주어라, 빛의 아이 바이알. 물론 무기는 안 되지만." 바이알이 놀라서 바라보자 본할드가 덧붙였다. "너도 계몽되지 않은 자들을 약탈하는 습관을 들인 거냐, 빛의 아이 바이알? 그건 악한 사업 아니냐? 도둑질을 하면서 빛 속을 걸을 수 있는 사람은 없다." 바이알은 그런 말을 듣다니 믿을 수 없어 몸부림치는 듯했다.

"그럼 보내 주시는 건가요?" 에그웨인은 놀란 목소리였다. 페린이 고개를 들고 지휘관을 보았다.

"물론 아니지, 얘야." 본할드가 슬프게 말했다. "베얼론과 광산에 대해 아는 걸 보면 투 리버스에서 왔다는 너희 말은 사실일지 모르겠다. 하지만 샤다 로고스라니……? 그건 아는 사람이 매우, 매우 적은 이름이다. 그런 사람 중 대부분의 어둠의 친구이고. 또 그 이름을 알 만큼 많은 것들을 아는 사람들은 그곳에 가서는 안 된다는 걸 안다. 아마도어로 가는 길에 그보다 나은 이야기를 생각해 보기를 권한다. 케임린에 잠시 들러야 하니 시간은 있을 거다. 되도록 진실을 말하는 게 좋겠구나, 얘야. 진실과 빛에는 자유가 있으니."

바이알은 잿빛 머리카락의 남자에게 조심스럽게 굴어야 한다는 사실을 잠시 잊었다. 그는 포로들에게서 홱 돌아섰다. 그가 하는 말에는 분노에 차 딱딱거리는 느낌이 배어 있었다. "그러실 수는 없습니다! 허용되지 않는 일입니다!" 본할드가 수상하다는 듯 한쪽 눈썹을 치켜올리자 바이알은 침을 삼키며 말을 멈추었다. "용서하십시오, 지휘관님. 제가 주제를 잊었습니다. 겸허히 용서를 처하며 회개하옵니다. 하지만 지휘관님께서 직접 말씀하셨듯 우리는 늦지 않게 케임린에 도착해야 합니다. 새로 구한 말들이 대부분 사라졌으니 포로들을 데려가지 않아도 일정이 빠듯합니다."

"그럼 어떻게 할까?" 본할드가 침착하게 물었다.

"어둠의 친구가 되었을 때의 형벌은 죽음입니다." 그 말은 밋밋한 목소리 때문에 더욱 충격적으로 들렸다. 바이알의 말은 벌레를 밟자고 제안하는 것처럼 들렸다. "그림자와의 휴전이란 존재하지 않습니다. 어둠의 친구들에게 베풀어 줄 자비는 없습니다."

"빛의 아이 바이알, 네 열의는 칭찬할 만하다. 하지만 내가 아들 데인에게 어쩔 수 없이 자주 훈계하듯, 지나친 열의는 통탄할 만한 결점이 될 수 있다. 교의에는 '빛으로 인도할 수 없을 만큼 길을 잃은 자는 없다'라는 말도 있다는 걸 기억해라. 이 둘은 어리다. 아직 그림자에 깊이 물들어 있을 리 없다. 이들이 눈에서 그림자를 떼어 내도록 해 주기만 하면, 우리는 이들을 빛으로 이끌 수 있다. 그 정도 기회는 주어야지."

페린은 잠시 그들과 바이알 사이에 서 있는 할아버지 같은 남자에게 애정이 느껴질 뻔했다. 그때 본할드가 할아버지 같은 미소를 지으며 에그웨인을 돌아보았다.

"우리가 아마도어에 도착할 때쯤에도 빛으로 다가오기를 거부한다면, 나는 어쩔 수 없이 너희를 질문자들에게 넘겨야 한다. 질문자들 옆에서는 바이알의 열의도 그저 태양 앞의 촛불에 불과하다." 잿빛 머리카락의 남자는 어쩔 수 없이 해야 하는 일이 유감스럽기는 하지만, 임무를 수행하는 것 말고는 아무 의도도 없는 사람처럼 말했다. "회개하고, 어둠의 존재를 끊어 버리고, 빛으로 와서 너희의 죄를 고백하며 늑대들과 저지른 이 더러운 짓에 대해 아는 대로 말해라. 그러면 방금 말한 일은 당하지 않을 것이다. 빛 속을 자유롭게 걷게 될 거다." 그의 시선은 페린에게 집중되었다. 그가 슬픈 듯 한숨을 쉬었다. 페린은 등뼈가 얼음으로 가득 차는 것만 같았다. "하지만 너, 투 리버스 출신의 그냥 페린. 너는 빛의 아이들을 두 명 죽였다." 그는 바이알이 그때까지 들고 있던 도끼를 건드렸다. "유감이지만, 아마도어에서 너를 기다리는 건 교수대다."

31장 저녁 식사를 위한 놀이

랜드는 눈을 가늘게 뜨고 저 앞, 길이 서너 번 굽어진 곳 너머에서 일어나는 먼지 꼬리를 보았다. 맷은 이미 길가를 따라 나 있는 야생 산울타리로 가고 있었다. 반대쪽으로 넘어갈 수만 있으면 산울타리의 늘푸른나무 잎사귀와 빽빽하게 얽힌 나뭇가지가 돌로 만든 벽처럼 그들의 모습을 잘 숨겨 줄 터였다. 길의 다른 쪽에는 머리 높이까지 자란 덤불의 듬성듬성한 갈색 뼈대가 있었고, 그 너머로는 숲까지 914미터 이어지는 탁 트인 들판이 있었다. 이곳은 그리 멀지 않은 시점에 버려진 농장의 일부인 듯했다. 어쨌든 빠르게 숨을 수 있는 곳은 없었다. 랜드는 먼지 꼬리와 바람의 속도를 가늠해 보았다.

갑작스러운 돌풍이 랜드 주변에서 소용돌이치며 먼지를 일으켜 모든 것을 가려 버렸다. 랜드는 눈을 깜빡이며 코와 입을 가린 검은 민무늬 스카프를 바로잡았다. 이제는 그다지 깨끗하지 않게 된 스카프 때문에 얼굴이 근질거렸다. 하지만 스카프를 둘러야 숨을 쉴 때마다 먼지를 들이쉬지 않을 수 있었다. 얼굴이 길쭉하고 걱정으로 두 뺨에 주름이 져 있던 어느 농부가 준 물건이었다.

"너희가 무엇 때문에 도망치는 건지는 모르겠다." 불안한 농부는 얼굴을 찡그리며 그렇게 말했었다. "알고 싶지도 않고. 무슨 말인지 알지? 난 가족이 있어." 농부는 갑자기 두 개의 긴 스카프를 코트 주머니에서 꺼내더니 엉켜 있는 모직 천을 그들에게 내밀었다. "별건 아니지만 가져가라. 내 아들들 거다. 그 애들한테는 다른 스카프도 있으니까. 너희는 나를 모르는 거다. 알았지? 어려운 시절이야."

랜드는 그 스카프를 보물처럼 아꼈다. 화이트브리지를 떠난 이후로 며칠 동안 랜드는 머릿속으로 사람들의 호의를 기록해 두었다. 하지만 그 목록은 짧았다. 앞으로 많이 길어질 것 같지도 않았다.

머리에 스카프를 둘둘 감아 눈만 빼고 얼굴을 전부 가린 맷은 높은 산울타리를 따라 빠르게 움직이며 잎사귀가 풍성한 가지들을 잡아당겼다. 랜드는 허리띠에 차고 있는 왜가리 문양의 손잡이를 만져 보다가 그냥 손을 늘어뜨렸다. 그들은 이미 한 차례 산울타리에 구멍을 내 보려다가 위치를 들킬 뻔했다. 먼지 꼬리가 그들에게 다가오고 있었다. 너무 오랫동안 그들과 함께 이동했다. 그리고 먼지가 이는 것은 바람 때문이 아니었다. 그나마 다행인 것은 비가 오지 않았다는 점이었다. 비는 먼지를 가라앉혔다. 아무리 세차게 내려도 단단히 다져진 길을 진창으로 바꾸어 놓지 못했지만, 먼지를 가라앉혔다. 먼지는 소리가 들리기 전에 누군가가 다가온다는 것을 알아차릴 수 있는 유일한 경고였다. 소리가 들릴 때면 너무 늦을 때가 많았다.

"여기야." 맷이 조용히 말했다. 그는 산울타리를 곧장 뚫고 들어가는 것처럼 보였다.

랜드가 서둘러 그 자리로 갔다. 예전에 누군가가 그 자리에 구멍을 뚫어 놓은 모양이었다. 산울타리가 다시 자라 구멍 일부가 덮여 있었기에 세 걸음 정도 떨어진 곳에서 볼 때는 그 부분도 산울타리의 다른 부분과 똑같이 단단해 보였으나 가까이 가서 보니 나뭇가지로 이루어진 얇은 장막만이 있었다. 랜드는 가지를 밀치고 들어가며 말들이 다가오는 소리를 들었다. 바람 소리가 아니었다.

랜드는 간신히 덮인 구멍 너머에 웅크리고서, 기수들이 지나가는 동안 칼자루를 꽉 쥐고 있었다. 다섯……. 여섯……. 일곱 명. 평범한 옷을 입었지만, 검과 창을 들고 있는 것을 보니 마을 주민은 아니었다. 일부는 금속 장식 못이 박힌 가죽 튜닉을 입고 있었고, 두 명은 둥근 강철 모자를 쓰고 있었다. 아마 고용되기를 기다리는 상인의 호위병인 듯했다. 아마도.

그중 한 명이 구멍 옆을 지나가면서 산울타리 쪽으로 무심하게 시선을 돌렸다. 랜드는 칼을 3센티미터쯤 뽑았다. 맷은 구석에 몰린 오소리처럼 조용히 으르렁거리며 눈을 가늘게 뜨고 스카프 너머를 보았다. 그는 코트에 손을 넣고 있었다. 위험할 때면 그는 늘 샤다 로고스에서 가져온 단검을 쥐었다. 랜드는 맷이 그러는 이유가 자기 몸을 지키기 위해서인지, 자루에 루비가 박힌 단검을 지키기 위해서인지 더 이상 알 수 없었다. 최근에 맷은 자신에게 활이 있다는 사실을 종종 잊는 듯했다.

기수들은 천천히 말을 달리며 지나갔다. 목적의식을 가지고 어딘가로 가고 있었지만 별로 서두르지는 않는 모양새였다. 먼지가 산울타리를 넘어 들어왔다.

랜드는 또각또각 하는 말발굽 소리가 희미해지기를 기다렸다가 조심스레 다시 구멍으로 고개를 내밀었다. 먼지 꼬리는 길 저 멀리로, 그들이 온 방향으로 가 있었다. 동쪽 하늘은 맑았다. 랜드는 길 쪽으로 나와 먼지기둥이 서쪽으로 움직이는 모습을 지켜보았다.

"우리를 쫓는 게 아니야." 랜드는 반쯤은 대답하듯, 반쯤은 질문하듯 그렇게 말했다.

맷이 허둥지둥 랜드를 따라 나오더니 양쪽을 조심스럽게 바라보았다. "그럴지도 몰라." 그가 말했다. "그럴지도 모르지."

랜드는 맷이 무슨 뜻으로 하는 말인지 알 수 없었지만 고개를 끄덕였다. 그럴지도 모른다니. 처음에는 케임린 대로를 따라가겠다는 그들의 여행도 이렇지 않았다.

랜드는 화이트브리지를 떠나온 이후로 오랫동안 자기도 모르는 사이에 문득 등 뒤의 길을 바라보곤 했다. 때로는 숨을 멎게 만드는 누군가가 보였다. 서둘러 길을 따라 오는 키가 크고 깡마른 사람이나, 마차 운전수 옆자리에 앉아있는 호리호리하고 머리가 흰 사람. 하지만 그런 사람은 언제나 행상인이거나 시장으로 가는 농부였다. 톰 머릴린이 아니었다. 여러 날이 지나면서 희망도 흐려졌다.

길에는 마차든 손수레든 말을 탄 사람이든 걸어 다니는 사람이든 교통량이 많았다. 그들은 혼자서, 혹은 무리를 지어 다가왔다. 상인들의 마차가 줄줄이 가기도 했고 열두 명의 기수가 함께 있기도 했다. 그 사람들 때문에 길이 막히는 경우는 없었다. 단단히 다져진 길 양옆의 헐벗은 나무 말고는 아무것도 보이지 않을 때도 많았다. 하지만 랜드가 투 리버스에서 본 것보다는 이동하는 사람들의 수가 확실히 많았다.

대부분은 랜드 일행과 같은 방향으로, 케임린이 있는 동쪽으로 움직였다. 때로 그들은 농부의 마차를 타고 2~9킬로미터에 이르는 짧은 거리를 이동했지만, 그보다 많은 경우는 그냥 걸어 다녔다. 그들은 말을 탄 남자들을 피했다. 멀리서 말 탄 사람이 한 명이라도 보이면 서둘러 길을 벗어나 그 사람이 지나갈 때까지 숨어 있었다. 검은 망토를 입은 기수는 한 명도 없었다. 랜드도 사실 희미한 자가 다가오면서 자기 모습을 드러내리라고 생각하지는 않았다. 하지만 괜히 운을 시험해 볼 이유는 없었다. 처음에 그들이 두려워한 것은 그저 반인뿐이었다.

화이트브리지를 지나 처음으로 만난 마을은 에먼즈 필드와 너무도 비슷한 모습이었다. 랜드는 그 마을을 보자마자 그리로 향했다. 꼭대기가 높은 이엉 얹은 지붕과 앞치마를 걸치고 집 사이의 울타리 너머로 소문을 이야기하는 주부들, 마을의 풀밭에서 노는 아이들. 여자들은 머리를 땋지 않고 어깨까지 늘어뜨리고 있었다. 그 밖에도 소소하게 다른 점이 몇 가지 더 있었다. 하지만 전체적으로 그곳은 고향처럼 느껴졌다. 소들이 풀밭에서 풀을 뜯었고 거위들은 잘난 척하듯 뒤뚱거리며 길을 가로질렀다. 아이들은 웃으며 풀이 완전히 사라진 먼지 구덩이에서 뒹굴었다. 심지어 랜드와 맷이 지나갈 때 돌아보지도 않았다. 그것도 다른 점이었다. 여기서는 낯선 사람이 특이한 존재가 아니었다. 그런 사람 두 명이 더 지나간다고 해서 다시 돌아보는 사람은 없었다. 마을의 개들은 랜드와 맷이 지나가자 그저 고개를 들고 냄새를 맡을 뿐이었다. 굳이 일어나는 개는 한 마리도 없었다.

그들이 마을을 통과할 때는 저녁이 다 된 시간이었다. 창가에 불이 들어오자 랜드는 찌르는 듯한 향수를 느꼈다. 작은 목소리가 랜드의 머릿속에 속삭였다. **어떻게 보이든 여긴 진짜 고향이 아니야. 네가 저 집 중 한 곳에 들어간다 해도 탬은 없어. 탬이 있다면 네가 얼굴이나 마주 볼 수 있겠어? 너도 이제는 알잖아? 네가 어디에서 왔는지, 누구인지 하는 사소한 문제들만 빼놓고. 그건 열병 때문에 꾼 꿈이 아니었어.** 랜드는 머릿속에서 그를 놀리는 웃음소리에 맞서 어깨를 웅크렸다. **여기서 멈추는 것이 낫겠다.** 목소리가 히죽거렸다. **고향이 존재하지 않을 때는 여기나 저기나 똑같으니까. 어둠의 존재가 너에게 표시를 남기기도 했고.**

맷이 소매를 잡아당겼지만, 랜드는 그 손길을 뿌리치고 집들을 바라보았다. 그 마을에 들르고 싶지는 않았지만, 그곳을 바라보고 기억하고 싶었다. **집과 무척 비슷하긴 하지. 하지만 너는 다시는 집을 볼 수 없을 거야. 안 그래?**

맷이 그를 다시 잡아당겼다. 얼굴에 힘이 잔뜩 들어가 있었다. 입과 눈 주변의 피부가 허옜다. "가자." 맷이 웅얼거렸다. "가자고." 그는 무언가가 숨어 있을 거라고 생각하는 듯 마을을 바라보았다. "가자니까. 아직 멈추면 안 돼."

랜드는 완전히 한 바퀴 돌며 마을 전체를 바라보고 한숨을 쉬었다. 그들은 화이트브리지에서 별로 멀지 않은 곳에 있었다. 머드랄이 눈에 띄지 않고 화이트브리지 성벽을 지날 수 있다면 이 작은 마을을 뒤지는 것도 전혀 어려워하지 않을 것이다. 랜드는 마을 너머의 시골로, 이엉을 얹은 집들이 등 뒤에 남을 때까지 간신히 걸음을 옮겼다.

그들은 밤이 찾아오고 나서야 아직 죽은 잎사귀가 달려 있는 덤불 아래 한 자리를 달빛으로 찾았다. 그들은 그리 멀지 않은 곳에 있는 얕은 개울에서 떠 온 차가운 물로 배를 채우고 땅에 웅크린 채 불 없이 망토로 몸을 감쌌다. 불을 피우면 눈에 띌 수 있었다. 추운 것이 차라리 나았다.

랜드는 기억 때문에 마음이 불편해 자주 잠을 깼다. 그럴 때마다 맷이 잠결에 웅얼거리며 뒤척거리는 소리가 들렸다. 랜드가 기억하는 한 랜드 자신은 꿈을 꾸지 않았다. 그렇다고 단잠을 잔 것도 아니었다. **다시는 집을 볼 수 없을 거야.**

바람을 막아 줄 것이라고는 망토밖에 없는 상태로 밤을 지새운 것은 그날

만이 아니었다. 때로는 비가 내려 차갑게 몸을 적시기도 했다. 오직 찬물로만 식사를 한 것도 그때만이 아니었다. 랜드와 맷이 가진 돈을 합치면 여관에서 몇 끼 정도 먹을 만한 돈이 있었다. 하지만 하룻밤 묵는 데는 돈이 너무 많이 들 터였다. 투 리버스가 아닌 곳에서는 물가가 비쌌다. 아리넬강의 이편은 베얼론보다도 물가가 높았다. 남은 돈은 비상 상황을 위해 아껴 두어야 했다.

어느 날 오후, 랜드는 자루에 루비가 박힌 단검 이야기를 꺼냈다. 꼬르륵 소리조차 나지 않을 정도로 배가 텅 빈 채 터덜터덜 길을 걸어가는 도중이었다. 태양이 낮게 떠서 약한 빛을 드리우고 있었다. 밤이 다가오는 가운데 눈에 들어오는 것은 더 많은 덤불밖에 없었다. 밤 동안 비가 내리려는지 머리 위에서 먹구름이 생겨났다. 랜드는 운이 따라 주기를 바랐다. 얼음장 같은 부슬비에서 그쳐 주기를.

랜드는 몇 발짝을 더 걸어간 끝에 맷이 발걸음을 멈추었다는 것을 알았다. 랜드도 장화를 신은 채 발가락을 꼼지락거리며 멈춰 섰다. 최소한 발은 따뜻하게 느껴졌다. 랜드는 어깨에 멘 끈을 느슨하게 했다. 그의 담요와 톰이 말아 놓은 망토는 별로 무겁지 않았지만, 공복으로 몇 킬로미터를 걷고 나니 겨우 몇 킬로그램조차 무겁게 느껴졌다. "왜 그래, 맷?" 랜드가 말했다.

"왜 단검을 못 팔아서 안달이야?" 맷이 화를 내며 물었다. "어쨌든, 이 단검을 찾은 건 나야. 내가 단검을 간직하고 싶어 할 거라는 생각은 안 들어? 어쨌든 당분간은 말이야. 뭔가 팔고 싶다면 그 빌어먹을 칼이나 팔아!"

랜드는 왜가리가 새겨진 칼자루를 손으로 문질렀다. "이건 아버지가 나한테 주신 거야. 아버지 물건이었어. 나도 너한테 아버지가 주신 물건을 팔라고 하지는 않아. 피와 재를 걸고, 맷. 넌 배고픈 게 좋아? 게다가 칼을 사줄 사람을 찾는다 해도 이 칼이 몇 푼이나 나가겠어? 농부가 칼로 뭘 한다고? 그 루비는 케임린까지 가는 길 전부를 마차를 타고 이동할 수 있을 만한 돈을 가져다줄 거야. 어쩌면 타 발론까지 갈 수도 있어. 게다가 매 끼니를 여관에서 먹을 수 있겠지. 밤에는 침대에서 자고. 혹시 걸어서 세상 절반을 가로지르고 땅바닥에서 자는 게 좋은 거야?" 랜드는 맷을 노려보았고, 친구는 그를 마주 노려보았다.

둘은 그런 식으로 길 한가운데에 서 있었다. 그러다가 맷이 갑자기 불편한 듯 어깨를 으쓱하더니 시선을 길로 떨어뜨렸다. "누구한테 팔까, 랜드? 농부들은 닭으로 값을 치러야 할 텐데, 닭으로 마차를 살 수는 없잖아. 게다가 우리가 지나온 모든 마을에서는 내가 이 단검을 보여 주기만 해도 다들 우리가 이걸 훔친 줄 알았을 거야. 그렇게 되면 무슨 일이 벌어질지는 빛만이 아시지."

잠시 후 랜드는 마지못해 고개를 끄덕였다. "네 말이 맞아. 나도 알아. 미안. 너한테 쏘아붙일 생각은 아니었는데. 그냥 배가 고프고 발이 아파서."

"나도 그래." 그들은 다시 길을 따라 이동하기 시작했다. 전보다도 더 경계심이 깊어졌다. 돌풍이 불어와 그들의 얼굴에 먼지를 날렸다. "나도 그래." 맷이 기침했다.

농장에서는 실제로 몇 끼의 식사와 춥지 않은 곳에서 밤을 날 기회 몇 번을 얻었다. 건초 더미는 난로가 있는 방과 비슷할 만큼 따뜻했다. 최소한 덤불 밑에 누웠을 때와 비교하면 그랬다. 게다가 건초 더미는 위에 방수포가 덮여 있지 않아도 깊이 들어가기만 하면 가장 심한 비를 제외한 거의 모든 비를 막아 주었다. 때로는 맷이 달걀 훔치는 솜씨를 확인했다. 한번은 지키는 사람 없이 긴 밧줄에 매여 풀을 뜯던 암소의 젖을 짜기도 했다. 하지만 대부분의 농장에는 개가 있었고, 농장의 개들은 경계심이 강했다. 쩌렁쩌렁하게 짖어 대는 사냥개에게 4킬로미터를 쫓기는 것은 달걀 두세 개를 얻자고 치르기에는 너무 높은 대가였다. 개들이 몇 시간이나 그들을 쫓아오거나 그들이 은신처로 삼았던 나무에서 그들을 쫓아낸 뒤에야 떠나는 경우가 있었기에 특히 그랬다. 랜드는 시간이 아쉬웠다.

내키지는 않았지만, 랜드는 차라리 밝은 대낮에 대놓고 농가에 접근하는 편이 좋았다. 이런저런 소문도 있고 시절이 힘겨운 만큼 외진 곳에 사는 사람은 모두 낯선 사람을 경계했고, 그런 만큼 한마디 말도 없이 그들에게 개를 풀어놓을 때가 많았다. 그러나 한 시간 정도 장작을 패거나 물을 길어 주는 대가로 한 끼 식사와 하룻밤 잠자리를 얻을 수 있을 때도 있었다. 침대라고 해봐야 헛간에 있는 지푸라기 더미일 뿐이었지만 말이다. 문제는 심부름을 하면서 보내는 한두 시간은 대낮에 가만히 서서 한두 시간을 흘려보내는 것과 마찬가지라는 점이었다. 그 한두 시간 동안 머드랄이 두 사람을 따라잡을 수 있었다. 가끔은 희미한 자가 한 시간에 얼마나 달릴 수 있는지 궁금해졌다. 1분, 1분이 아까웠다. 어느 아주머니가 끓여 주는 뜨거운 수프를 게걸스럽게 먹어 치우는 시간은 그렇게 아깝지 않았지만 말이다. 굶주릴 때면, 모든 시간을 케임린으로 가는 데 사용했다고 생각해 봐야 배고픔을 달래는 데는 아무 소용이 없었다. 랜드는 시간을 잃어버리는 것과 굶는 것 중 무엇이 더 나쁜지 판단할 수 없었다. 그러나 맷은 주린 배나 추격을 걱정하는 데서 그치지 않았다.

"누군 줄 알고 도와줘?" 어느 날 오후, 작은 농장의 마구간을 청소하고 있는데 맷이 물었다.

"빛이여, 맷. 사람들이 보면 우리가 모르는 사람이야." 랜드가 재채기했다. 그들은 웃통을 벗고 일하고 있었다. 땀과 지푸라기가 두 사람 모두를 뒤덮었다. 지푸라기에서 나온 먼지 가루가 허공에 맴돌았다. "내가 아는 건, 그 사람들이 우리한테 구운 양고기랑 잘 만한 침대를 내줄 거라는 것뿐이야."

맷은 쇠스랑을 거름과 지푸라기의 혼합물에 박아 넣더니 인상을 찡그리며 곁눈질로 농부를 보았다. 농부는 한 손에 양동이를, 다른 손에는 우유 짜는 의자를 들고 헛간 뒤에서 다가오고 있었다. 가죽처럼 보이는 피부에 깡말랐고 머리카락은 잿빛인 구부정한 노인이었다. 그는 맷의 시선을 의식하고 멈칫하며 서둘러 고개를 돌리더니 헛간을 빠져나갔다. 양동이 가장자리로 우유가 흘러넘쳤다.

"분명히 말하는데, 저 사람은 뭔가 꾸미고 있어." 맷이 말했다. "나랑 눈을 마주치지 않으려는 것 봤지? 본 적도 없는 떠돌이한테 왜 저렇게 친절하게 구는 거야? 어디 말해 봐."

"저 사람 아내가 우릴 보니 손자들이 생각난다고 하잖아. 그 걱정은 그만 좀 할래? 우리가 걱정해야 하는 건 우리를 따라오는 존재야. 내 희망 사항이다."

"저놈이 뭔가 꾸미고 있어." 맷이 웅얼거렸다.

일을 마친 그들은 헛간 앞 물통에서 몸을 씻었다. 해가 지면서 그들의 그림자도 길게 늘어졌다. 랜드는 맷과 함께 농가로 걸어가며 셔츠로 물기를 닦았다. 농부가 문 앞에서 그들을 맞았다. 그는 지나치게 태평한 태도로 곤봉에 기대고 있었다. 그의 뒤에서는 농부의 아내가 자기 앞치마를 꽉 쥐고 농부의 어깨 너머를 보았다. 그녀는 입술을 씹고 있었다. 랜드가 한숨을 쉬었다. 그들이 자신과 맷을 보고 손자들을 떠올린다는 생각은 더 이상 들지 않았다.

"오늘 밤 우리 아들들이 와서 자고 갈 거다." 노인이 말했다. "네 명 전부가. 내가 깜빡했어. 네 명 모두가 온다. 덩치 큰 녀석들이야. 힘도 세고. 지금 당장이라도 도착할 거야. 유감이지만 너희에게 주겠다고 약속했던 침대는 내줄 수 없겠다."

농부의 아내가 냅킨에 싸인 작은 꾸러미를 농부 너머로 내밀었다. "여기. 빵과 치즈, 피클과 양고기야. 두 끼 먹을 분량은 될 거다. 여기." 그녀의 주름진 얼굴이 그들에게 부디 음식을 받아서 가 달라고 부탁했다.

랜드는 꾸러미를 받았다. "감사합니다. 이해해요. 가자, 맷."

맷은 머리 위로 셔츠를 끌어올리고 툴툴대며 랜드를 따라왔다. 랜드는 멈춰서 먹기 전에 최대한 먼 데까지 가는 것이 상책이라고 생각했다. 늙은 농부에게는 개가 있었다.

랜드는 지금보다 상황이 나쁠 수도 있다고 생각했다. 사흘 전에는 그들이 아직 일을 하고 있을 때 누군가가 개를 풀었다. 개들과 농부, 곤봉을 휘두르던 농부의 두 아들은 랜드 일행을 케임린 대로에서 914미터 벗어난 곳까지 쫓아내고 나서야 포기했다. 짐을 챙겨 도망칠 시간조차 없었다. 농부는 촉이 넓은 화살을 활에 재워 들고 있었다.

"돌아오지 마라, 알았나!" 농부는 그들의 등 뒤에 대고 외쳤다. "너희가 무슨 일을 꾸미는지는 모르겠지만, 그 교활한 눈을 다시는 내게 보이지 마!"

맷은 화살통을 더듬으며 뒤를 돌아보려 했지만 랜드가 그를 잡아당겼다. "미쳤어?" 맷은 시무룩한 눈으로 랜드를 보았으나 최소한 계속 달리기는 했다.

랜드는 이따금 농장에 들르는 것이 과연 가치 있는 일인지 궁금해졌다. 멀리 갈수록 맷은 낯선 사람들을 점점 더 심하게 의심했다. 그런 의심을 감추지도 못했다. 아니, 굳이 감추려 하지 않았다고 해야 할까. 같은 일을 하고 받는 음식의 양은 점점 적어졌다. 때로는 잘 곳으로 헛간조차 제의받지 못했다. 하지만 그때 그들의 모든 문제에 대한 해결책이 생겨났다. 아니, 그렇게 보였다. 그 해결책이란 그린웰의 농장이었다.

그린웰 씨 부부에게는 아이 아홉 명이 있었다. 맏이는 랜드와 맷보다 겨우 한 살쯤 어린 딸이었다. 그린웰 씨는 튼튼한 남자였고 자식도 많았으니 그들의 도움이 필요하지는 않았을 것이다. 하지만 그는 랜드와 맷을 위아래로 훑어보더니 여행으로 얼룩진 그들의 옷과 먼지 낀 장화를 받아 들고 일자리야 언제든지 줄 수 있다는 듯 둘을 받아 주었다. 그린웰 부인은 자기 식탁에 앉아 밥을 먹으려면 더러운 옷을 입은 채로는 안 된다고 했다. 그녀는 둘의 옷을 빨아 주겠다며 가져가고 대신 남편의 낡은 옷 몇 벌을 주었다. 그 정도면 일하기에 알맞을 거라고 했다. 그녀는 미소 짓고 있었다. 머리가 노란색이기는 했지만, 랜드의 눈에 그녀는 잠시 알비어 부인과 똑같아 보였다. 전에는 그런 머리 색깔을 본 적이 없었는데도. 맷조차 그녀의 미소가 자신에게 닿자 긴장감을 조금 잃는 듯했다. 부부의 맏딸은 다른 문제였다.

검은 머리카락에 눈이 크고 예쁜 엘즈는 부모가 보지 않을 때마다 랜드와 맷에게 도발하듯 씩 웃었다. 랜드와 맷이 헛간에서 술통과 곡식 자루를 움직이며 일하는 동안 칸막이 문에 걸터앉아 콧노래를 부르며 기다랗게 꼰 타박을 씹으면서 그들을 지켜보았다. 그녀는 특히 랜드를 주의 깊게 보았다. 랜드는 그녀를 무시하려 했다. 몇 분 뒤 그는 그린웰 씨가 빌려준 셔츠를 입었다. 어깨 부분이 꽉 조이고 너무 짧았지만 아무것도 입지 않을 때보다는 나았다. 랜드가 셔츠를 잡아당기자 엘즈가 큰 소리로 웃었다. 랜드는 이번에 쫓겨나면 맷의 잘못 때문이 아닐 거라는 생각이 들기 시작했다.

페린이라면 이런 문제를 어떻게 처리할지 알 텐데. 랜드는 생각했다. **페린이라면 즉석에서 한마디 해줄 거야. 그러면 저 애는 아버지한테 들킬 만한 곳에서 알짱대는 대신 페린의 농담을 듣고 웃게 되겠지.** 하지만 랜드는 즉석에서 던질 말도, 농담도 생각나지 않았다. 랜드가 엘즈 쪽을 볼 때마다 엘즈는 아버지가 보면 랜드 일행에게 개를 풀어놓을 법한 표정으로 그에게 미소 지었다. 한번은 랜드에게 키 큰 남자들을 좋아한다고 말했다. 근처 농장의 소년들은 전부 키가 작다면서. 맷이 심술궂게 키득댔다. 랜드는 농담이 떠올랐으면 좋겠다고 생각하며 쇠스랑에 관심을 집중하려 애썼다.

그래도 엘즈의 동생들은 축복처럼 느껴졌다. 주위에 아이들이 있으면 맷의 경계심이 늘 조금쯤 누그러졌다. 저녁을 먹은 뒤 그들은 모두 난로 앞에 자리를 잡았다. 그린웰 씨는 자기가 가장 좋아하는 의자에 앉아 타박이 가득한 파이프를 엄지로 꾹꾹 눌렀고, 그린웰 부인은 빨아 온 랜드와 맷의 셔츠며 반짇고리를 가지고 수선을 떨었다. 맷은 톰의 알록달록한 공들을 꺼내 저글링을 시작했다. 주변에 아이들이 없으면 한 번도 하지 않는 행동이었다. 맷이 공을 떨어뜨리는 척했다가 마지막 순간에 낚아채자 아이들이 웃었다. 맷이 실제로 공을 떨어뜨릴 뻔하며 분수 던지기나 8자 던지기, 공 여섯 개짜리 저글링을 했을 때는 박수를 보냈다. 아무튼 다들 좋게 봐주었다. 그린웰 부부도 아이들만큼 세차게 손뼉을 쳤다. 맷이 저글링을 마치고 톰만큼이나 화려하게 방 전체를 돌아보며 절하자 랜드는 톰의 플루트를 통에서 꺼냈다.

랜드는 찌르는 듯한 슬픔 없이는 그 악기를 다룰 수 없었다. 금색과 은색의 소용돌이무늬를 만지는 것은 톰의 기억을 만지는 것과 같았다. 랜드는 하프가 안전하게, 건조하게 보관돼 있는지 확인할 때를 빼면—톰은 늘 꼬마 농부의 서툰 손에 하프는 어울리지 않는다고 했다—하프를 절대 건드리지 않았다. 그러나 농부들이 집에 머물게 해 줄 때면 저녁밥을 먹고 난 뒤 늘 플루트로 곡을 하나 연주해 주었다. 그저 농부에게 치를 또 하나의 작은 대가였다. 어쩌면 톰의 기억을 생생히 살려 두는 한 가지 방법이었을지도 모른다.

맷의 저글링 때문에 분위기는 이미 밝아져 있었다. 랜드는 그에 맞게 〈초원의 세 소녀〉를 연주했다. 그린웰 부부가 손뼉을 쳤고 어린아이들은 춤을 추었다. 걸음마를 못 뗀 막내아들까지 박자에 맞춰 발을 굴렀다. 랜드는 자신의 실력이 벨 타인에 상을 받을 정도가 아니라는 것을 알고 있었다. 하지만 톰에게서 가르침을 받은 만큼 참가만으로 창피를 당할 솜씨는 아니었다.

엘즈는 난로 앞에 다리를 꼬고 앉아 있었다. 랜드가 마지막 음이 끝난 뒤 플루트를 내리자, 그녀는 길게 한숨을 쉬며 몸을 앞으로 숙이고 랜드에게 미소 지었다. "정말 아름답게 연주한다. 그렇게 아름다운 소리는 들어 본 적이 없어."

그린웰 부인이 바느질을 하다 말고 갑자기 멈추더니 한쪽 눈썹을 치켜올리며 딸을 보았다. 그런 뒤 그녀는 오랫동안 값을 매겨 보듯 랜드를 바라보았다.

랜드는 플루트를 치우려고 가죽 통을 집어 든 상태였지만, 부인의 시선을 받자 통을 떨어뜨렸다. 하마터면 플루트까지 떨어뜨릴 뻔했다. 그린웰 부인이 자기 딸에게 수작을 부렸다고 비난한다면……. 랜드는 절망적인 마음에 입술에 다시 플루트를 대고 다른 노래를, 또 다른 노래를, 또 다른 노래를 연주했다. 그린웰 부인은 계속 그를 지켜보았다. 랜드는 〈버드나무를 흔드는 바람〉과 〈타윈의틈새에서 집으로 돌아오다〉, 〈아이노라 부인의 수탉〉, 〈늙은 검은 곰〉을 연주했다. 생각나는 모든 노래를 연주했지만, 그린웰 부인은 한 번도 랜드에게서 눈을 떼지 않았다. 그렇다고 무슨 말을 하지도 않았다. 그녀는 지켜보며 평가했다.

마침내 그린웰 씨가 킬킬 웃으면서 두 손을 문지르며 자리에서 일어났다. 늦은 시각이었다. "자, 드물게 재미있었지만 잘 시간을 지났구나. 여행하는 너희에게는 나름의 시간표가 있겠지만, 농장의 아침은 일찍 찾아온다. 분명히 말하는데, 여관에 가서 큰돈을 내고 본 공연도 오늘 밤보다 뛰어나지는 않았어. 오히려 오늘 밤보다 못했지."

"상을 줘야겠는걸요, 여보." 그린웰 부인은 난로 앞에서 오래전에 잠든 막내아들을 안아 들며 말했다. "헛간은 잠자기에 어울리지 않는 장소예요. 오늘 밤 엘즈의 방에서 자면 되겠네요. 엘즈는 나랑 같이 자고."

엘즈는 인상을 썼다. 그녀는 신중하게 고개를 숙이고 있었지만, 랜드는 보았다. 랜드는 엘즈의 어머니도 똑같은 표정일 듯했다.

그린웰 씨가 고개를 끄덕였다. “그래요, 그럽시다. 헛간보다는 훨씬 낫지. 물론, 너희 둘이 한 침대에서 자도 괜찮다면 말이지만.” 랜드는 얼굴을 붉혔다. 그린웰 부인이 계속 그를 지켜보고 있었다. “정말이지 플루트 소리를 더 들을 수 있으면 좋겠군. 네 저글링도 더 보고 싶고 말이다. 마음에 들었어. 알겠지만, 내일 너희가 해 줄 만한 작은 일거리가 있는데…….”

“일찍 시작하고 싶어 할 거예요, 여보.” 그린웰 부인이 끼어들었다. “이 친구들이 가는 방향으로 가장 가까운 마을이 아리엔인데, 그곳 여관에서 운을 시험해 보려 한다면 하루 종일 걸어야 해 지기 전에 도착할 수 있을 테니까요.”

“네, 부인.” 랜드가 말했다. “아마 그럴 거예요. 그리고 감사합니다.”

그린웰 부인은 랜드가 전한 감사 인사가 그녀의 조언에 대한 것만이 아님을, 심지어 저녁밥이나 따뜻한 침대 때문만도 아님을 잘 안다는 듯 입을 꾹 다문 채 미소 지었다.

다음 날 하루 종일 맷은 길을 따라가면서 엘즈 이야기로 랜드를 비웃었다. 랜드는 계속 화제를 돌리려 애썼다. 여관에서 공연을 해 보라는 그린웰 가족의 제안이 떠올랐다. 아침에는 랜드가 떠난다며 뾰루퉁해진 엘즈와 늦지 않게 상황을 해결했다는 듯 날카로운 눈으로 속 시원하게 그들을 지켜보던 그린웰 부인은 물론 공연을 해 보자는 제안도 맷의 입을 다물게 하는 데 효과가 있었다. 그러나 실제로 다음 마을에 도착했을 때는 그 제안이 완전히 다른 문제가 되었다.

띵거미가 질 때, 그들은 아리엔에 있는 유일한 여관에 들어갔다. 랜드가 여관 주인에게 말했다. 그는 통통한 여관 주인이 〈사랑하는 새라〉라고 부르는 노래인 〈강 위의 연락선〉과 〈던 아렌으로 가는 길〉의 일부를 연주했고 맷은 저글링을 조금 보여 주었다. 좋은 점은, 그날 밤 침대에서 자게 되었고 구운 감자와 뜨거운 쇠고기를 먹게 되었다는 것이다. 뒤쪽 처마 밑에 있는 둘의 방은 확실히 여관에서 가장 작은 방이었고, 식사는 플루트를 연주하고 저글링을 하던 기나긴 밤의 한가운데에 나왔다. 하지만 어쨌든 지붕 밑 침대에서 밤을 나게 된 셈이었다. 더 좋았던 것은 낮 전부를 이동하는 데 썼다는 점이었다. 또 여관 손님들은 맷이 자기들을 수상쩍게 바라보아도 신경 쓰지 않는 듯했다. 그중 일부는 심지어 서로를 의심스러운 듯 보기도 했다. 시절이 어려운 만큼 낯선 사람에 대한 의심은 흔했고, 여관에는 늘 낯선 사람들이 있었으니 말이다.

랜드는 화이트브리지를 떠난 이후 그 어느 때보다 단잠을 잤다. 밤마다 웅얼대는 맷과 함께 침대를 써야 했는데도 말이다. 아침에는 여관 주인이 하루 이틀 더 머물라고 했지만, 랜드와 맷은 설득에 넘어가지 않았다. 그러자 여관 주인은 전날 밤 너무 심하게 취해 수레를 몰고 집으로 돌아갈 수 없었던, 게슴츠레한 눈빛의 농부 이질 포니를 소리쳐 불렀다. 한 시간 뒤, 그들은 농부의 수레 뒷자리에 깔린 지푸라기에 팔다리를 쫙 편 채 누워서 동쪽으로 9킬로미터를 더 나아가고 있었다.

이것이 둘의 여행 방식이 되었다. 운이 좋아 한두 번 수레를 얻어 타면, 그들은 거의 항상 해 질 때쯤 다음 마을에 도착할 수 있었다. 마을에 여관이 한 곳 이상 있으면 여관 주인들은 랜드의 플루트 소리를 듣고 맷의 저글링을 본 즉시 경쟁적으로 둘의 몸값을 불렀다. 둘의 솜씨는 합쳐도 방랑 시인의 발끝에 못 미쳤다. 하지만 그것만으로도 대부분의 마을에서는 1년에 한 번 볼 만한 볼거리 이상이었다. 마을에 여관이 두세 곳 있다는 것은 방이 더 나아지고 침대도 따로 쓸 수 있으며 더 좋은 부위의 고기를 더 후하게 받을 수 있다는 뜻이었다. 심지어 떠날 때는 추가로 동전 몇 푼을 받기도 했다. 아침에는 거의 늘 수레를 태워 주겠다는 사람이 있었다. 너무 늦게까지 여관에 있었거나 너무 술을 많이 마신 농부, 혹은 공연이 무척 마음에 들어 그들이 자기 마차 중 한 대의 뒤 칸에 뛰어올라도 개의치 않는 상인 덕분이었다. 랜드는 케임린에 도착할 때까지는 걱정할 것이 없겠다고 생각하기 시작했다. 하지만 그때, 둘은 네명의왕에 도착했다.

32장 그림자 속 네명의왕

그 마을은 대부분의 마을보다 크기가 컸지만, 그렇더라도 네명의왕이라는 이름이 붙기에는 초라한 곳이었다. 늘 그렇듯 케임린 대로가 마을 한복판을 가로질렀다. 다만 네명의왕에는 남쪽으로 이어지는 또 다른 대로가 있었다. 그곳에도 사람이 많이 다녔다. 대부분의 마을은 그 지역 농부들이 시장이나 모임의 장소로 이용하는 공간이었지만, 이곳에서는 농부들이 거의 보이지 않았다. 네명의왕은 상인의 마차 행렬이 케임린과 베얼론 너머에 있는 안개의산맥에 있는 광산촌으로 갈 때, 또 그 사이의 마을로 향할 때 들르는 장소로서 살아남았다. 남쪽 도로는 서쪽 광산촌과 교역하는 루가드의 상인들이 이용했다. 케임린으로 가는 루가드의 상인들은 더 직선에 가까운 길을 이용했다. 인근 지역에는 농장이 거의 없어서 농부 자신들이나 네명의왕 사람들을 먹이기에 부족했다. 마을의 모든 것은 상인과 그들의 마차, 마차를 모는 사람들과 짐을 싣는 노동자들을 중심으로 돌아갔다.

갈리고 갈려 먼지가 된 맨땅이 네명의왕 전체에 흩어져 있었다. 이런 땅은 바퀴를 서로 맞대고 주차되어 있으며 지루해하는 경비병 몇 명을 빼면 지켜보는 사람도 없는 마차들로 가득했다. 마구간과 말을 세워 놓는 공터가 길거리를 따라 늘어서 있었다. 거리는 전부 마차들이 지나갈 수 있을 만큼 넓었고, 너무 많은 바퀴가 지나다녀 깊은 바퀴 자국이 파여 있었다. 마을 광장 역할을 하는 풀밭은 없었고, 아이들은 마차나 마차 운전수의 욕설을 피해 가며 바퀴 자국에서 놀았다. 스카프로 머리를 가린 마을 여자들은 시선을 내리깔고 빠르게 다녔다. 때로는 마차 운전수들이 여자들에게 랜드마저 낯 뜨거워지는 말을 던졌다. 맷조차도 어떤 말에는 깜짝 놀랐다. 어떤 여자도 울타리 너머로 이웃과 이야기하지 않았다. 단조로운 목조 가옥들이 다닥다닥 붙어 서 있었다. 집들 사이에는 좁은 골목밖에 없었으며, 회반죽은—그것도 누군가가 닳아 빠진 널빤지에 굳이 회반죽을 칠했을 때의 얘기지만—몇 년 동안 새로 칠한 적이 없는 것처럼 빛바래 있었다. 집에 달린 묵직한 덧문은 너무 오랫동안 열린 적이 없어서 경첩이 단단한 녹 덩어리가 되어 있었다. 대장간의 딸그랑거리는 소리와 마차 운전수들의 고함, 마을 여관에서 들려오는 왁자지껄한 웃음소리 등 소음이 모든 것에 맴돌았다.

지나치게 화려하게 칠해진 여관에 도착하자 랜드는 캔버스 천을 덮은 상인의 마차 뒤 칸에서 훌쩍 뛰어내렸다. 그 여관은 온통 초록색과 노란색으로 칠해져 있어 납빛의 집들 사이에서 눈에 띄었다. 마차 행렬은 계속해서 움직였다. 운전수들 중 랜드와 맷이 사라졌다는 것을 알아차린 사람은 아무도 없는 것 같았다. 땅거미가 지고 있었기에 다들 말의 굴레를 풀어 주고 여관에 도착하는 데에만 관심을 두고 있었다. 랜드는 바퀴 자국에 걸려 휘청거리다가 다른 방향에서 무거운 짐을 싣고 덜컹거리며 다가오던 마차를 보고 재빨리 펄쩍 뛰어 피했다. 마차가 지나갈 때는 운전수가 랜드에게 큰 소리로 욕을 했다. 마을 여자가 랜드 곁을 돌아, 그와 눈조차 마주치지 않고 서둘러 떠났다.

"여긴 뭔지 모르겠네." 랜드가 말했다. 소음에 섞여 음악 소리가 들리는 것 같았지만, 어디서 나는 소리인지는 알 수 없었다. 여관에서 들려오는 것일지도 모르나 확신하기는 어려웠다. "마음에 안 들어. 이번에는 그냥 지나가야 할지도 모르겠어."

맷은 비웃듯 랜드를 보더니 하늘을 보며 눈알을 굴려 댔다. 머리 위 먹구름이 짙어져 있었다. "그럼 오늘 밤에 산울타리 밑에서 자자고? 이런 날씨에? 난 다시 침대에 익숙해졌는데." 그는 고개를 기울이며 귀 기울이더니 툴툴댔다. "어쩌면 저 여관들 중에 악사가 없는 곳이 있을지도 몰라. 아무튼, 저글링 하는 사람은 확실히 없을걸." 그는 어깨에 활을 걸치고 선명한 노란색 문을 향해 걸어가기 시작했다. 그는 가늘게 뜬 눈으로 모든 것을 살폈다. 랜드는 미심쩍은 마음으로 뒤따랐다.

안에는 악사들이 있었다. 그들의 치터와 북 소리는 저열한 웃음과 취객의 고함에 가려 거의 들리지 않았다. 랜드는 굳이 여관 주인을 찾지 않았다. 다음 두 여관에도 악사들이 있었다. 그곳에서도 똑같이 귀청이 떨어질 것 같은 불협화음이 들려왔다. 옷을 대충 걸친 남자들이 탁자를 가득 채우고 휘청거리며 방을 가로질렀다. 그들은 머그잔을 휘둘러 대며 여자 종업원들에게 수작을 걸려 했고, 종업원들은 참을성 있게 굳은 미소를 지으며 그들을 피했다. 소란에 건물이 흔들릴 정도였다. 냄새가 시큼했다. 오래된 와인과 씻지 않은 몸에서 나는 악취였다. 비단과 벨벳, 레이스로 이루어진 옷을 걸친 상인들은 코빼기도 보이지 않았다. 그들은 귀와 코를 보호해 줄 수 있는 위층의 별실에 따로 묵었다. 랜드와 맷은 문에 고개를 들이밀어 보고는 바로 떠났다. 이 마을에 묵지 않고 움직이는 것 말고는 선택지가 없겠다는 생각이 들기 시작했다.

네 번째 여관인 춤추는 수레꾼은 조용했다.

춤추는 수레꾼도 다른 여관들처럼 현란하기는 했다. 여관은 선명한 빨간색과 눈알이 시큰할 정도로 자극적인 초록색 테두리가 둘러진 노란색으로 칠해져 있었다. 다만 이곳의 페인트는 갈라져 벗겨지고 있었다. 랜드와 맷은 안으로 들어갔다.

휴게실을 채운 탁자에는 남자 대여섯 명밖에 없었다. 그들은 머그잔 위로 몸을 웅크리고 있었는데, 모두 혼자만의 생각에 우울하게 빠져 있었다. 지금은 사업이 잘되지 않지만 한때는 형편이 나았던 듯했다. 휴게실 전체에서 손님만큼 많은 종업원들이 부산을 떨었다. 바닥에는 먼지가 깔려 있고 천장 구석에는 거미줄이 가득했기에 그들에게는 할 일이 충분했지만 실제로 쓸만한 일을 아무것도 하지 않았다. 그저 가만히 서 있는 것처럼 보이지 않으려고 계속 움직일 뿐이었다.

랜드와 맷이 문으로 들어오자 길고 헝클어진 머리카락이 어깨까지 내려오는 깡마른 남자가 고개를 돌려 그들을 노려보았다. 네명의왕 전체에 느릿느릿한 천둥소리가 처음으로 울렸다. "뭐냐?" 그는 발목까지 늘어진 기름진 앞치마에 손을 문질렀다. 랜드는 앞치마와 남자의 손 중 더 많은 때가 나오는 것은 어느 쪽일지 궁금했다. 랜드는 그처럼 깡마른 여관 주인을 처음 보았다. "뭐냐니까? 말해. 술을 주문하든지 나가! 내가 구경거리 같으냐?"

랜드는 얼굴을 붉히며 전에 들렀던 여관에서 연마한 과장된 이야기를 시작했다. "저는 플루트를 연주하고, 제 친구는 저글링을 합니다. 1년 안에는 저희보다 나은 2인조를 보실 수 없을 거예요. 좋은 방과 좋은 음식을 내주시면 주인장의 휴게실을 채워 드리겠습니다." 랜드는 그날 저녁에 이미 본 가득 찬 휴게실을 떠올렸다. 랜드의 코앞에서 한 남자가 구토했던 마지막 여관이 특히 기억났다. 랜드는 토사물이 장화에 닿지 않게 하려고 힘차게 옆으로 움직여야 했다. 랜드는 말을 더듬었지만, 진정하고 이야기를 이어갔다. "저희 때문에 발생할 작은 비용은 여관을 사람들로 가득 채워 그들에게 음식과 술을 판 돈으로 스무 배 이상 보상해 드리겠습니다. 혹시……."

"여기에는 덜시머를 연주하는 사람이 있어." 여관 주인이 퉁명스럽게 말했다.

"주정뱅이가 있겠죠, 새믈 헤이크." 종업원 한 명이 말했다. 그녀는 쟁반에 머그잔 두 개를 얹어 근처를 지나가다가 잠시 멈춰서 랜드와 맷에게 통통한 얼굴로 미소 지었다. "거의 항상 휴게실이 어디 있는지도 못 찾을 정도로 취해 있긴 하지만." 그녀는 다 들리는 귀엣말로 털어놓았다. "그나마 이틀째 보이질 않네."

헤이크는 랜드와 맷에게서 눈을 떼지 않은 채 종업원의 얼굴을 아무렇지 않게 손등으로 쳤다. 종업원은 놀란 듯 신음하더니 닦지 않은 바닥에 쿵 하며 넘어졌다. 머그잔이 하나 깨졌고, 흘러나온 와인이 먼지를 닦아 내며 개울처럼 흘렀다. "와인과 깨진 잔 값은 일한 값에서 빼겠다. 새 술을 가져와. 서둘러라. 사람들이 네가 게으름을 부리는 동안 기다리자고 돈을 내는 건 아니니까." 그의 말투는 손찌검만큼이나 부주의했다. 와인을 마시다가 고개를 든 손님은 아무도 없었고, 다른 종업원들은 시선을 피했다.

통통한 여자는 뺨을 문지르며 살기등등한 눈으로 헤이크를 보았지만, 아무 말 없이 빈 머그잔과 깨진 조각들을 쟁반에 담아 떠났다.

헤이크는 생각에 잠긴 듯 쯧 소리를 내며 랜드와 맷을 눈여겨보았다. 그의 시선이 왜가리 문양이 새겨진 칼에 달라붙었다. 헤이크는 눈길을 돌렸다. "하나 말해 주지." 결국 그가 말했다. "뒤쪽에 있는 빈 창고에 짚을 넣은 요가 있으니 그걸 써도 된다. 그냥 줘 버리기에 방값은 너무 비싸니까. 밥은 모두가 떠난 뒤에 먹어라. 뭐든 남아 있을 테니까."

랜드는 네명의왕에 아직 가 보지 않은 여관이 있었으면 좋겠다고 생각했다. 화이트브리지를 떠난 이후로 그는 냉정함과 무관심, 노골적인 적대감과 마주해 왔지만 이 남자와 이 마을이 준 것만큼 불편한 느낌을 준 것은 아무것도 없었다. 랜드는 그냥 먼지와 지저분함, 소음 때문에 그런 거라고 자신을 타일렀지만 불안감은 사라지지 않았다. 맷은 무슨 함정이 있을 거라고 생각하는 듯 헤이크를 지켜보았지만, 산울타리 밑에서 자겠다고 춤추는 수레꾼을 포기하고 싶어 하는 기색은 아니었다. 천둥이 창문을 흔들었다. 랜드는 한숨을 쉬었다.

"깨끗하기만 하면 짚을 넣은 요도 괜찮아요. 깨끗한 이불이 충분히 있다면요. 하지만 저희는 해가 지고 두 시간 뒤에 식사를 합니다. 그보다 늦게는 안 먹어요. 또 갖고 계신 가장 좋은 음식을 주셔야 해요. 자, 저희가 뭘 할 수 있는지 보여 드릴게요." 그는 플루트 통으로 손을 뻗었지만 헤이크는 고개를 저었다.

"상관없어. 이 동네 사람들은 음악 비슷한 소리만 나면 깽깽이 소리에도 만족할 테니까." 그의 눈이 다시 랜드의 칼에 닿았다. 가느다란 미소는 오직 그의 입술에만 미쳤다. "원할 때 식사해라. 하지만 손님을 끌어모으지 못하면 너희도 거리로 쫓겨나는 거다." 그는 어깨 너머로 벽에 기대앉아 있는 딱딱한 표정의 두 남자를 고갯짓했다. 그들은 술을 마시지 않고 있었으며 팔이 다리처럼 굵었다. 헤이크가 그들에게 고갯짓하자 그들의 눈이 랜드와 맷에게로 움직였다. 지루하면서도 무감정한 눈이었다.

랜드는 한 손을 칼자루에 얹으며 배 속에서 느껴지는 뒤틀림이 얼굴에 드러나지 않기를 바랐다. "약속한 걸 주시기만 한다면요." 그는 침착한 말투로 말했다.

헤이크는 눈을 깜빡였다. 잠깐은 헤이크도 불안해 보였다. 그가 갑자기 고개를 끄덕였다. "내가 그러자고 했잖아? 뭐, 시작해라. 그냥 그 자리에 서 있는 것만으로 사람들을 불러들일 수는 없을 텐데." 그는 종업원들이 쉰 명은 되는 손님을 못 본 체하고 있다는 듯 그들을 노려보고 소리를 치며 성큼성큼 멀어져 갔다.

휴게실 저쪽 끝, 뒷문 근처에는 작게 높여 놓은 단상이 있었다. 랜드는 그 위로 벤치를 끌어다 놓고 망토와 담요, 톰의 둘둘 말린 망토를 벤치 뒤에 놓았다. 칼은 맨 위에 두었다.

랜드는 칼을 다 보이게 차고 다니는 것이 현명한 일일지 고민되었다. 칼이야 흔한 물건이었지만, 왜가리 표시가 관심과 의심을 불러일으켰다. 모두가 알아보는 것은 아니었지만, 누가 조금이라도 눈치를 채면 불안한 마음이 들었다. 이 칼을 차고 다닌다는 것은 머드랄이 따라올 만한 선명한 흔적을 남기고 다니는 것일지도 몰랐다. 희미한 자들에게 그런 식의 흔적이 필요하다면 말이다. 하지만 그들에게는 단서가 필요 없는 것처럼 보였다. 아무튼, 랜드는 칼을 그만 차고 싶지도 않았다. 칼을 준 사람은 탬이었다. 랜드의 아버지였다. 칼을 차고 다니는 한은 탬과 랜드 사이에 어떤 연결이 존재하는 셈이었다. 탬을 계속 아버지라고 부를 수 있는 권리를 주는 실 한 오라기가. **이젠 너무 늦었어.** 랜드는 생각했다. 무슨 뜻인지 분명하지는 않았지만, 사실이었다. **너무 늦었어.**

〈되새〉라는 노래의 첫 번째 음이 울리자 휴게실에 있던 대여섯 명의 손님들이 와인을 마시다 말고 고개를 들었다. 경비원 둘도 약간 앞으로 나와 앉았다. 랜드가 연주를 마치자 경비원 둘을 포함한 모두가 박수를 보냈다. 맷이 알록달록한 공을 두 손 사이로 빙빙 돌리며 던져 대자 또 한 번 갈채가 나왔다. 밖에서는 하늘이 다시 우르릉댔다. 비는 아직 내리지 않았지만, 곧 비가 올 것 같다는 느낌이 손에 만져질 듯했다. 오래 기다릴수록 더 세찬 비가 내릴 터였다.

소문이 퍼졌다. 밖이 어두워질 때쯤 여관은 너무 시끄럽게 웃고 떠드는 남자들로 가득 찼다. 랜드는 자기가 무슨 노래를 연주하는지조차 들리지 않을 지경이었다. 휴게실의 소음을 압도하는 것은 천둥소리뿐이었다. 창문에 번개가 번쩍였고, 잠깐씩 천둥이 치지 않을 때면 랜드는 지붕을 두드리는 빗소리를 희미하게 들을 수 있었다. 지금 들어온 사람들은 바닥에 물 흐른 자국을 뚝뚝 남겼다.

랜드가 연주를 멈출 때마다 노래 제목을 외치는 목소리가 소음을 뚫고 들려왔다. 랜드가 모르는 제목이 꽤 많았다. 하지만 누군가가 노래를 조금 흥얼거리는 것을 듣다 보면 이미 아는 노래라는 것을 깨닫는 경우가 많았다. 다른 곳에서도 비슷한 일이 있었다. 〈유쾌한 제임〉은 여기에서 〈레아의 바람〉이었고, 지난번 머문 곳에서는 〈태양의 빛깔〉이었다. 똑같은 이름도 있었고, 18킬로미터 만에 달라지는 이름도 있었다. 랜드는 새로운 노래들도 배웠다. 〈술 취한 장돌뱅이〉는 새로운 노래였다. 때로는 〈주방의 땜장이〉라고 불리기도 했다. 〈두 왕이 사냥하러 왔다네〉라는 노래에는 〈두 말이 달린다네〉를 포함한 몇 가지 이름이 있었다. 랜드는 아는 노래를 연주했고, 남자들은 더 연주해 달라며 탁자를 두드려 댔다.

다른 사람들은 맷에게 다시 저글링을 해 보라고 했다. 때로는 음악을 듣고 싶어 하는 사람들과 저글링을 좋아하는 사람들 사이에 싸움이 벌어지기도 했다. 한번은 칼이 번뜩이며 여자가 비명을 질렀다. 한 남자가 얼굴에서 피를 질질 흘리며 탁자에서 비틀비틀 물러났다. 하지만 경비원인 잭과 스트롬이 재빨리 다가갔다. 그들은 전적으로 무심한 태도로 관련자 모두의 머리에 혹을 만들어 주고 그들을 거리로 내쫓았다. 뭐든 문제가 발생할 때마다 그들이 쓰는 전략이었다. 이야기와 웃음소리는 아무 일도 벌어지지 않았다는 듯 계속되었다. 경비원들이 문으로 가는 길에 치고 간 사람들을 빼면 돌아보는 사람들조차 없었다.

손님들도 손버릇이 고약했다. 종업원이 경계심을 풀면 종종 불미스러운 일이 일어났다. 잭과 스트롬은 여자들을 한 번 이상 구해 주어야 했다. 다만 이때는 별로 서두르지 않았다. 고함을 지르며 관련된 여자들을 흔들어 대는 헤이크의 태도를 보면, 그는 이런 문제를 늘 여자의 잘못이라고 생각하는 듯했다. 눈물지으며 더듬더듬 사과하는 것을 보면 여자들도 그의 의견을 기꺼이 받아들이는 것으로 보였다. 여자들은 헤이크가 인상을 쓸 때마다 펄쩍 뛰었다. 그가 다른 곳을 볼 때조차 그랬다. 랜드는 왜 그들이 이런 대우를 참는 것인지 궁금했다.

헤이크는 랜드와 맷을 보더니 미소 지었다. 잠시 후, 랜드는 헤이크가 자기들을 보고 미소 짓는 것이 아니라는 것을 깨달았다. 헤이크가 미소를 짓는 것은 두 사람 뒤, 왜가리 표시가 있는 칼이 놓인 곳을 볼 때였다. 랜드가 황금과 은이 상감된 플루트를 의자 옆에 내려놓았을 때도 한 차례 미소가 떠올랐다.

단상에서 맷과 자리를 바꿀 때, 랜드는 허리를 숙여 맷에게 속삭였다. 그렇게 가까운 곳에서도 소리를 쳐야 했지만, 소음이 너무 심해 다른 사람이 들을 수 있을 거라는 생각은 들지 않았다. "헤이크가 우리를 털어 먹으려 해."

맷은 예상했다는 듯 고개를 끄덕였다. "오늘 밤에 문을 막아 둬야겠어."

"우리 방문을 막는다고? 잭과 스트롬이 주먹으로 문을 부숴 버릴걸. 여기서 나가자."

"최소한 뭘 먹을 때까지는 기다려. 배고프단 말이야. 여기서는 저놈들도 어쩔 수 없을 테니까." 맷이 덧붙였다. 사람들은 휴게실을 가득 채운 채 그들에게 공연을 계속하라며 참을성 없이 소리쳤다. 헤이크가 그들을 노려보고 있었다. "이런 날에 밖에서 자고 싶어?" 유달리 심한 번개가 다른 모든 것을 압도했다. 창문으로 들어온 빛이 잠깐은 등불보다도 밝게 보였다.

"난 그냥 머리가 깨지지 않은 채로 나가고 싶을 뿐이야." 랜드가 말했지만, 맷은 이미 의자에서 쉬려고 몸을 웅크리고 있었다. 랜드는 한숨을 쉬고 〈던 아렌으로 가는 길〉을 연주하기 시작했다. 수많은 사람이 그 노래를 좋아하는 듯했다. 랜드는 이미 그 노래를 네 번이나 연주했지만, 손님들은 계속해서 그 노래를 연주해 달라고 소리 질렀다.

문제는 맷이 한 말이 다 옳다는 것이었다. 랜드도 배가 고팠다. 휴게실이 가득 차 있고 사람들이 점점 많아져 가는데 헤이크가 어떻게 그들을 괴롭힐 수 있을지도 알 수 없었다. 한 사람이 여관을 나서거나 잭과 스트롬에게 쫓겨날 때마다 두 사람이 거리에서 들어왔다. 그들은 저글링을 해달라거나 특정한 노래를 연주해 달라고 소리쳤지만, 대체로는 술을 마시고 종업원들에게 수작을 부리는 데 관심이 있었다. 한 사람만이 달랐다.

그는 모든 면에서 춤추는 수레꾼의 사람들과 달랐다. 상인들은 확실히 이 낡은 여관을 쓰지 않을 터였다. 랜드가 아는 한, 이곳에는 심지어 상인들이 쓸 만한 별실조차 없었다. 손님들은 모두 거친 옷을 입고 있었고, 바람을 맞아 가며 햇볕에서 일하는 남자들 특유의 거친 피부를 갖고 있었다. 반면 이 남자는 매끈매끈한 살결을 가지고 있었으며 두 손이 부드러워 보였다. 게다가 벨벳 코트를 입고 푸른 비단 안감이 대어진 초록색 벨벳 망토를 어깨에 두르고 있었다. 그의 옷 전부가 비싼 느낌을 주었다. 그의 신발은 장화가 아니라 부드러운 벨벳 슬리퍼였고 바퀴 자국 가득한 네명의왕에 어울리는 신발이 아니었다. 따지고 보면, 어느 거리에도 어울리지 않는 신발이었다.

그는 날이 한참 어두워진 다음에 들어와 주위를 둘러보며 망토의 비를 털었다. 그의 입이 역겹다는 듯 비틀렸다. 그는 한 차례 방을 훑어보았다. 이미 돌아서서 떠날 준비가 되어 있었다. 그러더니 그는 문득 랜드에게는 보이지 않는 무언가를 보고 깜짝 놀라며 잭과 스트롬이 방금 비운 탁자에 앉았다. 종업원이 그의 탁자에 들렀다가 와인 한 잔을 가져다주었는데, 그는 와인 잔을 한쪽으로 치워 놓고 나서는 건드리지 않았다. 남자는 종업원을 건드리지도 않았고 심지어 보지도 않았다. 그런데도 종업원은 그의 탁자에 들른 두 번 모두 서둘러 떠났다. 그의 어떤 점이 종업원을 불안하게 만들었는지는 모르지만, 그에게 가까이 간 사람들도 같은 느낌을 받았다. 그렇게 부드러운 인상이었는데도, 굳은살 박인 마차 운전수가 그와 함께 식탁을 쓰려 할 때마다 남자는 시선 한 번만으로 그들이 다른 곳을 찾아가게 만들었다. 남자는 휴게실에 자신만 있는 것처럼 앉아 있었다. 자신과 랜드와 맷만이 있는 것처럼. 남자는 손가락마다 반지가 빛나는 두 손을 뾰족하게 모으고 그 너머로 두 사람을 지켜보았다. 그들을 알아보았다는 만족스러운 미소를 지으면서.

랜드는 다시 교대하며 맷에게 속삭였고 맷은 고개를 끄덕였다. "봤어." 그가 중얼거렸다. "**대체** 누구지? 계속 아는 사람이라는 생각이 드는데."

랜드도 같은 생각을 했었다. 그 생각은 랜드의 기억 뒤쪽을 간지럽혔지만, 랜드는 그 기억을 앞으로 끌어낼 수 없었다. 다만 저 얼굴이 한 번도 본 적 없는 얼굴이라는 것은 확실했다.

랜드는 대략 두 시간째 공연했다는 생각이 들자 플루트를 통에 집어넣었다. 그와 맷은 소지품을 챙겼다. 그들이 낮은 단상에서 내려오자 헤이크가 부산스럽게 다가왔다. 그의 기다란 얼굴이 분노로 비틀려 있었다.

"밥 먹을 시간이에요." 랜드가 기선을 제압하려고 말했다. "물건을 도둑맞고 싶지도 않고요. 주방에 좀 말해 주실래요?" 헤이크는 여전히 화난 채로 망설였다. 그는 랜드가 품에 들고 있는 것에서 시선을 떼려 했지만 그러지 못했다. 랜드는 아무렇지 않게 짐을 움직여 한 손을 칼에 얹었다. "아니면 우리를 쫓아내는 방법을 **시험해** 보시든지요." 랜드는 일부러 강조를 두어 말한 다음 덧붙였다. "아직 공연할 밤은 많이 남았거든요. 이 사람들이 계속 돈을 쓸 만큼 제대로 된 공연을 하려면 힘을 내야 해요. 우리가 배고파서 쓰러지면, 이 휴게실이 얼마나 차 있을까요?"

헤이크의 눈은 자기 주머니에 돈을 넣어 주는 사람들이 가득한 방으로 휙 돌아갔다. 그러더니 그는 고개를 돌려 여관 뒤쪽 문으로 고개를 내밀었다. "음식 가져와!" 그가 소리쳤다. 그는 랜드와 맷을 돌아보며 으르렁거렸다. "밤새 처먹지는 마라. 마지막 사람이 떠날 때까지 공연해야지."

손님 일부가 악사와 저글링 공연자를 불러오라고 소리쳤다. 헤이크가 돌아서서 그들을 달랬다. 벨벳 망토를 입은 남자도 불안해하는 사람 중 한 명이었다. 랜드는 맷에게 따라오라고 손짓했다.

튼튼한 문이 여관의 앞부분과 주방을 나누어 놓고 있었다. 종업원이 지나가느라 문을 열 때를 제외하면, 주방에서는 지붕을 때리는 빗소리가 휴게실의 고함보다 시끄럽게 들렸다. 널찍한 공간이 스토브와 오븐 때문에 후텁

지근했다. 탁자에는 반쯤 만들어진 음식과 내갈 준비가 된 요리들이 가득했다. 종업원 몇 명이 뒷문 근처의 벤치에 모여 발을 문지르며 뚱뚱한 요리사와 수다를 떨고 있었다. 요리사는 말대꾸를 하면서 자기 말을 강조하려고 커다란 숟가락을 휘둘러 댔다. 랜드와 맷이 들어오자 그들 모두가 고개를 들었지만, 그렇다고 그들의 대화가 느려지거나 발을 문지르는 손길이 멎지는 않았다.

“기회가 있을 때 빠져나가는 게 좋겠어.” 랜드가 조용히 말했지만, 맷은 고개를 저었다. 그의 눈은 요리사가 쇠고기며 감자, 완두콩으로 채우고 있는 접시 두 개에 머물러 있었다. 요리사는 팔꿈치로 탁자에 놓인 물건들을 밀치고 접시를 내려놓고 포크를 더 가져오는 동안에도 다른 여자들과 계속 이야기를 하며, 맷과 랜드는 거의 쳐다보지도 않았다.

“먹고 나서 가도 늦지 않아.” 맷은 벤치에 앉아 포크를 삽처럼 휘두르기 시작했다.

랜드는 한숨을 쉬었지만 바로 맷을 따라했다. 어젯밤 이후로 그는 빵 끄트머리밖에 먹지 못했다. 배 속이 거지의 지갑처럼 텅 비게 느껴졌다. 주방을 채운 요리하는 냄새도 도움이 되지 않았다. 랜드는 재빨리 입을 가득 채웠다. 그가 음식을 반도 먹기 전에 맷은 요리사에게 접시를 다시 채워 달라고 했다.

랜드는 여자들의 이야기를 엿들을 생각이 없었지만, 몇 마디 말이 두드러져 그를 사로잡았다.

“미친 소리 같은데.”

“미친 소리든 아니든, 내가 듣기로는 그랬어. 마을에 있는 여관을 절반이나 돌아보고 여기 왔다는 거야. 그냥 들어가서 주위를 둘러보고는 말 한마디 없이 나갔대. 로열 여관에서까지 그랬다니까. 비가 안 오는 것처럼 말이야.”

“여기가 제일 편하다고 느꼈나?” 그 말에 웃음이 일었다.

“내가 듣기로는 어두워진 다음에야 네명의왕에 도착했대. 말들은 무리한 것처럼 숨을 몰아쉬고 있었고.”

“어디에서 온 걸까? 어두워진 다음에야 마을에 도착하다니. 바보나 미친 사람이 아니고서는 여행하면서 그렇게 엉망으로 계획을 세우진 않아.”

“글쎄, 바보일지도 모르지. 바보더라도 부자 바보겠지만. 하인들과 짐마차가 한 대 더 있대. 돈 냄새가 난다니까. 어디 두고 봐. 그 망토 봤어? 나도 그런 것 하나 있었으면 좋겠다.”

“내 취향에는 좀 통통하지만, 돈 있는 남자는 아무리 뚱뚱해도 좋다는 게 내 신조야.” 여자들은 모두 배를 잡고 낄낄댔다. 요리사는 고개를 뒤로 젖히고 웃음을 터뜨렸다.

랜드가 접시에 포크를 떨어뜨렸다. 마음에 들지 않는 생각이 머릿속에서 부글거렸다. “좀 갔다 올게.” 그가 말했다. 맷은 감자 조각을 입에 쑤셔 넣느라 거의 고개도 끄덕이지 않았다.

랜드는 일어서면서 망토와 칼이 매달린 허리띠를 집어 들고 뒷문으로 가는 길에 허리띠를 둘렀다. 아무도 그를 신경 쓰지 않았다.

비가 쏟아지고 있었다. 랜드는 망토를 어깨에 두르고 머리 위로 후드를 당겨 쓴 뒤, 마구간 앞뜰을 빠르게 지나면서 옷깃을 여몄다. 번개가 칠 때를 제외하면 물의 장막이 모든 것을 가렸지만, 랜드는 찾던 것을 발견했다. 말들은 마구간에 들어가 있었지만, 검은 옻칠을 한 마차 두 대는 물에 젖은 채 밖에서 번들거리고 있었다. 천둥이 우르릉거렸다. 번개가 여관 위에 줄무늬를 그렸다. 짧게 터져 나온 빛에 랜드는 마차 문에 황금색 글씨로 새겨진 이름을 알아보았다. 하월 고드.

랜드는 몸을 내려치는 비를 의식하지 못한 채 더 이상 보이지 않는 이름을 바라보며 서 있었다. 그는 주인의 이름이 문에 새겨진 검게 옻칠 된 마차와 비단 안감이 대어진 벨벳 망토를 입고 벨벳 슬리퍼를 신은 매끄러운 피부의 살찐 남자들을 마지막으로 본 것이 어디였는지 떠올렸다. 화이트브리지였다. 화이트브리지의 상인한테는 케임린으로 갈 만한 완벽히 합당한 이유가 있을 터였다. **마을의 여관 절반을 뒤진 끝에 내가 있는 여관을 고를 이유가 있다고? 찾던 것을 발견했다는 식으로 날 쳐다볼 이유가 있다는 거야?**

랜드는 몸을 떨었다. 문득 그는 등을 따라 뚝뚝 떨어지는 빗방울을 의식했다. 그는 망토를 꽉 조여 두르고 있었지만, 애초에 망토는 이런 식으로 쏟아지는 비를 막도록 만들어진 것이 아니었다. 랜드는 점점 깊어지는 물웅덩이를 첨벙거리며 서둘러 여관으로 돌아갔다. 랜드가 안으로 들어가려는데 잭이 문을 막았다.

"이런, 이런, 이런. 어두운데 혼자 나와 있다니. 어둠은 위험하다고, 꼬마."

비 때문에 랜드의 머리카락이 이마에 달라붙었다. 마구간 앞뜰에는 그들밖에 없었다. 랜드는 헤이크가 칼과 플루트를 너무 탐낸 나머지 휴게실에 손님을 붙잡아 두는 일은 포기하기로 한 것인지 궁금했다.

랜드는 한 손으로 눈에 들어간 물을 닦아 내며 다른 손을 칼에 얹었다. 고급스러운 가죽이 젖어 있는데도 손에 착 감겼다. "헤이크 생각에는 저 많은 손님이 술만 마시겠다고 여기 남아 있을 것 같은가 보지? 딴 데 가면 즐길 거리도 있는데 말이야. 정말 그렇게 생각한다면, 지금까지 한 일로 음식값을 치렀다고 치고 떠날게."

문 안쪽에 있어서 젖지 않은 덩치 큰 남자는 비 오는 바깥을 바라보더니 코웃음 쳤다. "이런 날씨에?" 그의 눈이 칼에 닿아 있는 랜드의 손으로 내려갔다. "그게 말이지, 나랑 스트롬이 내기를 했거든. 스트롬은 네가 할머니한테서 그 칼을 훔쳤다고 생각해. 나는, 네 할머니가 너를 돼지우리에서 여기저기 걷어찬 다음 밖에 내다 말릴 거라고 생각하고." 그가 씩 웃었다. 누런 이빨이 굽어져 있었다. 웃는 표정이 그를 더 심술궂어 보이게 했다. "밤은 길다, 꼬마야."

랜드는 그를 스치고 지나갔다. 잭은 듣기 싫게 킬킬거리며 그를 지나가게 해주었다.

안에 들어간 랜드는 망토를 다시 벗어 겨우 몇 분 전에 앉아 있던 탁자 옆 벤치에 내려놓았다. 맷은 두 번째 접시를 비운 뒤 세 번째 접시에 담긴 음식을 먹고 있었다. 먹는 속도는 느려졌지만 먹다 죽더라도 마지막까지 다 삼키겠다는 듯 몰입한 표정이었다. 잭은 마구간 앞뜰로 향하는 문 옆에 앉아 벽에 기댄 채 그들을 지켜보았다. 요리사조차 그와 이야기하고 싶은 충동은 전혀 느끼지 않는 듯했다.

"화이트브리지 출신이야." 랜드가 조용히 말했다. 누가 화이트브리지 출신인지 말할 필요는 없었다. 맷이 랜드에게로 고개를 돌렸다. 그가 입으로 가져가던 포크에 꽂혀 있던 쇠고기 조각이 그대로 멈추었다. 랜드는 잭이 지켜보고 있다는 사실을 의식하며 자기 접시에 놓인 음식을 휘저었다. 굶어 죽기 직전이라 한들 한 입도 삼키지 못할 것 같았다. 하지만 그는 맷에게 마차 이야기를 해 주고, 맷이 듣지 않았을 경우에 대비해 여자들이 한 이야기도 전하며 완두콩에 관심이 있는 척했다.

맷은 여자들의 말을 듣지 못한 것이 틀림없었다. 그는 놀라서 눈을 깜빡이더니 잇새로 휘파람을 불었다. 그런 뒤에는 자기 포크에 꽂힌 고기를 보며 인상을 쓰고, 포크를 접시에 던지며 끙 소리를 냈다. 랜드는 그가 최소한 신중한 척이라도 해주면 좋겠다고 생각했다.

"우리를 따라온 거야." 랜드가 말을 마치자 맷이 말했다. 맷의 이마에 파인 주름이 깊어졌다. "어둠의 친구일까?"

"그럴지도. 나야 모르지." 랜드는 잭을 힐끗 보았다. 덩치 큰 남자는 일부러 기지개를 켜며 대장장이만큼 넓은 어깨를 으쓱했다. "우리가 저 사람을 지나갈 수 있을까?"

"저놈이 소리를 내서 헤이크랑 다른 놈을 부르겠지. 애초에 여기 들르면 안 된다고 했잖아."

랜드는 입을 쩍 벌렸지만, 그가 무슨 말을 하기도 전에 헤이크가 휴게실 문을 밀치고 들어왔다. 스트롬이 그의 어깨 너머에서 커다란 덩치를 자랑하고 있었다. 잭이 뒷문에서 앞으로 나섰다. "밤새워 먹을 셈이냐?" 헤이크가 소리쳤다. "여기에서 뒹굴라고 음식을 준 게 아니야."

랜드는 친구를 보았다. 맷은 입 모양으로 '나중에'라고 말했다. 그들은 헤이크와 스트롬, 잭이 감시하는 가운데 소지품을 챙겼다.

휴게실에서는 랜드와 맷이 등장하자마자 저글링을 해달라는 목소리와 노래 이름을 외치는 소리가 소란 속에 터져 나왔다. 벨벳 망토를 입은 남자 하월 고드는 여전히 주변 모든 사람을 무시하는 듯 보였지만, 어쨌든 의자에 걸터앉아 있었다. 랜드와 맷을 보자 그는 등받이에 기대앉았다. 그의 입술에 만족스러운 미소가 돌아왔다.

랜드가 먼저 단상 앞으로 나서서 〈우물에서 물 긷기〉를 연주했다. 절반밖에 집중하지 못했지만, 아무도 틀린 음정을 알아채지 못하는 듯했다. 랜드는 어떻게 빠져나갈지 생각하는 동시에 고드를 보지 않으려고 노력했다. 고드가 두 사람을 쫓고 있는 거라면 그 사실을 알고 있다는 티를 내서 좋을 것이 없었다. 그리고 빠져나가는 방법은…….

랜드는 여관이 얼마나 좋은 함정인지 지금 처음 알았다. 헤이크와 잭, 스트롬은 굳이 랜드와 맷을 철저히 감시할 필요가 없었다. 랜드나 맷이 단상에서 내려서면 손님들이 알려 줄 터였다. 휴게실이 사람으로 가득 차 있는 한 헤이크는 잭과 스트롬을 보내 두 사람을 쫓을 수 없었다. 하지만 휴게실이 사람으로 가득 차 있는 한, 맷과 랜드도 헤이크 모르게 빠져나갈 수 없었다. 게다가 고드도 그들의 모든 동작을 지켜보고 있었다. 상황이 너무 우스웠다. 토하기 직전만 아니었다면 웃음을 터뜨렸을 것이다. 그들은 조심하면서 기회를 기다리는 수밖에 없었다.

랜드는 맷과 교대하면서 혼자 신음했다. 맷은 헤이크를, 스트롬을, 잭을 노려보았다. 그들이 눈치채거나 이유를 궁금해해도 신경 쓰지 않는다는 식이었다. 실제로 공을 다루지 않을 때면 맷의 손은 코트 아래에 머물렀다. 랜드가 쉿 소리를 냈지만, 맷은 전혀 관심을 기울이지 않았다. 그 루비를 보면 헤이크는 랜드와 맷만 남을 때까지 기다리지 않을지도 몰랐다. 휴게실 사람들이 루비를 보면 그중 절반도 헤이크에게 가담할지 몰랐다.

최악은 맷이 화이트브리지의 상인을—어둠의 친구일까?—빤히 바라보았다는 것이다. 그는 다른 누구보다도 두 배는 골똘한 시선으로 그를 바라보았다. 고드도 그 사실을 눈치챘다. 못 알아볼 수가 없었다. 하지만 고드의 침착함은 전혀 흐트러지지 않았다. 오히려 그의 미소는 더욱 깊어졌다. 그는 오랜 지인이라도 된 것처럼 맷에게 고개를 끄덕이더니 랜드를 보며 질문하듯 한쪽 눈썹을 치켜올렸다. 랜드는 그의 질문이 무엇인지 알고 싶지 않았다. 랜드는 남자를 보지 않으려 했지만 그러기에는 너무 늦었다는 것을 알고 있었다. **너무 늦었어. 이번에도 너무 늦었어.**

벨벳 망토를 입은 남자의 평정심을 흔들어 놓는 것은 한 가지뿐인 듯했다. 랜드의 칼이었다. 랜드는 계속 칼을 차고 있었다. 남자 두세 명이 비틀거리며 다가오더니 랜드에게 무기를 들고 다녀야 할 정도로 연주 실력이 나쁘다고 생각하는 거냐고 물었다. 하지만 그중 누구도 칼자루에 새겨진 왜가리를 알아보지 못했다. 고드는 달랐다. 그의 창백한 두 손이 꽉 쥐어졌다. 그는 인상을 쓰며 한참 칼을 바라본 뒤에야 다시 미소 지었다. 다시 떠오른 미소는 전처럼 확신에 차 있지 않았다.

최소한 한 가지는 좋은 점이 있네. 랜드는 생각했다. **내가 왜가리 표시에 어울리는 삶을 살고 있다고 생각하면 우리를 가만히 내버려 둘지도 몰라. 그러면 우리가 걱정해야 할 것은 헤이크 패거리뿐이야.** 그것은 별로 위안이 되는 생각이 아니었다. 게다가 칼이 있든 말든 고드는 계속해서 그를 지켜보며 미소 지었다.

랜드에게 그날 밤은 꼭 1년처럼 느껴졌다. 모두의 눈이 그를 바라보았다. 헤이크와 잭과 스트롬은 늪지에 발이 잡힌 양을 지켜보는 독수리 같았고, 고드는 그보다도 고약한 존재처럼 기다리고 있었다. 랜드는 휴게실의 모든 사람이 숨겨진 동기를 가지고 그를 지켜보고 있다는 생각이 들 지경이었다. 시큼한 와인에서 풍기는 냄새와 땀 흘리는 더러운 몸뚱이들의 악취에 머리가 핑핑 돌았고, 시끄러운 목소리는 눈이 흐려질 정도로 랜드를 공격해 왔으며, 랜드 자신의 플루트 소리조차 귀를 자극했다. 천둥소리가 두개골 안에서 들리는 것 같았다. 경계심이 쇳덩이처럼 무겁게 그를 짓눌렀다.

새벽이 오면 일어나야 하기에, 결국 사람들은 마지못해 어둠 속으로 떠났다. 농부야 알아서 자기 일을 처리하면 됐지만, 운전수에게 임금을 줘야 하는 상인들은 숙취에 가혹한 것으로 악명이 높았다. 계단 위에 방이 있는 사람들조차 잠자리에 들자 휴게실은 짧은 시간 안에 천천히 비었다.

고드가 마지막 손님이었다. 랜드가 하품하며 가죽 플루트 통으로 손을 뻗자 고드가 일어나 팔에 망토를 걸쳤다. 종업원들은 흘린 와인과 깨진 그릇 등의 오물에 대해 자기들끼리 투덜거리며 청소하고 있었다. 헤이크는 커다란 열쇠로 앞문을 잠갔다. 고드는 잠시 헤이크를 구석으로 데려갔고, 헤이크는 여자들 중 한 명을 불러 고드에게 방을 안내해 주라고 했다. 벨벳 망토를 입은 남자는 맷과 랜드에게 다 안다는 듯 미소를 짓고 나서 위층으로 사라졌다.

헤이크가 랜드와 맷을 보고 있었다. 잭과 스트롬이 그의 양옆에 서 있었다.

랜드는 서둘러 물건을 어깨에 메고 칼에 손이 닿도록 왼손을 사용해 그 모든 짐을 등 뒤로 어색하게 들고 있었다. 칼을 잡으려 하지는 않았지만, 칼이 준비되어 있다는 것을 확인하고 싶었다. 랜드는 하품을 눌러 참았다. 랜드의 피로도는 그들이 알아서는 안 되는 정보였다.

맷이 활을 비롯한 몇 가지 소지품을 어색하게 어깨에 걸쳤다. 그는 헤이크와 깡패들이 다가오는 것을 지켜보며 코트 아래에 손을 두었다.

헤이크는 기름등을 들고 있었다. 랜드로서는 놀랍게도 그는 허리를 조금 숙여 인사하며 기름등으로 옆문을 가리켰다. "침대는 이쪽이다." 조금 말려 들어 간 입술만이 이 연기를 망쳤다.

맷은 잭과 스트롬에게 턱을 쑥 내밀었다. "우리한테 침대를 보여 주는 데 저 둘이 필요해요?"

"난 돈이 있는 사람이야." 헤이크는 더러운 앞치마 앞섶을 눌러 펴며 말했다. "돈 있는 사람은 아무리 조심해도 지나치지 않지." 천둥소리가 창문을 흔들었다. 그는 의미심장하게 천장을 힐끗 보더니 치아가 다 드러나도록 그들에게 웃어 보였다. "침대 보여줘, 말아?"

랜드는 가고 싶다고 말하면 무슨 일이 일어날지 궁금했다. **란이 보여준 몇 안 되는 연습 동작 말고도 칼 쓰는 방법을 잘 알았다면……**. "앞장서세요." 랜드는 단호한 목소리를 내려고 애쓰며 말했다. "누가 등 뒤에 있는 건 싫으니까."

스트롬이 히죽거렸지만 헤이크는 고분고분하게 고개를 끄덕이더니 옆문 쪽으로 돌아섰다. 덩치 둘이 그를 따라 뽐내며 걸었다. 랜드는 심호흡을 하며 기대를 담아 주방 문을 힐끗 보았다. 헤이크가 이미 뒷문을 잠가 두었다면 지금 도망쳐 봐야 피하고 싶은 일이 시작될 뿐이었다. 랜드는 우울하게 여관 주인을 따라갔다.

랜드가 옆문에서 망설이자 맷이 그의 등 뒤로 바짝 다가왔다. 헤이크가 기름등을 가져온 이유는 분명했다. 문은 칠흑같이 어두운 통로로 이어졌다. 잭과 스트롬의 윤곽선을 드러내는 헤이크의 등불만이 랜드에게 계속 나아가겠다는 용기를 주었다. 놈들이 돌아보면 랜드가 알게 될 터였다. **알면 어쩌게?** 랜드의 장화 밑에서 바닥이 삐걱거렸다.

통로는 거칠고 페인트도 칠해지지 않은 문에서 끝났다. 오는 길에 다른 문이 있었는지는 알 수 없었다. 헤이크 패거리가 문을 통과했고, 랜드는 그들이 함정을 팔 기회를 주지 않고 재빨리 뒤를 따랐다. 하지만 헤이크는 그저 등불을 높이 들며 방을 가리킬 뿐이었다.

"여기다."

헤이크는 그 방을 오래된 창고라고 했다. 보아하니 쓰지 않은 지 오래된 듯했다. 오래된 술통과 망가진 상자 들이 바닥을 반쯤 채우고 있었다. 천장 여러 곳에서 빗방울이 계속 떨어졌고 더러운 창문의 망가진 창틀로는 비가 자유롭게 들이쳤다. 정체를 알 수 없는 잡동사니가 선반을 어지럽혔고, 두꺼운 먼지가 거의 모든 것을 뒤덮고 있었다. 헤이크가 약속했던 잠자리가 마련되어 있다는 것이 놀라웠다.

칼 때문에 초조해하고 있어. 우리가 깊이 잠들기 전에는 아무 짓도 하지 않을 거야. 랜드는 헤이크의 집에서 잘 생각이 전혀 없었다. 그는 여관 주인이 방을 나서는 순간 창문으로 도망칠 생각이었다. "괜찮네요." 랜드가 말했다. 그는 헤이크에게서 눈길을 떼지 않았다. 여관 주인이 옆에서 씩 웃고 있는 두 남자에게 신호를 보내지는 않는지 경계했다. 입술을 축이고 싶은 마음을 참기 힘들었다. "등불은 두고 가세요."

헤이크는 끙 소리를 냈지만 램프를 선반에 올려놓았다. 그는 머뭇거리며 두 사람을 보았고, 랜드는 그가 잭과 스트롬에게 덤벼들라는 명령을 내리기 직전이라고 확신했다. 하지만 헤이크의 시선은 계산적으로 찌푸려지며 랜드의 칼로 향했다. 그는 두 덩치에게 휙 고갯짓했다. 그들의 넓적한 얼굴에 놀란 기색이 스쳤다. 하지만 그들은 뒤도 돌아보지 않고 헤이크를 따라 방을 나섰다.

랜드는 그들의 **삐걱, 삐걱, 삐걱** 발소리가 희미해지기를 기다렸다가 숫자를 쉰까지 센 뒤 복도로 고개를 내밀었다. 어둠을 가르는 것은 달처럼 멀게 보이는 직사각형 빛뿐이었다. 그게 휴게실 문이었다. 랜드가 고개를 집어넣었을 때 저쪽 문 근처 어둠 속에서 커다란 무언가가 움직였다. 잭이나 스트롬이 문을 지키고 있었다.

랜드는 문을 빠르게 살펴보는 것으로 필요한 정보를 모두 얻었다. 좋은 소식은 거의 없었다. 널빤지는 두껍고 튼튼했다. 그러나 자물쇠도, 안쪽의 빗장도 없었다. 그나마 다행인 것은 문이 방 안쪽으로 열린다는 점이었다.

"우리를 잡으려는 줄 알았는데." 맷이 말했다. "뭘 기다리는 거지?" 맷은 단검을 꺼내 손마디가 허예질 정도로 세게 쥐고 있었다. 칼날에 등불 빛이 깜빡였다. 활과 화살통은 잊힌 채 바닥에 놓여 있었다.

"우리가 잠들기를 기다리는 거야." 랜드는 술통과 상자 들을 뒤지기 시작했다. "문 막을 걸 찾게 도와줘."

"왜? 정말 여기서 자려는 건 아니지? 창문으로 도망치자. 죽느니 젖는 게 낫지."

"둘 중 하나가 복도에 있어. 우리가 무슨 소리를 내면 눈 깜짝할 사이에 덤벼들 거야. 헤이크는 우리가 도망치는 위험을 감수하느니 깨어 있는 우리를 상대하려 들 테고."

맷은 투덜거리며 랜드와 함께 주변을 뒤지기 시작했지만 바닥의 잡동사니 중에는 쓸모 있는 것이 하나도 없었다. 술통은 비어 있고 상자는 쪼개져 있어 그것 전부를 문 앞에 쌓아 둔다 해도 누군가가 밀치고 들어오는 것을 막을 수는 없었다. 그때 선반에 놓인 익숙한 물건이 랜드의 시선을 사로잡았다. 녹과 먼지로 뒤덮인 두 개의 쐐기였다. 랜드는 씩 웃으며 그것들을 내렸다.

그는 서둘러 쐐기를 문 아래에 밀어 넣고, 다음번 천둥이 여관을 뒤흔들 때 발꿈치로 두 번 빠르게 그것들을 찼다. 천둥소리가 옅어지자 그는 숨을 참으며 귀 기울였다. 들리는 소리라고는 지붕을 두드리는 빗소리밖에 없었다. 달려오는 발걸음에 바닥 널이 삐걱거리는 소리는 들리지 않았다.

"창문." 그가 말했다.

주위에 낀 먼지를 보면 창문은 몇 년간 열지 않은 듯했다. 랜드와 맷은 온 힘을 다해 함께 창문을 밀어 올렸다. 랜드의 무릎이 휘청거리는가 싶더니 창틀이 들썩였다. 창틀은 마지못해 조금씩 움직일 때마다 신음했다. 빠져나갈 수 있을 만큼 틈새가 벌어지자 랜드는 몸을 웅크렸다가 멈추었다.

"피와 재 같으니!" 맷이 내뱉었다. "이러니까 헤이크가 우리가 도망칠 걱정을 안 했지."

쇠로 만들어진 창틀에 박힌 쇠창살이 등불 빛을 받아 축축하게 번들거렸다. 랜드는 창살을 밀어 보았다. 창살은 바위처럼 단단했다.

"아까 뭐가 있던데." 맷이 말했다. 그는 서둘러 선반의 잡동사니를 뒤져 녹슨 쇠지레를 가져와 쇠 창틀의 한쪽 귀퉁이 밑으로 지레 끝부분을 밀어 넣었다. 랜드는 움찔했다.

"소리 잊지 마, 맷."

맷은 인상을 쓰며 작게 투덜댔지만 기다렸다. 랜드는 쇠지레에 두 손을 얹고 점점 커지는 창문 밑 웅덩이 속에 발 디딜 곳을 찾았다. 천둥이 울리자 그들은 힘을 주었다. 못은 목덜미의 털이 삐죽 설 만큼 듣기 싫은 비명을 질렀다. 창틀이 움직였다. 그러니까, 겨우 1센티미터만큼이긴 했지만 말이다. 그들은 천둥소리와 번개에 박자를 맞추며 쇠지레를 누르고 또 눌렀다. 아무 결과도 없었다. 겨우 1센티미터만큼. 그뿐이었다. 머리카락 한 올만큼. 그게 다였다. 전부였다.

갑자기 랜드의 발이 물속에서 미끄러졌다. 그들은 바닥에 쿵 쓰러졌다. 쇠지레가 창살에 닿아 징처럼 울렸다. 랜드는 웅덩이 속에 누운 채 숨을 참으며 귀 기울였다. 빗소리 말고는 아무 소리도 들리지 않았다.

맷은 멍든 손마디를 문지르며 랜드를 노려보았다. "이런 속도로는 절대 못 나가." 쇠 창틀은 손가락 두 개도 집어넣지 못할 만큼만 창문과 떨어져 있었다. 두꺼운 못 수십 개가 좁은 틈새에 가로놓여 있었다.

"계속해 볼 수밖에 없어." 랜드가 일어서며 말했다. 하지만 창틀 가장자리에 쇠지레를 밀어 넣는 순간 누군가가 문을 열려 하며 삐걱거리는 소리가 났다. 쐐기가 문을 닫힌 채로 고정했다. 랜드는 맷과 걱정스러운 시선을 주고받았다. 맷이 다시 단검을 꺼냈다. 문에서 또 한 번 끼익 소리가 났다.

랜드는 깊이 숨을 들이쉬고 목소리를 가라앉히려 애썼다. "가요, 헤이크. 자려는 중이니까."

"유감이지만 나를 잘못 알아봤군." 그 목소리는 너무도 매끄럽고 자신감으로 가득했다. 듣기만 해도 목소리의 주인이 누구인지 알 수 있었다. 하월 고드였다. "헤이크 씨와 그…… 부하들은 우릴 곤란하게 하지 못할 거라네. 그들은 깊이 잠들어 있고, 아침이 되면 자네들이 어디로 갔는지 궁금해할 수 있을 뿐이야. 들여보내 주게, 젊은 친구들. 할 얘기가 있으니."

"우린 당신하고 할 말 없어." 맷이 말했다. "잠 좀 자게 가."

고드의 웃음소리는 심술궂었다. "당연히 할 얘기가 있지. 자네들도 잘 알 텐데. 자네들 눈에서 봤거든. 나는 자네들의 정체를 알아. 자네들보다 더 잘 알 수도 있지. 나는 자네들한테서 파도처럼 밀려드는 어떤 존재를 느낄 수 있거든. 자네들은 이미 나의 주인에게 반쯤 속해 있다네. 그만 도망치고 받아들여. 그러면 자네들의 일이 훨씬 쉬워질 걸세. 타 발론의 마귀들이 자네들을 발견하면 자네들은 그것들이 용건을 마치기 전에 차라리 자네들 목을 직접 베고 싶어질 거야. 하지만 그럴 수 없을걸. 오직 나의 주인만이 자네들을 보호할 수 있네."

랜드는 꿀꺽 침을 삼켰다. "무슨 얘긴지 모르겠는데요. 가세요." 복도의 바닥 널이 삐걱거렸다. 고드는 혼자가 아니었다. 마차 두 대에 사람을 몇 명이나 싣고 올 수 있었을까?

"바보 같은 짓은 그만두게, 젊은 친구들. 자네들도 알잖나? 아주 잘 알지. 위대한 어둠의 군주께서는 자네들을 그분의 소유로 표시하셨네. 그분께서 눈을 뜨실 때 새로운 공포의 군주들이 그분을 찬양하리라는 건 이미 적혀 있는 일이야. 자네들은 그 군주들 중 둘이 틀림없네. 그게 아니라면 그분께서 자네들을 찾으라고 나를 파견하지 않으셨겠지. 생각해 봐. 삶은 영원하고, 권력은 자네들의 꿈을 넘어설 것이네." 그의 목소리는 그 권력을 직접 가지고 싶다는 듯 허기로 쉬어 있었다.

랜드는 번개가 하늘을 쪼개는 그 순간 창문을 돌아보았다. 신음이 나올 뻔했다. 불빛이 짧게 번뜩이자, 바깥에 창문을 지켜보고 서 있는 동안 그들을 흠뻑 적시는 빗줄기조차 무시하는 남자들이 보였다.

"점점 지치는군." 고드가 말했다. "자네들은 내 주인께—자네들의 주인께—항복하거나, 항복할 수밖에 없는 상황에 몰릴 걸세. 그 상황이 유쾌하지는 않을 텐데. 위대한 어둠의 군주께서는 죽음을 다스리시며, 그분께서 원하시는 대로 죽음 가운데에서 삶을 주시거나 삶 가운데서 죽음을 주실 수 있지. 문 열게. 이러나저러나 자네들의 도주는 끝을 맞았네. 열어!"

그는 다른 말도 한 것이 틀림없었다. 갑자기 묵직한 몸이 문을 쿵 들이받았다. 문이 떨렸고, 녹슨 부분이 나무에 쓸려 떨어지는 끼익 소리가 나면서 쐐기가 3센티미터 미끄러졌다. 몸뚱이들이 문을 계속 들이받으면서 문은 떨리고 또 떨렸다. 쐐기는 때로 버텨 주었고 때로는 아주 조금 더 미끄러졌다. 조금씩, 조금씩 문은 가차 없이 안쪽으로 움직였다.

"항복해." 고드가 복도에서 요구했다. "아니면 차라리 항복할 걸 그랬다고 생각하며 영원히 지내든지!"

"우리한테 아무 선택지가 없다면……." 맷은 랜드의 시선을 받으며 입술을 핥았다. 그의 눈은 덫에 걸린 오소리의 눈처럼 빠르게 움직였다. 얼굴이 창백했다. 그는 헐떡이며 이렇게 말했다. "일단 알겠다고 하고 나중에 도망치면 돼. 피와 재를 걸고, 랜드. 나갈 길이 없어!"

그 말이 귀를 막은 솜을 뚫고 들려오듯 랜드에게 흘러왔다. **나갈 길이 없어.** 천둥이 머리 위에서 우르릉대다가 하늘을 긋는 번개에 잦아들었다. **나갈 길을 찾아야 해.** 고드가 그들에게 소리치고, 요구하고, 호소했다. 문이 열리는 방향으로 3센티미터 더 미끄러졌다. **나갈 길!**

빛이 방을 가득 채우며 시야에 흘러넘쳤다. 공기가 우르릉대며 타올랐다. 랜드는 자기도 모르는 사이 일어서 벽을 들이받았다. 그는 미끄러지며 쓰러졌다. 귓속이 울렸고 온몸의 털이 곤두섰다. 현기증을 느끼며 비틀비틀 일어섰다. 무릎이 후들거렸다. 벽에 손을 대고 몸을 진정시켰다. 놀라서 주위를 바라보았다.

등불은 아직 벽에 매달려 있는 몇 안 되는 선반의 가장자리에 눕혀진 채 그때까지도 타오르며 빛을 내고 있었다. 술통과 나무 상자는 전부 내팽개쳐져 있었다. 그중 일부는 검게 타서 연기를 냈다. 창문과 벽 대부분이 쇠창살까지 다 사라지고 들쭉날쭉한 구멍이 남아 있었다. 지붕은 처졌고 연기 가닥은 비와 싸우며 구멍의 들쭉날쭉한 모서리를 감아 돌았다. 문은 복도 쪽으로 기울어진 채 문틀에 매달려 있었다.

랜드는 혼란스러운 비현실감을 느끼며 등불을 세웠다. 등불이 꺼지지 않도록 하는 것이 이 세상에서 가장 중요한 일로 보였다.

상자 더미가 갑자기 둘로 나뉘었다. 맷이 그 가운데에 서 있었다. 그는 모든 것이 제대로 붙어 있는지 궁금하다는 듯 눈을 깜빡이고 자기 몸을 더듬으며 걸어 나왔다. 그가 랜드를 보았다. "랜드? 너야? 살아 있구나. 난 우리가 둘 다……." 그는 입술을 깨물고 덜덜 떨며 말을 끊었다. 랜드는 잠시 후에야 그가 웃고 있다는 것을, 신경증을 일으키기 직전이라는 것을 알았다.

"무슨 일이 일어난 거야, 맷? 맷? 맷! 무슨 일이냐고?"

마지막 떨림이 맷을 괴롭히는 듯했다. 그러더니 맷은 고요해졌다. "번개야, 랜드. 내가 창문을 똑바로 보고 있을 때 번개가 창살을 내리쳤어. 번개라니까. 보이지는 않지만……." 맷은 말을 끊고 눈을 가늘게 뜨며 기울어진 문을 보았다. 그의 목소리가 날카로워졌다. "고드는 어디 있어?"

문 너머의 어두운 복도에서는 아무것도 움직이지 않았다. 고드 일행은 흔적도, 소리도 남기지 않았다. 하지만 어둠 속에는 무엇이든 있을 수 있었다. 랜드는 자기도 모르게 그들이 죽었기를 바랐으나 누가 왕관을 주겠다고 해도 그 사실을 확인하기 위해 복도로 고개를 내밀지는 않을 생각이었다. 벽이 있던 자리 너머 어둠 속에도 움직이는 존재는 없었다. 하지만 다른 사람들은 깨어나 돌아다니고 있었다. 여관 위층에서 혼란스러운 고함과 달리는 발소리가 들렸다.

"갈 수 있을 때 가자." 랜드가 말했다.

랜드는 폐허에서 소지품을 골라내는 맷을 서둘러 도와주다가 그의 팔을 잡았다. 그는 친구를 반쯤 당기고 반쯤 안내하며 벌어진 구멍 너머 어둠 속으로 향했다. 맷은 랜드의 팔을 꽉 잡고, 앞을 보려고 고개를 쑥 내민 채 랜드 옆에서 비틀비틀 움직였다.

첫 번째 빗방울이 랜드의 얼굴에 닿는 순간 번개가 여관 위에서 갈퀴처럼 번쩍였다. 랜드는 움찔하며 멈춰 섰다. 고드의 부하들이 아직 거기에 있었다. 발을 구멍 쪽으로 향한 채 누워 있었다. 그들의 뜬 눈이 하늘을 바라보며 비를 맞았다.

"왜 그래?" 맷이 물었다. "피와 재 같으니! 빌어먹을 내 손도 안 보여!"

"아무것도 아니야." 랜드가 말했다. **행운이야. 빛께서 직접……. 정말 그런 것일까?** 랜드는 몸을 떨며 조심스럽게 맷을 데리고 시체들을 돌아갔다. "그냥 번개 때문에 그래."

번개 말고는 빛이 없었다. 랜드는 비틀비틀 여관에서 멀어져 가며 바퀴 자국에 발이 걸려 휘청거렸다. 맷이 랜드에게 매달리다시피 했기에 그가 한 번 발을 헛디딜 때마다 둘 다 쓰러질 뻔했다. 그러나 그들은 비트적거리고 헐떡이면서도 계속 달렸다.

랜드는 한 차례 뒤를 보았다. 빗줄기가 굵어지며 시끄러운 장막이 되어 춤추는 수레꾼의 모습을 덮어 버리기 직전이었다. 번개에 여관 뒤쪽에 있는 한 남자의 실루엣이 보였다. 그들을 보며, 혹은 하늘을 보며 주먹을 휘두르는 남자였다. 고드인지 헤이크인지는 알 수 없었으나 둘 중 누구든 반갑지 않았다. 비가 홍수를 일으킬 것처럼 쏟아져 그들을 물의 장벽으로 고립시켰다. 랜드는 서둘러 어둠을 뚫고 나가며, 추격자들의 소리를 들으려고 우르릉대는 천둥소리 너머에 귀를 기울였다.

33장 어둠은 기다린다

높은 바퀴가 달린 수레는 납빛 하늘 아래에서 케임린 대로를 따라 동쪽으로 덜컹덜컹 나아갔다. 랜드는 짐칸의 지푸라기에서 몸을 내밀고 옆을 보았다. 한 시간 전보다는 상황이 나아졌다. 두 팔은 랜드를 끌어올리는 대신 축 늘어질 것처럼 느껴졌고, 잠깐은 머리가 계속 움직이며 둥실둥실 떠갈 것 같았으나 상황이 나아진 것은 사실이었다. 그는 낮은 널조각에 팔꿈치를 걸고 땅이 흘러가는 모습을 지켜보았다. 태양은 지금까지도 음산한 구름으로 가려진 채 머리 위 높은 곳에 떠 있었다. 수레는 덩굴로 뒤덮인 빨간 벽돌집들이 있는 다른 마을로 덜컹거리며 접어드는 중이었다. 네명의왕 이후로는 마을 사이의 간격이 좁아졌다.

몇몇 사람들이 수레 주인인 농부 하이암 킨치에게 손을 흔들거나 소리 내 인사했다. 피부가 거칠고 과묵한 남자인 킨치 씨는 그때마다 잇새에 타박 파이프를 문 채 몇 마디를 마주 외쳤다. 이를 악물고 있어 그가 하는 말은 그야말로 알아들을 수 없었다. 그러나 듣기에는 쾌활했고, 만족스럽게 느껴졌다. 사람들은 수레를 다시 보지 않고 하던 일로 돌아갔다. 아무도 농부의 두 승객에게는 신경을 쓰지 않는 듯했다.

마을 여관이 랜드의 시야를 스치고 지나갔다. 회반죽이 칠해져 있고 지붕이 잿빛 슬레이트로 만들어진 건물이었다. 사람들이 분주하게 드나들며 태평하게 고개를 끄덕이고 서로에게 손을 흔들었다. 일부는 잠시 멈춰서 이야기를 나눴다. 서로 아는 사람들이었다. 옷을 보니 대체로 마을 사람들인 듯했다. 장화와 바지, 코트가 랜드의 것과 별로 다르지 않았다. 알록달록한 줄무늬를 지나치게 좋아한다는 점만 달랐을 뿐이다. 여자들은 얼굴을 가리는 우묵한 보닛을 썼고 줄무늬가 들어간 흰색 앞치마를 걸쳤다. 모두 마을 사람과 지역의 농장 일꾼들인지도 몰랐다. **그렇다고 뭐가 달라져?**

랜드는 다시 지푸라기에 털썩 누워 발 사이로 작아져 가는 마을을 바라보았다. 울타리를 친 들판과 깔끔하게 다듬은 산울타리, 빨간 벽돌 굴뚝에서 연기가 피어 나오는 작은 농가들이 길 양옆을 장식했다. 길 근처의 숲이라고는 장작으로 쓰려고 잘 다듬은, 농장처럼 잘 관리된 잡목림뿐이었다. 다만 나뭇가지가 나뭇잎 하나 없이 하늘을 배경으로 두드러졌다. 서쪽의 야생숲과 마찬가지로 헐벗은 모습이었다.

다른 쪽으로 향하는 마차 행렬이 우르릉 소리를 내며 길 가운데를 지났다. 그 바람에 수레는 가장자리로 밀려났다. 킨치 씨는 파이프를 입 가장자리로 옮기고 잇새로 침을 뱉었다. 그는 오른쪽 바퀴가 산울타리에 걸리지 않는지 확인하려고 한쪽 눈을 그 바퀴에 둔 채로 계속 수레를 움직였다. 상인들의 행렬을 바라보는 그의 입에 힘이 들어갔다.

긴 채찍으로 말 여덟 마리의 위쪽 허공을 후려치는 운전수들도, 몸을 수그리고 안장에 앉은 채 마차 옆을 따라 움직이는 단호한 얼굴의 경비병들도 수레를 보지 않았다. 랜드는 조여 오는 가슴을 안고 그들이 떠나는 모습을 지켜보았다. 마지막 마차가 덜컹하며 옆을 지나갈 때까지 망토 밑으로 손을 넣어 칼자루를 쥐고 있었다.

마지막 마차가 덜컹거리며 일행이 방금 떠나온 마을로 가자 맷이 농부 옆자리에서 고개를 돌려 뒤쪽으로 몸을 젖히더니 랜드와 눈을 맞췄다. 필요할 때면 먼지를 막아 주는 임무를 수행하던 스카프가 두껍게 접혀 맷의 이마를 낮게 감싸며 그의 눈에 그림자를 드리웠다. 그런데도 맷은 희뿌연 햇빛 속에 눈을 가늘게 뜨고 있었다. “아까 뭔가 봤어?” 그가 조용히 물었다. “마차들은 어땠어?"

랜드가 고개를 젓자 맷이 끄덕였다. 맷도 아무것도 보지 못했다.

킨치 씨는 곁눈질로 그들을 힐끗 보더니 다시 파이프를 옮겨 물고 고삐를 내리쳤다. 그게 전부였지만, 킨치 씨는 눈치챈 것이 틀림없었다. 말들이 조금 속도를 올렸다.

"눈이 아직도 아파?" 랜드가 물었다.

맷은 머리에 감은 스카프를 만지작거렸다. "아니. 별로 안 아파. 어쨌든, 태양을 거의 똑바로 쳐다보지 않으면 말이야. 넌 어때? 좀 나아?"

"나아졌어." 그러고 보니 랜드는 정말로 나아져 있었다. 아픈 것이 그토록 빨리 낫는다니 놀라운 일이었다. 아니, 그 이상이었다. 이것은 빛의 선물이었다. **빛이었던 것이 틀림없어. 그래야만 해.**

갑자기 기수 집단이 수레를 지나갔다. 그들은 상인들의 마차처럼 서쪽으로 향하고 있었다. 긴 흰색 옷깃이 사슬 갑옷에 걸쳐져 있었다. 그 밖의 망토와 옷은 화이트브리지의 성문 경비대 제복처럼 빨간색이었지만, 더 잘 만들어져 있었고 몸에도 꼭 맞았다. 남자들의 원뿔형 헬멧이 은처럼 빛났다. 그들은 등을 곧게 편 채 말을 타고 있었다. 가느다란 빨간색 끈이 그들의 창날 아래에서 펄럭였다. 모든 창이 같은 각도로 들려 있었다.

두 줄로 지나가던 기수 중 몇 명이 수레 안을 힐끗 보았다. 강철 창살로 이루어진 새장이 그들의 얼굴을 가리고 있었다. 랜드는 망토에 칼이 가려져 있다는 것이 다행스러웠다. 몇 사람이 킨치 씨에게 고갯짓했다. 킨치 씨를 알아서 그런 것이 아니라, 중립적인 인사였다. 킨치 씨도 거의 비슷한 방식으로 마주 고개를 끄덕였다. 하지만 변하지 않는 표정에도 그의 고갯짓에는 마음에 들어 하는 기색이 어려 있었다.

병사들의 말은 걷고 있었지만, 수레의 속도가 더해졌기에 빠르게 멀어져 갔다. 랜드는 머릿속 한구석으로 그들의 숫자를 헤아렸다. 열……. 스물……. 서른……. 서른둘. 랜드는 고개를 들고 행렬이 케임린 대로를 따라 움직이는 모습을 지켜보았다.

"누구였어요?" 맷은 반쯤은 궁금해하고 반쯤은 의심스러워하며 물었다.

"여왕 호위대다." 킨치 씨가 파이프를 물고 말했다. 그는 눈앞의 길에서 시선을 떼지 않았다. "호출받은 게 아니라면 브린 샘을 넘어가지는 않을 거다. 예전하고는 상황이 다르니까." 그는 파이프를 쭉 빨더니 덧붙였다. "요즘은 왕국에도 1년 이상 여왕 호위대를 보지 못하는 지역이 있는 것 같더구나. 예전과는 달라."

"저 사람들은 뭘 하는 거예요?" 랜드가 물었다.

농부가 그를 힐끗 보았다. "여왕님의 평화를 지키고 법을 수호하지." 그는 그 말이 마음에 드는 듯 혼자 고개를 끄덕이더니 덧붙였다. "악인들을 찾아내 판사 앞에 세우는 거다. 으흠!" 그는 연기를 길게 뿜어냈다. "여왕 호위대를 알아보지 못하다니 멀리서 왔나 보구나. 어디서 왔지?"

랜드가 "투 리버스요"라고 말하는 순간에 맷이 "멀리서요"라고 말했다. 랜드는 말을 뱉자마자 취소하고 싶었다. 지금도 생각이 선명하지 않았다. 숨겠다면서 희미한 자에게 종소리처럼 들릴 만한 이름을 꺼내다니.

킨치 씨가 곁눈으로 맷을 힐끗 보더니 잠시 조용히 연기를 뻐끔거렸다. "먼 데긴 하네." 결국 그가 말했다. "거의 국경선에 가깝구나. 아무리 그래도 그렇지, 왕국에 여왕 호위대를 **알아보지도** 못하는 사람들이 사는 곳이 있다니 내 생각보다도 상황이 나쁜 모양이야. 예전과는 전혀 달라."

랜드는 투 리버스가 여왕의 왕국에 속한다는 말을 들으면 알비어 시장이 뭐라고 말할지 궁금했다. 아마 안도어의 여왕이겠지. 어쩌면 시장은 그 사실을 알고 있을지도 몰랐다. 그는 랜드에게 놀랍게 느껴지는 아주 많은 일들을 알고 있었으니까. 그리고 어쩌면 다른 사람들도 알지 몰랐다. 하지만 랜드는 누가 그런 말을 하는 것을 한 번도 들어 본 적이 없었다. 투 리버스는 투 리버스였다. 모든 마을이 각자의 문제를 해결했다. 하나 이상의 마을에 관련된 문제가 있으면 시장들이나 마을 위원회에서 함께 그 문제를 해결했다.

킨치 씨는 고삐를 당겨 수레를 세웠다. "난 여기까지다." 수레가 다니는 좁은 길은 북쪽으로 갈라졌다. 그쪽으로 갈아 두긴 했지만 아직 작물이라고는 없는 탁 트인 들판이 있었고, 농가 몇 채가 여기저기에 서 있었다. "이틀만 가면 케임린이 나올 거다. 네 친구가 두 다리로 걸을 수 있다면 말이지."

맷은 수레에서 뛰어내려 활을 비롯한 소지품을 챙기더니 랜드가 수레 뒤로 내리도록 도와주었다. 랜드는 짐에 짓눌리는 것처럼 다리가 후들거렸지만 친구의 손을 뿌리치고 직접 몇 걸음을 걸었다. 지금도 불안하긴 했지만 다리가 버텨 주었다. 오히려 쓸수록 다리가 강해지는 것 같았다.

농부는 바로 다시 말을 움직이게 하지 않았다. 그는 잠시 두 사람을 살펴보며 파이프를 빨았다. "원한다면 우리 집에서 하루 이틀쯤 묵어도 된다. 그 사이에 대단한 일이 벌어지지는 않을 테니까. 무슨 병과 싸우는 건지는 모르겠지만, 젊은이……. 글쎄, 나랑 늙은 마누라는 네가 태어나기 전에 이미 네가 상상할 수 있는 모든 병을 앓아 봤다. 우리 자식들이 그런 병을 앓을 때도 간호를 해 봤고. 어쨌든, 감염 단계는 지난 것 같은데."

맷이 눈을 가늘게 떴다. 랜드는 인상을 쓰려다가 말았다. **모두가 한패는 아니야. 모두가 그럴 리는 없어.**

"감사합니다." 랜드가 말했다. "하지만 괜찮아요. 정말이에요. 다음 마을은 얼마나 가야 하나요?"

"캐리스포드 말이냐? 걸어가면 어두워지기 전에 도착할 수 있을 거다." 킨치 씨는 잇새에 문 파이프를 꺼내더니 생각에 잠긴 채 입을 꾹 다물었다가 말을 이었다. "처음에는 너희가 도망친 도제인 줄 알았다만 지금은 더 심각한 문제를 피해 도망치는 걸로 보이는구나. 뭔지는 모르겠다. 관심도 없고. 나도 너희가 어둠의 친구가 아니라는 걸 알 정도의 판단력은 있어. 누군가에게 강도 짓을 하거나 상처를 입힐 가능성이 낮다는 것도 알겠고. 요즘 실을 나니는 몇몇 사림들과는 디르게 말이다. 나도 너희 나이 때는 두어 차례 곤란에 빠진 적이 있다. 며칠 정도 시선을 피해 머물 수 있는 곳이 필요하다면, 저쪽으로 9킬로미터쯤 떨어진 곳에 내 집이 있다." 그는 수레가 다니는 길 쪽으로 고개를 휙 젖혔다. "저쪽으로는 아무도 안 와. 너희를 쫓는 게 뭔지는 모르겠지만, 거기서 너희를 찾아낼 가능성은 별로 없다." 그는 이렇게 많은 말을 한 번에 한 것이 창피한 듯 목을 가다듬었다.

"어둠의 친구들이 어떻게 생겼는지 어떻게 알아요?" 맷이 물었다. 그는 수레에서 물러났다. 손이 코트 밑으로 들어갔다. "어둠의 친구들에 대해서 뭘 아는데요?"

킨치 씨의 얼굴에 힘이 들어갔다. "멋대로 생각해라." 그는 그렇게 말하더니 말에게 혀를 찼다. 수레는 좁은 길을 따라 멀어져 갔다. 킨치 씨는 한 번도 돌아보지 않았다.

맷은 랜드를 보았다. 그의 눈이 부드러워졌다. "미안해, 랜드. 넌 쉴 곳이 필요할 텐데. 혹시 저 사람을 쫓아가면……." 맷이 어깨를 으쓱했다. "그냥 모두가 우리를 쫓고 있다는 느낌을 떨칠 수 없어서 그래. 빛을 걸고, 나도 그 놈들이 왜 우리를 쫓는지 알았으면 좋겠어. 다 끝난 일이었으면 좋겠다고. 난……." 그는 비참하다는 듯 말을 흐렸다.

"그래도 좋은 사람은 있어." 랜드가 말했다. 맷은 수레가 다니는 길 쪽으로 움직이기 시작했다. 절대 하고 싶지 않은 일이라는 듯 입을 꽉 다문 채였다. 하지만 랜드가 그를 멈춰 세웠다. "우리한테는 그냥 쉬겠다고 저기 들를 여유가 없어, 맷. 어차피 아무 데도 숨을 수 없을 거야."

맷은 고개를 끄덕였다. 안도감이 뻔하게 드러났다. 그는 안장주머니와 하프 통을 감싸고 있는 톰의 망토를 비롯해 랜드의 짐을 몇 가지 가져가려 했지만, 랜드가 내주지 않았다. 다리가 정말로 강해진 것처럼 느껴졌다. **대체 뭐가 우릴 쫓는 것인지 모르겠다고?** 랜드는 길을 따라 걸어가며 생각했다. **쫓는 것이 아니야. 기다리는 거지.**

비는 비틀거리며 춤추는 수레꾼을 떠나온 그날 밤 내내 내렸다. 번개로 쪼개진 검은 하늘에서 튀어나온 천둥처럼 그들을 세차게 두들겨 댔다. 둘의 옷은 몇 분 만에 푹 젖었다. 한 시간 뒤 랜드는 피부까지 축축하게 느껴졌다. 하지만 그들은 이미 네명의왕을 떠나온 뒤였다. 맷은 어둠 속에서 눈이 먼 사람처럼 굴었다. 고통스러운 듯 눈을 가늘게 뜬 채, 잠깐씩 나무들을 극명히 두드러지게 하는 날카로운 번개를 바라보았다. 랜드가 손을 잡고 이끌어 주는데도 한 걸음을 내디딜 때마다 머뭇거리며 주위를 더듬었다. 랜드는 걱정스러워 이마에 주름이 잡혔다. 맷이 시력을 되찾지 못하면, 그들은 기어가는 것만큼 느려질 터였다. 절대로 빠져나가지 못할 것이다.

맷은 그의 생각을 느끼는 듯했다. 망토의 후드를 쓰고 있었는데도 비 때문에 머리카락이 맷의 얼굴 전체에 달라붙었다. "랜드." 그가 말했다. "날 떠나지 않을 거지? 내가 뒤처진다 해도?" 맷의 목소리가 떨렸다.

"나는 널 떠나지 않아." 랜드는 친구의 손을 꽉 잡았다. "무슨 일이 있어도 널 떠나지 않아." **빛이여 도우소서!** 머리 위에서 천둥이 울렸다. 맷은 휘청거리다가 넘어지며 랜드까지 쓰러뜨릴 뻔했다. "멈춰야 해, 맷. 계속 움직이다가는 네 다리가 부러질 거야."

"고드야." 맷이 그렇게 말할 때 머리 바로 위에서 번개가 어둠을 갈랐고, 천둥은 다른 모든 소리를 땅속으로 처넣었다. 그러나 번쩍임 속에서 랜드는 맷의 입술에 떠오른 이름을 알아들을 수 있었다.

"고드는 죽었어." **죽었어야지. 빛이여, 고드가 죽은 것이게 해 주세요.**

랜드는 번갯불이 보여 준 어떤 덤불로 맷을 데려갔다. 몰아치는 비를 조금이나마 가려 줄 만큼 잎사귀가 있는 덤불이었다. 나무만큼은 못했지만, 랜드는 또 한 번 벼락이 치는 위험을 감수하고 싶지 않았다. 다음번에는 운이 따라 주지 않을 수도 있으니까.

둘은 덤불 밑에 함께 웅크리고서 나뭇가지 위로 작은 텐트를 치려고 망토를 정리했다. 몸이 젖지 않게 하기에는 너무 늦었지만, 끊임없이 때려 오는 빗방울을 막는 것만으로도 대단한 일이 될 터였다. 그들은 서로에게 몸을 기댄 채 웅크렸다. 남아 있는 얼마 안 되는 체온을 나누기 위해서였다. 그들은 이미 물이 뚝뚝 떨어질 만큼 젖어 있었지만 더 많은 빗방울이 망토를 뚫고 들이왔다. 그들은 떨다가 잠들었다.

랜드는 그게 꿈이라는 사실을 즉시 알아차렸다. 그는 다시 네명의왕에 돌아와 있었지만, 마을에는 오직 랜드밖에 없었다. 마차들은 있었으나 사람도, 말도, 개도 없었다. 살아 있는 것이 아무것도 없었다. 하지만 랜드는 누군가가 자신을 기다리고 있다는 것을 알았다.

바퀴 자국이 난 거리를 따라 걸어가는데 뒤로 미끄러져 가는 건물들이 흐릿하게 보였다. 고개를 돌리면 건물들은 모두 그 자리에 단단하게 자리 잡고 있었지만, 주변 시야에는 그 불분명함이 남아 있었다. 오직 랜드가 보는 것만이 존재하는 듯했다. 그것도 랜드가 보는 동안에만. 고개를 충분히 빨리 돌리면, 아마……. 무얼 보게 될지 확실하지는 않았지만, 생각만 해도 불안해졌다.

춤추는 수레꾼이 눈앞에 나타났다. 어째서인지 그 현란한 페인트가 생기 없는 잿빛으로 보였다. 랜드는 안으로 들어갔다. 고드가 그곳에, 탁자에 앉아 있었다.

랜드가 고드를 알아본 것은 단지 비단옷과 짙은 색의 벨벳 때문이었다. 그의 얼굴은 거의 해골에 가까웠고 입술은 치아와 잇몸이 드러날 만큼 쪼그라져 있었다. 고드가 고개를 돌리자 그의 머리카락이 부스러지며 떨어졌다. 머리카락은 어깨에 닿자 재가 되었다. 눈꺼풀 없는 그의 눈이 랜드를 빤히 바라보았다.

"결국 죽었구나." 랜드가 말했다. 무섭지 않다니 놀라웠다. 어쩌면 이번에는 꿈이라는 것을 알고 있기 때문인지도 몰랐다.

"그래." 바알자몬의 목소리가 말했다. "하지만 나를 위해 널 찾아 준 건 사실이지. 그러면 어느 정도 보상을 해 줘야 하지 않겠느냐?"

랜드는 뒤를 돌아보고, 꿈이라는 것을 알 때조차 두려울 수 있다는 것을 깨달았다. 바알자몬의 옷은 말라붙은 피의 색깔이었다. 그의 얼굴에서 분노와 증오와 의기양양함이 서로 다투었다.

"알겠지만, 꼬마야. 영원히 내게서 숨을 수는 없다. 어떤 식으로든 나는 널 찾아낸다. 너를 지켜 주는 것이 너를 약하게도 만든다. 한 번은 숨을 수 있을지 모르지만 다음번에는 네가 봉화를 올린 것이나 마찬가지가 된다. 내게 오너라, 어린 것아." 그는 랜드에게 손을 내밀었다. "너를 끌어내려야만 할 때가 오면 내 사냥개들이 그리 온순하게 굴지 않을 수 있다. 그들은 네가 내 발치에 무릎을 꿇는 즉시 어떤 존재로 변화할지 알고 있기에 너를 질투한다. 그것이 네 운명이다. 너는 내 것이다." 고드의 타 버린 혀가 화가 난 듯 열렬히 헛소리를 냈다.

랜드는 입술을 축이려 했지만 입에 침이 말라 있었다. "아니야." 랜드는 간신히 말했다. 그런 다음에는 말이 좀 더 쉽게 나왔다. "나는 내 거야. 네 것이 아니야. 절대로. 나는 나 자신이야. 너를 따르는 어둠의 친구들이 나를 죽인다 해도 네가 날 차지하지는 못해."

바알자몬의 얼굴에서 피어난 불길은 공기가 어른거릴 때까지 방을 달구었다. "어린 것아, 살아서든 죽어서든 너는 내 것이다. 네 무덤조차 내게 속한다. 죽는 편이 더 쉽겠지만, 더 좋은 건 살아 있는 쪽이지. 너를 위해서 좋다는 것이다, 꼬마야. 대부분의 문제에서는 살아 있는 자들이 더 큰 힘을 발휘하니까." 고드가 다시 뭐라고 지껄이는 듯한 소리를 냈다. "그래, 착한 사냥개야. 여기 네 보상이 있다."

랜드는 고드를 보았다. 바로 그 순간 남자의 몸이 부스러져 먼지가 되었다. 잠깐은 타 버린 얼굴이 숭고한 기쁨을 느끼는 듯한 표정을 지었지만, 이윽고 그 표정은 마지막 순간의 두려움으로 변했다. 고드는 전혀 예상하지 못하던 무언가가 자기를 기다리는 것을 본 듯했다. 고드의 텅 빈 벨벳 의복이 의자와 바닥의 잿더미 사이에 내려앉았다.

랜드가 고개를 돌려 보니 바알자몬이 내뻗은 손이 주먹을 쥐고 있었다. "꼬마야, 너는 살아서든 죽어서든 내 것이다. 세계의 눈은 절대 네게 봉사하지 않을 것이다. 내가 너를 내 것으로 표시하니." 그가 주먹을 펴자 불덩어리가 쏘아져 나왔다. 그 불덩어리는 랜드의 얼굴을 그을리며 폭발했다.

랜드는 어둠 속에서 깜짝 놀라 깼다. 물이 외투를 통과해 그의 얼굴로 뚝뚝 떨어지고 있었다. 두 뺨을 만져 보는데 손이 떨렸다. 피부가 햇볕에 탄 것처럼 연하게 느껴졌다.

문득 그는 맷이 잠든 채 몸을 뒤척이며 신음하고 있다는 것을 알았다. 랜드가 흔들자 맷이 끙 소리를 내며 깼다.

"내 눈! 아, 빛이여. 내 눈! 놈이 내 눈을 가져갔어!"

랜드는 맷을 가까이 끌어당겨 아기처럼 가슴에 끌어안았다. "괜찮아, 맷. 괜찮아. 놈은 우리를 해칠 수 없어. 우리가 그렇게 놔두지 않을 거야." 랜드는 맷이 바들바들 떨며 그의 코트 자락에 대고 흐느끼는 것을 느낄 수 있었다. "놈은 우리를 해칠 수 없어." 랜드는 그렇게 속삭이며 그 말을 믿을 수 있었으면 좋겠다고 생각했다. **너를 지켜 주는 것이 너를 약하게도 만든다.**

미칠 것 같아.

동이 트기 직전에 쏟아붓던 비가 약해졌다. 새벽이 다가오면서 마지막 부슬비마저 희미해졌다. 아침이 되고 한참 지나서까지 구름은 남아서 비를 내릴 것처럼 위협했다. 그런 뒤에는 바람이 불어와 구름을 남쪽으로 몰아내며 아무 온기 없는 태양을 드러내고 물이 뚝뚝 떨어지는 그들의 옷을 저몄다. 그들은 다시 잠을 자지 않고 기진맥진한 채로 망토를 걸친 뒤 동쪽으로 출발했다. 랜드가 손을 잡고 맷을 이끌었다. 잠시 후, 맷은 비 때문에 활시위가 망가졌다고 불평할 만큼 상태가 나아졌다. 하지만 랜드는 맷이 잠시 멈추어 주머니에서 꺼낸 마른 활줄로 시위를 교체하도록 놓아두지 않았다. 아직은 안 되었다.

그들은 정오가 지나고 얼마 지나지 않아 다른 마을에 도착했다. 랜드는 아늑한 벽돌집들과 굴뚝에서 피어오르는 연기를 보고 더 세게 몸을 떨었지만, 맷을 데리고 숲과 들판을 지나 남쪽으로 갈 뿐 마을에 들르지는 않았다. 랜드의 눈에 들어온 사람은 쇠스랑을 가지고 진창이 된 들판에서 일하는 외로운 농부 한 명밖에 없었다. 랜드는 그 남자가 자신들의 모습을 보지 못하도록 신경 쓰며 몸을 웅크리고 숲을 지났다. 농부의 관심은 온통 일거리에만 쏠려 있었으나 랜드는 그가 보이지 않게 될 때까지 한쪽 눈을 계속 그에게 두고 있었다. 고드의 부하들이 한 명이라도 살아 있다면, 이 마을에서 랜드와 맷을 본 자를 찾을 수 없을 경우 두 사람이 네명의왕에서 나와 남쪽 길로 향했다고 생각할 터였다. 그들은 마을에서 보이지 않는 지점에서 다시 길로 올라와 옷을 벗어 들고 갔다. 보송보송해지지는 않더라도 그냥 축축한 정도가 되도록 말이다.

마을을 지나 한 시간쯤 갔을 때 한 농부가 반쯤 빈 건초 수레에 둘을 태워주겠다고 했다. 랜드는 맷 때문에 걱정하다가 깜짝 놀랐다. 오후의 햇빛이 약했는데도 맷은 햇빛을 피하려고 손으로 눈을 가리고서는 그것으로도 모자라는지 실눈을 뜨고 있었다. 계속 태양이 너무 밝다며 투덜거렸다. 랜드가 건초 마차의 덜컹거리는 소리를 들었을 때는 이미 늦은 뒤였다. 도로가 젖어 있어 소리를 흡수했기에 말 두 마리가 끄는 마차는 그들 뒤 겨우 45미터 지점까지 다가와 있었다. 운전수가 이미 그들을 보고 있었다.

랜드로서는 놀랍게도, 운전수는 마차를 세우더니 그들을 태워 주겠다고 했다. 랜드는 망설였지만 눈에 띄지 않기에는 너무 늦은데다 태워 주겠다는 제안을 거절하면 남자의 머릿속에 둘에 대한 기억이 남을 터였다. 랜드는 맷이 농부 옆자리에 앉도록 도와준 뒤 그 뒤에 올라탔다.

앨퍼트 멀은 둔감한 인물로, 얼굴도 각지고 손도 각진 남자였다. 얼굴도, 손도 힘든 노동과 걱정으로 마모되고 주름져 있었다. 그는 말동무를 원했다. 그가 키우는 암소들에게서는 젖이 나오지 않았고, 닭들은 더 이상 알을 낳지 않았다. 목초지라고 부를 만한 땅도 남아 있지 않았다. 기억하는 한 처음으로, 그는 건초를 돈 주고 사야만 했다. 게다가 "베인 할아범"이 마차에 건초를 절반밖에 채워 주지 않았다. 그는 올해 자기 땅에서 건초든 뭐든 작물이 날 가능성이 있을지 모르겠다고 했다.

"여왕님께서 뭐라도 하셔야지. 빛께서 여왕님을 비추시길." 그는 존경심을 담아 손마디로 이마를 누르면서도 멍하니 중얼거렸다.

그는 랜드와 맷을 거의 보지 않았지만, 양옆에 울타리가 쳐져 있으며 그의 농장으로 이어지는 좁은 길옆에 둘을 내려 주었을 때는 망설이다가 혼잣말처럼 이렇게 말했다. "너희가 무엇 때문에 도망치는 건지는 모르겠다. 알고 싶지도 않고. 난 아내와 아이들이 있어. 무슨 말인지 알지? 가족이 있다고. 낯선 사람들을 도와주기에는 힘든 시절이야."

맷은 코트 아래로 손을 집어넣으려 했지만 랜드가 그의 손목을 붙잡았다. 랜드는 길가에 서서 아무 말 없이 남자를 바라보았다.

"내가 착한 놈이었으면," 멀이 말했다. "쫄딱 젖은 젊은이 두어 명에게 내 난로 앞에 앉아서 몸을 말리고 덥히라고 했을 거다. 하지만 요즘은 어려운 시절이고, 낯선 사람들은……. 나는 너희가 무엇을 피해 도망치는지 모르고, 알고 싶지도 않다. 무슨 말인지 알지? 가족이 있으니까." 갑자기 그는 코트 주머니에서 두 개의 긴 모직 스카프를 꺼냈다. 진한 색에 두꺼운 스카프였다. "별건 아니지만 가져가라. 우리 아들들 것이다. 걔들한테는 다른 것도 있으니까. 너희는 날 모르는 거다. 알겠느냐? 요즘은 힘든 시절이야."

“아저씨를 본 적도 없는 걸로 할게요.” 랜드는 스카프를 받으며 그와 말을 맞추었다. “아저씨는 **정말로** 착한 분이세요. 며칠 동안 저희가 만나 본 사람 중 가장 좋은 분이요.”

농부는 놀란 듯하더니 고마워했다. 그는 고삐를 모아 쥐고 말머리를 돌려 좁은 길을 따라갔다. 그가 완전히 방향을 틀기 전에 랜드는 맷을 데리고 케임린 대로를 따라 걷기 시작했다.

땅거미가 내리면서 바람도 거세졌다. 맷이 언제 멈출 거냐고 시비 걸듯 묻기 시작했지만, 랜드는 맷을 끌고 계속 움직이며 덤불 밑보다 나은 은신처를 찾았다. 옷이 아직도 축축하고 바람이 매 순간 더 차가워지고 있었기에 야외에서 하룻밤을 더 살아남을 수 있을지 확실하지 않았다. 랜드가 쓸만한 자리를 전혀 발견하지 못했는데 밤이 찾아왔다. 바람은 얼음장처럼 차가워져 그의 망토를 후려쳤다. 그때, 눈앞의 어둠 너머로 빛이 보였다. 마을이었다.

랜드는 주머니로 손을 넣어 안에 들어 있는 주화를 만져 보았다. 두 사람이 밥값과 방값을 내고도 남는 돈이었다. 추운 밤을 피해 방에서 잘 수 있었다. 축축한 옷을 입고 차가운 바람이 불어오는 야외에서 머문다면, 그들을 발견하는 사람은 누구나 시체 두 구를 발견하게 될 터였다. 최대한 사람들의 눈길을 끌지만 않으면 될 것 같았다. 플루트를 연주하지도 않을 테고, 눈이 그 모양이니 맷도 분명 저글링을 할 수 없었다. 랜드는 다시 맷의 손을 잡고 손짓하는 듯한 불빛을 향해 출발했다.

“언제 쉴 거야?” 맷이 다시 물었다. 고개를 내밀고 앞을 보는 모습을 보니 맷이 마을의 불빛은커녕 랜드 자신도 보지 못한다는 생각이 들었다.

“따뜻한 곳에 도착하면.” 랜드가 대답했다.

집의 창문에서 나온 빛 웅덩이가 마을의 거리를 밝혔다. 사람들은 어둠 속에 뭐가 있을지 걱정하지 않으며 그 거리를 걸어 다녔다. 유일한 여관은 모든 구역이 1층에 넓게 뻗어 있는 건물로, 별다른 계획 없이 몇 년에 걸쳐 방들을 여기저기 덧붙인 것 같은 모습이었다. 누군가가 나오려고 앞문을 열자 그를 따라 웃음소리가 흘러나왔다.

랜드는 길거리에 우뚝 멈추어 섰다. 춤추는 수레꾼에서 들은 취객의 웃음소리가 머릿속에 울렸다. 그는 남자가 그다지 안정적이지는 않은 걸음으로 거리를 걸어가는 모습을 지켜보다가 심호흡을 하고 문을 밀어 열었다. 망토에 칼이 가려지도록 주의했다. 웃음이 그를 휩쓸고 지나갔다.

방은 높은 천장에 걸려 있는 여러 개의 등불로 밝았다. 랜드는 보자마자 새믈 헤이크의 여관과 이곳의 차이를 느낄 수 있었다. 일단, 이곳에는 취객들이 없었다. 방 안에는 농부와 마을 사람들로 보이는 이들로 가득했는데, 아예 취기가 없지는 않더라도 제정신에 가까웠다. 웃음소리는 애써 낸 듯 날이 서 있기는 해도 진짜였다. 사람들은 골칫거리를 잊으려고 웃고 있었지만, 그 웃음 안에는 진정한 기쁨도 담겨 있었다. 휴게실 자체도 깔끔하고 깨끗했다. 저쪽 끝의 커다란 난로에서 활활 타는 불로 따뜻하기도 했다. 종업원들의 미소도 그 불처럼 따뜻했다. 종업원들이 웃자 랜드는 그들이 웃고 싶어서 웃는다는 것을 알 수 있었다.

여관 주인은 자기 여관만큼이나 깨끗한 남자로 퉁퉁한 몸에 반짝반짝 흰 앞치마를 두르고 있었다. 랜드는 그가 뚱뚱한 것을 보자 다행스러웠다. 다시는 깡마른 여관 주인을 믿을 수 없을 것 같았다. 여관 주인의 이름은 룰란 얼와인이었으며—랜드는 에먼즈 필드 느낌이 많이 나는 그 이름이 좋은 징조라고 생각했다—두 사람을 위아래로 눈여겨보더니 공손하게 선불을 요구했다.

"두 분이 그런 사람일 거라는 얘기는 아니니까 이해해 주세요. 단지, 요즘은 아침이 와도 돈을 낼 생각이 딱히 없는 사람들이 좀 있거든요. 아주 많은 젊은이들이 케임린으로 가는 것 같습니다."

랜드는 불쾌하지 않았다. 어쨌든, 몸이 젖고 더러워져서 불쾌한 만큼 불쾌하지는 않았다. 하지만 얼와인 씨가 값을 이야기했을 때는 눈이 휘둥그레졌다. 맷은 무언가를 먹다가 목에 걸리기라도 한 듯한 소리를 냈다.

여관 주인이 유감스럽다는 듯 고개를 젓자 그의 턱 밑 살이 흔들렸다. 그는 이런 상황에 익숙한 듯했다. "시절이 어렵지요." 그는 포기한 목소리로 말했다. "있는 게 별로 없고, 그나마 값이 전의 다섯 배는 됩니다. 다음 달에는 더 비싸질 거예요. 맹세할 수 있습니다."

랜드는 돈을 꺼내며 맷을 보았다. 맷이 고집스럽게 입을 다물었다. "덤불 밑에서 자고 싶어?" 랜드가 물었다. 맷은 한숨을 쉬며 마지못해 주머니를 비웠다. 셈을 치르고 나서, 랜드는 맷과 나눌 얼마 안 되는 돈을 보며 인상을 찌푸렸다.

10분 뒤, 그들은 난로 근처의 구석 자리에서 스튜를 먹고 있었다. 빵 덩이를 곁들여 가며 숟가락으로 스튜를 입에 쑤셔 넣었다. 음식은 랜드가 바라는 만큼 양이 많지는 않았지만 따뜻했고 배를 채워 주었다. 난로에서 나오는 온기가 천천히 랜드에게 스며들었다. 그는 접시에 시선을 두고 있는 척했지만 문을 유심히 지켜보았다. 여관에 드나드는 사람들은 모두 농부처럼 보였지만, 그 정도로는 두려움이 잦아들지 않았다.

맷은 한 입 한 입 풍미를 맛보며 천천히 먹었다. 등불 빛에 대해서 투덜대기는 했지만 말이다. 얼마 후 그는 앨퍼트 멀이 준 스카프를 꺼내 이마에 묶더니 눈이 거의 가려질 때까지 끌어 내렸다. 그 바람에 몇몇 사람들이 눈길을 주었다. 랜드로서는 피하고 싶은 시선이었다. 랜드는 서둘러 접시를 비운 뒤 맷에게도 그렇게 하라고 재촉하고 얼와인 씨에게 방을 달라고 했다.

여관 주인은 두 사람이 너무 일찍 물러나자 놀란 듯했으나 아무 말도 하지 않았다. 그는 양초를 가져오더니 이리저리 얽힌 복도를 지나 작은 방까지 그들을 안내해 주었다. 방에는 좁은 침대 두 개가 있었다. 여관 뒤쪽 구석에 있는 방이었다. 그가 떠난 뒤 랜드는 짐을 침대 옆에 내려놓고 의자에 망토를 걸쳐 놓은 뒤 옷을 완전히 입은 채 침대보에 몸을 던졌다. 그의 옷은 아직 전부 젖어 있어 불편했지만, 도망쳐야 한다면 도망칠 준비를 갖춰 두고 싶었다. 랜드는 칼이 매달린 허리띠도 풀지 않았고, 칼자루에 손을 올린 채 잠을 잤다.

아침에 랜드는 수탉의 울음소리를 듣고 퍼뜩 정신을 차렸다. 그는 자리에 누워서 창문을 밝히는 새벽빛을 지켜보며 감히 조금 더 눈을 붙여도 될지 고민했다. 움직일 수 있는 낮 시간에 잠을 자다니. 하품을 하자 턱에서 뚝 소리가 났다.

“야.” 맷이 소리쳤다. “나 눈이 보여!” 그는 침대에서 일어나 앉아 눈을 가늘게 뜨고 방을 둘러보았다. “어쨌든 조금은 말이야. 네 얼굴은 지금도 약간 흐릿한데, 네가 누군지는 알아볼 수 있어. 괜찮아질 줄 알았어. 오늘 밤쯤에는 너보다 상태가 나아질걸. 원래대로 돌아가는 거지.”

랜드는 침대에서 뛰쳐나와 망토를 집어 들면서 몸을 긁었다. 옷은 랜드가 입고 자는 동안 말라 주름져 있었고 몸을 가렵게 했다. “낮인데 시간을 낭비하고 있어.” 그가 말했다. 맷은 랜드만큼 빠르게 일어섰다. 그도 몸을 긁고 있었다.

랜드는 정말로 상태가 좋아졌다. 고드의 부하들은 나타나지 않았다. 네명의왕에서 하루쯤 멀어졌으니 모레인이 기다리고 있을 케임린까지는 하루 더 가까워진 셈이었다. 모레인이 기다리고 있을 것이다. 아이즈 세다이와 수호자와 다시 함께하게 되는 순간 어둠의 친구들은 더 이상 걱정할 필요가 없었다. 아이즈 세다이와 함께 하게 될 순간을 이렇게까지 기대하다니 이상한 일이었다. **빛이여, 모레인을 다시 보면 입이라도 맞추겠습니다!** 랜드는 이 생각에 웃음을 터뜨렸다. 그는 줄어 가는 동전 몇 푼을 아침 식사에 일부 투자할 정도로 기분이 좋았다. 아침 식사는 커다란 빵 덩어리와 육류 저장소에서 막 가져와 차가운 우유 한 주전자였다.

그들이 휴게실 뒤쪽에서 밥을 먹고 있을 때 웬 젊은 남자가 들어왔다. 모습을 보아하니 동네 청년인 것 같았다. 걸음걸이는 잘난 척하듯 통통 튀었고, 깃털이 달린 헝겊 모자를 한 손가락으로 돌려 대고 있었다. 휴게실에 있는 유일한 다른 사람은 청소를 하고 있는 늙은 남자였다. 그는 빗자루에서 한 번도 고개를 들지 않았다. 젊은 남자의 시선이 쾌활하게 방을 훑었다. 하지만 랜드와 맷을 보자 모자가 그의 손가락에서 떨어졌다. 그는 1분을 꽉 채워 두 사람을 바라보더니 바닥에서 모자를 집어 들고 더 쳐다보았다. 그는 검은 곱슬머리가 빽빽하게 난 머리를 손가락으로 쓸었다. 마침내 그가 두 사람의 탁자로 발을 질질 끌며 다가왔다.

그는 랜드보다 나이가 많았지만, 자신 없는 모습으로 그들을 내려다보았다. “앉아도 될까요?” 그는 그렇게 묻더니 말실수를 했을지도 모른다는 듯 즉시 침을 꿀꺽 삼켰다.

랜드는 그가 아침밥을 나누어 먹고 싶은가 보다고 생각했다. 겉모습만 봐서는 직접 아침밥을 사 먹을 수 있을 것 같았지만 말이다. 청년이 입고 있는 파란 줄무늬 셔츠는 옷깃 주변에 수가 놓여 있었다. 그의 질은 파란색 망토 가장자리 전체도 마찬가지였다. 가죽 장화를 보니 땅에 발을 끌고 다녀야 하는 일은 해본 적도 없는 듯했다. 랜드는 의자를 고갯짓했다.

청년이 탁자로 의자를 끌고 오자 맷이 그를 뚫어지게 보았다. 랜드는 맷이 노려보는 것인지, 아니면 그냥 선명하게 보고 싶어서 그러는 것인지 알 수 없었다. 어느 쪽이든, 맷의 찡그린 표정이 영향을 미쳤다. 청년은 앉으려다 말고 얼어붙었고 랜드가 다시 고개를 끄덕인 다음에야 완전히 앉았다.

“이름이 뭐예요?” 랜드가 물었다.

“제 이름이요? 제 이름이라. 어……. 페이터라고 불러 주세요.” 그의 눈이 초조한 듯 움직였다. “아……. 이러려던 건 아닌데, 이해해 주세요. 어쩔 수 없었어요. 저도 하기 싫었는데 누가 시켜서요. 이해해 주셔야 합니다. 저는…….”

랜드가 슬슬 긴장하기 시작했을 때 맷이 낮은 목소리로 말했다. “어둠의 친구네.”

페이터는 움찔하며 의자에서 반쯤 일어나 방금 말을 엿들을 사람이 50명은 있다는 듯 미친 듯이 방을 둘러보았다. 노인은 여전히 빗자루 쪽으로 고개를 숙인 채 바닥에만 관심을 두고 있었다. 페이터는 다시 앉아 잘 모르겠다는 듯 랜드와 맷을 번갈아 보았다. 그의 윗입술에 땀이 맺혔다. 맷이 한 말은 누구라도 땀 흘리게 할 만한 비난이었다. 하지만 페이터는 그런 혐의를 부정하는 말을 한마디도 하지 않았다.

랜드가 천천히 고개를 저었다. 고드를 만난 뒤로 랜드는 어둠의 친구라고 해서 반드시 이마에 드래건의 송곳니가 새겨져 있는 것은 아니라는 것을 알고 있었다. 하지만 입고 있는 옷을 빼면, 이 페이터라는 녀석은 에먼즈 필드에 바로 집어넣어도 튀지 않을 터였다. 그에게서는 살인이나 그보다 나쁜 짓을 할 만한 기색이 전혀 느껴지지 않았다. 아무도 그를 두 번 눈여겨보지 않을 터였다. 최소한 고드는…… 다르기라도 했는데.

"우릴 가만히 놔둬." 랜드가 말했다. "네 친구들한테도 우리를 가만히 놔두라고 해. 우린 그놈들에게 바라는 것이 아무것도 없어. 그놈들도 우리한테서 아무것도 얻지 못할 거야."

"시키는 대로 하지 않으면," 맷이 사납게 덧붙였다. "네 정체를 밝히겠어. 너희 마을 친구들이 어떻게 생각하는지 보자."

랜드는 맷이 진심으로 한 말은 아니기를 바랐다. 그랬다가는 페이터만큼 두 사람에게도 골치 아픈 일이 생길 터였다.

페이터는 그 협박을 진지하게 받아들이는 듯했다. 그의 얼굴이 창백해졌다. "저는……. 저는 네명의왕에서 일어난 일에 대해서 들었어요. 아무튼, 조금은요. 소문이야 전해지기 마련이니까요. 저희한테는 언제나 소식을 듣는 방법이 있거든요. 하지만 두 분을 함정에 빠뜨리려고 온 건 아닙니다. 저는 혼자이고…… 그냥 이야기를 하고 싶을 뿐이에요."

"무슨 얘기?" 맷이 그렇게 물었다. 동시에 랜드가 말했다. "관심 없어." 그들은 서로를 보았고, 맷이 어깨를 으쓱했다. "관심 없어." 그가 말했다.

랜드는 마지막 우유를 삼키고 반쯤 남은 빵을 주머니에 꽂았다. 돈을 거의 다 써 버렸으니 이 빵이 다음번 끼니가 될 터였다.

어떻게 여관을 떠난다? 맷이 거의 맹인이나 다름없다는 사실을 페이터가 알아챘다면, 그는 다른 사람들에게…… 다른 죽음의 친구들에게 그 사실을 전할 터였다. 랜드는 늑대가 다리를 저는 양을 무리에서 떼어 놓는 것을 본 적이 있었다. 근처에 다른 늑대들이 있었기에 랜드는 양 떼를 떠날 수도 없었고 활을 깔끔하게 쏠 수도 없었다. 양이 혼자 남겨져 두려움에 매애 매애 울며 다리 세 개로 미친 듯이 절뚝거리기 시작하자 그 양을 쫓던 한 마리 늑대가 마법처럼 열 마리로 늘어났다. 그 기억을 떠올리자 랜드는 배 속이 뒤틀렸다. 랜드와 맷도 이곳에 머물 수 없었다. 혼자 왔다는 페이터의 말이 사실이라 한들 앞으로 얼마나 더 혼자일까?

"갈 시간이야, 맷." 랜드는 그렇게 말하며 숨을 참았다. 맷이 일어서려 했을 때, 랜드는 몸을 앞으로 숙이고 말을 걸어 페이터의 시선을 자기 쪽으로 돌렸다. "우리를 가만히 놔둬, 어둠의 친구. 두 번 말하진 않을 거야. 우리를, 가만히, 놔둬."

페이터는 꿀꺽 침을 삼키더니 의자 등받이에 바짝 붙어 앉았다. 그의 얼굴에는 안색이 전혀 남아 있지 않았다. 그 모습을 보자 머드랄이 생각났다.

랜드가 다시 맷을 돌아보니 맷은 어색한 모습을 보이지 않은 채 자리에서 일어나 있었다. 랜드는 서둘러 안장주머니를 비롯한 짐을 들쳐 메면서 망토로 칼을 가리고 있으려고 애썼다. 페이터는 이미 그 칼에 대해 알지도 몰랐다. 어쩌면 고드가 바알자몬에게 말하고, 바알자몬이 페이터에게 말했을지도 몰랐다. 하지만 랜드 생각은 달랐다. 그는 페이터가 네명의왕에서 일어난 일에 관해 아주 모호하게만 알고 있을 거라고 생각했다. 그래서 이렇게까지 겁을 먹은 것이다.

문의 윤곽선이 비교적 밝게 보인 덕분에 맷은 그리로 직행할 수 있었다. 빠르지는 않았지만, 부자연스러워 보일 정도로 느리지도 않았다. 랜드는 그 뒤를 바짝 따라가며 맷이 비틀거리지 않기를 바랐다. 그는 맷이 앞을 가로막는 탁자나 의자가 없이 비어 있는 곧은 길을 갈 수 있어서 다행이라고 생각했다.

뒤에서 페이터가 갑자기 벌떡 일어났다. "기다려요." 그가 절박하게 말했다. "기다리셔야 해요."

"우릴 가만히 놔둬." 랜드는 뒤를 돌아보지 않고 말했다. 그들은 거의 문에 이르러 있었고, 맷은 아직 발을 한 번도 잘못 딛지 않았다.

"그냥 제 말을 들어 보세요." 페이터는 그렇게 말하더니 랜드의 어깨에 손을 얹어 그를 멈추어 세웠다.

머릿속에 여러 모습이 빙빙 돌았다. 트롤록 나르그가 집으로 쳐들어와 랜드에게 덤벼들던 모습. 머드랄이 베얼론에 있는 수사슴과 사자 여관에서 위협하던 모습. 사방에 반인이 있었고, 희미한 자들이 샤다 로고스까지 일행을 쫓아왔다. 화이트브리지에서도 그들을 잡으려 했다. 사방에 어둠의 친구들이 있었다. 랜드는 홱 뒤를 돌아보았다. 주먹이 저절로 쥐어졌다. "가만히 놔두랬지!" 그의 주먹이 페이터의 코를 후려쳤다.

어둠의 친구는 뒤로 넘어지더니 바닥에 앉은 채 랜드를 쳐다보았다. 그의 코에서 피가 뚝뚝 떨어졌다. "도망칠 수 없을 겁니다." 그가 화를 내며 침을 뱉었다. "당신이 아무리 강하더라도 위대한 어둠의 군주께서 더 강하십니다. 그림자가 당신을 삼킬 거예요!"

휴게실 안쪽에서 헛숨 들이켜는 소리와 빗자루 손잡이가 바닥에 부딪히는 덜컥 소리가 났다. 빗자루를 들고 있던 노인이 마침내 들은 것이다. 그는 가만히 서서 휘둥그레진 눈으로 페이터를 바라보았다. 주름진 얼굴에서 핏기가 빠져나갔다. 입이 움직였지만 소리는 나오지 않았다. 페이터는 잠시 그를 마주 보더니 거칠게 욕설을 하며 벌떡 일어나 쏜살같이 여관을 빠져나갔다. 그는 굶주린 늑대들이 따라오기라도 하는 것처럼 거리를 달려갔다. 노인은 랜드와 맷에게로 관심을 돌렸다. 둘에게도 똑같이 겁을 먹은 표정이었다.

랜드는 최대한 빨리 맷을 데리고 여관에서, 그다음에는 마을에서 나갔다. 그러는 내내 추적자들의 외침과 고함에 귀 기울였지만 그런 소리는 들리지 않았다. 들리지 않기에 랜드의 귓속에서는 더욱 시끄럽게 느껴지는 소리였다.

"피와 재를 걸고," 맷이 으르렁거리듯 말했다. "놈들이 늘 있어. 늘 우리를 따라오고 있어. 우리는 영원히 도망칠 수 없을 거야."

"아니, 안 그래." 랜드가 말했다. "우리가 여기 있다는 걸 바알자몬이 알았다면 저런 녀석한테 우리를 처리하는 임무를 맡겼겠어? 고드 같은 녀석이랑 스무 명, 서른 명쯤 되는 깡패들이 찾아왔을 거야. 놈들은 지금도 우리를 쫓고 있어. 하지만 페이터가 소식을 전하기 전에는 우리가 어디 있는지 모를 거야. 페이터가 정말 혼자일지도 모르는 거고. 우리가 아는 한에서, 페이터는 저 멀리 네명의왕까지 가야 할 수도 있어."

"하지만 그 말대로라면……."

"난 상관 안 해." 랜드는 맷이 말한 "그 말"이 누가 한 말인지 확신할 수 없었지만, 어쨌든 달라질 것은 없었다. "가만히 누워서 놈들이 우리를 잡게 놔두진 않을 거야."

그들은 낮 동안 여섯 번 짧게 짧게 마차를 얻어 탔다. 농부가 그들에게 세란 시장에 있는 여관의 미친 노인이 마을에 어둠의 친구들이 있다고 주장한다고 말해주었다. 농부는 웃느라 거의 말을 잇지도 못했다. 그는 계속해서 두 뺨의 눈물을 문질러 닦았다. 세란 시장에 어둠의 친구들이 나타났다니! 농부가 듣기에 그것은 애클리 패린이 취해서 여관 지붕에서 잔 이후로 가장 재미있는 이야기였다.

또 다른 남자는 얼굴이 둥근 마차 제작자로서, 수레 양옆에 공구를 늘어뜨리고 수레 뒤쪽에는 마차 바퀴 두 개를 걸고 다니는 사람이었다. 그는 다른 이야기를 전했다. 어둠의 친구 스무 명이 세란 시장에서 모임을 열었다는 것이다. 몸이 뒤틀린 남자들과 그보다도 추한 여자들이 모였다고 했다. 그들은 모두 더러웠으며 넝마를 걸치고 있었다. 시선만으로도 상대의 다리 힘을 풀리게 하고 배 속이 울렁거리게 할 수 있었다. 그들이 웃으면, 더럽게 낄낄대는 그 소리가 몇 시간 동안 귓속에 울려 머리가 쪼개질 것처럼 느껴졌다. 마차 제작자가 직접 그 모습을 보았다고 했다. 안전한 거리를 두고 멀리서 보긴 했지만 말이다. 여왕이 아무 조치도 취하지 않는다면 누군가가 빛의 아이들에게 도움을 청해야 할 거라고도 했다. 누군가는 뭔가 해야 하니까.

마차 제작자가 그들을 내려 주자 안도감이 들었다.

등 뒤로 태양이 낮게 떠 있을 때, 두 사람은 세란 시장과 거의 비슷한 작은 마을에 들어갔다. 케임린 대로가 그 마을을 깔끔하게 둘로 갈라놓고 있었는데, 대로 양옆에는 이엉을 얹은 작은 벽돌집들이 줄줄이 늘어서 있었다. 매달린 잎사귀는 몇 개 없었지만, 그물 같은 덩굴이 벽돌을 뒤덮고 있었다. 그 마을에는 여관이 한 군데 있었다. 와인스프링 여관보다 별로 크지 않은 작은 곳으로, 쇠 받침대가 달린 간판이 가게 앞에 매달려 바람 속에 삐걱삐걱 앞뒤로 흔들리고 있었다. 여왕의 남자라는 여관이었다.

와인스프링 여관을 작다고 생각하다니 이상한 일이었다. 한때는 와인스프링 여관만큼 큰 건물은 존재할 수 없다고 생각했는데. 그보다 큰 건물이라면 전부 궁전일 터였다. 하지만 지금의 랜드는 세상 구경을 어느 정도 한 상태였다. 문득 그는 집에 돌아가면 그 무엇도 똑같아 보이지 않으리라는 것을 깨달았다. **집에 돌아간다면 말이지.**

랜드는 여관 앞에서 망설였지만, 여왕의 남자에 내야 할 숙박료가 세란 시장에서만큼 비싸지 않다고 해도 밥이나 방을 구할 돈이 없었다.

맷은 랜드가 어디를 보는지 알고는 톰의 알록달록한 공을 넣어두던 주머니를 톡톡 두드렸다. "너무 화려한 묘기를 부리지는 못하겠지만, 이젠 충분히 잘 보여." 지금도 이마에 스카프를 두르고 있었고, 낮에 하늘을 볼 때면 실눈을 뜨긴 했지만 맷의 눈은 계속해서 나아졌다. 랜드가 아무 말을 하지 않자 맷이 이야기를 이었다. "여기랑 케임린 사이에 있는 모든 여관에 어둠의 친구가 있을 리는 없어. 침대에서 잘 수 있는데 덤불 밑에서 자고 싶지도 않고." 하지만 맷은 여관 쪽으로 움직이지 않고 가만히 서서 랜드를 기다렸다.

잠시 후 랜드가 고개를 끄덕였다. 랜드는 집을 떠나온 이후 그 어느 때보다도 피곤했다. 야외에서 잔다는 생각만으로도 뼈마디가 쑤셨다. **계속 피로가 쌓이는 거야. 그렇게 계속 도망치고, 계속 어깨 너머를 돌아보니까.**

"놈들이 모든 곳에 있을 수는 없지." 랜드도 동의했다.

랜드는 휴게실로 첫발을 들이면서 실수를 한 것이 아닌가 고민했다. 그곳은 깨끗하지만 붐비는 공간이었다. 모든 탁자가 가득 차 있었고, 몇몇 남자들은 앉을 자리가 없어 벽에 기대어 있었다. 종업원들이 잔뜩 시달린 표정으로—그러기는 여관 주인도 마찬가지였다—탁자 사이를 빠르게 오가는 모습을 보니 평소보다 손님이 많은 듯했다. 이 작은 마을에 어울리지 않을 정도로 많은 손님. 이곳 사람이 아닌 자들을 알아보기는 쉬웠다. 그들은 나머지 사람과 비슷한 복장을 하고 있었지만 시선을 음식과 술에서 떼지 않았다. 지역민들은 낯선 이들을 그 무엇보다 유심히 지켜보았다.

단조로운 대화 소리가 허공에 맴돌았다. 랜드가 여관 주인에게 할 이야기가 있다는 것을 전하자 여관 주인이 그와 맷을 주방으로 데리고 들어가야 할 정도였다. 주방도 소음이 심하기는 마찬가지였다. 요리사와 그 조수들이 냄비를 두드리며 빠르게 오가고 있었다.

여관 주인이 커다란 손수건으로 얼굴을 훔쳤다. "왕국의 다른 모든 바보처럼 케임린에 가서 가짜 드래건을 보려는 모양이구나. 뭐, 방값은 여섯 닢, 침대 하나만 빌리려면 두 닢이나 세 닢이다. 그게 마음에 들지 않으면 나로선 해 줄 일이 없어."

랜드는 메스꺼움을 느끼며 연습해 온 장광설을 늘어놓았다. 여행 중인 사람이 너무도 많았기에 누구나 어둠의 친구일 수 있었다. 나머지 사람들로부터 그들을 골라낼 방법은 없었다. 맷은 저글링 시범을 보였는데 공은 세 개만 사용했고, 그때조차 주의를 기울였다. 랜드는 톰의 플루트를 꺼냈다. 〈늙은 검은 곰〉을 겨우 몇 음정 연주했을 때 여관 주인이 조바심을 내며 고개를 끄덕였다.

"괜찮겠구나. 저 멍청이들의 머릿속에서 이 로게인이라는 자를 빼낼 만한 게 필요하거든. 로게인이 진짜 드래건인지, 아닌지를 놓고 벌써 싸움이 세 번이나 벌어졌다. 구석에 짐을 두면 내가 가서 너희 자리를 만들어 두마. 방이 있다면 말이지. 멍청이들. 세상은 자기가 속한 곳에 머물러야 한다는 것도 모르는 바보들로 가득해. 그래서 이렇게 문제가 많은 거야. 자기가 속한 곳에 머물지 않으려 드는 인간들 때문에." 여관 주인은 다시 얼굴을 훔치며 서둘러 주방에서 나갔다. 그는 낮은 목소리로 툴툴댔다.

요리사와 그의 조수들은 랜드와 맷을 무시했다. 맷은 계속해서 머리에 두른 스카프를 만지작거렸다. 스카프를 밀어 올리고 빛을 보며 눈을 깜빡이다가 다시 끌어 내리는 식이었다. 랜드는 맷이 공 세 개로 저글링 하는 것보다 복잡한 일을 할 수 있을 만큼 시력이 남아 있는 것인지 궁금했다. 랜드 자신으로 말할 것 같으면…….

배 속에서 느껴지는 메스꺼움이 더욱 심해졌다. 랜드는 낮은 의자에 털썩 주저앉아 두 손으로 머리를 감쌌다. 주방이 춥게 느껴졌다. 랜드는 몸을 떨었다. 증기가 공기를 가득 채웠다. 스토브와 오븐이 열기로 지글거렸다. 랜드의 떨림은 점점 심해졌다. 이가 딱딱 부딪혔다. 랜드는 두 팔로 자기 몸을 감싸 안았지만 아무 소용이 없었다. 뼛속이 얼어붙는 것만 같았다.

랜드는 맷이 그의 어깨를 흔들며 뭔가 질문하고 있다는 것을 어렴풋이 의식했다. 누군가가 욕을 하며 주방에서 달려 나가는 것도 느껴졌다. 그런 다음에는 여관 주인이 다가왔다. 그의 옆에 요리사가 인상을 쓰며 서 있었다. 맷은 그 두 사람 모두와 시끄럽게 말다툼했다. 랜드는 그들이 하는 말을 하나도 알아들을 수 없었다. 귓속에서 단어들이 윙윙댔다. 랜드는 아무 생각도 할 수 없을 것만 같았다.

맷이 갑자기 그의 팔을 붙잡고 일으켜 세웠다. 그들의 모든 소지품인 안장주머니, 침낭, 톰이 말아 놓은 외투와 악기 통이 맷의 활과 함께 맷의 어깨에 걸려 있었다. 여관 주인이 불안한 듯 얼굴을 문지르며 그들을 지켜보고 있었다. 랜드는 맷에게 몸을 반 이상 기댄 채 비틀거리면서 친구가 자신을 데리고 뒷문으로 가도록 놔두었다.

"미, 미, 미안해, 매, 매, 맷." 랜드가 간신히 말했다. 이가 딱딱 부딪히는 것을 멈출 수 없었다. "비, 비, 비 때문에……. 그, 그, 그런 거, 걸 거야. 하, 하루 더…… 밖에서 잔다고…… 나, 나쁠 건 어, 없겠지……. 내 생각이지만." 땅거미가 지며 하늘이 어두워졌다. 하늘에는 한 줌의 별들이 점점이 박혀 있었다.

"절대 그럴 일 없어." 맷이 말했다. 그는 기쁜 척하려 했지만, 랜드는 숨겨진 걱정을 알아차렸다. "여관 주인은 다른 사람들이 여관에 병자가 있다는 걸 알아챌까 봐 겁먹었어. 내가 우리를 쫓아내면 널 휴게실로 데리고 들어가겠다고 했거든. 그러면 10분 안에 객실이 절반은 비어 버릴 거야. 아무리 바보 타령을 해 대도 그런 일은 바라지 않나 봐."

"그럼 어, 어디로 가게?"

"여기." 맷이 마구간 문을 당겨 열었다. 경첩이 시끄럽게 삐걱거렸다.

안은 바깥보다 어두웠다. 공기에서는 건초와 곡물, 말 냄새가 났다. 그 밑에 거름의 냄새가 강하게 깔려 있었다. 맷이 지푸라기로 덮인 바닥에 내려 주자 랜드는 무릎을 가슴에 댄 채 몸을 구부렸다. 그는 여전히 자기 몸을 끌어안은 채 머리부터 발끝까지 떨고 있었다. 떠느라 온 힘을 다 써 버린 것만 같았다. 랜드는 맷이 휘청거리다 욕설을 하고 다시 휘청거리는 소리를 들었다. 그다음에는 금속이 쨍그랑하는 소리가 들렸다. 갑자기 빛이 피어났다. 맷이 낡아 빠진 등불을 들어 올렸다.

여관과 마찬가지로 마구간도 가득 차 있었다. 모든 칸에 말이 들어 있었다. 그중 일부는 고개를 들고 빛을 보며 눈을 깜빡였다. 맷은 건초 다락으로 올라가는 사다리를 눈여겨보더니 바닥에 웅크린 랜드를 돌아보고 고개를 저었다.

"널 저 위로 데려갈 수는 없겠다." 맷이 웅얼거렸다. 그는 등불을 못에 걸어 두고 빠르게 사다리를 올라가더니 건초를 한 아름씩 아래로 던졌다. 그는 서둘러 다시 내려와 마구간 뒤쪽에 침대를 만들어 놓고 랜드를 그 위에 눕혔다. 맷은 랜드를 둘 모두의 망토로 덮어 주었지만, 랜드는 거의 즉시 망토를 밀쳐 버렸다.

"더워." 랜드가 웅얼거렸다. 랜드는 방금만 해도 추웠다는 것을 어렴풋이 알고 있었지만, 지금은 오븐에라도 들어가 있는 기분이었다. 그는 목깃을 잡아당기며 고개를 젖혔다. "더워." 그는 이마에 닿는 맷의 손길을 느꼈다.

"바로 돌아올게." 맷이 그렇게 말하고 사라졌다.

랜드는 발작하듯 건초 위에서 몸을 꼬아 댔다. 얼마나 오래 그랬는지는 알 수 없었다. 마침내 맷이 한 손에는 음식이 잔뜩 쌓인 접시를, 다른 손에는 주전자를 들고 돌아왔다. 흰 컵 두 개도 손가락에 걸고 있었다.

"여기에는 현자가 없어." 맷은 랜드 옆에 털썩 무릎을 꿇으며 말했다. 그는 잔 하나를 채워 랜드의 입에 댔다. 랜드는 며칠 동안 아무것도 마시지 못한 사람처럼 물을 꿀꺽꿀꺽 삼켰다. 정말 며칠 동안 아무것도 마시지 못한 기분이었다. "현자가 뭔지도 몰라. 이 사람들한테는 어머니 브룬이라는 게 있는데, 지금은 아이 낳는 걸 도와주러 갔대. 언제 돌아올지는 아무도 모르고. 그래도 빵이랑 치즈, 소시지는 가져왔어. 여관 주인 인로 씨가 어찌나 착한지 손님들 눈에 띄지만 않으면 뭐든 주겠다는 거야. 자, 좀 먹어 봐."

랜드는 음식에서 고개를 돌렸다. 음식을 보기만 해도, 생각하기만 해도 속이 울렁거렸다. 잠시 후 맷이 한숨을 쉬며 자리에 앉아 혼자 음식을 먹었다. 랜드는 시선을 피하며 소리를 듣지 않으려 애썼다.

다시 한기가 밀려들더니 또 열기가 느껴졌다. 열기는 한기로 바뀌더니 다시 열기로 바뀌었다. 맷은 랜드가 몸을 떨면 뭔가를 덮어 주고, 목이 마르다고 불평하면 물을 주었다. 밤이 깊어졌고 등불 빛이 깜빡이며 마구간도 움직이는 것처럼 보였다. 그림자들이 형상을 갖추고 알아서 움직였다. 그때 랜드는 바알자몬이 활활 타는 눈을 하고 마구간으로 성큼성큼 다가오는 것을 보았다. 검은 두건 깊숙한 곳에 얼굴을 감춘 머드랄이 그의 양옆에 있었다.

랜드는 칼자루를 잡으려고 손가락을 마구 움직이며 일어서려다가 소리쳤다. "맷! 맷, 놈들이 왔어! 빛을 걸고, 놈들이 왔다니까!"

맷이 책상다리를 하고 벽에 기대앉아 있다가 움찔하며 잠을 깼다. "뭐라고? 어둠의 친구들이? 어디에?"

랜드는 후들거리는 다리로 서서 마구간 저쪽을 미친 사람처럼 가리키다가…… 입을 쩍 벌렸다. 그림자가 요동쳤고 말 한 마리가 자면서 발을 굴렀다. 그것 말고는 아무것도 없었다. 랜드는 다시 짚에 주저앉았다.

"우리밖에 없어." 맷이 말했다. "자, 그거 내가 가져갈게." 맷은 칼이 걸려 있는 랜드의 허리띠로 손을 뻗었지만 랜드는 칼자루를 쥔 손에 힘을 넣었다.

"아니. 안 돼. 내가 가지고 있어야 해. 탬은 내 아버지야. 알겠어? 내, 내 아, 아버지라고!" 몸 전체가 다시 한번 떨렸지만, 랜드는 생명줄에 매달리듯 그 칼에 매달렸다. "내, 내 아, 아버지야!" 맷은 칼을 가져가려던 것을 포기하고 다시 랜드에게 망토를 덮어 주었다.

밤에는 맷이 졸고 있는 동안 다른 방문자들이 찾아왔다. 랜드는 그들이 진짜인지, 아닌지 전혀 알 수 없었다. 때로 랜드는 고개를 가슴팍으로 숙이고 있는 맷을 바라보며 잠을 깨면 맷도 방문자들을 보게 될지 궁금해했다.

에그웨인이 그림자에서 나왔다. 에먼즈 필드에서처럼 길고 검은 머리카락을 땋아 내린 모습이었다. 표정이 고통스럽고 슬퍼 보였다. "왜 우릴 떠난 거야?" 에그웨인이 물었다. "네가 떠나서 우리가 죽었잖아."

랜드는 짚 위에서 약하게 고개를 저었다. "아니야, 에그웨인. 난 널 떠나고 싶지 않았어. 그러지 마."

"우린 전부 죽었어." 에그웨인이 슬프게 말했다. "그리고 죽음은 어둠의 존재가 다스리는 왕국이야. 어둠의 존재가 우리를 차지했어. 네가 우리를 버렸기 때문이야."

"아냐. 나도 방법이 없었어, 에그웨인. 부탁이야. 에그웨인, 가지 마. 돌아와, 에그웨인!"

하지만 그녀는 그림자 쪽으로 돌아서더니 그림자가 되었다.

모레인의 표정은 평온했지만, 그녀의 얼굴은 핏기가 없고 창백했다. 그녀의 망토는 수의나 다름없어 보였고, 목소리는 채찍 같았다. "맞아, 랜드 알소르. 너한테는 방법이 없었어. 너는 타 발론으로 가야 해. 그러지 않으면 어둠의 존재가 너를 차지할 거야. 영원토록 그림자에 사슬로 매여 있어야 해. 이제는 아이즈 세다이만이 너를 구할 수 있어. 아이즈 세다이만이."

톰은 랜드를 보며 비웃듯이 씩 웃었다. 방랑 시인의 옷은 그을린 넝마처럼 늘어져 있었다. 톰이 랜드와 맷에게 도망칠 시간을 벌어 주려고 희미한 자와 몸싸움을 벌일 때처럼 빛이 번쩍이는 모습이 언뜻언뜻 보였다. 넝마 아래의 살갗은 검게 타 있었다. "이 녀석아, 아이즈 세다이를 믿으면 안 된다. 차라리 죽을 걸 그랬다는 생각을 하게 될 테니까. 기억해라. 아이즈 세다이가 베푸는 도움의 대가는 늘 생각보다 작지만, 늘 상상 이상으로 엄청나지. 그리고 어떤 아자를 가장 먼저 찾아갈 셈이냐? 적색의 아자? 아마 흑색의 아자겠지. 도망치는 게 최선이다, 이 녀석아. 도망쳐."

란의 시선은 화강암처럼 단단했다. 얼굴은 피로 뒤덮여 있었다. "양치기 손에 왜가리 표시가 있는 칼이 들려 있는 걸 보다니 이상한 일이군. 너한테 그 칼을 가질 자격이 있나? 그래야 할 거다. 지금 너는 혼자야. 네 뒤에도, 앞에도 붙잡을 만한 건 없다. 누구든 어둠의 친구일 수 있고." 그는 늑대처럼 미소 지었다. 다름 아닌 그의 입에서 피가 쏟아져 나왔다. "누구든 말이야."

페린은 그를 비난하고 도와 달라고 애원하며 다가왔다. 알비어 부인은 딸을 잃어 흐느꼈고, 베일 도먼은 희미한 자들을 자기 배에 데려왔다며 랜드를 저주했다. 피치 씨는 자기 여관의 타 버린 재를 내려다보며 두 손을 비틀어 댔고, 민은 트롤록의 손아귀에 잡혀 비명을 질렀다. 그들은 랜드가 아는 사람들, 방금 만난 사람들이었다. 하지만 최악은 탬이었다. 탬은 랜드를 내려다보며 서서 인상을 찌푸리고 고개를 저었으나 한마디도 하지 않았다.

"말해 주세요." 랜드가 그에게 간청했다. "저는 누구죠? 제발 말해 주세요. 전 누구예요? **누구냐고요?**" 랜드가 소리쳤다.

"진정해, 랜드."

잠시 랜드는 탬이 자기 질문에 대답하는 줄 알았다. 하지만 그때, 랜드는 탬이 사라진 것을 보았다. 맷이 허리를 숙이고 그를 내려다보며 입에 물 잔을 대 주고 있었다.

"그냥 편히 쉬어. 너는 랜드 알소르야. 그게 너야. 투 리버스에서 제일 못생기고 멍청한 녀석. 이야, 땀 흘리네! 열이 내렸나 봐."

"랜드 알소르?" 랜드가 속삭였다. 맷이 고개를 끄덕였다. 그 모습에는 너무도 위안이 되는 무언가가 있어서, 랜드는 물에 입을 대지도 않은 채 스르륵 잠들었다.

꿈으로 어지러운 잠은 아니었지만—최소한 랜드가 기억하기로는 그랬다—맷이 상태를 확인하려 할 때마다 눈이 뜨일 정도로 가벼운 잠이었다. 한번은 맷이 잠을 자기는 하는 것인지 궁금해졌다. 하지만 그 생각이 멀리 뻗어 가기 전에 랜드가 먼저 잠들었다.

랜드는 문 경첩에서 나는 끼익 소리에 완전히 깼지만, 잠깐은 아직 잠들어 있는 것이기를 바라며 짚에 그대로 누워 있었다. 잠들어 있는 한 몸이 의식되지 않을 것이다. 랜드의 근육은 비틀어 짠 걸레처럼 쑤셨고, 그 걸레만큼이나 힘이 없었다. 그는 힘없이 고개를 들려다가 두 번째에 성공했다.

맷은 익숙한 자리에서 벽에 기대앉아 있었다. 팔을 뻗으면 랜드와 닿을 만한 거리였다. 맷은 가슴팍으로 고개를 파묻고 있었고, 그 가슴팍은 깊이 잠들어 있을 때의 편안한 박자에 맞춰 오르내렸다. 스카프가 맷의 눈 위로 미끄러져 있었다.

랜드가 문 쪽을 보았다.

웬 여자가 한 손으로 문을 연 채 그곳에 서 있었다. 잠시 그녀는 이른 아침의 희미한 빛에 윤곽선이 드러난, 드레스를 입은 어두운 형체로만 보였다. 그런 다음에는 여자가 문이 휙 닫히게 놓아두고 안으로 들어왔다. 랜드는 등불 빛으로 그녀를 더 또렷하게 볼 수 있었다. 랜드는 그녀가 나이니브와 비슷한 나이라고 생각했다. 하지만 그녀는 마을 여자가 아니었다. 그녀가 움직이자 연녹색 비단 드레스가 아른거렸다. 그녀의 망토는 풍성하고 부드러운 잿빛이었으며 거품이 이는 것처럼 보이는 레이스가 그녀의 머리카락을 잡아 주고 있었다. 그녀는 생각에 잠겨 맷과 랜드를 바라보며 묵직한 금목걸이를 만지작거렸다.

"맷." 랜드가 말했다. 그런 다음에는 좀 더 크게 말했다. "맷!"

맷은 정신을 차리려고 숨을 쉭 들이쉬더니 하마터면 넘어질 뻔했다. 그는 눈에서 잠기운을 닦아 내며 여자를 바라보았다.

"나는 내 말을 보러 왔어." 그녀는 말들이 있는 칸을 애매하게 손짓하며 말했다. 그러면서도 두 사람에게서 절대 눈을 떼지 않았다. "아프니?"

"괜찮아요." 맷이 딱딱하게 말했다. "그냥 비를 맞아서 감기에 걸린 거예요. 그게 다예요."

"내가 좀 봐야 할 것 같은데." 그녀가 말했다. "내가 아는 게 좀 있거든……."

랜드는 그녀가 아이즈 세다이인지 알 수 없었다. 옷보다도 자신감 있는 태도나 금방이라도 명령을 내릴 것처럼 머리를 쳐들고 있는 모습이 이곳과는 어울리지 않았다. **이 여자가 아이즈 세다이라면, 어떤 아자에 속해 있을까?**

"지금은 괜찮아요." 랜드가 그녀에게 말했다. "진짜예요. 필요 없어요."

여자는 치마를 들고 잿빛 슬리퍼를 신은 발을 머뭇거리듯 내디디며 마구간을 가로질러 왔다. 그녀는 지푸라기를 보고 인상을 찌푸리더니 랜드 옆에 무릎을 꿇고 앉아 그의 이마를 만져 보았다.

"열은 없네." 그녀는 인상을 쓰며 랜드를 자세히 살펴보았다. 섬세한 이목구비의 예쁜 얼굴을 가지고 있었다. 하지만 그 얼굴에는 온기가 없었다. 그렇다고 차가운 것도 아니었다. 그냥 어떤 느낌도 나지 않는 듯했다. "하지만 **아팠던** 건 맞아. 그래, 그래. 지금도 태어난 지 하루 된 새끼 고양이처럼 약하고. 내 생각에는……." 그녀는 망토 밑으로 손을 넣었다. 갑자기 모든 일이 너무 빠르게 일어나, 랜드는 목 졸린 듯 비명을 지르는 것 말고 아무것도 할 수 없었다.

여자의 손이 망토 밑에서 확 움직였다. 그녀가 랜드를 지나 맷에게로 덤벼드는데 뭔가 번쩍였다. 맷은 허둥지둥 움직이며 옆으로 쓰러졌고, 나무에 금속이 박히는 단단한 **콱** 소리가 났다. 이 모든 일이 벌어지는 데는 눈 깜짝할 순간밖에 걸리지 않았다. 그런 뒤에는 모든 것이 고요해졌다.

맷은 반쯤 드러누워 한 손으로 여자의 손목을 쥐고 있었다. 그 손목 바로 아래에는 그녀가 벽에, 맷의 가슴이 있던 자리에 꽂아 넣은 단검이 들려 있었다. 맷의 다른 손은 샤다 로고스에서 가져온 칼날을 여자의 목에 대고 있었다.

여자는 눈알만 움직이며 맷이 들고 있는 단검을 내려다보려 했다. 그녀는 눈이 휘둥그레지더니 불규칙하게 숨을 쉬면서 그 단검으로부터 물러나려 했다. 하지만 맷이 칼날을 계속 여자의 피부에 대고 있었다. 그 이후로 여자는 돌처럼 고요해졌다.

랜드는 입술을 핥으며 머리 위의 장면을 바라보았다. 이렇게까지 힘이 없지 않았더라도 움직일 수 없었을 것만 같았다. 이어 그의 눈이 여자의 단검에 닿았다. 입이 바짝 말랐다. 칼날을 감싼 나무가 검게 변하고 있었다. 가느다란 연기 덩굴이 그 숯덩이에서 피어올랐다.

"맷! 맷, 저 여자의 단검을 봐!"

맷은 단검을 휙 돌아본 뒤 다시 여자를 보았으나 여자는 움직이지 않았다. 여자는 **자기** 입술을 초조하게 핥고 있었다. 맷은 여자의 손을 칼자루에서 거칠게 떼어 낸 뒤 여자를 밀쳤다. 여자는 뒤로 쓰러지며 랜드와 맷에게서 떨어진 곳에 나자빠졌다. 그녀는 등 뒤로 손을 짚어 자세를 바로잡았다. 눈으로는 여전히 맷의 손에 들려 있는 칼을 바라보고 있었다. "움직이지 마." 맷이 말했다. "움직이면 이걸 쓸 거야. 거짓말 아니야." 여자는 천천히 고개를 끄덕였다. 그녀의 시선은 한 번도 맷의 단검을 떠나지 않았다. "저 여자를 감시해, 랜드."

랜드는 여자가 뭐라도 하려 들면 과연 어떻게 대처해야 할지 알 수 없었다. 아마 소리를 지를 수는 있을 테지만, 여자가 도망치려 할 때 따라갈 수 없는 것은 확실했다. 여자는 맷이 벽에서 그녀의 단검을 뽑는 동안 옴짝달싹하지 않고 가만히 앉아 있었다. 검은 점은 더 이상 커지지 않았다. 그저 희미한 연기가 여전히 칼에서 피어날 뿐이었다.

맷은 단검을 놔둘 곳을 찾아 주위를 둘러본 다음 랜드에게 그 칼을 내밀었다. 랜드는 살아 있는 독사라도 만지듯 머뭇거리며 그 단검을 받아 들었다. 장식이 많기는 했지만, 단검은 평범해 보였다. 연한 상아색 손잡이에, 랜드의 손바닥보다 길지 않은 번쩍이는 칼날이 달려 있었다. 그냥 단검이었다. 단, 랜드는 그 단검이 어떤 일을 할 수 있는지 보았다. 칼자루에서는 온기조차 느껴지지 않았지만, 손에서는 땀이 나기 시작했다. 랜드는 칼을 건초에 떨어뜨리고 싶지 않았다.

여자는 맷이 천천히 자기 쪽으로 돌아서는 것을 지켜볼 뿐 나자빠진 채로 움직이지 않았다. 그녀는 맷이 무엇을 할지 궁금하다는 듯 그를 지켜보았다. 랜드는 맷의 눈에, 단검을 쥔 손에 갑자기 힘이 들어가는 것을 보았다.

"맷, 안 돼!"

"저 여자가 날 죽이려 했어, 랜드. 너도 죽였을 거야. 저 여자는 어둠의 친구야." 맷이 그 말을 내뱉었다.

"하지만 우리는 어둠의 친구가 아니잖아." 랜드가 말했다. 여자는 맷의 의도를 방금 깨달은 듯이 헛숨을 들이쉬었다. "우리는 어둠의 친구가 아니야, 맷."

맷은 잠시 얼어붙은 듯 가만히 있었다. 그의 주먹에 쥐어진 칼날이 등불빛에 반짝였다. 잠시 후 그가 고개를 끄덕였다. "저쪽에서 더 얘기하자." 맷은 여자에게 말하더니 단검으로 마구실로 통하는 문을 가리켰다.

여자는 천천히 일어서다가 잠시 멈춰 드레스에서 지푸라기를 털어 냈다. 그녀는 맷이 가리킨 방향으로 움직이기 시작하면서도 서두를 이유는 없다는 듯이 굴었다. 그러나 랜드는 그녀가 맷의 손에 들린, 칼자루에 루비가 박힌 단검을 경계하듯 바라본다는 것을 눈치챘다. "정말이지 그만 애써." 여자가 말했다. "결국은 그게 최선이야. 너도 알게 될걸."

"최선이라고?" 맷이 비꼬듯 말하며, 움직이지 않았더라면 여자의 칼날이 박혔을 자기 가슴을 문질렀다. "저쪽으로 가."

여자는 맷의 명령에 따르며 태연하게 어깨를 으쓱했다. "실수야. 자기중심적인 바보 고드한테 그런 일이 일어난 이후로, 상당한…… 혼란이 있었어. 셰란 시장을 처음 두려움에 빠뜨린 누군지 모를 멍청이는 말할 것도 없고. 그곳에서 무슨 일이 어떻게 일어났는지는 아무도 확실히 몰라. 그래서 네가 더 위험해지는 거야. 모르겠어? 네가 자유의지로 위대한 군주께 간다면 너는 영광스러운 자리를 차지하게 될 거야. 하지만 오래 도망칠수록 추격자들이 따라붙겠지. 그때 어떻게 될지 누가 알겠어?"

랜드는 한기를 느꼈다. **내 사냥개들은 너를 질투하니 온순하지 않을 수 있다.**

"그러니까 농장 출신의 꼬마 둘을 처리하지 못해서 고생이라는 얘기네." 맷이 음험하게 웃었다. "너희 어둠의 친구들은 내가 늘 들어 온 것과 달리 별로 위험하지 않은 걸지도 모르겠어." 그는 마구실로 통하는 문을 휙 열고 뒤로 물러섰다.

여자는 문 앞에서 잠시 멈추어 어깨 너머로 맷을 보았다. 그녀의 시선은 얼음장 같았고 목소리는 그보다도 차가웠다. "너도 우리가 얼마나 위험한지 알게 될 거야. 머드랄이 여기에 도착하면……."

뭔지는 모르지만, 맷이 문을 쾅 닫고 빗장을 내리자 여자가 하려던 말이 중간에 끊겼다. 돌아보는 맷의 눈에 걱정이 가득했다. "희미한 자라니." 맷은 목 졸린 듯한 목소리로 단검을 다시 코트 밑에 집어넣으며 말했다. "희미한 자가 여기 오고 있대. 다리는 좀 어때?"

"춤은 못 추겠어." 랜드가 웅얼거렸다. "하지만 일어서도록 도와주면 걸을 수는 있을 거야." 랜드는 자기 손에 들린 칼날을 보고 몸을 떨었다. "피와 재를 걸고, 뛸게."

맷은 서둘러 소지품을 몸에 걸고 랜드를 일으켜 세웠다. 랜드는 다리가 후들거렸다. 똑바로 서 있으려면 친구에게 기대야만 했다. 하지만 그는 맷의 발목을 잡지 않으려고 애썼다. 그는 여자의 단검을 자기 몸에서 멀찍이 떨어뜨려 들고 있었다. 문밖에는 물 양동이가 있었다. 랜드는 그 옆을 지나가며 단검을 양동이에 던져 넣었다. 칼날은 쉬 소리를 내며 물에 들어갔다. 수면에서 증기가 일었다. 랜드는 인상을 쓰며 더 빠르게 걸으려 노력했다.

해가 뜨자 이른 시각임에도 많은 사람들이 거리로 나왔다. 하지만 그들은 각자의 일로 바빴고, 낯선 이들이 이렇게 많은 상황에서 마을을 벗어나는 두 젊은이에게 관심을 보이는 사람은 아무도 없었다. 그러거나 말거나 랜드는 몸의 모든 근육에 힘을 주며 똑바로 서 있으려고 노력했다. 그는 걸음을 뗄 때마다 서둘러 지나가는 사람 중 어둠의 친구가 있을지 궁금했다. **저 중에 단검을 가지고 있던 그 여자를 기다리는 사람은 없을까? 희미한 자를 기다린다든지?**

마을을 벗어나 2킬로미터를 걸어가자 힘이 다 빠졌다. 어느 때는 랜드가 맷을 붙든 채 헐떡이며 걸어갔지만, 다음 순간에는 둘 다 땅에 주저앉아 있었다. 맷이 랜드를 길옆으로 끌어당겼다.

"계속 가야 해." 맷이 말했다. 그는 손으로 자기 머리를 헝클어뜨리더니 스카프를 끌어 내려 눈을 가렸다. "머잖아 누군가가 그 여자를 내보내 줄 거야. 그러면 놈들이 다시 우리를 쫓겠지."

"나도 알아." 랜드가 헐떡였다. "나도 알아. 손 좀 줘."

맷은 다시 랜드를 일으켜 세웠지만, 랜드는 그래 봐야 아무 소용이 없다는 것을 아는 채로 그 자리에서 휘청거렸다. 첫 한 발을 내딛으려는 순간 다시 고개를 납작 처박게 될 터였다.

맷은 랜드를 똑바로 붙들고 마을 쪽에서 오는 마차가 지나가기를 참을성 없이 기다렸다. 마차 한 대가 속도를 늦추다가 눈앞에 멈추어 서자 맷은 놀란 듯 끙 소리를 냈다. 얼굴 피부가 거칠어진 남자가 운전석에서 그들을 내려다보았다.

"저 녀석, 어디 아프냐?" 남자가 파이프를 문 채 물었다.

"그냥 피곤해서 그러는 거예요." 맷이 말했다.

랜드는 지금처럼 맷에게 기대 있는 상태에서 그런 말은 통하지 않으리라는 것을 알았다. 그는 맷을 놓고 한 걸음 떨어졌다. 다리가 후들거렸지만 의지력으로 똑바로 서 있었다. "이틀 동안 못 잤거든요." 그가 말했다. "뭘 잘 못 먹기도 했고요. 지금은 나아졌어요. 근데 잠을 못 자서요."

남자는 입 가장자리로 연기를 뿜어냈다. "케임린으로 가는 거냐? 너희 나이였다면 나도 가짜 드래건을 직접 보러 갔을 거다."

"네." 맷이 고개를 끄덕였다. "맞아요. 우리는 가짜 드래건을 보러 가는 중이에요."

"뭐, 그럼 타거라. 네 친구는 뒤에 태우고. 저 녀석이 다시 아파진다면 이 위가 아니라 짚 위에 누워 있는 게 나을 거야. 내 이름은 하이암 킨치다."

34장 마지막 마을

그들이 캐리스포드에 도착했을 때는 이미 날이 어두워진 뒤였다. 킨치 씨가 그들을 내려 주며 했던 말을 듣고 생각한 것보다는 시간이 오래 걸렸다. 랜드는 자신의 시간 감각 전체가 왜곡되어 가는 것은 아닌지 궁금했다. 네 명의왕에서 하월 고드를 만난 것이 겨우 사흘 전이었고, 셰란 시장에서 페이터가 두 사람을 놀라게 한 것은 겨우 이틀 전이었다. 이름 모를 여자 어둠의 친구가 여왕의 남자 여관 마구간에서 그들을 죽이려 든 뒤로는 겨우 하루가 지났다. 하지만 그조차 1년 전, 혹은 전생의 일처럼 느껴졌다.

시간이야 어떻게 되든 캐리스포드는 충분히 정상으로 보였다. 최소한 표면적으로는 그랬다. 덩굴로 뒤덮인 깔끔한 벽돌집들과 케임린 대로를 제외하면 좁은 골목길들은 조용했고, 겉보기에 평화로웠다. **하지만 그 이면에는 뭐가 있을까?** 랜드는 고민했다. 셰란 시장도 보기에는 평화로웠다. 그 여자가 있었던 마을도 마찬가지였다……. 랜드는 그 마을의 이름을 영영 알아내지 못했고, 딱히 생각하고 싶지도 않았다.

창문에서 사람이라고는 없는 거리로 빛이 흘러나왔다. 마음에 들었다. 그는 이 구석에서 저 구석으로 살금살금 걸으며 몇 안 되는 사람들을 피했다. 맷은 랜드의 어깨에 딱 붙어서 움직였다. 그는 자갈 으적거리는 소리가 마을 사람의 접근을 알릴 때마다 얼어붙은 듯 멈춰 서고 어렴풋한 형상이 지나갈 때면 이 그림자에서 저 그림자로 몸을 피했다.

이곳에서 캐리강의 강폭은 겨우 27미터쯤 되었다. 검은 물이 느리게 흘렀다. 여울에는 오래전에 다리가 설치되었다. 수백 년의 비바람으로 석재 교각이 닳고 닳아 거의 자연물처럼 보였다. 여러 해에 걸쳐 지나다닌 화물 마차와 상인 행렬도 두꺼운 나무 널빤지를 다져 놓았다. 헐거운 판자들이 장화 밑에서 절커덕거렸다. 시끄러운 북소리 같았다. 마을을 통과해 그 너머의 시골길에 접어들고 한참이 지날 때까지 랜드는 그들의 정체를 묻는 목소리가 들려올 거라 생각했다. 그보다 나쁜 경우에는 그들의 정체를 아는 목소리가 들려올 것만 같았다.

랜드와 맷이 멀리 가면 갈수록 풍경이 채워지기 시작했다. 정착해 사는 사람 숫자가 점점 많아졌다. 언제나 농가에 들어온 불이 보였다. 산울타리와 난간처럼 만들어 놓은 울타리가 길 양옆과 그 너머의 들판을 둘러싸고 있었다. 언제나 밭이 있었고, 길과 가까운 곳에는 숲이 하나도 없었다. 그들은 가장 가까운 마을이 몇 시간 거리에 있을 때조차 늘 어느 마을의 외곽에 있는 것 같다고 느꼈다. 깔끔하고 평화로웠다. 어둠의 친구들이나 그보다 더 나쁜 존재가 도사리고 있으리라는 징후는 전혀 보이지 않았다.

맷이 문득 길바닥에 주저앉았다. 유일한 빛이 달빛뿐인 지금 그는 정수리로 스카프를 밀어 올린 상태였다. "두 걸음이 1스팬." 맷이 웅얼거렸다. "1,000스팬이 1마일. 4마일이 1리그……. 이 길 끝에 잘 곳이 있는 게 아니라면, 난 9미터도 더 못 걷겠어. 먹을 것도 빼놓을 수 없지. 너, 주머니에 숨겨 놓은 것 없지? 사과라든지? 뭔가 있다고 해도 널 탓하지 않을게. 한번 살펴보기라도 해."

랜드는 도로 이쪽저쪽을 바라보았다. 밤에 움직이는 존재는 그들뿐이었다. 아니, 전에는 그랬다. 랜드는 맷을 힐끗 보았다. 맷은 한쪽 장화를 벗어 발을 문지르고 있었다. 랜드도 발이 아팠다. 아직 랜드가 생각만큼 힘을 되찾은 것은 아니라는 사실을 전해 주려는 듯 경련이 다리를 타고 번졌다.

검은 둔덕이 바로 앞 들판에 서 있었다. 건초 더미였다. 겨울 동안 가축을 먹이느라 양이 줄기는 했지만, 어쨌든 건초 더미였다.

랜드가 발가락으로 맷을 쿡 찔렀다. "여기서 자자."

"또 건초 더미네." 맷은 한숨을 쉬었지만 장화를 신고 일어섰다.

바람이 높아지고 있었다. 밤의 한기도 깊어졌다. 그들은 울타리의 매끄러운 기둥을 타고 넘어 재빨리 건초 더미에 몸을 묻었다. 건초 더미가 비를 맞지 않도록 하는 방수포는 바람도 막아 주었다.

랜드는 편안한 자세를 찾을 때까지 자기가 만들어 놓은 구멍 속에서 몸을 뒤틀었다. 그래도 건초가 옷을 뚫고 랜드를 찔러 댔지만, 랜드는 그것을 참는 방법을 배운 뒤였다. 그는 화이트브리지에서 나온 이후로 건초 더미에서 잔 횟수를 헤아려 보았다. 이야기 속 영웅들은 건초 더미나 덤불 밑에서 자야 하는 경우가 한 번도 없었다. 하지만 랜드 자신이 이야기 속에서 영웅인 척하기는 더 이상 쉽지 않았다. 잠시라도 말이다. 그는 한숨을 쉬며, 건초 더미가 등을 찌르지 못하기를 바라는 마음에 옷깃을 끌어 올렸다.

"랜드?" 맷이 조용히 말했다. "랜드, 우리가 해낼 수 있을까?"

"타 발론까지 가는 것 말이야? 길이 멀기는 하지만……."

"케임린 말이야. 우리가 케임린까지 갈 수 있을까?"

랜드는 고개를 들었지만, 그들이 파 놓은 굴은 어두웠다. 맷의 위치를 알려 주는 것은 그의 목소리뿐이었다. "킨치 씨가 이틀이면 된다고 했잖아. 모레, 그러니까 다음 날이면 도착할 거야."

"길 저편에서 어둠의 친구들 100명이 우리를 기다리고 있지 않다면 말이지. 희미한 자 한둘이라든가." 잠시 침묵이 흘렀다. 맷이 말했다. "내 생각엔 우리가 마지막으로 남은 것 같아, 랜드." 맷은 겁먹은 목소리였다. "이게 다 무슨 일인지 모르겠지만, 이제는 우리 둘밖에 없다고. 우리뿐이야."

랜드는 고개를 저었다. 어두워서 맷이 보지 못하리라는 것은 알았지만, 어쨌든 맷을 위해서라기보다는 랜드 자신을 위해서 한 동작이었다. "어서 자, 맷." 랜드가 지쳐서 말했다. 하지만 랜드 자신도 잠들기 전 오랫동안 깨어 있었다. **우리뿐이야.**

랜드는 수탉 울음소리에 잠을 깼다. 그는 허둥지둥 건초 더미에서 나온 뒤, 새벽이 되기 직전의 어슴푸레한 빛을 보며 옷에서 건초를 털어 냈다. 조심했는데도 지푸라기 몇 가닥이 등에 들어왔다. 짚은 날갯죽지에 달라붙어 몸을 가렵게 했다. 랜드는 그 지푸라기를 꺼내려고 코트를 벗고 반바지에서 셔츠를 빼 입었다. 랜드가 사람들을 의식한 것은 한 손을 목덜미 쪽으로 집어넣고 다른 손을 등 뒤로 꼬아 올리고 있을 때였다.

아직 태양이 본격적으로 떴다고 할 수는 없었지만, 이미 한 명, 혹은 두 명씩 길을 따라 움직이는 사람들의 무리가 꾸준히 이어지고 있었다. 그들은 케임린을 향해 터덜터덜 걸어갔다. 일부는 등에 짐이나 꾸러미를 지고 있었고, 일부는 아무것도 가지고 있지 않거나 지팡이 하나만 들고 있었다. 대부분은 젊은 남자였지만 소녀나 그보다 나이가 좀 많은 사람도 있었다. 전체적으로 그들은 오랫동안 걸어온 사람 특유의 여독에 찌든 모습을 하고 있었다. 이른 시각인데도 어떤 사람들은 자기 발만 바라보며 지친 듯 어깨를 구부정하게 숙이고 걸었다. 또 다른 사람들은 저 앞, 동이 터 오는 보이지 않는 곳에 시선을 고정하고 있었다.

맷은 건초 더미에서 굴러 나와 세차게 몸을 긁어 댔다. 머리에 스카프를 두를 때만 가만히 있었다. 오늘 아침 스카프는 맷의 눈을 조금 덜 가리고 있었다. "오늘은 먹을 걸 구할 수 있을까?"

랜드의 위도 그 말에 공감하듯 꼬르륵 소리를 냈다. "그건 출발한 뒤에 생각해 보자." 그가 말했다. 랜드는 서둘러 옷을 바로잡고 건초 더미에서 자기 몫의 짐을 꺼냈다.

울타리에 이르렀을 때쯤에는 맷도 사람들의 존재를 눈치챘다. 그는 인상을 쓰며 들판에 멈추어 섰다. 반면 랜드는 울타리를 타고 넘었다. 그들보다 별로 나이가 많지 않은 젊은 남자가 지나가면서 잠시 그들을 보았다. 그의 옷은 먼지투성이였다. 등에 메고 있는 침낭도 마찬가지였다.

"어디로 가요?" 맷이 소리쳤다.

"뭐, 케임린이죠. 드래건을 보러 가요." 남자는 멈추지 않고 마주 소리쳤다. 그는 눈썹을 치켜올리며 맷과 랜드의 어깨에 늘어져 있는 담요며 안장 주머니를 보더니 덧붙였다. "당신들하고 똑같아요." 그는 웃으며 계속 나아갔다. 그의 눈은 이미 신나서 앞을 살피고 있었다.

맷은 그날 동안 몇 차례 똑같은 질문을 던졌다. 비슷한 답을 내놓지 않은 사람은 지역 주민뿐이었다. 그들은 아예 대답을 하지 않거나, 대답을 한다면 침을 뱉으며 역겹다는 듯 돌아서는 것으로 대답을 대신했다. 그들은 돌아서면서도 감시의 눈길을 늦추지 않았다. 그들은 모든 여행자를 똑같은 시선으로, 곁눈질로 보았다. 감시하지 않으면 낯선 사람들이 무슨 짓이든 할 수 있다고 말하는 듯했다.

이 지역에 사는 사람들은 낯선 사람들을 경계했을 뿐 아니라 상당히 귀찮아하는 듯했다. 길에 나와 있는 사람의 수는 그리 많지 않았고, 그나마 여기저기 흩어져 있었다. 농부의 수레나 마차가 지평선 위에 뜬 태양과 함께 나타나면 평소 느린 그들의 속도조차 절반으로 줄어들었다. 그중 여행자를 태워 줄 기분인 사람은 아무도 없었다. 그보다는 시무룩하게 인상을 쓰거나 자신들이 놓친 일에 대해 욕설을 할 가능성이 컸다.

상인들의 마차는 케임린으로 향하는 것이든, 케임린 쪽에서 온 것이든 허공에 주먹질을 해 대는 사람들을 빼면 별다른 방해를 받지 않고 지나갔다. 이른 아침, 마차 뒤 지평선 위로 간신히 고개를 내민 태양과 함께 첫 번째 상인 행렬이 나타나 빽빽하게 다가올 때 랜드는 길을 비켜섰다. 상인들은 무슨 일이 있어도 속도를 늦추지 않을 것 같았고, 랜드는 다른 사람들도 서둘러 길을 비키는 것을 보았다. 랜드는 무려 길 가장자리까지 움직였지만, 계속해서 걸었다.

첫 번째 마차가 우르릉대며 가까이 오는 찰나의 움직임이 랜드가 받은 유일한 경고였다. 마차 운전수의 채찍이 랜드의 머리가 있던 곳의 허공을 후려치는 그 순간, 랜드는 땅에 납작하게 엎드렸다. 랜드는 그 상태로 지나가는 마차의 운전수와 눈을 마주쳤다. 힘주어 인상을 쓴 입과 노려보는 눈이 보였다. 자기 때문에 누군가가 피를 흘릴 뻔했다거나 눈을 뽑힐 뻔했다는 것은 전혀 신경 쓰지 않는 듯했다.

"빛의 저주로 눈이나 멀어라!" 맷이 마차 뒤에 소리쳤다. "이건 아니지……." 말을 탄 경비병 한 명이 창의 아랫부분으로 맷의 어깨를 쳐 그를 랜드 위로 쓰러뜨렸다.

“비켜라, 더러운 어둠의 친구!” 경비병은 속도를 늦추지 않은 채 으르렁거렸다.

그 이후로 랜드와 맷은 마차들과 거리를 지켰다. 확실히 마차는 충분히 많았다. 한 마차의 덜컹거리는 소리가 희미해지기가 무섭게 다른 마차가 다가오는 소리가 들렸다. 경비병과 운전수 들은 모두 먼지가 걸어가는 것을 보듯이 케임린으로 가는 여행자들을 보았다.

한번은 랜드가 운전수의 채찍 길이를 간발의 차로 잘못 계산했다. 그는 눈썹 위에 생긴 얕은 상처를 손으로 누르며, 채찍이 눈에 맞을 뻔했다는 생각에 구역질이 나는 것을 참으려고 침을 세게 삼켰다. 운전수가 그를 보며 히죽 웃었다. 랜드는 다른 손으로 맷을 잡았다. 맷이 활에 화살을 메기는 것을 막기 위해서였다.

“놔둬.” 랜드가 말했다. 그는 마차 옆을 따라 말을 달리는 호위병들을 고개로 휙 가리켰다. 그중 일부는 웃고 있었고, 일부는 사나운 눈으로 맷의 활을 보았다. “운이 따라 주면 저 사람들이 창으로 우리를 후려치기만 할 거야. 운이 좋으면.”

맷은 불쾌한 듯 끙 소리를 냈지만 랜드가 자기를 끌고 가도록 가만히 있었다.

두 번은 여왕 호위대가 길을 따라 빠르게 다가왔다. 그들의 창에 묶어 놓은 끈이 바람에 펄럭였다. 농부 몇 명이 낯선 이들을 어떻게 해 주기를 바라며 그들에게 인사했다. 호위대는 늘 잠시 멈추어 서서 인내심 있게 그들의 말에 귀 기울였다. 정오가 거의 다 됐을 때 랜드는 멈춰 서서 그런 대화를 엿들었다.

투구의 창살 너머로 보니 호위대장의 입이 꽉 다물린 직선 한 줄로 보였다. “저 사람들 중 누군가가 물건을 훔치거나 여러분 땅을 침범하면,” 그는 자기 등자 옆에서 인상을 쓰고 있는 호리호리한 농부에게 으르렁거리는 듯한 목소리로 말했다. “행정관 앞으로 끌고 가겠습니다. 하지만 여왕님의 대로를 걷는다고 해서 여왕님의 법을 어기는 건 아닙니다.”

"하지만 온 사방에 있잖아요." 농부가 항의했다. "저 사람들이 누군지, 정체가 뭔지 누가 알겠어요? 드래건에 대한 얘기가 이렇게 많이 나오는데……."

"빚을 걸고, 여기 있는 사람들은 한 줌밖에 되지 않습니다. 케임린 성벽은 저 사람들로 미어터질 지경입니다. 매일 더 많은 사람들이 오고 있고요." 호위대장은 근처 길가에 서 있던 랜드와 맷을 보고 눈길이 더 사나워졌다. 그는 손등에 강철이 붙어 있는 장갑으로 길 저쪽을 가리켰다. "계속 가세요. 아니면 교통을 방해한 죄로 체포하겠습니다."

호위대장의 목소리가 농부와 이야기할 때보다 거친 것은 아니었다. 하지만 그들은 움직였다. 호위대장의 눈이 잠시 그들을 뒤쫓았다. 랜드는 등에 닿는 그의 시선을 느낄 수 있었다. 호위병들에게 더 이상 떠돌이들한테 베풀어 줄 인내심이나 배고픈 도둑에 대한 연민이 남아 있지 않은 것인지 궁금해졌다. 랜드는 맷이 다시 달걀을 훔치자고 하면 막기로 했다.

하지만 그 많은 마차와 사람들이 길을 가고 있다는 점에는 좋은 면도 있었다. 특히 케임린으로 가는 사람 중 젊은 남자가 아주 많다는 점이 그랬다. 랜드 일행을 쫓는 어둠의 친구들은 비둘기 떼 중에서 특정한 비둘기 두 마리를 골라내는 것과 같은 일을 해야 할 테니 말이다. 겨울의 밤에 찾아온 머드랄은 자기가 쫓는 대상을 정확히 알지 못했다. 그렇다면 여기 있는 놈의 동료들도 비슷할 터였다.

랜드의 배가 자꾸 꼬르륵대며 돈이 거의 남아 있지 않다는 것을 일깨워주었다. 케임린과 이렇게까지 가까운 곳에서 밥을 사 먹을 돈은 확실히 못되었다. 랜드는 한 차례 자기도 모르게 플루트 통에 손을 댔지만 단호히 다시 뗐다. 고드는 플루트와 저글링에 대해 아주 잘 알고 있었다. 고드가 최후를 맞기 전에 바알자몬이 그에게서 얼마나 많은 것을 알아냈는지—랜드가 본 것이 고드의 최후가 **맞는다면** 말이지만—또는 다른 어둠의 친구들에게 얼마나 많은 정보가 전달됐는지 알아낼 방법은 없었다.

랜드는 농장을 지나치며 아쉬운 눈으로 그곳을 보았다. 한 남자가 개 두 마리를 데리고 울타리를 순찰하고 있었다. 개들은 으르렁거리며 끈을 당겨

댔다. 남자는 그 개들을 풀어놓을 핑계밖에 바라는 것이 없는 것처럼 보였다. 모든 농장에서 개들을 풀어놓은 것은 아니었지만, 여행자들에게 일자리를 주는 사람은 아무도 없었다.

해가 지기 전에, 랜드와 맷은 두 마을을 더 지났다. 마을 사람들이 모여 서서 자기들끼리 이야기하며 꾸준히 지나가는 행렬을 지켜보았다. 그들의 얼굴은 농부나 마차 운전수, 여왕 호위대의 표정처럼 친절하지 않았다. 이 많은 낯선 이들이 가짜 드래건을 보러 가다니. 자기가 속한 곳에 머물 줄 모르는 바보들이. 여행자들은 가짜 드래건의 추종자들일지도 몰랐다. 심지어 어둠의 친구일 수도 있었다. 그 둘이 서로 다르다면 말이지만.

저녁이 다가오자 두 번째 마을에서는 행렬이 가늘어지기 시작했다. 돈이 있는 몇 안 되는 사람들은 여관으로 사라졌다. 그들을 받아 주어야 하는지를 놓고 말싸움이 벌어지는 것 같았다. 다른 사람들은 편리한 덤불이나 개가 없는 들판을 찾아다니기 시작했다. 땅거미가 질 무렵 랜드와 맷은 케임린 대로를 차지하게 되었다. 맷은 다른 건초 더미를 찾아보자고 말했지만, 랜드는 계속 걸어가자고 우겼다.

"길이 보이는 한," 랜드가 말했다. "멈추지 않고 오래 걸어갈수록 앞서가게 되는 거야." **놈들이 나를 쫓고 있다면 말이야. 지금까지 내가 직접 찾아오기를 기다리고 있던 자들이 왜 이제 와서 나를 쫓겠어?**

맷에게는 그 정도 주장으로 충분했다. 맷은 자주 어깨 너머를 돌아보며 발걸음을 서둘렀다. 랜드는 그와 보조를 맞추기 위해 서둘러야 했다.

어둠이 짙어졌다. 희미한 달빛으로만 얼이졌을 뿐이다. 맷은 잠시 뿜어내던 힘이 잦아들자 다시 불평을 시작했다. 랜드의 종아리에 아프게 알이 뱄다. 랜드는 일과가 힘들 때 탬과 함께 농장에서 일하며 이보다 더 멀리 걸은 적도 있다고 자신을 타일렀지만, 생각을 반복할수록 믿을 수가 없었다. 랜드는 이를 악물고 고통과 통증을 무시하며 걸음을 멈추지 않았다.

맷은 불평하고 랜드는 다음 발걸음에 집중하는 채로, 두 사람은 거의 마을에 이르렀다. 이윽고 랜드의 눈에 불빛이 들어왔다. 랜드는 종종걸음 치다가 멈추어 섰다. 갑자기 발에서 다리까지 타는 듯한 느낌이 솟구쳤다. 랜드는 오른발에 물집이 잡혔으리라고 생각했다.

마을 불빛을 본 맷은 신음하며 무릎을 짚었다. "이제 멈춰도 돼?" 그가 헐떡였다. "아니면 여관을 찾아서 어둠의 친구들이나 희미한 자가 보고 찾아올 간판이라도 걸까?"

"마을 반대편으로 가자." 랜드는 불빛을 바라보며 대답했다. 어둠 속에서, 이렇게 멀리서 보니 그 마을이 꼭 에먼즈 필드처럼 보였다. **저기서는 뭐가 기다리고 있을까?** "2킬로미터만 더 가면 돼, 그게 다야."

"그게 다라니! 난 한 걸음도 더 못 걷겠어!"

랜드는 다리에 불이 붙은 것 같았지만 억지로 한 발, 또 한 발을 떼어 놓았다. 전혀 쉬워지지 않았지만, 한 번에 한 걸음씩 계속 움직였다. 열 걸음을 가기 전에 랜드는 맷이 비틀거리며 따라오는 소리를 들었다. 맷은 숨죽인 채 투덜대고 있었다. 랜드는 맷이 하는 말을 알아들을 수 없는 것이 차라리 다행이라고 생각했다.

시간이 늦어서 마을 거리는 비어 있었지만, 대부분의 집은 최소 한 개의 창문에 불을 밝혀 놓고 있었다. 마을 한가운데의 여관은 환하게 밝혀져 있었고, 어둠을 밀어 내는 황금색 빛 웅덩이에 둘러싸여 있었다. 두꺼운 벽 때문에 희미하게 들리는 음악과 웃음소리가 건물에서 흘러나왔다. 문 위의 간판이 바람에 삐걱거렸다. 여관의 가까운 쪽에서는 수레에 매어 둔 말이 케임린 대로에 서 있었다. 한 남자가 굴레를 확인하는 중이었다. 건물 맞은편 끝에는 두 남자가 빛의 가장자리에 서 있었다.

랜드는 어두컴컴한 집 옆의 그림자 속에 멈추어 섰다. 너무 피곤해서 돌아갈 길을 찾아 골목들을 헤집고 다닐 수가 없었다. 1분쯤 쉰다고 해로울 것은 없었다. 딱 1분만. 남자들이 떠날 때까지만. 맷은 고맙다는 듯 한숨을 쉬며 벽에 기댔다. 그는 바로 그 자리에서 잠들 것처럼 몸을 젖혔다.

그림자 가장자리에 있는 두 남자를 보니 랜드는 왠지 불안해졌다. 처음에는 뭐가 잘못된 것인지 짚어 낼 수 없었지만, 수레를 살펴보는 남자도 그들에 대해 똑같이 느끼고 있다는 것을 깨달았다. 그 남자는 살펴보던 끈 끝으로 손을 뻗어 말의 입속에 들어간 부분을 조정하더니, 돌아와 처음부터 굴레를 다시 살피기 시작했다. 그러는 내내 남자는 고개를 숙인 채 자기가 하는 일에만 시선을 두고 다른 남자들을 보지 않았다. 그냥 그들의 존재를 눈치채지 못한 것일 수도 있지만, 둘의 거리는 15미터도 채 되지 않았다. 또 남자의 동작은 뻣뻣했으며, 일을 하다가 다른 남자들을 보지 않으려고 어색하게 몸을 돌리기도 했다.

그림자 속 남자 중 한 명은 그저 검은 형체로만 보였으나 다른 사람은 빛 속으로 더 들어와 랜드를 등지고 있었다. 그것만으로도 남자가 지금 나누는 대화에 별로 기뻐하지 않는다는 것은 분명했다. 그는 두 손을 비틀어 대며 땅에서 눈을 떼지 않았다. 다른 사람이 하는 말에 때로 고개를 경련하듯 끄덕였다. 랜드에게는 아무 말도 들리지 않았지만, 그림자 속 남자가 모든 말을 혼자 하고 있다는 인상을 받았다. 긴장한 남자는 그냥 귀 기울이며 고개를 끄덕이고, 불안한 듯 손을 비틀어 짜기만 했다.

결국 어둠에 감싸인 남자가 돌아섰다. 긴장한 사람은 빛 속으로 돌아왔다. 한기가 도는 날씨인데도 그는 땀에 전 것처럼 입고 있는 긴 앞치마로 얼굴을 닦았다.

랜드는 소름이 끼치는 것을 느끼며 그 형체가 어둠 속으로 사라지는 모습을 지켜보았다. 이유는 알 수 없었지만 불편한 느낌은 그 사람을 따라가는 듯했다. 뭔가가 살금살금 다가온다는 것을 갑자기 깨달았을 때처럼 목덜미가 묘하게 얼얼하고 두 팔의 털이 곤두섰다. 랜드는 빨리 고개를 저으며 두 팔을 세게 문질렀다. **맷처럼 바보가 되려는 거야?**

그 순간, 그 형체는 창문에서 나오는 빛의 가장자리를 아주 살짝 스쳐 지나갔고 랜드는 닭살이 돋았다. 여관 간판이 바람에 흔들려 **끼익, 끼익, 끼익** 소리를 냈지만 검은 망토는 전혀 움직이지 않았다.

"희미한 자야." 랜드가 속삭였다. 맷은 랜드가 고함이라도 지른 것처럼 벌떡 일어섰다.

"뭐……?"

랜드가 손으로 맷의 입을 틀어막았다. "조용히 해." 검은 형체는 어둠 속으로 사라졌다. **어디로 갔지?** "지금은 사라졌어. 내 생각이지만. 그런 거면 좋겠다." 랜드는 손을 치웠다. 맷이 낸 소리는 길게 들이쉬는 숨소리뿐이었다.

긴장하고 있던 남자가 거의 여관 문에 이르러 있었다. 그는 멈추어 서서 앞치마 주름을 눌러 폈다. 들어가기 전에 자세를 바로잡는 것이 티 났다.

"이상한 친구를 뒀군, 레이먼 홀드윈." 수레 옆의 남자가 갑자기 말했다. 노인의 목소리였지만 힘이 있었다. 그 사람은 고개를 저으며 허리를 폈다. "여관 주인이 어두운 데서 만나기에는 이상한 친구야."

긴장한 남자는 상대방이 말을 하자 펄쩍 뛰더니 그때까지 상대방과 수레를 본 적이 없다는 듯 주위를 둘러보았다. 그는 깊이 숨을 들이쉬며 자세를 바로잡고 날카롭게 물었다. "그게 무슨 뜻입니까, 알멘 번트?"

"말한 그대로야, 홀드윈. 이상한 친구들을 뒀다고. 이 동네 사람이 아니지? 지난 몇 주 동안 이상한 친구들이 아주 많이 찾아왔지. 엄청나게 많은 이상한 친구들이."

"당신이 할 말은 아닌 것 같은데요." 홀드윈은 수레 옆 남자를 삐딱하게 바라보았다. "나는 사람을 많이 압니다. 케임린에 가는 사람까지요. 농장에 혼자 틀어박혀 있는 당신하고는 다르죠." 그는 잠시 말을 멈추더니 더 설명해야겠다고 생각한 듯 말을 이었다. "네명의왕에서 온 사람입니다. 도둑 두 명을 찾고 있대요. 젊은이들이라는군요. 왜가리 표시가 있는 칼을 훔쳐 갔답니다."

랜드는 네명의왕이라는 단어에 숨이 멎을 듯했다. 칼 이야기가 나왔을 때는 맷을 돌아보았다. 맷은 벽에 등을 바짝 붙인 채 흰자만 있는 것처럼 보일 만큼 눈을 휘둥그렇게 뜨고 어둠 속을 응시했다. 랜드도 어둠 속을 들여다보고 싶었지만—반인이 어디에든 있을 수 있었으니까—그의 시선은 여관 앞에 있는 두 남자에게로 돌아갔다.

"왜가리 표시가 있는 칼이라니!" 번트가 소리쳤다. "되찾고 싶어 하는 것도 당연하군."

홀드윈이 고개를 끄덕였다. "네. 도둑들도 잡고 싶겠죠. 제 친구는 부자예요. 그러니까…… 상인이죠. 그 도둑들이 제 친구 밑에서 일하는 사람들을 곤란하게 했다는군요. 미친 소리를 늘어놓아 사람들 기분을 상하게 했다는 거예요. 그놈들은 어둠의 친구입니다. 로게인의 추종자이기도 하고."

"어둠의 친구인 **동시에** 가짜 드래건의 추종자라고? 미친 소리도 늘어놓고? 어린 녀석들치고는 아주 많은 일을 벌이고 있나 보군. 그 녀석들이 어리다는 얘기는 했었지?" 번트의 목소리에 갑자기 즐거워하는 기색이 어렸지만, 여관 주인은 눈치채지 못하는 듯했다.

"네. 아직 스무 살도 안 됐답니다. 상금도 걸려 있어요. 금화 100크라운을 주겠다는군요." 홀드윈은 망설이다가 덧붙였다. "말솜씨가 교활하답니다, 그놈들은. 사람들을 이간질하기 위해 놈들이 어떤 이야기를 늘어놓을지는 빛만이 아실 일이죠. 위험한 놈들이기도 해요. 겉보기에는 그렇지 않더라도 사악한 거죠. 그놈들을 보면 피하는 게 최선입니다. 젊은 남자 두 명이에요. 한 놈은 칼을 가지고 있고, 둘 다 눈치를 보고 다닐 겁니다. 맞는 놈들을 찾으면, 제…… 제 친구가 놈들의 위치를 파악하는 대로 데려갈 겁니다."

"거의 누구를 찾아봐야 할지 아는 말투로군."

"보면 알 걸요." 홀드윈은 자신 있게 말했다. "그냥 직접 잡으려고 하지만 마세요. 누군가 다칠 필요는 없으니까. 놈들을 보면 저한테 와서 말해 주십시오. 제…… 친구가 처리할 테니까요. 두 놈을 잡으면 100크라운입니다. 제 친구는 둘 다 잡고 싶어 해요."

"두 놈에 100크라운이라." 번트가 생각에 잠겨 말했다. "자네 친구가 그토록 원한다는 칼은 얼마나 쳐주려나?"

홀드윈은 갑자기 상대방이 자기를 놀린다는 것을 깨달은 듯했다. "왜 당신한테 이런 얘기를 하고 있는지 모르겠네요." 그가 쏘아붙였다. "당신은 지금도 그 바보 같은 계획에 매달리는 것 같은데."

"그렇게 바보 같은 계획은 아니야." 번트가 고분고분 대답했다. "내가 죽기 전에 가짜 드래건이 또 나타나지는 않을 수도 있잖나? 빛께서 가호하신다면 말이야! 게다가 나는 상인들이 일으키는 먼지를 먹어 가며 케임린까지 가기엔 너무 늙었다네. 나는 혼자 길을 나설 거야. 내일 일찍 생생하게 케임린에 도착할 걸세."

"혼자서요?" 여관 주인의 목소리가 심술궂게 떨렸다. "어둠 속에 뭐가 있을지는 절대 모르는 겁니다, 알멘 번트. 어두울 때 혼자서 길을 나서다니. 누군가 당신 비명을 듣더라도 빗장을 풀고 도와주지는 않을걸요. 요즘에는 그렇게 안 돼요, 번트. 아무리 가까운 이웃이라도."

그 어떤 말도 늙은 농부의 결심을 꺾지는 못하는 듯했다. 그는 전과 똑같이 침착하게 대답했다. "여왕 호위대가 케임린과 이렇게 가까운 길조차 안전하게 관리하지 못한다면, 우리는 잠자리에서도 안전하지 않은 거야. 내 생각이네만, 호위대가 길을 안전하게 만들기 위해서 할 수 있는 한 가지 일은 자네 친구라는 자를 철창에 가두는 것일 걸세. 누가 자기를 보는 걸 두려워하면서 어둠 속을 몰래 돌아다니다니. 그자가 못된 짓을 꾸미는 게 아니라고는 자네도 말할 수 없을걸."

"두려워한다고요!" 홀드윈이 소리쳤다. "늙은 바보 같으니. 내 친구가 누군지 알면……." 홀드윈은 갑자기 이를 딱 다물고 몸을 떨었다. "왜 당신한테 시간을 낭비하고 있는지 모르겠습니다. 꺼져요! 내 사업장 앞에서 정신 사납게 굴지 말고." 홀드윈은 여관으로 들어가 문을 쾅 닫았다.

번트는 혼자 투덜거리더니 수레 좌석의 가장자리를 붙잡고 바퀴 축에 발을 얹었다.

랜드는 잠깐밖에 망설이지 않았다. 랜드가 앞으로 나서려 하자 맷이 그의 팔을 잡았다.

"너 미쳤어, 랜드? 저 사람은 확실히 우리를 알아볼 거야!"

"그럼 여기 있을래? 희미한 자가 돌아다니는데? 놈이 우리를 찾기 전에 걸어서 얼마나 갈 수 있을 것 같은데?" 수레를 타고는 얼마나 갈 수 있을까 싶었지만, 랜드는 그 생각을 하지 않으려 애썼다. 그는 맷의 손을 뿌리치고 길을 따라 종종걸음 쳤다. 그는 칼이 보이지 않도록 조심스럽게 망토를 여몄다. 바람과 한기가 그 정도 핑계는 되어 주었다.

"엿들으려던 건 아닌데, 케임린으로 가신다는 얘기를 들었어요." 랜드가 말했다.

번트는 깜짝 놀라며 곤봉을 수레 밖으로 휙 내밀었다. 그의 얼굴은 피부가 거칠고 주름 덩어리였으며, 치아는 절반쯤 빠져 있었다. 하지만 울퉁불퉁한 그의 두 손은 곤봉을 흔들리지 않게 잡고 있었다. 잠시 후 그가 곤봉 한쪽 끝을 땅에 짚고 기대섰다. "그럼 너희 둘도 케임린으로 간다는 거구나. 드래건을 보러 가는 모양이지?"

랜드는 맷이 자기를 따라온 줄 모르고 있었다. 하지만 맷은 빛이 닿지 않는 곳으로 한참 물러나, 자기가 어둠이라도 된 것처럼 여관과 늙은 농부를 수상쩍게 지켜보고 있었다.

"가짜 드래건이죠." 랜드가 강조해서 말했다

번트가 고개를 끄덕였다. "그렇지, 그렇지." 그는 곁눈질로 여관을 보더니 갑자기 곤봉을 다시 수레 좌석 밑에 밀어 넣었다. "뭐, 타고 싶으면 타라. 시간 낭비는 충분히 했으니까." 그는 이미 좌석에 올라타고 있었다.

농부가 고삐를 내리칠 때 랜드는 뒷자리에 올라탔다. 수레가 출발하자 맷이 따라잡으려고 달려왔다. 랜드는 맷의 두 팔을 잡아끌어 올렸다.

번트가 달리는 속도 때문에 마을은 어둠 속으로 빠르게 희미해졌다. 랜드는 아무것도 없는 널빤지에 드러누워 바퀴의 삐걱거리는 자장가 소리와 맞서 싸웠다. 맷은 주먹으로 하품을 틀어막으며 경계하듯 시골길을 바라보았다. 어둠이 들판과 농장에 묵직하게 내려앉았다. 여기저기 농가의 불빛이 점점이 박혀 있었다. 불빛은 멀게만 보였다. 밤과 맞서 무의미하게 싸우는 것만 같았다. 올빼미가 누군가의 죽음을 애도하듯 울었고, 바람은 그림자 속의 잃어버린 영혼들처럼 신음했다.

저 바깥 어디에든 놈이 있을 수 있어. 랜드는 생각했다.

번트도 밤의 위압감을 느낀 듯 갑자기 말했다. "전에 케임린에 가 본 적 있느냐?" 그는 킬킬 웃었다. "아마 아니겠지. 뭐, 어디 가서 보거라. 세계에서 가장 위대한 도시야. 일리안이니, 에부 다니, 티어니 하는 도시들에 대해서도 전부 들어 봤다. 뭔가가 지평선 너머 어딘가에 있다는 이유만으로 더 크고 좋을 거라고 생각하는 바보는 언제나 있기 마련이니까. 하지만 나는 케임린이 가장 웅장한 도시라는 데 걸겠다. 그보다 멋질 수는 없어. 암, 절대 없지. 무어게이즈 여왕님이 타 발론에서 온 그 마녀를 몰아내신다면 더 좋아질 수도 있겠지만. 빛이여, 여왕님을 비추소서."

랜드는 톰의 망토 꾸러미 위에 침낭을 얹어 베개로 삼고 누워서 흘러가는 어둠 속을 지켜보고 있었다. 농부의 말은 그냥 몸을 휩쓸고 지나가도록 내버려 두었다. 인간의 목소리가 어둠을 자제시키고 흐느끼는 바람을 잠재웠다. 랜드는 몸을 틀어 검은 덩어리로 보이는 번트의 등을 올려다보았다. “타 발론에서 온 마녀라면, 아이즈 세다이를 말씀하시는 건가요?”

“아님 뭐겠느냐? 거미처럼 그 궁전에 틀어박혀 있다더구나. 나는 여왕님을 따르는 선량한 사람이지만—아무도 그걸 부정할 수는 없어—그건 그냥 올바르지 않은 일이야. 나는 엘라이다가 여왕님께 너무 큰 영향력을 발휘한다고 말하는 그 사람들하고는 생각이 다르다. 난 그렇게 생각하지 않아. 엘라이다가 사실상의 여왕이라고 주장하는 바보들은…….” 그는 어둠 속에 침을 뱉었다. “저거나 먹으라지. 무어게이즈 여왕님은 타 발론 마녀들의 손에 놀아나는 인형이 아니야.”

또 다른 아이즈 세다이라니. 혹시……. 모레인은 케임린에 도착하면 아이즈 세다이 자매를 찾아갈지도 몰랐다. 만일의 경우에는 엘라이다라는 사람이 랜드와 맷이 타 발론에 도착하도록 도와줄 수도 있었다. 랜드는 맷을 보았다. 맷은 랜드가 큰 소리로 말하기라도 한 것처럼 고개를 저었다. 맷의 얼굴은 보이지 않았지만, 거부감으로 그의 표정이 굳어져 있을 것은 분명했다.

번트는 바로 이야기를 이어 가며 말의 발걸음이 늦어질 때마다 고삐를 내리쳤다. 하지만 그때 말고는 두 손을 무릎에 가만히 내려놓고 있었다. “말했듯이 나는 여왕님을 따르는 선량한 사람이다. 하지만 때로는 바보들도 가끔 쓸 만한 말을 하지. 눈먼 돼지도 때로는 도토리를 찾는 것처럼 말이야. 뭔가 변화는 있어야 해. 이놈의 날씨 좀 봐라. 농작물은 죽어 가고 젖소들은 말라비틀어져 가고 있다. 송아지와 새끼 양은 사산되거나 머리 두 개가 달린 채로 태어나지. 빌어먹을 갈까마귀들은 뭐가 죽기를 기다리지도 않고 덤벼들어. 사람들은 겁을 먹고 있다. 누군가를 비난하고 싶어 하지. 드래건의 송곳니가 사람들의 집 문에 그려지고 있어. 어둠 속에는 뭔가가 기어 다니고. 헛간이 불타고. 홀드윈의 친구 같은 녀석들이 사람들을 겁주는 거야. 너무 늦기 전에 여왕님께서 뭔가 하셔야지. 너희도 그렇게 생각하지 않느냐?” 랜드는 애매한 소리를 냈다. 이 노인이 모는 수레를 찾은 것은 랜드의 생각보다도 운 좋은 일인 것 같았다. 날이 밝기를 기다렸다면, 그들은 방금 지나온 마을 이상으로 나아가지 못했을 것이다. 어둠 속에 뭔가가 기어 다닌다니. 랜드는 고개를 들어 수레 옆, 어둠 속을 바라보았다. 그림자와 형체 들이 암흑 속에서 몸부림치는 것 같았다. 랜드는 그곳에 무언가 있다는 상상에 넘어가기 전에 다시 털썩 누웠다.

번트는 그 행동을 동의의 뜻으로 받아들였다. "그렇다니까. 나는 여왕님을 따르는 선량한 사람이고, 여왕님을 해치려는 자가 있다면 누구와도 맞설 거야. 하지만 내 말이 맞다. 일레인 공주님과 가윈 왕자님을 좀 봐라. 세상에는 아무것도 해치지 않고 좋은 결과를 낼 수 있는 변화도 있는 법이야. 물론, 나도 우리 안도어 사람들이 늘 그런 식으로 일을 처리해 왔다는 걸 안다. 여왕 후계자 님을 타 발론으로 보내 아이즈 세다이와 함께 공부하게 하고, 맏아들은 수호자들과 함께 공부하도록 떠나보내지. 나도 전통을 믿긴 해. 정말이야. 하지만 그러다가 지난번에 무슨 일이 일어났는지 보란 말이다. 루크는 검의 제1왕자로 선정되기도 전에 거대한오염에서 죽었고, 티그레인은 왕좌에 오를 때가 되자 도망쳤는지 죽었는지 사라져 버렸어. 그 바람에 지금까지 골치를 썩게 된 거야.

너희도 알겠지만, 어떤 사람들은 티그레인이 아직 살아 있다고 하지. 무어게이즈는 정당한 여왕이 아니라고 말이야. 빌어먹을 바보들. 난 무슨 일이 일어났는지 기억한다. 꼭 어제 일처럼 기억하지. 나이 든 여왕님이 돌아가셨는데 여왕 후계자가 없었어. 안도어의 모든 가문은 왕위 계승권을 차지하겠다고 모략을 하고 싸워 댔지. 그중에는 타린게일 다모드레드도 있었다. 그자는 어떤 가문이 이길지 알아내고 싶어서 안달했어. 그래야 재혼해서 여왕의 남편이 될 수 있을 테니까. 그 꼴을 보고 있노라면 그자가 아내를 잃은 적이 있다는 생각이 들지 않을 정도였다. 뭐, 놈은 결국 해냈다. 다만 무어게이즈 여왕님이 왜 그자를 선택했는지는……. 하, 남자란 여자의 마음을 알 수 없는 법이지. 여왕님은 남자와도 결혼하고 나라와도 결혼하신 만큼 보통 여자의 두 배는 되고. 어쨌든 다모드레드는 원하던 걸 얻었다. 원하던 방식대로 얻은 건 아닐지 몰라도.

놈은 일을 마치기 전에 자기 음모에 케예리엔을 끌어들였지. 그 음모가 어떻게 끝났는지는 너희도 알 거다. 생명의 나무가 베어졌고, 검은 베일을 쓴 아이일 놈들이 드래건 장벽을 넘어왔어. 뭐, 그자는 일레인과 가윈을 낳은 뒤 그럭저럭 품위 있게 살해당했다. 그러니 그게 아마 끝이겠지. 그래도 그렇지, 왜 그 아이들을 타 발론으로 보낸단 말이냐? 지금은 사람들이 안도어의 왕자와 아이즈 세다이를 더 이상 똑같이 생각하지 않는 시대인데. 필요한 걸 배우기 위해 다른 곳으로 가야 한다면야, 뭐, 일리안에도 타 발론만큼 좋은 도서관이 있잖아. 일리안 사람들은 일레인 공주님에게 통치며 모략을 잘 가르쳤을 거다. 그 마녀들은 도저히 할 수 없을 만큼 말이지. 일리안 사람보다 모략을 잘 아는 사람은 없으니까. 또 여왕 호위대가 가윈 왕자님에게 좋은 병사가 되는 법을 가르칠 수 없다고 해도, 글쎄. 일리안에도 병사들은 있단 말이지. 그렇게 따지면 샤이나도, 티어도 있고. 나는 여왕님을 따르는 선량한 사람이지만, 타 발론과의 이 모든 거래는 그만두자 이거다. 3000년이면 충분하지. 너무 길어. 무어게이즈 여왕님은 화이트 타워의 도움 없이도 우리를 이끌고 상황을 바로잡으실 수 있다. 분명히 말하는데, 세상에는 무릎을 꿇고 축복을 청하는 걸 자랑스러운 일로 만들어 주는 여자들도 있어. 그러니까, 예전에……."

랜드는 몸이 갈구하는 잠과 맞서 싸웠지만, 율동적인 삐걱삐걱 소리와 흔들리는 수레가 그를 잠재웠고 그는 번트의 질질 늘어지는 목소리를 타고 둥실둥실 떠갔다. 그는 탬의 꿈을 꿨다. 처음에 둘은 농가의 커다란 참나무 탁자에 앉아 차를 마시고 있었다. 탬이 여왕의 남편들과 여왕 후계자들, 드래건 장벽과 검은 베일을 쓴 아이일 사람에 대해 말해 주었다. 왜가리 표시가 있는 칼이 둘 사이에 놓여 있었지만, 둘 다 그 칼을 보지는 않았다. 갑자기 랜드는 웨스트우드에서 임시변통으로 만든 들것을 끌고 달빛이 밝은 밤을 가로지르고 있었다. 어깨 너머를 보니 들것에 있는 사람은 그의 아버지가 아니라 톰이었다. 톰은 책상다리를 하고 앉아 달빛을 받으며 저글링 하고 있었다.

"여왕은 나라와 결혼한 사이다." 밝은 색깔의 알록달록한 공들이 둥글게 춤추는 가운데 톰이 말했다. "하지만 드래건은……. 드래건은 이 나라와 하나이고, 이 나라는 드래건과 하나야."

저 멀리, 뒤쪽에서 희미한 자가 다가오는 모습이 보였다. 바람에 흐트러지지 않는 검은 망토와 유령처럼 조용히 숲을 가로지르는 말. 머드랄의 안장 앞 테에는 잘린 머리 두 개가 걸려 있었고, 그 머리에서는 피가 뚝뚝 떨어져 숯처럼 검은 말의 어깨에 더 짙은 개울을 이루고 있었다. 고통에 얼굴이 뒤틀린 란과 모레인이었다. 희미한 자는 말을 타고 가며 한 줌의 끈을 잡아당겼다. 끈은 하나하나 소리 없는 발굽을 따라 달려오는 사람들의 묶인 손목으로 이어졌다. 그들의 얼굴은 절망으로 텅 비어 있었다. 맷과 페린이었다. 에그웨인도 있었다.

"에그웨인은 안 돼!" 랜드가 소리쳤다. "빛이 너를 태우실 거다. 네가 원하는 건 나지 에그웨인이 아니야!"

반인이 손짓하자 불꽃이 에그웨인을 삼켜 버렸다. 살갗이 바싹 타 재가 되었고, 뼈는 검어져 부스러졌다.

"드래건은 이 나라와 하나다." 톰이 말했다. 그는 여전히 태연하게 저글링을 하고 있었다. "이 나라는 드래건과 하나이고."

랜드는 비명을 지르다가…… 눈을 떴다.

수레는 케임린 대로를 따라 삐걱삐걱 나아갔다. 대로는 어둠과 오래전에 사라진 건초의 달콤함, 말이 풍기는 희미한 냄새로 가득했다. 어둠보다 검은 헌 형체가 그의 가슴에 앉아 있었다. 죽음보다 검은 두 눈이 랜드의 눈을 들여다보았다.

"너는 내 것이다." 갈까마귀는 그렇게 말하며 날카로운 부리로 그의 눈을 찔렀다. 까마귀가 그의 머리에서 눈알을 뽑아내자 랜드는 비명을 질렀다.

그는 목구멍이 찢어질 것 같은 비명을 지르며 일어나 앉아 두 손으로 얼굴을 감쌌다.

이른 아침의 햇살이 수레를 적셨다. 랜드는 멍해진 채 두 손을 바라보았다. 피는 없었다. 고통도 없었다. 나머지 꿈은 이미 흐려져 갔지만……. 랜드는 머뭇거리며 얼굴을 만져 보고 몸을 떨었다.

"최소한……." 맷은 턱에서 뚝 소리가 날 정도로 하품했다. "최소한 넌 잠이라도 좀 잤지." 그의 흐리멍덩한 눈에서는 연민이 별로 느껴지지 않았다. 맷은 망토를 덮고 웅크린 채 침낭을 두 겹으로 접어 머리에 괴고 있었다. "빌어먹을, 밤 내내 중얼거리더라."

"너는 계속 깨어 있었던 거냐?" 번트가 운전석에서 말했다. "너 때문에 놀랐다, 그런 식으로 소리를 지르다니. 뭐, 다 왔다." 그는 거창하게 눈앞을 손으로 쓸었다. "세상에서 가장 웅장한 도시, 케임린이다."

35장 케임린

랜드는 몸을 비틀어 일어나며 운전석 뒤에 무릎을 꿇고 앉았다. 안도감에 터지는 웃음을 참을 수가 없었다. "해냈어, 맷! 내가 뭐랬어? 우린……."

시선이 케임린에 닿는 순간 랜드의 입 속에서는 단어가 사라졌다. 베얼론을 본 이후로, 샤다 로고스의 폐허를 본 이후에는 더더욱, 랜드는 위대한 도시가 어떤 모습인지 안다고 생각했다. 하지만 이것은……. 이것은 믿기 어려운 정도였다.

어마어마한 성벽 바깥에는 랜드가 지금껏 지나온 모든 마을을 모아 놓은 것처럼 건물들이 모여 있었다. 모든 건물이 다닥다닥 좁게 붙어 있었다. 여관은 타일로 이루어진 집 지붕 위로 위층을 내밀고 있었고, 널찍하고 창문 없이 땅딸막한 창고들은 그 모든 것과 어깨를 나란히 하고 있었다. 빨간 벽돌과 잿빛 돌, 흰 회반죽이 한데 뒤섞인 채 시선이 닿는 속까지 뻗어 있었다. 베얼론은 눈에 띄지 않고 그 안으로 사라질 수 있었고, 화이트브리지는 거의 물결조차 일으키지 않고 스무 번쯤 삼켜질 수 있었다.

성벽 자체도 대단했다. 은색과 흰색 줄무늬가 들어간 연한 잿빛 석재로 이루어진 15미터 높이의 깎아지른 듯한 성벽이 거대한 원을 그리며 뻗어 나가다가, 대체 어디까지 이어지는 것인지 궁금해질 때까지 북쪽과 남쪽으로 굽이쳤다. 성벽 전체를 따라 탑들이 세워져 있었다. 그 탑들은 성벽 자체보다도 높이, 둥글게 서 있었다. 모든 탑의 꼭대기에는 빨간색과 흰색으로 이루어진 깃발이 휘날렸다. 성벽 안에서도 다른 탑들이 솟아올랐다. 성벽의 탑보다도 높은 늘씬한 탑들이었다. 햇빛을 받아 흰색과 금색으로 빛나는 돔들도 있었다. 랜드의 머릿속에는 천 가지 이야기를 통해 그려진 도시의 모습이, 왕과 여왕 들이 사는 위대한 도시, 왕좌와 권력과 전설이 있는 도시의 모습이 있었다. 케임린은 물이 주전자에 꼭 맞듯이 머릿속 깊은 곳에 있는 그런 그림에 꼭 맞았다.

수레는 삐걱거리며 도시를 향해, 양옆에 탑이 있는 성문을 향해 널찍한 도로를 나아갔다. 상인들의 마차 행렬이 그 성문을 지나 돌로 만들어진 둥근 아치 아래로 나왔다. 그 아치는 거인도 통과할 수 있을 만큼 컸다. 아니, 거인 열 마리가 나란히 통과할 수도 있을 듯했다. 성벽 밖의 시장이 도로 양옆에 늘어서 있었다. 기와가 빨간색과 보라색으로 반짝였고, 그 사이 공간에는 가판대와 동물 우리 들이 있었다. 송아지들이 울고 소들은 음매 소리를 냈으며 사람들은 목청껏 흥정했다. 소음의 장벽이 그들을 케임린 성문으로 몰아갔다.

"내가 뭐랬느냐?" 번트는 자기 목소리가 들리게 하려고 거의 고함을 질러야 했다. "세상에서 가장 웅장한 도시라니까. 알지 모르겠다만, 오기어가 지은 거다. 최소한 시내와 궁전은 그렇지. 케임린은 그렇게 오래된 곳이야. 훌륭하신 무어게이즈 여왕님이 법을 만들고 안도어의 평화를 지키시는 곳이지. 빛께서 여왕님을 비추시길. 여긴 지상에서 가장 위대한 도시다."

랜드도 기꺼이 동의했다. 입이 쩍 벌어졌다. 소음에 귀를 막고 싶었다. 사람들이 도로에 북적였다. 벨 타인 때 그린에서 북적거리는 에먼즈 필드 사람들만큼 빽빽하게 말이다. 랜드는 베얼론에도 믿을 수 없을 만큼 사람이 많다고 생각했던 것을 떠올리고 웃음을 터뜨릴 뻔했다. 그는 맷을 보며 씩 웃었다. 맷은 실제로 두 손으로 귀를 막고 있었다. 어깨로도 귀를 막고 싶은 것처럼 잔뜩 웅크린 채였다.

"여기서 어떻게 숨지?" 랜드가 바라보는 것을 보더니 맷이 큰 소리로 물었다. "사람이 저렇게 많은데 누굴 믿어야 할지 어떻게 알아? 빌어먹을, 너무 많잖아. 빚을 걸고, 너무 시끄러워!"

랜드는 번트를 한 번 보고 나서 대답했다. 농부는 도시를 구경하느라 정신이 팔려 있었다. 주위가 하도 시끄러우니 듣지 못할 것 같았다. 그래도 랜드는 맷의 귀 가까이로 입을 가져갔다. "사람이 이렇게 많은데 놈들이 우리를 어떻게 찾아? 모르겠냐, 머리에 양털만 찬 바보야? 우린 안전해. 네가 그 빌어먹을 입을 조심하는 방법만 배우면 말이야!" 랜드는 손을 뻗어 휘저으며 시장과 아직도 눈앞에 있는 성벽까지 모든 것을 가리켰다. "저걸 좀 봐, 맷! 여기서는 무슨 일이든 일어날 수 있어. 무슨 일이든! 심지어 우리를 기다리는 모레인을 보게 될지도 몰라. 에그웨인이랑 다른 애들도."

"다들 살아 있어야 말이지. 내 생각에 걔들은 전부 방랑 시인처럼 죽었을 거야."

랜드의 얼굴에서 미소가 희미해졌다. 그는 고개를 돌려 가까워지는 성문을 바라보았다. 케임린 같은 도시에서는 무슨 일이든 일어날 수 있었다. 랜드는 고집스럽게 그 생각에 매달렸다.

번트가 아무리 고삐를 내리쳐도 말은 더 이상 속도를 내지 못했다. 성문에 가까워질수록 군중이 불어났다. 그들은 어깨와 어깨를 맞대고 부산스럽게 돌아다녔으며, 안으로 들어가려는 수레와 마차를 밀쳐 댔다. 랜드는 그중 다수가 별다른 소지품 없이 걸어서 들어가는 먼지투성이 젊은이들인 것을 보고 마음이 놓였다. 나이와 상관없이 성문 쪽으로 밀고 들어가는 사람들은 여행에 지친 표정을 하고 있었다. 수레는 덜그럭거렸고 말들은 지쳐 있었으며 옷은 수많은 밤을 거친 곳에서 자느라 주름져 있었다. 발걸음은 질질 끌렸고 눈에는 경계심이 가득했다. 하지만 경계하든 말든, 그들의 눈은 성벽 안으로 들어가기만 하면 모든 피로가 벗겨져 나갈 것처럼 성문에만 붙박여 있었다.

여왕 호위대 여섯 명이 성문에 서 있었다. 빨간색과 흰색이 섞인 그들의 깔끔한 외투와 번쩍이는 갑옷은 돌 아치 밑으로 흘러가는 사람들 대부분과 선명한 대조를 이루었다. 그들은 등을 뻣뻣하게 세우고 고개를 똑바로 든 채 경멸감과 경계심이 어린 눈으로 들어오는 사람들을 눈여겨보았다. 그들이 들어오는 사람 대부분을 돌려보내고 싶어 한다는 것은 명백했다. 하지만 도시를 벗어나는 사람들을 위해 길을 틔워 놓고 너무 빠르게 밀고 지나가려는 사람들에게 한두 마디 훈계하는 것을 제외하면, 그들은 아무도 방해하지 않았다.

"각자 자리를 벗어나지 마시오. 밀지 마시오. 밀지 말라고, 빛에 눈이 멀 인간 같으니! 모두가 들어갈 자리가 있소. 아아, 빛을 걸고, 각자 자리를 벗어나지 마시오."

번트의 수레는 행렬의 느린 흐름을 타고 성문을 지나서 케임린으로 들어갔다.

케임린은 가운데를 향해 점점 높아지는 계단 같은 모양으로 나지막한 언덕을 따라 솟아올랐다. 또 다른 성벽이 그 중심부를 감싸고 있었다. 성벽은 순백색으로 빛나며 언덕 위를 둘러쌌다. 그 안에는 흰색과 황금색과 보라색으로 만들어진 더 많은 탑과 돔이 있었다. 언덕 위로 높이 솟아 있는 모습이 케임린 나머지 지역을 내려다보는 것처럼 보였다. 랜드는 그곳이 번트가 말한 시내일 거라고 생각했다.

도시 안으로 들어오자마자 케임린 대로 자체가 바뀌어 널찍한 가로수 길이 되었다. 길 가운데 부분이 넓은 풀밭과 나무로 나뉘어 있었다. 풀은 갈색이었고 나뭇가지는 헐벗었지만, 사람들은 특이한 것이라고는 전혀 보이지 않는다는 듯 웃고 떠들고 말다툼하고 사람들이 하는 모든 행동을 하며 그 옆을 서둘러 지나갔다. 올해에 아직 봄이 찾아오지 않았다는 것도, 영영 찾아오지 않을 수 있다는 것도 전혀 모르는 것 같았다. 랜드는 그들의 눈에는 그 모습이 보이지 않는다는 것을 깨달았다. 볼 수 없는 것인지, 보지 않으려드는 것인지 그들의 눈은 헐벗은 나뭇가지를 스쳐 지나갔다. 그들은 한 번도 밑을 보지 않고 이미 죽거나 죽어가는 풀밭을 가로질렀다. 보이지 않는 것은 무시할 수 있다. 보이지 않는 것은 사실 없는 것이다.

랜드는 도시와 사람들의 모습에 입을 쩍 벌리고 있다가, 수레가 가로수 길보다 좁지만 에먼즈 필드의 어느 거리보다 넓은 옆 골목으로 방향을 틀자 놀랐다. 번트가 고삐를 당겨 말을 세우더니 머뭇거리며 그들을 돌아보았다. 이곳은 교통량이 다소 적었다. 군중은 교통 흐름을 끊지 않은 채 나뉘어 수레를 돌아갔다.

"네가 망토 아래 감추고 있는 것 말이다. 그것이 정말 홀드윈이 말한 물건이냐?"

랜드는 어깨에 안장주머니를 걸치려는 중이었다. 그는 움찔하지도 않았다. "무슨 말씀이세요?" 목소리도 흔들리지 않았다. 배 속이 쓰리게 뭉쳐왔지만, 목소리는 흔들리지 않았다.

맷은 한 손으로 하품을 눌러 참았으나 다른 손은 코트 밑으로 집어넣었다. 랜드는 그가 샤다 로고스에서 가져온 단검을 쥐고 있다는 것을 알았다. 머리에 두른 스카프 아래에서 그의 두 눈은 사납고 겁에 질린 표정을 짓고 있었다. 번트는 맷의 시선을 피했다. 숨겨진 그 손에 무기가 쥐어져 있다는 것을 아는 듯했다.

"별말은 아니야. 자, 봐라. 내가 케임린으로 간다는 얘기를 들을 정도였다면 나머지 이야기도 들을 수 있을 만큼 그 자리에 오래 있었겠지. 내가 보상을 받으려 했다면 나는 무슨 핑계를 대서든 거위와 왕관 여왕으로 가서 홀드윈에게 말했을 거다. 다만 나는 홀드윈을 별로 좋아하지 않고, 그 녀석의 친구라는 놈도 마음에 들지 않을 뿐이야. 전혀 마음에 들지 않는다. 놈은 너희 둘을…… 다른 무엇보다도 원하는 것 같더구나."

"저는 그자가 뭘 원하는지 몰라요." 랜드가 말했다. "전에는 한 번도 본 적 없는 사람이라서요." 사실일 수도 있는 말이었다. 랜드는 희미한 자를 구분할 수 없었으니 말이다.

"으흠. 뭐, 말했듯이 나는 아무것도 모르고 알고 싶지도 않다. 내가 일부러 골칫거리를 찾아다니지 않아도 다들 충분히 곤란한 상황이니까."

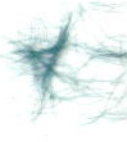

맷은 천천히 소지품을 챙겼다. 그가 수레에서 내려오기도 전에 랜드는 이미 거리에 나와 있었다. 랜드는 조바심을 내며 기다렸다. 맷은 수레에서 뻣뻣하게 돌아서, 활과 화살통과 침낭을 가슴에 꼭 끌어안은 채 숨죽여 투덜댔다. 그의 눈 밑에 짙은 그림자가 드리워져 있었다.

랜드의 배가 꼬르륵거렸다. 랜드는 인상을 썼다. 허기에 배 속을 뒤트는 쓰라린 느낌이 더해지자 토할 것 같다는 느낌이 들었다. 이제는 맷이 뭔가를 기대하듯 그를 바라보고 있었다. **어느 쪽으로 갈까? 이제 뭘 하려고?**

번트가 허리를 숙여 가까이 오라고 손짓했다. 랜드는 케임린에 관한 조언을 듣고 싶어 그리로 갔다.

"나라면 그걸 숨길 거다." 늙은 농부는 잠시 멈춰 경계심 어린 눈으로 주위를 둘러보았다. 사람들이 서로를 밀치며 수레 양옆을 지나갔지만, 길을 막았다며 잠깐씩 욕설을 하는 것을 제외하면 아무도 그들에게 관심을 두지 않았다. "그 칼은 그만 차고 다녀라." 그가 말했다. "숨기든지 팔아. 누구한테든 줘 버려. 그게 내 조언이다. 그런 물건은 관심을 끌기 마련이다. 내 생각이지만, 너는 전혀 관심을 원하지 않는 것 같고."

그는 갑자기 허리를 펴더니 말에게 혀를 찼다. 그렇게 그는 한마디 말이나 뒤돌아보는 눈길조차 없이 붐비는 거리를 따라 천천히 나아갔다. 술통을 가득 실은 마차가 우르릉대며 그들에게 다가왔다. 랜드는 펄쩍 뛰어 길을 비키다가 휘청거렸다. 다시 보니 번트와 그의 수레는 보이지 않았다.

"이제 어쩔 거야?" 맷이 물었다. 그는 입술을 핥으며, 서로 밀치고 지나가는 모든 사람과 길 위로 6층 높이까지 우뚝 솟아 있는 건물들을 휘둥그레진 눈으로 보았다. "케임린에는 왔는데 뭘 어쩔 거냐고?" 그는 더 이상 귀를 막지 않고 있었으나 다시 막고 싶은 것처럼 손을 움찔거리고 있었다. 웅성거리는 소리가 도시에 내려앉았다. 수백 개의 가게가 영업을 하고 수천 명의 사람들이 이야기하는 나지막하고 꾸준한 단조로운 소리였다. 끊임없이 윙윙대는 거대한 벌집에 들어온 것만 같았다. "랜드, 걔들이 여기 있다고 해도 여기 한복판에서 어떻게 찾을 수 있어?"

"모레인이 우리를 찾을 거야." 랜드가 천천히 말했다. 도시의 거대함이 두 어깨에 짐처럼 내려앉았다. 랜드는 빠져나가고 싶었다. 그 모든 사람과 소음을 피해 숨고 싶었다. 탬의 가르침을 떠올려도 공백은 랜드의 손아귀를 빠져나갔다. 그의 눈이 도시를 공백 안으로 끌어 들였다. 대신 랜드는 바로 주변에 있는 것들에만 집중하고, 그 너머의 모든 것을 무시했다. 지금 이 거리를 바라보는 것만으로도 거의 베얼론에 온 기분이 들었다. 모두가 안전하다고 생각했던 마지막 장소인 베얼론. **더 이상 누구도 안전하지 않아. 어쩌면 다들 죽었을지도 몰라. 그땐 어쩌지?**

"다들 살아 있어! 에그웨인은 살아 있어!" 랜드가 사납게 말했다. 지나가던 몇 사람이 이상하다는 듯 그를 보았다.

"그럴 수도 있지." 맷이 말했다. "그럴 수도 있어. 모레인이 우리를 찾지 않으면? 우리를 찾는 게 오직……. 오직……." 맷은 그 말을 마칠 수 없어 몸을 떨었다.

"그 고민은 그런 일이 벌어질 때 하자." 랜드가 맷에게 단호하게 말했다. "만에 하나 그런 일이 벌어진다면 말이야." 최악의 경우, 그들은 궁전에 사는 아이즈 세다이인 엘라이다를 찾게 될 터였다. 랜드는 일단 계속해서 타발론으로 갈 생각이었다. 과연 맷도 톰이 적색의 아자와 흑색의 아자에 관해 해 주었던 말을 기억하고 있을지는 모르겠지만, 랜드 자신은 확실히 기억하고 있었다. 배 속이 다시 뒤틀렸다. "톰이 여왕의 축복이라는 여관을 찾으라고 했어. 거기부터 가자."

"어떻게? 우리 둘이 가진 돈을 다 합쳐도 밥 한 끼도 못 사 먹을 텐데."

"최소한 거기가 출발점은 될 거야. 톰은 우리가 거기서 도움을 받을 수 있을 거랬어."

"난 잘……. 랜드, 놈들이 사방에 있잖아." 맷은 포장도로로 시선을 내렸다. 주위 사방에 있는 사람들로부터 물러나느라 몸이 쭈그러지는 것처럼 보였나. "우리가 어딜 가든 놈들은 우리를 따리외. 아니면 우리를 기다리고 있거나. 놈들은 여왕의 축복에도 있을 거야. 나는 잘……. 나는……. 희미한 자를 막을 건 아무것도 없어."

랜드는 맷의 옷깃을 움켜쥐었다. 그는 주먹이 떨리지 않게 하려고 애썼다. 랜드에게는 맷이 필요했다. 어쩌면 다른 사람들도 살아 있을지 모르지만—**빛이여, 이렇게 비나이다!**—지금 이곳에는 맷과 랜드 자신밖에 없었다. 혼자서 떠난다는 생각을 하니……. 랜드는 씁쓸한 맛을 느끼면서 침을 세게 삼켰다.

그는 재빨리 주위를 돌아보았다. 아무도 맷이 희미한 자 이야기를 하는 것을 듣지 못한 듯했다. 군중은 각자의 고민에 잠긴 채 떠밀며 지나갔다. 랜드는 맷에게 얼굴을 가까이 가져갔다. "여기까지 해냈잖아. 안 그래?" 랜드는 쉰 목소리로 속삭였다. "놈들은 아직 우리를 잡지 못했어. 포기하지만 않으면 끝까지 해낼 수도 있는 거야. 난 도살을 기다리는 양처럼 포기하고 놈들을 기다리지는 않을 거야. 그렇게는 못 해! 그래서? 넌 굶어 죽을 때까지 여기 서 있을 작정이야? 아니면 놈들이 너를 자루에 넣어서 잡아갈 때까지 있을 거야?"

랜드는 맷을 놓아주고 돌아섰다. 손톱이 손바닥을 파고들었다. 손이 계속 떨렸다. 문득 맷이 랜드 옆에서 걷고 있었다. 그는 여전히 시선을 내린 채였다. 랜드는 길게 숨을 내쉬었다.

"미안해, 랜드." 맷이 웅얼거렸다.

"됐어." 랜드가 말했다.

맷은 사람들에게 부딪히지 않을 정도로만 간신히 고개를 들고 생기 없는 말을 쏟아 냈다. "다시는 집을 볼 수 없을 거라는 생각을 멈출 수가 없어. 난 집에 가고 싶어. 마음껏 비웃어, 난 상관없으니까. 지금 당장 우리 엄마 심부름을 할 수만 있으면 뭐든 내줄 수 있을 것 같아. 꼭 머릿속에 추를 달아 놓은 것 같아. 뜨거운 추 말이야. 사방에 낯선 사람들이 있고, 누굴 믿어야 할지 알 수 없어. 과연 누군가를 믿을 수는 있는 것일까? 빛이여, 투 리버스가 너무 멀어서 세상 반대편에 있는 것처럼 느껴져. 우리는 둘뿐이야. 절대 집에 돌아가지 못할 테고. 우린 죽을 거야, 랜드."

"아직은 아니야. 안 죽어." 랜드가 반박했다. "사람은 다 죽어. 시간의 물레가 돌아가니까. 그렇다고 웅크린 채 그런 일이 벌어지기를 기다리지는 않을 거야."

"알비어 시장님처럼 말하네." 맷이 툴툴거렸다. 하지만 그의 목소리에는 조금 기운이 돌아와 있었다.

"좋네." 랜드가 말했다. "좋아." **빛이여, 다른 사람들이 무사하게 해 주세요. 부디 저희를 홀로 남겨 두지 마세요.**

랜드는 여왕의 축복으로 가는 길을 묻기 시작했다. 반응은 다양했다. 자기가 속한 곳에 머물지 않는 모든 사람에 대한 욕설이 돌아올 때도 있었지만, 가장 흔한 반응은 어깨를 으쓱하며 멍한 표정을 짓는 것이었다. 어떤 사람들은 눈길조차 주지 않고 그냥 걸어갔다.

거의 페린만큼 덩치가 큰 넙데데한 얼굴의 남자는 고개를 갸웃하며 말했다. "여왕의 축복이라고? 너희 같은 시골 꼬마들이 여왕님의 사람이라도 된다는 거야?" 그는 챙이 넓은 모자에 흰 코케이드(왕실의 종복이 다는 꽃 모양의 모표-옮긴이)를 달고 있었으며 긴 코트에는 흰색 완장을 차고 있었다. "글쎄, 너무 늦었는데."

그는 웃음을 터뜨리며 멀어져 갔다. 랜드와 맷은 어리둥절해져 서로를 마주 보았다. 랜드는 어깨를 으쓱했다. 케임린에는 이상한 사람들이, 전에는 한 번도 못 본 사람들이 많았다.

그런 사람들 중 일부는 군중 사이에서 두드러졌다. 피부색이 너무 검거나 너무 흰 사람, 마름질이 이상하거나 색깔이 너무 밝은 코트를 입은 사람, 끝이 뾰족하거나 기다란 깃털이 달린 모자를 쓴 사람도 있었고 얼굴을 베일로 가린 여자들, 입은 사람의 키만큼이나 폭이 넓은 빳빳한 드레스를 입은 여자들, 랜드가 본 어떤 술집 종업원보다도 맨살이 많이 드러나는 옷을 입은 여자들도 있었다. 때로는 온통 생생한 색깔의 페인트로 칠해져 있고 도금된 마차가 굴레에 깃털을 꽂은 네 마리, 혹은 여섯 마리의 말에 끌려 붐비는 거리를 억지로 지나갔다. 가마가 사방에 있었고, 가마꾼들은 자기가 누구를 밀치는지 전혀 신경 쓰지 않고 길을 뚫고 나갔다.

랜드는 그런 식으로 싸움이 시작되는 것을 보았다. 몸싸움에 휘말린 남자들이 주먹을 휘둘러 대는 사이 빨간 줄무늬 코트를 입은 흰 피부의 남자가 옆으로 넘어진 가마에서 기어 나왔다. 그때까지는 그냥 옆을 지나가는 것으로 보이던 거친 옷을 입은 두 남자가 그에게 덤벼들었다. 그런 다음에 먼젓번 남자가 풀려났다. 싸움을 구경하려고 멈췄던 군중이 난폭해지기 시작했다. 그들은 뭐라고 중얼거리며 주먹을 휘둘러 댔다. 랜드는 맷의 소매를 잡아당기며 서둘러 지나갔다. 두 번 재촉할 필요도 없었다. 작은 폭동의 고함이 그들을 따라 거리를 달려왔다.

남자들은 몇 번인가 다른 길로 가는 대신 두 사람에게 다가왔다. 랜드와 맷이 입은 먼지투성이 옷 때문에 사람들은 그들이 새로 왔다는 것을 알아보았다. 그 옷이 어떤 유형의 사람들에게는 자석처럼 작용하는 듯했다. 눈알을 이리저리 움직이며 발로는 도망칠 준비를 한 채 로게인의 유품을 팔겠다고 내놓는 교활한 사람들이었다. 랜드가 세어 보니, 그들이 내민 가짜 드래건의 망토 조각과 칼 파편을 다 합치면 칼 두 자루와 망토 대여섯 벌을 만들 수 있을 듯했다. 맷은 흥미롭다는 듯 얼굴이 밝아졌다. 최소한 처음에는 그랬다. 하지만 랜드는 그들 모두를 단호히 거절했고, 그들은 고개를 끄덕이며 "빛께서 여왕을 비추시길"이라고 빠르게 중얼거리고 사라졌다. 대부분의 가게에는 사슬에 묶인 가짜 드래건이 여왕 앞에 전시되는 상상 속 장면이 그려진 접시와 컵이 있었다. 거리에는 하얀 망토들도 있었다. 베얼론에서 그랬듯 그들이 지나가면 주위가 텅 비었다.

랜드의 머릿속에는 눈에 띄지 말아야 한다는 생각이 확고하게 자리 잡고 있었다. 그는 망토로 칼을 가려 두었지만, 그래 봐야 오랫동안 효과가 있지는 않을 터였다. 머잖아 누군가가 랜드가 감추고 있는 물건이 무엇인지 궁금해할 테니까. 랜드는 더 이상 칼을 차지 말라는 번트의 조언을 받아들일 생각이 없었다. 아니, 그럴 수가 없었다. 칼은 탬과의, 아버지와의 연결고리였다.

군중 가운데에는 칼을 찬 사람들이 많았지만, 시선을 끄는 왜가리 표시는 없었다. 다만 모든 케임린 남자와 방문자 일부는 천으로 칼자루와 칼집을 모두 감고 있었다. 빨간색 천이 흰색 끈으로 감겨 있거나, 흰색 천이 빨간색 끈으로 감겨 있는 식이었다. 그런 덮개를 씌워 놓으면 칼에 왜가리 표시가 100개쯤 있다 하더라도 아무도 보지 못할 것이다. 게다가 지역의 풍습을 따르면 좀 더 이곳에 어울릴 터였다.

수많은 가게의 앞에 천과 끈이 놓여 있는 탁자가 서 있었다. 랜드는 그중 한 가게에 들렀다. 랜드로서는 색깔 말고 아무런 차이를 느낄 수 없었지만 붉은 천이 흰 천보다 쌌다. 그래서 랜드는 돈이 얼마 남지 않았다는 맷의 불평에도 붉은 천을 사고, 그와 함께 쓸 흰 끈을 샀다. 입술이 가는 가게 주인은 입을 비틀며 그들을 위아래로 훑어보며 랜드의 돈을 받아 가더니, 랜드가 안에 들어가 칼을 싸도 되겠느냐고 묻자 욕설을 했다.

"저희는 로게인을 보러 온 게 아니에요." 랜드가 인내심 있게 말했다. "그냥 케임린을 구경하러 온 거죠." 그는 번트를 떠올리고 덧붙였다. "세계에서 가장 웅장한 도시잖아요." 가게 주인은 인상을 풀지 않았다. "빛께서 선하신 여왕 무어게이즈를 비추시길." 랜드가 기대를 담아 말했다.

"조금이라도 말썽을 부리면," 남자가 퉁명스럽게 말했다. "내 목소리가 들리는 거리에 있는 남자 100명이 너를 처리할 거다. 호위대가 가만히 있더라도 말이야." 그는 잠시 말을 멈추고 침을 뱉었다. 침은 랜드의 발을 가까스로 비껴갔다. "뭔가 더러운 할 일이 있으면 해라."

랜드는 남자가 쾌활한 작별 인사를 건네기라도 한 것처럼 고개를 끄덕이고 맷을 끌어냈다. 맷은 계속 어깨 너머로 가게를 바라보며 혼자 투덜댔다. 결국 랜드가 그를 텅 빈 골목으로 끌고 갔다. 그들은 거리를 등지고 있었기에 행인은 그들이 뭘 하고 있는지 볼 수 없었다. 랜드는 칼을 매단 허리띠를 풀고 칼집과 칼자루를 싸기 시작했다.

"장담하는데, 그 빌어먹을 헝겊 값을 두 배는 받았을 거야." 맷이 말했다. "아니, 세 배."

천 조각과 끈 모두가 떨어지지 않도록 묶는 것은 보기와는 달리 쉽지 않았다.

"다들 우리를 속이려 들 거라고, 랜드. 저 사람들은 우리가 남들처럼 가짜 드래건을 보러 온 줄 알아. 우리가 잠들어 있을 때 누가 우리 머리를 후려치지 않는 것만으로도 다행이야. 여긴 사람 살 데가 아니야. 인간이 너무 많아. 지금 타 발론으로 떠나자. 아니면 남쪽으로, 일리안으로 가는 거야. 일리안에서 뿔나팔 사냥대를 모집하는 걸 보는 것도 나쁘지 않을 것 같아. 집에 갈 수 없다면, 그냥 가자고."

"난 여기 있을 거야." 랜드가 말했다. "다들 아직 도착하지 못했을 뿐이지 곧 우리를 찾아올 거야."

랜드는 다른 사람들과 똑같은 방법으로 칼을 쌌는지 확신이 서지 않았지만, 칼집과 자루에 새겨진 왜가리 표시는 감추어졌다. 랜드는 포장이 쉽게 풀리지 않을 거라고 생각했다. 다시 거리로 나가면서, 랜드는 문제를 일으킬 걱정을 하나 덜게 되었다고 확신할 수 있었다. 맷이 개 줄에 매여 끌려가는 것처럼 내키지 않는 걸음으로 따라왔다.

랜드는 조금씩 원하던 길 안내를 받았다. 처음에는 "저쪽 어딘가"라거나 "저쯤" 같은 모호한 안내였다. 하지만 목적지에 가까워질수록 길 안내도 확실해졌다. 결국 그들은 문 위에 매달아 놓은 간판이 바람에 삐걱거리고 있는 널찍한 석재 건물 앞에 도착했다. 간판에는 붉은 금발 머리에 왕관을 쓴 여자 앞에 무릎을 꿇은 남자가 그려져 있었다. 여자는 한쪽 손을 남자의 숙인 머리에 올려놓은 채였다. 여왕의 축복.

"꼭 이래야겠어?" 맷이 물었다.

"당연하지." 랜드가 말했다. 그는 심호흡을 하고 문을 밀어젖혔다.

휴게실 벽은 크고 짙은 색 나무 널빤지로 장식되어 있었다. 난로 두 군데에 피워 둔 불이 방을 덥혔다. 바닥이 깨끗한데도 종업원이 비질을 하고 있었고, 또 다른 종업원은 구석에 있는 촛대에 광을 내고 있었다. 그들은 새로 온 두 사람에게 미소 짓더니 다시 일을 시작했다.

사람이 앉아 있는 탁자는 몇 개밖에 없었지만, 시간이 이렇게 이른데 손님이 10여 명이나 있는 것을 보면 여관은 붐비는 곳이었다. 손님들이 랜드와 맷을 보고 기뻐한 것은 아니었다. 하지만 최소한 그들은 깨끗하고 술에 취하지 않은 것으로 보였다. 소고기와 빵을 굽는 냄새가 주방에서 풍겨 왔다. 랜드는 입에 침이 고였다.

랜드는 여관 주인이 뚱뚱한 것을 보고 기분이 좋아졌다. 여관 주인은 풀을 먹인 흰색 앞치마를 두른 얼굴이 불그레한 남자로, 잿빛 머리카락을 뒤로 빗어 넘기고 있었으나 그렇다고 벗어진 부분이 가려지지는 않았다. 그는 날카로운 눈으로 랜드와 맷을 머리부터 발끝까지 살펴보았다. 먼지투성이 옷과 짐 꾸러미, 닳아빠진 장화. 하지만 그는 유쾌한 미소도 준비해 두고 있었다. 그의 이름은 바젤 길이었다.

"길 씨." 랜드가 말했다. "친구한테서 이리로 오라는 얘기를 들었어요. 톰 머릴린이라는 사람인데……." 여관 주인의 미소가 사라졌다. 랜드는 맷을 보았지만, 맷은 주방에서 풍겨 오는 향기를 맡느라 다른 것은 전혀 눈치채지 못했다. "뭔가 잘못됐나요? 톰을 아세요?"

"알지." 길이 짧게 말했다. 이제 그는 다른 무엇보다도 랜드가 옆에 늘어뜨리고 있는 플루트 통에 관심을 보이는 듯했다. "따라와라." 그는 고갯짓으로 뒤쪽을 휙 가리켰다. 랜드는 맷을 홱 잡아당겨 그를 놀라게 한 다음 무슨 일이 벌어지는 것인지 궁금해하며 여관 주인을 따라갔다.

길 씨는 주방에서 잠시 멈춰 요리사에게 말을 걸었다. 요리사는 머리를 말아 올린 둥글둥글한 여자로, 여관 주인과 몸무게가 거의 똑같았다. 그녀는 길 씨가 말을 하는 동안에도 계속해서 냄비를 저었다. 냄새가 너무 좋아서—이틀간의 허기는 무엇에 뿌려 먹어도 맛있는 소스가 된다. 게다가 이곳에서는 알비어 부인의 주방만큼 좋은 냄새가 났다—랜드의 배 속이 꾸르륵거렸다. 맷은 냄비 쪽으로 허리를 숙인 채 코를 내밀고 있었다. 랜드가 그의 옆구리를 쿡 찔렀다. 맷은 침이 흐르기 시작한 아래턱을 서둘러 훔쳤다.

이어 여관 주인은 그들을 서둘러 뒷문으로 데리고 나갔다. 그는 마구간 앞뜰에서 근처에 사람이 없는지 확인하려는 듯 주위를 둘러보더니 다시 그들을, 랜드를 보았다. "그 통에는 뭐가 들어 있나?"

"톰의 플루트요." 랜드가 천천히 말했다. 그는 금과 은으로 무늬가 새겨진 플루트를 보여 주면 도움이 될 것처럼 통을 열었다. 맷의 손이 코트 밑으로 들어갔다.

길 씨는 랜드에게서 눈을 떼지 않았다. "그래, 알아보겠다. 난 톰이 그 플루트를 연주하는 걸 여러 번 봤어. 그런 악기가 왕실 아닌 곳에 두 개나 있을 리도 없고." 유쾌한 미소는 사라졌고, 날카로운 시선은 갑자기 칼날같이 변했다. "어떻게 손에 넣은 거지? 톰은 그 플루트를 빼앗기느니 차라리 팔 한 짝을 내놓을 거야."

"톰이 줬어요." 랜드는 등에 지고 있던, 톰의 뭉쳐 놓은 망토를 꺼내 바닥에 놓았다. 그는 하프 통의 끄트머리는 물론 알록달록한 헝겊이 보일 만큼 망토를 펼쳤다. "길 씨, 톰은 죽었어요. 톰이 당신 친구였다면 안타깝습니다. 톰은 제 친구이기도 했어요."

"죽었다고. 어떻게?"

"어떤……. 어떤 남자가 우리를 죽이려고 했어요. 톰이 이걸 저한테 떠밀더니 도망치라고 했고요." 조각보가 바람을 받아 나비처럼 펄럭였다. 랜드는 목구멍이 막혔다. 그는 조심스럽게 다시 망토를 갰다. "톰이 아니었으면 저희도 죽었을 거예요. 우리는 함께 케임린으로 가는 길이었어요. 톰이 저희한테 여기, 당신의 여관으로 가라고 했어요."

"톰이 죽었다는 말은," 여관 주인이 천천히 말했다. "시체를 보면 믿으마." 그는 발가락으로 접힌 망토를 쿡 찔러 보더니 거칠게 목을 가다듬었다. "아니, 네가 거짓말을 한다는 뜻은 아니야. 뭔지는 몰라도 나는 네가 봤다는 걸 정말로 봤다고 믿는다. 그냥 톰이 죽었다는 말만 믿기지 않아. 톰 머릴린은, 그 녀석은 네가 생각하는 것보다 훨씬 죽이기 어려운 사람이니까."

랜드는 맷의 어깨에 손을 얹었다. "괜찮아, 맷. 우리 편이야."

길 씨는 맷을 힐끗 보더니 한숨을 쉬었다. "그렇다고 해 두자."

맷은 천천히 허리를 펴더니 팔짱을 꼈다. 그러나 그는 여전히 경계심 어린 눈으로 여관 주인을 지켜보고 있었다. 맷의 뺨 근육이 움찔거렸다.

"케임린으로 오는 길이었다고?" 여관 주인은 고개를 저었다. "여기는 톰이 절대로 오지 않을 곳이야. 여기보다 싫어하는 데는 타 발론뿐일걸." 그는 마구간지기가 말을 이끌고 지나가기를 기다렸고, 그런 뒤에도 목소리를 낮추어 말했다. "내 생각에 너희는 아이즈 세다이와 문제가 있는 모양인데."

"네." 맷이 그렇게 툴툴거리는 순간 랜드는 이렇게 말했다. "왜 그렇게 생각하세요?"

길 씨가 건조하게 웃었다. "나는 톰을 알거든. 그게 이유야. 그 녀석은 바로 그런 종류의 문제에 뛰어들 테니까. 특히 너희 또래 젊은이들을 돕기 위해서라면……." 그의 눈에서 추억이 깜빡이다 꺼졌다. 그는 신중한 표정으로 허리를 펴며 일어섰다. "이젠……. 아……. 너희를 탓하려는 게 아니라는 건 알아 둬라. 하지만……. 어……. 내 생각엔 너희 중 누구도……. 음…….

내가 하려는 말은……. 어……. 이렇게 물어도 괜찮을지 모르겠다만, 너희가 타 발론과 겪고 있는 문제의 성격이 정확히 뭐냐?"

랜드는 남자가 생각하는 것이 무엇인지 깨닫고 소름이 끼쳤다. 일원력. "아뇨, 아뇨. 그런 건 아니에요. 확실해요. 심지어 저희를 돕는 아이즈 세다이도 있었는걸요. 모레인은……." 랜드는 혀를 깨물었지만 여관 주인의 얼굴은 변하지 않았다.

"그렇다니 다행이구나. 나라고 아이즈 세다이를 사랑하는 건 아니다만, 아이즈 세다이가 차라리…… 다른 존재보다는 나으니까." 그는 천천히 고개를 저었다. "그런 문제에 관한 이야기가 너무 많이 나오고 있어. 로게인이 여기로 잡혀 와서 말이야. 기분 상하게 하려는 건 아니다만……. 글쎄, 나도 알아야지. 안 그러냐?"

"전혀 불쾌하지 않아요." 랜드가 말했다. 맷이 웅얼거린 말은 무슨 뜻인지 알아들을 수 없었지만, 여관 주인은 그 말도 랜드가 한 말과 같은 뜻이라고 받아들이는 듯했다.

"너희는 알맞은 녀석들 같구나. 난 너희가 톰의 친구였다는, 아니, 친구라는 말을 믿는다. 하지만 요즘은 힘든 시절, 차가운 나날이야. 너희는 낼 돈이 없는 것 같은데? 그래. 그럴 줄 알았다. 뭐든 충분한 게 없어. 그나마 있는 건 값이 하늘 높은 줄 모르게 높고. 너희에게 최고라고는 할 수 없지만 따뜻하고 보송보송한 침대와 먹을 것을 내주겠지만, 그 이상은 약속할 수 없어. 내가 아무리 바라더라도 말이야."

"감사합니다." 랜드는 수상쩍다는 듯 맷을 힐끗 보며 말했다. "제가 기대한 것 이상이에요." 알맞은 녀석이라는 것은 무슨 뜻이고, 여관 주인이 그 이상을 **약속해야** 하는 이유는 뭘까?

"뭐, 톰은 좋은 친구다. 오랜 친구지. 성질이 급하고, 절대로 해서는 안 되는 말을 절대로 해서는 안 되는 단 한 사람에게 하는 경향이 있긴 하지만, 어쨌든 좋은 친구야. 그 녀석이 모습을 드러내지 않으면……. 글쎄, 그때 가서 생각해 보자. 최선은 너희를 돕는다는 아이즈 세다이 얘기를 더 이상 하지 않는 거야. 나는 여왕님을 따르는 선량한 사람이지만, 지금 이 순간 케임린에는 그 말을 엉뚱하게 들을 사람이 너무 많다. 하얀 망토들만을 말하는 게 아니야."

맷이 코웃음 쳤다. "알 게 뭐예요? 나는 갈까마귀들이 모든 아이즈 세다이를 곧장 샤이올 굴에 처넣어도 상관없어요!"

"입조심해라." 길 씨가 쏘아붙였다. "말했듯이 나도 아이즈 세다이를 좋아하지는 않아. 그렇다고 일이 잘못될 때마다 그 배후에 아이즈 세다이가 있을 거라고 생각하는 바보는 아니다. 여왕님은 엘라이다를 지원하시고, 호위대는 여왕님을 위해 싸운다. 빛께서는 아무리 많은 변화가 일어나더라도 상황이 그렇게까지 나빠지도록 놔두지 않으시니까. 아무튼, 최근에는 호위대 일부가 본분을 잊었는지 누군가 아이즈 세다이에 대해 나쁜 말을 하는 걸 엿들으면 그들을 거칠게 다루고 있다. 근무 중에 일어나는 일이 아니라는 건 빛께 감사할 일이다만, 그렇더라도 그런 일이 벌어지는 건 사실이야. 나는 비번인 호위대가 너희에게 교훈을 가르치겠다고 내 여관 휴게실을 망가뜨리는 걸 원하지 않는다. 하얀 망토들이 누군가를 선동해 내 여관 문에 드래건의 송곳니를 그리게 하는 것도 바라지 않고. 그러니까 나한테서 조금이라도 도움을 받고 싶다면 아이즈 세다이에 대한 생각은 혼자서만 간직해라. 좋은 생각이든, 나쁜 생각이든." 그는 생각에 잠겨 잠시 말을 멈추었다가 덧붙였다. "어쩌면 톰의 이름도 아예 꺼내지 않는 게 좋을지 모르겠다. 내가 아닌 다른 사람이 들을 때는 말이야. 호위대 중에는 기억력이 좋은 자들이 있어. 여왕님도 마찬가지이고. 운을 시험해 볼 필요는 없지."

"톰이 여왕님하고 문제가 있었어요?" 랜드는 믿을 수 없다는 듯 말했고, 여관 주인은 웃었다.

"그러니까 그 녀석이 모든 걸 말해 주지는 않았나 보구나. 하긴, 그럴 이유도 없지. 한편으로, 나는 너희가 몰라야 할 이유도 모르겠다. 그 이야기가 딱히 비밀도 아니니까. 너희는 모든 방랑 시인이 톰처럼 자신을 대단한 인물이라고 생각할 줄 아느냐? 글쎄, 생각해 보니 그런 것도 같구나. 하지만 내가 보기에 톰은 늘 자신을 대단한 인물이라고 생각하는 경향이 조금 더 강했어. 알겠지만, 톰이 처음부터 이 마을에서 저 마을로 떠돌아다니며 종종 덤불 밑에서 잠을 자는 방랑 시인이었던 건 아니다. 한때는 톰 머릴린이 바로 이곳, 케임린의 왕실 음유시인이었어. 티어에서 마라돈까지 모든 왕실에 알려진 사람이었지."

"톰이요?" 맷이 말했다.

랜드는 천천히 고개를 끄덕였다. 그는 여왕의 궁정에 있는 톰을, 그의 위풍당당한 태도와 거창한 몸짓을 상상할 수 있었다.

"그렇다니까." 길 씨가 말했다. "타린게일 다모드레드가 죽은 지 얼마 안 됐을 때에…… 톰의 조카 문제가 불거졌다. 어떤 사람들은 톰이, 뭐라고 해야 할까, 적절한 수준 이상으로 여왕님과 가깝다고 말했다. 하지만 무어게이즈 여왕님은 남편을 잃은 젊은 여자였고, 톰은 그때가 전성기였어. 그리고 내 생각이 맞는다면 여왕님께서는 뭐든 자기가 원하는 걸 하실 수 있다. 다만 여왕님께서는 성깔이 좀 있는 편이셨지. 우리 선하신 여왕 무어게이즈님이 말이야. 그리고 톰은 자기 조카가 어떤 문제에 빠졌는지 알자 한마디 말도 없이 떠났다. 여왕님께서는 그걸 탐탁지 않게 여기셨고. 톰이 아이즈 세다이 문제에 끼어드는 것도 싫어했어. 조카 문제야 어떻든 나도 그게 올바른 일이라고는 못하겠다. 아무튼, 톰은 돌아와 몇 가지 이야기를 전했다. 보통 사람들은 여왕님께 하지 않는 이야기였지. 무어게이즈 같은 성정의 여자라면 누구한테든 하지 않는 이야기 말이다. 엘라이다는 톰의 조카 문제에 끼어들려다가 톰과 척을 졌고, 여왕님의 성깔머리와 엘라이다의 적대감에 치인 톰은 감옥으로 가기 반 발짝 전에 케임린을 떠났다. 아니면 망나니의 도끼에 머리가 잘렸을 수도 있지. 내가 아는 한, 톰의 영장은 지금도 유효하다."

"오래전 일이라면," 랜드가 말했다. "아무도 기억 못할지 몰라요."

길 씨가 고개를 저었다. "가레스 브라인이 여왕 호위대 총대장이다. 무어게이즈가 톰을 사슬로 묶어 데려오라고 보낸 호위대를 직접 지휘한 게 바로 그자야. 내 생각에 그자는 빈손으로 돌아와 톰이 이미 궁전으로 돌아왔다가 떠났다는 사실을 알게 된 일을 영영 잊지 않을 거다. 여왕님께서는 **아무것도** 잊지 않고. 여자가 뭘 잊어버리는 것 본 적 있느냐? 뭐, 아무튼 무어게이즈 여왕님은 난처하게 됐지. 장담하는데, 도시 전체가 한 달 내내 발소리를 죽이고 귀엣말을 했어. 그 일을 기억할 만큼 나이가 많은 호위대도 많아. 그러니까 너희가 안다는 그 아이즈 세다이 이야기만큼이나 톰 이야기도 비밀로 하는 게 좋을 거다. 이리 와라. 먹을 걸 좀 주마. 너희 위장이 척추까지 갉아 먹으려 드는 것 같은데."

36장 패턴의 그물

길 씨는 그들을 휴게실 구석의 탁자로 데려간 뒤 종업원 중 한 명에게 음식을 가져다주라고 했다. 랜드는 얇게 썰어 그레이비소스를 뿌린 쇠고기와 겨자잎 한 수저, 감자 두 개씩이 놓인 접시를 보며 고개를 저었다. 하지만 화가 나서 그랬다기보다는 아쉬워서, 낙담해서 고개를 저은 것이었다. 여관 주인이 말했다시피 요즘은 그 무엇도 충분하지 않았다. 랜드는 나이프와 포크를 집어 들고 아무것도 남지 않으면 어떤 일이 벌어질지 생각했다. 그러자 반만 채워진 접시가 잔치처럼 느껴졌다. 몸이 떨렸다.

길 씨는 다른 모든 사람과 멀찍이 떨어진 탁자를 골랐다. 그는 휴게실을 시켜볼 수 있는 곳에 구석을 등지고 앉았다. 길 씨의 눈에 띄지 않고서는 그 누구도 랜드와 맷이 하는 이야기를 엿들을 수 있는 거리에 다가올 수 없었다. 종업원이 떠나자 그가 조용히 말했다. “자, 너희 문제라는 것에 대해 얘기해 보지 그러느냐? 도와주려면 나도 어떤 문제에 발을 들이는 건지 알아야지.”

랜드는 맷을 보았지만 맷은 자기가 자르고 있는 감자에 화가 난다는 듯 접시를 보며 인상을 쓰고 있었다. 랜드는 깊이 숨을 내쉬었다. “사실 저도 잘 모르겠어요.” 그가 입을 열었다.

랜드는 이야기를 간단히 전했다. 트롤록과 희미한 자가 나오는 부분은 빼놓았다. 누군가 도움을 주겠다고 할 때 이 모든 일이 동화에 관한 것이라고 말하는 것은 적절치 않은 일이었다. 하지만 위험을 줄여 말하는 것도 올바르지 않다는 생각이 들었다. 자기가 무슨 일에 발을 담그는지조차 모르는 사람을 끌어들이는 것은 틀린 일이었다. 랜드는 몇 사람이 자신과 맷을 쫓고 있다고 말했다. 둘의 친구 몇 명도 쫓기는 처지였다. 놈들은 전혀 예상치 못한 곳에 나타났고, 대단히 위험했으며 랜드와 친구들을 죽이거나 그보다도 나쁜 일을 저지를 작정이었다. 모레인은 그중 일부가 어둠의 친구라고 말했다. 톰은 모레인을 완전히 믿지 않았지만, 조카 때문에 계속 그들과 함께 머물렀다. 그들은 화이트브리지에 가려던 중 공격을 받아 헤어지게 되었고, 이후에는 화이트브리지에서 톰이 다른 공격으로부터 랜드와 맷을 구하려다가 죽었다. 그 외에도 살해 시도가 있었다. 랜드는 이 이야기에 구멍이 있다는 것을 알았지만, 위험할 정도로 많은 정보를 공개하지 않으면서 짧은 시간 안에 이보다 나은 이야기를 지어낼 수는 없었다.

"저희는 그냥 케임린에 도착할 때까지 계속 이동했어요." 랜드가 설명했다. "그게 처음 계획이었거든요. 케임린으로 갔다가 타 발론으로 가는 거요." 랜드는 불편한 듯 의자 가장자리에서 몸을 움직였다. 너무도 오래 모든 것을 비밀로 하고 나니 이 정도 이야기라도 누군가에게 털어놓는 것이 이상하게 느껴졌다. "그 경로를 벗어나지 않으면 다른 사람들이 곧 우리를 찾을 수 있을 거예요."

"살아 있다면 말이지만." 맷이 접시를 보며 투덜댔다.

랜드는 맷을 보지도 않았다. 그는 왠지 그래야 할 것 같은 마음에 덧붙였다. "저희를 돕다가는 곤란해지실 수 있어요."

길 씨는 통통한 손을 내저었다. "나도 골치 아픈 일을 좋아한다고 할 수는 없지만, 이런 일을 처음 겪은 것도 아니야. 빌어먹을 어둠의 친구 때문에 톰의 친구들을 외면하는 일은 없다. 북쪽에서 왔다는 너희 친구 말인데……. 그 애가 케임린에 오면 내가 소식을 듣게 될 거다. 이 동네에는 그런 식으로 들고 나는 사람들을 지켜보는 사람들이 있고, 소문은 번지기 마련이니까."

랜드는 조금 망설이다가 물었다. "엘라이다를 만나 보는 건 어떻게 생각하세요?"

여관 주인은 망설이다가 결국 고개를 저었다. "좋은 생각 같지는 않다. 너희가 톰과 아무 관계가 없다면 또 모르겠다. 하지만 엘라이다는 너희에게서 톰과의 인연을 탐지해 낼 거야. 그러면 어떻게 되겠느냐? 알 수 없어. 감옥에 갇힐 수도 있고, 그보다 나쁠 수도 있다. 사람들 말로는 엘라이다에게 과거에 무슨 일이 일어났는지, 무슨 일이 벌어질 것인지 느끼는 방법이 있다고 하더구나. 사람이 숨기고 싶어 하는 것을 곧바로 꿰뚫어 볼 수 있다는 거야. 잘 모르겠지만, 나라면 그런 위험을 감수하지 않을 거다. 톰만 아니었으면 너희는 호위병들을 찾아가도 됐을 거다. 호위병들이 어둠의 친구를 빠르게 처리해 줬을 거야. 하지만 너희가 호위병들에게 톰 이야기를 숨긴다 해도, 너희가 어둠의 친구 이야기를 꺼내자마자 그 소식이 엘라이다의 귀에 들어가겠지. 그러면 처음으로 돌아오는 거야."

"호위대에 가는 건 안 되겠네요." 랜드도 동의했다. 맷은 입에 포크를 쑤셔 넣고 아래턱에 그레이비소스를 묻혀 가며 세차게 고개를 끄덕였다.

"문제는, 너희가 정치의 경계선에 걸렸다는 거야. 너희가 원해서 한 게 아니라도 말이지. 정치는 뱀으로 가득한 안개 낀 진창 같은 건데."

"그럼……." 랜드가 입을 열었지만 여관 주인이 갑자기 인상을 썼다. 그가 똑바로 일어나 앉자 그의 덩치에 깔린 의자가 삐걱거렸다.

요리사가 주방 문 앞에 서서 앞치마로 손을 닦고 있었다. 그녀는 여관 주인의 시선을 알아보고 그에게 나가오라고 손짓하더니, 다시 주방으로 사라졌다.

"저 여자랑 결혼할 걸 그랬다니까." 길 씨가 한숨을 쉬었다. "나로서는 무슨 문제가 있는지 알아차리기도 전에 고쳐야 할 것들을 찾아낸단다. 하수구가 막히거나 홈통에 뭐가 낀 게 아니면 쥐가 문제겠지. 난 여관을 깨끗하게 관리한다. 알아 둬. 하지만 도시에 사람이 너무 많아서 사방에 쥐가 들끓고 있다. 사람들을 모아 두면 쥐가 생겨. 케임린에 갑자기 쥐가 역병처럼 들끓었지. 우리 집 고양이는 뛰어난 쥐잡이야. 그 훌륭한 녀석이 요즘 뭘 가져오는지 너흰 모를 거다. 너희 방은 다락에 있어. 종업원들에게 어느 방인지 말해 두마. 그중 누구라도 너희를 안내해 줄 수 있을 거다. 어둠의 친구는 걱정하지 말고. 나는 하얀 망토들에 대해서 별로 좋은 말을 하고 싶지 않다만, 그 놈들과 여왕 호위대가 있으니 어둠의 친구 같은 패거리는 케임린에서 감히 그 더러운 얼굴을 보이지 않을 거다." 그가 의자를 다시 밀어 넣고 일어서자 의자에서 또 한 번 삐걱거리는 소리가 났다. "또 하수구가 막힌 게 아니었으면 좋겠는데."

랜드는 다시 음식을 먹기 시작했지만, 이제 보니 맷은 더 이상 먹지 않고 있었다. "배고픈 줄 알았는데." 랜드가 말했다. 맷은 계속해서 자기 접시를 바라보며 감자 한 조각을 포크로 빙글빙글 돌려 댔다. "뭘 좀 먹어 둬야 해, 맷. 타 발론에 가려면 힘을 유지해야지."

맷은 낮게 씁쓸한 웃음을 터뜨렸다. "타 발론이라고! 그동안은 계속 케임린이라며. 모레인이 케임린에서 우리를 기다릴 거라며. 케임린에서 페린과 에그웨인을 찾게 될 거라며. 케임린에만 가면 모든 게 잘될 거라며. 뭐, 이제 우리가 어떤 꼴이 됐는지 봐. 제대로 된 게 하나도 없어. 모레인도, 페린도, 아무도 없다고. 이제 와서 타 발론에만 가면 모든 게 괜찮을 거라고 하다니."

"우린 살아 있어." 랜드가 말했다. 생각했던 것보다 말이 날카롭게 나갔다. 그는 심호흡을 하고 말투를 누그러뜨리려 애썼다. "살아 있다고. 그것만큼은 잘된 일이지. 그리고 난 계속 살아 있을 생각이야. 우리가 이렇게까지 중요한 사람이 된 이유를 알아낼 생각이야. 난 포기하지 않아."

"사람이 저렇게 많은데 누구나 어둠의 친구일 수 있어. 길 씨는 어색할 정도로 빠르게 우리를 도와주겠다고 약속했어. 대체 어떤 사람이 아이즈 세다이랑 어둠의 친구 문제를 아무렇지 않게 넘겨 버려? 자연스럽지 않아. 괜찮은 사람이라면 누구나 우리한테 나가라고 하거나, 아니면……. 아니면 다른 말을 했을 거야."

"밥 먹어." 랜드는 부드럽게 말하며 맷이 쇠고기 조각을 씹기 시작할 때까지 지켜보았다.

랜드 자신의 손은 잠시 접시 옆에 두었다. 떨리지 않게 하느라 탁자에 바짝 대고 있었다. 랜드는 두려웠다. 물론 길 씨가 두려운 것은 아니었다. 하지만 그 문제가 아니라도 두려워할 것은 많았다. 저 높은 도시 장벽도 희미한 자를 막지는 못할 것이다. 어쩌면 여관 주인에게 그 말을 해야 할지도 몰랐다. 하지만 길이 그 말을 믿는다 한들, 희미한 자가 여왕의 축복에 나타날 수 있다고 생각하면 전처럼 기꺼이 도와주려 할까? 쥐도 문제였다. 어쩌면 쥐들은 실제로 사람이 많은 곳에 들끓는 것일지도 몰랐다. 하지만 랜드는 베얼론에서 꾸었던 꿈 아닌 꿈속에서 쥐의 조그만 척추가 부러졌던 일을 떠올렸다. **때로 어둠의 존재는 시체를 먹는 동물들을 눈으로 활용한다.** 란은 그렇게 말했었다. **갈까마귀, 까마귀, 쥐…….**

랜드는 음식을 먹었지만 다 먹고 나서는 음식 맛이 한 입도 기억나지 않았다.

랜드 일행이 들어왔을 때 촛대에 윤을 내고 있던 종업원이 그들을 다락방으로 데리고 올라갔다. 지붕창이 비스듬한 바깥쪽 벽에 뚫려 있었고, 그 창문 양옆으로 침대가 하나씩 있었으며 문 옆에는 소지품을 걸어 둘 수 있는 못이 여러 개 있었다. 검은 눈의 소녀는 랜드를 볼 때마다 치마를 비틀며 키득거리는 경향이 있었다. 그녀는 예뻤지만, 랜드는 자기가 그녀에게 말을 거는 순간 바보가 될 뿐이라는 것을 알고 있었다. 그녀를 보고 있자니 페린처럼 여자들과 지낼 수 있으면 좋겠다는 생각이 들었다. 그녀가 떠나자 다행스러운 마음이 들었다.

랜드는 맷이 무슨 말을 할 거라고 예상했지만, 여자가 떠나자마자 맷은 망토와 장화를 벗지 않은 채로 침대에 몸을 던지더니 벽을 마주 보았다.

랜드는 맷의 뒷모습을 지켜보며 소지품을 걸었다. 맷이 다시 손을 코트 밑에 집어넣은 채 그 단검을 쥐고 있으리라는 생각이 들었다.

"그냥 여기 숨어서 누워 있을 거야?" 마침내 랜드가 말했다.

"피곤해." 맷이 웅얼거렸다.

"아직 길 씨한테 물어볼 게 남아 있어. 어쩌면 우리한테 에그웨인과 페린을 찾아볼 방법을 이야기해 주실지도 몰라. 말에서 떨어지지만 않았으면, 지금쯤 그 둘은 이미 케임린에 와 있을 수도 있어."

"걔들은 죽었어." 맷이 벽에 대고 말했다.

랜드는 망설이다가 포기했다. 그는 맷이 정말로 잠을 자기를 바라며 조용히 문을 닫고 나왔다.

하지만 아래층에 가 보니 길 씨가 어디에도 보이지 않았다. 요리사의 날카로운 눈빛을 보니 그녀도 길 씨를 찾고 있는 듯했다. 랜드는 잠시 휴게실에 앉아 있었지만, 자기도 모르게 들어오는 모든 손님을 눈여겨보게 되었다. 낯모르는 사람들은 누군가일 수도, 무엇일 수도 있었으니까. 특히 망토를 입은 검은 형체가 문 앞에 처음 윤곽선을 보이는 순간이면 특히 그랬다. 희미한 자가 휴게실에 들어온다면 여우를 닭장에 풀어놓는 격이 될 터였다.

호위대가 거리에서 들어왔다. 빨간 제복을 입은 남자가 문 바로 안쪽에 서서 냉정한 눈으로 도시 바깥에서 온 것이 분명한 휴게실 사람들을 훑어보았다. 호위병의 눈이 자신에게 닿자 랜드는 탁자 윗부분을 살펴보았다. 다시 고개를 들었을 때는 남자가 사라지고 없었다.

검은 눈의 종업원이 수건을 한 아름 들고 지나가고 있었다. "가끔 저래요." 그녀는 지나가면서 고백하듯 말했다. "그냥 문제가 없는지 확인하려고요. 저 사람들은 여왕님의 선량한 백성들을 돌보거든요. 정말로요. 걱정하실 것 없어요." 그녀가 킥킥댔다.

랜드는 고개를 저었다. 랜드에게는 걱정할 이유가 없었다. 호위병이 다가와 톰 머릴린을 아느냐고 물을 것도 아니고. 랜드도 맷만큼 의심증이 심각해져 가고 있었다. 그는 바닥을 긁으며 의자를 뒤로 밀었다.

다른 종업원이 벽에 쭉 걸려 있는 등불의 기름을 살피고 있었다.

"앉아 있을 만한 다른 방이 있나요?" 랜드가 그녀에게 물었다. 위층으로 돌아가 시무룩하게 토라진 맷과 함께 갇혀 있고 싶지는 않았다. "지금 아무도 쓰지 않고 있는 개별 식사 공간이라든지요."

"도서관이 있어요." 여자가 문을 가리켰다. "저기를 지나서 오른쪽으로 가면 복도 끝에 있죠. 지금 시간에는 비어 있을 수도 있어요."

"감사합니다. 길 씨를 보면 혹시 시간을 내 주실 수 있는지 물어봐 주시겠어요? 랜드 알소르가 할 말이 있다고요."

"그럴게요." 종업원은 그렇게 말하더니 미소 지었다. "요리사님도 길 씨와 이야기하고 싶어 하시던데."

랜드는 종업원에게서 돌아서며 여관 주인이 아마 숨어 있나 보다 하고 생각했다.

랜드는 종업원이 안내해 준 방에 들어갔을 때 멈추어 서서 그곳을 빤히 바라보았다. 책장에는 300권, 어쩌면 400권의 책이 꽂혀 있었다. 랜드는 한 장소에서 그렇게 많은 책을 본 적이 없었다. 천으로 장정된 것도, 가죽으로 장정하고 책등에 금박을 입힌 것도 있었다. 표지가 나무로 된 책은 몇 권밖에 없었다. 랜드의 눈은 오래전부터 좋아하던 책들을 골라내며 책 제목을 먹어 치웠다. 『제인 파스트라이더의 여행』, 『마네체스의 윌리엄 수기』, 랜드는 『바다 민족의 항해』 가죽 장정본을 보고 숨이 턱 막혔다. 탬이 늘 읽고 싶어 하던 책이었다.

미소 띤 얼굴로 책을 뒤집어 보고 그 감촉을 느껴 본 다음 파이프를 문 채 난로 앞에 앉아 책을 읽으려는 탬을 상상하던 랜드의 손이 칼자루를 꽉 쥐었다. 책에서 느낀 모든 기쁨을 축축하게 적시는 상실감과 공허함이 느껴졌다.

등 뒤에서 누군가가 목을 가다듬었다. 랜드는 문득 혼자가 아니라는 것을 알게 되었다. 그는 버릇없이 굴어서 미안하다고 사과할 생각으로 뒤를 돌아보았다. 그는 만나는 거의 모든 사람보다 키가 큰 존재로 사는 데 익숙해져 있었지만, 이번만큼은 그의 시선이 위로, 위로, 위로 움직였다. 랜드의 입이 쩍 벌어졌다. 이어 랜드는 3미터 높이의 천장에 거의 닿아 있는 머리를 보았다. 고는 얼굴만큼이나 넓었다. 너무 넓어서 코라기보다는 주둥이에 가까웠다. 꼬리처럼 처져 찻잔만큼 커다란 옮은 색깔 눈을 둘러싸고 있는 눈썹. 덥수룩한 검은 갈기를 뚫고 나온 뾰족한 귀. 그 귀 끝에는 술이 달려 있었다. **트롤록이다!** 랜드는 비명을 지르며 뒷걸음질 쳐 칼을 뽑으려 했다. 하지만 발이 꼬이는 바람에 세게 주저앉았다.

"너희 인간들이 그런 행동을 하지 않으면 참 좋겠는데 말이지." 북소리만큼 깊은 목소리가 울렸다. 술 달린 귀가 격렬히 움찔거렸다. 목소리가 슬퍼졌다. "너희 중 우리를 기억하는 자들이 너무 적어. 아마 우리 잘못이겠지.

우리 중 웨이에 그림자가 드리운 이후로 인간 사이에 섞여 든 이는 많지 않으니까. 그건……. 아, 이제 여섯 세대 전이네. 100년 전쟁 직후였으니.” 덥수룩한 머리가 흔들리며 황소에게나 어울릴 법한 한숨을 내쉬었다. “너무 오래됐어, 너무 오래됐지. 이리로 와서 본 자들이 너무 적어서 아예 아무도 오지 않았다고 할 정도야.”

랜드는 입을 쩍 벌린 채 잠시 그 자리에 앉아 상대를 올려다보았다. 그는 발가락 부분이 큼직하고 무릎까지 올라오는 장화를 신고 있었다. 짙은 파란색 옷은 목에서 허리까지 단추가 채워져 있고 그 이후로는 헐렁한 바지 위로 킬트를 걸친 것처럼 장화 윗부분까지 확 펼쳐지는 형태였다. 그의 한 손에는 체구와 비교해 너무 작아 보이는 책이 들려 있었다. 사람 손가락의 세 배 넓이는 되는 한 손가락이 읽던 자리를 표시하고 있었다.

“난 네가…….” 랜드는 그렇게 말했다가 입을 다물었다. “넌 무슨……?” 그것도 별로였다. 랜드는 자리에서 일어나 머뭇머뭇 손을 내밀었다. “내 이름은 랜드 알소르야.”

햄처럼 커다란 손이 랜드의 손을 삼켰다. 여기에 예의를 차려 허리까지 굽혔다. “나는 할란의 아들 아렌트의 아들 로이알이야. 너의 이름이 내 귓가에 노랫소리처럼 들리는구나, 랜드 알소르.”

랜드가 듣기에 그 말은 의례적인 인사말 같았다. 랜드도 마주 절했다. “네 이름이 내 귓가에 노랫소리처럼 들려, 할란의 아들……. 어……. 아렌트의 아들 로이알.”

이 모든 일이 조금은 비현실적으로 느껴졌다. 랜드는 지금도 로이알이 **무엇인지** 알 수 없었다. 랜드의 손을 쥐는 로이알의 커다란 손가락은 놀라울 정도로 부드러웠지만, 그래도 랜드는 손을 부서지지 않은 채로 빼내자 마음이 놓였다.

“인간들은 너무 쉽게 흥분해.” 로이알이 저음의 울리는 소리로 말했다. “물론 온갖 이야기를 듣고 책을 읽기는 했지만, 잘 몰랐어. 케임린에 온 첫날에 그런 소란이 일어날 줄이야. 아이들은 울고 여자들은 비명을 지르더라. 폭도들이 도시 전체를 가로지르며 나를 쫓았어. 곤봉이며 칼이며 횃불을 휘두르면서, '트롤록이다!'라고 소리치면서 말이야. 유감이지만, 하마터면 조금 기분이 나빠질 뻔했어. 여왕의 호위병 일부가 와 주지 않았다면 무슨 일이 일어났을지 모르겠어."

"다행이었네." 랜드가 희미하게 말했다.

"그러게. 하지만 호위병들조차 거의 다른 사람들만큼 나를 두려워하는 것 같았어. 나는 오늘로써 나흘째 케임린에서 지내고 있는데, 이 여관 밖으로 코빼기도 내비치지 못했어. 길 씨는 심지어 나더러 휴게실조차 쓰지 말라고 부탁하더라니까." 로이알의 귀가 움찔거렸다. "말해 두지만, 그렇다고 길 씨가 나를 잘 대우하지 않은 건 아니야. 단지 첫날 밤에 좀 문제가 있어서 그래. 인간들이 모두 즉시 떠나고 싶어 했거든. 어마어마하게 비명과 고함을 질러 댔어. 다들 동시에 문으로 도망치려 했지. 그중 일부가 다칠 수도 있었어."

랜드는 매료된 채 로이알의 움찔거리는 귀를 바라보았다.

"분명히 말하지만, 내가 **스테딩**을 떠난 건 이런 꼴을 보기 위해서가 아니었어."

"오기어로구나!" 랜드가 소리쳤다. "잠깐! 여섯 세대라고? 100년 전쟁 얘기를 했잖아? 대체 몇 살이야?" 랜드는 말을 하자마자 자기가 무례한 소리를 했다는 것을 알았지만, 로이알은 불쾌감을 느낀다기보다는 변명처럼 말했다.

"90살." 오기어가 딱딱하게 말했다. "10년만 더 있으면 나도 그루터기에서 연설할 수 있어. 원로들께서 내가 떠나도 되는지, 아닌지 결정하신 만큼 내게 발언 기회를 주실 거야. 하긴, 그분들은 늘 누군가 밖으로 나가는 걸 걱정하시니까. 나가고 싶어 하는 오기어의 나이와는 상관없이 말이야. 너희 인간들은 너무 성급하고 실수가 많거든." 오기어는 눈을 깜빡이며 짧게 허리를 숙였다. "미안. 그런 말은 해서는 안 되는 거였는데. 하지만 너희가 별 필요가 없을 때조차 늘 싸우는 것은 사실이니까."

"괜찮아." 랜드가 말했다. 그는 지금도 로이알의 나이를 받아들이려 애쓰고 있었다. 센 부이보다도 나이가 많은데, 저 나이로는 아직 부족하다니……. 랜드는 등받이가 높은 의자에 앉았다. 로이알은 두 사람이 앉도록 만들어진 다른 의자에 앉았다. 의자가 꽉 찼다. 자리에 앉은 로이알은 서 있는 대부분의 남자와 키가 같았다. "최소한 원로들이 널 보내 주긴 했네."

로이알은 바닥을 내려다보며 코에 주름을 잡더니 두꺼운 손가락으로 그 코를 문질렀다. "글쎄, 그건 말이지. 뭐랄까, 그루터기 회합이 열리는 시간이 너무 짧았어. 채 1년도 열리지 않더라니까. 근데 난 여기저기서 들은 게 있거든. 그래서 그루터기 회합에서 어떤 결론에 이를 때쯤에는 내가 그루터기의 허가 없이도 바깥세상에 나갈 수 있는 나이가 된다는 걸 알았지. 유감스럽게도 도끼에는 긴 자루를 달아야 한다는 말이 있지만, 나는 그냥…… 떠났어. 원로들께서는 늘 내가 너무 성급하다고 하셨어. 유감스럽게도 내가 그분들 의견이 옳다는 걸 증명한 셈이 됐지만. 지금쯤은 내가 사라진 걸 눈치채셨는지 모르겠네. 어쨌든 나는 떠나야만 했어."

랜드는 웃음을 참으려고 입술을 깨물었다. 로이알이 성급한 오기어라면, 대부분의 오기어가 어떤 식일지 상상이 되었다. 그루터기 회합이 열리는 시간이 너무 짧았다고? 1년도 열리지 않았다고? 알비어 씨라면 놀라서 고개를 저을 것이다. 마을 위원회는 반나절만 열려도 모두가 펄쩍펄쩍 뛸 터였다. 하랄 루한까지도 말이다. 그리움이 랜드를 휩쓸었다. 탬과 에그웨인, 와인스프링 여관, 행복하던 시절 그린에서의 벨 타인 행사가 떠올라 숨 쉬기가 어려웠다. 랜드는 억지로 그 기억을 떨쳐 냈다.

"이런 질문 해도 될지 모르겠는데." 랜드는 목을 가다듬으며 말했다. "넌 어째서 그렇게까지…… 어, 바깥세상에 가고 싶었어? 나는 절대로 집을 떠나고 싶지 않았는데."

"그야, 구경을 하고 싶었으니까." 로이알은 세상에 이보다 분명한 일은 없다는 듯이 말했다. "나는 책과 모든 여행자 수기를 읽었어. 그러자 읽지만 말고 직접 봐야겠다는 욕구가 내 안에서 타오르기 시작했지." 그의 옆은 눈이 초롱초롱해졌고, 귀가 쫑긋 섰다. "나는 여행에 관해, 웨이에 관해, 인간 서식지의 관습과 세계의 파괴 이후 우리가 인간들에게 지어 준 도시에 관해 찾을 수 있는 모든 자료를 공부했어. 읽으면 읽을수록 바깥세상으로, 우리가 한때 있었던 곳으로 가서 직접 덤불을 직접 봐야겠다는 확신이 생겼지."

랜드는 눈을 깜빡였다. "덤불?"

"응. 덤불. 숲. 물론, **스테딩**에 대한 기억을 생생히 살려 둘 만큼 하늘 높이 솟아 있는 위대한 나무는 몇 그루밖에 없지." 로이알이 손짓하며 몸을 앞으로 숙이자 그의 의자가 신음했다. 로이알은 한 손에 여전히 책을 들고 있었다. 그의 눈은 어느 때보다 초롱초롱했으며, 그의 귀는 거의 떨리고 있었다. "대체로 사람들은 이 땅과 이 장소의 나무들을 이용했어. 하지만 땅이 스스로에게 역행하도록 만들 수는 없는 거야. 오랫동안 그럴 수는 없지. 땅이 반란을 일으킬 테니까. 계획에 땅을 맞추는 게 아니라 땅의 계획에 맞춰 계획을 세워야 해. 모든 덤불에는 그 지역에서 자라고 번창할 만한 모든 나무가 심겼어. 모든 나무가 서로 균형을 이루었고, 서로 보완할 만한 자리에 자리 잡고 있었지. 물론 생장에 가장 좋도록 배치한 것이지만, 그 균형이 눈과 마음에도 노래처럼 느껴지도록 하려는 것이기도 했어. 아, 책에 따르면 덤불은 원로들이 흐느끼는 동시에 웃도록 만들어졌다고 해. 기억 속에 영원히 푸르게 남아 있을 수풀이었대."

"도시는?" 랜드가 물었다. 로이알은 그를 어리둥절한 표정으로 바라보았다. "도시 말이야. 오기어가 지은 도시들. 예를 들면 여기, 케임린도 그렇고. 오기어가 케임린을 지은 것 아니야? 이야기에 따르면 그렇던데."

"돌을 다루는 일이라……." 로이알은 거대한 어깨를 으쓱했다. "그건 단지 세계의 파괴 이후 몇 년 동안 추방 당시에 배운 기술이었을 뿐이야. 우리가 다시 **스테딩**을 찾아 보려고 아직 노력하던 시기였지. 그것도 좋은 기술이긴 하겠지만, 진실한 건 아니야. 아무리 노력해도—책에서 보니 그 도시들을 지은 오기어가 정말로 노력했다고 하더라—돌을 살아 숨 쉬게 만들 수는 없거든. 지금도 돌로 작업하는 오기어가 있긴 하지만, 그야 인간들이 전쟁을 일으켜 건물을 너무 자주 망가뜨리기 때문이지. 예전에……. 어……. 지금 이름으로는 케예리엔에 오기어가 몇 사람 있었어. ……내가 지나갔을 때 말이야. 다행히도 그 오기어들은 다른 **스테딩** 출신이어서 나에 대해 잘 몰랐지만, 내가 이토록 어린 나이에 바깥세상에 나와 있는 걸 보고는 수상하게 여겼지. 내가 거기 머물 이유가 없다는 것도 똑같이 이상했을 거야. 아무튼, 너도 보면 알겠지만 석재 작업은 패턴의 직조에 따라 우리 손에 떠맡겨진 일일 뿐이야. 덤불은 가슴에서 우러나는 것이고."

랜드는 고개를 저었다. 그가 어렸을 때 들은 이야기 절반이 방금 뒤집혔다. "오기어도 패턴을 믿는 줄은 몰랐어, 로이알."

"당연히 믿지. 시간의 물레는 세월의 패턴을 직조하고, 삶이 바로 그 물레가 사용하는 실이야. 자기 인생이라는 실이 패턴에 어떻게 짜여 들어갈지, 어떻게 사람들의 실이 서로 얽힐지 알 수 있는 자는 아무도 없어. 패턴은 우리에게 세계의 파괴와 추방을, 석재와 그리움을 가져다주었고 결국은 우리 모두가 죽기 전에 **스테딩**을 돌려주었어. 때로 나는 너희 인간들이 지금 같은 모습인 건 너희의 실이 너무 짧기 때문이라는 생각이 들어. 직조 과정에서 폴짝폴짝 뛰어다녀야 하는 거지. 아, 이런. 또 경솔한 말을 했네. 원로들께서 인간들은 너희가 얼마나 짧은 삶을 사는지 일깨워 주는 걸 좋아하지 않는다고 하셨는데. 나 때문에 감정이 다치지 않았기를 바라."

랜드는 웃으며 고개를 저었다. "전혀 안 그래. 너희처럼 오래 살면 재미있겠지만, 사실 별로 생각해 보지는 않아서. 센 부이만큼만 오래 살면 모두 만족할 것 같은데."

"무척 나이가 많은 사람인 모양이지?"

랜드는 고개만 끄덕였다. 센 부이가 로이알과 비슷한 나이라고 설명할 생각은 없었다.

"글쎄," 로이알이 말했다. "너희 인간들이 짧은 인생을 살아가는 건 맞지만, 너희는 그 짧은 삶으로 아주 많은 걸 해. 늘 뛰어다니고, 늘 서두르면서 말이야. 게다가 너희는 그 모든 일을 할 세상을 가지고 있어. 우리 오기어들은 **스테딩**에 매여 있지만."

"넌 바깥세상에 있잖아."

"당분간 그럴 뿐이야, 랜드. 결국은 돌아가야 해. 이 세상은 네 거야. 너랑 너희 종족 것. **스테딩**이 내 것이고. 바깥세상에는 요란한 일이 너무 많아. 내가 책에서 읽은 내용과는 너무 많이 달라지기도 했고."

"뭐, 세월이 지나면 바뀌기 마련이니까. 어쨌든, 일부는 바뀌잖아."

"일부라고? 내가 책에서 읽은 도시의 절반은 더 이상 존재하지도 않아. 나머지 대부분은 이름이 바뀌었고. 케에리엔을 봐. 그 도시의 제대로 된 이름은 알케이래이널렌, 즉 황금빛 새벽의 언덕이야. 깃발에 그토록 새벽빛이 내리쬐는데도 사람들은 그 점을 기억조차 못하더라. 그곳의 덤불도 마찬가지야. 트롤록 전쟁 이후로는 아무도 돌보지 않은 것 같던데. 지금은 그냥 또 하나의 숲, 장작을 모으는 숲이 되었더라고. 위대한 나무들은 전부 사라졌고, 아무도 그 나무들을 기억하지 않아. 여기는 또 어떻고? 케임린은 여전히 케임린이지만, 사람들은 도시가 덤불을 뒤덮으며 자라도록 내버려 뒀어. 우리가 앉아 있는 바로 이곳이 덤불 중심부에서 458미터도 떨어져 있지 않아. 그러니까, 덤불의 중심부가 있어야 할 곳에서 말이야. 덤불은 나무 한 그루 남지 않았더라. 나는 티어와 일리안에도 가 봤어. 이름은 달라졌고 기억은 사라졌던데. 티어에는 덤불이 있던 자리에 말을 키우는 방목장만이 있었고, 일리안에서는 덤불이 왕이 사슴 사냥을 하러 다니는 공원이 되었어. 왕의 허락을 받지 않으면 아무도 그곳에 들어가지 못해. 모든 것이 바뀌었어, 랜드. 어디를 가든 마찬가지일까 봐 무척 겁이 나. 모든 덤불과 기억이 사라지고 모든 꿈이 죽어 버렸어."

"포기하면 안 돼, 로이알. 절대로 포기하면 안 돼. 포기하면 죽은 거나 다름없어." 랜드는 얼굴이 붉어져, 최대한 깊숙이 의자에 주저앉았다. 그는 오기어가 비웃을 것이라고 생각했지만, 로이알은 대신 진지하게 고개를 끄덕였다.

"그래, 그게 바로 너희 종족의 방식이지." 오기어의 목소리가 바뀌었다. 꼭 무언가를 인용하는 듯했다. "그림자가 사라질 때까지, 물이 사라질 때까지, 이빨을 드러내며 그림자 속으로, 마지막 숨결로 저항의 비명을 지르며, 최후의 날 눈을 멀게 하는 자에게 침을 뱉으러." 로이알은 뭔가 기대하는 것처럼 덥수룩한 머리를 기울였지만, 랜드는 그가 대체 뭘 기대하는지 전혀 알 수 없었다.

로이알이 기다리는 동안 1분이 지나고, 또 지났다. 그의 긴 눈썹이 어리둥절하다는 듯 아래로 처지기 시작했다. 그래도 로이알은 기다렸다. 랜드는 침묵이 불편하게 느껴지기 시작했다.

"위대한 나무 말인데." 결국 랜드가 말했다. 그냥 침묵을 깨기 위해서였다. "**아벤데소라**를 말하는 거야?"

로이알이 벌떡 일어나 앉았다. 그의 의자가 너무 시끄럽게 끽끽대고 삐걱거려서 랜드는 의자가 부서질 거라고 생각했다. "그렇게까지 모른단 말이야? 다른 사람도 아니고 네가."

"나? 내가 어떻게 알아?"

"농담하는 거야? 때로 아이일 사람들은 아주 이상한 것을 우습다고 생각하더라."

"뭐라고? 난 아이일 사람이 아니야! 나는 투 리버스에서 왔어. 아이일 사람은 본 적도 없어!"

로이알은 고개를 저었다. 그의 귀 끝에 달린 술이 바깥으로 축 처졌다. "내가 그랬지? 모든 것이 바뀌었다고. 내가 아는 지식의 절반은 쓸모가 없어. 나 때문에 불쾌하지 않았으면 좋겠네. 분명 네가 사는 투 리버스도 아주 좋은 곳이겠지. 어디인지는 모르겠지만."

"어떤 사람이 말해 준 건데," 랜드가 말했다. "투 리버스는 한때 마네세렌이라고 불렸대. 나는 한 번도 그 이름을 들어본 적이 없지만, 너라면 혹시……."

오기어의 귀가 기쁜 듯 쫑긋 섰다. "아! 그래. 마네세렌이라." 귀털이 다시 처졌다. "거기에는 아주 멋진 덤불이 있었어. 네 고통이 내 가슴속에 노래를 부른다, 랜드 알소르. 우린 제때 도착하지 못했어."

로이알은 앉은 자리에서 허리를 숙여 절했고 랜드도 마주 절했다. 그렇게 하지 않으면 로이알이 상처를 받거나, 최소한 그를 무례하다고 생각할 것 같았다. 랜드는 로이알이 랜드도 오기어와 같은 기억력을 가지고 있다고 생각하는 것은 아닌지 궁금했다. 로이알의 입가와 눈가는 확실히 랜드와 고통스러운 상실감을 나누는 것처럼 아래로 처져 있었다. 마치 마네세렌의 파괴가 2000년 전이 아닌 가까운 과거에 일어난 일인 것처럼. 랜드가 그 사건을 아는 이유는 단지 모레인의 이야기를 들었을 뿐이기 때문인데도.

잠시 후 로이알이 한숨을 쉬었다. "물레는 돌아가." 그가 말했다. "하지만 물레가 돌아간다는 걸 아는 이는 아무도 없어. 아무튼, 너도 거의 나만큼 고향에서 먼 곳까지 왔네. 현재 상황을 생각해 보면 상당한 거리야. 물론, 웨이가 자유롭게 열려 있을 때라면 모르지만……. 그건 오래전 일이니까. 말해 봐, 어쩌다 이 먼 곳까지 온 거야? 너도 뭔가 보고 싶은 게 있었어?"

랜드는 가짜 드래건을 보러 왔다고 말하려 했으나 차마 그럴 수 없었다. 아마 로이알이 90살인데도 랜드보다 나이가 많은 것처럼 굴지 않았기 때문이었을 것이다. 어쩌면 오기어에게는 90살이라는 나이가 랜드보다 많지 않은 것일지도 몰랐다. 랜드는 오랫동안 누구와도 지금 일어나는 일에 관해 이야기다운 이야기를 나누지 못했다. 늘 상대가 어둠의 친구이거나 랜드를 어둠의 친구라고 생각할지 몰라 겁이 났다. 맷은 자기 생각에만 빠져서, 자신의 의심에서 나오는 두려움을 먹고 살았기에 좋은 대화 상대가 아니었다. 랜드는 자기도 모르게 로이알에게 겨울의 밤 이야기를 하고 있었다. 어둠의 친구들에 관한 애매한 이야기가 아니라, 트롤록이 문을 부수고 들어왔으며 희미한 자가 채석장 길에 나타났다는 진실한 이야기였다.

마음 한구석에서는 이런 일을 하는 자신이 경악스러웠다. 하지만 랜드는 거의 두 사람이 된 것 같은 기분이었다. 한 사람은 입조심을 하려 들고, 다른 사람은 이제야 이 모든 이야기를 전할 수 있어 안도감만 느꼈다. 그 결과 랜드의 말은 꼬이고 엉키고 끊겼다. 샤다 로고스에서 어둠 속에 친구들을 잃었나는 이야기와 그들이 살아 있는지, 죽었는지조차도 모른다는 이야기. 화이트브리지에 희미한 자가 나타났으며 톰이 랜드와 맷을 탈출시키려다가 죽은 이야기. 베얼론에 나타난 희미한 자 이야기. 이후에 나타난 어둠의 친구들, 그러니까 하월 고드와 그들을 두려워하던 소년, 맷을 죽이려던 여자의 이야기. 거위와 왕관 여관에 나타난 반인 이야기.

꿈에 관해 횡설수설 떠들기 시작했을 때는 이야기를 하고 싶어 하는 마음조차 바짝 긴장했다. 랜드는 이를 꽉 다무느라 혀를 깨물었다. 그는 코로 거칠게 숨을 쉬며 경계하는 눈으로 오기어를 지켜보았다. 랜드는 자기 이야기가 오기어에게 악몽에 관한 것으로 들렸기를 바랐다. 빛이 아실 일이지만, 그 모든 이야기는 실제로 악몽처럼 들렸다. 누구에게든 악몽을 꾸게 할 만한 이야기이거나. 어쩌면 로이알은 그냥 랜드가 미쳐 간다고 생각할지도 몰랐다. 어쩌면…….

"**타비렌.**" 로이알이 말했다.

랜드는 눈을 깜빡였다. "응?"

"**타비렌.**" 로이알은 뭉툭한 손가락으로 뾰족한 귀 뒷부분을 문지르며 어깨를 조금 으쓱했다. "하만 원로께서는 늘 내가 잘 들을 줄 모른다고 하셨지만, 가끔은 나도 잘 들었어. 가끔은 말이야. 너도 물론 패턴이 어떻게 짜이는지는 알겠지?"

"딱히 생각해 본 적은 없는데." 랜드가 천천히 말했다. "패턴이야 그냥 있는 거잖아."

"음, 뭐, 그래. 딱히 그런 건 아니야. 너도 알겠지만, 시간의 물레는 세월의 패턴을 직조해. 물레가 사용하는 실은 삶이고. 패턴이 언제나 고정되어 있는 건 아니야. 사람이 자기 인생의 방향을 바꾸려 들면 패턴은 그럴 만한 공간을 남겨 줘. 물레는 그냥 패턴을 직조하면서 그 인생을 받아들이는 거야. 작은 변화를 일으킬 공간은 언제나 있어. 하지만 때로는, 아무리 열심히 노력해도 패턴이 커다란 변화를 받아들이지 않아. 무슨 말인지 알겠어?"

랜드는 고개를 끄덕였다. "난 농장에서 살 수도 있었고, 에먼즈 필드에서 살 수도 있었어. 그게 작은 변화였겠지. 하지만 내가 왕이 되고 싶었다면……." 랜드가 웃자 로이알은 얼굴이 거의 절반으로 쪼개질 것처럼 활짝 미소 지었다. 그의 치아는 흰색이었고, 끌처럼 널찍했다.

"그래, 바로 그거야. 하지만 때로는 변화가 너를 선택하기도 해. 아니면 물레가 너를 위해 변화를 선택하기도 하지. 때로는 물레가 삶이라는 실 한 가닥, 혹은 몇 가닥을 구부려서 근처의 모든 실이 어쩔 수 없이 그 실을 중심으로 소용돌이치게 돼. 그래서 또 다른 실들이 어쩔 수 없이 움직이고, 그 실 때문에 또 다른 실들이 어쩔 수 없이 움직여. 그런 식으로 계속되는 거야. 그물을 짜기 위한 그 첫 번째 구부림을 **타비렌**이라고 해. 무슨 짓을 해도 그걸 바꿀 순 없어. 패턴 자체가 변하기 전까지는 말이야. 그물—**타마랄아일렌**이라고 하지—은 몇 주, 혹은 몇 년 동안 계속될 수 있어. 한 마을이나 심지어 패턴 전체를 받아들일 수 있지. 아터 호크윙이 **타비렌**이었어. 그렇게 치면 동족살해자 루스 세린도 마찬가지였겠지." 로이알은 우렁우렁한 목소리로 웃었다. "하만 원로께서 날 자랑스러워하시겠는데. 하만 원로님은 늘 지루하게 웅얼거리면서 말씀하셨고, 여행책이 훨씬 더 재미있었어. 하지만 가끔은 나도 들었단 말이야."

"다 좋은데." 랜드가 말했다. "그게 나랑 무슨 상관인지 모르겠어. 나는 또 다른 아터 호크윙이 아니라 양치기야. 맷이나 페린도 마찬가지고. 이건 그냥……. 말도 안 돼."

"나도 네가 아터 호크윙이라는 뜻으로 한 말은 아니야. 하지만 네 이야기를 듣고 있으니 패턴이 돌아가는 소리가 들릴 것만 같았어. 이런 면에서 난 아무 재능이 없는데도 말이야. 너는 **타비렌**이 맞아. 네 친구들도 그렇고." 오기어는 잠시 말을 멈추더니 생각에 잠겨 널찍한 콧등을 문질렀다. 마침내 그는 어떤 결정에 도달한 듯 혼자 고개를 끄덕였다. "너랑 같이 여행하고 싶어, 랜드."

랜드는 잠시 그를 빤히 보며 자기가 제대로 들은 것이 맞는지 고민했다. "나랑?" 말을 할 수 있게 되자 랜드가 소리쳤다. "내가 한 말 못 들었어……?" 랜드는 갑자기 문을 보았다. 문은 꽉 닫혀 있었고, 반대편에서 엿들으려는 사람이 나무 판에 귀를 바짝 대더라도 그저 웅얼거리는 소리밖에 듣지 못할 만큼 두꺼웠다. 그래도 랜드는 목소리를 낮추었다. "누가 나를 쫓는지에 대해서 말이야. 아무튼, 난 네가 덤불을 보러 가고 싶어 하는 줄 알았는데."

"타 발론에 아주 훌륭한 덤불이 있어. 나는 아이즈 세다이에게 그 덤불을 잘 돌봐 달라고 했고. 거기다 내가 보고 싶은 건 덤불만이 아니야. 아마 넌 또 다른 아터 호크윙이 아니겠지만, 최소한 당분간은 세계의 일부가 너를 중심으로 형성될 거야. 아마 지금도 그러고 있을걸. 하만 원로님조차 그런 건 보고 싶어 하실 거야."

랜드는 망설였다. 다른 일행이 생기면 좋을 것 같았다. 맷의 태도를 생각해 보면, 그와 함께 지내는 것은 거의 혼자 지내는 것과 마찬가지였다. 오기어는 위로가 되는 존재였다. 로이알은 오기어식 나이로 어릴지도 모르지만, 바위처럼 흔들리지 않는 것으로 보였다. 탬과 똑같았다. 게다가 로이알은 온갖 곳에 가 보았고, 다른 사람들에 대해 잘 알았다. 랜드는 인내심의 표본 같은 넓은 얼굴로 그 자리에 앉아 있는 오기어를 바라보았다. 거기에 앉아서, 대부분의 서 있는 사람보다도 큰 키로 존재하는 모습을. **키가 거의 3미터에 이르는 사람을 어떻게 숨기지?** 랜드는 한숨을 쉬며 고개를 저었다.

"그건 좋은 생각이 아닌 것 같아, 로이알. 모레인이 여기서 우리를 발견하더라도 우리는 타 발론에 가는 내내 위험할 거야. 모레인이 우리를 찾지 못하면……." **그 얘기는 모레인이 죽었고, 다른 사람도 다 죽었다는 뜻인데. 아, 에그웨인.** 랜드는 고개를 저었다. 에그웨인은 죽지 않았고, 모레인은 그들을 찾을 터였다.

로이알은 가엾다는 듯 랜드를 보며 그의 어깨를 어루만졌다. "분명 네 친구들은 잘 있을 거야, 랜드."

랜드는 고맙다는 뜻으로 고개를 끄덕였다. 목이 너무 조여 와서 말이 나오지 않았다.

"가끔 나랑 얘기라도 해 줄래?" 로이알이 한숨을 쉬었다. 중저음의 울리는 목소리였다. "돌멩이 게임도 하고 말이야. 나는 며칠 동안 아무랑도 말하지 못했어. 길 씨는 예외지만, 그분은 거의 항상 바빠. 요리사가 무자비하게 볶아 대는 것 같더라고. 혹시 진짜 여관 주인은 요리사 아닐까?"

"얼마든지 환영이야." 랜드는 목이 쉬었다. 그는 목을 가다듬고 애써 미소 지었다. "타 발론에서 만나면 거기 있는 덤불을 보여줘." **다들 괜찮을 것이 틀림없어. 빛에 걸고, 다들 괜찮을 거야.**

37장 긴 추격

나이니브는 말 세 마리의 고삐를 움켜쥐었다. 그녀는 어떻게든 어둠을 꿰뚫고 아이즈 세다이와 수호자를 찾을 수 있을 것처럼 암흑 속을 바라보았다. 어슴푸레한 달빛 속에 검게 보이는, 헐벗은 해골 같은 나무들이 그녀를 둘러싸고 있었다. 나무들도, 밤도 뭐든지 모레인과 란이 하는 행동을 가리는 효과적인 장막이 되었다. 둘 중 누구도 굳이 나이니브에게 그 행동이 무엇인지 알려 주지 않았다. 란이 나지막하게 "말들을 조용히 시키십시오"라고 말하더니 둘은 사라졌다. 나이니브를 마구간지기처럼 남겨 놓고 말이다. 나이니브는 말들을 힐끗 보며 짜증스럽게 한숨을 내쉬었다.

만다브는 거의 주인의 망토만큼 어둠 속에 잘 섞여 들어갔다. 나이니브가 가까이 다가갔는데도 전투 훈련을 받은 이 종마가 가만히 있는 유일한 이유는 란이 직접 고삐를 넘겨주었기 때문이었다. 만다브는 이제 그럭저럭 침착해 보였지만, 나이니브는 란의 허락을 기다리지 않고 고삐로 손을 뻗을 때마다 녀석의 입술이 조용히 뒤로 말리던 모습을 잘 기억하고 있었다. 그 침묵 때문에 드러난 이빨이 훨씬 더 위험해 보였다. 나이니브는 경계심 어린 눈빛으로 종마를 마지막으로 본 뒤 고개를 돌려 다른 둘이 사라진 방향을 바라보며 자기 말을 하릴없이 쓰다듬었다. 알딥이 흰 주둥이를 손 밑으로 쑥 밀어 넣자 놀라서 움찔했지만, 잠시 후에는 그 흰 암말도 쓰다듬어 주었다.

"너한테 화풀이할 필요는 없겠지." 그녀는 속삭였다. "단지 네 주인이 냉정하기 짝이 없는……." 그녀는 긴장하며 다시 어둠 속을 보았다. **무엇을 하는 거지?**

화이트브리지를 떠나온 이후로 그들은 평범해서 비현실적으로 보이는 마을들을 지나쳤다. 나이니브가 보기에는 희미한 자와 트롤록과 아이즈 세다이가 존재하는 세계와 아무 연관성이 없는 평범한 시장 마을이었다. 그들은 케임린 대로를 따라 달렸다. 그러다가 마침내 모레인이 알딥의 안장에서 몸을 앞으로 내밀며 대로 저 끝이, 케임린까지 이어지는 그 머나먼 길과 그곳에서 기다리고 있는 것이 모두 보인다는 듯 동쪽을 바라보았다.

결국 아이즈 세다이는 길게 숨을 내쉬며 다시 안장에 앉았다. "물레는 원하는 대로 실을 잣습니다." 모레인이 웅얼거렸다. "하지만 물레가 희망의 종말을 직조하리라고는 믿을 수 없어요. 일단 내가 확신할 수 있는 것부터 처리해야겠습니다. 물레가 잣는 대로 되겠지요." 그러더니 그녀는 암말의 말머리를 북쪽으로, 대로에서 벗어나 숲속으로 돌렸다. 모레인이 준 은화를 가진 소년 한 명이 그 방향에 있었다. 란이 뒤따랐다.

나이니브는 마지막으로 오랫동안 케임린 대로를 바라보았다. 이곳에서 그들과 함께 길을 나아가는 사람들은 별로 없었다. 저 멀리 높은 바퀴가 달린 수레 두 대와 빈 마차 한 대가 있고, 짐을 등에 지거나 손수레에 쌓아 놓고 걸어가는 사람들이 몇 명 있었을 뿐이다. 그중 몇 명은 가짜 드래건을 보러 케임린에 간다고 기꺼이 인정했지만, 대다수는 극구 부인했다. 화이트브리지를 지나온 사람들이 특히 그랬다. 화이트브리지에서 나이니브는 모레인을 믿기 시작했다. 어느 정도는 말이다. 어쨌든, 전보다는 많이 믿게 되었다. 전혀 위안이 되지 않는 사실이었다.

나이니브가 따라가기도 전에 수호자와 아이즈 세다이는 숲을 지나 거의 보이지 않게 되었다. 나이니브는 서둘러 그들을 따라잡았다. 란은 자주 나이니브를 돌아보며 따라오라고 손짓했지만 모레인과 어깨를 나란히 하고 달렸고, 아이즈 세다이는 시선을 앞에 고정하고 있었다.

대로를 벗어나고 하루 저녁이 지난 뒤 보이지 않는 흔적은 사라졌다. 모레인이, 절대 동요하지 않는 그 모레인이 갑자기 찻주전자가 끓고 있는 작은 불가 옆에 일어서서 눈을 휘둥그렇게 떴다. "사라졌어요." 모레인이 어둠을 바라보며 속삭였다.

"사라졌다니……?" 나이니브는 그 질문을 맺을 수 없었다. **빛이여, 대체 누가 사라졌다는 것인지도 모르겠나이다!**

"죽은 건 아닙니다." 아이즈 세다이가 천천히 말했다. "하지만 더 이상 징표를 가지고 있지 않아요." 모레인은 자리에 앉았다. 목소리는 흔들림이 없었고, 불에 올려놓았던 주전자를 가져가 차를 따르는 손도 흔들리지 않았다. "아침이 되면 지금까지처럼 움직이겠습니다. 충분히 가까워지면 은화 없이도 찾을 수 있어요."

불이 다 타서 숯이 되어 가는 동안 란은 망토로 몸을 감싸고 잠들었다. 나이니브는 잠이 오지 않았다. 그녀는 아이즈 세다이를 지켜보았다. 모레인은 눈을 감고 있었지만 허리를 똑바로 세운 채 앉아 있었고, 나이니브는 그녀가 깨어 있다는 것을 알았다.

숯에서 마지막 빛이 희미해지고 한참이 지난 뒤 모레인이 눈을 뜨고 그녀를 보았다. 나이니브는 어둠 속에서도 아이즈 세다이의 미소를 느낄 수 있었다. "그 아이가 은화를 되찾았습니다, 현자님. 다 잘 될 거예요." 그녀는 한숨을 쉬며 담요에 눕더니 거의 즉시 잠들어 깊이 숨을 쉬었다.

나이니브는 피곤했지만 모레인처럼 잠들기가 힘들었다. 아무리 멈추려 해도 머릿속에 최악의 상황이 떠올랐다. **다 잘 될 거야.** 화이트브리지를 겪고 난 지금, 나이니브는 그런 말을 쉽게 믿을 수 없었다.

나이니브는 기억에 잠겨 있다가 갑자기 어둠 속에서 정신을 차렸다. 정말로 그녀의 팔에 손이 닿아 있었다. 나이니브는 목구멍으로 치미는 비명을 억누르며 허리띠에 차고 있던 칼을 더듬었다. 손이 칼자루에 거의 닿았을 즈음 그녀는 그 손이 란의 손이라는 것을 깨달았다.

수호자는 후드를 젖히고 있었으나 카멜레온처럼 색이 변하는 망토가 어둠과 너무 잘 섞여 있어, 어슴푸레하고 흐릿하게 보이는 얼굴만 어둠 속에 둥둥 떠 있는 것만 같았다. 나이니브의 팔에 닿은 손은 허공에서 튀어나온 것처럼 보였다.

나이니브는 떨면서 숨을 들이쉬었다. 나이니브는 란이 들키지 않고 아주 쉽게 접근할 수 있었다고 뻐길 줄 알았다. 하지만 란은 돌아서서 자기 안장 주머니를 뒤졌다. "당신이 필요합니다." 란은 그렇게 말하더니 무릎을 꿇고 말이 도망치지 못하도록 말 다리에 끈을 묶었다.

말을 확보한 뒤, 그는 허리를 펴고 일어나 나이니브의 손을 꽉 잡고서 다시 어둠 속으로 향했다. 그의 검은 머리카락은 거의 망토만큼이나 어둠에 잘 어울렸다. 게다가 그는 나이니브보다도 소리를 내지 않았다. 마뜩잖았지만, 나이니브는 란이 손을 잡고 이끌어 주지 않으면 어둠을 뚫고 그를 따라갈 수 없음을 인정할 수밖에 없었다. 하긴, 란이 놓아주지 않겠다면 그를 뿌리칠 수 있을지도 확실하지 않았다. 란의 손은 무척 힘이 셌다.

언덕이라고 부르기도 어려운 작은 둔덕에 이르렀을 때, 란은 한쪽 무릎을 꿇으며 나이니브를 잡아당겨 자기 옆에 앉게 했다. 나이니브는 조금 시간이 지나서야 모레인도 그 자리에 있다는 것을 알았다. 검은 망토를 입고 꼼짝도 하지 않는 아이즈 세다이는 그림자라고 해도 과언이 아니었다. 란은 언덕 아래쪽, 숲속의 커다란 공터를 가리켰다.

나이니브는 어슴푸레한 달빛 속에 인상을 찌푸렸다가 갑자기 깨닫고 미소 지었다. 희미하고 흐릿하게 보이는 사물은 규칙적으로 열을 지어 펼쳐져 있는 텐트였다. 그곳은 불 꺼진 야영지였다.

"하얀 망토들입니다." 란이 속삭였다. "200명, 혹은 그 이상일 수도 있습니다. 저 아래에 물을 마실 만한 곳이 있습니다. 우리가 쫓는 녀석도 있고요."

"야영지 안에요?" 란이 고개를 끄덕였다. 눈에 보인 것은 아니었지만 느낌으로 알 수 있었다.

"한복판에 있습니다. 모레인이 그 녀석 있는 자리를 바로 가리킬 수 있습니다. 내가 가까이 가서 그 녀석이 감시당하고 있는 걸 봤습니다."

"포로가 된 거요?" 나이니브가 말했다. "어째서?"

"모릅니다. 수상한 점이 있는 게 아니라면, 빛의 아이들은 동네 꼬마에게 관심을 두어서는 안 됩니다. 하얀 망토들이 의심을 하는 데 대단한 계기가 필요하지 않다는 건 빛께서도 아시는 일이지만, 그래도 걱정되는군요."

"어떻게 풀어 줄 생각입니까?" 나이니브는 란의 눈길을 받고 나서야 깨달았다. 그녀는 란이 200명의 남자들이 있는 곳 한복판으로 들어가 소년을 데리고 나올 수 있으리라고 너무도 확신하고 있었다. **뭐, 수호자니까 그렇지. 이야기 중에는 진실도 있을 테니까.**

나이니브는 란이 자기를 비웃을지 궁금했다. 하지만 그의 목소리는 밋밋하고 사무적이었다. "데리고 나올 수는 있는데, 그 녀석이 은밀히 움직일 수 있는 상태가 아닐 겁니다. 목격당했다가는 하얀 망토들 200명이 우리를 따라올 수 있습니다. 나와 그 녀석은 같은 말을 타고 있을 테고요. 하얀 망토들이 너무 바빠 우리를 쫓지 못한다면 모르겠습니다만. 운을 시험해 보고 싶습니까?"

"에먼즈 필드 사람을 돕는 일이잖소. 당연하지! 무슨 운을 시험해 봐야 합니까?"

란은 다시 어둠 속, 텐트들 너머를 가리켰다. 이번에는 그림자밖에 보이지 않았다. "놈들이 말을 매어 놓은 끈이 관건입니다. 말뚝에 맨 밧줄을 자르되 완전히 자르지 않고 모레인이 소란을 일으킬 때 끊어질 정도로만 잘라 두면, 하얀 망토들은 말들을 쫓느라 바빠서 우리를 따라오지 못할 겁니다. 야영지 저쪽, 말뚝이 늘어선 곳 너머에 경비병이 둘 있습니다. 만일 당신 실력이 내가 생각하는 것의 절반만 되더라도 놈들은 당신을 보지 못할 겁니다."

나이니브는 꼴깍 침을 삼켰다. 도끼를 쫓는 것과 창과 칼을 가지고 있는 경비병들을 속이는 것은……. **그러니까 내 실력이 좋다고 생각한다는 말이지?** "그렇게 하겠소."

란은 그럴 줄 알았다는 듯 고개를 끄덕였다. "한 가지 더 있습니다. 오늘 밤에는 늑대들이 돌아다니더군요. 두 마리 봤는데, 보이는 게 두 마리면 아마 숫자가 더 많을 겁니다." 란은 잠시 말을 멈추었다. 그의 목소리는 바뀌지 않았지만, 나이니브는 그가 혼란스러워한다는 느낌을 받았다. "꼭 내게 봐 달라고 하는 것 같았습니다. 아무튼, 늑대들이 당신을 귀찮게 굴지는 않을 겁니다. 늑대들은 보통 사람과 거리를 두니까요."

"전혀 몰랐군." 나이니브가 상냥하게 말했다. "내가 양치기들과 함께 자란 터라." 란은 끙 소리를 냈고, 나이니브는 어둠 속에서 미소 지었다.

"그럼 지금 하시죠." 란이 말했다.

무장한 남자들로 가득한 야영지를 내려다보자 나이니브의 미소가 희미해졌다. 200명의 남자가 창과 칼과……. 나이니브는 딴생각이 들기 전에 칼집에서 칼을 빼내고 멀어져 가기 시작했다. 모레인이 거의 란만큼 힘이 센 손으로 그녀의 팔을 잡았다.

"조심하세요." 아이즈 세다이가 조용히 말했다. "밧줄을 끊는 즉시 최대한 빨리 돌아와야 합니다. 당신도 패턴의 일부예요. 요즘처럼 온 세상이 위험에 처해 있는 게 아니라면, 나는 다른 사람들과 마찬가지로 당신을 잃을 위험도 감수하지 않을 겁니다."

모레인이 팔을 놓아주자 나이니브는 슬쩍 그 팔을 문질렀다. 그녀는 아이즈 세다이의 손길이 아팠다는 것을 알려 주고 싶지 않았다. 모레인은 나이니브를 놓아주자마자 다시 고개를 돌려 아래쪽 야영지를 지켜보았다. 수호자는 모습을 감추고 없었다. 나이니브는 그 사실을 알고 놀랐다. 그녀는 란이 떠나는 소리를 듣지 못했다. **빛이여, 그 빌어먹을 녀석을 눈멀게 하소서!** 나이니브는 다리를 자유롭게 움직일 수 있도록 재빨리 치마를 걷어 묶은 뒤 서둘러 어둠 속으로 향했다.

나이니브는 처음에 서둘러 달려가다가 발밑에 떨어진 나뭇가지에서 뚝 소리가 나자 속도를 줄였다. 붉어진 그녀의 얼굴을 볼 사람이 아무도 없어서 다행이었다. 조용히 접근하는 것이 핵심이었다. 그녀는 수호자와 무슨 시합을 벌이려는 것이 아니었다. **아, 그러셔?**

나이니브는 그 생각을 떨치고 어두운 숲을 헤치고 나아가는 데 집중했다. 그 자체로 어려운 일은 아니었다. 나이니브의 아버지에게서 교육받은 사람이라면 누구나 스러져 가는 달의 희미한 빛으로 충분히 주위를 살필 수 있었다. 게다가 땅은 완만하고 평탄하게 이어졌다. 그러나 밤하늘을 배경으로 헐벗은 몰골을 드러낸 나무들을 보면 계속해서 이게 어린아이들이 하는 놀이가 아니라는 생각이 들었고, 흐느끼는 바람은 트롤록의 뿔나팔 소리와 너무도 비슷한 소리를 냈다. 어둠 속에 혼자 남겨진 지금, 나이니브는 보통 사람들과 거리를 두는 늑대들이 이번 겨울에는 투 리버스에서도 다르게 행동했다는 것을 떠올렸다.

마침내 말의 체취가 풍겨 오자 안도감이 따뜻하게 흘러넘쳤다. 나이니브는 엎드린 뒤 거의 숨을 쉬지 않고 냄새가 풍겨 오는 쪽으로 바람을 거슬러 기어갔다.

나이니브는 경비병들과 마주친 뒤에야 그들을 발견할 뻔했다. 그들은 어둠 속에서 나와 나이니브 쪽으로 다가오고 있었다. 하얀 망토가 바람에 나부끼며 달빛을 받아 반짝였다. 거의 횃불을 들고 있는 것이나 마찬가지였다. 횃불을 밝혔더라도 그보다 많이 잘 보이지는 않았을 것이다. 나이니브는 얼어붙은 채 땅과 하나가 되려고 노력했다. 거의 나이니브의 코앞에서, 열 걸음도 떨어지지 않은 곳에서 그들은 발을 구르며 멈춰 서서 서로를 마주 보았다. 창은 어깨에 걸치고 있었다. 그들의 바로 뒤로 말이 틀림없는 그림자들이 보였다. 말의 체취와 거름 냄새가 뒤섞인 마구간 냄새가 강하게 풍겨 왔다.

"오늘 밤은 아무 문제 없습니다." 하얀 망토를 걸친 한 사람이 말했다. "빛께서 우리를 비추시고, 그림자로부터 우리를 보호하시길."

"오늘 밤은 아무 문제 없습니다." 상대방도 대답했다. "빛께서 우리를 비추시고, 그림자로부터 우리를 보호하시길."

그 말을 끝으로 그들은 몸을 돌려 다시 어둠 속으로 떠났다.

나이니브는 그들이 두 차례 순찰을 도는 동안 혼자 숫자를 헤아리며 기다렸다. 순찰에는 두 번 다 정확히 똑같은 시간이 걸렸다. 그들은 매번 똑같은 인사말을 딱딱하게 되풀이했다. 한 마디도 더하거나 덜하지 않았다. 서로를 힐끗 보는 일조차 없었다. 그들은 똑바로 앞을 보며 다가왔다가 떠났다. 나이니브는 자리에서 일어난다 한들 그들이 자신을 보지 못할 것 같다고 생각했다.

어둠이 그들의 망토가 그리는 흰 소용돌이를 세 번째로 삼키기 전에, 나이니브는 이미 자리에서 일어나 웅크린 채 말들이 있는 쪽으로 달리고 있었다. 목적지에 근접하자 그녀는 동물들이 놀라지 않도록 속도를 늦췄다. 하얀 망토 경비병들은 뭔가를 코앞에 들이밀지 않는 한 보지 못할 듯했지만, 말들이 갑자기 울어 대기 시작하면 살펴볼 것이 틀림없었다.

말들은 늘어선 말뚝을 따라 줄지어 매여 있었고—말뚝은 한 줄이 아니라 여러 줄이었다—고개를 숙이고 있어 어둠 속에서는 거의 알아보기 힘들었다. 때로 한 마리가 잠결에 코를 불어 대거나 발을 굴렀다. 어슴푸레한 달빛 속에서 나이니브는 늘어선 말뚝의 맨 끝 기둥에 거의 다가갔다가, 가장 가까운 말이 고개를 쳐들고 자신을 보자 얼어붙었다. 녀석의 고삐는 말뚝에서 끝나는 엄지 굵기의 줄로 크게 한 바퀴 묶여 있었다. **한 번만 울면 끝나는 거야.** 나이니브의 심장이 두근거리며 가슴에서 튀어나오려 했다. 경비병들을 끌어들일 만큼 시끄럽게 울리는 것 같았다.

나이니브는 말에게서 눈을 떼지 않으면서 매어 놓은 밧줄을 자른 뒤 얼마나 잘랐는지 확인하려고 칼날 앞을 더듬어 보았다. 말이 고개를 뒤로 젖히자 숨결이 얼어붙을 것만 같았다. **딱 한 번만 울면.**

나이니브의 손가락 아래에는 가느다란 가닥 몇 개만이 온전하게 남아 있었다. 그녀는 말을 지켜보며, 말이 자기를 보는 것인지 아닌 것인지 더 이상 보이지 않을 때까지 천천히 다음 줄로 향했다. 그런 다음 불규칙한 숨을 들이쉬었다. 말들이 모두 저런 식이라면 버틸 수 없을 것 같았다.

하지만 다음 말뚝과 그다음 말뚝, 그다음 말뚝에서는 말들이 잠든 채 깨지 않았다. 나이니브가 엄지를 베어 '앗' 소리를 삼켰는데도 말이다. 그녀는 베인 상처를 빨면서 신중하게 지나온 길을 돌아보았다. 그녀는 바람을 거슬러 나아가고 있었으므로 경비병들이 대화하는 소리를 더 이상 들을 수 없었다. 적당한 자리에 있었다면, 그들은 나이니브의 목소리를 들었을지 몰랐다. 그들이 소리의 정체를 확인하러 다가온다 해도 바람 때문에 그들이 바짝 다가올 때까지 기척이 들리지 않을 터였다. **이제 가야 해. 말 다섯 마리 중 네 마리가 풀려나서 뛰어다니면 놈들은 아무도 추격하지 않을 거야.**

하지만 나이니브는 움직이지 않았다. 나이니브가 무슨 일을 했는지 들었을 때 란이 어떤 눈빛을 띨지 상상되었다. 그 눈에는 비난하는 기색이 없을 것이다. 나이니브의 추론은 합리적이었고, 란도 나이니브에게서 그 이상을 기대하지는 않을 터였다. 나이니브는 현자이지, 그야말로 투명 인간이 될 수 있는 빌어먹을 무적의 수호자가 아니었다. 나이니브는 이를 꽉 다문 채 마지막 줄 말뚝으로 다가갔다. 그 줄 첫 말뚝에 매여 있는 말은 벨라였다.

그 땅딸막하고 덥수룩한 모습을 잘못 알아볼 수는 없었다. 지금 이곳에 그렇게 생긴 말이 또 한 마리 있다면 지나친 우연이었다. 나이니브는 자신이 마지막 말뚝을 그냥 내버려 두지 않았다는 것이 새삼 너무 기뻐 몸이 떨렸다. 팔다리가 후들거려서 말뚝의 밧줄을 만지기가 겁났지만, 머리는 와인스프링강처럼 맑았다. 소년들 중 누가 이 야영지에 있는지는 몰라도 에그웨인이 그와 함께 있을 터였다. 그들이 말 한 마리에 두 명씩 타고 도망친다면, 말들을 아무리 잘 흩어 놓더라도 빛의 아이들 중 일부가 그들을 사로잡을 터였다. 그들 중 일부는 죽을 것이다. 나이니브가 바람 소리를 들었을 때처럼 확실한 일이었다. 그렇게 생각하자 창날 같은 두려움이 배를 쿡 찔러 왔다. 대체 **어떻게** 확신할 수 있는지 두려웠다. 이것은 날씨나 작물이나 질병과는 아무 상관도 없는 일이었다. **모레인은 왜 나한테 일원력을 쓸 수 있다는 말을 한 거지? 왜 나를 가만히 내버려 두지 못하는 거야?**

이상하게도 그 두려움이 나이니브의 떨림을 가라앉혔다. 그녀는 다른 말뚝의 밧줄을 끊었듯 자기 집에서 약초를 갈 때처럼 안정적인 두 손으로 벨라의 밧줄을 끊었다. 그녀는 단검을 칼집에 다시 밀어 넣으며 벨라의 고삐를 풀었다. 덥수룩한 암말은 깜짝 놀라 깨며 고개를 젖혔지만, 나이니브가 녀석의 코를 쓸어 주며 귓가에 진정시키는 말을 속삭였다. 벨라는 낮게 코를 불며 만족스러워하는 듯했다.

그 줄에 서 있던 다른 말들도 잠을 깨 나이니브를 바라보았다. 그녀는 만다브를 생각하며 다음 고삐로 머뭇머뭇 손을 뻗었다. 하지만 그 말은 낯선 사람의 손길에도 저항하지 않았다. 사실, 녀석은 나이니브가 벨라처럼 자기 주둥이도 쓸어 주기를 바라는 것처럼 보였다. 나이니브는 벨라의 고삐를 꽉 쥐고 다른 녀석의 고삐는 다른 쪽 손목에 감았다. 그러는 내내 긴장한 채로 야영지를 살폈다. 하얀 천막들은 겨우 27미터 떨어진 곳에 있었다. 그 사이로 움직이는 남자들이 보였다. 만일 그 사람들이 말들이 동요하는 것을 보고 원인을 찾으러 다가온다면…….

나이니브는 모레인이 그녀의 귀환을 기다리지 않기를 간절히 바랐다. 아이즈 세다이가 무슨 일을 하려는지는 몰라도 당장 해주기를 원했다. **빛이여, 모레인이 지금 그 일을 하게 해 주세요. 그러지 않으면…….**

갑자기 번개가 머리 위의 어둠을 산산이 조각냈다. 잠깐은 어둠이 지워졌다. 천둥이 고막을 너무 세게 후려쳐서 무릎에 힘이 풀릴 지경이었다. 들쭉날쭉한 삼지창이 말들이 있는 곳 바로 너머의 땅을 쿡 찌르며 흙과 돌을 분수처럼 흩뿌렸다. 땅이 갈라지며 나는 굉음이 천둥과 맞서 싸웠다. 말들이 미쳐 날뛰며 비명을 지르고 앞발을 들었다. 나이니브가 잘라 둔 밧줄이 실처럼 끊어졌다. 첫 번째 번개의 잔상이 사라지기도 전에 또 한 번의 번개가 하늘을 가르며 내리쳤다.

나이니브는 너무 정신이 없어 의기양양할 수 없었다. 첫 낙뢰 때 벨라가 한쪽으로 몸을 젖혔고, 다른 말은 반대 방향을 바라보며 앞발을 들었다. 나이니브는 두 팔이 관절에서 뽑혀 나가는 것만 같았다. 끝나지 않을 것처럼 느껴지는 한순간, 그녀는 두 발이 땅에서 뜬 채 말 두 마리 사이에 매달려 있었다. 그녀의 비명이 두 번째 천둥에 부서졌다. 번개가 다시, 또다시, 또다시 내리쳤다. 하늘이 내지르는 단 한 번의 지속적인 분노의 포효 같았다. 각자 가고 싶은 쪽으로 갈 수 없었던 말들은 재빨리 돌아오며 나이니브를 땅에 내려놓았다. 나이니브는 땅에 웅크리고 고통이 느껴지는 어깨를 진정시키고 싶었지만 시간이 없었다. 벨라와 다른 말이 나이니브를 뒤흔들었다. 녀석들은 흰자위만 보일 때까지 미친 듯이 눈알을 굴려 대며 나이니브를 쓰러뜨리고 짓밟을 것처럼 위협했다. 나이니브는 어떻게든 두 팔을 들어 벨라의 갈기를 두 손으로 꽉 잡고 들썩이는 암말의 등에 올라탔다. 다른 고삐는 여전히 그녀의 손목에 감겨 있었다. 그 고삐가 살을 세게 파고들었다.

길쭉한 잿빛 그림자가 으르렁거리며 지나가자 나이니브는 입을 쩍 벌렸다. 그 그림자는 나이니브나 나이니브가 데리고 있는 말들을 무시한 채 미쳐서 사방으로 내달리는 짐승들에게 이를 드러내는 것처럼 보였다. 두 번째 죽음의 그림자가 그 뒤를 바짝 따랐다. 나이니브는 다시 비명을 지르고 싶었지만 아무 소리도 나지 않았다. **늑대라니! 빛이여, 저희를 도우소서! 모레인은 뭘 하는 거지?**

나이니브는 벨라의 옆구리를 두 발로 꽉 잡았지만 그럴 필요는 없었다. 암말이 달려가자 다른 말도 기꺼이 따라왔다. 달릴 수만 있다면, 밤을 살해하는 하늘의 불로부터 도망칠 수만 있다면 어디로든 갈 태세였다.

38장 구출

페린은 손목이 등 뒤에 묶여 있는 채로 최대한 움직이다가 결국 한숨을 쉬며 포기했다. 던져진 돌을 피하면 그 수가 두 배가 되어 돌아왔다. 그는 어색한 동작으로 다시 망토를 뒤집어쓰려 애썼다. 밤은 추웠고, 땅은 그에게서 모든 열기를 뽑아내는 것만 같았다. 하얀 망토들이 그를 잡아간 이후로는 매일 밤 그랬다. 빛의 아이들은 포로들에게 담요도, 쉴 곳도 필요하지 않다고 생각했다. 그 포로가 위험한 어둠의 친구라면 더더욱 그렇고.

에그웨인은 온기를 얻으려고 몸을 웅크린 채 페린의 등에 붙어 있었다. 지쳐서 깊이 잠든 상태였다. 페린이 움직여도 에그웨인은 끙 소리조차 내지 않았다. 해가 지평선 아래로 떨어진 지 오랜 시간이 지난 뒤였고, 목에 고삐를 감은 채 말을 따라 하루 종일 걷고 나니 머리부터 발끝까지 온몸이 쑤셨지만, 페린은 잠이 오지 않았다.

행렬은 그리 빠르지 않았다. 하얀 망토들은 **스테딩**에서 대부분의 새 말을 늑대들에게 잃었기에 원하는 만큼 열심히 나아갈 수 없었다. 그들은 이렇게 늦어지는 것도 에먼즈 필드 출신의 두 포로 탓으로 돌렸다. 하지만 본할드 지휘관은 무슨 일이 있어도 늦지 않게 케임린에 도착할 작정이었기에 구불구불한 두 줄의 행렬은 꾸준히 움직였다. 본할드 지휘관은 아마도어의 질문자들에게 데려갈 때까지 두 사람을 살려 두라고 명령했지만, 페린은 자신이 쓰러지면 그의 포승줄을 잡고 있는 하얀 망토가 아랑곳하지 않고 계속 나아가리라는 마음 한구석의 두려움을 떨칠 수 없었다. 페린은 그런 일이 일어날 경우 자기 몸을 지킬 수 없다는 것을 알았다. 놈들이 페린의 손을 풀어 주는 것은 식사할 때와 화장실에 갈 때뿐이었다. 그의 몸을 옭아맨 고삐 때문에 한 걸음 한 걸음을 뗄 때마다 어마어마한 힘이 필요했고, 발밑의 모든 바위가 치명적일 수 있었다. 페린은 근육에 잔뜩 힘을 주고 불안한 눈으로 땅을 살피며 걸었다. 보면 에그웨인도 똑같이 하고 있었다. 페린과 눈을 마주칠 때면 그녀의 얼굴은 두려워 잔뜩 힘이 들어가 있었다. 눈길이 스치는 정도 이상으로는 둘 다 감히 땅에서 고개를 들지 못했다.

보통 페린은 하얀 망토들이 멈추어 서게 해 주자마자 비틀어 짠 걸레처럼 무너져 내렸다. 하지만 오늘 밤은 머릿속이 빠르게 돌아갔다. 며칠 동안 쌓여 온 두려움에 소름이 끼쳤다. 눈을 감으면 바이알이 아마도어에 도착하자마자 일어나게 될 일이라고 약속한 것들만 보일 터였다.

페린이 보기에, 에그웨인은 지금도 바이알이 그 단조로운 목소리로 전한 말을 믿지 않는 듯했다. 믿었다면 아무리 피곤해도 잠들 수 없었을 것이다. 처음에는 페린도 바이알의 말을 믿지 않았다. 지금도 믿고 싶지 않았다. 사람이 다른 사람에게 그런 일을 할 수는 없는 것이었다. 그러나 바이알은 사실 위협을 한 것이 아니었다. 그는 물 한 잔을 마신다는 이야기를 하듯이 달군 쇳덩이와 펜치에 대해, 살을 저미는 칼과 찌르는 바늘에 대해 말했다. 바이알은 그들을 겁주려는 것처럼 보이지 않았다. 그의 눈빛에는 고소해하는 기색이 떠오른 적조차 없었다. 그는 단지 페린과 에그웨인이 겁먹든 말든, 고문을 당하든 말든, 살아 있든 말든 관심이 없었다. 이 점을 이해했을 때 페린의 얼굴에 식은땀이 흐른 것은 바로 그래서였다. 페린은 바이알이 단순한 사실을 말하고 있다는 것을 끝내 확신하게 되었다.

두 경비병의 망토가 희미한 달빛을 받아 잿빛으로 반짝였다. 페린은 그들의 얼굴을 알아볼 수 없었지만, 그들이 자신을 감시하고 있다는 것은 알았다. 지금처럼 손발이 묶인 채로 페린과 에그웨인이 무슨 일을 할 수 있는 것도 아닌데. 아직 앞이 보일 정도의 빛이 남아 있을 때 보았기에 페린은 그들의 눈에 떠오른 혐오감과 찌푸린 표정을 기억하고 있었다. 그들은 꼭 오물에 적셔진 괴물을, 악취가 나고 쳐다보기도 역겨운 존재를 지키는 임무를 배정받은 사람들 같았다. 모든 하얀 망토들이 그런 식으로 두 사람을 보았다. 예외는 없었다. **빛이여, 저자들이 이미 저희를 어둠의 친구라고 확신하고 있는데, 어떻게 그렇지 않다고 믿게 할 수 있습니까?** 구역질이 날 정도로 배 속이 뒤틀렸다. 결국 그는 단지 질문자들을 멈추기 위해 모든 것을 고백하게 될 터였다.

누군가 다가오고 있었다. 등불을 든 하얀 망토였다. 그 남자는 멈춰 서서 간수들과 이야기했고, 간수들은 존경심을 담아 대답했다. 페린은 무슨 말이 오가는지 듣지 못했으나 키가 크고 여윈 형체를 알아보았다.

그 형체가 얼굴에 등불을 가까이 들이밀자 페린은 눈을 가늘게 떴다. 바이알은 다른 손에 페린의 도끼를 들고 있었다. 그가 도끼를 차지해 버린 것이다. 최소한, 페린은 바이알이 그 도끼를 들지 않은 모습을 본 적이 없었다.

"일어나라." 바이알은 페린이 고개를 든 채 자고 있다고 생각했는지 무감정하게 말했다. 그는 이 말과 함께 페린의 갈비뼈를 세게 걷어찼다.

페린은 이를 악문 채 신음했다. 그의 옆구리는 이미 바이알의 장화 발로 멍투성이가 되어 있었다.

"일어나라고 했다." 발이 다시 뒤로 젖혀졌고, 페린은 빠르게 입을 열었다.

"깨어 있어요." 바이알이 뭔가 말하면 들었다는 표시를 내야 했다. 그러지 않으면 바이알은 늘 관심을 끌 방법을 찾아냈다.

바이알은 바닥에 등불을 내려놓고 허리를 숙여 페린을 묶은 끈을 확인했다. 페린의 손목을 거칠게 당겨 보고 어깨 관절을 비틀어 댔다. 매듭이 자기가 놓아둔 대로 꽉 묶여 있는 것을 본 바이알은 페린의 발목에 감긴 밧줄을 잡아당기며 페린을 돌투성이 바닥 위로 끌고 갔다. 그는 너무 깡말라 힘이 없을 것처럼 보였지만, 페린은 꼭 어린애가 된 기분이었다. 이것은 밤마다 벌어지는 일과였다.

바이알이 허리를 폈을 때, 페린은 에그웨인이 여전히 잠들어 있는 것을 보았다. "일어나!" 그가 소리쳤다. "에그웨인! 일어나!"

"무슨……? 뭐?" 에그웨인의 목소리는 겁에 질려 있었고, 여전히 잠에 취해 잠겨 있었다. 그녀는 등불 빛에 눈을 깜빡이며 고개를 들었다.

바이알은 에그웨인을 걷어차 깨울 수 없어서 실망했다는 티를 전혀 내지 않았다. 그런 적은 한 번도 없었다. 그는 단지 페린의 밧줄을 잡아당겼듯 에그웨인의 밧줄도 잡아당겨 보았다. 에그웨인의 신음은 무시했다. 고통을 주는 것 또한 어느 쪽으로든 그에게 영향을 미치지 않는 일 중 하나인 듯했다. 페린만이 그가 정도를 벗어나서까지 해치고 싶어 하는 유일한 인물이었다. 페린조차도 기억나지 않았지만, 바이알은 페린이 빛의 아이들 두 명을 죽였다는 것을 기억하고 있었다.

"어둠의 친구가 왜 자야 하는 거지?" 바이알은 아무 감정을 싣지 않고 말했다. "선량한 사람들은 깨어서 놈들을 지키는데?"

"100번째 말하는 거지만," 에그웨인이 지친 듯 말했다. "우리는 어둠의 친구가 아니에요."

페린은 긴장했다. 가끔 그런 식의 부정은 귀에 거슬리는 단조로운 목소리로 이루어진, 고백과 회개에 대한 설교로 이어졌다. 그리고 그 설교는 고백과 회개를 이끌어 내기 위해 질문자들이 쓰는 방법에 대한 설명으로 이어졌다. 때로는 설교와 발길질이 이어지기도 했다. 놀랍게도, 이번에는 바이알이 에그웨인의 말을 무시했다.

대신 바이알은 페린 앞에 쭈그리고 앉았다. 그의 얼굴은 모난 선과 푹 꺼진 눈구멍으로만 이루어져 있었다. 그는 무릎에 도끼를 걸쳐 놓았다. 황금 태양이 그의 망토 왼쪽 가슴에서 빛나고 있었고, 두 개의 황금색 별이 그 아래에서 등불 빛을 받아 빛났다. 바이알은 투구를 벗어 등불 옆에 내려놓았다. 변화를 주려는 것인지 그의 얼굴에는 경멸이나 증오가 아닌 무언가가, 강렬하고 읽을 수 없는 무언가가 떠올라 있었다. 그는 두 팔을 도낏자루에 올려놓은 채 조용히 페린을 관찰했다. 페린은 텅 빈 시선 앞에서 몸을 움직이지 않으려고 애썼다.

"너 때문에 늦어지고 있다, 어둠의 친구. 너와 네 늑대들 때문에. 성별자 위원회에 그런 일에 관한 보고가 올라온 적이 있지. 성별자님들께서 좀 더 많은 걸 알고 싶어 하시기에 우리는 너를 아마도어에 데려가 질문자들에게 넘겨야 한다. 하지만 너 때문에 우리가 늦어지고 있다. 나는 새 말들이 없어도 더 빨리 움직일 수 있을 거라고 생각했지만, 내가 틀렸다." 그는 두 사람에게 인상을 찌푸리며 입을 다물었다.

페린은 기다렸다. 준비가 되면 바이알이 알아서 말을 할 터였다.

"지휘관님께서는 딜레마에 사로잡혀 계신다." 마침내 바이알이 말했다. "늑대들 때문에 너희를 위원회로 데려가셔야 하지만, 케임린에도 가셔야 하니까. 너를 태워 갈 남는 말은 없지만, 계속 너를 걷게 놔두면 정해진 시간에 케임린에 도착할 수 없을 거다. 지휘관님은 그분의 임무를 바른 눈으로 바라보시며 너를 위원회에 보여 주고자 하신다."

에그웨인이 끙 소리를 냈다. 바이알은 페린을 보고 있었다. 페린도 그를 마주 보았다. 겁이 나서 눈을 깜빡일 수 없을 지경이었다. "무슨 말인지 모르겠는데요." 페린이 천천히 말했다.

"알아야 할 건 없다." 바이알이 대답했다. "그저 한가한 추정을 해볼 뿐이지. 네가 탈출한다면, 우리에게는 너를 추적할 시간이 없을 거다. 정해진 시간 안에 케임린에 도착하려면 한 시간도 허투루 쓸 수 없으니까. 예컨대 네가 날카로운 돌로 밧줄을 끊고 어둠 속으로 사라진다면 지휘관님의 문제는 해결된다." 그는 페린에게서 한 번도 시선을 떼지 않은 채 망토 아래로 손을 넣어 뭔가를 바닥에 던졌다.

페린의 눈이 자동적으로 그 물건을 좇았다. 그게 무엇인지 깨닫는 순간 페린은 헛숨을 들이켰다. 돌이었다. 모서리가 날카로운, 쪼개진 돌.

"그저 한가한 추정이지." 바이알이 말했다. "오늘 밤 너희 간수들도 그런 추정을 하고 있다."

페린은 갑자기 입이 바싹 말랐다. **잘 생각해! 빛이여, 도우소서. 잘 생각해서 실수하지 마!**

정말일까? 하얀 망토들에게는 케임린에 빨리 도착해야 한다는 것이 이런 일을 벌일 만큼 중요한 일일까? 어둠의 친구 용의자를 탈출하게 놓아둔다고? 이런 쪽으로는 생각해 봐야 아무 소용이 없었다. 페린은 잘 몰랐으니까. 페린과 에그웨인에게 말을 거는 하얀 망토는 본할드 지휘관을 제외하면 바이알뿐이었고, 그 둘은 딱히 정보를 잘 내주는 성격이 아니었다. 다른 방향으로 생각해 봐야 했다. 바이알이 둘의 탈출을 원한다면 왜 그냥 밧줄을 끊어주지 않는 것일까? 바이알이 둘의 탈출을 원한다면? 페린과 에그웨인이 어둠의 친구라고 뼛속까지 확신하는 바이알이. 어둠의 존재 자신보다도 어둠의 친구들을 증오하는 바이알이. 하얀 망토들 두 명을 죽였다는 이유로 핑계만 있으면 페린에게 고통을 주려는 바이알이. **바이알이** 둘의 탈출을 원한다고?

방금까지 페린은 머리가 핑핑 돈다고 생각했지만, 지금은 그 속도가 산사태처럼 빨랐다. 추위에도 얼굴에서 땀이 개울처럼 흘렀다. 그는 간수들을 힐끗 보았다. 그들은 옅은 회색의 그림자일 뿐이었지만, 페린이 보기에는 그들이 기다리며 자세를 잡고 있는 것 같았다. 그와 에그웨인이 탈출하려다 살해당하고, 둘의 밧줄은 우연히 그곳에 놓여 있을 만한 돌멩이에 잘린 것이라면……. 지휘관의 딜레마는 그럴싸하게 해결될 터였다. 그리고 바이알은 그들을 죽일 것이다. 자기가 원하는 방식대로.

여윈 남자는 등불 옆에서 투구를 집어 들고 일어서려 했다.

"잠깐." 페린이 쉰 목소리로 말했다. 탈출구를 찾느라 그의 생각이 헛되이 재주를 넘고 또 넘었다. "잠깐, 할 얘기가 있어요. 난……."

도움이 온다!

그 생각이 페린의 머릿속에 꽃피었다. 혼란 한가운데서 빛이 선명하게 폭발했다. 페린은 너무 놀라워서 잠시 다른 모든 것을 잊었다. 이곳이 어디인지까지도. 대플이 살아 있었다. **일라이아스.** 페린은 그 늑대에게 마음속으로 말을 걸었다. 언어를 통하지 않고 일라이아스가 살아 있는지 물었다. 어느 형상이 되돌아왔다. 일라이아스가 동굴 속 작은 모닥불 옆에 상록수 가지로 침대를 만들어 놓고 누워 있었다. 그는 옆구리에 난 상처를 돌보는 중이었다. 이 모든 생각을 하는 데는 찰나밖에 걸리지 않았다. 그는 입을 쩍 벌린 채 바이알을 보았다. 그의 얼굴이 풀어지며 바보 같은 미소를 띠었다. 일라이아스가 살아 있었다. 대플이 살아 있었다. 도움이 오고 있었다.

바이알은 웅크린 자세로 잠시 멈추어서 그를 보았다. "무슨 생각이 떠올랐나 보군, 투 리버스의 페린. 무슨 생각인지 알아야겠다."

잠시 페린은 바이알이 말한 생각이 대플이 보낸 형상이라고 생각했다. 페린의 얼굴 전체에서 두려움이 달아나고 안도감이 그 뒤를 이었다. 바이알은 절대 알 수 없을 것이다.

바이알은 페린의 표정 변화를 지켜보았다. 처음으로, 하얀 망토의 시선이 땅에 던진 돌멩이로 향했다.

그는 다시 고민하고 있었다. 페린은 알아차렸다. 바이알이 돌멩이에 관한 생각을 바꾸었다면, 감히 그들이 살아남아 떠들어 대는 위험을 감수할까? 탄로 날 위험이 있긴 해도 밧줄은 묶여 있던 사람이 죽은 뒤에 끊을 수 있었다. 그는 바이알의 눈을 들여다보았고 그림자가 드리워진 남자의 텅 빈 눈구멍은 꼭 동굴 속에서 누군가 내다보는 것 같은 느낌을 주었다. 페린은 죽음이 결정되었다는 것을 알았다.

바이알이 입을 열었다. 페린이 사형 선고를 기다리던 그때, 도저히 생각할 수 없을 정도로 빠르게 여러 가지 일이 일어나기 시작했다.

갑자기 간수 한 명이 사라졌다. 한 순간에는 흐릿한 형체가 둘 있었는데, 다음 순간에는 어둠이 그중 하나를 삼켜 버렸다. 두 번째 간수가 돌아보았다. 그의 입술에서 비명이 터지려 했지만, 첫 번째 음절을 내뱉기도 전에 세찬 **쿵** 소리가 나더니 그가 베어진 나무처럼 쓰러졌다.

바이알은 휙 돌아섰다. 공격하는 독사처럼 빠른 동작이었다. 그의 손에서는 도끼가 윙윙 소리가 나도록 빨리 회전했다. 어둠이 등불 빛으로 흘러드는 것처럼 보이자 페린의 눈이 불거졌다. 페린은 입을 벌려 고함을 지르려 했지만 두려움에 목구멍이 꽉 조여졌다. 잠깐이지만, 그는 바이알이 그들을 죽이려 했다는 것조차 잊었다. 하얀 망토는 또 다른 인간이었다. 그러나 어둠은 그들 모두를 차지하려고 살아난 존재였다.

이윽고 빛을 덮친 어둠이 란이 되었다. 그의 움직임에 따라 망토가 다양한 색조의 잿빛과 검은색으로 휘돌았다. 바이알의 손에 들린 도끼가 번개처럼 뻗어 갔지만……. 란은 태평하게 몸을 옆으로 기울이는 듯했다. 그는 도끼날이 코앞을 지나가게 놓아두었다. 아마 도끼에서 일어난 바람이 느껴졌을 것이다. 도끼를 휘두르는 힘 때문에 균형을 잃자 바이알의 눈이 휘둥그레졌다. 동시에 수호자는 손과 발로 연달아 빠르게 그를 타격했다. 너무 빨라서, 페린은 방금 뭘 본 것인지 확신할 수가 없었다. 그가 확실히 알았던 것은 바이알이 끈 떨어진 인형처럼 쓰러졌다는 것뿐이었다. 수호자는 쓰러지는 하얀 망토가 땅에 완전히 자리 잡기 전에 무릎을 꿇고 등불을 껐다.

갑자기 어둠이 돌아오자 페린은 눈먼 사람처럼 멍하니 앞을 보았다. 란이 다시 사라진 것 같았다.

"정말이에요……?" 에그웨인은 목멘 소리로 흐느꼈다. "우린 당신이 죽은 줄 알았어요. 모두가 죽은 줄 알았어요."

"아직은 아니다." 수호자의 나지막한 귀엣말에는 즐거워하는 기색이 깃들어 있었다.

누군가의 손이 페린에게 닿더니 밧줄을 찾아냈다. 칼이 거의 당기지도 않고 밧줄을 끊어 버렸다. 페린은 풀려났다. 일어나 앉으려 하자 욱신거리는 근육이 저항했다. 페린은 손목을 문지르며 바이알이 있는 자리를 표시하는 잿빛 덩어리를 바라보았다. "당신이……? 그럼 저 사람은……?"

"아니야." 란의 목소리가 어둠 속에서 조용히 답했다. "나는 작정하지 않는 한 사람을 죽이지 않는다. 하지만 저자는 당분간 누구도 방해하지 못할 거다. 질문은 그만하고, 놈들의 망토를 두 벌 챙겨라. 시간이 별로 없다."

페린은 바이알이 누워 있는 곳으로 기어갔다. 바이알을 건드리는 데에는 노력이 필요했다. 하얀 망토의 가슴이 오르내리는 것을 느꼈을 때는 헉 하며 손을 뗄 뻔했다. 간신히 마음을 먹고 흰 망토를 풀어내 벗기는 동안 페린은 살갗에 소름이 돋았다. 란이 뭐라 말하든, 페린은 해골 같은 얼굴의 이 남자가 갑자기 일어나는 모습을 상상할 수 있었다. 그는 서둘러 주위를 더듬거리다가 도끼를 발견하고 다른 간수에게로 기어갔다. 의식을 잃은 그 사람을 건드릴 때는 아무런 저항감이 느껴지지 않았다. 처음에는 이상하게 느껴졌다. 하지만 머지않아 그 이유를 알 수 있었다. 모든 하얀 망토들이 페린을 증오했지만, 그것은 인간적인 감정이었다. 바이알은 페린이 죽어야 한다는 것 말고는 아무것도 느끼지 않았다. 그에게는 증오심이 없었다. 아무 감정도 없었다.

페린은 두 벌의 망토를 품에 안아 들고 돌아섰다. 두려움이 그를 잡아챘다. 그는 어둠 속에서 갑자기 방향 감각을 잃었다. 어떻게 란과 다른 사람들이 있는 곳으로 돌아가야 할지 알 수 없었다. 페린의 두 발이 땅에 붙박였다. 움직이기가 무서웠다. 흰 망토를 벗겼기에 바이알조차 어둠 속에 숨겨져 있었다. 방향을 잡을 때 의지할 만한 것이 전혀 없었다. 어느 쪽으로 걸어가든 야영지로 나가게 될지 몰랐다.

"이쪽이다."

페린은 란의 속삭임이 들려오는 쪽으로 비틀비틀 나아갔다. 결국 두 손이 페린을 멈춰 세웠다. 에그웨인은 어슴푸레한 그림자로 보였고, 란의 얼굴은 흐릿했다. 수호자의 몸 나머지 부분은 아예 존재하지 않는 것처럼 보였다. 페린은 두 사람의 시선이 와 닿는 것을 느끼고 설명해야 하는지 고민했다.

"망토 입어라." 란이 조용하게 말했다. "서둘러. 네 망토는 따로 챙기고. 소리는 내지 마라. 아직 안전한 게 아니야."

페린을 서둘러 망토 한 벌을 에그웨인에게 건넸다. 자신의 두려움을 털어놓지 않아도 된다니 마음이 놓였다. 그는 자기 망토를 들고 갈 수 있도록 둘둘 말고 흰 망토를 어깨에 대신 걸쳤다. 망토가 어깨에 자리 잡자 껄끄러운 느낌이 전해졌다. 날갯죽지 사이를 걱정이 찔러 오는 것 같았다. 결국 그가 바이알의 망토를 차지하게 된 것일까? 망토에서 그 야윈 남자의 냄새가 풍겨 오는 것만 같았다.

란은 그들에게 손을 잡으라고 했다. 페린은 한 손으로 도끼를, 다른 손으로 에그웨인의 손을 잡으며 수호자가 탈출을 계속해 주기를 바랐다. 그래야 상상력이 날뛰는 것을 막을 수 있을 것 같았다. 하지만 그들은 그냥 그 자리에 서 있었다. 빛의 아이들이 친 천막에 둘러싸인 채, 두 명은 흰 망토를 입고 있고 한 명은 느껴질 뿐 보이지 않은 채로 말이다.

"곧 간다." 란이 속삭였다. "금방."

번개가 야영지 위의 밤하늘을 갈랐다. 너무 가까운 곳이라 페린은 전기가 공기를 가득 채우면서 두 팔과 머리의 털이 삐죽 서는 것을 느꼈다. 천막 바로 너머에서는 벼락 때문에 흙이 터져 나갔다. 땅의 폭발이 하늘의 폭발과 하나가 되었다. 번개가 잦아들기도 전에 란은 그들을 앞으로 이끌고 있었다.

첫발을 내디디는 순간 또 한 번 번개가 암흑을 갈랐다. 번개는 우박처럼 내렸다. 어둠이 일시적으로 번쩍이는 것처럼 밤이 깜빡였다. 천둥이 거칠게 울렸다. 앞선 천둥소리가 우르릉대며 다음번 천둥에 섞여 하나의 지속적으로 물결치는 소리가 되었다. 두려움에 질린 말들이 비명을 질렀지만, 그들의 울음소리는 천둥소리가 희미해지는 짧은 순간을 제외하면 들리지도 않았다. 사람들이 천막에서 허둥지둥 굴러 나왔다. 일부는 하얀 망토를 입고 있었고, 일부는 옷을 절반만 입고 있었으며, 일부는 이리저리 뛰어다녔고, 일부는 충격받은 듯 가만히 서 있었다.

그 와중에 란은 두 사람을 잡아당기며 종종걸음 쳤다. 페린이 가장 뒤에 섰다. 그들이 지나가자 하얀 망토들이 사나운 눈으로 그들을 보았다. 몇 명은 그들에게 고함을 쳤지만, 그 소리는 하늘의 망치질 소리에 들리지 않았다. 하얀 망토를 두르고 있었기에 아무도 그들을 막아서지 않았다. 천막들을 지나 야영지 바깥으로, 어둠 속으로. 아무도 그들을 막아서지 않았다.

페린의 발밑에서 땅이 울퉁불퉁하게 변했다. 란이 끌고 가도록 몸을 내맡기자 나뭇가지가 그의 몸을 후려쳤다. 번개는 발작하듯 깜빡이더니 사라졌다. 천둥의 메아리가 하늘 전체에 울리더니 마찬가지로 희미해져 갔다. 페린은 어깨 너머를 보았다. 뒤쪽에서는 천막 사이의 몇 군데가 타오르고 있었다. 벼락이 표적에 맞았거나, 남자들이 당황해서 등불을 쓰러뜨린 듯했다. 사람들은 여전히 고함을 지르고 있었다. 어둠 속에서는 그들의 목소리가 아주 작게 들렸다. 그들은 질서를 회복하고 무슨 일이 일어난 것인지 알아보려 했다. 땅이 위쪽으로 경사지기 시작했고, 천막과 화재와 고함은 뒤에 남겨졌다.

란이 갑자기 멈춰 섰다. 그 바람에 페린은 에그웨인의 발꿈치를 밟을 뻔했다. 눈앞, 달빛 속에 말 세 마리가 서 있었다.

그림자가 흔들리더니 모레인의 목소리가 들려왔다. 짜증으로 가라앉은 목소리였다. "나이니브가 돌아오지 않았어요. 젊은 사람답게 바보 같은 짓을 했을까 봐 걱정되는군요." 란은 왔던 길을 돌아가려는 것처럼 홱 돌아섰지만, 모레인이 내뱉은 채찍 같은 한 마디에 멈추어 섰다. "안 돼요!" 란은 가만히 서서 곁눈으로 모레인을 보았다. 오직 그의 얼굴과 손만이 실제로 눈에 보였다. 그마저도 그림자가 드리워져 있어 어슴푸레하고 흐릿했지만 말이다. 모레인은 조금 더 부드러운 목소리로, 부드럽기는 하지만 마찬가지로 단호한 목소리로 말을 이었다. "세상에는 더 중요한 일과 덜 중요한 일이 있습니다. 당신도 알 텐데요." 수호자는 움직이지 않았다. 모레인의 목소리가 다시 단단해졌다. "맹세를 기억하세요, 일곱탑의 주인 알란 만드라고란! 보관을 쓴 말키어리의 전투의 군주가 한 맹세는 어떻게 되는 겁니까?"

페린은 눈을 깜빡였다. 란이 뭐라고? 에그웨인이 뭐라 웅얼거렸지만, 페린은 눈앞의 장면에서 시선을 뗄 수 없었다. 란은 대플의 무리에 속한 늑대처럼 서 있었다. 아주 작은 아이즈 세다이 앞에서 더 이상 달아날 수 없는 궁지에 몰려, 파멸로부터 도망칠 방법을 헛되이 찾고 있는 늑대.

얼어붙은 것만 같은 그 장면은 숲속에서 나뭇가지 꺾이는 소리가 나며 깨졌다. 란은 단 두 걸음 만에 모레인과 소리가 들려온 곳 사이를 막아섰다. 창백한 달빛이 그의 칼을 따라 물결쳤다. 덤불의 바스락거리는 소리와 뚝 소리에 맞춰 말 두 마리가 숲속에서 튀어나왔다. 그중 한 마리에는 사람이 타고 있었다.

"벨라!" 에그웨인이 소리쳤다. 그와 동시에 나이니브가 덥수룩한 암말의 등에 앉아 말했다. "하마터면 널 다시는 못 볼 뻔했다. 에그웨인! 살아 있다니, 빛이여 감사합니다!"

나이니브는 벨라에게서 미끄러져 내려왔지만, 그녀가 에먼즈 필드 사람들에게로 다가가려 하자 란이 그녀의 팔을 붙잡았다. 그녀는 우뚝 멈춰 서서 란을 쳐다보았다.

"가야 합니다, 란." 모레인이 말했다. 이번에도 침착한 목소리였다. 수호자는 손을 놓았다.

나이니브는 팔을 문지르더니 서둘러 에그웨인에게 가 그녀를 끌어안았다. 페린은 나이니브가 나직하게 웃는 소리를 들은 것 같았다. 이상한 일이었다. 페린은 그들을 다시 본 것이 나이니브의 행복과는 아무런 관계가 없는 일이라고 생각했으니까.

"랜드랑 맷은 어디 있어요?" 페린이 물었다.

"다른 곳에." 모레인이 대답했다. 나이니브가 뭐라고 중얼거렸다. 말투가 하도 날카로워서 에그웨인이 헛숨을 들이켰다. 페린은 눈을 깜빡였다. 방금 마차 운전수나 할 만한 욕설을 들은 것 같았다. 그렇다 쳐도 거친 욕설이었다. "빛께서 허락하시는 대로, 둘은 괜찮을 겁니다." 아이즈 세다이는 아무것도 눈치채지 못했다는 듯 말을 이었다.

"우리 중 누구도 괜찮지 않을 거다." 란이 말했다. "하얀 망토들이 우리를 찾는다면 말이야. 망토 갈아입고 말에 올라타라."

페린은 나이니브가 벨라와 함께 데려온 말에 서둘러 올라탔다. 안장이 없어도 방해가 되지는 않았다. 고향에서 페린은 말을 자주 타지 않았지만, 탈 일이 있으면 안장을 얹기보다는 맨등에 탔다. 그는 여전히 흰 망토를 들고 있었다. 지금 망토는 둘둘 말려 그의 허리띠에 묶여 있었다. 수호자는 어쩔 수 없이 남기는 것이 아니면 빛의 아이들이 찾을 만한 흔적을 남겨서는 안 된다고 말했다. 페린은 여전히 망토에서 바이알 냄새가 느껴지는 것 같았다.

그들은 수호자가 키 큰 검은 종마를 타고 앞장서는 가운데 길을 떠났다. 그때 페린은 대플이 그의 생각에 다시 한번 접촉하는 것을 느꼈다. **언젠가 다시.** 단어라기보다는 느낌으로 전해지는 그 목소리는 예정된 만남을 약속하며, 앞으로 다가올 일을 예상하며, 그 일에 대해 체념하며 한숨을 쉬었다. 그 모든 감정이 겹겹이 쌓여 있었다. 페린은 언제, 왜 만나게 되느냐고 묻고 싶었다. 그는 급해진 마음과 갑작스러운 두려움을 더듬거렸다. 늑대들의 흔적은 점점 희미해지고 옅어졌다. 페린이 정신없이 던진 질문에 걱정 가득한 단 하나의 똑같은 대답만 돌아왔다. **언젠가 다시.** 그 대답은 늑대들에 대한 의식이 깜빡이다 사라진 이후로도 한참 동안 페린의 머릿속에 맴돌았다.

란은 느리지만 꾸준하게 남쪽으로 나아갔다. 밤이 황야에 드리워졌다. 펼쳐진 땅과 덤불은 모두 발밑에 깔리기 전까지 숨겨져 있었다. 그림자가 드리워진 나무들이 하늘을 배경으로 빽빽하게 보였다. 어떤 경우에도 속도를 낼 수 없었다. 수호자는 두 차례 일행을 떠나 조각달이 떠 있는 방향으로 되돌아갔다. 그와 만다브는 등 뒤의 밤과 하나가 되었다. 그는 두 번 다 돌아와 추격자의 흔적은 없다고 보고했다.

에그웨인은 나이니브 옆에 바짝 붙어 있었다. 신나서 하는 대화의 조용한 조각들이 뒤쪽의 페린에게로 둥실둥실 떠왔다. 그 둘은 다시 고향을 찾은 것처럼 방방 떠 있었다. 페린은 작은 행렬 맨 뒤에 머물렀다. 때로 현자는 안장에 앉은 채 몸을 돌려 페린을 돌아보았다. 그때마다 페린은 괜찮다고 말하듯 손을 흔들되 제자리에 남아 있었다. 머릿속이 정리되지는 않았지만 생각할 것이 많았다. **앞으로 다가올 일이라니. 뭐가 다가온다는 거야?**

모레인이 마침내 멈추라고 외쳤을 때, 페린은 새벽이 멀지 않았으리라고 생각했다. 란은 어느 강둑에서 구멍을 파고 불을 숨겨 둘 수 있는 도랑을 찾았다.

그때에야 그들은 하얀 망토를 버려도 좋다는 허락을 받았다. 그들은 모닥불 근처에 구멍을 파고 그 안에 망토를 묻었다. 페린은 썼던 망토를 던져 버리기 직전에 그 망토의 가슴에 수놓인 황금빛 태양과 그 아래에 있는 두 개의 황금색 별에 시선을 빼앗겼다. 페린은 뭔가에 찔리기라도 한 것처럼 망토를 떨어뜨리고 물러섰다. 그는 코트에 두 손을 문지르며 혼자 앉아 있었다.

"그런데요." 란이 구멍에 흙을 퍼 넣기 시작하자 에그웨인이 말했다. "혹시 랜드랑 맷이 어디 있는지 아세요?"

"케임린에 있을 거야." 모레인이 신중하게 말했다. "아니면 케임린으로 가는 중이거나." 나이니브가 큰 소리로 비난하는 듯한 소리를 냈지만, 아이즈 세다이는 아무도 끼어들지 않았다는 듯 말을 이었다. "그렇지 않더라도 더 찾아볼게. 약속해."

그들은 빵과 치즈와 뜨거운 차를 조용히 먹었다. 에그웨인의 열정조차 피로에 물러섰다. 현자는 가방에서 에그웨인의 손목에 남은 밧줄 자국에 바를 연고와 멍이 든 다른 부분에 바를 다른 약을 꺼냈다. 에그웨인은 불빛 가장자리에 앉아 있는 페린에게로 다가갔지만, 페린은 고개를 들지 않았다.

에그웨인은 그 자리에 서서 잠시 그를 조용히 바라보더니 옆에 가방을 내려놓고 쪼그려 앉아 활기차게 말을 걸었다. "코트랑 셔츠 벗어, 페린. 그 옷을 보면 하얀 망토들 중 한 명이 너를 싫어했다는 게 생각나."

페린은 천천히 그 말에 따랐다. 그러면서도 절반쯤은 대플의 메시지에 정신이 팔려 있었다. 그때 나이니브가 헛숨을 들이켰다. 페린은 놀라서 그녀를 보았다가 자신의 맨가슴을 보았다. 그의 가슴은 색깔의 덩어리가 되어 있었다. 비교적 새로운 보라색 얼룩이 갈색과 노란색으로 희미해져 간 오래된 얼룩을 뒤덮고 있었다. 갈비뼈가 부러지지 않은 것은 순전히 루한 스승님의 용광로에서 몇 시간씩 일하며 얻은 두꺼운 근육 덕분이었다. 페린은 머릿속이 늑대들로 가득 차 있어서 고통을 잊을 수 있었지만, 다시 고통을 떠올린 지금은 고통이 기꺼이 돌아왔다. 페린은 자기도 모르게 깊이 숨을 들이쉬며 입을 꽉 다물고 신음을 참았다.

"어떻게 널 이렇게까지 싫어할 수 있었지?" 나이니브가 놀랍다는 듯 물었다.

내가 두 명을 죽였으니까요. 페린은 큰 소리로 말했다. "모르겠어요."

나이니브는 가방을 뒤졌다. 그녀가 기름기 많은 연고를 멍든 부위에 펴 바르자 페린은 움찔했다. "담쟁이덩굴과 다섯손가락, 해넘침 뿌리야." 나이니브가 말했다.

연고는 뜨거운 동시에 차가웠다. 페린은 땀을 흘리면서도 몸을 떨었지만 저항하지는 않았다. 그는 나이니브의 연고와 찜질 약을 경험해 본 적이 있었다. 나이니브의 손가락이 부드럽게 혼합물을 문지르자 열기와 한기가 사라지면서 고통을 함께 가져갔다. 보라색 얼룩이 갈색으로 흐려졌고 갈색과 노란색 얼룩은 희미해졌다. 일부는 완전히 사라졌다. 페린은 실험 삼아 심호흡해 보았다. 움찔하는 통증조차 거의 느껴지지 않았다.

"놀란 것 같구나." 나이니브가 말했다. 나이니브 자신도 조금은 놀란 듯했다. 이상하게 겁먹은 표정이기도 했다. "다음에는 **저 여자한테** 가면 된다."

"안 놀랐어요." 페린이 나이니브를 달래듯 말했다. "그냥 좋아서요." 나이니브의 연고는 빨리 들을 때도, 늦게 들을 때도 있었지만 늘 잘 들었다. "랜드랑 맷은 어떻게……. 어떻게 된 거예요?"

나이니브는 약병과 냄비를 다시 가방에 쑤셔 넣기 시작했다. 장벽을 뚫고 집어넣기라도 하는 것처럼 하나하나 힘주어 밀어 넣었다. "**저 여자** 말로는 괜찮다는구나. **저 여자** 말로는 우리가 그 애들을 찾게 될 거라고 해. **저 여자** 말로는 케임린에서라지. **저 여자** 말로는 이 문제가 너무 중요해서, 우리가 그 애들을 못 만날 리는 없다는구나. **그게** 대체 무슨 뜻인지는 모르겠지만. **저 여자**는 아주 많은 이야기를 하거든."

페린은 참지 못하고 씩 웃었다. 다른 것들이 변했더라도 현자는 지금도 현자였다. 그녀와 아이즈 세다이는 지금도 빠르게 친구가 되기는 어려운 사이인 모양이었다.

나이니브가 갑자기 뻣뻣한 태도로 그의 얼굴을 바라보았다. 그녀는 가방을 내려놓고 페린의 두 뺨과 이마에 손등을 댔다. 페린은 물러나려 했지만 나이니브가 두 손으로 그의 머리를 잡고 엄지로 그의 눈꺼풀을 젖히더니 그의 눈을 들여다보며 혼자 중얼거렸다. 나이니브는 덩치가 작았는데도 페린을 쉽게 잡았다. 나이니브가 원하지 않을 때 그녀에게서 빠져나가는 것은 절대 쉽지 않은 일이었다.

"이해가 안 가는구나." 마침내 그녀가 페린을 놓아주고 다시 쭈그려 앉으며 말했다. "황안열이라면 넌 설 수 없어야 해. 하지만 너는 열이 전혀 나지 않고, 눈의 흰자위가 노래지지도 않았어. 눈동자만 그렇지."

"노랗다고요?" 모레인이 말했다. 페린과 나이니브는 둘 다 앉아 있던 자리에서 펄쩍 뛰었다. 아이즈 세다이는 아무 소리 없이 다가와 있었다. 페린이 보니 에그웨인은 망토로 몸을 감싼 채 불가에 잠들어 있었다. 페린 자신의 눈꺼풀도 스르륵 감기려 했다.

"아무것도 아니에요." 페린이 말했지만, 모레인은 그의 턱 밑에 손을 대고 얼굴을 위로 젖혀 나이니브가 했던 것처럼 그의 눈을 들여다보았다. 페린은 오싹한 느낌에 홱 고개를 젖혔다. 두 여자는 페린을 어린애처럼 다루고 있었다. "아무것도 아니라니까요."

"이런 예언은 없었는데." 모레인은 혼잣말처럼 말했다. 그녀의 눈이 페린 너머의 무언가를 보는 듯했다. "뭔가가 직조되기로 결정된 걸까? 아니면 패턴에 변화가 생긴 거야? 변화가 일어났다면 누가 그런 거지? 물레는 그 의지에 따라 실을 자아. 틀림없어."

"이게 뭔지 아시오?" 나이니브는 마지못해 묻더니 망설였다. "페린에게 뭔가 해 줄 수 있겠소? 당신의 치유 마법이라든지." 도움을 청하는 말, 자신이 아무것도 할 수 없음을 인정하는 말은 억지로 끌어낸 것처럼 나왔다.

페린은 두 여자를 모두 노려보았다. "제 얘기를 하시려거든 저한테 하세요. 바로 여기 앉아 있으니까요." 둘 다 페린을 보지 않았다.

"치유 마법이라고요?" 모레인이 미소 지었다. "치유 마법은 여기에 아무 소용이 없어요. 이건 질병이 아니고, 앞으로도……." 그녀는 잠시 망설였다. 그러더니 모레인은 페린을 힐끗 보았다. 수많은 것을 후회하는 표정이 빠르게 스쳤다. 하지만 그 시선에는 페린이 담겨 있지 않았다. 그녀가 다시 나이니브를 돌아보자 페린은 심통이 나서 투덜거렸다. "앞으로도 페린에게 해가 되지는 않을 거라고 말하려 했는데, 끝이 어떨지는 누가 알겠어요? 그래도 직접적인 해가 되지는 않을 거라고 할 수 있겠네요."

나이니브는 일어서서 무릎의 먼지를 털더니 아이즈 세다이의 눈을 똑바로 마주 보았다. "그걸로는 충분하지 않소. 뭔가 잘못된 게 있다면……."

"존재하는 건 그냥 존재하는 거예요. 이미 직조된 것은 바꿀 수 없습니다." 모레인은 갑자기 돌아섰다. "잘 수 있을 때 자고, 날이 밝자마자 떠나야 해요. 어둠의 존재의 손길이 너무 강해지면……. 케임린에 빨리 도착해야 합니다."

나이니브는 화를 내며 가방을 집어 들고 페린이 무슨 말을 하기도 전에 성큼성큼 가 버렸다. 페린은 낮은 목소리로 욕설을 하려다가 머리를 얻어맞은 것처럼 한 가지 생각이 떠올라 입을 쩍 벌린 채 조용히 앉아 있었다. 모레인은 알고 있었다. 아이즈 세다이가 늑대들에 대해 알고 있었다. 그게 어둠의 존재가 한 일일지도 모른다고 생각했다. 페린은 온몸이 떨렸다. 그는 서둘러 셔츠 안에 다시 몸을 구겨 넣고, 셔츠를 어색하게 쑤셔 넣은 다음 코트와 망토를 다시 입었다. 옷은 별 도움이 되지 않았다. 페린은 뼛속까지 한기가 스미는 것을 느꼈다. 골수가 얼어붙은 젤리가 된 것만 같았다.

란이 책상다리를 하고 땅에 털썩 주저앉더니 망토를 획 젖혔다. 페린은 그게 고마웠다. 수호자를 봤는데 그의 몸이 보이지 않는다는 것은 불쾌한 일이었다.

오랫동안 그들은 가만히 서로를 바라보았다. 단단한 평면으로 이루어진 수호자의 얼굴은 읽기 어려웠다. 하지만 페린은 그의 눈빛에서……. 뭔가를 본 것 같았다. 동정심일까? 호기심일까? 둘 다일까?

"아세요?" 페린이 말하자 란은 고개를 끄덕였다.

"조금은 안다. 다 아는 건 아니고. 그냥 그렇게 된 거냐, 아니면 안내자나 중재자를 만난 거냐?"

"어떤 남자가 있었어요." 페린이 천천히 말했다. **란도 알고 있어. 하지만 모레인이랑 같은 생각일까?** "자기 이름이 일라이아스라고 했어요. 일라이아스 마치라요." 란은 깊이 숨을 들이쉬었고, 페린은 날카롭게 그를 보았다. "아는 사람이에요?"

"전에 알았다. 나한테 많은 걸 가르쳐 줬지. 거대한오염에 대해서도, 이녀석에 대해서도." 란은 칼자루를 건드렸다. "일라이아스는 한때 수호자였다. 그러니까…… 그 일이 벌어지기 전에 말이야. 적색의 아자가……." 란은 불 앞에 누워 있는 모레인을 힐끗 보았다.

페린이 기억하는 한, 수호자가 머뭇거리는 모습을 보인 것은 지금이 처음이었다. 샤다 로고스에서 란은 확신에 차 있었고 강력했다. 희미한 자와 트롤록을 대면할 때도 마찬가지였다. 지금도 란이 겁을 먹은 것은 아니었다. 그 점은 확실했다. 하지만 경계하고 있었다. 너무 많은 말을 할까 봐 걱정하는 듯했다. 자기가 한 말이 위험할 수 있다고 생각하는 것 같았다.

"적색의 아자 얘기는 들어 봤어요." 페린이 란에게 말했다.

"네가 들은 얘기 대부분은 틀렸다. 그건 확실해. 너도 알아 둬. 타 발론에는…… 파벌이 있다. 누구는 이런 방식으로 어둠의 존재와 싸우려 하고, 또 누구는 다른 방식으로 싸우려 하지. 목표는 같지만 그 차이가……. 그 차이로 삶이 변하거나 끝날 수 있다. 인간의 삶이든, 국가의 삶이든. 일라이아스는 잘 지내더냐?"

"그런 것 같아요. 하얀 망토들은 자기들이 일라이아스를 죽였다고 했지만, 대플이……." 페린은 불편한 마음에 수호자를 힐끗 보았다. "모르겠네요." 란은 썩 내키지 않는 듯했지만 잘 모른다는 페린의 말을 받아들이는 듯했다. 그래서 페린은 용기를 얻어 이야기를 이어 갈 수 있었다. "늑대들과 소통하는 이거요. 모레인은 이게……. 이게 어둠의 존재가 한 짓이라고 생각하는 것 같던데요. 그런 건 아니죠?" 페린은 일라이아스가 어둠의 친구라고 생각할 수 없었다.

하지만 란은 망설였고, 페린의 얼굴에는 땀이 맺히기 시작했다. 차가운 땀방울이 밤기운에 더욱 차가워졌다. 그 땀방울이 두 뺨으로 흘러내리기 시작했을 때쯤 수호자가 입을 열었다.

"그 자체로는 아니지. 어떤 사람들은 그렇게 생각한다만 잘못 안 거야. 그 능력은 오래된 거다. 어둠의 존재가 발견되기 한참 전에 실전됐어. 하지만 그와 관련된 확률은 어떨까, 대장장이? 때로 패턴이 무작위로 만들어지는 건 사실이야. 최소한 우리가 보기에는 그렇지. 하지만 이런 상황으로 너를 안내해 줄 수 있는 사람을 만났는데, 네가 그 안내를 따를 수 있는 사람일 가능성이 얼마나 될까? 패턴은 위대한 그물을, 어떤 사람들이 시대의 레이스라고 부르는 것을 만든다. 너희가 그 중심에 있고. 난 이제 너희 인생에 별다른 가능성이 남아있지 않다고 생각한다. 과연 네가 선택된 걸까? 만일 그렇다면 널 선택한 건 빛일까, 그림자일까?"

"우리가 이름을 부르지 않는 한 어둠의 존재는 우리를 건드릴 수 없어요." 페린은 즉시 바알자몬 꿈을, 꿈 이상이었던 그 꿈들을 떠올렸다. 그는 얼굴의 땀을 문질러 닦았다. "못 건드려요."

"돌덩이처럼 고집이 세구나." 수호자가 생각에 잠겨 말했다. "결국은 그 고집으로 너 자신을 구할 수 있을지도 모르지. 우리가 어떤 시대를 살고 있는지 기억해라, 대장장이. 모레인 세다이가 네게 한 말을 기억해. 이런 시절에는 많은 것들이 녹아내리고 해체된다. 오래된 장벽이 약해지고, 오래된 성벽이 부스러져 내리지. 지금 존재하는 것과 한때 존재했던 것 사이의 장벽, 지금 존재하는 것과 앞으로 존재할 것의 장벽 말이다." 수호자의 목소리가 어두워졌다. "어둠의 존재가 갇혀 있는 감옥의 벽 말이야. 지금은 한 시대의 끝일지도 모른다. 우리는 죽기 전에 새 시대가 탄생하는 걸 보게 될지도 몰라. 아니면 지금이 여러 시대의 끝, 시간 자체의 끝일 수도 있어. 세상의 종말이 오는 거다." 갑자기 그는 씩 웃었다. 하지만 그 미소는 노려보는 것만큼이나 어두웠다. 그의 눈이 즐거운 듯 반짝였다. 교수대 아래에서 웃는 사람 같았다. "하지만 그건 우리가 걱정할 일이 아니지. 안 그러냐, 대장장이? 우리는 숨을 쉬는 한 그림자와 싸운다. 그림자가 우리를 뛰어넘으면, 우리는 그 밑으로 들어가서 물어뜯고 할퀸다. 너희 투 리버스 녀석들은 항복하기에는 너무 고집이 세. 어둠의 존재가 네 인생에 끼어들었는지는 걱정하지 마라. 지금 너는 친구들에게 돌아왔으니까. 기억해라, 물레는 그 뜻에 따라 실을 잣는다. 어둠의 존재도 그걸 바꿀 수는 없어. 모레인이 너를 지켜보고 있을 때는 말이야. 그래도 늦지 않게 네 친구들을 찾는 게 좋겠지."

"무슨 뜻이에요?"

"네 친구들한테는 진정한 근원과 접촉하며 그들을 지켜 줄 아이즈 세다이가 없으니까. 대장장이, 어쩌면 벽은 이미 어둠의 존재가 직접 사건에 개입할 수 있을 만큼 약해졌는지도 모른다. 물론 마음껏 개입하지는 못할 거야. 그랬다면 우린 이미 끝장났을 거다. 하지만 놈은 실을 조금씩 옮겨 놓을 수 있어. 이 모퉁이가 아니라 저 모퉁이를 돌 확률, 우연한 만남, 우연한 말, 혹은 우연처럼 보이는 일들이 일어나면 네 친구들은 모레인조차 데리고 나올 수 없을 만큼 깊은 그림자 속으로 떠날 수 있다."

"찾아야 해요." 페린이 말했다. 수호자는 껄껄 웃었다.

"내가 뭐랬나? 좀 자라, 대장장이." 란은 선 채로 다시 망토를 둘렀다. 모닥불과 달에서 나오는 희미한 달빛을 받고 있으니 그는 거의 그림자와 한 몸처럼 보였다. "케임린까지는 며칠 남지 않았지만, 힘들 거다. 거기에서 녀석들을 찾게 해 달라고 기도해라."

"하지만 모레인은…… 모레인은 어디서든 걔들을 찾을 수 있잖아요. 아닌가요? 찾을 수 있다고 했는데요."

“하지만 시간 속에서도 찾을 수 있을까? 어둠의 존재가 직접 손을 쓸 수 있을 만큼 강해졌다면 시간이 부족해지고 있는 거다. 케임린에서 녀석들을 찾게 해 달라고 기도해라, 대장장이. 그게 아니면 우리 모두 길을 잃을 수 있다.”

39장 그물 짜기

랜드는 여왕의 축복에 있는 자기 방 높은 창문에서 군중을 내려다보았다. 그들은 거리를 따라 소리를 지르며 달렸다. 모두가 같은 방향으로 몰려가며 삼각기와 사각기를 흔들어 댔다. 넓디넓은 붉은 들판을 지키고 선 흰 사자의 깃발이었다. 케임린 사람들과 이방인들이 함께 달렸다. 이번만큼은 아무도 다른 사람의 머리를 후려치고 싶어 하지 않는 듯했다. 어쩌면 오늘은 파벌이 하나뿐인지도 몰랐다.

랜드는 씩 웃으며 창문에서 돌아섰다. 에그웨인과 페린이 살아서 돌아와 자기들이 본 모습에 웃는 그 날을 빼면, 지금이 랜드가 가장 기다려 온 날이었다.

"너도 갈 거야?" 랜드가 다시 물었다.

맷은 몸을 둥글게 말고 침대에 누운 채로 랜드를 노려보았다. "너랑 친한 그 트롤록이나 데려가."

"피와 재를 걸고, 맷. 그 녀석은 트롤록이 아니야. 넌 그냥 바보같이 고집을 부리는 거고. 대체 이런 말다툼을 몇 번이나 해야 해? 빛을 걸고, 오기어 얘기를 못 들어본 것도 아니잖아."

"오기어가 트롤록처럼 생겼다는 얘기는 못 들었는데." 맷은 베개에 얼굴을 파묻고 몸을 더욱 웅크렸다.

"바보 같은 고집이야." 랜드가 투덜댔다. "언제까지 여기 숨어 있을 건데? 나도 언제까지나 저 많은 계단을 올라서 너한테 먹을 걸 가져다주지는 않을 거야. 목욕도 좀 하는 게 좋겠다." 맷은 침대에 더 깊숙이 파고들려는 것처럼 어깨를 들썩였다. 랜드는 한숨을 쉰 뒤 문으로 갔다. "같이 갈 기회는 지금이 마지막이야, 맷. 난 간다." 그는 맷이 생각을 바꾸기를 바라며 천천히 문을 닫았지만, 친구는 꿈쩍도 하지 않았다. 문이 덜컥 닫혔다.

랜드는 복도로 나와 문틀에 몸을 기댔다. 길 씨는 두 골목 건너에 어머니 그럽이라 불리는 늙은 여자가 있다고 했다. 산파 역할을 하고 병자들을 돌보고 예언을 하는 것 외에도 약초와 찜질 약을 파는 사람이었다. 듣고 보니 현자와 좀 비슷한 듯했다. 맷에게 필요한 사람은 나이니브였다. 어쩌면 모레인일지도 몰랐다. 하지만 지금 있는 사람은 어머니 그럽이었다. 게다가 그녀를 여왕의 축복으로 데려왔다가는 엉뚱한 관심을 끌게 될지도 몰랐다. 그것도 그녀가 와 줄 때의 얘기지만 말이다. 맷과 랜드는 물론 그녀도 곤란해질 수 있었다.

약초학자들과 돌팔이 의사들은 현재 케임린에서 몸을 바짝 낮추고 있었다. 어떤 식으로든 치료나 예언을 하는 사람들에게 적대적인 이야기가 돌고 있었다. 매일 밤, 사람들의 문에는 드래건의 송곳니가 아무렇게나 그려졌다. 때로는 대낮에 그런 일이 벌어지기도 했다. 어둠의 친구에 관한 경고가 울려 퍼지고 있을 때면 사람들은 누가 열병을 낫게 해주고 찜질로 치통을 고쳐 주었는지 잊었다. 그게 도시의 분위기였다.

맷이 정말로 아픈 것은 아니었다. 그는 다른 사람이 주는 음식은 절대 먹지 않았지만 랜드가 주방에서 가져다준 것은 전부 먹었고, 어디가 아프다거나 열이 난다고 불평을 하지도 않았다. 그냥 방에서 나오지 않으려 했다. 하지만 랜드는 아무리 맷이라도 오늘만큼은 나올 거라고 확신했었다.

랜드는 어깨에 망토를 걸치고 칼과 칼을 감싼 붉은색 헝겊이 더 잘 가려지도록 허리띠를 돌렸다.

그는 계단 밑에서 이제 막 계단을 오르려는 길 씨를 만났다. "도시에서 네

행방을 묻고 다니는 사람이 있다." 여관 주인이 파이프를 문 채로 말했다. 랜드는 솟구치는 희망을 느꼈다. "너랑 네 친구들 이름을 대며 사람을 찾는다더구나. 너희 애송이들을 말이야. 너희 셋을 누구보다도 원하는 것 같다."

불안감이 희망을 대체했다. "누군데요?" 랜드가 물었다. 그는 지금도 복도를 이리저리 살펴보고 싶은 마음을 누를 수 없었다. 출구에서부터 통로로, 다시 휴게실 문으로 이어지는 복도에는 둘밖에 없었다.

"이름은 모르겠어. 얘기만 들은 거야. 난 케임린에서 일어나는 거의 모든 일을 결국 듣게 되거든. 거지라더구나." 여관 주인이 끙 소리를 냈다. "반쯤 미쳤다고 하더라. 그래도 궁전에 가면 여왕님의 구호물을 받을 수 있겠지. 지금처럼 힘든 시절이라도. 축제일에 여왕님께서는 직접 구호물을 나눠 주신다. 어떤 이유로든 돌려보내진 사람은 없어. 케임린에서는 누구도 구걸할 필요가 없다. 수배 중인 사람조차 여왕님의 구호물을 받을 때는 체포되지 않아."

"어둠의 친구일까요?" 랜드가 망설이며 말했다. **어둠의 친구가 우리 이름을 안다면…….**

"어둠의 친구 생각을 많이 하는구나, 젊은이. 놈들이 존재하는 건 확실하지만, 하얀 망토들이 모두를 귀찮게 하고 다닌다고 해서 이 도시가 어둠의 친구로 가득하다고 생각할 필요는 없다. 이젠 그 멍청이들이 어떤 소문을 퍼뜨리는지 아느냐? '이상한 형체'라는 거야. 믿어지냐? 이상한 형체들이 밤마다 도시 바깥을 슬금슬금 돌아다닌다고 하더구나." 여관 주인은 배가 떨리도록 낄낄댔다.

랜드는 웃을 기분이 아니었다. 하이암 킨치도 이상한 형체 이야기를 한 적이 있었다. 그때는 확실히 희미한 자가 있었다. "무슨 형체요?"

"무슨 형체냐고? 무슨 형체인지는 모르겠다. 이상한 형체라잖아. 트롤록인가 보지. 그림자 인간이든지. 동족살해자 루스 세린이 키가 15미터쯤으로 자라 돌아온 걸지도 모르고. 일단 생각을 품기 시작하면 사람들이 어떤 형체를 상상할 것 **같으냐?** 그런 건 우리가 걱정할 일이 아니야." 길 씨는 잠시 랜드를 눈여겨보았다. "나가려는 모양이구나? 글쎄, 나는 오늘 같은 날에도 별로 신경이 쓰이지 않는다만, 여기에 남아 있는 사람은 나밖에 없는 것 같구나. 네 친구는 안 가는 모양이지?"

"상태가 안 좋대요. 나중에 갈 수도 있죠."

"뭐, 그럴지도 모르지. 조심해라. 오늘조차 밖에는 여왕님을 따르는 선량한 사람들의 숫자가 훨씬 적을 거다. 진짜 이런 날이 오다니 빛께서 태워 버리실 일이지. 골목길로 나가는 게 좋겠다. 길 건너편에 빌어먹을 배신자 두 놈이 앉아서 우리 집 현관을 지켜보고 있어. 빛을 걸고, 내가 어떻게 나올지는 뻔히 알 텐데!"

랜드는 고개를 내밀고 양쪽을 살펴본 다음 골목으로 들어갔다. 길 씨가 고용한 덩치 큰 남자가 골목 입구에 서서 창을 짚은 채 사람들이 달려가는 모습을 별 관심 없는 표정으로 지켜보고 있었다. 랜드는 그저 표정이 그럴 뿐이라는 것을 알고 있었다. 그 사람은—이름은 램귄이었다—눈꺼풀이 처진 눈으로 모든 것을 보았고, 황소 같은 덩치에도 고양이처럼 움직일 수 있었다. 또 그는 무어게이즈 여왕이 육신으로 화한 빛, 혹은 그와 비슷한 존재라고 생각했다. 여왕의 축복 근처에는 그런 사람 10여 명이 흩어져 있었다.

랜드가 골목 입구에 도착하자 램귄의 귀가 움찔거렸다. 하지만 그는 무관심한 듯한 시선을 절대로 거리에서 돌리지 않았다. 랜드는 그가 다가오는 소리를 램귄이 들었다는 것을 알았다.

"오늘은 등 뒤를 조심해라." 램귄의 목소리는 프라이팬에 들어 있는 자갈 소리와 비슷했다. "문제가 생겼을 때 네가 여기 있으면 편할 것 같아서 말이야. 어딘가에서 등에 칼을 메고 돌아다닐 때보다는."

랜드는 땅딸막한 남자를 힐끗 보았지만, 놀란 마음은 잦아들었다. 랜드는 늘 칼을 가리려고 노력했다. 하지만 길 씨의 부하들이 랜드가 싸움을 할 줄 알 것이라고 생각하는 것은 지금이 처음이 아니었다. 램귄은 랜드를 돌아보지 않았다. 그의 일은 여관을 지키는 것이었고, 그는 맡겨진 일을 했다.

랜드는 망토 더 깊은 곳으로 칼을 밀어 넣고 인파에 합류했다. 여관 주인이 말했던 두 남자가 사람들을 볼 수 있도록 여관 건너편에 술통을 뒤집어

놓고 그 위에 서 있는 모습이 보였다. 그들이 골목에서 나오는 랜드의 모습을 보았을 것 같지는 않았다. 그들은 자신들이 어디에 충성하는지 결코 감추지 않았다. 그들은 칼을 흰 천으로 싸 붉은 끈으로 묶었을 뿐 아니라, 흰 완장을 차고 머리에는 흰 코케이드를 달았다.

랜드는 케임린에 도착한지 얼마 되지 않아 칼을 감싼 붉은 천이나 붉은 완장 혹은 코케이드가 무어게이즈 여왕에 대한 지지를 의미한다는 것을 알게 되었다. 흰색은 여왕과 아이즈 세다이의 관계, 여왕과 타 발론의 관계가 모든 잘못의 이유라는 뜻이었다. 날씨도, 흉작도. 심지어 가짜 드래건도.

랜드는 케임린 정치에 관여하고 싶지 않았다. 하지만 이제는 너무 늦어버렸다. 랜드가 이미 편을 골랐기 때문만은 아니었다. 우연히 그렇게 된 것이지만, 어쨌든 그는 편을 골랐다. 도시의 문제는 그 누구라도 중립으로 있을 수 없을 만큼 깊어졌다. 외지인들조차 코케이드와 완장을 착용하거나 칼을 감싸고 다녔다. 붉은색보다는 흰색을 착용하는 사람이 더 많았다. 그중에는 생각이 다른 사람도 있을지 몰랐다. 하지만 그들은 고향을 멀리 떠나온 사람들이었고 케임린의 대세에 따랐다. 여왕을 지지하는 사람들은 아예 밖으로 나오지 않거나, 나오더라도 호신을 위해서라도 몰려다녔다.

하지만 오늘은 달랐다. 최소한 표면적으로는 그랬다. 오늘, 케임린에서는 그림자에 대한 빛의 승리를 축하했다. 오늘은 가짜 드래건이 도시로 끌려들어와 여왕 앞에 전시된 뒤 북쪽의 타 발론으로 압송되는 날이었다.

아무도 그 부분에 대해서는 이야기하지 않았다. 일원력을 실제로 행사할 수 있는 사람을 처리할 수 있는 것은 당연히 아이즈 세다이뿐이었지만, 아무도 그 이야기는 하고 싶어 하지 않았다. 빛이 그림자를 패배시켰고, 안도어 병사들이 그 전투의 최전선에 있었다. 오늘 중요한 것은 그것뿐이었다. 오늘만큼은 다른 모든 것을 잊을 수 있었다.

랜드는 정말 그럴지 궁금했다. 군중은 노래를 부르고 깃발을 휘두르고 웃으며 뛰어다녔지만, 붉은색을 내보이는 사람들은 열 명이나 스무 명씩 무리를 이루어 다녔다. 그들과 함께하는 여자나 아이들은 없었다. 랜드가 보기에 여왕에 대한 충성을 선언하는 사람 한 명당 흰색을 내보이는 사람이 최소 열 명은 되는 것 같았다. 처음도 아니지만, 랜드는 흰색 천이 더 쌌으면 좋았을 것을 그랬다고 생각했다. **하지만 네가 흰색을 내보이고 다녔어도 길씨가 도와줬을까?**

사람들이 너무 빽빽하게 모여 있어서 그들을 밀치고 다니는 것은 어쩔 수 없는 일이었다. 오늘만큼은 하얀 망토들조차 조그맣게 트인 공간을 누리지 못했다. 랜드는 군중에 실려 시내로 향하면서, 모든 적대감이 다스려진 것은 아니라는 것을 깨달았다. 랜드는 세 명으로 이루어진 하얀 망토들 일행 중 한 명이 다른 사람에게 너무 세게 부딪혀 넘어질 뻔하는 모습을 보았다. 하얀 망토는 거의 자제하지 않고 자기에게 부딪힌 사람에게 화를 내며 욕설을 퍼붓기 시작했다. 그때 다른 남자가 비틀거리며 일부러 그에게 어깨를 부딪쳤다. 상황이 더 심각해지기 전에 하얀 망토의 일행이 그를 길옆으로 끌어냈다. 문 앞에서 몸을 피할 수 있는 곳이었다. 세 사람은 평소처럼 눈을 부라려야 하는지, 못 믿겠다는 표정을 지어야 하는지 갈피를 잡지 못하는 듯했다. 사람들은 아무 눈치도 채지 못했다는 듯 그냥 흘러갔다. 아마 실제로 그랬을 것이다.

이틀 전만 해도 감히 그런 일을 할 사람은 아무도 없었다. 게다가 이제 보니 하얀 망토들과 부딪힌 남자들은 모자에 흰 코케이드를 달고 있었다. 하얀 망토들이 여왕이나 그녀의 아이즈 세다이 조언자에게 반대하는 사람들을 지지한다는 믿음이 널리 퍼져 있었으나 그렇다고 달라질 것은 없었다. 사람들은 전에 한 번도 생각해 본 적 없는 일을 하고 있었다. 오늘은 하얀 망토를 밀치고 지나간다. 내일은, 혹시 여왕을 끌어내릴까? 문득 랜드는 근처에 붉은색을 내보이는 사람이 몇 명 더 있으면 좋겠다고 생각했다. 흰 코케이드와 완장을 찬 사람들에게 떠밀리다 보니 갑자기 무척 외로워졌다.

하얀 망토들은 랜드가 자기들을 바라보는 것을 보고, 도전에 응하기라도 하듯 그를 마주 보았다. 랜드는 일부러 군중 가운데서 노래를 부르며 지나가는 무리에게 휩쓸려 그들의 시야를 벗어난 뒤 그들과 함께 노래했다.

사자여 앞으로,

사자여 앞으로.
흰 사자가 들판을 차지하리라.
그림자를 향해 저항을 외쳐라.
사자여 앞으로,
승리의 안도어여 앞으로.

가짜 드래건이 케임린까지 타고 올 길은 잘 알려져 있었다. 여왕의 호위병들과 붉은 망토를 입은 창병들이 그 길을 단단하게 늘어서서 지키고 있었다. 그러나 사람들은 그 가장자리에서 어깨를 맞대고 빽빽하게 밀려들었다. 심지어 창문과 지붕 꼭대기에도 사람이 있었다. 랜드는 궁전에 가까이 가려고 애써 시내로 들어갔다. 그는 로게인이 여왕 앞에 전시되는 모습을 실제로 보는 상상을 조금씩 해 왔다. 가짜 드래건과 여왕을 둘 다 본다니……. 고향에서는 꿈도 꾸어 본 적 없는 일이었다.

시내는 언덕 위에 세워져 있었고 오기어가 만든 것 대부분이 아직 남아 있었다. 신시가지의 거리 대부분이 정신없는 조각보처럼 사방으로 이어져 있다면, 이곳의 거리는 땅의 자연스러운 일부인 것처럼 언덕의 곡선을 따라 이어졌다. 널리 퍼져 있는 오르막과 내리막은 모퉁이를 돌 때마다 새롭고 놀라운 풍경을 보여 주었다. 다른 각도에서, 심지어 위에서 본 공원의 보행로와 기념물들은 녹지가 거의 없었는데도 눈으로 보기에 즐거운 무늬를 이루고 있었다. 탑이 갑자기 모습을 드러냈고, 타일로 덮인 벽은 햇빛을 받아 100가지의 변화무쌍한 색깔로 빛났다. 갑자기 언덕이 나타나 도시 전체는 물론 그 뒤로 펼쳐진 평원과 숲이 내다보이기도 했다. 전체적으로, 랜드가 그 모습을 정말로 감상할 기회를 누리기도 전에 서둘러 그를 밀고 지나가는 인파만 아니었어도 그곳은 대단한 구경거리가 되었을 것이다. 길이 전부 구불구불해서 아주 먼 곳까지 보이지는 않았다.

랜드는 갑자기 모퉁이를 돌아 휩쓸려 갔다. 거기에 궁전이 있었다. 거리는 땅의 자연스러운 윤곽선을 따라가면서도, 이곳에서만큼은 나선형으로 깔려 있었다. 방랑 시인의 이야기에나 나오는 흰색 첨탑과 황금색 돔, 복잡한 석재 장식에는 튀어나온 곳마다 안도어의 깃발이 걸려 있었다. 바로 이곳이 다른 모든 풍경의 모델이 된 가장 중요한 지역이었다. 평범한 건물처럼 지어졌다기보다는 예술가가 조각한 것처럼 보였다.

언뜻 보니 더 이상 다가갈 수는 없을 듯했다. 아무도 궁전 가까이에는 갈 수 없었다. 여왕의 호위병들이 성문 양옆에 진홍색 옷을 입고 열 줄로 늘어서 있었다. 흰 성벽 윗부분을 따라서 만들어진 높은 발코니와 탑에는 더 많은 호위병들이 뻣뻣하게 선 채 활을 정확한 각도로 기울여 흉갑에 걸고 있었다. 그들도 방랑 시인의 이야기에 나오는 존재, 의장병처럼 보였다. 하지만 랜드는 그들이 존재하는 이유가 미관을 위해서는 아니라는 생각이 들었다. 길 양옆에 늘어선 시끄러운 군중은 거의 모두 흰 천으로 감싼 칼과 흰 완장, 흰 코케이드를 착용하고 있었다. 겨우 몇 곳에서만 장벽처럼 늘어선 흰색 사람들의 무리가 붉은 무리로 끊겼다. 붉은 제복을 입은 호위병들은 그 모든 흰색과 맞서 싸우는 가느다란 장벽으로 보였다.

랜드는 궁전으로 다가가기를 포기하고 큰 키를 유용하게 쓸 수 있는 자리를 찾았다. 랜드는 맨 앞에 서지 않아도 모든 것을 볼 수 있었다. 인파는 계속해서 움직였고 사람들은 앞으로 다가가려고 서로를 떠밀었다. 좀 더 잘 보이는 곳이라고 생각되는 곳을 향해 서둘러 나아갔다. 그렇게 움직이던 중 랜드는 세 사람만 더 지나면 탁 트인 거리가 나온다는 것을 알게 되었다. 창병을 포함해 랜드 앞에 있는 모든 사람이 그보다 키가 작았다. 거의 모두가 그랬다. 사람들은 너무도 많은 몸뚱이들이 밀어 대는 통에 땀을 흘리면서 랜드의 양옆으로 밀려들었다. 랜드 뒤의 사람들은 아무것도 보이지 않는다고 툴툴거리며 비집고 지나가려 했다. 랜드는 선 자리를 지키며, 양옆에 있는 사람들과 함께 아무것도 통과시키지 않는 벽을 이루었다. 만족스러웠다. 랜드는 가짜 드래건이 지나갈 때 그의 얼굴을 선명히 볼 수 있을 만큼 가까이 있을 터였다.

길 건너편과 신시가지로 나가는 성문 쪽에서 빽빽이 몰려 있는 군중을 한 물결이 휩쓸고 지나갔다. 굽어진 길 근처에서 사람들이 뭔가를 통과시키려고 어지럽게 물러났다. 그렇게 만들어진 빈 공간은 오늘을 제외한 날이면 언제나 하얀 망토들을 따라다니는 빈 공간이 아니었다. 사람들은 놀란 표정을 지었다가 역겹다는 듯 인상을 찡그리며 홱 물러났다. 그들은 서로 떠밀며 길을 비켰고, 알 수 없는 대상으로부터 고개를 돌렸다. 그것이 지나갈 때까지 곁눈질로 계속 살폈다.

랜드 주변의 다른 사람들도 그 소란을 알아챘다. 드래건의 도착에 집중하고 있으면서도 이제는 기다리는 것 말고 할 일이 없었던 군중은 의견을 낼 만한 가치가 있는 대상을 전혀 발견하지 못했다. 랜드는 아이즈 세다이에서 로게인 본인에 이르기까지 다양한 추정이 오가는 소리를 들었다. 남자들에게서는 거친 웃음을, 여자들에게서는 경멸감 어린 코웃음을 불러일으킨 저질스러운 의견도 몇 마디 들려왔다.

물결은 군중을 가로질러 번지며 거리 가장자리로 점점 다가왔다. 그 물결이 지나가고 싶어 하는 곳이 있으면 아무도 망설이지 않고 그 물결을 통과시키는 것처럼 보였다. 그것이 지나가고 나면 인파가 다시 밀려들어 구경하기 좋은 자리를 놓치게 되는데도 말이다. 마침내 랜드의 바로 맞은편에서 군중이 불어나며 거리를 침범했다. 그들은 군중을 떠밀어 원래 자리로 돌려놓으려고 애쓰는 빨간 망토의 창병을 밀치더니 아예 풀려났다. 발을 질질 끌며 탁 트인 곳으로 머뭇머뭇 나타난 구부정한 형체는 인간이라기보다는 더러운 넝마와 비슷해 보였다. 그의 주변에서 역겹다는 듯 웅성거리는 소리가 들렸다.

넝마를 걸친 남자는 거리 저쪽 끝에 잠시 멈추어 섰다. 찢기고 먼지로 더러워진 그의 두건이 무언가를 찾는 것처럼, 혹은 귀 기울이는 것처럼 앞뒤로 휙휙 젖혀졌다. 그는 갑자기 알아들을 수 없는 고함을 지르더니 더러운 발톱처럼 생긴 손을 내뻗어 랜드를 곧바로 가리켰다. 그러더니 즉시 벌레처럼 거리를 빠르게 건너기 시작했다.

그 **거지야.** 대체 얼마나 운이 없었기에 저 남자가 이런 식으로 랜드를 찾게 되었는지는 알 수 없었다. 아무튼 랜드는 어둠의 친구이든 아니든 저자를 일대일로 마주하고 싶지는 않다는 것을 갑자기 확신했다. 그는 거지의 시선을 느낄 수 있었다. 피부에 닿는 기름 낀 물 같았다. 랜드는 특히 이곳에서, 사람들이 금방이라도 폭력을 저지를 만한 곳에서 남자가 다가오는 것을 원하지 않았다. 전에는 웃던 바로 그 목소리들이 랜드가 사람들을 떠밀며 뒤로 물러나 거리를 벗어나는 지금은 욕설을 퍼부었다.

랜드는 자기가 밀치거나 억지로 지나가야 하는 빽빽한 군중이 더러운 남자 앞에서는 알아서 길을 틔우리라는 것을 알았기에 서둘렀다. 랜드는 군중 사이로 억지로 길을 뚫느라 애쓰며 비틀거리다가 넘어질 뻔했다. 그때, 그는 갑자기 자유로워졌다. 그는 균형을 잡으려고 두 팔을 버둥거리며 비틀거리던 두 다리로 뛰기 시작했다. 사람들이 그를 가리켰다. 랜드는 반대 방향으로 밀고 나가지 않는 유일한 사람이었다. 게다가 뛰고 있었다. 고함이 그를 따라왔다. 등 뒤로 망토가 펄럭이며 붉은색 천으로 감싼 칼을 드러냈다. 랜드는 그 사실을 알아차리고 더 빨리 뛰었다. 외로운 여왕의 지지자가 달려가고 있다니, 아무리 오늘이라도 흰 코케이드를 단 폭도들이 추격해 올 수 있었다. 랜드는 긴 다리로 포장된 도로를 집어삼키며 달렸다. 고함이 등 뒤 먼 곳에 남겨지고 나서야 그는 벽에 털썩 기대며 숨을 헐떡였다.

랜드는 아직 시내라는 것만 빼면 이곳이 어디인지 알 수 없었다. 그 구불구불한 길거리를 따라 모퉁이를 몇 번이나 돌았는지 기억나지 않았다. 그는 다시 도망칠 태세로 지나온 길을 돌아보았다. 거리에서는 딱 한 사람만이 움직이고 있었다. 장바구니를 들고 얌전하게 걸어가는 여자였다. 도시의 거의 모든 사람이 가짜 드래건을 보겠다고 모여 있었다. **나를 따라왔을 리는 없어. 내가 따돌린 거야.**

거지는 포기하지 않을 터였다. 이유는 알 수 없지만 확신이 들었다. 넝마를 걸친 그 형체는 지금 이 순간에도 인파를 헤치며 그를 찾고 있을 터였다. 로게인을 보러 돌아간다면, 랜드는 그자와 마주칠 위험을 감수하는 셈이었다. 랜드는 잠시 여왕의 축복으로 돌아가는 방법을 생각해 보았지만 그랬다가는 여왕을 볼 기회를 영영 놓칠 게 분명했다. 또한 가짜 드래건을 한 번 더 볼 기회는 영영 생기지 않기를 바랐다. 아무리 어둠의 친구라지만 허리가 굽은 거지가 쫓아온다고 숨다니 왠지 비겁하게 느껴졌다.

랜드는 생각에 잠겨 주위를 둘러보았다. 시내의 배치에 따라 이곳에는 건물이 아예 없거나 있어도 낮은 높이를 유지하고 있었다. 그래야 특정한 지점에 서 있는 사람이 계획된 도시의 조망을 아무 방해도 받지 않고 볼 수 있었다. 분명 어딘가에는 가짜 드래건과 함께 지나가는 행렬을 볼 만한 곳이 있을 터였다. 여왕은 볼 수 없더라도 로게인은 볼 수 있을 것이다. 랜드는 갑자기 결심이 서서 출발했다.

이후 한 시간 동안 랜드는 그런 장소를 몇 군데 찾아냈다. 그 모든 장소에는 행렬의 진로를 따라 이동하다가 깔려 죽지 않으려는 사람들이 뺨과 뺨이 닿을 정도로 꽉 들어차 있었다. 그들은 흰색 코케이드와 완장을 찬 단단한 벽이었다. 붉은색은 전혀 없었다. 랜드는 그런 군중 가운데서 칼을 보이면 어떻게 될지 생각하며 조심스럽게, 빠르게 빠져나갔다.

신시가지에서 고함이 울려 퍼졌다. 외치는 소리와 나팔 소리, 군악의 북소리. 로게인과 그의 호송대가 이미 케임린에 와 있었다. 이미 궁전으로 향하는 중이었다.

랜드는 의기소침해져 빈 거리를 돌아다녔다. 지금도 맥이 빠지긴 했지만 로게인을 볼 방법을 찾고 싶었다. 그의 시선이 아무 건물도 없는 비탈에 닿았다. 지금 그가 걷고 있는 거리에서 위쪽으로 솟아 있는 비탈이었다. 정상적인 봄철이었다면, 그 비탈은 꽃과 풀이 흐드러진 넓은 지역이었을 것이다. 하지만 지금은 언덕 꼭대기에 있는 높은 벽에 이르기까지 모든 구역이 갈색이었다. 벽 너머로는 숲의 우듬지가 보였다.

거리의 이 부분은 웅장한 광경을 보여 주려고 설계된 곳이 아니었지만, 바로 앞 지붕 너머로는 궁전의 첨탑 일부가 보였다. 탑 위에서는 흰색 사자 깃발이 바람에 펄럭였다. 휘어진 거리가 언덕을 돌아 시야를 벗어난 이후 어디로 이어지는지는 딱히 확실하지 않았지만, 문득 언덕 꼭대기의 그 성벽에 관한 아이디어가 생겼다.

북소리와 나팔 소리가 가까워졌고 함성은 점점 커졌다. 랜드는 불안한 마음으로 허둥지둥 비탈을 올랐다. 올라가도록 되어 있는 곳은 아니었지만 장화를 죽은 잔디에 박아 넣고 잎이 떨어진 덤불을 손잡이로 사용했다. 랜드는 힘이 들기도 하고, 그만큼 보고 싶기도 해서 헐떡이며 성벽으로 이어지는 마지막 몇 미터를 빠르게 나아갔다. 성벽이 랜드의 머리 위로 솟아올랐다. 랜드의 키를 두 배는 훌쩍 넘는 듯했다. 공기가 북소리로 메아리치고 나팔 소리로 울렸다.

성벽의 표면은 대부분 자연석 상태로 남아 있었다. 커다란 덩어리들이 무척 잘 어우러져 접합부가 거의 보이지 않았고, 거친 모습 때문에 거의 자연 절벽처럼 보였다. 랜드는 씩 웃었다. 모래의언덕 바로 뒤의 절벽이 그보다 높았는데, 페린조차 그 절벽을 오른 적이 있었다. 랜드의 손이 울퉁불퉁하게 튀어나온 돌을 찾았고 장화를 신은 발은 돌출부에 닿았다. 랜드가 기어오르는 동안 북소리가 그와 경쟁했다. 랜드는 북소리가 이기게 놔두지 않을 생각이었다. 그는 행렬이 궁전에 이르기 전에 꼭대기에 올라가기로 했다. 서두르는 바람에 돌로 손이 찢기고 반바지 너머에서 무릎이 긁혔다. 하지만 랜드는 두 팔을 성벽 꼭대기에 걸쳐 놓고 승리감을 느끼며 몸을 위로 끌어 올렸다.

그는 서둘러 몸을 틀어 성벽의 납작하고 좁은 꼭대기에 앉았다. 우뚝 솟은 나무의 이파리 무성한 가지가 그의 머리 위로 뻗어 나왔지만, 랜드는 그 나뭇가지를 전혀 생각하지 않았다. 그는 기와지붕 저쪽을 바라보았다. 성벽에서 보니 시야가 트여 있었다. 조금만 앞으로 몸을 내밀자 궁전의 성문과 그곳에 모여 있는 여왕의 호위병들, 기대감에 찬 군중들이 보였다. 기대감에 차 있다는 것은 아직 무언가를 기다리고 있다는 뜻이었다. 그들의 고함이 천둥처럼 울리는 북소리와 나팔 소리에 묻혀 버렸다. 랜드가 씩 웃었다.

내가 이겼어.

랜드가 자리를 잡고 앉았을 때까지도 행렬의 첫 부분은 궁전 앞에 있는 마지막 모퉁이를 돌고 있었다. 스무 줄로 늘어선 나팔수들이 가장 앞에 서 있었다. 그들은 의기양양한 나팔 소리를 울리고 또 울려 허공을 갈랐다. 승리의 팡파르였다. 나팔수 뒤에는 그만큼 많은 북 치는 사람들이 천둥처럼 북을 울려 댔다. 그 뒤는 케임린의 깃발인 붉은 바탕의 흰 사자 깃발이었다. 말을 탄 남자들이 그 깃발을 들고 있었다. 이어서 케임린의 병사들이, 대오를 맞춘 기병들이 갑옷을 번쩍이면서 자랑스럽게 창을 들고 진홍색 창 끈을 휘날리며 행진했다. 세 줄로 늘어선 창병과 궁병 들이 그 양옆에 서 있었다.

기병들이 기다리고 있던 여왕 호위대 사이로 궁전의 성문을 지나가기 시작한 이후로 행렬은 계속 이어졌다.

마지막 보병단이 모퉁이를 돌았다. 그들 뒤에는 거대한 마차가 있었다. 열여섯 마리의 말들이 한 줄에 네 마리씩 서서 그 마차를 끌었다. 마차의 납작한 짐칸 한가운데에는 거대한 철창이 있었고, 짐칸의 각 모서리에는 여자 두 명이 앉아서 행렬과 군중은 존재하지도 않는다는 듯 철창을 지켜보고 있었다. 랜드는 그들이 아이즈 세다이일 거라고 확신했다. 마차와 보병들 사이 양옆에서는 열두 명의 수호자들이 말을 타고 이동했다. 그들의 망토가 소용돌이치며 시선을 빨아들였다. 아이즈 세다이가 군중을 무시했다면, 수호자들은 호위병이란 자기들밖에 없다는 듯 군중을 훑어보았다.

그 모든 것 가운데서도 랜드의 시선을 사로잡은 것은 철창 속의 남자였다. 원했던 것과 달리 로게인의 얼굴이 보일 만큼 가깝지는 않았지만, 갑자기 이 정도면 충분히 가깝다는 생각이 들었다. 가짜 드래건은 키가 큰 남자로, 검은색 긴 머리카락이 그의 넓은 어깨에 물결치고 있었다. 그는 한 손을 머리 위로 들어 철창에 대고 마차의 흔들림에 맞서 몸을 똑바로 세우고 있었다. 그의 옷은 평범해 보였다. 어느 농촌에서도 별다른 말이 나올 것 같지 않은 망토와 코트, 반바지였다. 하지만 옷을 입은 방식이, 그의 태도가 특이했다. 로게인은 온몸 구석구석이 왕처럼 느껴졌다. 철창은 아예 존재하지 않는 것만 같았다. 그는 고개를 높이 들고 똑바로 서서, 군중이 경의를 표하러 오기라도 한 양 그들을 바라보았다. 그의 시선이 스치는 곳마다 사람들이 조용해졌다. 경이감에 젖어 그를 마주 보았다. 로게인의 시선이 멀어지면, 그들은 자신들의 침묵을 보상하려는 듯 두 배는 격렬해진 분노를 담아 고함을 쳤지만 그렇다고 로게인이 서 있는 방식이나 그와 함께 지나간 침묵에 변화가 생긴 것은 아니었다. 마차가 궁전 성문을 지날 때 그는 고개를 돌려 모여 있는 대중을 보았다. 그들은 알아들을 수 없는 말로 그에게 소리를 질러 댔다. 순전히 동물적인 증오와 두려움의 물결이었다. 로게인은 고개를 뒤로 젖히고 웃었다. 그렇게 궁전이 그를 삼켰다.

행렬의 다른 사람들도 마차를 따라갔다. 가짜 드래건과 싸워 이긴, 보다 많은 민족들을 의미하는 깃발이 나부꼈다. 일리안의 황금 벌 떼, 티어의 흰 초승달 셋, 케예리엔의 떠오르는 태양을 비롯해 아주 많은 국가와 도시와 자신의 위엄을 나팔과 북으로 우레처럼 알릴 수 있는 위대한 사람들의 깃발이었다. 로게인이 지나간 뒤였기에 김빠진 느낌이 들기는 했지만 말이다.

랜드는 철창 속 남자를 마지막으로 한 번 더 보려고 몸을 앞으로 더 내밀었다. **진 거잖아? 빛을 걸고, 진 것이 아니라면 빌어먹을 철창에 들어 있을 리 없다고.**

랜드는 균형을 잃고 미끄러지다가 성벽 맨 위를 붙잡은 뒤 그럭저럭 안전한 자리로 다시 몸을 끌어 올렸다. 로게인이 떠나자 손에 난 화상 자국을 의식하게 되었다. 돌벽에 손바닥과 손가락이 쓸린 자리였다. 그러나 랜드는 방금 본 모습을 머리에서 떨쳐 낼 수 없었다. 철창과 아이즈 세다이. 패배하지 않은 것 같던 로게인. 철창이 있든 없든, 그 사람은 패배한 사람이 아니었다. 랜드는 몸을 떨며 따가운 두 손을 허벅지에 문질렀다.

“왜 아이즈 세다이가 그자를 지켜보고 있었던 거지?” 랜드는 소리 내 질문했다.

“그자가 진정한 근원에 닿지 못하도록 막고 있었던 거지, 바보야.”

랜드는 소녀의 목소리를 듣고 깜짝 놀라 고개를 들었다. 안 그래도 위태로웠던 앉은 자리가 갑자기 사라졌다. 랜드는 아슬아슬하게 자기가 뒤로 넘어지는 바람에 떨어지고 있다는 것을 깨달았다. 그때 무언가가 랜드의 머리를 맞혔다. 빙빙 돌며 어두워지는 의식 속으로 로게인이 웃어 대며 그를 따라왔나.

40장 그물이 조여지다

랜드는 로게인과 모레인과 한 탁자에 앉아 있는 것 같았다. 아이즈 세다이와 가짜 드래건은 조용히 앉아서 그를 지켜보았다. 둘 다 상대방이 그 자리에 있다는 것을 모르는 듯했다. 문득 랜드는 방의 벽이 불분명해지며 잿빛으로 흐려져 간다는 것을 깨달았다. 마음속에 다급함이 생겨났다. 모든 것이 사라져 가고 있었다. 흐려져 가고 있었다. 다시 탁자를 보니 모레인과 로게인은 사라진 뒤였고, 대신 바알자몬이 앉아 있었다. 랜드의 온몸이 다급한 마음에 떨려 왔다. 다급함이 그의 머릿속에서 점점 더 시끄럽게 윙윙댔다. 그 윙윙대는 소리는 귓속을 두드려 대는 맥박으로 바뀌었다.

랜드는 흠칫하며 일어나 앉아 즉시 비틀비틀 신음하며 머리를 붙잡았다. 두개골 전체가 아팠다. 왼손이 머리카락의 끈적끈적하고 축축한 부분에 닿았다. 랜드는 땅에, 푸른 풀밭에 앉아 있었다. 그 점이 묘하게 거슬렸지만, 머리가 빙빙 돌고 시선이 닿는 모든 것이 덤벼드는 것 같아 랜드는 이 모든 일이 멈출 때까지 누워 있어야겠다는 생각밖에 들지 않았다.

성벽! 소녀의 목소리!

랜드는 한 손을 풀밭에 납작하게 짚고 자세를 안정시키며 천천히 주위를 둘러보았다. 천천히 해야만 했다. 고개를 빨리 돌리려 하면 모든 것이 다시 빙빙 돌기 시작했다. 그는 정원 혹은 공원에 있었다. 슬레이트로 포장한 인도가 183센티미터도 떨어지지 않은 곳에 꽃 핀 덤불 사이로 구불구불 이어졌다. 그 옆에는 흰 돌로 만든 벤치가 있었고, 나뭇잎 덩굴이 무성하게 감긴 가로대가 벤치에 그늘을 드리우고 있었다. 랜드는 **정말로** 성벽 안에 떨어진 것이었다. **그럼 그 소녀는?**

랜드는 등 뒤 가까운 곳에서 나무 한 그루를 발견했고, 그 소녀도 발견했다. 소녀는 나무에서 기어 내려오고 있었다. 그녀는 땅에 내려서더니 고개를 돌려 랜드를 마주 보았고, 랜드는 눈을 깜빡이며 다시 신음했다. 안감으로 흰 모피를 댄 짙은 푸른색의 벨벳 망토가 그녀의 어깨를 감싸고 있었다. 망토 후드가 등 뒤로 소녀의 허리까지 늘어져 있었다. 후드 맨 위에는 은색 종 여러 개가 달려 있었다. 소녀가 움직일 때마다 그 종들이 울렸다. 은으로 세공한 보관이 붉은 기가 도는 그녀의 긴 금발 곱슬머리를 붙잡아 두고 있었으며, 그녀의 두 귀에는 섬세한 은 귀고리가 걸려 있었다. 한편, 그녀의 목에는 묵직한 은 체인과 랜드가 보기에 에메랄드일 것 같은 짙은 녹색 보석들로 이루어진 목걸이가 걸려 있었다. 그녀의 연파랑 드레스는 나무에 오를 때 든 나무껍질 물로 얼룩져 있었지만, 그래도 비단옷이었다. 많은 공이 들어간 복잡한 디자인으로 수놓여 있었다. 치마의 갈라진 사이로 진한 크림색 덧치마가 보였다. 은백색으로 짠 널찍한 허리띠가 그녀의 허리를 감싸고 있었으며, 그녀의 드레스 가장자리에서는 벨벳 슬리퍼가 고개를 내밀었다.

랜드는 이런 옷을 입은 여자를 단 두 명밖에 보지 못했다. 모레인, 그리고 랜드와 맷을 죽이려 했던 이둠의 친구였다. 대체 누가 그런 옷을 입고 나무를 올라갈 생각을 하는 건지 상상조차 되지 않았지만, 그녀가 중요한 인물일 것은 확실했다. 랜드를 바라보는 시선에 그런 인상이 두 배는 강해졌다. 낯모르는 사람이 자기 정원으로 굴러떨어졌는데도 그녀는 전혀 난처한 기색이 없었다. 보고 있으면 나이니브나 모레인이 생각나는 침착함이 그녀에게도 있었다.

랜드는 골치 아픈 일을 자초한 것인지, 그녀가 다른 할 일이 많은 오늘 같은 날에도 여왕의 호위병들을 부를 수 있고 또 부를 사람인지 걱정하는 데만 정신이 팔려서 조금 시간이 지난 뒤에야 화려한 옷과 고고한 태도 너머 소녀 자체를 볼 수 있었다. 그녀는 랜드보다 두세 살쯤 어려 보였고, 여자치고 키가 컸으며 아름다웠다. 그녀의 얼굴은 완벽한 타원형이었으며, 그 얼굴을 햇살 같은 숱 많은 곱슬머리가 감싸고 있었다. 입술은 도톰하고 붉은색이었고 눈은 믿을 수 없을 만큼 파랬다. 키도, 얼굴도, 몸도 에그웨인과는 완전히 딴판이었다. 하지만 모든 면에서 에그웨인만큼 아름다웠다. 랜드는 꿈틀하는 죄책감을 느꼈지만, 눈에 보이는 모습을 부정한다고 해서 그들이 조금이라도 빠르고 안전하게 케임린으로 돌아오는 것은 아니라고 자신을 타일렀다.

나무 위에서 무언가를 뒤지는 소리가 들리더니 나무껍질 조각이 떨어졌다. 이어 한 소년이 소녀 뒤의 땅에 가볍게 내려섰다. 소년은 소녀보다 머리 하나만큼 키가 컸으며 나이도 좀 더 많아 보였지만, 얼굴과 머리카락을 보니 가까운 친척인 듯했다. 소년의 코트와 망토는 붉은색과 흰색, 황금색으로 이루어져 있었으며 수를 놓고 양단을 댄 모습이었다. 남자 옷치고는 소녀의 옷보다도 장식이 많았다. 그 모습을 보자 랜드는 더욱 불안해졌다. 평범한 남자는 축제 때나 저런 옷을 입기 마련이었다. 그럴 때도 저렇게까지 화려한 옷을 입지는 않았다. 이곳은 공원이 아니었다. 호위병들은 너무 바빠 무단 침입자들을 굳이 신경 쓰지 않는 듯했다.

소년은 소녀의 어깨 너머로 랜드를 찬찬히 살피며 허리에 차고 있던 단검을 만지작거렸다. 그 칼을 쓰겠다는 생각에서 그랬다기보다는 긴장할 때 나오는 버릇 같았다. 하지만 완전히 그렇다고 할 수는 없었다. 소년은 소녀처럼 침착한 분위기를 풍겼다. 둘 모두가 랜드를 해결해야 할 수수께끼라도 되는 것처럼 바라보았다. 최소한 소녀는 랜드의 장화 상태에서부터 망토 모양에 이르기까지 그에 관한 모든 것을 목록으로 정리하고 있으리라는 이상한 기분이 들었다.

"어머니가 아시면 이번 잔소리는 영영 끝나지 않을 거야, 일레인." 소년이 갑자기 말했다. "우리 방에서 나오지 말라고 하셨잖아. 그런데 네가 꼭 나가서 로게인을 보겠다고 했지? 이제 어떻게 됐는지 좀 봐."

"조용히 해, 가윈." 일레인은 둘 중 동생이 틀림없었지만, 가윈이 자기 말에 복종하는 것이 당연하다는 듯 말했다. 소년은 할 말이 더 있는 듯 얼굴에 고민하는 기색을 띠었지만, 랜드로서는 놀랍게도 가만히 있었다. "괜찮니?" 일레인이 갑자기 말했다.

랜드는 잠시 후에야 그녀가 자기에게 말을 걸었다는 것을 깨달았다. 그러고 나서는 일어서려고 허둥댔다. "괜찮아. 난 그냥……." 랜드는 비틀거렸다. 다리 힘이 풀렸다. 그는 다시 세게 주저앉았다. 머리가 핑핑 돌았다. "그냥 성벽을 다시 넘어가면 돼." 그가 웅얼거렸다. 랜드가 다시 일어서려 했지만, 일레인이 그의 어깨에 손을 얹고 그를 눌러 앉혔다. 랜드는 너무 어지러워서 조그만 힘에도 자리에서 일어날 수 없었다.

"**정말** 다쳤네." 그녀는 랜드 옆에 우아하게 무릎을 꿇었다. 그녀의 손가락이 랜드의 머리 왼쪽, 피로 엉긴 머리카락을 부드럽게 갈랐다. "내려오다가 나뭇가지에 머리를 부딪친 게 틀림없어. 두피가 찢어진 것 이상으로 다치지 않았다면 다행일 거야. 너만큼 잘 올라가는 사람을 본 적이 없는 것 같은데, 떨어지는 실력은 별로 좋지 않구나."

"그러다 손에 피 묻어." 소년이 뒤로 물러나며 말했다.

일레인은 단단한 손길로 랜드의 머리를 젖혔다. 자기 손이 닿을 수 있도록 한 것이었다. "가만히 있어." 날카로운 말투는 아니었지만, 이번에도 그녀의 목소리에는 복종을 예상하는 듯한 느낌이 실려 있었다. "빛께 감사해. **너무** 심각해 보이지는 않아." 소녀는 망토 안주머니에서 아주 작은 유리병과 꼬아 놓은 종이 꾸러미 여러 개를 꺼냈다. 마지막은 뭉쳐 놓은 붕대 한 뭉치였다.

랜드는 놀라서 그 물건들을 바라보았다. 이 소녀 같은 옷을 입은 사람이 아니라 현자나 들고 다닐 만한 물건들이었다. 이제 보니 소녀는 손가락에 피가 묻어 있었지만, 전혀 신경 쓰지 않는 듯했다.

"물병 좀 줘, 가윈." 소녀가 말했다. "이걸 씻어야 해."

소녀가 가윈이라고 부른 소년은 허리띠에서 가죽 물병을 풀어 소녀에게 건네더니, 무릎에 팔꿈치를 대고 팔짱을 끼며 아무렇지 않게 랜드의 발치에 쪼그려 앉았다. 일레인은 하던 일을 매우 훌륭한 솜씨로 이어 나갔다. 랜드는 그녀가 두피에 난 상처를 차가운 물로 씻었을 때 느껴진 따끔함에도 움찔하지 않았다. 그러나 그녀는 랜드가 빠져나가려 들 것이며 절대 그런 꼴을 볼 수는 없다는 듯이 한 손을 그의 정수리에 대고 있었다. 이후 그녀는 작은 병 하나에 들어 있던 연고를 발라 주었는데, 그 연고를 바르자 거의 나이니브가 만든 약처럼 곧바로 통증이 누그러졌다.

일레인이 작업하는 동안 가윈은 랜드를 보며 미소 지었다. 진정시키려는 미소였다. 그 역시 랜드가 휙 머리를 젖히거나, 심지어 도망칠 수도 있다고 생각하는 듯했다. "일레인은 늘 버려진 고양이나 날개가 부러진 새들을 찾아내. 네가 일레인의 작업 대상이 된 첫 인간이야." 가윈은 망설이더니 덧붙였다. "불쾌해하지는 말고. 네가 버려졌다는 건 아니니까." 사과가 아니라 그냥 사실을 말하는 말투였다.

"안 불쾌해." 랜드가 딱딱하게 말했다. 두 사람은 랜드가 잘 놀라는 말이라도 된 것처럼 굴고 있었다.

"일레인이 잘하긴 해." 가윈이 말했다. "최고의 스승들한테 배웠거든. 그러니까 걱정하지 마. 전문가한테 맡겨진 셈이니까."

일레인은 랜드의 관자놀이에 붕대를 대고 누르더니 허리띠에서 비단 스카프를 꺼냈다. 파란색과 크림색, 황금색으로 이루어진 스카프였다. 에먼즈 필드의 소녀들이라면 잔칫날에 쓰려고 아껴 두었을 만한 스카프였다. 일레인은 솜씨 좋게 그 스카프를 랜드의 머리에 감아 붕대를 고정하기 시작했다.

"그걸 쓸 수는 없지." 랜드가 반항했다.

일레인은 계속 스카프를 감았다. "내가 가만히 있으랬지?" 그녀는 침착하게 말했다.

랜드는 가윈을 보았다. "얘는 늘 사람들이 자기가 시키는 대로 할 거라고 생각하는 거야?"

놀란 빛이 가윈의 얼굴에 스쳤다. 그는 재미있다는 듯 입을 꾹 다물었다. "거의 그렇지. 대부분은 상대방이 말을 듣고."

"이거 잡고 있어." 일레인이 말했다. "네가 손을 대고 있는 동안 내가 매듭을…….” 그녀는 랜드의 손을 보더니 소리 질렀다. “떨어진 게 문제가 아니네. 올라가지 말아야 할 곳을 올라간 게 더 문제야.” 일레인은 재빨리 매듭을 마무리 짓더니 랜드에게 손바닥이 위로 오도록 손을 뒤집어 앞으로 내밀라고 했다. 그녀는 물이 얼마 남지 않았다고 혼자 투덜거렸다. 그녀가 상처를 씻어 내자 상처가 타오르는 듯했지만, 일레인의 손길은 놀랍도록 섬세했다. “이번엔 진짜 가만히 있어.”

일레인은 연고 병을 다시 꺼냈다. 그녀는 상처를 따라 그 연고를 얇게 펴 발랐다. 그녀의 관심은 랜드를 아프게 하지 않고 연고를 바르는 데 온통 쏠려 있는 것으로 보였다. 일레인이 찢어진 부분을 문질러 떼어 내기라도 한 것처럼 두 손 전체에 시원한 느낌이 번졌다.

“대부분은 쟤가 말한 그대로 해.” 가윈은 일레인의 머리를 사랑스럽다는 듯 내려다보며 말을 이었다. “대부분의 사람들은 말이야. 당연히 어머니는 안 그러시지만. 엘라이다라든가. 리니도 예외야. 리니는 쟤 유모였어. 어렸을 때 무화과를 훔쳤다고 회초리로 때리던 사람한테 명령을 내릴 수는 없잖아. 그렇게까지 어릴 때도 아니었는데.” 일레인은 고개를 들고 가윈을 위협적으로 쏘아보았다. 가윈은 목을 가다듬더니 일부러 무표정을 지으며 서둘러 말을 이었다. “당연히 가레스도 예외야. 가레스한테는 아무도 명령하지 않아.”

“어머니조차도.” 일레인은 다시 고개를 숙여 랜드의 손을 보며 말했다. “어머니는 제안을 하시고, 가레스가 늘 그 제안에 따라. 하지만 어머니가 가레스한테 명령하시는 건 한 번도 못 들어 봤어.” 일레인이 고개를 지었다.

“왜 네가 그걸 항상 놀랍게 여기는지 모르겠다.” 가윈이 일레인에게 말했다. “너조차 가레스한테 뭘 시키려 들지 않잖아. 가레스는 세 명의 여왕을 섬겼고 총사령관을 지냈어. 두 여왕의 부군이었고. 감히 말하지만, 여왕보다는 가레스가 안도어 왕좌의 상징에 가깝다고 생각하는 사람도 있을걸.”

“어머니가 어서 가레스랑 결혼하셔야 할 텐데.” 일레인은 별생각 없이 말했다. 그녀의 관심은 랜드의 손에 쏠려 있었다. “어머니도 그러고 싶어 하시잖아. 나한테 숨기실 순 없어. 그렇게 하면 아주 많은 문제가 해결될 테고.”

가윈은 고개를 저었다. "둘 중 하나가 먼저 고개를 숙여야지. 어머니는 그러실 수 없고, 가레스는 그러지 않을 거야."

"어머니가 가레스한테 명령하시면……."

"복종하겠지. 내 생각이지만. 그래도 어머니는 명령하지 않으실 거야. 너도 알잖아."

갑자기 둘은 고개를 돌려 랜드를 보았다. 랜드는 두 사람이 자기가 그 자리에 있다는 것을 잊고 있었다는 느낌을 받았다. "누구……." 랜드는 말을 멈추고 입술을 축여야 했다. "너희 어머니가 누군데?"

일레인의 눈은 놀라서 휘둥그레졌지만, 가윈은 아무렇지 않은 목소리로 말했다. 그래서 그가 한 말이 훨씬 더 충격적으로 느껴졌다. "빛의 은총을 받으신 안도어의 여왕이자 왕국의 방어자, 인민의 수호자이며 트라칸드 가문의 권좌인 무어게이즈 님이시지."

"여왕님?" 랜드가 중얼거렸다. 충격이 얼얼하게 온몸으로 번져 갔다. 잠깐은 머리가 다시 빙빙 돌 것만 같았다. **관심 끌지 말고 그냥 여왕의 정원으로 떨어져서, 여왕 후계자가 동네 의사처럼 네 상처를 치료하게 해.** 랜드는 웃고 싶었다. 두려움 때문인 게 분명했다.

랜드는 깊이 숨을 들이쉬며 서둘러 일어섰다. 그는 바짝 고삐를 당기며 달리고 싶은 충동을 억눌렀지만, 그가 여기에 왔다는 것을 누군가 알아채기 전에 빠져나가고 싶다는 마음이 온 마음을 채웠다.

일레인과 가윈은 침착하게 그를 지켜보았고 랜드가 펄쩍 뛰어오르자 우아하게 자리에서 일어났다. 그들은 전혀 서두르지 않았다. 랜드는 머리에서 스카프를 풀어내려고 손을 들었다. 일레인이 그의 팔꿈치를 잡았다. "그만. 그러다 다시 피 나." 그녀의 목소리는 여전히 침착했고 여전히 랜드가 시키는 대로 하리라는 확신에 차 있었다.

"전 가야겠어요." 랜드가 말했다. "그냥 다시 성벽을 넘어서……."

"정말로 몰랐구나." 일레인은 처음으로 랜드만큼 놀란 표정이 되었다. "여기가 어딘 줄도 모르고서 로게인을 보겠다고 저 성벽을 기어올랐단 말이야? 저 아래 거리에서 보면 훨씬 잘 보였을 텐데."

"저는…… 저는 사람 많은 게 싫어서요." 랜드가 웅얼거렸다. 그는 두 사람에게 하는 둥 마는 둥 절을 했다. "그러면 이만 가 보겠습니다, 어……. 공주님." 이야기에서는 왕실의 궁정이 서로를 왕자님이니 공주님이니 전하니 폐하니 하는 이름으로 부르는 사람들로 가득했다. 하지만 랜드는 여왕 후계자를 부르는 정확한 명칭을 들은 적이 없었다. 아니, 있더라도 머리가 혼란스러워 기억나지 않았다. 멀리 떠나야 한다는 것 말고는 아무것도 제대로 생각할 수 없었다. "괜찮으시다면 저는 그냥 지금 가 보겠습니다. 어……. 이거는……." 랜드가 머리에 감은 스카프를 건드렸다. "감사합니다."

"이름도 안 알려 줄 생각이야?" 가윈이 말했다. "일레인이 돌봐 준 대가치고는 형편없는데. 난 네가 궁금했어. 말하는 걸 들으면 안도어 사람 같은데, 확실히 케임린 시민은 아니고, 그런데 생김새는 꼭……. 아무튼, 너는 우리 이름을 알잖아. 너도 이름을 알려 줘야 예의에 맞지."

랜드는 갈망하듯 벽을 바라보며 진짜 이름을 댔다. 그런 뒤에야 자기가 무슨 짓을 했는지 깨달았다. 이어 그는 "투 리버스의 에먼즈 필드에서 왔습니다"라는 말까지 덧붙였다.

"서쪽에서 왔네." 가윈이 중얼거렸다. "서쪽 아주 먼 곳에서."

랜드는 그를 홱 돌아보았다. 소년의 목소리에는 놀란 기색이 어려 있었다. 랜드는 뒤를 돌아보았다. 아직 가윈의 얼굴에서 놀라움이 가시지 않고 있었다. 하지만 가윈은 빠르게 유쾌한 미소를 지어 보였다. 랜드는 자기가 방금 뭘 본 것인지 의심스러울 정도였다.

"타박과 양털이 주산물이지." 가윈이 말했다. "난 왕국 모든 지역의 주요 생산품을 알아야 해. 사실상 모든 땅의 주요 생산품을 알아야 하지. 내가 받는 훈련 중 하나야. 주요 생산품과 특산품, 사람들의 기질 같은 것. 관습과 장점과 약점 말이지. 투 리버스 사람들은 고집스럽다고 하던데. 자기가 가치 있다고 생각하는 상대는 따르지만, 상대가 억지로 밀어붙이려 하면 점점 더 땅 속 깊이 파고 든다고 했어. 일레인은 거기서 남편감을 구해야 할 것 같아. 돌 같은 의지를 가진 남자가 아니면 일레인한테 밟혀 죽을 테니까."

랜드는 그를 빤히 보았다. 일레인도 그를 보고 있었다. 가윈은 그 어느 때보다도 자제력을 발휘하고 있는 것 같으면서도 횡설수설하고 있었다. **왜지?**

"무슨 일이야?"

갑자기 들려온 목소리에 세 사람 모두 펄쩍 뛰었다. 그들은 뒤돌아 상대를 마주 보았다.

그곳에 서 있는 젊은 남자는 랜드가 여태 본 남자 중 가장 잘생긴 남자였다. 너무 잘생겨서 남자가 아닌 것처럼 보일 정도였다. 그는 키가 크고 날씬했지만, 움직임에서는 채찍처럼 단단한 힘과 확실한 자신감이 전해졌다. 머리카락과 눈이 검은색인 그 남자는 가윈의 옷보다 조금 덜 화려한 빨간색과 흰색의 옷을 대수롭지 않게 걸치고 있었다. 한 손은 칼자루에 놓여 있고, 시선은 랜드에게 붙박여 있었다.

"저 녀석한테서 물러나, 일레인." 남자가 말했다. "가윈, 너도."

일레인이 랜드 앞으로 나서며 그와 새로 온 사람 사이를 막았다. 늘 그랬듯 고개를 높이 든 자신감 있는 모습이었다. "이 사람은 우리 어머니의 충성스러운 신민이자 여왕을 따르는 선량한 사람이야. 내 보호를 받는 사람이기도 하고, 갈라드."

랜드는 킨치 씨에게서, 그다음에는 길 씨에게서 들은 내용을 떠올리려 애썼다. 랜드의 기억이 맞는다면 갈라데드리드 다모드레드는 일레인의 이복오빠, 그러니까 일레인과 가윈의 이복형제였다. 셋은 아버지가 같았다. 킨치 씨는 타린게일 다모드레드를 별로 좋아하지 않았지만—랜드가 들어 본 바로는 다른 모든 사람도 마찬가지였다—그의 아들인 갈라드에 대해서는 붉은색과 흰색을 착용하는 사람 양쪽 모두가 좋게 생각했다. 도시에 떠돌아다니는 말을 조금이라도 믿을 수 있다면 말이다.

"네가 버려진 것들을 좋아한다는 건 알아, 일레인." 날씬한 남자가 합리적인 양 말했다. "하지만 저 녀석은 무장하고 있고, 평판이 좋은 사람으로 보이지는 않아. 요즘 같은 때는 아무리 조심해도 부족해. 저 녀석이 여왕님의 충실한 백성이라면, 있어서는 안 되는 이런 곳에 왜 있겠어? 칼을 싼 천을 바꾸는 건 쉬운 일이야, 일레인."

"이 사람은 내 손님으로 여기 와 있는 거야, 갈라드. 내가 보증해. 혹시 네가 직접 내 유모가 되기로 한 거야? 내가 누구랑 말을 해도 되는지, 언제 말해야 하는지 결정할 셈이니?"

일레인의 목소리에는 비웃음이 가득했지만, 갈라드는 개의치 않는 듯했다. "내가 네 행동을 통제할 권리를 주장하지 않는다는 건 너도 알잖아, 일레인. 하지만 네……. 네 손님은 적절한 사람이 아니야. 너도 나만큼 그 사실을 잘 알고 있고. 가윈, 일레인을 설득하게 좀 도와줘. 우리 어머니라면……."

"그만!" 일레인이 쏘아붙였다. "내 행동을 통제할 권한이 전혀 없다는 말은 맞는 말이야. 또 너는 내 행동에 대해 멋대로 판단할 권리가 없어. 가 줬으면 좋겠어. 당장!"

갈라드는 가윈에게 아쉽다는 눈길을 보냈다. 동시에, 그 시선에는 일레인이 너무 고집불통이라 도와주기 어려우니 도와 달라는 부탁이 담겨 있기도 했다. 일레인은 얼굴이 달아올랐지만, 그녀가 다시 입을 열려는 순간에 갈라드는 모든 예의를 갖추면서도 고양이처럼 우아하게 허리를 숙여 절하고 한 걸음 물러난 뒤 돌아서서 포장된 오솔길을 성큼성큼 나아갔다. 다리가 길어서 그런지 그는 정자 너머로 빠르게 사라졌다.

"난 쟤가 싫어." 일레인이 식식댔다. "비열하고 시기심만 가득해."

"그건 너무 나간 거야, 일레인." 가윈이 말했다. "갈라드는 시기심이 뭔지도 몰라. 저 녀석은 내 목숨을 두 번 구해 줬어. 가만히 있었으면 아무도 몰랐을 텐데도. 저 녀석이 날 구해 주지 않았으면 나 대신 검의 제1왕자가 됐을걸."

"절대 그럴 일 없어, 가윈. 난 갈라드만 아니면 누구든 선택했을 거야. 누구라도. 가장 비천한 마구간지기라도 상관없어." 문득 그녀는 미소를 지으며 오빠에게 가짜로 엄격한 표정을 지어 보였다. "내가 명령 내리는 걸 좋아한다고 했지? 좋아, 오빠한테 아무 일도 일어나지 않게 하라고 명령할게. 내가 왕좌에 오르면—빛께서 그날을 늦춰 주시길!— 검의 제1왕자가 되어서, 갈라드는 꿈도 꾸지 못할 만큼 영광스럽게 안도어의 군대를 이끌어 줘."

"분부대로 하겠습니다, 공주님." 가윈은 갈라드가 절하던 모습을 흉내 내며 웃었다.

일레인은 생각에 잠긴 채 인상을 찡그리며 랜드를 보았다. "이젠 널 여기서 빨리 내보내야겠다."

"갈라드는 늘 옳은 일을 하거든." 가윈이 설명했다. "그러지 말아야 할 때도 말이지. 이번 경우, 정원에서 낯선 사람을 발견했을 때 해야 할 옳은 일은 궁전 경비병에게 알리는 거야. 내 생각에는 지금 이 순간에도 알리러 가고 있을걸."

"그럼 제가 다시 성벽을 올라가야 할 때네요." 랜드가 말했다. **눈에 띄지 않고 돌아다니겠다더니 퍽이나! 차라리 간판을 들고 다니지 그랬냐?** 랜드는 돌아서서 성벽을 마주 보았지만, 일레인이 그의 팔을 잡았다.

"내가 네 손에 그렇게 공을 들였는데 안 되지. 그렇게 하면 새로운 상처만 생길 거야. 그런 다음에는 네가 웬 뒷골목 사기꾼한테 빛께서만 아실 정체 모를 약을 발라 달라고 하겠지. 정원 저쪽에 작은 문이 있어. 풀이 웃자라서 가려져 있고. 나를 빼면 그 문이 존재한다는 걸 기억하는 사람조차 없어."

갑자기 장화가 슬레이트 보도를 밟으며 쿵쿵 다가오는 소리가 들렸다.

"늦었다." 가윈이 투덜댔다. "우리 귀에 발소리가 들리지 않는 곳에 도착하자마자 뛰어간 게 틀림없어."

일레인은 욕설을 내뱉었다. 랜드의 눈썹이 휙 올라갔다. 여왕의 축복 마구간지기에게서 듣고 그때도 충격을 받았던 욕설이었다. 다음 순간, 일레인은 다시 냉정하고 침착한 모습이 되었다.

가윈과 일레인은 지금 있는 자리에 그대로 남아 있는 것만으로 만족하는 듯했지만, 랜드는 그들처럼 평온하게 여왕 호위대가 올 때까지 이곳에 머물러 있을 수 없었다. 그는 다시 한번 성벽으로 가려 했다. 성벽을 절반도 못 올라갔을 때 경비병들이 도착하리라는 것은 알았지만 가만히 서 있을 수가 없었다.

랜드가 세 발짝을 떼기도 전에 빨간 제복을 입은 남자들이 불쑥 시야에 들어왔다. 빠르게 오솔길을 달려오는 그들의 흉갑이 햇빛을 반사했다. 다른 경비병들도 진홍색과 윤이 나는 강철로 이루어진 부서지는 파도처럼 다가왔다. 사방에서 몰려오는 것 같았다. 일부는 칼을 뽑아 들고 있었고, 일부는 자세를 잡은 뒤 활을 든 채 화살을 시위에 메길 때만 기다리고 있었다. 철창이 달린 면갑 뒤의 모든 눈은 냉혹했고, 넓은 활촉이 달린 모든 화살은 흔들림 없이 랜드를 겨누고 있었다.

일레인과 가윈은 한 몸이라도 된 것처럼 뛰어오르더니 랜드와 화살 사이에 섰다. 그들은 랜드를 가려 주려고 두 팔을 펼쳤다. 랜드는 꼼짝도 하지 않고 서 있었다. 두 손은 칼과 먼 곳에 뻔히 보이게 두었다.

공기 중에는 아직도 군화가 쿵쿵거리는 소리와 활시위가 삐걱거리는 소리가 맴돌았다. 어깨에 장교 특유의 황금색 매듭이 달려 있는 한 군인이 소리쳤다. "공주님, 왕자님, 엎드리세요. 빨리!"

일레인은 두 팔을 쫙 펼치고 위엄 있게 섰다. "내가 있는 곳에 감히 칼집에 넣지 않은 무기를 가지고 온단 말이냐, 탈란보? 이번 일로 가레스 브라인은 네게 가장 미천한 보병과 함께 마구간을 청소하라고 할 거다. 그것도 운이 좋아야겠지만!"

병사들은 아리송하다는 듯 눈짓을 주고받았다. 궁병 일부는 불안한 듯 반쯤 활을 내렸다. 그때에야 일레인은 두 팔을 내렸다. 그저 들고 있고 싶어서 팔을 들고 있었다는 듯한 태도였다. 가윈은 망설이다가 일레인을 따라 했다. 랜드는 아직 내려지지 않은 활의 숫자를 셀 수 있었다. 스무 걸음 앞에서 쏜 넓은 활촉도 막을 수 있을 것처럼 복근에 힘이 들어갔다.

장교의 매듭을 단 남자가 누구보다도 어리둥절한 표정을 지었다. "공주님, 용서해 주십시오. 하지만 갈라데드리드 공이 제게 더러운 소작농이 무장한 채 일레인 공주님과 가윈 왕자님을 위협하나 정원에 숨이 있다고 알려주었습니다." 그의 시선이 랜드에게로 향하더니 목소리가 흔들렸다. "공주님과 왕자님께서 옆으로 비켜서 주시면 제가 악당을 구류하겠습니다. 요즘 도시에는 하층민들이 너무 많습니다."

"갈라드가 그런 보고를 했다고는 전혀 믿을 수 없는데." 일레인이 말했다. "갈라드는 거짓말을 하지 않는다."

"가끔은 좀 했으면 좋겠어." 가윈이 랜드에게만 들리도록 조용히 말했다. "한 번이라도 말이야. 그러면 그 녀석하고 사는 게 쉬워질지도 모르겠거든."

"이 사람은 내 손님이다." 일레인이 말을 이었다. "내 보호를 받고 있다. 물러가도 좋다, 탈란보."

"송구하지만 그럴 수는 없습니다, 공주님. 공주님께서도 아시다시피 공주님의 어머님이신 여왕님께서는 여왕님의 허락을 받지 않고 궁전 부지에 들어오는 모든 사람에 관한 명령을 내리신 바 있으며, 이 침입자에 대한 소식은 여왕님께 이미 전해졌습니다." 탈란보의 목소리에서는 만족감이 노골적으로 드러났다. 랜드는 과거에 이 장교가 일레인이 내렸지만 자기 생각에는 부적절한 명령을 억지로 따라야 했을 거라고 짐작했다. 완벽한 핑계가 있는 이번만큼은 그러지 않을 작정인 듯했고.

일레인이 탈란보를 마주 보았다. 이번에는 그녀도 할 말을 잃은 듯했다.

랜드는 질문하듯 가윈을 보았고, 가윈은 그의 뜻을 이해했다. "감옥에 보내라고 하셨어." 가윈이 웅얼거렸다. 랜드의 얼굴이 하얗게 질렸다. 가윈이 재빨리 덧붙였다. "딱 며칠만이야. 네가 다치는 일도 없을 거고. 너는 총사령관인 가레스 브라인한테 개인적으로 질문을 받게 되겠지만, 나쁜 의도가 없었다는 게 분명해지면 바로 석방될 거야." 가윈은 잠시 말을 멈추었다. 그의 눈에 여러 생각이 숨겨져 있었다. "투 리버스 출신의 랜드 알소르, 네가 진실을 말한 것이면 좋겠다."

"우리 셋을 모두 어머니께 데려가라." 일레인이 갑자기 말했다. 가윈의 얼굴에서 미소가 꽃피었다.

강철 면갑 너머에서 탈란보가 놀란 표정을 지었다. "공주님, 저는……."

"아니면 우리 셋을 모두 감옥에 집어넣어라." 일레인이 말했다. "우리는 함께 있을 것이다. 아니면, 병사들에게 내 몸에 손을 대라고 명령할 셈이냐?" 일레인의 미소는 의기양양했다. 숲속에서 도와줄 사람을 찾는 듯 뒤를 돌아보는 탈란보의 태도로 보아 그 역시 일레인이 이겼다고 생각하는 듯했다.

뭘 이겼다는 거야? 어떻게?

"어머니는 로게인을 보고 계셔." 가윈은 랜드의 생각을 읽은 듯 조용히 말했다. "어머니께서 바쁘지 않으셨더라도, 탈란보는 감히 어머니께서 일레인과 나와 함께 계시는 곳에 군대를 몰고 들어오지는 못했을 거야. **우리를**

감시하는 것 같잖아. 어머니 성질이 보통은 아니시거든."

랜드는 길 씨가 무어게이즈 여왕에 대해 했던 말을 떠올렸다. **성질이 보통은 아니라고?**

붉은 제복을 입은 다른 병사가 오솔길을 따라 달려오더니 미끄러지듯 멈추어 서서 가슴에 팔을 올리며 경례했다. 그가 탈란보에게 조용히 말했다. 그 말에 탈란보의 얼굴에는 다시 만족스러운 표정이 돌아왔다.

"공주님의 어머니이신 여왕님께서," 탈란보가 말했다. "침입자를 즉시 데려오라고 명령하십니다. 일레인 공주님과 가윈 왕자님도 함께 오시라는 것이 여왕님의 명령입니다. 두 분도 즉시 오라고 하십니다."

가윈이 움찔했고 일레인은 침을 꿀꺽 삼켰다. 그녀는 침착한 표정으로, 계속해서 드레스에 묻은 얼룩을 성실히 털어 내기 시작했다. 나무껍질 몇 조각을 털어 내는 것 말고는 그런 노력에 별 의미가 없었지만 말이다.

"공주님?" 탈란보가 잘난 척하듯 말했다. "왕자님?"

병사들은 탈란보를 앞세운 채 슬레이트 오솔길에서부터 시작되는 사각 대형으로 그들을 둘러쌌다. 가윈과 일레인은 랜드의 양옆으로 다가왔다. 둘 다 불쾌한 생각에 잠긴 표정이었다. 병사들은 칼을 칼집에 넣고 화살을 화살통에 돌려놓았지만, 무기를 들고 있을 때처럼 치밀하게 그들을 감시하고 있었다. 그들은 랜드가 어느 순간에든 칼을 뽑아 사람들을 베고 탈출할 것이라고 생각하는 것처럼 그를 보았다.

뭔가 한다고? 난 아무것도 하지 않아. 눈에 띄지 않을 생각이었다고! 하!

자신을 지켜보는 병사들을 지켜보고 있자니 갑자기 정원이 의식되었다. 여러 가지 일이 연달아 일어났고, 한 가지 충격이 채 가시기도 전에 새로운 충격적 사건이 벌어졌다. 그랬기에 랜드에게 주변 환경은 흐릿하게만 보였다. 성벽과 그 너머로 돌아가고 싶다는 소원만 절실하게 느껴졌을 뿐이다. 하지만 이제는 그동안 머릿속 한구석을 간지럽히기만 하던 푸른 풀밭이 **보였다. 푸르다니!** 100가지 색조의 푸른색. 나무와 덤불이 푸르게 잘 자라고 있었다. 나뭇잎이 무성하고 과일이 주렁주렁 달려 있었다. 풍성한 덩굴이 오솔길 위에 걸쳐진 가로대를 뒤덮었다. 사방에 꽃이 있었다. 꽃이 너무 많아 정원에 색채를 흩뿌렸다. 일부는 랜드가 아는 꽃이었다. 밝은 황금색 해넘침, 아주 작은 분홍색 발톱끝, 진홍색 별꽃, 보라색의 에먼즈 글로리와 순백색에서부터 짙디짙은 빨간색에 이르는 모든 색깔의 장미들이 피어 있었다. 하지만 다른 꽃들은 낯설었다. 그 모습과 색깔이 너무 화려해서 진짜 꽃인지 의문이 들 정도였다.

"푸르네요." 랜드가 속삭였다. "푸르러요." 병사들이 혼잣말로 투덜거렸다. 탈란보가 어깨 너머로 그들을 쏘아보자 그들은 조용해졌다.

"엘라이다의 작품이야." 가윈이 별생각 없이 말했다.

"옳지 않아." 일레인이 말했다. "엘라이다가 나한테 똑같은 일을 해 줄 농장을 딱 한 군데 고르라고 했어. 그 농장 주변의 작물은 자라지 않을 거라면서. 먹을 것조차 없는 사람들이 있는데 꽃을 키우는 건 옳지 않은 일이야." 일레인은 깊이 숨을 들이쉬며 침착함을 되찾았다. "네가 누군지 기억해." 일레인은 랜드에게 힘차게 말했다. "누가 너한테 말을 걸면 소리 높여서 똑똑히 말하고, 그렇지 않을 때는 조용히 있어. 내가 하는 대로 따라 하고. 다 잘될 거야."

랜드는 자기도 일레인처럼 자신감이 있었으면 좋겠다고 생각했다. 가윈에게도 비슷한 자신감이 있는 것으로 보였다면 도움이 됐을 것이다. 탈란보가 그들을 궁전으로 데려가는 동안 랜드는 정원을 돌아보았다. 꽃송이가 흐드러지게 피어 있는 그 모든 푸른 풀밭을, 아이즈 세다이가 여왕을 위해 만들어 놓은 색채를. 랜드는 물속 깊숙이 들어와 있었는데 눈에는 어떤 강둑도 보이지 않았다.

궁전의 하인들이 복도를 가득 채우고 있었다. 그들은 옷깃과 소맷부리가 흰색인 빨간 의복을 입고 있었다. 그들의 튜닉 왼쪽 가슴에는 흰 사자가 새겨져 있었다. 그들은 보는 것만으로는 무슨 일인지 알 수 없는 일거리에 골몰해 있었다. 병사들이 일레인과 가윈, 랜드를 데리고 그들 사이를 지나가자 그들은 움직이다 말고 우뚝 멈춰 서서 입을 쩍 벌린 채 쳐다보았다.

모두가 놀라는 와중에 회색 줄무늬가 들어간 고양이 한 마리가 눈이 휘둥그레진 하인들 사이를 비집으며 태평하게 복도를 돌아다녔다. 랜드는 문득 그 고양이가 이상하게 느껴졌다. 그는 베얼론에 머문 경험이 있었기에 가장 초라한 가게에도 구석마다 고양이들이 숨어 있다는 것을 알고 있었다. 궁전에 들어온 이후로 랜드는 이 고양이밖에 보지 못했다.

"여기엔 쥐가 없나요?" 랜드가 못 믿겠다는 듯 말했다. **어디에든** 쥐는 있기 마련이었다.

"엘라이다가 쥐를 싫어하거든." 가윈이 애매하게 중얼거렸다. 그는 걱정스러운 듯 인상을 쓰고 복도 저쪽을 보았다. 이미 여왕과의 만남이 눈에 선한 듯했다. "여기엔 절대로 쥐가 나오지 않아."

"둘 다 조용히 해." 일레인의 목소리는 날카로웠지만, 오빠만큼이나 딴데 정신이 팔려 있는 듯했다. "생각 좀 하자."

랜드는 어깨 너머로 고양이를 지켜보았다. 그러다가 경비병들이 그를 데리고 모퉁이를 돌면서 고양이가 시야에서 가려졌다. 고양이가 아주 많았으면 기분이 좀 나았을 것이다. 궁전에 평범한 점이 한 가지라도 있으면 좋을 것 같았다. 그 평범한 점이 쥐라도 말이다.

탈란보가 선택한 오솔길이 너무 여러 번 휘어져서 랜드는 방향 감각을 잃었다. 마침내 젊은 장교는 풍성한 빛이 나는, 높고 색깔이 짙은 나무 이중문 앞에 멈추어 섰다. 그들이 지나온 문 중 가장 웅장한 문은 아니었지만, 그래도 전체에 줄지어 늘어선 사자들이 새겨져 있었고 세세한 부분까지 자세하게 만들어진 문이었다. 의복을 갖추어 입은 하인이 문 양옆에 서 있었다.

"그래도 대연회장은 아니네." 가윈이 불안한 듯 웃었다. "어머니가 여기서 사람 머리를 자르라고 명령하시는 긴 들어 본 적 없어." 그는 여왕이 처음으로 선례를 만들지 모른다고 생각하는 말투였다.

탈란보가 랜드의 칼로 손을 뻗었지만, 일레인이 그를 막아섰다. "이 사람은 내 손님이다. 관습에 의해서든, 법에 의해서든 왕실의 손님은 어머니가 계실 때도 무장할 수 있고. 이 사람이 내 손님이라는 내 말을 부인하려는 거냐?"

탈란보는 망설이며 일레인과 눈을 마주치더니 고개를 끄덕였다. "알겠습니다, 공주님." 탈란보가 물러서자 일레인은 랜드를 보며 미소 지었다. 하지만 그 미소는 잠시밖에 이어지지 않았다. “1열은 나와 함께 간다.” 탈란보가 명령했다. “여왕님께 일레인 공주님과 가윈 왕자님이 도착하셨다고 알리시오.” 그는 문지기들에게 말했다. “호위대장 탈란보 또한 폐하의 명령에 따라 침입자를 호송하겠소.”

일레인이 탈란보를 노려보았지만 문은 이미 열리고 있었다. 낭랑한 목소리가 울려 퍼지며 누가 왔는지 알렸다.

일레인은 당당하게 문을 지났다. 위풍당당한 자세가 조금이나마 망가진 것은 랜드에게 바짝 따라오라고 손짓했을 때뿐이었다. 가윈은 어깨를 펴고 일레인 옆에서 성큼성큼 걸어갔다. 그는 신중하게 일레인보다 한 걸음 뒤에서 걸었다. 랜드는 확신이 서지 않았지만, 일레인의 다른 쪽 옆에서 가윈과 보조를 맞추며 따라갔다. 탈란보는 랜드와 가까운 곳에 머물렀고, 10명의 병사들이 그와 함께 움직였다. 등 뒤에서 문이 조용히 닫혔다.

일레인은 갑자기 털썩 꿇어앉으며 예를 표했다. 동시에 그녀는 허리를 숙여 절을 하면서, 치마를 넓게 펼쳐 잡은 채 가만히 있었다. 랜드는 깜짝 놀랐다가 서둘러 가윈을 비롯한 다른 남자들을 따라 했다. 제대로 된 동작이 나올 때까지 어색하게 움직여야 했다. 랜드는 오른쪽 무릎을 꿇고 고개를 숙인 채 오른손 손마디가 대리석 타일에 닿도록 몸을 앞으로 숙이고 왼손은 칼자루 끝에 얹었다. 칼이 없는 가윈은 똑같은 방식으로 단검에 손을 얹어두었다.

랜드는 제대로 된 동작을 취한 자신을 칭찬하다가, 탈란보가 그때까지도 고개를 숙이고 면갑 뒤에서 곁눈질로 그를 노려보고 있다는 것을 알아챘다. **또 무얼 해야 하는 거야?** 아무도 가르쳐 준 적이 없는데 뭘 해야 할지 알아야 한다고 생각하다니 갑자기 탈란보에게 화가 났다. 호위병들에게 겁이 나는 것도 화나는 일이었다. 랜드는 겁먹을 만한 일을 하나도 하지 않았다. 두려움이 느껴지는 것이 탈란보의 잘못이 아니라는 것은 알았지만, 어쨌든 그에게 화가 났다.

모두가 자세를 유지했다. 봄이 와서 녹여 주기를 기다리는 것처럼 얼어 있었다. 랜드는 그들이 무엇을 기다리는지 몰랐지만 이 기회에 자기가 끌려

온 장소를 자세히 살펴보았다. 그는 고개를 들지 않은 채 앞이 보일 정도로 만 돌렸다. 탈란보의 시선이 더욱 사나워졌지만, 랜드는 무시했다.

정사각형의 방은 여왕의 축복 여관 휴게실과 비슷한 크기였다. 벽을 보니 순백색 돌에 사냥 장면이 돋을새김으로 조각돼 있었다. 그 조각들 사이에는 밝은색의 꽃과 찬란한 깃털을 가진 벌새들이 온화하게 그려진 태피스트리가 걸려 있었다. 방 저쪽 끝에 있는 두 점의 태피스트리만이 예외였는데, 거기에는 사람보다 큰 안도어의 흰 사자가 진홍색 들판에 서 있었다. 그 태피스트리들은 단상의 양옆에 걸려 있었고, 단상 위에는 여왕이 앉아 있는 조각되고 도금된 왕좌가 있었다.

허세 가득한 건장한 남자가 여왕의 오른쪽에, 붉은 옷을 입은 여왕의 호위병들 사이에 맨머리로 서 있었다. 그의 망토 어깨 부분에는 황금색 매듭이 네 개 달려 있었고, 하얀 소맷부리에는 널찍한 황금색 띠가 가로지르듯 지나갔다. 관자놀이는 하얗게 세어 있었지만 바위처럼 강인하고 흔들림 없어 보였다. 그 사람이 총사령관 가레스 브라인일 것이 틀림없었다. 왕좌 뒤쪽에는 짙은 초록색 비단옷을 입은 여자가 낮은 의자에 앉아 거의 새까맣게 보이는 짙은 색의 양모로 무언가를 짜고 있었다. 처음에는 뜨개질하는 모습이 나이 든 사람처럼 보였지만, 다시 보니 나이를 전혀 가늠할 수 없었다. 젊은 것 같기도 하고, 늙은 것 같기도 했다. 그녀의 관심은 온통 바늘과 실에만 쏠려 있는 것으로 보였다. 팔 뻗으면 닿을 거리에 있는 여왕은 전혀 신경 쓰지 않는 것 같았다. 그녀는 수려했다. 겉보기에는 얌전했지만, 그 집중력에는 어쩐지 무시무시한 면이 있었다. 방에서는 그녀의 바늘이 달칵거리는 소리 말고 아무 소리도 나지 않았다.

랜드는 다른 곳을 보려 했지만, 시선이 계속 잘 만든 빛나는 장미 화관을 이마에 얹어 놓은 여자에게로 돌아갔다. 그 화관이 안도어의 장미 왕관이었다. 안도어의 사자가 행진하는 모습이 전체에 수놓여 있는 긴 빨간색 어깨걸이가 그녀의 붉은 비단 드레스와 흰색 치맛주름에 늘어져 있었다. 그녀가 총사령관의 팔을 왼손으로 건드리자 자기 꼬리를 먹고 있는 거대한 뱀 형상의 반지가 반짝였다. 그러나 랜드의 시선을 계속해서 잡아 끄는 것은 옷이

나 장신구, 심지어 왕관의 화려함이 아니라 그것들을 걸친 여자 자체였다.

무어게이즈에게는 딸의 아름다움이 있었다. 다만 그 아름다움은 성숙하게 무르익은 아름다움이었다. 그녀의 얼굴과 몸, 그리고 존재감이 빛이 되어 방을 가득 채웠는데, 함께 있는 두 사람이 희미해 보일 정도였다. 그녀가 에먼즈 필드의 남편 잃은 여자였다면, 투 리버스에서 가장 솜씨가 없는 요리사에 누구보다 지저분한 주부였다고 해도 구애자들이 문 앞에 줄을 설 터였다. 랜드는 그녀가 자기를 살펴보는 것을 알아차리고 고개를 숙였다. 표정으로 생각을 들킬까 봐 겁이 났다. 빛을 걸고, 여왕을 촌 동네 여자처럼 생각하다니! 이 바보야!

"일어나도 된다." 무어게이즈가 깊이 있고 따뜻한 목소리로 말했다. 상대가 복종하리라는 일레인의 확신이 그 목소리에는 100배쯤 더 깃들어 있었다.

랜드는 나머지 사람들과 함께 일어섰다.

"어머니……." 일레인이 입을 열었지만, 무어게이즈가 그녀의 말을 잘랐다.

"나무에 올랐나 보구나, 딸아." 일레인은 드레스에서 나무껍질 조각을 떼어 낸 뒤, 그걸 버릴 자리가 없다는 것을 알고는 손에 쥐었다. "실은," 무어게이즈가 차분하게 말을 이었다. "네가 내 명령을 거역하고 로게인이라는 자를 보러 갈 궁리를 했던 것처럼 보이는데. 가윈, 너는 좀 나을 줄 알았다. 네 동생에게 복종하는 법도 배워야겠지만, 재앙을 막기 위해서라면 동생에게 반대하는 방법도 배워야겠어." 여왕의 눈이 옆에 서 있는 건장한 남자에게로 휙 돌아가더니 다시 멀어졌다. 브라인은 아무것도 눈치채지 못한 것처럼 태연히 서 있었지만, 랜드는 그의 두 눈이 모든 것을 알아차린다는 생각이 들었다. "그것이야말로 안도어의 군대를 이끄는 것 외에 제1왕자가 맡은 임무다, 가윈. 훈련이 강화되면 네 동생이 너를 곤란한 처지로 몰아넣을 시간이 적어질지도 모르겠구나. 총사령관에게 네가 북쪽으로 가는 길에 할 일이 너무 적지는 않은지 살펴 달라고 하겠다."

가윈은 항의할 것처럼 발을 바꾸어 짚었으나 대신 고개를 숙였다. "분부에 따르겠습니다, 어머니."

일레인이 인상을 찡그렸다. "어머니, 제가 말썽을 부리는 걸 막으려면 가윈은 저와 함께 있어야만 합니다. 가윈이 방에서 나온 건 단지 그 이유 때문이었어요. 어머니, 로게인을 보기만 하는 데 해로울 리는 없습니다. 도시의 거의 모두가 저희보다 로게인에게 가까운 곳에 있었는걸요."

"도시의 모든 사람이 여왕 후계자인 것은 아니다." 여왕의 목소리에 날카로움이 배어 있었다. "나는 그 로게인이라는 자를 가까이에서 보았다. 그는 위험하다, 딸아. 철창에 갇혀 있고 매 순간 아이즈 세다이가 지켜보고 있는데도 늑대처럼 위험해. 나는 그자를 케임린 근처로 데려오지 않았으면 좋았으리라는 생각이 든다."

"그자는 타 발론에서 처리할 겁니다." 의자에 앉은 여인은 뜨개질감에서 눈을 떼지 않은 채 말했다. "중요한 건 사람들에게 빛이 또 한 번 어둠을 무찔렀음을 보이는 것입니다. 당신이 그 승리의 일부라는 것을 보이는 것도 중요하고요, 무어게이즈."

무어게이즈는 되었다는 듯 손을 내저었다. "그렇더라도 그자가 케임린 근처에 오지 않는 게 좋았으리라는 생각이 드네. 일레인, 네가 무슨 생각을 하는지 안다."

"어머니." 일레인이 항의했다. "저는 어머니 말씀에 복종할 생각입니다. 정말이에요."

"그래?" 무어게이즈는 놀란 시늉을 하며 묻더니 후후 웃었다. "그래, 너는 충실한 딸이 되려고 노력하지. 그러나 한편으로는 계속 선을 넘으려 해. 글쎄, 나도 내 어머니에게 똑같이 했었다. 네가 왕좌에 오르면 그런 정신이 도움이 되겠다만, 너는 아직 여왕이 아니다, 애야. 너는 내 말에 복종하지 않고 로게인을 보았다. 그걸로 만족하거라. 북쪽으로 가는 길에 너는 로게인에게 91미터 안쪽으로 접근할 수 없다. 너도, 가윈도 마찬가지야. 너희가 타 발론에서 받을 교육이 얼마나 힘든지 몰랐다면 리니를 보내 네가 내 말에 따르는지 확인하도록 했을 거다. 최소한 리니는 네가 해야 할 일을 하도록 만들 수 있는 듯하니."

일레인은 시무룩해져 고개를 숙였다.

왕좌 뒤의 여자는 바늘땀을 세는 데 정신이 팔려 있는 것 같았다. "1주일 뒤면," 그녀가 갑자기 말했다. "어머니가 있는 집으로 돌아오고 싶어질 거야. 한 달 뒤면 방랑자들과 함께 도망치고 싶어지겠지. 하지만 내 자매들이 너를 불신자들로부터 떼어 놓을 거다. 그런 일은 너에게 어울리지 않아, 아직은." 갑자기 그녀는 의자에서 돌아앉아 일레인을 골똘히 바라보았다. 얌전한 느낌은 애초에 존재한 적이 없었던 것처럼 완전히 사라졌다. "네 안에는 안도어가, 아니, 모든 땅이 1000년 이상 본 적 없는 위대한 여왕이 될 자질이 있어. 우리가 너를 빚으려는 이유는 그래서다. 네게 그럴 힘이 있다면 말이지만."

랜드는 그 여자를 빤히 바라보았다. 그녀가 아이즈 세다이 엘라이다인 게 틀림없었다. 문득 그는 엘라이다의 도움을 구하러 오지 않은 게 다행스러워졌다. 그녀가 어떤 아자인지는 상관없었다. 모레인을 훨씬 넘어서는 엄격함이 그녀에게서 뿜어져 나왔다. 랜드는 가끔 모레인을 벨벳으로 감싼 강철 같다고 생각했다. 엘라이다에게는 그 벨벳이 환각으로밖에 남아 있지 않았다.

"그만, 엘라이다." 무어게이즈가 불편한 듯 인상을 쓰며 말했다. "일레인은 그 이야기를 너무 많이 들었네. 물레는 그 뜻대로 실을 잣는 거야." 그녀는 잠시 딸을 지켜보며 침묵을 지켰다. "이제는 저 젊은이 문제를 처리해야 하는데……." 그녀는 일레인의 얼굴에서 눈을 떼지 않은 채 랜드 쪽을 가리켰다. "저 청년이 어쩌다 여기에 왔는지, 네가 무슨 이유로 네 오빠에게 저 청년한테 손님으로서의 권리를 주어야 한다고 주장했는지에 관한 문제다."

"제가 말씀드려도 될까요, 어머니?" 무어게이즈가 그러라고 고개를 끄덕이자 일레인은 랜드가 비탈과 성벽을 기어오르는 것을 본 순간부터 시작해 지난 일을 간단히 설명했다. 랜드는 그녀가 자신의 무죄를 주장하며 말을 마칠 줄 알았지만, 일레인은 대신 이렇게 말했다. "어머니, 어머니께서는 늘 제게 가장 높은 사람에서부터 가장 비천한 사람에 이르기까지 우리의 백성을 잘 알아야 한다고 말씀하십니다. 하지만 제가 백성들을 만날 때는 늘 10여 명의 수행원들이 함께합니다. 그런 상황에서 제가 어떻게 현실적인 것, 진실한 것을 알 수 있습니까? 저는 이 젊은이와 이야기를 나눔으로써 투 리버스 사람에 대해, 그들이 어떤 사람들인지에 대해 책을 통해 배울 수 있는 것보다 더 많은 것을 알게 되었습니다. 케임린에 들어오는 수많은 사람이 두려워서 흰 천을 두르는 데 비해, 이 청년이 이렇게 먼 곳까지 와서 붉은 천을 착용했다는 건 대단한 일입니다. 어머니, 간청하오니 충실한 백성이자 어머니께서 다스리시는 백성들에 관해 아주 많은 것을 알려준 이 사람을 학대하지 말아주십시오."

"투 리버스에서 온 충성스러운 백성이라." 무어게이즈는 한숨을 쉬었다. "얘야, 책에 좀 더 관심을 기울이는 게 좋겠구나. 투 리버스 사람들은 6세대 동안 세금 징수관을 본 적이 없고, 7세대 동안 여왕 호위대를 본 적이 없다. 감히 말하지만, 자신들이 왕국의 일부라는 걸 기억해야겠다는 생각조차 거의 하지 않을 거다." 랜드는 불편한 마음에 어깨를 으쓱했다. 투 리버스가 안도어 왕국의 일부라는 말을 듣고 놀랐던 게 떠올랐다. 여왕은 그를 보더니 애석하다는 듯 딸을 보며 미소 지었다. "봤느냐, 얘야?"

이제 보니 엘라이다는 뜨개질감을 내려놓고 랜드를 살펴보고 있었다. 그녀는 의자에서 일어나 천천히 단상에서 내려오더니 랜드 앞에 섰다. "투 리버스에서 왔다고?" 그녀가 말했다. 그녀는 랜드의 머리로 한 손을 뻗었다. 랜드는 그녀의 손길을 피해 물러났고, 엘라이다는 그냥 손을 내렸다. "머리카락은 붉고 눈은 잿빛인데? 투 리버스 사람들은 머리카락과 눈이 검다. 이렇게까지 키가 큰 경우도 거의 없고." 그녀의 손이 빠르게 뻗어 나가 랜드의 코트 소매를 젖히더니 햇볕이 자주 닿지 않은 흰 살을 드러냈다. "피부도 이와 다르지."

주먹을 쥐지 않으려니 힘이 들었다. "저는 에먼즈 필드에서 태어났어요." 랜드가 딱딱하게 말했다. "제 어머니는 이방인이었고요. 그래서 눈이 이런 색인 거예요. 제 아버지 탬 알소르는 양치기이자 농부입니다. 저도 마찬가지고요."

엘라이다는 천천히 고개를 끄덕이면서도 랜드의 얼굴에서 눈을 떼지 않았다. 랜드는 배 속에 느껴지는 씁쓸한 느낌과 모순되는 평정심을 담아 그녀를 마주 보았다. 그녀가 자신의 시선에서 안정적인 느낌을 읽어 내는 것이 보였다. 엘라이다는 랜드와 계속 눈을 마주친 채 다시 그에게로 천천히 손을 옮겼다. 이번에는 랜드도 움찔하지 않을 작정이었다.

그녀가 건드린 것은 랜드가 아니라 그의 칼이었다. 그녀의 손이 칼자루 맨 위를 감아 왔다. 그녀의 손가락에 힘이 들어갔다. 그녀의 눈은 놀라서 휘둥그레졌다. "투 리버스에서 온 양치기가," 그녀는 조용히 말했다. 모두에게 들릴 게 틀림없는 속삭임이었다. "왜가리 표시가 있는 칼을 가지고 있군."

그 마지막 말은 엘라이다가 어둠의 존재의 강림을 선언하기라도 한 것 같은 효과를 냈다. 랜드의 뒤쪽에서 가죽과 금속이 삐걱거리는 소리와 대리석 타일에 군화 끌리는 소리가 났다. 랜드는 곁눈으로 탈란보와 다른 한 명의 호위병이 공간을 확보하려고 물러나는 모습을 보았다. 그들은 언제든 뽑을 태세로 각자의 칼에 손을 대고 있었으며, 얼굴을 보니 죽을 준비가 된 듯했다. 가레스 브라인은 두 걸음 만에 빠르게 단상 앞으로 다가와 랜드와 여왕 사이에 섰다. 가윈조차 일레인 앞을 막아섰다. 얼굴에는 걱정하는 표정이 떠올랐고 손에는 단검이 쥐어져 있었다. 일레인 본인도 랜드를 처음 보는 사람처럼 보고 있었다. 무어게이즈는 표정을 바꾸지 않았으나 왕좌의 도금된 팔걸이를 두 손으로 꽉 잡았다.

여왕보다 반응을 보이지 않은 사람은 엘라이다뿐이었다. 아이즈 세다이는 특이한 말을 했다는 기색을 전혀 비치지 않았다. 그녀는 칼에 닿았던 손을 거두었다. 그 바람에 병사들이 더욱 긴장했다. 그녀의 시선이 랜드의 눈에 머물렀다. 침착하게 무언가 계산하는 눈빛이었다.

"물론," 무어게이즈가 차분한 목소리로 말했다. "저 청년은 왜가리 표시가 있는 칼을 얻기에는 너무 어리다. 가윈보다 나이가 많을 리 없는데."

"저 칼은 저 청년의 것입니다." 가레스 브라인이 말했다.

여왕이 놀라서 그를 보았다. "어떻게 그럴 수 있소?"

"모르겠습니다, 무어게이즈." 브라인이 천천히 말했다. "저 청년이 너무 어린 건 **사실이지만**, 저 칼의 주인인 건 맞습니다. 저 청년 또한 칼에 속해 있고요. 눈을 보십시오. 저자가 서 있는 모습을, 칼이 저자에게 어울리고 저자가 칼에 어울리는 모습을 말입니다. 저 청년은 어리지만 저 칼의 주인입니다."

총대장이 입을 다물자 엘라이다가 말했다. "투 리버스 출신의 랜드 알소르, 어쩌다 그 칼을 손에 넣게 되었지?" 그녀는 랜드의 출신지만큼이나 그의 이름도 의심스럽다는 듯 말했다.

"아버지가 주셨어요." 랜드가 말했다. "아버지 칼이었어요. 아버지는 세상에 나가게 됐으니 칼이 필요할 거라고 생각하셨습니다."

"투 리버스에 왜가리 표시가 있는 칼을 가진 양치기가 **한 명 더** 있다는 얘기군." 엘라이다의 미소에 랜드는 입이 바짝 말랐다. "케임린에는 언제 왔지?"

이 여자에게는 더 이상 진실을 말하고 싶지 않았다. 그녀는 여느 어둠의 친구만큼이나 랜드를 두렵게 했다. 다시 숨을 시간이었다. "오늘요." 랜드가 말했다. "오늘 아침에요."

"시간에 딱 맞췄구나." 그녀가 나직이 말했다. "어디에 묵었지? 어디에도 방을 구하지 않았다는 말은 하지 말거라. 옷이 낡기는 했지만, 기운을 차릴 기회는 있었을 거야. 어디지?"

"왕관과 사자요." 랜드는 여왕의 축복을 찾아다니다가 왕관과 사자 여관을 지났던 게 떠올랐다. 그 여관은 신시가지를 사이에 두고 길 씨의 여관 반대편에 있었다. "거기에 방을 구했어요. 다락방에요." 랜드는 엘라이다가 그의 거짓말을 알아차렸다고 느꼈다. 하지만 엘라이다는 고개만 끄덕였다.

"그럴 확률이 얼마나 될까?" 그녀가 말했다. "오늘, 불신자가 케임린에 끌려왔다. 이틀 뒤면 그자는 북쪽의 타 발론으로 떠나게 된다. 그와 함께 여왕 후계자도 훈련을 받으러 가지. 그런데 바로 이런 시점에, 젊은이가 궁전 정원에 나타나 투 리버스에서 온 충성스러운 신민이라고 주장한다니……."

"투 리버스에서 온 거 **맞아요**." 모두가 랜드를 보면서도 그를 못 본 체했다. 탈란보와 호위병들만이 예외였다. 그들의 눈은 한 번도 깜빡이지 않았다.

"……그것도 일레인을 꾀어내도록 계산된 이야기를 가지고, 왜가리 표시가 있는 칼을 차고서 말이지. 저자는 충성심을 나타내기 위해 완장이나 코케이드를 착용하는 대신, 호기심 많은 시선으로부터 왜가리 표시를 조심스레 가리기 위해 칼을 감싼 겁니다. 그럴 확률이 얼마나 될까요, 무어게이즈?"

여왕은 총사령관에게 옆으로 비켜서라고 손짓하더니, 그가 물러서자 곤란하다는 눈으로 랜드를 살펴보았다. 하지만 여왕이 말을 건 상대는 엘라이다였다. "그러면 그대는 저자가 뭐라고 생각하는가? 어둠의 친구? 로게인의 추종자?"

"어둠의 존재가 샤이올 굴에서 동요하고 있습니다." 아이즈 세다이가 대답했다. "그림자가 패턴 전체에 드리워져 있고, 미래는 바늘 끝에서 간신히 균형을 잡고 있습니다. 저자는 위험합니다."

일레인이 갑자기 움직이더니 왕좌 앞에 털썩 무릎을 꿇었다. "어머니, 이렇게 간청하니 저 사람을 해치지 말아 주세요. 제가 막지 않았으면 저 사람은 바로 떠났을 겁니다. 가고 싶어 했어요. 머물라고 한 사람은 저입니다. 저 사람이 어둠의 친구라고는 생각할 수 없습니다."

무어게이즈는 딸을 위로하려는 듯한 손짓을 했지만, 시선은 랜드에게 머물러 있었다. "예언을 하는 건가, 엘라이다? 패턴을 읽고 있나? 그대는 예언이 전혀 기대하지 않은 순간에 찾아왔다가, 찾아올 때처럼 갑자기 떠난다고 했지. 이것이 예언이라면, 엘라이다, 아무도 그대가 옳다고 말했는지, 아니라고 말했는지 알 수 없도록 수많은 수수께끼로 진실을 감싸는 평소의 버릇을 버리고 선명히 이야기하기를 명령하네. 말하게나. 무엇이 보이는가?"

"이것은 예언이지만," 엘라이다가 대답했다. "빛께 맹세하건대 이 이상 선명하게 말할 수는 없습니다. 오늘부터 안도어는 고통과 분열을 향해 나아갑니다. 그림자는 아직 최후까지 검어지지 않았으며, 그 이후에 빛이 올지는 보이지 않습니다. 세상은 한 방울의 눈물을 흘렸던 곳에서 천 번을 흐느끼게 될 것입니다. 이것이 저의 예언입니다."

침묵의 장막이 방에 드리워졌다. 그 침묵을 깨는 것은 마지막 숨이라도 되는 듯 호흡을 내뱉는 무어게이즈뿐이었다.

엘라이다는 계속해서 랜드의 눈을 들여다보았다. 그녀는 입술을 거의 움직이지 않고 다시 말했다. 소리가 너무 작아서 팔이 닿을 거리보다 가까운 곳에 있는 랜드에게도 거의 들리지 않았다. "저는 또한 예언합니다. 고통과 분열이 온 세상에 닥칠 것이며, 이 사람이 그 중심에 서 있습니다. 저는 여왕에게 복종하여," 그녀가 속삭였다. "선명히 말합니다."

랜드는 두 다리가 대리석 바닥에 뿌리를 내린 것 같다고 느꼈다. 돌바닥의 한기와 딱딱함이 그의 다리를 타고 올라 척추에 전율이 일었다. 다른 사람이 엘라이다의 말을 들었을 리는 없었다. 하지만 엘라이다는 여전히 랜드를 보고 있었으며, 랜드는 그 말을 들었다.

"저는 양치기예요." 랜드가 온 방에 들리도록 말했다. "투 리버스에서 왔고요. 양치기라고요."

"물레는 그 의지에 따라 실을 잣는다." 엘라이다가 큰 소리로 말했다. 랜드는 그녀의 목소리에 조롱기가 스며 있는 건지, 아닌지 알 수 없었다.

"가레스 공." 무어게이즈가 말했다. "총사령관으로서 조언해 주시오."

건장한 남자는 고개를 저었다. "엘라이다 세다이는 저 청년이 위험하다고 말하고 있습니다, 여왕님. 엘라이다가 저 이상의 이야기를 할 수 있다면, 저는 사형집행인을 소환하시라고 말하겠습니다. 그러나 엘라이다 세다이가 한 말은 우리도 각자의 눈으로 볼 수 있는 것뿐입니다. 시골 농부 중에도 상황이 나빠질 거라는 말을 하지 않는 자는 없습니다. 예언이 아니라도 말이지요. 제 의견을 말씀드리자면, 저는 저 소년이 그저 우연히 이곳에 왔다고 생각합니다. 저 소년에게는 불운한 일이었겠지만 말입니다. 다만 만일을 대비해, 일레인 공주님과 가윈 왕자님이 길을 떠나고 꽤 오랜 시간이 지날 때까지 저 소년을 감옥에 가둬 두었다가 풀어 주시는 게 좋다고 봅니다. 아이즈 세다이, 그대에게 저 소년에 관해 더 예언할 내용이 있다면 모를까."

"나는 패턴에서 읽은 모든 내용을 말했습니다, 총사령관." 엘라이다가 말했다. 그녀는 랜드에게 잔인한 미소를 슬쩍 보여 주었다. 거의 입술조차 휘어지지 않는 미소, 그녀가 하는 말이 진실이 아니라고 말하지 못하는 그를 조롱하는 미소였다. "몇 주 갇혀 지낸다고 해서 저자에게 해가 되지는 않겠지요. 내게도 더 많은 걸 알아낼 기회가 생길 테고." 그녀의 눈이 허기로 가득 찼다. 랜드가 느끼는 한기가 깊어졌다. "혹시 다른 예언이 찾아올지도 모릅니다."

무어게이즈는 주먹으로 턱을 받치고 팔꿈치를 왕좌의 팔걸이에 괸 채 잠시 생각했다. 조금이라도 움직일 수 있었다면 랜드는 찌푸린 그녀의 시선을 보고 움찔했겠지만, 엘라이다의 눈빛 때문에 몸이 완전히 얼어 버렸다. 마침내 여왕이 말했다.

"의심이 케임린을, 어쩌면 안도어 전체를 질식시키고 있다. 두려움과 검은 의심이 말이야. 여자들은 이웃을 어둠의 친구라고 비난한다. 남자들은 몇 년 동안 알고 지낸 사람들의 문에 드래건의 송곳니를 휘갈긴다. 나는 그런 일에 참여하지 않겠다."

"무어게이즈……." 엘라이다가 입을 열었지만 여왕이 그녀의 말을 잘랐다.

"나는 그런 일에 참여하지 않겠다. 왕좌에 오르면서 나는 높은 자와 낮은 자를 위해 정의를 지키겠다고 맹세했다. 안도어에 정의를 기억하는 사람이 나밖에 남지 않게 되더라도 그 맹세를 지킬 테고. 랜드 알소르, 빛에 걸고 투 리버스의 양치기인 네 아버지가 왜가리 표시가 있는 그 칼을 주었다고 맹세하겠느냐?"

랜드는 입을 움직여 간신히 말을 할 수 있을 만큼 축였다. "네." 그는 누구에게 말하고 있는지 문득 떠올리고 서둘러 덧붙였다. "여왕님." 가레스 공이 숱 많은 눈썹을 치켜올렸지만, 무어게이즈는 신경 쓰지 않는 듯했다.

"또한, 정원의 성벽을 넘어온 것은 단지 가짜 드래건을 보기 위해서였느냐?"

"네, 여왕님."

"안도어의 왕좌나 내 딸에게, 혹은 내 아들에게 위해를 가하려느냐?" 그녀의 목소리만 보면, 마지막 둘에 대해서는 처음보다 더 짧은 유예 기간이 주어질 것 같았다.

"저는 누구에게도 해를 끼칠 생각이 없습니다, 여왕님. 여왕님과 여왕님의 사람들에게는 더욱 그렇고요."

"그렇다면 네게 정의를 주겠다, 랜드 알소르." 여왕이 말했다. "첫째, 나는 어렸을 때 투 리버스 사람들의 말을 들어 본 적이 있다는 점에서 엘라이다와 가레스보다 유리하다. 너는 투 리버스 사람처럼 생기지 않았으나, 내 흐릿한 기억이 맞는다면 네가 하는 말은 투 리버스 말이다. 둘째, 너의 머리카락과 눈을 가진 사람이라면, 진실이 아닌데도 자기가 투 리버스의 양치기라고 주장하지 않을 것이다. 또한 네 아버지가 너에게 왜가리 표시가 있는 칼을 주었다는 말은 거짓말이라기에는 너무도 터무니없다. 셋째, 내게 속삭이는 목소리는 가장 뛰어난 거짓말이란 종종 거짓말이라고 생각하기에는 너무 터무니없는 거짓말이라고 이야기한다. ……하지만 그 목소리는 증거가 아니다. 나는 내가 만든 법을 지키겠다. 너에게 자유를 준다, 랜드 알소르. 하지만 앞으로는 어디에 무단 침입하는 건지 신경 쓰기 바란다. 궁전 부지에서 다시 너를 발견한다면, 상황이 쉽게 돌아가지는 않을 것이다."

"감사합니다, 여왕님." 랜드는 쉰 목소리로 말했다. 엘라이다의 불쾌감이 얼굴에 후끈하게 느껴졌다.

"탈란보." 무어게이즈가 말했다. "저자를…… 내 딸의 손님을 궁전에서 데리고 나가라. 모든 예의를 갖춰 대해야 할 것이다. 나머지도 가 보거라. 아니, 엘라이다. 그대는 남게. 괜찮다면 가레스 공도 남아 주면 좋겠소. 도시의 하얀 망토들을 어떻게 처리해야 할지 결정해야겠으니."

탈란보와 호위병들은 마지못해 칼을 칼집에 넣었다. 순식간에 다시 꺼낼 태세이긴 했지만 말이다. 랜드는 기꺼이 병사들이 그를 둘러싸게 놔두고 탈란보를 따라갔다. 엘라이다는 여왕이 하는 말에 반만 귀 기울이고 있었다. 랜드는 그녀의 시선이 등에 닿는 것을 느낄 수 있었다. **무어게이즈가 아이즈 세다이를 곁에 잡아 두지 않았으면 어떻게 됐을까?** 그렇게 생각하자 랜드는 병사들이 더 빨리 걸어가기를 바라게 되었다.

놀랍게도 일레인과 가윈은 문밖에서 몇 마디를 주고받더니 랜드 옆으로 나가왔다. 딜린보도 놀랐다. 젊은 장교는 그들과 단혀 가는 문을 번갈아 바라보았다.

"내 어머니께서는," 일레인이 말했다. "저 사람을 궁전에서 내보내라고 하셨다, 탈란보. 모든 예의를 갖춰서. 뭘 기다리는 거지?"

탈란보는 문을 노려보았다. 그 너머에서는 여왕이 고문관들과 상의하고 있었다. "아무것도 아닙니다, 공주님." 그는 부루퉁하게 말하더니 쓸데없이 호위병들에게 앞으로 가라고 명령했다.

궁전의 놀라운 모습은 랜드가 보지 못한 채로 스쳐 갔다. 랜드는 정신이 멍했다. 생각 조각이 너무 빠르게 돌고 있어 잡아챌 수가 없었다. **너는 그렇게 생기지 않았는데. 이 사람이 그 중심에 있습니다.**

호위대가 멈추었다. 랜드는 자기가 궁전 앞의 거대한 뜰에 나와 있다는 것을 알고 깜짝 놀라 눈을 깜빡였다. 그는 햇빛을 받아 빛나는, 도금된 높은 성문에 서 있었다. 그 성문은 겨우 한 사람을 위해 열리는 성문이 아니었다. 무단 침입자를 위해 열릴 리는 확실히 없었다. 여왕 후계자가 랜드에게 손님으로서의 권리가 있다고 주장하더라도 말이다. 탈란보는 아무 말 없이 비상문의 빗장을 열었다. 비상문은 한쪽 성문 안에 설치된 작은 문이었다.

"이게 관습이야." 일레인이 말했다. "성문이 있는 곳까지 손님들을 배웅하되, 손님이 떠나는 모습을 지켜보지는 않는 것. 기억해야 하는 건 손님과 함께 있을 때의 기쁨이지 헤어질 때의 슬픔이 아니니까."

"감사합니다, 공주님." 랜드가 말했다. 그는 머리에 묶인 스카프를 건드렸다. "전부 다요. 투 리버스의 관습은 손님이 작은 선물을 가지고 오는 거예요. 아무것도 가져오지 않아서 죄송해요. 그래도," 랜드는 무뚝뚝하게 덧붙였다. "투 리버스 사람들에 대해서 뭔가 가르쳐 드리긴 한 것 같네요."

"네가 잘생겼다고 생각한다고 말했으면, 어머니께서는 확실히 너를 감옥에 가두셨을 거야." 일레인이 랜드에게 아찔한 미소를 건넸다. "안녕, 랜드 알소르."

랜드는 입을 쩍 벌린 채 그녀가, 아름답고 위풍당당한 무어게이즈의 어린 모습이 떠나는 모습을 지켜보았다.

"재랑 말싸움하려 하지 마." 가윈이 웃었다. "매번 재가 이기니까."

랜드는 멍하니 고개를 끄덕였다. **잘생겼다고? 빛이여, 일레인은 안도어의 여왕 후계자가 아닙니까!** 랜드는 정신을 차리려고 고개를 흔들었다.

가윈이 뭔가 기다리는 듯했다. 랜드는 잠시 그를 보았다.

"왕자님, 제가 투 리버스에서 왔다고 하니 놀라셨잖아요. 왕자님의 어머니와 가레스 공, 엘라이다 세다이까지 모두가……." 랜드의 등을 따라 전율이 일었다. "그중 한 명도……." 랜드는 말을 맺을 수 없었다. 애초에 왜 말을 꺼냈는지도 알 수 없었다. **나는 탬 알소르의 아들이야. 투 리버스에서 태어**

나지 않았더라도!

가원은 바로 이 순간을 기다렸다는 듯 고개를 끄덕였다. 그러면서도 그는 망설였다. 랜드는 묻지 않은 질문을 돌이키려고 입을 열었지만, 가원이 말했다. "머리에 **슈파**를 두르면, 랜드 너는 아이일 사람의 표본이 될 거야. 이상한 일이지. 어머니는 최소한 네가 투 리버스 사람처럼 **말한다고** 생각하시는 것 같으니까. 우리가 서로를 더 잘 알 수 있었으면 좋았을 것 같다, 랜드 알소르. 잘 가."

아이일 사람이라니.

랜드는 가원이 돌아가는 모습을 지켜보며 서 있었다. 그때 탈란보의 참을성 없는 기침 소리가 들려왔다. 랜드는 문득 자기가 어디에 서 있는지 떠올렸다. 그는 고개를 숙이고 비상문을 통과했다. 그의 발꿈치가 나가자마자 탈란보가 문을 쾅 닫았다. 안의 빗장이 시끄럽게 제 자리에 끼워졌다.

궁전 앞의 타원형 광장은 이제 비어 있었다. 모든 병사들과 군중, 나팔, 북이 조용히 사라졌다. 인도를 가로질러 날아다니는 흩어진 쓰레기들과 신나는 일이 끝났으니 각자 서둘러 일을 보고 있는 몇몇 사람 말고는 아무것도 남아 있지 않았다. 랜드는 그들이 붉은색과 흰색 중 어느 쪽을 내보이는지 알아볼 수 없었다.

아이일 사람이라니.

랜드는 깜짝 놀라며, 자신이 궁전의 성문 바로 앞에 서 있다는 것을 깨달았다. 이곳은 엘라이다가 여왕과의 대화를 마치자마자 쉽게 그를 찾을 수 있는 곳이었다. 랜드는 망토를 바짝 당겨 입고 종종걸음을 쳐 광장을 가로지른 다음 시내의 거리로 들어갔다. 그는 누군가 따라오는지 보려고 자주 뒤를 돌아보았으나 길이 폭넓게 휘어져 있어 멀리까지 보이지는 않았다. 하지만 엘라이다의 눈빛만은 너무도 또렷이 기억났다. 그는 자신을 지켜보는 그 눈을 상상했다. 신시가지의 성문에 이르렀을 때쯤 랜드는 달리고 있었다.

41장 오랜 친구들과 새로운 위협

여왕의 축복으로 돌아온 랜드는 헐떡이며 열려 있는 현관문으로 몸을 던졌다. 그는 붉은색을 착용한 모습을 누가 보든 말든, 누군가가 그의 뜀박질을 추격할 핑계로 삼든 말든 신경 쓰지 않고 내내 달렸다. 심지어 희미한 자라도 그를 잡을 수는 없을 것 같았다.

랜드가 달려왔을 때 램귄은 품에 얼룩 고양이를 안고 문 옆 벤치에 앉아 있었다. 그는 무슨 문제가 있나 싶어 랜드가 달려온 방향을 보았다. 그러면서도 고양이의 귀 뒤쪽을 침착하게 긁어 주고 있었다. 아무것도 보지 못한 그는 고양이의 심기를 그르치지 않으려고 신경 쓰며 다시 자리에 앉았다.

"얼마 전에 멍청이들이 고양이를 훔쳐 가려 했어." 그가 말했다. 그는 손마디를 살펴본 뒤 다시 고양이를 긁어 주었다. "요즘은 고양이가 돈이 되는 모양이야."

랜드가 보니 흰색을 내보이는 두 남자는 지금도 길 건너편에 있었다. 한 명은 눈에 멍이 들고 턱이 부어 있었다. 그 사람은 여관 쪽을 심술궂게 노려보며 기분 나쁜 기대감에 차서 칼자루를 문질러 댔다.

"길 씨는요?" 랜드가 물었다.

"도서관에." 램귄이 대답했다. 고양이가 갸릉갸릉 하기 시작하자 그가 씩 웃었다. "고양이들은 그 무엇도 오랫동안 신경 쓰지 않지. 누가 자기를 자루에 쑤셔 박으려 해도 말이야."

랜드는 서둘러 안으로 들어가 휴게실을 가로질렀다. 지금 휴게실에는 붉은색을 착용하고 맥주를 마시며 이야기를 나누는 평소의 단골들이 와 있었다. 그들은 가짜 드래건에 대해서, 그를 북쪽으로 데려가고 나면 하얀 망토들이 말썽을 일으킬지에 대해서 이야기하고 있었다. 아무도 로게인에게 무슨 일이 일어나는지는 신경 쓰지 않았다. 하지만 그들은 모두 여왕 후계자와 가윈 공이 로게인 일행과 함께 이동한다는 것을 알고 있었다. 둘에게 발생할 위험을 묵과할 사람은 아무도 없었다.

랜드는 도서관에서 길 씨를 발견했다. 길 씨는 로이알과 돌멩이 게임을 하고 있었다. 통통한 얼룩 고양이가 발을 몸 밑에 집어넣은 채 탁자에 앉아서 격자무늬가 있는 판 위로 움직이는 둘의 손을 지켜보고 있었다.

오기어는 두꺼운 손가락에 비해 이상할 만큼 섬세한 손길로 돌을 하나 더 놓았다. 길 씨는 고개를 젓더니, 랜드가 나타난 것을 핑계로 탁자에서 고개를 돌렸다. 로이알은 돌멩이 게임에서 거의 항상 이겼다. "네가 어디로 갔는지 걱정하던 참이다, 이 녀석아. 흰색을 내보이는 배신자들과 무슨 문제가 생겼거나 거지를 마주친 줄 알았어."

랜드는 잠시 입을 쩍 벌린 채 서 있었다. 넝마 꾸러미처럼 보이던 그 남자에 대해서는 까마득하게 잊고 있었다. "거지는 봤어요." 랜드가 마침내 말했다. "근데 그건 아무것도 아니에요. 여왕님도 봤거든요. 엘라이다도 보고요. 엘라이나가 문제에요."

길 씨는 코웃음 쳤다. "여왕님을 봤다고? 설마. 한 시간쯤 전에는 휴게실에 가레스 브라인이 있었다. 여기서 하얀 망토들의 총사령관과 팔씨름을 했어. 하지만 여왕님이라니……. 그건 정말 대단한데."

"피와 재를 걸고," 랜드가 으르렁거리듯 말했다. "오늘은 다들 제가 거짓말을 한다고 생각하네요." 랜드는 의자 등받이에 망토를 걸쳐 놓고 다른 의자에 털썩 앉았다. 너무 흥분해 있어서 등받이에 기댈 수는 없었다. 그는 의자 앞쪽 모서리에 걸터앉아 손수건으로 얼굴을 훔쳤다. "저는 그 거지를 봤고, 그 거지도 저를 봤어요. 제 생각에는…… 그건 중요한 게 아니에요. 제가 어느 정원의 성벽을 기어 올라갔어요. 로게인이 끌려온다는 궁전 앞 광장이 보이는 곳이요. 그러다가 안쪽으로 떨어졌어요."

"농담이 아니라는 생각이 들 정도인데." 여관 주인이 천천히 말했다.

"**타비렌.**" 로이알이 중얼거렸다.

"아, 진짜라니까요." 랜드가 말했다. "빛의 도움으로, 진짜 그랬어요."

랜드가 말을 이어 가자 길 씨의 못 믿겠다는 표정이 천천히 녹아내리더니 조용한 경계심으로 바뀌었다. 여관 주인은 점점 더 몸을 앞으로 숙인 끝에 랜드만큼이나 의자 모서리 쪽에 걸터앉게 되었다. 로이알은 태연하게 이야기를 들었다. 그저 이따금 널찍한 코를 문지르고, 귀에 난 털을 조금씩 움찔거렸을 뿐이다.

랜드는 엘라이다가 속삭인 내용만 빼고 있었던 모든 일을 이야기했다. 가윈이 궁전 성문에서 했던 말도 빼놓았다. 그것은 생각하고 싶지 않은 문제였으니까. 엘라이다 이야기는 아무 상관도 없는 이야기였고. **투 리버스에서 태어나지 않았더라도 나는 탬 알소르의 아들이야. 진짜야! 나는 투 리버스 혈통이고, 탬이 내 아버지야.**

랜드는 문득 자기가 생각에 빠져 이야기를 멈추었다는 것을 깨달았다. 다들 그를 보고 있었다. 당황한 한순간, 그는 너무 많은 말을 한 게 아닌지 고민했다.

"글쎄." 길 씨가 말했다. "넌 더 이상 친구들을 기다리면 안 되겠다. 도시를 떠나야 해. 그것도 빨리. 늦어도 이틀 안에는 떠나야 한다. 그 안에 맷이 걷도록 할 수 있겠냐? 아니면 사람을 보내서 어머니 그럽을 불러올까?"

랜드는 혼란스러운 눈으로 그를 보았다. "이틀이라고요?"

"엘라이다는 무어게이즈 여왕님의 고문관이다. 가레스 브라인 총사령관 바로 다음이지. 어쩌면 총사령관보다 앞일지도 모르고. 그 여자가 여왕 호위대를 보내 너를 찾게 하면, 글쎄, 엘라이다가 호위병들의 다른 임무를 방해하지 않는 한 가레스 공은 엘라이다를 막지 않을 거다. 호위대는 케임린의 모든 여관을 이틀 안에 뒤질 수 있어. 그 말은 운이 따라 주지 않으면 호위병들이 첫날, 첫 시간에 여길 찾아올 수도 있다는 뜻이야. 왕관과 사자에서부터 수색을 시작한다면 시간이 조금 있겠지만, 뭉그적댈 만한 시간은 아니다."

랜드는 천천히 고개를 끄덕였다. "제가 맷을 저 침대에서 끌어내지 못하면 어머니 그럽을 불러 주세요. 남은 돈이 좀 있거든요. 그 정도면 충분할 거예요."

"어머니 그럽 문제는 내가 처리하마." 여관 주인이 무뚝뚝하게 말했다. "말도 두 마리 빌려줄 수 있을 것 같다. 타 발론까지 걸어가다가는 반쯤 갔을 때 남은 장화가 다 닳아 버릴 거다."

"아저씨는 좋은 친구예요." 랜드가 말했다. "저희는 아저씨한테 골칫거리만 안겨 드린 것 같은데도 기꺼이 도와주시다뇨. 아저씨는 좋은 친구예요."

길 씨는 당황한 듯했다. 그는 어깨를 으쓱하더니 목을 가다듬고 시선을 떨어뜨렸다. 그 바람에 그의 시선이 돌멩이 게임판에 닿았다. 그는 시선을 다시 홱 돌렸다. 로이알이 이기고 있는 게 확실했다. "그래, 뭐. 톰도 내게 언제나 좋은 친구였으니까. 그 녀석이 너를 위해서 평소 안 하던 짓을 했다면야 나도 조금은 해줄 수 있지."

"네가 떠날 때 나도 함께 가고 싶어, 랜드." 로이알이 갑자기 말했다.

"그 문제는 결정된 줄 알았는데, 로이알." 랜드는 망설이다가—길 씨는 지금도 위험을 전부 다 알지 못했다—덧붙였다. "맷이랑 나를 기다리는 게 뭔지, 우리를 쫓는 게 뭔지 알잖아."

"어둠의 친구들이시." 오기어는 진진한 지음으로 대답했다. "아이즈 세다이도 있고. 빛께서만 아실 다른 무엇도 있겠지. 어둠의 존재라든지. 너는 타 발론으로 갈 생각이잖아. 거기에는 아주 훌륭한 덤불이 있어. 내가 듣기로는 아이즈 세다이가 그 덤불을 잘 관리한대. 아무튼 세상에는 덤불 말고도 구경할 게 많고. 넌 정말로 **타비렌**이야, 랜드. 너를 중심으로 패턴이 짜이고 있어. 네가 그 중심에 있고."

이 사람이 그 중심에 있습니다. 랜드는 한기를 느꼈다. "난 아무 중심도 아니야." 랜드가 거칠게 말했다.

길 씨가 눈을 깜빡였고, 로이알조차 그의 분노에 놀란 듯했다. 여관 주인과 오기어는 서로를 보더니 바닥으로 눈길을 돌렸다. 랜드는 억지로 표정을 누그러뜨리며 심호흡했다. 놀랍게도 랜드는 최근 그토록 자주 손아귀를 빠져나가던 공백과 침착함을 발견했다. 이들은 랜드의 분노를 받을 만한 사람들이 아니었다.

"같이 가도 돼, 로이알." 랜드가 말했다. "네가 왜 가고 싶어 하는지는 모르겠지만, 나야 함께 가 주면 고맙지. 넌……. 너도 맷이 어떤지는 알지?"

"알지." 로이알이 말했다. "지금도 사람들은 내가 거리에 나갈 때마다 몰려들어 '트롤록'이라고 소리쳐. 최소한 맷은 말로만 공격하니까 괜찮아. 날 죽이려 한 적은 없어."

"당연하지." 랜드가 말했다. "맷은 그런 짓 안 해." **그렇게까지 선을 넘지는 않을 거야. 맷은 안 그래.**

문 두드리는 소리가 나더니 종업원 중 한 명인 길다가 방에 고개를 들이밀었다. 그녀는 입을 꽉 다물고 있었으며 눈에 걱정이 가득했다. "길 씨, 빨리 와 주세요. 휴게실에 하얀 망토들이 와 있어요."

길 씨가 욕설을 하며 벌떡 일어섰다. 그 바람에 고양이가 탁자에서 뛰어내리더니 불쾌한 듯 꼬리를 빳빳이 세우고 방에서 빠져나갔다. "가지. 빨리 가서 내가 간다고 해. 그런 다음에는 비켜서 있어. 알았지? 놈들을 멀리해." 길다는 고개를 끄덕이고 사라졌다. "넌 여기 있는 게 좋겠다." 길 씨가 로이알에게 말했다.

오기어는 코웃음을 쳤다. 종이가 찢어지는 듯한 소리가 났다. "빛의 아이들과 더 만나고 싶은 생각은 전혀 없어요."

길 씨의 눈이 돌멩이 게임판에 닿았다. 그는 기분이 조금 가벼워지는 듯했다. "게임은 나중에 다시 시작해야겠는데."

"그럴 필요는 없어요." 로이알은 책장으로 손을 뻗더니 책을 꺼냈다. 로이알의 손 때문에 헝겊으로 장정한 책이 아주 작아 보였다. "게임판은 이대로 두고 나중에 이어 가면 돼요. 아저씨 차례예요."

길 씨가 인상을 썼다. "이게 괜찮으면 저게 문제라더니." 그는 서둘러 방에서 나가며 투덜거렸다.

랜드는 그를 따라가되 천천히 따라갔다. 빛의 아이들과 얽히고 싶지 않은 마음은 랜드나 로이알이나 마찬가지였다. **이 사람이 그 중심에 있습니다.** 랜드는 휴게실 문 앞에 멈추어 섰다. 거기에서라면 안에서 무슨 일이 벌어지는지 보이기는 하지만, 뒤쪽으로 멀리 떨어져 있는 만큼 다른 사람 눈에 띄지 않으리라고 기대할 수 있었다.

죽은 듯한 침묵이 휴게실을 가득 채웠다. 하얀 망토들 다섯 명이 바닥 한가운데에 서 있었다. 탁자에 앉은 사람들은 일부러 그들을 못 본 체했다. 하얀 망토들 중 한 명은 망토에 달려 있는 태양 무늬 아래에 하급 장교의 은색 번개 모양을 붙이고 있었다. 램귄은 현관 옆 벽에 한가로이 기대서 나뭇조각을 가지고 열심히 손톱을 청소하고 있었다. 길 씨가 고용한 다른 네 명의 경비병은 램귄의 맞은편 벽에 자리 잡고 있었다. 다들 하얀 망토들에게는 일부러 아무런 관심을 두지 않았다. 빛의 아이들은 뭔가 눈치챘을지 몰라도 전혀 내색하지 않았다. 조금이라도 감정을 내비친 것은 하급 장교뿐이었다. 그는 조바심이 나는 듯 손등에 강철이 붙어 있는 장갑을 손바닥으로 톡톡 치며 여관 주인을 기다렸다.

길 씨가 빠르게 휴게실을 가로질러 그에게 갔다. 얼굴에는 신중하게도 중립적인 표정을 짓고 있었다. "빛께서 당신을 비추시길." 길 씨는 지나치게 굽실거리는 것도 아니지만 실제로 모욕감이 느껴질 만큼 가볍지도 않게 신경 써서 고개를 숙이며 말했다. "또한 훌륭하신 무어게이즈 여왕님을 비추시길. 어떻게 도와드릴……."

"네 쓸데없는 말을 들어줄 시간은 없다, 여관 주인." 하급 장교가 쏘아붙였다. "나는 오늘 이미 여관 스무 곳에 들렀다. 갈수록 돼지우리더군. 해 지기 전에 스무 곳을 더 돌아봐야 해. 나는 어둠의 친구를 찾고 있다. 투 리버스에서 온 소년으로……."

한 마디 한 마디 이어질수록 길 씨의 얼굴이 어두워졌다. 그는 폭발하기라도 할 것처럼 부풀어 오르더니 결국 실제로 폭발했다. 그는 되갚아 주려는 듯 하얀 망토의 말을 잘랐다. "내 여관에는 어둠의 친구가 없소! 여기 있는 모든 사람은 선하신 여왕님을 따르는 사람들이오!"

"그래, 우리 모두 무어게이즈의 입장이 무엇인지 알지." 하급 장교는 여왕의 이름을 말하며 비웃었다. "그 여자의 타 발론 마녀에 대해서도 알고. 안 그런가?"

의자 다리가 바닥에 긁히는 소리가 시끄럽게 났다. 갑자기 휴게실의 모든 사람이 일어서 있었다. 그들은 조각상처럼 고요하게 서 있었으나 모두가 하얀 망토들을 험상궂게 바라보았다. 하급 장교는 모르는 체했지만, 그 뒤의 네 사람은 불안한 듯 주위를 둘러보았다.

"여관 주인, 협조하면 일이 편해질 거다." 하급 장교가 말했다. "어둠의 친구를 숨겨 주는 자에게는 시절이 힘들어지고 있으니. 드래건의 송곳니가 문에 그려진 여관에 손님이 많이 들 것 같지는 않은데. 그런 게 문에 그려져 있으면 화재 문제가 생길 수도 있고."

"당장 나가시오." 길 씨가 조용히 말했다. "아니면 여왕의 호위병들을 불러 당신들의 남은 몸뚱이를 쓰레기 더미로 운반해 달라고 할 테니."

램귄의 칼이 쉭 소리를 내며 칼집에서 빠져나왔다. 사람들의 손에 칼과 단검이 들리면서 강철이 가죽에 닿는 거친 소리가 방 전체에서 반복되었다. 종업원들은 서둘러 문으로 도망쳤다.

하급 장교는 못 믿겠다는 듯 비웃는 얼굴로 주위를 둘러보았다. "드래건의 송곳니는……."

"당신들 다섯을 도와주지 않을 거요." 길 씨가 하급 장교의 말을 대신 마쳤다. 그는 움켜쥔 주먹을 들고 검지를 세웠다. "하나."

"미친 모양이로구나, 여관 주인. 빛의 아이들을 협박하다니."

"하얀 망토들은 케임린에서 아무 권한이 없소. 둘."

"정말로 이 일이 여기에서 끝날 거라 믿느냐?"

"셋."

"돌아오겠다." 하급 장교는 그렇게 쏘아붙이더니 서둘러 부하들을 돌려세웠다. 자기가 결정한 시간에 질서 있게 떠나는 척하려는 것이었다. 하지만 그의 부하들이 달려가지는 않더라도 밖에 나가고 싶다는 마음을 굳이 숨기지도 않은 채 열정적으로 문으로 다가갔기에 그마저 여의치 않았다.

램퀸이 칼을 든 채 문을 막고 서 있었다. 그는 길 씨가 미친 듯이 손을 내저은 뒤에야 길을 터 주었다. 하얀 망토들이 떠나고 나자 여관 주인은 의자에 털썩 주저앉았다. 그는 손으로 이마를 훔치더니 이마가 땀범벅이 되지 않은 게 놀랍다는 듯 그 손을 바라보았다. 휴게실 전체에서 사람들이 다시 자리에 앉았다. 그들은 자신들이 해낸 일에 웃었다. 일부는 길 씨에게 다가와 그의 어깨를 쳤다.

여관 주인은 랜드를 보더니 의자에서 비틀비틀 일어나 다가왔다. "내 안에 영웅적인 면이 있을 줄 누가 알았겠냐?" 그가 놀랍다는 듯 말했다. "빛께서 나를 비추시길." 그는 갑자기 고개를 흔들었다. 그는 거의 평소의 말투로 돌아왔다. "내가 너를 이 도시에서 빼낼 때까지 눈에 띄지 않는 곳에 있어야 한다." 그는 조심스럽게 휴게실을 돌아보더니 랜드를 복도 깊숙한 곳으로 밀어 넣었다. "그 녀석들은 돌아올 거다. 오늘만 붉은색을 착용한 첩자들이 있을 수도 있고. 내가 방금 같은 구경거리를 만들었으니, 놈들은 아마 네가 여기에 있든 없든 상관하지 않을 거다. 실제와 상관없이 네가 있는 것처럼 행동할 거야."

"말도 안 돼요." 랜드가 항의했다. 여관 주인의 손짓에 따라 그는 목소리를 낮추었다. "하얀 망토들은 저를 쫓을 이유가 전혀 없어요."

"이유 같은 건 난 모른다. 하지만 놈들이 너와 맷을 쫓는 건 확실해. **대체** 무슨 일을 겪어 온 거냐? 엘라이다에 **더해** 하얀 망토들까지."

랜드는 항의하려는 듯 두 손을 들었다가 그냥 툭 내렸다. 말도 안 되는 얘기였지만, 랜드도 하얀 망토가 하는 말을 들었다. "아저씨는요? 하얀 망토들은 우리를 찾지 못해도 아저씨를 곤란하게 만들 거예요."

"그건 걱정 마라, 이 녀석아. 배신자들이 흰색을 내보이며 뽐내고 걸어 다니게 놔두긴 해도, 여왕 호위대는 지금도 법을 수호한다. 밤에는……. 글쎄, 램퀸과 그 녀석 친구들이 잠을 많이 못 자겠지. 하지만 그 녀석들이 어떻게 본때를 보여 줄지 생각하면 내 문에 표시를 남기려는 녀석이 불쌍하게 느껴질 정도야."

길다가 그들 옆에 나타나 길 씨에게 무릎을 굽혀 인사했다. "사장님, 그게…… 여자분이 오셨어요. 주방에 계세요." 그녀는 그 여자와 주방이라는 조합에 크게 놀란 목소리였다. "랜드 씨를 찾는다고 했어요. 맷 씨도요. 이름을 대던걸요."

랜드는 어리둥절한 시선을 여관 주인과 주고받았다.

"인마." 길 씨가 말했다. "네가 정말로 일레인 공주님을 궁전에서 내 여관까지 내려오도록 한 거라면, 우리 모두 망나니한테 머리가 날아가고 말 거다." 길다는 여왕 후계자의 이야기를 듣고 꺅 소리를 내며 휘둥그레진 눈으로 랜드를 보았다. "넌 가 봐, 길다." 여관 주인이 날카롭게 말했다. "들은 얘기에 관해서는 입 다물고. 남이 신경 쓸 일이 아니야." 길다는 다시 고개를 끄덕이더니 쏜살같이 복도를 달려갔다. 그녀는 가는 길에 어깨 너머로 랜드를 힐끗 돌아보았다. "5분 뒤면……." 길 씨가 한숨을 쉬었다. "길다는 다른 여자들한테 네가 변장한 왕자라고 말하고 다닐 거야. 밤이 될 즈음에는 그 얘기가 신시가지 전체에 퍼질 거다."

"길 아저씨." 랜드가 말했다. "저는 일레인한테 맷 얘기를 한 적이 없어요. 절대……." 갑자기 그의 얼굴에 커다란 미소가 떠올랐다. 그는 주방으로 달려갔다.

"잠깐!" 여관 주인이 등 뒤에서 소리쳤다. "확실해질 때까지 기다려. 기다리라고, 이 멍청이야!"

랜드는 주방 문을 확 열었다. 거기에 그들이 있었다. 모레인은 평온한 시선으로, 전혀 놀라지 않은 채 랜드를 바라보았다. 나이니브와 에그웨인은 웃으며 달려와 랜드를 두 팔로 끌어안았고, 페린이 그 뒤에서 다가왔다. 세 사람 모두가 랜드가 정말 그 자리에 있다는 것을 확인해야겠다는 듯 그의 어깨를 두드려 댔다. 마구간 앞뜰로 이어지는 문간에서는 란이 장화 한쪽을 문틀에 얹은 채 주방과 바깥의 뜰에 관심을 나누어 두고 있었다.

랜드는 동시에 두 여자를 포옹하고 페린과 악수하려 했다. 그러자 팔과 웃음이 한데 얽혔다. 이 상황은 나이니브가 열이 나는지 확인하겠다고 랜드의 얼굴을 만져 보려 하면서 더욱 복잡해졌다. 그들은 너덜너덜해진 모습이었다. 페린은 얼굴에 멍이 들어 있었고, 계속 눈을 내리깔고 있었다. 전에는 한 번도 보인 적 없는 행동이었지만 살아 있었고, 다시 함께하게 되었다. 랜드는 목구멍이 너무 막혀 와서 거의 말을 할 수가 없었다. "너희를 다시 못 볼까 봐 걱정했어." 그는 마침내 한 마디를 해냈다. "혹시 너희 모두가……."

"난 네가 살아 있을 줄 알았어." 에그웨인이 랜드의 가슴에 기대 말했다. "언제나 알고 있었어. 언제나."

"난 몰랐다." 나이니브가 말했다. 그녀의 목소리는 딱 그때만 날카로웠고, 다음 순간에는 부드러워졌다. 그녀는 미소 지으며 랜드를 올려다보았다. "괜찮아 보이는구나, 랜드. 어느 모로 보나 과식을 한 적은 없는 것 같지만 건강해 보이고. 빛께 감사할 일이야."

"뭐," 길 씨가 랜드 뒤에서 말했다. "어쨌든 이 사람들을 아는 모양이구나. 네가 찾는다던 그 친구들이냐?"

랜드는 고개를 끄덕였다. "네, 제 친구들이에요." 랜드는 모두를 소개했다. 지금도 란과 모레인을 제대로 된 이름으로 부르는 것은 이상하게 느껴졌다. 랜드가 진짜 이름을 대자 그 둘은 날카로운 눈으로 랜드를 보았다.

여관 주인은 숨김없는 미소를 지으며 모두를 환영했지만, 수호자를 만난 것에 특히 감명받았다. 모레인을 소개받았을 때는 더욱 그랬다. 그는 모레인을 보며 대놓고 입을 쩍 벌리더니—아이즈 세다이가 랜드 일행을 돕고 있다는 것을 아는 것과 그녀가 자기 집 주방에 나타나는 것은 상당히 다른 일이었다—깊이 허리를 숙였다. "저의 손님으로 여왕의 축복에 오신 것을 환영합니다, 아이즈 세다이. 아마 궁전에서 엘라이다 세다이와 함께, 또 가짜 드래건과 함께 온 아이즈 세다이와 함께 지내시겠지만요." 그는 다시 허리를 숙이며 랜드에게 걱정스러운 눈길을 빠르게 던졌다. 여관 주인이 아이즈 세다이에 대해서 나쁜 말을 하지 않은 것은 잘된 일이지만, 그 문제와 아이즈 세다이를 자기 집에서 재우고 싶어 하는 것은 다른 문제였다.

랜드는 여관 주인에게 말없이 괜찮다는 뜻을 전하려고 격려하듯 고개를 끄덕였다. 모레인은 모든 시선에, 모든 말에 위협이 숨겨져 있는 엘라이다와 달랐다. **정말이야? 지금도 확실히 아는 것은 아니잖아?**

"나는 여기에 묵을 생각이에요." 모레인이 말했다. "케임린에 머물 시간이 얼마 되지는 않지만요. 값은 제대로 치르게 해 주셔야 합니다."

얼룩무늬 고양이 한 마리가 복도에서 어슬렁거리며 들어와 여관 주인의 발목에 몸을 감았다. 그러자마자 털이 부스스한 잿빛 고양이가 탁자 밑에서 튀어나와 등을 구부리고 식식댔다. 얼룩무늬 고양이는 위협하듯 으르렁거리며 몸을 웅크렸고, 잿빛 고양이는 쏜살같이 란을 지나 마구간 앞뜰로 향했다.

길 씨는 모레인이 돈 내고 묵는 고객이 아니라 그의 개인적인 손님이 되는 영광을 베풀어 주어야 한다고 항의하는 동시에 고양이들이 귀찮게 해서 미안하다고 사과했다. 한편으로는 궁전보다 여기가 좋은 게 맞느냐고 확인하기도 했다. 궁전이 더 마음에 든다고 해도 이해하지만, 가장 좋은 방을 선물로 받아 주었으면 좋겠다고도 했다. 그가 하는 말은 장광설이었고, 모레인은 그 말에 전혀 신경 쓰지 않았다. 대신, 모레인은 허리를 숙여 주황색과 흰색이 섞여 있는 고양이를 쓰다듬어 주었다. 고양이는 즉시 길 씨의 발목을 떠나 모레인의 발목을 감았다.

"지금까지 여기서 고양이를 네 마리나 봤네요." 모레인이 말했다. "쥐 문제가 있나요? 시궁쥐라든지?"

"시궁쥐입니다, 모레인 세다이." 여관 주인이 한숨을 쉬었다. "끔찍한 문제죠. 제가 가게를 더럽게 관리하는 건 아닙니다, 그건 알아주세요. 사람이 너무 많아서 그렇습니다. 도시 전체가 사람과 쥐로 가득합니다. 하지만 제 고양이들이 있으니 아무 문제 없으실 겁니다, 제가 약속하죠."

랜드는 페린과 잠깐 시선을 주고받았다. 페린은 바로 다시 시선을 내렸다. 페린의 눈이 뭔가 이상했다. 페린이 너무 조용하기도 했다. 페린은 거의 항상 말을 아꼈지만, 지금은 아예 아무 말도 하지 않고 있었다. "사람이 너무 많아서 그럴 수 있죠." 그가 말했다.

"길 씨, 허락해 주신다면," 모레인은 당연하다는 듯 말했다. "이 거리에서 쥐들을 쫓아 버리는 건 간단한 문제입니다. 운이 따라 준다면 쥐들은 누가 자기를 쫓고 있다는 것조차 모를 거예요."

길 씨는 마지막 말에 인상을 썼지만 허리를 숙이며 모레인의 제안을 받아들였다. "정말로 궁전에 묵지 않으실 거라면 부탁드리겠습니다, 아이즈 세다이."

"맷은 어디 있어?" 나이니브가 불쑥 말했다. "**저 여자가** 맷도 여기 있다고 했는데."

"위층에요." 랜드가 말했다. "갠…… 상태가 별로 안 좋아요."

나이니브가 고개를 들었다. "아픈 거냐? 쥐 문제는 **저 여자**한테 맡기고 맷을 돌봐야겠다. 지금 안내해라, 랜드."

"모두 올라가세요." 모레인이 말했다. "몇 분 뒤 따라가겠습니다. 우리 때문에 길 씨의 주방이 붐비는군요. 우리 모두 잠시 조용한 곳에 가 있을 수 있다면 좋겠어요." 모레인의 목소리에는 어떤 의도가 깔려 있었다. **보이지 않는 곳에 머물러. 아직 숨기는 끝나지 않았어.**

"따라오세요." 랜드가 말했다. "뒤쪽으로 올라가요."

에먼즈 필드 사람들은 랜드를 따라 북적거리며 뒤쪽 계단으로 향했다. 아이즈 세다이와 수호자만이 길 씨와 함께 주방에 남았다. 랜드는 다시 함께하게 된 기쁨에서 벗어날 수가 없었다. 꼭 다시 고향에 온 것만 같았다. 미소가 사라지지 않았다.

기쁨으로 가득한 안도감이 다른 사람들에게도 영향을 미치는 것 같았다. 그들은 혼자 킥킥거리며 계속해서 손을 뻗어 랜드의 팔을 잡았다. 페린은 목소리가 가라앉은 것 같았고 계속 고개를 숙이고 있었지만 계단을 올라가면서부터는 입을 열었다.

"모레인이 너랑 맷을 찾을 수 있다더니 정말 찾아냈어. 이 도시로 말을 타고 들어왔을 때 우리는 도저히 그 많은 사람이며 건물에서 눈을 돌릴 수가 없었는데. 뭐, 당연히 란은 안 그랬지만." 페린이 못 믿겠다는 듯 고개를 젓자 그의 굵은 고수머리가 흔들렸다. "전부 너무 커. 사람도 너무 많고. 그중 몇 명은 우리를 쳐다보면서 '붉은색이냐, 흰색이냐?'라고 소리치더라고. 그게 말이 되는 소리라고 생각하는 건지."

에그웨인이 랜드의 칼에 손을 대더니 손가락으로 붉은 포장을 만지작거렸다. “이게 무슨 뜻이야?”

“아무 뜻도 없어.” 랜드가 말했다. “중요한 건 아니야. 우린 타 발론으로 갈 거야. 기억하지?”

에그웨인은 랜드를 한 번 보더니 칼에서 손을 떼고 페린이 하다 만 이야기를 계속했다. “란에 비하면 모레인이 주위를 살펴본 건 아무것도 아니었어. 란은 우리를 데리고 저 많은 골목을 여러 번 왔다 갔다 했어. 냄새를 좇는 개처럼 말이야. 그래서 난 네가 여기 있을 리 없다고 생각했어. 그런데 갑자기 모레인이 어느 골목으로 접어들었어. 정신을 차리고 보니까 우리가 마구간지기한테 말을 건네주고 주방으로 들어가고 있는 거야. 모레인은 네가 여기 있느냐고 묻지도 않았어. 그냥 반죽을 섞고 있던 여자한테 가서 랜드 알소르와 맷 코손에게 누군가 찾아왔다고 말하라고만 했지. 그러고 나서는 네가 나타났어.” 에그웨인이 씩 웃었다. “난데없이 방랑 시인의 손으로 튀어 들어가는 공처럼 말이야.”

“방랑 시인은 어디 있어?” 페린이 물었다. “같이 있는 거야?”

랜드는 배 속이 철렁했다. 친구들이 주변에 있다는 좋은 느낌이 흐려졌다. “톰은 죽었어. 내 생각엔 죽은 것 같아. 희미한 자가 있었는데…….” 랜드는 더 이상 말할 수 없었다. 나이니브가 나지막하게 뭔가 중얼거리며 고개를 저었다.

주위의 침묵이 짙어지며 작은 웃음들을 질식시키고 기쁨을 납작하게 만들었다. 결국 그들은 계단 꼭대기에 이르렀다.

“맷은 딱히 아픈 게 아니야.” 그때 랜드가 말했다. “뭐랄까…… 보면 알아.” 랜드는 맷과 같이 쓰는 방문을 홱 열었다. “누가 왔는지 봐, 맷.”

맷은 여전히 침대에 둥글게 몸을 말고 있었다. 랜드가 놔두고 간 그대로였다. 그는 고개를 들어 일행을 바라보았다. “저 사람들이 진짜 겉모습이랑 똑같은 사람인지 어떻게 알아?” 맷은 쉰 목소리로 말했다. 그는 얼굴이 붉어져 있었고 피부는 땡땡했으며 땀으로 미끈거렸다. “네가 네 겉모습이랑 똑같은 사람인지는 어떻게 알지?”

“안 아프다고?” 나이니브는 경멸하듯 랜드를 보더니 그를 밀치고 지나갔다. 그녀는 이미 어깨에서 가방을 풀고 있었다.

“다들 변해.” 맷이 쉰 목소리로 말했다. “내가 어떻게 확신하지? 페린? 너 맞아? 너 변했구나?” 그의 웃음은 기침 소리에 더 가깝게 들렸다. “아, 그래. 넌 바뀌었어.”

랜드로서는 놀랍게도 페린은 다른 침대 가장자리에 털썩 주저앉더니 두 손으로 얼굴을 감싼 채 바닥을 바라보았다. 난도질하는 듯한 맷의 웃음소리가 그를 관통하는 것으로 보였다.

나이니브는 맷의 침대 옆에 무릎을 꿇고 그의 얼굴에 손을 대더니 그가 머리에 감은 천을 밀어 올렸다. 맷은 비웃는 듯한 눈으로 홱 물러났다. 눈빛이 형형하고 번들거렸다. “불덩이 같구나.” 나이니브가 말했다. “하지만 열이 이렇게 많이 나면 땀이 나서는 안 되는데.” 나이니브는 목소리에서 걱정하는 기색을 감추지 못했다. “랜드, 페린이랑 같이 가서 깨끗한 헝겊과 차가운 물을 최대한 많이 가져와. 일단 열을 내려 주마, 맷. 그리고…….”

“예쁜 나이니브.” 맷이 내뱉었다. “현자는 자신을 여자로 생각하면 안 되지. 안 그래? 예쁜 여자여서는 안 되는 거야. 하지만 넌 다르지? 자, 넌 네가 예쁜 여자라는 걸 도저히 잊을 수 없어. 그래서 겁이 나지. 모두가 변해.” 맷의 말에 나이니브의 얼굴이 창백해졌다. 분노 때문인지 다른 이유 때문인지 랜드로서는 알 수 없었다. 맷은 교활하게 웃었다. 그의 열기 어린 눈이 에그웨인에게로 미끄러져 갔다. “예쁜 에그웨인.” 그가 목멘 소리로 말했다. “나이니브만큼 예쁘지. 이젠 다른 것들도 나이니브와 나누고 있고, 안 그래? 다른 꿈 말이야. 요즘은 무슨 꿈을 꾸지?” 에그웨인은 침대에서 한 걸음 물러섰다.

“당분간은 어둠의 존재의 시선이 우리에게 미치지 못할 거야.” 모레인은 란이 뒤따르는 채로 방에 들어와 말했다. 문지방을 넘자마자 그녀의 시선이 맷에게 향했다. 그녀는 뜨거운 난로라도 건드린 것처럼 헛숨을 들이켰다. “물러서!”

나이니브는 놀라서 아이즈 세다이를 돌아보았을 뿐 움직이지 않았다. 모레인은 두 걸음 만에 빠르게 현자의 어깨를 잡고, 곡물 자루라도 되는 것처럼 그녀를 끌어당겼다. 나이니브는 몸부림치고 저항했지만 모레인은 나이니브가 침대에서 충분히 멀리 떨어질 때까지 그녀를 놓아주지 않았다. 현자는 발을 딛고 일어나면서도 계속 저항했다. 그녀는 화를 내며 옷 주름을 폈다. 하지만 모레인은 나이니브를 완전히 무시했다. 아이즈 세다이는 다른 모든 것을 배제하고 맷만을 보았다. 독사를 보듯이 맷을 눈여겨보았다.

"모두 맷한테서 물러서세요." 모레인이 말했다. "조용히 하고."

맷은 모레인만큼이나 강렬한 표정으로 그녀를 마주 보았다. 그는 조용히 으르렁거리듯 웃으며 이를 드러냈다. 그러더니 몸을 더욱 작게 웅크렸다. 다만 그는 모레인의 눈에서 결코 시선을 떼지 않았다. 모레인은 천천히 맷에게 한 손을 가볍게 댔다. 맷은 무릎을 가슴으로 끌어당긴 채였다. 모레인의 손이 닿자 그가 발작을 일으켰다. 거부감의 떨림이 그의 전신으로 경련하듯 번져 갔다. 맷은 갑자기 한 손을 꺼내 칼자루에 루비가 박힌 단검으로 그녀의 얼굴을 그었다.

한순간, 문 앞에 있던 란이 침대 옆으로 다가왔다. 그 사이의 공간은 전혀 문제가 아니라는 듯했다. 그의 손이 맷의 손목을 잡았다. 칼날은 돌에라도 부딪힌 것처럼 멈췄다. 그때까지도 맷은 단단히 몸을 말고 있었다. 오직 단검이 들린 손만 움직이려 했다. 그 손은 수호자의 무자비한 손아귀에서 벗어나려고 몸부림쳤다. 맷의 눈은 한 번도 모레인을 떠나지 않았으며 증오로 타올랐다.

모레인도 움직이지 않았다. 그녀는 얼굴에서 겨우 한 뼘밖에 떨어지지 않은 칼날에도 움찔하지 않았다. 맷이 처음 공격했을 때도 그랬다. "맷이 이걸 어떻게 얻은 거지?" 모레인이 강철 같은 목소리로 물었다. "무어데스가 너희에게 뭔가 주었느냐고 물었잖아. 너희에게 묻고 경고했어. 너희는 그런 적 없다고 했고."

"무어데스가 준 게 아니에요." 랜드가 말했다. "쟤가……. 맷이 보물 창고에서 가져온 거예요." 모레인은 랜드를 보았다. 그녀의 눈도 맷의 눈만큼 타오르는 것 같았다. 랜드는 하마터면 뒤로 물러날 뻔했다. 그때 모레인이 다시 침대 쪽으로 고개를 돌렸다. "저도 다들 뿔뿔이 흩어지고 난 뒤에야 알았어요. 그땐 몰랐어요."

"몰랐다고." 모레인은 맷을 찬찬히 살폈다. 맷은 여전히 가슴팍으로 무릎을 끌어당긴 채 누워 있었으며, 계속해서 소리 없이 모레인에게 으르렁거렸다. 그의 손은 여전히 란에게 저항하며 단검으로 모레인을 찌르려 하고 있었다. "이걸 들고 여기까지 온 게 기적이야. 나는 맷을 보자마자 사악함을, 마샤다의 손길을 느꼈어. 하지만 희미한 자라면 몇 킬로미터 떨어진 곳에서도 그 존재를 느꼈을 거다. 정확히 어디인지는 몰라도 근처에 이 단검이 있다는 건 알았을 거야. 이런 사악함이 군대를 통째로, 공포의 군주와 희미한 자와 트롤록들 전부를 삼켰다는 기억이 희미한 자의 뼛속 깊이 새겨져 있는 한 마샤다는 그의 영혼을 끌어당길 테니까. 어둠의 친구 중에도 그 존재를 느낄 수 있는 자들이 있을 테고. 정말로 영혼을 넘겨 버린 자들 말이야. 주변 공기가 근질거리는 것처럼 갑자기 이 존재를 느끼고 의아해하는 사람들이 있었을 수밖에 없어. 그 사람들은 이걸 찾아야겠다는 강박을 느꼈을 거야. 이게 쇳덩이를 끌어당기는 자석처럼 놈들을 끌어당겼겠지."

"어둠의 친구들이 있긴 했어요." 랜드가 말했다. "여러 번 만났죠. 하지만 우린 빠져나왔어요. 케임린에 도착하기 전날 밤에는 희미한 자도 만났는데, 놈은 우리를 못 봤고요." 랜드는 목을 가다듬었다. "밤에 이 도시 바깥에 이상한 것들이 돌아다닌다는 소문이 있어요. 트롤록들인지도 몰라요."

"아, 그건 트롤록이 맞다, 양치기." 란이 비꼬듯 말했다. "트롤록이 있는 곳에는 희미한 자가 있지." 란은 맷의 손목을 쥐느라 손등에 핏줄이 불거져 있었지만, 목소리에서는 긴장감이 느껴지지 않았다. "놈들은 자취를 감추려 했지만, 나는 이틀 동안 놈들의 흔적을 지켜봐 왔다. 농부들과 마을 사람들이 밤에 돌아다니는 존재에 대해 투덜거리는 소리도 들었고. 머드랄은 어떻게든 누구의 눈에도 띄지 않고 투 리버스를 공격하는 데 성공했다. 하지만 지금 놈들은 자신들을 사냥할 병사들을 보낼 수 있는 사람들에게 매일 가까워지고 있어. 그렇다고 해도, 그들이 이제 와서 멈추지는 않겠지만."

"하지만 우리는 케임린에 있잖아요." 에그웨인이 말했다. "여기 있는 한 놈들이 우리한테……."

"과연 그럴까?" 수호자가 그녀의 말을 잘랐다. "희미한 자들은 시골 지방에서 수를 불려 가고 있다. 흔적을 보면 명백해. 뭘 봐야 하는지 알기만 하면 말이야. 이미 도시에서 나가는 모든 길을 감시하는 데 필요한 것보다 많은 수의 트롤록들이 와 있다. 최소 권단 열두 개 규모야. 이유는 한 가지뿐이지. 희미한 자들은 충분히 수를 모으는 대로 너희를 잡으러 도시에 들어올 거다. 그러면 남부군의 거의 절반이 변방으로 향해 놈들을 소탕하려 하겠지. 하지만 증거를 보면, 놈들은 그런 위험을 기꺼이 감수할 생각이다. 너희 셋은 너무 오랫동안 놈들에게서 도망쳤어. 너희가 케임린으로 새로운 트롤록 전쟁을 끌고 온 것 같다, 양치기."

에그웨인은 헐떡이며 흐느꼈고 페린은 인정하고 싶지 않다는 듯 고개를 저었다. 랜드는 케임린 거리에 나타난 트롤록을 생각하자 구역질이 났다. 진짜 위험이 성벽을 넘을 때만 기다리는 줄도 모르고 저 많은 사람들이 서로의 목을 겨누고 있다니. 갑자기 트롤록과 희미한 자 들이 나타나 사람들을 살육하면 그들은 어떻게 행동할까? 랜드는 불타는 탑과 돔을 뚫고 나오는 불길, 시내의 구불구불한 거리와 전망대를 약탈하는 트롤록들이 눈에 선했다. 궁전 자체도 불에 탈 것이다. 일레인도, 가윈도, 무어게이즈도…… 죽을 것이다.

"아직은 아니야." 모레인이 멍하니 말했다. 그녀는 여전히 맷에게 집중하고 있었다. "우리가 케임린에서 나가는 방법을 찾아내면 반인들은 더 이상 여기에 관심을 두지 않을 거야. 만약에 말이지만. 가정해야 할 것이 너무 많아."

"차라리 우리가 모두 죽는 게 낫겠어요." 페린이 갑자기 말했다. 랜드는 자기 생각을 되풀이하는 듯한 그 말에 놀라 펄쩍 뛰었다. 페린은 여전히 자리에 앉아 바닥을 보고 있었으며—지금은 노려본다고 해야 맞을 것 같았다—목소리는 씁쓸했다. "우린 어디에 가든 고통과 괴로움을 지고 나르잖아요. 우리가 죽는 게 모두한테 더 나을 거예요."

나이니브가 그를 돌아보았다. 반쯤은 화가 나고 반쯤은 걱정하면서도 두려워하는 표정이었다. 하지만 모레인이 그녀를 막았다.

"너 자신을 위해서든, 다른 사람들을 위해서든 죽어서 뭘 얻을 생각이지?" 아이즈 세다이가 물었다. 그녀의 목소리는 냉정하면서도 날카로웠다. "내가 걱정하는 대로 무덤의 주인이 패턴에 손을 댈 만큼 큰 자유를 얻었다면, 너희가 살아 있을 때보다 죽어 있을 때 더 쉽게 영향을 미칠 수 있어. 죽은 채로는 아무도 도울 수 없어. 너희를 도와준 사람들도, 투 리버스에 있는 너희 친구와 가족도. 그림자가 세상에 드리우고 있는데, 죽은 채로는 너희 중 누구도 그걸 막을 수 없어."

페린은 고개를 들어 모레인을 보았다. 랜드는 깜짝 놀랐다. 친구 눈의 눈동자가 갈색이라기보다는 노란색으로 변해 있었다. 덥수룩한 머리카락에 강렬한 시선을 보니 페린에게서 무언가……. 랜드는 대체 뭐가 느껴지는 것인지 알 수 없었다.

페린은 조용히, 단조롭게 말했다. 그 말투 때문에 그의 말에는 고함을 질렀을 때보다 오히려 큰 무게가 실렸다. "살아서도 막을 수 없잖아요?"

"그 얘기 할 시간은 나중에 내줄게." 모레인이 말했다. "지금은 네 친구한테 내가 필요해." 모레인은 모두가 맷을 똑바로 볼 수 있도록 옆으로 비켰다. 맷은 여전히 분노가 가득한 눈으로 모레인을 바라보고 있었다. 그는 침대에 누운 채로 움직이거나 자세를 바꾸지 않았다. 얼굴에는 땀이 맺혀 있었고, 입술은 핏기를 잃은 채 그대로 비틀려 있었다. 그의 모든 힘이, 란이 꼼짝 못 하게 잡고 있는 단검으로 모레인을 치려는 노력에 들어가는 듯했다. "혹시 잊었니?"

페린은 당황해 어깨를 으쓱하고는 아무 말 없이 두 손을 폈다.

"맷은 왜 저러는 거예요?" 에그웨인이 묻자 나이니브가 덧붙였다. "옮는 거요? 그래도 내가 치료할 수 있소. 무슨 병이든 나한테는 옮지 않는 것 같으니."

"아, 옮죠." 모레인이 말했다. "그리고 당신의…… 보호력도 당신을 구할 수는 없을 거예요." 모레인은 손가락이 닿지 않게 하려고 조심하면서 칼자루에 루비가 박힌 단검을 가리켰다. 맷이 단검으로 모레인을 찌르려 힘을 주자 칼날이 덜덜 떨렸다. "이건 샤다 로고스에서 나온 물건입니다. 그 도시에는 자갈 하나까지 오염되지 않은 물건이 없어요. 성벽 바깥으로 가지고 나오면 위험합니다. 이건 자갈보다 훨씬 위험한 물건이고요. 샤다 로고스를 죽인 악은 지금도 그 안에 있어요. 이제는 맷 안에도 있고요. 가장 가까운 사람조차 적으로 보이게 할 만큼 강한 의심과 증오를 말하는 거예요. 이런 감정은 뼛속 깊은 곳에 뿌리를 박고 결국은 죽이겠다는 생각만을 남기죠. 맷은 샤다 로고스의 성벽 너머로 이 단검을 가지고 나옴으로써 그 악을, 그 악의 씨앗을 샤다 로고스에 붙들어 매던 존재로부터 해방했어요. 그 악은 맷의 안에서 커지고 이지러지기를 반복했을 겁니다. 맷의 본성과 마샤다의 오염이 싸움을 벌였겠죠. 하지만 지금은 맷 내면의 전투가 거의 끝났어요. 맷이 거의 패배했습니다. 머잖아 그 악이 맷을 죽이게 될 거예요. 그렇지 않으면 맷이 가는 곳마다 악을 전염병처럼 퍼뜨릴 테고. 저 칼로 한 번 긁히기만 해도 전염과 파괴를 일으킬 수 있어요. 그러니까, 곧 맷과 몇 분만 함께 있어도 위험해질 거예요."

나이니브의 얼굴이 하얗게 질려 있었다. "무슨 방법이 있습니까?" 나이니브가 속삭였다.

"있었으면 좋겠네요." 모레인이 한숨을 쉬었다. "세상을 위해서라도 내가 너무 늦은 게 아니었으면 좋겠어요." 모레인의 손이 허리에 차고 있던 주머니로 들어가더니, 비단으로 감싼 **앙그리알**과 함께 나왔다. "나가 주세요. 다른 사람 눈에 띄지 않을 만한 곳을 찾아 함께 있되, 나에게서는 떠나 있어요. 나는 맷에게 해 줄 수 있는 일을 하겠습니다."

42장 꿈의 기억

랜드는 사람들을 데리고 아래층으로 내려갔다. 다들 잔뜩 풀이 죽어 있었다. 그중 누구도 랜드에게나 서로에게 말을 걸고 싶어 하지 않았다. 랜드도 별로 이야기하고 싶은 기분이 아니었다.

태양은 뒤쪽 계단실이 어슴푸레해질 만큼 하늘을 한참 가로지른 뒤였다. 그러나 등불은 아직 켜지지 않았다. 햇빛과 그림자가 계단에 줄무늬를 드리웠다. 페린의 표정은 다른 사람들처럼 읽기 어려웠지만, 다른 사람들의 이마에 주름이 잡혀 있었다면 그의 이마는 매끄러웠다. 랜드는 페린이 짓고 있는 표정이 낙담의 표정이라고 생각했다. 그 이유가 궁금해 물어보고 싶었다. 페린이 더 짙은 그림자를 지나갈 때마다 그의 눈은 별로 없는 빛을 끌어모으는 듯했다. 그의 눈이 반짝이는 호박처럼 부드럽게 빛났다.

랜드는 몸을 떨며 주변 환경에, 호두나무 널빤지가 붙어 있는 벽과 참나무 계단 난간에, 단단하고 일상적인 사물에 집중하려 애썼다. 그는 코트에 몇 차례 손을 닦았지만 그럴 때마다 손바닥에 새로 땀이 맺혔다. **이제 다 괜찮아질 거야. 우린 함께잖아. 그리고……. 빛이여, 맷.**

랜드는 일행을 데리고 주방 옆을 지나는 뒷길을 지나 도서관으로 향했다. 휴게실을 피하기 위해서였다. 도서관을 이용하는 손님은 많지 않았다. 글을 읽을 줄 아는 사람 대부분은 시내에 있는 좀 더 우아한 여관에 묵었다. 길 씨는 가끔 책을 읽고 싶어 하는 몇 안 되는 손님들을 위해서라기보다 자기가 즐기기 위해 도서관을 두었다. 랜드는 모레인이 그들을 내보낸 이유를 생각하고 싶지 않았다. 돌아오겠다고 했던 하얀 망토들의 하위 장교의 말과 어디에 묵느냐고 묻던 엘라이다의 눈빛이 계속 생각났다. 모레인이 무얼 원하는지는 모르지만, 그것만으로도 충분한 이유가 되었다.

랜드는 도서관으로 다섯 걸음쯤 걸어간 뒤에야 다른 모두가 멈추어 서서 문 앞에 모여 있다는 것을 깨달았다. 그들은 입을 쩍 벌린 채 눈이 휘둥그레져 있었다. 난로에서는 불이 활활 타오르고 있었고, 로이알은 긴 소파에 드러누워 책을 읽고 있었다. 발 부분만 하얀색인 작은 검은색 고양이가 그의 배에 웅크려 반쯤 잠들어 있었다. 일행이 들어오자 로이알은 커다란 손가락으로 읽던 자리를 표시하고 책을 덮더니, 고양이를 가만히 바닥에 내려놓고 일어나 예의를 차리며 절했다.

랜드는 오기어에게 너무 익숙해져 있어서 다른 사람들에게는 로이알이 구경거리라는 것을 깨닫기까지 조금 시간이 걸렸다. "내가 기다리던 친구들이야, 로이알." 랜드가 말했다. "이쪽은 우리 마을 현자인 나이니브. 얘는 페린. 그리고 얘가 에그웨인이야."

"아, 그렇구나." 로이알이 우렁우렁한 목소리로 말했다. "에그웨인. 랜드가 네 얘기를 아주 많이 했어. 그래, 난 로이알이야."

"로이알은 오기어야." 랜드는 그렇게 설명하고, 모두가 느끼는 놀라움의 종류가 바뀌는 모습을 지켜보았다. 트롤록과 희미한 자가 육신을 가진 모습으로 나타난 지금도 살아 숨 쉬는 전설을 만난다는 것은 놀라운 일이었다. 랜드는 로이알을 처음 만났을 때 보인 자신의 반응을 생각하며 아쉽다는 듯 씩 웃었다. 친구들이 랜드보다 잘 해내고 있었다.

로이알은 입을 쩍 벌린 일행의 모습을 순식간에 받아들였다. 아마 "트롤록이다"라고 외치는 폭도들에 비하면 거의 눈에 띄지 않는 반응이었을 것이다. "랜드, 아이즈 세다이는?" 로이알이 물었다.

"위층에 맷이랑 같이 있어."

오기어는 생각에 잠겨 덥수룩한 한쪽 눈썹을 치켜올렸다. “그럼 아픈 게 **맞네.** 우리 모두 앉는 게 좋을 것 같은데. 아이즈 세다이도 이리로 오겠지? 그래. 그럼 기다리는 수밖에 없어.”

앉는다는 행위가 에먼즈 필드 사람의 마음속에 맺혔던 무언가를 조금 풀어 주는 듯했다. 난로에는 불이 피워져 있고 난로 위에는 고양이가 웅크리고 있는 가운데 푹신푹신한 의자에 앉아 있으니 집에 온 것 같은 기분이 드는 모양이었다. 그들은 자리에 앉자마자 오기어에게 여러 가지를 묻기 시작했다. 랜드로서는 놀랍게도, 페린이 가장 먼저 입을 열었다.

“**스테딩** 말인데, 로이알. 정말 이야기에 나오는 것 같은 피난처인 거야?” 그렇게 묻는 특별한 이유라도 있는 것처럼 강렬한 목소리였다.

로이알은 **스테딩**에 대해서나 여왕의 축복 여관에 오게 된 과정에 대해서, 또 여행하는 동안 본 것들에 관해 이야기하게 되어 기쁜 듯했다. 랜드는 곧 등받이에 기대 부분적으로만 귀를 기울였다. 랜드로서는 전부 자세히 들은 이야기였다. 로이알은 말하기를 좋아했고, 조금만 기회가 보여도 기나긴 이야기를 늘어놓았다. 보통은 이야기를 제대로 이해하려면 200~300년의 배경 설명이 필요하다고 생각하는 듯했지만 말이다. 그의 시간 감각은 매우 기묘했다. 그에게는 300년이 어떤 이야기나 설명을 다루기에 합리적인 단위였다. 그는 **스테딩**을 떠난 이야기를 늘 겨우 몇 달 전에 있었던 일처럼 이야기했지만, 알고 보니 그것은 3년도 더 전의 일이었다.

랜드의 생각은 맷에게로 흘러갔다. **단검. 빌어먹을 칼. 단지 들고 다니는 것만으로도 그 칼이 맷을 죽일 수 있다니. 빛이어, 더는 모험하고 싶지 않습니다. 모레인이 맷을 치료할 수 있다면, 우리 모두 떠나서……. 집은 안 되지. 집에는 못 가. 다른 데로 가야 해. 우리 모두 아이즈 세다이나 어둠의 존재에 대해 들어 본 사람이 아무도 없는 곳으로 가는 거야. 어딘가로.**

문이 열렸다. 잠시 랜드는 자기가 여전히 상상에 잠겨 있다고 생각했다. 맷이 눈을 깜빡이며 서 있었다. 코트 단추를 끝까지 채우고, 짙은 색 스카프를 이마에 낮게 감은 채였다. 그런 뒤에는 모레인이 보였다. 그녀는 맷의 어깨에 손을 얹고 있었다. 그 뒤에는 란이 있었다. 아이즈 세다이는 조심스럽게 맷을 살피는 중이었다. 최근 병상에서 일어난 사람을 지켜보는 듯한 눈빛이었다. 늘 그렇듯, 란은 아무것도 보지 않는 척하며 모든 것을 지켜보고 있었다.

맷은 단 하루도 아픈 적이 없었던 것 같은 모습이었다. 그가 처음으로 지은 머뭇거리는 미소는 모두를 향한 것이었다. 다만 로이알을 보자 그 미소는 사라졌다. 맷은 입을 쩍 벌린 채 로이알을 보았다. 지금 처음으로 오기어를 본다는 표정이었다. 그는 어깨를 으쓱하고 고개를 저으며 친구들에게 다시 관심을 돌렸다. "난……. 어……. 그게……." 그는 심호흡을 했다. "그러니까……. 어……. 내가……. 뭐랄까……. 이상하게 행동했던 것 같아. 사실 기억은 잘 안 나지만." 그는 불안한 듯 모레인을 보았다. 모레인이 자신감 있게 마주 미소 짓자 그가 말을 이었다. "화이트브리지 이후로는 모든 게 흐릿하게 기억나. 톰이랑……." 맷은 몸을 떨며 서둘러 말을 이었다. "화이트브리지에서 멀어질수록 기억도 흐려졌어. 케임린에 도착한 건 사실 기억이 안 나." 그는 곁눈으로 로이알을 보았다. "잘은 말이야. 모레인 세다이 말로는 내가…… 위층에서, 내가……. 어……." 맷은 씩 웃더니, 갑자기 정말로 예전의 맷이 되었다. "사람이 미쳐 있을 때 한 행동을 비난할 수는 없는 거잖아, 안 그래?"

"넌 늘 미쳐 있었어." 페린이 말했다. 잠깐은 그 역시 예전의 페린 같았다.

"아니." 나이니브가 말했다. 눈물에 눈이 반짝였지만, 그녀는 미소 짓고 있었다. "우리는 아무도 널 비난하지 않는다."

이어 랜드와 에그웨인이 한꺼번에 말하기 시작했다. 그들은 맷에게 건강해진 것을 보니 얼마나 기쁜지 모르겠다고, 맷이 정말로 건강해 보인다고 말했다. 이렇게 못된 장난을 당했으니 더 이상 장난을 치지 않았으면 좋겠다는 우스갯소리도 몇 마디 곁들였다. 맷은 예전 모습 그대로 잔뜩 거들먹거리면서 의자를 찾아 앉으며 농담을 농담으로 맞받아쳤다. 그는 씩 웃으며 자리에 앉다가 무의식적으로 코트를 건드렸다. 허리띠 뒤에 꽂혀 있는 무언가가 아직 그 자리에 있는지 확인하려는 것처럼 말이다. 랜드는 숨이 턱 막혔다.

"그래." 모레인이 조용히 말했다. "지금도 단검을 가지고 있어." 에먼즈 필드의 나머지 사람들 사이에서는 여전히 웃음과 이야기가 오가고 있었지만, 모레인은 랜드가 갑자기 헛숨을 들이켜는 것을 보고 그 이유를 알아차렸다. 그녀는 랜드의 의자로 가까이 다가왔다. 거기에서라면 목소리를 높이지 않고도 랜드에게 똑똑히 말을 전할 수 있었다. "맷을 죽이지 않고 저 칼을 빼앗을 수는 없어. 속박이 너무 오래 이어지는 바람에 강해졌거든. 그런 속박은 타 발론에서 풀어야 해. 나를 포함해 어느 아이즈 세다이도 혼자서는 할 수 없는 일이야. **앙그리알**이 있더라도."

"하지만 더는 안 아파 보이는데요." 랜드는 어떤 생각이 들어 모레인을 올려다보았다. "맷한테 단검이 있는 한 희미한 자들은 우리가 어디 있는지 알 거예요. 어둠의 친구들도 몇몇은 그럴 테고요. 당신이 그렇게 말했잖아요."

"그건 내가 그럭저럭 막았어. 이제는 어쨌거나 놈들이 우리한테 덤벼들 수 있을 만큼 가까워져야만 단검의 존재를 느낄 수 있을 거야. 나는 맷에게서 얼룩을 씻어 냈단다, 랜드. 그런 오염이 다시 일어나는 걸 늦추기 위해 내가 할 수 있는 일을 했고. 하지만 맷이 타 발론에서 도움을 받지 않는 한, 시간이 지나면 다시 오염이 일어날 거야."

"우리가 타 발론에 가고 있어서 다행이네요. 그렇죠?" 랜드는 모레인이 랜드를 날카롭게 본 다음 고개를 돌린 이유가 그의 목소리에 깃들어 있는 체념 때문인지, 다른 무언가에 대한 희망 때문인지 알 수 없었다.

로이알이 일어나 모레인에게 절했다. "저는 할란의 아들 아렌트의 아들 로이알입니다, 아이즈 세다이. **스테딩**은 빛의 종들에게 성소를 제공합니다."

"고마워요, 아렌트의 아들 로이알." 모레인이 건조하게 대답했다. "하지만 내가 당신이라면 그런 인사를 너무 쉽게 하지는 않겠어요. 지금 이 순간 케임린에는 아이즈 세다이가 스무 명쯤 있는데, 나를 뺀 모두가 적색의 아자거든요." 로이알은 무슨 말인지 알아들은 것처럼 현명하게 고개를 끄덕였다. 랜드는 혼란스러워 고개를 저을 수밖에 없었다. 빛에 눈이 멀더라도 **랜드는** 모레인이 하는 말이 무슨 뜻인지 도저히 알 수 없었다. "여기에서 당신을 만나게 되다니 이상한 일이군요." 아이즈 세다이가 말을 이었다. "최근

스테딩을 떠난 오기어는 몇 없는데."

"오래된 이야기가 제 마음을 사로잡았습니다, 아이즈 세다이. 오래된 책들이 제 쓸모없는 머리를 그림들로 가득 채웠습니다. 저는 덤불을 보고 싶습니다. 우리가 지은 도시도 보고 싶고요. 덤불도, 도시도 지금까지 남아 있는 건 많지 않아 보입니다만, 숲을 대체하기에는 형편없는 존재라도 건물은 아직 볼 만한 가치가 있더군요. 원로들께서는 여행을 하고 싶어 하는 저를 특이하다고 생각하십니다. 저는 늘 여행을 하고 싶어 했고, 원로들께서는 늘 저를 특이하다고 생각하셨지요. 그중 **스테딩** 바깥에 볼 만한 가치가 있는 것이 있다고 생각하시는 분은 아무도 없습니다. 혹시 제가 돌아가 그분들께 보고 온 것을 말씀드리면 생각을 바꾸실지도 모르지요. 그렇게 되기를 바랍니다. 시간이 지나면요."

"그러실지도 모르겠네요." 모레인이 예의상 말했다. "자, 로이알. 불쑥 이런 말을 해서 미안합니다. 이런 것이 인류의 결점이라는 건 나도 알아요. 나와 내 일행은 긴급하게 여행을 계획해야 합니다. 자리를 비워 주겠어요?"

이제는 로이알이 혼란스러운 표정을 지을 차례였다. 랜드가 그를 도와주었다. "로이알도 같이 갈 거예요. 제가 같이 가도 된다고 약속했어요."

모레인은 아무 소리도 못 들었다는 듯 가만히 서서 오기어를 바라보았지만 결국 고개를 끄덕였다. "물레는 그 뜻대로 실을 잣는 법." 모레인이 중얼거렸다. "란, 우리가 모르는 사이에 누가 접근하지 않는지 지켜보세요." 수호자는 문이 달칵 닫히는 소리만 남기고 조용히 방에서 사라졌다.

란이 사라진 것이 일종의 신호가 되었다. 모든 대화가 끊겼다. 모레인은 난로로 갔다. 그녀가 뒤로 돌아 방을 둘러보았다. 모두의 시선이 그녀에게 향해 있었다. 그녀는 체구가 작은 편이었지만, 존재감만큼은 지배적이었다. "케임린에 오래 남아 있을 수는 없어요. 여기, 여왕의 축복이 안전하지도 않습니다. 어둠의 존재의 눈이 이미 도시에 들어와 있어요. 놈들은 찾는 것을 찾지 못했습니다. 찾았다면 지금까지 찾아다니지는 않겠죠. 그건 우리의 이점입니다. 내가 그들을 막을 보호 구역을 설정해 두었어요. 어둠의 존재가 도시에 쥐들이 더 이상 들어가지 못하는 구역이 있다는 걸 깨달을 때쯤 우리는 이곳을 떠날 겁니다. 하지만 인간을 우회하게 하는 보호 구역은 전부 머드랄에게 신호하는 불꽃이나 다름없어요. 게다가 케임린에는 페린과 에그웨인을 찾는 빛의 아이들도 있습니다." 랜드가 소리를 내자 모레인은 한쪽 눈썹을 치켜올리며 그를 보았다.

"저는 빛의 아이들이 맷이랑 저를 찾는 줄 알았는데요." 랜드가 말했다.

그 설명에 아이즈 세다이의 양쪽 눈썹이 올라갔다. "왜 하얀 망토들이 너를 찾는다고 생각하지?"

"하얀 망토들 중 한 명이 투 리버스에서 온 사람을 찾는다고 했거든요. 그 사람이 어둠의 친구라면서요. 제가 달리 뭐라고 생각하겠어요? 이 많은 일이 일어났는데, 뭐라도 생각나는 게 다행이죠."

"혼란스러웠다는 건 나도 알아, 랜드." 로이알이 끼어들었다. "하지만 그것보다는 똑똑하게 생각할 수 있잖아. 빛의 아이들은 아이즈 세다이를 증오해. 엘라이다는 절대……."

"엘라이다?" 모레인이 날카롭게 끼어들었다. "엘라이다 세다이가 무슨 상관이죠?"

모레인의 시선이 너무 강렬해 랜드는 몸을 피하고 싶었다. "엘라이다가 저를 감옥에 가두고 싶어 했어요." 랜드가 천천히 말했다. "저는 그냥 로게인을 한번 보고 싶었을 뿐인데, 엘라이다는 제가 일레인과 가윈이 있는 궁전 정원에 들어온 게 우연이라고 믿지 않았어요." 로이알을 뺀 모두는 랜드에게 갑자기 세 번째 눈이 생겨나기라도 한 것처럼 그를 보고 있었다. "무어게이스 여왕님이 저를 보내 주셨어요. 여왕님은 제가 누군가를 해치려 했다는 아무 증거가 없고, 엘라이다가 뭐라고 의심하든 법을 수호하겠다고 하셨어요." 랜드는 고개를 저었다. 찬란하게 빛나는 무어게이즈의 기억 때문에 잠깐 사람들이 그를 바라보고 있다는 것을 잊었다. "제가 여왕을 만나다니, 상상이 되세요? 이야기에 나오는 여왕들처럼 아름다우셨어요. 일레인도 그랬고요. 또 가윈도……. 너도 가윈이 마음에 들 거야, 페린. 페린? 맷?" 그들은 모두 랜드를 빤히 바라보고 있었다. "피와 재를 걸고, 난 그냥 가짜 드래건을 보려고 성벽을 기어오른 것뿐이야. 아무 잘못도 안 했어."

"내가 항상 하는 말이 그거야." 맷이 무뚝뚝하게 말했다. 하지만 그는 갑자기 세게 미소 짓고 있었다. 에그웨인이 일부러 아무렇지 않은 목소리로 물었다. "일레인이 누구야?"

모레인이 뭔가 심술궂은 말을 중얼거렸다.

"여왕이라니." 페린이 고개를 저으며 말했다. "너 진짜 모험을 했구나. 우리가 만난 건 팅커스랑 하얀 망토들뿐인데." 페린이 너무 티 나게 모레인의 시선을 피해서 랜드의 눈에도 그 회피가 명백하게 보였다. 페린은 얼굴의 멍 자국을 만졌다. "전체적으로 보면 팅커스랑 노래하는 게 하얀 망토들하고 지내는 것보다 더 재미있었어."

"방랑자들은 그들의 노래를 위해 살아." 로이알이 말했다. "하긴, 그들은 모든 노래를 위해서 살지. 최소한 노래를 찾기 위해서 말이야. 나도 몇 년 전에 투아사안을 몇 명 만난 적이 있는데, 그 사람들은 우리가 나무에게 불러주는 노래를 배우고 싶어 했어. 사실, 나무들은 더 이상 많은 노래를 듣지 않으려 해. 그래서 오기어 중에도 그 노래를 배우는 오기어는 별로 없어. 나한테 그쪽 재능이 조금 있어서 아렌트 원로님이 꼭 배워야 한다고 하셨지. 난 투아사안에게 그 사람들이 배울 수 있는 걸 가르쳐 줬지만, 나무들은 절대로 인간의 노래를 듣지 않아. 방랑자들에게 그 노래는 그냥 노래였을 뿐이야. 그것만으로도 환영받았지만. 어차피 그 사람들이 탐색하는 노래는 없거든. 방랑자들 무리의 지도자를 탐색자라고 부르는 것도 노래를 탐색하기 때문이야. 가끔 그 사람들은 스테딩 샹타이에 와. 그러는 인간은 별로 없는데."

"로이알, 괜찮다면……." 모레인이 그렇게 말했지만, 로이알은 모레인이 자기 말을 끊을까 봐 걱정하는 듯 갑자기 목을 가다듬더니 빠르게 이야기를 쏟아 놓았다.

"방금 뭔가 떠올랐습니다, 아이즈 세다이. 아이즈 세다이를 만나면 꼭 물어보고 싶었던 겁니다. 당신들은 많은 걸 알고, 타 발론에는 위대한 도서관이 있으니까요. 저는 이제 아이즈 세다이를 만났고요. 당연한 얘기지만요. 그래서…… 혹시 여쭈어봐도 괜찮을까요?"

"짧게 묻는다면요." 모레인이 무뚝뚝하게 말했다.

"짧게." 로이알은 그게 무슨 뜻인지 궁금하다는 듯 말했습니다. "네. 뭐. 짧게 하겠습니다. 얼마 전 스테딩 샹타이에 온 한 남자가 있었습니다. 당시만 해도 그 자체로 이상한 일은 아니었어요. 수많은 피난민들이, 인간 여러분이 아이일 전쟁이라고 부르는 사건을 피해서 세계의등뼈로 왔으니까요." 랜드는 씩 웃었다. 얼마 전이라니! 로이알이 하는 이야기는 20년 전 이야기였다. "그 남자는 죽기 직전이었습니다. 몸에 아무런 상처나 흉터도 없었는데 말이죠. 원로들께서는 아이즈 세다이가 한 일일지도 모른다고 생각하셨습니다." 로이알은 미안하다는 듯 모레인을 보았다. "그 남자가 **스테딩**에 들어오자마자 빠르게 회복되었거든요. 몇 달 만에요. 어느 날 밤, 그 사람은 누구에게도 말하지 않고 떠났습니다. 달이 졌을 때 그냥 몰래 빠져나갔어요." 그는 모레인의 얼굴을 보더니 다시 목을 가다듬었다. "네. 짧게 하죠. 그 남자는 떠나기 전에 타 발론에 전할 생각이라며 신기한 이야기를 해 주었습니다. 그 사람은 어둠의 존재가 세계의 눈을 멀게 하고 거대한 뱀을 벨 작정이라고 했어요. 시간 자체를 죽여 버릴 생각이라는 거였죠. 원로들께서는 그 사람이 몸이든, 정신이든 정상이라고 하셨어요. 그런데도 그 사람은 그렇게 말했습니다. 제가 묻고 싶었던 건, 어둠의 존재가 그런 일을 할 수 있느냐는 거예요. 시간 자체를 죽여 버리다뇨? 세계의 눈은 또 어떻고요? 그자가 거대한 뱀의 눈을 멀게 할 수 있습니까? 그게 무슨 뜻이죠?"

랜드는 모레인의 반응을 전혀 예상하지 못했다. 그녀는 로이알에게 대답하거나 지금은 대답할 시간이 없다고 말하는 대신, 생각에 잠겨 인상을 찌푸리며 멍하니 오기어를 바라보았다.

"팅커스도 우리한테 그렇게 말했어요." 페린이 말했다.

"맞아요." 에그웨인이 말했다. "아이일 이야기라면서요."

모레인은 천천히 고개를 돌렸다. 다른 부분은 전혀 움직이지 않았다. "무슨 이야기?"

모레인이 그들에게 던진 시선은 무표정했지만, 그 표정을 본 페린은 깊이 숨을 들이마셨다. 입을 열었을 때, 페린은 늘 그랬듯 신중했다. "황무지를 가로지르던 팅커스 몇 명이—자기들은 아무 피해를 입지 않고 황무지를 가로지를 수 있다고 하더라고요—트롤록과 전투를 벌인 뒤 죽어 가던 아이일 사람을 발견했대요. 마지막 아이일 사람이 죽기 전에—그때의 아이일 사람들은 전부 여자였던 것 같아요—팅커스에게 로이알이 방금 한 말을 했다고 했어요. 그 사람들은 눈을 멀게 하는 자라고 부르는, 어둠의 존재가 세계의 눈을 멀게 하려 든다고요. 이 일은 20년이 아니라 겨우 3년 전에 일어난 일이에요. 뭔가 의미가 있을까요?"

"무슨 의미든 될 수 있어." 모레인이 말했다. 그녀의 표정은 고요했지만, 랜드는 그녀의 검은 눈 뒤에서 온갖 생각이 몰아치고 있다고 느꼈다.

"바알자몬." 페린이 갑자기 말했다. 그 이름에 방에서 나던 모든 소리가 뚝 끊겼다. 아무도 숨을 쉬지 않는 듯했다. 페린은 랜드를, 그다음에는 맷을 보았다. 그의 눈은 이상할 만큼 평온했고 그 어느 때보다도 노랬다. "당시에는 그 이름을…… 세계의 눈이라는 말을 어디에서 들었는지 궁금했는데. 이제야 기억나. 너희는 기억 안 나?"

"난 아무것도 기억하고 싶지 않아." 맷이 딱딱하게 말했다.

"모레인에게 말해야 해." 페린이 말을 이었다. "이젠 중요한 문제야. 더 이상 비밀로 할 수 없어. 너도 알잖아, 안 그래, 랜드?"

"나한테 뭘 말한다는 거지?" 모레인의 목소리는 거칠었다. 누군가 한 대 후려칠 것을 각오하는 듯한 모습이었다. 그녀의 시선이 랜드에게 닿았다.

랜드는 대답하고 싶지 않았다. 맷만큼이나 랜드도 더 이상 기억하고 싶지 않았다. 하지만 기억이 나는 것은 사실이었고…… 페린이 옳았다. "제가……." 랜드는 친구들을 보았다. 맷은 마지못해서, 페린은 결심한 듯 고개를 끄덕였다. 최소한 둘 다 승낙하기는 했다. 랜드 혼자서 모레인을 대면할 필요는 없었다. "저희가…… 꿈을 꿨어요." 랜드는 가시에 한 번 찔렸던 손가락을 문지르며 잠에서 깼을 때 맺혀 있던 핏방울을 떠올렸다. 다른 때에 받았던 얼굴이 햇볕에 탄 것 같은 느낌도 메스껍게 떠올랐다. "하지만 그게 정확히 꿈은 아니었을지도 몰라요. 그런 꿈에는 바알자몬이 나왔거든요." 랜드는 페린이 바알자몬이라는 이름을 쓴 이유를 알고 있었다. 그렇게 말하는 편이 어둠의 존재가 꿈에, 머릿속에 들어왔다는 말을 하는 것보다 쉬웠으니까. "바알자몬은……. 바알자몬은 온갖 말을 했지만, 한 번은 세계의 눈이 다시는 제게 도움이 되지 않을 거라고 했어요." 잠시 랜드는 입이 흙처럼 건조하게 느껴졌다.

"저한테도 같은 말을 했어요." 페린이 말했다. 맷은 무겁게 한숨을 쉬더니 고개를 끄덕였다. 랜드는 다시 입에 침이 고였다는 것을 알았다. "화 안 내세요?" 페린은 놀란 목소리로 물었고, 랜드는 모레인이 화난 것처럼 보이지 않는다는 것을 알아차렸다. 그녀는 세 사람을 살펴보고 있었지만, 눈빛이 강렬하긴 해도 맑고 차분했다.

"너희보다는 나 자신에게 화가 나는구나. 하지만 이상한 꿈을 꾸면 말하라고 분명히 얘기했을 텐데. 처음부터 그렇게 말했어." 모레인의 목소리는 계속 냉정했지만, 그녀의 눈에 분노가 잠시 번뜩이더니 순간적으로 사라졌다. "그런 일이 처음 벌어졌을 때 알았다면, 내가 혹시……. 타 발론에는 거의 1000년 동안 꿈속을 걷는 자가 없었지만 시도는 해 볼 수 있었을 거야. 이제는 너무 늦었어. 어둠의 존재는 너희를 건드릴 때마다 다음번 접촉을 쉽게 만들어. 지금도 내 존재가 너희를 어느 정도 지켜 줄 수 있을지 모르지만, 그렇다고 해도…… 버려진 자가 인간을 자신들에게 속박시킨다는 이야기 기억해? 강한 사람들, 처음부터 어둠의 존재와 맞서 싸웠던 사람들을 말이야. 그 이야기는 사실이야. 버려진 자들 중 주인이 가진 힘의 10분의 1이라도 가진 자는 없는데도. 아지노어나 랜피어도, 발사멜이나 디맨드레드도, 희망의 배신자인 이샤마엘 자체도 어둠의 존재와는 상대가 되지 않아."

랜드는 나이니브와 에그웨인이 자기를 보고 있다는 것을 알아차렸다. 그들은 랜드와 맷과 페린, 세 사람을 모두 보고 있었다. 여자들의 얼굴은 공포와 두려움이 뒤섞여 핏기가 없었다. **우리가 걱정돼서 그러는 거야? 아니면 우리가 무서운 거야?**

"어떻게 하면 되죠?" 랜드가 물었다. "무슨 방법은 있을 거 아니에요?"

"내 곁에 가까이 머물러." 모레인이 대답했다. "그러면 도움이 될 거야. 어느 정도는. 진정한 근원과 접촉해서 생겨난 보호력은 내 주변으로 어느 정도 확장된다는 걸 기억해. 하지만 언제까지나 내 곁에 머물 수는 없어. 힘이 생기면, 너희는 너희 자신을 지킬 수 있을 거야. 하지만 그 힘과 의지는 너희 안에서 찾아야 해. 내가 줄 수는 없어."

"저는 이미 보호책을 찾은 것 같아요." 페린이 말했다. 기쁘다기보다는 체념한 듯한 목소리였다.

"그래." 모레인이 말했다. "그런 것 같구나." 그녀는 페린이 시선을 떨어뜨릴 때까지 그를 바라보더니, 그 뒤에도 가만히 서서 고민했다. 마침내 그녀가 다른 사람들을 돌아보았다. "너희 안에 있는 어둠의 존재의 힘에는 한계가 있어. 잠시라도 굴복하면, 놈이 너희 심장에 연결된 끈을 갖게 될 거야. 너희는 그 끈을 영영 끊을 수 없을지도 몰라. 굴복하면 너희는 그자의 차지가 되는 거야. 그자를 거부하면 그자의 힘도 소용없어. 그자가 너희 꿈을 건드릴 때는 쉽지 않겠지. 하지만 할 수는 있는 일이야. 그자는 너희에게 반인과 트롤록과 드라카를, 그 외에 많은 것들을 보낼 수 있겠지만 너희가 허락하지 않으면 너희를 차지할 수 없어."

"희미한 자만 해도 끔찍한데." 페린이 말했다.

"난 그놈이 다시 내 머릿속에 들어오는 게 싫어요." 맷이 툴툴댔다. "놈이 못 들어오게 할 방법은 없어요?"

모레인이 고개를 저었다. "로이알에게는 두려워할 게 없어. 에그웨인도, 나이니브도 마찬가지야. 어둠의 존재가 인류라는 덩어리 중 개인에게 접촉할 수 있는 건 오직 우연한 기회를 빌릴 때뿐이야. 그 개인이 어둠의 존재를 찾아 나서지 않는다면 말이지. 하지만 최소한 당분간은 너희 셋이 패턴의 중심에 있어. 운명의 그물이 짜이고 있고, 모든 실이 너희에게 곧장 이어지고 있어. 어둠의 존재가 또 무슨 말을 했니?"

"그렇게 잘 기억나지는 않아요." 페린이 말했다. "우리 중 한 명이 선택되었다던가, 그런 말을 했어요. 그자가 웃던 게 기억나요." 페린은 암담하게 말을 마쳤다. "우리가 누구에게 선택되었는지에 관해서요. 그자는 제가, 아니 우리가 그자의 종이 되거나 죽어야 한다고 했어요. 죽은 뒤에도 자기 종이 될 거라고 했고요."

"아멀린 권좌가 우리를 이용하려 들 거라고 했어요." 맷이 덧붙였다. 맷은 자기가 누구에게 말하고 있는지 떠올리고는 목소리를 흐렸다. 그는 침을 삼키고 말을 이었다. "타 발론이 전에도 다른 사람들을 이용해 왔던 것과 똑같다고 했어요. 그리고 이름을 몇 가지 댔죠. 데비안이라고 했던 것 같은데. 잘 기억나지는 않아요."

"라올린 다크스베인이었어." 페린이 말했다.

"맞아." 랜드가 인상을 찡그리며 말했다. 그는 이 꿈들을 모조리 잊어버리려 애써 왔다. 다시 떠올리자니 불쾌했다. "유리안 스톤보우랑 궤어 아말라신도 있었어." 랜드는 문득 말을 멈추고는, 모레인이 그 갑작스러움을 눈치채지 못했기를 바랐다. "저는 그중 아무도 몰라요."

하지만 기억 속 깊은 곳을 샅샅이 훑어보니 한 사람은 알 것 같았다. 하마터면 멈추지 못하고 말할 뻔한 이름. 로게인이었다. 가짜 드래건. **빛이여! 톰은 그 사람들 이름이 위험하다고 했어. 바알자몬이 한 말이 그런 뜻일까? 모레인이 우리 중 한 명을 가짜 드래건으로 이용하고 싶어 하는 거야? 아이즈 세다이는 가짜 드래건을 추적해 없애지. 그들을 이용하지는 않는데. 아닌가? 빛이여, 저를 도우소서. 날 이용하려는 거야?**

모레인은 그를 보고 있었지만, 랜드는 그녀의 표정을 읽을 수 없었다. "그 사람들을 아세요?" 랜드가 그녀에게 물었다. "뭔가 의미가 있는 사람들인가요?"

"거짓말의 아버지라는 이름은 어둠의 존재에게 잘 어울리는 이름이야." 모레인이 대답했다. "할 수 있으면 어느 곳에나 의심이라는 벌레의 씨앗을 뿌리는 게 늘 그자가 써 온 방법이었어. 그 벌레는 암처럼 인간의 정신을 갉아 먹는단다. 거짓말의 아버지를 믿으면, 굴복으로 가는 첫발을 떼는 거야. 기억해. 어둠의 존재에게 굴복하면 어둠의 존재가 너희를 차지할 거야."

아이즈 세다이는 절대 거짓말을 하지 않지만, 아이즈 세다이가 말하는 진실은 네가 들었다고 생각한 진실이 아닐 수도 있어. 탬은 그렇게 말했었다. 실제로 모레인은 랜드의 질문에 대답하지 않았다. 랜드는 무표정한 얼굴을 유지하며 두 손을 무릎에 가만히 올려놓았다. 그는 손에서 흐르는 땀을 반바지에 닦지 않으려고 애썼다.

에그웨인은 조용히 울고 있었다. 나이니브가 그녀를 두 팔로 안고 있었지만, 자기도 울고 싶은 표정이었다. 랜드조차 울고 싶은 기분이었다.

"이들은 모두 **타비렌**입니다." 로이알이 불쑥 말했다. 그는 패턴이 그들을 중심으로 알아서 짜여 나가는 모습을 가까이에서 지켜볼 날을 기대하며, 그런 전망에 기분이 좋아진 것 같았다. 랜드는 믿을 수 없다는 듯 그를 보았고, 오기어는 부끄러운 듯 어깨를 으쓱했다. 하지만 기대감이 가려질 정도는 아니었다.

"맞아요." 모레인이 말했다. "나는 한 명만 그런 줄 알았는데, **셋이** 그렇군요. 내가 예상하지 못한 아주 많은 일들이 일어났습니다. 세계의 눈에 관한 이 소식으로 많은 것이 바뀌었어요." 모레인은 인상을 쓰며 잠시 말을 멈추었다. "당분간은 패턴이 너희 셋 모두를 중심으로 소용돌이칠 것으로 보이는구나. 로이알이 말한 그대로야. 그 소용돌이는 더욱 커지다가 작아지겠지. **타비렌**이 된다는 건 패턴이 어쩔 수 없이 너희 쪽으로 굽어진다는 뜻일 때도 있고, 패턴에 필요한 길을 너희가 강제로 가게 된다는 뜻일 때도 있어. 그물은 지금도 여러 가지 방식으로 짜일 수 있고, 그 패턴 중 일부는 파괴적일 수 있단다. 너희에게든, 이 세상에든 말이야.

우리는 케임린에 머물 수 없어. 하지만 어느 길로 가든, 18킬로미터도 가기 전에 머드랄과 트롤록 들이 덤벼들 거야. 그런데 바로 이 시점에 세계의 눈이 위협당한다는 소식이 들려온 거야. 한 곳이 아니라 세 곳, 그것도 서로 아무 관련이 없어 보이는 세 곳에서. 패턴이 우리 길을 억지로 만들어 가고 있어. 패턴은 지금도 너희 셋을 중심으로 짜이고 있단다. 하지만 어떤 손이 구부러진 부분을 만들고, 어떤 손이 베틀의 북을 다스리는 걸까? 어둠의 존재가 이렇게나 큰 통제력을 행사할 수 있을 정도로 그의 감옥이 약해진 걸까?"

"그런 이야기는 할 필요 없소!" 나이니브가 날카롭게 말했다. "그래 봤자 저 애들이 겁을 먹을 뿐이오."

"당신은 아니고요?" 모레인이 물었다. "나는 두렵습니다. 글쎄, 당신 말이 맞을지도 모르지요. 두려움이 우리의 길에 영향을 주도록 놔둬서는 안 됩니다. 이게 함정이든, 시의적절한 경고이든 우리는 해야 하는 일을 해야 해요.

그 일이란, 세계의 눈에 빠르게 다다르는 것입니다. 그린맨이 이 위협에 대해 알 게 틀림없어요."

랜드는 깜짝 놀랐다. **그린맨**이라고? 다른 사람들도 멍하니 바라보았지만, 로이알만은 예외였다. 그의 널찍한 얼굴은 걱정스러워 보였다.

"타 발론에 들러서 도움을 요청하는 위험조차 감수할 수 없겠군요." 모레인이 말을 이었다. "시간이 우리 발목을 잡고 있어요. 아무런 방해를 받지 않고 도시에서 빠져나갈 수 있다 하더라도 거대한오염에 도착하는 데는 몇 주가 걸릴 겁니다. 나는 우리에게 더 이상 몇 주의 시간이 없을 게 두렵고요."

"거대한오염이라뇨!" 랜드는 그렇게 말해 놓고, 다른 사람들도 합창하듯 그 말을 따라 하는 소리를 들었다. 하지만 모레인은 그들 모두를 무시했다.

"패턴은 위기를 제시하는 동시에 그 위기를 극복할 방법도 제시해. 그런 일이 불가능하다는 걸 몰랐으면, 창조주께서 손을 쓰고 계신다고 믿었을 지경이야. 방법이 있어." 모레인은 둘만의 농담이라도 하듯 미소 지으며 로이알을 돌아보았다. "이곳 케임린에는 오기어 덤불이 있었어요. 웨이게이트도 있었죠. 지금은 신시가지가 과거 덤불이 있던 자리를 뒤덮으며 뻗어 있으니, 웨이게이트도 성벽 안에 있을 게 틀림없어요. 요즘 웨이에 관해 배우는 오기어들의 수가 많지 않다는 건 나도 알지만, 재능이 있고 오래된 생장의 노래를 배운 오기어라면 그런 지식에도 끌렸을 게 틀림없죠. 웨이가 다시는 사용되지 않으리라고 생각했을지라도 말이에요. 웨이에 대해 아나요, 로이알?"

오기어는 불안한 듯 발을 바꾸어 짚었다. "알기는 압니다, 아이즈 세다이. 하지만……."

"웨이에서 팔 다라로 가는 길을 찾을 수 있나요?"

"팔 다라에 대해서는 들어 본 적이 없습니다." 로이알은 안심한 목소리로 말했다.

"트롤록 전쟁 때는 마팔 다다라넬이라고 알려졌던 곳입니다. **그** 이름은 아나요?"

"압니다." 로이알이 마지못해 말했다. "하지만……."

"그럼 우리를 위해 길을 찾아 줄 수 있겠군요." 모레인이 말했다. "정말로 신기한 전환입니다. 평범한 방법으로는 머물 수도 떠날 수도 없는 이때에 내가 세계의 눈에 관한 위협을 알게 되고, 바로 이곳에 며칠 만에 우리를 세계의 눈으로 데려다줄 수 있는 이가 존재하다니. 창조주이신지, 운명인지, 심지어 어둠의 존재인지는 몰라도 패턴이 우리를 위해 우리의 길을 선택한 거예요."

"아닙니다!" 로이알이 말했다. 힘이 실린 목소리가 천둥처럼 울렸다. 모두가 고개를 돌려 그를 보았다. 그는 관심이 부담스러운지 눈을 깜빡였다. 하지만 그의 말에는 머뭇거리는 기색이 전혀 없었다. "웨이에 들어가면 우리 모두 죽게 됩니다. 아니면 그림자에 삼켜지거나."

43장 결심과 유령들

아이즈 세다이는 로이알의 말뜻을 아는 것 같았으나 아무 말도 하지 않았다. 로이알은 바닥을 내려다보며 굵은 손가락으로 코 밑을 문질렀다. 화를 낸 것이 부끄러운 듯했다. 아무도 말하고 싶어 하지 않았다.

"왜?" 마침내 랜드가 물었다. "왜 죽어? 웨이가 **도대체** 뭔데?"

로이알은 모레인을 힐끗 보았다. 모레인은 돌아서서 난로 앞 의자에 앉았다. 작은 고양이가 기지개를 켜며 벽난로의 재받이돌을 발톱으로 긁더니 나른하게 걸어가 모레인의 발목에 머리를 기댔다. 모레인은 한 손가락으로 녀석의 귀 뒤를 문질렀다. 고양이의 갸릉갸릉 소리가 아이즈 세다이의 냉철한 목소리와 이상하게 대위를 이루었다. "당신의 지시입니다, 로이알. 웨이는 우리에게 안전으로 가는 유일한 길이자 어둠의 존재를 잠시라도 제압할 유일한 길이지만, 말하는 건 당신에게 달린 일이에요."

오기어는 모레인의 말에 아무 위안을 얻지 못한 듯했다. 그는 의자에 앉은 채 어색하게 움직이다가 입을 열었다. "광기의 시대에, 세계가 아직 파괴되어 있을 때, 땅은 대격변을 겪고 있었고 인류는 먼지처럼 바람에 흩날렸습니다. 우리 오기어도 흩어져 있었지요. **스테딩**에서 내몰려 추방과 오랜 방랑을 겪게 되었으니까요. 그때 갈망이 우리의 심장에 새겨졌습니다." 그는 곁눈으로 모레인을 한 번 더 보았다. 그의 긴 눈썹이 아래쪽 두 점으로 처졌다. "짧게 말하도록 노력하겠지만, 이 이야기는 너무 짧게 전할 수는 없는 이야기입니다. 제가 지금부터 해야 하는 이야기는 다른 이들, 주변 세상이 무너져 내릴 때 **스테딩**에서 버틴 몇 안 되는 오기어들에 관한 이야기이니까요. 아이즈 세다이에 관한 이야기이기도 하고요." 이제 그는 모레인의 시선을 피했다. "미쳐서 세상을 파괴하는 와중에도 죽어 가던 남자 아이즈 세다이들 말입니다. **스테딩**에서 처음으로 피난처를 제공하겠다고 한 대상이 바로 그들, 그때까지 광기를 간신히 피할 수 있었던 아이즈 세다이들이었습니다. 많은 아이즈 세다이가 그 제안을 받아들였습니다. **스테딩**에서는 그들을 학살하던 어둠의 존재의 오염으로부터 보호받을 수 있었으니까요. 하지만 그곳에서 그들은 진정한 근원으로부터 잘려 나갔습니다. 그들은 단순히 일원력을 쓸 수 없거나 원천과 접촉할 수 없는 것만이 아니었습니다. 그들은 더 이상 원천이 존재한다는 걸 느낄 수 없었어요. 결국 누구도 그런 고립을 받아들일 수 없었죠. 그들은 시간이 흘렀으니 오염이 사라졌기를 바라며 하나둘 **스테딩**을 떠났습니다. 하지만 오염은 결코 사라지지 않았습니다."

"타 발론에는," 모레인이 조용히 말했다. "오기어의 피난처가 세계의 파괴를 연장시키고 악화했다고 주장하는 사람들이 있습니다. 한편으로는 그 모든 남자들이 동시에 미치게 놔뒀다면 세상이 아예 남아 있지 않았을 거라고 말하는 사람들도 있고요. 나는 청색의 아자에 속해 있습니다, 로이알. 적색의 아자와 달리 우린 두 번째 시각을 가지고 있어요. 피난처는 구할 수 있는 것들을 구하는 데 도움이 됐습니다. 계속해 주세요."

로이알은 고맙다는 듯 고개를 끄덕였다. 랜드는 그가 걱정을 덜었다는 것을 알 수 있었다.

"말씀드렸다시피," 오기어가 말을 이었다. "아이즈 세다이는, 그러니까 남자 세다이들은 떠났습니다. 하지만 떠나기 전에 그들은 피난처를 제공해 주어 고맙다며 오기어에게 선물을 주었어요. 그게 웨이입니다. 웨이게이트에 들어가 하루를 걸으면, 출발한 곳에서 183킬로미터 떨어진 곳에 있는 다른 웨이게이트로 나올 수 있습니다. 914킬로미터 떨어진 곳도 가능하죠. 웨이에서는 시간과 공간이 이상해집니다. 다양한 길과 다리가 다양한 곳으로 이어지고, 시간이 얼마나 걸릴지는 어느 길을 따라가느냐에 따라 달라집니다. 놀라운 선물이었습니다. 시간이 갈수록 더욱 경이롭게 느껴졌죠. 웨이는 우리 주변에 보이는 세계의 일부도 아니고, 웨이 바깥의 어느 세계에도 속하지 않았으니까요. 오기어들은 그런 선물을 받은 덕에 세계의 파괴 이후에도, 인간이 살기 위해 짐승처럼 싸우는 세상을 여행하지 않고도 다른 **스테딩**으로 갈 수 있었습니다. 그뿐만 아니라, 웨이 안에는 세계의 파괴가 없었어요. **스테딩** 사이의 땅이 갈라져서 깊은 협곡이 되거나 솟아나 산맥이 되더라도 웨이에서는 둘 사이에 아무 변화가 없었던 겁니다.

마지막 아이즈 세다이는 **스테딩**을 떠나면서 원로들에게 열쇠를, 어떤 부적을 주었어요. 더 많은 웨이를 길러 내는 데 쓸 수 있는 열쇠였죠. 웨이와 웨이게이트는 어떤 면에서 살아 있는 생물입니다. 저는 잘 모르겠습니다. 어느 오기어도 이해하지 못했어요. 듣기로는 아이즈 세다이도 잊었다고 하더군요. 세월이 지나면서 우리의 추방은 끝났습니다. 아이즈 세다이에게서 선물을 받은 오기어들은 긴 방랑을 끝내고 돌아온 곳에서 **스테딩**을 발견했을 때 그곳으로 통하는 웨이를 길러 냈습니다. 우리는 추방 당시에 배운 석공 기술로 인간을 위한 도시들을 짓고 건축에 참여한 오기어들을 위로하기 위해 덤불을 심었습니다. 그들이 갈망에 압도당하지 않도록 말이죠. 그런 덤불로 통하는 웨이도 자라났습니다. 마팔 다다라넬에도 덤불과 웨이게이트가 있었지만, 그 도시는 트롤록 전쟁 때 파괴되었습니다. 다른 돌 위에 놓여 있는 돌은 하나도 남지 않았고, 덤불은 트롤록들이 불을 피우느라 잘라서 태워 버렸습니다." 로이알은 둘 중 어느 것이 더 큰 범죄인지에 관해 분명히 밝혔다.

"웨이게이트는 절대 파괴할 수 없어요." 모레인이 말했다. "인류를 파괴하는 것도 거의 그만큼 어렵습니다. 지금도 팔 다라에는 사람이 살아요. 오기어가 건설한 위대한 도시는 없어졌지만요. 그리고 웨이게이트도 아직 살아 있죠."

"어떻게 만든 거죠?" 에그웨인이 물었다. 그녀의 혼란스러운 시선이 모레인과 로이알을 둘 다 담고 있었다. “아이즈 세다이들, 그 남자들 말이에요. **스테딩**에서 일원력을 쓸 수 없었다면, 어떻게 웨이를 만든 거예요? 아니, 애초에 일원력을 쓰긴 한 건가요? 그 사람들의 진정한 근원은 오염되어 있었잖아요. 지금도 오염되어 있고요. 저는 아직 아이즈 세다이가 뭘 할 수 있는지 잘 몰라요. 바보 같은 질문일지도 모르겠네요.”

로이알이 설명했다. “모든 **스테딩**의 경계선에는 웨이게이트가 있지만, **스테딩** 외부에 있어. 네 질문은 바보 같지 않아. 너는 우리가 감히 웨이를 여행하지 않는 이유의 씨앗을 발견한 거야. 내가 살아 있는 동안은 어떤 오기어도 웨이를 활용한 적이 없어. 그전에도 마찬가지고. 원로들의 법령에 따라, 모든 **스테딩**의 모든 원로가 정한 법에 따라 인간이든 오기어든 누구도 웨이로 여행해서는 안 돼.

웨이는 어둠의 존재에 의해 더럽혀진 힘을 사용하던 남자들이 만든 거야. 약 1000년 전, 너희 인간들이 100년 전쟁이라고 부르는 전쟁이 벌어지던 시기에 웨이가 변하기 시작했어. 처음에는 변화가 너무 느려서 아무도 제대로 눈치채지 못했지. 하지만 웨이는 점점 습하고 어두워졌어. 그런 다음에는 웨이 내부의 다리에 어둠이 내렸지. 안으로 들어간 사람 중 몇 명은 영원히 다시 만날 수 없었어. 여행자들은 어둠 속에서 누군가가 지켜봤다고 얘기했고. 사라진 사람들의 숫자가 늘어났고, 웨이에서 나온 사람 중 일부가 미쳐서 **마친 신**, 그러니까 검은 바람에 대해 헛소리를 해 댔어. 아이즈 세다이 치유사들이 어느 정도 도움을 줄 수는 있었지만, 아이즈 세다이의 도움을 받아도 그 사람들은 예전 모습을 되찾지 못했어. 게다가 무슨 일이 일어났는지 영영 기억해 내지 못했고. 꼭 어둠이 그 사람들의 뼛속에 스민 것 같았어. 그들은 다시는 웃지 않았고 바람 소리를 두려워했어.”

잠시 모레인의 옆에서 갸릉갸릉 우는 고양이 소리와 불이 탁탁거리며 불똥을 튀어 올리는 소리 말고는 아무 소리도 나지 않았다. 그때 나이니브가 화를 내며 소리 질렀다. “그런데 그런 곳으로 따라 들어가라는 거요? 미쳤나 보군!”

“그럼 어느 쪽을 선택할 건가요?” 모레인이 조용히 물었다. “케임린 안의 하얀 망토들인가요, 아니면 케임린 바깥의 트롤록인가요? 내가 있는 것만으로도 어둠의 존재가 하는 일을 어느 정도 막을 수 있다는 걸 기억하세요."

나이니브는 짜증스럽다는 듯 한숨을 쉬며 다시 앉았다.

"당신이 아직 설명하지 않은 게 있습니다." 로이알이 말했다. "내가 왜 원로들의 법령을 어겨야 하지요? 게다가 나는 웨이에 들어가고 싶은 마음이 전혀 없습니다. 인간이 만든 도로는 자주 진흙투성이가 되긴 해도, 스테딩 샹타이를 떠나온 이후 내내 쓸 만했어요."

"인간이든 오기어든, 살아 있는 모든 것은 어둠의 존재와 전쟁을 벌이고 있어요." 모레인이 말했다. "세상 대부분은 그 사실을 아직 알지도 못하고, 그 사실을 아는 몇 안 되는 사람 중 대부분은 작은 접전을 벌이고서는 큰 전투를 치렀다고 생각하죠. 세상이 믿기를 거부하는 동안에 어둠의 존재는 승리 직전까지 갈 수 있습니다. 세계의 눈에는 어둠의 존재가 갇힌 감옥을 무효화시킬 만한 힘이 있어요. 어둠의 존재가 세계의 눈을 자기 좋을 대로 왜곡할 방법을 찾아낸다면……."

랜드는 방 안의 등불이 켜져 있었으면 좋겠다고 생각했다. 저녁이 슬금슬금 케임린에 밀려들고 있었고, 난롯불은 충분히 환하지 않았다. 랜드는 방에 그림자가 전혀 없기를 바랐다.

"우리가 뭘 할 수 있는데요?" 맷이 소리 질렀다. "우리가 왜 그렇게 중요한 건데요? 우리가 왜 거대한오염으로 가야 하죠? 거대한오염이라니!"

모레인은 언성을 높이지 않았지만, 그녀의 목소리는 위압적으로 방을 가득 채웠다. 불가에 있는 그녀의 의자가 갑자기 왕좌처럼 보였다. 무어게이즈조차 그녀의 존재 앞에서는 빛이 바랠 것 같았다. "한 가지는 할 수 있어. 노력 말이야. 우연처럼 보이는 것이 패턴인 경우는 많아. 세 가닥 실이 여기에서 모여 저마다 세계의 눈에 대해 경고하고 있는데 그게 우연일 리는 없어. 이건 패턴이야. 너희 셋이 선택한 게 아니라 패턴이 너희를 선택한 거야. 그리고 너희는 여기, 위험이 알려진 곳에 와 있어. 물러날 수도 있겠지. 어쩌면 그렇게 해서 세계를 파멸시킬 수도 있을 거야. 하지만 도망친다고 해서, 숨는다고 해서 짜이는 패턴으로부터 너희를 구할 수는 없어. 하지만 노력해

볼 수는 있지. 세 **타비렌**으로서, 위험이 있는 곳에 놓인 그물의 세 중심점으로서 세계의 눈으로 갈 수 있는 거야. 거기에서 패턴이 너희를 중심으로 짜이게 두는 거지. 그러면 너희는 그림자로부터 세상을 구할 수 있을지 몰라. 선택은 너희가 하는 거야. 내가 강요할 수는 없어."

"저는 갈 거예요." 랜드가 말했다. 그는 애써 결의에 찬 목소리를 냈다. 아무리 열심히 공백을 찾아도 머릿속에 계속 영상이 번쩍였다. 탬과 농가, 목초지의 양 떼. 괜찮은 삶이었다. 사실, 랜드는 그 이상을 원한 적이 한 번도 없었다. 페린과 맷도 랜드의 말에 찬성한다고 덧붙이는 소리를 듣자 위안이, 아주 작은 위안이 되었다. 그들도 랜드만큼 입이 마르는 듯했다.

"에그웨인이나 나한테도 선택의 여지는 없을 것 같구나." 나이니브가 말했다.

모레인이 고개를 끄덕였다. "당신도 패턴의 일부입니다. 당신도, 에그웨인도 어떤 면에서는 그렇죠. 아마 **타비렌**은 아니겠지만—아마도 말입니다—그렇더라도 강력해요. 나는 베얼론에서부터 알았습니다. 지금쯤은 희미한 자들도 틀림없이 알 거예요. 바알자몬도. 하지만 여러분에게는 저 아이들에게 있는 것만큼 많은 선택지가 있어요. 여기에 남을 수도 있고, 나머지 우리가 떠난 뒤 타 발론으로 계속 갈 수도 있습니다."

"여기 남는다고요!" 에그웨인이 소리쳤다. "나머지 사람들만 위험한 곳으로 떠나게 놔두고 여기에 숨어 있으라는 거예요? 그렇게는 안 해요!" 그녀는 아이즈 세다이의 눈을 보고 조금 물러났다. 그녀의 모든 반항심이 사라졌다. "그렇게는 안 해요." 그녀는 완고하게 중얼거렸다.

"그러면 우리 둘 다 당신을 따라가야겠군." 나이니브는 체념한 목소리였지만, 이렇게 덧붙일 때는 눈이 번쩍였다. "당신에게는 지금도 내 약초가 필요하오, 아이즈 세다이. 내가 모르는 어떤 능력을 갑자기 얻은 게 아니라면." 그녀의 목소리에는 랜드가 이해하지 못하는 도전 의식이 실려 있었지만, 모레인은 그냥 고개를 끄덕이며 오기어를 돌아보았다.

"자, 할란의 아들 아렌트의 아들 로이알?"

로이알은 두 차례 입을 벌렸다 다물었다. 그의 털 난 귀가 움찔거렸다. 그러더니 그가 말했다. "네, 뭐. 그린맨이라고 했죠. 세계의 눈 얘기도 했고. 물론, 그 둘은 책에 나옵니다. 하지만 제 생각엔 어떤 오기어도 그것들을, 어, 꽤 오랜 시간 동안 보지 못했을 거예요. 제 생각입니다만……. 하지만 꼭 웨이여야 하나요?" 모레인은 고개를 끄덕였고, 로이알의 긴 눈썹은 끝이 두 뺨에 스칠 때까지 축 처졌다. "뭐 그럼, 좋습니다. 제가 여러분을 안내해야겠군요. 하만 원로께서 이 꼴을 보시면 늘 성급하게 굴더니 당해도 싸다고 말씀하시겠지만요."

"그럼 우리는 선택한 겁니다." 모레인이 말했다. "이제 선택이 이루어졌으니, 그 선택에 따라 무엇을 어떻게 해야 할지 결정해야 해요."

그들은 밤이 깊을 때까지 계획을 세웠다. 모레인이 웨이에 대한 로이알의 조언을 반영해 대부분의 계획을 세웠다. 그녀는 다른 모든 사람의 질문과 제안에도 귀 기울였다. 어둠이 내리자마자 란이 그들과 합류해 강철 심지가 담긴 듯한 느릿느릿한 특유의 말투로 의견을 덧붙였다. 나이니브는 필요한 비품 목록을 만들었다. 그녀는 낮은 목소리로 계속 투덜거리면서도 흔들리지 않는 손으로 펜을 잉크통에 담갔다.

랜드는 자기도 현자처럼 태연했으면 좋겠다고 생각했다. 그는 이리저리 어슬렁거리는 것을 멈출 수 없었다. 태워 버릴 에너지가 있거나, 에너지로 터져 버릴 것만 같은 기분이었다. 그는 결정이 내려졌다는 것도, 그가 아는 내용으로는 오직 그 결정밖에 내릴 수 없었다는 것도 알고 있었다. 하지만 그렇다고 그런 결정이 마음에 들지는 않았다. 거대한오염이라니. 샤이올 굴이 거대한오염 이던기에, 말라버린땅 너머에 있었다.

랜드는 맷의 눈에서도 똑같은 걱정을 읽었다. 랜드 자신과 똑같은 두려움이었다. 맷은 손마디가 하얘지도록 두 손을 꽉 잡고 앉아 있었다. 그 손을 놓아 버리면 샤다 로고스에서 가져온 단검을 대신 쥘 것 같았다.

페린의 얼굴에는 전혀 걱정하는 기색이 없었다. 하지만 그의 표정에 떠오른 것은 더 심각한 것, 즉 지친 체념의 가면이었다. 페린은 무언가를 상대로 더 이상 싸울 수 없을 때까지 싸우다가 상대가 자기를 끝장내 주기를 기다리는 것 같은 표정이었다. 하지만 때로는…….

"우린 우리가 해야 하는 일을 하는 거야, 랜드." 페린이 말했다. "거대한오염은……." 잠시 페린의 노란 눈이 열정적으로 빛났다. 늘 피곤하게 보이는 그의 얼굴에서 눈만이 번뜩였다. 페린의 눈은 꼭 덩치 큰 대장장이의 도제와는 별개로 자신만의 생명을 가진 것 같았다. "거대한오염에는 좋은 사냥터가 있어." 페린은 그렇게 속삭이더니 자기가 무슨 말을 했는지 방금 알게 된 것처럼 몸을 떨었다. 이번에도 그는 체념한 표정이 되었다.

에그웨인도 있었다. 랜드는 어느 순간 그녀를 한쪽으로 불러냈다. 탁자에서 작전을 짜는 사람들이 들을 수 없는 난롯가였다. "에그웨인, 나는……." 커다랗고 검은 웅덩이 같은 에그웨인의 두 눈이 랜드를 끌어당겼다. 랜드는 말을 멈추고 침을 삼켰다. "어둠의 존재가 쫓는 건 나야, 에그웨인. 나랑 맷이랑 페린이야. 모레인 세다이가 뭐라 말하든 상관없어. 아침이 되면, 너랑 나이니브는 집이나 타 발론으로 가면 돼. 너희가 가고 싶은 곳이면 어디로든 가. 아무도 너희를 막으려 들지 않을 거야. 트롤록도, 희미한 자들도, 아무도. 네가 우리랑 함께 있지만 않으면 말이야. 집으로 가, 에그웨인. 아니면 타 발론으로 가. 어쨌든 떠나."

랜드는 에그웨인이 자기에게도 랜드만큼 원하는 곳에 갈 권리가 있다고, 랜드에게는 자기에게 이래라저래라 할 권리가 없다고 말하기를 기다렸다. 놀랍게도 그녀는 미소 지으며 랜드의 뺨을 어루만졌다.

"고마워, 랜드." 에그웨인이 조용히 말했다. 랜드는 눈을 깜빡이다가 에그웨인이 말을 잇자 입을 다물었다. "하지만 너도 내가 그럴 수 없다는 건 알잖아. 모레인 세다이가 우리한테 민이 베얼론에서 뭘 봤는지 말해 줬어. 나한테 민이 누군지 말해 줬어야지. 나는…… 뭐, 민은 나도 이 일의 일부라고 했어. 나이니브도. 어쩌면 나는 **타비렌**이 아닐지도 모르지만," 에그웨인은 그 단어에 잠시 버벅댔다. "패턴은 나도 세계의 눈으로 보내려는 것 같아. 너와 관계된 건 뭐든 나와도 관계가 있어."

"하지만 에그웨인……."

"일레인이 누구야?"

랜드는 잠시 에그웨인을 빤히 보다가 단순한 진실을 말했다. "안도어의 여왕 후계자야."

에그웨인의 눈이 타오르는 듯했다. "랜드 알소르, 한순간도 진지하게 굴 수 없다면 너랑 얘기하고 싶지 않아."

랜드는 도저히 믿을 수가 없어서, 탁자로 돌아가는 에그웨인의 뻣뻣한 뒷모습을 지켜보았다. 그곳에서 에그웨인은 모레인 옆에 팔꿈치를 괴고 앉아 수호자가 하는 말을 들었다. **페린이랑 얘기해야겠어.** 랜드는 생각했다. **페린은 여자들을 대하는 방법을 아니까.**

길 씨가 몇 차례 들어왔다. 처음에는 등불에 불을 붙이기 위해서였고, 그다음에는 직접 음식을 가져다주러 온 것이었다. 나중에는 밖에서 일어나는 일을 알려 주러 오기도 했다. 하얀 망토들이 거리 저쪽, 양방향에서 여관을 지켜보고 있었다. 시내의 성문에서 폭동이 있었다. 여왕 호위대가 하얀색과 붉은색 코케이드를 단 사람들을 모두 잡아들였다. 누군가가 현관에 드래건의 송곳니를 새겨 놓으려다가 램귄의 장화에 차여 갈 길을 갔다.

여관 주인은 로이알이 그들과 함께 있는 것을 보고 이상하게 느꼈을지 모르지만, 전혀 내색하지 않았다. 그는 그들이 세운 작전을 알아내려 들지 않으면서도 모레인이 한 몇 안 되는 질문에는 대답했다. 들어올 때마다 그는 문을 노크하고 란이 문을 열어 줄 때까지 기다렸다. 이곳이 그의 여관이자 도서관이 아니라는 것처럼 말이다. 그가 마지막으로 찾아왔을 때, 모레인은 그에게 나이니브의 깔끔한 손 글씨로 뒤덮인 양피지 한 장을 내밀었다.

"이런 밤에 구하기는 쉽지 않을 겁니다." 여관 주인은 목록을 읽고 고개를 저으며 말했다. "하지만 전부 준비하겠습니다."

모레인은 작은 염소 가죽 주머니도 내주었다. 모레인이 당기는 끈을 조이고 주머니를 건네자 주머니에서 잘그락거리는 소리가 났다. "좋아요. 그리고 동이 트기 전에 우리를 깨워 주세요. 감시자들은 그때 가장 경계를 덜 할 겁니다."

"놈들이 텅 빈 상자나 지켜보도록 만들죠, 아이즈 세다이." 길 씨가 씩 웃었다.

나머지 사람들과 함께 목욕하고 잠을 자러 도서관에서 터벅터벅 나올 때쯤 랜드는 하품을 하고 있었다. 한 손에는 성긴 천을 쥐고 다른 손에는 커다란 노란색 비누를 쥔 채 몸을 문질러 닦고 있을 때, 그의 시선이 맷의 욕조 옆 의자로 흘러갔다. 샤다 로고스에서 가져온 단검의 황금 칼집 끝부분이 깔끔하게 개어 놓은 맷의 코트 가장자리 밑에서 삐져나와 있었다. 랜드도 때로 그 단검을 힐끔거렸다. 랜드는 모레인이 말한 것처럼 그 단검을 주위에 두는 게 정말로 안전한 것인지 궁금했다.

"우리 아빠가 과연 믿을까?" 맷은 긴 손잡이가 달린 솔로 등을 문지르며 웃었다. "내가 세상을 구하다니. 내 동생들은 웃어야 할지, 울어야 할지도 모를걸."

예전의 맷 같았다. 랜드는 단검을 잊을 수 있으면 좋겠다고 생각했다.

랜드와 맷이 마침내 처마 밑에 있는 방으로 올라갔을 때는 사방이 칠흑처럼 어두웠다. 별들마저 구름에 가려져 있었다. 오랜만에 처음으로 맷은 잠자리에 들기 전에 옷을 벗었지만, 단검도 태연하게 베개 밑에 집어넣었다. 랜드는 촛불을 불어 끄고 자기 침대에 기어들었다. 다른 침대에서 뭔가 잘못된 느낌이 전해졌다. 맷이 아니라 그의 베개 밑에서 말이다. 랜드는 잠이 들 때까지도 단검을 걱정하고 있었다.

랜드는 처음부터 그게 꿈이라는 것을 알고 있었다. 하지만 완전한 꿈이라고는 할 수 없는, 그런 꿈이라는 것을 알고 있었다. 랜드는 서서 나무 문을 마주 보았다. 문의 표면은 짙은 색이었고 갈라져 있었으며 가시가 튀어나와 있어 거칠었다. 공기는 차갑고도 축축했고, 부패의 냄새가 걸쭉하게 전해졌다. 멀리서 물이 똑똑 떨어졌다. 첨벙 소리가 돌로 된 복도 저편에서 텅 빈 메아리로 들려왔다.

부정해. 놈을 부정하면, 놈의 힘이 통하지 않아.

랜드는 눈을 감고 여왕의 축복에, 침대에, 침대에 잠들어 있는 자기 자신에게 집중했다. 눈을 떠보니 문이 아직도 그 자리에 있었다. 메아리치는 첨벙 소리가 랜드의 심장 소리와 함께 들렸다. 꼭 그의 맥박이 물소리를 위해 박자를 헤아려 주는 것만 같았다. 랜드는 탬이 가르쳐 준 대로 불꽃과 공백을 찾았고, 내면의 침착함을 발견했다. 하지만 바깥에서는 아무것도 달라지지 않았다. 랜드는 천천히 문을 열고 들어갔다.

살아 있는 바위로 모든 것이 다 타 버린 것처럼 보이던 기억 속 그 방과 똑같았다. 높은 아치형 창문이 난간 없는 발코니로 이어졌고, 그 너머에는 홍수가 난 강물처럼 흘러가는 여러 겹의 구름이 있었다. 반짝이는 검은 금속 등잔에 켜진 불꽃은 너무 밝아 차마 볼 수 없었다. 등잔은 검은색이었지만 어쩐지 은처럼 빛났다. 불길은 타올랐지만, 그 두려운 난로에서 열기를 내뿜지는 않았다. 모든 돌이 지금도 고통스러워하는 얼굴과 묘하게 닮아 있었다.

모든 것이 똑같았지만, 한 가지만은 달랐다. 윤을 낸 탁자 위에 세 개의 작은 형상이 서 있었다. 조각가가 진흙으로 서툴게 만든 것 같은, 거칠고 형체가 뚜렷하지 않은 인간의 형태였다. 그중 하나의 옆에는 늑대가 서 있었다. 선명하게 새겨진 자세한 부분이 인간 형상의 조악함 때문에 더 강조되었다. 또 다른 형상은 아주 작은 단검을 쥐고 있었는데, 칼자루 끝의 붉은 점이 빛을 받아 빛나고 있었다. 마지막 형상은 칼을 들고 있었다. 랜드는 목뒤 털이 삐죽 서는 것을 느끼며 가까이 다가가 그 작은 칼날에 정교하게 새겨진 왜가리를 보았다.

랜드가 당황해 고개를 쳐들었다. 그는 하나밖에 없는 거울을 똑바로 들여다보았다. 거울에 비친 랜드의 모습은 여전히 흐릿했지만, 전처럼 뿌옇지는 않았다. 랜드는 거의 자신의 이목구비를 알아볼 수 있었다. 눈을 가늘게 뜨고 있다고 상상하면 그게 누군지 거의 알 수 있을 듯했다.

"너는 내게서 너무 오래 숨어 있었다."

랜드는 탁자에서 휙 몸을 돌렸다. 목구멍으로 헛숨이 들이켜졌다. 방금만 해도 그는 혼자였지만, 지금은 바알자몬이 창문 앞에 서 있었다. 그가 입을 열자 불꽃의 동굴이 그의 눈과 입을 대체했다.

"너무 오래 숨어 있었지만, 앞으로 오래 숨어 있지는 못할 것이다."

"나는 너를 부정해." 랜드가 쉰 목소리로 말했다. "나는 네가 내게 어떤 식으로든 힘을 행사한다는 걸 부정해. 난 네가 존재한다는 걸 부정해."

바알자몬이 웃었다. 불에서 울려 나오는 깊은 소리였다. "그게 그렇게 쉬울 거라고 생각하나? 하긴, 넌 늘 그랬지. 우리가 이런 식으로 서 있을 때마다 너는 나를 거역할 수 있을 거라고 생각했다."

"매번 그랬다니, 무슨 뜻이야? 나는 너를 부정해!"

"너는 늘 그러지. 처음에는. 우리 사이의 경쟁은 전에도 무수히 일어났다. 네 얼굴과 이름은 매번 달라지지만, 그래도 너는 매번 너다."

"나는 너를 부정해." 간절한 속삭임이었다.

"너는 매번 그 약하디약한 힘을 내게 던져 대고, 결국은 매번 우리 중 누가 주인인지 깨닫는다. 시대가 지나고 또 다른 시대가 지나도 너는 내게 무릎을 꿇거나, 무릎 꿇을 힘이 있었으면 좋겠다고 생각하며 죽지. 불쌍한 바보 같으니. 너는 절대 나를 이길 수 없다."

"거짓말!" 랜드가 소리쳤다. "너는 거짓말의 아버지야. 할 말이 그게 전부라면 차라리 바보들의 아버지라고 부르는 게 낫겠어. 사람들은 지난 시대에, 전설의 시대에 너를 찾아서 네가 속한 곳에 다시 묶어 뒀어."

바알자몬은 다시 웃었다. 비웃음이 이어지고 또 이어졌다. 랜드는 귀를 막아 그 소리를 차단하고 싶었다. 그는 억지로 두 손을 옆에 두고 있었다. 공백이 있든 없든, 웃음소리가 마침내 멈추자 손이 떨렸다.

"벌레 같으니, 너는 아무것도 모른다. 바위 밑의 딱정벌레처럼 무지하고 쉽게 짓밟히지. 이 싸움은 창조의 순간부터 계속되어 왔다. 인간은 늘 이것을 새로운 전쟁이라고 생각하지만, 실은 같은 전쟁이 다시 발견된 것이다. 이제야 변화가 시간의 바람을 타고 불어온다. 변화 말이야. 이번에는 돌아갈 수 없을 것이다. 자만심 넘치는, 네가 내게 맞설 수 있다고 생각하는 아이즈 세다이들. 나는 그들에게 사슬을 씌우고 벌거벗겨 내가 시키는 일을 하러 분주히 돌아다니도록 할 것이다. 아니면 그들의 영혼을 파멸의 구덩이에 처넣어 영원까지 울부짖게 할 것이다. 이미 나를 섬기는 자들만이 예외다. 그들은 나보다 한 발 아래에 설 것이다. 너는 그들과 함께 서기를 선택할 수 있다. 그러면 세상이 네 발밑에서 굽실댈 것이다. 한 번 더, 마지막으로 제안한다. 너는 그들 위에, 나를 제외한 모든 권력과 지배력 위에 설 수 있다. 네가 그런 선택을 한 경우도 있었다. 네가 너의 힘을 알 수 있을 만큼 오래 산 경우도 있었다."

부정해! 랜드는 부정할 수 있는 것에 매달렸다. "그 어떤 아이즈 세다이도 너를 섬기지 않아. 그것도 거짓말이야!"

"아이즈 세다이가 그렇게 말하던가? 2000년 전, 나는 전 세계로 트롤록을 보냈다. 그리고 아이즈 세다이 가운데서도 절망을 아는 자, 샤이탄 앞에서 세상이 버틸 수 없다는 걸 아는 자들을 찾아냈다. 2000년 동안 흑색의 아자는 다른 이들 사이에서, 그림자 속에 모습을 감춘 채 살아왔다. 너를 돕는다고 주장하는 자들 중에도 그들이 있다."

랜드는 마음속에 차오르는 의심을 떨쳐 버리려고 고개를 저었다. 모레인에 대해서, 아이즈 세다이가 그에게 원하는 것에 대해서, 모레인이 그에 관해 세워둔 계획에서 들었던 그 모든 의구심을. "나한테 원하는 게 뭐지?" 랜드가 외쳤다. **부정해! 빛이여, 제가 저자를 부정하도록 도우소서!**

"무릎을 꿇어라!" 바알자몬이 발치의 바닥을 가리켰다. "무릎을 꿇고 네 주인을 인정해라! 결국은 그렇게 될 것이다. 너는 나의 피조물이 되거나 죽을 것이다."

마지막 말이 방 전체에 울렸다. 홀로 증폭되고 또 증폭되면서 반향을 일으켰다. 결국 랜드는 타격으로부터 머리를 가리려는 것처럼 두 팔을 번쩍 들었다. 비틀비틀 물러나다가 탁자에 부딪힌 그는 귓속에 들리는 소리를 누르려 애쓰며 외쳤다. "아니야아아아아아!"

랜드는 그렇게 소리 지르며 휙 돌았다. 그 바람에 형상들이 바닥으로 떨어졌다. 무언가가 손을 찔렀지만, 랜드는 무시하고 조각상을 밟아 아무 형체 없는 얼룩으로 만들어 버렸다. 하지만 랜드가 더 이상 소리를 지를 수 없게 됐을 때도 메아리는 그대로 존재하며 점점 더 강해졌다.

죽어, 죽어, 죽어, 죽어, 죽어, **죽어, 죽어, 죽어, 죽어, 죽어, 죽어, 죽어, 죽어, 죽어, 죽어, 죽어**

소리는 소용돌이처럼 그를 잡아당기고 끌어들였다. 머릿속의 공백을 갈기갈기 찢었다. 빛이 어두워졌고 시야가 터널처럼 좁아졌다. 터널 끝, 마지막 밝은 점에 바알자몬이 높이 서 있었다. 빛의 점은 점점 작아져 랜드의 손만 한 크기, 손톱만 한 크기가 되었다가 사라졌다. 메아리는 랜드 주위를 돌고 돌다가 암흑과 죽음이 되어 사라졌다.

랜드는 바닥으로 떨어지면서 난 쿵 소리에 눈을 떴다. 그는 여전히 어둠에서 헤엄쳐 나오려고 몸부림치고 있었다. 방은 어두웠지만 그렇게까지 어둡지는 않았다. 랜드는 미친 사람처럼 불길에 집중하려고, 두려움을 그 안에 퍼 넣으려고 애썼으나 공백이 주는 평온함이 도저히 손에 잡히지 않았다. 팔과 다리로 떨림이 번졌다. 하지만 그는 귓속의 맥박이 멈출 때까지 단 하나의 불꽃 모습에 매달렸다.

맷이 침대에서 몸을 뒤척이며 잠꼬대를 하고 있었다. "……부정해, 부정해, 부정해……." 그 소리는 알아들을 수 없는 신음으로 흐려져 갔다.

랜드는 손을 뻗어 맷을 깨웠다. 맷은 랜드의 손길이 닿자마자 목이 졸린 사람처럼 신음하며 일어나 앉았다. 잠시 미친 사람처럼 주위를 둘러보더니 몸을 떨며 길게 숨을 들이쉬었다가 두 손에 얼굴을 파묻었다. 그는 문득 몸을 뒤틀며 베개 아래로 손을 뻗더니, 칼자루에 루비가 박힌 단검을 두 손으로 꽉 잡아 가슴에 대고 다시 누웠다. 그는 고개를 돌려 랜드를 보았다. 얼굴이 그림자 속에 감춰져 있었다. "그자가 돌아왔어, 랜드."

"나도 알아."

맷이 고개를 끄덕였다. "형상 세 개가 있었는데……."

"나도 봤어."

"그자는 내가 누구인지 알아, 랜드. 내가 단검을 쥔 형상을 집어 드니까, 그자가 '네가 그자로구나'라고 말했어. 다시 보니까 형상에 내 얼굴이 있었고. 내 얼굴이 있었다고, 랜드! 꼭 살아 있는 것 같았어. 촉감도 그랬어. 빛이여 도우소서, 꼭 내가 그 형상이 된 것처럼 내 손이 나를 잡는 게 느껴졌어."

랜드는 잠시 침묵했다. "계속 그자를 부정해야 해, 맷."

"부정했어. 그런데 그자가 웃었어. 계속 무슨 영원한 전쟁에 대해서 얘기하면서, 우리가 전에도 1000번쯤 만났다고 했고……. 빛을 걸고, 랜드. 어둠의 존재가 나를 알아."

"나한테도 똑같은 말을 했어. 내 생각엔 안 그래." 랜드가 천천히 덧붙였다. "난 그자가 우리 중 누가……." **우리 중 누가, 뭐?**

랜드가 몸을 받치며 일어나려는데 손에 찌르는 듯한 통증이 느껴졌다. 랜드는 탁자까지 나아간 다음, 세 번 시도한 끝에 양초에 불을 붙일 수 있었다. 그런 다음 그는 빛 속에서 손을 펴 보았다. 그의 손바닥에 두꺼운 검은색 나뭇조각이 박혀 있었다. 한쪽 면이 매끄럽고 윤이 났다. 랜드는 숨을 쉬지 않고 그 나뭇조각을 바라보았다. 갑자기 그는 숨을 헐떡이며 가시를 잡아당겼고, 허둥지둥 그 가시를 더듬어 보았다.

"왜 그래?" 맷이 물었다.

"아무것도 아니야."

랜드는 마침내 가시를 찾아 세차게 당겨 뽑았다. 랜드는 메스꺼움에 끙 소리를 내며 가시를 떨어뜨렸지만, 신음은 그의 목구멍에 얼어붙어 있었다. 가시는 손가락에서 뽑히자마자 사라졌다.

하지만 상처는 여전히 손에 남아 피를 흘리고 있었다. 돌로 만든 주전자에 물이 있었다. 랜드는 대야를 채웠다. 두 손이 너무 떨려 탁자에 물을 쏟았다. 그는 서둘러 두 손을 씻고 엄지로 더 많은 피가 날 때까지 손바닥을 주물러 댄 다음 그 피를 다시 닦아 냈다. 살 속에 아주 작은 조각이라도 남아 있다고 생각하니 겁이 났다.

"빛이여." 맷이 말했다. "그자는 나한테도 더러워진 기분을 느끼게 했어." 하지만 맷은 그 자리에 그대로 누워 두 손으로 단검을 쥐고 있었다.

"응." 랜드가 말했다. "더러워." 그는 대야 옆에 쌓여 있던 수건 한 장을 더듬더듬 꺼냈다. 문에서 노크 소리가 났다. 랜드는 펄쩍 뛰었다. 또 시작이었다. "네?" 그가 말했다.

모레인이 방을 들여다보았다. "벌써 깨어 있구나. 잘됐어. 빨리 옷 입고 내려오렴. 동트기 전에 떠나야 해."

"지금이요?" 맷이 신음했다. "아직 한 시간도 못 잤어요."

"한 시간이라니?" 모레인이 말했다. "너희는 네 시간을 잤어. 이제 서둘러라. 시간이 별로 없어."

랜드는 맷과 혼란스러운 시선을 주고받았다. 꿈의 모든 순간이 선명하게 기억났다. 꿈은 랜드가 눈을 감자마자 시작되어 겨우 몇 분밖에 지속되지 않았다.

주고받은 시선 속 무언가가 모레인에게도 저절로 전달된 듯했다. 모레인은 꿰뚫어 보는 듯한 시선으로 둘을 보더니 아예 안으로 들어왔다. "무슨 일이니? 꿈을 꿨어?"

"그자가 내 정체를 알아요." 맷이 말했다. "어둠의 존재가 내 얼굴을 알아요."

랜드는 아무 말 없이 손바닥을 모레인 쪽으로 돌려 손을 들어 보였다. 양초 하나에서 나오는 어둑한 불빛만으로도 피는 선명하게 보였다.

아이즈 세다이가 앞으로 나와 랜드의 들어 올린 손을 꼭 잡았다. 그녀의 엄지가 랜드의 손바닥에 놓여 상처를 덮었다. 한기가 랜드의 뼛속까지 스몄다. 너무 차가워서 손가락이 얼얼했다. 랜드는 손을 펴고 있으려고 애써야 했다. 모레인이 손가락을 떼자 한기도 사라졌다.

랜드는 깜짝 놀라 손을 뒤집어 보고, 얇게 붙어 있던 핏자국을 문질러 닦았다. 상처는 사라지고 없었다. 그는 천천히 고개를 들어 아이즈 세다이와 눈을 맞췄다.

"서둘러." 그녀가 조용히 말했다. "시간이 점점 없어지고 있어."

랜드는 모레인이 말하는 시간이 이곳을 떠날 시간이 아니라는 것을 알았다.

44장 웨이의 어둠

새벽이 오기 직전의 어둠 속에서, 랜드는 모레인을 따라 뒤쪽 복도로 내려갔다. 그곳에서는 길 씨와 다른 사람들이 기다리고 있었다. 나이니브와 에그웨인은 로이알만큼 불안해 보였고, 페린은 수호자만큼 침착해 보였다. 맷은 조금이라도 혼자 있기가 두려워진 것처럼, 몇 미터라도 떨어질 수 없다는 듯 랜드의 뒤에 바짝 붙어 있었다. 요리사와 조수들이 허리를 펴며 아무 말 없이 주방을 지나는 일행을 바라보았다. 주방은 이미 환하게 밝혀져 있었고 아침을 준비하느라 후끈했다. 이 시간에 여관 손님이 자리에서 일어나 나가는 것은 흔한 일이 아니었다. 요리사는 길 씨의 위로하는 말을 듣더니 큰 소리로 코웃음을 치고 반죽을 세게 내리쳤다. 랜드가 마구간 앞뜰로 통하는 문에 이르기 전에 그들은 모두 프라이팬을 살피며 반죽을 주무르고 있었다.

밖에서는 밤이 여전히 칠흑처럼 어두웠다. 랜드에게는 다른 모든 사람이 아무래도 더 어두운 그림자로만 보였다. 그는 눈먼 사람처럼 여관 주인과 란을 따라갔다. 실제로도 눈이 보이지 않았다. 길 씨는 자기 여관의 마구간 앞뜰을 잘 알고, 수호자에게는 수호자의 본능이 있으니 아무도 다리가 부러지는 일 없이 마구간 앞뜰을 가로지를 수 있으면 좋겠다는 생각이 들었다.

로이알은 한 번 이상 비틀거렸다.

“왜 불을 하나도 켤 수 없는지 모르겠네.” 오기어가 툴툴거렸다. “**스테딩**에서는 어둠 속에서 뛰어다니지 않아. 나는 오기어지 고양이가 아니라고.” 랜드는 문득 로이알의 털 난 귀가 짜증스럽게 움찔거리는 모습이 떠올랐다.

어둠 속에서 마구간의 모습이 갑자기 불쑥 솟아올랐다. 처음에는 위협적인 덩어리처럼 보였으나 마구간 문이 삐걱거리며 열려 가느다란 빛줄기를 앞뜰로 흘려 보냈다. 여관 주인은 그들이 한 번에 한 명만 안으로 들어갈 수 있을 정도로 문을 열고, 페린을 따라 들어가 서둘러 문을 닫았다. 하마터면 발꿈치가 낄 뻔했다. 랜드는 마구간 내부의 갑작스러운 불빛에 눈을 깜빡였다.

마구간지기들은 그들이 나타나도 놀라지 않았다. 요리사와 마찬가지였다. 일행의 말은 안장을 찬 채 기다리고 있었다. 만다브는 오만하게 서서 란을 제외한 모두를 무시했다. 그러나 알딥은 주둥이를 쭉 뻗어 모레인의 손에 댔다. 고리버들 바구니를 지고 있어 거대하게 보이는 짐말 한 마리와 발굽 윗부분이 덥수룩한 거대한 말이 있었다. 수호자의 수말보다도 큰 그 짐승은 로이알이 탈 말이었다. 혼자서 짐이 가득 실린 건초 수레를 끌 수 있을 만큼 커 보였지만, 오기어의 덩치에 비하면 조랑말이었다.

로이알은 커다란 말을 눈여겨보더니 의심스럽다는 듯 중얼거렸다. “나는 두 발로도 충분한데.”

길 씨가 랜드에게 손짓했다. 여관 주인은 거의 자기 머리카락과 같은 색깔의 구렁말을 빌려주었다. 키가 크고 가슴이 푹 꺼져 있지만, 클라우드와 달리 그 발걸음에는 불같은 느낌이 없었다. 랜드는 다행이라고 생각했다. 길 씨는 녀석의 이름이 레드라고 말했다.

에그웨인은 곧장 벨라에게로 향했고 나이니브는 다리가 긴 자기 암말에게로 갔다.

맷은 자기가 타고 다니던 회색 말을 랜드 옆으로 끌고 왔다. “페린 때문에 긴장돼.” 맷이 툴툴거렸다. 랜드가 날카로운 눈으로 그를 보았다. “아니, 이상하게 굴잖아. 너도 보이지 않아? 분명히 내가 상상하는 건 아니야. 그리고……. 그리고…….”

랜드는 고개를 끄덕였다. **단검이 다시 맷을 사로잡은 것은 아니야, 빛께 감사할 일이지.** “맞아, 맷. 근데 편하게 생각해. 뭔지는 몰라도…… 모레인이 잘 알 거야. 페린은 괜찮아.” 랜드는 자기도 그 말을 믿을 수 있으면 좋겠다고 생각했지만, 맷은 그 말로 만족하는 것 같았다. 최소한 조금은 말이다.

“당연하지.” 맷이 서둘러 말했다. 그는 여전히 곁눈으로 페린을 지켜보고 있었다. “페린이 안 괜찮다는 말은 아니었어.”

길 씨가 대장 마부와 이야기를 나누었다. 얼굴이 말처럼 생긴 거친 피부의 그 남자는 손마디로 이마를 누르며 서둘러 마구간 뒤쪽으로 갔다. 여관 주인은 둥근 얼굴에 만족스러운 미소를 띠며 모레인을 돌아보았다. “레이미 말로는 길에 방해꾼이 없다고 합니다, 아이즈 세다이.”

마구간 뒤쪽 벽은 단단하고 튼튼해 보였다. 안쪽에 묵직한 공구 선반이 달려 있었다. 레이미와 또 다른 마구간지기가 쇠스랑과 갈퀴, 삽을 치운 다음 선반 뒤쪽으로 손을 뻗어 숨겨진 걸쇠를 조작했다. 갑자기 벽의 한 부분이 안쪽으로 휙 열렸다. 위장된 문은 너무 잘 감춰져 있어서, 랜드는 그 문이 열려 있다 한들 알아볼 수 있을지 확신이 서지 않았다. 마구간에서 나온 불빛이 겨우 몇 미터 떨어진 곳의 벽돌 벽을 비추었다.

“건물 사이의 좁은 통로일 뿐입니다.” 여관 주인이 말했다. “하지만 이 마구간 바깥에 있는 사람은 여기서 그 골목으로 들어가는 길이 있다는 걸 모르지요. 하얀 망토든 하얀 코케이드를 단 자들이든, 여러분이 나오는 곳을 볼 감시자들은 없을 겁니다.”

아이즈 세다이가 고개를 끄덕였다. “이번 일로 뭐든 문제가 생길까 봐 걱정된다면, 잊지 말고 타 발론에 있는 청색의 아자 시리암 세다이에게 편지를 쓰세요. 그러면 시리암이 도와줄 겁니다. 유감이지만, 내 자매들과 나는 이미 나를 도와준 사람들에게 보상해 줄 게 아주 많아요.”

길 씨가 웃었다. 걱정하는 사람의 웃음이 아니었다. “이런, 아이즈 세다이님. 당신께서는 이미 케임린 전체에서 쥐가 없는 유일한 여관을 주셨습니다. 제가 뭘 더 바라겠습니까? 그것만으로도 손님이 두 배는 늘 텐데요.” 그의 미소가 잦아들어 진지하게 변했다. "무슨 일을 하시는지 몰라도, 여왕님께서는 타 발론 편이십니다. 저는 여왕님 편이고요. 그러니 잘되시길 바랍니다. 아이즈 세다이, 빛이 당신을 비추시길 빕니다. 빛이 여러분 모두를 비추시길."

"빛께서 당신 또한 비추시길 바랍니다, 길 씨." 모레인은 고개를 숙이며 대답했다. "하지만 빛이 우리 중 누구라도 비추려면 서둘러야 해요." 그녀는 힘차게 로이알을 돌아보았다. "준비됐나요?"

오기어는 큰 말의 이빨을 경계하듯이 보며 고삐를 잡았다. 그는 말의 주둥이가 손에 쥔 고삐 길이만큼 떨어져 있도록 애쓰면서 짐승을 마구간 뒤쪽 공터로 데려갔다. 레이미가 두 발을 번갈아 짚으며 껑충껑충 뛰었다. 얼른 다시 문을 닫고 싶어 안달이 난 듯했다. 로이알은 잠시 멈추어 뺨에 닿는 산들바람을 느끼는 것처럼 고개를 기울였다. "이쪽입니다." 로이알은 그렇게 말하고 좁은 골목으로 접어들었다.

모레인은 로이알의 말을 바짝 따라갔다. 그다음은 랜드와 맷이었다. 랜드는 짐말을 이끌고 첫 번째에 서기로 했다. 나이니브와 에그웨인이 행렬의 중간을 차지했고, 페린은 그 뒤를 따라왔으며 란이 후미를 맡았다. 만다브가 흙길에 접어들자마자 숨겨진 문이 서둘러 닫혔다. 걸쇠가 채워지며 그들을 차단하는 짤깍 소리가 부자연스러울 정도로 크게 들렸다.

길 씨가 말한 골목길은 정말로 무척 좁았고, 가능한 일인지는 모르겠지만 마구간 앞뜰보다도 어두웠다. 높고 아무런 장식이 없는 벽돌 벽이 양옆에 늘어서 있었다. 머리 위에는 가느다란 검은 하늘 조각만이 보였다. 짐말에 매여 있는 큰 고리버들 바구니가 양옆의 건물에 쓸렸다. 바구니는 여행에 필요한 물품들로 불거져 있었는데, 그중 대부분은 기름으로 채워진 진흙 그릇이었다. 막대 한 묶음이 말의 등을 따라 길게 걸쳐져 있었고, 막대 끝에는 저마다 등불이 매달려 있었다. 로이알은 웨이가 가장 어두운 밤보다도 어둡다고 말했다.

기름이 일부만 채워진 등불은 말의 움직임에 따라 철벅거렸고, 딸그랑거리는 소리를 내며 서로 부딪혔다. 아주 큰 소리는 아니었지만 동트기 전 시간의 케임린은 조용했다. 쥐 죽은 듯이. 금속의 무딘 땡그랑 소리가 2킬로미터 떨어진 곳에서도 들릴 것만 같았다.

골목이 거리로 이어진 곳에서, 로이알은 멈추지 않고 방향을 선택했다. 그는 이제 어디로 가는지 정확히 아는 것처럼 보였다. 그가 따라가야 하는 길이 점점 더 분명해지는 것 같았다. 랜드는 오기어가 웨이게이트를 어떻게 찾을 수 있는지 몰랐고, 로이알도 제대로 설명하지 못했다. 로이알은 그냥 안다고 말했다. 느껴진다고. 로이알은 웨이게이트 찾는 방법을 설명하는 것이 숨 쉬는 방법을 설명하는 것과 비슷하다고 했다.

서둘러 거리를 나아가면서, 랜드는 여왕의 축복이 있는 모퉁이를 돌아보았다. 램귄의 말에 따르면 그쪽 모퉁이에서 멀지 않은 곳에 대여섯 명의 하얀 망토들이 여전히 머물고 있었다. 그들의 관심은 온통 여관에 쏠려 있었지만, 소리가 나면 이쪽으로 다가올 것이 분명했다. 자랑할 만한 이유로 이 시간에 나와 있는 사람은 아무도 없었으니까. 발굽 소리가 인도에 닿아 종소리처럼 크게 울렸다. 짐말이 일부러 흔들기라도 하는 것처럼 등불이 덜그럭거렸다. 랜드는 다른 모퉁이를 돌고 나서야 어깨 너머를 돌아보지 않을 수 있었다. 다른 에먼즈 필드 사람들도 모퉁이를 돌면서 안도의 한숨을 내쉬는 소리가 들렸다.

로이알은 웨이게이트로 가는 직선 경로를 따라가는 것처럼 보였다. 그 경로가 어디로 이어지든 상관없이 말이다. 때로 그들은 가끔 어둠 속을 어슬렁거리는 개가 있을 뿐 텅 비어 있는 널찍한 대로를 종종걸음 쳤다. 때로는 마구간 옆 골목처럼 좁은 골목길을 서둘러 나아가기도 했다. 그런 곳에서는 부주의하게 발을 디디면 발밑에서 무언가가 으깨졌다. 나이니브가 그럴 때 나는 냄새에 대해 조용히 불평했지만, 아무도 속도를 늦추지는 않았다.

어둠이 짙은 회색으로 변하며 옅어지기 시작했다. 새벽의 희미한 빛이 동쪽 지붕 위의 하늘에 진주처럼 빛났다. 거리에 사람들이 몇 명 나타났다. 그들은 이른 아침의 추위를 막느라 몸을 웅크리고 고개를 숙인 채 아직 침대를 꿈꾸고 있었다. 대부분은 다른 사람에게 아무 관심이 없었다. 로이알을 필두로 한 줄로 늘어서서 이동하는 사람과 말 들에게 관심을 가진 이는 손에 꼽을 만큼 적었고, 그들의 모습을 진짜로 본 사람은 한 명뿐이었다.

그 사람은 다른 사람들과 마찬가지로 그들을 힐끗 보았다. 금방이라도 다시 자기 생각에 빠져들 태세였다. 하지만 그때, 그는 갑자기 휘청거리다가 넘어질 뻔하며 몸을 돌려 일행을 바라보았다. 형상이 어렴풋하게 보일 정도의 빛밖에 없었지만, 그것으로 충분했다. 혼자 있는 모습을 멀리서 보면, 오기어는 평범한 말을 데리고 가는 키 큰 남자나 조그만 말을 끌고 가는 평범한 남자로 보일 수 있었다. 하지만 그 뒤에 다른 사람들이 줄지어 걸어가며 기준점을 제공해 주자 로이알은 실제 몸집만큼 크게 보였다. 그 어떤 사람보다도 1.5배는 크게. 남자는 로이알을 한 번 보더니 목 졸린 듯 비명을 지르며 도망치기 시작했다. 그의 망토가 등 뒤에서 휘날렸다.

조금 있으면 거리에 더 많은 사람들이 나타날 터였다. 정말 곧이었다. 랜드는 거리 반대편에서 서둘러 지나가는 한 여자를 눈여겨보았다. 그녀는 발 앞의 인도 말고는 아무것도 보지 않고 있었다. 더 많은 사람이 곧 눈치챌 것이다. 동쪽 하늘이 점점 밝아졌다.

"저기야." 마침내 로이알이 말했다. "저 밑에 있어." 로이알이 가리킨 곳은 밤을 맞아 문을 닫은 한 가게였다. 밖에 내놓은 탁자에는 아무것도 놓여 있지 않았고, 그 위의 차양은 단단히 말려 올라가 있었으며 문에는 튼튼한 덧문이 내려져 있었다. 가게 주인이 사는 위층의 창문은 여전히 어두웠다.

"저 밑이라니?" 맷이 못 믿겠다는 듯 소리쳤다. "대체 어떻게……."

모레인이 손을 들어 맷의 말을 끊더니 일행에게 자기를 따라 가게 옆 골목으로 들어오라고 손짓했다. 말과 사람은 함께 두 건물 사이의 공터에 욱여 들어갔다. 그곳은 벽 때문에 그늘이 져 있어서 거리보다 어두웠다. 거의 다시 한밤중이 된 것 같았다.

"지하실 문이 있을 거야." 모레인이 나직하게 말했다. "아, 그래."

갑자기 빛이 피어났다. 서늘하게 빛나는, 남자 주먹 크기의 구체가 아이즈 세다이의 손바닥 위에 떠서 그녀가 손을 움직일 때마다 같이 움직였다. 모두가 그 빛을 당연하게 받아들이는 것을 보고 랜드는 그들이 얼마나 많은 일을 겪어 왔는지 알 수 있겠다고 생각했다. 모레인은 그 빛을 자기가 발견한 문에 가까이 가져갔다. 문은 거의 바닥에 납작하게 붙어 있다고 할 만큼 기울어져 있었으며, 두꺼운 나사와 랜드의 손보다도 크며 오래된 녹이 두껍게 끼어 있는 쇠 자물쇠로 잠겨 있었다.

로이알이 자물쇠를 당겼다. "걸쇠를 포함해서 다 뜯어 버릴 수 있지만, 그러면 동네 전체가 깰 만큼 큰 소리가 날 겁니다."

"선량한 사람의 재산인데 최대한 망가뜨리지 말아야죠." 모레인은 자물쇠를 잠시 골똘히 살펴보았다. 그녀가 갑자기 녹슨 쇳덩이를 지팡이로 톡 두드렸다. 그러자 자물쇠는 깔끔하게 열렸다.

로이알은 서둘러 자물쇠를 풀고 문을 위로 젖혀 고정시켰다. 모레인은 그렇게 드러난 경사로를 따라 내려가며 빛나는 공으로 앞길을 밝혔다. 알딥이 모레인 뒤를 조심스럽게 따라갔다.

"등불을 켜고 따라와." 모레인이 조용히 말했다. "공간은 충분히 있어. 서둘러. 바깥이 금방 밝아질 거야."

랜드는 서둘러 장대에 달린 등불을 짐말에게서 풀어냈지만, 첫 번째 등불을 켜기도 전에 맷의 얼굴이 보인다는 것을 알았다. 몇 분 뒤면 사람들이 거리를 가득 채울 테고, 가게 주인들이 내려와 영업을 시작할 터였다. 그들은 모두 골목이 왜 말들로 북적이는지 궁금해할 터였다. 맷이 긴장한 듯 말을 데리고 실내로 들어가는 게 맞느냐며 투덜댔지만, 랜드는 말을 데리고 비탈을 내려갈 수 있어서 기뻤다. 맷은 툴툴댈 뿐 빠르게 그를 따라왔다.

랜드가 조심하지 않으면 등불은 장대 끝에서 흔들리며 천장에 부딪혔다. 레드도, 짐말도 경사로를 좋아하지 않았다. 곧 랜드는 아래로 내려와 맷에게 길을 비켜 주었다. 모레인은 떠다니는 빛이 꺼지게 놔두었지만, 나머지 사람들이 합류하자 등불이 더 많아지면서 탁 트인 공간이 밝혀졌다.

지하실은 위쪽의 건물과 넓이와 폭이 같았고, 대부분의 공간은 벽돌 기둥이 차지하고 있었다. 기둥은 좁은 기단부에서 그 다섯 배 높이까지 불쑥 솟아올라 천장에 닿았다. 그곳은 여러 개의 아치로 이루어진 것처럼 보였다. 공간은 충분했지만, 랜드는 여전히 그곳이 비좁다고 느꼈다. 로이알의 머리가 천장에 스쳤다. 녹슨 자물쇠를 보고 예견했듯 지하실은 오랫동안 쓰이지 않았다. 바닥은 잡동사니로 채워진 망가진 나무통 몇 개와 두껍게 낀 먼지가 있을 뿐 비어 있었다. 너무 많은 발이 휘젓고 간 티끌이 등불 빛을 받아 반짝였다.

마지막으로 들어온 사람은 란이었다. 그는 만다브를 타고 비탈을 내려오자마자 다시 올라가 문을 닫았다.

"피와 재를 걸고," 맷이 으르렁거리듯 말했다. "왜 이런 데다가 웨이게이트를 지은 거야?"

"늘 이렇지는 않았어." 로이알이 말했다. 그의 우렁우렁한 목소리가 휑뎅그렁한 공간에 메아리쳤다. "늘 이렇지는 않았다고. 절대로!" 오기어는 화가 나 있었다. 랜드는 그 점을 깨닫고 놀랐다. "한때는 여기 나무들이 있었어. 이곳에서 자라는 온갖 종류의 나무들, 오기어가 달래서 이곳에서 자라게 할 수 있는 나무들이 잔뜩 있었어. 높이가 183미터에 달하는 위대한 나무들 말이야. 나뭇가지가 그림자를 드리웠고, 잎사귀와 꽃의 냄새를 포착하고 **스테딩**의 평화에 대한 기억을 담고 있는 서늘한 산들바람도 불어왔어. 그 모든 게 이따위 것 때문에 살해당한 거야!" 로이알의 주먹이 기둥을 쿵 쳤다.

그 타격에 기둥이 흔들리는 것 같았다. 랜드는 벽돌이 갈라지는 소리가 분명히 들렸다고 생각했다. 마른 시멘트가 폭포처럼 기둥을 따라 흘러내렸다.

"이미 짜인 천을 풀 수는 없습니다." 모레인이 가만히 말했다. "당신이 우리 머리 위로 건물을 무너뜨린다고 해도 나무들이 다시 자라지는 않아요." 로이알은 처진 눈썹 때문에 인간의 얼굴로 지을 수 있는 것보다 훨씬 더 창피해하는 표정이 되었다. "로이알, 당신의 도움 덕분에 우린 아직 남아 있는 덤불이 그림자 아래 스러지는 것을 막을 수 있을지도 몰라요. 당신은 우리를 우리가 찾는 곳으로 안내했습니다."

모레인이 어느 한 벽으로 다가갔다. 랜드는 그 벽이 다른 벽과는 다르다는 것을 깨달았다. 다른 벽은 평범한 벽돌로 이루어져 있는 반면 이 벽은 정교하게 다듬은 석재로 이루어져 있었다. 잎사귀와 덩굴로 이루어진 화려한 소용돌이가 먼지를 뒤집어쓰고 있는데도 희게 보였다. 벽돌과 시멘트도 오래된 것이지만, 석재는 왠지 그 벽돌이 구워지기 한참 전부터 그 자리에 서 있었던 것만 같았다. 수백 년 전의 건축가들이 당시에도 이미 있던 것을 건물에 통합시켰고, 그보다 더 뒤에는 사람들이 그 건물을 지하실의 일부로 만든 것이다.

조각된 석벽의 한 부분, 한가운데는 나머지 부분보다 더 정교했다. 다른 부분도 잘 만들어져 있었지만 이 부분과 비교하면 조악한 복제품인 것만 같았다. 단단한 돌로 조각한 것인데도 그곳의 잎사귀는 부드러워 보였다. 부드러운 여름의 산들바람이 흔드는 순간에 붙잡혀 얼어 있는 것만 같았다. 그러면서도 조각에서는 세월이 느껴졌다. 나머지 조각이 벽돌보다 오래되어 보이듯이 나뭇잎 조각도 다른 조각보다 훨씬 더 오래돼 보였다. 그 이상으로 더더욱. 로이알은 여기만 아니면 다른 어디에라도 가고 싶다는 표정으로 그 조각을 바라보았다. 심지어 거리로 나가 또 한 번 폭도들을 만나게 된다고 하더라도 말이다.

"**아벤데소라**." 모레인이 석조 조각의 세 개짜리 잎을 손으로 짚으며 중얼거렸다. 랜드는 조각을 살펴보았다. 그런 나뭇잎은 조각품 중 그것 하나밖에 없었다. "생명의 나무의 잎사귀가 열쇠일지니." 아이즈 세다이가 말하자 잎사귀가 떨어져 그녀의 손에 들어왔다.

랜드는 눈을 깜빡였다. 등 뒤에서 놀라 헛숨 들이켜는 소리가 들렸다. 그 잎사귀는 다른 모든 잎사귀처럼 벽의 일부로 보였다. 아이즈 세다이는 방금처럼 간단하게 그 잎사귀를 한 뼘 아래에 있는 무늬에 댔다. 애초에 그러라고 만들어 놓은 것처럼, 잎의 세 꼭짓점이 그곳에 딱 맞아 들어갔다. 이번에도 잎사귀는 전체의 일부가 되었다. 잎사귀가 자리에 들어가자마자 중앙 석조 조각의 성격 전체가 변했다.

랜드는 이제 잎사귀가 느껴지지 않는 어떤 산들바람에 헝클어지는 것이 보인다고 확신했다. 심지어 그 잎사귀들이 먼지 밑에서 파릇파릇하게 보인다는 생각도 들었다. 등불 빛으로 밝혀진 지하실에서 두꺼운 봄철의 식물로 이루어진 태피스트리를 본 것만 같았다. 처음에는 거의 느껴지지 않을 정도로 작은 틈이 고대의 조각 한가운데에서 나타나더니, 그 부분을 중심으로 석벽의 양쪽이 천천히 지하실 쪽으로 회전하며 두드러졌다. 웨이게이트의 뒷부분은 전면과 똑같이 만들어져 있었다. 거의 살아 있는 것처럼 보이는 덩굴과 잎사귀가 가득했다. 그 뒤, 흙바닥이나 옆 건물의 지하실이 있어야 할 공간에서는 흐릿하게 뭔가를 반사하는 아른거리는 빛이 그들의 모습을 희미하게 담았다.

로이알은 반쯤 슬퍼하고 반쯤 두려워하는 목소리로 말했다. "제가 듣기로, 예전에는 웨이게이트가 거울처럼 빛났다고 합니다. 한때는 웨이에 들어간 사람이 햇살 가득한 하늘 아래를 걸었다고 하더군요. 한때는 말입니다."

"우린 기다릴 시간이 없어요." 모레인이 말했다.

란이 만다브를 데리고, 한 손에는 막대 달린 등불을 든 채 그녀를 지나쳐 갔다. 그림자 란이 그림자 말을 끌고 란에게 다가갔다. 란과 그의 그림자는 아른거리는 표면에서 서로를 향해 걸어가는 듯하다가 둘 다 사라졌다. 검은 종마는 잠시 멈칫했다. 만다브와 만다브 자신의 검은 형상이 고삐로 연결된 것처럼 보였다. 고삐가 팽팽해지더니 전투마 역시 사라졌다.

잠시 지하실 사람들은 가만히 서서 웨이게이트를 바라보았다.

"서둘러." 모레인이 재촉했다. "내가 마지막에 들어갈게. 누군가 우연히 발견하도록 이곳을 열어 둘 수는 없어. 서둘러."

로이알은 무겁게 한숨을 쉬며 아른거리는 공간으로 성큼성큼 걸어 들어갔다. 로이알의 커다란 말은 고개를 젓히며 표면에 닿지 않으려고 버티다가 끌려갔다. 그들은 수호자와 만다브처럼 완전히 사라졌다.

랜드는 머뭇거리며 등불로 웨이게이트를 찔러 보았다. 등불은 반사된 이미지 속으로 가라앉았다. 등불의 형상이 합쳐지더니 둘 다 사라졌다. 랜드는 단단히 각오하고 계속 앞으로 걸어가며 막대가 한 뼘, 한 뼘씩 자기 형상 속으로 사라지는 모습을 지켜보았다. 그런 뒤 랜드는 자기 모습 안으로 발을 디디며 웨이게이트에 들어갔다. 입이 쩍 벌어졌다. 얼음장 같은 무언가가 피부에 미끄러졌다. 꼭 차가운 물로 이루어진 벽을 지나는 것만 같았다. 시간이 늘어났다. 한기는 그의 머리카락을 한 올 한 올 감쌌고, 그의 옷도 실오라기 한 가닥 한 가닥 떨려 왔다.

갑자기 한기가 거품처럼 터져 버렸다. 랜드는 잠시 멈춰서 숨을 골랐다.

그는 웨이 안에 들어와 있었다. 바로 앞에서 란과 로이알이 각자의 말 옆에서 인내심 있게 기다리고 있었다. 그들 주변은 온통 영원까지 이어지는 것처럼 보이는 암흑이었다. 그들의 등불이 주변에 작은 빛 웅덩이를 드리웠다. 뭔가가 빛을 짓누르거나 먹어 버린 것처럼 너무 작은 웅덩이였다.

갑자기 불안감을 느낀 랜드는 고삐를 확 잡아당겼다. 레드와 짐말이 펄쩍 뛰어 들어오다가 하마터면 랜드를 쓰러뜨릴 뻔했다. 랜드는 비틀거리다가 자세를 잡았다. 그는 긴장한 말들을 데리고 서둘러 수호자와 오기어에게 다가갔다. 말들은 조용히 울었다. 만다브조차 다른 말들이 있어 어느 정도 위안을 얻는 듯했다.

"웨이게이트를 지날 때는 마음을 편하게 먹어야 해, 랜드." 로이알이 경고했다. "웨이 안은 바깥과 상황이…… 다르거든. 봐."

그는 오기어가 가리키는 곳을 돌아보았다. 똑같이 흐릿한 아른거림을 보게 될 줄 알았지만, 대신 지하실 안이 보였다. 꼭 어둠 속에 설치된 커다랗고 뿌연 유리를 통해서 보는 것만 같았다. 불안하게도 지하실을 들여다보는 창문 주변의 어둠에서는 어떤 깊이감이 느껴졌다. 그 부분이 주변이나 뒤쪽에 오직 어둠만 있는 채로 홀로 서 있는 것 같았다. 랜드는 떨리는 웃음을 섞어 말했지만, 로이알은 그의 말을 진지하게 받아들였다.

"웨이게이트 주변을 빙 돌아가도 다른 면에 있는 건 아무것도 보이지 않을 거야. 그러지 마. 웨이게이트 뒤쪽에 뭐가 있는지에 대해 책에는 정확하게 적혀 있지 않아. 내 생각엔 거기에서 길을 잃고 영영 빠져나오지 못할 수도 있을 것 같아."

랜드는 고개를 저으며 웨이게이트 너머에 있는 존재보다는 웨이게이트 자체에 집중하려 애썼지만, 그것도 나름대로 불안했다. 웨이게이트 옆의 어둠 속에 뭐든 볼 게 있었다면 랜드는 그것을 보았을 것이다. 희뿌연 어스름 너머 지하실에서는 모레인과 다른 사람들이 분명히 보였지만, 그들은 꿈속을 움직이듯 움직였다. 그들이 눈을 깜빡이는 것도 의도적이고 과장된 동작으로 보였다. 맷은 투명한 젤리를 가로지르며 웨이게이트로 다가오는 것처럼 보였다. 그의 다리가 허우적거리며 앞으로 나오는 듯했다.

"물레는 웨이에서 더 빨리 돌아." 로이알이 설명했다. 그는 주변의 어둠을 바라보았다. 그의 머리가 어깨 사이로 푹 꺼졌다. "살아 있는 사람 중에는 부분적인 정보 이상을 아는 사람이 없어. 난 내가 웨이에 대해 모르는 것들이 두려워, 랜드."

"어둠의 존재는," 란이 말했다. "위험을 감수하지 않고 무찌를 수 없다. 어쨌든 우리는 이 순간 살아 있고, 우리 앞에는 계속 살아 있을 수 있다는 희망이 있어. 패배당하지도 않았는데 항복하지 마라, 오기어."

"웨이에 들어와 본 적이 한 번이라도 있으면 그렇게 자신 있게 말하지는 못할걸요." 평소 먼 데서 들리는 천둥 같은 로이알의 목소리가 조용해졌다. 그는 무언가 보이는 것처럼 암흑을 바라보았다. "나도 들어와 본 적은 없지만, 웨이게이트를 지나 다시 바깥으로 나온 오기어를 본 적은 있어요. 당신도 그런 경험이 있으면 그런 말 못 할 거예요."

맷이 웨이게이트를 지나왔다. 그는 평소의 속도를 되찾고 있었다. 그는 잠시 끝없이 이어지는 것만 같은 어둠을 바라보더니 그들에게 달려와 합류했다. 그의 등불이 장대 끝에서 깐닥였다. 말은 맷의 등 뒤에서 펄쩍 뛰며 그를 패대기칠 뻔했다. 페린, 에그웨인, 나이니브 등 다른 사람들도 하나씩 하나씩 웨이게이트를 지났다. 그들 모두가 충격에 잠시 조용해졌다가 서둘러 나머지 일행과 합류했다. 등불이 하나 보태질 때마다 빛 웅덩이도 커졌지만, 응당 그래야만 하는 크기까지 커지지는 않았다. 빛이 많아질수록 어둠이 더 빽빽해지는 것 같았다. 사라지지 않으려고 싸우는 것처럼 짙어졌다.

랜드는 그런 식의 생각을 계속하고 싶지 않았다. 어둠에 그 자체의 의지가 있다는 생각까지 하지 않아도 이곳에 있는 것은 나쁜 일이었다. 모두가 그 위압감을 느끼는 듯했다. 여기서는 맷도 비꼬는 말을 던지지 않았고, 에그웨인은 함께 가겠다는 결정을 다시 생각해 볼 수 있으면 좋겠다는 표정이었다. 그들은 모두 조용히 웨이게이트를, 그들이 아는 세계로 통하는 마지막 창을 지켜보았다.

결국 모레인만이 자기가 들고 있는 등불로 어둑하게 밝혀진 지하실에 남게 되었다. 아이즈 세다이는 지금도 꿈속에서처럼 움직였다. 그녀의 손은 천천히 움직여 **아벤데소라**의 잎사귀를 찾았다. 이쪽에서 보니 잎사귀는 아래쪽 조각에 위치해 있었다. 모레인이 웨이게이트 반대편에서 놓았던 바로 그 자리였다. 모레인은 그 잎사귀를 뽑아 들고 원래의 자리에 돌려놓았다. 랜드는 문득 반대편의 잎사귀도 뒤로 움직였을지 궁금해졌다.

아이즈 세다이가 알딥을 이끌고 웨이게이트를 넘어왔다. 동시에 돌로 된 게이트는 천천히, 천천히 닫히기 시작했다. 모레인이 다가와 일행과 합류했다. 그녀의 등불 빛은 웨이게이트가 닫히기 전에 게이트가 있던 자리를 벗어났다. 어둠이 점점 좁아지는 지하실 모습을 삼켰다. 등불의 제한된 빛 안에서, 어둠이 그들을 완전히 둘러쌌다.

갑자기 그 등불만이 세상에 남겨진 유일한 빛인 것처럼 보였다. 랜드는 자기가 페린과 에그웨인에게 어깨를 맞대고 꽉 끼어 있다는 것을 깨달았다. 에그웨인이 휘둥그레진 눈으로 그를 보며 가까이 다가왔지만, 페린은 랜드에게 공간을 내주지 않았다. 온 세상이 방금 어둠에 삼켜진 지금, 다른 인간과 닿아 있다는 데는 어딘지 위로가 되는 부분이 있었다. 심지어 말들도 웨이가 그들을 점점 더 단단한 매듭으로 몰아넣는다는 것을 느끼는 듯했다.

모레인과 란은 겉보기에는 아무 걱정을 하지 않는 듯 안장에 올라탔다. 아이즈 세다이는 앞으로 몸을 숙이며 조각된 지팡이를 높은 안장머리에 얹었다. "출발해야 해요, 로이알."

로이알은 깜짝 놀라더니 세차게 고개를 끄덕였다. "네. 네, 아이즈 세다이. 당신 말이 맞습니다. 필요 이상으로 시간을 지체할 필요는 전혀 없죠." 로이알은 발밑으로 이어진 넓찍한 흰 띠를 가리켰고, 랜드는 서둘러 거기에서 물러났다. 모든 투 리버스 사람들이 그렇게 했다. 랜드는 바닥이 한때 매끄러웠을 거라고 생각했다. 하지만 지금은 그 매끄러운 표면 여기저기가 움푹 파여 있었다. 꼭 돌에 곰보가 생긴 것 같았다. 흰 선이 여기저기 끊겨 있었다. "이 길이 웨이게이트에서 첫 번째 안내 지점으로 이어집니다. 거기서는……." 로이알은 불안한 듯 주위를 둘러보더니 앞서 보였던 머뭇거림을 전혀 보이지 않고 말에 서둘러 올라탔다. 말은 대장 마부가 찾을 수 있었던 가장 큰 안장을 차고 있었지만, 로이알의 몸은 안장 머리에서 안장 꼬리까지 모든 부분을 꽉 채웠다. 그의 두 발은 거의 말의 무릎이 있는 부분까지 양옆으로 늘어졌다. "필요 이상으로 시간을 지체할 필요는 전혀 없습니다." 그가 웅얼거렸다. 다른 사람들도 마지못해 말에 올라탔다.

모레인과 란은 오기어 양옆에서 말을 달렸다. 그들은 어둠을 뚫고 흰 선을 따라갔다. 다른 모든 사람은 그 뒤로 최대한 가까이 붙었다. 등불이 그들의 머리 위에서 깐닥거렸다. 등불은 집 한 채를 가득 채울 만큼의 빛을 내야 마땅했는데도 열 걸음 떨어진 곳에서 멈추었다. 암흑이 꼭 벽이라도 된 것처럼 빛을 막았다. 안장이 삐걱거리는 소리와 발굽이 돌에 닿는 또각또각 소리도 빛의 가장자리까지만 전해지는 것 같았다.

랜드의 손은 자기도 모르는 사이 계속 칼로 향했다. 칼을 써서 몸을 지킬 수 있을 만한 상대가 저기 어딘가에 있으리라는 생각 때문이 아니었다. 어차피 이곳에는 무언가가 있을 만한 곳이 전혀 없어 보였다. 그들 주위의 기포 같은 빛은 돌로 둘러싸인, 출구 없이 완전히 둘러싸인 동굴이라고 해도 과언이 아니었다. 주변의 변화만 보면 말들은 쳇바퀴를 걷는 것이나 다름없었다. 랜드는 손에서 느껴지는 압박감으로 짓눌러 오는 듯한 돌을 밀칠 수 있을 것처럼 칼자루를 꽉 쥐었다. 칼에 손을 대면 탬의 가르침이 기억났다. 랜드는 잠시 공백이 주는 침착함을 느낄 수 있었다. 하지만 무게감이 언제나 돌아왔고, 공백이 머릿속의 작은 동굴에 불과하게 될 때까지 그를 압박했다. 랜드는 기억을 떠올리기 위해 탬의 칼을 건드리며 처음부터 다시 시작해야 했다.

무언가가 실제로 바뀌었을 때는 안도감이 들었다. 그저 뾰족하게 세워진 높은 석판이 나타났을 뿐이지만 말이다. 그 석판은 어둠 속에서 눈앞에 불쑥 나타난 것 같았다. 널찍한 흰 선이 그 석판의 아랫부분에서 끊겼다. 구불구불한 곡선이 널찍한 표면에 금속으로 새겨져 있었다. 덩굴과 잎사귀가 어렴풋이 생각나는 우아한 선들이었다. 변색된 곰보 자국이 돌과 금속에 똑같이 찍혀 있었다.

"안내 지점입니다." 로이알은 그렇게 말하며 안장에서 몸을 내밀어, 인상을 쓰며 구불구불한 금속 조각을 바라보았다.

"오기어 문자로군요." 모레인이 말했다. "하지만 너무 망가져 있어서 거의 읽을 수가 없어요."

"저도 마찬가지입니다." 로이알이 말했다. "하지만 이쪽으로 가야 한다는 건 알겠네요." 그는 말 머리를 안내 지점에서 돌렸다.

빛의 가장자리에 다른 석조 조각들이 걸렸다. 그것들은 돌벽으로 이루어져 어둠 속으로 뻗어 가는 다리와 완만한 경사를 이루고 있는 비탈처럼 보였으며 아무런 난간 없이 위아래로 이어졌다. 다만 다리와 경사로 사이에는 가슴 높이의 난간이 있었다. 어쨌든 그곳에서 떨어지는 것은 위험한 일이라고 알리는 듯했다. 아무 무늬 없는 흰 돌이 복잡한 무늬를 이루며 한데 얽혀 있는 단순한 곡선과 원으로 난간을 이루고 있었다. 이 모든 것이 랜드에게는 왠지 익숙하게 보였다. 모든 것이 낯설게 보이는 곳에서 뭐든 익숙한 것을 찾으려는 상상력의 작용이 분명했다.

로이알은 어느 다리의 아랫부분에서 잠시 멈춰, 그곳에 서 있는 좁은 돌기둥에 적힌 단 한 줄의 글을 읽었다. 그는 고개를 끄덕이며 그 다리로 올라섰다. "이게 우리의 길로 통하는 첫 다리입니다." 그가 어깨 너머로 말했다.

랜드는 다리를 받치고 있는 것이 무엇인지 궁금했다. 한 발을 내디딜 때마다 돌 조각이 떨어져 나오기라도 하는 것처럼 말발굽에서 뭔가 갈리는 소리가 났다. 보이는 모든 것은 얕은 구멍으로 뒤덮여 있었다. 일부는 아주 작은 바늘구멍이었고, 일부는 한 걸음 너비의 거친 구멍이었다. 그 자리에 산酸이 부어졌거나 돌이 썩어가는 것만 같았다. 방벽에도 갈라진 자리와 구멍이 보였다. 어떤 구멍은 폭이 2미터쯤 되는 듯했다. 어느 다리는 땅의 중심까지 이어지는 단단한 돌처럼 보였다. 그러나 현재 상태를 보면 다리를 건널 때까지만이라도 버텨 주었으면 좋겠다는 생각이 들었다. **다리 너머가 어딘지는 모르지만.**

결국 다리가 끝나기는 했다. 처음과 전혀 다르지 않게 보이는 곳에서였다. 랜드에게 보이는 것은 작은 빛 웅덩이가 닿는 부분뿐이었다. 하지만 랜드는 이곳이 평평한 언덕 꼭대기 같은 커다란 공간이라는 인상을 받았다. 그 주변 사방으로 다리와 경사로가 뻗어 나가는 것 같았다. 로이알은 그곳을 섬이라고 불렀다. 그곳에는 글자로 뒤덮인 안내 지점이 하나 더 있었다. 이런 생각이 맞는 것인지 틀린 것인지 알 방법은 전혀 없었지만, 랜드는 안내 지점이 섬 한가운데에 있을 것이라고 생각했다. 로이알은 글을 읽더니 그들을 데리고 어느 경사로로 향했다. 경사로는 구불구불하게 위로, 위로 이어졌다.

계속해서 휘어지는 끝나지 않을 것만 같은 길을 올라간 끝에, 경사로는 시작점과 똑같이 보이는 다른 섬으로 이어졌다. 랜드는 경사로의 휘어진 모습을 상상해 보려 하다가 포기했다. **이 섬이 다른 섬의 바로 위에 있을 리는 없어. 그럴 수는 없어.**

로이알은 오기어 문자로 가득한 다른 석판을 참조하고, 또 다른 안내판 기둥을 찾더니 그들을 다른 다리로 데려갔다. 랜드는 더 이상 일행이 어느 쪽으로 움직이는 건지 알 수 없었다.

어둠 속에 웅크린 일행의 빛으로 보기에는 이 다리가 저 다리와 정확히 똑같아 보였다. 어떤 다리는 방벽에 끊어진 부분이 있고, 어떤 다리는 없을 뿐이었다. 섬끼리도 차이가 별로 없었다. 안내 지점의 손상 정도가 다를 뿐이었다. 랜드는 시간 감각을 잃었다. 얼마나 많은 다리를 건넜는지, 얼마나 많은 경사로를 지나왔는지조차 확실하지 않았다. 하지만 수호자는 머릿속에 시계를 가지고 다니는 게 틀림없었다. 랜드가 처음으로 허기를 느꼈을 때, 란은 조용한 목소리로 정오가 되었다며 말에서 내려 짐말에 실려 있던 빵과 치즈와 육포를 나누어 주었다. 그때는 페린이 짐말을 끌고 가고 있었다. 그들은 섬에 있었고, 로이알은 안내 지점에 적힌 내용을 해독하느라 분주했다.

맷이 안장에서 내려오려 했지만, 모레인이 말했다. “웨이에서 낭비하기에 시간은 너무 비싸단다. 우리한테는 지나칠 만큼 값지고. 잘 때가 되면 멈출 거야.” 란은 이미 만다브에 다시 타고 있었다.

웨이에서 잔다고 생각하니 랜드는 식욕이 사라졌다. 웨이는 늘 밤이었지만 잠을 잘 만한 밤이 아니었다. 랜드는 다른 모든 사람처럼 말을 타고 가며 식사했다. 음식과 등불 막대, 고삐를 가지고 저글링을 하다니 어색한 일이었지만, 식사를 마치고 난 랜드는 식욕이 떨어진다고 상상했던 것과는 달리 두 손에 묻은 마지막 빵 부스러기와 치즈를 핥아 대며 먹을 게 더 있으면 좋겠다고 생각했다. 심지어 웨이가 그렇게 나쁘지는 않다는 생각마저 들기 시작했다. 로이알이 말한 것만큼 나쁜 것은 전혀 아닌 듯했다. 폭풍이 불어오기 전의 묵직한 느낌이 난다고 할 수는 있겠지만, 아무것도 변하지 않았다. 아무 일도 일어나지 않았다. 웨이는 거의 지루하게 느껴졌다.

그때, 로이알이 놀라서 낸 신음에 침묵이 깨졌다. 랜드는 등자를 딛고 서서 오기어의 어깨 너머를 보고, 눈에 들어온 광경에 세게 침을 삼켰다. 그들은 다리 한가운데에 있었고, 로이알 앞으로 겨우 몇 걸음 떨어진 곳에서는 다리가 들쭉날쭉한 틈새로 끊겨 있었다.

45장 그림자 속에서 따라오는 것

그들의 등불 빛은 맞은편에 간신히 미칠 정도로만 이어졌다. 그 빛이 거인의 부러진 이빨처럼 어둠 속에서 튀어나왔다. 로이알의 말이 긴장한 듯 발을 굴러 대자 헐거워진 돌이 아래쪽의 죽은 듯한 어둠 속으로 떨어졌다. 그 돌이 바닥에 닿는 소리가 났다 하더라도 랜드는 듣지 못했다.

랜드는 레드를 틈새 가까운 곳으로 몰아갔다. 랜드는 장대에 달린 등불을 최대한 아래로 내밀었지만 아무것도 없었다. 머리 위와 똑같은 발밑의 어둠이 빛을 끊어 냈다. 바닥이 있다면, 305미터 아래 있을 터였다. 아니면 아예 없든지. 랜드는 반대편에서 다리 밑에 있는 것, 다리를 떠받치고 있는 것을 볼 수 있었다. 아니, 그런 것은 없다는 것을 알 수 있었다. 두께가 2미터도 되지 않는 무언가가 보였고, 그 밑으로는 아무것도 없었다.

갑자기 발밑의 돌이 종이처럼 얇게 느껴졌다. 가장자리 너머의 끝없는 절벽이 그를 잡아당겼다. 등불이 걸린 장대가 갑자기 랜드를 안장에서 곧장 끌어낼 수 있을 것처럼 무겁게 느껴졌다. 랜드는 머리가 핑핑 돌아 구렁말을 그 심연으로부터 먼 곳으로 물러나게 했다. 틈새로 다가갈 때만큼 조심했다.

“우리를 데려오려 한 곳이 여기였소, 아이즈 세다이?” 나이니브가 말했다. "그 모든 일을 겪은 뒤 케임린으로 돌아가야 한다는 걸 알아내려고 했단 말이오?"

"돌아갈 필요는 없습니다." 모레인이 말했다. "케임린까지 돌아갈 필요는 없죠. 어디로 가든 웨이에는 수많은 경로가 있습니다. 로이알이 팔 다라로 이어지는 다른 길을 찾을 수 있는 곳까지만 돌아가면 됩니다. 로이알? 로이알!"

오기어는 틈새를 바라보다가 눈에 띄게 애쓰며 시선을 돌렸다. "뭐라고요? 아. 네, 아이즈 세다이. 다른 길은 찾을 수 있습니다. 제가……." 그의 눈이 다시 틈새로 향했다. 그의 귀가 움찔거렸다. "부패가 이렇게까지 진행됐을 줄은 꿈도 꾸지 못했습니다. 다리 자체가 무너져 내리고 있다면 당신이 원하는 길을 찾지 못할 수도 있습니다. 돌아가는 길도 찾을 수 없을지 모릅니다. 지금 이 순간에도 우리 등 뒤에서 다리가 무너져 내리고 있을지 모릅니다."

"길이 있을 게 틀림없어요." 페린이 말했다. 무감정한 목소리였다. 그의 눈은 빛을 끌어들여 금빛으로 빛나는 듯했다. **궁지에 몰린 늑대야.** 랜드는 깜짝 놀라 생각했다. **페린은 늑대를 닮은 거였어.**

"물레가 잣는 대로 될 겁니다." 모레인이 말했다. "하지만 당신이 걱정하는 만큼 부패가 빠르게 일어나고 있을 것 같지는 않군요. 돌을 보세요, 로이알. 나조차도 이 다리가 끊긴 것은 오래전이라는 걸 알 수 있습니다."

"네." 로이알이 천천히 말했다. "네, 아이즈 세다이. 저도 그건 압니다. 여기서는 비가 내리지도, 바람이 불지도 않으니 저 돌은 최소 10년 동안 공기에 노출되있겠군요." 로이알은 마음이 놓이는지 미소 지으며 고개를 끄덕였다. 이번 깨달음으로 너무 기뻤는지 잠깐은 두려움조차 잊는 듯했다. 그러더니 그는 주위를 둘러보며 불편한 듯 어깨를 으쓱했다. "마팔 다다라넬이 아닌 곳으로 통하는 길은 더 쉽게 찾을 수 있습니다. 예컨대 타 발론은 어떨까요? 스테딩 샹타이라든지요. 지난번 섬에서 스테딩 샹타이까지는 다리를 세 군데만 건너면 됩니다. 지금쯤은 원로들께서 저와 이야기를 하고 싶어 하실 것 같군요."

"팔 다라로 가야 합니다, 로이알." 모레인이 단호하게 말했다. "세계의 눈은 팔 다라 너머에 있어요. 우리는 세계의 눈에 도착해야 합니다."

"팔 다라로 가지요." 오기어는 마지못해 동의했다.

섬으로 돌아간 로이알은 글자로 뒤덮인 석판을 열심히 들여다보았다. 반쯤 혼잣말을 하는 그의 처진 눈썹이 아래쪽으로 잔뜩 내려갔다. 머지않아 그는 완전히 혼잣말을 하고 있었다. 아예 오기어 언어를 쓰기 시작했던 것이다. 오기어의 언어는 굴절어로, 목이 긴 새가 노래를 부르는 것 같은 소리가 났다. 그렇게 덩치 큰 민족에게 그토록 음악적인 언어가 있다니, 랜드가 보기에는 이상한 일이었다.

마침내 오기어가 고개를 끄덕였다. 그는 선택한 다리로 일행을 이끌며 쓸쓸한 표정으로 다른 다리 옆의 안내판을 바라보았다. "스테딩 샹타이까지는 다리 세 개만 건너면 됩니다." 그가 한숨을 쉬었다. 하지만 그는 멈추지 않고 일행을 안내하며 그 안내판 너머의 세 번째 다리에 접어들었다. 그의 고향으로 향하는 다리는 어둠 속에 감추어져 있었지만, 로이알은 다리를 건너기 시작하며 아쉬운 듯 뒤를 돌아보았다.

랜드는 오기어 옆으로 다가갔다. "로이알, 이번 일이 끝나면 너희 **스테딩**을 보여 줘. 나도 에먼즈 필드를 보여 줄게. 근데 웨이를 지나지는 말자. 여름이 통째로 걸린다 하더라도 걷거나 말을 타는 거야."

"정말 이 일이 끝날 거라고 생각해, 랜드?"

랜드는 오기어를 보며 인상을 찌푸렸다. "팔 다라까지 이틀이 걸릴 거라며."

"웨이 말고, 랜드. 나머지 일들 말이야." 로이알은 어깨 너머로 아이즈 세다이를 보았다. 그녀는 란과 나란히 걸어가며 조용히 이야기를 나누고 있었다. "대체 왜 이 일이 끝날 거라고 생각하는 거야?"

다리와 비탈은 위로, 아래로, 건너편으로 이어졌다. 흰 선은 이따금 안내 지점에서 어둠 속으로 쭉 이어졌다. 케임린의 웨이게이트에서부터 따라온 선과 마찬가지였다. 랜드는 그런 선을 신기한 눈으로, 약간은 아쉽게 바라보는 사람이 자기만이 아니라는 것을 알아챘다. 나이니브와 페린, 맷, 심지어 에그웨인도 그런 선을 떠날 때는 머뭇거렸다. 그런 선의 끝에는 늘 웨이게이트가, 세상으로 돌아가는 관문이 있었다. 하늘과 태양과 바람이 있는 세상으로. 바람조차 반가울 것 같았다. 그들은 아이즈 세다이의 날카로운 시선을 받으며 그런 웨이게이트를 지나쳤다. 그러나 어둠이 섬과 안내 지점과 흰 선을 삼킨 뒤에도 뒤를 돌아보는 사람이 랜드만은 아니었다.

모레인이 어느 섬에서 멈춰 밤을 나자고 말했을 때 랜드는 하품을 하고 있었다. 맷은 주변의 어둠을 바라보며 큰 소리로 킥킥거렸지만, 다른 모든 사람과 똑같이 빠르게 말에서 내렸다. 란과 소년들은 안장을 내리고 말의 다리를 묶어 두었고, 나이니브와 에그웨인은 차를 끓일 수 있는 작은 기름 스토브를 만들었다. 란의 말에 따르면, 등불의 아랫부분처럼 생긴 그 장치는 거대한오염에서 수호자들이 쓰는 물건이었다. 거대한오염에서는 나무를 태우는 것이 위험한 일이었기 때문이다. 수호자는 짐말에 실어 가져온 바구니에서 삼각대를 꺼냈다. 덕분에 랜턴 막대를 야영지 주변에 둥글게 세워 둘 수 있었다.

로이알은 안내 지점을 잠시 살펴보더니 책상다리를 하고 털썩 앉아 구멍이 숭숭 난 먼지 낀 돌을 손으로 쓸어 보았다. “예전에는 섬에서 많은 것들이 자랐습니다.” 그가 슬프게 말했다. “모든 책에 그 이야기가 나옵니다. 깔고 누워 잠들 푸른 풀밭이 있었지요. 여느 깃털 침대만큼이나 부드러운 풀밭이었습니다. 가져온 음식에 사과나 배나 종과를 곁들일 수 있는 과일나무들도 있었지요. 바깥의 계절과 상관없이 늘 달콤하고 아삭거리고 즙이 많은 과일들이었습니다.”

“사냥할 선 없었네요.” 페린은 툴툴대듯 말하더니 자기가 한 말에 놀란 표정을 지었다.

에그웨인이 로이알에게 차를 권했다. 로이알은 마시지 않고 찻잔을 들고 있기만 했다. 그는 깊은 곳에서 과일나무가 보인다는 듯 찻잔을 들여다보았다.

“보호 구역을 설치하지는 않을 거요?” 나이니브가 모레인에게 물었다. “여기에는 쥐보다 나쁜 게 있을 게 틀림없는데. 아무것도 보지 못했지만, 느껴지오.”

아이즈 세다이는 불쾌한 듯 손가락으로 손바닥을 문질렀다. "당신이 느끼는 건 오염입니다. 웨이를 만든 힘의 부패예요. 나는 반드시 써야 하는 경우가 아니라면 웨이에서 일원력을 쓰지 않을 겁니다. 오염이 너무 심해서, 내가 하려는 모든 일이 부패할 게 뻔합니다."

그 말을 듣자 모두가 로이알처럼 조용해졌다. 란은 불에 장작을 집어넣듯, 음식에는 몸에 연료를 집어넣는 것 이상의 의미가 없다는 듯 음식을 기계적으로 먹었다. 모레인도 잘 먹었다. 말 그대로 허공에 떠 있는 돌바닥에 쭈그리고 앉아 있는 것이 아니라는 듯 깔끔한 모습이었다. 하지만 랜드는 음식을 그저 깨작거릴 뿐이었다. 기름 스토브의 작은 불꽃은 물을 간신히 끓일 정도의 열기를 냈지만, 랜드는 온기를 죄다 빨아들이기라도 하겠다는 듯 그 불 쪽으로 몸을 웅크렸다. 그의 어깨가 맷과 페린에게 스쳤다. 그들은 모두 스토브 주변에 둥글게 달라붙었다. 맷은 빵과 고기와 치즈를 잊은 채 손에 들고 있었고, 페린은 겨우 몇 입을 먹은 뒤 양철 접시를 바닥에 내려놓았다. 분위기는 점점 더 우울해졌고, 모두가 주위의 어둠을 피하려 시선을 내리깔았다.

모레인은 식사하며 일행을 살펴보았다. 결국 그녀가 그릇을 옆으로 치우고 냅킨으로 입술을 톡톡 두드렸다. "한 가지 기운 나는 얘기를 해주지요. 나는 톰 머릴린이 죽었다고 생각하지 않습니다."

랜드가 그녀를 확 돌아보았다. "하지만…… 희미한 자가……."

"맷이 화이트브리지에서 일어난 일을 말해 줬어." 아이즈 세다이가 말했다. "그곳 사람들은 방랑 시인 이야기를 하긴 했지만, 그가 죽었다는 말은 하지 않았어. 방랑 시인이 살해당했다면 말했을 텐데. 화이트브리지는 방랑 시인을 사소한 문제로 여길 만큼 큰 마을이 아니니까. 게다가 톰은 너희 셋을 중심으로 짜이는 패턴의 일부야. 내 생각에는 벌써 잘려 나가기에는 너무 중요한 부분일 테고."

너무 중요하다고? 랜드는 생각했다. **그걸 모레인이 어떻게 알지……?**

"민이 말한 건가요? 톰에 관한 내용을 봤대요?"

"민은 아주 많은 걸 본단다." 모레인이 비꼬듯이 말했다. "너희 모두에 대해서 말이야. 나는 민이 보는 것의 절반이라도 이해할 수 있었으면 좋겠어. 민이 보지 못하는 것들도 그렇고. 오래된 장벽은 무너진단다. 하지만 민이 하는 일이 오래된 것이든 새로운 것이든, 민은 진실을 봐. 너희 운명은 한데 묶여 있어. 톰 머릴린의 운명도 마찬가지이고."

나이니브가 웃기지 말라는 듯 코웃음을 치더니 차를 한 잔 더 따랐다.

"어떻게 민이 우리 중 누군가에 대해 뭐든 볼 수 있는지 모르겠는데요." 맷이 씩 웃으며 말했다. "내 기억대로라면, 걘 대부분의 시간을 랜드를 쳐다보면서 보냈으니까요."

에그웨인이 한쪽 눈썹을 치켜올렸다. "아 그래? 그 얘기는 안 하셨잖아요, 모레인 세다이."

랜드가 에그웨인을 힐끗 보았다. 에그웨인은 랜드를 보지 않고 있었지만 말투에서 아무 티를 내지 않으려고 지나치게 애를 쓰는 듯했다. "민하고는 한 번 얘기한 적이 있어." 랜드가 말했다. "남자애처럼 옷을 입고, 나만큼 머리를 짧게 자르고 다니더라."

"얘기한 적이 있구나. 한 번." 에그웨인이 천천히 고개를 끄덕였다. 그녀는 여전히 랜드를 보지 않은 채 찻잔을 입술로 가져갔다.

"민은 그냥 베얼론 여관에서 일하던 사람이야." 페린이 말했다. "에이람하고는 달라."

에그웨인은 차를 마시다가 사레가 들렸다. "너무 뜨겁네." 그녀가 투덜댔다.

"에이람이 누구야?" 랜드가 물었다. 페린이 미소 지었다. 옛날에 맷이 장난을 치려 할 때 짓던 미소와 비슷한 미소였다. 페린은 찻잔 뒤로 숨었다.

"방랑자들 중 한 명이야." 에그웨인이 태연하게 말했지만, 그녀의 두 뺨에서는 홍조가 피어났다.

"방랑자들 중 한 명이지." 페린이 무미건조하게 말했다. "춤을 잘 춰. 새처럼. 그렇게 말하지 않았어, 에그웨인? 꼭 새랑 같이 날아다니는 것 같다고 말이야."

에그웨인은 일부러 찻잔을 내려놓았다. "또 누가 피곤한지는 모르겠지만, 나는 잘 거야."

에그웨인이 담요로 몸을 말고 눕자 페린이 다가와 랜드의 갈비뼈를 쿡 찌르며 윙크했다. 랜드는 자기도 모르게 그를 마주 보며 씩 웃었다. **태워 죽일, 매번 꼴좋다. 나도 페린만큼 여자를 잘 알면 좋을 텐데.**

"랜드." 맷이 영악하게 말했다. "너도 에그웨인한테 농부 그린웰 씨의 딸 엘즈에 대해서 말해야 할지도 몰라." 에그웨인이 고개를 들더니 처음에는 맷을, 그다음에는 랜드를 보았다.

랜드는 서둘러 일어나 자기 담요를 가져왔다. "지금은 나도 자야 할 것 같아."

그러자 에먼즈 필드 사람 모두가 각자의 담요를 찾기 시작했다. 로이알도 마찬가지였다. 모레인은 가만히 앉아 차를 홀짝였다. 란도 마찬가지였다. 수호자는 아예 잘 생각도, 잘 필요도 없는 것 같았다.

자려고 누웠으면서도 다른 사람들과 멀리 떨어지고 싶어 하는 사람은 아무도 없었다. 그들은 스토브 바로 주변에 담요 둔덕으로 이루어진 작은 원을 만들었다. 거의 서로 몸이 닿아 있었다.

"랜드." 맷이 속삭였다. "너랑 민 사이에 무슨 일이 있긴 **있었어?** 난 민을 거의 보지도 못해서. 예쁘긴 **예쁘더라.** 거의 나이니브랑 거의 동갑일 것 같던데."

"엘즈라는 애는 뭐야?" 페린이 랜드의 다른 쪽 옆에서 덧붙였다. "걔도 예뻐?"

"난 여자랑 말도 못 하냐? 너희 둘도 에그웨인이랑 똑같아." 랜드가 웅얼거렸다. "피와 재를 걸고!"

"현자님께서 하실 만한 말씀이다만," 맷이 놀리듯 꾸짖었다. "입조심해라. 뭐, 말 안 할 거면 난 자러 간다."

"좋아." 랜드가 툴툴댔다. "처음으로 적절한 말을 하네."

하지만 쉽게 잠이 오지는 않았다. 어떻게 누워도 돌은 딱딱했고 담요 너머로 움푹 파인 구멍들이 느껴졌다. 세상을 파괴한 남자들이 만들고 어둠의 존재 때문에 오염된 웨이에서 잔다는 생각을 하지 않을 수 없었다. 계속해서 부러진 다리와 그 아래의 허공이 떠올랐다.

한쪽으로 돌아누우니 맷이 그를 보고 있었다. 실은, 랜드 쪽을 향해 멍하니 눈을 뜨고 있었다. 어둠이 깊어지자 놀리던 말은 잊혔다. 랜드는 반대로 몸을 굴렸다. 페린도 눈을 뜨고 있었다. 페린은 맷보다 덜 겁에 질린 표정이었으나 가슴에 손을 얹은 채 걱정스러운 듯 두 엄지를 서로 두드려 대고 있었다.

모레인은 그들을 돌아보며 각자의 머리맡에 무릎을 꿇고 앉아 허리를 숙이고 조용히 말을 건넸다. 랜드는 그녀가 페린에게 무슨 말을 했는지 듣지 못했지만, 그 말을 듣자 페린의 엄지가 멈췄다. 랜드를 굽어보았을 때 모레인의 얼굴은 거의 랜드의 얼굴에 닿을 듯했다. 그녀는 나직하고 위로하는 듯한 목소리로 말했다. "여기서도 운명은 너를 보호해. 어둠의 존재조차 패턴을 완전히 바꿀 수는 없어. 내가 가까운 곳에 있는 한 너는 어둠의 존재로부터 안전해. 네 꿈도 안전해. 아직은, 당분간은 안전해."

그녀가 랜드에게서 맷에게로 옮겨 가자 랜드는 모레인에게는 이게 그렇게 간단한 문제인지, 자기가 안전하다고 말하면 랜드가 그것을 믿을 것이라고 생각하는 것인지 궁금했다. 하지만 어쩐지 랜드는 실제로 안전하다고 느꼈다. 최소한 다른 때보다는 안전한 것 같았다. 랜드는 그렇게 생각하며 잠에 빠져들었고 꿈을 꾸지 않았다.

란이 그들을 깨웠다. 랜드는 수호자가 잠을 자기는 한 것인지 궁금했다. 그는 피곤해 보이지 않았다. 딱딱한 돌에 몇 시간씩 누워 있었던 사람들만큼도 피곤하지 않은 듯했다. 모레인은 차를 끓일 정도의 시간을 허락해 주었지만, 각자 한 잔씩밖에 마시지 못하게 했나. 로이알과 수호자가 앞장시는 가운데 일행은 안장에 앉아 아침을 먹었다. 음식은 다른 때와 같았다. 빵과 고기와 치즈. 랜드는 빵과 고기와 치즈에 쉽게 질릴 것이라고 생각했지만, 그렇지 않았다.

손가락에서 마지막 부스러기를 핥은 지 얼마 지나지 않아 란이 조용히 말했다. "누군가 따라온다. 사람이 아닐 수도 있다." 그들은 다리 한가운데에 있었고, 다리 양쪽은 모두 감춰져 있었다.

맷이 화살통에서 화살 한 대를 휙 꺼냈다. 누가 막을 겨를도 없이, 그는 등 뒤의 어둠을 향해 활을 쏘았다.

"이러면 안 된다는 걸 알고 있었는데." 로이알이 툴툴댔다. "**스테딩**에서가 아니면 아이즈 세다이와는 얽히지 말아야 하는 것을."

맷이 화살을 다시 시위에 걸려 했지만 란이 그의 활을 아래로 내렸다. "그만해라, 멍청한 촌뜨기 같으니. 저게 누군지 알 방법이 없다."

"아이즈 세다이가 안전한 곳은 **스테딩**뿐이야." 오기어가 말을 이었다.

"이런 데 사악한 게 아니면 뭐가 있겠어요?" 맷이 물었다.

"원로들께서 그렇게 말씀하셨는데. 그분들 말씀을 들었어야 해."

"일단 우리가 있지." 수호자가 건조하게 말했다.

"다른 여행자일지도 몰라." 에그웨인이 기대를 담아 말했다. "오기어일 수도 있고."

"오기어는 웨이를 이용할 만큼 멍청하지 않아." 로이알이 으르렁거렸다. "아무 생각 없는 로이알만 예외지. 하만 원로께서 늘 그렇게 말씀하셨는데, 그 말이 사실이었어."

"뭐가 느껴지나요, 란?" 모레인이 물었다. "어둠의 존재를 섬기는 자인가요?"

수호자는 천천히 고개를 저었다. "모르겠습니다." 란은 그 말을 하고 자기도 놀란 것 같았다. "알 수가 없습니다. 어쩌면 웨이와 오염 때문일지 모릅니다. 전부 잘못된 것처럼 느껴집니다. 하지만 저게 누구든, 혹은 무엇이든 우리를 잡으려 드는 건 아닙니다. 놈은 지난번 섬에서 우리를 따라잡았지만 놀라서 서둘러 다시 다리를 건넜습니다. 제가 뒤처져서 간다면 놈을 기습해 정체를 알아볼 수 있을 겁니다."

"수호자님. 뒤처진다면," 로이알이 단호하게 말했다. "남은 인생을 웨이에서 보내게 될 거예요. 당신이 오기어 문자를 읽을 수 있다 하더라도, 나는 오기어 안내자 없이 첫 번째 섬을 지나 길을 찾을 수 있는 인간이 있다는 얘기는 들어 본 적이 없으니까요. 오기어 문자를 읽을 줄은 **알아요?**"

란이 다시 고개를 저었다. 모레인이 말했다. "우리를 귀찮게 하지 않는 한 우리도 방해하지 말아요. 시간이 없습니다. 시간이 없어요."

일행이 다리에서 벗어나 다음 섬에 이르렀을 때 로이알이 말했다. "내가 지난번 안내 지점을 정확하게 기억하는 거라면, 여기에서 타 발론으로 이어지는 길이 있어요. 최대 반나절 거리예요. 마팔 다다라넬까지 가는 길만큼 길지 않아요. 분명……."

로이알은 일행의 등불 빛이 안내 지점을 비추자 말을 멈추었다. 정으로 깊이 새긴 선들이, 날카롭고 각진 선들이 석판 맨 윗부분 돌에 상처를 내 놓았다. 갑자기 란은 더 이상 경계심을 감추지 않았다. 그는 태연하게 안장에 허리를 세우고 앉아 있었지만, 랜드는 문득 수호자가 주변 모든 것을 느낄 수 있다는 인상을 받았다. 심지어 나머지 일행이 숨 쉬는 것조차 느낄 수 있는 듯했다. 란은 종마를 타고 안내 지점을 돌기 시작했다. 그는 바깥으로 점점 뻗어 나가는 소용돌이를 그렸다. 언제든 공격당할 수 있을 것처럼, 혹은 공격할 수 있을 것처럼 말을 몰았다.

"이걸로 많은 것이 설명되는군요." 모레인이 조용히 말했다. "두려운 일입니다. 너무나도 두려운 일이에요. 이럴 줄 알았어야 했는데. 오염도 그렇고, 부패도 그래요. 이럴 줄 알았어야 했어요."

"뭘 안다는 거요?" 나이니브가 물은 동시에 로이알도 질문을 던졌다. "뭐죠? 누가 이런 건가요? 이런 일은 본 적도 들은 적도 없어요."

아이즈 세다이는 일행을 침착하게 마주 보았다. "트롤록이야." 그녀는 일행이 겁에 질려 헛숨을 들이켜는 소리를 못 들은 체했다. "희미한 자일 수도 있고. 저건 트롤록의 룬 문자야. 트롤록들이 웨이에 들어오는 방법을 알아낸 거야. 분명 그 방법으로 늘키지 않고 부 리버스에 간 거겠지. 마네세렌의 웨이게이트를 통해서. 거대한오염에는 최소 한 곳의 웨이게이트가 있으니까." 그녀는 란을 힐끗 보더니 말을 이었다. 수호자는 등불이 희미하게만 보일 정도로 멀어져 있었다. "마네세렌은 파괴되었지만, 웨이게이트를 파괴할 수 있는 건 거의 없어. 희미한 자들은 그런 방법으로 거대한오염과 안도어 사이의 모든 국가에 경종을 울리지 않고도 케임린 근교에 소규모 군대를 모을 수 있었던 거야." 모레인은 잠시 말을 멈추고 생각에 잠겨 입술을 만지작거렸다. "하지만 아직 모든 길을 아는 건 아닐 거야. 그랬다면 우리가 사용한 웨이게이트로 케임린에 쏟아져 들어왔겠지. 그래."

랜드는 몸을 떨었다. 트롤록이, 절반은 짐승의 얼굴을 가지고서 어둠 속에서 뛰쳐나와 살인을 저지르는 그 뒤틀린 거인들이 수백 마리, 어쩌면 수천 마리씩 어둠 속에 도사리고 있다니. 심지어 그보다 상황이 나쁠 수도 있었다.

"놈들이 웨이를 쉽게 쓰는 건 아닙니다." 란이 소리쳤다. 그의 등불은 겨우 37미터 떨어진 곳에 있었지만, 안내 지점 근처에 있는 사람들이 보기에 그 등불에서 나오는 빛은 그저 아주 멀게만 보이는 어슴푸레하고 어렴풋한 구체일 뿐이었다. 모레인이 앞장서서 그에게 갔다. 랜드는 수호자가 발견한 것을 보고 아무것도 먹지 말 걸 그랬다고 생각했다.

어느 다리 아랫부분에 앞발을 쳐든 트롤록들의 얼어붙은 형상이 있었다. 그들은 발버둥을 치던 모습 그대로 굳어 버렸다. 구부러진 도끼와 낫처럼 생긴 칼을 들고 있었다. 잿빛에, 돌처럼 여기저기 구멍이 난 그 거대한 몸뚱이들은 거품을 일으키며 부풀어 오른 표면에 절반쯤 잠겨 있었다. 거품은 일부가 터져서 주둥이 달린 더 많은 얼굴을 드러냈다. 그 얼굴들은 두려움에 영원히 으르렁거리고 있었다. 랜드는 누군가가 뒤에서 헛구역질하는 소리를 듣고, 누군지는 몰라도 그 사람과 같이 토하지 않으려고 세게 침을 삼켰다. 아무리 트롤록이라지만 저렇게 죽는 것은 너무 끔찍했다.

트롤록 뒤로 몇 미터 떨어진 곳에서 다리가 끊겼다. 안내판이 수없이 많은 파편으로 조각나 있었다.

로이알은 트롤록들이 살아날지 모른다고 생각하는 것처럼 그들을 바라보며 조심스레 말에서 내렸다. 그는 서둘러 간판의 잔해를 살펴보고, 돌에 새겨져 있던 금속 글자를 읽어 냈다. 그러더니 서둘러 다시 안장에 올랐다. "이게 여기서 타 발론으로 가는 길의 첫 다리였습니다." 로이알이 말했다.

맷이 트롤록에게서 고개를 돌린 채 손등으로 입을 문지르고 있었다. 에그웨인은 두 손으로 얼굴을 가렸다. 랜드는 말을 벨라 쪽으로 몰아가 그녀의 어깨를 어루만졌다. 에그웨인은 몸을 틀더니 덜덜 떨며 랜드를 꽉 잡았다. 랜드도 떨고 싶었다. 그러지 않은 이유는 단지 에그웨인이 그를 붙잡고 있기 때문이었다.

"다행인 건, 우리가 아직 타 발론으로 가는 게 아니라는 점이군요." 모레인이 말했다.

나이니브가 아이즈 세다이를 돌아보았다. "어떻게 그렇게 침착할 수 있소? 똑같은 일이 우리에게도 일어날 수 있는데!"

"그럴 수도 있죠." 모레인이 평온하게 말했다. 나이니브는 랜드에게 들릴 정도로 세게 이를 갈았다. "하지만 그보다 가능성 높은 건," 모레인은 동요하지 않고 말을 이었다. "그 남자들이, 웨이를 만든 아이즈 세다이가 타 발론을 지켰으리라는 겁니다. 그들이 어둠의 존재의 피조물들을 잡기 위한 함정을 설치한 거지요. 당시는 반인과 트롤록이 거대한오염으로 몰려나기 전이었으니 아이즈 세다이들이 걱정할 만도 했겠지요. 아무튼, 우리는 여기에서 시간을 끌 수 없어요. 앞이든 뒤든, 어느 길을 선택하든 함정이 있을 가능성은 크고요. 로이알, 다음 다리도 아나요?"

"네. 네, 빛께 감사할 일이지만 놈들도 안내 지점의 다른 부분은 파괴하지 않았습니다." 로이알은 처음으로 모레인이 시키는 대로 기꺼이 나아갈 것처럼 보였다. 그는 말을 마치기도 전에 커다란 말을 움직이게 했다.

에그웨인은 다리 두 곳을 더 건너는 동안 랜드의 팔에 매달려 있었다. 그녀가 억지로 웃음을 곁들여 가면서 웅얼웅얼 사과하며 팔을 놓아주자 랜드는 아쉬운 마음이 들었다. 에그웨인이 그런 식으로 붙잡고 있을 때 기분이 좋았기 때문만은 아니었다. 랜드는 누군가가 보호를 필요로 할 때 용기를 내는 것이 더 쉽다는 것을 알게 되었다.

모레인은 함정이 일행까지 공격하지는 않을 것이라며 서두르자고 말하면서도 전보다 천천히 이동했다. 그녀는 다리를 건너거나 다리에서 나와 섬으로 들어가기 전에 일행을 잠시 멈추게 했다. 손을 뻗어 눈앞의 허공을 만져 보며 알딥을 나아가게 했다. 로이알이나 란조차도 모레인이 허락하지 않으면 앞장설 수 없었다.

랜드는 함정에 관한 그녀의 판단을 믿을 수밖에 없었지만 주변의 어둠 속을 들여다보며 귀를 쫑긋 세우고 동태를 살폈다. 3미터 이상 떨어진 것은 아무것도 보이지 않았는데도. 트롤록들이 웨이를 활용할 수 있다면, 무엇인지는 몰라도 그들을 쫓는 존재 역시 어둠의 존재의 피조물일 수 있었다. 한 마리 이상일 수도 있었고. 란은 웨이 안에서는 알 수 없다고 했다. 하지만 다리를 연달아 건너고 말 등에서 점심을 먹고 더 많은 다리를 건너면서도, 랜드가 들을 수 있었던 것은 일행의 안장이 삐걱거리는 소리와 말발굽 소리, 이따금 그들 중 한 명이 기침하거나 혼잣말하는 소리뿐이었다. 나중에는 멀리서, 어딘가의 암흑으로부터 바람이 불어오기도 했다. 방향은 알 수 없었다. 처음에 랜드는 바람을 자기가 상상한 것이라고 생각했지만, 시간이 지나자 확신이 생겼다.

찬 바람이라도 바람이 다시 느껴지면 좋겠다.

갑자기 그는 눈을 깜빡였다. "로이알, 웨이에는 바람이 불지 않는다고 하지 않았어?"

로이알은 다음 섬에 이르기 직전에 말고삐를 당기더니 고개를 갸웃하며 귀 기울였다. 그의 얼굴이 천천히 창백해졌다. 그는 입술을 핥았다. "**마친 신.**" 그가 쉰 목소리로 속삭였다. "검은 바람이야. 빛께서 저희를 비추시고 보호하소서. 검은 바람이야!"

"다리가 몇 개나 남았죠?" 모레인이 날카롭게 물었다. "로이알, 다리가 몇 개나 남았어요?"

"둘이요. 제 생각엔 두 개 남았습니다."

"그럼 빨리 가요." 그녀가 알딥을 재촉해 섬으로 올라서며 말했다. "빨리 찾아요!"

로이알은 자기 자신에게, 혹은 듣고 있는 모든 사람에게 말하며 안내 지점에 새겨진 글을 읽었다. "그들은 광기에 사로잡힌 채 **마친 신**에 대해서 비명을 지르며 나왔어. 빛이여, 저희를 도우소서! 아이즈 세다이들이 고쳐 줄 수 있었지만, 그들은……." 로이알은 서둘러 돌을 훑어보더니 선택한 다리를 향해 전력 질주 하며 소리쳤다. "이쪽으로!"

이번에는 모레인도 시간을 들여 확인해 보지 않았다. 그녀는 일행을 재촉해 달리게 했다. 말발굽 아래에서 다리가 떨렸고, 등불은 머리 위로 사납게 흔들렸다. 로이알이 다음 안내 지점을 눈으로 훑더니 커다란 말이 채 멈추기도 전에 경주라도 하듯 말 머리를 돌렸다. 바람 소리가 더 커졌다. 랜드는 돌바닥에 닿는 발굽 소리 너머로 그 소리를 들을 수 있었다. 바람은 등 뒤에서 점점 더 가까이 몰아치고 있었다.

그들은 마지막 안내 지점을 굳이 신경 쓰지 않았다. 등불 빛이 안내 지점에서 뻗어 나가는 흰 선을 비추자마자 그들은 그쪽으로 확 방향을 틀며 계속 전력 질주 했다. 섬이 뒤쪽으로 사라졌다. 발밑에는 구멍이 숭숭 난 회색 돌과 흰 선밖에 없었다. 랜드는 바람 소리가 들리는 것인지 더 이상 확신할 수 없을 만큼 세차게 숨을 몰아쉬었다.

어둠 속에서 웨이게이트가 나타났다. 웨이게이트는 캄캄한 어둠 속에 서 있는, 덩굴이 새겨진 아주 작은 문처럼 보였다. 모레인이 안장에서 몸을 숙이며 조각으로 손을 뻗었다가 갑자기 물러났다. "**아벤데소라** 잎사귀가 없어요!" 그녀가 말했다. "열쇠가 사라졌습니다!"

"빛이여!" 맷이 소리쳤다. "빌어먹을 빛 같으니!" 로이알이 고개를 젖히더니 슬픔의 비명을 질렀다. 죽어 갈 때의 울부짖음 같았다.

에그웨인이 랜드의 팔을 어루만졌다. 그녀는 입술을 떨면서도 랜드만을 보았다. 랜드는 그녀의 손에 자기 손을 얹으며 그녀보다 더 겁먹은 표정을 짓고 있는 것은 아니었으면 좋겠다고 생각했다. 느껴졌다. 뒤쪽, 안내 지점에서 바람이 울부짖었다. 거의 바람 속 목소리가 들리는 것 같았다. 반밖에 이해하지 못했는데도 목으로 신물이 솟구칠 만큼 불쾌한 비명을 지르는 목소리였다.

모레인이 지팡이를 들자 지팡이 끝에서 불길이 쏘아져 나갔다. 랜드가 에먼즈 필드에서, 또 샤다 로고스에 들어가기 전 전투 때 봤던 순백색의 불꽃은 아니었다. 역겨운 노란색이 불을 가로질렀고, 검은색 얼룩이 재처럼 천천히 흩날렸다. 가늘고 독한 연기가 불길에서 흘러나와 로이알은 기침을 하고 말들은 초조하게 몸부림쳤지만, 모레인은 그 불꽃을 웨이게이트로 쏘아냈다. 랜드는 연기로 인해 목이 칼칼해지고 코가 매워졌다.

돌이 버터처럼 녹았다. 잎사귀와 덩굴이 불길에 시들어 사라졌다. 아이즈 세다이는 최대한 빠르게 불을 움직였지만, 모두가 지나갈 만큼 큰 구멍을 만들어 내는 것은 빨리 할 수 있는 일이 아니었다. 랜드가 보기에는 녹은 돌이 호선을 그리며 달팽이 같은 속도로 녹아 가는 것 같았다. 산들바람의 가장자리에 걸린 것처럼 망토가 들썩였다. 랜드는 심장이 얼어붙었다.

"느껴져." 맷이 떨리는 목소리로 말했다. "빛이여, 빌어먹을 느껴진다고!"

불꽃이 깜빡이다 꺼졌다. 모레인은 지팡이를 내렸다. "됐어." 그녀가 말했다. "반은 됐어."

가는 선이 돌조각을 가로질렀다. 랜드는 빛이, 어슴푸레하지만 그래도 빛이 그 틈새 너머로 보인다고 생각했다. 하지만 잘려 있기는 해도 돌로 된 커다랗고 구부러진 쐐기가, 반으로 쪼개진 호선 형태의 문이 여전히 그 자리에 서 있었다. 쐐기 사이의 틈은 모두가 말을 타고 지나갈 수 있을 만큼 넓었다. 로이알이야 말 등에 납작하게 엎드려야겠지만 말이다. 돌의 쐐기 두 개가 사라진다면 충분히 넓어질 터였다. 랜드는 각 쐐기의 무게가 얼마나 될지 궁금했다. 283킬로그램? 그 이상? **우리 모두가 말에서 내려서 밀면 될지도 몰라. 바람이 여기에 이르기 전에 저 중 하나를 밀 수 있을지도 몰라.** 돌풍이 그의 망토를 당겼다. 랜드는 목소리들이 외치는 소리에 귀 기울이지 않으려고 애썼다.

모레인이 뒤로 물러서는 순간 만다브가 앞으로 펄쩍 뛰어 곧장 웨이게이트로 향했다. 란이 안장에 웅크리고 있었다. 마지막 순간, 전투마는 몸을 비틀어 어깨로 돌을 들이받았다. 전장에서 다른 말들에게 부딪치도록 교육받은 그대로였다. 쾅 소리와 함께 돌이 바깥쪽으로 쓰러졌다. 수호자와 그의 말은 관성 때문에 연기로 아른거리는 웨이게이트를 뚫고 나갔다. 그 너머로 들어오는 빛은 아침나절의 빛, 창백하고 엷은 빛이었다. 하지만 랜드가 보기에는 여름 한낮의 태양이 얼굴에 내리쪼이는 것처럼 느껴졌다.

웨이게이트 너머에서는 란과 만다브가 기어가듯 느려졌다. 수호자가 고삐를 당겨 성문 쪽을 돌아보면서 비틀거리는 모습이 슬로 모션으로 보였다. 랜드는 기다리지 않았다. 그는 벨라의 머리를 구멍 쪽으로 밀면서, 덥수룩한 암말의 엉덩이를 세게 후려쳤다. 에그웨인에게는 놀란 눈으로 어깨 너머 랜드를 돌아볼 시간밖에 없었다. 벨라는 그녀를 데리고 웨이에서 벗어났다.

"너희 모두, 나가!" 모레인이 지시했다. "빨리! 가!"

아이즈 세다이는 그렇게 말하며 지팡이를 팔 길이만큼 내밀어 뒤쪽의 안내 지점을 가리켰다. 무언가가 지팡이 끝에서 솟구쳤다. 불을 시럽으로 만든 것 같은 빛의 액체, 흰색과 빨간색과 노란색으로 이루어진 불타는 창이 암흑 속으로 날아가 폭발하며 산산이 조각 난 다이아몬드처럼 반짝였다. 바람이 고통스럽게 비명을 질렀다. 분노로 소리쳤다. 바람에 숨겨진 1000가지 웅성거리는 목소리가 천둥처럼 울렸다. 광기의 포효, 반쯤 들리는 낄낄대는 목소리, 그 안에 깃든 쾌락만큼이나 그것들이 하는 말의 내용을 알아들을 수 있기에 속이 뒤집어지는 울부짖는 약속.

랜드는 레드에 박차를 가해 앞으로 나가며 구멍으로 뛰어들었다. 연기처럼 아른거리는 그곳으로 억지로 밀고 들어가는 다른 일행을 따라 몸을 욱여넣었다. 얼음장 같은 한기가 다시 몸을 휩쓸었다. 머리부터 천천히 겨울철 연못에 담가지는 것 같은 그 특이한 감각, 아주 조금씩 피부에 번져 가는 차가운 물. 전에 그랬듯 그 감각은 영원히 이어지는 것처럼 느껴졌다. 랜드의 머릿속이 마구 내달리며, 이런 식으로 붙들려 있는 사이에도 바람이 그들을 잡아챌 수 있을지 궁금해했다.

거품을 터뜨릴 때처럼 한기가 갑자기 사라졌다. 랜드는 밖에 나와 있었다. 그의 말은 갑작스러운 한순간 랜드보다 두 배는 빠른 속도로 움직이며 휘청거리더니 거의 랜드를 머리 위로 날려 버릴 뻔했다. 랜드는 구렁말의 목을 두 팔로 끌어안은 채 목숨을 걸고 매달렸다. 랜드가 다시 안장에 자리를 잡는 동안 레드는 몸을 부르르 떨더니 종종걸음 치며 이상한 일은 전혀 일어나지 않았다는 듯 다른 일행에게 침착하게 합류했다. 추웠다. 웨이게이트의 한기가 아니라 천천히, 안정적으로 살갗에 파고드는 자연스러운 겨울의 반가운 한기였다.

랜드는 망투를 둘렀다. 그의 시선이 웨이게이트의 둔탁한 빛으로 향했다. 랜드 옆에서는 란이 안장에서 몸을 앞으로 숙이고 있었다. 한 손을 칼에 댄 채였다. 란과 그의 말은 긴장했다. 모레인이 나타나지 않으면 언제든 다시 뛰어들 것 같았다.

웨이게이트는 언덕 아랫부분의 돌무더기에 서 있었다. 일부가 무너지면서 헐벗은 갈색 나뭇가지가 꺾여 있었지만, 그 부분을 제외하면 덤불에 가려진 모습이었다. 남아 있는 웨이게이트의 조각 옆에 있으니 덤불이 돌에 새겨진 조각보다 더 생기 없게 보였다.

기묘하고 기다란 거품이 연못의 수면으로 떠오르는 것처럼 흐린 표면이 천천히 불거졌다. 모레인의 등이 그 거품을 뚫고 나왔다. 아이즈 세다이와 그녀의 흐릿한 반사체는 서로를 등지고 서서히 떨어져 나왔다. 모레인은 여전히 몸 앞으로 지팡이를 들고 있었다. 그녀는 알딥을 데리고 웨이게이트로 나오는 내내 지팡이를 들고 있었다. 흰 암말은 두리번거리며 두려움에 정신없이 발을 굴러 댔다. 모레인은 웨이게이트에서 눈을 떼지 않은 채 물러났다.

웨이게이트가 어두워졌다. 아른거리는 빛이 점차 흐려지더니 잿빛에서 검댕 색깔로, 다시 웨이 한복판의 짙은 검은색으로 가라앉았다. 아주 먼 곳에서 들리는 것처럼 바람이 울부짖는 소리가 들렸다. 살아 있는 것들에 대한 식힐 수 없는 갈증으로, 고통에 대한 굶주림으로, 좌절감으로 가득한 숨겨진 목소리였다.

그 목소리가 랜드의 귀에 속삭이는 듯했다. 금방이라도, 그 자체로 이해할 수 있을 것만 같았다. **부드러운 살점, 찢기 참 좋은, 살점을 가를 거야, 가죽을 벗겨, 땋아, 벗겨 낸 가죽을 땋는 건 참 좋아, 참 좋아, 떨어지는 방울들이 무척 붉어, 피는 무척 붉어, 무척 붉어, 참 달콤해, 달콤한 비명, 예쁜 비명, 노래하는 비명, 너의 노래를 비명으로, 너의 비명을 노래로…….**

속삭임은 흘러갔고 어둠은 가벼워지고 흐려졌다. 웨이게이트는 다시 조각된 돌 아치 너머로 보이는 흐릿하게 어른거리는 빛이 되었다.

랜드는 몸을 떨며 길게 숨을 내쉬었다. 랜드만이 아니었다. 다른 사람들도 안도의 한숨을 내쉬는 소리가 들렸다. 에그웨인은 나이니브의 말 옆으로 벨라를 데려갔다. 두 여자는 서로를 품 안에 꼭 끌어안고 있었다. 각자의 머리가 서로의 어깨에 놓여 있었다. 란조차 안도한 듯 보였다. 단단하고 평평한 얼굴에서는 아무런 표시가 나지 않았지만, 만다브에 앉아 있는 자세나 모레인을 바라보며 어깨를 늘어뜨리고 있는 자세, 고개의 기울어진 각도를 통해 알 수 있었다.

"바람은 지나오지 못하더군요." 모레인이 말했다. "그럴 줄 알았어요. 그러기를 바랐습니다. 후!" 그녀는 지팡이를 땅에 던지더니 손을 망토에 문질러 닦았다. 짙은 검은색 숯이 지팡이를 절반 이상 덮고 있었다. "저기서는 오염이 모든 것을 부패하게 하는군요."

"그게 뭐였소?" 나이니브가 물었다. "대체 뭐요?"

로이알은 어리둥절한 표정이었다. "뭐, 당연히 **마친 신**이죠. 영혼을 훔치는 검은 바람."

"그래서 그게 **뭐냐니까?**" 나이니브가 고집스럽게 물었다. "아무리 트롤록이라도 눈에 보이기는 하잖소. 비위가 좋은 사람이라면 트롤록을 만져 볼 수도 있지. 하지만 저건……." 나이니브는 경련하듯 떨었다.

"아마 광기의 시대가 남긴 것이겠죠." 모레인이 대답했다. "아니면 그림자 전쟁 때, 힘의 전쟁 때 남은 것일지도 모릅니다. 웨이에 너무 오래 숨어 있어서 더 이상 나오지 못하는 거예요. 심지어 오기어 중에도 웨이가 얼마나 멀리까지, 얼마나 깊이 뻗어 있는지 아는 사람은 없습니다. 심지어 웨이 자체의 일부일 수도 있어요. 로이알이 말했듯 웨이는 살아 있는 존재이고, 모든 살아 있는 존재에게는 기생충이 있습니다. 어쩌면 부패 자체의 피조물일지도 모르죠. 부패에서 태어난 존재 말이에요. 생명과 빛을 싫어하는 존재."

"그만 하세요!" 에그웨인이 소리쳤다. "더는 듣고 싶지 않아요. **그것의** 소리가 들린다고요. 그것이 하는 말이……." 에그웨인은 몸을 떨며 말을 멈추었다.

"우리가 직면해야 할 것들 중에는 더 나쁜 것들도 있어." 모레인이 조용히 말했다. 다른 사람에게 들리라고 한 말 같지는 않았다.

아이즈 세다이는 주변을 경계하며 안장에 오르더니 다행이라는 듯 한숨을 쉬며 자세를 잡았다. "위험해." 그녀가 망가진 웨이게이트를 보며 말했다. 숯이 된 그녀의 지팡이에는 시선이 잠깐밖에 머물지 않았다. "저 존재는 밖으로 나올 수 없지만, 누구든 길을 잃고 안에 들어갈 수 있어. 우리가 팔

다라에 도착하는 대로 아겔마가 사람들을 보내 벽으로 막아 버려야 할 거야." 그녀는 북쪽을 가리켰다. 안개 너머 저 멀리, 헐벗은 나뭇가지 위로 탑들이 보였다.

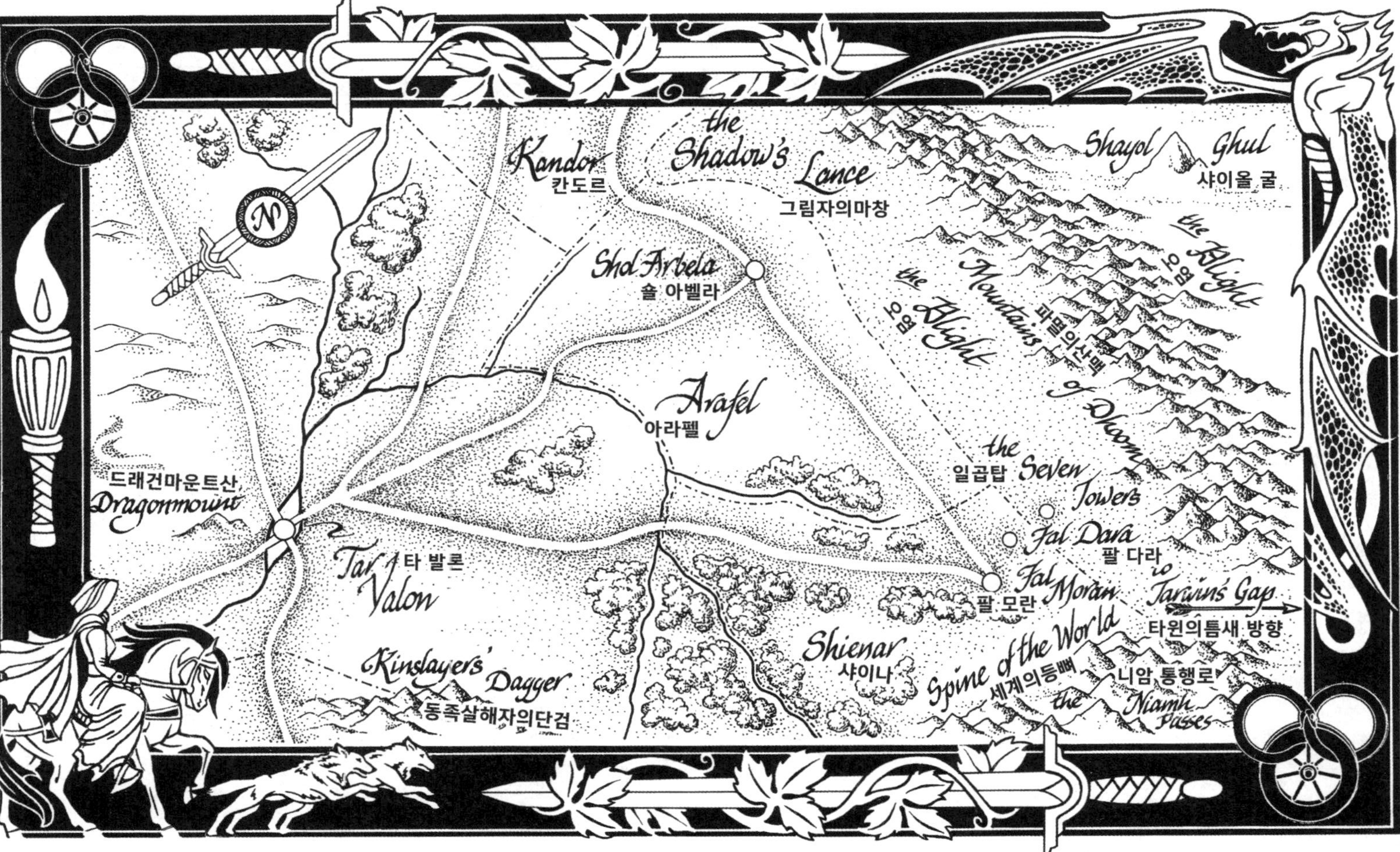

N
Kandor
칸도르
the Shadow's Lance
그림자의마창
Shayol Ghul
샤이올 굴
the Blight
오염
the Blight
오염
Mountains of Dhoom
파멸의산맥
Shol Arbela
숄 아벨라
Arafel
아라펠
the Seven Towers
일곱탑
Fal Dara
팔 다라
Fal Moran
팔 모란
to Tarwin's Gap
타윈의틈새 방향
드래건마운트산
Dragonmount
Tar Valon
타 발론
Kinslayer's Dagger
동족살해자의단검
Shienar
샤이나
Spine of the World
세계의등뼈
the Niamh Passes
니암 통행로

46장 팔 다라

웨이게이트 근처는 넓게 펼쳐지고 숲이 자라 있는 언덕이었다. 그러나 웨이게이트 자체를 제외하면 오기어 덤불은 흔적조차 없었다. 대부분의 나무는 하늘을 할퀴려 드는 잿빛 해골 같았다. 랜드에게 익숙한 것보다 수가 적은 상록수가 숲에 점점이 박혀 있었고, 그중 많은 수가 죽어 버린 갈색의 침엽과 잎사귀들로 뒤덮여 있었다. 로이알은 슬프게 고개를 저을 뿐 아무 말도 하지 않았다.

"말라버린땅만큼 죽어 있군." 나이니브가 인상을 찡그리며 말했다. 에그웨인이 망토를 두르며 몸을 떨었다.

"최소한 우린 나왔잖아요." 페린이 말하자 맷이 덧붙였다. "어디로 나와?"

"샤이나로." 란이 그들에게 말했다. "우리는 변방에 있다." 그의 목소리는 왠지 고향이라고 말하는 것만 같았다.

랜드는 추위에 망토를 여몄다. 변방이라니. 그렇다면 거대한오염이 가까운 곳에 있었다. 거대한오염이. 세계의 눈이. 그들이 이곳에 온 이유가.

"팔 다라와 가까운 곳이야." 모레인이 말했다. "몇 킬로미터만 가면 돼." 우듬지 너머 북쪽과 동쪽으로, 아침 하늘을 배경으로 검게 보이는 탑들이 솟아 있었다. 일행이 말을 타고 달려가는 동안 탑들은 언덕과 숲 사이로 자주 사라졌다가 유난히 높은 언덕에 올라가면 다시 나타나고는 했다.

랜드는 나무들이 벼락이라도 맞은 것처럼 쪼개져 있는 것을 알았다.

"추위 때문이다." 랜드가 묻자 란이 대답했다. "이곳의 겨울은 때로 너무 추워 수액을 얼려 버리지. 그러면 나무가 터지는 거야. 어느 밤에는 나무가 쪼개지는 소리가 불꽃놀이라도 하는 것처럼 들린다. 공기가 너무 날카로워서 그마저 부서져 내리리라는 생각이 들지. 지난겨울에는 그런 날이 평소보다 많았다."

랜드는 고개를 저었다. 나무가 **터진다고?** 그것도 평범한 겨울에 말이다. 대체 이번 겨울은 어땠던 것일까? 당연히 랜드로서는 상상할 수 없었다.

"겨울이 지났다고 누가 그래요?" 맷이 이를 딱딱 부딪쳐 대며 말했다.

"글쎄, 이쯤은 괜찮은 봄날이다, 양치기." 란이 말했다. "살아 있기에 괜찮은 봄날이지. 하지만 온기를 원한다면, 글쎄. 거대한오염에 가면 따뜻해질 거다."

맷이 조용히 투덜거렸다. "피와 재를 걸고. 피와 재를 걸고!" 랜드는 그가 하는 말을 거의 듣지 못했지만, 진심으로 하는 욕설 같았다.

그들은 농장을 지나치기 시작했지만, 점심밥을 요리해야 할 시간인데도 높다란 석재 굴뚝에서는 연기가 솟아오르지 않았다. 들판에는 사람도, 가축도 없었다. 이따금 주인이 언제라도 돌아올 것처럼 버려져 있는 쟁기나 마차가 보일 뿐이었다.

길과 가까운 어느 농장에서는 닭 한 마리가 뜰을 파헤치고 있었다. 바람에 헛간 문 한쪽이 아무렇게나 젖혀졌다. 남은 한쪽은 아랫부분 경첩이 떨어져 비스듬하게 매달려 있었다. 투 리버스 출신인 랜드에게 이상하게만 보이는 높다란 집은 뾰족한 지붕을 덮었으되 커다란 나무 지붕널이 거의 바닥까지 이어져 있었다. 고요하고 조용했다. 밖으로 나와 일행을 보며 짖는 개는 한 마리도 없었다. 농장 마당 한가운데에 낫이 놓여 있었다. 우물 옆에는 들통 여러 개가 뒤집혀 쌓여 있었다.

일행이 말을 타고 지나갈 때 모레인은 농가를 보며 인상을 썼다. 그녀는 알딥의 고삐를 내리쳤다. 흰 암말이 발걸음을 서둘렀다.

에먼즈 필드 사람들은 아이즈 세다이와 수호자에게서 약간 뒤처져 있는 로이알 근처에 모여 있었다.

랜드는 고개를 저었다. 여기에서 뭔가 자란다니 상상조차 할 수 없었다. 하긴, 그렇게 치면 웨이에 대해서도 상상할 수 없긴 했지만. 웨이를 지나온 지금도 말이다.

"이런 모습을 예상하지는 못했나 보구나." 나이니브가 조용히 말하며 지나오면서 본 모든 빈 농가들을 이야기하려는 듯 손짓했다.

"다들 어디로 갔을까요?" 에그웨인이 말했다. "왜 떠났을까요? 아주 오래전에 떠났을 리는 없는데."

"왜 그렇게 생각해?" 맷이 물었다. "저 헛간 문을 보면 겨우내 여기를 비웠을 수도 있어." 나이니브와 에그웨인은 둘 다 맷을 멍청이 보듯 보았다.

"창문에 쳐진 커튼을 봐." 에그웨인이 인내심 있게 말했다. "아무리 이곳 기준으로 생각해 봐도 겨울용 커튼이라기에는 너무 얇잖아. 여기처럼 추운 곳에서는 어떤 여자도 저런 커튼을 1주일이나 2주일 이상 걸어 두지 않았을 거야. 그만큼도 안 걸어 놨을지 모르고." 현자가 고개를 끄덕였다.

"커튼이라니." 페린이 키득댔다. 두 여자가 눈썹을 치켜올리며 바라보자 그는 즉시 얼굴에서 미소를 닦아 냈다. "아, 저는 같은 생각이에요. 저 낫에도 야외에 1주일 이상 내놓았을 때 생기는 녹은 없었어요. 너도 봤어야지, 맷. 커튼은 놓쳤더라도."

랜드는 곁눈질로 페린을 보았다. 빤히 바라보지 않기 위해서였다. 랜드는 페린보다 관찰력이 좋았지만—적어도 함께 토끼 사냥을 다니던 예전에는 그랬다—녹을 알아볼 정도로 낫의 날을 자세히 볼 수는 없었다.

"사실 난 다들 어디 갔는지 관심 없어." 맷이 툴툴댔다. "그냥 불이 있는 곳에 가고 싶을 뿐이야. 빨리."

"근데 왜 떠났을까?" 랜드가 목소리를 낮추어 말했다. 거대한오염이 멀지 않은 곳에 있었다. 안도어에 내려가 그들을 쫓는 놈들을 제외한 희미한 자와 트롤록들이 모두 모여 있는 거대한오염. 그들의 목적지인 거대한오염.

랜드는 근처에 있는 사람들에게 들리도록 목소리를 높였다. "나이니브

현자님, 현자님이랑 에그웨인은 우리와 함께 세계의 눈으로 갈 필요가 없을지도 몰라요." 두 여자는 랜드가 헛소리라도 한다는 듯 그를 보았다. 하지만 거대한오염이 그토록 가까운 곳에 있으니, 랜드로서는 마지막으로 한 번 시도해 볼 수밖에 없었다. "둘은 가까이 있는 것만으로 충분할지 몰라요. 모레인은 두 사람이 꼭 가야 한다고 말하지 않았어요. 너도 그렇잖아, 로이알. 두 사람은 팔 다라에 머물러도 돼요. 우리가 돌아올 때까지요. 아니면 타 발론으로 떠나도 되고요. 상인 행렬이 있을지도 모르죠. 아니면 모레인이 마차를 불러 줄 수도 있을 거예요. 모든 일이 끝나면 타 발론에서 만나요."

"**타비렌.**" 로이알의 한숨은 지평선에 치는 천둥처럼 울렸다. "랜드 알소르, 너와 네 친구들은 주위의 삶을 소용돌이치게 해. 네 운명이 우리의 운명을 선택하는 거야." 오기어는 어깨를 으쓱했다. 갑자기 그의 얼굴 전체에 미소가 떠올랐다. "게다가 그린맨을 만나는 건 대단한 일이 될 거야. 하만 원로께서는 늘 그린맨과 만났던 이야기를 하셔. 우리 아버지도 그렇고. 원로 대부분이 그러시지."

"그렇게 많아?" 페린이 말했다. "이야기에 따르면 그린맨은 찾기 어렵다던데. 그린맨을 두 번 만난 사람은 아무도 없다고 하고."

"두 번은 안 되지. 맞는 말이야." 로이알이 동의했다. "하지만 그렇게 따지면, 나도 너희도 그린맨을 만나 본 적은 없잖아. 그린맨은 인간을 피하는 만큼 오기어를 피하려 드는 것 같지는 않아. 나무에 대해서 정말 많은 걸 알고. 심지어 나무의 노래도 안대."

랜드가 말했다. "내가 하려던 말은……."

현자가 그의 말을 잘랐다. "**저 여자는** 에그웨인과 나도 패턴의 일부라고 했다. 너희 셋과 함께 모두 짜여 들어가 있다고 말이야. 저 여자 말을 믿는다면, 패턴이 짜인 방식에는 어둠의 존재를 막을 수 있는 무언가가 있는 거야. 유감이지만 나는 저 여자를 믿는다. 안 믿기에는 너무 많은 일이 일어났어. 에그웨인과 내가 떠나 버리면 패턴의 어떤 부분이 변할지 모르잖니?"

"전 그냥……."

이번에도 나이니브가 날카롭게 끼어들었다. "난 네가 뭘 하려는 건지 알아.” 나이니브는 랜드가 안장에 앉은 채 불안한 듯 몸을 움직일 때까지 기다렸다. 그런 뒤에야 그녀의 얼굴이 부드러워졌다. “난 네가 뭘 하려는 건지 알아, 랜드. 나는 아이즈 세다이를 별로 좋아하지 않고, 그중에서도 저 아이즈 세다이는 특히 마음에 들지 않는다. 거대한오염으로 들어가는 건 그보다 더 싫어. 하지만 가장 싫은 건 거짓말의 아버지야. 너희 소년들이……. 남자들이 다른 모든 일을 제쳐 두고 해야만 하는 일을 할 수 있다면 나라고 그만한 일을 못할 거라고 생각하는 이유가 뭐니? 에그웨인도 그렇고 말이야.” 나이니브는 대답을 기대하지 않는 듯했다. 그녀는 고삐를 모아 쥐고 앞에 있는 아이즈 세다이를 보며 인상을 찡그렸다. “머잖아 팔 다라라는 곳에 도착하게 될지 궁금하구나. 아니면 이런 날씨에 밖에서 밤을 나라고 하려나?”

나이니브가 모레인에게로 다가가자 맷이 말했다. “우리보고 남자래. 어제까지만 해도 우리 목줄을 풀어 줘서는 안 된다는 식이더니 이젠 우리더러 남자래.”

“넌 지금도 엄마 앞치마 끈에서 풀어 주면 안 돼.” 에그웨인이 말했지만, 랜드는 그게 에그웨인의 진심이라고 생각하지 않았다. 그녀는 랜드의 구렁말 쪽으로 벨라를 데려온 다음 다른 사람들에게는 들리지 않도록 목소리를 낮추었다. 최소한 맷은 들으려고 애썼지만 말이다. “에이람하고는 춤만 췄어, 랜드.” 그녀는 랜드를 보지 않은 채 조용히 말했다. “다시는 보지 않을 사람과 춤을 췄다고 날 비난하지는 않을 거지?”

“그럼.” 랜드가 말했다. **왜 지금 저런 얘기를 꺼내는 거지?** “당연하지.” 하지만 그는 문득 민이 베얼론에서 했던 말을 떠올렸다. 그게 벌써 100년 전 일인 것만 같았다. **그 애는 너와 맺어질 운명이 아니야. 너도 그 애와 맺어질 운명이 아니고. 너희 둘 다 원하는 방식으로는 안 돼.**

팔 다라 마을은 인근 지역보다 높은 언덕에 세워져 있었다. 케임린과는 비교할 수 없을 만큼 작았지만, 주변의 성벽만큼은 케임린 성벽처럼 높았다. 그 성벽으로부터 사방 2킬로미터의 땅에는 풀보다, 그것도 짧게 깎은 풀보다 키가 큰 것이 아무것도 없었다. 꼭대기에 나무 울타리가 설치된 수많은 높은 탑에서 보이지 않는 채로 팔 다라에 다가간다는 것은 불가능했다.

케임린의 성벽에는 아름다움이 있었지만, 팔 다라의 건축가들은 사람들이 성벽을 아름답다고 생각하는 데는 아무 관심이 없었던 것처럼 보였다. 회색 돌은 단호하게 바뀌지 않을 것처럼 보였다. 지킨다는 단 한 가지 목적을 위해서만 존재한다고 선언하는 듯했다. 나무 울타리에 꽂힌 삼각기가 바람에 펄럭이자 샤이나의 구부정한 검은 매가 벽 전체를 따라 날아다니는 것처럼 보였다.

란은 망토의 후드를 젖힌 뒤, 한기를 느끼면서도 다른 사람들에게도 똑같이 하라고 손짓했다. 모레인은 이미 후드를 내리고 있었다. "샤이나의 법이다." 수호자가 말했다. "변방 모든 곳의 법이야. 마을의 성벽 안에서는 누구도 얼굴을 감추면 안 된다."

"다들 그렇게 잘 생겼나 보죠?" 맷이 웃었다.

"반인도 얼굴을 드러낸 채 숨을 수는 없으니까." 수호자가 무미건조한 목소리로 말했다.

랜드의 얼굴에서 미소가 사라졌다. 맷이 서둘러 후드를 젖혔다.

검은 철로 뒤덮인 높은 성문은 열려 있었지만, 검은 매가 그려진 노란색 겉옷 차림의 무장한 남자 10여 명이 경비를 서고 있었다. 그들이 등에 메고 있는 긴 칼의 칼자루가 어깨 너머로 보였다. 날이 넓은 칼이나 곤봉, 도끼가 모두의 허리에 채워져 있었다. 근처에는 그들의 말이 매어져 있었는데, 가슴과 목과 머리를 뒤덮은 강철 마갑 때문에 기괴한 모습이었다. 마창에서부터 등자까지, 언제든 타고 갈 준비가 되어 있는 모습이었다. 경비병들은 란과 모레인 일행을 막으려는 행동을 전혀 보이지 않았다. 사실 그들은 손을 흔들며 반갑게 소리쳤다.

"다이 샨!" 그들이 말을 타고 지나가자 한 사람이 강철 장갑을 낀 주먹을 머리 위에서 흔들어 대며 소리쳤다. "다이 샨!"

수많은 다른 사람들도 "건설자들에게 영광을!" 혹은 "**키세라이 티 완쇼!**"라고 소리쳤다. 로이알은 놀란 표정을 짓더니 얼굴 가득 미소 지으며 경비병들에게 손을 흔들었다.

한 남자가 란의 말과 나란히 조금 달렸다. 입고 있는 갑옷이 전혀 방해가 되지 않는 듯했다. "황금 두루미가 다시 날까요, 다이 샨?"

"평화를 빌지, 라간." 수호자가 한 말은 그것뿐이었다. 남자는 뒤로 처졌다. 그는 손을 흔드는 경비병들에게 돌아갔지만, 얼굴은 갑자기 더욱 심각해져 있었다.

사람과 마차로 붐비는, 돌로 포장된 거리를 지나가면서 랜드는 걱정스럽게 인상을 찌푸렸다. 팔 다라는 솔기가 터질 것처럼 불거져 있었다. 하지만 이곳 사람들은 싸우면서도 도시의 웅장함을 즐기는 케임린의 열의 넘치는 군중도 아니었고, 베얼론에서처럼 서로를 밀치고 다니는 군중도 아니었다. 이곳 사람들은 뺨과 뺨이 닿을 정도로 가까이 붙어 선 채 납덩이 같은 눈과 아무 감정 없는 얼굴로 일행이 지나가는 모습을 지켜보았다. 수레와 마차가 모든 골목과 대로 절반을 꽉꽉 채우고 있었고, 그런 수레에는 가구와 옷을 흘러나올 정도로 꽉꽉 채운 상자들이 뒤죽박죽으로 높이 쌓여 있었으며, 그 꼭대기에는 아이들이 앉아 있었다. 어른들은 아이들을 보이는 곳에 잡아 두고 아이들이 놀려고 해도 떠나지 못하게 했다. 아이들은 어른들보다 더 조용했다. 눈도 더 휘둥그레져 있었고, 시선은 더욱 퀭했다. 마차들 사이의 비좁은 공간은 임시 우리 속의 텁수룩한 소와 검은 점박이 돼지들로 가득했다. 상자에 꼭 맞게 들어간 닭과 오리와 거위 들이 사람들의 침묵을 보상하려는 듯 울었다. 랜드는 이제야 농부들이 다 어디에 갔는지 알 수 있었다.

란이 앞장서서 마을 한복판에 있는 요새로 향했다. 그 요새는 가장 높은 언덕 위에 있는 거대한 돌무더기처럼 보였다. 깊고 폭이 넓지만 물이 없는 해자가 탑이 설치된 요새의 성벽을 둘러싸고 있었으며, 해자의 밑바닥은 면도날처럼 날카롭고 높이가 성인 남자의 키에 이르는 강철 창의 숲으로 이루어져 있었다. 성문 탑 한 곳에서 무장한 남자가 아래를 향해 소리쳤다. "어서 오십시오, 다이 샨." 다른 사람이 요새 안쪽을 향해 소리쳤다. "황금 두루미다! 황금 두루미다!"

일행은 해자를 건너 튼튼한 쇠창살 문의 날카로운 창살 밑으로 말을 타고 갔다. 그들의 말발굽 소리가 내려진 도개교의 두꺼운 목재를 두드려 댔다. 일단 성문을 지나자 란은 안장에서 훽 내려 만다브의 고삐를 잡고 다른 사람들에게도 내리라고 신호했다.

첫 번째 뜰은 커다란 석재로 포장되어 있으며 성벽 밖에 있는 것들과 똑같이 매섭게 보이는 탑과 흉벽으로 둘러싸여 있는 거대한 광장이었다. 크기는 컸지만, 그 광장 역시 거리처럼 붐볐고 소란스러웠다. 다만 이곳의 군중에게는 질서가 있었다. 모든 곳에 무장한 사람과 말이 있었다. 뜰을 둘러싸고 있는 대여섯 곳의 대장간에서 망치가 울렸고, 저마다 가죽 치마를 입은 남자 두 명이 끌어대는 커다란 풀무에 용광로 불길이 치솟았다. 새로 만든 말발굽을 가진 소년들이 꾸준히 편자공에게로 향했다. 화살 제조인들은 화살을 만들었고, 그들의 바구니는 채워지는 족족 다른 곳으로 운반되고 빈 바구니로 바뀌었다.

검은색과 황금색으로 된 복장을 갖춰 입은 마부들이 열의 가득한 얼굴로 미소 지으며 골목에 나타났다. 판금 및 사슬 갑옷에 가죽옷을 받쳐 입은 남자가 예의를 차려 절하자 랜드는 서둘러 안장 뒤에 묶여 있던 소지품을 풀고 구렁말을 그 마부 중 한 명에게 내주었다. 절한 남자는 갑옷 위에 테두리가 빨간색으로 이루어진 밝은 노란색 망토를 입고 있었다. 갑옷의 가슴 부분에는 검은 매가 그려져 있었고, 노란색 겉옷에는 회색 올빼미가 그려져 있었다. 그는 투구를 쓰지 않은 진짜 맨머리였다. 가죽끈으로 묶은 상투를 빼면 머리 전체를 밀고 있었다. "오랜만입니다, 모레인 아이즈 세다이. 만나서 반갑습니다, 다이 샨. 무척이요." 그는 다시 로이알에게 허리를 숙이더니 웅얼거렸다. "건설자들에게 영광을. **키세라이 티 완쇼.**"

"난 그럴 만한 가치가 없는 사람입니다." 로이알이 예의를 차려 대답했다. "작품도 보잘것없고요. **싱구 마 초바.**"

"영광입니다, 건설자님." 남자가 말했다. "**키세라이 티 완쇼.**" 그는 다시 란을 돌아보았다. "오시는 걸 보자마자 아겔마 공에게 소식을 전했습니다, 다이 샨. 기다리고 계십니다. 이리로 오십시오."

일행은 그 남자를 따라 찬바람이 부는 돌 복도를 걸었다. 복도에는 사냥과 전쟁 장면을 묘사한 알록달록한 태피스트리와 실크스크린 작품들이 걸려 있었다. 그가 말을 이었다. "호출을 들으셨다니 다행입니다, 다이 샨. 황금 두루미의 깃발을 다시 한번 올릴 생각이십니까?" 벽의 걸개를 제외하면 복도에는 아무것도 없었다. 게다가 그 걸개들조차 색깔은 화려했지만, 의미를 전달하는 데 꼭 필요한 최소한의 선으로 이루어진 최소한의 형상만을 활용했다.

"상황이 정말로 보이는 것만큼 심각한가, 잉타?" 란이 조용히 물었다. 랜드는 자기 귀가 로이알의 귀처럼 움찔거릴지 궁금했다.

남자가 고개를 젓자 그의 상투가 흔들렸다. 하지만 그는 잠시 망설인 뒤에야 미소를 지었다. "상황이 보이는 것만큼 심각한 경우는 절대로 없습니다, 다이 샨. 올해는 평소보다 약간 더 상황이 나쁠 뿐입니다. 겨우내 습격이 계속됐습니다. 날씨가 가장 가혹할 때까지 말입니다. 그러나 변방의 다른 곳에서보다 습격이 더 심했다고 할 수는 없습니다. 지금도 놈들은 밤에 찾아옵니다. 하지만 봄이니 당연한 것이겠지요. 이걸 봄이라고 부를 수 있다면 말입니다. 거대한오염에서 돌아오는 정찰병들은—돌아오는 자들은 말입니다— 트롤록 야영지에 관한 소식을 가지고 옵니다. 늘 더 많은 야영지가 생겼다는 새로운 소식을 가지고 오죠. 하지만 우리는 타윈의틈새에서 놈들을 맞아들일 겁니다, 다이 샨. 늘 그랬듯 거기서 돌려보낼 겁니다."

"당연히 그래야지." 란은 그렇게 말했지만, 확신은 없는 목소리였다.

잉타의 미소가 흐려졌다가 즉시 다시 떠올랐다. 그는 조용히 일행을 아겔마 공의 서재로 안내하더니, 할 일이 많다며 떠났다.

아겔마 공의 서재는 요새의 다른 모든 공간처럼 목적에 맞게 만들어진 방이었다. 외벽에는 화살 구멍이 설치되어 있고 두꺼운 문에는 묵직한 빗장이 설치되어 있었다. 문에도 화살을 쏠 수 있는 구멍이 있었으며 철로 된 띠가 달려 있었다. 이곳에는 태피스트리가 딱 한 개만 걸려 있었다. 그 태피스트리는 벽 전체를 덮고 있었으며, 팔 다라 사람처럼 갑옷을 입은 남자들이 산길에서 머드랄과 트롤록에 맞서 싸우는 모습을 보여주었다.

이 방의 가구는 탁자 하나, 상자 하나, 의자 몇 개 외에 벽에 설치된 두 개의 선반밖에 없었다. 바로 그 선반이 태피스트리만큼 랜드의 눈길을 사로잡았다. 한 선반에는 성인 남자의 키보다 긴 양손 검이 있었다. 그게 비교적 평범한 광폭검이었다. 그 아래에는 가시가 박힌 곤봉과 여우 세 마리가 그려진 긴 연 모양의 방패가 있었다. 다른 선반에는 갑옷이 걸려 있었는데, 금방이라도 입을 수 있을 것처럼 완전히 갖추어진 모습이었다. 철창 면갑이 달려 있고 윗부분에 깃털이 장식된 투구가 목덜미 양쪽이 이중 사슬로 된 갑옷 위에 걸려 있었다. 말을 탈 수 있도록 가운데 부분이 트인 쇠사슬 갑옷과 갑옷 밑에 받쳐 입는 가죽옷이 여러 번 입어 반들거렸다. 흉갑과 강철 장갑, 무릎과 팔목 보호대, 어깨와 팔과 다리에 댈 수 있는 강철판. 요새의 한복판인 이곳에서도 무기와 갑옷은 언제든 착용할 준비가 되어 있는 것처럼 보였다. 가구가 그렇듯 이런 장비 역시 금으로 단순하게, 또 엄격하게 장식되어 있었다.

그들이 들어오자 아겔마는 직접 자리에서 일어나 탁자를 돌아왔다. 탁자에는 지도와 종이, 잉크병에 꽂힌 펜이 어지럽게 놓여 있었다. 처음 봤을 때, 높고 넓은 옷깃이 달린 파란색 벨벳 코트를 입고 부드러운 가죽 장화를 신은 아겔마는 이 방에 어울리지 않을 만큼 평화로워 보였다. 하지만 다시 보니 달랐다. 랜드가 본 모든 전사들이 그랬듯, 아겔마는 상투만 빼고 머리를 깎은 채였으며 그 상투는 백발이었다. 그의 얼굴은 란만큼이나 단단해 보였다. 유일한 주름은 눈가에 져 있었고, 그 눈은 갈색 돌 같았다. 지금은 미소를 짓고 있었지만 말이다.

"평화를. 만나서 반갑습니다, 다이 샨." 팔 다라의 주인이 말했다. "당신도 마찬가지입니다, 모레인 아이즈 세다이. 더 반갑다고 해야 할지도 모르겠군요. 당신과 함께 있으면 온기가 느껴집니다, 아이즈 세다이."

"**닌테 칼리크니에 노 도마시타, 아겔마 다이 샨.**" 모레인이 예의를 갖추어 말했다. 하지만 그녀의 목소리에서는 둘이 오랜 친구라는 티가 났다. "당신의 환영으로 온기가 느껴집니다, 아겔마 공."

"**코도메 칼리크니에 가 니 아이즈 세다이 헤이.** 이곳에서는 언제나 아이즈 세다이를 환영합니다." 그가 로이알을 돌아보았다. "**스테딩**을 멀리 떠나오셨군요, 오기어. 팔 다라의 영광입니다. 건설자들에게는 늘 영광이 있을 겁니다. **키세라이 티 완쇼 헤이.**"

"저는 그럴 만한 가치가 없는 사람입니다." 로이알이 절하며 말했다. "제가 오히려 영광입니다." 그는 아무것도 없는 돌벽을 힐끗 보더니 뭔가를 억지로 참는 표정이 되었다. 랜드는 오기어가 그 이상의 말을 덧붙이지 않고 참아 낸 것이 다행이라고 생각했다.

검은색과 황금색으로 이루어진 옷을 입은 하인들이 아무 소리가 나지 않는 부드러운 슬리퍼를 신고 나타났다. 일부는 축축하고 뜨거운 개어진 천을 은쟁반에 담아 가져왔다. 얼굴과 손에 묻은 먼지를 닦아 내는 천이었다. 또 일부는 멀드 와인과 말린 자두며 살구가 들어 있는 은그릇을 가져왔다. 아겔마 공은 방과 욕실을 준비하라고 명령했다.

"타 발론에서 오랜 길을 오셨으니," 그가 말했다. "분명 피곤하실 겁니다."

"그보다는 짧은 길을 왔습니다." 란이 말했다. "하지만 오랜 길을 오는 것보다 더 피곤하군요."

수호자가 더 이상 말하지 않자 아겔마는 어리둥절한 표정을 지었으나 이렇게만 말했다. "며칠 쉬시면 모두 건강해지실 겁니다."

"하룻밤 쉴 곳이면 충분합니다, 아겔마 공." 모레인이 말했다. "우리와 우리 말들이 쉴 곳을 주세요. 가능하다면 아침에 새 비품도 내주십시오. 유감이지만 일찍 떠나야 합니다."

아겔마가 인상을 찌푸렸다. "하지만 저는……. 모레인 세다이, 이런 부탁을 드릴 권리는 없지만 타윈의틈새에 당신이 계시면 창기병 1000명이 있는 것이나 다름없을 겁니다. 당신도 마찬가지입니다, 다이 샨. 황금 두루미가 다시 날아올랐다는 소리를 들으면 1000명이 올 테니까요."

"일곱탑이 무너졌습니다." 란이 냉정하게 말했다. "말키어도 무너졌습니다. 몇 안 되는 그 나라의 백성들은 지상 여기저기에 흩어졌고요. 저는 수호자입니다, 아겔마. 타 발론의 불꽃에 서원한 자이죠. 나는 거대한오염에 묶여 있습니다."

"물론 그렇겠지요, 다이 샨……. 란. 물론 그럴 겁니다. 하지만 며칠, 길어봐야 몇 주 늦어진다고 해서 달라질 것은 없습니다. 당신이 필요합니다. 당신과 모레인 세다이가."

모레인이 하인 중 한 명에게서 은잔을 받아 들었다. “잉타는 당신이 지난 몇 년간 수많은 위협을 극복했듯 이번 위협도 물리칠 거라고 생각하는 것 같더군요.”

“아이즈 세다이.” 아겔마가 비꼬듯 말했다. “잉타는 혼자서 타윈의틈새로 말을 타고 가야 한대도 가는 내내 트롤록들이 또 한 번 물러서게 되리라고 말할 사람입니다. 거의 자기 혼자서도 그런 일을 해낼 수 **있다고** 생각할 만큼 자긍심이 높은 사람입니다.”

“이번에는 잉타도 생각하시는 것만큼 자신감에 차 있지 않더군요, 아겔마.” 수호자는 잔을 받아 들었으나 마시지는 않았다. “상황이 얼마나 심각한 겁니까?”

아겔마는 망설이며 탁자에 놓여 있던 무더기에서 지도 한 장을 꺼냈다. 그는 지도를 보지 않고 잠시 멍하니 있다가 다시 내려놓았다. “우리가 타윈의틈새로 가면,” 그가 조용히 말했다. “백성들은 남쪽의 팔 모란으로 보내질 겁니다. 수도라면 버틸 수 있을지도 모르지요. 평화가 와야만 합니다. 무언가는 버텨야 합니다.”

“그렇게 심각합니까?” 란이 말하자 아겔마는 신중하게 고개를 끄덕였다.

랜드는 맷과 페린과 걱정스러운 눈길을 주고받았다. 거대한오염에 모여드는 트롤록들이 그를, 그들을 따라오리라는 것은 쉽게 생각할 수 있는 문제였다. 아겔마가 음울하게 말을 이었다.

“칸도르, 아라펠, 살데이아……. 트롤록들이 겨우내 그 모든 지역을 습격했습니다. 트롤록 전쟁 이후로 그런 일은 없었습니다. 그렇게까지 사납게, 대규모로 습격이 이루어진 적은 없었지요. 이렇게까지 심하게 고향이 압박당한 적도 없었고. 모든 왕과 위원회는 거대한오염에서 엄청난 침공이 일어날 것이라고 믿고 있습니다. 변방의 모든 나라는 그 침공이 자기 나라를 향하리라고 생각하고요. 정찰병이나 수호자 들 중 트롤록들이 여기에서처럼 국경을 넘어서 모여든다고 보고하는 사람은 없습니다. 하지만 다들 그런 일이 일어나리라고 생각하기에 두려워서 전사들을 다른 곳으로 보내지 못하고 있습니다. 백성들은 세상이 끝나 간다고, 어둠의 존재가 다시 풀려났다고 속삭이지요. 샤이나만이 타윈의틈새로 혼자 출격할 겁니다. 그러면 우리는 최소 10대 1로 밀리겠지요. 최소한 말입니다. 이번이 창기병들의 마지막 회합이 될 수 있습니다.

란……. 아니, 다이 샨. 보관을 쓴 말키어리의 전투의 군주는 **당신**이니, 뭐든 당신의 말에 따라야겠지요. 다이 샨, 북쪽으로 가서 죽으리라는 걸 아는 사람들의 마음에는 전차에 꽂힌 황금 두루미 깃발이 용기를 불어넣어 줄 겁니다. 소문이 들불처럼 번질 테고, 왕들이 제자리를 지키라고 명령하더라도 아라펠과 칸도르에서 창기병들이 올 겁니다. 심지어 살데이아에서도 올 테지요. 제때 도착해 우리와 함께 타윈의틈새를 방어할 수는 없을지라도 샤이나를 구할 수 있을지 모릅니다."

란은 와인 잔을 들여다보았다. 표정은 바뀌지 않았지만, 와인이 그의 손에 흘러넘쳤다. 은잔이 그의 손아귀에서 구겨진 것이다. 하인이 망가진 잔을 가져가고 헝겊으로 수호자의 손을 닦았다. 다른 하인은 먼젓번 잔이 치워진 그의 손에 새 잔을 쥐여 주었다. 란은 알아차리지 못하는 것 같았다. "그럴 수 없습니다!" 그가 쉰 목소리로 나직하게 말했다. 란이 고개를 들었을 때는 그의 푸른 눈이 사나운 빛으로 타는 듯했다. 하지만 그의 목소리는 다시 침착하게, 무미건조하게 변해 있었다. "나는 수호자입니다, 아겔마." 그의 날카로운 시선이 랜드와 맷과 페린을 스치고 모레인에게 향했다. "해가 뜨는 대로 거대한오염으로 가겠소."

아겔마가 무겁게 한숨을 쉬었다. "모레인 세다이, 당신이라도 함께해 주지 않으시겠습니까? 아이즈 세다이가 있으면 달라질 수 있습니다."

"그럴 수 없어요, 아겔마 공." 모레인은 괴로운 듯했다. "실제로 전투가 벌어지겠지요. 샤이나 위쪽에 트롤록들이 군집하는 건 우연이 아닙니다. 하지만 우리의 전투는, 어둠의 존재와 싸우는 진정한 전투는 거대한오염에서, 세계의 눈에서 벌어집니다. 당신은 당신의 전투를, 우리는 우리의 전투를 해야 해요."

"설마 어둠의 존재가 풀려났다는 말씀입니까!" 바위 같은 아겔마가 동요하는 듯했다. 모레인이 재빨리 고개를 저었다.

"아직은 아닙니다. 우리가 세계의 눈에서 승리를 거두면, 그런 일은 영영 일어나지 않을 수도 있어요."

"세계의 눈을 찾을 수는 있는 겁니까, 아이즈 세다이? 어둠의 존재를 막는 문제가 그 일에 달려 있다면 우리는 죽은 것이나 마찬가지입니다. 많은 사람이 세계의 눈을 찾으려 했으나 실패했습니다."

"나는 찾을 수 있어요, 아겔마 공. 아직 희망은 있습니다."

아겔마는 모레인을, 그다음에는 다른 사람들을 자세히 살펴보았다. 그는 나이니브와 에그웨인을 보고 의구심을 품는 듯했다. 그들이 입은 농부의 옷은 모레인의 비단 드레스와 날카로운 대조를 이루었다. 모든 옷이 여행에 찌들어 있었는데도 말이다. "저분들도 아이즈 세다이입니까?" 그가 의심스럽다는 듯 물었다. 모레인이 고개를 젓자 그는 더욱 혼란스러운 표정이 되었다. 그의 시선이 에먼즈 필드에서 온 젊은이들을 훑다가 랜드에게 머물렀다. 그는 랜드가 허리에 차고 있는 붉은 천으로 싼 칼을 잠시 바라보는 듯했다. "특이한 호위병을 데리고 다니시는군요, 아이즈 세다이. 전사가 한 명뿐이라니." 그는 페린과 그의 허리띠에 늘어져 있는 도끼를 힐끗 보았다. "두 명인지도 모르겠습니다. 하지만 둘 다 겨우 청년인걸요. 제가 부하들을 붙여 드리겠습니다. 타윈의틈새에서는 100명의 창기병이 있어도, 없어도 별 차이가 없습니다. 하지만 당신께는 수호자 한 명과 세 젊은이보다 많은 사람이 필요할 겁니다. 여자 둘도 도움이 되지는 않겠지요. 두 사람이 변장한 아이일 사람이 아니라면 말입니다. 올해 거대한오염은 평소보다도 상황이 나쁩니다. 그곳은…… 동요하고 있습니다."

"창기병 100명은 너무 많소." 란이 말했다. "한편으로는 1000명도 부족하고. 더 많은 사람을 거대한오염으로 데려갈수록 관심을 끌 가능성도 커집니다. 우리는 최대한 싸움을 피하며 세계의 눈에 도착해야 하오. 트롤록들이 거대한오염 안에서 싸움을 일으키면 그 결과는 예언된 것이나 다름없다는 걸 아실 텐데요."

아겔마는 우울한 듯 고개를 끄덕였으나 포기하려 들지 않았다. "그럼 그보다 적은 수의 창기병을 붙여 드리겠습니다. 실력자 열 명만 있어도 이 젊은이들만 있을 때보다는 모레인 세다이와 두 여자 분이 그린맨을 만나는 데 도움이 될 겁니다."

랜드는 문득 깨달았다. 팔 다라의 군주는 모레인과 함께 어둠의 존재와 맞서 싸울 사람이 나이니브와 에그웨인이라고 생각하고 있었다. 자연스러운 일이었다. 그런 싸움은 일원력을 사용한다는 뜻이었고, 일원력을 사용할 사람은 여자였으니까. **그런 싸움은 일원력을 사용한다는 뜻이야.** 랜드는 허리띠 뒤쪽에 엄지를 꽂아 넣고 손이 떨리지 않도록 버클을 꽉 쥐었다.

"부하들은 보내 주지 않으셔도 됩니다." 모레인이 말했다. 아겔마가 다시 입을 열었지만, 모레인은 그가 무슨 말을 하기 전에 말을 이었다. "세계의 눈과 그린맨의 속성 때문입니다. 팔 다라 사람 중 그린맨과 세계의 눈을 찾은 사람이 몇 명이나 되죠?"

"여태까지 말입니까?" 아겔마가 어깨를 으쓱했다. "100년 전쟁 이후로, 한 손에 꼽힐 만한 숫자이죠. 변방 전체에서도 5년에 한 명밖에 나오지 않습니다."

"그린맨이 원하지 않는 한," 모레인이 말했다. "아무도 세계의 눈을 찾을 수 없어요. 필요와 의도가 열쇠입니다. 나는 어디로 가야 하는지 알아요. 전에도 가 본 적이 있습니다." 랜드가 놀라서 그녀를 휙 바라보았다. 에먼즈필드 사람 중에 그런 태도를 보인 것은 랜드만이 아니었다. 하지만 아이즈 세다이는 의식하지 못하는 듯했다. "그러나 내가 기억하는 자리로 곧장 나아간다 해도 우리 중 명예를 노리는 사람이, 세상을 구한 네 명 중 한 명으로 이름을 남기고 싶어 하는 사람이 있으면 우리는 세계의 눈을 찾을 수 없을 거예요."

"그린맨을 보신 적이 있습니까, 모레인 세다이?" 팔 다라의 군주는 감명받은 목소리였지만, 다음 순간에는 인상을 썼다. "하지만 이미 그린맨을 한 차례 만나 보셨다면……."

"필요가 열쇠입니다." 모레인이 조용히 말했다. "나만큼 간절한 필요를 느끼는 사람은 없고요. 우리만큼 말이에요. 또 내게는 다른 탐색자들에게 없는 것이 있어요."

모레인의 눈은 아겔마의 얼굴에서 거의 흔들리지 않았지만, 랜드는 그녀의 시선이 아주 잠깐 로이알에게 흘러갔다고 확신했다. 그런 다음 아이즈 세다이는 다시 시선을 원위치로 돌렸다. 랜드는 오기어와 눈을 마주쳤고, 오기어는 어깨를 으쓱했다.

"**타비렌**." 오기어가 조용히 말했다.

아겔마가 두 손을 들었다. "말씀하시는 대로 될 겁니다, 아이즈 세다이. 평화가 있기를. 진짜 전투가 세계의 눈에서 벌어진다면, 저도 검은 매의 깃발을 휘날리며 타윈의틈새로 가는 대신 당신을 따라가고 싶다는 충동을 느낍니다. 제가 길을 뚫어 드릴 수……."

"그러면 재앙이 될 거예요, 아겔마 공. 타윈의틈새에서도, 세계의 눈에서도. 당신에게는 당신의 싸움이, 우리에게는 우리의 싸움이 있습니다."

"평화가 있기를! 말씀대로 하겠습니다, 아이즈 세다이."

아무리 마음에 들지 않아도 일단 결정이 내려지자 머리를 민 팔 다라의 군주는 더 이상 그 생각을 하지 않는 듯했다. 그는 일행을 식탁으로 초대했고, 그러는 내내 매와 말과 개 들에 대해 대화했을 뿐 트롤록이나 타윈의틈새나 세계의 눈에 관해서는 한마디도 하지 않았다.

식사를 한 방은 아겔마 공의 서재처럼 아무 장식 없이 밋밋했다. 가구는 식탁과 의자 외에 별것이 없었으며, 그마저 선이나 형태가 엄격한 느낌을 주었다. 아름답지만 엄격한 느낌. 커다란 난로가 방을 덥혔지만, 누가 불러 밖으로 서둘러 나간 사람이 바깥의 추위에 깜짝 놀랄 정도는 아니었다. 의복을 갖춰 입은 하인들이 수프와 빵과 치즈를 가져왔고, 이야기는 책과 음악을 중심으로 이어졌다. 그러다가 아겔마 공은 에먼즈 필드 사람들이 아무 말도 하지 않고 있다는 것을 깨달았다. 그는 손님 대접을 잘하는 주인답게 그들을 침묵에서 이끌어 낼 탐색하는 질문들을 부드럽게 던졌다.

랜드는 머지않아 자기도 모르게 에먼즈 필드와 투 리버스에 대해 경쟁하듯 이야기하고 있었다. 말을 너무 많이 하지 않는 것이 힘들었다. 그는 다른 사람들이, 특히 맷이 입조심을 하기를 바랐다. 나이니브만이 뒤로 물러나 조용히 음식을 먹고 마셨다.

“투 리버스에는 노래가 있어요.” 맷이 말했다. “〈타원의틈새에서 귀향하다〉라는 노래예요.” 맷은 머뭇거리며 말을 마쳤다. 모두가 피해 오던 화제를 자기가 꺼냈다는 것을 갑자기 깨달은 듯했다. 하지만 아겔마가 언변 좋게 그 문제를 처리했다.

“이상할 것 없지. 지난 몇 년 동안 거대한오염을 지키기 위해 사람들을 보내지 않은 지방은 별로 없으니까.”

랜드는 맷과 페린을 보았다. 맷이 입 모양으로 마네세렌이라고 말했다.

아겔마가 하인 중 한 명에게 속삭였다. 다른 사람들이 식탁을 치우는 동안 그 하인은 사라졌다가 란, 로이알, 아겔마가 피울 수 있는 사기 파이프와 타박통을 가지고 돌아왔다. “투 리버스 타박이다.” 다들 타박을 채우는 동안 팔 다라의 주인이 말했다. “여기서는 구하기 힘들지만, 값을 치를 만하지.”

로이알과 두 나이 든 남자가 만족스러운 듯 타박을 빠끔거리는 동안 아겔마는 오기어를 힐끗 보았다. “고민이 있으신 것 같군요, 건설자님. 갈망 때문인 건 아니기를 바랍니다. **스테딩**을 떠나오신지는 얼마나 됐습니까?”

“갈망 때문은 아니에요. 그렇게 오래 떠나 있었던 건 아니라서.” 로이알이 어깨를 으쓱했다. 그의 동작에 파이프에서 솟아오른 청회색 증기가 식탁 위에서 나선을 그렸다. “저는 덤불이 여기에 아직 있을 거라고 기대했거든요. 아니, 그러길 바랐죠. 최소한 마팔 다다라넬의 일부라도 남아 있기를.”

“**키세라이 티 완쇼.**” 아겔마가 중얼거렸다. “트롤록 전쟁은 오직 기억과 기억에 따라 건설할 사람들만을 남겼습니다, 아렌트의 아들 로이알. 그 사람들은 건설자들의 작품을 복제해 낼 수 없었습니다. 저도 마찬가지이고요. 당신의 민족이 만들어 낸 그 정교한 곡선과 무늬는 인간의 눈과 손으로 만들 수 없는 것입니다. 우리가 잃어버린 것을 영원히 떠올리게 할 뿐인 형편없는 모조품은 만들고 싶지 않았는지 모르겠습니다. 그리고 단순성에는 다른 종류의 아름다움이 있습니다. 딱 맞는 자리에 들어간 직선 하나, 바위 사이에 핀 꽃 한 송이 같은 것들 말이죠. 돌은 거칠기에 꽃을 더 소중하게 만듭니다. 우리는 이미 사라진 것을 너무 많이 생각하지 않으려고 노력합니다. 그런 노력을 하다가는 가장 강한 심장조차 무너져 내릴 테니까요.”

"장미꽃은 물에 뜨나니." 란이 조용히 읊었다. "물총새는 연못 위를 날아가고, 삶과 아름다움은 죽음 한가운데에서 소용돌이친다네."

"그렇습니다." 아겔마가 말했다. "그래요. 그 말이 제게도 늘 모든 것을 상징적으로 표현하는 구절이었습니다." 두 남자는 서로에게 고개를 숙였다.

란이 시를 읊는다고? 양파 같은 남자였다. 랜드가 수호자에 대해 무언가 안다고 생각할 때마다 그 밑에 있는 또 다른 층이 드러났다.

로이알이 천천히 고개를 끄덕였다. "어쩌면 저도 지나간 것을 너무 많이 생각하는 건지 모르겠습니다. 그래도 덤불은 아름다웠어요." 그렇게 말하면서도 로이알은 새롭게 보인다는 듯 삭막한 방을 바라보고 있었다. 그는 갑자기 사물에 볼 만한 가치가 있다고 생각하게 된 듯했다.

잉타가 나타나 아겔마 공에게 절했다. "실례합니다, 영주님. 하지만 평범하지 않은 일이 생기면 아무리 작은 일이라도 알려 달라고 하셔서요."

"그래, 뭔가?"

"사소한 문제입니다, 영주님. 낯선 이가 마을에 들어오려 했습니다. 샤이나 사람은 아닙니다. 억양으로 봐서는 루가드 사람 같습니다. 적어도 가끔은 그렇게 들립니다. 남쪽 성문 경비병들이 질문을 던지려 하자 도망쳤습니다. 숲으로 들어가는 모습이 목격됐는데, 아주 짧은 시간이 지난 뒤에는 성벽을 기어오르는 모습이 발견됐습니다."

"사소한 문제라고!" 아겔마가 일어서자 그의 의자가 바닥을 긁었다. "평화를! 누군가가 눈에 띄지도 않고 성벽에 이를 수 있을 만큼 탑 감시를 소홀히 하고 있는데, 그걸 사소한 문제라고 하는 건가?"

"그자는 미친 사람입니다, 영주님." 잉타의 목소리에 경이감이 어려 있었다. "빛께서 미친 사람들을 지켜 주시죠. 어쩌면 빛께서 탑 감시병의 눈을 가리고 그자가 성벽에 이르도록 놔두신 건지도 모르겠습니다. 미친 사람 한 명이 아무 해도 끼칠 수 없는 건 확실합니다."

"아직 요새로 데려오지는 않았나? 잘 됐군. 이리로 데려오게. 당장." 잉타가 절하고 떠나자 아겔마는 모레인을 돌아보았다. "실례하겠습니다, 아이즈 세다이. 이 문제는 제가 살펴야겠습니다. 그저 빛 때문에 정신의 눈이 멀어

버린 가엾은 사람인지도 모르겠지만……. 이틀 전, 우리 백성 5명이 밤중에 성문 틈새로 안을 들여다보려다 발각됐습니다. 사소한 일이지만 트롤록들이 들어올 수도 있는 문제죠." 그가 인상을 찡그렸다. "아마 어둠의 친구들이었을 겁니다. 샤이나에 그런 사람이 있다고 생각하기는 싫지만요. 그들은 경비병에게 잡히기도 전에 사람들 손에 갈가리 찢겼습니다. 그러니 앞으로도 영영 알 수 없겠죠. 샤이나 사람마저 어둠의 친구가 될 수 있는 요즘에는 외부인에게 더 신경을 써야 합니다. 그만 쉬고 싶으시면 방까지 안내해 드리겠습니다."

"어둠의 친구들은 국경도, 핏줄도 모릅니다." 모레인이 말했다. "모든 나라에서 발견되지만, 그 어느 곳에도 **속하지** 않았죠. 나 역시 그자를 보는 데 관심이 있습니다. 패턴이 그물을 형성하고 있어요, 아겔마 공. 하지만 그물의 마지막 형태는 아직 결정되지 않았습니다. 그물은 세상을 얽어 넣을 수도 있고, 풀려나 물레가 새로운 실을 잣도록 만들 수도 있습니다. 이 시점에는 작은 일들도 그물의 형태를 바꿀 수 있어요. 이 시점에, 나는 평소와 다른 작은 것들을 경계하게 됩니다."

아겔마가 나이니브와 에그웨인을 힐끗 보았다. "원하는 대로 하십시오, 아이즈 세다이."

잉타가 돌아왔다. 경비병 두 명과 함께였다. 그들은 긴 창을 들고, 넝마를 안팎으로 뒤집은 것 같은 사람을 데려왔다. 그의 얼굴에는 때가 겹겹이 끼어 있었고, 듬성듬성하며 깎지 않은 머리카락과 턱수염 역시 더럽게 엉겨 있었다. 그는 어깨를 움츠린 채 방으로 들어왔다. 푹 꺼진 눈이 이쪽저쪽으로 빠르게 움직였다. 퀴퀴한 냄새가 그에게서 풍겨 나왔다.

랜드는 그 모든 때 너머를 보려고 집중하며 앞으로 나와 앉았다.

"당신들한테는 나를 이렇게 잡아 둘 이유가 없어." 더러운 남자가 징징댔다. "나는 그냥 가난뱅이일 뿐이야. 빛에게 버림받아 다른 모두가 그렇듯 그림자를 피해 숨을 곳을 찾고 있을 뿐이라고."

"그런 이유로 변방을 찾는다는 건 이상한……." 아겔마가 입을 열었으나 맷이 그의 말을 잘랐다.

"행상인이잖아!"

"파단 페인이야." 페린이 고개를 끄덕이며 맞장구쳤다.

"그 거지였어." 랜드는 갑자기 목이 쉰 채로 말했다. 그는 페인의 눈에서 갑자기 번뜩이는 증오심에 물러나 앉았다. "케임린에서 우리에 대해 묻고 다니던 사람이 이 사람이야. 틀림없어."

"그럼 결국 이게 당신과 관련된 일이었군요, 모레인 세다이." 아겔마가 천천히 말했다.

모레인은 고개를 끄덕였다. "대단히 유감이지만, 그렇습니다."

"나도 그러기 싫었어." 파단 페인이 울기 시작했다. 묵직한 눈물이 때가 덕지덕지 앉은 그의 두 뺨에 도랑을 냈다. 하지만 눈물은 가장 아래층에는 이르지 못했다. "그자가 시켰어! 그자와 그자의 타오르는 눈이 시킨 거야."

랜드는 움찔했다. 맷은 코트 밑에 손을 넣고 있었다. 샤다 로고스에서 가져온 단검을 다시 쥐고 있는 게 틀림없었다. "그자가 나를 자기 사냥개로 만들었어! 조금도 쉬지 못하고 사냥하고 추격하는 사냥개로. 그자가 나를 버린 뒤에도 나는 그자의 사냥개일 뿐이었어."

"확실히 우리 모두에게 관계된 일이군요." 모레인이 우울하게 말했다. "내가 이 사람과 단둘이 이야기할 만한 곳이 있나요, 아겔마 공?" 모레인의 입은 역겨움에 꽉 다물어졌다. "그리고 일단은 이자를 씻겨 주세요. 이자를 건드려야 할지도 모릅니다." 아겔마는 고개를 끄덕이더니 잉타에게 조용히 말했다. 잉타는 허리를 숙여 인사하고 문으로 사라졌다.

"나한테 아무것도 시킬 수 없을 기다!" 그 목소리는 페인의 것이었다. 하지만 그는 더 이상 울고 있지 않았다. 오만하게 쏘아 대는 말투가 징징거림을 대체했다. 그는 몸을 전혀 움츠리지 않고 똑바로 섰다. 그는 고개를 젖히고 천장을 보며 소리쳤다. "다시는 안 돼! 나는…… 절대로…… 안 해!" 그는 양옆에 서 있는 남자들이 자기 호위병이고, 팔 다라의 주인은 그를 사로잡은 사람이라기보다 자신과 동등한 사람이라도 되는 것처럼 아겔마를 마주 보았다. 그의 말투가 뺀질거리면서도 느끼하게 변했다. "오해가 있구려, 대공. 내가 가끔 주문에 걸리기는 하지만, 그런 상황은 곧 지나가오. 그렇소,

나는 곧 벗어날 거요." 그는 경멸하듯 자기가 걸친 넝마를 손가락으로 탁 튕겼다. "이 옷을 보고 오해하지 마시오, 대공. 나를 막으려는 자들에 대항해 변장하는 수밖에 없었소. 오랫동안 힘겨운 여행을 해 오기도 했고. 하지만 이제야 나는 사람들이 여전히 바알자몬의 위험에 대해 아는 곳, 그들이 여전히 어둠의 존재와 맞서 싸우는 땅에 도착했소이다."

랜드는 눈을 두리번거리며 그를 바라보았다. 페인의 목소리가 **확실했지만**, 그가 하는 말은 평소의 행상인과 전혀 달랐다.

"그러니까 우리가 트롤록에 맞서 싸우기 때문에 여기에 왔다는 거군." 아겔마가 말했다. "너는 누군가가 너를 막고 싶어 할 만큼 중요한 인물이라는 얘기고. 이 사람들은 네가 파단 페인이라는 이름의 행상인이며, 자기들을 따라왔다고 하는데."

파단 페인은 망설였다. 그는 모레인을 힐끗 보더니 서둘러 아이즈 세다이에게서 시선을 돌렸다. 그의 눈길은 에먼즈 필드 사람들을 훑었다가 아겔마에게 다시 휙 돌아갔다. 랜드는 그 눈에서 증오심과 공포심을 보았다. 하지만 파단 페인이 다시 입을 열었을 때, 그의 목소리에는 동요하는 기색이 없었다. "파단 페인은 내가 지난 세월 동안 어쩔 수 없이 걸쳐야 했던 수많은 변장 가운데 하나일 뿐이오. 어둠의 친구들이 나를 쫓고 있소. 내가 그림자를 무찌를 방법을 알아냈기 때문이지. 내가 그 방법을 보여 줄 수 있소, 대공."

"우리는 인간이 할 수 있는 만큼 잘 해내고 있다." 아겔마가 무미건조하게 말했다. "물레는 그 뜻대로 실을 잣지만, 우리는 거의 세계의 파괴 시절부터 행상인의 가르침을 받지 않고도 어둠의 존재와 싸워 왔다."

"대공, 당신의 힘에는 의문의 여지가 없소. 하지만 그 힘으로 영원히 어둠의 존재와 맞설 수 있겠소? 버티기 벅차다는 느낌을 자주 받지 않으시오? 나의 무모함을 용서하시오, 대공. 그러나 어둠의 존재는 결국 당신을 지금 그대로 짓뭉갤 것이오. 내가 압니다. 정말로 알고 있소. 하지만 나는 땅에서 그림자를 닦아 낼 방법을 알려 줄 수 있소, 대공." 그의 목소리는 더더욱 오만해지면서도 번지르르하게 변했다. "내 조언대로 해 보기만 해도 알게 될 거요, 대공. 당신은 이 땅을 청소하게 될 것이오. 당신의 힘을 알맞은 방향으로 돌리기만 해도 대공 당신이 그 일을 해낼 수 있소. 타 발론이 덫에 당신을 얽어 놓도록 놔두지 마시오. 그러면 당신이 세상을 구할 수 있소. 대공, 당신은 빛에 최종적 승리를 가져다준 사람으로 역사 내내 기억될 것이오." 경비병들은 자리를 지키고 있었지만, 긴 창을 잡은 그들의 손은 움찔거렸다. 그 창을 써야만 하는 순간이 올지도 모른다고 생각하는 듯했다.

"행상인치고는 자신을 과대평가하는군요." 아겔마가 어깨 너머로 란에게 말했다. "잉타 말이 맞는 것 같습니다. 미친 자입니다."

페인은 화가 나는 듯 눈에 힘을 주었지만, 그의 목소리는 여전히 매끄러웠다. "대공, 내 말이 거창하게 들리리라는 건 나도 알고 있소. 하지만 딱 한 번만……." 그는 갑자기 말을 멈추더니 뒤로 물러섰다. 모레인이 자리에서 일어나 천천히 탁자를 돌아왔다. 경비병들이 낮게 들고 있는 긴 창만이 페인이 곧장 방에서 뒷걸음질 쳐 나가지 못하게 막고 있었다.

맷의 의자 뒤에 멈춘 모레인은 맷의 어깨에 손을 얹고 허리를 숙여 그에게 귓속말을 했다. 모레인이 무슨 말을 했는지는 모르지만, 맷의 얼굴에서는 긴장감이 빠져나갔다. 그는 코트 밑에서 손을 뺐다. 아이즈 세다이는 계속해서 나아가 아겔마 옆에 선 뒤 페인을 마주 보았다. 그녀가 멈추어 서자 행상인은 다시 한번 몸을 웅크렸다.

"나는 그자가 싫어." 그가 칭얼거렸다. "그자에게서 자유로워지고 싶어. 다시 빛 속을 걷고 싶어." 그의 어깨가 떨리기 시작했다. 전보다도 심하게 눈물이 줄줄 흘러내렸다. "그자가 시킨 거야."

"유감이지만 이자는 단순한 행상인이 아닙니다, 아겔마 공." 모레인이 말했다. "인간보다 못하고, 역겹기 짝이 없으며, 당신이 상상할 수 있는 것 이상으로 위험합니다. 목욕은 내가 이자와 이야기를 나눈 뒤에 시켜도 되겠습니다. 감히 1분도 낭비할 수 없군요. 가죠, 란."

47장 물레의 더 많은 이야기

랜드는 근질거리는 초조함 때문에 식탁 옆을 어슬렁거렸다. 열두 걸음. 식탁의 길이는 아무리 여러 번 헤아려 보아도 정확히 열두 걸음이었다. 랜드는 짜증을 내며 억지로 계산을 멈췄다. **바보 같은 짓이야. 빌어먹을 식탁의 길이 따위는 아무래도 상관없다고.** 몇 분 뒤, 랜드는 자기가 식탁까지 갔다가 돌아온 횟수를 세고 있었다는 것을 알게 되었다. **페인이 모레인과 란에게 무슨 말을 하는 것일까? 페인은 어둠의 존재가 우리를 쫓는 이유를 아는 것일까? 우리 중 누가 어둠의 존재가 원하는 자인지 아는 거야?**

랜드는 친구들을 힐끗 보았다. 페린은 빵을 부순 뒤 한 손가락으로 그 부스러기를 식탁에서 이리저리 밀어 대고 있었다. 그의 노란 눈은 깜빡이지도 않고 부스러기를 향해 있었지만, 실제로는 멀리 떨어진 무언가를 보는 것 같았다. 맷은 의자에 웅크리고 앉아 있었다. 눈을 반쯤 감은 채 금방이라도 미소를 지을 것 같은 표정을 지은 채였다. 재미있어서 짓는 웃음이 아니라 신경질적으로 웃는 웃음이었다. 겉보기에 그는 예전의 맷과 똑같아 보였다. 하지만 그는 이따금 무의식적으로 코트 너머의 샤다 로고스 단검을 만지작거렸다. **파단 페인이 무슨 말을 하고 있는 거지? 뭘 아는 것일까?**

최소한 로이알은 걱정하지 않는 듯했다. 오기어는 벽을 살펴보고 있었다.

처음에 그는 방 한가운데에 서서, 천천히 원을 그리며 벽을 바라보았다. 지금은 대체로 그 널찍한 코를 돌에 대고 누르면서, 대부분 인간의 엄지보다 굵은 손가락으로 특정한 결합부를 부드럽게 따라 그리고 있었다. 때로 그는 만져지는 것이 보이는 것보다 중요하다는 듯 눈을 감았다. 그의 귀가 이따금 움찔거렸다. 그는 오기어 언어로 혼잣말을 했다. 그 방에 자신과 함께 다른 사람이 있다는 것을 잊은 모양이었다.

아겔마 공은 방 끝에 있는 기다란 난로 앞에서 나이니브와 에그웨인과 함께 조용히 이야기를 나누고 있었다. 그는 손님을 잘 대접했고, 사람들이 각자의 문제를 잊도록 하는 솜씨가 능숙했다. 그의 이야기 몇 가지에 에그웨인은 키득거렸다. 한 번은 나이니브까지 고개를 뒤로 젖히고 웃음을 터뜨렸다. 랜드는 예상치 못한 소리에 깜짝 놀랐고, 맷의 의자가 쾅 하며 바닥에 쓰러지자 또다시 펄쩍 뛰었다.

"피와 재를 걸고!" 맷이 짓씹어 뱉었다. 그가 쓴 욕설에 나이니브의 입이 꽉 다물어지는 것은 무시했다. "왜 이렇게 오래 걸리는 거야?" 맷은 의자를 바로 세우고, 아무도 바라보지 않은 채 다시 앉았다. 그의 손이 헤매다가 코트로 향했다.

팔 다라의 주인은 못마땅하다는 듯 맷을 보더니—랜드와 페린을 볼 때도 그의 표정은 전혀 나아지지 않았다—다시 여자들에게로 시선을 돌렸다. 랜드는 어슬렁거리다가 그들에게 가까이 다가가 있었다.

"영주님." 에그웨인이 말하고 있었다. 꼭 평생 이런 호칭을 사용해 온 사람처럼 그럴싸했다. "저는 그 사람이 수호자라고 생각했는데, 영주님께서는 그를 다이 샨이라고 부르며 황금 두루미의 깃발 이야기를 하시더군요. 다른 사람들도 그랬고요. 때로는 거의 그 사람을 왕처럼 여기시는 것 같았어요. 모레인이 한 번인가 그 사람을 일곱탑의 마지막 주인이라고 불렀던 게 기억나는데, 그 사람은 누구인가요?"

나이니브는 자기 잔을 골똘히 살펴보기 시작했지만, 랜드가 보기에는 그녀가 갑자기 에그웨인보다 더 열심히 이야기에 귀를 기울이는 것이 분명했다. 랜드는 잠시 멈추어 엿듣는 티를 내지 않고 엿들으려고 노력했다.

"일곱탑의 주인이라는 건," 아겔마가 인상을 찡그리며 말했다. "오래된 작위라오, 에그웨인 아가씨. 티어의 대공들조차 그보다 오래된 작위를 가지고 있지는 않소. 안도어 여왕이라면 비슷할지 모르겠으나." 그는 한숨을 쉬더니 고개를 저었다. "란은 말하지 않으려 들지만, 변방에는 잘 알려진 이야기입니다. 알란 만드라고란은 왕이오. 아니, 왕이 되었어야 하는 사람이지요. 일곱탑의 주인, 호수의 주인, 왕관 없는 말키어리의 왕이라고도 합니다." 그는 면도한 머리를 높이 들었다. 꼭 아버지로서의 자긍심을 느끼는 듯 눈을 빛냈다. 그의 목소리는 그가 느끼는 힘으로 가득 차며 더 강인해졌다. 그 방의 모든 사람들이 애쓰지 않고도 그의 목소리를 들을 수 있었다. "우리 샤이나 사람들은 우리 자신을 변방인이라고 부르지만, 50년도 지나지 않은 과거에 샤이나는 사실 변방에 속하지 않았소. 샤이나와 아라펠 북쪽에 말키어가 있었으니까요. 샤이나의 창기병도 북쪽으로 향했지만, 거대한오염이 내려오지 못하게 막은 것은 말키어였소. 평화가 말키어의 기억을 아껴 주고 빛께서 말키어의 이름을 비추시길."

"란이 말키어 출신이군요." 현자는 위를 보며 조용히 말했다. 혼란스러운 표정이었다.

나이니브의 말은 질문이 아니었으나 아겔마는 고개를 끄덕였다. "그렇소, 나이니브 아가씨. 란은 말키어리의 왕관을 쓴 마지막 왕인 알아키르 만드라고란의 아들이오. 란이 어쩌다 지금 같은 모습이 되었느냐고? 아마 시작은 레인이었을 거요. 왕의 형제인 레인 만드라고란은 감히 창기병을 이끌고 거대한오염을 가로질러 말라버린땅까지 갔소. 어쩌면 샤이올 굴까지 갔을지도 모르오. 레인의 아내인 브레얀은 그 무모함을 이유로 알아키르가 레인 대신 왕좌에 오른 것을 마음 깊이 시기하게 되었소. 왕과 레인은 여느 형제만큼 사이가 좋았소. 아키르의 이름에 왕족에게만 붙이는 '알'이 붙은 뒤에도 쌍둥이처럼 가까웠지. 하지만 질투심이 브레얀을 망가뜨렸소. 레인은 자신의 행위로 정당하게 칭송받았지만, 그조차 알아키르의 영광을 넘어서지는 못했소. 알아키르는 남자로서나 왕으로서나 100년 만에 나올까 말까 한 인물이었으니까. 평화가 알아키르와 엘리아나를 아끼기를.

레인은 자신을 따라온 대부분의 사람들과 함께 말라버린땅에서 죽었소. 말키어는 그렇게 많은 사람을 잃을 여유가 없었고. 브레얀은 알아키르가 자기 남편과 함께 말키어리의 남은 사람들을 이끌고 북쪽으로 갔다면 샤이올굴 자체가 정복되었으리라고 말하며 왕을 비난했소. 그녀는 복수를 위해 코윈 페어하트라고도 불리는 코윈 제말란과 공모하여 왕좌를 찬탈하고 아들 이삼을 그 자리에 올리려 했지. 페어하트는 알아키르만큼이나 사랑받는 영웅이자 대공 중 한 사람이었으나, 대공들이 왕을 선출하기 위해 투표를 하자 아키르보다 단 두 표를 덜 받았다오. 그는 왕관의 돌에 다른 색깔의 막대를 넣은 두 사람만 아니었으면 왕좌는 자기 것이 되었으리라는 점을 언제까지나 잊지 않았소. 코윈과 브레얀은 자기들만의 계획에 따라 병사들을 거대한오염에서 데리고 돌아와 일곱탑을 포위함으로써 변방의 요새들을 사람 한 명 없는 성채로 발가벗겨 버렸소.

그러나 코윈의 질투는 그보다 깊었소." 아겔마의 목소리에 역겨움이 깃들었다. "거대한오염에서의 공적으로 변방 전체에서 칭송받던 영웅 페어하트는 어둠의 친구였다오. 변방의 요새들이 약화되자 트롤록들이 홍수처럼 말키어로 쳐들어왔소. 알아키르 왕과 레인이 함께였다면 땅을 되찾을 수 있었을 거요. 전에도 그렇게 한 적이 있고. 하지만 말라버린땅에서 레인이 패배한 일로 사람들은 동요했고, 트롤록 침략은 인간들의 사기와 저항의 의지를 꺾어 버렸소. 너무 많은 사람들이 그랬지. 압도적인 숫자의 트롤록들이 말키어리를 중심지까지 밀어붙였소.

브레얀은 아기이던 아들 이삼과 함께 도망쳤고, 남쪽으로 말을 타고 가던 중 트롤록들에게 사냥당했소. 아무도 둘의 운명을 확실히 알지는 못하지만 추측은 할 수 있지. 나는 오직 아이에게만 연민이 느껴진다오. 결국 코윈 페어하트의 배신행위가 드러나고 그는 젊은 제인 차린—이미 그는 제인 파스트라이더라고 불리고 있었소—에게 붙잡혔소. 페어하트는 사슬에 묶여 일곱탑으로 끌려왔지. 대공들은 그의 머리를 잘라 효수해야 한다고 외쳤다오. 하지만 백성들의 마음속에 그보다 나은 사람은 알아키르와 레인뿐이었기에, 왕은 그와 일대일 전투를 벌여 그를 베었소. 알아키르는 코윈을 죽이며 흐느꼈소. 어떤 사람들은 그가 운 이유는 그림자에 자신을 넘겨 버린 친구 때문이었다고 하고, 또 어떤 사람들은 말키어 때문이었다고 하오." 팔 다라의 군주는 슬프게 고개를 저었다.

"일곱탑의 파멸을 알리는 첫 번째 종은 이미 울린 것이나 다름없었소. 샤이나 혹은 아라펠에서 지원군을 모을 시간은 없었고, 말키어가 혼자 버틸 가망성도 없었소. 창기병 5천 명이 말라버린땅에서 죽었고, 변방의 요새들은 이미 점거당했으니까.

알아키르와 그의 왕비인 엘리아나는 요람에 있던 란을 데려오게 했소. 그들은 갓난아기였던 란의 손에 말키어리 왕들의 검을 쥐여 주었소. 오늘날 란이 차고 다니는 바로 그 칼이오. 힘의 전쟁, 그림자 전쟁 당시에 아이즈 세다이가 만들어 전설의 시대를 끝냈던 그 무기지. 왕과 왕비는 란의 머리에 기름을 붓고 그를 다이 샤이라고, 보관을 쓴 전투의 군주라고 이름 지은 뒤 그를 말키어리의 다음 왕으로 축성했소. 그리고 그의 이름을 걸고 말키어리 왕과 왕비들의 오래된 서약을 했지." 아겔마의 얼굴이 딱딱해졌다. 그는 자신도 바로 그 서약이나 그와 매우 비슷한 서약을 한 것처럼 말했다. "강철이 단단하다면, 돌이 그대로 남아 있다면 그림자와 맞서 싸우기로. 단 한 방울의 피라도 남아 있는 한 말키어리를 지키기로. 지킬 수 없는 것에 대해서는 복수하기로." 그 말이 방 안에 울렸다.

"엘리아나는 기억을 남길 수 있도록 아들의 목에 로켓(사진 등을 넣어 목걸이에 다는 작은 갑-옮긴이)을 걸어 주었소. 왕비가 직접 강보로 싼 아기는 왕의 호위병 중 특별히 선택받은 스무 명에게 넘겨졌지. 그들은 가장 뛰어난 검사들, 가장 위험한 투사들이었소. 그들이 받은 명령은 아기를 팔 모란으로 데려가라는 것이었고.

그 뒤 알아키르와 엘리아나는 말키어리 사람들을 이끌고 마지막으로 그림자와 맞서러 나갔소. 그렇게 그들은 헤라트의 갈림길에서 죽었소. 말키어리도 죽었고, 일곱탑도 무너져 내렸지. 샤이나와 아라펠과 칸도르는 예한의 계단에서 반인과 트롤록 들을 맞아 물리쳤소. 하지만 원래 놈들이 있던 곳까지 몰아내지는 못했지. 대부분의 말키어 영토는 트롤록들의 수중에 남겨졌고, 세월이 가면서 거대한오염이 그 땅을 조금씩 조금씩 삼켜 버린 거요." 아겔마는 무거운 한숨을 쉬었다. 말을 이어 가는 그의 눈과 목소리에는 슬픈 자긍심이 어려 있었다.

"호위병 중에서는 다섯 명만이 살아서 팔 모란에 도착했소. 모두가 부상을 입었지만, 아이는 다치지 않았지. 그들은 아이가 요람에 있을 때부터 자신들이 아는 모든 것을 그 아이에게 가르쳤소. 아이는 다른 아이들이 장난감에 대해 배우듯 무기에 대해 배웠고, 다른 아이들이 어머니의 정원에 대해 배우듯 거대한오염에 대해 배웠소. 아이가 요람에 있을 때 이루어진 서약은 아이의 머릿속에 새겨졌소. 지킬 것은 남아 있지 않았으나 아이는 복수를 할 수 있었지. 아이는 자신의 작위를 부정하지만, 변방에서는 왕관 없는 왕이라고 불리오. 그가 말키어의 황금 두루미 깃발을 올린다면 그를 따르려는 군대가 찾아올 겁니다. 하지만 그는 사람들을 사지로 끌고 가지 않으려 한다오. 그 자신은 거대한오염에서 여인에게 구애하듯 죽음에 구애하지만, 다른 이들을 그곳으로 데려가려 하지는 않소.

거대한오염에 들어가야 하는데 함께 갈 사람이 몇 명밖에 없다면, 그리로 데려다주거나 안전하게 다시 나오게 해 줄 사람으로 란만 한 사람은 없소. 그는 수호자들 중 최고이고, 그 말은 최고 중 최고라는 뜻이오. 저 소년들은 여기에서 머물며 경험을 좀 쌓게 하고, 란만을 온전히 신뢰해도 좋소. 거대한오염은 아무 시험도 거치지 않은 소년들이 갈 만한 곳이 아니오."

맷은 입을 열었다가 랜드의 눈짓에 다시 다물었다. **맷이 입을 다무는 법을 좀 배웠으면 좋겠는데.**

나이니브는 에그웨인처럼 눈을 휘둥그렇게 뜨고 그 이야기에 귀를 기울였으나 이제는 창백해진 얼굴로 다시 잔을 들여다보고 있었다. 에그웨인이 나이니브의 팔에 손을 얹고 연민의 시선을 던졌다.

모레인이 문 앞에 나타났다. 란이 바로 뒤를 따르고 있었다. 나이니브는 등을 돌렸다.

"뭐래요?" 랜드가 물었다. 맷이 자리에서 일어났다. 페린도 마찬가지였다.

"촌뜨기들." 아겔마가 중얼거리더니 평소의 말투로 목소리를 높였다. "뭔가 알아내셨습니까, 아이즈 세다이? 아니면 단순한 미치광이인가요?"

"미친 건 맞아요." 모레인이 말했다. "아니면 거의 미쳤다고 할 수 있죠. 하지만 파단 페인에게 단순한 점은 하나도 없습니다." 검은색과 황금색 의복을 입은 하인 중 한 명이 고개를 숙이며 들어왔다. 그는 파란색 대야와 주전자, 노란색 비누 하나, 작은 수건을 은쟁반에 얹어 들고 있었다. 그는 불안한 듯 아겔마를 보았다. 모레인이 그에게 가져온 물건을 탁자에 내려놓으라고 지시했다. "당신의 하인들에게 명령하는 무례를 용서해 주세요, 아겔마 공." 모레인이 말했다. "제가 멋대로 이 물건들을 부탁했습니다."

아겔마는 하인에게 고개를 끄덕였다. 하인은 쟁반을 탁자에 올려놓고 서둘러 떠났다. "당신은 제 하인들에게 얼마든지 명령하셔도 됩니다, 아이즈 세다이."

모레인이 대야에 부은 물은 방금까지 끓고 있었던 것처럼 김이 났다. 그녀는 소매를 걷고, 물의 열기는 상관없다는 듯 손을 박박 씻기 시작했다. "그자가 역겹기 짝이 없다고 말씀드렸는데, 그걸로는 도저히 표현할 수 없을 정도입니다. 저렇게까지 혐오스럽고 천한데다 더럽기까지 한 사람은 만난 적이 없어요. 그자를 만진 것만으로 더러워진 느낌입니다. 그자의 피부에 묻어 있던 오물을 말하는 게 아니에요. 여기가 더러워졌습니다." 모레인은 자기 가슴을 건드렸다. "그자의 영혼은 너무도 훼손되어, 과연 영혼이 있는지 의심스러울 정도였어요. 그자에게는 어둠의 친구보다도 나쁜 무언가가 있습니다."

"너무 불쌍해 보이던데요." 에그웨인이 중얼거렸다. "매년 봄 파단 페인이 에먼즈 필드에 왔던 게 기억나요. 늘 웃으면서 바깥소식을 잔뜩 전해 줬어요. 당연히 페인에게도 어느 정도 희망이 있겠죠? '다시는 빛을 찾을 수 없을 만큼 그림자 속에 오래 서 있을 수 있는 사람은 없다'고 하잖아요." 에그웨인이 들은 말을 인용했다.

아이즈 세다이는 세차게 손을 수건으로 닦았다. "나도 늘 그렇게 생각했어." 모레인이 말했다. "어쩌면 파단 페인도 구원받을 수 있을지 몰라. 하지만 저자는 40년 넘게 어둠의 친구로 지냈어. 그러면서 저자가 피와 고통, 죽음을 이용해 무슨 짓을 저질렀는지 들으면 네 마음도 얼어붙을 거야. 그중에서 가장 사소한 일이—아마 네게는 작은 일이 아니겠지만— 에먼즈 필드로 트롤록들을 불러온 거였어."

"역시 그랬어." 랜드가 조용히 말했다. 그는 에그웨인이 헛숨을 들이켜는 소리를 들었다. **알았어야 했는데. 태워 죽일, 파단 페인을 보자마자 그 사실을 알아차렸어야 했어.**

"여기로는 안 데려왔대요?" 맷이 물었다. 그는 주위의 성벽을 둘러보며 몸을 떨었다. 랜드는 맷이 트롤록보다는 머드랄을 떠올리고 있나 보다 하고 생각했다. 성벽은 베얼론에서든, 화이트브리지에서든 희미한 자를 막아 주지 못했다.

"만일 그랬다면," 아겔마가 웃었다. "트롤록들은 팔 다라의 성벽에 이빨이 부러지고 말 거다. 전에도 그런 적이 많으니까." 모두에게 한 말이었지만, 힐끔거리는 시선을 보면 그가 에그웨인과 나이니브에게 말한 것은 분명했다. "반인에 대해서도 걱정하지 마라." 맷의 얼굴이 붉어졌다. "팔 다라의 모든 거리와 골목은 밤에도 환히 밝혀지니까. 또 성벽 안에서는 누구도 얼굴을 감출 수 없어."

"페인 씨가 왜 그런 짓을 했을까요?" 에그웨인이 물었다.

"3년 전……." 모레인은 무거운 한숨을 쉬며 자리에 앉았다. 그녀는 페인 일로 기운이 다 빠진 것처럼 몸을 웅크렸다. "3년 전의 여름이었어. 그렇게 오래전 일이야. 빛께서 우리에게 은총을 베푸신 게 틀림없어. 그게 아니었다면 내가 타 발론에 앉아서 계획을 세우는 동안 거짓말의 아버지가 승리를 거뒀을 거야. 3년 동안 페인은 어둠의 존재를 위해 너희를 사냥하고 있었어."

"말도 안 돼요!" 랜드가 말했다. "페인은 시계처럼 정확하게 매년 봄 투리버스로 왔어요. 3년이라뇨? 우리는 페인의 코앞에 있었지만, 페인은 작년까지 우리를 제대로 쳐다보지도 않았어요." 아이즈 세다이는 랜드를 손가락으로 가리키며 빤히 보았다.

"페인이 내게 모든 이야기를 해 줬단다, 랜드. 거의 모든 이야기를 말이야. 내가 쓸 수 있는 모든 방법을 썼는데도 그자는 중요한 몇 가지를 말하지 않는 데 성공했어. 하지만 그 정도만으로도 충분히 알 수 있었지. 3년 전, 반인이 머랜디에 있는 한 마을로 페인을 찾아갔단다. 페인은 물론 겁에 질렸지만, 어둠의 친구들 사이에서는 그런 식의 호출을 받는 게 대단한 영예로 여겨져. 페인은 자기가 위대한 일을 하도록 선택되었다고 생각했지. 실제로도 그랬어. 페인이 생각한 방식대로는 아니었지만. 페인은 거대한오염이 있는 북쪽으로, 말라버린땅으로 불려 갔어. 샤이올 굴로 말이야. 거기에서 불의 눈을 가진 남자, 자신을 바알자몬이라고 부르는 남자와 만났지."

맷이 불안한 듯 몸을 움찔거렸고, 랜드는 세게 침을 삼켰다. 당연한 얘기였지만 그렇다고 받아들이기가 쉬워지는 것은 아니었다. 오직 페린만이 더 이상 무엇으로도 놀라지 않을 것처럼 아이즈 세다이를 보았다.

"빛께서 우리를 가호하시길." 아겔마가 열띠게 말했다.

"페인은 샤이올 굴에서 당한 일이 마음에 들지 않았어." 모레인이 침착하게 말을 이었다. "나와 이야기를 하는 동안 자주 불에 대해서, 또 뭔가가 타고 있다고 소리를 지르더구나. 나는 페인이 감추어 놓은 모든 것을 꺼냈고, 그 바람에 페인은 죽을 뻔했어. 치유력을 활용했는데도 산산이 부서진 폐허가 됐지. 그자를 다시 온전하게 만드는 데는 많은 것이 필요할 거야. 그래도 노력은 해 봐야지. 다른 이유가 아니라도, 그자가 아직 숨겨 놓고 있는 것들을 알아내야 하니까. 그자가 선택받은 건 행상인으로서 활동한 지역 때문이었어. 아니," 사람들이 동요하자 모레인이 재빨리 말했다. "투 리버스만 얘기하는 게 아니야. 그때는 아니었어. 거짓말의 아버지는 자기가 찾는 것이 발견될 만한 곳을 대강 알고 있지만, 타 발론의 우리만큼밖에 알지 못했거든.

페인은 자기가 어둠의 존재의 사냥개가 되었다고 했어. 어떤 면에서는 맞는 말이야. 거짓말의 아버지는 페인에게 사냥을 떠나도록 했어. 처음에는 페인이 그 사냥을 할 수 있도록 그를 변화시켰지. 페인이 떠올리기조차 두려워하는 건 바로 그런 변화를 일으키기 위해 행해진 일들이야. 그런 이유로 페인은 자기 주인을 두려워하는 만큼 증오해. 그렇게 페인은 코를 킁킁거리며 베얼론 근처의 모든 마을을 뒤지고 다녔어. 안개의산맥까지, 저 아래 타렌강과 타렌강 건너 투 리버스까지 말이야."

"3년 전 봄에요?" 페린이 천천히 말했다. "그해 봄이 기억나요. 페인이 평소보다 늦게 찾아왔죠. 하지만 이상했던 건 페인이 오래 머물렀다는 점이었어요. 페인은 1주일 내내 빈둥거리면서 와인스프링 여관의 방값을 내느라 돈을 낭비했다고 이를 갈았어요. 페인은 돈을 좋아하거든요."

"이제 기억나네." 맷이 말했다. "다들 페인이 아픈 건지, 동네 여자한테 사랑에 빠진 건지 궁금해했잖아? 물론, 어떤 여자도 행상인과 결혼하지는 않겠지만 말이야. 차라리 방랑자랑 결혼하지." 에그웨인이 한쪽 눈썹을 치켜올리며 그를 보자 맷은 입을 다물었다.

"그 뒤, 페인은 다시 샤이올 굴로 불려 갔어. 그리고 그의 정신은…… 증류됐지." 아이즈 세다이의 말투에 랜드는 배 속이 뒤틀렸다. 그 말투는 모레인의 얼굴에 잠깐 스친 험악한 표정보다도 말의 의미를 잘 전달했다. "그때 파단 페인이…… 느낀 건…… 집중적이고도 반복적이었어. 다음 해 투 리버스에 들어갔을 때, 페인은 표적을 더 분명하게 선택할 수 있었지. 사실 어둠의 존재가 예상한 것보다도 분명하게 알아낼 수 있었어. 파단 페인은 자기가 찾는 사람이 에먼즈 필드의 세 명 중 한 명이라는 걸 확실히 알았어."

페린이 끙 소리를 냈다. 맷은 작고 단조로운 목소리로 욕을 하기 시작했다. 나이니브가 노려봐도 멈추지 않았다. 아겔마는 궁금하다는 듯 그들을 보았다. 랜드는 아주 약한 한기만을 느끼고 이상하다고 생각했다. 어둠의 존재가 3년이나 그를…… 그들을 쫓고 있었다. 이가 딱딱 부딪혀 와도 이상하지 않을 일이었는데.

모레인은 맷의 욕설에도 말을 끊지 않았다. 그녀는 맷의 목소리를 누르고 들리도록 목청을 높였다. "파단 페인이 루가드로 돌아갔을 때 바알자몬이 꿈을 통해 그를 찾아갔어. 페인은 스스로 치욕을 당하면서, 절반만 들어도 귀가 먹을 정도의 의식들을 함으로써 어둠의 존재에게 더욱 단단히 얽혔지. 꿈속에서 이루어진 일은 깨어 있을 때 이루어진 일보다 위험할 수도 있거든." 랜드는 날카롭게 경고하는 그 시선에 몸을 떨었지만, 모레인은 멈추지 않았다. "파단 페인은 엄청난 보상을 약속받았어. 바알자몬이 승리를 거둔 뒤 여러 왕국을 다스릴 힘을 얻게 된다는 약속이었지. 그리고 에먼즈 필드로 돌아가면, 찾아낸 세 사람에게 흔적을 남겨야 한다는 명령을 받았어. 반인이 에먼즈 필드에서 트롤록들과 함께 페인을 기다릴 예정이었어. 이제 우리는 트롤록들이 어떻게 투 리버스로 들어왔는지 알지. 마네세렌에 오기어 덤불과 웨이게이트가 있었던 게 틀림없어."

"가장 아름다운 곳이었지요." 로이알이 말했다. "타 발론에 있는 곳을 빼면 말입니다." 그는 다른 모두와 마찬가지로 열심히 귀 기울이고 있었다. "오기어는 마네세렌을 따뜻한 마음으로 기억합니다." 아겔마가 입 모양으로 마네세렌이라는 이름을 조용히 말했다. 그의 눈썹이 놀란 듯 치솟아 있었다. 마네세렌이라니.

"아겔마 공." 모레인이 말했다. "마팔 다다라넬의 웨이게이트를 찾는 방법을 알려 드리겠습니다. 그 주변에 성벽을 쌓고 지키셔야 합니다. 아무도 그 근처에 다가가지 못하게 하십시오. 반인들은 아직 웨이 전체를 알지 못하지만, 그 웨이게이트는 남쪽으로 통해 있으며 팔 다라까지 겨우 몇 시간밖에 걸리지 않는 곳에 있습니다."

팔 다라의 군주는 최면에 빠졌다가 깨어난 것처럼 고개를 저었다. "남쪽으로요? 평화여! 빛께서 우리를 비추소서, 우리에게 그 웨이게이트는 필요하지 않습니다. 말씀하신 대로 하겠습니다."

"파단 페인이 웨이를 통해서 우리를 따라온 건가요?" 페린이 물었다. "그럴 수밖에 없잖아요."

모레인은 고개를 끄덕였다. "페인은 무덤 속이라도 너희 셋을 따라갈 거야. 그래야만 하니까. 머드랄은 에먼즈 필드에서 실패하고 나자 페인과 트롤록들을 우리한테 붙였어. 희미한 자는 페인이 자기와 함께 이동하지 못하게 했어. 페인은 자기가 투 리버스에서 가장 좋은 말을 차지하고 부대의 선두에 서야 한다고 생각했지만, 머드랄은 페인이 트롤록들과 함께 두 다리로 달리도록 하고 페인이 더 이상 뛰지 못하면 트롤록들에게 페인을 운반하도록 했어. 놈들은 페인이 알아들을 수 있는 말로 페인의 쓸모가 다하면 그를 가장 맛있게 요리할 방법이 뭔지 이야기했어. 페인은 타렌강에 도착하기도 전에 어둠의 존재에게서 돌아섰다고 주장해. 하지만 이따금 약속받은 보상에 대한 탐욕이 스며들었지.

우리가 타렌강을 건너 탈출했을 때, 머드랄은 트롤록들을 데리고 가장 가까운 웨이게이트로 돌아갔어. 안개의산맥에 있는 곳으로. 그리고 페인을 홀로 떠나보낸 거야. 페인은 그때 자유로워졌다고 생각했지만, 베얼론에 도착하기도 전에 다른 희미한 자가 그를 찾아냈어. 그놈은 그리 친절하지 않았고. 희미한 자는 밤이면 페인을 트롤록의 주전자 속에서 웅크리고 자게 했어. 실패할 때의 대가를 떠올리게 해 주겠다면서 말이야. 그 희미한 자는 페인을 샤다 로고스까지 이용했어. 그때쯤 페인은 자기를 놔주기만 한다면 어머니마저 머드랄에게 기꺼이 내줄 마음이었지. 하지만 어둠의 존재는 한 번 움켜쥔 손은 절대로 펴지 않아.

내가 거기서 한 일, 그러니까 우리 흔적의 환상과 냄새를 산 쪽으로 보낸 일 덕분에 머드랄은 속아 넘어갔지만 페인은 그렇지 않았어. 반인들은 페인을 믿지 않았지. 나중에는 페인을 끈으로 묶어서 끌고 다녔고. 아무리 열심히 따라붙어도 우리가 자기들을 항상 간발의 차로 앞서는 것처럼 보였을 때에야 일부가 페인을 믿기 시작했어. 그들이 샤다 로고스로 돌아간 넷이야. 페인은 머드랄을 지휘한 게 바알자몬 본인이었다고 해."

아겔마는 경멸스럽다는 듯 고개를 저었다. "어둠의 존재라고요? 하! 그자는 거짓말을 하고 있거나 미친 겁니다. 심장의 죽음이 풀려났다면 우리 모두는 지금쯤 죽거나 그보다 못한 꼴을 당했을 겁니다."

"파단 페인은 자기가 보는 그대로의 진실을 말했어요." 모레인이 말했다. "많은 걸 숨기긴 했지만 내게 거짓말을 할 수는 없었습니다. 페인은 이렇게 말했어요. '바알자몬은 일렁이는 촛불처럼 나타났다가 사라지고 다시 나타났소. 같은 장소에 두 번 나타난 적은 한 번도 없었지. 그자의 눈은 머드랄을 그슬렸고, 그의 입에 머금은 불길은 우리를 불태웠소.'"

"뭔가가," 란이 말했다. "희미한 자 넷을 그들이 두려워하는 곳으로 가도록 몰아넣었습니다. 놈들은 거의 어둠의 존재의 분노를 두려워하듯 그곳을 두려워하는데도요."

아겔마는 걷어차인 것처럼 끙 소리를 냈다. 구역질을 할 것 같은 표정이었다.

"샤다 로고스의 폐허에서는 악과 악이 맞붙었어." 모레인이 말을 이었다. "더러운 것이 역겨운 것과 싸운 거야. 페인은 그 이야기를 하면서 치아를 부딪쳐 댔고 우는소리를 했어. 많은 트롤록이 살해당했어. 마샤다를 비롯한 것들에게 먹혀 버린 거야. 페인의 줄을 쥐고 있던 트롤록도 그중에 포함되어 있었고. 페인은 그 도시가 샤이올 굴에 있는 파멸의 구덩이라도 되는 것처럼 도망쳤어.

파단 페인은 이제야 자유로워졌다고 믿었어. 바알자몬이 다시는 그를 찾지 못할 때까지, 필요하다면 땅끝까지 도망칠 생각이었어. 사냥하고자 하는 강박이 전혀 줄지 않았다는 것을 알았을 때 그가 얼마나 두려웠을지 상상해 봐. 그 갈망은 하루하루가 갈수록 오히려 더 강해지고 날카로워졌어. 페인은 너희를 쫓는 동안 죽은 짐승의 시체를 뜯어 먹는 것 말고는 아무것도 먹을 수 없었어. 그는 도망치면서 딱정벌레와 도마뱀을 잡아먹었고, 한밤중에 두엄에서 파낸 반쯤 썩은 폐기물을 먹었지. 피로에 텅 빈 자루처럼 쓰러질 때까지는 멈출 수도 없었어. 다시 설 기운이 생기자마자 내몰렸고. 케임린에 도착했을 때쯤 페인은 2킬로미터 떨어진 곳에서도 사냥감의 존재를 **느낄** 수 있었어. 여기, 아래층 감옥에서도 페인은 이따금 위를 쳐다보곤 했어. 자기가 뭘 하는지도 모르고 말이야. 이 방 쪽을 바라보더구나."

랜드는 갑자기 날갯죽지가 근질거렸다. 자신의 몸에 닿는 파단 페인의 시선이 석재를 사이에 두고 느껴지는 것만 같았다. 아이즈 세다이는 랜드가 불편한 듯 어깨를 으쓱이는 것을 보았지만 물러서지 않고 계속 말을 이어 나갔다.

"페인이 케임린에 도착했을 때 이미 반쯤 미쳐 있었지만, 자기가 쫓는 사람 중 단 둘만이 그곳에 와 있다는 걸 알았을 때는 더 심하게 무너져 내렸어. 페인은 너희 **모두를** 찾아야겠다는 강박을 느끼면서도 케임린에 있는 두 사람을 쫓는 것 말고는 아무것도 할 수 없었지. 페인은 케임린에서 웨이게이트가 열렸을 때 들은 비명에 대해 말했어. 웨이게이트를 열 방법에 관한 지식은 페인의 머릿속에 들어 있었어. 어떻게 그 지식을 얻게 되었는지는 알 수 없었지만 페인의 두 손이 알아서 움직였어. 페인이 멈추려 하자 바알자몬의 불길로 두 손이 타올랐지. 페인은 소음 때문에 와 본 가게 주인을 살해했어. 꼭 그래야만 했기 때문이 아니라, 자신은 도저히 벗어날 수 없도록 웨이로 이끌려 가는데 가게 주인은 자유롭게 지하실에서 걸어 나갈 수 있다는 게 부러웠기 때문이야."

"그럼 당신이 느꼈던 우리를 따라오는 존재가 페인이었겠네요." 에그웨인이 말했다. 란이 고개를 끄덕였다. "그럼 페인은 그…… 검은 바람을 어떻게 피한 거죠?" 에그웨인의 목소리가 떨렸다. 그녀는 잠시 말을 멈추고 침을 삼켰다. "웨이게이트에서 검은 바람은 우리를 바로 뒤쫓아 왔잖아요."

"도망친 것이기도 하고, 도망치지 못한 것이기도 해." 모레인이 말했다. "검은 바람은 페인을 사로잡았어. 페인은 그 목소리를 이해했다고 주장했고. 어떤 목소리들은 페인을 동족으로 여겨 환영했고, 또 어떤 목소리는 페인을 두려워했어. 검은 바람은 페인을 둘러싸자마자 도망쳤어."

"빛께서 저희를 보우하소서." 로이알의 속삭임이 거대한 호박벌 소리처럼 울렸다.

"정말 그러기를 기도하세요." 모레인이 말했다. "지금도 파단 페인에 관해서는 숨겨진 내용이, 내가 알아내야만 하는 것들이 많이 있습니다. 사악함은 내가 만나 본 그 누구보다도 파단 페인 안에서 더 깊고 강하게 진행되고 있어요. 어쩌면 어둠의 존재가 페인에게 저지른 짓을 하는 과정에서 자신의 일부를 페인에게 남긴 것일지도 모릅니다. 어쩌면 의식하지 못한 채 자신의 의도까지 일부 남겼을 수 있어요. 내가 세계의 눈 이야기를 하자 페인은 입을 꽉 다물었지만, 그 침묵 너머에서 뭔가 아는 기색이 느껴지더군요. 시간이 좀 더 있으면 좋겠지만, 우린 기다릴 수 없어요."

"그자가 뭔가 안다면," 아겔마가 말했다. "제가 알아낼 수 있습니다." 그의 얼굴에서는 어둠의 친구들을 향한 자비심이 전혀 드러나지 않았다. 그의 목소리는 페인을 조금도 딱하게 여기지 않겠다고 약속하는 듯했다. "여러분이 거대한오염에서 마주하게 될 것의 일부라도 알 수 있다면 하루를 더 쓰는 것도 그만한 가치가 있겠지요. 적의 의도를 몰라 패배한 전투가 많습니다."

모레인은 한숨을 쉬며 아쉽다는 듯 고개를 저었다. "영주님, 거대한오염을 마주하기 전에 최소한 하루를 푹 자야만 하는 게 아니었다면, 나는 어둠 속에 트롤록의 습격을 받는 위험을 감수해야 한대도 한 시간 안에 이곳을 떠났을 겁니다. 내가 페인에게서 알아낸 내용을 생각해 보세요. 3년 전, 어둠의 존재는 페인에게 손을 쓰기 위해 그를 샤이올 굴까지 데려가야 했습니다. 페인이 골수까지 어둠의 친구였는데도 말이죠. 1년 전에는 어둠의 존재가 꿈을 통해 어둠의 친구인 페인에게 명령을 내릴 수 있었어요. 올해는 바알자몬이 빛 속에서 살아가는 사람들의 꿈속을 걸어 다니며, 어려움을 겪었다고는 하지만 샤다 로고스에 실제로 나타났습니다. 물론 자신의 육체를 가지고 나타난 건 아니지만요. 어둠의 존재의 정신이 투사되는 것만으로도, 그 투사체가 일렁이며 오래 버티지 못한대도 세상에는 트롤록 무리 전체를 합한 것보다 치명적인 위협이 돼요. 샤이올 굴의 봉인은 절망적으로 약화하고 있습니다, 아겔마 공. 시간이 없어요."

아겔마는 잠자코 고개를 숙였으나 다시 머리를 들었을 때는 입가에 여전히 고집스러운 기색이 어려 있었다. "아이즈 세다이, 제가 창기병들을 타윈의틈새로 데려간다 하더라도 우리는 그저 양동작전의 미끼, 혹은 진짜 전투의 가장자리에서 벌어지는 소규모 접전을 치르게 될 뿐이라는 건 받아들일 수 있습니다. 패턴이 그렇듯 의무도 인간을 그 의지에 따라 데려갑니다. 의무도, 패턴도 우리가 한 일로 위대함을 성취하게 되리라고는 약속하지 않지요. 당신이 전투에서 진다면, 우리의 소규모 접전은 설령 이긴다 한들 쓸모없는 것이 될 겁니다. 소수 인원으로만 움직여야 한다고 하시면 그야 받아들이겠습니다만, 이길 수 **있도록** 모든 노력을 기울여 주시기를 간청합니다. 이 젊은이들은 여기에 두고 가십시오, 아이즈 세다이. 장담하는데, 영예를 얻을 생각이라고는 눈곱만큼도 없는 노련한 남자 세 명을 찾아서 이들을 대신하게 할 수 있습니다. 거대한오염에서는 란만큼이나 유능한 훌륭한 검사들입니다. 당신의 승리를 돕기 위해 할 수 있는 일을 다했다는 걸 알고서 타윈의틈새로 갈 수 있게 해주십시오."

"나는 오직 저 젊은이들만을 데려갈 수 있어요, 아겔마 공." 모레인이 부드럽게 말했다. "세계의 눈에서 싸울 사람들은 저 젊은이들입니다."

아겔마의 입이 쩍 벌어졌다. 그는 랜드와 맷과 페린을 빤히 바라보았다. 갑자기 팔 다라의 군주가 한 걸음 물러났다. 그의 손이 요새 안에서는 한 번도 차지 않는 칼을 무의식적으로 더듬었다. "저 청년들이 설마…… 모레인 세다이, 당신은 적색의 아자가 아니지만 그렇더라도 절대……." 그의 면도한 머리에서 갑자기 땀이 번들거렸다.

"저들은 **타비렌**이에요." 모레인이 달래듯 말했다. "패턴이 저들을 중심으로 짜입니다. 어둠의 존재는 이미 저들을 한 번 이상 죽이려 했어요. 한 곳에 **타비렌** 셋이 있으면, 소용돌이가 지푸라기의 진로를 바꿀 수 있는 것처럼 그 주위의 삶도 바뀔 수 있습니다. 게다가 그 장소가 세계의 눈이라면, 패턴은 심지어 거짓말의 아버지까지도 흡수할지 몰라요. 그를 다시 무해하게 만들지도 모릅니다."

아겔마는 더 이상 칼을 찾지 않았지만, 여전히 의심에 찬 눈으로 랜드 일행을 보았다. "모레인 세다이, 당신이 그렇게 말씀하신다면 그렇겠지요. 하지만 제 눈으로는 모르겠습니다. 어린 농부들인데요. 확실한 겁니까, 아이즈 세다이?"

"오래된 혈통이에요." 모레인이 말했다. "강이 수십만 갈래의 개울로 갈라지듯 그 혈통도 갈라집니다. 하지만 때로는 개울이 합쳐져 다시 강이 되기도 하지요. 마네세렌의 오랜 혈통은 이 젊은이들 거의 모두에게서 강하고 순수하게 나타납니다. 마네세렌 혈통의 힘을 의심할 수 있나요, 아겔마 공?"

랜드는 곁눈으로 아이즈 세다이를 보았다. **거의 모두.** 그는 용기를 내서 나이니브를 보았다. 그녀는 듣는 데서 그치지 않고 상황을 지켜보려고 고개를 돌리고 있었다. 지금도 란은 보지 않고 피했지만 말이다. 랜드는 현자와 눈을 마주쳤다. 그녀가 고개를 저었다. 나이니브는 랜드가 투 리버스에서 태어나지 않았다는 말을 아이즈 세다이에게 한 적이 없었다. **모레인은 무엇을 아는 것일까?**

"마네세렌이라." 아겔마는 고개를 끄덕이며 천천히 대답했다. "그 혈통이라면 의심하지 않겠습니다." 그러더니 그는 더 빠르게 덧붙였다. "물레는 기이한 시절을 가져오지요. 어린 농부들이 마네세렌의 영광을 거대한오염으로 가져간다니 믿기지 않습니다. 하지만 어떤 혈통이 어둠의 존재에게 파멸의 일격을 날릴 수 있다면 그 혈통은 마네세렌 혈통일 겁니다. 당신이 바라시는 대로 되어야겠군요, 아이즈 세다이."

"그럼 우리에게 방을 보여 주세요." 모레인이 말했다. "시간이 짧아지니, 우리는 태양이 뜰 때 함께 이곳을 떠야 합니다. 젊은이들은 나와 가까운 곳에서 자야 하고요. 곧 어둠의 존재가 저 젊은이들을 또 한 번 칠 겁니다. 남은 시간이 너무 짧아요. 너무 짧습니다."

랜드는 모레인의 시선이 자기에게 닿는 것을 느꼈다. 그녀는 랜드와 그의 친구들을 자세히 살펴보며 그들의 힘을 가늠해 보고 있었다. 랜드는 몸을 떨었다. 시간이 너무 짧았다.

48장 거대한오염

바람이 란의 망토를 후려쳤다. 때로는 햇빛을 받으면서도 앞을 보기가 힘들었다. 잉타를 비롯해 아겔마 공이 트롤록의 기습을 대비해 그들을 국경선까지 호위하라며 보낸 100명의 창기병은 갑옷을 입고 붉은 삼각기를 든 채 강철 갑옷을 입은 말들로 이루어진 2열의 행렬을 용감하게 뽐냈다. 잉타의 회색 올빼미 깃발이 선두에 서 있었다. 그들은 여왕의 호위병 100명만큼 웅장했으나, 랜드가 자세히 살핀 것은 그들 앞에서 간신히 보이는 탑이었다. 샤이나의 창기병은 아침 내내 보았으니까.

탑은 전부 언덕 꼭대기에 높고 단단하게 서 있었다. 각자 옆의 탑과는 914미터 떨어져 있었다. 동쪽과 서쪽으로 다른 탑들이 솟아 있었으며, 그 너머로도 더 많은 탑들이 있었다. 돌로 된 가운데 부분을 둘러싸고 널찍하고 성벽이 갖추어진 경사로가 설치되어 있었다. 경사로는 화살 구멍이 있는 탑 꼭대기까지 이어져 있었으며 그 중간 지점에는 묵직한 성문이 있었다. 요새로부터 출격해 나가는 사람들은 땅에 도착할 때까지 성벽으로 보호받겠으나, 성문으로 다가가려 애쓰는 적들은 머리 위에 펼쳐진 성벽에서 바깥쪽을 겨누고 있는 화살과 돌, 커다란 주전자의 끓는 기름 세례를 받으며 탑을 기어올라야 했다. 태양을 피해 조심스럽게 아래를 향하게 둔 커다란 강철 거울이 지금은 각 탑의 꼭대기에서 반짝였다. 해가 비치는 날에는 국경에서 더 멀리 떨어진 탑으로 거울을 번쩍여 신호를 보내게 될 것이다. 그 위에는 태양이 비치지 않더라도 봉화를 올릴 수 있는 높다란 철제 그릇이 설치되어 있었다. 그곳에서는 더 먼 탑으로 다시 신호를 보낼 테고. 그렇게 신호는 중심지의 요새까지 전달될 것이고, 그곳에서부터 창기병들이 말을 타고 습격한 자들을 물리치러 올 터였다. 정상적인 시절이었다면 말이다.

그들이 접근하는 모습을 가장 가까운 탑 두 곳의 꼭대기에 있는 사람들이 지켜보았다. 탑마다 사람은 겨우 몇 명밖에 없었다. 그들은 호기심 어린 눈으로 화살 구멍 너머를 바라보았다. 괜찮은 시절이라면 탑에는 자기 방어에 필요한 인원만이 머물렀을 것이다. 강한 팔보다는 돌벽에 생존이 달려 있었으니 말이다. 하지만 그럴 필요가 없는 모든 사람이, 그 이상의 사람들이 타원의틈새로 갈 예정이었다. 창기병들이 타원의틈새를 방어하지 못한다면 탑의 함락도 아무 의미가 없을 터였다.

랜드는 탑 사이로 말을 타고 가며 몸을 떨었다. 한층 더 차가운 공기의 벽을 뚫고 말을 타는 것만 같았다. 이곳이 변방이었다. 그 너머의 땅은 샤이나와 전혀 다르지 않게 보였지만, 나뭇잎 없는 나무들 너머 어딘가에 거대한 오염이 있었다.

잉타는 탑을 볼 수 있는 평범한 돌 초소 바로 앞에서 강철 주먹을 들고 창기병들을 멈추어 세웠다. 샤이나와 한때 말키어였던 지역의 경계선을 표시하는 국경의 초소였다. "양해해 주십시오, 모레인 아이즈 세다이. 양해해 주십시오, 다이 샨. 양해해 주십시오, 건설자님. 아겔마 공께서 제게 더 이상 가지 말라고 명령하셨습니다." 잉타는 그 명령이 별로 마음에 들지 않는 목소리였다. 전반적인 삶에 불만족하는 듯했다.

"우리가, 아겔마 공과 내가 함께 세운 계획입니다." 모레인이 말했다.

잉타는 시무룩하게 끙 소리를 냈다. "양해해 주십시오, 아이즈 세다이." 그는 진심이 아닌 것 같은 목소리로 사과했다. "여러분을 이곳까지 호위한다는 건 싸움이 끝나기 전에 저희가 타원의틈새에 도착하지 못할 수도 있다는 뜻입니다. 저는 다른 사람들과 함께 맞서 싸울 기회를 강탈당했을 뿐 아니라 거대한오염에는 한 번도 가 본 적 없는 사람처럼 국경 초소 너머로 한 발도 나아가지 말라는 명령까지 받았습니다. 저의 주군이신 아겔마 공께서는 이유도 말씀해 주지 않으십니다." 면갑의 철창 뒤로 보이는 그의 눈빛을 보니 마지막 말 한 마디는 아이즈 세다이에게 던지는 질문이었다. 그는 랜드 일행을 보는 것을 수치스럽게 여겼다. 그들이 란과 함께 거대한오염으로 간다는 것을 알기 때문이었다.

"나 대신 가라지." 맷이 랜드에게 투덜댔다. 란은 둘 모두를 날카롭게 바라보았다. 맷은 얼굴이 빨개져 시선을 떨어뜨렸다.

"우리 모두에게는 패턴에서 해야 할 각자의 몫이 있어요, 잉타." 모레인이 단호하게 말했다. "여기서부터 우리는 우리의 패턴을 우리만의 힘으로 짜내야 합니다."

잉타는 뻣뻣한 태도로 인사했다. 갑옷 때문만은 아닌 듯했다. "당신께서 원하신다면 따르겠습니다, 아이즈 세다이. 저는 이제 여러분을 떠나 타윈의 틈새에 도착할 수 있도록 열심히 말을 달려야 합니다. 최소한 그곳에서는 트롤록들과 맞서 싸워도 좋다는…… **허락을** 받을 수 있겠지요."

"정말 그렇게까지 트롤록들과 싸우고 싶소?" 나이니브가 물었다.

잉타는 어리둥절한 눈으로 나이니브를 보더니 설명해 달라는 듯 수호자를 힐끗 보았다. "그게 제가 하는 일입니다, 아가씨." 그가 천천히 말했다. "제가 존재하는 이유 말입니다." 그는 장갑 낀 손을 란에게 들어 보였다. 펼친 손바닥이 수호자에게 향했다. "**수라비에 닌토 만시마 타이시테, 다이 샨.** 평화가 당신의 길에 호의를 베풀기를." 잉타는 말 머리를 돌려 기수를 비롯한 100명의 창기병과 함께 동쪽으로 향했다. 그들은 걸어갔지만, 걷는 속도가 일정했다. 아직 먼 거리를 가야 하는 말들이 마갑을 입은 채 달릴 수 있는 최대의 속도였다.

"참 이상한 말이에요." 에그웨인이 말했다. "왜 저런 식으로 평화라는 단어를 쓰는 거죠?"

"어떤 존재를 꿈에서 보았을 뿐 실제로는 전혀 모른다면," 란이 만다브의 옆구리를 차 앞으로 나서며 대답했다. "그 존재는 부적 이상의 무언가가 되니까."

랜드는 수호자를 따라 돌로 된 국경 초소를 지나며 안장에 앉은 채 고개를 돌려 뒤를 보았다. 잉타와 창기병들이 헐벗은 나무 뒤로 사라지는 모습과 국경 초소가 사라지는 모습, 마지막으로 나무 위를 내려다보는 언덕 위의 그 모든 탑들이 보였다. 일행은 너무도 빠르게 혼자가 되어 잎사귀 없는 숲의 캐노피 아래에서 북쪽으로 말을 달리고 있었다. 랜드는 경계심 가득한 침묵에 빠져들었다. 이번만큼은 맷도 할 말이 없는 듯했다.

그날 아침, 팔 다라의 성문은 새벽이 되자마자 열렸다. 병사들과 똑같이 갑옷과 투구를 착용한 아겔마 공은 검은 매 깃발과 동쪽 성문에서 온 세 마리 여우 부대와 함께 태양을 향해 달려갔다. 태양은 아직 우듬지 위의 빨간 조각으로만 보였다. 행렬을 이룬 사람들은 반구형의 큰 북처럼 솟아 있는 언덕으로 구불구불 나아가는 강철 뱀이라도 된 듯 네 명이 나란히 서서 마을을 벗어났다. 아겔마가 숲에 감추어져 있는 뱀의 머리에 서 있었고, 뱀의 꼬리는 팔 다라 요새를 막 떠나고 있었다. 거리에서는 그들의 발걸음을 재촉하는 환호성이 들리지 않았다. 그저 행렬 자체의 북소리와 그들의 삼각기가 바람에 휘날리는 소리뿐이었다. 하지만 그들의 눈은 목적의식을 가지고 떠오르는 태양을 바라보았다. 그들은 동쪽에서 다른 강철 뱀들과 합류하게 될 터였다. 양옆에 아들들을 거느린 이자 국왕의 팔 모란의 뱀과 동쪽 국경을 지키고 세계의등뼈를 경비하는 앙코 데일의 뱀, 모스 시라레와 팔 시온과 캠런 카안의 뱀, 작든 크든 샤이나에 있는 다른 모든 요새의 뱀들. 합류하여 더 큰 뱀이 된 그들은 방향을 틀어 북쪽에 있는 타윈의틈새로 향할 터였다.

동시에 다른 탈출도 시작되었다. 이들은 팔 모란으로 가는 길로 이어지는 왕의 성문을 활용했다. 수레와 마차, 말을 탄 사람들과 걸어가는 사람들, 가축을 몰고 가는 사람들, 아이를 업은 사람들, 아침 그림자만큼 얼굴이 축 늘어진 사람들. 그들은 어쩌면 영원히 집을 떠나야 할지도 모른다는 내키지 않는 마음에 발걸음이 느려졌다. 한편으로는 다가오는 일에 대한 두려움이 그들에게 박차를 가했다. 그래서 그들은 발을 질질 끌다가 열 걸음쯤을 갑자기 달린 뒤 다시 한번 걸음을 늦추어 먼지 구덩이 속을 터덜터덜 나아가는 식으로 불쑥불쑥 움직였다. 몇 명은 마을 외곽에서 멈춰 서서 구불구불 숲 속으로 들어가는 갑옷 입은 병사들의 행렬을 지켜보았다. 그들의 눈에서 희망이 꽃피었고 기도를 읊조리는 소리도 들려왔다. 병사들을 위한 기도, 그들 자신을 위한 기도. 그런 뒤 그들은 다시 터덜터덜 남쪽으로 걷기 시작했다.

가장 작은 행렬은 말키어 성문을 통해 나갔다. 성안에 남겠다는 사람들도 몇 명 있었다. 병사들과 몇 안 되는 나이 든 남자들이었다. 그 노인들의 아내들은 사망했으며 다 자란 아이들은 천천히 남쪽으로 가고 있었다. 마지막 한 줌의 사람들은 타윈의틈새에서 무슨 일이 벌어지든 팔 다라가 방어 한번 해 보지 않고 함락되는 것을 막기 위해 남았다. 잉타의 회색 올빼미가 앞장섰지만, 일행을 북쪽으로 이끈 사람은 모레인이었다. 이 행렬은 가장 중요한 행렬이면서 가장 간절한 행렬이기도 했다.

국경 초소를 지나고 최소 한 시간이 지나서까지는 땅이나 숲에 아무 변화가 없었다. 수호자는 힘든 속도를 유지하게 했다. 말들이 계속 걸어갈 수 있는 가장 빠른 속도였다. 랜드는 계속해서 언제쯤 거대한오염에 도착하게 될지 궁금해졌다. 언덕은 조금 높아졌지만 숲과 덩굴 식물, 덤불은 랜드가 샤이나에서 보았던 것과 다르지 않았다. 잿빛이었고 잎사귀가 전혀 없었다. 랜드는 점점 따뜻해진다고 느꼈다. 망토를 안장 머리에 걸쳐 놓을 수 있을 정도였다.

"1년 중 지금이 가장 날씨가 좋은 것 같아." 에그웨인도 어깨를 으쓱해 망토를 벗으며 말했다.

나이니브는 바람 소리를 듣는 것처럼 인상을 쓰며 고개를 저었다. "뭔가 잘못된 것 같구나."

랜드는 고개를 끄덕였다. 이 느낌이 무엇인지 정확히 말할 수는 없지만, 그도 느껴졌다. 그 잘못된 느낌은 올해 문밖을 나선 뒤로 처음 느껴 보는 것 같은 온기 때문만이 아니었다. 이렇게까지 먼 북쪽의 날씨가 이처럼 따뜻해서는 안 된다는 단순한 사실 때문만도 아니었다. 이곳이 거대한오염이기 때문인 게 틀림없었다. 그러나 땅은 변하지 않았다.

태양이 높이 솟았다. 하늘에 구름 한 점 없는데도 제대로 된 온기를 내줄 수 없는 붉은 공처럼 보였다. 잠시 후 랜드는 코트 단추를 풀었다. 얼굴에서 땀이 뚝뚝 떨어졌다.

랜드만이 아니었다. 맷은 코트를 벗고 황금과 루비로 만들어진 단검을 노골적으로 드러내더니 스카프 끝자락으로 얼굴을 닦았다. 그는 눈을 깜빡이며 스카프를 가느다란 띠로 다시 감아 눈 위로 낮게 둘렀다. 나이니브와 에그웨인은 부채질을 해 댔다. 그들은 시들어 가는 것처럼 어깨를 축 늘어뜨린 채 말을 탔다. 로이알은 높은 옷깃이 달린 튜닉을 있는 대로 풀어 헤쳤다. 셔츠도 마찬가지였다. 오기어의 가슴 한복판에는 모피처럼 두꺼운 털이 좁다랗게 나 있었다. 그는 주변 모두에게 사과의 말을 웅얼거렸다.

"이해해 줘. 스테딩 샹타이는 산속에 있어서 시원하단 말이야." 그의 널찍한 콧구멍이 벌름거리며 시간이 지날수록 따뜻해지는 공기를 빨아들였다. "이 열기도, 습기도 마음에 들지 않아."

그러고 보니 **정말로** 습했다. 투 리버스 시절, 여름이 한창일 때의 마이어 같았다. 그 늪 같은 습지에서는 모든 호흡이 뜨거운 물에 적신 양털 담요를 두른 채 들이쉬고 내쉬는 것처럼 느껴졌다. 이곳에는 질척거리는 땅이 없었지만—워터우드에 익숙한 사람들이 보기에는 물 몇 방울로밖에 보이지 않는 연못과 개울이 몇 군데 있을 뿐이었다—공기는 마이어의 공기와 같았다. 아직 코트를 입고 있는 페린만이 쉽게 호흡했다. 페린과 수호자만이.

이제는 상록수가 아닌 나무에도 잎사귀가 몇 장 달려 있었다. 랜드는 손을 뻗어 나뭇가지를 만져 보려다가 잎사귀에 손이 닿기 직전에 멈추었다. 새로 자란 빨간 잎사귀에 역겨운 노란색 얼룩과 질병처럼 느껴지는 검은 얼룩이 아로새겨져 있었다.

"아무것도 만지지 말라고 했을 텐데." 수호자의 목소리는 밋밋했다. 그는 여전히 색깔이 변하는 망토를 걸치고 있었다. 그에게는 이곳의 열기도 추위만큼 영향을 미치지 못하는 듯했다. 그 망토 때문에 란의 각진 얼굴이 만다브의 등 위쪽에 아무런 지지대 없이 떠 있는 것처럼 보였다. "거대한오염에서는 꽃이 사람을 죽일 수 있다. 잎사귀는 인간을 불구로 만들 수 있고. 잎사귀가 가장 무성한 곳에 숨기를 좋아하는 스틱이라는 존재가 있어. 이름 그대로 막대기처럼 생겼지. 스틱은 뭔가가 자기를 건드리기를 기다린다. 그러다가 그런 일이 일어나면 상대를 물지. 독을 뿜는 게 아니야. 스틱의 즙은 먹이를 소화하기 시작한다. 그럴 때 먹잇감을 구할 수 있는 방법은 물린 팔이나 다리를 자르는 것뿐이고. 그래도 스틱은 건드리지 않는 한 물지 않아. 거대한오염에 있는 다른 존재들은 물겠지만."

랜드는 흠칫하며 잎사귀를 만지지 않은 채 손을 뒤로 당겼다. 그는 손을 바지에 닦았다.

"그럼 여기가 거대한오염인가요?" 페린이 물었다. 이상하게도 그는 두려워하는 목소리가 아니었다.

"가장자리지만." 란이 으스스하게 말했다. 그의 종마는 계속해서 앞으로 나아갔다. 란이 어깨 너머로 말했다. "본격적인 거대한오염은 아직 더 가야 한다. 거대한오염에는 소리를 듣고 사냥하는 존재들이 있어. 그중 일부는 이 먼 남쪽까지 왔을 수 있다. 때로는 놈들이 파멸의산맥을 가로지를 때도 있다. 스틱보다 훨씬 나쁜 놈들이지. 살아 있고 싶다면 조용히 따라와라." 그는 대답을 기다리지 않고 계속해서 빠르게 움직였다.

멀리 가면 갈수록 거대한오염의 부패가 더욱 선명하게 드러났다. 잎사귀는 점점 더 무성해지며 나무를 뒤덮었지만 노란색과 검은색 얼룩이 나 있었고, 패혈증이라도 걸린 것처럼 검붉은 줄무늬가 들어가 있었다. 모든 잎사귀와 덩굴이 부풀어 올라 건드리기만 하면 터질 것처럼 보였다. 나무와 잡초에는 꽃이 매달려 있어 봄을 조롱하는 것만 같았다. 그것들은 역겹도록 창백하고 통통하며 밀랍 같은 것들로, 랜드가 바라보는 와중에도 썩어 가는 것처럼 보였다. 코로 숨을 쉬자 부패의 들척지근한 악취가 묵직하고도 진하게 구역질을 일으켰다. 입으로 숨을 쉬려 했을 때는 거의 토할 뻔했다. 공기에서는 입 가득 썩은 고기를 물었을 때와 비슷한 냄새가 났다. 썩어 문드러진 것들이 발굽에 짓밟혀 터질 때마다 부드러운 철벅철벅 소리가 났다.

맷은 안장에서 몸을 밖으로 내밀고 배가 다 빌 때까지 토했다. 랜드는 공백을 찾으려 했지만, 계속해서 목구멍을 기어오르는 위액을 억누를 때는 침착함이 별 도움이 되지 않았다. 맷은 배가 비어 있든 말든 2킬로미터를 더

갈 때까지 들썩이며 뭔가를 게워 냈다. 그 이후에도 한 번 더 토했다. 에그웨인도 토하고 싶은지 계속해서 침을 삼켰다. 나이니브의 얼굴은 결심이 굳은 흰 가면처럼 보였다. 그녀는 이를 악다물고 모레인의 등에 시선을 고정하고 있었다. 현자는 아이즈 세다이가 먼저 구역질 난다는 느낌을 표현하기 전까지는 자신의 감정을 인정하지 않을 모양이었다. 랜드는 나이니브가 오래 기다릴 필요는 없을 거라고 생각했다. 모레인은 눈을 꽉 감고 있었으며 입술이 창백해져 있었다.

로이알은 열기와 습기에도 스카프를 감아 입과 코를 가리고 있었다. 랜드와 눈을 마주쳤을 때 보니 오기어의 눈에는 분노와 혐오감이 선명히 드러나 있었다. "내가 듣기로……." 로이알이 말했다. 스카프 때문에 목소리가 잘 들리지 않았다. 그러더니 그는 잠시 말을 멈추고 인상을 찡그리며 목을 가다듬었다. "후! 맛이 꼭……. 하아! 거대한오염에 대해서는 이야기도 들어 보고 책도 읽어 봤지만, 이걸 묘사할 수 있는 건 아무것도……." 로이알은 손짓으로 눈이 아파질 것 같은 식물들만이 아니라 냄새까지 가리켰다. "아무리 어둠의 존재라지만, 나무에 이런 짓을 하다니! 하!"

수호자는 당연히 아무 영향을 받지 않았다. 최소한 랜드가 보는 한해서는 그랬다. 놀라운 것은 페린도 마찬가지였다는 것이다. 아니, 나머지 일행이 영향을 받는 방식대로 영향을 받지는 않았다고 해야 할까. 그 덩치 큰 청년은 적이나 적의 깃발을 노려보듯 그들이 뚫고 지나가는 말도 안 되는 숲을 노려보았다. 자기가 무얼 하는지 의식하지 못하는 것처럼 허리띠의 도끼를 어루만지며 혼자 중얼거렸다. 반쯤 으르렁거리는 목소리에 랜드의 목뒤 털이 쭈뼛 섰다. 온전한 햇빛을 받으면서도 페린의 눈은 황금색으로 사납게 번쩍였다.

핏빛의 태양이 지평선을 향해 떨어졌는데도 열기는 수그러들지 않았다. 북쪽 먼 곳의 산맥이 안개의산맥보다 높이 솟아올랐다. 하늘을 배경으로 그 산들은 검게만 보였다. 때로 날카로운 봉우리에서 불어오는 얼음장 같은 바람이 그들에게 닿을 만큼 멀리 몰아쳐 왔다. 타는 듯한 습기가 산에서 내려온 한기 대부분을 걸러 냈지만, 남아 있는 한기는 원래 그 자리에 있던 무더

위에 비하면 잠깐이나마 겨울의 추위처럼 느껴졌다. 랜드의 얼굴에 맺힌 땀방울이 얼음 구슬로 순식간에 변하는 것만 같았다. 바람이 잦아들면 구슬은 다시 녹아, 두 뺨을 따라 화가 난 듯한 선을 그어 댔다. 심한 열기는 찬 바람과의 대조 때문에 전보다 더 가혹하게 돌아왔다. 그 순간만큼은 바람이 그들을 둘러싸며 악취를 쓸어 갔지만, 랜드는 할 수만 있다면 그 바람도 피하고 싶었다. 그 한기는 무덤에서 느껴지는 한기였고, 새로 파헤친 오래된 무덤의 먼지와 곰팡내를 실어 날랐다.

"밤이 오기 전에 산맥에 도착할 수는 없다." 란이 말했다. "그리고 밤에 움직이는 건 위험해. 수호자 혼자라도 말이다."

"멀지 않은 곳에 어떤 장소가 있어요." 모레인이 말했다. "거기에서 야영하면 우리한테는 좋은 일이 될 거예요."

수호자가 무감정한 눈으로 그녀를 보더니 마지못해 고개를 끄덕였다. "네. 어딘가에서는 야영을 해야겠지요. 그게 그곳이어도 될 테고요."

"내가 발견했을 때 세계의 눈은 높은 통로 너머에 있었어요." 모레인이 말했다. "어둠의 존재가 이 세상에서 발휘하는 힘이 가장 약할 때인 한낮, 정오에 파멸의산맥을 건너는 게 나을 거예요."

"꼭 세계의 눈이 언제나 같은 곳에 있지는 않은 것처럼 말씀하시네요." 에그웨인이 아이즈 세다이에게 말했지만, 그 말에 대답한 사람은 로이알이었다.

"오기어 중 세계의 눈을 똑같은 곳에서 발견한 사람은 한 명도 없어. 그린맨은 사람들이 그를 필요로 하는 곳에서 발견되는 것처럼 보이기든. 하지만 늘 높은 통로 너머에 있었어. 높은 통로는 위험하고 어둠의 존재가 부리는 짐승들로 들끓지."

"높은 통로에 도달할 때까지는 그 걱정을 할 필요가 없다." 란이 말했다. "내일이면, 우리는 정말로 거대한오염에 들어가게 된다."

란은 주위의 숲을 둘러보았다. 모든 잎사귀와 꽃이 병들어 있었고, 모든 덩굴은 자라는 동시에 부패해 갔다. 랜드는 몸이 떨리는 것을 막을 수 없었다. **여기도 진짜 거대한오염이 아니라면, 대체 거대한오염은 어떻다는 거야?**

란은 가라앉는 태양을 향해 서쪽으로 방향을 틀었다. 수호자는 전에 정한 속도를 유지했지만, 그의 어깨에는 어쩐지 머뭇거리는 기색이 어려 있었다.

태양이 우듬지 끝에 스치는 시무룩하고 빨간 공이 되었을 때 그들은 언덕 꼭대기에 올랐다. 수호자가 고삐를 당겼다. 그들 너머 서쪽으로는 얼기설기 얽힌 호수들이 있었다. 물은 비스듬한 햇빛을 받아 수많은 줄로 이루어진 목걸이의 불규칙한 구슬처럼 음침하게 빛났다. 멀리서는 꼭대기가 삐죽빼죽한 언덕들이 호수에 둘러싸인 채 서 있었다. 그 언덕들은 스멀스멀 기어들어 오는 저녁의 그림자 때문에 어둡게 보였다. 짧은 한순간, 햇빛이 뭉개진 언덕 꼭대기를 비추었다. 랜드는 숨이 멎을 듯했다. 언덕이 아니었다. 무너진 일곱탑의 잔해였다. 랜드는 다른 사람들도 그 모습을 보았는지 확실히 알 수 없었다. 그 모습은 시야에 들어왔을 때만큼 빠르게 사라졌다. 수호자는 돌처럼 감정 없는 얼굴로 말에서 내리고 있었다.

"호수 쪽으로 내려가서 야영하면 안 되오?" 나이니브가 손수건으로 얼굴을 톡톡 두드리며 물었다. "물가가 더 시원할 텐데."

"빛이여." 맷이 말했다. "저 호수에다 머리를 처박을 수 있으면 소원이 없겠다. 다시는 머리를 꺼내고 싶지 않을지도 몰라."

바로 그때, 무언가가 가장 가까운 호수의 물을 휘저었다. 거대한 몸체가 수면 아래를 지나가면서 검은 물이 형광으로 빛났다. 사람 몸통 굵기의 기나긴 형체가 물결을 퍼뜨리며 계속해서 지나갔다. 마침내 꼬리가 솟아올랐다. 그 꼬리는 노을빛을 받아 잠시 말벌의 침처럼 생긴 끄트머리를 흔들었다. 꼬리는 허공으로 최소 9미터는 올라갔다. 그 길이 전체에 뚱뚱한 촉수들이 무시무시한 지렁이처럼 꿈틀거리고 있었다. 수가 지네의 다리만큼 많았다. 꼬리는 수면 아래로 천천히 사라졌다. 꼬리가 존재했다는 것을 알 수 있는 흔적은 잦아드는 물결뿐이었다.

랜드는 입을 다물고 페린과 시선을 주고받았다. 페린의 노란 눈은 랜드가 예상한 그대로 못 믿겠다는 표정을 짓고 있었다. 저렇게까지 큰 존재가 저 크기의 호수에 살 수는 없었다. **촉수에 달렸던 그게 손일 리는 없겠지? 그럴 리 없어.**

"다시 생각해 보니까," 맷이 약하게 말했다. "그냥 여기도 괜찮은 것 같네."

"내가 이 언덕 근처에 보호 구역을 설치할 거야." 모레인이 말했다. 그녀는 이미 알딥에게서 내린 뒤였다. "진짜 장벽을 설치하면 우리가 원하지 않는 관심을 끌게 되겠지. 날벌레가 꿀에 꼬이는 것처럼 말이야. 하지만 어둠의 존재의 피조물이나 그림자를 섬기는 존재가 2킬로미터 안쪽으로 다가오면 내가 알게 될 거야."

"그래도 장벽을 설치하면 더 좋을 것 같은데요." 맷은 땅으로 내려서며 말했다. "그 장벽으로 저, 저…… 뭔가를 반대편에 붙잡아 둘 수만 있다면 말이죠."

"아, 조용히 좀 해, 맷." 에그웨인이 퉁명스럽게 말했다. 동시에 나이니브도 입을 열었다. "괴물들을 끌어다가 아침이 돼서 우리가 떠날 때까지 기다리게 하란 말이냐? 너는 **정말로** 바보로구나, 매트림 코손." 맷은 말에서 내리는 두 여자를 노려보았지만, 입은 다물고 있었다.

랜드는 벨라의 고삐를 잡으며 페린과 미소를 주고받았다. 맷이 최악의 순간에 해서는 안 되는 말을 하는 것을 보고 있으니 잠깐은 집에 와 있는 것 같은 기분이 들었다. 그러다가 페린의 얼굴에서 미소가 사라졌다. 석양 속에서 그의 눈은 **실제로** 빛났다. 꼭 눈동자 뒤에 노란색 불이 켜져 있는 것 같았다. 랜드의 미소도 사라졌다. **집하고는 전혀 달라.**

랜드와 맷과 페린은 란을 도와 안장을 내리고 말의 다리를 묶었다. 그동안 다른 사람들은 야영지를 마련하기 시작했다. 로이알은 수호자의 작은 스토브를 설치하며 혼자 툴툴댔지만, 두꺼운 손가락을 솜씨 좋게 움직였다. 에그웨인은 터질 듯한 물주머니로 찻주전자를 채우며 콧노래를 불렀다. 랜드는 더 이상 수호자가 그렇게 많은 물주머니를 가득 채워 와야 한다고 주장한 이유가 궁금하지 않았다.

랜드는 구렁말의 안장을 다른 안장들과 나란히 내려놓으며 안장주머니와 담요를 안장 뒷부분에 묶고 돌아서다가 얼얼하게 느껴지는 두려움에 멈추고 말았다. 오기어와 여자들이 사라지고 없었다. 짐말에서 내린 스토브와 그 모든 버들 바구니도 마찬가지였다. 언덕 꼭대기에는 저녁의 그림자밖에 없었다.

랜드는 얼얼해진 손으로 칼이 있는 곳을 더듬었다. 맷이 욕설하는 소리가 희미하게 들렸다. 페린은 도끼를 꺼내 놓고 있었다. 그의 덥수룩한 머리가 위험이 있는 곳을 찾아 휙휙 돌아갔다.

"양치기들." 란이 중얼거렸다. 수호자는 태연히 성큼성큼 걸어 언덕 꼭대기를 가로질렀다. 그는 세 걸음 만에 사라졌다.

랜드는 눈을 휘둥그렇게 뜨고 맷과 페린과 눈길을 주고받았다. 이어 그들도 모두 수호자가 사라진 곳으로 빠르게 달려갔다. 랜드는 문득 미끄러지며 멈추었다가 맷이 등에 부딪히는 바람에 한 걸음을 더 디뎠다. 에그웨인이 작은 스토브 위에 주전자를 올려놓다 말고 고개를 들었다. 나이니브는 두 번째로 켠 등불의 덮개를 덮고 있었다. 모두가 그 자리에 있었다. 모레인은 책상다리를 하고 앉아 있었으며, 란은 팔꿈치를 괴고 누워 있었고, 로이알은 짐에서 책을 한 권 꺼내는 중이었다.

랜드는 조심스레 뒤를 돌아보았다. 언덕 옆면은 전과 똑같은 모습으로 그 자리에 있었다. 그림자가 드리워진 숲이며 그 너머의 호수가 어둠 속으로 가라앉는 중이었다. 랜드는 뒤로 물러서기가 겁났다. 모두가 다시 사라질까 봐, 이번에는 그들을 다시 찾을 수 없을까 봐. 페린이 랜드 옆을 조심스럽게 돌아오며 길게 숨을 내쉬었다.

모레인은 세 사람이 그 자리에 서 있는 것을 보고 입을 쩍 벌렸다. 페린은 부끄러운 듯 도끼를 다시 허리띠의 묵직한 고리에 집어넣었다. 아무도 눈치채지 못할 것이라고 생각하는 듯했다. 모레인의 입술에 미소가 스쳤다. "간단한 거야." 그녀가 말했다. "우리를 보려는 자는 모두 우리 주변을 대신 보게 만드는 왜곡이지. 저기 어딘가에 있는 눈들이 오늘 밤 우리의 불을 보도록 놔둘 수는 없어. 거대한오염은 어둠 속에 있을 만한 곳이 아니고."

"모레인 세다이가 나도 할 수 있을 거라고 했어." 에그웨인의 눈이 초롱초롱하게 빛났다. "당장이라도 그만한 일원력은 다룰 수 있을 거래."

"훈련을 받지 않은 상태에서는 안 된단다, 얘야." 모레인이 경고했다. "훈련받지 않은 사람에게 일원력은 아주 단순한 문제에서도 위험할 수 있어. 주변 사람들에게도 그렇고." 페린이 코웃음을 쳤다. 에그웨인이 너무도 불편해 보여서, 랜드는 그녀가 이미 능력을 시험해 본 것이 아닐지 궁금해졌다.

나이니브가 등불을 내려놓았다. 스토브에서 나오는 작은 불꽃과 두 개의 등불이 합쳐지니 빛이 풍부해졌다. "에그웨인, 네가 타 발론에 갈 때," 나이니브가 조심스레 말했다. "나도 같이 갈지도 모르겠다." 그녀가 모레인을 바라보는 시선은 묘하게도 방어적이었다. "낯선 사람들 사이에 익숙한 사람이 있으면 에그웨인에게 좋은 일이 될 테니 말이오. 아이즈 세다이 말고도 에그웨인에게 조언해 줄 사람이 필요할 테니까."

"아마 그게 최선이겠지요, 현자님." 모레인은 그렇게만 말했다.

에그웨인이 웃으며 손뼉을 쳤다. "아, 그럼 **정말** 좋겠네요. 너도, 랜드. 너도 갈 거지?" 랜드는 스토브를 사이에 두고 에그웨인 맞은편에 앉으려다가 잠시 멈춘 뒤 천천히 다시 앉았다. 에그웨인의 눈이 그렇게 크고 초롱초롱하게 보인 적은 없는 것 같았다. 랜드가 풍덩 빠질 수 있는 웅덩이처럼 보였다. 에그웨인의 두 뺨에 홍조가 어렸다. 그녀는 더 작은 소리로 웃었다. "페린, 맷. 너희 둘도 갈 거지? 우리 모두 함께하게 될 거야." 맷은 무슨 의미인지 알 수 없는 끙 소리를 냈고, 페린은 어깨만 으쓱했다. 하지만 에그웨인은 그런 반응을 동의로 받아들였다. "봐, 랜드. 우리 모두 함께하게 될 거야."

빛이여, 남자라면 저 눈에 빠져 죽어도 기뻐할 수 있을 거야. 랜드는 당혹스러움을 느끼며 목을 가다듬었다. "타 발론에도 양이 있으려나? 내가 아는 건 양을 치고 타박을 키우는 것밖에 없는데."

"내 생각이지만," 모레인이 말했다. "타 발론에서 네가 할 만한 일은 내가 찾아 줄 수 있을 거야. 너희 모두가 할 일을. 아마 양을 치는 일은 아니겠지만, 너희도 재미있어할 거란다."

"맞네." 에그웨인은 다 결정되었다는 듯 말했다. "알았다. 내가 아이즈 세다이가 되면 너를 내 수호자로 삼을 거야. 너도 수호자가 되면 좋겠지? 나의 수호자님?" 에그웨인의 목소리는 확신에 차 있었지만, 랜드는 그녀의 눈에서 의구심을 보았다. 에그웨인은 답을 원했다. 그녀에게는 답이 필요했다.

"난 네 수호자가 되고 싶어." 랜드가 말했다. **그 애는 너와 맺어질 운명이**

아니야. 너도 그 애와 맺어질 운명이 아니고. 민이 왜 그런 말을 했을까?

어둠이 무겁게 내려앉았다. 모두가 지쳐 있었다. 처음으로 드러누워 잘 준비를 한 사람은 로이알이었지만, 머지않아 다른 사람들도 그 뒤를 따랐다. 베개로 쓸 뿐 담요를 덮는 사람은 아무도 없었다. 모레인이 언덕 꼭대기에서 풍기는 거대한오염의 악취를 해소해 줄 무언가를 기름등에 넣기는 했지만, 더위를 식혀 주는 것은 아무것도 없었다. 달이 흔들흔들 물기 어린 빛을 비추었지만, 꼭 밤이 누려야 할 서늘함 대신 태양이 정점에 떠 있는 것만 같았다.

아이즈 세다이가 2미터도 떨어지지 않은 곳에 누워 그의 꿈을 지켜 주고 있었는데도 랜드는 도저히 잠을 잘 수 없었다. 눈을 뜨고 있었던 것은 텁텁한 공기 때문이었다. 로이알이 부드럽게 코 고는 소리가 우르릉우르릉 울리는 바람에 페린의 코 고는 소리는 존재하지 않는 것이나 마찬가지였지만, 그렇다고 해도 다른 이들의 경계심이 멈추지는 않았다. 수호자는 여전히 깨어 있었다. 랜드와 멀지 않은 곳에 앉아 무릎에 칼을 올려놓은 채 어둠을 지켜보는 중이었다. 랜드로서는 놀랍게도 나이니브 역시 마찬가지였다.

현자는 오랫동안 아무 말 없이 란을 바라보더니 차를 한 잔 따라 그에게 가져다주었다. 란이 고맙다고 중얼거리며 손을 뻗었으나 나이니브는 즉시 찻잔을 내주지 않았다. "당신이 왕이 되리라는 걸 알았어야 했는데." 나이니브가 조용히 말했다. 그녀의 두 눈은 수호자의 눈에 가만히 닿아 있었지만, 목소리는 약간씩 떨렸다.

란은 똑같이 열중하는 눈으로 그녀를 마주 보았다. 랜드가 보기에는 수호자의 얼굴이 실제로 조금 누그러진 것 같았다. "난 왕이 아닙니다, 나이니브. 그냥 남자일 뿐이지. 이름만 있을 뿐, 가장 비천한 농부의 밭뙈기조차 없는 남자예요."

나이니브의 목소리가 안정되었다. "여자들 중에는 땅이나 금을 원하지 않는 사람도 있소. 그저 그 남자만을 원할 뿐이지."

"그렇게 적은 것을 받아 달라고 요구하는 남자라면 그런 여자에게 합당하지 않은 남자일 테고요. 당신은 놀라운 여자입니다. 뜨는 해처럼 아름답고 전사처럼 사납지요. 당신은 암사자입니다, 현자님."

"현자가 결혼하는 일은 거의 없소." 나이니브는 각오를 다지려는 듯 잠시 말을 멈추고 심호흡했다. "하지만 타 발론으로 간다면, 내가 현자 아닌 무언가가 될 수도 있소."

"아이즈 세다이도 현자들처럼 결혼하는 일이 거의 없습니다. 아내에게 그토록 많은 힘이 있는데 살아갈 수 있는 남자는 몇 없지요. 아내가 원하든, 원하지 않든 그 광채로 남자가 어두워지니까요."

"그보다 강한 남자들도 있소. 나도 그런 사람을 한 명 알고." 그녀가 말하는 사람이 누구인지는 분명했다. 나이니브의 시선이 남은 의구심까지 모두 없애 버렸다.

"내게 있는 것은 칼 한 자루와 이길 수는 없으나 싸우기를 멈출 수도 없는 전쟁뿐입니다."

"그건 아무 상관없다고 이미 말했소. 빛을 걸고, 당신은 이미 내가 지나치게 많은 말을 하게 만들었소. 내가 당신에게 부탁하는 수준에 이를 때까지 나에게 모욕을 줄 셈이오?"

"나는 절대 당신을 모욕하지 않을 겁니다." 랜드는 어루만지는 듯 부드러운 수호자의 말투가 어색하게 들렸다. 하지만 나이니브는 눈이 환해졌다. 란이 말했다. "나는 당신이 선택하는 남자를 증오할 겁니다. 그자는 내가 아니니까요. 하지만 그자가 당신을 미소 짓게 한다면 그자를 사랑하겠습니다. 남편과 사별하고 상복을 입게 될 게 뻔한 상황은 그 어떤 신부의 지참금으로도 어울리지 않습니다. 당신에게는 특히 그렇고요." 란은 건드리지 않은 찻잔을 땅에 내려놓고 일어섰다. "말들을 살펴봐야겠습니다."

나이니브는 란이 떠난 뒤에도 무릎을 꿇은 채 그 자리에 앉아 있었다.

랜드는 잠이 오든 말든 눈을 감았다. 현자는 우는 모습을 보이기 싫어할 테니까.

49장 어둠의 존재, 동요하다

새벽이 오자 랜드는 흠칫하며 잠을 깼다. 시무룩한 태양이 거대한오염의 우듬지 너머로 마지못해 고개를 내밀며 랜드의 눈꺼풀을 찔러 왔다. 그렇게 이른 시간인데도 열기가 두꺼운 담요로 망가진 땅을 덮었다. 랜드는 말아 놓은 담요를 베고 누워 하늘을 올려다보았다. 하늘은 아직 푸른색이었다. 여기서조차 하늘만큼은 영향을 받지 않았다.

랜드는 잠을 잤다는 것을 알고 놀랐다. 잠시 엿들은 대화에 대한 어렴풋한 기억이 꿈의 일부처럼 느껴졌다. 그때 랜드는 나이니브의 눈가가 붉어진 것을 보았다. 그녀는 잠을 자지 못한 게 분명했다. 란의 얼굴은 그 어느 때보다 굳어 있었다. 다시 가면을 쓰고서는 영영 벗지 않을 생각인 듯했다.

에그웨인이 다가가 현자 옆에 웅크리고 앉았다. 걱정하는 표정이었다. 랜드는 그들이 하는 말을 알아들을 수 없었다. 에그웨인이 무어라고 말하자 나이니브가 고개를 저었다. 에그웨인이 다른 말을 하자 현자는 그만하라는 듯 손을 내저어 에그웨인을 쫓아 버렸다. 에그웨인은 떠나는 대신 나이니브 쪽으로 더 가까이 고개를 숙였다. 잠시 두 여자는 더 조용한 목소리로 이야기를 나누었다. 나이니브는 여전히 고개를 젓고 있었다. 현자는 웃으며 대화를 마치고 에그웨인을 끌어안았다. 표정을 보니 위로하는 말을 하는 것 같았다. 하지만 에그웨인이 자리에서 일어나자 그녀는 수호자를 노려보았다. 란은 알아채지 못한 듯했다. 그는 나이니브 쪽을 아예 보지 않았다.

랜드는 고개를 저으며 물건을 챙기고, 란이 허락한 얼마 안 되는 물로 두 손과 얼굴, 치아를 서둘러 닦았다. 랜드는 여자들에게 남자의 생각을 읽는 방법이 있는 것인지 궁금했다. 불안한 생각이었다. **모든 여자가 아이즈 세다이야.** 랜드는 이런 생각을 하다가는 거대한오염에 잠식당할 수 있다고 자신을 타이르며 입을 헹구고 서둘러 구렁말에 안장을 얹었다.

말들이 있는 곳에 도착하기도 전에 야영지가 사라지다니 조금 불안한 정도가 아니었지만, 뱃대끈을 단단히 맸을 때쯤에는 언덕 위의 모든 것이 깜빡이며 다시 시야에 들어왔다. 모두가 서두르고 있었다.

일곱탑이 아침 햇살에 또렷하게 보였다. 멀찍이 떨어진 곳에 무너진 탑의 그루터기가 보였다. 사라져 버린 영광을 암시하는 거대하고 거친 언덕 같았다. 수많은 호수들은 매끄럽고 물결이 일지 않는 푸른빛이었다. 오늘 아침에는 그 무엇도 수면을 가르지 않았다. 호수와 망가진 탑을 보자 언덕 주변에 자라는 역겨운 것들을 거의 잊을 수 있었다. 란은 탑의 모습을 일부러 피하는 것처럼 보이지 않았다. 피한다고 해도 나이니브를 피하는 정도였다. 하지만 어떻게 그랬는지, 그는 일행을 준비시키는 데 집중하며 한 번도 탑을 보지 않았다.

버들 바구니를 짐말에 묶고 긁히고 문지른 자리를 전부 제거하고 모두가 말에 오른 뒤, 아이즈 세다이는 눈을 감은 채 언덕 꼭대기 한가운데에 섰다. 숨조차 쉬지 않는 모습이었다. 랜드의 눈에 보이는 일은 아무것도 일어나지 않았다. 다만 나이니브와 에그웨인은 열기에도 몸을 떨며 손으로 두 팔을 세게 문질렀다. 에그웨인의 두 손이 갑자기 멈추었다. 그녀는 입을 벌리고 현자를 바라보았다. 그녀가 무슨 말을 하기도 전에 나이니브도 문지르던 것을 그만두고 날카롭게 에그웨인을 보았다. 두 여자가 서로를 보더니, 곧 에그웨인이 고개를 끄덕이며 씩 웃었다. 잠시 후에는 나이니브도 똑같이 했다. 단, 그녀의 미소는 뜨뜻미지근했다.

랜드는 손가락으로 머리카락을 쓸었다. 머리카락은 이미 얼굴에 끼얹은 물보다도 땀으로 축축했다. 랜드는 에그웨인과 나이니브의 소리 없는 상호 작용에 그가 이해해야 할 무언가가 있다고 확신했지만, 그 느낌은 머릿속을 스쳐 가는 깃털처럼 가볍게 랜드가 포착하기도 전에 사라졌다.

"뭘 기다리는 거예요?" 맷이 물었다. 그는 이마에 스카프를 낮게 두르고 화살을 시위에 잰 채 활을 안장 머리에 걸쳐 놓고 있었다. 화살통은 쉽게 손에 닿도록 허리띠에서 돌려놓았다.

모레인이 눈을 뜨고 언덕을 내려가기 시작했다. "내가 어젯밤 여기에서 한 일의 마지막 흔적을 지운 거야. 뭔가 남겨 두더라도 하루 안에 알아서 사라지겠지만, 지금 피할 수 있는 위험을 전혀 감수하고 싶지 않아. 우리는 너무 가까운 곳에 와 있어. 이곳의 그림자는 너무 강하고. 란?"

수호자는 모레인이 알딥의 안장에 앉기만을 기다렸다가 일행을 이끌고 북쪽으로, 파멸의산맥 쪽으로 갔다. 산맥은 그리 멀지 않은 곳에 위압적으로 서 있었다. 떠오르는 태양 아래서도 봉우리들은 검고 생기 없이 솟아 있었다. 꼭 들쭉날쭉한 이빨 같았다. 봉우리들은 벽을 이루며 눈이 닿는 곳까지 동서로 멀리 뻗어 있었다.

"오늘 세계의 눈에 도착하게 될까요, 모레인 세다이?" 에그웨인이 물었다.

아이즈 세다이는 곁눈으로 로이알을 보았다. "그랬으면 좋겠구나. 전에 세계의 눈을 찾았을 때는 세계의 눈이 산맥 바로 너머에, 높은 통로 아랫부분에 있었어."

"저 녀석은 세계의 눈이 움직인다고 하는데요." 맷이 로이알을 고갯짓하며 말했다. "당신이 생각하는 곳에 없으면요?"

"그러면 세계의 눈을 찾아낼 때까지 계속 추적해야지. 그린맨은 필요를 감지해. 우리보다 강한 필요는 있을 수 없고. 우리 필요가 이 세상의 희망이야."

산맥이 가까워지면서 본격적인 거대한오염도 가까워졌다. 전에는 잎사귀에 검은색과 노란색 반점이 얼룩덜룩 찍혀 있었다면, 지금은 랜드가 보는 앞에서 나뭇잎이 부패한 자신의 무게를 이기지 못하고 축축하게 떨어졌다. 나무 자체도 고통으로 망가진 것처럼 보였다. 뒤틀린 나뭇가지들이 귀 기울이지 않으려는 어떤 권력자에게 자비를 간청하듯 하늘을 할퀴어 댔다. 갈라지고 쪼개진 나뭇가지에서 수액이 고름처럼 흘러나왔다. 말들이 땅을 지나가자 나무들이 흔들렸다. 정말로 단단한 것은 아무것도 남아 있지 않은 듯했다.

"꼭 우리를 잡으려는 것 같은데." 맷이 긴장해서 말했다. 나이니브가 그에게 짜증스럽다는 듯 비웃는 시선을 던지자 맷이 격하게 덧붙였다. "아니, 생긴 게 그렇잖아요."

"실제로 그러고 싶어 하는 나무들도 있어." 아이즈 세다이가 말했다. 어깨 너머를 돌아보는 그녀의 눈이 잠깐은 란보다도 사납게 보였다. "하지만 저 나무들은 내 존재를 조금도 원하지 않아. 내 존재가 너희를 보호해."

맷은 그게 모레인의 농담이라고 생각한 듯 불안하게 웃었다.

랜드는 그렇게 생각하지 않았다. 어쨌든, 이곳은 **진짜** 거대한오염이었다. **하지만 나무는 움직이지 않잖아. 설령 움직일 수 있다고 해도 나무가 왜 사람을 잡겠어? 우리가 그냥 상상하는 것이고, 모레인은 그냥 우리가 경계심을 유지하게 하려는 거야.**

랜드는 문득 왼쪽의 숲속을 바라보았다. 스무 걸음도 떨어지지 않은 곳에 있는 나무가 **실제로** 흔들렸다. 랜드의 상상이 아니었다. 랜드는 그 나무가 어떤 종류인지, 혹은 어떤 종류였는지 알 수 없었다. 나무의 형태가 지나치게 울퉁불퉁하고 구부러져 있었다. 랜드가 지켜보는 가운데 나무가 갑자기 다시 앞뒤로 휙휙 움직이더니 아래로 구부러져 땅을 도리깨질했다. 무언가가 날카롭게 귀청을 찢을 듯 비명을 질렀다. 나무는 용수철처럼 튀어 다시 곧게 펀했다. 그 나뭇가지가 몸을 비틀어 대면서 무언가를 뱉이 내고 비명을 지르는 검은 덩어리에 엉켰다.

랜드는 세게 침을 삼키고 레드를 조금씩 먼 곳으로 몰아가려 했으나 사방에 나무들이 서서 흔들렸다. 구렁말은 눈알을 굴려 댔다. 흰자위 전체가 보일 정도였다. 모두가 랜드와 똑같은 행동을 했기에 랜드는 어느새 단단히 모여 있는 말들의 한가운데에 붙잡히게 되었다.

"계속 움직여." 란이 칼을 뽑으며 명령했다. 수호자는 이제 손등이 강철로 된 장갑을 끼고 회녹색 미늘이 달린 튜닉을 입고 있었다. "모레인 세다이 곁에 머물러라." 그는 만다브의 말 머리를 돌렸다. 나무와 나무의 사냥감 쪽이 아니라 반대쪽이었다. 색깔이 변하는 망토를 입고 있던 그는 검은 종마가 시야를 벗어나기도 전에 거대한오염에 삼켜졌다.

"가까이." 모레인이 재촉했다. 그녀는 흰 암말의 속도를 늦추지 않고 다른 사람들에게 가까이 모이라고 손짓했다. "최대한 가까이 붙어 있어."

수호자가 떠난 방향에서 불쑥 외치는 소리가 들려왔다. 그 고함이 공기를 후려쳤고, 나무들은 그 소리에 덜덜 떨렸다. 소리가 잦아들고 난 뒤에도 메아리는 계속 울리는 것만 같았다. 포효가 다시 들렸다. 분노와 죽음으로 가득한 소리였다.

"란." 나이니브가 말했다. "란이……."

나이니브는 끔찍한 소리에 말을 끊었다. 하지만 그 소리에는 이제 새로운 기색이 어려 있었다. 두려움이었다. 갑자기 소리가 사라졌다.

"란은 자기 몸을 돌볼 수 있어요." 모레인이 말했다. "계속 가세요, 현자님."

숲 외곽에서 수호자가 나타났다. 그는 칼을 자신과 말에게서 멀찍이 들고 있었다. 칼날이 검은 피로 얼룩져 있었고, 그 얼룩에서는 증기가 피어올랐다. 란은 조심스럽게 안장주머니에서 꺼낸 헝겊으로 칼날을 깨끗이 닦으며 모든 얼룩을 닦아 냈는지 확인하느라 강철을 꼼꼼히 점검했다. 란이 헝겊을 떨어뜨리자 헝겊은 땅에 닿기도 전에 분해되었다. 심지어 파편마저 녹아내렸다.

거대한 몸체가 숲속에서 조용히 그들에게 덤벼들었다. 수호자는 만다브의 말 머리를 휙 돌렸지만, 전투마가 앞발을 들고 강철 발굽으로 공격을 하려는 그 순간에 맷의 화살이 번뜩이며 거의 입과 이빨로만 이루어진 듯한 머리의 한쪽 눈을 꿰뚫었다. 그 존재는 발버둥 치고 비명을 지르며 쓰러졌다. 한 걸음만 더 내달렸으면 일행에게 이르렀을 것이다. 랜드는 일행과 함께 서둘러 지나가며 그 존재를 보았다. 길고 뻣뻣한 털이 그 존재를 뒤덮고 있었다. 다리도 너무 많았다. 곰처럼 큰 몸이 기이한 각도로 연결되어 있었다. 그 다리 중 최소한 일부는, 예컨대 등에서 나온 다리는 걸어 다니는 데 아무 쓸모가 없을 게 틀림없었다. 하지만 그 끝에 달린 손가락 길이의 발톱은 죽음의 고통 속에 땅을 할퀴어 댔다.

"잘 쐈다, 양치기." 란의 눈은 이미 등 뒤에서 죽어 가는 존재를 잊은 듯 숲속을 살피고 있었다.

모레인이 고개를 저었다. "진정한 근원에 닿은 사람에게 이렇게까지 가까이 오고 싶어 해서는 안 되는 건데."

"아겔마가 말했지요. 거대한오염이 동요하고 있다고." 란이 말했다. "어쩌면 거대한오염도 패턴에서 그물이 형성되고 있다는 걸 아는지 모릅니다."

"서두르세요." 모레인은 알딥의 옆구리를 걷어찼다. "높은 통로를 빨리 넘어야 합니다."

하지만 모레인이 말하는 그 순간에도 거대한오염은 일행에 맞서 일어났다. 나무들이 휙휙 쳐들어오며 그들에게 손을 뻗었다. 모레인이 진정한 근원에 닿아 있든 아니든 상관하지 않는 듯했다.

랜드의 칼이 손에 들려 있었다. 칼집에서 칼을 뽑은 기억은 나지 않았다. 랜드는 칼을 휘두르고 또 휘둘렀다. 왜가리 표시가 있는 칼날이 부패한 가지들을 잘라 냈다. 굶주린 나뭇가지들은 잘린 채 휙 뒤로 물러나 뭉툭하게 잘린 채 몸부림쳤고 랜드는 거의 비명이 들리는 것 같았지만 그때마다 더 많은 가지가 다가왔다. 뱀처럼 꿈틀거리며 그의 팔을, 허리를, 목을 조이려 했다. 랜드는 으르렁거리듯 이를 드러낸 채 공백을 찾았고, 투 리버스의 단단하고 고집스러운 땅에서 그 공백을 발견했다. "마네세렌!" 랜드는 목이 아플 때까지 나무들을 향해 마주 소리 질렀다. 왜가리 표시가 있는 강철이 아무 힘 없는 햇빛 속에 번쩍였다. "마네세렌! 미네세렌!"

맷은 등자를 딛고 서서 숲으로 화살을 연달아 날려 보냈다. 그의 화살에 맞은 기형적인 형체들은 으르렁거리고 수없이 많은 이빨을 드러내며 화살을 물어뜯다가 죽었다. 놈들은 말을 탄 사람들에게 다가가려 애쓰며, 자신들에게 덤벼드는 발톱 달린 형체들을 물었다. 맷도 그 순간에 몰입해 있었다. "**카라이 안 칼다자!**" 그는 화살 깃을 뺨으로 당기고 손을 놓으며 소리쳤다. "**카라이 안 엘리산데! 알 엘리산데! 모데로 다가인 파스 두엔테 쿠에비야! 알 엘리산데!**"

페린도 등자를 딛고 서 있었다. 그는 조용하고 냉정한 모습이었다. 그는 앞장서 가면서 도끼로 숲과 더러운 살점을, 뭐든 눈앞에 다가오는 것을 베어 냈다. 몸부림치는 나무들과 울부짖는 존재들이 도끼를 휘두르는 옹골찬 남자에게서 주춤주춤 물러났다. 휙휙 소리를 내는 도끼만큼이나 사나운 황금색 눈을 피하는 것처럼 보였다. 페린은 말을 억지로 앞으로 한 걸음, 한 걸음 결연히 나아가게 했다.

모레인의 두 손에서 불덩이가 뻗어 나갔다. 그 불덩이에 명중당한 곳에서는 몸부림치는 나무가 횃불이 되었고, 이빨이 달린 형체는 비명을 지르고 인간의 손처럼 생긴 손을 마구 두드리며 불이 붙은 자신의 살점을 사나운 발톱으로 찢어 대다가 죽었다.

수호자는 계속해서 만다브를 숲속으로 데려갔다. 그의 칼날과 장갑에서는 부글부글 끓어오르며 증기를 내는 핏방울이 뚝뚝 떨어졌다. 그가 돌아올 때면 갑옷에 찢어진 틈이 있는 경우가 많았고, 살도 찢어져 피가 흘렀다. 그의 전투마도 휘청거리며 피를 흘렸다. 그때마다 아이즈 세다이는 잠시 멈추어 상처에 두 손을 댔다. 그녀가 손을 치우면, 아무 흉터 없는 살갗에 핏자국만이 남아 있었다.

"내가 반인들이 볼 수 있도록 불을 피운 것이나 다름없어요." 모레인이 씁쓸하게 말했다. "계속 가세요. 계속!" 그들은 한 번에 한 걸음씩 천천히 나아갔다.

나무들이 인간만큼이나 공격해 오는 살점의 덩어리들을 공격하지 않았더라면, 모두 다르게 생긴 그 피조물들이 서로를 물어뜯고 나무를 상대로 맞서 싸우지 않았더라면, 분명 자신들이 지고 말았을 것이다. 지금이라도 그런 일이 일어나지 않으리라는 보장은 없었다. 그때, 등 뒤에서 피리 소리 같은 울음소리가 났다. 멀리서 가늘게 들리는 그 소리가 주변에서 거대한오염의 주민들이 으르렁거리는 소리를 갈랐다.

으르렁거리는 소리는 순식간에 멈추었다. 꼭 칼로 소리가 베인 것 같았다. 공격해 오던 형체들은 얼어붙었다. 나무들은 고요해졌다. 다리 달린 존재들은 불쑥 나타났던 것만큼이나 갑작스럽게 녹아내려 뒤틀린 숲속으로 사라졌다.

갈대 피리 같은 날카로운 소리가 다시 들려왔다. 꼭 망가진 양치기의 파이프 소리 같았다. 비슷한 소리가 화음을 넣으며 응답했다. 대여섯 가지 소리가 자기들끼리, 등 뒤 먼 곳에서 노래를 불렀다.

“지렁이로군.” 란이 우울하게 말하자 로이알이 신음했다. “지렁이들이 우리에게 쉴 시간을 준 셈이다. 우리한테 그 휴식을 누릴 시간이 있어야 말이지만.” 그의 눈은 산맥까지 남은 거리를 헤아렸다. “피할 수만 있다면, 거대한오염의 존재들은 지렁이를 마주하려 하지 않을 거다.” 그는 만다브의 옆구리를 걷어찼다. “달려!” 일행 모두가 그를 따라 거대한오염을 가로지르며 달렸다. 거대한오염은 뒤에서 들려오는 파이프 소리를 제외하면 갑자기 정말로 죽은 것처럼 보였다.

“지렁이한테 겁을 먹고 물러났다고요?” 맷이 믿을 수 없다는 듯 말했다. 그는 안장에 앉은 채 통통 튀며 등에 활을 매려고 애썼다.

“지렁이는,” 수호자가 내뱉은 단어에는 맷이 말했을 때와 확실히 다른 느낌이 있었다. “희미한 자를 죽일 수 있다. 희미한 자에게 어둠의 존재만큼의 운이 따르지 않는다면 말이야. 지렁이 떼 전체가 우리를 쫓고 있다. 달려! 달려라!” 이제는 어두운 봉우리들이 가까워져 있었다. 랜드는 수호자가 달리는 속도를 고려하면 한 시간 뒤 그 봉우리에 도착할 것이라고 생각했다.

“지렁이들이 우리를 따라 산맥까지 들어가지는 않을까요?” 에그웨인이 숨을 헐떡이며 묻자 란이 날카롭게 웃었다.

“그러지는 않을 거다. 지렁이들은 높은 통로에 사는 것을 두려워하니까.” 로이알이 다시 신음했다.

랜드는 오기어가 그만 신음했으면 좋겠다고 생각했다. 그는 로이알이 란을 제외한 다른 모든 일행보다 거대한오염에 대해 잘 안다는 것을 충분히 의식하고 있었다. 안전한 **스테딩**에서 읽은 책으로 얻은 지식이라도 말이다. **그렇다고 우리가 여태 본 것보다 더 나쁜 게 있다는 것을 계속 떠올리게 할 필요는 없잖아?**

거대한오염이 흐르듯 지나갔다. 잡초와 풀이 썩은 채로 남아 달려가는 발굽 아래 철벅거렸다. 일행이 뒤틀린 나뭇가지 바로 아래를 지나는데도 앞서 공격했던 것과 같은 종류의 나무들은 꼼짝도 하지 않았다. 파멸의산맥이 눈앞의 하늘을 가득 채우고 있었다. 검고 황량한 그 하늘이 거의 손에 닿을 것 같았다. 파이프 소리는 날카롭고도 선명하게 들려왔다. 등 뒤에서는 철벅거리는 소리가 이어졌다. 발굽이 뭉개 버린 것들이 내는 소리보다 시끄러운 소리였다. 너무 시끄러웠다. 반쯤 썩은 나무들이 그 위로 미끄러지듯 움직이는 거대한 몸체에 으스러지는 듯했다. 너무 가까웠다. 랜드는 어깨 너머를 돌아보았다. 뒤쪽에서는 우듬지가 휙 젖혀지며 풀처럼 꺾였다. 땅이 위쪽으로, 산맥을 향해 경사지기 시작했다. 일행이 산에 올라가고 있다는 것을 알 수 있을 만큼 기울어졌다.

"이렇게는 못 갑니다." 란이 말했다. 그는 만다브의 발걸음을 늦추지 않았으나 손에 다시 칼을 쥐고 있었다. "높은 통로에 이르면 몸조심하십시오, 모레인. 그러면 당신은 통과하게 될 겁니다."

"안 되오, 란!" 나이니브가 소리쳤다.

"조용히 하세요, 어린애같이! 란, 당신이라도 지렁이 떼를 막을 수는 없어요. 내가 그렇게 놔두지 않을 겁니다. 난 세계의 눈에서 당신이 필요해요."

"활로 쏴 버려요." 맷이 숨을 헐떡이며 외쳤다.

"지렁이들은 화살을 느끼지도 못할 거다." 수호자가 소리쳤다. "놈들은 잘라서 조각내야 해. 허기 말고는 거의 아무것도 느끼지 못하는 것들이다. 가끔 두려움을 느끼기도 하지만."

목숨이 달린 것처럼 안장에 딱 달라붙어 있던 랜드는 어깨를 으쓱이며 긴장을 풀려고 했다. 가슴 전체가 꽉 조이는 것처럼 느껴지더니 숨조차 쉬기 어려워졌다. 뜨거운 바늘로 피부를 콕콕 찌르는 느낌이 났다. 거대한오염은 산기슭의 언덕으로 변했다. 랜드는 산맥에 도착하자마자 올라가는 길을 볼 수 있었다. 구불구불한 오솔길과 그 너머의 높은 통로는 검은 돌을 도끼로 쳐서 쪼개 놓은 것처럼 보였다. **빛을 걸고, 우리를 쫓아오는 존재를 겁줄 수 있는 게 있다니, 그게 대체 뭐지? 빛이여 도우소서. 이렇게까지 무서웠던 적은 없는데. 더 이상 가고 싶지 않아. 더는 안 가!** 랜드는 불꽃과 공백을 찾으며 자신을 나무랐다. **멍청아! 겁쟁이 바보 같으니, 겁에 질렸구나! 넌 여기 머물 수도 없고, 돌아갈 수도 없어. 에그웨인이 혼자 이 일에 맞서게 놓아둘 셈이야?** 공백은 랜드의 손아귀를 빠져나갔다가 만들어지고, 뚫리며 수천 개의 빛 점으로 바뀌었다가 다시 만들어지고 또 산산이 부서졌다. 빛 점 하나하나가 랜드의 뼛속을 태우고 들어오는 듯했다. 랜드는 고통에 몸을 떨며 자신이 터져 나갈지도 모른다고 생각했다. **빛이여 도우소서, 저는 계속 갈 수 없습니다. 빛이여 도우소서!**

랜드는 구렁말의 고삐를 그러쥐고 돌아서려 했다. 앞에서 기다리는 존재와 상대하느니 지렁이든 뭐든 저것과 싸우는 게 나을 것 같았다. 그때, 땅의 성질이 바뀌었다. 언덕의 한 경사면과 다음 경사면 사이, 봉우리와 봉우리 사이에서 거대한오염이 사라졌다.

초록색 잎사귀들이 평화롭게 뻗어 있는 나뭇가지들을 뒤덮었다. 달콤한 봄바람에 흔들리는 풀밭에 들꽃이 밝은 조각보를 이루고 있었다. 이 꽃송이에서 저 꽃송이로 나비들이 팔랑팔랑 날아다녔다. 윙윙대는 벌들도 함께였다. 새들이 노래했다.

랜드는 입을 쩍 벌린 채 계속 달려갔다. 그러다가 문득 모레인과 란과 로이알이 멈추어 섰다는 것을 깨달았다. 다른 사람들도 마찬가지였다. 랜드는 천천히 고삐를 당겼다. 놀라서 얼굴이 굳었다. 에그웨인은 머리에서 눈이 튀어나오기 직전으로 보였고, 나이니브는 입을 다물지 못했다.

"안전한 곳에 이르렀어." 모레인이 말했다. "여기는 그린맨의 영토야. 세계의 눈도 여기에 있어. 거대한오염에 속한 것은 아무것도 여기에 들어올 수 없어."

"산맥 반대편인 줄 알았는데요." 랜드가 웅얼거렸다. 지금도 북쪽 지평선을 채우고 있는 봉우리들과 높은 통로가 보였다. "늘 높은 통로 너머에 있었다고 하셨잖아요."

"이곳이," 숲속에서 깊은 목소리가 들려왔다. "늘 있었던 곳이다. 변하는 것은 이곳을 필요로 하는 자가 있는 곳뿐이다."

한 형체가 나뭇잎들 사이에서 나왔다. 오기어가 랜드보다 큰 만큼 로이알보다 큰 인간의 형상이었다. 뒤얽힌 덩굴과 잎사귀로 이루어진 인간의 형체, 녹색으로 자라나는 인간의 형체. 그의 머리카락은 어깨까지 흘러내리는 풀이었고 눈은 커다란 헤이즐넛이었으며 손톱은 도토리였다. 초록색 잎사귀들이 그의 튜닉과 바지를 이루고 있었다. 매끄러운 나무껍질은 장화였다. 나비들이 그의 주변을 빙빙 돌며 그의 손가락에, 어깨에, 얼굴에 가볍게 앉았다. 식물로서 완벽한 그 모습을 망가뜨리는 것은 한 가지뿐이었다. 그의 뺨과 관자놀이를 따라 머리 위쪽까지 깊은 균열이 나 있었으며 그 안의 덩굴은 갈색으로 시들어 있었다.

"그린맨이야." 에그웨인이 그렇게 속삭이자 흉터 난 얼굴이 미소 지었다. 잠깐은 새들이 더 큰 소리로 노래를 부르는 것처럼 보였다.

"물론이지. 내가 아니면 여기 누가 있겠느냐?" 헤이즐넛 눈이 로이알을 바라보았다. "만나서 반갑구나, 동생아. 과거에는 너희 중 많은 수가 나를 만나러 왔다. 하지만 최근에는 그런 경우가 별로 없구나."

로이알은 커다란 말에서 서둘러 내려 예의를 차리며 절했다. "영광입니다, 나무 형제여. **싱구 마 초시, 팅센.**"

그린맨은 미소 지으며 오기어의 어깨에 한쪽 팔을 둘렀다. 로이알 옆에 있으니 그는 소년 옆에 서 있는 성인 남자처럼 보였다. "영광이랄 건 없다, 동생아. 우리는 함께 나무의 노래를 부르고 위대한 나무들과 **스테딩**을 기억하며 갈망을 막을 것이다." 그는 다른 이들을 살펴보았다. 그들은 이제야 막 말에서 내리고 있었다. 그린맨의 눈이 페린을 보고 빛났다. "늑대 형제여! 그렇다면 옛 시대가 다시 살아난 것이 사실이란 말인가?"

랜드는 페린을 빤히 보았다. 페린은 말 머리를 돌려 말이 자신과 그린맨 사이에 서게 하더니, 허리를 숙여 뱃대끈을 살폈다. 랜드는 페린이 그저 그린맨의 탐색하는 듯한 시선을 피하고 싶어 할 뿐이라고 확신했다. 갑자기 그린맨이 랜드에게 말을 걸었다.

"특이한 옷을 입고 있구나, 용의 아이여. 물레가 그렇게까지 돌아간 것인가? 용의 민족이 첫 번째 서약으로 돌아간 건가? 하지만 너는 칼을 차고 있구나. 지금도, 그때도 이런 일은 없었는데."

랜드는 입을 축이고 나서야 말할 수 있었다. "무슨 말씀이신지 모르겠어요. 무슨 뜻인가요?"

그린맨은 머리를 가로질러 난 갈색 흉터를 건드렸다. 그는 잠시 혼란스러운 표정이었다. "나는…… 말할 수 없다. 내 기억은 찢겨 있고 덧없는 경우가 많으며, 남아 있는 것의 상당 부분은 애벌레가 파먹은 잎사귀와도 같다. 다만 내가 확실히 아는 것은…… 아니, 그것도 사라졌다. 하지만 너를 환영한다. 그대, 모레인 세다이는 놀라움 그 이상이로군. 이곳은 처음 만들어질 때부터 아무도 두 번 찾아볼 수 없게 만들어졌는데. 어떻게 왔는가?"

"필요 때문이에요." 모레인이 대답했다. "나의 필요, 세상의 필요 때문에. 가장 중요한 건 세상의 필요지요. 우리는 세계의 눈을 보러 왔어요."

그린맨은 한숨을 쉬었다. 바람이 잎이 무성한 나뭇가지를 헤치며 한숨을 쉬었다. "그렇다면 그것이 다시 온 셈이로군. 그 기억은 온전히 남아 있네. 어둠의 존재가 동요하고 있어. 나는 그렇게 될 것을 두려워해 왔지. 한 해가 갈 때마다 거대한오염이 안으로 들어오려고 더욱 세차게 몸부림친다네. 이번에는 거대한오염을 막아 내려는 싸움이 시초 이후 그 어느 때보다도 대단했고. 오게나, 내가 자네들을 데려가지."

50장 눈에서의 만남

랜드는 구렁말을 이끌고 에먼즈 필드의 다른 사람들과 함께 그린맨을 따라갔다. 모두가 그린맨과 숲 중 어디를 봐야 할지 마음을 정하지 못한 듯 멍하니 앞을 보고 있었다. 그린맨은 물론 전설이었다. 그린맨과 생명의 나무에 대한 이야기는 투 리버스의 모든 난로 앞에서 나오는 이야기였다. 아이들에게만 해주는 이야기도 아니었다. 그러나 지금 그들은 거대한오염을 겪고 난 뒤였다. 나머지 세상 전체가 아직도 겨울에 갇혀 있지 않았다 한들 이곳에 나무와 꽃이 잔뜩 있다는 것은 정상적인 기적처럼 느껴졌다.

페린은 조금 뒤처졌다. 랜드가 뒤를 힐끗 보자 덩치 큰 곱슬머리 청년은 그린맨이 하려는 다른 말을 한마디도 더 듣고 싶지 않다는 표정이었다. 랜드는 이해할 수 있었다. **용의 아이.** 랜드는 경계심을 늦추지 않고 그린맨을 바라보았다. 그는 모레인과 란과 함께 앞장서 걷고 있었다. 나비들이 노란색과 빨간색 구름을 이루며 그를 둘러쌌다. **무슨 뜻이었을까? 아냐. 알고 싶지 않아.**

그래도 랜드의 발걸음은 가벼워졌고, 다리에도 힘이 돌아왔다. 배 속 깊은 곳에서는 불안함이 여전히 속을 휘저어 댔지만, 두려움은 거의 사라졌다고 느껴질 만큼 흩어졌다. 랜드는 이 이상을 기대할 수는 없다고 생각했다.

거대한오염에 속한 것은 그 무엇도 여기에 들어올 수 없다는 모레인의 말이 옳다 한들, 거대한오염이 겨우 914미터 떨어진 곳에 있었으니 말이다. 랜드의 뼛속을 찔러 대던 수천 개의 타오르는 점들은 깜빡이다 꺼졌다. 그린맨의 영토에 들어온 순간, 랜드는 확신했다. **그린맨이 꺼 버린 거야.** 랜드는 생각했다. **그린맨과 이 공간이.**

에그웨인과 나이니브도 위로가 되는 평화를, 아름다움의 침착함을 느꼈다. 랜드는 알 수 있었다. 그들은 작고 평온한 미소를 지으며 손가락으로 꽃을 스치다가 잠시 멈추어 향기를 맡고 숨을 깊이 들이쉬었다.

그린맨은 그 모습을 보더니 말했다. "꽃은 사랑하라고 존재하는 것이지. 식물이든 인간이든 거의 비슷하다네. 너무 많이 꺾어 가지만 않는다면 신경 쓰지 않겠네." 그러더니 그는 이 식물, 저 식물에서 꽃을 꺾기 시작했다. 하지만 어떤 식물에서도 두 송이 이상을 꺾지는 않았다. 머지않아 나이니브와 에그웨인은 머리에 분홍색 들장미와 노란종, 흰 새벽별 등으로 이루어진 꽃송이 모자를 쓰고 있었다. 현자의 땋은 머리는 허리까지 늘어진 분홍색과 흰색 정원으로 보였다. 모레인조차 이마에 새벽별로 이루어진 흰 화환을 받아 썼다. 꽃이 계속 자라는 것처럼 보일 만큼 솜씨 좋게 엮은 화환이었다.

하긴, 꽃들이 더 이상 자라지 않는다고 장담할 수는 없었다. 그린맨은 걸어가면서도 숲 정원을 돌보았다. 그러면서 그는 모레인에게 조용히 이야기를 하며, 별다른 생각을 하지 않고도 돌봄이 필요한 것들을 돌보았다. 그의 헤이즐넛 눈은 기어오르는 들장미 덩굴에서 구부러진 가지를 발견했다. 그 가지는 꽃송이로 뒤덮인 사과나무 가지 때문에 어쩔 수 없이 이상한 각도로 뒤틀려 있었다. 그린맨은 이야기를 멈추지 않은 채 잠시 서서 손으로 굽어진 부분을 쓸었다. 랜드는 눈이 속임수를 쓰는 것인지, 아니면 가시가 실제로 그의 초록색 손가락을 찌르지 않으려고 구부러지며 빠져나온 것인지 확신할 수 없었다. 그린맨의 거대한 형체가 계속 움직이자 나뭇가지는 똑바르고 진실한 모습으로 뻗어 가며 흰색 사과꽃 사이에 빨간 꽃잎들을 퍼뜨렸다. 그는 허리를 숙여 커다란 손을 오목하게 만들고 자갈밭에 놓여 있는 작은 씨앗을 떠냈다. 그가 허리를 펴자 작은 싹이 바위를 뚫고 좋은 흙에 뿌리를 박고 있었다.

"모든 것은 패턴에 따라, 있는 자리에서 자라야 하지." 그가 어깨 너머로 사과하듯 설명했다. "그리고 물레의 회전을 직면해야 한다. 하지만 내가 조금 도움을 준다고 해서 창조주께서 불쾌해하지는 않으시겠지."

랜드는 레드를 끌고 싹을 돌아갔다. 구렁말의 발굽이 그 싹을 뭉개지 않도록 조심했다. 그저 한 걸음을 덜 걷겠다고 그린맨이 해낸 일을 파괴하는 것은 옳지 않은 일로 보였다. 에그웨인은 랜드를 보며 미소 지었다. 그녀 특유의 비밀스러운 미소였다. 그러더니 그녀는 랜드의 팔을 어루만졌다. 묶지 않은 머리에 꽃을 가득 꽂은 그녀가 너무도 예뻐서, 랜드는 그녀가 얼굴을 붉히며 시선을 내리깔 때까지 그녀를 마주 보며 미소 지었다. **내가 널 지켜 줄게.** 랜드는 생각했다. **무슨 일이 일어나더라도 네가 안전하게 해 줄 거야. 맹세해.**

그린맨은 봄 숲의 중심부로, 언덕 옆면의 아치로 그들을 데려갔다. 그 아치는 돌로 만들어진 단순한 구조물로, 높이가 높고 흰색이었다. 쐐기돌을 보니 구불구불한 선으로 쪼개진 원이 그려져 있었다. 한쪽 원은 거칠었고, 한쪽 원은 매끄러웠다. 아이즈 세다이를 의미하는 태고의 상징이었다. 입구 자체가 그림자로 가려져 있었다.

잠깐은 모두가 조용히 바라보기만 했다. 이어 모레인이 화환을 벗더니 아치 옆의 단딸기 덤불 가지에 걸었다. 그녀의 움직임으로 대화가 다시 시작된 것만 같았다.

"저 안에 있소?" 나이니브가 물었다. "우리가 여기에 온 이유 말이오."

"난 생명의 나무를 진짜로 보고 싶어요." 맷이 말했다. 그는 머리 위에 있는 반으로 나뉜 원에서 눈을 떼지 않았다. "그런 다음에 가도 되잖아요?"

그린맨은 랜드를 이상한 눈초리로 보더니 고개를 저었다. "**아벤데소라**는 여기 없다. 나는 2000년 동안 그 나무의 버릇없는 가지 아래서 쉬어 본 적이 없어."

"우리가 여기 온 이유는 생명의 나무가 아니야." 모레인이 단호하게 말했다. 그녀가 아치를 가리켰다. "그 이유는 저 안에 있어."

"나는 너희와 함께 들어가지 않는다." 그린맨이 말했다. 그의 주변에 있는 나비들이 어떤 불안을 공유하기라도 하듯 소용돌이쳤다. "나는 아주 오래전부터 그곳을 지키라는 명령을 받았으나, 그곳과 너무 가까워지면 불안한 마음이 든다. 나 자신이 해체되어 가는 것을 느낀다. 나의 종말이 세계의 눈과 어떻게든 연결돼 있다. 세계의 눈이 만들어지던 게 기억나는구나. 만들어지는 과정의 일부가 말이다. 일부만." 그의 헤이즐넛 눈이 기억에 잠긴 채 멍해졌다. 그는 손가락으로 흉터를 매만졌다. "세계의 파괴 이후 초창기였다. 그때, 어둠의 존재를 상대로 거둔 승리의 기쁨은 씁쓸하게 변해 버렸다. 그림자의 무게로 모든 것이 여전히 박살 날 수 있다는 걸 알았기 때문이야. 그 사람들 100명이, 남자와 여자가 힘을 합쳐 세계의 눈을 만들었다. 가장 위대한 아이즈 세다이의 작품은 늘 그런 식으로 만들어졌지. 진정한 근원이 결합되어 있는 것처럼 **사이딘**과 **사이다**를 결합해서 말이야. 그들은 세계의 눈을 순수하게 만들려다가 모두 죽었다. 그들 주변의 세상은 찢겨 나갔고. 자신들이 죽으리라는 걸 안 그들은 이곳에 오겠다는 필요에 맞서 세계의 눈을 지키려고 내게 돌격했다. 나는 전투를 위해 만들어진 존재가 아니지만, 모든 것이 무너져 내렸고 그들은 혼자였으며 그들에게 있는 건 나뿐이었다. 나는 내가 무엇으로 만들어졌는지 모르지만, 믿음만은 유지해 왔다." 그는 모레인을 내려다보며 혼자 고개를 끄덕였다. "나는 세계의 눈이 필요해지는 순간까지 믿음을 유지해 왔다. 이제는 믿음이 끝난다."

"당신은 이런 임무를 맡긴 우리 중 누구보다도 더 훌륭하게 믿음을 지켜 왔습니다." 아이즈 세다이가 말했다. "어쩌면 당신이 두려워하는 만큼 나쁜 결과는 없을지도 몰라요."

흉터가 진 나뭇잎 머리가 양옆으로 천천히 흔들렸다. "종말이 다가오면 내가 안다네, 아이즈 세다이. 나는 이것들을 자라게 할 다른 곳을 찾을 거야." 견과류 같은 갈색 눈이 초록색 숲을 슬픈 듯 훑었다. "아마 다른 곳이겠지. 밖으로 나오면 내가 다시 그대를 만나겠네. 시간이 있다면 말이야." 그 말을 끝으로 그는 성큼성큼 멀어져 갔다. 나비들이 그 뒤를 따랐다. 그는 란의 망토로는 도저히 할 수 없을 만큼 완전히 숲과 하나가 되었다.

"저게 무슨 뜻이에요?" 맷이 물었다. "'시간이 있다면'이라니?"

"가자." 모레인이 말했다. 그녀는 아치를 넘어섰다. 란이 그 뒤를 바짝 따랐다.

랜드는 자신이 대체 뭘 기대하고 그들을 따라간 것인지 알 수 없었다. 팔뚝의 털이 불안하게 흔들렸고, 목덜미 털은 삐죽 섰다. 하지만 그곳은 그저 통로일 뿐이었다. 윤을 낸 벽이 머리 위에서 아치처럼 둥글게 다듬어져 완만한 곡선을 그리며 아래로 향했다. 머리 위에는 로이알에게도 남을 만큼 공간이 충분했다. 그린맨이라도 들어올 수 있었을 것이다. 바닥은 반질반질했고 기름을 바른 슬레이트처럼 미끄러워 보였지만, 어째서인지 단단하게 발을 디딜 수 있었다. 끊김 없는 흰 벽이 형언할 수 없는 색깔의 무수한 얼룩들로 반짝였다. 햇빛이 들어오는 아치 통로가 등 뒤의 굽은 길 너머로 사라진 뒤에도 그 흰 벽이 낮고 부드러운 빛을 드리웠다. 랜드는 그 빛이 자연의 빛이 아니라고 확신했지만, 해롭지 않다고도 느꼈다. **그럼 왜 지금도 소름이 돋는 거지?** 그들은 계속해서 아래로, 아래로 향했다.

"저기야." 마침내 모레인이 손가락을 들며 말했다. "앞에."

그때, 통로가 탁 트이며 돔이 있는 드넓은 공간으로 바뀌었다. 그 공간의 천장을 이루고 있는 거칠고도 살아 있는 듯한 바위에는 반짝이는 수정 덩어리가 점점이 박혀 있었다. 그 아래에서는 웅덩이가 동굴 전체를 메우고 있었다. 웅덩이를 돌아가는 약 다섯 걸음 폭의 보행로만이 예외였다. 눈처럼 타원형을 이루고 있는 그 웅덩이의 가장자리를 따라 위쪽의 빛보다 탁하면서도 격렬한 빛으로 빛나는 수정이 낮고 평평하게 박혀 있었다. 웅덩이는 수면이 유리처럼 매끄러웠으며 와인스프링강처럼 맑았다. 랜드는 눈으로 그 웅덩이를 영원까지 꿰뚫어 볼 수 있을 거라고 느꼈으나 바닥은 전혀 보이지 않았다.

"세계의 눈이야." 모레인이 랜드 옆에서 조용히 말했다.

랜드는 놀라 주위를 돌아보다가 창조 이후의 오랜 세월, 아무도 오지 않는 3000년 동안에도 이곳에 손길을 미쳤다는 것을 깨달았다. 돔에 박힌 모든 수정이 똑같은 강도로 빛나는 것은 아니었다. 더 강한 빛도, 약한 빛도 있었다. 깜빡이는 빛도 있었고, 그저 다른 빛을 반사해 반짝이는 다면체 덩어리도 있었다. 모든 수정이 빛났다면 돔은 대낮처럼 밝았을 것이다. 하지만 지금은 그저 늦은 오후처럼 보일 뿐이었다. 먼지가 보행로와 돔의 일부, 심지어 수정까지 덮고 있었다. 물레가 돌며 갈려 나가는 동안 오랜 세월 기다리고 있었던 것이다.

"그래서 저게 **뭔데요?**" 맷이 불안한 듯 물었다. "내가 봤던 물하고는 완전히 다른데." 그는 자기 주먹 크기의 검은 돌을 물가로 차 버렸다. "꼭……."

돌은 유리 같은 수면에 닿더니 첨벙 소리도 내지 않고, 심지어 물결조차 일으키지 않고 미끄러지듯 웅덩이로 들어갔다. 돌은 가라앉으면서 점점 부풀어 올랐다. 계속해서 커지고 겉면이 얇아졌다. 거의 뒷면이 투명하게 보이는, 랜드의 머리 크기 방울이 되었다. 폭이 랜드의 팔 길이만 한 희미한 흐린 덩어리였다. 그러더니 돌은 사라졌다. 랜드는 소름이 돋은 피부가 그대로 몸에서 떨어져 나가는 것만 같았다.

"저게 뭐예요?" 랜드는 그렇게 물었다가, 자기 목소리가 거칠게 쉬어 있는 것을 듣고 놀랐다.

"**사이딘**의 정수라고 할 수 있겠지." 아이즈 세다이의 말이 돔에 울렸다. "진정한 근원에서 남성적 절반에 해당하는 정수야. 광기의 시대 이전에 남자들이 휘둘렀던 힘의 순수한 정수란다. 어둠의 존재가 갇혀 있는 감옥의 봉인을 수리하거나 완전히 망가뜨려 열어 버릴 힘 말이야."

"빛께서 저희를 비추고 지켜 주소서." 나이니브가 속삭였다. 에그웨인이 현자 뒤에 숨고 싶은 것처럼 그녀를 꽉 잡았다. 란조차 불안한 듯 동요했다. 다만 그의 눈에는 놀란 기색이 없었다.

랜드는 돌에 어깨가 부딪히는 것을 느끼고 자기가 벽 있는 곳까지, 세계의 눈에서 최대한 먼 곳까지 물러났다는 것을 깨달았다. 할 수만 있다면 벽을 그대로 뚫고 나가고 싶었다. 맷도 팔다리를 쫙 펼친 채 돌벽에 최대한 몸을 납작하게 붙이고 있었다. 페린은 도끼를 반쯤 뽑은 채 웅덩이를 바라보았다. 그의 눈이 노란색으로 사납게 빛났다.

"늘 궁금했습니다." 로이알이 불안한 듯 말했다. "책에서 세계의 눈에 관한 이야기를 읽을 때마다 늘 그 정체가 궁금했어요. 왜일까요? 그들은 왜 저런 일을 했을까요? 어떻게?"

"살아 있는 사람 중 그 답을 아는 사람은 아무도 없어요." 모레인은 더 이상 웅덩이를 보지 않았다. 그녀는 랜드와 두 친구들을 지켜보고 있었다. 그들을 찬찬히 훑어보며 눈으로 무언가를 가늠해 보고 있었다. "방법도 알려지지 않았고요. 언젠가 세계의 눈이 필요해질 것이며 그 필요란 세상이 그 시점까지 경험한 그 어떤 필요보다도 크고 절박한 필요이리라는 점 외의 다른 이유도 알려지지 않았습니다. 아마 앞으로도 세상은 그런 필요를 직면하지 못할 거예요.

타 발론의 많은 사람들은 이 힘을 사용할 방법을 찾으려고 노력했지만, 고양이가 달을 만질 수 없듯 여자는 이 힘에 손을 댈 수 없어요. 오직 남자만이 이 힘을 채널링할 수 있지만, 마지막 남자 아이즈 세다이가 존재했던 건 거의 3000년 전입니다. 하지만 그들이 본 필요는 절박한 것이었어요. 그들은 **사이딘**에 미친 어둠의 존재의 오염을 뚫고 세계의 눈을 순수하게 만들었습니다. 그렇게 하면 자기들 모두가 죽으리라는 것을 알면서도 말이지요. 남자 아이즈 세다이와 여자 아이즈 세다이가 함께 한 일입니다. 그린맨의 말이 옳아요. 전설의 시대의 가장 위대한 기적들은 그런 식으로, **사이딘**과 **사이다**가 함께 작용해 이루어졌습니다. 타 발론의 모든 여자는, 모든 궁정과 도시에 있는 모든 아이즈 세다이는 협력할 남자가 없다면 일원력으로 숟가락 하나 채울 수 없습니다. 황무지 너머의 땅에 사는 자들과 지금도 아리스대양 너머에 살고 있는 사람들을 포함한다 해도요."

랜드는 비명이라도 지른 것처럼 목이 칼칼했다. "우리를 왜 여기로 데려온 거죠?"

"너희는 **타비렌**이니까." 아이즈 세다이의 표정은 읽을 수 없었다. 그녀의 눈이 아른아른 빛나며 랜드를 끌어당기는 듯했다. "어둠의 존재가 가진 힘이 여기를 공격할 테니까. 그 힘에 맞서고 그 힘을 멈추지 않으면 그림자가 온 세상을 뒤덮을 테니까. 그보다 큰 필요는 없어. 아직 시간이 있을 때 다시 햇빛이 드는 곳으로 나가자." 모레인은 일행이 따라오는지 확인하지 않고 란과 함께 다시 통로를 거슬러 올라가기 시작했다. 란은 평소보다 조금 더 빠른 속도로 걸었다. 에그웨인과 나이니브가 서둘러 모레인을 따라갔다.

랜드는 벽 쪽으로 바짝 붙었다가—웅덩이의 정체를 듣고 나니 감히 한 발짝도 더 다가갈 수 없었다—맷과 페린과 뒤엉킨 채 허둥지둥 통로로 나왔다. 에그웨인과 나이니브, 모레인, 란을 짓밟고 가야 하는 게 아니었다면 그대로 줄행랑을 쳤을 것이다. 다시 밖으로 나왔을 때도 랜드는 몸이 떨리는 것을 멈출 수 없었다.

"마음에 들지 않소, 모레인." 다시 태양이 비추자 나이니브가 화를 내며 말했다. "당신이 말하는 것만큼 위험한 상황이라고 생각하지 않았다면 여기 오지 않았을 거요. 하지만 이건……."

"이제야 찾았군."

랜드는 누군가 목에 감긴 밧줄을 조인 것처럼 흠칫했다. 그 말, 그 목소리……. 잠시 랜드는 바알자몬이 왔다고 생각했다. 하지만 얼굴을 두건으로 가린 채 숲에서 걸어 나온 두 남자는 말라붙은 핏빛의 망토를 입지 않았다. 한 명의 망토는 짙은 회색이었고, 다른 한 명의 망토는 거의 똑같이 짙은 초록색이었다. 그들은 탁 트인 공간에서조차 곰팡이가 핀 것처럼 보였다. 그들은 희미한 자도 아니었다. 산들바람이 그들의 망토를 흔들었다.

"누구냐?" 란은 경계하는 자세로 손을 칼자루에 올려놓고 있었다. "어떻게 왔지? 그린맨을 찾는 거라면……."

"저자가 우리를 안내했다." 맷을 가리키는 손은 늙고 쭈그러져 거의 인간의 손으로 보이지도 않았다. 손톱이 없었고, 손마디는 밧줄의 매듭처럼 울퉁불퉁했다. 맷은 눈을 휘둥그렇게 뜨며 한 걸음 물러났다. "오래된 것, 오래된 친구, 오래된 적. 하지만 우리가 찾는 것은 저자가 아니다." 녹색 망토를 입은 남자가 말을 마쳤다. 다른 남자는 영영 입을 열지 않을 것처럼 서 있었다.

모레인은 몸을 완전히 폈다. 그녀는 그곳에 있는 어느 남자와 비교해도 키가 어깨높이까지 오지 않았지만, 갑자기 언덕만큼이나 크게 보였다. 그녀는 종처럼 울리는 목소리로 물었다. "너희는 누구냐?"

그들의 손이 두건을 젖히자 랜드는 눈이 튀어나올 것 같았다. 늙은 남자는 늙음 그 이상으로 늙었다. 센 부이조차 한창 건강할 나이의 어린아이처럼 보일 정도였다. 그의 얼굴 피부는 두개골에 팽팽하게 당겨 씌운 뒤 더 당겨 팽팽하게 만든 실금투성이 양피지 같았다. 그의 우둘투둘한 두피 여기저기에는 뻣뻣하고 성긴 머리카락이 듬성듬성 나 있었다. 귀는 오래된 가죽 조각처럼 시들어 있었고, 눈은 두개골 안쪽으로 푹 꺼진 채 터널 끝에서 내다보듯 그들을 바라보았다. 다른 한 명은 더 끔찍했다. 팽팽한 검은색 가죽 껍질이 그자의 머리와 얼굴을 완전히 뒤덮고 있었다. 다만 그 껍질의 앞면은 완벽한 얼굴, 젊은 남자의 얼굴로 만들어져 있었다. 거칠게, 미친 듯이 웃는 그 얼굴은 영영 얼어붙은 것처럼 보였다. **다른 한 놈이 저런 몰골을 보여 주는데도 자기 얼굴을 감춘다면, 저놈은 대체 무엇을 감추고 있는 거지?** 그런 다음에는 생각조차 머릿속에서 얼어붙어 박살 나 먼지가 된 뒤 날아가 버렸다.

"나는 아지노어다." 늙은이가 말했다. "이자는 발사멜이다. 발사멜은 더 이상 혀로 말하지 않는다. 감옥에 갇힌 3000년 넘는 시간 동안 물레가 곱게 빻아 버려서." 그의 푹 꺼진 눈이 아치로 향했다. 발사멜이 앞으로 몸을 숙였다. 그의 가면에 뚫린 눈은 곧장 들어가고 싶다는 듯 뚫려 있는 흰 돌을 보고 있었다. "너무 오랫동안 없었어." 아지노어가 조용히 말했다. "너무 오랫동안."

"빛께서 저희를 보호……." 로이알이 떨리는 목소리로 입을 열었다가 아지노어가 그를 바라보자 뚝 말을 멈췄다.

"버려진 자들." 맷이 쉰 목소리로 말했다. "너희는 샤이올 굴에 매여……."

"있었지." 아지노어가 미소 지었다. 그의 누런 이빨은 송곳니처럼 보였다. "우리 중에는 더 이상 매여 있지 않은 자들이 있다. 봉인은 약해진다, 아이즈 세다이. 이샤마엘처럼 우리도 다시 세상을 걸어 다닌다. 머지않아 나머지 우리도 올 것이다. 나와 발타멜은 이 세상과 가까운 곳에 갇혀 있었다. 갈아 대는 물레와 너무 가까이 있었다. 하지만 머지않아 위대한 어둠의 군주께서 풀려나 우리에게 새로운 육신을 주실 것이며 세상은 다시 한번 우리

것이 될 것이다. 이번에 너희에게는 동족살해자 루스 세린이 없을 것이다. 너희를 구해 줄 아침의 군주는 없다. 이제 우리는 우리가 찾는 자가 누구인지 알고 있으며, 나머지 너희는 더 이상 필요하지 않다."

란의 칼이 칼집에서 빠르게 뽑혀 나왔다. 랜드로서는 눈으로 좇을 수도 없는 속도였다. 그러나 수호자는 망설였다. 그의 눈이 모레인에게로, 또 나이니브에게로 향했다. 두 여자는 꽤 멀리 떨어져 있었다. 란이 둘 중 한 명과 버려진 자 사이에 서면, 다른 한 명과는 멀어지게 될 터였다. 그의 망설임은 아주 잠깐일 뿐이었지만, 수호자의 발이 움직이자 아지노어가 손을 들어 올렸다. 비웃음 가득한 동작이었다. 날파리를 쫓듯이 울퉁불퉁한 손가락을 뒤집는 동작. 수호자는 거대한 주먹에 잡히기라도 한 것처럼 허공을 가르며 뒤로 날아갔다. 란은 둔탁한 쿵 소리와 함께 돌 아치에 부딪혔다가, 잠시 그대로 매달려 있더니 떨어져 축 늘어졌다. 내뻗은 손 근처에 그의 칼이 놓여 있었다.

"**안 돼!**" 나이니브가 소리쳤다.

"가만히!" 모레인이 명령했지만, 다른 누군가가 움직일 겨를도 없이 현자의 칼이 그녀의 허리띠를 떠났다. 현자는 작은 칼을 들어 올린 채 버려진 자를 향해 달려가고 있었다.

"빛께서 너희 눈을 멀게 하신다." 그녀는 소리를 지르며 아지노어의 가슴을 공격했다.

다른 버려진 자는 독사처럼 움직였다. 나이니브의 칼날이 다 내리꽂히기도 전에 가죽으로 감싸인 발사멜의 손이 휙 뻗어 나와 그녀의 턱을 잡았다. 그의 손가락이 나이니브의 한쪽 뺨으로 파고드는 동안 엄지는 다른 뺨에 파고들었다. 그 악력으로 피가 터져 나왔고 살갗이 하얀 산등성이처럼 솟아올랐다. 나이니브는 경련을 일으키며 머리끝부터 발끝까지 온몸을 떨었다. 누군가가 그녀를 채찍처럼 휘두른 듯했다. 나이니브의 칼은 아무 쓸모 없이 늘어진 손가락에서 툭 떨어졌다. 발사멜이 그녀를 움켜쥐고 들어 올렸다. 검은 가면이 여전히 떨고 있는 그녀의 얼굴을 들여다보았다. 나이니브의 발가락이 땅에서 30센티미터쯤 떨어진 곳에서 경련했다. 그녀의 머리카락에서 꽃들이 비처럼 내렸다.

"나는 육체의 기쁨을 거의 잊었다." 아지노어의 혀가 그의 말라붙은 입술을 가로질렀다. 꼭 거친 가죽을 돌로 스치는 듯한 소리가 났다. "하지만 발사멜은 많은 걸 기억하고 있지." 가면 쓴 자의 웃음소리는 점점 거칠어지는 듯했고, 나이니브의 울부짖음은 그녀의 살아 있는 심장에서 뜯어낸 절망처럼 랜드의 귀를 불태웠다.

에그웨인이 갑자기 움직였다. 랜드는 그녀가 나이니브를 도우려 한다는 것을 알았다. "에그웨인, 안 돼!" 랜드가 소리쳤지만 에그웨인은 멈추지 않았다. 랜드도 나이니브의 비명을 듣고 칼을 향해 손을 뻗은 터였지만, 지금은 칼을 버리고 에그웨인에게 몸을 날렸다. 랜드는 에그웨인이 세 걸음을 내딛기도 전에 그녀에게 쿵 부딪혔다. 그 바람에 둘 다 바닥에 쓰러졌다. 에그웨인이 헛숨을 들이키며 랜드의 밑에 깔렸다. 그녀는 즉시 몸부림치며 풀려나려 했다.

랜드는 다른 사람들도 움직이기 시작했다는 것을 알았다. 페린의 도끼가 휙 그의 두 손에 들어왔다. 그의 눈이 황금빛으로 사납게 빛났다. "현자님!" 맷이 소리쳤다. 샤다 로고스에서 가져온 단검이 그의 주먹에 쥐어져 있었다.

"안 돼!" 랜드가 소리쳤다. "버려진 자와 싸울 수는 없어!" 하지만 그들은 랜드의 말을 듣지 못한 것처럼, 나이니브와 버려진 자 둘에게 시선을 둔 채 그를 지나쳐 달려갔다.

아지노어는 태평하게 그들을 힐끗 보더니…… 미소 지었다.

랜드는 머리 위의 공기가 거인의 채찍이 후려치는 소리를 내며 동요하는 것을 느꼈다. 맷과 페린은 버려진 자에게 절반조차 다가가지 못한 채 벽에 부닥친 것처럼 멈추어 서더니 튀어 나가 땅에 뻗었다.

"좋군." 아지노어가 말했다. "너희에게 어울리는 자리다. 우리를 숭배하기 위해 너희 자신을 낮추는 방법을 배운다면 너희를 살려 줄지도 모른다."

랜드는 허둥지둥 일어섰다. 버려진 자와 맞서 싸울 수는 없을지 몰라도—일반적인 인간이라면 절대 그럴 수 없을 것이다—자신이 그들 앞에 굽실거리리라는 생각을 그들이 잠깐이라도 하게 놓아둘 수는 없었다. 랜드는 에그웨인을 일으켜 세우려 했지만, 에그웨인은 그의 손을 쳐내고 혼자 일어서 화가 난 손길로 옷을 털었다. 맷과 페린도 불안정하지만 고집스럽게 몸을 일으켜 세웠다.

"배우게 될 것이다." 아지노어가 말했다. "살고 싶다면 말이야. 이제 나는 필요한 것을 찾았으니," 그의 눈이 돌 아치로 향했다. "시간을 내서 너희를 가르쳐 줄 수 있겠다."

"이런 일은 있어서는 안 된다!" 그린맨이 오래된 참나무에 내리치는 벼락 같은 목소리로 말하며 숲에서 성큼성큼 걸어 나왔다. "너희는 이곳에 속하지 않는다!"

아지노어는 그에게 잠시 경멸스럽다는 시선을 내주었다. "사라져라! 네 시간은 끝났다. 너를 제외한 너의 동족 모두는 오래전에 먼지가 되었다. 네게 남은 삶을 살고, 우리 눈에 띄지 않는 것을 다행으로 여겨라."

"여기는 나의 공간이다." 그린맨이 말했다. "여기서 너희는 살아 있는 것을 해쳐서는 안 된다."

발사멜이 걸레짝이라도 되듯 나이니브를 옆으로 던져 버렸다. 나이니브는 구겨진 걸레처럼 떨어졌다. 눈은 멍했고, 온몸의 뼈가 녹은 것처럼 축 늘어져 있었다. 가죽으로 감싸인 손 한쪽이 위로 솟아올랐다. 그린맨이 포효했다. 그를 감고 있는 덩굴에서 연기가 피어올랐다. 숲속의 바람이 그의 고통을 메아리치게 하는 듯했다.

아지노어는 그린맨을 처리했다는 듯 랜드 일행에게 다시 돌아섰지만, 길게 내디딘 한 걸음에 거대한 나뭇잎투성이 두 팔이 발사멜을 감싸더니 높이 들어 올렸다가 두꺼운 덩굴로 이루어진 가슴에 처박았다. 검은 가죽 가면이 분노로 어두워진 헤이즐넛 눈을 보며 웃었다. 발타멜의 두 팔은 뱀처럼 꿈틀거리며 풀려났다. 놈의 장갑 낀 두 손이 그린맨의 머리를 뽑아낼 것처럼 꽉 움켜쥐었다. 그 손이 닿은 곳에서는 불길이 치솟았고 덩굴이 시들었으며 잎이 떨어졌다. 매캐한 검은 연기가 몸의 덩굴 사이로 쏟아져 나오자 그린맨이 고함을 질렀다. 그는 계속해서 포효했다. 꼭 그의 입술 사이로 솟아나는 연기와 함께 그의 모든 것이 입으로 나오는 것만 같았다.

갑자기 발사멜이 그린맨의 품에서 휙 몸을 젖혔다. 버려진 자의 두 손이 그린맨을 붙드는 대신 밀어내려 했다. 장갑 낀 한 손이 꺾이더니…… 아주 작은 덩굴이 검은 가죽을 뚫고 솟구쳐 나왔다. 버섯이 숲의 짙은 그림자 속에서 나무를 둘러싸고 자라듯 그의 팔을 휘감으며 난데없이 돋아나 완전히 자랐고 그의 팔 전체를 뒤덮을 만큼 부풀어 올랐다. 발사멜은 몸부림쳤다. 악취풀 싹이 그의 껍질을 찢어 열었고, 이끼가 뿌리로 파고들며 그의 얼굴 가죽 전체에 아주 작은 균열을 냈다. 가시가 그의 가면 눈 부분을 망가뜨렸고, 죽음의머리 버섯이 그의 입을 찢어발겼다.

그린맨이 버려진 자를 내동댕이쳤다. 발사멜은 몸을 비틀며 움찔거렸다. 어두운 곳에서 자라는 모든 것, 포자가 있는 모든 것, 축축한 곳을 좋아하는 모든 것이 부풀어 오르고 자라 옷과 가죽과 살점을 찢어서—신록의 분노가 내비친 그 짧은 순간에 보인 것이 과연 살점이었을까?—너덜너덜한 조각으로 만들고 그의 온몸을 뒤덮었다. 결국은 흙무더기 같은 것만이 남았다. 그 무더기는 녹색 숲 깊은 곳의 그늘 속에 있는 많은 것과 구분되지 않았다. 이어서 흙무더기는 그런 존재들과 마찬가지로 움직이지 않게 되었다.

그린맨은 지나친 무게를 이기지 못하고 부러지는 나뭇가지 같은 신음을 내며 땅에 털썩 주저앉았다. 그의 머리 절반이 검게 그을려 있었다. 연기가 그에게서 잿빛 덩굴처럼 구불구불 피어올랐다. 그가 검어진 손을 내밀어 도토리 한 개를 부드럽게 감싸 쥐자 그의 팔에서 타 버린 잎사귀가 고통스럽게 떨어졌다.

참나무 묘목이 그의 손가락 사이에서 돋아나자 땅이 우르릉 울렸다. 그린맨의 머리는 떨어졌지만, 묘목은 태양을 향해 힘껏 가지를 뻗었다. 뿌리들이 솟구쳐 나와 굵어지며 땅 밑으로 파고들었다가 다시 솟아올랐다. 그렇게 땅속을 파고들면서도 뿌리는 점점 굵어졌다. 나무 둥치는 넓어지며 위쪽으로 뻗었고 나무껍질은 잿빛으로 변해 갈라지고 아주 오래된 모습이 되었다. 나뭇가지들이 뻗어 가더니 묵직하게 자라났다. 팔 굵기만큼, 사람 몸통만큼 자라 솟아나며 하늘을 어루만졌다. 초록색 잎이 무성하고 도토리가 빽빽하게 열려 있는 나무였다. 거대한 그물을 이룬 뿌리들은 펼쳐져 나가며 쟁기

질하듯 흙을 뒤집었다. 이미 거대했던 나무 둥치가 떨리더니 더욱 폭이 넓어져 집채만 하고 둥근 나무가 되었다. 고요함이 찾아왔다. 500년은 서 있었을 법한 참나무가 그린맨이 있었던 자리를 뒤덮으며 전설의 무덤을 표시했다. 나이니브는 울퉁불퉁한 뿌리에 누워 있었다. 뿌리는 나이니브의 체형에 맞도록 구부러져 그녀가 쉴 수 있는 침대가 되어 주었다. 참나무 가지 사이로 바람이 한숨을 쉬었다. 작별 인사를 속삭이는 것 같았다.

아지노어조차 충격을 받은 표정이었다. 그러더니 그가 고개를 들었다. 휑뎅그렁한 눈이 증오로 불타고 있었다. "이제 그만! 이 짓을 끝낼 시간은 이미 지났다!"

"그렇다, 버려진 자여." 모레인이 말했다. 그녀의 목소리는 한겨울 얼음처럼 차가웠다. "시간이 지났다!"

아이즈 세다이가 손을 들자 아지노어의 발밑 땅이 푹 꺼졌다. 그 균열에서 불꽃이 솟구쳤다. 불꽃은 사방에서 불어닥치며 울부짖는 바람에 채찍질당하듯 미친 듯이 펄럭였다. 나뭇잎의 소용돌이를 삼켜 버렸다. 불은 순전한 열기로만 이루어진, 붉은 줄무늬가 들어간 노란색 젤리로 굳어지는 것처럼 보였다. 그 가운데에 아지노어가 서 있었다. 그의 발을 지지하는 것은 공기뿐이었다. 버려진 자는 놀란 표정이었지만, 미소 지으며 한 발 앞으로 나섰다. 느린 걸음이었다. 불이 그를 잡아 두려 하는 것 같았다. 하지만 그는 발걸음을 내디디고 또 내디뎠다.

"도망쳐!" 모레인이 명령했다. 그녀의 얼굴은 긴장해 하얗게 질려 있었다. "너희 모두, 도망쳐!" 아지노어가 공기를 가르며 불길의 가장자리를 향해 걸어 나왔다.

랜드는 다른 사람들이 움직이는 것을 의식했다. 맷과 페린이 그의 시야 가장자리에서 달아나고 있었고, 로이알은 긴 다리로 숲속으로 향하고 있었다. 하지만 랜드의 눈에 정말로 보이는 것은 에그웨인뿐이었다. 그녀는 굳어진 채 창백한 얼굴로 눈을 꽉 감고 서 있었다. 랜드는 그녀를 붙잡는 것이 두려움이 아니라는 것을 알아챘다. 그녀는 버려진 자에 대항하여 보잘것없는, 휘두르는 방법을 훈련받아 본 적도 없는 일원력을 쓰려는 것이었다.

랜드는 거칠게 에그웨인의 팔을 잡고 돌려 그녀가 자신을 마주 보도록 했다. "도망쳐!" 랜드가 에그웨인에게 소리쳤다. 에그웨인의 눈이 뜨였다. 랜드가 간섭한 것에 화가 나 그를 빤히 마주 보았다. 그 눈은 아지노어에 대한 증오심과 버려진 자에 대한 두려움으로 촉촉해져 있었다. "도망쳐." 랜드는 에그웨인이 놀랄 정도로 세게 그녀를 숲 쪽으로 밀며 말했다. "도망치라고!" 일단 몸을 움직이기 시작하자 에그웨인은 달렸다.

하지만 아지노어의 늙어 빠진 얼굴이 랜드에게로, 랜드의 뒤쪽에서 달려가는 에그웨인에게로 향했다. 버려진 자는 불꽃을 뚫고 걸어 나왔다. 아이즈 세다이가 한 일은 아지노어에게 아무 의미도 없는 것 같았다. 그는 에그웨인에게로 향했다.

"에그웨인은 안 돼!" 랜드가 소리쳤다. "빛께서 너를 태우실 거다, 에그웨인은 안 돼!" 랜드는 돌을 집어 들고 던졌다. 아지노어의 관심을 끌 생각이었다. 버려진 자의 얼굴로 반쯤 날아가던 돌멩이는 한 줌의 먼지로 변했다.

랜드는 잠깐밖에 망설이지 않았다. 그 사이 그는 어깨 너머를 보고, 에그웨인이 숲속에 숨어 있는 것을 알았다. 불꽃이 여전히 아지노어를 둘러싸고 있었다. 그의 망토 일부가 타올랐다. 하지만 아지노어는 세상에 급할 것 하나 없다는 듯 걷고 있었으며 불꽃의 가장자리가 가까워져 있었다. 랜드는 돌아서서 달렸다. 등 뒤에서 모레인이 비명을 지르기 시작하는 소리가 들렸다.

51장 그림자에 맞서

랜드가 달려가는 방향으로 땅은 오르막을 이루고 있었지만, 두려움이 그의 두 다리에 힘을 빌려주었다. 랜드의 두 다리는 길게 성큼성큼 내뻗으며 땅을 삼켰고, 꽃이 핀 덤불과 들장미 덩굴을 뚫고 꽃잎을 흩으며 그의 앞길을 안내했다. 가시에 옷이며 살점이 찢겨도 상관하지 않았다. 모레인이 비명을 멈추었다. 꼭 영원히 이어진 것만 같은 비명. 그 소리는 한 번 들려올 때마다 점점 더 목청을 찢을 듯한 소리로 들렸다. 하지만 랜드는 그 비명이 다 합쳐도 아주 짧은 시간밖에 이어지지 않았다는 것을 알고 있었다. 순식간에 아지노어가 따라붙을 것이다. 랜드는 아지노어가 따라올 사람이 자기라는 것을 알고 있었다. 랜드는 공포가 그의 두 발을 채찍질해 달리기 전 마지막 순간에 버려진 자의 텅 빈 눈에서 어떤 확신을 보았다.

땅은 점점 가팔라졌지만 랜드는 계속 빠르게 나아갔다. 그는 한 줌의 덤불을 쥐고 몸을 끌어당겼다. 돌과 흙, 나뭇잎이 그의 발아래에서 비탈을 따라 흘러내렸다. 마침내 경사가 너무 심해지자 그는 두 손과 무릎으로 기었다. 앞에서, 위에서 땅은 조금 평평해졌다. 랜드는 헐떡이며 마지막 몇 미터를 허둥지둥 나아간 뒤 일어서서 멈추었다. 큰 소리로 울부짖고 싶었다.

눈앞 열 걸음 거리에서 언덕 꼭대기는 날카로운 절벽으로 이어졌다. 랜드는 그곳에 이르기 전에도 무엇을 보게 될지 알고 있었지만 어쨌든 몇 걸음을 디뎠다. 한 번 나아갈 때마다 발걸음이 점점 무거워졌다. 랜드는 어떤 오솔길이, 염소가 다닐 만한 길이든 뭐든 있기를 바랐다. 그는 가장자리에서 그야말로 30미터 되는 절벽을 내려다보았다. 널빤지처럼 매끄러운 돌벽이었다.

길이 있을 게 틀림없어. 뒤로 돌아가서 이 언덕을 우회하는 길을 찾을 거야. 돌아가서…….

랜드가 돌아섰을 때는 아지노어가 그 자리에 있었다. 이제 막 언덕 꼭대기에 이른 참이었다. 버려진 자는 전혀 어렵지 않다는 듯 언덕 위로 올라오더니 평평한 땅을 밟듯 가파른 비탈을 걸어 올라왔다. 팽팽하게 잡아당긴 양피지 같은 그 얼굴에 깊이 박혀 있는 두 눈이 타올랐다. 어째서인지 그 얼굴은 전보다 덜 시든 것처럼, 좀 더 살이 차오른 것처럼 보였다. 꼭 아지노어가 무언가를 잘 먹은 것만 같았다. 그 두 눈이 랜드에게 붙박였다. 하지만 아지노어가 입을 열어 말했을 때는 그 말이 꼭 혼잣말처럼 들렸다.

"바알자몬은 너를 샤이올 굴로 데려오는 자에게 필멸하는 인간이 꿈꿀 수도 없는 보상을 내릴 것이다. 하지만 내 꿈은 늘 다른 자들을 넘어섰고, 나는 수천 년 전에 필멸의 운명에서 벗어났다. 네가 살아서 위대한 어둠의 군주를 섬기든, 죽어서 섬기든 무슨 차이가 있겠느냐? 그림자의 전파에는 아무 차이가 없다. 내가 너와 힘을 나누어야 할 이유가 뭐지? 내가 너에게 무릎을 굽혀야 할 이유가 뭐냐? 다름 아닌 봉사자의 전당에서 루스 세린 텔라몬을 직접 마주했던 내가 말이야. 아침의 군주를 상대로 힘을 쓰며 그와 자웅을 겨루었던 나인데. 그렇게는 안 되지."

랜드의 입이 먼지처럼 바짝 말랐다. 혓바닥이 아지노어처럼 쭈그러진 것 같이 느껴졌다. 절벽의 가장자리가 발꿈치 아래에서 갈려 나갔다. 돌멩이가 떨어졌다. 랜드는 감히 뒤를 보지 않았지만, 돌이 가파른 절벽에 부딪혀 튀고 또 튀는 소리를 들었다. 눈곱만큼이라도 더 움직이면 랜드의 몸도 그렇게 될 터였다. 그가 버려진 자에게서 떨어져 물러날 때 가장 먼저 알아차린 것이 그 점이었다. 랜드는 피부가 오그라드는 것 같다고 느꼈다. 피부를 볼 수만 있다면, 버려진 자에게서 눈을 뗄 수만 있다면 그 오그라드는 모습이 보일 것만 같았다. **저자에게서 벗어날 방법이 있을 게 틀림없어. 탈출할 방법이! 틀림없이 있을 거야! 무슨 길이라도!**

문득 랜드는 무언가를 느꼈다. 보았다. 볼 것은 아무것도 없다는 것을 알고 있었는데 말이다. 빛나는 밧줄이 아지노어에게서, 그의 뒤에서 뻗어 나왔다. 가장 흰 구름 사이로 보이는 햇빛처럼 하얗고, 대장장이의 팔보다 묵직하며, 공기보다 가벼운 그 밧줄이 버려진 자를 도저히 알 수 없는 무언가, 랜드의 손에 닿은 무언가와 연결하고 있었다. 밧줄이 맥동했고, 그럴 때마다 아지노어는 점점 강해졌으며 점점 살이 올랐다. 그는 랜드만큼 키가 큰 사람, 수호자보다도 단단한 사람, 거대한오염보다도 위험한 사람이 되었다. 하지만 그 빛나는 밧줄을 제외하면 버려진 자는 거의 존재하지 않는 것처럼 보였다. 밧줄이 전부였다. 밧줄은 윙윙거렸다. 노래했다. 랜드의 영혼을 불렀다. 밝은 손가락 굵기의 밧줄 한 가닥이 위로 뻗어 흘러오더니 랜드를 건드렸고 랜드는 헛숨을 들이켰다. 빛이 그를 가득 채웠다. 화상을 입혔어야 마땅한 열기는 그저 따뜻하게만 느껴졌다. 그의 뼈에서 무덤의 한기를 끌어내기라도 하는 듯했다. 밧줄이 굵어졌다. **벗어나야 해!**

"안 돼!" 아지노어가 외쳤다. "넌 가질 수 없어! 내 거다!"

랜드는 움직이지 않았다. 버려진 자도 마찬가지였다. 그러나 그들은 먼지 구덩이에서 씨름하듯 확실하게 싸우고 있었다. 아지노어의 얼굴에 땀방울이 맺혔다. 그 얼굴은 더 이상 시들어 있지도 않았고, 늙어 있지도 않았다. 진성기에 이른 강한 남자의 얼굴이었다. 랜드는 세상의 심장박동 같은 밧줄의 맥박에 따라 함께 맥동했다. 그 박동이 랜드의 존재를 가득 채웠다. 빛이 랜드의 정신을 온통 채운 끝에, 랜드 자신은 한구석에만 남았다. 랜드는 그 구석을 공백으로 감쌌다. 그 구석이 텅 빈 공간으로 보호받도록 했다. **빠져나가!**

"내 거다!" 아지노어가 외쳤다. "내 거야!"

랜드의 몸속에서 온기가 생겨났다. 해의 온기, 해의 광휘가 터져 나왔다. 빛의 엄청난 찬란함, 신으로서의 빛이 뿜는 찬란함. **빠져나가!**

"내 거다!" 아지노어의 입에서 불길이 쏘아져 나왔다. 불로 만들어진 창처럼 놈의 눈을 꿰뚫었다. 아지노어가 비명을 질렀다.

빠져나가!

랜드는 더 이상 언덕 꼭대기에 있지 않았다. 그는 몸을 적셔 오는 빛에 떨었다. 머리가 돌아가지 않았다. 빛과 열기 때문에 정신은 눈이 멀었다. 빛. 공백의 한가운데에서 빛이 그의 정신을 눈멀게 했고 경이감으로 그를 얼떨떨하게 만들었다.

랜드는 산속의 넓은 길에 서 있었다. 그 길은 어둠의 존재의 이빨 같은 삐죽빼죽한 검은 봉우리들로 둘러싸여 있었다. 현실이었다. 랜드는 그곳에 있었다. 장화 밑으로 돌멩이가, 얼굴에는 얼음장 같은 바람이 느껴졌다.

전투, 혹은 전투의 끄트머리가 그를 둘러싸고 있었다. 마갑을 두른 말에 탄 갑옷 입은 사람들이, 이제는 먼지가 잔뜩 낀 번쩍이는 강철로 된 창이 달린 도끼와 낫처럼 생긴 칼을 휘두르며 으르렁대는 트롤록들을 베고 찔렀다. 어떤 사람들은 말이 쓰러졌기에 서서 싸웠다. 마갑을 입은 말들이 안장이 비워진 채로 전장을 가로질렀다. 희미한 자들이 그 사이로 움직였다. 그들이 탄 말이 아무리 빠르게 달려도 밤처럼 검은 망토는 고요했으며, 빛을 잡아먹는 그들의 칼이 벨 때마다 인간이 죽어 갔다. 소리가 랜드를 공격해 왔다. 그를 공격하고 그의 목을 꽉 조여 오는 낯선 느낌에 튕겨 나갔다. 강철과 강철이 맞부딪히는 소리, 분투하는 인간과 트롤록 들의 헐떡이는 소리와 신음, 죽어 가는 인간과 트롤록 들의 비명. 그 소음 너머로 깃발이 먼지 가득한 허공에 나부꼈다. 팔 다라의 검은 매, 샤이나의 흰 수사슴 등등. 트롤록의 깃발들도 있었다. 랜드는 주변의 작은 공간에서만 다볼의 뿔 달린 두개골과 코발의 피처럼 붉은 삼지창, 다이몬의 강철 주먹을 보았다.

하지만 그것은 정말이지 전투의 끄트머리에, 휴전 상태에 불과했다. 인간과 트롤록 모두가 전열을 재정비하려고 뒤처져 있을 뿐이었다. 몇 차례 마지막으로 공격을 해 보고 흩어지는 그들은 랜드를 거의 알아보지 못한 채 전속력으로, 혹은 비틀거리며 길의 끝으로 달려갔다.

자기도 모르는 사이 랜드는 인간들이 대열을 정비하는 길 끝을 마주 보고 있었다. 삼각기가 번쩍이는 마창 끄트머리에서 나부꼈다. 상처 입은 사람들이 안장에 앉은 채 흔들렸다. 기수 없는 말들이 앞발을 들고 달려갔다. 그들이 또 한 번의 전투를 견딜 수 없는 것은 분명했다. 하지만 똑같이 분명하게, 그들은 마지막 돌격을 준비하고 있었다. 이제는 그중 일부가 랜드를 보았다. 남자들이 등자를 딛고 서서 랜드를 가리켰다. 그들의 외침은 랜드에게 아주 작은 피리 소리처럼 들렸다.

랜드는 비틀거리며 돌아섰다. 어둠의 존재의 군대가 길의 반대쪽 끝을 가득 채우고 있었다. 뾰족하게 선 검은 창과 창날이 점점 부풀어 올라 산비탈로 이어졌다. 그 산비탈은 샤이나의 군대가 한 줌밖에 되지 않는 것처럼 보일 만큼 엄청나게 많은 트롤록들 때문에 더욱 검게 보였다. 희미한 자들이 수백 마리씩 대열의 앞을 가로질렀다. 그들이 지나갈 때마다 주둥이가 달린 사나운 얼굴의 트롤록들은 두려움에 고개를 돌리며 거대한 몸을 뒤로 물려 길을 틔웠다. 머리 위에서는 드락카가 가죽으로 이루어진 날개로 원을 그리며 날았다. 놈들의 비명이 바람에 도전장을 내밀었다. 이제는 반인들도 랜드를 보고 가리켰다. 드락카가 휙 돌더니 날아내렸다. 둘. 셋. 여섯. 여섯 마리가 랜드를 향해 곤두박질치며 날카롭게 울었다.

랜드는 그들을 바라보았다. 열기가 랜드의 몸을 가득 채웠다. 그가 건드린 태양의 타는 듯한 열기였다. 그는 드락카를 선명하게 볼 수 있었다. 인간성이라고는 전혀 없는 날개 달린 몸에 창백한 인간의 얼굴이 달려 있었고, 그 얼굴에는 영혼 없는 두 눈이 박혀 있었다. 끔찍한 열기. 지글거리는 열기.

맑은 하늘에서 벼락이 떨어졌다. 한 번 한 번이 차갑고 날카롭게 그의 눈을 지졌다. 한 번 한 번이 날개 달린 검은 형체들을 내리쳤다. 사냥의 고함이 죽음의 비명으로 변했고, 검게 타 버린 형체들이 추락하자 하늘은 다시 깨끗해졌다.

열기. 빛의 끔찍한 열기.

랜드는 털썩 무릎을 꿇었다. 자신의 눈물이 뺨에서 지글거리는 소리가 들리는 것 같았다. "안 돼!" 그는 현실감을 조금이나마 유지하려고 빳빳한 풀을 한 움큼 움켜쥐었다. 풀이 불타올랐다. "제발, 안 돼애애애!"

바람이 그의 목소리와 함께 솟아올랐다. 그의 목소리와 함께 울부짖었다. 그의 목소리와 함께 길 저편까지 포효했다. 불꽃을 채찍질해 불의 장벽을 만들었다. 그 장벽이 랜드에게서 트롤록 권단을 향해 말보다도 빠른 속도로 뻗어 갔다. 불이 트롤록들을 태워 버렸고, 산은 트롤록의 비명으로 흔들렸다. 거의 바람과 랜드의 목소리만큼 큰 비명이었다.

"끝나야 해!"

랜드는 주먹으로 땅을 내리쳤다. 땅이 징처럼 울렸다. 돌투성이 흙에 두 손이 멍들었다. 땅이 흔들렸다. 랜드의 앞쪽 땅을 가로지르며 물결이 번져 나갔다. 그 물결의 높이가 점점 높아졌다. 흙과 바위로 이루어진 파도가 트롤록과 희미한 자 들을 높은 곳에서 내려다보았다. 그들의 발굽 아래서 산맥이 산산이 부서지는 순간, 파도 역시 그들 위로 무너져 내렸다. 살점과 돌무더기로 이루어진 끓는 듯한 덩어리가 트롤록 군대 전체를 휩쓸었다. 그래도 여전히 강력한 권단 하나가 남아 있었지만, 그 숫자는 이제 인간 군대의 두 배밖에 되지 않았다. 게다가 놈들은 두려움과 혼란 속에 서로를 떠밀어 댔다.

바람이 잦아들었다. 비명도 잦아들었다. 땅은 고요했다. 먼지와 연기가 다시 길을 따라 소용돌이치듯 내려와 랜드를 둘러쌌다.

"빛께서 네 눈을 멀게 하실 것이다, 바알자몬! 이 일은 끝나야 해!"

여기에 없어.

랜드의 두개골을 진동하게 하는 그 생각은 랜드의 생각이 아니었다.

나는 끼어들지 않겠어. 선택받은 자만이 이루어져야 할 일을 이룰 수 있어. 그럴 의지가 있다면.

"어디야?" 랜드는 그 말을 하고 싶지 않았지만 자제할 수가 없었다. "어디냐?"

랜드를 둘러싼 아지랑이가 갈라지며 18미터 높이의 맑고 투명한 돔을 남겨 놓았다. 너울거리는 연기와 먼지가 그 돔의 벽을 이루고 있었다. 눈앞에서 계단이 솟아올랐다. 계단 한 단 한 단은 지지대 없이 홀로 서 있었고, 태양을 가리는 어둠 속으로 뻗어 있었다.

여기가 아니야.

안개 너머에서, 꼭 땅끝에서 들리는 것 같은 고함이 울렸다. "빛의 뜻이다!" 땅이 천둥 같은 발굽 소리로 울렸다. 인류의 군대가 마지막 돌격을 시작했다.

공백 속에 있는 랜드의 정신은 잠시 두려움을 느꼈다. 달려오는 기병대는 먼지 속에 서 있는 랜드를 보지 못할 것이다. 그들이 돌격하며 랜드를 바로 짓밟을 수 있었다. 하지만 랜드의 더 큰 부분은 땅이 흔들리는 것을 고려할 가치조차 없는 사소한 일로 여겼다. 그는 둔탁한 분노로 발을 옮기며 첫 번째 계단에 올랐다. **끝나야 해!**

어둠이 그를 둘러쌌다. 온전한 허무의 절대적 암흑이었다. 계단은 여전히 그 자리에, 어둠 속에, 그의 발밑과 눈앞에 있었다. 뒤를 돌아보니 뒤에 있던 계단들은 사라졌다. 점점 흐려져 아무것도 아니게 되었다. 주변의 허무 속으로 녹아내렸다. 하지만 밧줄은 여전히 존재하며 그의 등 뒤에서 뻗어 나갔다. 빛나는 선이 점점 줄어들다가 저 멀리로 사라졌다. 전처럼 굵지는 않았지만 여전히 맥동하며 그에게 힘을, 생기를 불어넣고 있었다. 그를 빛으로 가득 채우고 있었다. 그는 계단을 올랐다.

영원히 오르는 것만 같았다. 영원히, 동시에 몇 분 동안. 시간이 허무 속에 고요히 서 있었다. 시간이 빠르게 달려갔다. 그는 갑자기 눈앞에 문이 나타날 때까지 계단을 올랐다. 표면이 거칠고 지저깨비가 튀어나온 낡은 문, 잘 기억나는 문이었다. 그가 문을 건드리자 문은 산산조각으로 터져 나갔다. 파편이 떨어져 내리는 가운데 그는 그 문을 넘어섰다. 박살 난 나무 조각이 그의 이께에서 후두두 떨어졌다.

그 방 역시 기억 속 모습 그대로였다. 광기 어린, 홈이 파인 듯한 하늘이 발코니 너머로 보였고 벽은 녹아 있었다. 탁자는 윤이 났고, 끔찍한 난로에서는 열기 없는 불꽃이 활활 타오르고 있었다. 그 난로를 이루고 있는, 고통 속에 몸부림치며 조용히 비명을 지르는 얼굴 중 일부가 그의 기억을 자극했다. 꼭 아는 사람들 같았다. 하지만 그는 공백을 닫아걸고 텅 빈 내면을 떠다녔다. 그는 혼자였다. 벽에 걸린 거울을 바라보자 그의 얼굴은 **실제로** 그의 모습인 것처럼 선명하게 보였다. **공백 안에 침착함이 있어.**

"그래." 바알자몬이 난로 앞에서 말했다. "나는 아지노어가 자신의 탐욕에 질 것을 알고 있었다. 그렇다고 해도 결국 달라지는 것은 없지. 오랜 탐색이었지만 이제는 끝났다. 너는 여기에 있고, 나는 너를 안다."

빛 한가운데에서 공백이 흘러갔다. 그리고 그 공백 한가운데에 랜드가 떠 있었다. 랜드는 고향의 흙을 향해 손을 뻗었다가 단단한 돌에 손이 닿았다. 완고하고 건조한 바위, 연민을 모르는 돌덩이. 이곳은 오직 강한 자들만이, 산처럼 단단한 자들만이 살아남을 수 있는 곳이었다. "도망치는 건 지쳤어." 랜드는 자신의 목소리가 그렇게 침착하다는 것을 믿을 수 없었다. "네가 내 친구들을 위협하는 것도 지쳤고. 더는 도망치지 않을 거야." 이제 보니 바알자몬에게도 밧줄이 한 가닥 있었다. 랜드 자신의 밧줄보다 훨씬 굵은 검은 밧줄은 폭이 너무 넓어 인간의 몸이 난쟁이처럼 보일 정도였다. 그러나 오히려 바알자몬이 그 밧줄을 작아 보이게 했다. 검은 혈관은 맥동할 때마다 빛을 먹었다.

"네가 도망치든, 그대로 있든 무슨 차이가 있을 거라고 생각하나?" 바알자몬의 입에서 뿜어져 나온 불길이 웃었다. 난로의 얼굴들은 주인이 즐거워하는 것을 보고 흐느꼈다. "너는 내게서 여러 차례 도망쳤다. 그때마다 나는 너를 끝까지 추격해, 네가 훌쩍거리는 눈물을 양념 삼아 너의 자만심을 먹도록 만들었지. 너는 여러 차례 맞서 싸운 뒤 패배해 굽신거리며 자비를 청했다. 벌레 같은 자여, 너에게는 선택지가 있다. 단 한 가지 선택지 말이다. 내 발치에 무릎을 꿇고 나를 잘 섬겨라. 그러면 내가 왕좌를 넘어서는 권능을 네게 주겠다. 그게 아니면, 타 발론의 멍청한 장난감이 되어 시간의 먼지로 갈려 나가며 비명을 질러라."

랜드는 움찔하며 힐끗 뒤쪽의 문 너머를 보았다. 탈출할 길을 찾는 것처럼 말이다. 어둠의 존재가 그렇게 생각하도록. 문 너머는 여전히 아무것도 없는 암흑이었고, 그 암흑은 랜드의 몸에서 뻗어 나간 빛나는 끈으로 나뉘어 있었다. 바로 그곳에 바알자몬의 묵직한 밧줄도 이어져 있었다. 너무 검어서, 어둠 속에서도 마치 눈밭을 배경으로 한 것처럼 두드러져 보이는 밧줄이었다. 두 밧줄은 서로 엇박자로, 심장의 혈관처럼 맥동했다. 빛은 어둠의 파동에 간신히 저항하고 있었다.

"다른 선택지도 있어." 랜드가 말했다. "패턴을 짓는 건 물레이지 네가 아냐. 나는 네가 나를 잡으려고 판 모든 함정을 빠져나갔어. 네가 보낸 희미한 자들과 트롤록들에게서도 탈출했고, 어둠의 친구들에게서도 도망쳤어. 여기까지 너를 쫓아왔고, 오는 길에 네 군대를 파괴했어. 패턴을 짓는 건 네가 아니야."

바알자몬의 눈이 두 개의 용광로처럼 활활 타올랐다. 그의 입술은 움직이지 않았지만, 랜드는 그가 아지노어에게 욕설을 외치는 소리가 들리는 것 같았다. 그 뒤 불길이 잦아들더니, 평범한 인간의 얼굴이 빛의 온기조차 식힐 것 같은 표정으로 그에게 미소 지었다.

"군대는 다시 일으킬 수 있다, 어리석은 자여. 네가 꿈조차 꿔 보지 못한 군대가 아직 기다리고 있다. 네가 나를 따라왔다고? 바위 밑 민달팽이 같은 네가, 나를 따라와? 나는 네가 태어난 그 날부터 네가 갈 길을 설정하기 시작했다. 너를 네 무덤으로, 혹은 이곳으로 데려올 길을 말이다. 나는 아이일 사람들이 도망치게 놔두었고, 그중 하나가 살아남도록 했다. 그자가 여러 해를 지나서까지 메아리칠 말을 하도록 했다. 제인 파스트라이더라는 영웅이었지." 그는 그 이름을 비틀어 비웃음으로 바꾸어 놓았다. "나는 그를 바보처럼 윤색했다. 그가 내게서 풀려났다고 생각하게 만들고 그를 오기어에게 보냈지. 흑색의 아자는 지렁이처럼 엎드려 너를 찾으려고 온 세상을 꿈틀꿈틀 기어 다니고 있다. 내가 실을 당기면 아멀린 권좌는 그에 맞춰 춤을 추면서 자신이 싱황을 통제한다고 생각한다."

공백이 흔들렸다. 랜드는 서둘러 공백을 다시 다졌다. **다 알고 있어. 정말로 저렇게 했을지도 몰라. 저자가 말한 그대로일 수도 있어.** 빛이 공백을 따뜻하게 했다. 의구심이 소리치다가 잦아들어 씨앗만이 남았다. 랜드는 그 씨앗을 묻어 버리고 싶은 건지, 싹 트게 하고 싶은 것인지 알 수 없어 몸부림쳤다. 공백은 전보다 작아진 채로 안정되었고, 랜드는 침착하게 떠다녔다.

바알자몬은 아무것도 눈치채지 못한 듯했다. "내가 너를 산 채로 차지하느냐, 죽은 채로 차지하느냐는 오직 너에게만 중요한 문제다. 네가 어떤 권능을 가지느냐에만 중요한 문제지. 네가 나를 섬기거나 네 영혼이 나를 섬기게 될 뿐이다. 하지만 나는 네가 죽어서 보다는 살아서 내게 무릎을 꿇기를 바란다. 나는 1000개의 트롤록 군단을 너희 마을로 보낼 수 있었으나 오직 한 개의 권단만을 보냈다. 네가 잠들어 있을 때 어둠의 친구 100명이 너를 공격하게 할 수 있었으나 단 한 명만이 너와 맞서게 했지. 그리고 너는, 어리석은 네 앞에 있는 것과 뒤에 있는 것, 네 옆에 있는 것조차 다 알지 못한다. 너는 내 것이다. 전부터 늘 그랬다. 너는 목줄을 찬 나의 개다. 나는 주인 앞에 무릎을 꿇거나 죽어서 네 영혼이 무릎 꿇게 하고자 너를 이리로 데려왔다."

"나는 너를 부정해. 너는 내게 아무런 힘도 쓸 수 없고, 난 너에게 무릎 꿇지 않을 거야. 살아서든, 죽어서든."

"봐라." 바알자몬이 말했다. "봐." 내키지 않았지만 랜드는 고개를 돌렸다.

에그웨인이 그곳에 서 있었다. 두려움에 창백해진 얼굴로, 머리에는 꽃을 꽂은 나이니브도 있었다. 또 다른 여자도 있었다. 현자보다 조금 나이가 많으며 잿빛 눈동자에 아름다운 여자였다. 그녀는 투 리버스 옷을 입고 있었다. 옷의 목 부분에 밝은 꽃송이가 수놓여 있었다.

"엄마?" 랜드가 나직하게 말하자 그녀가 미소 지었다. 아무 희망도 없는 미소였다. 엄마의 미소. "아니야! 내 어머니는 돌아가셨어. 다른 둘은 여기서 먼 곳에 안전하게 있고. 나는 너를 부정해!" 에그웨인과 나이니브가 흐려지며 흔들리는 안개가 되었다가 흩어졌다. 카리 알소르는 여전히 그 자리에 서 있었다. 두 눈이 두려움에 휘둥그레진 모습이었다.

"최소한 저 여자는," 바알자몬이 말했다. "내가 뜻대로 할 수 있는 내 것이다."

랜드가 고개를 저었다. "나는 너를 부정해." 그는 억지로 이 말을 내뱉어야 했다. "어머니는 돌아가셨고, 너로부터 안전하게 빛 속에 계셔."

어머니의 입술이 떨렸다. 그녀의 두 뺨으로 눈물이 뚝뚝 떨어졌다. 한 방울 한 방울이 산처럼 랜드에게 화상을 입혔다. "무덤의 주인은 예전보다 더 강력하단다, 아들아." 어머니가 말했다. "더 먼 곳에까지 팔이 닿아. 거짓말의 아버지에게는 경계할 줄 모르는 영혼들을 꾀는 꿀 바른 혀가 있지. 아들아. 내 하나뿐인, 사랑하는 아들아. 할 수 있다면 너를 보호하겠지만, 지금은 그가 내 주인이란다. 그의 변덕이 내 존재의 법칙이야. 나는 그에게 복종할 수밖에 없고 굽신거리며 그의 호의를 얻어야 한단다. 너만이 나를 해방시킬 수 있어. 부탁한다, 아들아. 부탁이니 도와다오. 도와줘. 도와다오! **제발!**"

두건을 벗은 희미한 자들이 핏기도 눈도 없는 모습으로 주위를 둘러싸자 그녀에게서 비명이 뜯겨 나왔다. 놈들의 혈색 없는 두 손이, 집게와 죔쇠와 찌르고 태우는 것들을 휘두르는 손이 그녀의 옷을 찢고 벌거벗은 살을 채찍질했다. 그녀의 비명은 끝나지 않을 것 같았다.

랜드의 비명이 그녀의 비명과 함께 메아리쳤다. 머릿속에서 공백이 끓어올랐다. 칼이 그의 손에 들려 있었다. 왜가리 표시가 있는 칼날이 아니라 빛의 칼, 신으로서의 빛의 칼이었다. 랜드가 칼을 들어 올리는 순간에도 불꽃 같은 흰 번개가 그 끝에서 쏘아져 나왔다. 칼날 자체가 뻗어 나간 것만 같았다. 그 번개는 가장 가까운 희미한 자에게 닿았고, 눈이 멀 듯한 백열이 방을 가득 채웠다. 그 빛이 종이 너머의 촛불처럼 반인들 너머에서 빛났다. 그들을 뚫고 타올랐다. 그의 눈이 현장을 보지 못하게 했다.

랜드는 밝은 빛 한가운데에서 귓속말을 들었다. "고맙다, 아들아. 빛이여. 축복의 빛이여."

번쩍임이 잦아들었다. 랜드는 바알자몬과 함께 방에 있었다. 바알자몬의 눈이 파멸의 구덩이처럼 타올랐다. 하지만 그는 랜드의 칼이 정말로 빛 자체라도 되는 듯 그 칼을 피해 물러났다. "어리석은 자! 너는 너 자신을 파괴하게 될 것이다! 너는 아직 그 칼을 그런 식으로 휘두를 수 없다! 내가 너를 가르치기 전까지는!"

"끝났어." 랜드가 말했다. 그 말과 함께, 그는 바알자몬의 검은 밧줄을 향해 칼을 휘둘렀다.

칼이 떨어지자 바알자몬이 비명을 질렀다. 돌벽이 진동할 때까지 소리를 질러 댔다. 빛의 칼이 밧줄을 끊는 순간 끝없는 울부짖음이 두 배로 증폭되었다. 끊어진 양쪽 끝은 팽팽히 당겨져 있었던 것처럼 도로 튀었다. 아무것도 없는 곳을 향해 뻗어 있던 끝이 튀어 나가며 쪼그라지기 시작했다. 다른 쪽 끝은 휙 하며 바알자몬에게 돌아와 그를 난로에 처박았다. 괴로워하는 얼굴들의 소리 없는 비명에는 소리 없는 웃음이 섞여 있었다. 벽이 흔들리며 갈라졌다. 바닥이 들썩였고 천장에서 돌덩이가 떨어져 바닥에 박살 났다.

주위 모든 것이 파괴되면서, 랜드는 바알자몬의 심장을 칼로 겨누었다.

“끝났어!”

빛이 칼날에서 쏘아져 나가 녹아 버린 흰 금속 방울같이 불똥을 소나기처럼 퍼부으며 번쩍였다. 바알자몬은 울부짖으며 두 팔을 휙 쳐들고 자기 몸을 가리려 했지만, 아무 소용도 없었다. 그의 두 눈에서 불길이 비명을 지르다가 갈라진 벽의 돌, 푹 꺼진 바닥의 돌, 천장에서 쏟아지는 돌이 발화하면서 생겨난 다른 불길과 합류했다. 랜드는 자신에게 연결된 밝은 끈이 가늘어지는 것을 느꼈다. 결국은 빛 자체만이 남았다. 하지만 그는 자신이 무슨 일을 하는지, 혹은 어떻게 하는지 모르는 채 더욱 힘을 주었다. 그가 아는 것은 이 일이 끝나야 한다는 것뿐이었다. **끝나야만 해!**

불이 단단한 화염이 되어 방을 가득 채웠다. 바알자몬이 낙엽처럼 시들어 가는 모습이 보였고, 그의 울부짖음이 들렸다. 그 소리가 랜드의 뼈를 갈아대는 것처럼 느껴졌다. 불길은 순수하고 흰빛, 태양보다도 밝은 빛이 되었다. 이어 깜빡이던 마지막 밧줄까지 사라졌고, 랜드는 끝없는 암흑과 바알자몬의 흐려져 가는 비명을 뚫고 추락하고 있었다.

무언가가 어마어마한 힘으로 랜드를 후려쳐 그를 젤리처럼 휘청거리게 만들었다. 그 젤리는 안에서 타오르는 불길에 흔들리며 비명을 질렀다. 굶주린 한기가 끝없이 타올랐다.

52장 시작도 끝도 없다

랜드가 가장 먼저 인식한 것은 구름 한 점 없는 하늘을 가로지르며 움직이는 태양이었다. 햇살이 그의 깜빡이지 않는 눈을 가득 채웠다. 태양은 덜컹거리면서 움찔움찔 나아가는 것처럼 보였다. 며칠씩 가만히 서 있다가 쏜살같이 날아가는 식으로, 저 멀리 지평선을 향해 울컥울컥 움직였다. 그렇게 낮이 저물었다. 빛. **무슨 의미가 있을 텐데.** 생각이란 새로운 존재였다. **나는 생각을 할 수 있어. 나라는 것은, 나를 뜻하는 거야.** 이어 고통이 찾아왔다. 타오르는 열기의 기억, 흔들리는 한기가 그를 헝겊 인형처럼 여기저기 내동댕이치면서 생긴 멍. 그리고 악취. 기름진, 타 버린 냄새가 그의 콧구멍과 머리를 가득 채웠다.

랜드는 욱신거리는 팔다리로 몸을 뒤집고, 일어나 두 손과 무릎을 짚었다. 그는 아무것도 이해되지 않아 자기가 뒹굴고 있던 기름진 잿더미를 바라보았다. 재가 여기저기 흩어져 있고 언덕 꼭대기의 돌에 문대져 있었다. 짙은 녹색 천의 일부가 숯덩이에 섞여 있었다. 불길을 피한, 가장자리가 검어진 조각이었다.

아지노어.

랜드의 배가 들썩이며 뒤틀렸다. 옷에 길게 묻은 검은 재를 털어 내려던 그는 버려진 자의 유해에서 홱 물러났다. 그의 두 손이 별로 움직이지 못한 채 약하게 흔들렸다. 랜드는 두 손을 모두 사용하려다가 앞으로 쓰러졌다. 깎아지른 듯한 낭떠러지가 얼굴 아래에 펼쳐졌다. 매끄러운 돌벽을 보자 눈이 핑핑 돌았다. 그 깊이가 랜드를 끌어당기는 듯했다. 랜드는 머리가 어질어질해 절벽 너머로 토했다.

랜드는 몸을 떨며 배를 깔고 뒤로 기어갔다. 눈 밑으로 다시 단단한 돌이 보였다. 그런 다음 그는 돌아누워 숨을 헐떡였다. 그는 어렵사리 칼집에 들어 있던 칼을 더듬어 꺼냈다. 붉은 천은 약간의 재로만 남아 있었다. 칼을 얼굴 앞으로 들어 올리자 두 손이 떨렸다. 칼을 쥐는 데 두 손이 필요했다. 왜가리 표시가 있는 칼이었다. **왜가리 표시라고? 그래. 탬이구나. 내 아버지.** 하지만 칼은 그저 강철로만 이루어져 있었다. 랜드는 손을 떨며 세 차례 시도한 끝에 간신히 칼을 다시 칼집에 집어넣을 수 있었다. **무언가 다른 것이었는데. 아니면 다른 칼이 있었나.**

"내 이름은," 그는 잠시 후 말했다. "랜드 알소르다." 더 많은 기억이 납덩이처럼 머릿속을 후려쳤다. 그가 신음했다. "어둠의 존재는," 그는 혼잣말로 속삭였다. "어둠의 존재는 죽었다." 더 이상 경계할 필요는 없었다. "샤이탄이 죽었다." 세상이 덜컥 움직이는 것 같았다. 랜드는 조용히 기뻐하며 몸을 떨었다. 그런 뒤에는 눈에서 눈물이 쏟아졌다. "샤이탄이 죽었다!" 랜드는 하늘을 보며 웃었다. 다른 기억들. "에그웨인!" 그 이름에는 중요한 의미가 있었다.

랜드는 고통스럽게 일어섰다. 그는 높은 바람 속에 흔들리는 버드나무처럼 비틀거리며, 눈길조차 주지 않고 아지노어의 재를 지나쳤다. **더는 중요하지 않아.** 그는 비탈의 맨 앞, 가파른 부분을 긴다기보다는 굴러서 내려갔다. 이 덤불에서 저 덤불로 넘어지고 미끄러졌다. 좀 더 평평한 땅에 이르렀을 때쯤 멍든 자리는 두 배 더 아프게 느껴졌다. 하지만 랜드는 간신히 서 있을 힘을 찾았다. **에그웨인.** 랜드는 비틀거리며 달리기 시작했다. 그가 마구잡이로 덤불을 뚫고 지나가자 나뭇잎과 꽃잎이 주위에 소나기처럼 내렸다. **찾아야 해. 그런데 그게 누구지?**

랜드의 팔과 다리는 그가 원하는 대로 움직이기보다는 긴 풀잎처럼 마구 흔들렸다. 그는 종종걸음으로 달려가다가 나무에 부딪혔다. 너무 세게 박아서 신음이 나왔다. 머리 위로 나뭇잎이 비처럼 쏟아졌다. 그렇게 그는 거친 나무껍질에 얼굴을 대고 누르며, 쓰러지지 않으려고 나무를 붙들고 있었다. **에그웨인.** 랜드는 나무를 짚고 일어서 서둘러 달려갔다. 거의 즉시 그는 다시 비틀거리며 넘어졌지만, 억지로 힘을 주며 더욱 빠르게 다리를 움직였다. 넘어지듯 달려, 그럭저럭 속도를 유지하면서 비틀비틀 움직일 수 있었다. 한 발이라도 잘못 디디면 그대로 엎어지고 말았겠지만. 움직이자 다리가 조금씩 말을 잘 듣기 시작했다. 천천히, 그는 몸을 세우고 팔을 흔들며 달릴 수 있게 되었다. 긴 다리가 비탈을 따라 그를 훌쩍 끌어당겼다. 그는 공터로 뛰어들었다. 지금 그 공터는 그린맨의 무덤을 표시하는 거대한 참나무로 반쯤 차 있었다. 고대 아이즈 세다이의 상징이 새겨진 흰색 돌 아치도 있었고, 불과 바람이 아지노어를 가두려다가 실패한 시커먼 구덩이도 있었다.

"에그웨인! 에그웨인, 어디 있어?" 예쁘장한 소녀가 뻗어 가는 나뭇가지 아래에 무릎을 꿇고 있다가 커다란 눈을 들었다. 그녀는 머리카락에 꽃과 갈색 참나무 잎사귀를 꽂고 있었다. 날씬하고 어렸으며 겁을 먹은 채였다. **그래, 저 사람이야. 틀림없어.** "에그웨인, 빛께 감사할 일이야. 무사했구나."

그곳에는 다른 두 여자가 함께 있었다. 한 명은 눈이 멍했고 머리를 길게 땋고 있었다. 머리카락에 몇 송이 흰 새벽별이 꽂혀 있었다. 다른 한 명은 몸을 쭉 뻗은 채 누워 있었다. 그녀의 머리에는 개어 놓은 망토가 받혀져 있었다. 그 여자가 입은 하늘색 망토는 누더기가 된 치마를 거의 가리지 못했다. 고급 천에 검게 탄 자리와 찢어진 자국들이 보였다. 그녀는 얼굴이 창백했지만 눈을 뜨고 있었다. **모레인. 그래, 아이즈 세다이야. 현자는 나이니브고.** 세 여자 모두가 랜드를 바라보았다. 눈도 깜빡이지 않고, 강렬하게.

"너 괜찮은 거 **맞지**, 에그웨인? 놈이 널 해치지 않았지?" 이제 랜드는 비틀거리지 않고 걸을 수 있었지만—그녀의 모습을 보니 아무리 멍들어 있어도 춤을 추고 싶었다—그들 옆에 책상다리를 하고 털썩 주저앉자 기분이 좋았다.

"네가 밀치고 나서는 그자를 보지도 못……." 랜드의 얼굴을 바라보는 그녀의 눈에 머뭇거리는 기색이 있었다. "너는, 랜드?"

"난 괜찮아." 랜드가 웃었다. 그는 에그웨인의 뺨을 어루만지며 그녀가 살짝 물러나는 느낌이 과연 그의 상상인지 궁금해했다. "조금 쉬면 새로 태어난 것 같을걸. 나이니브? 모레인 세다이?" 입 속에 담기는 그 이름들이 새롭게 느껴졌다.

현자의 어린 얼굴에서 그녀의 눈만은 나이 든 것처럼, 아주 오래된 것처럼 보였다. 그녀가 고개를 저었다. "조금 멍이 들었구나." 그녀는 랜드에게서 눈을 떼지 않고 말했다. "우리 중 정말로…… 정말로 다친 건 모레인뿐이야."

"다른 것보다는 자존심에 상처를 입었지요." 아이즈 세다이가 짜증스럽다는 듯 말하며 담요 대신 덮은 망토를 잡아당겼다. 그녀는 오랫동안 아팠거나 과로한 것 같은 모습이었지만, 눈 그늘이 드리워져 있는데도 두 눈만은 날카롭고 힘으로 가득했다. "내가 그렇게 오랫동안 자기를 잡아 놓자 아지노어는 놀라고 화가 났어요. 하지만 다행히도 놈에게는 내게 쓸 시간이 남아 있지 않았죠. 내가 놈을 그렇게 오랫동안 잡아 두다니 나 자신도 놀랍습니다. 전설의 시대에, 아지노어의 힘은 동족살해자나 이샤마엘에 가까웠는데요."

"'어둠의 존재와 버려진 자 모두는,'" 에그웨인이 희미하고 불안정한 목소리로 읊었다. "'창조주에 의해 샤이올 굴에 매여 있다…….'" 그녀는 떨면서 숨을 들이쉬었다.

"아지노어와 발사멜은 표면과 가까운 곳에 갇혀 있던 게 틀림없어." 모레인은 이 점을 이미 설명했다는 듯, 또다시 설명하자니 조바심이 나는 것처럼 말했다. "어둠의 존재의 감옥 일부가 놈들이 풀려날 만큼 약해진 거야. 더 많은 버려진 자들이 해방되지 않은 걸 다행으로 생각하자. 만일 놈들이 풀려났다면, 우리는 놈들을 보게 됐을 거야."

"상관없어요." 랜드가 말했다. "아지노어와 발사멜은 죽었고, 샤이탄도……."

"어둠의 존재라고 해야지." 아이즈 세다이가 그의 말을 잘랐다. 아프든 아프지 않든, 그녀의 목소리는 단호했으며 검은 눈은 위압적이었다. "그래도 그자를 어둠의 존재라고 부르는 게 좋아. 최소한 바알자몬이라고 부르거나."

랜드는 어깨를 으쓱했다. "마음대로 하세요. 어쨌든 그자는 죽었어요. 어둠의 존재는 죽었다고요. 제가 죽였어요. 제가 그자를 태워 버렸……." 그때 나머지 기억이 다시 쏟아져 들어왔다. 랜드는 입을 쩍 벌리고 있었다. **일원력. 내가 일원력을 휘둘렀어. 그 어떤 남자도…….** 랜드는 갑자기 바짝 마른 입술을 핥았다. 돌풍이 떨어진 잎과 떨어지는 잎들로 소용돌이를 일으켰지만, 그래도 랜드의 마음속처럼 춥지는 않았다. 사람들이, 여자 셋이 그를 바라보고 있었다. 지켜보고 있었다. 눈 한 번 깜빡이지 않고. 랜드는 에그웨인에게 손을 내밀었다. 이번에 그녀가 물러난 것은 절대 상상으로 여길 수 없었다. "에그웨인?" 에그웨인은 고개를 돌렸고, 랜드는 손을 툭 떨어뜨렸다.

갑자기 에그웨인이 두 팔로 그를 끌어안으며 그의 가슴에 얼굴을 묻었다. "미안해, 랜드. 미안. 난 상관없어. 정말이야, 상관없어." 에그웨인의 어깨가 떨렸다. 랜드는 그녀가 울고 있다고 생각했다. 그는 어색하게 에그웨인의 머리를 쓰다듬으며 그녀의 머리 너머로 다른 두 여자를 보았다.

"물레는 그 뜻대로 실을 잣지." 나이니브가 천천히 말했다. "하지만 너는 지금도 에먼즈 필드의 랜드 알소르야. 다만…… 빛께서 나를, 우리 모두를 도우시길 바란다만 너는 너무 위험해졌다, 랜드." 그는 움찔하며 현자의 시선을 피했다. 슬프고 후회되었다. 동시에 그는 이미 상실을 받아들이고 있었다.

"어떻게 된 거니?" 모레인이 말했다. "**전부** 말해 봐!"

그녀의 위압적인 시선이 붙박여 있는 채로 랜드는 모든 이야기를 털어놓았다. 외면하고 싶었고, 이런저런 내용을 빼놓은 채 이야기를 짧게 전하고 싶었지만 아이즈 세다이의 눈이 그에게서 모든 것을 끌어냈다. 카리 알소르 이야기가 나왔을 때는 그의 얼굴에 눈물이 흘러내렸다. 어머니. 랜드는 그 점을 강조했다. "놈이 어머니를 잡고 있었어요. 제 어머니를요!" 나이니브의 얼굴에는 연민과 고통이 어려 있었으나 아이즈 세다이의 시선은 랜드를 계속 재촉했다. 빛의 칼과 검은 밧줄의 절단, 바알자몬을 삼킨 불길에 이르기까지. 이미 발생한 일에서 랜드를 끌어당기려는 것처럼 랜드를 끌어안은 에그웨인의 두 팔에 힘이 들어갔다. "하지만 그건 제가 아니었어요." 랜드가 말을 마쳤다. "빛이…… 저를 끌어당겼어요. 진짜 제가 아니었다고요. 그래도 아무 차이가 없나요?"

"나는 처음부터 의심했어." 모레인이 말했다. "하지만 의심이 증거는 아니지. 너에게 증표를, 그 은화를 주고 연결을 형성한 이후로 너는 내가 무엇을 원하든 기꺼이 보조를 맞추려 했어야 해. 하지만 너는 저항하고 질문을 던졌어. 그게 내게는 한 가지 단서가 됐지만, 그것만으로는 부족했단다. 마네세렌의 혈통은 언제나 고집스러웠고, 에이몬이 죽고 엘드린의 심장이 부서진 뒤에는 더욱 그랬으니까. 그런 뒤에는 벨라 문제가 있었지."

"벨라요?" 랜드가 말했다. **그 무엇으로도 달라지지 않아.**

아이즈 세다이가 고개를 끄덕였다. "파수꾼의언덕에서, 나는 벨라의 피로를 씻어 줄 필요가 없었어. 누군가가 이미 씻어 준 뒤였으니까. 그날 밤 벨라는 만다브도 추월할 수 있었을 거야. 벨라가 누구를 태우고 갔는지 생각했어야 했는데. 트롤록들이 우리를 바짝 따라오고 머리 위에는 드락카가 있는 상태에서, 게다가 오직 빛께서만 어디에 있는지 아실 반인이 우리를 추격하는 상태에서 너는 에그웨인이 뒤처질까 봐 두려워했던 게 틀림없어. 살면서 필요했던 그 무엇보다도 필요한 게 생긴 거야. 그래서 너는 필요한 것을 줄 수 있는 단 한 가지, **사이딘**에 손을 뻗었어."

랜드는 몸을 떨었다. 너무 추워서 손가락이 아플 정도였다. "다시는 그런 일을 하지 않는다면, 다시는 **사이딘**을 건드리지 않는다면, 제가……." 랜드는 그 말을 할 수 없었다. 미치다니. 주변의 땅과 사람들을 광기로 몰아넣다니. 죽는다니. 살아 있는 채로 썩는다니.

"안 그럴지도 몰라." 모레인이 말했다. "널 가르쳐 줄 누군가가 있었다면 훨씬 쉽겠지만, 엄청난 노력이나 의지가 있다면 안 그럴 수도 있어."

"당신이 가르쳐 주시면 되잖아요. 당연히 당신이라면……." 랜드는 아이즈 세다이가 고개를 젓자 입을 다물었다.

"고양이가 개에게 나무 오르는 방법을 가르칠 수 있을까, 랜드? 물고기가 새에게 헤엄치는 법을 가르칠 수 있을까? 나는 **사이다**를 알지만, **사이딘**에 대해서는 아무것도 가르칠 수 없어. 그렇게 할 수 있는 사람들은 3000년 전에 죽었고. 하지만 너 정도의 고집이면 충분할지도 몰라. 네 의지라면 충분히 강한 걸지도."

에그웨인은 허리를 펴며 손등으로 빨개진 눈을 문질러 닦았다. 그녀는 무언가 말하고 싶은 표정이었지만, 그녀가 입을 열었을 때는 아무 소리도 나오지 않았다. **최소한 나한테서 물러나지는 않네. 최소한 비명을 지르지 않고 나를 볼 수는 있어.**

"다른 사람들은요?" 랜드가 물었다.

"란이 동굴로 데려갔다." 나이니브가 말했다. "세계의 눈은 사라졌지만, 웅덩이 한가운데에 뭔가 있어. 수정 기둥 같은 거야. 거기까지 이어지는 계단도 있고. 맷과 페린은 너를 먼저 찾아 보고 싶어 했고 로이알도 그랬지만, 모레인이 말하길……." 나이니브는 곤란하다는 듯 아이즈 세다이를 힐끗 보았다. 모레인은 침착한 눈길로 그녀를 마주 보았다. "모레인은 널 방해하면 안 된다고 했어. 네가……."

숨을 쉬기 힘들 정도로 목구멍이 조여 왔다. **걔들도 에그웨인처럼 고개를 돌릴까? 내가 희미한 자라도 되는 것처럼 비명을 지르며 도망칠까?** 모레인은 랜드의 얼굴에서 핏기가 가시는 것을 눈치채지 못한 것처럼 말했다.

"세계의 눈에는 엄청난 양의 일원력이 있어. 전설의 시대에도 아무 도움도 받지 않고 그 많은 일원력을 채널링했다가 파괴당하지 않은 사람은 드물어. 극히 드물지."

"얘기하셨어요?" 랜드가 쉰 목소리로 말했다. "모두가 안다면……."

"아는 사람은 란뿐이야." 모레인이 부드럽게 말했다. "란은 알아야 해. 나이니브와 에그웨인도. 지금 두 사람이 어떤 존재인지, 또 앞으로 어떤 존재인지와 관련된 문제이니까. 아직 다른 사람들은 알 필요가 없단다."

"왜요?" 랜드는 헛숨을 들이켜느라 목소리가 갈라졌다. "저를 순치시키고 싶어 하실 거잖아요? 일원력을 휘두를 수 있는 남자들에게 아이즈 세다이가 하는 일이 그런 것 아닌가요? 더는 그 힘을 휘두르지 못하도록 그 남자들을 변화시키는 거요. 그 사람들을 안전하게 만드는 거요. 톰은 순치된 사람들이 더 이상 살고 싶어 하지 않게 되기에 죽는다고 했어요. 왜 저를 타 발론으로 데려가서 순치시키겠다는 말을 하지 않으시는 거예요?"

"너는 **타비렌**이야." 모레인이 대답했다. "어쩌면 패턴은 아직 네게 볼일이 끝나지 않은 걸지도 몰라."

랜드가 몸을 세워 앉았다. "꿈에서 바알자몬은 타 발론과 아멀린 권좌가 저를 이용하려 들 거라고 했어요. 그러면서 여러 이름을 댔고요. 이제는 그 이름들이 기억나요. 라올린 다크스베인과 궤어 아말라신. 유리언 스톤보우. 데비안. 로게인." 마지막 이름이 가장 말하기 어려웠다. 나이니브는 창백해졌고 에그웨인은 헛숨을 들이켰지만, 랜드는 화가 난 채 말을 이어 갔다. "모두가 가짜 드래건이었죠. 부정하려고 하지 마세요. 뭐, 저는 이용당하지 않을 거예요. 저는 낡아 빠지면 거름 더미에 던져 버릴 수 있는 도구가 아니라고요."

"목적이 있는 도구는 그 목적으로 쓰인다고 해서 가치가 떨어지는 게 아니야." 모레인의 목소리는 랜드만큼 가혹했다. "하지만 거짓말의 아버지를 믿는 사람은 자신의 가치를 떨어뜨리는 셈이지. 너는 이용당하지 않겠다고 했어. 그런 다음에는 어둠의 존재가 네 길을 설정하도록 놔두었지. 주인이 토끼를 좇으라고 풀어놓은 사냥개처럼."

랜드는 주먹을 꽉 쥐며 고개를 돌렸다. 바알자몬이 했던 말과 너무 비슷했다. "난 그 누구의 사냥개도 아니에요. 알겠어요? 누구의 사냥개도 아니라고요!"

로이알을 비롯한 일행이 아치에 모습을 드러냈다. 랜드는 서둘러 자리에서 일어나며 모레인을 바라보았다.

"저 사람들은 모를 거야." 아이즈 세다이가 말했다. "패턴이 알게 하지 않는 한."

이어 친구들이 가까이 다가왔다. 란이 맨 앞에 서 있었다. 그는 늘 그렇듯 단호한 표정이었지만, 어쩐지 지쳐 있는 모습이었다. 그의 한쪽 관자놀이에는 나이니브의 붕대가 붙어 있었다. 걷는 모습을 보니 등이 부자연스러운 듯했다. 그 뒤에서는 로이알이 커다란 황금 상자를 가지고 왔다. 정교하게 조각되어 있고 은 무늬가 들어간 상자였다. 오기어가 아니라면 누구의 도움도 받지 않고 그 상자를 들 수 있는 사람은 없을 듯했다. 페린은 흰 천을 접어 놓은 커다란 꾸러미로 두 팔을 감고 있었으며, 맷은 두 손을 오그려 도자기의 파편처럼 보이는 것을 들고 있었다.

"결국 살았네." 맷이 웃었다. 곧 그의 표정이 어두워지더니, 그가 모레인 쪽을 휙 고갯짓했다. "우리한테 널 보여 주지 않으려 했어. 우리더러 세계의 눈에 뭐가 감춰져 있는지 알아봐야 한대. 어차피 갈 생각이긴 했지만, 나이니브랑 에그웨인이 모레인 편을 들어서 나를 아치 너머로 내팽개치다시피 했어."

"이제 왔구나." 페린이 말했다. "꼴을 보니 너무 심하게 두들겨 맞은 것 같지는 않고." 지금 그의 눈은 빛나지 않았으나 동공은 온통 노란색이었다. "그게 중요하지. 네가 여기 있고, 우리는 여기에 온 목적을 이뤘다는 것. 그 목적이 뭐든 말이야. 모레인 세다이는 우리가 할 일을 마쳤으니 가도 좋다고 했어. 집으로 가는 거야, 랜드. 빛께서 나를 태우시더라도, 난 집에 가고 싶어."

"살아 있는 걸 보니 좋구나, 양치기." 란이 퉁명스럽게 말했다. "칼에 매달리고 있구나. 어쩌면 이제는 그 칼을 쓸 방법을 배울지도 모르겠다." 랜드는 갑자기 수호자에게 솟구치는 애정을 느꼈다. 란도 그 점을 알고 있었다. 하지만 최소한 표면적으로는 아무것도 변하지 않았다. 란의 경우는 내면에서도 아무것도 바뀌지 않았으리라는 생각이 들었다.

"이렇게 말할 수밖에 없겠군요." 로이알이 상자를 내려놓으며 말했다. "**타비렌**과의 여행은 제가 기대했던 것보다도 더 흥미로운 일이었습니다." 그의 귀가 격렬하게 움찔거렸다. "지금보다 더 흥미로워진다면, 저는 즉시 스테딩 샹타이로 돌아가 하만 원로께 모든 것을 고백하고 다시는 책을 떠나지 않겠습니다." 오기어가 문득 미소를 지었다. 그 넓적한 입에 얼굴이 둘로 갈라지는 듯했다. "만나서 무척 반가워, 랜드 알소르. 이 셋 중에서는 책에 조금이라도 관심이 있는 사람이 수호자뿐이야. 수호자는 아무 말도 하지 않으려 하고. 넌 어떻게 된 거야? 우리는 모두 도망쳐서 숲에 숨어 있었어. 모레인 세다이가 란을 보내서 우리를 찾을 때까지 말이야. 하지만 우리한테는 너를 찾지 못하게 하더라고. 왜 그렇게 오래 떠나 있었던 거야, 랜드?"

"계속 도망치다가," 랜드가 천천히 말했다. "언덕에서 굴러서 돌에 머리를 부딪쳤어. 내려가는 길에 있는 모든 돌에 머리를 부딪친 것 같아." 그 말로 멍든 게 설명될 터였다. 랜드는 아이즈 세다이와 나이니브, 에그웨인을 지켜보았지만 그들의 표정은 전혀 변하지 않았다. "정신을 차리고 보니까 길을 잃었더라고. 마침내 여기까지 비틀거리면서 온 거고. 아지노어는 타 죽은 것 같아. 재랑 놈의 망토 조각을 발견했어."

랜드가 듣기에는 공허한 거짓말이었다. 그는 왜 사람들이 비웃거나 진실을 요구하지 않는지 궁금했다. 하지만 친구들은 랜드의 말을 받아들이며 고개를 끄덕였고, 공감한다는 듯한 소리를 내며 아이즈 세다이 주변에 모여들어 그녀에게 자신들이 발견한 것을 보여 주었다.

"부축해 주세요." 모레인이 말했다. 나이니브와 에그웨인이 모레인을 일으켜 앉혔다. 그런 뒤에도 둘은 모레인을 부축해야 했다.

"어떻게 이런 게 세계의 눈 안에 들어 있을 수 있죠?" 맷이 물었다. "그 바위처럼 파괴되지도 않고요."

"파괴되라고 집어넣은 게 아니니까." 아이즈 세다이가 딱 잘라 말하더니, 인상을 써서 그들의 질문을 뿌리쳤다. 그러면서 그녀는 맷에게서 검은색과 흰색으로 반짝이는 도자기 파편을 받아 들었다.

랜드가 보기에는 돌무더기 같았지만, 모레인은 그것들을 옆의 땅에 놓고 솜씨 좋게 조립해 사람 머리 크기의 완벽한 원을 만들었다. 아이즈 세다이를 나타내는 고대의 상징물이었다. 타 발론의 불꽃이 드래건의 송곳니와 합쳐져 있었다. 흑과 백이 나란히 있는 모습. 모레인은 잠시 그 상징물을 바라보았다. 읽기 어려운 표정이었다. 그러더니 그녀는 허리띠에 차고 있던 칼을 꺼내 란에게 내밀며 원을 고갯짓했다.

수호자는 가장 큰 조각을 분리해 내더니 칼을 높이 들고 온 힘을 다해 내리찍었다. 불꽃이 튀며 내리치는 힘에 파편이 펄쩍 튀어 올랐다. 칼날이 날카로운 뚝 소리를 내며 부러졌다. 란은 자루에 남아 있는 뭉툭한 날을 살펴보더니 옆으로 던져 버렸다. "티어에서 나는 가장 좋은 강철인데 말입니다." 그가 무미건조하게 말했다.

맷이 파편을 들어 올리고 끙 소리를 내더니 사람들에게 보여 주었다. 파편에는 자국 하나 남지 않았다.

"**퀘인데야르.**" 모레인이 말했다. "하트스톤이야. 전설의 시대 이후로는 아무도 이걸 만들지 못했어. 전설의 시대에도 가장 위대한 목표를 위해서가 아니면 이걸 만들지 않았고. 일단 만들고 나면 그 무엇으로도 망가뜨릴 수 없으니까. 이 세상에 살았던 가장 위대한 아이즈 세다이가, 만들어진 적이 있는 가장 강력한 **사앙그리알**의 도움을 받아 휘두른 일원력으로도 파괴할 수 없어. 하트스톤을 겨냥한 모든 힘은 하트스톤을 더 강하게 만들 뿐이야."

"그럼 어떻게……?" 맷은 조각을 든 손으로 땅에 놓여 있는 다른 조각들을 가리켰다.

"이게 어둠의 존재의 감옥에 있던 일곱 봉인 중 하나야." 모레인이 말했다. 맷은 조각이 하얗게 달구어지기라도 한 것처럼 그 조각을 떨어뜨렸다. 페린의 눈이 잠시 다시 빛나는 듯했다. 아이즈 세다이는 침착하게 파편들을 모아들이기 시작했다.

"이제 상관없어." 랜드가 말했다. 친구들은 이상하다는 듯 그를 보았고, 랜드는 입을 다물고 있을 걸 그랬다고 생각했다.

"당연하지." 모레인이 대답했다. 하지만 그녀는 조심스레 모든 조각을 주머니에 모아 담았다. "상자를 가져오세요." 로이알이 상자를 더 가까운 곳으로 들고 왔다.

평평하게 만든 황금과 은의 정육면체는 단단하게 보였다. 하지만 아이즈 세다이의 손가락이 정교한 조각을 쓸어 보고 누르자, 갑작스러운 달칵 소리와 함께 뚜껑이 용수철이라도 달린 것처럼 뒤로 젖혀졌다. 구불구불한 황금 뿔나팔이 그 안에 들어 있었다. 은은하게 빛이 나기는 했지만, 상자 옆에 놓여 있으니 뿔나팔은 평범해 보였다. 유일한 표시는 널찍한 부분을 빙 둘러 새겨져 있는 한 줄의 은색 문자였다. 모레인은 아기를 안듯 뿔나팔을 꺼내 들었다. "이걸 일리안으로 가져가야 해." 모레인이 조용히 말했다.

"일리안이라고요!" 페린이 툴툴댔다. "거의 폭풍의바다에 붙어 있는 곳이잖아요. 지금 우리가 있는 곳이 고향에서 북쪽 끝이라면, 거긴 남쪽 끝이라고요."

"혹시 그게……?" 로이알은 말을 멈추고 숨을 골랐다. "설마……?"

"고어를 읽을 수 있나요?" 모레인은 그렇게 물었다가 로이알이 고개를 끄덕이자 그에게 뿔나팔을 넘겼다.

오기어는 모레인처럼 부드럽게 뿔나팔을 받아 들더니 넓적한 손가락으로 섬세하게 글씨를 훑었다. 그의 눈이 점점 휘둥그레졌고, 귀는 쫑긋 섰다. "**티아 미 아벤 모리딘 이사인데 바딘.**" 그가 속삭였다. "죽음은 내 호출을 막지 못하니."

"발리어의 뿔나팔이군." 이번만큼은 수호자도 정말로 놀란 표정이었다. 그의 목소리에 경이감이 어려 있었다.

동시에 나이니브가 떨리는 목소리로 말했다. "옛 시대의 영웅들을 죽은 자들 가운데서 불러내 어둠의 존재와 싸우게 하는 것이지."

"태워 죽일!" 맷이 헛숨을 들이켰다.

로이알은 존경 어린 손길로 뿔나팔을 다시 황금 둥지에 내려놓았다.

"궁금해지기 시작하는군요." 모레인이 말했다. "세계의 눈은 세상이 맞닥뜨릴 가장 큰 필요에 대처하기 위해 만들어졌어요. 하지만 과연 눈이 만들어진 이유는……. 우리가 그 안에 있는 걸 사용하게 하기 위해서였을까요, 아니면 우리더러 이것들을 지키라는 것이었을까요? 빨리, 마지막 물건을 보여 주세요."

처음 두 물건을 보고 나니 랜드도 페린의 망설임을 이해할 수 있었다. 페린이 머뭇거리자 란과 오기어가 그에게서 흰 천 꾸러미를 받아 들고 펼쳤다. 길고 흰 현수막이 펼쳐지며 허공에 펄럭였다. 랜드는 바라볼 수밖에 없었다. 천 전체가 하나로 보였다. 꿰맨 곳도 없었고, 염색하거나 그림을 그린 부분도 없었다. 진홍색과 황금색의 비늘이 달린 뱀 같은 형상이 현수막 전체에 이어져 있었다. 그러나 그 형상에는 비늘이 붙은 다리도 있었고, 긴 황금 발톱이 다섯 개씩 달린 발도 있었으며, 황금 갈기와 태양 같은 눈이 달린 커다란 머리도 있었다. 현수막이 펄럭이자 그 형상이 움직이는 것처럼 보였다. 비늘이 귀금속과 보석처럼 반짝였다. 살아 있는 것 같았다. 랜드는 그 형상이 도전적으로 포효하는 소리가 들리는 것만 같았다.

"이게 뭐예요?" 랜드가 말했다.

모레인이 천천히 대답했다. "아침의 군주가 그림자에 맞서 빛의 군대를 이끌 때 들었던 깃발이야. 루스 세린 텔라몬의 깃발. 드래건의 깃발." 로이알은 자기가 들고 있던 쪽을 떨어뜨릴 뻔했다.

"태워 죽일!" 맷이 거의 들리지 않는 목소리로 말했다.

"떠날 때 이것들도 가져가야겠구나." 모레인이 말했다. "이 물건들이 여기에 있는 건 우연이 아니야. 더 알아봐야겠어." 모레인의 손가락이 주머니를 스쳤다. 그 안에는 박살 난 봉인의 조각들이 들어 있었다. "지금 출발하기에는 시간이 너무 늦었어. 쉬고 음식도 먹자. 하지만 일찍 떠나게 될 거야. 이곳은 사방이 거대한오염으로 둘러싸여 있어. 변방에서처럼 쭉 뻗어 있는 게 아니야. 게다가 강력하기도 하고. 그린맨이 없으면, 이곳은 오래 버틸 수 없어." 그녀가 나이니브와 에그웨인에게 말했다. "내려 주세요. 쉬어야겠어요."

랜드는 그동안 내내 보고 있었으면서도 특별히 눈에 띄지 않았던 존재를 의식했다. 거대한 참나무에서 떨어지는 갈색의 죽은 잎사귀들. 죽은 잎사귀들이 산들바람을 타고 부스럭거리며 땅에 두껍게 깔렸다. 그 갈색 사이에는 수천 송이 꽃에서 떨어진 꽃잎들이 섞여 있었다. 그린맨은 거대한오염을 막아 주었다. 하지만 거대한오염은 이미 그가 만들어 놓은 것을 죽이고 있었다.

"끝난 거 맞죠?" 랜드가 모레인에게 물었다. "끝난 거예요."

아이즈 세다이는 망토 베개에 누운 채 고개를 돌렸다. 그녀의 눈이 세계의 눈만큼 깊게 보였다. "우리는 여기 온 목적을 이뤘어. 여기서부터는 패턴이 짜는 데로 네 인생을 살아가면 돼. 먹고, 그다음에는 잠을 자렴, 랜드 알소르. 잠을 자면서 고향 꿈을 꿔."

53장 물레는 돌고

새벽이 오자 황폐해진 그린맨의 정원이 드러났다. 땅에는 낙엽이 두껍게 쌓여 있었다. 어떤 곳에서는 무릎까지 잠길 정도였다. 공터 가장자리에 절박하게 매달린 꽃 몇 송이를 제외하면 모든 꽃이 사라져 버렸다. 참나무 아래의 토양에서 자랄 수 있는 것은 별로 없었지만, 그린맨의 무덤 위 굵은 나무 둥치를 중심으로 꽃과 풀로 이루어진 원이 그려져 있었다. 참나무 자체는 잎사귀를 절반밖에 유지하지 못했지만, 그것도 다른 나무와 비교하면 훨씬 많은 수준이었다. 마치 그린맨이 남긴 것 일부가 지금도 이곳을 지키려고 싸우는 것만 같았다. 시원한 산들바람은 잦아들고, 점점 더 심해지는 끈적끈적한 열기로 바뀌었다. 나비들은 사라졌고 새들은 조용해졌다. 떠날 준비를 하는 일행도 조용했다.

랜드는 상실감을 느끼며 구렁말의 안장에 올라탔다. **이래서는 안 돼. 피와 재를 걸고, 우리가 이겼잖아!**

"그분이 다른 곳을 찾았더라면 좋았을 텐데." 에그웨인은 벨라에 올라타며 말했다. 란이 만든 들것이 덥수룩한 암말과 알딥 사이에 걸려 있었다. 모레인을 싣고 가기 위해서였다. 나이니브가 흰 암말의 고삐를 잡고 그 옆에서 이동하기로 했다. 현자는 란이 자기 쪽을 힐끔거리는 것을 볼 때마다 고개를 숙이며 그의 시선을 피했다. 수호자는 나이니브가 시선을 피할 때마다 그녀를 보았지만, 그녀에게 말을 걸지는 않았다. 에그웨인이 말한 '그분'이 누군지는 모두가 묻지 않아도 알았다.

"옳지 않아." 로이알이 참나무를 바라보며 말했다. 아직 말을 타지 않은 사람은 오기어뿐이었다. "나무 형제가 거대한오염에 쓰러지다니, 옳지 않은 일이야." 그는 커다란 자기 말의 고삐를 랜드에게 건넸다. "옳지 않아."

오기어가 거대한 참나무로 걸어갔을 때 란이 입을 열었다. 모레인이 들것에 누운 채 힘없이 손을 들자 수호자는 아무 말도 하지 않았다.

로이알은 참나무 앞에서 무릎을 꿇고 눈을 감으며 두 팔을 뻗었다. 그가 하늘로 고개를 들자 귀털이 똑바로 섰다. 그는 노래를 불렀다.

랜드는 그 노래에 가사가 있는지, 그냥 곡조만 있는 노래인지 알 수 없었다. 오기어의 중저음으로 들리는 그 노래는 꼭 땅이 노래하는 것처럼 들렸다. 하지만 랜드는 새들이 다시 노래하고 봄바람이 조용히 한숨을 내쉬는 소리, 나비들의 날갯짓 소리가 들린다고 확신했다. 랜드는 정신을 빼앗긴 채 노래가 겨우 몇 분밖에 이어지지 않았다고 생각했지만, 로이알이 두 팔을 내리고 눈을 떴을 때는 태양이 지평선 한참 위에 떠 있는 것을 보고 놀랐다. 오기어가 노래를 시작했을 때는 태양이 숲에 닿아 있었는데 말이다. 아직 참나무에 붙어 있던 잎사귀들은 조금 더 푸릇푸릇해진 것 같았고, 전보다 더 단단히 붙어 있는 것 같았다. 참나무를 둘러싼 꽃들도 곧게 펴졌다. 새벽별은 희고 싱싱해졌으며, 연인매듭은 진홍색이 더욱 강해졌다.

로이알은 넓적한 얼굴에서 땀을 닦아 내며 자리에서 일어나 랜드가 들고 있던 고삐를 받아 갔다. 그의 긴 눈썹이 당황한 듯 아래로 처졌다. 꼭 그가 잘난 척을 했다고 생각할지도 모른다는 것 같았다. "이렇게 열심히 노래해 본 적은 없는데. 나무 형제의 일부가 저기에 아직 남아 있지 않았다면 할 수 없었을 거야. 내가 부르는 나무의 노래에는 나무 형제의 힘이 없으니까." 로이알이 자기 안장에 앉아 참나무와 꽃들에게 던지는 시선에는 만족감이 어려 있었다. "최소한 이 작은 공간만큼은 거대한오염으로 가라앉지 않을 거야. 거대한오염은 나무 형제를 차지하지 못할 거야."

"착한 자로군, 오기어." 란이 말했다.

로이알이 씩 웃었다. "그건 칭찬으로 알겠지만, 하만 원로께서 뭐라 하실지는 모르겠네요."

그들은 한 줄로 서서 이동했다. 맷이 수호자 뒤쪽, 필요할 경우 활을 효과적으로 쓸 수 있는 곳에 자리 잡았고 페린은 안장 머리에 도끼를 걸쳐 놓은 채 맨 뒤에서 따라왔다. 그들은 언덕 꼭대기에 올라갔다. 눈을 한 번 깜짝이자 사방이 거대한오염으로 변했다. 거대한오염은 악성 무지갯빛으로 뒤틀리고 썩어 있었다. 랜드는 어깨 너머를 보았지만, 그린맨의 정원은 어디에도 보이지 않았다. 오직 거대한오염만이 앞으로든 뒤로든 뻗어 있었다. 그래도 랜드는 아주 잠깐 참나무의 높다란 꼭대기가 보인다고 생각했다. 푸르고 무성한 그 꼭대기는 아른거리다가 사라졌다. 그런 뒤에는 오직 거대한오염뿐이었다.

랜드는 들어올 때 싸우면서 들어온 것처럼 떠날 때도 싸우면서 나가야 할 거라고 반쯤 예상했지만, 거대한오염은 죽음처럼 조용하고 고요했다. 그들을 내려칠 것처럼 떨리는 나뭇가지는 하나도 없었고, 그 무엇도 비명을 지르거나 울부짖지 않았다. 가까운 곳에서든, 먼 데서든 마찬가지였다. 거대한오염은 웅크린 것처럼 보였다. 펄쩍 뛰어 덤벼들려는 것이 아니라, 어마어마한 타격을 입고 다음 타격이 떨어질 순간만 기다리는 것 같았다. 태양조차 덜 붉어졌다.

그들이 목걸이 같은 호수들을 지났을 때는 태양이 정점과 그리 멀지 않은 곳에 걸려 있었다. 란은 그들이 호수와 멀리 떨어져 지나게 하며 그쪽은 쳐다보지도 말라고 했다. 하지만 랜드는 처음 보았을 때보다 일곱탑의 높이가 더 높아졌다는 생각이 들었다. 그는 삐죽빼죽한 탑의 꼭대기가 땅에서 더 멀어져 있다고 확신했다. 그 위에서 무언가가 보일 것만 같았다. 아주 매끄러운 탑들이 햇빛을 받아 아른아른 빛났으며, 바람을 타고 날아가는 황금 두루미 깃발이 걸려 있었다. 랜드는 눈을 깜빡이며 그곳을 빤히 보았지만, 탑은 완전히 사라지기를 거부했다. 그들은 그렇게 환영의 가장자리에 서 있었다. 그러다가 거대한오염이 호수들을 다시 한 번 가렸다.

해가 지기 전, 수호자는 야영지를 선택했다. 모레인과 나이니브와 에그웨인이 모레인을 도와 보호 구역을 설치했다. 아이즈 세다이는 다른 두 여자의 귀에 귓속말을 속삭인 뒤 작업을 시작했다. 나이니브가 망설이긴 했지만, 모레인이 눈을 감자 세 여자 모두가 눈을 감았다.

랜드는 맷과 페린이 그 모습을 빤히 쳐다보는 것을 알고 둘이 대체 어떻게 놀랄 수 있는 건지 궁금해졌다. **모든 여자는 아이즈 세다이야.** 랜드는 웃음기 따위는 하나도 없이 그렇게 생각했다. **빛께서 저를 도우소서, 저도 아이즈 세다이입니다.** 황량함에 그는 입을 다물었다.

"왜 이렇게 다르죠?" 에그웨인과 현자가 모레인을 침대로 옮기자 페린이 물었다. "느낌이 꼭……." 알맞은 단어를 찾을 수 없다는 듯 그는 우람한 어깨를 으쓱했다.

"우리가 어둠의 존재에게 큰 타격을 입혔어." 모레인은 한숨을 쉬며 자리를 잡고 대답했다. "그림자가 회복하는 데는 오랜 시간이 걸릴 거야."

"어떻게요?" 맷이 물었다. "뭘 할 건데요?"

"자야지." 모레인이 말했다. "우리는 아직 거대한오염을 벗어나지 않았으니까."

하지만 다음 날 아침에도 랜드의 시야에 들어오는 것에는 아무 차이가 없었다. 물론, 일행이 남쪽으로 말을 타고 가면서 거대한오염이 희미해져 가기는 했다. 비틀린 나무들은 곧은 나무로 바뀌었다. 숨 막힐 듯한 열기도 줄어들었다. 썩어 가는 나뭇잎은 그저 병들었을 뿐인 나뭇잎에 길을 내주었다. 그런 뒤에는 병들지 않은 잎사귀들이 나왔다. 주위의 숲은 나뭇가지에 두껍게 돋아난 새로운 잎사귀로 붉어졌다. 덤불에는 꽃봉오리가 생겼고, 덩굴이 바위를 초록색으로 뒤덮고 있었으며, 새로운 들꽃들이 그린맨이 있던 곳만큼이나 무성하고 선명한 풀밭 여기저기에 점점이 자리 잡고 있었다. 겨울 때문에 너무도 오래 지체되었던 봄이 이제야 제자리를 찾아 빠르게 달려온 것만 같았다.

그 모습을 빤히 바라본 사람은 랜드만이 아니었다. "큰 타격이었지." 모레인은 그렇게 중얼거린 뒤 더 이상 아무 말도 하지 않았다.

들장미 덩굴이 국경선을 표시하는 돌기둥을 휘감으며 올라갔다. 사람들이 감시탑에서 나와 그들을 맞이했다. 그들의 웃음에는 충격을 받은 듯한 느낌이 어려 있었고, 그들의 눈은 놀라움으로 반짝였다. 마치 강철로 감싼 발아래에 새로 돋아난 풀을 도저히 믿을 수 없다는 표정이었다.

"빛께서 그림자를 꺾으셨습니다!"

"타윈의틈새에서 커다란 승리를 거두었습니다! 메시지를 받았어요! 승리입니다!"

"빛께서 다시 우리를 축복하시길!"

"빛 안에서 이자 국왕이 더 강력해지길." 란은 그들 모두의 고함에 대답했다.

감시탑의 병사들은 모레인을 돌보아 주거나, 최소한 그들에게 호위병을 붙여 주고 싶어 했다. 하지만 모레인이 모두 거절했다. 들것에 납작하게 누워 있는데도 아이즈 세다이는 존재감이 너무 강해 갑옷 입은 남자들이 뒤로 물러나 절하며 그녀의 바람에 응하도록 만들었다. 그들의 웃음이 랜드와 다른 일행을 따라왔다.

그들은 늦은 오후에 팔 다라에 도착했다. 엄혹한 성벽으로 둘러싸인 도시에 축하의 종이 울리고 있었다. 진정으로 울렸다. 랜드는 도시 안에 울리지 않는 종이 하나라도 있을지 궁금했다. 가장 작은 은색 마구 종부터 탑 꼭대기에 설치된 커다란 청동 징에 이르기까지. 성문은 활짝 열려 있었으며 사람들은 웃고 노래하며 거리를 뛰어다녔다. 그들의 상투와 갑옷 틈에는 꽃이 꽂혀 있었다. 마을의 주민들은 아직 팔 모란에서 돌아오지 않았지만, 병사들은 타윈의틈새에서 막 돌아온 터였다. 그들의 기쁨만으로 거리를 채우기에는 충분했다.

"타윈의틈새에서 승리했습니다! 우리가 이겼어요!"

"타윈의 승리에서 기적이 일어났어요! 전설의 시대가 돌아왔습니다!"

"봄입니다!" 노련한 늙은 병사가 랜드의 목에 새벽별 화환을 걸어 주며 웃었다. 그의 상투도 새벽별 무리를 엮은 흰색 꽃다발이었다. "빛께서 우리에게 다시 한번 봄의 축복을 내려 주셨어요!"

일행이 요새로 가고 싶어 한다는 것을 알자 강철과 꽃을 걸친 한 무리의 남자들이 그들을 둘러쌌다. 그들은 축하하려는 인파를 헤치고 달려왔다.

랜드가 본 사람 중 미소 짓지 않는 사람은 잉타가 처음이었다. "제가 너무 늦었습니다." 잉타가 시무룩한 표정으로 란에게 말했다. "한 시간이나 늦어서 보지 못했습니다. 평화가 있기를!" 그는 소리가 들리도록 이를 갈았지만 그런 뒤에는 깊이 뉘우치는 표정이 되었다. "용서해 주십시오. 슬픔 때문에 의무조차 잊었습니다. 어서 오십시오, 건설자님. 여러분 모두 어서 오십시오. 거대한오염 바깥에서 안전하게 여러분을 만나니 좋군요. 모레인 세다이의 방으로 치유사를 부르겠습니다. 또 아겔마 공에게 알려서……."

"나를 아겔마 공에게 데려가세요." 모레인이 명령했다. "우리 모두를." 잉타는 항의하려고 입을 열었다가 그녀의 눈에 깃든 힘을 보고 허리를 숙여 인사했다.

아겔마는 서재에 있었다. 칼과 갑옷은 다시 선반에 올라가 있었다. 미소 짓지 않는 두 번째 얼굴이 그의 얼굴이었다. 그는 난감한 듯 인상을 쓰고 있었고, 그 표정은 복장을 갖춰 입은 하인들이 들고 있는 들것에 실려 온 모레인을 보자 더욱 심해졌다. 검은색과 황금색 옷을 입은 여자들이 부산을 떨며 아이즈 세다이를 그에게 데려왔다. 아이즈 세다이가 기운을 차리거나 치유사를 만날 새도 없이 말이다. 로이알은 황금 상자를 들고 있었다. 봉인의 조각은 그때까지도 모레인의 주머니에 들어 있었다. 동족살해자 루스 세린의 깃발은 그녀의 침낭에 싸여 여전히 알딥의 안장 뒤에 묶여 있었다. 흰 암말을 데리고 간 마부는 침낭을 건드리지 말고 아이즈 세다이에게 배정된 방에 놓아두라는 엄격한 명령을 받았다.

"평화를!" 팔 다라의 군주가 말했다. "다치셨습니까, 모레인 세다이? 잉타, 어째서 아이즈 세다이를 잠자리에 눕히고 치유사를 불러오지 않은 것인가?"

"진정하세요, 아겔마 공." 모레인이 말했다. "잉타는 내 명령에 따른 것입니다. 나는 여기 있는 모든 사람이 생각하는 것처럼 약해진 상태가 아니에요." 그녀는 자신을 의자에 앉혀 달라고 두 여자에게 손짓했다. 그들은 잠시 두 손을 맞잡으며 그러기에는 모레인이 너무 약해져 있다고, 따뜻한 침대에 누워 치유사를 만난 뒤 뜨거운 물로 목욕해야 한다고 소리쳤다. 모레인이 눈썹을 치켜올렸다. 여자들은 갑자기 입을 다물고 서둘러 그녀를 부축해 의자에 앉혔다. 모레인은 자리에 앉자마자 짜증스럽다는 듯 손을 내저어 그들을 쫓아 보냈다. "할 말이 있습니다, 아겔마 공."

아겔마가 고개를 끄덕이자 잉타는 하인들을 방에서 내보냈다. 팔 다라의 군주가 기대감에 찬 눈으로 아직 남아 있는 사람들을 바라보았다. 랜드 생각에는 특히 황금 상자를 든 로이알을 눈여겨보는 것 같았다.

"듣기로," 모레인은 잉타가 문을 닫고 나가자마자 말했다. "타원의틈새에서 큰 승리를 거두셨다더군요."

"그렇습니다." 아겔마가 천천히 말했다. 난감한 듯 찡그린 표정이 돌아왔다. "그렇기도 하고 아니기도 합니다, 아이즈 세다이. 반인들과 놈들의 트롤록들은 마지막 한 마리까지 파멸했지만, 우린 거의 싸우지도 않았습니다. 제 부하들은 기적이 일어났다고 하더군요. 땅이 놈들을 삼켜 버렸습니다. 산이 놈들을 묻어 버렸습니다. 드락카만 남았지만, 놈들은 너무 겁을 먹어서 최대한 빨리 북쪽으로 날아가는 것 말고는 아무것도 하지 못했습니다."

"정말 기적이군요." 모레인이 말했다. "게다가 다시 봄이 돌아왔으니."

"기적이지요." 아겔마가 고개를 저으며 말했다. "하지만…… 모레인 세다이, 사람들이 타원의틈새에서 일어난 일에 관해 많은 이야기를 합니다. 빛이 육신으로 화해 우리를 위해 싸웠다고 하더군요. 창조주께서 타원의틈새를 걸으며 그림자를 치셨다고 하고요. 하지만 저는 한 남자를 보았습니다, 모레인 세다이. 저는 한 남자를 보았고, 그 남자가 한 일은 있을 수도 없으며 있어서도 안 되는 일이었습니다."

"물레는 그 뜻대로 실을 잣습니다, 팔 다라의 군주여."

"맞는 말씀이십니다, 모레인 세다이."

"파단 페인은요? 잘 잡아 두고 있나요? 쉬고 나면 그자와 이야기해야 합니다."

"그자는 명령하신 대로 잡아 두었습니다, 아이즈 세다이. 절반은 간수들에게 칭얼대고, 나머지 절반은 그들에게 명령을 내리려고 들지요. 하지만…… 평화여, 모레인 세다이. 거대한오염에서는 어떤 일이 있었던 겁니까? 그린맨을 찾으셨는지요? 저는 새로이 자라나는 것들에서 그린맨의 손길을 봅니다."

"찾았어요." 모레인이 무미건조하게 말했다. "그린맨은 죽었어요, 아겔마 공. 세계의 눈도 사라졌고요. 영광을 찾는 젊은이들이 탐색할 만한 것은 더 이상 없을 겁니다."

팔 다라의 군주는 인상을 찌푸리며 혼란스럽다는 듯 고개를 저었다. "죽었다고요? 그린맨이 말씀입니까? 설마…… 그럼 패배하신 겁니까? 그럼 꽃들은요? 자라나는 것들은?"

"우리는 이겼습니다, 아겔마 공. 우리가 이겼어요. 겨울로부터 해방된 땅이 그 증거입니다. 하지만 유감스럽게도 아직 마지막 전투는 끝나지 않았습니다." 랜드가 동요했지만, 아이즈 세다이가 그에게 날카로운 시선을 던지자 그는 다시 조용해졌다. "거대한오염은 아직 존재하고 있으며 사칸다의 대장간은 지금도 샤이올 굴 아래서 작동하고 있습니다. 반인들도 아직 많이 남았고, 트롤록들의 수는 헤아릴 수조차 없습니다. 변방을 경계해야 할 필요가 사라졌다고는 절대 생각하지 마세요."

"그런 생각은 하지 않았습니다, 아이즈 세다이." 그가 딱딱하게 말했다.

모레인이 로이알에게 황금 상자를 자기 발치에 내려놓으라고 손짓했다. 로이알이 그 말대로 하자 모레인은 상자를 열어 뿔나팔을 드러냈다. "발리어의 뿔나팔입니다." 그녀의 말에 아겔마는 헛숨을 들이켰다. 랜드는 그가 무릎을 꿇을지도 모른다고 생각했다.

"모레인 세다이, 그 나팔이 있으면 반인과 트롤록이 얼마나 많이 남았느냐는 문제가 아닙니다. 옛 시대의 영웅들이 무덤에서 돌아온다면, 우리는 말라버린땅으로 진격해 샤이올 굴을 평정할 수 있습니다."

"**안 됩니다!**" 아겔마가 놀라서 입을 쩍 벌렸지만, 모레인은 침착하게 말을 이었다. "당신을 놀리려고 이 뿔나팔을 보여 준 건 아닙니다. 그저 앞으로 다가올 전투에서는 우리의 힘이 그림자의 힘만큼 대단하리라는 걸 알려 드리려는 것이었습니다. 그 전투가 벌어질 곳은 여기가 아닙니다. 뿔나팔을 일리안으로 옮겨야 해요. 새로운 전투가 벌어질 위험이 생긴다면, 빛의 군대를 집결시켜야 할 곳은 일리안입니다. 당신이 거느린 최고의 호위병들을 파견해 이 나팔이 일리안에 안전하게 도착하게 해 주시길 부탁합니다. 지금도 반인과 트롤록은 물론 어둠의 친구들이 존재합니다. 뿔나팔의 호출에 따라 오는 자는 누구든 뿔나팔을 부는 자를 따르게 됩니다. 뿔나팔은 일리안에 도착해야 해요."

"말씀대로 하겠습니다, 아이즈 세다이." 하지만 상자의 뚜껑이 닫혔을 때, 팔 다라의 군주는 마지막으로 빛을 볼 기회를 거부당한 사람 같은 표정이었다.

팔 다라에서는 이레 뒤까지도 종이 울렸다. 사람들이 팔 모란에서 돌아와 군인들과 함께 축하했고, 랜드가 서 있는 긴 발코니에서는 고함과 노랫소리가 울려 대는 종소리와 뒤섞였다. 발코니는 아겔마의 개인 정원을 내려다보았으며 정원은 푸르르게 꽃을 피우고 있었다. 하지만 랜드는 그 정원에 별 관심을 두지 않았다. 태양이 하늘 높이 떠 있었는데도 샤이나의 봄은 랜드가 익숙하게 느끼는 날씨보다 서늘했다. 그런데도 그의 맨가슴과 어깨에서는 땀이 번들거렸다. 그는 왜가리 표시가 있는 칼을 휘두르고 있었다. 모든 움직임이 정확했지만, 랜드가 떠다니는 공백에서는 거리가 멀게 느껴졌다. 그 공백 속에서도 랜드는 모레인이 아직 숨겨 두고 있는 깃발에 대해 알게 되면 마을 사람들이 얼마나 기뻐할지 생각했다.

"좋군, 양치기." 수호자는 팔짱을 끼고 난간에 기댄 채 비판적인 눈으로 그를 살폈다. "잘하고 있지만, 너무 밀어붙이지는 마라. 몇 주 만에 검술의 달인이 될 수는 없다."

공백이 거품을 바늘로 찔렀을 때처럼 사라져 버렸다. "검술의 달인이 되고 싶은 게 아닌데요."

"그 칼은 검술의 달인이 가지고 다니는 칼이다, 양치기."

"그냥 아버지가 저를 자랑스러워하셨으면 좋겠어요." 랜드의 손이 칼자루의 거친 가죽을 꽉 쥐었다. **그냥 탬이 내 아버지였으면 좋겠어요.** 랜드는 칼집에 칼을 콱 집어넣었다. "어쨌든, 몇 주나 시간이 있는 것도 아니고요."

"그럼 생각을 바꾸지 않은 거냐?"

"당신 같으면 바꾸겠어요?" 란의 표정은 조금도 변하지 않았다. 그의 평평한 얼굴은 아예 변할 수 없는 것처럼 보였다. "절 막으려고 하지 않으실 건가요? 모레인 세다이도?"

"너는 네 뜻대로 하면 된다, 양치기. 아니면 패턴이 너를 위해 짜는 길을 따라가면 되지." 수호자가 허리를 폈다. "난 이만 가야겠다."

랜드는 란이 떠나는 모습을 보려고 돌아섰다가 에그웨인이 그 자리에 서 있는 것을 알았다.

"무슨 생각을 바꿨다는 거야, 랜드?"

랜드는 셔츠와 코트를 집어 들었다. 갑자기 서늘함이 느껴졌다. "난 떠날 생각이야, 에그웨인."

"어디로?"

"어디든지. 모르겠어." 랜드는 에그웨인과 눈을 마주치고 싶지 않았지만, 그녀에게서 시선을 뗄 수 없었다. 그녀는 어깨까지 흘러내리는 머리카락에 정원에서 키운 들장미를 엮어 넣고 있었다. 샤이나식으로 테두리에 흰 꽃을 가느다랗게 수놓은 짙은 파란색 망토를 여미고 있었다. 그 꽃송이들이 에그웨인의 얼굴까지 한 줄로 곧장 이어졌다. 에그웨인의 두 뺨이 그 꽃송이만큼 희었다. 그녀의 눈은 너무도 크고 검게 보였다. "멀리."

"분명히 말하는데, 네가 그냥 떠나 버린다면 모레인 세다이가 좋아하지 않을걸. 네가…… 네가 그런 일을 했으니까. 넌 보상을 받을 자격이 있어."

"모레인은 나를 산 사람으로 취급하지도 않는걸. 나는 모레인이 원하는 일을 해냈어. 그게 다야. 내가 찾아가면 모레인은 나랑 얘기도 하지 않으려 해. 내가 모레인 곁에 머물려고 했다는 건 아니지만, 모레인은 나를 피했어. 내가 떠나도 모레인은 신경 쓰지 않을 거야. 나도 모레인이 신경 쓰든 말든 관심 없고."

"모레인은 지금도 완전히 나은 게 아니야, 랜드." 에그웨인이 망설였다. "나는 타 발론에 가서 훈련을 받아야 해. 나이니브도 같이 갈 거야. 맷도 뭔지 모르지만 개를 단검에 묶어 놓는 존재로부터 치유받아야 하고. 페린도 일단 타 발론에 갔다가…… 어디든 가고 싶어 해. 너도 우리랑 같이 가면 되지."

"모레인 아닌 아이즈 세다이가 내 정체를 알고 순치시키기를 기다리라는 거야?" 랜드의 목소리는 거칠었다. 거의 비웃음처럼 들렸다. 다른 목소리를 낼 수가 없었다. "그러길 바라?"

"아니."

랜드는 에그웨인이 전혀 망설이지 않고 대답한 것이 얼마나 고마웠는지 말할 기회가 영영 없으리라는 것을 알았다.

"랜드, 겁먹지 말고……." 랜드와 에그웨인은 단둘이 있었지만, 그녀는 주위를 둘러보며 계속 목소리를 낮추었다. "모레인 세다이는 네가 진정한 근원과 접촉할 필요는 없다고 했어. 네가 **사이딘**과 접촉하지 않으면, 일원력을 휘두르려 하지만 않으면 너는 안전할 거야."

"아, 다시는 접촉하지 않을게. 그 전에 손부터 잘라야 할지 모르겠지만." **멈출 수 없으면 어쩌지? 난 일원력을 휘두르려고 시도한 적이 한 번도 없어. 세계의 눈에서조차. 내가 멈출 수 없으면?**

"고향으로 갈 거야, 랜드? 아버지가 죽을 만큼 널 보고 싶어 하실 거야. 맷의 아버지도 지금쯤은 죽을 만큼 맷을 보고 싶어 하실걸. 난 내년에 에먼즈 필드로 돌아가. 최소한 잠깐은."

랜드는 칼자루를 손바닥으로 문지르며 청동 왜가리를 만져 보았다. **내 아버지. 고향. 빛이여, 제가 얼마나 보고 싶어 하는지…….** "고향으로는 안 가." **내가 나를 막을 수 없을 경우에도 아무도 해칠 수 없는 곳으로 갈 거야. 나 혼자 있는 곳으로.** 갑자기 발코니 위가 눈밭처럼 춥게 느껴졌다. "떠나긴 하겠지만 고향으로는 안 가." **에그웨인, 에그웨인. 왜 네가 그들 중 한 명이 되어야 하는 거야……?** 랜드는 에그웨인을 끌어안고 그녀의 머리카락에 얼굴을 파묻은 채 속삭였다. "고향으로는 절대 안 가."

아겔마의 개인 정원에서, 흰 꽃송이가 점점이 박힌 두꺼운 나무 그늘 아래서 모레인은 긴 의자에 누운 채 몸을 움직였다. 봉인의 파편이 그녀의 무릎에 놓여 있었다. 그녀가 가끔 머리에 차고 다니는 작은 보석이 그녀의 손가락 끝에 걸린 황금 체인에서 빙글 돌며 반짝였다. 희미한 푸른빛이 그 보석에서 점점 흐려졌다. 모레인의 입술에 미소가 스쳤다. 보석 자체에는 아무 힘도 없었다. 하지만 어린 시절 케에리엔의 왕궁에서 일원력을 사용하는 방법을 처음으로 배웠을 때, 모레인은 이 돌을 사용해 아무도 엿듣지 못하는 곳에 있다고 생각하는 사람들이 하는 말을 들었다.

"예언이 실현될 거야." 아이즈 세다이가 속삭였다. "드래건이 다시 태어났어."

〈2권에서 계속〉

용어 해설

용어사전의 날짜에 관하여. 토만 달력(토마 두르 아미드가 고안함)은 마지막 남자 아이즈 세다이가 사망하고 약 200년 후에 채택되었으며 세계의 파괴 이후After the Breaking of the World, AB의 세월을 기록하는 데 활용되었다. 트롤록 전쟁에서 너무도 많은 기록이 소실되었기에 전쟁이 끝나자 구식 달력의 정확한 연도에 관한 논쟁이 일었다. 신식 달력은 가자의 티암이 제안한 것으로, 트롤록의 위협으로부터 해방되었음을 기념하며 매해를 자유 연도Free Year, FY로 기록했다. 가자 달력은 전쟁이 끝난 이후 20년 안에 널리 받아들여졌다. 아터 호크윙은 자신의 제국을 창건한 연도From the Founding, FF에 기반해 새로운 달력을 만들려고 했으나 현재 이 달력을 알고 참고하는 사람들은 역사학자들뿐이다. 전면적인 파괴와 죽음, 100년 전쟁으로 인한 분열 이후로 바다 민족의 학자인 '높이 나는 갈매기' 우렌 딘 주바이가 네 번째 달력을 고안했으며 타라본의 파나크 파리드가 이를 반포했다. 자의적으로 결정된 100년 전쟁의 마지막 해로부터 시작하여 새로운 시대New Era, NE의 연도를 기록하는 파리드식 달력이 현재 사용되고 있다.

10개국 서약Covenant of the Ten Nations 세계의 파괴(AB 200년 추정) 이후 수백 년에 걸쳐 형성된 연합. 어둠의 존재를 물리치는 데 전념했다. 트롤록 전쟁으로 깨졌다.

100년 전쟁War of the Hundred Years 아터 호크윙이 죽고 그의 제국을 차지하려는 분쟁이 발생함에 따라 여러 나라들이 서로 동맹을 바꿔 가며 벌인 일련의 전쟁. FY 994년부터 FY 1117년까지 이어졌다. 이 전쟁으로 아리스대양과 아이일 황무지 사이, 폭풍의바다에서 거대한오염에 이르는 땅의 대부분 인구가 사망했다. 당시의 파괴가 너무 심각해 기록도 파편적으로만 남아있다. 아터 호크윙의 제국이 분열되고 현재의 국가들이 형성되었다.

100인의 동행the Hundred Companions 전루스 전설의 시대에 가장 강력했던 남자 아이즈 세다이 백 명. 이들은 세린 텔라몬의 지휘에 따라 어둠의 존재를 다시 그의 감옥에 봉인함으로써 그림자 전쟁을 끝낸 마지막 공격을 시작했다. 어둠의 존재의 반격이 사이딘을 오염시켰다. 100인의 동행이 광기에 빠지면서 세계의 파괴가 시작됐다.

가레스 브라인 Gareth Bryne 안도어 여왕 호위대 총사령관. 무어게이즈의 검의 제1왕자 역할도 하고 있다. 문장은 각기 다섯 개의 광선을 갖춘 황금 별 세 개.

가윈Gawn 무어게이즈 여왕의 아들이자 일레인의 오빠. 일레인이 왕좌에 오르면 검의 제1왕자가 된다. 상징은 흰 멧돼지.

가짜 드래건 Dragon, false 이따금 남자들은 자신이 드래건의 환생이라고 주장한다. 때로는 그들을 따르는 추종자가 너무 많아져 군대로 진압해야 할 정도다. 이들 중 일부는 수많은 국가에 연루된 전쟁을 촉발하기도 했다. 수백 년 동안 나타난 대부분의 가짜 드래건은 일원력을 채널링할 수 없었으나 실제로 그 힘을 다룰 수 있었던 인물도 소수 존재한다. 그러나 이들은 모두 드래건의 재탄생에 관한 예언을 하나도 실현하지 못하고 실종되거나 포획되거나 살해당했다. 이런 사람들이 가짜 드래건이라 불린다. → **드래건의 환생**

갈라데드리드 다모드레드 공 Lord Galadedrid Damodred 타린게일 다모드레드와 티그레인의 외아들. 일레인, 가윈의 이복형제. 문장은 칼끝을 아래로 향하고 있으며 날개가 달려 있는 은빛 검.

갈라드Galad → **갈라데드리드 다모드레드 공**

거대한 뱀 Great Serpent 시간과 영원의 상징. 전설의 시대가 시작되기 전의 오래된 상징으로, 자기 꼬리를 먹는 뱀의 형태다.

거대한오염the Great Blight 어둠의 존재에 의해 완전히 오염된 머나먼 북쪽 지역. 트롤록과 머드럴을 비롯한 어둠의 존재의 피조물들이 배회하고 있다.

거짓말의 아버지 Father of Lies → **어둠의 존재**

검의 제1왕자First Prince of the Sword 일반적으로 안도어 여왕의 남자 형제 중 맏이에게 주어지는 호칭. 어린 시절부터 전쟁 시에는 여왕의 군대를 지휘하고 평화 시에는 자문위원으로 활동할 수 있도록 훈련받는다. 여왕에게 살아있는 남자 형제가 없을 경우 여왕은 다른 사람을 이 자리에 임명한다.

공포의 군주들Dreadlords 일원력을 채널링할 수 있는 남자와 여자 중 트롤록 전쟁 당시 그림자의 편으로 넘어간 사람들. 트롤록 군대의 지휘관으로 활동한다.

광기의 시대Time of Madness → **세계의 파괴**

권단fist 트롤록의 기본적 군사 단위로 숫자는 다양하다. 어느 경우에든 100마리 이상의 트롤록이 속해 있지만, 200마리를 넘는 경우는 없다. 권단은 대체로 머드랄이 지휘하지만 늘 그런 것은 아니다.

그림자 인간Shadowman → **머드랄**

그림자 전쟁War of the Shadow 권능의 전쟁(War of Power)으로도 알려진 이 전쟁으로 전설의 시대가 막을 내렸다. 어둠의 존재를 풀어주려는 시도 직후에 발발했으며 머잖아 전 세계에 영향을 미쳤다. 전쟁의 기억조차 잊혔던 세계에서 전쟁의 모든 측면이 재발견되었다. 그런 측면들은 종종 세계에 대한 어둠의 존재의 손길 때문에 왜곡되었다. 일원력이 무기로 사용되었다. 어둠의 존재를 감옥에 다시 봉인하면서 끝났다.

나이니브 알미라Nynaeve al'Meara → **에먼즈 필드의 현자.**

눈 없는 자the Eyeless → **머드랄**

다볼, 다이몬Dha'vol, Dhai'mon → **트롤록**

다섯 권능the Five Powers 일원력에는 여러 갈래가 있으며 일원력을 채널링할 수 있는 사람들은 보통 그중 몇 가지 갈래를 더 잘 이해한다. 이러한 갈래에는 그 권능으로 할 수 있는 일의 종류에 따라 이름이 붙어 있으며—땅, 공기, 불, 물, 영혼—합쳐서 다섯 권능이라고 부른다. 일원력을 휘두르는 자는 이 중 하나 혹은 두 가지 권능에서 더 큰 힘을 발휘하며, 다른 권능에서는 그만큼 힘을 쓰지 못한다. 그중 소수는 세 가지 권능에서 크나큰 힘을 발휘하지만, 전설의 시대 이후로는 다섯 권능 모두에서 큰 힘을 발휘한 자가 한 명도 없었다. 심지어 전설의 시대에도 그런 경우는 극히 드물었다. 힘의 정도는 개인별로 편차가 크다. 채널링을 할 수 있는 사람들 중에서도 훨씬 더 강한 힘을 쓰는 자가 있는 것도 그래서다. 일원력을 활용해 특정한 행위를 하기 위해서는 다섯 권능 중 하나 이상을 쓸 수 있어야 한다. 예컨대 불을 피우거나 통제하는 데는 불의 권능이 필요하며, 날씨에 영향을 주기 위해서는 공기와 물의 권능이 필요하고, 치유에는 물과 영혼의 권능이 필요하다. 영혼의 권능은 남녀에게서 동등하게 발견되지만, 땅이나 불 혹은 그 둘 모두를 다루는 뛰어난 능력은 남자들에서 나타나는 경우가 훨씬 많고 물이나 공기 혹은 그 둘 모두를 다루는 능력이 뛰어난 사람은 여자 중에 많다. 예외가 있기는 하지만, 그만큼 자주 벌어지는 일이기에 땅과 불의 권능은 남성적 권능, 공기와 물의 권능은 여성적 권능으로 여겨지게 되었다. 일반적으로는 능력 간에 우위가 없다고 여겨지지만, 아이즈 세다이 사이에는 '물이나 바람으로 닳지 않을 만큼 강한 돌은 없으며, 물로 끄거나 바람으로 흩날릴 수 없을 만큼 사나운 불도 없다'라는 말이 있다. 마지막 남자 아이즈 세다이가 죽고 나서 한참이 지난 뒤에야 이런 말이 나오게 되었음에 주목해야 한다. 남성 아이즈 세다이 사이에서 오가던 비슷한 말은 잊힌 지 오래다.

데인 본할드 Dain Bornhald 빛의 아이들의 장교. 성별자 제프람 본할드의 아들.

도랄 바란 Doral Barran 나이니브 알미라 이전에 있었던 에먼즈 필드의 현자.

도사린 자 Lurk → **머드랄**

두 번째 서약 Second Covenant → **10개국 서약**

드래건the Dragon 그림자 전쟁 당시 루스 세린 텔라몬을 일컫던 이름. 모든 남성 아이즈 세다이를 미치게 한 그 광기 속에서, 루스 세린은 사랑하는 사람은 물론 자신과 조금이라도 피가 섞인 모든 사람을 살해함으로써 동족살해자라는 이름을 얻게 되었다. 현재는 특히 별다른 이유 없이 주위의 사람들을 위험에 빠뜨리거나 위협하는 사람을 일컫기 위해 '드래건에게 잡혔다' 혹은 '드래건에 씌었다'는 말을 쓴다. → **드래건의 환생**

드래건의 송곳니the Dragon's Fang 눈물방울이 뒤집혀 서 있는 형태의 양식화된 표시로, 보통은 검은색이다. 어느 집의 문이나 벽에 휘갈겨 그리는 경우 안에 있는 사람들이 사악하다는 비난이다.

드래건의 환생 Dragon Reborn 예언과 전설에 따르면, 드래건은 인류에게 가장 필요한 시간에 태어나 세상을 구한다고 한다. 사람들은 이런 상황을 원하지 않는다. 예언에 따르면 드래건의 탄생이 세계를 다시 한번 파괴할 것이기 때문이다. 한편으로는 드래건인 동족살해자 루스 세린이 죽은 이후 3천 년 넘는 세월이 흘렀는데도 여전히 그의 이름을 듣는 것만으로 몸이 떨리기 때문이기도 하다. → **드래건, 가짜 드래건**

란, 알란 만드라고란 Lan, al'Lan Mandragoran 북쪽에서 온 전사. 모레인의 동행.

랜드 알소르 Rand al'Thor 투 리버스 출신의 젊은 농부이자 양치기.

루스 세린 텔라몬 Lews Therin Telamon → **드래건**

루크, 맨티아 가문의 루크 공 Luc, Lord Luc of House Mantear 티그레인의 오빠로, 티그레인이 왕좌에 오를 때 검의 제1왕자가 될 예정이었다. 거대한오염에서 실종됐으며, 그의 실종이 이후에 일어난 티그레인의 실종과 어떤 식으로든 연관되어 있을 것으로 보인다. 상징은 도토리.

마네세렌Manetheren 두 번째 서약에 참여한 10개국 중 한 곳이자 그 국가의 수도. 국가와 도시 둘 모두 트롤록 전쟁 때 철저히 파괴됐다.

마디Mahdi 고어로 '탐색자'. 투아사안 행렬의 지도자를 부르는 이름.

마라돈Maradon 살데이아의 수도.

마을 위원회 Village Council 대부분의 마을에서는 마을의 남자들에 의해 선출되고 시장이 이끄는 남성 집단이 있는데 이들이 마을 위원회다. 이들은 마을 전체에 영향을 끼치는 결정을 내리거나 여러 마을에 함께 영향을 미치는 문제에 관해 다른 마을의 마을 위원회와 협상하는 일을 맡고 있다. 너무 많은 마을에서 여성 서클과 반목하고 있어 그 갈등이 거의 전통적인 것으로 보인다. → **여성 서클**

마틴 탈란보 Martyn Tallanbor 여왕 호위대의 호위대장. 케임린에서 만남.

만다브Mandarb 고어로 '칼날'.

말라버린땅Blasted Lands 거대한오염 너머, 샤이올 굴을 둘러싸고 있는 황폐한 땅.

말키어Malkier 한때 변방의 왕국들 중 하나였으나 현재는 거대한오염에 잠식당한 국가. 말키어의 문장은 날아가는 황금 두루미다.

매트림 코손 (맷) Matrim Cauthon (Mat) 투 리버스의 젊은 농부.

머드랄Myrdrraal 어둠의 존재의 피조물로 트롤록들을 지휘한다. 트롤록의 기형적 자식으로서, 이들에게서는 트롤록을 창조하는 데 활용된 인간적 특징이 다시 표면적으로 나타난다. 그러나 이러한 인간적 특징은 트롤록을 만들 때의 악에 오염되어 있다. 눈이 없지만 밝을 때나 어두울 때나 독수리처럼 시력이 좋다는 걸 제외하면 신체적으로 인간과 차이가 없다. 어둠의 존재에게서 발원하는 몇 가지 힘을 가지고 있는데, 그중에는 시선을 통해 몸이 굳을 정도로 상대를 겁주는 능력과 그림자가 있는 곳이라면 어디서든 사라질 수 있는 능력도 있다. 이들의 약점은 거의 알려져 있지 않으나, 그중 하나는 흐르는 물을 꺼린다는 것이다. 다양한 지역에서 다양한 이름으로 알려져 있다. 반인, 눈 없는 자, 그림자 인간, 도사린 자, 희미한 자 등이 그 예시다.

모레인Moriraine 겨울의 밤 직전에 도착한 에먼즈 필드의 방문자.

무는벌레biteme 거의 보이지 않을 정도로 작은 벌레. 문다.

무어게이즈Morgase 빛의 은총을 받으신 안도어의 여왕이자 트라칸드 가문의 권좌. 상징은 세 개의 황금 열쇠. 트라칸드 가문의 상징은 은색 쐐기돌이다.

민Min 베얼론에 있는 수사슴과 사자 여관에서 만난 젊은 여인.

바다 민족 Sea Folk 아리스대양 및 폭풍의 바다에 있는 섬에 사는 사람들. 대부분의 인생을 배에서 보내기 때문에 막상 섬에서 지내는 시간은 얼마 되지 않는다. 해양 무역 대부분이 바다 민족의 배를 통해 이루어진다.

바알자몬Ba'alzamon 트롤록어로 '어둠의 심장'. 어둠의 존재를 일컫는 트롤록식 이름으로 알려져 있다.

반인Halfman → **머드랄**

발리어의 뿔나팔 Horn of Valere 위대한 뿔나팔 사냥대의 전설적 목표물. 발리어의 뿔나팔은 죽은 영혼들을 무덤에서 불러내 그림자와 맞서 싸우게 할 수 있다고 한다.

밤의 양치기 Shepherd of the Night → **어둠의 존재**

방랑 시인gleeman 아리스떠돌아다니는 이야기꾼 겸 음악가 겸 저글링 곡예사 겸 텀블링 곡예사 겸 만능 연예인. 여러 가지 색깔의 조각보가 붙어 있는 특징적인 망토로 잘 알려져 있으며, 보통은 촌락이나 그보다 작은 마을에서 공연한다. 대규모 마을과 도시에는 다른 오락거리가 있기 때문이다.

방랑자들Traveling People → **투아사안**

백색의 아자 White Ajah → **아자**

버려진 자the Forsaken 현재까지 알려진 가장 강력한 아이즈 세다이 열세 명의 이름. 이들은 불멸을 약속받은 대가로 그림자 전쟁 당시 어둠의 존재에게 넘어갔다. 전설이나 부분적인 기록 모두에 의하면, 이들은 어둠의 존재가 감옥으로 되돌아갔을 때 그와 함께 갇혔다. 이들의 이름은 지금도 아이들을 겁주는 데 쓰인다.

베얼론Baerlon 안도어의 도시. 케임린에서 안개의 산맥에 있는 광산촌으로 이어지는 길에 있다.

베일 도먼 Bayle Domon 스프레이호의 선장.

벨 타인 Bel Tine 투 리버스의 봄 축제.

변방the Borderlands 거대한오염과 국경을 맞댄 나라들. 살데이아, 아라펠, 칸도르, 샤이나.

빛의 아이들 Children of the Light 엄격한 금욕주의적 신념을 따르는 단체로, 어둠의 존재를 패퇴시키고 모든 어둠의 존재를 파멸시키는 데 전념한다. 100년 전쟁 당시 늘어만 가는 어둠의 친구들에 맞서 사람들을 개종시키고자 했던 로세어 만틸라에 의해 설립되었으며, 전쟁 시기에 진화하여 완전한 군사 조직이 되었다. 이들은 극도로 경직된 신념의 소유자로서 자신들만이 진실과 옳은 것을 안다고 확신한다. 이들은 아이즈 세다이를 증오하며, 그들을 지원하거나 친구로 여기는 사람은 모두 어둠의 친구로 간주한다. 멸칭으로 하얀 망토들이라 불린다. 이들의 문장은 흰 배경에서 사방으로 빛살을 뻗는 황금색 태양이다.

***사앙그리알**sa'angreal* 다른 방법으로는 아예 쓸 수 없거나 안전하게 사용할 수 없을 정도로 많은 일원력을 채널링하게 해주는 대단히 희귀한 물건. 앙그리알과 비슷하지만 훨씬 더 강력하다. 전설의 시대가 남긴 유물로 만드는 방법은 실전되었다.

***사이다; 사이딘**saidar; saidin* → **진정한 근원**

사칸다Thakan'dar 샤이올 굴의 비탈 아래에 있는, 영원히 안개에 감싸인 계곡.

살데이아Saldaea 변방의 왕국들 중 하나. 살데이아의 상징은 짙은 파란색 배경의 은색 물고기 세 마리다.

샤다 로고스 Shadar Logoth 고어로 '그림자가 기다리는 곳'. 트롤록 전쟁 이후로 버려지고 기피 대상이 된 도시다. '그림자의 기다림'으로도 불린다.

샤이나Shienar 변방국 중 하나. 샤이나의 상징은 구부정한 검은 매.

샤이올 굴 Shayol Ghul 말라버린땅에 있는 산으로, 어둠의 존재의 감옥이 있는 곳이다.

샤이탄Shai'tan → **어둠의 존재**

세계의등뼈the Spine of the World 지나갈 수 있는 길이 몇 군데밖에 없는 매우 높은 산맥으로, 아이일황무지와 서쪽의 땅을 나눈다.

세계의 파괴 Breaking of the World 루스 세린 텔라몬과 100인의 동행이 어둠의 존재의 감옥을 다시 봉인했을 때, 그 반격으로 사이딘이 오염되었다. 그 결과 모든 남성 아이즈 세다이가 끔찍하게 미쳐버렸다. 현재로서는 그 정도를 알 수 없을 만큼 막강한 일원력을 휘두를 수 있었던 이들은 광기에 사로잡힌 채 지표면의 형태를 바꿔놓았다. 이들은 지진을 일으키고 산맥을 평평하게 했으며 새로운 산들을 솟아오르게 만들었고, 바다가 있었던 곳을 끌어올려 마른 땅으로 만들고 마른 땅이 있었던 곳에는 대양이 밀려들게 했다. 세계의 여러 지역이 완전히 사람이 살지 않는 지역이 되었으며, 살아남은 자들은 바람에 흩날리는 먼지처럼 흩어졌다. 이 파괴는 이야기와 전설, 역사에서 세계의 파괴로 기억된다. → **100인의 동행**

수호자Warder 아이즈 세다이에게 매인 전사. 이러한 연대는 일원력에 의한 것으로, 수호자는 일원력을 통해 빠른 회복력과 음식이나 물, 휴식 없이 장기간 이동할 수 있는 능력, 멀리서도 어둠의 존재에 의한 오염을 감지할 수 있는 능력 등의 재능을 갖게 된다. 수호자가 살아있는 한, 그 수호자가 매여 있는 아이즈 세다이는 아무리 거리가 멀어도 그가 살아있다는 걸 안다. 수호자가 죽으면, 아이즈 세다이는 수호자가 죽는 순간에 바로 알게 되며 죽어간 방식 또한 알 수 있다. 대부분의 아자는 아이즈 세다이가 한 번에 한 수호자와만 매여 있어야 한다고 믿으나 적색의 아자는 어떤 수호자와도 매이지 않으려 하며 녹색의 아자는 아이즈 세다이가 원하는 만큼 많은 수호자와 매여도 상관없다고 생각한다. 윤리적으로, 수호자는 이러한 속박에 동의해야 한다. 하지만 실제로는 속박이 비자발적으로 이루어진다고 알려져 있다. 아이즈 세다이가 이런 속발을 통해 얻는 것이 무엇인지는 기밀이다. → **아이즈 세다이**

순치gentling 남성이 일원력을 채널링할 수 없도록 막는 아이즈 세다이의 행위. 이런 일이 필요한 까닭은 채널링하는 방법을 아는 남자는 누구나 사이딘의 오염 때문에 미치게 되며, 광기에 사로잡힌 상태에서 일원력을 동원해 끔찍한 일을 저지를 것이 거의 확실하기 때문이다. 순치된 남자는 진정한 근원을 계속 감지할 수 있으나 접촉할 수는 없다. 순치 이전에 있었던 모든 광기는 순치 행위를 통해 중지되지만, 그렇다고 치유되는 것은 아니다. 이른 시일 안에 순치에 성공한다면 죽음은 피할 수 있다.

슈파shoufa 아이일의 의복. 보통 모래색이나 바위 색인 천으로 머리와 목을 감싸고 얼굴만 드러낸다.

***스테딩**stedding* 오기어의 고향. 수많은 스테딩이 세계의 파괴 이후 버려졌다. 이야기와 전설에서는 피난처로 그려지는데 그럴 만한 이유가 있다. 스테딩은 더 이상 아무도 이해하지 못하는 어떤 방식으로 방어되므로 그 안에서는 어떤 아이즈 세다이도 일원력을 채널링할 수 없다. 심지어 진정한 근원의 존재조차 감지할 수 없다. 스테딩 밖에서 일원력을 쓰려는 시도는 스테딩의 경계선 안에 아무 영향을 끼치지 못한다. 트롤록들은 강제로 몰아가지 않는 한 스테딩에 들어가지 않으며, 머드랄조차 엄청난 필요가 있을 때만 무척 머뭇거리고 거부감을 느끼며 들어간다. 어둠의 친구들조차 정말로 어둠의 존재에게 헌신하는 경우에는 스테딩 안에서 불편감을 느낀다.

시대의 레이스 Age Lace, Lace of Age → **시대의 패턴, 위대한 패턴**

시대의 패턴 Pattern of an Age 시간의 물레는 인간의 인생이라는 실로 시대의 패턴을 짠다. 시대의 패턴은 그 시대의 현실이라는 본질을 이룬다. 시대의 레이스로도 알려져 있다. → **타비렌**

시리암Sheriam 아이즈 세다이. 청색의 아자 소속.

시야를 태우는 자 Sightburner → **어둠의 존재**

심장의 송곳니, 심장의 죽음 Heartfang, Heatsbane → **어둠의 존재**

아겔마, 자가드 가문의 아겔마 공 Agelmar; Lord Agelmar of House of Jagad 팔 다라의 군주. 문장은 달려가는 붉은 여우 세 마리다.

아라펠Arafel 변방의 왕국들 중 하나. 아라펠의 문장은 붉은 들판에 핀 백장미 세 송이와 흰 바탕에 핀 세 송이 붉은 장미가 사분된 면에 번갈아 들어간 형태다.

아멀린 권좌 Amyrlin Seat (1) 아이즈 세다이 지도자의 명칭. 일곱 아자 출신의 대표자 각 3인으로 구성된 아이즈 세다이들의 최상위 위원회인 탑의 전당에서 종신직으로 선출된다. 적어도 이론적인 차원에서 아멀린 권좌는 아이즈 세다이들 가운데 최상급의 권위를 가지고 있다. 왕이나 여왕과 동급으로 간주된다. (2) 아이즈 세다이 지도자가 앉는 왕좌.

***아벤데소라**Avendesora* 고어로 '생명의 나무'. 수많은 이야기와 전설에서 언급된다.

아이일Aiel 아이일황무지에 사는 민족. 사납고 대담하다. 아이일 사람이라고 불리기도 한다. 상대를 죽이기 전에 얼굴을 가리는 이들의 풍습에서 폭력적으로 굴러는 사람을 니디내는 '검은 베일을 쓴 아이일처럼 구다'는 말이 나왔다. 이들은 무기가 있을 때나 맨손밖에 없을 때나 위협적인 전사이지만, 절대로 칼을 쓰지 않는다. 아이일의 피리 부는 사람들은 무도곡을 연주해 동족을 전투로 이끌며, 아이일 사람은 전투를 '춤'이라고 부른다.

아이일황무지Aiel Waste 세계의등뼈 동쪽에 있는 거칠고 험악하며 물 한 방울 없는 땅. 이곳을 찾아오는 외부인은 거의 없다. 이 지역 태생이 아닌 사람이 물을 찾는 것이 거의 불가능한 일이기 때문만이 아니라 아이일 사람들이 스스로 다른 모든 민족과 전쟁을 벌이고 있다고 여기며 낯선 이들을 반기지 않기 때문이기도 하다.

아이즈 세다이 Aes Sedai 일원력을 휘두르는 자. 광기의 시대 이후로 살아남은 모든 아이즈 세다이는 여자다. 수많은 사람들은 널리 불신과 두려움, 심지어 증오의 대상이 되는 이들이 세계의 파괴에 책임이 있다고 생각한다. 또한 일반인들은 이들이 국가적인 의사 결정에 간섭한다고 여긴다. 한편, 아이즈 세다이 고문관을 두지 않는 통치자는 거의 없다. 이런 식의 관계가 존재한다는 것 자체를 비밀로 해야 하는 나라에서도 마찬가지다. 존칭으로 사용될 때는 예를 들어 '시리암 세다이', 극존칭으로 사용될 때는 '시리암 아이즈 세다이'처럼 쓴다. → **아자, 아멀린 권좌**

아자Ajah 아이즈 세다이 내부의 모임으로, 모든 아이즈 세다이는 아자에 속한다. 이들은 청색의 아자, 적색의 아자, 백색의 아자, 녹색의 아자, 갈색의 아자, 황색의 아자, 회색의 아자 등 색깔로 구분된다. 각 아자는 일원력의 활용과 아이즈 세다이의 목표에 관한 특징적인 철학에 따른다. 예컨대 적색의 아자는 일원력을 휘두르려는 남자를 찾아 순치시키는 데 모든 힘을 쏟는다. 반면 갈색의 아자는 속세에 참여하기를 거부하고 지식을 추구하는 데 매진한다. 어둠의 존재를 섬기는 데 전념하는 흑색의 아자가 있다는 소문도 있다(아이즈 세다이는 이런 소문을 맹렬히 부정한다. 어떤 아이즈 세다이 앞에서든 이들의 존재를 언급하는 것은 안전하지 않다).

아터 페인드래그 탄리알 Artur Paendrag Tanreall → **아터 호크윙**

아터 호크윙 Artur Hawkwing 아이일황무지 너머의 땅 일부는 물론 세계의등뼈 서쪽에 있는 모든 땅을 통일한 전설적 왕. 심지어 아리스대양 너머로도 군대를 보냈으나, 아터 호크윙이 사망한 시점에 그들과의 모든 연락이 끊겼다. 또한 그의 사망으로 100년 전쟁이 시작됐다. 상징은 날아가는 황금색 매였다. → **100년 전쟁**

안도어Andor 투 리버스가 있는 왕국. 안도어의 문장은 붉은 들판에서 뒷발로 일어선 흰 사자다.

알딥Aldieb 고어로 봄비를 가져오는 바람인 '서풍'을 의미한다.

***알 엘리산데!**Al Ellisande!* 고어로 '태양의 장미를 위하여!'

앙그리알angreal 일원력을 채널링할 수 있는 모든 사람에게 도움을 받지 않고 안전하게 쓸 수 있는 것보다 많은 양의 일원력을 다루게 해주는 대단히 희귀한 물건. 전설의 시대가 남긴 유품으로 앙그리알을 만드는 방법은 실전되었다. → **사앙그리알**

어둠의 존재Dark One 샤이탄을 이르는 가장 흔한 이름으로 모든 나라에서 쓰인다. 악의 근원이자 창조주의 정반대 존재. 창조의 그 순간, 창조주에 의해 샤이올 굴의 감옥에 갇혔다. 그를 감옥에서 풀어내려는 시도로 그림자 전쟁과 사이딘의 오염, 세계의 파괴, 전설의 시대의 종말이 일어났다.

어둠의 존재를 이름으로 부르기 어둠의 존재를 이름으로 부르기 어둠의 존재의 진짜 이름(샤이탄)을 부르면 그의 관심을 끌게 된다. 그 결과 최선의 경우 피할 수 없는 불운이, 최악의 경우 재앙이 찾아온다. 그러한 이유로 완곡 어구가 많이 사용되는데, 그 가운데 어둠의 존재, 거짓말의 아버지, 눈을 멀게 하는 자, 무덤의 군주, 밤의 양치기, 심장을 괴롭히는 자, 심장의 송곳니, 풀을 태우는 자, 잎을 더럽히는 자 등이 있다. 불행한 일을 자초하는 것처럼 보이는 사람에 대해 '어둠의 존재를 이름으로 불렀다'는 말을 쓴다.

어둠의 친구Darkfriends 어둠의 존재를 따르며 그가 감옥에서 풀려나면 엄청난 권력과 보상을 얻게 되리라고 믿는 사람들.

에그웨인 알비어Egwene al'Vere 에먼즈 필드 여관 주인의 막내딸.

에이람Aram 투아사안의 젊은이.

엘라이다Elaida 안도어의 여왕 무어게이즈에게 자문하는 아이즈 세다이.

엘즈, 엘즈 그린웰Else, Else Grinwell 케임린 대로에서 만난 농부의 딸.

여성 서클Women's Circle 촌락의 여자들이 선출한 여성들의 단체로, 오직 여성들만의 책임이라고 여겨지는 문제들(예컨대 작물을 심고 거두는 시기)을 도맡아 결정한다. 마을 위원회와 동등한 권한을 가지고 있으며, 둘 사이에는 선명한 구분과 책임 영역이 존재한다. 마을 위원회와 갈등하는 경우가 많다. → **마을 위원회**

여왕 후계자Daughter-heir 안도어 왕좌의 계승자에게 붙는 호칭. 여왕의 맏딸이 왕좌를 계승한다. 살아있는 딸이 없으면, 왕좌는 여왕과 가장 가까운 여성 친척에게로 넘어간다.

오염the Blight → **거대한오염**

운명의 그물 Web of Destiny 시간이란 살이 일곱 개 달린 바퀴로, 살 하나가 한 시대를 이룬다. 바퀴가 돌아가면 시대가 오고 또 가며 점점 흐려져 전설로, 또 신화로 변하다가 그 시대가 다시 올 때쯤에는 완전히 잊히는 기억들을 남긴다. 시대의 패턴은 한 시대가 다가올 때마다 조금씩 달라진다. 또한 패턴은 더 큰 변화를 일으킬 수 있다. 그러나 각 시대는 동일한 시대다.

위대한 뿔나팔 사냥대the Great Hunt of the Horn 트롤록 전쟁이 끝나고 100년 전쟁이 시작되기 전의 시기에 있었던 전설적인 발리어의 뿔나팔 탐색에 관한 일련의 이야기. 전체를 다 읊는 데 며칠이 걸린다.

위대한 어둠의 군주 Great Lord of the Dark 어둠의 친구들이 어둠의 존재를 부를 때 쓰는 이름. 이들은 어둠의 존재의 진짜 이름을 사용하는 것이 신성모독이라고 주장한다.

위대한 패턴 Great Pattern 시간의 물레는 세월의 패턴으로 위대한 패턴을 짠다. 위대한 패턴이란 존재 전체와 현실, 과거, 현재, 미래를 말한다. 시대의 레이스라고도 알려져 있다. → **시대의 패턴, 시간의 물레**

이자, 토기타 가문의 왕 이자 Easar, King Easar of House Togita 샤이나의 왕. 문양은 흰 수사슴. 샤이나 전통에 따르면, 수사슴은 검은 매와 함께 샤이나를 나타내는 표시다.

일라이아스 마치라 Elyas Machera 페린과 에그웨인이 숲에서 만난 남자.

일레인Elayne 무어게이즈 여왕의 딸. 안도어의 여왕 후계자. 문장은 황금 백합.

일리안Illian 폭풍의바다에 있는 큰 항구. 같은 이름으로 불리는 국가의 수도이기도 하다. 일리안의 상징은 짙은 녹색 바탕의 황금색 벌 아홉 마리다.

일원력the One Power 진정한 근원에서 끌어낸 힘. 인간의 대다수는 일원력을 채널링하는 방법을 전혀 배울 수 없다. 극소수의 사람만이 채널링하는 법을 배울 수 있으며, 그보다 더 적은 수의 사람만이 채널링 능력을 타고 태어난다. 이렇게 채널링 능력을 타고 난 소수는 굳이 배울 필요가 없다. 이들은 원하든, 원치 않든 진정한 근원에 접촉해 일원력을 채널링한다. 심지어 자신이 무슨 일을 하는지 모를 수도 있다. 이렇게 타고난 능력은 보통 청소년기 후기나 성인기 초기에 발현된다. 일원력을 통제하는 방법을 배우지 않거나 독학한 경우에는(채널링 방법을 독학하기란 극도로 어렵다. 성공률이 4분의 1밖에 되지 않는다) 확실히 죽는다. 광기의 시대 이후로는 그 어떤 남자도 결국 완전히, 끔찍하게 미쳐버리지 않고는 채널링을 할 수 없었다. 설령 일원력을 통제하는 방법을 배운다 하더라도 남자는 환자의 몸을 산 채로 썩게 하는 소모적 질병으로 사망한다. 이 질병은 광기와 마찬가지로 어둠의 존재가 사이딘을 오염시켰기에 발생하는 것이다. 여자의 경우 일원력에 대한 통제력 부족으로 사망하더라도 그 양태는 덜 끔찍하다. 다만 죽는 것은 마찬가지다. 아이즈 세다이는 채널링 능력을 타고 태어난 소녀들을 찾으러 다닌다. 그들의 목숨을 구하기 위해서이기도 하고, 아이즈 세다이의 인원을 늘리기 위해서이기도 하다. 남자들을 찾으러 다니는 경우는 그들이 미쳐서 일원력으로 하게 될 피할 수 없는 끔찍한 일들을 막기 위해서다. → **채널링, 채널링하다, 광기의 시대, 진정한 근원**

잉타, 시노와 가문의 잉타 공 Ingtar, Lord Ingtar of House Shinowa 팔 다라에서 만난 샤이나의 전사.

잎을 더럽히는 자 → 어둠의 존재

자렛 바이알 Jaret Byar 빛의 아이들의 장교.

적색의 아자 Red Ajah **→ 아자**

전설의 시대 Age of Legends 그림자 전쟁과 세계의 파괴로 종식된 시대. 현재는 그저 꿈꿀 수밖에 없는 기적을 아이즈 세다이가 실제로 펼쳤던 시대다. **→ 시간의 물레**

제빅 케샤 Djevik K'Shar 트롤록어로 '죽어가는 땅'. 아이일황무지를 일컫는 트롤록 단어.

제인 차린 Jain Charin **→ 제인 파스트라이더**

제인 파스트라이더 Jain Farstrider 수많은 지역을 여행하고 수많은 모험을 한 북쪽 지방의 영웅. 몇 권의 책을 저술하기도 했고, 본인이 여러 책과 이야기의 주제가 되기도 했다. 거대한오염으로 여행을 떠났다가 돌아온 뒤인 NE 981년에 실종되었다. 어떤 사람들은 여행 당시에 제인 파스트라이더가 샤이올 굴에까지 다녀왔다고 말한다.

제프람 본할드 Geofram Bornhald 빛의 아이들의 성별자.

진정한 근원 True Source 시간의 물레를 돌리는 우주의 추진력. 남성적인 부분(사이딘)과 여성적인 부분(사이다) 등 반반으로 나뉘어 있는데, 이 둘은 서로 힘을 합치는 동시에 반대 작용을 한다. 남자만이 사이딘을, 여자만이 사이딘을 쓸 수 있다. 광기의 시대가 시작된 이후로 사이딘은 어둠의 존재의 손길로 오염되었다. → **일원력**

질문자the Questioners 빛의 아이들 내부의 단체. 이들은 분쟁 시에 진실을 찾아내고 어둠의 친구들의 정체를 밝히기로 서원했다. 자신들이 보는 진실과 빛을 추구하겠다는 이들은 전반적인 빛의 아이들보다도 더 광신적이다. 이들이 평소에 사용하는 취조 방법은 고문이고, 일반적인 태도는 자신들이 이미 진실을 알고 있으며 피해자는 그저 진실을 고백하기만 하면 된다는 것이다. 질문자들은 자신들을 빛의 손이라고 부르며, 때로는 빛의 아이들이나 빛의 아이들을 지휘하는 성별자 위원회와 완전히 독립된 존재처럼 행동한다. 질문자의 수장은 고위 재판관으로, 고위 재판관은 성별자 위원회의 일원이다.

채널링channel 일원력의 흐름을 통제하는 행위.

채널링하다channel 일원력의 흐름을 통제하다.

청색의 아자 Blue Ajah → **아자**

카라이 안 엘리산데!*Carai an Ellisande!* 고어로 '태양의 장미의 영광을 위하여!' 마네세렌의 마지막 왕의 전투 함성.

카라이 안 칼다자!*Carai an Caldazar!* 고어로 '붉은 독수리의 영광을 위하여!' 고대 마네세렌의 전투 함성.

칸도르Kandor 변방의 왕국들 중 하나. 칸도르의 상징은 연녹색 바탕에 앞발을 들고 서 있는 붉은 말이다.

케예리엔Cairhien 세계의등뼈를 따라 존재하는 국가. 해당 국가의 수도이기도 하다. 아이일 전쟁(NE 976~978) 당시에 불에 타고 약탈당했다. 케예리엔의 문장은 하늘색 바탕의 맨 아랫부분에서 솟아오르는, 여러 가닥의 광선을 뿜어내는 황금색 태양이다.

케임린Caemlyn 안도어의 수도.

코발*Ko'bal* → ***트롤록***

퀘인데야르cuendillar → **하트스톤**

타린게일 다모드레드 왕자 Prince Taringail Damodred 케예리엔의 왕자로서 티그레인과 결혼하여 갈라데드리드의 아버지가 되었다. 티그레인이 실종돼 죽은 것으로 공표되자 무어게이즈와 결혼하여 일레인과 가윈의 아버지가 되었다. 사냥 중 사고로 사망했다. 문장은 끝이 이중으로 되어 있는 황금색 전투용 도끼.

타마랄아일렌*ta'maral'ailen* 고어로 '운명의 그물'.

타박tabac 두루 재배되는 잡초. 타박의 잎을 말리고 훈제해 파이프라 불리는 나무통에 넣고 태워 그 연기를 흡입한다.

타 발론 Tar Valon 에리닌강의 섬에 있는 도시. 아이즈 세다이 권력의 중심지이자 아멀린 권좌가 있는 곳.

타 발론의 불꽃 Flame of Tar Valon 타 발론과 아이즈 세다이의 상징. 불꽃을 양식화해 표현했다. 끄트머리가 위로 향한 흰 눈물방울 형태다.

타비렌ta'veren 시간의 물레가 운명의 그물을 형성하기 위해 주변 모든 사람의 인생의 실, 심지어 모든 사람의 인생의 실을 짤 때 중심으로 삼는 사람. → **시대의 패턴**

태양의 날 Sunday 한여름에 벌이지는 축제 혹은 그 축제가 벌어지는 날. 두루 지내는 명절이다.

톰 머릴린 Thom Merrilin 벨 타인 때 공연을 위해 에먼즈 필드를 찾은 방랑 시인.

투아사안Tuatha'an 팅커스(땜장이라는 뜻—옮긴이) 혹은 방랑자들로도 알려진 방랑 민족으로, 밝게 칠한 마차에서 살며 나뭇잎의 길이라 불리는 전적으로 평화주의적인 길에 따른다. 팅커스가 고친 물건은 대체로 새것보다 낫다. 하지만 수많은 마을에서는 투아사안이 어린아이를 훔쳐 가고 젊은이들을 자신들의 믿음에 따르도록 개종시킨다는 이야기 때문에 이들을 피한다.

트롤록Trollocs 어둠의 존재의 피조물. 그림자의 전쟁 당시 창조되었다. 덩치가 크고 극도로 사나운 이들은 동물과 인간을 기형적으로 혼합한 형태이며 살육 자체가 주는 쾌락만을 위해 살육한다. 교활하고 기만적이며 위험한 존재인 이들은 공포를 통해 지배할 때만 믿을 수 있다. 잡식성으로 인간이나 다른 트롤록의 살을 포함한 모든 종류의 고기를 먹는다. 많은 부분이 인간에게서 기원했으므로 인류와 이종 교배할 수 있으나 그 사이에서 태어난 아이는 보통 사산되고 사산되지 않은 아이도 오래 살아남지 못하는 경우가 많다. 부족과 비슷한 단위로 나뉘어져 있는데, 그중 중요한 무리로는 아프레이트(Ahf'frait), 알골(Al'ghol), 반신(Bhan'sheen), 다볼(Dha'vol), 다이몬(Dhai'mon), 진넨(Dhjin'nen), 가가일(Gar'ghael), 호블린(Ghob'hlin), 고흘렘(Gho'hlem), 그레임란(Ghraem'lan), 코발(Ko'bal), 크노몬(Kno'mon) 등이 있다.

트롤록 전쟁 Trolloc Wars 약 AB 1000년경에 시작되어 300년 이상 이어진 일련의 전쟁. 이 시기에 트롤록 군대가 전 세계를 약탈했다. 결과적으로 트롤록들은 살해당하거나 거대한오염으로 밀려났지만, 일부 국가들은 멸망했고 또 다른 국가들은 거의 모든 인구를 잃었다. 이 시기의 기록은 파편적이다. → **10개국 서약**

티그레인Tigraine 안도어의 여왕 후계자로서 타린게일 다모드레드와 결혼해 아들 갈라데드리드를 낳았다. 오빠인 루크가 거대한오염에서 실종된 직후인 NE 972년에 티그레인이 실종되면서, 왕위 계승이라는 이름의 분쟁이 일어났다. 이 분쟁이 케에리엔에서 일련의 사건들을 일으켜 아이일 전쟁이 일어나는 결과로 이어졌다. 티그레인의 상징은 흰 장미의 가시 돋친 줄기를 잡고 있는 여자의 손이었다.

티어Tear 폭풍의바다에 있는 큰 항구. 티어의 상징은 붉은색과 황금색 바탕에 흰 초승달 세 개다.

티어의 바위 Stone of Tear 도시 티어를 지키는 요새. 광기의 시대가 끝난 이후 처음으로 지어진 요새라고 한다. 몇몇 사람들은 이 요새가 광기의 시대 때 지어졌다고 한다. → **티어**

팅커스Tinkers → **투아사안**

파 다라이즈 마이*Far Dareis Mai* 문자 그대로는 '창의 여인들'. 아이일의 수많은 전사회 중 하나로, 다른 전사회와는 달리 오직 여성만을 회원으로 받아들인다. 창의 여인은 결혼하지 않고 계속 단체에 남아있어야 한다. 임신한 상태에서 싸울 수도 없다. 창의 여인에게서 태어난 아이는 다른 여인이 양육하도록 맡겨지며, 이때 누구도 아이의 어머니를 알 수 없다('그대는 어떤 남자에게도 속할 수 없으며 어떤 남자도, 어떤 아이도 그대에게 속할 수 없으리니. 창이 그대의 연인이자 자녀요, 생명이라'). 이 아이들은 보물로 여겨진다. 창의 여인에게서 태어난 아이가 부족들을 통합하고 아이일에게 전설의 시대 때 누렸던 영광을 되찾아주리라는 예언이 있기 때문이다.

페린 아이바라 Perrin Aybara 에먼즈 필드 출신의 젊은 대장장이 도제.

파단 페인 Padan Fain 겨울의 밤 직전에 에먼즈 필드에 도착한 행상인.

하얀 망토들 Whitecloaks → **빛의 아이들**

하이암 킨치 Hyam Kinch 케임린 대로에서 만난 농부.

하트스톤Heartstone 전설의 시대에 만들어진 파괴할 수 없는 물질. 지금까지 알려진 모든 힘은 하트스톤을 파괴하는 데 사용될 경우 오히려 하트스톤을 강화한다.

헤란 에이단 Heran Adan 베얼론 총독.

현자Wisdom 작은 마을에서는 여성 서클에서 선출된 여자 한 명이 서클에 출석해 일반적인 상식 외에도 치유나 날씨 예측 같은 문제에 대한 지식을 나눠준다. 실질적으로나 암시적으로나 엄청난 책임과 권위가 따르는 자리다. 일반적으로 현자는 시장과 동급으로 간주되며, 일부 마을에서는 시장보다도 상위에 있는 것으로 여겨진다. 시장과는 달리 현자는 종신직으로, 현자가 죽기 전에 자리에서 밀려나는 일은 대단히 드물다. 거의 전통적으로 시장과 갈등 관계에 있다. → **여성 서클**

화이트 타워 White Tower 타 발론에 있는 아멀린 권자의 궁전.

흑색의 아자 Black Ajah → **아자**

희미한 자 Fade → **머드랄**

옮긴이의 말

J.R.R. 톨킨의 『반지의 제왕』에서부터 최근 〈왕좌의 게임〉이라는 드라마로 각색되어 전 세계적으로 선풍적인 인기를 끈 조지 R.R. 마틴의 '얼음과 불의 노래' 시리즈에 이르기까지, 영미권에는 이른바 '에픽 판타지'의 전통이 면면히 이어져 오고 있다. '하이 판타지'라고도 부르는 에픽 판타지는 판타지 소설의 하위 장르로서 촘촘하게 세워진 세계관과 여러 권에 걸쳐 이어지는 복잡한 줄거리, 대체로 선과 악 사이에 벌어지는 전 세계적 갈등을 다룬다는 점이 특징이다. 독특한 마법 체계와 영웅적 등장인물은 이 장르에 속한 작품들의 또 한 가지 공통점이다.

로버트 조던의 '휠 오브 타임' 시리즈 역시 앞서 언급한 두 작품처럼 에픽 판타지의 전통을 확립한 중요 작품 중 하나다. 한국어 번역서로는 이번에 처음 소개되지만, 미국에서는 이미 탄탄한 팬층을 거느리고 있으며 아마존 프라임 비디오에서 드라마로 제작되어 방영되는 등 인기를 누리고 있는 작품이다. 이야기 자체의 매력도 매력이지만 에픽 판타지라는 장르의 초석 중 하나라는 점이나 판타지 장르 전반에 끼친 지대한 영향을 생각했을 때 이 장르에 애정을 가진 사람이라면 반드시 읽어야 할 중요한 고전이기도 하다.

이런 '휠 오브 타임' 시리즈의 위치를 논할 때 빼놓을 수 없는 것은 그 규모다. 원서로 권당 700페이지, 본편 14권에 프리퀄 1권, 총 15권에 달하는 이 시리즈의 방대한 규모는 대체로 많은 분량을 자랑하는 에픽 판타지 장르에서도 두드러진다. 작가 로버트 조던이 애당초 12권으로 계획했던 시리즈를 11권까지밖에 완성하지 못한 채 2007년 사망하면서, 자신이 남긴 노트를 토대로 이야기의 완결을 내줄 작가를 찾아달라고 유언을 남겼을 정도다(이 작업은 '미스트본' 시리즈 등으로 국내에도 알려진 작가이자 '휠 오브 타임' 시리즈의 팬이었던 브랜든 샌더슨의 손에 맡겨졌고, 브랜든 샌더슨은 마지막 권을 3권으로 확장해 시리즈 전체를 14권으로 완결했다).

경이로운 점은 작가가 만들어 낸 촘촘하고도 정교한 세계가 그 넓은 지면을 빼곡하게 채우고 있다는 사실이다. '휠 오브 타임'의 세상은 공간적으로도, 시간적으로도 진공이 아니다. 산과 바다, 평원, 늪, 사막, 황무지, 숲, 구릉 등 다채로운 지형지물은 마치 지구의 영험하다는 지형이 그렇듯 독특한 기원 신화를 가지고 있다. 그 위에 세워지고 또 사라져 간 국가와 도시, 그리고 그들이 남긴 신비로운 유적은 지구의 우리가 위대한 자연이나 고대 문명의 흔적을 보며 그러듯 작중의 인물들이 자신을 한없이 작다고 느끼게 하는 동시에 그 인물을 허공에 붕 뜬 존재가 아니라 한 세계의 모든 것을 반영하고 있는 실체감 있고 단단한 존재로 만든다. 소설 속 등장인물들이 지역에 따라 다른 언어를 쓸 뿐 아니라 다른 옷을 입고 다른 음식을 먹고 다른 세시풍속을 즐기고 다른 정치 제도 아래 다양한 영향을 받으며 살아가는 모습도, 주인공 일행이 여행하는 여러 장소의 분위기가 저마다 확연히 다른데, 그것들이 모두 억지스럽거나 작위적이지 않고 자연스럽게 느껴진다는 점도 작가의 상상력에 혀를 내두르게 한다. 주인공 일행의 모험도 흥미진진하지만, 그들을 따라다니며 하는 세계 여행이 말 그대로 여행의 재미를 안겨준다.

'휠 오브 타임'의 독특한 마법 체계인 일원력 역시 이토록 공들여 세워진 세계에 깊이 뿌리를 내리고 있다. 세계의 여러 지형이 만들어진 주된 이유가 일원력과 연관되어 있고 수많은 전쟁이 일원력의 영향을 받아 일어났으며 주인공들이 사는 시대의 여러 가지 문화와 제도가 그 일원력과의 관련 속에서 형성되었다. 그렇기에 일원력은 지구라는 다른 세계에 사는 독자들에게도 황당무계한 공상이 아니라 매우 진지하고 실체 있는 힘으로 느껴진다. 그 일원력을 놓고 벌어지는 신과 악마의 대결이나 그 대결 속에 수많은 시련을 경험하고 또 극복하는 주인공들이 그렇듯이 말이다.

또 하나, 로버트 조던은 이 장르에 독특한 기여를 했다. 이 작품에서는 여성 등장인물이 종종 남성에 비해 강력한 힘과 성격을 가진 것으로 그려진다. 비록 최근의 내러티브에 익숙해진 독자의 눈으로 보면 이런 모습이 과장되고 부자연스러운 것으로 보일 수 있겠으나, 에픽 판타지가 대체로 남성 독자들을 상대로 쓰였으며 여성 등장인물이 거의 등장하지 않거나 등장한대도 평면적이고 주변적으로만 그려지던 당시 상황을 생각해 볼 때 이는 여성 인물에게도 좀 더 다채로운 성격을 부여하고 그들에게 좀 더 중요한 역할을 맡기려는 작가의 독특한 시도로서 이후의 작품들이 좀 더 다양한 인물들을 탐구하게 하는 초석이 되었다.

이처럼 '휠 오브 타임' 시리즈는 조던 이전에 출현했던 다른 에픽 판타지 작가들의 명맥을 잇는 것인 동시에, 이후의 판타지 작가들에게 하나의 기준으로 자리잡았다. 그중에서도 시리즈의 첫 권인『세상의 눈』은 작가가 공들여 구축한 세계를 처음으로 소개하는 장으로서 앞서 이야기한 작품의 장점을 아낌없이 보여주며 앞으로 전개될 이야기의 바탕이 된다. 작은 마을 출신의 주인공인 랜드 알소르와 그의 친구들은 어느 날 갑자기 닥쳐온 트롤록의 공격을 시작으로, 일원력을 자유자재로 사용하는 전설적 존재인 아이즈 세다이 모레인을 만나며 상상하지도 못했던 모험에 휘말린다. 이들이 완전히 새로운 세상에서 겪는 기이한 경험을 따라가는 것은 독자에게도 전율 넘치는, 그리고 여느 세계 여행만큼 흥미진진한 경험이다. '휠 오브 타임'이라는 대작의 시작인 이 책은 독자들에게 로버트 조던이 에픽 판타지라는 장르에 대한 기준을 새로 세웠다는 사실을 확인시키며, 시리즈의 후속 권에서 작가가 자신이 높여 놓은 그 기준을 계속해서 만족하는지 설레는 마음을 안고 기대하게 한다. 필독서다.

2025년 여름

강 동 혁

옮긴이 **강동혁**

서울대학교에서 영문학과 사회학을 전공하고, 동 대학원에서 영문학 석사학위를 받았다. 대중적으로 널리 읽히면서도 새로운 생각거리를 제공해주는 책을 쓰거나 소개하겠다는 목표로 활동 중이다. 옮긴 책으로는 『내 이름은 데몬 코퍼헤드』『트러스트』『고요의 바다에서』『헤일 메리 프로젝트』와 '언와인드' 시리즈, '해리포터' 시리즈 등이 있다.

휠 오브 타임 | 세계의 눈

1판 1쇄 인쇄 2025년 7월 23일
1판 1쇄 발행 2025년 8월 20일

지은이 | 로버트 조던
옮긴이 | 강동혁
펴낸이 | 김영곤
펴낸곳 | (주)북이십일 아르테

책임편집 | 원보람 **문학팀장** | 김지연
교정교열 | 정민철 권구훈
표지디자인 | 박지영 **본문디자인** | 임민지
해외기획팀 | 최연순 소은선 홍희정
영업팀 | 정지은 한충희 장철용 강경남 황성진 김도연 이민재
제작팀 | 이영민 권경민

출판등록 | 2000년 5월 6일 제406-2003-061호
주소 | (우10881) 경기도 파주시 회동길 201(문발동)
대표전화 | 031-955-2100 **팩스** | 031-955-2151
이메일 | book21@book21.co.kr

아르테는 (주)북이십일의 문학 브랜드입니다.

ISBN 979-11-7357-366-8 04840
979-11-7357-364-4 (세트)

책값은 뒤표지에 있습니다.

잘못 만들어진 책은 구입하신 서점에서 교환해 드립니다.